BASTEI
LÜBBE

Wolfgang Hohlbein im Bastei Lübbe Taschenbuchprogramm:

DER DRACHEN-ZYKLUS
20 152 Bd. 1: Die Töchter des Drachen
20 306 Bd. 2: Der Thron der Libelle

DER HEXER-ZYKLUS – DIRECTOR'S CUT
28 504 Bd. 1: Die Spur des Hexers
28 505 Bd. 2: Der Seelenfresser
28 506 Bd. 3: Engel des Bösen
28 507 Bd. 4: Der achtarmige Tod
28 508 Bd. 5: Buch der tausend Tode

In Vorbereitung:
28 509 Bd. 6: Das Auge des Satans
28 510 Bd. 7: Der Sohn des Hexers
28 511 Bd. 8: Das Haus der bösen Träume

CHARITY
23 243 Bd. 1: Charity – Die beste Frau der Space Force
23 248 Bd. 2: Die Sonnenbombe
23 262 Bd. 3: Die Herren der Schwarzen Festung
23 270 Bd. 4: Das Erbe der Moroni
Weitere Charity-Romane in Vorbereitung

15 074 Intruder
15 560 Anubis
14 478 Dunkel
13 871 Der Widersacher
13 421 Die Moorhexe
15 203 Der Inquisitor
14 197 Wolfsherz
13 328 Geisterstunde
20 554 Von Hexen und Drachen
21 204 Die Kinder von Troja

Wolfgang und Heike Hohlbein
20 130 Die Heldenmutter

Wolfgang Hohlbein und Bernhard Hennen
14 612 Das Jahr des Greifen

Über den Autor:
Wolfgang Hohlbein ist ein Phänomen – mit mehr als hundertsechzig Büchern und einer Auflage von über sieben Millionen Exemplaren! Einer der produktivsten Autoren fantastischer Literatur im deutschsprachigen Raum. Bekannt wurde er neben seinen fantastischen Jugendbüchern vor allem durch seinen Romanzyklus »Der Hexer«, von dem in dieser Ausgabe ein »Director's Cut« vorliegt: Die Hexer-Geschichten in chronologischer Reihenfolge, gespickt mit vielen Hintergrundinfos.

Wolfgang Hohlbein

BUCH DER TAUSEND TODE

BASTEI LÜBBE

BASTEI LÜBBE TASCHENBUCH
Band 28 508

1. Auflage: Dezember 2007

Bastei Lübbe Taschenbücher in der Verlagsgruppe Lübbe

Lektorat: Stefan Bauer/Ruggero Leò
Titelillustration: Dominic Harman/Agentur Schlück
Umschlaggestaltung: Gisela Kullowatz
Satz: Urban SatzKonzept, Düsseldorf
Druck und Verarbeitung: Ebner & Spiegel, Ulm
Printed in Germany
ISBN-13: 978-3-404-28508-2

Inhalt

Necron – Legende des Bösen

Vorwort

Mit diesem Band erreicht ein weiterer Unterzyklus in Robert Cravens Ringen um die SIEBEN SIEGEL DER MACHT, das die gesamte Heftserie hindurch bis zu ihrem Ende währt, sein furioses Ende. Man könnte ihn den Necron-Zyklus nennen, und wenn man den damaligen Leserbriefen glauben darf, handelt es sich bei dem vorliegenden Buch um einen besonderen Höhepunkt der Saga um den Hexer. Endlich erreicht Robert nach langer Suche die Drachenburg und trifft erneut mit seinem Erzfeind Necron zusammen – ein Kampf, bei dem auch der Orden der Tempelritter eine zentrale Rolle spielt und der größere Opfer auf allen Seiten fordert, als irgendjemand zuvor ahnen mag.

Wie im vorigen Buch versprochen, nun aber einige Informationen zu Buffalo Bill und Sitting Bull, die Robert bei der Suche nach der Drachenburg aktiv unterstützen.

Dass sich der Sioux-Häuptling und William Frederic Cody (wie Buffalo Bills bürgerlicher Name lautete) tatsächlich trafen und Freunde wurden, ist eine historische Tatsache. 1885 schloss Sitting Bull sich sogar Codys berühmter Wildwest-Show an, zu der auch Annie Oakley gehörte, mit der Robert ebenfalls Freundschaft schloss. Wenig später trennten die beiden sich jedoch wieder. Offenbar konnte Sitting Bull das Showgeschäft nicht mit seiner Häuptlingswürde vereinen, doch blieben sie Freunde und hielten auch lange danach noch Kontakt zueinander.

General George Armstrong Custer traf ebenfalls einmal mit Cody zusammen, allerdings schon im Jahre 1868, als dieser als Meldereiter unter General Sheridan diente und Custer eine Depesche überbrachte.

Authentisch sind auch verschiedene andere Ereignisse, die im Hexer eine Rolle spielen. Sitting Bulls Sonnentanz und seine Vision der Weißen Soldaten, die Liebe General Custers zu seiner »Dolmetscherin« Monahseetah, ihr gemeinsamer Sohn Yellow Swallow, der alte Magier Mazakootemane, ja sogar das einsame Pferd auf dem Schlachtfeld von Little Bighorn – all dies ist in den Geschichtsbüchern nachzulesen.

Eines der großen Rätsel der Indianerkriege ist bis heute, warum Custer bei seinem Feldzug gegen Sitting Bull plötzlich und scheinbar aus einer Laune heraus seine ursprünglichen Pläne änderte, sich von einem Teil seiner Truppe trennte und den Häuptling mit nur 250 Mann am Little Bighorn angriff – was zu einem der größten Debakel der amerikanischen Kriegsgeschichte führte. Nun, für dieses Geheimnis bietet der Hexer eine überraschende Lösung.

Auch ist belegt, dass Sitting Bull sich mit Magie beschäftigte. Er war einer der größten Medizinmänner der Sioux und holte sich oft den Ratschlag der Götter, bevor er eine große und entscheidende Tat vollbrachte. Seine magischen Utensilien trug er stets in einem Medizinbeutel bei sich; auch ein heiliger Bisonschädel diente ihm als »heißer Draht« zu Wakan Tanka, dem Gott der Sonne.

Leider konnten weder Sitting Bulls Magie noch der triumphale Sieg über Custers Siebente Kavallerie verhindern, dass die Indianer immer weiter zurückgedrängt und schließlich in kargen Reservaten eingepfercht wurden. Am 14. Dezember 1890 starb Häuptling Sitting Bull, niedergestreckt von der Kugel eines Indianerpolizisten. Der Mörder war ein Sioux – ein Mann aus seinem eigenen Volk.

Frank Rehfeld

Dieses Kapitel enthält die Hefte:

Der Hexer 28: Brücke am Ende der Welt
Der Hexer 29: Necron – Legende des Bösen
Der Hexer 30: Buch der tausend Tode

Brücke am Ende der Welt

Kopf und Schultern des Mannes waren nach vorne gesunken. Sein Gesicht lag auf dem rauen Holz der Tischplatte, das sich von seinem eigenen, schon vor Stunden eingetrockneten Blut dunkelbraun verfärbt hatte. Sein Kopf war zur Seite gefallen, sodass man den entsetzten Ausdruck in den gebrochenen Augen noch deutlich erkennen konnte; den Ausdruck eines Entsetzens, das die Grenzen des Vorstellbaren überschritten haben musste.

Sein Mund war wie zu einem stummen Schrei geöffnet und in seiner Hand lag noch immer das Messer, mit dem er sich selbst die Kehle durchgeschnitten hatte …

Reynaud de Maizieres wandte sich mit einem Ruck ab, verzog angewidert das Gesicht und schlug mit der linken Hand das Kreuzzeichen. Die Geste war nicht echt, nur ein Reflex, und das Gefühl, das sie begleiten sollte, blieb aus. Seine Augen waren kalt. Alles, was Jean Balestrano darin las, war ein mühsam unterdrückter Zorn.

»Du musst ihm vergeben, Bruder«, sagte er.

»Vergeben?« Reynaud de Maizieres runzelte die Stirn. Der Blick, mit dem er Balestrano maß, war beinahe feindselig und seine Lippen zuckten, als hielte er mit Mühe Worte zurück, die ihm als Antwort richtig schienen. Aber sein Respekt vor dem Ordensleiter war größer als sein Zorn. Wenn auch nicht viel.

»Sein Geist war verwirrt«, fuhr Balestrano nach einer Pause fort. »Bruder Henri wusste nicht mehr, was er tat.«

»Er hat gesündigt!«, beharrte Reynaud de Maizieres. »Das weißt du so gut wie ich, Bruder.« Seine Stimme wurde scharf; vielleicht eine Spur schärfer, als er sich dem Ordensmeister Jean Balestrano gegenüber erlauben konnte. »Das Leben ist heilig. Auch das eigene! Muss ich dich daran erinnern, dass der Herr ausdrücklich verboten hat, Hand an sich selbst zu legen?«

»Nein«, antwortete Balestrano, auch er in einem hörbar schärferen Ton als zuvor. »Das musst du nicht, Bruder. So wenig, wie ich dich daran erinnern muss, warum ich dich rufen ließ.«

Reynaud de Maizieres verstand den Tadel sehr wohl. Demütig

senkte er den Blick, aber das harte Glitzern in seinen Augen blieb. Balestrano konnte sich nicht erinnern, Reynaud de Maizieres jemals anders als ernst und verbissen erlebt zu haben. Er war ein Mann, dessen Gesicht unfähig schien zu lachen. Aber er war auch einer der tapfersten und besten Männer, denen Balestrano jemals das Treuegelöbnis abgenommen hatte, auch wenn er niemals den Schritt zum *Master* des Templerordens tun würde.

Balestrano hatte stets bedauert, dass Reynaud de Maizieres jegliche magische Begabung so gänzlich abging. Einen Mann seiner Gradlinigkeit und Treue hätte er im inneren Zirkel des Ordens bitter nötig brauchen können, vor allem jetzt, wo ihre Zahl in so kurzer Zeit so drastisch geschrumpft war. Und gleichzeitig war er beinahe froh, dass es so war. Reynaud de Maizieres als *Master*, mit Mächten, die die Schöpfung selbst erschüttern mochten – das war ein Gedanke, der ihm einen eisigen Schauer über den Rücken jagte.

Er verscheuchte die Vorstellung. Es fruchtete nichts, über Dinge nachzudenken, die hätten sein können.

»Sein Platz muss besetzt werden«, sagte er mit einer Geste auf den Toten. »Du weißt, warum ich dich rufen ließ.«

Reynaud de Maizieres nickte. Ein sanfter Zorn glomm in seinem Blick auf. »Ja«, antwortete er. »Und es gefällt mir nicht.«

Balestrano antwortete nicht, aber sein Blick sprach Bände. Es kam selten vor, dass es jemand wagte, ihm in solcher Offenheit zu widersprechen. Trotzdem war seine Stimme sanft und freundlich wie immer, als er fragte: »Warum nicht?«

»Das weißt du genau, Bruder Jean«, fauchte Reynaud de Maizieres. »Es war Bruder Henris Aufgabe, Bruder de Laurec zu bewachen. Einen Verräter. Einen Mann, der sich Satan verschrieben und die Hand gegen seine eigenen Brüder erhoben hat. Einen Mann, der –«

»Der deiner Meinung nach hätte getötet werden müssen, ich weiß«, unterbrach ihn Balestrano. »Du hast es oft genug gesagt!«

»Das habe ich«, bestätigte de Maizieres wütend. »Und ich bleibe dabei!«

»Und das aus dem Munde eines Mannes, der noch vor Augenblicken sagte, das Leben sei heilig?«, erwiderte Balestrano mit sanftem Spott.

Reynaud de Maizieres wischte seine Worte mit einer zornigen Bewegung zur Seite. »Leben im Geiste des Herrn, ja!«, sagte er wütend. »Sarim de Laurec hat sich von uns losgesagt und damit von Gott. Er hat versucht, dich zu töten. Er hat sich selbst zum Heiden gemacht! Du kannst nicht von mir verlangen, dass ich eine Kreatur bewache, die sich selbst und aus freien Stücken in Satans Fänge begeben hat!«

Balestranos Züge verdüsterten sich, als er das Wort *Kreatur* aus Reynaud de Maizieres' Mund hörte. Es war nicht das Wort allein, das ihn schaudern ließ, sondern die Art, in der Reynaud de Maizieres es aussprach. Vielleicht war es doch gut, dass de Maizieres niemals die Macht eines *Masters* erringen würde, dachte der weißhaarige Führer des Templerordens.

Aber er sprach nichts von alledem aus, sondern wandte sich mit einem verzeihenden Lächeln zur Tür, öffnete sie und winkte Reynaud de Maizieres, ihm zu folgen. »Komm mit mir, Bruder«, sagte er. »Ich werde dir etwas zeigen, von dem nur sehr wenige Menschen wissen. Nicht einmal alle meine engsten Vertrauten.«

Reynaud de Maizieres runzelte die Stirn, beeilte sich aber gehorsam, Balestrano zu folgen und die Kammer zu verlassen – wenn auch nicht, ohne dem toten Templer hinter sich noch einen fast angeekelten Blick zuzuwerfen. Balestrano bemerkte ihn sehr wohl, tat aber auch diesmal so, als sehe er nichts. *Wenn dies alles hier vorüber ist,* dachte er, *werden wir über Bruder Reynaud de Maizieres reden müssen. Sein Fanatismus ist gefährlich.*

Schweigend gingen sie nebeneinander her durch einen schier endlosen, nur schwach erhellten Gang; einen von zahllosen, gleichförmigen Gängen, die das Pariser Templerkapitel – das gleichzeitig auch das Hauptquartier dieses geheimen Ordens darstellte – durchzogen. Wer das Gebäude von außen gesehen hätte, dem wäre nichts Außergewöhnliches daran aufgefallen; abgesehen von seiner Größe vielleicht. Es war ein riesiger Bau, reich verziert mit Stuckarbeiten und steinernen Skulpturen. Er nahm einen ganzen Häuserblock ein und war an seiner höchsten Stelle neun Stockwerke hoch.

In seinem Innern war das Hauptquartier, ein Labyrinth aus buchstäblich Tausenden von Räumen und Sälen, zahllosen Gängen und Korridoren und Treppenfluchten. Und dieses Labyrinth setzte sich tief in den Erdboden hinein fort. Selbst Reynaud de Maizieres, der nicht das erste Mal hier weilte, war erstaunt, wie endlos tief sich die eng gewundene steinerne Treppe in die Erde bohrte, die Jean Balestrano ihn hinabführte. Längst hatten sie das dreifache Kellerstockwerk über sich zurückgelassen, aber noch immer folgte eine Stufe der anderen, ein Absatz dem nächsten, bis sie sich endlich in einem winzigen, halbrunden Raum mit kuppelförmiger Decke befanden, der von einer einzelnen blakenden Fackel erhellt wurde.

Die einzige Tür, die es in der winzigen Kammer gab, wurde geöffnet, kaum dass sie die letzte Stufe hinter sich gebracht hatten, und ein schweigender Mann in der weißen Uniform der Tempelherren lud sie mit einer Handbewegung ein, näher zu treten.

Reynaud de Maizieres sah sich verwirrt um. Natürlich hatte er geahnt, dass er längst nicht alle Geheimnisse des Templerordens kannte, auch wenn er sich zu den engsten Vertrauten Jean Balestranos zählen konnte. Aber diese finsteren Gewölbe, die von Schatten und drückender Schwüle und dem Geruch nach faulendem Wasser erfüllt waren und deren schimmelbewachsene Wände das rote Licht der Fackeln aufzusaugen schienen, erfüllten ihn mit Furcht.

Sie mussten eine halbe Meile durch den niedrigen Stollen gelaufen sein, bis Balestrano abermals stehen blieb und auf eine Tür deutete, die sein vorderes Ende abschloss. Reynaud de Maizieres fiel auf, wie überaus massiv sie war: aus oberschenkelstarken Bohlen gefertigt und mit gewaltigen Nägeln zusammengehalten, erschien sie ihm stabil genug, selbst einem Kanonenschuss zu widerstehen. Was mochte sich hinter dieser Tür verbergen?

»Ich muss dich noch einmal bitten, mit niemandem über das zu reden, was du jetzt sehen wirst, Bruder Reynaud«, sagte Balestrano ernst. In seinen Augen stand ein Ausdruck, der Reynaud de Maizieres schaudern ließ. Ohne ein Wort nickte er.

»Das, was ich dir zeigen werde, wird dich erschrecken«, fuhr Balestrano fort. »Und vielleicht wirst du an der Richtigkeit dessen zweifeln, was du erleben wirst. Doch du musst gehorchen. Glaube mir, ich habe es mir gut überlegt, ausgerechnet dir diese Aufgabe zu übertragen, doch nach dem unerklärlichen Selbstmord Bruder Henris bist du der Einzige, der die Kraft hat, sie zu bewältigen.« Er lächelte, wandte sich um und hob die Hand, und wieder wurde die Tür geöffnet, als sie darauf zutraten.

Sie wurden von einer ganzen Abteilung weiß gekleideter Tempelritter erwartet. Balestrano nickte den Männern flüchtig zu, sagte jedoch kein Wort, sondern wartete nur, bis die Wächter die Tür hinter ihm und Reynaud de Maizieres wieder sorgsam verschlossen hatten, ehe er weiterging und schließlich vor einer weiteren, sehr niedrigen Tür stehen blieb. Mit einer Handbewegung bedeutete er Reynaud de Maizieres, an seine Seite zu treten.

Der Templer gehorchte.

Die Tür war nur eine von vielen, die die Wände des nach Moder und Fäulnis riechenden Ganges durchbrachen, aber im Gegensatz zu den meisten anderen stand sie nicht offen, sondern war mit einem übergroß erscheinenden Riegel verschlossen und aus den gleichen massiven Bohlen gefertigt wie die am Anfang des Ganges. In Kopfhöhe war ein schmales, zusätzlich vergittertes Fensterchen in das steinharte Holz geschnitten worden, durch das Reynaud de Maizieres jetzt blickte.

Was er sah, ließ ihn zornig die Luft einsaugen. Der Raum auf der anderen Seite der Tür war eine Zelle; ein Kerker, gerade drei mal drei Schritte groß und leer bis auf einen dreibeinigen Tisch und ein schmales, mit Stroh bedecktes Bett. In einer Ecke standen eine Wasserkanne und ein Eimer für Exkremente. Eine halb heruntergebrannte Kerze verbreitete trübes, gelbes Licht.

Auf dem Bett saß Sarim de Laurec. Obwohl er den Blick abgewandt hatte und die rückwärtige Wand der Zelle anstarrte, erkannte Reynaud de Maizieres ihn sofort. Aber er schluckte die scharfe Bemerkung, die ihm auf der Zunge lag, hinunter. Balestrano hatte ihn wohl kaum hierher geführt, nur um ihn wütend zu machen. Aufmerksam musterte er die Gestalt des ehemaligen Tempelritters. Er stand lange so da, sicher fünf Minuten, aber Sarim de Laurec rührte sich kein einziges Mal in dieser Zeit. Man musste sogar sehr genau hinsehen, um überhaupt festzustellen, dass er atmete.

»So sitzt er immer da«, sagte Balestrano leise. »Er bewegt sich nie. Man muss ihn füttern und sauber halten wie ein kleines Kind.«

Reynaud de Maizieres verzog angeekelt das Gesicht. Dann fiel ihm etwas auf. »Was ist das da an seinem Kopf?«, fragte er. An de Laurecs linker Schläfe war eine kleine, kaum daumennagelgroße Wunde. Ein einzelner Blutstropfen glitzerte auf seiner Haut.

»Etwas, das niemand von uns versteht, Bruder«, antwortete Balestrano. »Er hat diese Wunde, seit er hierher gebracht wurde.«

»Seit er …« Reynaud de Maizieres brach erstaunt ab. »Aber das ist Monate her!«, rief er ungläubig.

Balestrano nickte. »Und sie blutet noch immer. Die besten Ärzte konnten sie nicht schließen.« Er seufzte, machte eine Handbewegung, als wolle er das Thema beiseiteschieben, und deutete den Gang hinab. »Aber das ist es nicht, was ich dir zeigen wollte. Komm!«

Sie gingen weiter. Der Gang zog sich gut dreißig Schritte dahin und endete vor einer niedrigen, mit einem kompliziert aussehenden Schloss verschlossenen Tür, die Jean Balestrano mittels eines Schlüssels in der Form eines Kreuzes öffnete, den er an einer dünnen, silbernen Kette um seinen Hals trug.

Reynaud de Maizieres wollte eintreten, aber der Tempelherr hielt ihn mit einer raschen Geste zurück, richtete sich auf und winkte einem der Wächter, eine Fackel zu bringen. Erst dann bückte er sich unter dem niedrigen Eingang hindurch und winkte Reynaud de Maizieres, ihm zu folgen.

Ein sonderbarer Geruch schlug dem Tempelritter entgegen, als er Balestrano folgte und sich auf der anderen Seite des niedrigen Durchganges wieder aufrichtete. Was er sah, ließ ihn erstarren.

Der Raum war groß, aber vollkommen leer.

Das hieß – er hatte keine Einrichtung, wie Reynaud de Maizieres sie gewohnt war …

Auf dem steinernen Boden, der so sorgsam geglättet worden war, dass er wie ein matt gewordener Spiegel das Licht der Fackel zurückwarf, war mit blutroter Kreide ein gewaltiger, fünfzackiger Stern aufgemalt – ein Pentagramm, dachte Reynaud de Maizieres entsetzt, das Zeichen schwarzer Magie, das Symbol des Satans! Ohne dass er sich der Bewegung überhaupt bewusst geworden wäre, glitt seine Hand an die rechte Seite seines Gürtels, dorthin, wo das Schwert hing, wenn er sein Templergewand trug.

»Warte!«, sagte Balestrano rasch. »Urteile nicht vorschnell! Ich habe dir gesagt, dass dich Schlimmes erwartet. Sieh!« Er deutete mit der Fackel auf das Pentagramm.

Mühsam kämpfte Reynaud de Maizieres den Sturm einander widerstrebender Gefühle nieder, der in seinem Innern tobte, und beugte sich vor, wobei er allerdings peinlich darauf achtete, den roten Kreidestrichen des Drudenfußes nicht zu nahe zu kommen.

Das Pentagramm war nicht leer.

In seinem Zentrum lag ein grün flimmerndes, sonderbares Etwas, das wie unter einem unheimlichen inneren Licht zu glühen schien. Im ersten Moment erkannte Reynaud de Maizieres kaum etwas, aber seine Augen gewöhnten sich rasch an das flackernde Licht von Balestranos Fackel.

Das grüne Etwas war ein Kristall. Ein kinderkopfgroßer Kristall von der genauen Form eines menschlichen Gehirns!

»Großer Gott!«, keuchte Reynaud de Maizieres. »Was ist das?!« Es war nicht einmal das bizarre Äußere des kristallenen Gehirns, auch nicht das unheimlich pulsierende Licht, das aus seinem Innern drang, was ihn so über die Maßen erschreckte.

Vielmehr war es das, was er fühlte ...

Das grüne Kristallgehirn atmete das Böse aus.

Es war Reynaud de Maizieres unmöglich, es anders als mit diesen Worten zu beschreiben. Er spürte den Atem der Hölle, als er das Kristallgehirn anblickte. Er sah jetzt, dass es beschädigt war: Ein gezackter Riss spaltete es nahezu in zwei Hälften, und dünne Sprünge liefen wie ein Spinnennetz durch den Kristall. Aber das änderte nichts an seiner furchtbaren, höllischen Ausstrahlung.

»Was ist das?«, flüsterte Maizieres noch einmal. Er starrte Balestrano an. Seine Augen waren weit und dunkel vor Schrecken.

»Wir wissen es nicht«, antwortete Jean Balestrano leise. »Etwas Böses, Bruder Reynaud, etwas unendlich Böses. Es wurde von Wesen erschaffen, die uns so fremd sind, dass wir sie uns nicht einmal vorzustellen vermögen. Wesen, die schlimmer sind als Satan.«

»Aber was tut es hier?«, keuchte Reynaud de Maizieres.

Balestrano lächelte milde, aber sein Blick blieb ernst. »Es fiel dem Orden in die Hände«, erklärte er – wobei Reynaud de Maizieres ganz genau spürte, dass dies eine höchst freie Interpretation dessen war, was wirklich geschehen sein musste. »Wir haben lange beraten, was damit zu geschehen hat. Wir wussten die Antwort nicht. Deshalb ist es hier. Bewacht von den treuesten und tapfersten unserer Brüder. Ich meine es ernst, Bruder Reynaud, wenn ich sage, dass dieses Gebilde vielleicht die Macht in sich trägt, die Welt zu vernichten.«

»Dann müsst ihr es zerstören!«, rief Reynaud de Maizieres erregt.

»Das geht nicht«, antwortete Balestrano leise. »Wir haben es versucht. Bruder Shadow hat es versucht. Du kennst das Ergebnis.«

Reynaud de Maizieres keuchte. »Du willst sagen, dass ... dass dieses Ding ihn verändert hat?«

»Ich fürchte«, sagte Balestrano. »Und wenn es so ist, dann trifft mich ein Teil Schuld an seinem Schicksal. Doch dieses Rätsel werden wir wohl niemals lösen.« Er seufzte. »Bruder Henri nahm ein schweres Los auf sich, als ich ihm die Verantwortung für dieses Werk des Teufels übertrug«, fuhr er in verändertem – aber womöglich noch ernsterem – Ton fort. »Nun wirst du es sein, der sie tragen muss. Wenn du es willst.« Er sah Reynaud de Maizieres ernst an. »Willst du das tun? Ich werde es dir nicht ankreiden, wenn du es ablehnst.«

»Ich werde gehorchen«, antwortete Reynaud de Maizieres.

Balestrano lächelte. Er wollte etwas sagen, aber er kam nicht mehr dazu.

Denn in diesem Moment drang vom Gang her ein unmenschlicher Schrei an ihre Ohren!

Der Sturm hatte eine Stunde vor Sonnenaufgang begonnen. Und ich war ziemlich sicher, dass er innerhalb der nächsten fünf Jahre nicht mehr aufhören würde.

Wenn mein Zeitgefühl nicht ebenso kaputt war wie meine Taschenuhr, die ich mir beim Sturz auf den Felsen zerschlagen hatte, musste es fast Mittag sein, aber rings um uns herum herrschte tiefste Nacht. Der Himmel war schwarz, nur ab und zu zuckte ein greller Blitz auf und tauchte die felsige Landschaft in unheimliches, flackerndes Licht. Der Sturm erfüllte die Luft mit einem ungeheuerlichen Heulen und Brüllen, als wären sämtliche Dämonen der Hölle auf einmal auf uns losgelassen worden. Staubfein zermahlener Sand prasselte auf den Felsen, hinter dem ich Deckung gesucht hatte, war in meinem Haar, in meiner Kleidung, in meinem Mund und meinen Augen, in meinen Ohren und meiner Nase.

Der Sturm hatte unser Lager innerhalb einer einzigen Minute so gründlich zerstört, dass selbst Dschingis Khan vor Neid erblasst wäre, und die Überreste in einer weiteren Minute auf tausend Quadratmeilen verteilt. Und er hatte unsere Pferde samt einem Gutteil der Ausrüstung auf Nimmerwiedersehen verschluckt und die fast mannstiefe Senke, in der wir unser Lager aufgeschlagen hatten, derart mit Sand zugeschaufelt, dass wir bis an die Hälse darin versunken wären, hätten wir den Fehler begangen, uns auf den Schutz des felsigen Randes zu verlassen.

Wieder wetterleuchtete es über uns, und wahrscheinlich erfolgte auch gleich darauf ein Donnerschlag, der aber im Heulen und Brüllen des Sturmes unterging. Immerhin sah ich in dem kurzen, weißblauen Flackern die verschwommenen Umrisse eines Menschen, der sich nur wenige Schritte neben mir in den Schutz eines Felsens duckte.

Vorsichtig erhob ich mich hinter meiner Deckung, wartete ab, bis der Sturm für einen Moment innehielt – freilich nur, um danach mit doppelter Wut wieder losheulen zu können –, und sprintete los.

Es waren nur wenige Schritte; nicht einmal zehn Yards. Trotzdem hätte ich es fast nicht geschafft. Der Sturm packte mich, als ich drei Viertel der Strecke hinter mich gebracht hatte, hob mich wie ein Blatt vom Boden hoch und schleuderte mich drei, vier Yards weit durch die Luft. Wäre ich auf Felsen statt auf weichen Sand gestürzt, hätte ich mir zweifellos sämtliche Knochen im Leibe gebrochen. Aber auch so kostete es mich meine letzte Kraft, mich auf Hände und Knie hochzustemmen und in den Schutz des nächsten Felsens zu kriechen.

Der Umriss, den ich im Licht des Blitzes bemerkt hatte, war Shadow. Ihre Hand streckte sich mir entgegen, als ich auf den Felsen zurobbte, packte die meine und zog mich mit erstaunlicher Kraft in die Deckung des Steines. Ich nickte dankbar. Zum Sprechen fehlte mir der Atem. Außerdem hätte das Heulen des Sturmes ohnehin jeden Laut verschluckt.

Wir müssen hier weg, wisperte Shadows Stimme in meine Gedanken. *Der Sturm wird schlimmer.*

Erschrocken sah ich auf, weniger alarmiert durch die Worte, die die El-o-hym mir telepathisch übermittelt hatte, als vielmehr durch die Tatsache, *dass* sie es tat. Natürlich wusste ich, dass Shadow jederzeit in der Lage war, ihre Gedanken ins Bewusstsein eines anderen Menschen zu projizieren – und unter gewissen Umständen auch die Gedanken anderer zu lesen. Aber es war eine unausgesprochene Übereinkunft zwischen uns, dass sie diese Fähigkeiten nicht benutzte, und ich glaube sogar, sie hatte ein wenig Angst davor, so, wie ich stets Hemmungen hatte, meine eigenen magischen Kräfte anzuwenden. Wenn sie es jetzt doch tat, dann nur aus dem Grund, weil wir wirklich in Gefahr waren.

Shadow sah mich an, und als ich ihrem Blick begegnete, wusste ich, dass sie auch diesen Gedanken gelesen hatte. Sie nickte.

Was wird passieren?, dachte ich.

Statt einer Antwort hob Shadow die Hand und deutete nach Osten, direkt in den heulenden Sandsturm hinaus. Ich folgte der Geste, aber so sehr ich mich auch anstrengte, alles was ich sah, war eine brüllende Wand aus Schwärze und apokalyptischer Bewegung.

Plötzlich griff Shadow abermals nach meiner Hand. Ihr Griff war so fest, dass ich vor Schmerz die Zähne zusammenbiss.

Dann fluteten Bilder in mein Bewusstsein ...

Im ersten Moment sah ich nichts außer wirbelnder Schemen. Dann erkannte ich unser Lager, die schmale, von rund geschliffenen Findlingen gesäumte Senke an der Ostflanke des Berges, begraben unter Tonnen und Tonnen und Tonnen von Sand. Der Sturm hatte seine Kraft verzehnfacht. Felsen regneten vom Himmel, und wo der Sand gegen den Stein gepeitscht wurde, schlugen Funken aus dem Fels. Ein totes Pferd flog wie ein Geschoss heran und prallte gegen die Flanke des Berges.

Wann?, dachte ich entsetzt.

In wenigen Minuten, antwortete Shadow. *Was wir bisher erlebt haben, war nur das Vorspiel. Der wirkliche Sturm beginnt erst.* Sie ließ meine Hand los, und die schrecklichen Bilder verblassten und machten einer kaum weniger erschreckenden Wirklichkeit Platz. Die schwarze Wand war näher gekommen. An ihrem Fuß war eine vage, mahlende Bewegung, als würde der Wüstenboden selbst dort in die Höhe gerissen und zu Staub zermahlen. Wahrscheinlich war es so.

Wo sind die anderen?

Shadow hob die Hand und deutete auf den Berg hinter uns. Seine Flanke ragte annähernd lotrecht über uns in die Höhe, aber alles, was mehr als acht oder zehn Yards entfernt war, verlor sich in tobender Bewegung und irrsinnig tanzenden Sandschwaden.

Ixmal hat eine Höhle entdeckt, antwortete Shadow. *Sie sind alle auf dem Weg dorthin.*

Ist sie sicher?, fragte ich. Die Bilder, die ich durch Shadows Augen gesehen hatte, drohten mich wieder einzuholen. Mühsam schüttelte ich sie ab.

Das wird sich herausstellen, antwortete Shadow lakonisch. *Komm jetzt.* Ohne meine Antwort abzuwarten, sprang sie auf die Füße, fuhr herum und zerrte mich einfach hinter sich her.

Während der ersten paar Dutzend Schritte war es beinahe einfach, denn der Sturm schob uns geradewegs vor sich her, sodass wir nicht einmal hätten stehen bleiben können, wenn wir es gewollt hätten.

Die zweite Hälfte des Weges wurde zu einem Spießrutenlaufen durch die Hölle. Der schwarze Granit des Berges tauchte so unvermittelt vor uns auf, dass selbst Shadows übermenschlich schnelle Reaktionen nicht mehr ausreichten, das Unglück zu verhindern. Sie versuchte stehen zu bleiben, aber als hätte der Sturm nur auf diesen Augenblick gewartet, fauchte in diesem Moment eine brüllende Bö heran, riss sie von den Füßen und nach vorne und schmetterte sie gegen den Berg.

Wäre sie ein Mensch gewesen, hätte der Aufprall sie getötet. Aber auch so verzerrte sich ihr Gesicht vor Schmerz. Mit haltlos rudernden Armen brach sie zusammen, hob schützend die Hände vor das Gesicht und keuchte gleich darauf ein zweites Mal vor Schmerz, als die nächste Bö auch mich ergriff und gegen sie schleuderte.

Benommen stemmte ich mich in die Höhe, sah ein braunschwarzes Etwas auf mich zurasen und drehte hastig den Kopf, ehe der Sand, den die Sturmbö heranschleuderte, mir das Gesicht wegschmirgeln konnte. Mit aller Kraft stemmte ich mich in den Boden und versuchte irgendwo Halt zu finden.

Trotzdem wurde ich in die Höhe und gegen den Fels geschleudert, dass mir die Luft wegblieb. Ich fiel, rollte instinktiv herum und barg den Kopf zwischen den Armen. Sand war in meinem Mund und meiner Nase. Meine Kehle brannte, als hätte ich gemahlenes Glas eingeatmet. Ich konnte nichts mehr sehen. Das Heulen des Sturmes steigerte sich zu einem unbeschreiblichen Crescendo. Blutige Kreise tanzten vor meinen Augen. Mein Herz raste zum Zerspringen.

Plötzlich fühlte ich mich gepackt und in die Höhe gerissen, diesmal aber nicht vom Sturm, sondern von harten, menschlichen Händen. Mühsam öffnete ich die Augen und erkannte ein verschwommenes, auf und ab hüpfendes Oval, das erst nach Sekunden zu einem scharf geschnittenen Indianergesicht wurde.

Mit einem Ruck zerrte mich Ixmal vollends auf die Füße, stieß mich grob herum und gestikulierte wild in die Richtung des Berges. Seine Lippen formten Worte, die vom Sturm davongerissen wurden, ehe sie mein Ohr erreichten. Aber ich begriff auch so, was er meinte, und nickte.

Der Sturm steigerte sich zu unbeschreiblicher Wut, während ich hinter Ixmal um den Berg herumtaumelte. Funken stoben aus dem Fels. Kopfgroße Steine regneten auf uns herab und zerbrachen rings um uns, und plötzlich hob sich dicht vor meinen Füßen der Boden und zerriss zu einem halbmeterbreiten, gezackten Schlund.

Ixmal setzte mit einer eleganten Bewegung über den Spalt hinweg und stürmte weiter. Ich musste ihm folgen, ob ich wollte oder nicht.

Kurz bevor wir die Höhle erreichten, drehte ich mich im Laufen um und blickte in den Sturm zurück. Wo war Shadow? Aber ich sah weder die El-o-hym noch die Felsen, hinter denen wir Deckung gesucht hatten.

Unser Lager, Shadow, die Mojave-Wüste, der Himmel – alles war verschwunden. Stattdessen brodelte dort etwas Gigantisches, Schwarzes, das rasend schnell herankam, Sand und Steine und mannsgroße Felsen wie dürres Laub in die Höhe reißend und zermalmend.

Ich ließ Ixmals Hand los und rannte so schnell ich konnte. Hinter uns heulte der Urgroßvater aller Stürme heran.

Reynaud de Maizieres sah die Schwertklinge heransausen, duckte sich instinktiv darunter hinweg und schlug dem Mann die geballten Fäuste in den Leib, ohne auch nur zu denken. Der Templer krümmte sich mit einem keuchenden Laut, taumelte zurück und fiel mit schmerzverzerrtem Gesicht auf die Knie, aber sofort war ein zweiter Mann zur Stelle, drosch mit dem Schwert nach Reynauds Kopf und versuchte gleichzeitig, ihm die Beine unter dem Leib wegzutreten.

De Maizieres fing den Schwertarm des Mannes mit dem Unterarm ab, packte blitzschnell sein Handgelenk und verdrehte es mit einem kurzen, harten Ruck. Der Krieger ließ seine Klinge fahren und fiel schreiend zu Boden, aber Reynaud de Maizieres beachtete ihn gar nicht mehr. Blitzschnell hob er das Schwert auf, packte die Klinge mit beiden Händen und führte einen gewaltigen Rundschlag.

Er traf niemanden, aber die drei Templer, die ihren beiden Kameraden zur Hilfe hatten eilen wollen, brachten sich mit schnellen Sprüngen in Sicherheit, und für einen Moment hatte de Maizieres Luft. Hastig wich er zurück, hob auch die Waffe des zweiten Tempelritters auf und warf sie Jean Balestrano zu, der das Schwert geschickt auffing und mit gespreizten Beinen festen Stand suchte.

Erst jetzt kam Reynaud de Maizieres der furchtbare Anblick richtig zu Bewusstsein, den der Gang vor ihm bot. Von den anderthalb Dutzend Kriegern, die sie bei ihrer Ankunft hier unten erwartet hatten, lebte noch gut die Hälfte – und diese Krieger waren dabei, sich gegenseitig umzubringen!

Aber Reynaud de Maizieres blieb nicht einmal Zeit, sich nach dem *Warum* dieses schrecklichen Geschehens zu fragen, denn schon wurden er und Balestrano erneut angegriffen, diesmal von gleich vier Männern, die offensichtlich aus dem Schicksal ihrer beiden Vorgänger gelernt hatten, denn sie versuchten nicht mehr, den Tempelherrn im ersten Ansturm zu überwältigen, sondern umkreisten ihn in respektvollem Abstand und suchten nach einer Lücke in seiner Deckung.

Reynaud de Maizieres musterte die Angreifer kalt. Er hatte keine Angst; die hatte er niemals, wenn er kämpfte, selbst gegen so einen so übermächtigen Gegner wie jetzt. Außerdem war er ziemlich sicher, es selbst mit diesen vier Männern zugleich aufnehmen zu können. Nicht umsonst galt er als einer der gefährlichsten Männer, die jemals das weiße Gewand der Tempelherren angezogen hatten.

Was ihn vielmehr entsetzte, war die Tatsache, dass die Männer ihn und Balestrano angriffen. Jean Balestrano war das Oberhaupt des Templerordens, und diese Krieger waren einzeln und sorgsam ausgewählt worden. Ein Verrat auch nur eines Einzigen dieser Elitemänner war undenkbar! Und jetzt war gleich die Hälfte von ihnen zu Verrätern geworden. »Brüder!«, rief Balestrano. »Besinnt euch! Ihr wisst nicht, was ihr tut!«

Die Antwort eines der Angreifer bestand aus einem irren Lachen und einem Schwerthieb nach Balestranos Hals, der den alten Mann mit Sicherheit getötet hätte, hätte sich Reynaud de Maizieres nicht gedankenschnell dazwischengeworfen und den Hieb mit seiner eigenen Klinge aufgefangen.

Auf diesen Moment hatten die drei anderen nur gewartet. Gleichzeitig rissen sie ihre Schwerter hoch und drangen auf Reynaud de Maizieres ein. Reynaud fing einen der Hiebe mit seiner eigenen Klinge auf, blockte den Waffenarm eines zweiten Mannes mit der bloßen Hand ab und spürte einen furchtbaren Schmerz an der Seite, als die Klinge des dritten über seine Rippen schrammte und eine blutige Furche in seine Haut grub.

Das schien die letzte Barriere zu brechen. Reynaud de Maizieres wurde zum Berserker. Seine Klinge zischte wie ein silberner Blitz durch die Luft und fällte die drei Männer mit einem einzigen, unglaublich kraftvollen Hieb. Den vierten Angreifer richtete Jean Balestrano selbst.

Aber es war nur eine kurze Atempause, die den beiden Tempelherren vergönnt war. Der Kampf vor ihnen näherte sich rasch seinem Ende. Die wenigen Templer, die nicht dem Wahnsinn verfallen waren, wurden einer nach dem anderen niedergemacht und schon nach Augenblicken sahen sich Balestrano und Reynaud de Maizieres abermals einer erdrückenden Übermacht von Gegnern gegenüber.

»Ich flehe euch an, Brüder, besinnt euch!«, rief Balestrano. Seine Stimme zitterte, und seine Augen waren weit vor Furcht. Aber Reynaud de Maizieres begriff rasch, dass es nicht die Angst vor dem Tode war; die kannte Jean Balestrano so wenig wie er, wussten sie doch beide, dass nach dem Ende ihrer körperlichen Existenz nur der Übergang in eine andere, weit bessere Welt folgen würde.

Nein, das, was das Oberhaupt des Templerordens schier zur Verzweiflung trieb, war das unglaubliche Geschehen selbst. Noch vor Minuten hätte jeder dieser Männer mit Freuden sein Leben gegeben, um Jean Balestrano zu schützen. Jetzt hatten sie sich in gnadenlose Killer verwandelt!

Die sieben übrig gebliebenen Männer – drei von ihnen waren schwer verwundet, wie Reynaud mit einem raschen Blick feststellte – rückten nun in breiter Front gegen ihn und Balestrano vor. Reynaud de Maizieres fuhr sich nervös mit der Zungenspitze über die Lippen. In der Enge des Stollens war ein Ausweichen so gut wie unmöglich. Seine Beweglichkeit, die einen Gutteil seiner Überlegenheit im Kampf ausmachte, würde ihm hier nicht mehr viel nutzen.

Noch einmal versuchte Balestrano die wahnsinnig gewordenen Templer zur Vernunft zu bringen. »Beruhigt euch, Brüder!«, rief er. »Was immer geschehen sein mag, wir können darüber reden!«

Einer der Männer lachte hässlich und täuschte einen Angriff vor, zog sich aber hastig zurück, als Reynaud de Maizieres mit dem Schwert nach ihm schlug.

Ganz langsam rückte die Reihe der sieben Angreifer vor. Und im gleichen Maße wichen Reynaud de Maizieres und Jean Balestrano zurück. De Mazieres machte sich keine Illusionen mehr. Sie waren in die Enge getrieben, und sie standen Männern gegenüber, denen es offensichtlich vollkommen gleichgültig war, was mit ihnen geschah. Selbst wenn es ihm gelang, die meisten oder gar alle der Angreifer zu töten, würden sie gemeinsam sterben. Ein Mann, der keine Rücksicht mehr auf sein eigenes Leben nimmt, ist ein unschlagbarer Gegner.

Schließlich waren sie bis an die rückwärtige Wand zurückgetrieben. Reynaud de Maizieres hieß Balestrano mit einer Kopfbewegung hinter ihn zu treten, nahm mit gespreizten Beinen vor dem greisen Tempelherren Aufstellung und packte sein Schwert mit beiden Händen.

Aber der Angriff, auf den er wartete, kam nicht.

Die Reihe der sieben Tempelritter rückte weiter vor, blieb dann aber plötzlich wie auf ein geheimes Kommando hin stehen, wenngleich mit stoßbereit erhobenen Klingen, sodass Reynaud es nicht wagte, auch nur einen Schritt zu tun.

Und dann, wie aus dem Nichts, erschien eine weitere Gestalt hinter den Tempelrittern.

Der Mann war groß, relativ schlank und hatte dunkles Haar, dazu einen dunklen, sehr sorgfältig ausrasierten Bart, der ihn älter erscheinen ließ, als er sein mochte. Er war eine Spur zu elegant gekleidet, um auf einer normal belebten Straße nicht aufzufallen. In der rechten Hand trug er einen Spazierstock mit einem übergroßen, leicht gelblich schimmernden Knauf aus einem sonderbaren Kristall, in den ein dunkles Etwas eingeschlossen war. Das Sonderbarste aber war sein Haar, denn über seinem linken Auge beginnend zog sich eine schlohweiße, blitzförmig gezackte Strähne bis weit über seinen Scheitel hin.

Der Mann war Reynaud de Maizieres vollkommen unbekannt, aber Jean Balestrano stöhnte bei seinem Anblick erschrocken auf. »Sie?«, keuchte er.

Der Mann mit der gezackten Haarsträhne lachte leise, machte eine Bewegung mit der Linken und scheuchte die Templer beiseite, die Balestrano und Reynaud de Maizieres noch immer in Schach hielten. Er kam näher. Dass er dabei in die Reichweite von Reynaud de Mazieres' Schwert geriet, schien ihn nicht zu stören. Ein böses, heimtückisches Funkeln erschien in seinen dunklen Augen.

Reynaud de Maizieres drehte sich halb herum und sah Balestrano an. »Du kennst diesen Mann, Bruder Jean?«, fragte er.

Balestrano antwortete nicht. Stattdessen lachte der unheimliche Fremde erneut, hob seinen Spazierstock und tippte Reynaud de Maizieres mit seinem Ende vor die Brust. Reynaud musste sich zurückhalten, um nicht mit dem Schwert zuzuschlagen.

»Sie!«, keuchte Balestrano noch einmal. »So ... halten Sie also Ihr Wort.«

»Mein Wort?« Der Mann mit der Strähne lachte böse. »Aber, aber, Bruder Jean. Welches Wort? Als wir uns das letzte Mal sahen, habe ich Ihnen das Versprechen abgenommen, mich und meine Freunde in Ruhe zu lassen, nicht wahr? Davon, dass es auch umgekehrt so ist, war niemals die Rede.«

Balestrano sog zornig die Luft ein. »Was hat das zu bedeuten?«, fragte er mit einer Geste in den Gang. »Warum bringen Sie meine Leute dazu, sich gegenseitig zu töten?«

»Nur die, die sich meinem geistigen Einfluss widersetzen«, sagte der Fremde lakonisch.

Balestranos Gesicht verhärtete sich. »Sie beginnen einen Krieg, Craven«, sagte er. »Das ist Ihnen klar. Sie können mich töten; und Bruder Reynaud hier auch, aber wir sind ersetzbar. Nach uns werden andere kommen, die den Kampf fortsetzen. Sie werden für das bezahlen, was hier geschehen ist.«

Craven lachte. »Aber nicht doch. Ich habe nicht vor, Ihnen oder Ihrem Begleiter ein Haar zu krümmen. Geben Sie mir, was ich haben will, und Sie werden mich niemals wiedersehen.« Er hob den Spazierstock und deutete damit auf die niedrige Tür, vor der Balestrano und Reynaud de Maizieres Aufstellung genommen hatte.

Balestrano erbleichte. »Das Gehirn?«, keuchte er.

Craven nickte. »Das Gehirn«, bestätigte er. »Sie haben die Wahl, Bruder Jean. Sie können es mir freiwillig ausliefern und leben, oder ich töte Sie und nehme es mir.«

»Niemals!«, keuchte Balestrano.

»Wie du willst, alter Narr«, sagte Craven. Mit einem Male klang seine Stimme hart, kaum mehr menschlich, sondern fast wie die einer Maschine. »Dann eben anders.«

Reynaud de Maizieres spannte sich, auf einen Angriff der sieben Templer gefasst. Aber stattdessen traten die Männer auf einen Wink Cravens hin einen Schritt zurück. Der Mann mit der weißen Haarsträhne hob seinen Spazierstock. Etwas klickte und plötzlich glitt eine dünne, rasiermesserscharf geschliffene Klinge aus dem hölzernen Schaft, der in Wahrheit nichts anderes als ein Stockdegen war.

Reynaud de Maizieres blickte fast verblüfft auf die zerbrechliche Klinge, dann auf das wuchtige Breitschwert in seinen Händen. War dieser Craven verrückt geworden? Ein einziger Hieb seines Breitschwertes musste seine Spielzeugwaffe wie einen Zahnstocher zerspringen lassen.

Der Tempelherr knurrte siegesgewiss, ließ seine Klinge pfeifen und drang mit einem gellenden Kampfschrei auf Craven ein. Aber der Mann mit der weißen Haarsträhne sprang mit einem behänden Satz zur Seite, stieß mit einer unglaublich raschen Bewegung nach Reynaud de Maizieres' Waffenhand und fügte ihm einen zwar ungefährlichen, aber heftig blutenden Stich im Handgelenk zu.

»Gib Acht, Bruder Reynaud«, sagte Balestrano. »Er ist ein Magier!«

Craven lachte schrill, als er diese Worte hörte. Ein hässliches, unbeschreiblich höhnisches Lächeln verzerrte seine Lippen, und in seinen Augen loderte ein fast wahnsinniges Feuer. Immer schneller und schneller zuckte seine Klinge nach Reynaud de Maizieres' Gesicht und immer schwerer fiel es dem Templer, dem tödlichen Stahl auszuweichen. Er schwang sein eigenes Schwert mit beiden Händen und versuchte, die zerbrechliche Klinge Cravens zu treffen, aber der Fremde kämpfte mit einer Schnelligkeit und Eleganz, wie sie Reynaud de Maizieres noch niemals zuvor im Leben gesehen hatte.

Ohne dass er es selbst bemerkt hatte, musste er Craven doch getroffen haben, denn auf seinem Gesicht war plötzlich Blut und Reynaud sah, dass er eine winzige, aber sehr tiefe Wunde an der linken Schläfe hatte. Der Anblick erinnerte ihn an irgendetwas, aber Craven gab ihm keine Zeit, seine Gedanken zu ordnen.

Abermals griff er an und diesmal so schnell, dass Reynaud de Maizieres' Reaktion nicht mehr rasch genug kam. Seine Klinge kreiselte in einer eigentlich unmöglichen Bewegung um die de Mazieres' herum und traf seine Waffenhand. Mit einem Schmerzensschrei ließ Reynaud de Maizieres seine Klinge fallen, fiel auf die Knie und presste die verwundete Hand gegen den Leib. *Das ist also das Ende,* dachte er, matt und ohne jede Furcht oder Bitterkeit.

Aber Craven tötete ihn nicht. Stattdessen lachte er abermals sein schrilles, höhnisches Lachen, stieß die Klinge in ihre hölzerne Hülle zurück – und schlug Jean Balestrano den kristallenen Knauf des Stockes gegen den Schädel.

Ohne einen Laut ging der Oberherr des Templerordens zu Boden.

Craven fuhr herum, hob seinen Stock und ließ den Knauf auf Reynaud de Maizieres' Schläfe niederkrachen.

Das Letzte, was der französische Tempelherr sah, war das Gesicht Robert Cravens, zu einem hämischen Lachen verzerrt. Und dann, eine halbe Sekunde, ehe ihn die barmherzige Dunkelheit umfing, die weit offen stehende Tür von Sarim de Laurecs Zelle.

Sie war leer.

Die Höhle war im Grunde keine Höhle, sondern ein Riss im Fels, so schmal, dass wir hintereinander stehen mussten, aber durch eine

Laune der Natur war der Berg so geborsten, dass wenige Schritte hinter dem Eingang des Hohlraumes ein Knick von neunzig Grad entstanden war. Die Wut des Sturmes reichte nicht aus, diese Biegung mitzumachen, und so standen wir zwar wie die Ölsardinen hintereinander, waren aber wenigstens aus dem tosenden Weltuntergang heraus. Ich konnte sogar atmen, ohne jedes Mal ein Pfund Sand zu schlucken.

Eine Unterhaltung hingegen war nicht möglich. Der Sturm steigerte sich zu dem apokalyptischen Inferno, das mir Shadow gezeigt hatte, und sein Brüllen wuchs derart an, dass wir uns selbst hier drinnen die Ohren zuhalten mussten.

Länger als eine Stunde standen wir so da, in einer äußerst unbequemen, aber sicheren Stellung, bis das Lärmen und Tosen allmählich abnahm und schließlich ganz verstummte. Ixmal, der als letzter die Höhle betreten hatte, erbot sich, hinauszugehen und nach dem Rechten zu sehen – was blieb ihm auch anderes übrig? Er musste ohnehin zuerst aus dem Berg kriechen, denn der Spalt war zu schmal, als dass ich oder einer der anderen uns an ihm hätten vorbeischieben können.

Ixmal blieb länger weg, als mir lieb war. Wahrscheinlich war es nicht sehr viel mehr als eine Minute, aber ich litt Höllenqualen während dieser Zeit. Schließlich kam der junge Indianer zurück und verkündete, dass der Sturm vorbei und alles in Ordnung sei. Sein Gesicht war sonderbar ausdruckslos bei diesen Worten.

Als ich auf Händen und Knien aus dem Berg kroch, verstand ich auch, warum.

So warnungslos, wie er aufgekommen war, war der Sturm weitergezogen, um anderswo weiterzutoben; vielleicht hatte er sich in seiner Wut auch selbst aufgezehrt. Aber der felsige Hang, an dem wir am Abend zuvor unsere Lager aufgeschlagen hatten, hatte sich vollkommen verändert.

Um mit dem Schlimmsten zu beginnen – unser Lager war fort.

Nicht etwa zerstört oder verwüstet oder vom Sand zugeschüttet, sondern weg.

Wo der flache Felskrater gewesen war, erstreckte sich eine ebene, leicht geriffelte Sandmasse. Unsere Zelte waren verschwunden, genauso wie die Pferde.

Aber auch die Landschaft, die sich dahinter erstreckte, hatte sich auf erschreckende Weise verändert. Am Abend zuvor, als wir im letzten Licht der brennenden Wüstensonne unsere Lager aufgeschlagen hatten, hatte sich das Schatten- und Felslabyrinth einer Steinwüste dort erstreckt, bis es am Horizont mit dem Abendhimmel verschmolz. Jetzt sah ich nur noch Sand. Sand, so viel ich wollte.

»Gütiger Gott!«, flüsterte Postlethwaite neben mir. »Was ist da passiert?«

Ich sah ihn an. Sein Gesicht war totenbleich. Er sah aus wie ein Mann, der gerade den Beweis dafür bekommen hatte, dass es den Weihnachtsmann noch gibt.

»Nichts Außergewöhnliches, Lance«, sagte Buffalo Bill, der in diesem Moment hinter uns aus dem Felsspalt gekrochen kam, sich schnaubend in die Höhe stemmte und ebenso zornig wie vergeblich versuchte, den Sand aus seinen Kleidern und dem Haar zu bekommen.

»Nichts Außergewöhnliches!«, wiederholte Postlethwaite mit überschnappender Stimme. »Wir verlieren unsere gesamte Ausrüstung, unser Wasser, die Tiere und unsere Karten, und das ist nichts *Außergewöhnliches?!*«

»Hier nicht«, bestätigte Cody, in einem Ton, der beinahe gelangweilt klang. In seinen Augen blitzte es auf, als er sich von Postlethwaite abwandte und mich ansah. »Ich habe dich gewarnt, hierherzukommen«, sagte er. »Das war nur ein Vorgeschmack. Solche Sandstürme kommen hier alle naselang vor.«

»Nun«, wandte Annie ein, »solche Sandstürme vielleicht nicht, aber –«

»Papperlapapp«, unterbrach sie Buffalo Bill verärgert. »Ob so einer oder nur halb so schlimm, spielt ja wohl keine Rolle. Auf jeden Fall ist das das Ende unserer kleinen Expedition.«

»Aber –«

Cody schnitt mir mit einer bestimmten Geste das Wort ab, als ich widersprechen wollte. »Zum Teufel, ich weiß, was du sagen willst. Aber so, wie die Sache im Moment aussieht, ist es Selbstmord, auch nur einen Schritt weiterzugehen. Lance hat Recht – wir haben keine Ausrüstung mehr, keine Pferde, keinen einzigen Schluck Wasser. Und diese Drachenburg kann hundert Meilen entfernt sein. Oder tausend.«

Einen Moment lang starrte ich ihn wütend an. Aber dann schluckte ich die scharfe Antwort, die mir auf den Lippen lag, herunter, wandte mich mit einem Ruck ab und starrte nach Westen.

Das Schlimme war ja, dass Cody Recht hatte. Und dass mir kein einziges auch noch so dünnes Argument einfiel, mit dem ich widersprechen konnte. Die auf so bizarre Weise veränderte Wüste erstreckte sich vor mir so weit ich blicken konnte – und wahrscheinlich noch ein gehöriges Stück darüber hinaus. Selbst wenn ich die genaue Lage der Drachenburg gekannt hätte, wäre es aussichtslos gewesen, weitergehen zu wollen.

»Okay«, sagte Cody, als klar wurde, dass ich nicht mehr antworten würde. »Sehen wir, ob wir noch ein paar klägliche Überreste unserer Sachen finden. Und danach machen wir uns auf den Rückweg. Dreißig Meilen zu Fuß und ohne Wasser sind alles andere als ein Spaziergang.«

Ich schenkte ihm einen wütenden Blick, fuhr herum und stapfte durch den lockeren Sand zu einem Felsen, auf den ich mich setzten konnte.

Es war zum Verzweifeln! Alles hatte so gut begonnen, trotz aller Schwierigkeiten! Nachdem es gelungen war, Monahseetahs Fluch von Sitting Bull zu nehmen, hatte die Drachenburg meines Lieblingsfeindes Necron scheinbar zum Greifen nahe vor uns gelegen!

Dreißig Meilen tief waren wir in diese verdammte Wüste vorgedrungen, geführt von Shadow, die mit ihren magischen Sinnen die genaue Position der Drachenburg zwar nicht erspüren, uns aber immerhin die Richtung weisen konnte, in der wir zu suchen hatten. Noch einen Tag, vielleicht zwei, und ich hätte Necron einen Überraschungsbesuch abstatten können, den er niemals vergessen würde.

Für wenige Stunden hatte ich sogar echte Hoffnung geschöpft. Eine El-o-hym, ich selbst und ein Sitting Bull, von dem ich jetzt wusste, dass er ein Magier wie ich war, nur ungleich mächtiger – wir zusammen hätten vielleicht sogar eine realistische Chance gehabt, Necron zu überwinden. Oder ihn wenigstens so lange hinzuhalten, bis ich Priscylla befreit hatte. Zum ersten Mal, seit ich diesen fast aussichtslosen Kampf aufgenommen hatte, waren die Karten zu meinen Gunsten verteilt gewesen.

Und dies alles war zunichte gemacht worden von etwas so Banalem wie einem Sandsturm! Ich hätte schreien können vor Wut.

Ich hörte Schritte, sah auf und erkannte Shadow, die es wie ich vorgezogen hatte, sich nicht an der aussichtslosen Sandbuddelei der anderen zu beteiligen, sondern die Kräfte lieber für den Rückweg aufzusparen. Sie lächelte, aber es wirkte sehr traurig. Ohne ein Wort ging sie vor mir in die Hocke, streckte die Hand aus und ergriff meine Finger. Die Berührung tat gut, und nach einem Moment des Zögerns griff ich zu und erwiderte ihren Händedruck.

»Du tust dir keinen Gefallen damit, wenn du jetzt verzweifelst«, sagte sie.

»Liest du schon wieder meine Gedanken?«, schnappte ich zornig. Mein gereizter Ton tat mir fast augenblicklich wieder leid, aber Shadow nahm meine Worte nicht übel.

»Nein«, sagte sie. »Aber das ist auch nicht nötig. Du siehst nicht gerade fröhlich aus.«

»Glaubst du, ich hätte Grund dazu?«, murmelte ich.

Shadow seufzte. »Natürlich nicht«, sagte sie. »Verzeih. Aber noch ist nichts verloren. Necron läuft dir nicht davon.«

»Wie beruhigend.«

Shadows schmale, wie mit feinen, weißen Strichen gezeichneten Brauen zogen sich zu einem unwilligen »V« zusammen. Mit einer fast groben Bewegung löste sie ihre Hand aus der meinen und stand auf.

»Es gibt zwei Möglichkeiten, Robert«, sagte sie. »Die eine ist, wir machen kehrt und versuchen die nächste Stadt zu erreichen, ehe uns die Sonne oder der Durst umbringen. Danach können wir in aller Ruhe einen Plan ausarbeiten, wie Necrons Rattenloch zu finden und zu nehmen ist. Du kannst natürlich auch hier bleiben und dir selbst leid tun, wenn du willst.«

Das wirkte. Shadow hatte ja Recht. Die Burg des Zauberers existierte seit Tausenden von Jahren, und Pri, meine geliebte Pri, die zu befreien ich hierhergekommen war, befand sich nun schon seit annähernd einem Jahr in Necrons Klauen. Ein paar Tage mehr oder weniger – was machte das schon?

Das jedenfalls war es, was mein Verstand mir sagte.

Mein Gefühl behauptete etwas anderes.

Jede Sekunde, die ich länger von Priscylla getrennt sein musste, bedeutete eine Ewigkeit der Qual für mich.

»Du liebst sie immer noch, nicht wahr?«, flüsterte Shadow.

Ich antwortete nicht, und auch Shadow schwieg eine ganze Weile. Schließlich ergriff sie abermals meine Hand, und diesmal war ihre Berührung viel sanfter und irgendwie tröstend.

»Ihr seid sonderbare Wesen, ihr Menschen«, murmelte sie. »Ihr vollbringt Dinge, die eigentlich unmöglich sind, wenn ihr um euer Leben kämpft. Und dann seid ihr bereit, das gleiche Leben eines Gefühles wegen zu opfern.«

Ich sah sie an. Ihre Worte klangen sonderbar. Ich wusste zwar, dass sich hinter der menschlichen Gestalt, die die El-o-hym angenommen hatte, ein Wesen verbarg, das auf seine Art vielleicht ebenso fremd und unverständlich war wie die GROSSEN ALTEN selbst. Und trotzdem spürte ich irgendwie, dass diese Worte nicht aufrichtig waren. Nicht, dass sie log. Aber es kam mir so vor, als versuchte Shadow sich mit ihren eigenen Worten über etwas hinwegzutäuschen. Etwas, vor dem sie panische Angst zu haben schien.

»Was ist das?«, fuhr sie fort. »Liebe?«

»Weißt du das wirklich nicht?«, antwortete ich, ebenso leise wie sie und ohne den Blick von ihren Augen zu nehmen. Der Ausdruck von Schrecken darin wurde größer. »Oder willst du es nur nicht wissen, Shadow?«

»Unsinn«, behauptete Shadow, aber das Wort kam viel zu schnell und eine Spur zu heftig, um noch überzeugend zu wirken, so wenig wie das, was sie danach sagte: »Liebe ist durch und durch ein menschliches Gefühl, Robert, und eure Gefühle sind mir fremd. Ich bin hier, weil ich eine bestimmte Aufgabe zu erfüllen habe, aus keinem anderen Grund.«

»Und weil Hastur es dir befohlen hat, nicht wahr?«, fügte ich spöttisch hinzu. »Du belügst dich selbst, Shadow. Du bist viel zu lange Mensch gewesen, um nicht längst zu wissen, was menschliche Gefühle sind. Ihr El-o-hym mögt unglaublich mächtige Wesen sein, aber auch eure Seelen sind nicht unverwundbar.«

Shadow senkte den Blick. Sie schwieg. Hätte ich in diesem Moment auch nur geahnt, wie nahe ich mit meinen Worten der Wahrheit gekommen war, hätte ich den Mund gehalten. Aber so plapperte ich lustig weiter und drehte das Messer noch einmal genüsslich in der Wunde herum.

»Du kannst mich nicht täuschen, Shadow«, sagte ich. »Du hast längst Gefallen an dem Körper gefunden, in den du geschlüpft bist, und an dem Leben, das wir führen. Es ist verdammt kurz, verglichen mit dem, was dein Volk –«

»Hör auf!«, schrie Shadow. Plötzlich sprang sie in die Höhe, fuhr einen Schritt zurück, als hätte sie einen Schlag erhalten, und starrte mich beinahe hasserfüllt an. »Hör sofort auf, Robert«, sagte sie noch einmal, zwar nicht mehr so laut, aber in scharfem, unerklärlich aggressivem Ton.

»Warum?«, fragte ich beleidigt. »Bin ich der Wahrheit zu nahe gekommen?«

»Ja«, antwortete Shadow zornig. »Und ich danke dir dafür. Du hast mich vor einem schweren Fehler bewahrt, Robert Craven.«

Betroffen starrte ich sie an. Es war die Tatsache, dass sie meinen Namen in voller Länge aussprach, die mich begreifen ließ, wie sehr ich sie verletzt haben musste. Dieses so harmlos klingende *Robert Craven* riss in diesem Moment eine Kluft zwischen uns auf, die ich vielleicht nie wieder völlig würde schließen können.

»Ich ... Es tut mir leid, Shadow«, sagte ich.

»Das braucht es nicht«, antwortete Shadow kalt. »Ich sagte es bereits – du hast mir einen Gefallen erwiesen. Ich danke dir.« Und damit wandte sie sich um und eilte mit weit ausgreifenden Schritten zu Buffalo Bill und den anderen hinüber.

Aber es vergingen selbst jetzt noch Augenblicke, bis mir klar wurde, dass ich es wieder einmal fertig gebracht hatte, einen der wenigen Menschen, die wirklich meine Freunde waren, gründlich zu verletzen.

Es wurde sehr still in dem großen, abgedunkelten Raum, nachdem Balestrano aufgehört hatte, mit seiner leisen, angenehmen Stimme zu erzählen. Sie waren allein. Balestrano hatte die Diener hinausgeschickt, sobald das Essen und der Wein aufgetragen worden waren, und sich anschließend noch einmal davon überzeugt, dass auch wirklich niemand vor der Tür stand und lauschte – etwas, das noch vor Tagesfrist schier unmöglich gewesen wäre, denn bis zu diesem schicksalsschweren Abend hatte der Begriff *Misstrauen* ebenso wenig zum Wortschatz der Tempelherren gehört wie die Worte *Verrat* und *Brudermord.* Jetzt, schlagartig, hatte sich alles geändert.

Reynaud de Maizieres war nicht sicher, ob er die wahre Tragweite des unglaublichen Geschehens bisher wirklich begriffen hatte. Dort unten, in den geheimen Kellern des Templerkapitels, war weit mehr geschehen, als das Aufbegehren einiger abtrünniger Brüder gegen ihn und Bruder Jean. Was er erlebt hatte, war das Ende eines Mythos; Häresie, wie sie schlimmer nicht vorstellbar war.

Zum ersten Mal seit Bestehen dieses Hauses, ja, seit Gründung des

Ordens der Tempelherren hatten Brüder gegen Brüder gekämpft, hatte ein Templer die Hand und das Schwert gegen einen anderen Templer erhoben. Er selbst, Reynaud de Maizieres, hatte Träger der weißen Kutte erschlagen, und obwohl er keine Schuld daran trug und Bruder Balestrano ihm auf sein Bitten hin zwei Mal die Beichte abgenommen und ihn gesegnet hatte, fühlte er sich beschmutzt; besudelt auf eine Weise, die er nicht wieder würde gänzlich abwaschen können.

Aber schlimmer noch als dies alles war die vergangene Stunde gewesen. Balestrano und er waren nahezu gleichzeitig aus der Bewusstlosigkeit erwacht. Sie hatten den Stollen leer gefunden, de Laurecs Zelle verwaist, die Katakombe des Kristallgehirns beraubt. Die Verräter hatten selbst ihre Verwundeten mitgenommen. Mit letzter Kraft hatte de Maizieres sich und Bruder Balestrano nach oben geschleppt, die zahllosen Stufen der geheimen Treppe hinauf in den Teil des Kellers, in dem sie auf Hilfe hoffen konnten.

Was danach kam, verschwamm in Reynauds Erinnerungen. Sie waren gefunden und nach oben gebracht worden, wo sich Ärzte und gleich ein Dutzend Offiziere der Wachmannschaft um ihn und Balestrano gekümmert hatten. Ein paar Mal war er ohnmächtig geworden und das Nächste, woran er eine klare Erinnerung hatte, war der darauf folgende Morgen, als er in seinem Gelass im Westflügel des Kapitels erwacht war.

Jetzt war es beinahe Abend.

Natürlich hatte Reynaud de Maizieres sofort versucht, Kontakt mit Balestrano aufzunehmen, aber er war nicht einmal bis ins Vorzimmer des Tempelherren gekommen. Irgendetwas ging in dem riesigen Gebäudekomplex vor, etwas, das ihn über die Maße beunruhigte.

Männer kamen und gingen in großer Zahl, die meisten von ihnen hohe Würdenträger des Ordens, und obgleich Reynaud de Maizieres trotz hartnäckigen Fragens nicht einmal eine Andeutung zu hören bekam, fiel ihm doch eines auf: Manche von den Tempelrittern, die er sah, waren Männer, die Dienst in weit entfernten Ländern taten – in Amerika, Australien, Indien, Neukaledonien …

Und es war durch und durch unmöglich, dass sie innerhalb eines einzigen Tages den Weg nach Paris bewältigt haben sollten, nicht einmal mit dem schnellsten Schiff!

Aber er hatte sich gedulden müssen, bis es abermals dunkelte, ehe

Balestrano ihn endlich zu sich rufen ließ. Der alte Mann trug einen Turban aus weißem Verbandsstoff, und seine Augen glänzten krank. Vielleicht war es auch Angst, die Reynaud in seinem Blick las.

Und dann, endlich, hatte Balestrano zu erzählen begonnen, und Reynaud de Maizieres hatte zugehört, über eine Stunde lang und mit ständig wachsendem Schrecken und Unglauben. Er erfuhr Dinge, von denen er niemals zu träumen gewagt hätte – Balestrano erzählte ihm die Geschichte Sarim de Laurecs und seines Zusammentreffens mit Robert Craven. Er erfuhr von Necron, dem Herrn der Drachenburg, und der unseligen Allianz, die der Templerorden mit ihm eingegangen war, von den GROSSEN ALTEN und ihren schrecklichen Dienern, die hundert Mal schlimmer waren als Satan und seine höllischen Heerscharen, vom Fluch des Labyrinths von Amsterdam und dem Kristallgehirn, das es beherrschte. Dies und noch viel mehr, sehr viel mehr.

Als Jean Balestrano mit seinem Bericht zu Ende gekommen war, wusste Reynaud de Maizieres, dass der Ausdruck in seinen Augen Angst war. Und er verstand ihn. Denn auch er spürte das gleiche, ungläubige Entsetzen, das er im Blick des alten Mannes gelesen hatte.

»Nun weißt du alles, Bruder Reynaud«, schloss Balestrano. »Du bist einer der Wenigen, die die ganze Wahrheit erfahren haben.« Er lächelte bitter. »Unser finsteres Geheimnis. Ich muss dir den Schwur abverlangen, es niemandem anzuvertrauen; und sollte dein Leben davon abhängen.«

Reynaud de Maizieres nickte. »Meine Lippen werden versiegelt sein«, sagte er und schlug das Kreuzzeichen.

Balestrano beugte sich vor und hob mit zitternden Fingern das Weinglas, um seine vom langen Sprechen trocken gewordenen Lippen zu befeuchten. »Aber ich habe dich nicht nur zu mir gebeten, um dir all dies zu erzählen«, fuhr er fort.

»Auch das ist mir klar, Bruder Jean«, sagte er. »Ich habe Augen. Ich sehe.«

Balestrano lächelte milde. Dann wurde er wieder ernst. »Du kennst nun die Macht des Kristallgehirns«, fuhr er fort. »Und die Gefahr ist jetzt weit größer als damals, als es in unsere Hände fiel. Dieses unselige Gebilde des Teufels, zusammen mit der Macht Robert Cravens und dem Wissen von Bruder de Laurec, das ist kaum vorstellbar. Wir müssen alles in unseren Kräften Stehende tun, es wieder in unsere Hände zu bekommen.«

»Und Sarim de Laurec und Robert Craven zu töten«, fügte Reynaud de Maizieres hinzu.

Balestrano schwieg einen Moment. Das Nicken, mit dem er Reynaud schließlich zustimmte, wirkte sehr mühsam. »Ja«, sagte er. »Ich fürchte, es gibt keine andere Wahl mehr. Was gestern geschehen ist, beweist, dass nicht einmal die Mauern unserer Kerker fest genug sind, dem Ansturm übler Magie zu trotzen. Diese beiden müssen sterben und das Kristallhirn muss wieder hierher gebracht werden. Diesmal wird niemand erfahren, wo ich es hinbringe. Und ich werde dieses Geheimnis mit ins Grab nehmen.« Seine Augen wurden dunkel vor Sorge. »Ich habe gefehlt, Bruder Reynaud«, sagte er leise. »Was gestern hier geschehen ist, ist auch meine Schuld.«

»Unsinn«, protestierte Reynaud de Maizieres, aber Balestrano brachte ihn mit einer abrupten Geste zum Verstummen und sagte noch einmal:

»Ich bin schuld, Bruder Reynaud. Ich hätte das Kristallhirn zerstören sollen, gleich, wie hoch der Preis dafür gewesen wäre. Aber ich habe geglaubt, dass wir oder einer unserer Nachfolger sein Geheimnis ergründen und uns seine Kräfte nutzbar machen könnten. Ich wollte das Böse mit Kräften des Bösen bekämpfen und habe Böses dabei bewirkt.« Er schüttelte heftig den Kopf. »Nein«, sagte er. »Dieses unselige Ding muss vernichtet werden, ganz gleich, was es kostet.«

»Ich werde dir helfen, Bruder Jean«, sagte Reynaud de Maizieres impulsiv, aber wieder winkte Balestrano ab.

»Dir habe ich eine ganz andere Aufgabe zugedacht«, sagte er. »Du hast gesehen, dass ich die meisten unserer Brüder zu mir habe rufen lassen, sie von der Gefahr zu unterrichten, doch damit allein ist es nicht getan. Es müssen Boten in die Welt geschickt werden, um auch alle unsere Verbündeten zu warnen. Du wirst einer dieser Boten sein.«

Reynaud de Maizieres nickte. Er hatte halbwegs mit diesen Worten gerechnet, nach Balestranos komplizierter Einleitung. »Und wohin soll ich gehen?«, fragte er.

Balestrano zögerte einen winzigen Moment. »Ich ... habe dich auserwählt, einen der schwersten Gänge zu tun«, sagte er stockend. »Du wirst zusammen mit einigen unserer Brüder nach Amerika gehen, um dort Necron, den Herrn der Drachenburg, zu unterrichten.«

»Den –« Reynaud de Maizieres fuhr auf, aber Balestrano brachte ihn zum dritten Mal mit einer befehlenden Geste zum Schweigen.

»Ich weiß, dass es dir widerstrebt, dorthin zu gehen und mit einem Mann zu sprechen, der sich Mächten und Wesenheiten bedient, die unsere Feinde sind«, sagte er streng. »Und auch ich habe lange gezögert, den unseligen Pakt zu erneuern. Doch wie es scheint, bleibt uns keine andere Wahl. Craven und de Laurec werden das Kristallhirn erwecken, und wenn es ihnen gelingt, werden wir jede Hilfe brauchen, die wir bekommen können.«

»Auch die des Teufels?«, entfuhr es Reynaud de Maizieres.

Balestrano starrte ihn erschrocken an, und auch Reynaud kam erst jetzt wirklich zu Bewusstsein, was er gerade gesagt hatte. Aber dann nickte Bruder Jean nur; der erwartete strenge Verweis blieb aus.

»Wenn es sein muss, auch die«, sagte er. »Aber keine Sorge. Necron mag unser Feind sein, aber er fürchtet Robert Craven und die Macht der GROSSEN ALTEN wie wir. Wir müssen Burgfrieden mit ihm schließen. Du wirst zu ihm gehen und ihm dies sagen.«

»Der ... Weg ist sehr weit«, begann Reynaud de Maizieres.

Balestrano lächelte. »Nicht für dich. Ich werde dir ein weiteres Geheimnis unseres Ordens offenbaren, Bruder Reynaud. Vielleicht das größte überhaupt.« Er stützte die Hände auf die reich mit Schnitzereien verzierten Lehnen des Stuhles, stemmte sich mühsam in die Höhe und bedeutete Reynaud de Maizieres mit einer Geste, ihm zu folgen.

Sie verließen den Saal durch eine schmale, halb hinter einem Vorhang verborgene Tür, die in ein fensterloses Gelass führte. Im ersten Moment sah Reynaud de Maizieres nichts. Aber dafür spürte er umso deutlicher, dass sie nicht allein waren. Jemand war mit ihnen im Raum; jemand oder etwas, dachte er schaudernd. Die Luft hier drinnen roch sonderbar; alt und verbraucht, aber auch nach irgendetwas Fremdem. Reynaud de Maizieres schauderte erneut. Obwohl es hier drinnen so warm wie drüben im Saal war, fror er plötzlich.

Dann entzündete Balestrano eine Fackel, und der rote Schein vertrieb die Gespenster der Furcht, die mit der Dunkelheit herangekrochen waren.

Mit klopfendem Herzen sah sich Reynaud de Maizieres um. Der Raum war sehr klein und vollends leer, sah man von einem halb in die gegenüberliegende Wand eingelassenen, mit schweren, goldbeschlagenen Türen verschlossenen Schrank ab. Bruder Balestrano trat jetzt auf diesen Schrank zu, wechselte die Fackel von der Rechten in die Linke und machte sich mit der freien Hand an der Tür zu schaffen. Reynaud de Maizieres konnte nicht erkennen, ob er einen Schlüssel drehte oder was er genau tat, aber die beiden Türen schwangen plötzlich wie von Geisterhand bewegt auf, und dahinter lag …

Reynaud de Maizieres schrie gellend auf, als sein Blick auf das grün leuchtende, wabernde *Etwas* fiel, das hinter den Schranktüren zum Vorschein gekommen war.

Im ersten Moment glaubte er, in einen Tunnel zu blicken, einen Tunnel von unbestimmbarer Form und Länge, dessen Wände sich auf schier unmögliche Weise wanden und drehten und wie unter einem inneren, unheimlich grünen Feuer leuchteten. Aber dann bewegte sich der Höllenschlund; ein schweres, irgendwie schluckendes Zusammenziehen und Strecken, ein Teil des vermeintlichen Stollens kippte nach rechts und unten, wesenlose grüne Schatten trieben durch das Bild, und etwas Dünnes, Peitschendes griff aus der Decke, ringelte sich wie eine blind tastende Schlange hierhin und dorthin und verschmolz wieder mit dem grün leuchtenden Etwas.

»Es … es lebt!«, keuchte Reynaud mit schriller, überkippender Stimme. »Bei Gott, es … es lebt!!!«

»Nein«, sagte Balestrano ruhig. »Aber es ist auch nicht tot.«

Entsetzt starrte Reynaud de Maizieres den Tempelherren an. »Was … was ist das?«, keuchte er.

»Ein *Tor*«, sagte Balestrano leise. »Ein Überbleibsel jener Wesen, von denen ich berichtete, der GROSSEN ALTEN. Wir wissen nicht, wozu es wirklich gedient hat während der Zeit ihrer Herrschaft. Vielleicht ein Transportsystem, vielleicht auch etwas, das wir niemals begreifen können. Dir jedoch wird es helfen, in der Zeit eines Gedankens nach Amerika zu gelangen.«

Reynaud de Maizieres' Herz machte einen schmerzhaften Sprung. »Ich … ich soll dort hineingehen?«, keuchte er. Allein der Gedanke, auch nur einen Fuß auf diese widerlich grüne, pulsierende, lebende Masse setzen zu sollen, trieb ihm den Angstschweiß auf die Stirn.

»Es ist ungefährlich«, sagte Balestrano. »Zumindest so lange du nicht versuchst, vom vorgegebenen Weg abzuweichen. Und es dauert nicht lange. Du wirst sehen.« Diesmal war es keine Bitte mehr. Diesmal befahl er.

Und nach weiteren endlosen Sekunden des Zögerns nickte Reynaud de Maizieres.

»Ich werde gehen«, bestätigte er. Mühsam löste er den Blick von der pumpenden grünen Masse jenseits der Schranktüren. »Wann?«

»Die Krieger, die dich begleiten werden, sind bereit«, sagte Balestrano. »Und die Zeit ist knapp. Es wäre das Beste, du würdest gleich gehen.«

»Nun, umso eher bin ich zurück, nicht?«, antwortete Reynaud de Maizieres. Aber seine Stimme zitterte bei diesen Worten, und in seinen Augen stand ein Flackern, das den scherzhaften Ton Lügen strafte.

Balestrano nickte, wandte sich halb um und klatschte in die Hände.

Die Tür, durch die sie gekommen waren, wurde abermals geöffnet, und fünf weiß gekleidete Tempelritter traten ein. Auf ihren Gesichtern stand das gleiche lähmende Entsetzen geschrieben, das auch Reynaud de Maizieres beim Anblick des *Tores* verspürt hatte. Aber keiner von ihnen protestierte auch nur mit einem Laut, als Jean Balestrano auf den offen stehenden Schrank und das wabernde Maul des *Tores* deutete.

Wenige Augenblicke später beobachtete Reynaud de Maizieres, wie der erste Krieger durch die Tür trat und in einer flimmernden Wolke aus Licht und giftgrünem Glanz verschwand.

Er hatte Angst.

Die Sonne stand nicht mehr ganz so hoch am Himmel, sondern näherte sich bereits dem letzten Drittel ihrer Bahn, aber die Hitze hatte nicht nachgelassen. Das Gehen fiel mir schwer – und nicht nur mir –, obwohl wir unter allen gegebenen Umständen sogar noch Glück gehabt hatten: Der Sturm hatte die Wüstenlandschaft zwar vollkommen verändert, aber in der Richtung, in die sich unsere kleine Kolonne schleppte, überwog der Anteil von Fels und betonhart zusammengebackenem Boden, sodass wir mühelos von der Stelle kamen.

Trotzdem erschien mir jeder Schritt, den ich tat, unendlich mühsam. Denn es war nicht nur ein Schritt aus der Wüste heraus; nicht bloß ein weiterer Schritt, der uns näher an die kleine Postkutschenstation brachte, von der aus unsere fehlgeschlagene Expedition gestartet war, sondern zugleich auch ein Schritt, der mich fort von Priscylla führte, fort von Necrons Rattennest und allem, was ich dort zu finden hoffte.

Jetzt, im Nachhinein und bei klarer Überlegung betrachtet, gibt es wohl keine zufrieden stellende Erklärung für das, was ich an jenem Nachmittag tat. Vielleicht waren es einfach die Entbehrungen und die Mühen der letzten Tage und Wochen, vielleicht die nicht enden wollende Kette von immer wieder neu geschürten und auf grausame Weise enttäuschten Hoffnungen, vielleicht hatte mir auch einfach nur die Sonne ein wenig zu lange aufs Hirn geschienen – aber ich war in diesem Moment nicht mehr bei klarem Verstand.

Die Wüste, die Sonne, die weit auseinander gezogene Kette der anderen, deren Schluss ich bildete, der sanft auf und ab tanzende Staub, den der Sturm wie einen letzten Gruß in der Luft zurückgelassen hatte: Das alles wurde unwichtig, nahm plötzlich die Realität einer Traumlandschaft an.

Ich fühlte mich niedergeschlagen; deprimiert wie niemals zuvor in meinem Leben. Alles schien rings um mich zusammenzustürzen. Unser ganzes Tun, mein ganzer endloser Kampf gegen übermächtige Gegner schien mir plötzlich sinnlos geworden. Wenn ich jetzt aufgab, dann würde ich Priscylla endgültig verlieren.

Vielleicht wäre trotz allem nichts geschehen, hätte ich mich in diesem Moment – warum, wusste ich selbst nicht zu sagen – nicht herumgedreht und in die Richtung zurückgeblickt, aus der wir gekommen waren. Der Berg – eigentlich nur ein Haufen übereinander getürmter Felsen, die wie von einer Riesenhand so lange ineinander gequetscht worden waren, bis ein bergähnliches Etwas entstanden war – lag bereits Meilen hinter uns, denn Buffalo Bill schlug ein gehöriges Tempo an. Aus der großen Entfernung betrachtet, erschien es mir um so lächerlicher, dass all meine Hoffnungen am Fuße dieses Dreckklumpens ein so jähes Ende gefunden haben sollten.

Und dann sah ich …

Schatten.

Etwas, das wie Nebel aussah, aber keiner war, ein flüchtiges Huschen unheimlicher grauer Schemen, als teile sich die Wirklichkeit.

Und dann sah ich die Drachenburg.

Eigentlich war es nur eine Silhouette; ein fast absurd geformter Umriss, der für den Bruchteil einer Sekunde über der Wüste aufblitzte, gigantisch und dräuend und in den Farben des Wahnsinns gehalten.

Hätte ich auch nur einen winzigen Moment klar über meine Beobachtung nachgedacht oder gar mit einem der anderen darüber geredet, wäre mir klar geworden, dass ich nichts anderes als eine Luftspiegelung beobachtet haben konnte, vielleicht nicht einmal das, sondern nur ein Trugbild, das mir mein Unterbewusstsein vorgaukelte.

Aber ich dachte in diesem Moment nicht mehr.

Das Bild war längst verschwunden, aber es stand immer noch vor meinen Augen. Und dann sah ich noch etwas: ein schmales, von schulterlangem Haar eingerahmtes Gesicht, dunkle Augen, in denen ein verzweifeltes Flehen stand …

Priscyllas Gesicht!

Ich blieb stehen, wandte mich um und blickte zu den anderen hinüber. Unsere kleine Kolonne war auseinandergefallen; zwischen mir und Sitting Bull, der als Vorletzter ging, lagen gut fünfzehn Schritte. Niemand sprach, niemand blickte in meine Richtung.

Ich zögerte eine einzelne, endlose Sekunde.

Dann fuhr ich abermals herum und rannte zurück in die Richtung, in der der Berg und die Drachenburg lagen.

Geradewegs in die hitzezerkochte Endlosigkeit der Mojave-Wüste hinein …

Es hatte nur Sekunden gedauert. Aber es waren Sekunden, die Reynaud de Maizieres in seinem ganzen Leben niemals mehr vergessen sollte. Als Letzter der insgesamt sechs Männer war er in das Grauen erregende Gebilde getreten, das Bruder Balestrano mit dem harmlosen Namen *Tor* bezeichnet hatte, und für Sekundenbruchteile hatte er nichts außer einem blendenden, giftgrünen Licht wahrgenommen, einen grellen Schein, in dem sich sein Körper auflöste, wie er es bei den vor ihm gehenden Männern beobachtet hatte.

Er hatte sich herumgedreht, um noch einmal zu Balestrano zurückzublicken, aber der Schrank und der fensterlose Raum waren verschwunden gewesen; hinter ihm hatte sich das gleiche wahnsinnig machende grüne *Etwas* gestreckt und gebogen, das er schon zuvor beobachtet hatte, ein grässlicher lebender Schlauch, aus dessen Wänden gestaltlose Dinge nach ihm und den Männern griffen.

Der Boden unter seinen Füßen hatte gezittert und gebebt, und manchmal schienen riesige, lippenlose Münder nach ihm zu schnappen. Etwas Unsichtbares, Feuchtes und Warmes war über sein Gesicht geglitten, und während er von unsichtbaren Händen durch den Schlauch gezerrt und geschleudert wurde, jagten dunkle Schlünde an ihm vorbei, Abzweigungen, die geradewegs in den Wahnsinn führten. Balestranos Warnung fiel ihm wieder ein, und er widerstand der Versuchung, auch nur einen Blick in diese anderen Welten zu werfen.

Dann war es vorbei, so schnell, wie es begonnen hatte. Ein heller, pulsierender Fleck erschien am Ende des Tunnels, raste mit unglaublicher Geschwindigkeit auf Reynaud de Maizieres zu – und spie ihn auf einen schmalen, felsigen Sims.

Vor Überraschung verlor der Tempelritter das Gleichgewicht. Er fiel, stürzte auf Hände und Knie herab und warf sich mit einem krächzenden Schrei zurück, denn dicht vor ihm gähnte ein gut hundert Meter tiefer Abgrund, dessen Boden mit nadelspitzen Felsdornen gespickt war.

Eine Hand packte ihn bei der Schulter, riss ihn in die Höhe und ein Stück vom Rande des Felsabbruches zurück. Reynaud sah das Gesicht eines Templers vor sich, bleich vor Schrecken. Mit einem dankbaren Nicken streifte er die Hand des Mannes ab, fuhr sich glättend über das Haar und sah sich um.

Sie standen an der Flanke eines zerborstenen, annähernd lotrecht in die Höhe strebenden Berges. Der schmale Sims, auf dem sie herausgekommen waren, zog sich auf eine Strecke von vielleicht hundert Schritten unverändert am Berg entlang, machte dann einen scharfen Knick nach rechts und ragte, zum Anfang einer geländerlosen Brücke werdend, gute zehn Schritte ins Nichts hinaus, ehe er entlang einer zerborstenen Bruchkante endete. Reynaud de Maizieres schauderte. Einen Schritt weiter und …

Er zwang sich, den Gedanken nicht zu Ende zu denken, sondern wandte sich mit einem Ruck wieder um und sah den Mann an, der ihm auf die Füße geholfen hatte. »Ich danke dir, Bruder«, sagte er, wenn auch mit einiger Verspätung. Der Mann nickte stumm.

»Wie geht es weiter?«, fragte Reynaud.

Wieder antwortete der Mann ohne zu sprechen. Seine Hand deutete auf den Sims, dann auf die zersplitterte Felsbrücke hinauf und weiter nach Osten, direkt ins Nichts hinein. Reynaud de Maizieres'

Herz schien einen schmerzhaften Sprung zu machen, als er begriff, was die Geste zu bedeuten hatte.

»*Dort* entlang?«, vergewisserte er sich.

»Der Weg beginnt dort«, bestätigte der Templer. »Kommt, Herr.«

Reynaud schluckte die Antwort, die ihm auf der Zunge gelegen hatte, im letzten Moment hinunter. Äußerlich war er vollkommen ruhig, als er dem Tempelritter folgte und auf den jäh in die Höhe strebenden Brückenstumpf hinauftrat. Innerlich zitterte er vor Angst.

Die Hitze war ins Unerträgliche gestiegen. Jeder einzelne Schritt war eine Qual. Ich versank bis über die Knöchel im Sand; Staub wirbelte in dichten Schwaden rings um mich in der Luft, und das erbarmungslos grelle Licht gaukelte meinen Augen Dinge vor, die nicht da waren. Ich hatte Durst. Grässlichen Durst. Der Sand, durch den ich stolperte, schien sich an meine Beine zu klammern und mich festhalten zu wollen, und der Wind zerrte an meinem Haar und meinen Kleidern; ein heißer, böiger Wind, der meinem ohnehin ausgelaugten Körper auch noch das letzte Bisschen Flüssigkeit zu entziehen trachtete.

Ich wusste längst nicht mehr, wie lange ich schon unterwegs war. Die Sonne berührte als rot lodernder Flammenball den Horizont; es musste Abend sein, aber nach meinem Gefühl taumelte ich seit einem Jahrhundert durch die Wüste. Ein Dutzend Male war ich nahe daran gewesen, aufzugeben und umzukehren; und ebenso oft hatte ich wieder Priscyllas Gesicht vor meinem geistigen Auge gesehen.

Als ich endlich begriffen hatte, dass der Weg, den ich einschlug, allenfalls in den Tod führen konnte, war es zu spät. Selbst wenn ich es wollte, hätte ich nicht mehr umkehren können. Unser Kompass war zusammen mit dem Rest unseres Lagers vom Winde verweht worden, und mein Orientierungssinn musste mir irgendwo unterwegs abhandengekommen sein. Ich hätte den Rückweg nicht einmal mehr gefunden.

Alles, woran ich mich hatte orientieren können, war der Berg gewesen, an dessen Fuß unser Lager gelegen hatte. Aber auch der war in der endlosen Weite der Mojave verschwunden, und jetzt stolperte ich durch eine gigantische Einöde aus glatt geschliffenen Felsen und Sand und Hitze und noch einmal Sand und noch mehr Hitze. Mein

Herz schlug sonderbar schwer und langsam, und der Durst, der auf den ersten Meilen nur störend gewesen war, hatte die Grenze echten körperlichen Schmerzes erreicht und überstiegen.

Keuchend fiel ich auf die Knie. Ich versuchte den Sturz abzufangen, aber meine Hände versanken fast bis an die Ellbogen im lockeren, staubfeinen Sand.

Wäre ich nicht zu schwach gewesen, hätte ich schallend gelacht, als mir klar wurde, welch jämmerliches Ende ich nehmen würde. Und dies alles nur, weil ich für einen Moment auf mein Gefühl gehört hatte, statt auf das, was mir mein logisches Denken sagte. Es war zum Wahnsinnigwerden. Ich hatte gegen Gegner gekämpft – und sie besiegt! –, deren Macht der von Göttern gleichkam. Und jetzt würde ich hier jämmerlich verdursten, besiegt von einer Wüste, über deren Gefährlichkeit ich nur zu gut informiert worden war. Nun ja, dachte ich sarkastisch. Wenn es dem Esel zu wohl geht, geht er eben aufs Eis. Genauer gesagt, auf Sand.

Irgendetwas bewegte sich vor mir. Vielleicht eine Windbö, die mit Sand und Staub spielte, um mich zu narren, vielleicht auch ein weiterer grausamer Schmerz meines Unterbewusstseins, das mir – warum auch immer – ganz offensichtlich den Krieg erklärt hatte.

Aber dann wiederholte sich die Bewegung, sehr viel deutlicher als beim ersten Mal, und diesmal war ich sicher, dass es mehr als ein Spiel von Wind und Sand war.

Mühsam stand ich auf – was sich als gar nicht so einfach erwies, denn der lockere Sand gab immer wieder unter meinen Füßen nach –, sah mich instinktiv nach allen Seiten um und näherte mich der Stelle, an der ich die Bewegung ausgemacht zu haben glaubte.

Erst jetzt fiel mir auf, dass ich wieder an der Flanke eines der sonderbaren Geröllberge stand, die typisch für diesen Teil der Mojave waren. Offenbar hatte ich ganz instinktiv diese Richtung eingeschlagen, um überhaupt irgendein Ziel zu haben und nicht blind von einer Sanddüne zur anderen zu stolpern. Dicht vor mir fiel der Boden in sanftem Winkel ab, und erst jetzt sah ich, dass er eine regelrechte Senke bildete, einen flachen, absolut gleichförmigen Trichter, an dessen tiefster Stelle der Sand vollkommen eben war. Irgendetwas an diesem Anblick alarmierte mich, aber ich wusste nicht, was.

Einen Moment lang blieb ich stehen und sah mich um. Die Bewegung wiederholte sich nicht. Trotzdem ging ich weiter, setzte behutsam einen Fuß auf die Trichterwand und prüfte die Festigkeit des

Sandes. Sie war nicht gerade groß, aber wenn ich vorsichtig ging, würde er mich tragen.

Trotzdem schlitterte ich mehr in den Trichter hinab, als ich ging.

Der Boden unter meinen Füßen zitterte. Ganz sacht nur, aber doch spürbar.

Abrupt blieb ich stehen, rutschte auf dem feinen Sand aber doch ein gutes Stück weiter und fand erst Halt, als ich mich mit beiden Beinen und dem Ende meines Stockdegens in den Boden stemmte.

Für einen Moment.

Dann wiederholte sich das Zittern, und plötzlich drang ein tiefes, machtvolles Grollen und Knirschen direkt aus dem Boden heraus.

Dann explodierte der Trichter.

Eine Sandfontäne schoss zehn, fünfzehn Yards in die Höhe und in ihrem Zentrum wuchs etwas Gewaltiges, Glitzerndes heran, bäumte sich mit einem furchtbaren, gleichzeitig zischelnden wie grollenden Laut auf und fiel krachend zurück in den Sand. Etwas Schlankes, Horniges zuckte wie eine Peitschenschnur in meine Richtung, grub eine armlange Furche in den Sand neben mir und zog sich wieder zurück.

Entsetzt starrte ich das Monstrum an. Die furchtbare Erschütterung hatte mich von den Füßen gerissen und ein Stück weiter die Trichterwand hinabschlittern lassen, und noch immer regneten Sand und Staub auf mich herab, aber trotzdem konnte ich die Kreatur, die da so urplötzlich aus dem Boden gebrochen war, deutlich erkennen. Und jetzt wusste ich auch, woran mich der so harmlos erscheinende Trichter im Sand erinnert hatte. Nur kam diese Erkenntnis ein wenig zu spät …

Das fast mannslange *Ding*, das mich aus faustgroßen Augen anstarrte, war nichts anderes als ein Ameisenlöwe, einer jener hinterhältigen Insektenfresser, die in kleinen Sandmulden darauf warteten, dass ihnen Ameisen und andere Kriechtiere in die Falle laufen; eine Falle, die aus nichts anderem als eben diesem Trichter besteht, dessen Wände so fein zerkaut sind, dass der Sand kaum mehr Konsistenz als Wasser aufweist und ein Entkommen daraus schier unmöglich wird.

Nur dass dieses Exemplar jener unfreundlichen Gattung halb so lang war wie ein ausgewachsener Mensch und über Mandibeln verfügte, die mir mit einem freundlichen Zwicken den Arm abtrennen konnten …

Trotzdem schien das Ungeheuer zu zögern, einen Gegner von meiner Größe anzugreifen. Seine dunkelvioletten Augen musterten mich mit stummer Wut und die übermannslangen, dünnen Peitschenfühler, die beiderseits seines Maules aus dem Schädel wuchsen, zuckten nervös hierhin und dorthin und wirbelten den Sand auf. Aber es griff noch nicht an. Vielleicht war ich ihm wirklich ein wenig zu groß als Zwischenmahlzeit; vielleicht war es auch nur irritiert, weil es noch nie eine Ameise mit Bart und Lackschuhen gesehen hatte.

Gleichwie – der Moment erschien mir günstig, die Flucht zu ergreifen. Vorsichtig, um nicht auf dem lockeren Sand abermals den Halt zu verlieren und kopfüber zwischen die ungeputzten Zähne des Ungeheuers zu purzeln, stemmte ich mich hoch und begann rücklings den Trichter hinaufzugehen.

Genauer gesagt, ich versuchte es.

Der lockere Sand gab unter meinen Füßen nach wie Staub. Ich fiel, schlitterte einen weiteren Yard in die Tiefe und kam mit einem entsetzten Keuchen wieder zum Stillstand. Der Ameisenlöwe stieß einen grollenden Laut aus. Seine chitingepanzerten Beine wühlten im Sand.

Panik stieg in mir hoch. Ich wälzte mich herum, krallte Hände und Füße in den lockeren Sand und begann mit verzweifelter Kraft, den Hang hinaufzukriechen.

Ein Fehler, der mich um ein Haar den Kopf gekostet hätte. Im wortwörtlichen Sinne.

Das Rieseninsekt war vielleicht zu blöde, um zu erkennen, dass ich ganz und gar keine Ameise war – aber es war nicht zu dumm, meine reichlich lächerlichen Schwimm- und Kraulbewegungen als das zu erkennen, was sie darstellen sollten: nämlich als Flucht. Und es reagierte, wie ein Raubtier auf ein flüchtendes Opfer nun einmal reagiert.

Die Bestie stieß ein fürchterliches Röhren aus und bäumte sich auf. Plötzlich klatschte einer ihrer Peitschenfühler auf mich herab, bildete vor meinem Gesicht eine Schlinge und zog sich mit einem kurzen, harten Ruck zusammen. Hätte ich nicht blitzartig den Kopf zwischen die Schultern gezogen und mich gleichzeitig wieder ein Stück nach unten rutschen lassen, wäre es um mich geschehen gewesen.

Ich fuhr herum, sah einen titanischen Schatten auf mich zufliegen und riss instinktiv meinen Stock in die Höhe.

Ein heftiger Schlag traf meine Arme und trieb meine Ellbogen bis zu den Handgelenken in den Sand. Der Stock wurde mir entrissen. Dann schien ein Berg auf mich herabzustürzen. Die Luft wurde mir aus den Lungen getrieben. Ich sah nichts mehr.

Drei, vier Sekunden lang lag ich vollkommen reglos, bis die Erkenntnis, dass ich noch lebte, ganz langsam in mein Bewusstsein drang. Das Zischeln und Grollen des Ungeheuers hatte aufgehört, und stattdessen hatte sich eine fast unheimliche Stille über den Sandtrichter gebreitet.

Vorsichtig öffnete ich die Augen – und blickte direkt in das weit aufgerissene Maul des Ameisenlöwen. Seine Zähne befanden sich nur noch wenige Inches von meinem Gesicht entfernt. Die beiden Mandibeln hatten sich beiderseits meines Kopfes tief in den Sand gewühlt, bereit, zuzuschnappen und nachzuholen, was seinem Peitschenfühler misslungen war.

Aber das Ungeheuer stellte keine Gefahr mehr da. Es war tot. Sein eigener Sprung, mit dem es sich auf mich geworfen hatte, hatte den Stockdegen so tief in seinen Leib getrieben, dass seine Spitze aus den zerborstenen Chitinplatten seines Rückens hervorragte. Es musste auf der Stelle tot gewesen sein. Hätte es auch nur eine halbe Sekunde länger gelebt oder hätten sich seine Muskeln im Todeskampf noch einmal zusammengezogen ...

Ich verscheuchte diese wenig erfreuliche Vorstellung aus meinen Gedanken, schob ächzend die Hände unter den gepanzerten Leib des Monstrums und stemmte es in die Höhe. Es war leichter, als ich angesichts seiner ungeheuerlichen Größe vermutet hatte: Mein Stoß reichte aus, es in die Höhe und bis auf die gegenüberliegende Trichterwand zu schleudern. In einer Wolke von stiebendem Sand schlitterte es hinab, schlug einen grotesken Purzelbaum und begann im lockeren Sand des Trichterbodens zu versinken. Zusammen mit meinem Stockdegen, der noch immer in seinem Leib steckte!

Mit einem keuchenden Schrei sprang ich hoch, stolperte ihm nach und riss die Waffe aus seinem Leib, wobei ich sorgsam darauf achtete, nicht auf den runden Fleck von Treibsand zu treten, in dem das tote Monstrum versank. Sonderbarerweise klebte nicht ein Tropfen Blut am polierten Hartholzschaft des Degens.

Erst jetzt, als der erste Schrecken vorüber war und meine Gedanken wieder in gewohnt logischen Bahnen zu laufen begannen, fiel mir auf, dass dies bei weitem nicht alles war, was hier nicht stimmte.

Das Ungeheuer war viel zu leicht gewesen, und obgleich der Schaft meines Stockes aus sehr hartem Holz war, hätte er seinen Chitinpanzer normalerweise nicht durchdringen können. Es gibt kaum etwas Härteres als das Panzerhemd, das Mutter Natur ihren Insektenkindern auf den Leib geschneidert hat.

Aber der Kadaver des Ungeheuers war auf Nimmerwiedersehen im Treibsand verschwunden; ich würde dieses Rätsel ohnehin nicht mehr lösen können. Ebenso wenig wie die Frage, wo dieser Albtraum von einem Ameisenlöwen herkam.

Achselzuckend wandte ich mich um, ließ mich behutsam auf Hände und Knie herabsinken und begann auf diese wenig elegante Art, die Trichterwand hinaufzukriechen. Es dauerte lange, bis ich wieder auf sicherem Grund stand.

Und ich war nicht sehr sicher, ob es eine besonders kluge Entscheidung gewesen war, wieder hier heraufzukommen.

Ich war nicht mehr allein.

Wenige Schritte vor mir krochen drei braunrote Ameisen aus einer Felsspalte. Ich gehöre normalerweise nicht zu denen, die beim Anblick eines Insekts in Schreikrämpfe ausbrechen; erst recht nicht bei einem so harmlosen und nützlichen Tier wie einer Ameise. Aber jetzt stand ich kurz davor.

Ich kann nicht beurteilen, ob diese drei Ameisen in irgendeiner Form *nützlich* waren. Was ihre Harmlosigkeit anging, sah ich die Sache etwas konkreter. Es waren Prachtexemplare von Ameisen. Und sie waren ein wenig größer, als Formiciden normalerweise werden. Um genau zu sein – jede Einzelne von ihnen hätte eine prachtvolle Mahlzeit für den Ameisenlöwen abgegeben, dem ich gerade mit Mühe und Not entkommen war ...

Und als wäre mein plötzlicher Schrecken ein Angriffssignal für die drei schäferhundgroßen Biester gewesen, schossen sie im gleichen Augenblick auch schon auf mich los.

Mit einem verzweifelten Hüpfer brachte ich mich außer Reichweite der schnappenden Beißzangen und trat nach dem vordersten der Miniungeheuer.

Mein Fuß traf seinen Schädel und zertrümmerte ihn wie eine Eierschale.

Fassungslos vor Unglauben blieb ich mitten im Schritt stehen und starrte die tote Ameise an. So groß sie war, schien ihr Körper nicht wesentlich widerstandsfähiger als der einer normal gewachsenen

Ameise zu sein. Sicher, ich hatte mit der Kraft der Verzweiflung zugetreten, aber eine Ameise von der Größe eines Schäferhundes hätte – wären ihre Körperkräfte im gleichen Verhältnis mitgewachsen – mit Leichtigkeit ein Haus davontragen können!

Die beiden überlebenden Formiciden nutzten den Augenblick meines Staunens, sich mit schnappenden Kiefern auf mich zu stürzen. Die handlangen Beißzangen der einen schlossen sich um meinen Oberschenkel, während die andere mich schlichtweg ansprang; ein Verhalten, das bei einer Ameise einfach undenkbar ist. Instinktiv riss ich den linken Arm hoch, um mein Gesicht zu schützen, schlug mit der anderen Hand zurück und spürte, wie der Brustpanzer des Ungeheuers wie Glas zersprang. Mit zuckenden Beinen fiel die Bestie zu Boden.

Ich fuhr herum, packte die Beißzangen der dritten Ameise, bog sie auseinander und brach beinahe versehentlich eine davon ab. Die Ameise sprang mit einem wütenden Zischen zurück und funkelte mich an. Der ganze bizarre Kampf hatte nicht länger als eine halbe Minute gedauert.

Ich zog meinen Stockdegen aus der Hülle, packte die Waffe fester und drehte mich einmal im Kreis. Misstrauisch musterte ich den Felsspalt, aus dem die drei Riesenameisen herausgekrochen waren. In den finsteren Schatten dahinter bewegte sich etwas Großes, Glänzendes, Krabbelndes. Aber wenn dort weitere verhinderte Riesenameisen hockten, so hatten sie offensichtlich aus dem Schicksal ihrer drei Kumpel gelernt. Ich war beinahe enttäuscht, dass sich keines der Rieseninsekten mehr blicken ließ.

Trotzdem beendete ich meine Drehung und musterte aufmerksam jeden Quadratzoll meiner Umgebung, ehe ich mich vor einer der drei Ameisen in die Hocke sinken ließ und sie vorsichtig mit der Spitze meines Degens anstupste. Ihr Körper rollte hin und her wie eine leere Hülle. Wie bei dem Ameisenlöwen zuvor war nicht ein Tropfen Blut zu sehen.

Dafür kroch eine fette, schwarz behaarte Spinne aus dem zerborstenen Brustpanzer hervor.

Eine eisige Hand schien über meinen Rücken zu fahren, als ich das achtbeinige Kriechtier erblickte. Es war eine Tarantel, schwarz, am ganzen Körper behaart und so groß wie meine Hand. Ihre ausdruckslosen Facettenaugen musterten mich mit stummer Feindseligkeit.

Dann sprang sie mich an. Wie ein pelziger Ball federte das widerliche Tier vom Boden hoch, verfehlte mein Gesicht um Millimeter und prallte gegen meine Schulter. Ihre Beine hakten sich in den Stoff meiner Jacke, und etwas Weiches, widerlich Flaumiges tastete über meine Wange und berührte meinen Mundwinkel.

Ich schrie auf, warf mich zur Seite und schlug in heller Panik mit den Händen nach dem ekelhaften Tier. Ich traf. Die Spinne wurde davongeschleudert, flog zwei, drei Yards durch die Luft und prallte mit einem sonderbar weichen Geräusch in den Sand. Einen Moment lang blieb sie benommen hocken, dann drehte sie sich herum und hielt aus glitzernden Augen nach mir Ausschau. Eines ihrer Beine war gebrochen; ein einzelner, glitzernder Blutstropfen schimmerte in ihrem Fell, und die dünnen Fühler rechts und links ihres dreieckigen Insektenmaules zitterten erregt.

Ich brauchte all meine Kraft, den Ekel niederzukämpfen, der mir die Kehle zusammenschnürte. Mein Gesicht fühlte sich besudelt und geschwollen an, wo mich die Spinnenbeine berührt hatten. Meine Lippe war taub, und allein der Gedanke, dass das leise Tasten, das ich darauf verspürt hatte, die Berührung eines *Spinnenbeines* gewesen war, trieb mich schier in den Wahnsinn.

Wenn es etwas gab, das ich wie die Pest hasste und gleichzeitig vielleicht noch mehr fürchtete als Necron und seine tentaklige Bande, dann waren es Spinnen. Wie jeder Mensch hatte ich einen schwachen Punkt, etwas, bei dem mir keine Logik und kein klares Überlegen mehr nutzten und bei dem irgendetwas in mir schlichtweg ausrastete. Es waren Spinnen. Wenn ich die Wahl hätte, mit einer Tarantel oder mit einem schlecht gelaunten Berglöwen ein Zimmer teilen zu müssen, würde ich wohl den Berglöwen vorziehen.

Und es war, als lese die Spinne meine Gedanken. Ganz langsam, das gebrochene Bein nachschleifend, kam sie näher. Ihre Beine bewegten sich in einem komplizierten Takt wie Stelzen einer grässlichen Maschine. Ihre Augen glitzerten. Die winzigen Beißzangen rechts und links ihres Maules zitterten gierig.

Für einen Moment drohte mir vollends die Beherrschung zu schwinden. Eine Woge brüllender Panik überschwemmte meine Gedanken. Dann schien irgendetwas in mir zu zerbrechen. Mit aller Kraft, die ich aufbringen konnte, sprang ich auf die Tarantel zu und stampfte sie in den Boden. Ein trockenes Knacken erklang, dann ein unbeschreiblich widerwärtiges, weiches Geräusch, als presse man einen vollgesogenen Schwamm aus. Mit einem gellenden Schrei sprang ich zurück, den rechten Fuß, mit dem ich die Spinne zertreten hatte, so weit von mir gestreckt wie möglich.

Es dauerte lange, bis Übelkeit und Furcht meine Gedanken so weit losließen, dass ich mir meiner Umwelt wieder bewusst wurde.

Und mein Blick auf die zersplitterte Riesenameise fiel.

Sie war aufgebrochen, als hätte eine unsichtbare Kraft das glänzende Chitin von innen heraus gesprengt.

Und aus dem gezackten Riss quollen Spinnen. Taranteln.

Faustgroße schwarze Taranteln.

Hunderte.

Und im gleichen Moment, in dem ich mit einem krächzenden Schrei hochfuhr, formierten sie sich zu einer kribbelnden schwarzen Armee und rasten auf mich zu.

Reynaud de Maizieres' Herz schlug fast bis zum Zerspringen. Der Wind, der hier oben, rund hundert Meter über dem Wüstenboden, in wütenden Böen fauchte und heiß wie die Hölle war, kam ihm im Augenblick eisig vor, und der gähnende Abgrund vor seinen Füßen erschien ihm wie ein gierig aufgerissenes Maul. Seine Hände zitterten.

»Das ... das ist schwarze Magie«, flüsterte er. »Teufelswerk.«

Sein Blick hing wie hypnotisiert am Ende der zerborstenen Brücke. Wo vor Augenblicken noch ein zerfranstes, wie von einem wütendem Drachen abgebissenes Ende gewesen war, setzte sich der steinerne Pfad jetzt fort, in Schwindel erregendem Winkel gebogen und ohne irgendeine Abgrenzung oder gar ein Geländer, anderthalb Meter breit und so massiv, wie eine Felsbrücke nur sein konnte. *Aber er hatte doch gesehen, dass der Felsen dort abbrach!* Seine Augen sagten ihm, dass es eine Fortsetzung des Steges gab, aber seine Erinnerungen behaupteten das Gegenteil. Er war fest davon überzeugt, dass er wie ein Stein in die Tiefe stürzen würde, wenn er auch nur einen Fuß auf dieses vermeintliche Felsband setzte.

»Nein, Herr, es ist keine Magie«, sagte der Templer neben ihm. Reynaud de Maizieres fuhr herum und starrte ihn aus angstvoll geweiteten Augen an, aber der Mann schüttelte nur sehr ernst den Kopf. »Es ist der einzige Weg, zur Feste Necrons zu gelangen.«

»Aber die ... die Brücke war gerade noch ... noch nicht da«, keuchte Reynaud.

»Sie war da«, behauptete der Templer. »Nur unsichtbar. Der Herr der Drachenburg ist ein misstrauischer Mann. Und er ist der König der Lügen und Illusionen. Niemand kann seine Burg betreten ohne seine ausdrückliche Einwilligung. Jeder Versuch, gegen seinen Willen dort einzudringen, wäre tödlich.«

»Und … und du glaubst, wir hätten diese Einwilligung?«, fragte Reynaud de Maizieres nervös.

Der Mann deutete mit einem Lächeln auf die kühn geschwungene Felsbrücke. »Die Tatsache, dass wir die Brücke sehen, beweist es. Komm jetzt, Herr.«

Reynaud de Maizieres gab sich einen sichtlichen Ruck. Der Templer hatte in ruhigem, beinahe besänftigendem Ton gesprochen, und vielleicht war es gerade das, was ihn wieder zur Vernunft brachte. Er war nicht irgendwer, sondern der Anführer dieser Männer; der Mann, den Jean Balestrano als seinen Vertrauten und Repräsentanten zu Necron gesandt hatte. Er durfte sich keine Schwäche leisten.

Trotzdem schlug sein Herz schmerzhaft schnell, als er mit einem Schritt auf die Brücke ins Nichts hinaustrat.

Ich rannte wie von Sinnen. Die Spinnen waren hinter mir, Hunderte, wenn nicht Tausende der widerwärtigen, krabbelnden schwarzen Ungeheuer; und immer noch quollen mehr und mehr der ekelhaften Tiere aus dem Chitinpanzer der Riesenameise. Der winzige Teil meines Denkens, der noch zu logischer Überlegung fähig war, sagte mir, dass das vollkommen unmöglich war; die Zahl der Tiere, die in dem leeren Panzer Platz gefunden hätten, war bereits um das Zehnfache übertroffen, und noch immer nahm der wirbelnde Strom kein Ende. Aber dem anderen, weit größeren Teil meines Ichs war diese Logik vollkommen egal. Die Spinnen waren da, ganz gleich, ob das nun nach allen Regeln des Verstandes möglich war oder nicht, und sie kamen rasend schnell näher.

Mein Vorsprung war auf vielleicht zwanzig Schritte angewachsen, und er dehnte sich beständig weiter aus. Selbst eine noch so wütende Tarantel läuft nicht so schnell wie ein Mensch, dem die Furcht im Nacken sitzt. Aber es waren Tausende Tiere, und ihre Kräfte erlahmten nicht halb so rasch wie die meinen. Mein Atem ging schon jetzt so schnell und ungleichmäßig, dass ich keuchte, und meine Beine schienen mit jedem Schritt schwerer zu werden. Zudem behinderte mich der staubfeine Sand beim Laufen, sodass meine Kräfte mit fast jedem Schritt abnahmen.

Eine Ansammlung rund geschliffener grauer Felsen tauchte vor mir auf, und aus meinem Rennen wurde ein verzweifelter Zickzacklauf, der mich abermals Kraft – und vor allem Zeit! – kostete, während die Spinnenarmee wie eine braunschwarze Flut einfach über die Felsen hinwegwogte und mein Vorsprung auf etwas weniger als die Hälfte zusammenschmolz.

Der Anblick spornte mich noch einmal zu größerer Schnelligkeit an. Ich ignorierte die pochenden Schmerzen in meiner Brust, setzte mit einem Sprung, den ich unter normalen Umständen niemals geschafft hätte, über einen weiteren Felsen hinweg – und versank bis zur Hüfte im Sand. Verzweifelt warf ich mich zurück und herum, streckte die Hände nach dem Felsen aus, über den ich gerade hinweggesprungen war – und zog die Arme mit einem Schrei wieder zurück.

Auf dem Stein erschien der haarige Schädel einer Spinne, dann eine zweite, dritte, vierte, fünfte ...

Binnen Sekunden verschwand der halb mannshohe Felsbuckel unter einer schwarzen, wogenden Decke. Tausende ausdrucksloser Spinnenaugen starrten auf mich herab. Ein furchtbares Rascheln und Zischen lag in der Luft. Mit verzweifelter Kraft versuchte ich mich aus dem Sand emporzustemmen, um den Spinnen zu entkommen. Es gelang mir nicht. Meine Beine saßen fest, wie einzementiert.

Aber die Spinnen griffen auch nicht an.

Rings um mich erschienen weitere der widerwärtigen Insekten. Hunderte, schließlich Tausende, die einen dichten schwarzen Teppich bildeten, der mich von allen Seiten umschloss.

Aber keine einzige kam näher als einen Yard an mich heran.

Und plötzlich begriff ich auch, warum.

Es war nicht meine Wenigkeit, die ihnen einen solchen Respekt einflößte – sondern der zwei Yards durchmessende Fleck von *Treibsand,* in den ich hineingesprungen war!

Etwas Unsichtbares, Weiches zerrte an meinen Füßen und plötzlich glitt ich eine Handbreit tiefer in den Sand. Ich schrie auf, warf mich zurück und machte verzweifelte Schwimmbewegungen mit den Händen, aber alles, was ich damit erreichte war, noch tiefer in den Treibsand hineinzusinken.

Mit aller Kraft zwang ich mich zur Ruhe. Mein Einsinken hörte zwar damit nicht auf, verlangsamte sich aber zumindest ein wenig. Sanfte Wellenbewegungen kräuselten die Oberfläche des Sandes. Die Spinnen huschten hierhin und dorthin. Das Zischen und Rascheln, mit denen sie ihre haarigen Leiber aneinander rieben, nahm zu. Und der Zug an meinen Beinen wurde stärker.

Wieder sank ich ein Stück weit in den Boden. Der Treibsand reichte mir jetzt bis zu den Achseln, sodass ich die Arme heben musste. Für einen Moment überlegte ich ernsthaft, den Felsen zu ergreifen und mich lieber den Spinnen zum Kampf zu stellen, als hilflos im Sand zu ersticken, verwarf den Gedanken aber so rasch, wie er gekommen war.

Wieder erfolgte ein sanfter, aber ungemein kraftvoller Ruck an meinen Beinen, und erneut sank ich tiefer in den Sand ein. Noch eine Minute, vielleicht zwei, und ich würde sterben.

Robert! Wach auf!

Die Stimme war direkt in meinen Gedanken. Und es war eine Stimme, die ich kannte. Shadows Stimme!

Ich fuhr hoch – wodurch ich so weit in den Sand hineinglitt, dass er mir jetzt im wahrsten Sinne des Wortes bis zum Hals stand – und starrte aus schreckgeweiteten Augen in die Runde. Hinter der Spinnenarmee war eine Gestalt erschienen, die Gestalt einer Frau mit silbernem Haar, die mit weit ausgreifenden Schritten auf mich zugelaufen kam. Der lebende Teppich zu ihren Füßen schien sie dabei nicht im Geringsten zu irritieren, denn sie rannte einfach weiter, ohne auch nur im Schritt innezuhalten.

»Wach auf!«, schrie sie immer wieder. »So wach doch auf!«

Aber die Angst hatte mich viel zu fest in ihrem Griff, als dass ich den Sinn dieser Worte auch nur begriff. Schreiend stemmte ich mich noch einmal mit aller Gewalt gegen den saugenden Sand und streckte beide Arme in ihre Richtung. Shadow kam herbeigerannt, stolperte plötzlich und fiel der Länge nach zwischen die Spinnen. Mit einer blitzartigen Bewegung schloss sich die Decke über ihr.

Aber mir blieb nicht einmal Zeit, einen erschrockenen Laut auszustoßen, da sprang sie auch schon wieder auf, rannte weiter und fiel dicht am Rande des Treibsandloches auf die Knie. Spinnen krabbelten über ihr Gewand, hielten sich mit zitternden Beinen in ihrem Haar fest und tasteten nach ihrem Gesicht. Sie schien es nicht einmal zu merken. Mit einem verzweifelten Keuchen warf sie sich vor, ergriff meine Hand und zerrte mich mit einem unglaublich kraftvollen

Ruck ein Stück aus dem Sand hervor. Ihre linke Hand griff nach meiner Schulter und krallte sich in den Stoff meiner Jacke.

Eine schwarze, fette Tarantel fiel aus ihrem Haar auf die Schulter und raste mit wirbelnden Beinen über ihren Arm – direkt auf mich zu. In ihren blitzenden Facettenaugen schien ein hämisches Lachen zu stehen.

Der Anblick ließ meine Selbstbeherrschung vollends zusammenbrechen. Ich schrie auf, riss meine Hand los und schlug Shadows Linke mit einem verzweifelten Hieb beiseite. Gleichzeitig kippte ich nach hinten, von der Kraft meiner eigenen Bewegung abermals in den Sand hineingetrieben.

Diesmal versank ich rasend schnell. Der Treibsand flutete wie scheuerndes Wasser an meinem Leib hinauf, erreichte mein Kinn, stieg weiter, überflutete meinen Mund, verschloss meine Augen; Sand kroch in meine Nase, zwängte sich zwischen meinen verzweifelt zusammengepressten Zähnen hindurch und floss meine Kehle hinab. Ich wollte husten, konnte es aber nicht. Rote Ringe tanzten vor meinen Augen.

Plötzlich fühlte ich mich gepackt und mit unglaublicher Kraft in die Höhe gerissen, heraus aus dem Treibsand – und mitten hinein in den zuckenden Teppich aus Tausenden von Spinnleibern!

Halb wahnsinnig vor Panik begann ich um mich zu schlagen. Shadow wollte meine Hand festhalten, aber das Entsetzten gab mir übernatürliche Kräfte. Ich schlug ihren Arm beiseite, versetzte ihr einen Stoß, der sie rücklings taumeln und zum zweiten Male in die Spinnenarmee hineinstürzen ließ, fuhr herum und fiel ebenfalls auf die Knie. Spinnen krochen an meinen Beinen empor, hakten sich mit drahtigen Klauen in meine Kleider, krabbelten in meine Jackenärmel und meine Weste, fingerten nach meinem Haar und meinem Gesicht.

Ich schrie, sprang hoch und begann auf die Biester einzuschlagen. Dutzende von ihnen starben, aber für jede, die ich erschlug, hasteten zehn neue herbei und plötzlich lief eine schwerfällige, wogende Bewegung durch die gewaltige Masse der Tiere. Dann begann sich das Grauen erregende Heer rings um mich zusammenzuziehen. Meine Beine verschwanden bis zu den Waden in der zuckenden schwarzen Masse, dann bis zu den Knien, den Oberschenkeln ...

Eine Hand packte mich an der Schulter und riss mich grob herum. Ich sah einen Schatten auf mich zurasen, zog instinktiv den Kopf ein und spürte den brennenden Schmerz einer Ohrfeige. Mein Kopf wurde in den Nacken geworfen. Ich keuchte, verlor das Gleichgewicht und fiel nach hinten, mitten hinein in die wogende Masse der Spinnen.

Der zweite Schlag traf mich, als ich aufspringen wollte. Wieder hörte ich Shadows Stimme irgendetwas schreien, aber ich war von Sinnen vor Angst.

Plötzlich sah ich ein Gesicht vor mir. Ein uraltes, faltenzerfurchtes Gesicht, Augen, die vor Zorn – aber auch Sorge – zu brennen schienen, aber ich war noch immer zu sehr in Panik, es zu erkennen. Blind vor Angst hob ich die Fäuste und schlug nach diesem Gesicht. Das Letzte, was ich bewusst wahrnahm, war Sitting Bulls Tomahawk, der mit der flachen Seite vor meinen Schädel krachte und mich bewusstlos zusammensinken ließ.

Der Berg lag noch keine zwanzig Schritte hinter ihnen, aber Reynaud de Maizieres hatte trotzdem das Gefühl, seit einer Ewigkeit über den schmalen, spiegelglatten Fels der Brücke zu balancieren. Der steinernde Pfad führte nicht nur steil in die Höhe, er fiel auch nach beiden Seiten in sanfter Krümmung ab, und zu allem Überfluss war der Felsen so glatt, dass selbst seine groben Stiefel kaum ausreichend Halt fanden. Der Wind zerrte an seinem Haar und seiner Kleidung, und vor ihm, unendlich weit entfernt am Ende der Brücke, wogten Schatten und gestaltlose finstere Dinge.

Reynaud de Maizieres hatte Angst. Eine Angst wie niemals zuvor in seinem Leben. In seinem Mund war ein bitterer Geschmack, und seine Kleidung klebte in großen, dunklen Flecken an seinem Körper. Er wusste, dass er stürzen würde, wenn er den Fehler beging, auch nur einmal in die Tiefe zu blicken. Vielleicht war es wirklich so, wie der Templer es gesagt hatte, dass diese Brücke immer da war und nur für die Augen derer, die Necron nicht ausdrücklich in seine Burg einlud, unsichtbar blieb. Für Reynaud de Maizieres jedoch war allein die Vorstellung, über einen Pfad zu gehen, den es in Wirklichkeit vielleicht doch nicht gab, grauenhaft.

Im gleichen Moment, in dem er diesen Gedanken dachte, begannen seine Füße in den Fels zu sinken.

Reynaud de Maizieres blieb mit einem keuchenden Schrei stehen. Seine Augen quollen vor Entsetzen ein Stück aus den Höhlen, als er sah, wie seine Füße im schimmernden Fels verschwanden, als wäre er plötzlich zu Wasser geworden. Er hatte Recht gehabt! durchzuckte es ihn. Diese Brücke existierte nicht! Sie war nichts als ein Trugbild, ein Spuk, der ihre Sinne narrte!

Reynaud de Maizieres begann zu schreien. Schneller und schneller sank er in den massiven Fels ein. Unter ihm war kein Boden mehr, nur noch ein schwammiges, weiches Etwas, das immer rascher unter seinem Körpergewicht nachgab! Schon war er bis an die Knie eingesunken, dann bis an die Oberschenkel.

»Bruder Reynaud!« Die Stimme des Templers überschlug sich fast. »Du darfst nicht zweifeln! Bei Gott im Himmel, du darfst nicht an der Brücke zweifeln! Sie trägt dich! Der Fels ist massiv!«

Reynaud warf sich mit einem Schrei herum. Seine Hände scharrten über den Fels, suchten verzweifelt Halt, aber da war nichts: Seine Finger glitten durch den schwarz schimmernden Granit hindurch, und er sank immer noch weiter in den Fels ein, war jetzt schon bis zu den Hüften darin verschwunden und stürzte weiter.

Eine Hand packte ihm am Kragen, riss ihn zurück und nach oben. »Du darfst nicht zweifeln!«, keuchte die Stimme des Tempelritters. »Es ist Necrons Zauber! Die Brücke existiert, aber sie verschwindet, wenn du daran zweifelst!«

»Nein!«, kreischte Reynaud de Maizieres. Verzweifelt schlug er um sich, versuchte irgendwo Halt zu finden und fegte den Mann, der ihn hielt, dabei um ein Haar in die Tiefe. »Es ist Zauberei!«, kreischte er. »Das ist das Werk des Satans! Diese Brücke gibt es nicht!«

Und im gleichen Moment erscholl vor ihm ein gellender Schrei. Vor Reynaud de Maizieres' entsetzt geweiteten Augen stürzte einer der Tempelritter durch den massiven Fels hindurch und verschwand in der Tiefe …

Ich lag auf dem Rücken, als ich aufwachte, wie ein Kind im Schosse seiner Mutter mit dem Kopf auf Shadows Oberschenkeln. Ihre Hand lag auf meiner Stirn, und die Berührung war nicht nur zur Beruhigung gedacht. Sie tat irgendetwas mit meinem Geist, was, wusste ich nicht, aber es tat gut. Ich fühlte mich auf sonderbare Weise behütet und sicher.

Etwa eine Sekunde lang.

Dann fielen mir die Spinnen wieder ein und der Treibsand. Ich fuhr mit einem gellenden Schrei in die Höhe.

Shadow packte blitzschnell meine Arme, hielt mich mit erstaunlicher Kraft fest und zwang mich, mich zu beruhigen. »Es ist alles in Ordnung, Robert«, sagte sie. »Keine Angst mehr. Du bist in Sicherheit.«

Einen Herzschlag lang drohten mich trotz ihrer beruhigenden Worte die Erinnerungen zu übermannen. Ich glaubte etwas Schwarzes, Kriechendes zu sehen, das unter dem Sand grub und wühlte, sich mit dünnen, haarigen Beinen in meine Richtung arbeitete, mich anstarrte, gierig, geifernd, mit schnappenden, winzigen Kiefern ...

Sitting Bull versetzte mir eine schallende Ohrfeige.

Der Schlag tat weh, aber er riss mich auch in die Wirklichkeit zurück. Der Wahnsinn, der schon wieder nach meinen Gedanken hatte greifen wollen, zog sich übergangslos zurück, und ich wurde mir meiner wirklichen Umgebung bewusst. Ich lag nur wenige Schritte von der Stelle entfernt, an der ich in die heimtückische Falle des Ameisenlöwen geraten war. Aber weder von dem gewaltigen Sandtrichter noch von seinem hinterhältigen Bewohner oder den drei Ameisen – oder gar den Spinnen! – war auch nur eine Spur zu sehen!

Verwirrt starrte ich Shadow an, dann Sitting Bull. Das Gesicht des alten Sioux war ausdruckslos wie immer. Aber in seinen Augen blitzte ein stummer Zorn. »Was ist ... geschehen?«, fragte ich stockend.

»Die gleiche Frage wollte ich dir gerade stellen, Blitzhaar«, antwortete Sitting Bull zornig. »Du musst von Sinnen sein, einfach in die Wüste hineinzulaufen.« Er machte eine heftige Bewegung mit der geballten Faust. »Hätten wir dich nicht gefunden, wärst du jetzt tot.«

»Ihr habt ... mich gesucht?« Das war eine reichlich dämliche Frage, wie mir im gleichen Augenblick zu Bewusstsein kam, und Sitting Bull nickte auch wütend.

»Es war nicht sehr schwer, deine Spur zu finden«, grollte er. »Und dich schreien zu hören.«

»Die ... Hitze«, begann ich stotternd.

»Es war nicht die Hitze«, sagte Shadow ruhig.

Verwirrt brach ich ab, und auch Sitting Bull runzelte die Stirn und sah die El-o-hym fragend an, aber Shadow dachte nicht daran, ihre geheimnisvolle Andeutung zu erklären, sondern machte nur eine beruhigende Geste in Sitting Bulls Richtung und wandte sich mit einem fragenden Blick an mich. »Warum bist du fortgelaufen?«, fragte sie.

Ihre Worte brachten mich noch mehr in Verlegenheit. »Ich ... muss wohl für einen Moment die Beherrschung verloren haben«, gestand ich. »Ich weiß, dass es ein Fehler war, aber ...«

»Nur die Beherrschung verloren?« Shadows Blick wurde fast bohrend. »Das war alles?«

»Nein«, gestand ich. »Ich dachte, ich ...« Ich brach ab, schüttelte den Kopf und nahm eine Hand voll Sand auf, um ihn durch die Finger rinnen zu lassen. »Ach, zum Teufel, ich habe phantasiert. Die Hitze war wohl zu viel.«

»Was soll das heißen?«, hakte Shadow nach. »Was meinst du mit phantasiert?«

»Was man eben damit meint«, antwortete ich kurz angebunden. »Für einen kurzen Moment dachte ich, ich hätte Necrons Burg gesehen.«

»Und bist prompt in die Wüste gerannt«, murmelte Sitting Bull kopfschüttelnd. »Ich verstehe immer weniger, wie es euer Volk schaffen konnte, die Herrschaft über die ganze Welt zu erringen.«

Ein flüchtiges Lächeln huschte über Shadows Lippen. Aber sie wurde sofort wieder ernst. »Du hast nicht phantasiert«, sagte sie ruhig.

»Nicht ...« Ich fuhr auf, starrte sie an und suchte vergeblich nach Worten.

»Ich habe es auch gespürt«, fuhr Shadow fort. »Es muss ein ... eine Art Ruf gewesen sein. Ein magischer Impuls, wenn du so willst.«

Für einen Moment blitzte das Bild, das ich gesehen hatte, noch einmal vor meinem geistigen Auge auf. Necrons Drachenburg, seine schrecklichen schwarzen Krieger, das Gesicht ...

»Oder ein Hilferuf«, murmelte ich.

Shadow wirkte plötzlich sehr betrübt. »Wenn du so willst, ja.«

»Dann ... dann sind wir der Drachenburg doch nahe gekommen«, stammelte ich aufgeregt. »Es war ein Hilferuf, Shadow. Ein Hilferuf Priscyllas! Wir ... wir sind nicht mehr sehr weit von Necrons Rattennest entfernt.«

»Ich fürchte es«, bestätigte Shadow. Sitting Bull starrte sie an, sagte aber seltsamerweise kein Wort.

Erregt sprang ich auf. »Wir müssen sie suchen!«, keuchte ich. »Wir müssen –«

»Bleib stehen!« Shadows Worte hämmerten mit solcher Wucht in meine Gedanken, dass ich nicht einmal mehr einen Muskel rühren konnte.

»Was ... was meinst du damit?«, stammelte ich.

»Sie meint, dass wir diesen Weg nicht nehmen können«, antwortete Sitting Bull an Shadows Stelle. Seine Hand machte eine vage Bewegung nach Osten, dorthin, wo ich die Drachenburg zu sehen geglaubt hatte. »Niemand kann es.«

Shadow nickte bekräftigend. »Sitting Bull hat Recht, Robert«, sagte sie. Ihre Stimme klang bedauernd. Und gleichzeitig beinahe erleichtert.

»Was soll das bedeuten?«, fragte ich. Die beiden verschwiegen mir etwas, das spürte ich ganz deutlich.

»Ich ... habe es schon die ganze Zeit gespürt«, gestand Shadow nach einer sekundenlangen Pause. Plötzlich wich sie meinem Blick aus, als hätte sie nicht mehr die Kraft, mir in die Augen zu sehen. »Und Sitting Bull auch.«

»Was habt ihr die ganze Zeit gespürt?«, fragte ich – obwohl ich die Antwort ganz genau kannte. Aber ich wollte es einfach nicht wahrhaben.

»Böse Magie«, sagte Sitting Bull.

»Necrons Nähe«, bestätigte Shadow. »Wir waren nie sehr weit von ihm entfernt. Das Lager, in dem uns der Sturm überraschte, liegt nur wenige Meilen von diesem Punkt entfernt. Du bist im Kreis gelaufen, Robert.«

Ich fegte ihre Worte mit einer zornigen Geste beiseite. »Ihr habt es gewusst?«, keuchte ich. »Ihr habt gewusst, dass die Burg zum Greifen nahe vor uns lag, und nichts gesagt? Ihr –«

»Wir haben es gespürt«, unterbrach mich Shadow. »Beide. Und glaube nicht, dass wir uns die Entscheidung leicht gemacht hätten, Robert. Wir haben lange beraten, ob wir es dir sagen sollten, und uns dagegen entschieden.«

»Aber warum?«, schrie ich fast.

»Um ganz genau das zu verhindern, was nun geschehen ist«, sagte Sitting Bull ruhig. »Wir ahnten, dass du Hals über Kopf losrennen und dich in dein Verderben stürzen würdest.«

»Wo ist sie?«, fragte ich, plötzlich sehr leise.

Shadow deutete nach Osten, in die gleiche Richtung wie Sitting Bull zuvor. »Dort«, sagte sie. »Nur noch wenige Meilen entfernt. Aber du kannst nicht dorthin. Niemand von uns kann das.«

»So?«, fragte ich, nur noch mühsam beherrscht. »Und warum nicht?«

»Weil –«, begann Shadow, wurde aber sofort von Sitting Bull unterbrochen, der mit einer für sein Alter erstaunlich federnden Bewegung auf die Füße kam und nach Osten deutete.

»Versuche es«, sagte er ruhig.

Einen Moment lang starrte ich ihn an, dann schürzte ich die Lippen, drehte mich mit einem Ruck um und machte einen Schritt in die angegebene Richtung.

Nichts geschah.

Ich warf Sitting Bull und Shadow einen halb wütenden, halb triumphierenden Blick zu und machte einen weiteren Schritt.

Eine rasche, einzeln nicht wahrnehmbare Wellenbewegung schien durch die Wüste zu laufen. Es war, als würden zwei Bilder übereinander geschoben, die sich durch Details unterschieden, die im ersten Moment nicht einmal sichtbar waren. Dann ...

Der Sand dicht vor meinen Füßen begann sich zu bewegen. Ein leises Rascheln und Wispern erklang, und etwas Dünnes, schwarz Behaartes schob sich durch die körnige, weißgelbe Schicht.

Eine eisige Hand griff nach meinem Nacken und fuhr prickelnd mein Rückgrat hinunter.

Ein zweites Spinnenbein erschien neben dem ersten, dann ein drittes, viertes, fünftes ... schließlich schob sich ein faustgroßer pelziger Ball durch den Sand. Ausdruckslose Facettenaugen starrten mich mit stummer Wut an.

Wieder lief eine rasche, wellenförmige Bewegung durch den Sand, und neben der ersten Tarantel erschien eine zweite. Und irgendwo, sehr weit entfernt, aber rasch näher kommend, begann etwas Schwarzes, Wirbelndes wie eine lebende Decke das Gelb der Wüste zu verschlingen ...

Mit einem krächzenden Schrei prallte ich zurück.

Und die Spinnen verschwanden. Von einer Sekunde auf die andere lag die Wüste wieder so still und tot da wie immer. Nur der Sand tanzte in verspielter Bosheit im Wind. Von den Spinnen war keine Spur mehr zu erblicken ...

»Was ... was war das?«, murmelte ich. Meine Stimme zitterte. Vergeblich versuchte ich mir einzureden, dass es nur eine Täuschung gewesen war, ein Trugbild, hervorgerufen durch die Hitze und den Durst und meine vollkommen überreizten Nerven.

»Dasselbe, was dir zustieß, kurz bevor wir dich fanden«, antwortete Shadow ruhig. Sie stand auf, trat an meine Seite und legte mir die Hand auf die Schulter. Ihr Gesicht war dem meinen sehr nahe, und ich spürte eine Woge sonderbar wohltuender Wärme. »Das, was uns allen zustieße, würden wir weitergehen«, fuhr sie fort.

»Aber ich dachte –«

»Du dachtest, es wäre die Erschöpfung, die dich Dinge sehen ließ, die nicht da waren«, unterbrach mich Shadow. Sie schüttelte den Kopf. »Du hast nicht phantasiert, Robert. Nichts von dem, was du erlebt zu haben glaubst, ist wirklich geschehen. Und du wärest doch gestorben, hätten wir dich nicht rechtzeitig gefunden.« Sie deutete nach Osten. »Du bist auf der Suche nach Necron, Robert, aber du kennst nicht einen Bruchteil seiner wahren Macht. Glaubst du wirklich, er ließe es zu, dass man seine Burg durch einen Zufall findet, so wie man auf ein Wasserloch oder eine Goldmine stößt, wenn man nur lange genug sucht?« Sie lachte, aber es klang nicht besonders amüsiert. »Der Herr der Drachenburg weiß sein Territorium sehr wohl zu schützen, Robert. Er hat einen Schirm errichtet, den kein denkendes Wesen zu durchdringen vermag. Nicht einmal ich.«

»Einen … Schirm?«

Shadow nickte. »Vielleicht ist die Bezeichnung falsch, aber das tut nichts zur Sache. Wer immer in den Bereich seiner Magie gerät, verliert den Verstand, Robert. Du hast es am eigenen Leibe erlebt. Der Wahnsinnsschirm ist undurchdringlich, selbst für mich.«

»Du meinst, diese Spinnen und Ameisen waren nicht echt?«

Shadow schüttelte den Kopf. »Ich weiß nicht, was du gesehen hast. Jeder von uns würde etwas anderes erleben, versuchte er, die Drachenburg auf diesem Wege zu erreichen. Jeder Mensch, jedes lebende Wesen, auch ich, hat irgendeinen Punkt, irgendein ganz privates Grauen, gegen das er hilflos ist. Bei dir sind es Spinnen, bei anderen wären es Ratten, Mäuse, die Angst vor großen Höhen, vor dem Lebendig-begraben-Sein …« Sie machte eine weit ausholende Handbewegung. »Dies hier ist die Grenze, Robert. Was du gespürt hast, war nur ein winziger Teil des namenlosen Entsetzens, das dein Unterbewusstsein für dich bereithält.«

Es fiel mir schwer, den Sinn von Shadows Worten wirklich zu begreifen. Vielleicht lag es daran, dass ich es gar nicht wollte. »Du meinst, jedem, der … der diesen Punkt überschreitet, wird seine eigene kleine Privathölle bereitet«, murmelte ich. Shadow nickte. Dann fiel mir der Fehler in ihren Worten auf. »Und du?«, fragte ich. »Wieso geschieht dir nichts? Bist du immun gegen die Wirkung dieses ... dieses Wahnsinnsschirmes?«

Shadow schüttelte traurig den Kopf. »Nein. Meine Kräfte reichen, die üble Ausstrahlung der Drachenburg zu neutralisieren; hier, dicht an ihrer Grenze. Wärest du hundert Schritte tiefer in ihren Wirkungsbereich geirrt, hätten Sitting Bull und ich dich nicht mehr retten können.«

»Aber es muss doch irgendeinen Weg geben!«, schrie ich. Shadow blieb ruhig. Sie wusste, dass mein Zorn nicht ihr galt. Ich spürte eine Mischung aus Zorn und fast körperlich schmerzender Enttäuschung wie selten zuvor. Und Hilflosigkeit.

»Es gibt einen Weg«, bestätigte Shadow.

Ich fuhr herum. »Wo?«, keuchte ich.

»Irgendwo«, antwortete Shadow ernst. »Vielleicht hier, vielleicht zehn Meilen entfernt, vielleicht hundert. Eine Brücke die durch das Nichts zwischen den Wirklichkeiten direkt zu Necrons Burg führt. Aber nur die, denen Necron selbst den Weg weist, vermögen sie zu passieren.«

»Dann ... dann müssen wir diese verdammte Brücke suchen!«

»Aber das ist doch Wahnsinn«, mischte sich Sitting Bull ein. »Du kannst –«

»Kein größerer Wahnsinn, als jetzt umzukehren, so dicht vor dem Ziel!«, unterbrach ich ihn wütend. »Zum Teufel, ich denke ja nicht daran, jetzt kehrtzumachen, ausgerechnet jetzt, wo Necrons Rattenloch zum Greifen nahe vor uns liegt!«

»Wir haben keine andere Wahl«, sagte Shadow ruhig. Sie deutete nach Westen. »Bill, Ixmal, Annie und der Professor sind vorausgegangen. Sie werden drei Tage auf uns warten, nicht länger. Allein und ohne Wasser und ohne ausreichende Ausrüstung ist es Selbstmord, uns auf die Suche machen zu wollen. Wir haben nicht einmal genug Wasser, einen einzigen Tag durchzustehen. Und die Sache kann Wochen dauern!«

Ich wollte widersprechen, aber in diesem Moment erscholl direkt über uns ein gellender, lang gezogener Schrei. Sitting Bull, Shadow und ich fuhren in der gleichen Sekunde herum.

Gerade noch rechtzeitig, um den in Weiß und Silber gekleideten menschlichen Körper zu sehen, der keine zwanzig Yards von uns entfernt wie ein Stein aus dem Himmel stürzte und auf den Felsen zerschellte.

Sitting Bull schloss mit einem lautlosen Seufzen die Augen und wandte sich ab, als der Mann mit einem dumpfen, sonderbar weichen Laut auf den Felsen aufschlug, und auch ich wandte mich hastig ab und presste für eine Sekunde die Lider aufeinander. Nicht, dass ich das Bild des stürzendes Mannes damit wirklich aus meinem Bewusstsein hätte verdrängen können ...

Erst als Shadow mit einem halblauten Ruf aus ihrer Erstarrung erwachte und mit weit ausgreifenden Schritten auf den Mann zurannte, bewegten auch Sitting Bull und ich uns wieder.

Der Mann war tot, daran bestand kein Zweifel. Obwohl er mit großer Wucht auf den Felsen aufgeschlagen sein musste, war er kaum verletzt – äußerlich zumindest. Aus seiner aufgeplatzten Unterlippe sickerte ein wenig Blut, und in seinen weit aufgerissenen Augen stand ein Ausdruck ungläubigen Entsetzens. Zumindest konnte er kaum mehr Schmerz verspürt haben.

An all das dachte ich kaum, als ich neben Shadow trat und auf den Leichnam herabsah.

Mein Blick hing wie hypnotisiert an dem schneeweißen, ärmellosen Hemd, das der Mann über seinem silbernen Kettenpanzer und den Hosen aus gleichem Material trug. Ein weißes Hemd mit einem gleichschenkeligen, blutroten Kreuz, das von einem metallbesetzten Gürtel gehalten wurde. An der linken Seite dieses Gürtels hing ein Schwert, zerbrochen beim Sturz, aber noch in der ledernden Hülle steckend, und auf dem Kopf des Mannes prangte eine silbergraue Kappe aus Metallgeflecht. Der Tote sah aus wie ein Ritter.

Um genau zu sein, wie ein Tempelritter ...

Langsam, ganz langsam trat ich zurück, hob den Kopf und blickte nach oben, im gleichen Moment, in dem auch Shadow und Sitting Bull ihre Blicke von dem Toten lösten und in den Himmel hinaufblinzelten.

Wir standen wenige Schritte neben der Flanke des Felsberges; einer Flanke, die gut hundert Yards senkrecht in die Höhe strebte, um dann in eine auswärts gebogene zerfranste Felsnase überzugehen. Mit einiger Phantasie konnte man darin durchaus den Anfang einer Brücke ausmachen, nur einen Stumpf zwar, aber doch deutlich.

Und ein gutes Stück dahinter, geradewegs in der leeren Luft, marschierten fünf weiß gekleidete Gestalten. Unter ihnen war nichts, aber sie gingen so ruhig dahin, als liefen sie auf massivem Fels.

Ich versuchte, die Krümmung der abgebrochenen Felsnase in Gedanken fortzusetzen. Es war schwer, weil wir in gerader Linie darunter standen, aber wenn sich der Winkel wie der eines Brückenbogens fortgesetzt hätte, hätte er genau dort geendet, wo die fünf Gestalten entlanggingen.

»Was, bei Hastur, ist das?«, flüsterte Shadow neben mir.

Es fiel mir schwer zu antworten. Meine eigene Stimme klang wie böser Hohn in meinen eigenen Ohren, als ich die Hand hob und auf die weiß gekleideten Gestalten der Tempelritter über uns deutete.

»Das, wovon du gerade gesprochen hast, Shadow«, sagte ich. »Die Brücke. Der Weg zu Necrons Drachenburg.«

Der Wind war zu einem brüllenden, glühend heißen Sturm angewachsen, sodass Reynaud de Maizieres all seine Kraft und Konzentration brauchte, auf dem spiegelglatten Untergrund der Brücke nicht den Halt zu verlieren und einfach wie ein trockenes Blatt davongeweht zu werden.

Vielleicht war es das, was ihm das Leben gerettet hatte.

Vielleicht waren es auch seine Gebete. Vielleicht beides.

Reynaud verschwendete keinen Gedanken mehr an die Frage, sondern konzentrierte sich mit jedem bisschen Kraft, das er noch aufbringen konnte, darauf, einen Fuß vor den anderen zu setzen, sich schräg gegen den Wind zu stemmen und einfach zu gehen. Über massiven, harten Untergrund zu gehen, über Fels, dessen Härte er durch die Stiefelsohlen spürte, der den Wind brach, sodass er heulte und wimmerte wie eine Meute unsichtbarer Wölfe, der da war, so massiv und kompakt wie ein Stück Fels nur sein konnte.

Reynaud de Maizieres konzentrierte sich auf jede noch so winzige Einzelheit, ertastete mit halb geschlossenen Augen jede mikroskopisch feine Unebenheit der kühn geschwungenen Brücke, jede raue Stelle, jeden haarfeinen Riss im Stein, klammerte sich an jeden Schatten, jede Lichtspiegelung auf dem glatt polierten Felsen, alles, was sein Denken davon überzeugen konnte, dass dieser Fels wirklich da war und nicht nur ein Trugbild.

Eine Ewigkeit – die in Wahrheit sicher nicht mehr als zehn, allerhöchstens fünfzehn Minuten andauerte – schleppte er sich so über den schmalen Felsbuckel. Der wogende Schatten am Ende dieser Wahnsinnsbrücke wuchs allmählich heran, wurde jedoch nicht deutlicher. Nach einer Weile bemerkte er, dass sich die Brücke wie ein bizarrer Viadukt wieder nach unten zu neigen begann, schon wenige Augenblicke später begann ein gewaltiger Felspfeiler aus der nebeligen Entfernung heranzuwachsen.

Instinktiv beschleunigte Reynaud de Maizieres seine Schritte. Nichts sprach dafür, dass dieser Felspfeiler in irgendeiner Form realer sein sollte als die Brücke, über die er ging, aber allein die Illusion, dass er mit dem Boden verbunden war, dass unter ihm irgendetwas außer saugender Leere war, erschien ihm wie eine Erlösung.

Als sie näher kamen, sah Reynaud, dass der Pfeiler nicht leer war. Der schmale Steg, der in kühnem Bogen zu ihm hinführte, verbreiterte sich zu einer runden, vielleicht fünfzig Schritte messenden Plattform, an deren äußeren Enden zwei bizarr geformte Türmchen standen. Der Anblick erinnerte Reynaud de Maizieres auf unangenehme Weise an ein Bollwerk. Etwas an ihm war aggressiv, auf schwer in Worte zu fassende Weise.

Und es war nicht nur ein Gefühl. Die kleine Gruppe erreichte das felsige Rund und hielt an, aber kaum hatte der erste Mann den Stein der schimmernden Plattform betreten, da öffneten sich kleine Tore in den Türmen und etwas wie ein wirbelnder Schatten huschte hinaus.

Reynaud de Maizieres blieb verblüfft stehen. Im ersten Moment war er nicht sicher, ob er wirklich etwas sah oder ob ihm seine überreizten Nerven schlicht und einfach einen Streich spielten, aber dann kamen die Schatten näher, mit sonderbar gleitenden, flatternden Bewegungen. Ein Splitter von Rot blitzte im wirbelnden Grau auf. Für Bruchteile von Sekunden glaubte Reynaud ein verzerrtes Gesicht zu sehen; eine teuflische Fratze, schmal, rot, gehörnt und mit einem höhnisch verzerrten, dreieckigen Insektenmaul statt eines Mundes. Ein mannslanger Schweif peitschte. Die Luft stank nach Schwefel.

Mit aller Kraft verscheuchte Reynaud de Maizieres die Vorstellung, und im gleichen Moment wurde der Schatten wieder zu einem flackernden, grauen Schemen mit den ungefähren Formen eines menschlichen Körpers. Nur größer. Und irgendwie drohender.

Lautlos trieben die beiden Schattenwesen auf die kleine Gruppe der Tempelritter zu, wie Nebel, den der Wind vor sich herjagt. Reynaud bemerkte, wie die Hände seiner Männer zu den Schwertern krochen, die ihnen gegen diese Schattenwesen ohnehin nichts nutzen würden. In den Gesichtern der vier Krieger stand die gleiche entsetzte Furcht, die auch er verspürte.

»Ruhig, Männer«, murmelte er. »Uns kann nichts geschehen. Gott der Herr steht auf unserer Seite.«

War es Einbildung, oder hörte er in diesem Moment wirklich ein ganz leises, unsagbar hämisches Lachen?

Reynaud de Maizieres schüttelte den Gedanken ab, straffte die Schultern und trat den beiden Nebelwesen mit einem entschlossenen Schritt entgegen.

»Gebt den Weg frei!«, sagte er so fest er konnte. »Wir kommen als Boten und wollen zu eurem Herrn.«

Die beiden Unheimlichen reagierten nicht, sondern schwebten weiter lautlos und flatternd vor ihm und seinen Männern in der Luft. Was hatte er erwartet?

Abermals glaubte er ein kurzes Flackern von Rot in der grau wirbelnden Masse zu erkennen, und wieder verging der Eindruck, ehe er sich sicher sein konnte, ihn wirklich gesehen zu haben. Die Nebelgestalten erfüllten ihn mit Angst. Aber er durfte sich nichts davon anmerken lassen. Irgendetwas sagte ihm, dass sein Leben – und das seiner Männer – verwirkt wäre, wenn er sich seine Furcht ansehen ließe.

Zehn, fünfzehn Sekunden lang starrte er die beiden Wesen an, dann hob er – ohne den Blick von den beiden Unheimlichen zu nehmen – die Hand und gab seinen Begleitern das Zeichen zum Weitergehen.

Lautlos wichen die Schattenwesen vor ihm zur Seite.

Aber Reynaud de Maizieres hatte das Gefühl, den Atem der Hölle zu spüren, als er zwischen ihnen hindurchging.

Es dauerte fast eine Stunde, bis wir einen Weg den Berg hinauf fanden. Dabei waren seine beiden nach Osten gewandten Flanken nicht einmal sehr steil, aber eine Million Jahre Wind und Erosion hatte den Granit so gründlich glatt geschliffen, dass der Versuch, den Berg zu besteigen, dem gleichkam, eine steil geneigte Glaswand hinaufzuklettern. Wir mussten den Berg drei Mal umrunden, ehe Sitting Bull – der trotz seines Alters noch immer die schärfsten Augen zu haben schien – plötzlich stehen blieb und auf eine dunkle Linie deutete, die in atemberaubendem Hin und Her den Berg hinaufführte. Ich hatte sie für einen Schatten gehalten, aber das war sie nicht. Es war ein Riss, nicht sehr viel breiter als ein dürrer Finger und auch nicht sehr viel Vertrauen erweckender. Aber der greise Sioux-Häuptling gab mir nicht einmal Gelegenheit, meine Bedenken vorzubringen, sondern begann unverzüglich nach oben zu steigen und ich musste ihm folgen, ob ich nun wollte oder nicht.

Es wäre müßig, über die gute halbe Stunde zu berichten, die wir, immer einen Fuß oder eine Hand in den schmalen Riss gekrallt, den anderen Fuß und die Finger der anderen Hand mit aller Kraft gegen die schräg abfallende Flanke des Riesenfelsens gepresst, die hundert Meter Höhenunterschied zwischen der Wüste und dem schmalen Sims überwanden. Es war eine sonderbare Art des Bergsteigens, aber es ging erstaunlich gut, sah ich davon ab, dass es eine unglaublich Kraft raubende Weise war, einen Felsen zu erklimmen. Aber wir schafften es und nach einer weiteren halben Stunde und einer viel zu kurzen Rast hatten wir den Berg umrundet und standen vor dem zerborstenen Brückenanfang, den ich von unten aus gesehen hatte.

Natürlich war von den Templern keine Spur mehr zu sehen.

Auch nicht von irgendeiner Brücke oder einem Steg. Die steil in die Höhe strebende Felsnase brach einfach ab, und dahinter lag … nichts.

»Keine Sorge«, sagte Shadow. Meine Gedanken mussten wohl ziemlich deutlich auf meinem Gesicht gestanden haben. »Die Brücke ist da. Sie ist unsichtbar. Aber sie wird uns tragen.«

Ich blickte demonstrativ nach unten, wo der zerschmetterte Leichnam des Tempelritters lag. Prompt wurde mir schwindelig. Es ist eine Sache, gute hundert Yards weit einen Felsen hinaufzukriechen, und eine ganz andere, diese Entfernung dann zu sehen in Form eines schier bodenlosen Abgrundes, der wie ein gierig aufgerissenes Maul auf einen wartet.

Hastig trat ich zurück, bis ich harten Fels in meinem Rücken spürte, presste mich dagegen und schloss einen Moment die Augen. Das Schwindelgefühl verging. Aber ich wusste, dass es wiederkommen würde.

»Bist du … vollkommen sicher, dass dies der richtige Weg ist?«, fragte ich. Shadow nickte. »Es gibt nur diesen einen«, sagte sie.

»Aber er wird bewacht«, fügte Sitting Bull hinzu.

Shadow fuhr zusammen, nickte nervös und sah plötzlich weg.

»Bewacht?« Ich wandte mich an Sitting Bull. »Was meinst du damit?«

»Böse Geister«, antwortete Sitting Bull. Aus dem Mund jedes anderen Mannes hätten diese Worte schlichtweg lächerlich geklungen. Aber dass Sitting Bull sie sagte – und vor allem, *wie* er sie sagte –, ließ mich schaudern.

»Etwas Böses lauert dort«, fuhr Sitting Bull fort. Er hob die Hand und deutete nach Westen über den zerborstenen Steg hinaus ins Nichts. »Ich weiß nicht, was, aber ich spüre es. Etwas Mächtiges. Wir sollten umkehren.«

Vielleicht hätte ich es sogar getan, denn mit einem Male war ich mir gar nicht mehr so sicher, ob die Beunruhigung, das Gefühl körperloser Bedrohung und meine Nervosität wirklich nur auf Müdigkeit und Erschöpfung zurückzuführen waren. Vielleicht war es das, was Sitting Bull mit seinen »bösen Geistern« gemeint hatte, und vielleicht hatten Shadow und er Recht und wir rannten mit offenen Augen in den Tod – oder Schlimmeres –, wenn wir diese unsichtbare Brücke betraten. Ja, vielleicht hätte ich in diesem Moment ausnahmsweise einmal auf die Stimme der Vernunft gehört und das Richtige getan, hätte sich nicht Shadow in diesem Moment ebenfalls an mich gewandt und zustimmend genickt.

»Sitting Bull hat Recht«, sagte sie mit einer Geste auf die abgebrochene Brücke. »Dort ist ein Weg ohne Umkehr, Robert. Es gibt kein Zurück mehr, wenn wir ihn einmal betreten haben. Überlege es dir noch einmal, Robert. Ich verstehe, dass du Priscylla liebst, aber ist sie es wert, dass du dein Leben ihretwegen wegwirfst?«

Ihre Worte trafen mich wie ein Hieb, und Shadows Gesichtsausdruck nach zu urteilen, schien sie im gleichen Moment zu begreifen, dass sie wohl das genaue Gegenteil dessen bewirkt hatte, was sie eigentlich wollte. Aber es war zu spät.

Eine Woge heißen Zornes schoss in mir hoch und fegte auch noch den letzten Rest klarer Überlegung beiseite. »Ach, du verstehst also, was ich fühle?«, fragte ich. »Glaubst du das wirklich? Oder sagst du das nur so dahin?«

»Robert, es tut mir leid, ich –«

Mit einer wütenden Bewegung schnitt ich ihr das Wort ab. »Ich bezweifle, dass du verstehst, was das Wort *Liebe* überhaupt bedeutet«, sagte ich hart. »Ich liebe Pri, Shadow, und ich werde sie aus Necrons

Klauen befreien, ganz egal, was es mich kostet. Aber das ist etwas, was du niemals begreifen wirst.«

Meine Worte waren hart und verletzend, und sie sollten es sein. Ich war wie von Sinnen. Ein Teil von mir erkannte ganz klar, dass ich mich wie ein kompletter Idiot benahm und Shadows Sorge um mich aufrichtig gewesen war. Aber es gab einen anderen Teil in mir, dem diese Überlegungen herzlich egal waren, der nur registrierte, dass Shadow nun ebenfalls Position gegen Pri bezogen hatte, und der sich schützend vor sie warf. Vielleicht war es nicht mehr als Trotz. Alle, selbst Howard und Rowlf, die vielleicht die einzigen wirklichen Freunde waren, die ich jemals gefunden hatte, waren gegen Pri, sie waren es immer gewesen und würden es immer sein. Und nun auch Shadow. Allein die Enttäuschung über diese Erkenntnis ließ mich innerlich aufschreien.

Und Shadow schien ganz genau zu spüren, was in mir vorging, denn sie starrte mich beinahe entsetzt an, und für einen Moment glaubte ich fast so etwas wie Tränen in ihren Augen zu sehen. Aber das musste eine Täuschung sein.

Engel weinen nicht.

Ohne ein weiteres Wort fuhr sie herum, lief mit weit ausgreifenden Schritten zum Ende der Felsbrücke und blieb stehen.

Ihre Schultern zuckten.

Und plötzlich wurde mir klar, wie schäbig ich mich verhalten hatte. Shadow hatte meinetwegen vielleicht mehr aufgegeben, als ich ermessen konnte, und ich dankte es ihr, indem ich sie verletzte.

Und nicht zum ersten Mal.

Aber ich war trotz allem zu stolz, zu ihr zu gehen und sie um Entschuldigung zu bitten. Vielleicht wäre alles anders gekommen, hätte ich es getan. Aber ich tat es nicht, und diese winzige Entscheidung sollte mein ganzes Leben verändern, mehr, als ich in diesem Moment auch nur zu träumen wagte.

»Du irrst dich, Blitzhaar«, sagte Sitting Bull leise. Er wirkte ernst.

»Womit?«, fragte ich.

»In ihr.« Er deutete auf Shadow. »Sie weiß, was es heißt zu lieben. Mehr als du ahnst, du Narr.« Und damit wandte er sich um und trat rasch an Shadows Seite.

Ich sah, wie die El-o-hym seine Hand ergriff, und abermals flammte ein absurder Zorn in mir auf, diesmal ohne dass ich mir das Gefühl selbst erklären konnte. Aber die Berührung Shadows war so fest und selbstverständlich, dass sie mich einfach in Rage brachte.

Was war das?, dachte ich erschrocken. *Eifersucht?*

Lächerlich.

Shadows Gestalt und die Sitting Bulls spannten sich. Ich konnte direkt sehen, wie die beiden sich konzentrierten.

Und dann war die Brücke da.

Es ging unglaublich schnell. Von einer Sekunde auf die andere spannte sich dort, wo vorher nichts gewesen war, ein massives Band aus schwarzem, wie poliert schimmerndem Stein!

Shadow blieb noch einen Herzschlag lang stehen, dann ließ sie Sitting Bulls Hand los, trat mit einem entschlossenen Schritt auf die Brücke hinaus und wandte sich um. »Komm. Wir haben nicht viel Zeit.«

Gehorsam folgte ich ihr, blieb aber dicht vor der nunmehr verschwundenen Kante des Felspfeilers stehen und setzte prüfend einen Fuß auf den Stein, wie um mich davon zu überzeugen, dass er auch wirklich da war und nicht bloß ein Trugbild.

Und tatsächlich glaubte ich im ersten Moment kaum Widerstand zu fühlen, allerhöchstens etwas Weiches, Schwammiges, das unter meinem Fuß davonhuschte ...

»Was soll das?«, fragte Shadow ärgerlich. »Der Fels ist massiv, keine Sorge. Dass er nicht zu sehen war, ist nur ein Trick Necrons.«

Im gleichen Moment spürte ich harten Granit unter den Füßen.

Wir gingen los.

Sie hatten die Burg erreicht; Reynaud wusste nicht, nach wie vielen Stunden. Aus den wahnsinnig machenden Nebeln am Ende der Brücke waren Schatten geworden, dann massiver Fels und ... *Dinge,* die Reynaud de Maizieres' Augen sahen, die sein Verstand sich aber weigerte zu erkennen.

Er war dem Wahnsinn nahe, im wortwörtlichen Sinne. Er konnte den Atem Satans, der wie ein unsichtbarer schwarzer Odem über dem schmalen Felssims lag, überdeutlich spüren. Dies alles hier war das Werk des Antichristen, davon war Reynaud in diesem Moment vollkommen überzeugt. Er verstand nicht mehr, wie sich Bruder Jean jemals mit dem Herrn dieser Feste verbünden konnte, ganz gleich, gegen welchen Gegner es ging, um welchen Einsatz.

Trotzdem würde er seinen Auftrag erfüllen. Und danach würde er Antworten von Jean Balestrano verlangen. Sehr stichhaltige Antworten.

Hinter ihm trat der letzte Templer von der Brücke herab und ließ sich mit einem erleichterten Seufzer auf den massiven Fels sinken, über dem sich die Drachenburg erhob. Reynaud de Maizieres konnte das erleichterte Aufatmen des Mannes nur zu gut verstehen. Auch er hatte den Boden geküsst, als er von der Brücke getreten war, und auch er verspürte noch immer den eisigen Griff der Angst, die ihn beinahe um den Verstand gebracht hätte.

Reynaud de Maizieres schämte sich dieser Angst nicht. Er hatte gelernt, dass Furcht etwas Nützliches war, dessen man sich nicht zu schämen brauchte, sondern dessen man sich im Gegenteil bedienen konnte. Und wo die finstere Magie des Teufels im Spiele war, was nutzten da noch menschlicher Mut und menschliche Tapferkeit?

Er schüttelte den Gedanken ab und versuchte sich ganz auf seine Aufgabe zu konzentrieren. Es war schwer, aber es ging. Mühsam, denn jeder Schritt war wie ein Schritt in die Hölle und verlangte schier übermenschliche Willenskraft von ihm, wandte er sich um und trat auf das gewaltige Tor in der Form eines aufgerissenen Drachenmaules zu. Seine Hände zitterten so stark, dass er sich einen Moment allen Ernstes fragte, ob er noch die Kraft aufbringen würde, die Arme zu heben und an das Tor zu klopfen. Dahinter, davon war er felsenfest überzeugt, lauerte die Hölle. Oder etwas Schlimmeres.

Aber die Entscheidung wurde ihm abgenommen. Er war noch zwei Schritte vom Tor entfernt, da ballte sich etwas vor ihm in der Luft zusammen, ein grauer, hin und her wogender Schemen, wie brodelnder Nebel, aber von den ungefähren Umrissen eines menschlichen Körpers. Mit einem krächzenden Schrei prallte Reynaud de Maizieres zurück und senkte die Hand auf das Schwert.

Der Nebel verdichtete sich weiter. Einen Moment lang schien so etwas wie ein wirbelnder Mahlstrom zu entstehen, ein Strudel, der Materie aus dem Nichts heraus ansaugte – und dann standen Reynaud de Maizieres und seine vier Begleiter einem Mann gegenüber.

Zumindest vermutete Reynaud, dass es ein Mann war.

Die Gestalt war sehr groß, ohne freilich ein Riese zu sein, und von Kopf bis Fuß in schwarze Tücher gehüllt, die nur einen kaum fingerbreiten Streifen über Augen und Nasenwurzel freiließen. Die Haut, die Reynaud de Maizieres sah, war sehr dunkel, die Augen groß und stechend. Es waren Augen, unter deren Blick sich Reynaud de Maizieres fast sofort unwohl zu fühlen begann. War dies einer der schrecklichen Drachenkrieger, vor denen sie Bruder Balestrano gewarnt hatte? Er wusste nicht genau, was er erwartet hatte, vielleicht wirklich einen Drachen, vielleicht ... irgendetwas eben, aber nicht das.

Er versuchte sich nichts von seiner Verwirrung anmerken zu lassen, sondern straffte die Schultern und trat mit einem schon fast übermäßig festen Schritt auf den so plötzlich aus dem Nichts aufgetauchten Fremden zu.

»Mein Name ist Reynaud de Maizieres«, begann er. »Ich komme –«

»Ich weiß, warum du kommst, Bruder Reynaud«, unterbrach ihn der Fremde. Das schwarze Tuch vor seinem Gesicht bewegte sich, als er sprach. Er hatte eine sehr unangenehme Stimme. Sie klang, als benutze er sie nicht sehr oft.

Bruder?, dachte Reynaud de Maizieres verstört. Wieso redete ihn dieser Diener des Satans auf die vertraute Art des Ordens an?

»Mein Herr Necron erwartet dich und deine Begleiter«, fuhr der Fremde fort. »Aber er bittet euch, euch noch eine kurze Weile zu gedulden.«

»Warum?«, fragte Reynaud de Maizieres, alle Regeln der Höflichkeit vergessend.

»Es steht dir nicht zu, nach dem Warum zu fragen, wenn Necron entscheidet«, entgegnete der Drachenkrieger scharf. »Ich will dir deine Frage trotzdem beantworten, aber merke es dir für die Zukunft.«

Reynaud starrte den Drachenkrieger an und schwieg, und nach einer Weile hob dieser den Arm und deutete auf die Brücke. »Ihr seid nicht die Einzigen, die Einlass in Necrons Burg verlangen«, sagte der Schwarzgekleidete. »Doch dieses Tor öffnet sich nicht oft. Ein mächtiger Zauber schützt es vor jedem, der sich ihm nähert. Seht unserem Herrn deshalb nach, dass er euch bittet, euch noch zu gedulden, bis seine anderen Gäste eingetroffen sind.«

»Seine anderen Gäste? Wer soll das sein?«, fragte Reynaud scharf.

Für einen winzigen Moment schien es in den Augen des Schwarzgekleideten fast spöttisch aufzublitzen. Aber seine Stimme klang so ruhig und ausdruckslos wie zuvor, als er antwortete: »Sie sind euch nicht fremd, Reynaud de Maizieres. Ihr werdet sie wiedererkennen. Geduldet euch.«

Und damit verschwand er, auf die gleiche unheimliche Art, auf die er erschienen war.

Aber es dauerte lange, bis Reynaud de Maizieres den Blick von der Stelle löste, an der er gestanden hatte, und sich wieder der Brücke zuwandte. Sie war leer.

Noch.

Die Burg war näher gekommen. Wo zu Anfang nur wogende, undeutliche Entfernung gewesen war, waren bald Schatten erschienen, etwas wie eine gigantische Wolke aus grauem Nebel, dann ein gigantischer, auf unheimliche Weise falsch wirkender Umriss, der mit jedem Schritt um eine Winzigkeit heranwuchs, aber auf absurde Weise nicht deutlicher wurde.

Jetzt lag die Drachenburg Necrons nur mehr wenige hundert Schritte vor uns, allein getrennt von einem schwarzen Stück Granitbrücke und dem letzten der gewaltigen Felspfeiler, die die bizarre Konstruktion trugen.

Es waren sehr sonderbare Pfeiler: schwarze, absolut lotrecht aufstrebende Steingiganten, die an ihrem oberen Ende wie riesige Pilze auseinander strebten und gleichmäßig geformte, runde Plattformen bildeten, auf denen wir ab und zu einen Moment ausgeruht hatten. Auf manchen dieser Plattformen erhoben sich bizarr geformte Türmchen wie Tropfen aus erstarrter, glitzernder Lava, und irgendwie spürte ich, dass sie nicht leer waren. Es war das Gefühl, angestarrt, nein schlimmer noch, *belauert* zu werden. Und die nervösen Blicke, die Sitting Bull auf die sonderbaren Gebilde geworfen hatte, sagten mir deutlich, dass ich mit diesem Gefühl nicht allein stand.

Jetzt standen wir auf der letzten dieser Plattformen, hundert Yards über dem Wüstenboden. Ohne dass es eines Wortes bedurft hätte, hatten wir im gleichen Moment Halt gemacht, wie um noch einmal Kraft für das letzte Stück des Weges zu sammeln.

Ich war ganz ruhig. Ich stand am Ende meiner schier endlosen Suche nach Priscylla und Necrons Versteck, aber ich fühlte weder Erregung noch Nervosität oder gar Furcht. Allenfalls ein wenig Verwunderung, dass wir überhaupt bis zu diesem Punkt gelangt waren, ohne mindestens ein Dutzend Male auf ebenso viele verschiedene Arten umgebracht worden zu sein.

Oder wenigstens angegriffen. Nach dem schier unglaublichen Aufwand, den Necron betrieben hatte, seine Burg vor ungebetenen Besuchern zu schützen, war es einfach unmöglich, dass ihm unsere Annäherung entgangen sein sollte. Im Grunde gab es nur zwei halbwegs befriedigende Erklärungen für dieses Rätsel. Die eine war, dass er im Augenblick so mit anderen Dingen beschäftigt war, dass ihm unsere Annäherung herzlich egal war. Die andere, dass er uns absichtlich so weit hatte kommen lassen.

Ich war mir nicht ganz sicher, welcher dieser beiden Möglichkeiten ich den Vorzug geben sollte ...

»Gehen wir weiter«, sagte Shadow leise. Ihre Stimme klang jetzt eindeutig nervös. Ich zog es vor, lieber nicht darüber nachzudenken, was dazu nötig war, ein Wesen von der Macht und Unverwundbarkeit einer El-o-hym nervös werden zu lassen, sondern nickte nur wortlos und folgte ihr und Sitting Bull.

Besser gesagt, ich wollte es.

Denn im gleichen Moment, in dem Shadow die unsichtbare Grenzlinie zwischen den beiden Lavatürmchen überschritt – erschien die Drachenburg.

Wie ein fürchterlicher Spuk schälte sie sich aus dem Nichts.

Und der Anblick war so unglaublich, dass ich zurückprallte und einen erneuten Schrei ausstieß.

Die grauen Schwaden trieben auseinander, als wäre ein Sturm in sie gefahren, und offenbarten uns ein geradezu ungeheuerliches Bild.

Necrons Burg war ein Albtraum. Ihre genaue Form war schwer zu erkennen und noch schwerer in Worte zu fassen. Die zahllosen Türmchen, Erker, Zinnen, Wehrgänge, Dächer und Mauern, die in Schwarz und schmutzigem Gold und grau gewordenem Silber schimmerten, folgten keiner einheitlichen Linie oder gar etwas, das auch nur annähernd mit dem Wort Architektur hätte beschrieben werden können. Sie sahen aus, als hätte ein Gigant diese Ansammlung bizarrer Gebäude gepackt und so lange geknetet und ineinander gestaucht, bis dieses Albtraumgebilde daraus entstanden war, ein entsetzliches Ding, dessen bloßer Anblick mich schwindeln ließ. Es war eindeutig die Arbeit von Menschen, die ich sah, aber auf ihre Weise war ihr Anblick so unangenehm wie die sinnverdrehende Architektur der GROSSEN ALTEN.

Der einzige Teil dieser Irrsinnsburg, der einigermaßen symmetrisch oder wenigstens einer erkennbaren Form folgend gebaut war, waren die Mauern. Was nicht hieß, dass ihr Anblick weniger erschreckend gewesen wäre.

Im gleichen Moment, in dem ich sie sah, wusste ich, woher die Drachenburg ihren Namen hatte. Ihre Mauern waren Drachen.

Steinernde Drachen, deren hochgereckte Schädel, hundert, hundertfünfzig Fuß über dem Boden und mit weit aufgerissenen Mäulern, die vier Ecktürme der Burg bildeten. Ihre steinernen Schwingen waren im Winkel von jeweils fünfundvierzig Grad abgespreizt, als hätten sie gerade Schwung geholt, sich in die Luft zu schwingen, und bildeten so, sich jeweils in der Mitte treffend, die vier Mauern der Burg. Am Treffpunkt dieser Flügel befand sich jeweils ein gewaltiges Tor in der Form eines aufgerissenen Drachenmaules. Selbst über die noch große Entfernung hinweg fiel mir auf, wie unglaublich kunstfertig die gewaltigen Tiere aus dem Stein gemeißelt waren.

Shadow berührte meine Hand und deutete auf das der Brücke genau gegenüberliegende Tor in der bizarren Mauer.

Auf dem schmalen, steinernen Sims, der der eigentlichen Burg vorgelagert war, standen fünf weiße Gestalten. Die Entfernung war noch zu groß, sie deutlicher denn als winzige Spielzeuggestalten erkennen zu lassen; aber was ich sah, reichte aus, meinen Verdacht zu bestätigen. Die Männer trugen weiße Kleider, auf deren Brust und Rückenteil große gleichschenkelige Kreuze in blutroter Farbe glänzten.

Die Ordenstracht der Tempelritter ...

Wir gingen weiter.

Und im gleichen Moment begann der Angriff der Schatten.

Die Gestalten – zwei Männer und eine Frau, so viel konnte Reynaud erkennen – waren im Laufe der letzten Minuten näher gekommen, dann aber, wie er und seine vier Begleiter zuvor, auf dem letzten der Brückenpfeiler stehen geblieben. Reynaud konnte sich lebhaft vorstellen, welches Entsetzen sie empfinden mochten; schließlich war es ihm und seinen Leuten nicht anders ergangen, als auch sie jenen letzten Brückenpfosten erreichten und die Wahnsinnsburg jäh aus dem Nichts erschienen war.

Reynaud de Maizieres konnte keinen der drei wirklich erkennen, und trotzdem las er eine Menge aus ihrem Näherkommen heraus. Zum einen, dass sie zum ersten Male hier waren, denn sonst wären sie kaum stehen geblieben und hätten minutenlang fasziniert die Schreckensburg betrachtet. Zum anderen, dass sie nicht unbedingt Freunde des Zauberers waren. Ihre Bewegungen, selbst die Art, in der sie nur dastanden, waren die von Menschen, die Angst hatten.

Reynaud überlegte, ob er ihnen entgegengehen und sie begrüßen sollte. Wer immer diese Fremden waren, es waren wenigstens Menschen, keine körperlosen Geister, die aus dem Nichts auftauchten und ebenso wieder verschwanden. Und wenn sie wirklich Feinde Necrons waren, so waren sie potentiell seine Verbündeten.

Ganz gleich, was Bruder Jean ihm gesagt und befohlen hatte, er spürte instinktiv, dass sie nicht hier sein sollten; dass Necron niemals zu einem treuen Bundesgenossen des Ordens werden würde. Ebenso wie er instinktiv spürte, dass nur Böses aus dieser unseligen Allianz erwachsen konnte.

Und dann geschah etwas, was Reynaud de Maizieres' Überlegungen mit einem Schlag über den Haufen warf.

Aus den beiden Lavatürmchen, zwischen denen die drei Fremden standen, quollen Schatten. Brodelnd wie grauer Rauch legten sie sich über die Felsplattform, begannen die drei Gestalten zu umkreisen, schneller und schneller zu wirbeln – und griffen sie an!

De Mazieres war viel zu weit entfernt, irgendwelche Einzelheiten zu erkennen, aber der wilde, fast lächerlich wirkende Tanz, in den das reglose Starren der drei Personen mit einem Male überging, ließ nur einen einzigen Schluss zu. Anders als ihn und seine Begleiter ließen die körperlosen Wächter dieser Brücke jene drei nicht passieren, sondern griffen sie mit all ihrer dämonischen Macht an!

Eine einzige, aber schier endlose Sekunde lang stand Reynaud de Maizieres reglos da und sah der entsetzlichen Szene zu, dann zuckte seine Hand fast ohne sein bewusstes Zutun zum Schwert. Mit einem Satz war er am Rand der Brücke und winkte seinen Kriegern, ihm zu folgen.

Drei der vier Männer gehorchten, so stumm und präzise, wie es Tempelherren zu tun gewohnt waren. Auch der vierte zog seine Waffe, regte sich aber nicht von der Stelle.

»Worauf wartest du?«, fauchte Reynaud. »Wir müssen ihnen helfen!«

Der Mann nickte, lief aber immer noch nicht los. Seine Zungenspitze fuhr nervös über seine Lippen.

»Es wird ... Necron nicht recht sein, wenn wir uns in den Kampf einmischen«, sagte er zögernd. »Ich bitte dich, Bruder, bedenke, dass wir als Gäste hier sind, während jene« – er deutete auf die drei von Schatten umtanzten Gestalten – »wohl Eindringlinge sind.«

»Eindringlinge oder nicht«, schnappte Reynaud de Maizieres wütend. »Welche Rolle spielt das? Es sind Menschen!«

»Wir könnten unsere Mission gefährden, würden wir uns einmischen, Bruder«, sagte nun auch einer der anderen Krieger.

»Dann gefährden wir sie eben!«, schrie Reynaud de Maizieres. »Muss ich euch an euren Eid erinnern, Brüder? Dort kämpfen Menschen gegen die Geschöpfe Satans!«

Und diese Worte wirkten. Der Zweifel in den Blicken der Tempelritter erlosch übergangslos. Ihre Hände schlossen sich um die Schwerter.

Reynaud de Maizieres rannte los, so schnell er konnte. Er verschwendete nicht einmal einen Gedanken an die Tatsache, dass ihn der Fels, über den er stürmte, zuvor noch mit Entsetzen erfüllt hatte. Alles, woran er denken konnte, waren die drei Gestalten dort vorne, die von Dämonen der Hölle bedrängt wurden. Reynaud de Maizieres betete, dass sie nicht zu spät kommen würden.

Es ging so schnell, dass ich hinterher nicht einmal zu sagen wusste, in welcher Reihenfolge sich die Ereignisse wirklich abgespielt hatten. Von einem Augenblick auf den anderen waren wir von Schatten umkreist, wirbelten Fetzen aus grauem Nichts, die mit gierigen Armen nach uns zu greifen schienen. Kälte hüllte uns ein, und ein durchdringender, an- und abschwellender Ton marterte mein Gehirn. Dann berührte einer der Fetzen Sitting Bull.

Der alte Sioux schrie auf, schlug die Hände vor das Gesicht und brach in die Knie. Ich fuhr herum und wollte die Hände nach ihm ausstrecken, aber im gleichen Augenblick erreichten die wirbelnden Nebel auch mich.

Es war wie eine getreuliche Wiederholung des Wahnsinns, der mich schon einmal gepackt hatte.

Die Brücke, der Fels, die Plattform, die wirbelnden Schatten, das alles verschwand von einer Sekunde auf die andere, und ich glaubte mich auf einer riesigen, vollkommen leeren Ebene zu befinden. Leer bis auf ein gewaltiges Netz, schimmernd wie versponnenes Silber.

Das Netz einer Spinne.

Ich war in dem Netz gefangen, verstrickt in die klebrigen Fäden, die nicht sehr viel dicker als ein Haar waren, mich aber wie stählernde Taue festhielten.

Und von überallher kamen die Spinnen heran.

Keine Taranteln mehr, sondern widerliche, gigantische Dinger mit Leibern so groß wie aufgedunsene Fußbälle, Beine so lang wie mein Unterarm und rasiermesserscharfen Fängen, die gierig klapperten. Mit unglaublicher Schnelligkeit turnten sie an den straff gespannten Seilen des Netzes heran, kamen von allen Seiten auf mich zu. Ich war mir der Tatsache vollkommen bewusst, dass dies alles nicht Wirklichkeit war, nur eine Illusion, der Wahnsinn Necrons, der mich mit den schlimmsten Schrecken meines Unterbewusstseins konfrontierte, aber dieses Wissen nutzte rein gar nichts, denn ich sah die Spinnen, hörte das Rasseln und Zischeln ihrer behaarten Beine, konnte ihren Geruch riechen, spürte, wie das Netz unter meinem Gewicht zu erzittern begann, als ich mich hin und her warf. Ich schrie so laut und gellend, dass meine Kehle zu zerreißen schien, zerrte mit aller Kraft an den klebrigen Fäden des gigantischen Netzes und verstrickte mich so nur noch tiefer darin. Die Spinnen kamen näher, näher und näher …

Sie erreichten mich nicht.

Eine Hand ergriff die meine, irgendetwas tastete nach meinem Geist und schirmte ihn ab, und der Spuk erlosch so übergangslos, wie er gekommen war. Mit einem keuchenden Schrei fiel ich neben Shadow auf die Knie, schlug die Hände vor die Augen und versuchte mich mit aller Gewalt zur Ruhe zu zwingen.

Es war alles nur eine Illusion!, dachte ich verzweifelt. Nur eine Illusion! Ein Trugbild!

Immer und immer wieder hämmerte ich mir diese Worte ein, und ganz allmählich begann sich mein Herzschlag zu beruhigen.

Aber mit dieser Ruhe kam auch ein neuer Schrecken daher. Shadow hatte mich zum zweiten Mal vor dem tödlichen Einfluss von Necrons Wahnsinnsschirm gerettet. Aber für den Bruchteil einer Sekunde, als sich unsere Finger berührt hatten, hatte ich in ihren Geist gesehen, und was ich dort erblickt hatte, war fast noch schlimmer gewesen als die Visionen, die mich quälten. Vielleicht, weil ich diesen Anblick niemals erwartet hatte.

Mühsam sah ich auf. Shadows Augen waren weit vor Entsetzen, und ich begriff, dass sie wissen musste, was ich erlebt hatte.

Aber ich kam nicht dazu, auch nur ein Wort hervorzubringen, denn der Wahnsinn hatte keinesfalls ein Ende. Im Gegenteil. Er schien erst zu beginnen. Die tödlichen Nebel hatten sich zurückgezogen, aber fast im gleichen Augenblick platzten die beiden Lavatürme wie unter unsichtbaren Hammerschlägen auseinander, und aus ihrem Innersten quollen die entsetzlichsten Wesen, die ich jemals gesehen hatte; groteske, mehr als zwei Meter große Karikaturen menschlicher Gestalten, vierarmige, grün geschuppte Dinger ohne Gesichter, die nur aus Zähnen und Klauen zu bestehen schienen.

Sitting Bull, der den neu aufgetauchten Angreifern am nächsten war, zerrte seinen Tomahawk aus dem Gürtel und ging beherzt auf das erste der insgesamt vier Scheusale los. Das Ungeheuer taumelte, als die steinerne Klinge der Waffe seine Schulter traf. Aber anstatt zusammenzubrechen oder wenigstens zurückzutorkeln, schlug es mit dem anderen Arm nach Sitting Bull, prellte ihm die Waffe aus der Hand und schleuderte ihn mit dem nächsten Hieb zu Boden. Mit einem triumphierenden Kreischen setzte es ihm nach, die Krallen zum entscheidenden Hieb erhoben.

Wieder war es Shadow, die Sitting Bull rettete. Ohne einen Laut stürzte sie vor, umschlang die Bestie von hinten mit den Armen, riss sie in die Höhe und schleuderte sie davon. Das Ungeheuer prallte gegen eines der anderen Monster und riss es mit sich von den Füßen.

Aber es war nur eine kurze Atempause, denn schon stürmten die beiden anderen Bestien heran. Shadow stellte sich einer von ihr in den Weg, während ich meinen Stockdegen aus der Hülle zerrte und mich dem vierten Angreifer stellte.

Er war ungefähr so aussichtsreich wie der Versuch, einen wütenden Elefantenbullen mit einer Kuchengabel aufhalten zu wollen. Das Monstrum walzte heran, rannte geradewegs in meinen Degen hinein – und lief weiter. Die Spitze meiner Waffe vermochte seine Schuppenhaut nicht einmal zu ritzen! Der Degen bog sich durch, flog mit einem sirrenden Laut zur Seite und wurde mir aus der Hand geschlagen. Eine halbe Sekunde später ging ich unter dem Ansturm des Scheusals zu Boden.

Instinktiv zog ich den Kopf zwischen die Schultern, wälzte mich herum und hörte, wie harte Krallen den Felsen aufrissen, genau dort, wo ich eine halbe Sekunde zuvor noch gelegen hatte. Ich versuchte auf die Füße zu kommen, erhielt einen Schlag gegen die

Seite, der mich davonschleuderte, und sah den missgestalteten Leib eines der Albtraummonster über mir aufragen. Seine Arme waren gespreizt, seine Krallen wie die Zinken einer stählernen Gabel auf mein Gesicht gerichtet ...

Aber der Hieb, auf den ich wartete, kam nicht.

Das Ungeheuer erstarrte.

Aus seiner Brust ragte ein fingerlanges, stählernes Dreieck. Langsam, als würde es von unsichtbaren Fäden gehalten wie eine Marionette, brach es in die Knie, drehte sich halb um seine Achse und fiel vollends nach vorne.

Die drei anderen Ungeheuer überlebten es nur um Sekunden.

Es dauerte einen Moment, bis ich begriff, wer die weiß gekleideten Gestalten waren, die wie aus dem Nichts aufgetaucht und unter Necrons Ungeheuer gefahren waren. Die Templer, die wir am Tor der Drachenburg gesehen hatten! Sie mussten den Kampf beobachtet haben und zu unseren Gunsten eingegriffen haben.

Die fünf Männer ließen den Bestien nicht die Spur einer Chance. Ihre Schwerter durchbrachen die Panzerhaut der Monster und töteten sie auf der Stelle.

Als ich mich auf die Knie erhob, war der Kampf bereits vorüber. Keine der Bestien lebte noch. Mit zitternden Händen griff ich nach meinem Degen, schob ihn in seine Hülle zurück und richtete mich vollends auf.

Eine starke Hand griff nach meinem Arm und stützte mich, und als ich aufsah, blickte ich in ein ernstes, aber nicht unfreundliches Gesicht. Ein sonderbares Flackern stand im Blick des Templers, der Ausdruck einer Furcht, die nicht mir galt, nicht einmal den Ungeheuern, die diese Männer gerade erschlagen hatten.

Ich bedankte mich mit einem Kopfnicken, wandte mich um und trat auf den Anführer der kleinen Templerarmee zu. Ich erkannte ihn sofort, denn er war mit Abstand der Älteste, und das flammenrote Kreuz auf seinem Gewand war das Einzige, dessen Schenkel nicht gleich waren. Der Mann sah mich nicht an, sondern hatte sich – selbst in dieser Situation ganz Gentleman – zuerst um Shadow gekümmert, die zu Boden gefallen war, bis auf eine leichte Benommenheit aber unverletzt schien.

Zwei Schritte hinter dem Mann blieb ich stehen, räusperte mich übertrieben und wartete darauf, dass er sich herumdrehte. Er tat mir den Gefallen.

So ruhig wie ich konnte, deutete ich eine Verbeugung an, lächelte knapp und machte die komplizierte Geste mit der rechten Hand zum Herzen und zur Stirn, mit der sich die Mitglieder des Templerordens untereinander begrüßten.

»Guten Tag, mein Herr«, sagte ich steif. »Ich weiß zwar nicht, wer Sie sind und wie Ihre Leute hierherkommen, aber Sie haben uns das Leben gerettet. Ich möchte Ihnen dafür danken, Herr ...?«

»De Maizieres«, antwortete der Templer mit sonderbar flacher, beinahe tonloser Stimme. Seine Augen waren weit. Ein Ausdruck von Entsetzen stand darin, der auch mich schaudern ließ. Was mochten diese Männer erlebt haben auf dem Weg hierher, wenn schon wir – mit der Macht einer El-o-hym auf unserer Seite! – um ein Haar dem Wahnsinn verfallen wären? »Reynaud de Maizieres«, sagte er noch einmal.

»Monsieur de Maizieres«, wiederholte ich. »Ich danke Ihnen noch einmal von ganzem Herzen. Mein Name ist –«

»Craven«, sagte Reynaud de Maizieres tonlos. »Robert Craven.«

Diesmal war ich es, der ihn anstarrte. Shadow warf mir einen erschrockenen Blick zu, aber ich ignorierte ihn. »Das ... ist richtig«, sagte ich verblüfft. »Sind wir uns schon einmal begegnet, Monsieur?«

»Craven«, flüsterte de Maizieres. Seine Stimme bebte. Und dann, ganz plötzlich schlug das Entsetzen in seinem Blick in Hass um. Die Hände des Templers begannen zu zittern, so stark, dass er für einen Moment Mühe hatte, das Schwert zu halten.

»Craven«, keuchte er. »Robert Craven. Sie! Ich ... ich habe *Sie* gerettet!«

»Verzeihen Sie meine Unwissenheit. Monsieur de Maizieres«, sagte ich verwirrt. »Aber ich wüsste nicht, woher –«

Sitting Bull versetzte mir einen Stoß in die Seite, der mich zum wiederholten Male auf den harten Granit stürzen ließ.

Hätte er es nicht getan, wäre ich jetzt tot gewesen.

Denn Reynaud de Maizieres' Schwert sirrte geradewegs dort durch die Luft, wo sich eine halbe Sekunde zuvor noch meine Kehle befunden hatte!

Mit einer verzweifelten Bewegung sprang ich wieder auf die Füße, tauchte unter einem zweiten Schwerthieb des Tempelritters hindurch und brachte mich mit einem Zwei-Yards-Hüpfer in Sicherheit.

»Sind Sie wahnsinnig geworden?«, brüllte ich. »Was ist in Sie gefahren, de Maizieres? Wir sind Ihre Verbündeten!«

De Maizieres' Antwort bestand in einem kreischenden Schrei und einem weiteren beidhändig geführten Schwerthieb.

Abermals sprang ich zurück, aber nur gerade so weit, dass die Klinge meinen Hals um Haaresbreite verfehlte, federte in der gleichen Bewegung wieder vor und trat de Maizieres gegen das Bein. Der Tempelritter keuchte, fiel auf die Knie herab und holte zu einem erneuten Schwerthieb aus. Ich packte sein Handgelenk, verdrehte es und gab ihm einen Stoß, als er sein Schwert fallen ließ. Hastig trat ich die Waffe fort, packte ihn am Kragen und zerrte ihn auf die Füße.

Aber Reynaud de Maizieres reagierte weitaus kraftvoller und schneller, als ich angesichts seiner grauen Haare und seines gealterten Gesichtes vermutet hatte. Statt sich gegen meinen Griff zu stemmen, sprang er in die Höhe, brachte mich damit aus dem Gleichgewicht und knallte mir kurz hintereinander beide Ellbogen in den Leib. Keuchend ließ ich ihn los, taumelte einen Schritt zurück und rang mühsam nach Atem.

Als ich wieder halbwegs klar sehen konnte, hatte er sein Schwert wieder erhoben und kam mit kleinen, tänzelnden Schritten auf mich zu. Seine Augen flammten vor Hass.

»De Maizieres«, keuchte ich. »Kommen sie zu sich, Mann! Was soll das heißen? Wir sind Ihre Verbündeten!«

Reynaud de Maizieres lachte schrill, blieb stehen und wechselte das Schwert ein paar Mal von der rechten in die linke Hand; so rasch, dass mir auf sehr drastische Weise zu Bewusstsein kam, wie gut der französische Tempelherr mit dieser Waffe umzugehen verstand. Ich hatte ihn überrumpelt, das war alles. Wenn er das nächste Mal angriff, würde er mich töten, ehe ich ihm auch nur zu nahe kam!

Aber auch seine Männer schienen durch den plötzlichen Angriff des Templers überrascht. Jedenfalls machte keiner von ihnen auch nur Anstalten, ihrem Anführer zu Hilfe zu eilen.

Vielleicht hielten sie es auch nicht für nötig.

»Bruder Reynaud!«, rief Shadow mit harter, befehlender Stimme. »Was bedeutet das?«

Reynaud fauchte wie eine gereizte Katze, trat einen weiteren Schritt auf mich zu – wodurch er mich fast bis an den Rand der Granitplattform gedrängt hatte – und machte eine befehlende Geste zu seinen Kriegern. »Die anderen beiden!«, sagte er scharf. »Packt sie. Sie sind unsere Gefangenen!«

Einer der Männer trat mit erhobenem Schwert auf Shadow zu, führte die Bewegung aber nicht zu Ende, als ihn ein eisiger Blick aus den Augen der El-o-hym traf. Die anderen rührten sich gar nicht, sondern blickten offenbar ratlos von ihrem Herrn zu mir und wieder zurück.

»Worauf wartet ihr?«, keuchte Reynaud de Maizieres. »Dies ist Robert Craven! Der Mann, der mich und Bruder Jean in den Katakomben angegriffen hat!«

Hätte er behauptet, ich wäre der Antichrist persönlich gewesen, wäre die Wirkung kaum anders gewesen. Binnen einer Sekunde fuhren die vier Templer herum, packten Sitting Bull und Shadow und hatten sie überrumpelt, ehe die beiden auch nur recht begriffen hatten, wie ihnen geschah.

»Was reden Sie da?«, stammelte ich. »Ich ... ich habe niemanden angegriffen, de Maizieres, und Sie schon gar nicht. Jean Balestrano und ich sind Freunde!« Statt einer Antwort sprang Reynaud de Maizieres vor, stach mit dem Schwert nach meinem Gesicht und trat nach mir, als ich der Klinge auswich. Der Tritt war nicht sehr heftig, aber er brachte mich aus dem Gleichgewicht. Ich machte einen raschen Schritt zurück, spürte plötzlich keinen Widerstand mehr unter dem Fuß und warf mich im letzten Moment zur Seite. De Maizieres' Schwert kam mit einem blitzenden Bogen herunter. Ich rollte mich herum, federte mit einer fast verzweifelten Kraftanstrengung auf Hände und Knie hoch und kroch hastig ein Stück auf die Brücke hinaus, ehe ich es wagte, mich herumzudrehen.

Es war ein Versuch von äußerst kurzer Dauer, denn ich hatte die Bewegung kaum halb vollendet, da war der Tempelherr auch schon hinter mir, täuschte einen Schwerthieb mit der Linken an und knallte mir die geballte Rechte vor die Schläfe, als ich auf die Finte hereinfiel und seinem vermeintlichen Stich auszuweichen versuchte.

Diesmal schwanden mir die Sinne. Ich fiel, prallte halb besinnungslos auf den Boden und klammerte mich instinktiv irgendwo fest.

Als sich mein Blick wieder klärte, schwebte die Spitze von Reynaud de Maizieres' Schwert einen Fingerbreit vor meinen Augen. Das Gesicht des Templers war verzerrt vor Wut.

»Bruder Reynaud!«, keuchte ich verzweifelt. »Was tun Sie? Ich ... ich habe Sie in meinem ganzen Leben noch nicht einmal gesehen, zum Teufel noch mal!«

Reynaud de Maizieres lachte, aber es war ein Laut, der mir einen eisigen Schauer über den Rücken laufen ließ. »Ja!«, höhnte er. »Ruf ihn ruhig an, deinen Herrn! Aber es wird dir nichts nützen. Du wirst bezahlen für den ungeheuerlichen Frevel, den du begangen hast.« Er trat einen halben Schritt zurück und winkte mir mit der freien Hand aufzustehen.

Vorsichtig gehorchte ich. Reynauds Schwertspitze folgte meiner Bewegung wie eine stählerne Schlange. Die Klinge zitterte. Ich konnte direkt sehen, wie viel Überwindung es Reynaud de Maizieres kostete, mir die Waffe nicht kurzerhand zwischen die Rippen zu rammen.

»Du hast es nicht verdient, Craven«, sagte er kalt. »Aber ich gebe dir die Chance, wie ein Mann zu sterben. Zieh deine Waffe und kämpfe!« Er deutete mit einer Kopfbewegung auf meinen Stockdegen, der noch immer auf dem Boden der Steinbrücke lag. Woher zum Teufel wusste dieser Mann, dass sich in dem harmlos aussehenden Spazierstock eine Waffe verbarg?

»Nein«, sagte ich ruhig. »Das wäre nicht sehr fair. Und ich habe keinen Grund, mit Ihnen zu kämpfen. Lassen Sie uns reden. Ich bin sicher, es wird sich eine Erklärung finden.«

Gleichzeitig versuchte ich seinen Geist mit sanften, suggestiven Impulsen zu überschwemmen.

Aber es ging nicht. Entweder blockierte die Nähe der Drachenburg meine magischen Fähigkeiten, oder Reynaud de Maizieres war so verrannt in seine Wut, dass er meinen hypnotischen Angriff gar nicht bemerkte.

»Du willst nicht kämpfen?«

Ich schüttelte abermals den Kopf.

Reynaud nickte. »Dann spring«, sagte er mit einer Geste in den Abgrund.

Zumindest mein Herz schien ihm zu gehorchen, denn es hüpfte mit einem Satz bis an meine Kehle hinauf und hämmerte dort rasend schnell weiter. »Was ... was meinen Sie?«, keuchte ich.

Reynaud de Maizieres lachte böse. »Kämpfe oder stirb wie ein Feigling«, sagte er. »Entscheide dich. Du hast die Wahl.« Gleichzeitig bewegte sich seine Schwertspitze ein Stück weiter in die Höhe und berührte nun fast mein Kinn.

»Das verbiete ich, Bruder Reynaud«, sagte eine Stimme hinter dem Templer. Und irgendetwas war darin, etwas so Zwingendes, Befehlendes, dass der Tempelritter tatsächlich seine Klinge sinken ließ und einen halben Schritt zurücktrat. Er war abgelenkt, wenn auch nur für eine Sekunde.

Aber so kurz die Zeit auch war, sie reichte. Mit allem Mut, der mir verblieben war, duckte ich mich unter seiner nur noch halb erhobenen Klinge hindurch, trat mit einem raschen Schritt an ihm vorbei und sprang wieder auf die Pfeilerplattform hinauf.

Sitting Bull, Shadow und die Templer waren nicht mehr allein. Fast ein Dutzend sehr groß gewachsener, in die Farbe der Nacht gekleideter Männer war rings um sie buchstäblich aus dem Nichts aufgetaucht. Drachenkrieger! Angeführt wurden sie von einem Mann, der auf die gleiche Art gekleidet war, aber ein wenig größer und muskulöser war als die anderen. Und irgendetwas Unsichtbares umgab ihn. Es war wie eine Aura der Macht, so intensiv, dass sie beinahe greifbar erschien. Selbst ich hatte die zwingende Kraft seines Befehles gespürt, obgleich er mir gar nicht gegolten hatte.

Erst als ich die Sicherheit der Plattform wieder erreicht hatte und stehen geblieben war, erwachte Reynaud de Maizieres wieder aus seiner Starre. »Was bedeutet das?«, keuchte er. »Dieser Mann –«

»Steht unter dem Schutz Necrons, meines Herrn«, unterbrach ihn der Drachenkrieger. »Ebenso wie seine Begleiter.« Er wandte sich mit einer befehlenden Geste an die vier Tempelritter, die Shadow und Sitting Bull noch immer gepackt hielten. »Lasst sie los.«

»Das werdet ihr nicht tun!«, schrie Reynaud de Maizieres »Ich verbiete es.«

Der Drachenkrieger wandte mit einer fast gelangweilten Bewegung den Kopf, sah den Templer für die Dauer eines Herzschlages an und zuckte mit den Schultern. »Wie ihr wollt, Bruder Reynaud«, sagte er. »Tötet sie.«

Der Befehl galt den Drachenkriegern. Die vier Tempelritter hatten nicht einmal die Spur einer Chance. In den Händen der schwarz gekleideten Killer blitzen Messer auf, und schon in der nächsten Sekunde brachen die Templer lautlos zusammen.

»Verrat!«, keuchte Reynaud de Maizieres. »Das ist ... ist Verrat!«

Der Anführer der Drachenkrieger lachte leise; ein unangenehmer, Angst machender Ton. »Ganz wie du meinst. Ich gab dir einen Befehl, du hast nicht gehorcht!«

»Du hast mir nichts zu befehlen, du verdammter Mörder!«, keuchte Reynaud. Er hob sein Schwert, blieb aber mitten im Schritt stehen, als der Drachenkrieger eine kaum wahrnehmbare Bewegung mit der Rechten machte.

»Hier gelten nur die Befehle Necrons«, sagte der Drachenkrieger schneidend. »Wer sich ihnen widersetzt, stirbt. Wie ist es mit dir, Bruder Reynaud? Willst du gehorchen oder sterben?«

»Zieh deine Waffe!«, keuchte Reynaud. »Du wirst für diesen Verrat bezahlen. Kämpfe mit mir!«

»Kämpfen?« Der Drachenkrieger schien einen Moment zu überlegen. Dann schüttelte er den Kopf. »Wie überflüssig. Ach, ehe ich es vergesse«, fügte er in fast beiläufigem Ton hinzu, »die Brücke, auf der du zu stehen glaubst, gibt es gar nicht, weißt du?«

Reynaud de Maizieres keuchte vor Schrecken, blickte instinktiv nach unten – *und fiel wie ein Stein in die Tiefe!*

Er kam nicht einmal mehr dazu, einen erschrockenen Laut auszustoßen. Der scheinbar so massive Fels verschwand von einem Sekundenbruchteil auf den anderen.

Der Drachenkrieger wandte sich um.

Der Blick seiner Augen war vollkommen ausdruckslos, als er zuerst mich, dann Sitting Bull und Shadow und dann wieder mich anstarrte.

»Und nun zu dir, Robert Craven«, sagte er kalt. »Mein Herr Necron erwartet dich. Folge mir.«

Schweigend nahm das Dutzend schwarz gekleideter Mörder Sitting Bull, Shadow und mich in die Mitte und geleitete uns das letzte Stück Weg zur Drachenburg hinauf. Hinter uns blieben vier tote Tempelritter zurück und eine Brücke, die es in Wirklichkeit gar nicht gab.

Vielleicht auch alle Hoffnungen, die ich jemals gehabt hatte.

Und trotzdem war für nichts von alledem in meinen Gedanken Platz, während ich dicht neben Shadow hinter dem schweigenden Drachenkrieger herging. Selbst an den Kampf mit Reynaud de Maizieres erinnerte ich mich in diesem Moment kaum. Jetzt, als alles vorbei schien, dachte ich noch einmal an den Augenblick zurück, in dem Shadow mich aus dem Reich des Wahnsinns heraus- und in die Wirklichkeit zurückgerissen hatte. Für einen Moment hatte sie den Schrecken erlebt, den ich sah, und ich den, den sie erlebte.

Und ich vermochte das Bild nicht aus meinem Kopf zu vertreiben, ganz egal, wie sehr ich mich auch bemühte.

Was hatte Shadow gesagt – jeder erlebte den schlimmsten Schrecken, den sein eigenes Unterbewusstsein für ihn bereithielt.

Jedem seine kleine, private Hölle. Den absoluten Schrecken. Ich hatte einen Blick in die private Hölle der El-o-hym getan, und was ich gesehen hatte, war …

Keine Monster. Keine Spinnen wie bei mir, keine geifernden Albtraumwölfe, wie sie Sitting Bull gesehen haben mochte. Keine tentakligen Schleimmonster, nichts von dem Schrecken der GROSSEN ALTEN oder Hasturs Dämonendienern, sondern ein Gesicht.

Ein menschliches Gesicht.

Das Gesicht Priscyllas.

Necron – Legende des Bösen

Wartet hier.« Der schwarz gekleidete Drachenkrieger machte eine bestimmende Bewegung mit der Linken, um seine Worte zu unterstreichen, wandte sich um und verschwand gebückt durch die niedrige Tür, die den Gang vor uns abschloss. Es war die einzige Tür dieses Ganges, die einzige Öffnung überhaupt, sah man von dem zerborstenen Loch ab, durch das wir das titanische Hauptgebäude der Burg betreten hatten. Das dumpfe Krachen, mit dem sie hinter ihm ins Schloss fiel, erinnerte mich an das Zuschlagen eines Sargdeckels.

Ich schauderte. Für einen kurzen Augenblick hatte ich das Gefühl, von den nachtschwarzen Wänden erdrückt zu werden. Selbst das zuckende rote Licht der Fackeln, die in regelmäßigen Abständen in Halterungen an den Wänden steckten, schien in dem schwarzen Granit zu versickern.

Ich versuchte die Vorstellung abzuschütteln, aber ich gehöre seit jeher zu jenen bedauernswerten Menschen, die mit einer lebhaften Phantasie geschlagen sind. Statt sich dorthin zu trollen, wo sie hergekommen waren, wurden die entsetzlichen Visionen eher schlimmer. Für ein paar Sekunden glaubte ich das Gewicht der zahllosen Tonnen Fels und Mauerwerk, die sich über unseren Köpfen türmten, beinahe körperlich zu fühlen.

Shadow bewegte sich unruhig neben mir. Auch das Gesicht der El-o-hym wirkte angespannt und verkrampft. Mit ihren feinen, ungleich schärferen Sinnen musste sie die dämonische Ausstrahlung dieser Albtraumburg weitaus stärker empfinden als ich. Für Shadow musste der Weg, den wir innerhalb der letzten zehn Minuten zurückgelegt hatten, im wahrsten Sinne des Wortes die Hölle gewesen sein.

Sonderbarerweise tat der Gedanke fast wohl. Es hatte nichts mit Schadenfreude zu tun; nein – es tat einfach gut zu wissen, dass ich mit meiner Angst nicht allein war. Und irgendwie machte es Shadow menschlicher, dass auch sie sich fürchtete.

Sie musste meine Gefühle gespürt haben, denn genau in diesem Moment drehte sie sich halb zu mir herum und lächelte; ein sonderbar warmes, mitfühlendes Lächeln, das ihrem Engelsgesicht ein wenig von seiner sterilen Schönheit nahm und sie ein wenig verwundbarer, aber auch menschlicher erscheinen ließ. Sie sagte nichts, aber das war auch gar nicht nötig. Mit Ausnahme Priscyllas war Shadow vielleicht das einzige Wesen auf der Welt, mit dem ich mich auch ohne Worte verständigen konnte.

»Necron wusste die ganze Zeit, dass wir kommen, nicht wahr?«, fragte ich.

Shadow nickte. »Gegen seinen Willen wären wir niemals hierhergekommen«, sagte sie.

Ihre Worte überraschten mich kein bisschen. Der Weg hierher, zu dieser bizarren Burg hinter dem Ende der Welt, war so mit Hindernissen und Fallen gespickt gewesen, dass alles Glück der Welt nicht ausgereicht hätte, ihn auch nur zur Hälfte zu bewältigen, ohne ein Dutzend Mal umgebracht zu werden.

Aber die Erkenntnis ließ mich kalt; so wie alles andere.

Seit wir das Tor der Drachenburg durchschritten hatten, war eine sonderbare Veränderung mit mir vonstatten gegangen. Ich schien zwei Mal zu existieren: Es gab einen Robert Craven, der halb wahnsinnig vor Angst war und sich ebenso verzweifelt wie ergebnislos fragte, welcher Teufel ihn geritten haben mochte, freiwillig hierherzukommen; eine Entscheidung, die etwa der gleichkam, freiwillig die Hand ins Maul eines mürrischen Haifisches zu legen und ihn am Gaumen zu kitzeln.

Aber es gab noch einen anderen Teil in mir, der alles, was bisher geschehen war – und alles, was noch geschehen mochte! –, mit beinahe stoischem Gleichmut betrachtete. Der Tod der fünf Tempelritter, unser eigenes Schicksal, das bevorstehende Treffen mit Necron und die einzig mögliche Konsequenz daraus – nämlich ein rasches, aber sicherlich höchst unerfreuliches Ende –, das alles ließ mich vollkommen unberührt.

Es gab nur noch einen einzigen Gedanken, der irgendwie von Bedeutung war, nämlich den, dass ich Priscylla wiedersehen würde.

Vielleicht würde ich danach sterben, aber wenn, dann hatte es sich gelohnt. Ich war in diesem Moment bereit, alles zu ertragen, was Necron mir antun konnte, wenn ich zuvor nur ein einziges Mal noch Priscyllas Gesicht sah.

»Dieser Ort ist nicht gut«, sagte Sitting Bull halblaut. »Wir sollten nicht hier sein.«

Um ein Haar hätte ich gelacht. Aber dann begegnete ich Sitting

Bulls Blick, und die spöttische Bemerkung, die mir auf den Lippen lag, blieb mir buchstäblich im Halse stecken. Es war Sitting Bulls Art, seine Gedanken knapp und präzise auszudrücken, ohne die ganz und gar überflüssigen Schnörkel, die wir so genannten zivilisierten Menschen uns angewöhnt hatten. Und treffender als er konnte man unsere Lage wohl kaum beschreiben. So nickte ich nur, warf Shadow ein neuerliches nervöses Lächeln zu und versuchte mich auf unsere Umgebung zu konzentrieren.

Es gab nicht viel zu sehen. Der Gang, durch den uns der Drachenkrieger geleitet hatte, verlief fenster- und türlos dreißig, vierzig Schritt weit geradeaus und endete vor einem schmucklosen, aber äußerst massiven Tor. Er erinnerte mehr an einen aus dem Berg gehauenen Stollen als an einen von Menschenhand gebauten Gang, und vielleicht war er das auch, denn ein Gutteil der bizarren Burg schien direkt aus dem Fels herausgemeißelt zu sein. Möglicherweise befanden wir uns in Wahrheit schon tief unter der Erde statt auf dem Gipfel eines Berges.

Möglicherweise auch nicht einmal mehr in unserer Welt.

Ich hatte den Berg in seiner ganzen Größe gesehen. Er war ein Gigant, ein zyklopischer Kegel aus schwarz erstarrter Lava und Granit, eine, wenn nicht zwei Meilen hoch und mit Flanken, die wie glatt poliertes schwarzes Glas schimmerten. Hätte es diesen Berg irgendwo in den Weiten der Mojave-Wüste tatsächlich gegeben, wäre er kaum über Jahrtausende hinweg unentdeckt geblieben, Necrons Wahnsinnsschirm und all seinen Heimtücken zum Trotz.

Nein – ich war ziemlich sicher, dass diese Burg nicht in der Mojave-Wüste lag. Vielleicht begann der Weg zu ihr irgendwo in ihren hitzedurchglühten Weiten, aber das war auch alles.

Als ich an diesem Punkt meiner Überlegungen angelangt war, beschloss ich, den Gedanken nicht weiter zu verfolgen. Es wäre müßig gewesen. Die Chance, lebend hier herauszukommen, stand ungefähr eine Million zu null. Aber die Schätzung war eher zu optimistisch.

»Jemand kommt«, sagte Sitting Bull.

Ich schrak aus meinen Gedanken auf und lauschte. Natürlich hörte ich nichts, aber wenige Augenblicke später wurde die Tür unsanft aufgestoßen, und der Drachenkrieger kehrte zurück.

»Kommt.«

Wir gehorchten. Ohne ein weiteres Wort folgten wir dem schwarz gekleideten Killer.

Mein Herz begann schneller zu schlagen.

Sie waren zu fünft; den sterbenden Mann nicht mitgerechnet.

Und doch waren sie mehr. Fünf Männer, dachte Jean Balestrano schaudernd, fünf Männer, die, wären sie zusammen über einen der belebten Boulevards der Stadt gegangen, niemandem aufgefallen wären, und doch stellten sie zusammen eine größere Macht dar als ein gewaltiges Heer.

Fünf Männer, von denen einer – er – die Macht hatte, mit einem Wort über das Schicksal eines Menschen, einer Stadt oder eines ganzen Landes zu entscheiden, und die vier anderen die Macht, seinen Befehl auszuführen. Ganz gleich, wie er gelautet hätte. Jean Balestrano schauderte, als er daran dachte, was diese vier Männer, die die schmale Pritsche mit dem Sterbenden umstanden, tun konnten.

Sie hatten es nie getan, und Gott gebe, dass sie es nie tun würden, aber allein der Gedanke ließ Jean Balestrano, oberster Befehlshaber und oberster Würdenträger der Tempelritter, frösteln. Die Macht eines Einzigen dieser Männer reichte aus, die Welt aus den Angeln zu heben. Zusammen konnten sie vielleicht -

Ja, dachte er, kalt, gefühllos und ohne den entsetzten Schrecken, der allein den Gedanken hätte begleiten müssen, zusammen wären sie vielleicht stark genug, einen Gott zu stürzen.

Und vielleicht, fügte er mit einem raschen, angsterfüllten Gedanken hinzu, würden sie es sogar tun müssen. Schon sehr bald.

»Wieso lebt er noch?«, fragte Hayworthy. Die Stimme des grauhaarigen Lords war ausdruckslos. Aber in seinen Augen stand ein tiefer, ungläubiger Schrecken, als er aufsah und seine Frage mit einem halb fordernden, halb zweifelnden Blick in Balestranos Richtung unterstrich.

Jean Balestrano verscheuchte hastig die gotteslästerlichen Gedanken, die sich seiner bemächtigt hatten, straffte sichtlich die Schultern und trat zwischen Hayworthy und de la Croix hindurch an das schmale Bett, auf dem Bruder Leclerc lag; der Einzige der fünf Templer, die er zu Necrons Drachenburg geschickt hatte, der durch das *Tor* zurückgekehrt war – schwer verletzt, am Ende seiner Kräfte und an der Schwelle des Todes.

Seine Augen waren weit geöffnet, aber er sah Bruder Balestrano nicht. Sein Blick war verschleiert. Ab und zu zuckte sein Gesicht wie das eines Schlafenden, der einen üblen Traum erlitt. Sein Atem ging rasselnd und wurde von einem furchtbaren keuchenden Geräusch begleitet.

Langsam ließ sich Jean Balestrano auf der Bettkante nieder, griff nach der Hand des Sterbenden und barg sie behutsam in der eigenen. Leclercs Haut war heiß und fühlte sich an wie Sandpapier. *Ich habe kein Recht dazu, ihm das anzutun,* dachte Balestrano matt. Niemand hat das Recht, einem Menschen einen würdevollen Tod vorzuenthalten.

Er hatte es getan.

Er musste es.

»Er lebt nicht mehr«, sagte er schließlich. Er sah die anderen nicht an bei diesen Worten. »Nicht mehr wirklich. Sein Körper lebt noch. Sein Herz schlägt. Aber das ist auch alles.«

Hayworthy erbleichte, als er begriff, was Balestranos Worte bedeuteten. »Du hast ihn –«

»Ich habe getan, was ich tun musste«, unterbrach ihn Jean Balestrano; eine Spur härter, als vielleicht gut gewesen wäre. Er wusste, dass diesen Männern nichts entging. Ihre Sinne waren hundert Mal schärfer als die anderer. Schon diese kleine Unsicherheit mochte ihnen mehr über seine wirklichen Gedanken und Gefühle verraten, als ihm recht sein konnte.

Gott im Himmel, dachte Balestrano entsetzt. *Was ist das? Wieso habe ich Angst vor meinen eigenen Brüdern?*

»Was ist geschehen?«, fragte von Schmid leise. Wie immer klang die Stimme des Deutschen kalt und monoton. Balestrano fragte sich, ob der grauhaarige Mann, der nach dem Tode DeVries' zum neuen *Animal-Master* des Ordens aufgerückt war, überhaupt zu echten Gefühlen fähig war. Er hatte ihn niemals anders als ruhig und beherrscht erlebt, bis hin zur Grenze echter Kälte. Niemals in Gegenwart von Menschen, hieß das. Bei Tieren hingegen …

Von den vier Männern, die ihn und Leclerc umstanden, war es vielleicht Herzog Botho von Schmid, der Balestrano die größte Furcht einjagte. Vielleicht nur, weil er ihn nicht verstand, als Einzigen. Er begriff einfach nicht, wie ein Mann, der beim Anblick eines kranken Vogels Tränen in den Augen hatte, wie der gleiche Mann, der eine Woche lang nicht schlief und aß, um den gebrochenen Lauf einer Katze zu heilen, wie dieser Mann ohne eine Miene zu verziehen, einem Kind die Kehle durchschneiden konnte. Balestrano hatte beides mit eigenen Augen gesehen.

»Was ist geschehen, Bruder Jean?«, wiederholte von Schmid, als Balestrano nicht antwortete. Er deutete auf den Sterbenden. »Welche Nachricht hat er gebracht, die so wichtig war, dass du ihm die Glückseligkeit vorenthältst?«

Balestrano registrierte den Tadel in der Stimme des Bruders sehr wohl, aber er tat so, als überhöre er ihn.

»Seht selbst«, sagte er matt.

Er stand auf, warf den vier Männern nacheinander einen ernsten Blick zu und trat zurück, als sie sich einer nach dem anderen zu Bruder Leclerc hinabbeugten und die Hände auf seine Stirn legten.

Eine Minute verging, dann eine zweite, und dann richteten sich die vier *Master* in einer einzigen, synchronen Bewegung wieder auf. Bruder Leclerc stöhnte ein letztes Mal, aber diesmal klang der Laut erleichtert. Seine Augen brachen.

Balestrano trat rasch an sein Lager, schloss die Lider und schlug das Kreuzzeichen auf seiner Stirn. Sein Blick begegnete dem von Schmids, als er aufsah. Der *Animal-Master* nickte fast unmerklich, als er die Frage in Balestranos Augen las. Er war es gewesen, der Leclerc von seinen Leiden erlöst hatte.

Balestrano war ihm dankbar dafür. Gleichzeitig fürchtete er sich fast noch mehr vor ihm, obwohl es nichts als ein Akt der Barmherzigkeit gewesen war.

»Deshalb also«, murmelte van Velden. Seine Stimme zitterte ganz leicht.

»Deshalb«, bestätigte Balestrano. »Ihr wisst jetzt, warum ich euch gerufen habe.« Er lächelte, aber es wirkte traurig. »Glaubt mir, die Entscheidung ist mir nicht leichtgefallen. Aber die Gefahr ist größer, als ich glaubte.«

»Und wenn ... wenn er sich getäuscht hat?«, fragte Hayworthy stockend. Er deutete auf den Toten. »Wenn es nichts als die Phantasien eines sterbenden Mannes waren? Wenn ihm Schmerz und Furcht die Sinne verwirrt haben?«

»Unsinn«, sagte de la Croix leise. »Ich begreife deine Gefühle, Bruder Rupert, aber du weißt so gut wie ich, dass das, was wir gesehen haben, die Wahrheit war. Necron hat uns verraten.«

»Ja«, bestätigte Balestrano düster. »Nach allem, was geschehen ist, glaube ich sogar, dass er es war, der hinter dem Überfall Cravens stand.«

»Eine kühne Behauptung«, sagte von Schmid ruhig. »Du weißt, was sie bedeutet.«

»O ja, ich weiß, Bruder«, flüsterte Balestrano. »Aber es ist das Einzige, was Sinn ergäbe. Robert Craven mag ein Mann mit geheimnisvollen Kräften sein, aber er ist jung und hat seine wahre Macht noch nicht einmal entdeckt. Er allein könnte mit dem Kristallhirn rein gar nichts anfangen. Im Gegenteil. Es würde ihn verderben, so wie es Bruder Sarim vernichtete, und er weiß es. Nur ein Magier von solcher Macht und Erfahrung wie Necron kann es wagen, sich der Kräfte des Kristallhirnes zu bedienen.«

»Und selbst wenn es anders wäre, müsste er für den Verrat bezahlen, den er an Bruder Reynaud und den anderen beging«, fügte van Velden heftig hinzu.

Balestrano schwieg. Der *Desert-Master* des Templer-Ordens war der Jüngste hier im Kreis, ein Mann von kaum vierzig Jahren, in dem noch das Feuer der Jugend brannte. Er hatte das Recht, zornig zu sein.

»Nehmen wir an, du hast Recht, Bruder Jean«, sagte de la Croix. »Dann weißt du, was zu tun ist.«

Balestrano nickte. Die Bewegung kostete ihn unendliche Mühe. Er schwieg, und für endlose Sekunden tastete sein Blick noch einmal – und fast voller Angst – über die Gesichter der vier weiß gekleideten Männer vor ihm.

Botho von Schmid, der *Animal-Master*. Ein Killer, dachte Balestrano schaudernd. Ein Mann, der auf seine Art vielleicht schlimmer war als Necron.

André de la Croix, *Storm-Master* der Templer, ein Mann, der mit einer Bewegung des kleinen Fingers Länder verwüsten und Städte dem Erdboden gleichmachen konnte.

Nies van Velden, der *Desert-Master*, für das, was vor ihnen lag, vielleicht der wichtigste Mann, aber auch der unberechenbarste, denn er war das genaue Gegenteil von von Schmid. Es war möglich, dass er an sich selbst zerbrach, wenn er gezwungen war zu töten.

Und Sir Rupert Hayworthy, jeder Zoll ein schottischer Edelmann, der in jedem, der ihn sah, das Bild eines gütigen alten Großvaters wachrief; ein Mann, der an einem lauen Frühlingsabend, eine Pfeife schmauchend, seine Enkelkinder auf dem Schoß schaukelte und ihnen Geschichten erzählte, während er mit der linken Hand die Katze streichelte. Der *War-Master* des Ordens. Vor vier Jahren war Jean Balestrano dabei gewesen, wie er ganz allein und mit einer klaffenden Wunde im Rücken vier der gefürchteten Ninja-Krieger des japanischen Kaisers getötet hatte. Mit bloßen Händen.

Jean Balestrano schauderte. *Herr im Himmel,* dachte er, *was ge-*

schieht, wenn diese vier Männer ihre geistige Macht verschmelzen und zu einer Einheit werden?

Und doch waren es seine nächsten Worte, die ganz genau dies bewirkten, und er wusste es.

»Es gibt keine andere Wahl, Brüder«, sagte er sehr leise. »Necron muss sterben. Unten in den Katakomben stehen fünfhundert unserer besten Krieger bereit, seine Burg zu stürmen. Ich selbst werde den Angriff leiten.« Er zögerte einen winzigen Moment, ehe er hinzufügte: »Ich und ihr.«

Keiner der vier Männer zeigte auch nur die Spur eines Schreckens. Sie alle hatten gewusst, was geschehen würde, im gleichen Moment, in dem sie mit dem Geist des sterbenden Kriegers verschmolzen und durch seine Augen gesehen hatten, was vor den Toren der Drachenburg geschehen war.

»Wann?«, fragte von Schmid schließlich.

Jean Balestrano atmete hörbar ein.

»Jetzt«, sagte er.

Er hatte sich nicht verändert.

Ich hatte vergessen, wie hässlich Necron war. Das heißt – hässlich war vielleicht nicht einmal das richtige Wort. Necron war nicht wirklich hässlich, nicht abstoßend in körperlichem Sinne oder irgendwie entstellt. Er war ein alter, ein uralter Mann sogar, gebeugt von den zahllosen Jahren, die er wider alle Natur gelebt hatte, mit einem Gesicht wie aus rissigem Leder, grauen, stechenden Augen und einem Mund, der wie eine geschlitzte Narbe aussah, Lippen aus gerissenem Pergament ohne Blut, Hände, die so dürr waren, dass sich die Haut direkt über den Knochen zu spannen schien, und die viel mehr wie grässliche Raubvogelkrallen aussahen denn wie menschliche Hände.

Und doch war es nicht das, was mich abstieß.

Necron war *böse.*

Ich hatte die wirkliche Bedeutung dieses Wortes niemals begriffen, bis zu diesem Augenblick.

Niemand hatte das, der nicht Necron selbst gegenübergestanden hat. Er war nicht schlecht, nicht mordlustig und gemein und heimtückisch und sadistisch, nichts von all den Schimpfworten und Verwünschungen, mit dem ich ihn im Laufe des letzten Jahres in Gedanken bedacht hatte. Er war nur böse: kein Mensch, sondern ein finsteres, dräuendes Ding, das nur in eine menschliche Gestalt geschlüpft war. Jegliches Gefühl, selbst Hass und Bosheit und Wut, mussten dieser Kreatur abgehen. Wenn es so etwas wie den Teufel in Person gab, dann stand ich ihm in diesem Moment gegenüber.

Ich hatte nicht einmal Angst. Aber das hatte nichts mit Tapferkeit zu tun. Ich war nicht mehr fähig, Angst zu empfinden; geschweige denn irgendein anderes Gefühl.

»Nun, Robert Craven?«, sagte Necron leise. »Bist du zufrieden mit dem, was du siehst?« Er lachte; ein Laut, als würden kleine Glassplitter tief in seiner Kehle zermahlen.

Ich versuchte zu antworten, aber ich konnte es nicht. Necrons Nähe lähmte mich. Irgendetwas von ihm, ein Teil seiner finsteren Ausstrahlung, legte sich wie ein lähmender Mantel um meine Gedanken. Mein Wille war ausgeschaltet.

Necron beugte sich vor, starrte erst mich, dann Shadow und schließlich Sitting Bull an. Ein hässliches, durch und durch böses Grinsen verzerrte seine blutleeren Lippen.

»Beeindruckend«, sagte er. »Überaus beeindruckend. Ein kleiner Zauberlehrling, ein alter Medizinmann und –« Er stockte einen ganz kleinen Moment und warf Shadow einen Blick zu, den ich beim besten Willen nicht zu deuten imstande war. »– eine leibhaftige El-o-hym. Ich wusste gar nicht, dass es euch noch gibt.« Er richtete sich ein wenig auf. Das dunkelgrüne, mit barbarischen Stick-Ornamenten versehene Gewand, das er trug, raschelte wie getrocknete Haut. »Wo kommst du her, El-o-hym?«, fragte er. »Oder ist es dir lieber, wenn ich dich bei deinem richtigen Namen nenne, Ur-«

»Mein Name ist Shadow«, unterbrach ihn Shadow, zwar kalt und mit bewusst hochmütiger Stimme, aber doch eine Spur zu hastig, um den Schrecken zu verbergen, den sie bei Necrons Worten empfunden hatte. »Ich heiße Shadow. Zumindest ist das der Name, den ich hier trage.«

Necrons linke Augenbraue rutschte ein Stück seine Stirn hinauf. Aber zu meiner – und wohl auch Shadows – Verwunderung ging er nicht weiter auf dieses Thema ein, sondern wandte sich nach kurzem Zögern wieder an mich.

»Verzeihen Sie, wenn ich alle Regeln der Höflichkeit vergaß, mein lieber Freund«, sagte er. »Ich heiße Sie und Ihre Begleiter in meinem bescheidenen Heim willkommen. Ich liebe Gäste, müssen Sie wissen.

Sie kommen zwar unangemeldet, aber nicht unerwartet.« Er lächelte dünn, stand mit einer erstaunlich kraftvollen Bewegung auf und sprang von seinem Stuhl herunter.

Erst jetzt sah ich, dass es in Wahrheit eher ein Thron war – ein gewaltiges, barbarisches Möbel, das zur Gänze aus Knochen und schimmerndem Bein gefertigt war. Da und dort glaubte ich einen menschlichen Totenschädel zu erkennen, aber auch die Knochen von Tieren und …

Und ein paar andere Dinge, die ich mir lieber nicht näher besah.

Necron trat ganz dicht auf mich zu und starrte mich an. Wieder fiel mir auf, wie klein er war. Er musste den Kopf in den Nacken legen, um mir in die Augen blicken zu können – was allerdings rein gar nichts an der Tatsache änderte, dass ich es war, der sich unter seinem Blick klein und hilflos vorkam.

In Necrons Augen blitzte es amüsiert. »Ich weiß, was Sie jetzt denken, mein lieber Craven«, sagte er. Er kicherte. »O ja. Sie fragen sich, warum Sie nicht die Gelegenheit nutzen, mich zu töten, wo ich doch schon einmal so dicht vor Ihnen stehe.«

»Ich hätte es etwas weniger gepflegt ausgedrückt« antwortete ich kalt. »Aber Sie treffen den Kern der Sache, ja.«

Necron lachte. »Aber mein lieber Robert«, sagte er. »Ich bitte Sie, keine Beleidigungen. Ich weiß, dass Sie mich hassen, aber Sie tun mir Unrecht, glauben Sie mir. Wenn ich Ihnen wirklich nach dem Leben trachtete, wären Sie schon lange tot. Oder bilden Sie sich wirklich ein, Sie hätten meine Burg betreten können gegen meinen Willen?« Er schüttelte den Kopf, fuhr sich mit der Rechten über den dünnen Spitzbart und sah abermals zu Shadow hinüber.

»Sie verwirren mich, meine Liebe«, gestand er. »Mit Mister Craven habe ich gerechnet; ich muss sogar gestehen, dass ich allmählich ungeduldig zu werden begann. Ich habe auch erwartet, dass er sich gewisser … Hilfe versichern würde, ehe er hierherkam.« Dabei warf er einen raschen, abfälligen Blick auf Sitting Bull. »Aber eine El-o-hym …« Er schüttelte den Kopf. »Was fange ich nun mit Ihnen an? Lasse ich Sie hier, stellen Sie einen Unsicherheitsfaktor in nicht mehr akzeptabler Größenordnung dar, was meine späteren Pläne betrifft. Andererseits, töte ich Sie, würde ich mir den Zorn Ihres Herrn und Meisters zuziehen. Ein großes Problem, vor das Sie mich da stellen, meine liebe Shadow.«

»Verdammt, hör auf, hier den Narren zu spielen!«, fauchte ich.

Meine Hände zuckten, und ich beschäftigte mich im Moment in der Tat mit den Überlegungen, die mir Necron unterstellt hatte – nämlich denen, warum ich ihm nicht schlichtweg den dürren Hals herumdrehte.

Necron starrte mich kalt an. »Wie Sie wollen, Robert«, sagte er. »Vielleicht haben Sie Recht – es ist schon zu viel Zeit vergeudet worden. Ich habe Ihnen ein Geschäft vorzuschlagen.«

»Ein Geschäft?«, wiederholte ich. »In Ordnung. Wie viel muss ich zahlen, damit Sie sich freiwillig vom höchsten Turm dieser Burg stürzen? Nennen Sie Ihren Preis. Keine Hemmungen. Ich bin reich.«

Necron lachte nicht. Seine Rechte ballte sich in einer blitzartigen, zornigen Bewegung zur Faust, aber das war auch die ganze Reaktion auf meine Worte.

»Reich?«, wiederholte er, auf eine Art, die mir ganz und gar nicht gefiel. »Möglich. Ja, sicher, nach den Maßstäben Ihrer so genannten Zivilisation sind Sie ein vermögender Mann. Und doch gibt es etwas, das Sie sich mit all Ihrem Geld nicht kaufen konnten, nicht wahr?« Er lachte hässlich. »Etwas, das ich besitze. Und das zu holen Sie hergekommen sind.«

Ich starrte ihn an, presste die Kiefer so fest aufeinander, dass es schmerzte, und verwarf den Gedanken, ihm den Hals umzudrehen. Das wäre viel zu schnell gegangen.

»Ich gebe es Ihnen«, sagte Necron plötzlich. »Sie sind hier, um Ihre Braut zu holen, nicht wahr? Gut – Sie sollen sie haben. Folgen Sie mir.«

Und damit wandte er sich um und ging ohne ein weiteres Wort zu einer schmalen Tür in der Südwand des Zimmers. Er überzeugte sich nicht einmal davon, ob ich ihm wirklich folgte.

Es war auch nicht nötig.

In der hitzeflimmernden Luft schienen die Gestalten der Männer zu verschwimmen. Ein tiefer an- und abschwellender Ton lag in der Luft: der dumpfe Herzschlag einer großen Menschenmenge, zusammengesetzt aus Tausenden einzeln nicht wahrnehmbarer Laute; da und dort ein helles Klirren, wenn Metall gegen Stein traf, das Rascheln von Stoff, mit dem der Wind spielte, Sand, der gegen die Zeltbahnen geworfen wurde.

Jean Balestrano hörte nichts von alledem.

Sein Blick war nach Osten gerichtet, auf die endlose Stein- und Sandeinöde der Mojave, die sich irgendwo zwischen dem Berg und dem Horizont in silbernen Spiegelungen und tanzender Weite verlor. Sein Herz schlug sehr langsam und schwer, und seine Lippen waren trocken, obgleich er vor Augenblicken erst getrunken hatte.

Seit einer Stunde war er hier, als letzter der fünfhundertundfünf Männer, die den Weg durch das Nichts angetreten und im Bruchteil einer Sekunde von Paris hierher an die Grenze der Mojave-Wüste gelangt waren. Bis zur letzten Sekunde hatten von Schmid, Hayworthy, de la Croix und van Velden versucht ihn davon abzubringen, aber er hatte keines ihrer Argumente – obwohl manche von ihnen sehr gut gewesen waren – gelten lassen, sondern darauf bestanden, das Heer zu begleiten.

Vielleicht hatte er sich damit selbst zum Tode verurteilt, wie jeden einzelnen dieser fünfhundert Krieger. Aber das nahm er in Kauf. Er musste hier sein, nicht um den Angriff zu leiten – das konnte Hayworthy tausend Mal besser als er –, sondern um auf ihn und die drei anderen *Master* Acht zu geben.

Balestrano fragte sich, ob die vier Männer wohl wussten, dass er sie fast ebenso fürchtete wie den Mann, den zu vernichten sie hergekommen waren. Von Schmid, dachte er. Ja. Der deutsche Herzog würde es wissen. Allein, weil er selbst so zu denken gewohnt war. Von Schmid traute keinem menschlichen Wesen, nicht einmal sich selbst.

Das Geräusch der Zeltplane schreckte ihn aus seinen Überlegungen hoch. Balestrano drehte sich herum und erkannte van Velden, der hinter ihm aus dem Zelt getreten war. Er lächelte. Der *Desert-Master* erwiderte sein Lächeln, aber es war nicht ganz echt. Van Velden war auf sonderbare Weise verändert, seit sie aus dem *Tor* getreten und hierhergekommen waren. Die Wüste war sein Element, etwas, das er so gut kannte wie vielleicht kein anderer lebender Mensch auf der Welt. Aber Balestrano spürte ganz deutlich, dass er Angst vor ihr hatte! Vielleicht gerade, weil er sie so gut kannte.

»Es ist alles bereit, Bruder Jean«, sagte van Velden leise.

Balestrano nickte, schwieg aber. Van Velden war nicht gekommen, um ihm das zu sagen, was er selbst schon wusste.

»Sobald die Sonne untergeht, marschieren wir los«, fuhr der Flame fort. Er trat einen weiteren Schritt auf Balestrano zu und blickte aus eng zusammengekniffenen Augen an ihm vorbei auf das

Meer aus sandfarbenen Zelten herab. Trotz der vorgerückten Stunde kochte die Luft über der Wüste noch immer vor Hitze. Die Männer in ihren silberrotweißen Uniformen sahen aus wie bunt gescheckte Fische, die in bewegtem Wasser auf und ab hüpften.

Balestrano verspürte ein rasches, sonderbares Gefühl von Macht, als er auf das Heerlager und die kleine Armee hinabblickte. Aber er hatte sich gut genug in der Gewalt, das Gefühl zu verscheuchen.

»Du bist noch immer der Meinung, dass es ein Fehler war, das Heer schon jetzt hierher zu bringen, Bruder?«, fragte er leise. Ganz bewusst baute er van Velden damit eine Brücke, die der Flame auch sofort betrat. Schließlich war er aus keinem anderen Grund hier herausgekommen, als mit ihm zu reden.

»Ich bin es«, bestätigte van Velden heftig. »Du kennst die Wüste nicht, Bruder Jean.«

»Nein«, gestand Balestrano lächelnd. »Aus diesem Grunde bist du hier.«

»Dann solltest du auch auf meinen Rat hören«, sagte van Velden, beinahe zornig. »Glaube mir, Bruder, die Wüste ist nicht einfach nur ein Stück leerer Erde, auf dem zufällig Sand liegt. Das haben schon viele geglaubt. Die meisten von ihnen sind jetzt tot.«

»Was ist sie dann?«, fragte Balestrano leise.

Van Velden schnaubte. »Sie ist ein Ungeheuer, Bruder«, sagte er heftig. »Eine Bestie, wie du sie dir schlimmer nicht vorstellen kannst. Sie wird jeden einzelnen dieser Männer verschlingen, wenn du sie hineinschickst. Sie wartet nur auf uns.«

Balestrano schwieg einen Moment, Wieder glitt sein Blick nach Osten, in die Wüste hinein. Der Anblick berührte ihn sonderbar. Er sah nichts, nichts außer einer gewaltigen, sinnverwirrenden Leere, die ihn schwindeln ließ, weil sein Blick nirgendwo einen Punkt fand, an dem er rasten konnte.

»Du sprichst von ihr, als würde sie leben, Bruder«, sagte er leise.

»Das tut sie auch!«, antwortete van Velden hitzig.

»Aber du sprichst in einem Ton von ihr, in dem man über einen Feind spricht«, fuhr Balestrano fort. »Du beherrschst sie doch.«

»Beherrschen?« Van Velden schrie fast. »O nein, Bruder. Ich hasse sie. Und ich fürchte sie wie die Pest. Gerade weil ich sie kenne. Du hast Recht, Bruder Jean, die Wüste lebt. Sie ist ein Ungeheuer, eine blutrünstige Bestie, die sich unter dem Mantel von Stille und Leblosigkeit verbirgt. Aber in Wahrheit ist sie ein Monstrum.«

»Und was hätten wir tun sollen?«, fragte Balestrano, nun schon in einem schärferen, ungeduldigen Tonfall.

»Was ich gesagt habe!«, antwortete van Velden heftig. »Die Männer in Paris zurücklassen und erst holen, wenn ich einen Weg gefunden habe, die Wüste zu durchqueren. Es ist Mord, auf gut Glück mit einem Heer in die Mojave zu marschieren!«

»Wir marschieren nicht auf gut Glück los«, sagte Balestrano tadelnd. »Das weißt du. Und wir konnten die Männer nicht zurücklassen. Sobald Necron merkt, dass wir hier sind, wird er das *Tor* verschließen – oder in eine Falle umwandeln.«

»Dann gib mir wenigstens einen Tag!«, sagte van Velden. »Bleib mit den anderen hier, bis ich zurück bin. Ich werde einen Weg finden. Ich allein habe eine hundert Mal bessere Chance –«

»– getötet zu werden?«, unterbrach ihn Balestrano. Er schüttelte den Kopf. »Nein, Bruder Nies. Ich verstehe und ehre deine Beweggründe, aber wir marschieren gemeinsam. Du bist vielleicht der wichtigste Mann überhaupt bei dem, was wir tun müssen. Ich kann es mir nicht leisten, dich zu gefährden.«

»Auch nicht, wenn das Leben von fünfhundert unserer Brüder auf dem Spiel steht?«, fragte van Velden.

»Nicht einmal, wenn es fünftausend wären«, antwortete Balestrano. »Wenn wir diesen Krieg verlieren, Bruder Nies, dann steht vielleicht mehr auf dem Spiel als nur unser Leben oder die Existenz des Ordens.«

Er sprach nicht weiter, aber das war auch nicht nötig.

Ohne ein weiteres Wort wandte sich Nies van Velden um und verschwand wieder im Zeit.

Balestrano blickte ihm nach, sehr ernst und voller Sorge, ja, beinahe Angst. *Tergard,* dachte er. *DeVries. Sarim de Laurec ...*

Wer würde der Nächste sein?

Die Halle war gigantisch. Ihre Decke, spitz zulaufend wie das Dach einer gotischen Kathedrale, bildete hundert, hundertfünfzig Fuß über unseren Köpfen ein steinernes Dach, und in zwei der vier Wände gab es sogar Fenster, aber irgendetwas Düsteres, Unsichtbares war in der Luft, was das hereinfallende Licht schon nach wenigen Yards aufsaugte, sodass auch hier Fackeln und lodernde Kohlebecken für eine unheimliche, düster-rote Beleuchtung sorgten.

Und in der Mitte der Halle stand ... ja, was eigentlich?

Das Gebilde sah aus wie ein ins Absurde vergrößerter Altar, ein schwarzer Monolith aus Licht schluckendem Stein, so groß, dass ein gutes Dutzend Stufen zu seiner rechteckigen Plattform hinaufführten. Darauf errichtet war eine Art steinerner Baldachin, getragen von vier gewaltigen schwarzen Säulen, die auf widerwärtige Weise zu leben schienen, denn irgendetwas auf oder besser gesagt unter ihrer Oberfläche zuckte und bebte ununterbrochen. Für einen kurzen Moment glaubte ich Gesichter zu erkennen, menschliche Gesichter, zu schrecklichen Grimassen verzerrt.

Ich sah mit einem Ruck weg und konzentrierte mich ganz auf das, was zwischen den lebenden Steinsäulen aufgebaut war.

Eine Sekunde später schon bedauerte ich diesen Entschluss. So grässlich die lebenden Pfeiler gewesen sein mochten, das, worauf Necron jetzt mit einem kalten Lächeln deutete, war schlimmer.

Es waren Särge.

Zwei Yards lange Särge, auf matt schwarzen Sockeln stehend und aus einem sonderbar glitzernden, nicht ganz durchsichtigen Glas gefertigt, sodass ich die nackten Körper der beiden Menschen, die darin aufgebahrt lagen, nur als verschwommene Schemen erkennen konnte.

Es waren ein Mann und eine Frau,

Für einen Moment konzentrierte ich mich darauf, das blasse Jungengesicht des Mannes anzustarren, der in dem linken der beiden Särge lag. Ich hatte Angst, den Verstand zu verlieren, wenn ich in den anderen blickte.

Es war Shannon. Jetzt, ohne die barbarischen Kleider der Drachenkrieger, ohne seine Waffen, ohne das freundliche Lächeln, das immer in seinen Augen gestanden hatte, schlafend und reglos, sah er noch jünger und verwundbarer aus als sonst. Kein Mann, sondern ein zu groß gewachsener Knabe mit einem sonderbar weichen Zug um den Mund, der trotzdem irgendwie männlich wirkte.

Dann waren meine Kräfte erschöpft, ich konnte einfach nicht mehr, und mein Blick wandte sich gegen meinen eigenen Willen dem zweiten Glassarg zu.

Auf den blauen Samtkissen, mit denen er ausgeschlagen war, lag eine Frau.

Ein Mädchen.

Schlank, beinahe knabenhaft gewachsen, dunkelhaarig, mit einem schmalen, nicht mehr ganz kindlichen, aber auch noch nicht ganz fraulichen Gesicht. Priscylla.

Priscylla.

Der Schock, auf den ich wartete, das Entsetzen, die Freude, Furcht, Hass, Erleichterung – was immer jetzt hätte kommen müssen, es kam nicht. Ich fühlte ... nichts.

Überhaupt nichts. Beinahe blicklos starrte ich auf die wie tot daliegende Gestalt Priscyllas herab, aber in mir war nichts. Nur eine unglaubliche, saugende Leere.

Dann fing ich einen Blick Shadows auf und als ich in ihre Augen sah, begriff ich, dass sie es war, die mich schützte. Ihre geistige Macht, die mein Unterbewusstsein daran hinderte, mich schlichtweg in den Wahnsinn zu treiben. Ich war ihr dankbar dafür in diesem Moment.

»Warum ... zeigen Sie mir das?«, fragte ich mühsam. Meine Zunge war so trocken, dass ich kaum sprechen konnte. Irgendetwas würde geschehen, gleich, das spürte ich. Etwas Schreckliches. Gott, wie lange konnte ich diesen Druck noch ertragen? Wie lange würde mich Shadow noch vor mir selbst schützen können?

»Vielleicht, um genau die Reaktion zu sehen, die Sie mir jetzt bieten, mein lieber Robert«, antwortete Necron. Dann machte er eine rasche, bestimmende Handbewegung und fuhr mit veränderter, deutlich kälterer Stimme fort: »Zur Sache. Ich biete Ihnen ein Geschäft an. Ihnen, Craven, und Ihnen, Shadow.«

»Ein Geschäft?«, fragte Shadow rasch, ehe ich irgendetwas äußern konnte, was mir später leid tun würde. »Ich wüsste nicht, was Sie uns zu bieten hätten. Oder umgekehrt wir Ihnen.«

»Frieden«, sagte Necron einfach.

Shadow blinzelte. »Frieden?«

»Ist das so lächerlich, meine Liebe?«, fragte Necron ernst. Er seufzte, schüttelte den Kopf und ließ sich mit einer lässigen Bewegung auf die Kante von Shannons Glassarg sinken. Der Blick, mit dem er Shadow und mich abwechselnd maß, wirkte beinahe ehrlich.

»Schauen Sie, Sie sind hierhergekommen, um dieses Mädchen zu befreien, und vielleicht, um mich zu töten.« Er sah mich fragend an, bekam aber keine Antwort. »Aber warum wollen Sie das tun?«, fuhr er fort.

»Warum?«, wiederholte ich verwirrt.

Necron nickte. »Warum«, bestätigte er. »Ich meine es ernst. Wir beide haben Fehler gemacht, Robert – ich, dass ich versuchte, Sie für die Verbrechen Ihres Vaters verantwortlich zu machen. Es war dumm, Shannon auf Ihre Spur zu setzen, und es war ein vielleicht unverzeihlicher Fehler, Sie anzugreifen und dieses Mädchen zu entführen, nur aus billigem Rachedurst heraus. Ich gebe es zu.« Er lächelte. »Es hat mir nichts genutzt, aber es hat Sie dazu gebracht, Ihren kleinen Privatkrieg gegen mich anzuzetteln. Ich gestehe, dass Sie mir eine Menge Ärger gemacht haben, Robert.«

»Und jetzt?«, fragte ich böse.

»Jetzt sind Sie in meiner Gewalt«, sagte Necron freundlich. »Ich könnte Sie töten. Aber das wäre dumm. Dumm und nutzlos. Außerdem wäre es eine Verschwendung. Sie sind ein begabter junger Mann, Robert.«

»Stehen Sie auf, und ich zeige Ihnen, wie begabt!«, fauchte ich.

Necron seufzte. »Sehen Sie, Robert, genau das habe ich gemeint. Wir beide, Sie und ich – und diese reizende El-o-hym –, wir verschwenden unsere Kräfte damit, uns gegenseitig zu bekriegen. Ich will Sie nicht töten. Ich will Sie kaufen.«

»Sie –«

»Antworten Sie nicht, ehe Sie mein Angebot gehört haben«, sagte Necron rasch. »Und erzählen Sie bitte keinen Unsinn von wegen Ehre und Prinzipien. Jeder Mensch ist käuflich. Ich biete Ihnen das Leben. Ein Leben an der Seite Ihrer Braut, ein Leben in Wohlstand und Sicherheit. Unsterblichkeit – nach menschlichen Maßstäben zumindest. Und größere Macht, als Sie sich jemals erträumt haben.«

»Sie sind vollkommen verrückt«, murmelte ich. »Ein Leben als Ihr Vasall, Necron? Als Diener der GROSSEN ALTEN?«

»Als Diener der GROSSEN ALTEN, ja«, bestätigte Necron. »Als mein Vasall nicht. Als mein Verbündeter. Was ist so schlecht daran, in meinen Diensten zu stehen? Ich werde nichts von Ihnen verlangen, was Ihrer albernen Menschlichkeit zuwiderläuft. Ich werde nicht von Ihnen verlangen, jemanden zu töten oder auch nur irgendeinem Wesen ein Leid oder Unrecht zuzufügen. Und was ist so schlimm an den GROSSEN ALTEN?« Er beugte sich ein wenig vor. Seine Augen wurden schmal. »Sind Sie Christ, Robert?«, fragte er.

Ich nickte.

»Ein gläubiger Christ?«

»Wenn Sie damit meinen, ob ich in die Kirche gehe – nein«, antwortete ich. »Aber ich habe meinen Glauben.«

»Den Glauben an einen Gott, den Sie niemals gesehen haben und dessen Wirken Sie nicht einmal erahnen können«, fuhr Necron fort. »Den Glauben an einen Gott, der hart und teilnahmslos ist. Ich könnte Sie jetzt töten, Robert. Sie hätten draußen in der Wüste jämmerlich verdursten können, und Ihr Gott hätte keinen Finger gerührt, Sie zu retten. Ich biete Ihnen etwas anderes. Ich biete Ihnen einen Gott, den Sie sehen können. Einen Gott, dem Sie gegenüberstehen werden, mit dem Sie reden – und der Ihnen antworten wird! Er verlangt keine Gegenleistung dafür, Robert. Sie brauchen nichts zu tun, sich seine Gunst zu erkaufen. Alles, was wir verlangen, ist Ihr Stillhalten.«

»Mehr nicht?«, fragte ich höhnisch.

»Mehr nicht«, bestätigte Necron. »Hören Sie auf, uns zu bekämpfen.«

»Er lügt«, sagte Sitting Bull ruhig.

Necrons Kopf flog mit einem Ruck herum. Für einen Moment verzerrte sich sein Gesicht vor Hass, dann hatte er sich wieder in der Gewalt. Aber Sitting Bulls Worte wären nicht einmal nötig gewesen, mich den Fehler in Necrons Spinnennetz erkennen zu lassen.

»Wenn das alles ist, warum bringen Sie mich dann nicht einfach um, Necron?«, fragte ich ruhig.

Necron starrte mich wütend an. Dann nickte er. »Gut«, sagte er zornig. »Das ist nicht alles. Sie haben Recht, Robert – es gibt ein paar Dinge, zu denen ich Ihre Hilfe brauche. Jetzt noch nicht. Vielleicht wird es fünfzig Jahre dauern, bis Sie Ihre Kräfte so weit entwickelt haben, um mir wirklich von Nutzen sein zu können. Vielleicht hundert. Vielleicht nie. Aber bis es soweit ist, biete ich Ihnen ein Leben in Glück und Sicherheit. Überlegen Sie sich Ihre Antwort gut, Robert. Ein Menschenleben voller Glück ist mehr, als die meisten anderen bekommen.« Er lächelte dünn. »Und wenn es an der Zeit ist, können Sie sich immer noch überlegen, ob Sie nicht doch lieber die Seiten wechseln wollen«, fügte er hinzu.

»Wenn er dich einmal in seinen Klauen hat, bist du verloren, Robert«, sagte Shadow ruhig.

Diesmal antwortete Necron nicht. Aber er tat etwas anderes.

Er stand auf, wandte sich mit einem Ruck um und streckte beide Hände über dem Glassarg mit Priscyllas Körper aus. Etwas wie silberner Staub rieselte zwischen seinen Fingern hervor, berührte das matte Glas und durchdrang es.

Und eine halbe Minute später schlug das Mädchen, das bisher wie tot darin gelegen hatte, die Augen auf.

Mit der Dämmerung war Wind aufgekommen; eine sanfte, aber beständig wehende Böe, die Sand und feinen Staub herantrug und die Luft mit einem unheimlichen, an- und abschwellenden Rascheln und Raunen erfüllte, wie das Geräusch zahlloser horniger Käferbeine, die sich aneinander rieben.

Die Männer hatten ihre Schilde vor die Gesichter erhoben, damit ihnen der Sand nicht vollends die Sicht nahm, aber sie kamen trotzdem nicht gut voran. Der Sand war hier so fein, dass sie bei jedem Schritt bis über die Waden in den Boden einsanken, und ein oder zwei Mal waren Männer bereits in Treibsand geraten und nur im letzten Moment von ihren Kameraden gerettet worden.

Sie waren seit einer Stunde unterwegs, aber sie hatten seither nicht viel mehr als eine, allerhöchstens zwei Meilen zurückgelegt. Und wie es aussah, würde das Tempo ihres Vorwärtskommens eher noch sinken, denn der Sturm nahm zu, und mit der Dunkelheit war auch Kälte gekommen, die die von der Hitze des Tages ausgelaugten Männer zusätzlich schwächte.

De la Croix hatte sich angeboten, den Wind zu beruhigen, aber Balestrano hatte es ihm verboten, obgleich es sicher eine große Erleichterung für die Krieger gewesen wäre. Aber er spürte irgendwie, dass es ein Fehler wäre, die Macht der vier *Master* schon jetzt einzusetzen. Wenn sie überhaupt eine Chance haben wollten, die Drachenburg Necrons lebend zu erreichen, dann nur, wenn sie ihre wahre Stärke verbargen.

Und es mochte sein, dass sie jedes bisschen Kraft, das sie hatten, noch dringend nötig brauchen würden.

Er zwang sich mit aller Macht, an etwas anderes zu denken, senkte den schweren hölzernen Schild ein wenig und hielt über seinen Rand hinweg nach von Schmid und den drei anderen *Mastern* Ausschau. Sie gingen nur wenige Schritte vor ihm, gegen seinen Befehl, aber ganz so, wie er erwartet hatte. Nicht einmal die scheinbar zufällige Formation, in der sie sich bewegten, war wirklich zufällig. Balestrano hatte darauf bestanden, nicht anders als der Geringste seiner Männer behandelt zu werden, aber natürlich waren solche Forderungen nichts als leere Gesten; obgleich ernst gemeint, nicht durchführbar. Von Schmid, de la Croix, van Velden und Hayworthy hätten ihr Leben geopfert, um das seine zu schützen.

So wie die dreißig Krieger, die Hayworthy zu Balestranos persönlichem Schutz ausgewählt hatte. Die Besten der Besten.

Und trotzdem fühlte sich Jean Balestrano mit jedem Schritt, den sie weiter nach Osten gingen und tiefer in die Wüste eindrangen, unsicher. Es war keine Angst vor dem Tod oder den namenlosen Schrecken, die Necron für sie bereithalten mochte, sondern eine völlig neue, gestaltlose Art von Furcht, die mit dem Wind herantrieb, sich auf dürren Spinnenbeinen in seine Seele schlich und sie vergiftete. Gegen die er wehrlos war.

Er war nicht einmal sicher, ob sie es wirklich mit Necron zu tun hatten. Vielleicht war es einfach die Angst vor der Wüste, von der van Velden ihm erzählt hatte.

Ein gellender Schrei wehte von der Spitze der Kolonne heran, seltsam dünn und weit entfernt in der klaren Nachtluft, bis er mit erschreckender Plötzlichkeit abbrach.

Die Stille, die ihm folgte, war beinahe noch schrecklicher.

Aber sie währte nur eine Sekunde. Dann begann eine zweite Stimme zu schreien, gleich darauf eine dritte, vierte.

Balestrano ließ mit einem Ruck seinen Schild sinken. Die Kolonne war zum Stehen gekommen, und irgendwo weiter vorne, verborgen hinter den Schatten der Nacht, bewegten sich Körper, harte Stiefelsohlen trampelten über den Sand, Männer riefen aufgeregt durcheinander, Metall klirrte. Und dazwischen gellten immer noch diese entsetzlichen Schreie.

Eine Gestalt vertrat ihm den Weg, als er aus der geordneten Formation der Kolonne ausschwenken und nach vorne laufen wollte. Es war von Schmid. »Bleib hier, Bruder«, sagte er hastig. »Bruder Rupert und Bruder Nies sind vorausgegangen.«

Balestrano wollte den Herzog einfach aus dem Wege schieben, aber von Schmid stand wie ein Fels da. Er wirkte sehr entschlossen. Balestrano begriff, dass Botho von Schmid nötigenfalls sogar Gewalt anwenden würde, um ihn am Weitergehen zu hindern. Das Schreien hielt noch immer an.

»Was geht dort vorne vor?«, fragte Balestrano scharf. »Werden wir angegriffen?«

Von Schmid schien einen Moment in sich hineinzulauschen, dann schüttelte er den Kopf. Trotz der herrschenden Dunkelheit konnte Balestrano deutlich den Schrecken erkennen, der plötzlich in seinen Augen aufglomm. »Nein«, flüsterte er. »Kein ... Angriff. Es ist ...« Er verstummte, starrte einen Moment lang aus weit geöffneten Augen ins Nichts und fuhr plötzlich herum. »Komm mit!«, keuchte er.

Sie liefen los, begleitet von André de la Croix und den dreißig Elitekriegern.

Die geordnete Vierer-Formation, in der das Heer durch die Wüste gezogen war, war zu einem heillosen Chaos geworden. An die zweihundert Männer drängelten sich am Fuße einer mächtigen, sanft ansteigenden Düne, aufgeregte Stimmen hallten durch die Nacht. Von Schmid und seine dreißig Krieger mussten mit Gewalt eine Gasse für sich und Balestrano durch die Menge bahnen.

Als Jean Balestrano den Fuß der Sanddüne erreichte, verstand er von Schmids Schrecken.

Van Velden und Bruder Hayworthy knieten im Sand, und dicht vor ihnen lagen die verkrümmten Leichen von vier Tempelrittern. Ihre Kehlen waren durchgeschnitten.

In dem Augenblick, in dem Balestrano herabsank, erhob sich Bruder Hayworthy, nahm eine Hand voll Sand auf und wischte damit das Blut von der Klinge seines Schwertes. Voller Entsetzen begriff Balestrano, dass er es gewesen war, der diese vier Männer getötet hatte. Eine Sekunde lang starrte er den *War-Master* voller ungläubigem Schrecken an, dann eilte er weiter, blieb aber sofort wieder stehen, als Hayworthy hastig die Hand hob.

»Geh nicht weiter«, sagte der Schotte. »Oder dir geschieht dasselbe wie diesen vier.« Er deutete mit einer Kopfbewegung auf die Toten. Seine Augen wurden dunkel vor Schmerz. »Es gab keine Rettung mehr für sie.«

»Aber was ... was ist geschehen?«, stammelte Balestrano hilflos.

»Eine Falle, Bruder Jean.« Diesmal war es van Velden, der antwortete.

Instinktiv sah sich Balestrano um. Die Wüste lag reglos und still vor ihnen, so wie sie sich die ganze Zeit über präsentiert hatte.

»Komm.« Rupert Hayworthy streckte die Hand aus. »Das Beste ist, wir zeigen es dir. Geh weiter. Aber langsam.«

Zögernd gehorchte Balestrano. Sein Blick heftete sich auf die Gesichter der vier Templer. In ihren gebrochenen Augen stand der Wahnsinn geschrieben. Er begriff plötzlich, dass es wirklich ein Akt der Barmherzigkeit gewesen war, als Hayworthy sie tötete. Aber was war nun geschehen?

Er machte einen weiteren Schritt. Hayworthys Hand schloss sich um die seine. Nichts geschah.

Balestrano zögerte erneut, ergriff instinktiv Hayworthys Hand fester, spürte, wie van Velden nach seiner Linken griff und machte einen weiteren Schritt.

Im gleichen Moment bewegte sich einer der Toten.

Balestranos Herz schien einen entsetzten Sprung zu tun. Eine eisige Hand legte sich um seinen Nacken und glitt kribbelnd seinen Rücken herab.

Der Mann war eindeutig tot! Aber er bewegte sich! Langsam, unendlich langsam richtete er sich auf, hob die Hände und starrte Balestrano aus seinen gebrochenen Augen an. Sein Mund klaffte auf wie eine geschlitzte Wunde. Etwas Schwarzes, Glitzerndes wand sich darin.

Und dann begann er zu sprechen!

»Du hast mich umgebracht, Bruder Jean!«, krächzte er mit entsetzlich verzerrter, quakender Totenstimme. »Du hast mich getötet! Du hast mir das Leben genommen, das der Herr mir gab.«

Und mit einem Male sprachen auch die anderen, stimmten in den grauenhaften, monotonen Singsang des lebenden Leichnams ein, immer und immer wieder die gleichen furchtbaren Worte. »Du hast uns getötet, Bruder Jean!«

Balestrano wollte zurückweichen, aber das Entsetzen lähmte ihn. Unfähig, auch nur einen Muskel zu rühren, starrte er die furchtbaren Gestalten an. Ein ungeheures Entsetzen breitete sich in seinen Gedanken aus, ein Schrecken, der alles überstieg, was er jemals erlebt hatte.

Und dann veränderten sich die Toten.

Ihre Gesichter zerfielen. Was sonst Monate dauerte, geschah in Sekunden. Ihre Haut wurde grau, riss auf und zerfiel. Das Fleisch zerbröckelte wie alt gewordenes Brot. Aber darunter kam nicht der Totenschädel eines Menschen zum Vorschein, sondern eine dunkelrote Teufelsvisage, mit Augen, in denen ein höhnischer Triumph loderte.

»Sie sind mein!«, kicherte das Teufelsgesicht. »Jetzt gehören sie mir. Und du hast sie mir geschenkt. Ich danke dir, Bruder Balestrano. Und bald gehörst auch du mir.«

Der Sand stob auf. Rotes Entsetzen überschwemmte Jean Balestrano. Dunkle, schuppenhäutige Dämonenhände griffen nach seinen Beinen, klammerten sich mit furchtbarer Gewalt daran fest und versuchten ihn in den Sand hinabzuzerren, den Sand und die Hölle, die darunter lauerte.

Balestrano schrie gellend auf, spürte, wie Hayworthy und van Velden mit einem hastigen Schritt zurückwichen – und dann war es vorbei. Von einer Sekunde auf die andere war der Sand wieder glatt, die Hände verschwunden und die Toten lagen wieder so da, wie sie niedergestürzt waren, unverändert.

»Mein Gott, was ... was war das?«, keuchte Balestrano. Er versuchte vergeblich, die entsetzlichen Bilder aus seinem Geist zu verdrängen. »Was war das?«, flüsterte er noch einmal.

»Dasselbe, was diesen Männern passiert ist«, sagte Hayworthy mit einer Geste auf die Toten. »Eine Falle, Bruder Jean. Schwarze Magie. Jeder, der in ihren Wirkungsbereich gerät, verliert den Verstand. Und die Grenze –« Er ließ Balestranos Hand los, drehte sich um und zeichnete mit der Schwertspitze eine Linie in den Sand. »– verläuft hier.«

Jean Balestrano starrte den grauhaarigen Tempelherrn ungläubig an. »Magie?«, flüsterte er. »Bist du ... sicher?«

Hayworthy schürzte zornig die Lippen. »Magie, das Werk des Teufels – nenne es, wie du willst. Es ist Necrons Einfluss. Eine Falle.« Er nickte grimmig und stieß einen Laut aus, der fast wie ein Lachen klang. »Wir sind ihm näher, als wir dachten. Bruder Botho und ich haben es schon eine ganze Weile gespürt, aber wir wussten nicht, was es ist. Und wir wussten nicht, wie nahe wir ihm schon waren.«

»Ihr habt es gewusst?« Balestrano versuchte vergeblich, den Schrecken aus seiner Stimme zu verbannen, und Hayworthy registrierte den unausgesprochenen Vorwurf in seinen Worten sehr wohl.

»Wir wussten, dass hier irgendetwas war, ja«, bestätigte er in fast aggressivem Tonfall. »Nicht, was. Und Opfer müssen einkalkuliert werden, wenn man einen Krieg beginnt«, fügte er hinzu.

Balestrano schluckte ein paar Mal. Bittere Galle sammelte sich unter seiner Zunge. *Gott, was geschieht mit uns?*, dachte er entsetzt. Er hatte Bruder Rupert niemals so erlebt wie jetzt. Der *War-Master* redete über den Tod von vier seiner Brüder, als wären es Schachfiguren!

Aber er sprach nichts von alledem aus, sondern wandte sich nach einem letzten Blick auf die vier Toten um und winkte von Schmid und de la Croix zu sich. »Lasst die Männer ein Stück zurückgehen«, sagte er. »Und stellt Wachen auf, damit niemand aus Versehen oder gar aus Neugierde in den gefährlichen Bereich gerät. Wir rasten hier. Sobald das Lager aufgeschlagen ist, kommt ihr und Bruder Rupert und Bruder Nies zu mir. Wir müssen beraten, was zu tun ist.«

Ich weiß nicht mehr, wie lange ich dagestanden und Priscylla angestarrt hatte; Minuten, Stunden oder Ewigkeiten. Die Zeit spielte keine Rolle mehr, denn ich war nicht mehr in der Lage, ihr Verstreichen zu registrieren. Geschweige denn, irgendeinen halbwegs vernünftigen Gedanken zu denken.

Ich wusste nur, dass es *anders* war, ganz, ganz anders, als ich erwartet hatte.

Wie oft hatte ich mir diese Szene vorgestellt? Tausend Mal? Sicher öfter, denn dies, dieser Moment, war der Augenblick, für den ich im Grunde das ganze letzte Jahr gelebt hatte, der Moment, für den ich um die halbe Welt gereist und um dessentwillen ich mich mit Mächten angelegt hatte, deren wahre Macht ich auch jetzt noch immer nicht vollends begriff.

Priscylla!

Vor mir stand meine Priscylla, der einzige Mensch auf der Welt, den ich jemals wirklich geliebt hatte. Ich hatte gezweifelt; an mir, an ihr, an meiner Liebe zu ihr, o ja, mehr als einmal. Aber all dies war Vergangenheit, endgültig vergessen, im gleichen Moment, in dem ich sie aufrecht und *wach* vor mir stehen sah.

Sie war erwacht.

Blass, nur in Necrons grünschwarzen Mantel gehüllt und noch so schwach auf den Beinen, dass sie sich auf die Schulter des Magiers stützen musste, stand sie da. Ihr Blick war noch leer, aber das war nur zu natürlich bei einem Menschen, der fast ein Jahr in tiefer Bewusstlosigkeit dagelegen hatte, und ich bezweifelte, dass sie mich überhaupt erkannt hätte, hätte ich sie jetzt angesprochen.

Aber das tat ich auch nicht. Ich konnte es nicht. Wie oft hatte ich mir vorgestellt, wie es sein würde, wenn ich sie endlich aus Necrons Gefangenschaft befreit hatte, wie es sein musste, sie endlich wieder in die Arme zu schließen, sie an mich zu drücken und ihre Nähe zu spüren, dieses wunderbare, mit Worten nicht zu beschreibende Gefühl des Glücks, sie einfach *da* zu wissen.

Aber ich tat nichts von alledem, sondern stand nur wie gelähmt da und starrte sie an.

Sie war erwacht!!! Das war alles, was ich denken konnte. Immer und immer wieder.

»Nun, Robert Craven?«

Es dauerte lange, bis ich begriff, dass Necrons misstönende Stimme sich direkt an mich gewandt hatte und dass er eine Antwort erwartete. Mühsam löste ich meinen Blick von Priscyllas Gesicht und sah Necron an. Die Miene des greisen Magiers war ausdruckslos. Nur in seinen Augen glühte ein böser Triumph.

»Du siehst, ich halte mein Wort«, fuhr er fort.

Ich wollte antworten, aber Shadow legte mir rasch die Hand auf den Arm und drückte ganz kurz und warnend zu. Ich verstand. Aber ich sah auch, dass Necron die Geste keineswegs entgangen war, denn der lodernde Triumph in seinen Augen wandelte sich für Augenblicke in Spott.

»Was soll das, Necron?«, fragte Shadow scharf. »Was bedeutet dieser Auftritt?«

Necron lachte leise. »Eine kluge Frage, El-o-hym«, sagte er. »Aber sie ist rascher gestellt als beantwortet.« Er schwieg einen Moment, dann sah er auf, als lausche er, und klatschte in die Hände. Wie aus dem Nichts erschienen zwei schwarz verhüllte Gestalten hinter ihm.

Einer der Drachenkrieger trat hinter Priscylla und ergriff sie sehr behutsam bei den Schultern, um sie zu stützen, als sich Necron umwandte und wieder auf mich und Shadow zutrat. »Gehen wir an einen anderen Ort, wo es sich besser redet«, sagte er.

Ich rührte mich nicht von der Stelle.

»Keine Sorge, Robert«, sagte Necron. »Ihre Freundin wird uns begleiten.« Abermals klatschte er in die Hände. Auch der zweite Drachenkrieger trat neben Priscylla und griff behutsam unter ihren anderen Arm. Sie versuchte einen Schritt zu machen, aber ohne die Hilfe der beiden Männer wäre sie wohl sofort gestürzt. Ihr Blick war noch immer leer, und als sie ging, waren ihre Bewegungen wie die einer Puppe.

»Was ... was haben Sie mit ihr gemacht, Sie Ungeheuer?«, fragte ich. Meine eigene Stimme klang fremd in meinen Ohren.

Necron wurde mit einem Male sehr ernst. »Ich habe nichts mit ihr gemacht, Robert. Sie ist in dem gleichen Zustand, in dem sie zu mir kam. Für sie ist keine Zeit vergangen«, sagte er, und – ohne dass ich einen Grund dafür anzugeben wusste – ich glaubte ihm sogar.

Priscylla war krank gewesen, als er sie aus meinem Haus am Ashton Place 9 in London entführt hatte, schwer krank sogar, aber das hatte ich vergessen.

So lächerlich es klingt – das war die Wahrheit. Ein Jahr lang hatte ich sie gesucht, und in diesem Jahr war kaum ein Tag vergangen, an dem ich nicht an sie gedacht hatte, aber meine Erinnerung hatte mir einen Streich gespielt. Ich hatte mich an alles erinnert, was ich an Pri geliebt hatte: ihr Haar, ihre sanfte Stimme, die Zerbrechlichkeit ihrer Erscheinung, der Blick, der mich immer an den eines verletzten Rehs erinnert hatte, ihre Verwundbarkeit …

Aber etwas in mir hatte die andere Priscylla verdrängt, das Mädchen, das vom Geist einer Hexe besessen gewesen war und dies niemals überwunden hatte …

»Und er?« Shadow deutete mit einer fordernden Geste auf den zweite kristallenen Sarg, in dem Shannons ausgestreckte Gestalt lag, im gleichen, magischen Schlaf gefangen wie Priscylla zuvor.

Aber diesmal schüttelte Necron nur den Kopf. »Nein«, sagte er hart. »Er ist nicht Teil meines Angebotes. Dieser Mann hat mich verraten. Er gehört mir.«

»Und wenn wir auf seiner Freilassung bestehen?« Necron antwortete nicht. Aber im Grunde war sein Schweigen Antwort genug.

Es war sehr still in dem kleinen Zelt, das im Zentrum des hastig improvisierten Lagers aufgeschlagen worden war; wie durch Zufall so, dass trotz der drückenden Enge, in der die fünfzig braunweißen Zelte vor der unsichtbaren Todeslinie standen, ein Abstand von fünf, sechs Schritten zum nächsten Zelt gewahrt blieb. Nicht genug, es wirklich isoliert erscheinen zu lassen, aber ausreichend, dass niemand – auch versehentlich nicht – die Worte hören konnte, die in seinem Inneren gesprochen wurden. Über dem geschlossenen Eingang prangte das Emblem des Ordens: ein Pferd mit zwei Reitern, von denen einer eine Lanze trug, darunter ein rotes, mit dünnen goldenen Linien eingefasstes Kreuz mit gespaltenen Enden.

Es war das Zelt Balestranos. Trotzdem stand keine Wache vor dem Eingang. Jean Balestrano hatte sie persönlich fortgeschickt. So, wie er sich persönlich davon überzeugt hatte, dass niemand in ihrer Nähe war, ehe er das Zelt hinter den vier *Mastern* betreten und die Plane sorgsam wieder vorgelegt hatte.

Keinem der vier Männer war entgangen, wie überaus sorgfältig und übergenau Jean Balestrano bei allem vorgegangen war. Und auch jetzt waren seine Bewegungen von der abgehackten, fast mühsam wirkenden Art eines Menschen, der sich bei dem, was er tat, nicht den allergeringsten Fehler erlauben durfte; und der das wusste.

Er hatte eine Kiste geöffnet, das einzige Gepäckstück, das er aus Paris mitgebracht hatte: klein, aus morsch gewordenem Holz und äußerlich unansehnlich, von innen jedoch mit kostbarem dunkelrotem Samt ausgeschlagen, auf den sonderbare, auch den vier Tempelherren fremd erscheinende Symbole mit dünnen Goldfäden gestickt waren. Darauf lag ein Stein, rund und glatt wie eine Münze und von einem unglaublich tiefen Schwarz.

»Was bedeutete das alles, Bruder Jean?«, fragte Hayworthy. Er war der Erste der vier, der das Schweigen brach, und auch seine Stimme hatte eine Winzigkeit von ihrer gewohnten Stärke verloren. Wie die drei anderen *Master* spürte wohl auch er, dass das, dessen Zeuge sie wurden, nicht mehr viel mit dem normalen Tun des Ordens gemein hatte. Etwas Unheimliches, mit Worten kaum zu Beschreibendes ging von dem schwarzen Stein in Balestranos Hand aus.

Das Oberhaupt des Templerordens war ans Kopfende des kleinen Tisches getreten, der die gesamte Einrichtung des Zeltes bildete. Der Stein war in seiner zur Faust geschlossenen Rechten verborgen. Ein sonderbar angespannter Ausdruck lag auf seinen Zügen. Keine Furcht, dachte Hayworthy schaudernd, aber doch etwas, das ihr sehr nahe kam.

Zehn, fünfzehn endlose Sekunden lang schwieg Balestrano, und die Stille wurde fast greifbar. Dann hob er den Arm, legte den Stein auf den Tisch und bedeckte ihn mit der flachen Hand.

»Ihr werdet jetzt etwas sehen, von dem außer mir nur noch drei andere lebende Menschen wissen«, begann Balestrano mit leiser, mühsam beherrschter Stimme. »Es ist das größte Geheimnis unseres Ordens. Wäre die Lage weniger ernst, würde ich euch nicht damit belasten, Brüder. So aber bleibt uns keine Wahl.«

Keiner der vier sagte etwas. Aber auf ihren Gesichtern begann sich ein dumpfer Schrecken in die Neugier zu mischen, die ihre Züge bisher beherrscht hatte.

Ohne ein weiteres Wort öffnete Balestrano die Hand. Nichts geschah. Der münzförmige Stein lag einfach da, reglos, so tot, wie ein Stein nur sein konnte, von einem unheimlichen, Licht schluckenden Schwarz.

Sekunden vergingen. Dann eine Minute. Zwei. Drei. Dann ...

Hayworthy war der Erste, der es bemerkte, und auch er war sich nicht ganz sicher im ersten Augenblick. Es wurde dunkler. Das flackernde rote Licht der Feuer, die das Lager erhellten und das bisher durch die dünnen Zeltwände gedrungen war, nahm an Intensität ab, ganz langsam, aber stetig. *Es war,* dachte Hayworthy schaudernd, *als sauge der Stein die Helligkeit auf.*

Herzog Botho von Schmid setzte dazu an, etwas zu sagen, aber Balestrano gebot ihm mit einer raschen, beinahe erschrockenen Geste zu schweigen, hob beide Hände über den Tisch und streckte sie, flach nebeneinander und die Handflächen nach unten gerichtet, über dem Tisch und dem Stein aus.

Die schwarze Scheibe begann zu wachsen.

Jedenfalls war es das, was Bruder Hayworthy im ersten Moment dachte.

Aber dann sah er, dass das nicht stimmte. Der Stein selbst blieb unverändert, aber er schien plötzlich von einem düsteren Halo aus schwarzem Licht umgeben, einer Aura der Finsternis und Kälte, die im gleichen Maße wuchs, wie das von außen hereindringende Licht abnahm. Lautlos und rasch breitete sich die unheimliche Aura im Zelt aus, bis sie auch das letzte bisschen Helligkeit gefressen hatte und die vier anderen nur noch als Schemen zu erkennen waren.

»Was ... was tust du, Bruder Jean?«, flüsterte van Velden. In seiner Stimme war ein Klang, als hielte er nur mehr mit letzter Mühe die Panik zurück.

»Schweigt!«, flüsterte Balestrano erschrocken. »Es ist noch nicht vorbei. Schweigt und seht.«

Und sie *sahen* ...

Die Dunkelheit wurde noch tiefer, obgleich Hayworthy und die anderen dies nicht mehr für möglich gehalten hatten. Aber es *gab* eine Steigerung von Schwarz, und das war es, was sie erlebten, eine Finsternis, die nichts mehr mit der Abwesenheit von Licht zu tun hatte, sondern auf das Dasein von irgendetwas Anderem, unsäglich Fremdem und Bösem zurückzuführen war. Es war, als wäre das Zelt samt seinen Insassen aus der Welt heraus- und in einen Kosmos aus Leere und abgrundtiefer Schwärze hineingeschleudert worden. Hayworthys Atem ging schneller. Sein Herz jagte.

Und dann spürte er, wie *irgendetwas* aus dem Nichts heraus zwischen ihnen materialisierte.

Gesichter erschienen über dem Tisch. Unsichtbar und mit Linien aus widerlich zuckendem Schwarz auf finsterem Untergrund gemalt, aber trotzdem auf entsetzliche Weise sichtbar, höllische Fratzen, die böse Verhöhnung menschlichen Seins, dann blitzende Splitter von Rot, die von der Schwärze wieder aufgesaugt wurden, für den millionsten Teil einer Sekunde eine grässlich verzerrte Gestalt, rot und teufelsschwänzig, mit fürchterlichen Ziegenhufen anstelle von Füßen, gewaltigen, vielfach gedrehten Hörnern und einer Visage, deren wahrer Anblick so tödlich wie ein Schwerthieb gewesen wäre. Hayworthy wollte schreien, herumfahren und aus dem Zelt fliehen, aber er konnte es nicht. Das Entsetzliche, das ihn schier in den Wahnsinn trieb, lähmte ihn auch zugleich, machte ihn unfähig, irgendeinen klaren Gedanken zu fassen, geschweige denn, sich zu bewegen.

»Jetzt, Brüder!«, befahl Balestrano. »Öffnet euch. Öffnet euren Geist!«

Und Hayworthy und die drei anderen *Master* gehorchten.

Es war grauenhaft.

Sir Rupert Hayworthy wusste hinterher nicht, was er wirklich erlebt hatte, aber es war das mit Abstand Entsetzlichste, dem er jemals ausgesetzt worden war. Irgendetwas griff nach und in seinen Geist, wühlte sich wie eine gigantische, glühend heiße Hand durch seine Gedanken und drang bis in die tiefsten, verborgenen Bereiche seiner Seele vor, las seine intimsten Geheimnisse und kramte das Unterste zuoberst.

Und etwas in ihm starb. Hayworthy konnte das Grauen erregende Gefühl nicht anders beschreiben: Das *Etwas* erfüllte ihn mit Kraft, mit schier unglaublicher, übermenschlicher Stärke, aber es stahl ihm auch etwas dafür, verlangte einen Preis, den er jetzt noch gar nicht abzuschätzen in der Lage war. Irgendetwas, das bisher in ihm gewesen war, sein Leben lang, ohne dass er es auch nur gewusst hätte, war fort, als sich die unsichtbare Riesenhand zurückzog.

Für einen Moment mussten ihm wohl die Sinne geschwunden sein, denn das Nächste, woran er sich erinnerte, war von Schmids starke Hand, die ihn in die Höhe zog. Das Gesicht des Herzogs war dicht vor dem seinen, und für einen unendlich kurzen Moment begegneten sich ihre Blicke.

Im gleichen Moment, in dem er in die Augen des *Animal-Masters* sah, wusste er, dass es ihm ebenso ergangen war. Von Schmids Augen waren kalt wie Kugeln aus poliertem Stahl und erfüllt von einer Kraft, die unbeschreiblich war. Und die gleiche Kraft pulsierte auch in ihm, ein düsteres, ungeheuer *machtvolles* Etwas, das sich seinem bewussten Zugriff noch entzog, aber da sein würde, wenn er es brauchte. Bei ihm, bei von Schmid, bei van Velden und auch de la Croix. Was immer ihnen dieses entsetzliche Wesen genommen hatte, es hatte etwas anderes dafür dagelassen. Hayworthy fror plötzlich vor Angst.

Erst jetzt kam ihm zu Bewusstsein, dass es wieder hell geworden war. Das unheimliche schwarze Licht war wieder dem düsterroten Schein der Feuer gewichen, und auch die entsetzliche Stille war fort. Durch die dünne Zeltplane drangen jetzt wieder die alltäglichen Geräusche des Lagers herein, sonderbar laut und aufdringlich, als bemühten sie sich, die dämonische Stille zu neutralisieren.

»Was ... was war das, Bruder Jean?«, fragte von Schmid. Er sprach schleppend. Ein Ausdruck ungläubigen Entsetzens hatte sich in seine Züge gegraben. Und trotzdem hörte nicht nur Hayworthy den drohenden Unterton in seinen Worten. So, wie er nicht der Einzige war, dem von Schmids rechte Hand auffiel, die sich auf den Schwertgriff gelegt hatte.

Balestrano starrte ihn an. Sein Blick war leer, vollkommen ohne Ausdruck. Langsam streckte er die Hand aus, schloss sie um den schwarzen Stein und trug ihn wieder zu seiner Kiste zurück. Erst, als er ihn hineingelegt und sie sorgsam verschlossen hatte, wandte er sich wieder von Schmid und den anderen zu.

»Ich ... ich verlange eine Antwort!«, keuchte von Schmid. »Was hast du getan, Bruder Jean?«

»Etwas, das ich hoffte, niemals tun zu müssen«, antwortete Balestrano halblaut. »Aber mir blieb keine Wahl. Es tut mir leid, Brüder.«

»Es tut dir leid?« Von Schmids Stimme zitterte. »Was tut dir leid, Bruder Jean? Dass du unsere Seelen dem Antichristen verkauft hast?«

Hayworthy fuhr zusammen wie unter einem Hieb. Entsetzt starrte er von Schmid an, dann Balestrano. Aber er brachte keinen Laut hervor.

»Das ist nicht wahr«, stammelte van Velden. »Sag uns, dass ... dass es nicht wahr ist. Es war nicht –«

»Es war Baphomet, den ihr gesehen habt, nicht der Teufel. Einen der niederen Dämonen der Hölle«, sagte Balestrano ruhig.

Von Schmid keuchte, fuhr wie unter einem Schlag zurück und starrte das Oberhaupt seines Ordens aus hervorquellenden Augen an. Van Velden erstarrte, und auch Hayworthy fühlte sich, als habe man unversehens einen Kübel Eiswasser über ihn ausgegossen. Nur de la Croix stand unbewegt da. Auf seinem Gesicht war nicht einmal wirkliches Erstaunen zu sehen.

»Dann ist es also wahr«, murmelte er. »Alles, was man sich über den Orden der Tempelherren erzählte. Die Geschichten, die man hinter vorgehaltener Hand flüsterte und von denen uns erzählt wurde, es wären Lügen, in die Welt gesetzt, um den Orden zu diskriminieren. Es ist alles wahr!«

»Diese Geschichten sind erlogen!«, sagte Balestrano scharf. »Man sagt, dass unser wahrer Gott nicht Gott der Herr sei, sondern Baphomet. Aber das stimmt nicht. Wir dienen Gott dem Herren, keinem anderen!«

»Und dieses ... dieses *Ding?«*, keuchte von Schmid.

Balestrano schwieg einen Moment. Sein Blick wurde traurig. »Ich wollte es euch ersparen, Brüder, glaubt mir«, sagte er sehr leise.

»Was wolltest du uns ersparen?«, brüllte von Schmid. »Die Gotteslästerung, deren Zeuge wir wurden?« Mit einer wütenden Bewegung riss er sein Schwert halb aus dem Gürtel und trat auf Balestrano zu.

Aber so schnell er auch war, Hayworthy war schneller. Mit einem blitzschnellen Schritt vertrat er ihm den Weg, hob die linke Hand und legte die andere auf den Gürtel, einen Zoll neben dem Schwertgriff. Von Schmid erstarrte mitten im Schritt. In seinem Gesicht arbeitete es. Einen kurzen Moment lang sah es so aus, als wolle er sich trotz allem auf den viel kleineren und schmächtigeren Schotten stürzen. Aber dann behielt seine Vernunft die Oberhand; er sah ein, dass er gegen Hayworthy keine Chance haben würde.

»Lass ihn, Bruder«, sagte Balestrano leise. »Er hat ein Recht, zornig zu sein. Ich kann ihn verstehen.«

»Er hat kein Recht, die Waffe gegen dich zu ziehen, Bruder«, sagte Hayworthy schneidend, ohne den Deutschen dabei aus den Augen zu lassen. »Nicht einmal denken darf er so etwas.«

»Und doch verstehe ich ihn nur zu gut«, flüsterte van Velden. Hayworthy sah mit einem wütenden Ruck auf, aber wieder war es Balestrano selbst, der ihn mit einer raschen, aber irgendwie trotzdem müde wirkenden Geste zum Schweigen brachte.

»Haltet ein, Brüder«, sagte er. »Hört mir zu. Was ihr gesehen habt, war nicht der Antichrist, und was er von euch genommen hat, war nicht eure Seele.«

»Der Teufel oder einer seiner Diener«, fauchte von Schmid. »Wo ist der Unterschied?«

»Er ist groß, Bruder«, sagte Balestrano ernst. »Größer, als du glaubst. Der Antichrist ist unser Feind, der nur unser Verderben im Sinne hat.«

»Und Baphomet unser Freund?«, höhnte von Schmid.

Balestrano schüttelte ernst den Kopf. »Nein. Aber er ist auch nicht der Freund Luzifers. Er ist niemandes Freund. Aber er gibt uns Kraft. Eine Kraft, die wir brauchen werden, wollen wir Necron besiegen. Unsere beschränkten menschlichen Kräfte reichen nicht aus, die Sperre aus Wahnsinn zu durchdringen, die er um seine verfluchte Burg errichtet hat.«

»Deshalb also«, sagte de la Croix. Seine Stimme klang noch immer so kalt und gefühllos wie zuvor. »Hast du es deshalb getan?«

Balestrano nickte. »Ja«, gestand er. »Mir blieb keine Wahl, Brüder. Das Leben von fünfhundert der unseren oder ein Pakt mit Baphomet. Ich habe euch ausgewählt, die Träger seiner Kraft zu werden, weil ich hoffte, dass ihr die Stärke und Festigkeit hättet, diese Prüfung zu ertragen. Mit seiner Hilfe könnt ihr Necrons Zauber aufheben. Nur ihr vier, sonst keiner.« Er sah sie der Reihe nach ernst an. »Spürt ihr es nicht? Fühlt ihr nicht die Kraft, die er euch gab? Benutzt sie. Fügt sie euren eigenen Mächten hinzu, und ihr könnt Necron besiegen. Allein niemals.«

O ja, Hayworthy fühlte, was Balestrano meinte: ein dumpfes, machtvolles Brodeln und Raunen tief am Grunde seiner Seele, eine ungeheure Ballung schwarzer, destruktiver Energie, die darauf wartete, hervorzubrechen und zu vernichten, zu töten, töten, töten ... Er hatte Angst.

»Und ... was mussten wir ihm dafür geben?«, fragte er stockend. »Unsere Seligkeit? Die Unberührtheit unserer Seelen?«

Balestrano schüttelte den Kopf. »Nein«, sagte er. »Wenn alles vorbei ist, werde ich euch die Beichte abnehmen und euch segnen. Die heiligen Sakramente schützen euch, selbst vor dem Zugriff Baphomets. Euer Seelenheil war niemals in Gefahr.«

»Was dann?«, fragte von Schmid scharf. Er schrie fast. »Was dann, Bruder Balestrano?«

Balestrano atmete hörbar ein. Hayworthy sah, wie schwer es ihm fiel, die Frage zu beantworten.

»Energie«, sagte er leise. »Das Wesen, das ihr Baphomet nennt, gibt euch Kraft, aber es verlangt etwas dafür. Energie. Die Kraft, die euch am Leben erhält. Einen normalen Menschen würde es töten im Augenblick der Berührung. Ihr habt die geistige Stärke, seine Berührung zu überleben. Doch nicht umsonst. Etwas von eurer Lebenskraft ist fort.«

»Wie viel?«, fragte von Schmid. »Um wie viel werden wir eher sterben, Bruder Jean? Wie viel Zeit hast du uns gestohlen.«

Balestrano sah ihn nicht an, als er antwortete. »Zehn Jahre, Bruder«, sagte er leise. »Zehn Jahre eures Lebens.«

»Sie sehen, ich meine es ernst, Robert«, sagte Necron. Es war nicht das erste Mal, dass er das sagte, seit wir die entsetzliche Halle tief unter dem Boden der Drachenburg verlassen und hier heraufgekommen waren, in einen der zahllosen Türme dieses gemauerten Albtraumes. Die Kammer, in die uns Necron geführt hatte, war klein; gerade groß genug für den einfachen Tisch, die fünf unbequemen Schemel, die sich darum gruppierten, und den barbarischen, halb in die südliche Wand hineingemauerten Thron, auf dem Necron selbst saß. Daneben, auf einem Tischchen, dessen Material eine höchst beunruhigende Ähnlichkeit mit menschlichem Bein hatte, lagen drei mit weißen Tüchern abgedeckte Gegenstände. Ich hatte eine sehr bestimmte Ahnung, worum es sich dabei handeln mochte. Noch immer starrte ich Priscylla an. Es fiel mir selbst jetzt schwer, mich auf Necron zu konzentrieren.

Und so wie schon einmal war es auch diesmal wieder Shadow, die an meiner Stelle antwortete.

»Alles, was wir bis jetzt sehen«, sagte sie böse, »ist eine Puppe, die Sie zu so etwas wie Leben erweckt haben.«

Necron lachte böse. »Ich bitte Sie, meine Liebe – warum sollte ich mir die Arbeit machen und Sie auf diese Weise täuschen? Wäre es mein Wunsch, dann wären Sie jetzt alle nicht mehr am Leben, glauben Sie mir.« Er lachte erneut, bewegte sich unruhig auf seinem Thronsessel hin und her und deutete mit einer irgendwie ungeduldig wirkenden Geste auf Priscylla.

»Sie gehört Ihnen, Robert«, sagte er. »Nehmen Sie sie als … sagen wir: Geschenk, um meinen guten Willen zu demonstrieren.«

Seine Worte versetzten mich in Zorn. »Sie sprechen über einen Menschen, Necron«, sagte ich wütend. »Nicht über ein Ding, mit dem Sie nach Belieben verfahren können!«

»Ach?«, antwortete Necron gelangweilt. »Sind Sie sicher, Robert?«

Ich schnaubte vor Zorn, fuhr halb von meinem Schemel hoch und sank wieder zurück, als mir Sitting Bull einen raschen, warnenden Blick zuwarf.

»Verzeihen Sie«, sagte Necron. »Natürlich haben Sie Recht, Robert. Ich war taktlos. Aber Sie müssen zugeben, dass Ihre Verlobte ...« Er zögerte einen Moment, sah erst Priscylla, dann mich und dann wieder Priscylla an und begann noch einmal von Neuem. »Drücken wir es so aus: Die Frau, die ich aus Ihrem Domizil in London entführte, war nicht viel mehr als eine leere Hülle. Ich kann Ihnen zurückgeben, was ich Ihnen weggenommen habe: ihren Körper. Für das, was mit ihrem Geist geschah, trifft mich keine Schuld.« Er beugte sich leicht vor und starrte mich an. Sein scharf geschnittenes Gesicht erinnerte mich plötzlich an das einer Krähe. »Aber ich kann ein Übriges tun«, fuhr er fort. »Ich weiß, dass Sie die besten und sicher auch teuersten Ärzte Englands konsultiert haben, um Ihrer Verlobten zu helfen, und ich weiß auch, dass es keinem von ihnen gelungen ist. Ich kann es.«

Eine Sekunde lang starrte ich ihn an, reglos, schockiert wie von einem Faustschlag. »Sie können ... was?«, krächzte ich.

»Ich kann sie heilen«, sagte Necron ruhig. »Ihr Geist ist verwirrt, aber nicht zerstört. Glauben Sie mir, Robert – ich hatte Zeit genug, mich mit ihr zu beschäftigen. Was Sie hier sehen –« Er deutete mit einer bewusst dramatischen Handbewegung auf Priscylla, die noch immer reglos und mit leerem Blick neben seinem Thron stand und von einem seiner schwarz vermummten Krieger gestützt wurde. »– ist nicht viel mehr als ein Kerker, in dem ihr Geist gefangen ist. Die Macht ihrer so genannten Ärzte wird ihr nicht helfen können. Ich kann es. Und ich werde es tun, wenn Sie es wünschen.«

»Das ist eine Falle, Robert«, sagte Shadow. »Glaube ihm nicht.«

Necrons Augen blitzten zornig auf. »Was soll das?«, schnappte er. »Sie wissen so gut wie ich, dass ich die Wahrheit spreche.«

»Der Preis wäre zu hoch«, sagte Shadow.

»Preis?« Necron lachte böse. »Welcher Preis, meine liebe Shadow? Ich verlange nichts von Robert, als dass er aufhört, mich zu bekämpfen. Und mehr verlange ich auch nicht von Ihnen.«

Shadow antwortete nicht darauf, aber irgendetwas in ihrem Blick änderte sich, von einer Sekunde auf die andere.

Necron nickte. »Sie haben richtig gehört«, sagte er. »Das Angebot, das ich Robert gemacht habe, gilt auch für Sie. Und für Sie natürlich auch, Häuptling«, fügte er, in Sitting Bulls Richtung gewandt, hinzu.

»Welches Angebot?«, fragte Shadow leise.

»Die Seiten zu wechseln«, erklärte Necron lakonisch. »Kommen Sie zu mir. Sagen Sie sich von Ihrem Herrn los, und treten Sie in meine Dienste. Ich denke, ich kann Ihnen ein sehr interessantes Angebot machen.«

»Sie sind verrückt«, entfuhr es mir. »Shadow ist –«

»Nicht das, was Sie glauben«, unterbrach mich Necron. »Ganz und gar nicht.« Er beugte sich vor und legte beide Hände nebeneinander auf den Tisch. »Denken Sie denn wirklich, Hastur stünde auf Ihrer Seite, Sie elender Narr?«, fragte er böse. »Nur, weil er Ihnen ein paar Mal geholfen hat?« Er lachte, sprang plötzlich auf und riss mit einer zornigen Bewegung das weiße Leinentuch von dem kleinen Tischchen, das neben seinem Thron stand.

Darunter lagen die drei SIEGEL, die er bisher erbeutet hatte. Ich war nicht sonderlich überrascht, sie zu sehen.

»*Darum* geht es ihm«, fuhr Necron erregt fort. »Um nichts anderes. Er hat Ihnen geholfen, aber das heißt noch lange nicht, dass er auf Ihrer Seite steht, Robert. Glauben Sie wirklich, ein Wesen wie Hastur würde sich für das Schicksal eines einzelnen Menschen interessieren? Sie haben in seine Pläne gepasst, das ist richtig, aber das ist auch alles. Wenn Sie ihm irgendwann einmal lästig werden sollten, wird er Sie zermalmen wie ein lästiges Insekt.«

»Sie sprechen sonderbar über ein Wesen, das Sie selbst heraufbeschworen haben«, sagte ich ruhig.

Diesmal war Necron ehrlich überrascht. Aber nur für einen Moment, dann nickte er und zauberte einen Ausdruck widerwilliger Anerkennung auf seine Krähenzüge. »Sie überraschen mich immer wieder, Robert«, gestand er. »Seit wann wissen Sie es?«

»Seit ich mit Shannon gesprochen habe.«

Necron schwieg einen Moment. »Ich gestehe, es war ein Fehler«, sagte er schließlich. »Auch ich wusste nicht, welchem Wesen ich das Tor zu unserer Welt öffnete, als ich ihn beschwor, um die DAGON zu vernichten.«

»Sie?«, mischte sich Sitting Bull ein. »Der Mann, der das NECRONOMICON geschrieben hat, will nicht wissen, was darin steht?«

»Das NECRONOMICON geschrieben …«, wiederholte Necron mit sonderbarer Betonung. »Das ist richtig, Häuptling. Und auch wieder nicht. Ich habe es geschrieben, und trotzdem ...« Er hob die Hände. »Wer hat die Bibel geschrieben? Oder den Koran? Ich habe Wissen zusammengetragen und aufgeschrieben, und manches von dem, was ich gesammelt habe, ist mir selbst unverständlich geblieben. Es mag sein, dass ich ein Wesen rief und ein anderes kam. Ich wusste nicht, dass es Hastur ist, der kommt. Hätte ich es geahnt, hätte ich das Buch eher verbrannt, als es zu öffnen.« Er schwieg einen Moment, blickte nachdenklich auf die drei SIEGEL herab und wandte sich wieder an mich. »Es sind diese drei SIEGEL, die er haben will, Robert«, sagte er ernst. »Und die vier, die noch fehlen. Er braucht sie, um mit ihrer Hilfe die GROSSEN ALTEN endgültig zu schlagen.«

»Aber er ist einer von ihnen!«, widersprach ich.

»Auch unter den Menschen gibt es Brüder, die einander hassen«, antwortete Necron gelassen. »Und welche Rolle spielt es schon, dass die Götter einander bekämpfen?« Er setzte sich wieder. »Ich habe Sie gerufen, um Ihnen das hier zu zeigen«, fuhr er fort. »Sie, Robert, und Sie, Shadow. Sie und ich, wir sind Verbündete, ob es Ihnen gefällt oder nicht.«

»Verbündete?« Ich schrie fast. »Sind Sie wahnsinnig, Necron?«

»Man sagt es mir nach«, antwortete Necron ruhig. »Aber es stimmt nicht. Ich sehe nur mehr als viele andere. Und ich habe Wissen.«

»Nicht besonders viel«, antwortete ich zornig. »Sonst würden Sie nicht glauben, dass ich Ihnen helfe, die GROSSEN ALTEN zu erwecken.«

»Und was ist die Alternative?«, fragte Necron ruhig. »Möglicherweise sind Ihre Anschuldigungen berechtigt von Ihrem Standpunkt aus. Möglicherweise war ich es, der Hastur zurückrief, wenn auch gegen meinen eigenen Willen. Aber es ist nun einmal geschehen. Ich will Ihnen sagen, was passiert, wenn Sie mich weiter bekämpfen. Hastur wird nichts unversucht lassen, seinen Bruder Cthulhu und die anderen Götter zu töten, und er ist ein Wesen, das noch weniger Mitleid und Gefühle kennt als sie. Die GROSSEN ALTEN mögen schreckliche Götter sein, von Ihrer Warte aus gesehen, Robert, aber sie *brauchen uns.* Sie werden das menschliche Volk nicht vernichten. Wir werden Ihre Herrschaft nicht einmal spüren, glauben Sie mir, und wenn, welchen Unterschied macht es, ob wir Christus oder Buddha oder Cthulhu anbeten? Wir werden Diener sein, aber Diener, die gleichzeitig Herrscher sind, denn unter ihrer Herrschaft werden wir nicht nur diesen, sondern auch andere Planeten beherrschen; und schon bald.«

»Hören Sie auf!«, sagte ich. »Das ist Gotteslästerung.«

»Das ist es nicht«, antwortete Necron sehr ernst. »Ich glaube nicht an Ihren Gott, Robert, aber wenn es ihn gibt, dann sind Cthulhu und seine Brüder ebenso seine Geschöpfe wie Sie und ich.«

»Was Sie verlangen, ist unmöglich!«, protestierte ich, sehr viel heftiger, als notwendig gewesen wäre. »Sie wollen, dass ich Ihnen helfe, aus den Menschen ein Volk von Sklaven zu machen!«

»Dienern«, verbesserte mich Necron. »Und ist der Diener eines Königs nicht mehr zu beneiden als der König eines Volkes von Bettlern?« Er hob die Hand und ließ sie wuchtig auf das kleine Tischchen mit den SIEGELN klatschen. »Muss ich Sie daran erinnern, was geschah, als Hastur das erste Mal angriff?«, fragte er. »Haben Sie den Krakatau vergessen? Wie viele Unschuldige sind gestorben? Zehntausend? Fünfzehn? Wie viele, Robert?«

»Sechsunddreißigtausend«, murmelte ich. »Aber das war –«

»Eine Naturkatastrophe?« Necron lachte böse. »Sie wissen es besser. Der Krakatau brach nicht aus, weil ich dieses SIEGEL entfernte. Er brach aus, weil Hastur es so wollte. Und es war ihm vollkommen egal, wie viele Menschen dabei ihr Leben verloren. Was glauben Sie, wird geschehen, wenn er wirklich auf einen der GROSSEN ALTEN trifft, oder auf alle? Möglicherweise wird es diesen Planeten dann nicht mehr geben, Robert. Möglicherweise doch noch, aber Sie und ich werden ihn nicht wiedererkennen. Hastur wird sie vernichten und auch Ihre Phantasie wird wohl ausreichen, sich auszumalen, was geschieht, wenn die Götter einander bekämpfen. Möglicherweise wird unsere Welt zu einem glühenden Feuerball. Hastur ist das gleichgültig.«

»Sie ... Sie lügen!«, keuchte ich. Aber meine Stimme zitterte dabei, und irgendwo, sehr tief in meinem Inneren, spürte ich, dass er Recht hatte. Krakatau ... ich hatte diese entsetzliche Katastrophe miterlebt, und ich hatte mit eigenen Augen gesehen, wie rücksichtslos Hastur seine Macht eingesetzt hatte. Vor meinem inneren Auge stieg eine entsetzliche Vision auf: Ich sah Länder voller Toter, brennende Städte und kochende Flüsse, Meere, die unter unglaublicher Glut verdampften und Wolken, aus denen Feuer auf ein verbranntes Land herabregnete ... »Sie lügen«, murmelte ich noch einmal.

»Nein, Robert, das tue ich nicht«, antwortete Necron leise. Er wandte sich an Shadow. »Sagen Sie ihm, dass ich die Wahrheit spreche.«

Shadow schwieg. Aber sie wich meinem Blick aus, als ich sie anstarrte.

»Mein Angebot gilt auch für Sie«, sagte Necron, immer noch an Shadow gewandt. »Kommen Sie zu uns. Ich werde Sie vor Hasturs Nachstellungen schützen.«

»Sie ... Sie sind verrückt«, murmelte Shadow. »Ich bin sein Geschöpf.«

»Unsinn!« Necron machte eine unwillige Handbewegung. »Sie sind schon viel mehr Mensch, als Sie selbst wahrhaben wollen.« Plötzlich wurde er zornig. »Sagen Sie es ihm Shadow. Sagen Sie Robert, was geschah, als die El-o-hym das letzte Mal hierherkamen und gegen Cthulhu und seine Brüder kämpften.«

Shadow schwieg. Aber irgendetwas veränderte sich in ihrem Gesicht, das mich schaudern ließ. Und es war ein Ausdruck, den ich lange nicht vergessen sollte.

Die Nacht war noch dunkler geworden. Der Mond hatte sich hinter grauschwarzen Wolken verkrochen, wie ein großes, bleiches Gesicht, das sich angstvoll vor dem verborgen hatte, was kommen mochte, und wie um die grausame Hitze des Tages zu verhöhnen, wehte ein eisiger Wind von Osten her und peitschte den Männern Sand und Kälte in die Gesichter.

Das Heer kroch wie eine gewaltige, aus fünfhundert einzelnen weißen Segmenten bestehende Schlange durch die Wüste, den großen Dünen und Felsmassiven ausweichend, aber immer nach Osten.

Sie waren seit einer Stunde unterwegs; eine Stunde jenseits der unsichtbaren Barriere aus Wahnsinn, die Necron um seine Burg gelegt hatte, und obgleich die Nacht so finster war, dass der Blick nicht einmal von einem Ende der Kolonne zum anderen reichte, spürte Balestrano doch, dass es nicht mehr sehr weit sein konnte. Er konnte die Nähe des Magiers fühlen. Wie einen üblen Geruch, der sich über der in der Nacht schwarz gewordenen Wüste ausbreitete.

Und seine *Macht*. Das Credo schwarzer, destruktiver Energien, das die Drachenburg des Magiers umgab, wie ein zerstörerisches Krebsgeschwür in der Wirklichkeit ...

Das Geräusch leiser, aber sehr hastiger Schritte auf dem weichen Wüstensand ließ Jean Balestrano abrupt aus seinen Gedanken hochschrecken. Er sah auf, erblickte einen Schatten und erkannte ihn

Augenblicke später als den Nies van Veldens, des *Desert-Masters.* Trotz der Dunkelheit glaubte er einen besorgten Ausdruck auf den schmalen Zügen des Flamen zu erkennen. »Was ist geschehen?«, fragte Balestrano alarmiert.

Van Velden deutete nach vorne, in die Nacht hinein und zur Spitze der Kolonne. »Die Kundschafter haben jemanden gesehen«, sagte er.

»Wen?«

»Kundschafter«, antwortete van Velden. Er lächelte, als ihm klar wurde, wie verwirrend seine Worte klangen, und fügte hastig hinzu: »Späher Necrons, Bruder. Es sind zwei.«

»Haben Sie unsere Männer gesehen?«, fragte Balestrano.

Van Velden schüttelte den Kopf. »Noch nicht. Aber ihr Dasein allein gibt mir Grund zur Besorgnis.«

»Necron ist ein vorsichtiger Mann«, sagte Balestrano.

»Sie dürften nicht hier sein«, beharrte van Velden. »Die Wüste ist gefährlich, selbst für Männer, die sie kennen. Und Necron müsste sich sicher fühlen, hinter seinem Wahnsinnsschirm. Sicher genug zumindest, das Leben seiner Männer nicht sinnlos aufs Spiel zu setzen.«

Balestrano sah den *Desert-Master* scharf an. »Was willst du damit sagen, Bruder?«

Van Velden wich seinem Blick aus. »Nichts«, antwortete er, eine Spur zu schnell, wie Balestrano fand. »Aber ich habe kein gutes Gefühl. Wenn er Wachen aufstellt, so weit vor seiner Burg, hat er einen Grund. Vielleicht weiß er, dass wir kommen.«

»Du bist zu pessimistisch, Bruder«, sagte Balestrano. »Er kann es nicht wissen.« Trotzdem fügte er hinzu: »Aber vielleicht hast du Recht, und wir dürfen kein Risiko eingehen. Lass die Männer anhalten. Bruder von Schmid, du und ich gehen allein.«

Abermals schien der Flame widersprechen zu wollen, aber dann nickte er nur gehorsam, wandte sich mit einer hastigen Bewegung um und verschwand wieder in der Dunkelheit. Kurz darauf erscholl ein gedämpfter, nicht sehr weit hörbarer Ruf, und das kleine Templerheer hielt an. Balestrano trat mit einem raschen Schritt aus den Reihen seiner Bewacher heraus.

Wenige Augenblicke später schon bewegten sich Jean Balestrano und die beiden *Master* des Templerordens an der Reihe der wartenden Krieger vorbei nach vorne. Hayworthy und de la Croix hatten wie üblich protestiert, den Oberherren des Ordens allein gehen zu lassen, und Balestrano hatte ihnen wie üblich befohlen, zurückzubleiben und für die Sicherheit des Heeres zu sorgen. Das war nicht der wahre Grund, aus dem er allein mit von Schmid und dem Flamen ging. Der wirkliche Grund war, dass er es nicht zu riskieren wagte, die vier zusammenzubringen; nicht in einem Moment, von dem er nicht wusste, ob er mit einem Kampf enden würde.

Er verscheuchte den Gedanken, ging schneller und konzentrierte sich auf die schwarzen Schatten der Sanddünen, die wie eine Mauer aus geronnener Schwärze in der Nacht vor ihnen aufragten. Sie waren noch nicht sehr weit vom Heer entfernt, aber schon war nicht mehr der mindeste Laut zu hören. Sie hätten genauso gut die einzigen Menschen in dieser Unendlichkeit aus Sand und Leere sein können.

Vorsichtig stiegen sie den sanft in die Höhe strebenden Hang einer Düne empor und blieben stehen, kurz bevor sie ihren Kamm erreichten. Van Velden deutete mit einer stummen Geste nach vorne. »Dort!«, wisperte er. »Im nächsten Dünental.«

Balestrano lauschte. Er hörte nichts außer dem Pochen seines eigenen Herzens und dem leisen Wispern und Rascheln des Windes, aber wenn van Velden sagte, dass die Männer da waren, dann *waren* sie da. Balestrano hätte getrost seinen Kopf darauf verwettet. Noch traute er den vier *Mastern.*

Der Flame nickte, legte die Hand auf sein Schwert und wollte weitergehen, aber von Schmid hielt ihn mit einer raschen, lautlosen Geste zurück, ließ sich auf Hände und Knie herabsinken und kroch das letzte Stück bis zum Dünenkamm auf diese wenig elegante Weise hinauf. Balestrano und van Velden taten es ihm gleich.

Sie sahen die Männer gleich, kaum dass sie die Düne vollends erklommen hatten: drei schwarze, fast formlose Flecken, die um ein halb erloschenes Feuer herumsaßen und die Hände über die wärmenden Flammen hielten. Sie redeten miteinander; Balestrano hörte ihre Stimmen, ohne die Worte zu verstehen.

»Es sind drei!«, sagte von Schmid leise.

Van Velden nickte. Seine Lippen waren zu einem schmalen Strich zusammengepresst. »Vorhin waren es nur zwei«, murmelte er. »Der dritte muss in den letzten Minuten zu ihnen gestoßen sein.«

»Und das heißt«, führte von Schmid den Satz zu Ende, »dass unter Umständen auch noch ein vierter oder fünfter da sein können.« Er seufzte.

»Das sind keine Kundschafter«, sagte van Velden plötzlich.

»Wieso?«, fragte Balestrano.

»Späher benehmen sich nicht so«, behauptete der Flame. »Sie würden kein Feuer entzünden. Und schon gar nicht so offen in der Gegend herumsitzen und reden.« Er verzog die Lippen zur bösen Karikatur eines Lächelns. »Aber das werden wir gleich wissen.«

Balestrano hätte um ein Haar zu spät bemerkt, was der Flame tat. Es war so dunkel, dass ihm der angespannte Ausdruck entging, der plötzlich auf van Veldens Zügen lag, und das unentwegte Wispern und Rascheln des Windes verschluckte auch das helle, sonderbar rhythmische Scheuern, das plötzlich erklang. Aber mit einem Male schien sich der Sand unter Balestranos Körper zu bewegen, und für einen ganz kurzen Moment hatte er das Gefühl, ein schwerfälliges, aber unglaublich machtvolles Gleiten und Heben auf den gegenüberliegenden Dünenkämmen zu sehen.

»Um Gottes willen, Bruder, was tust du?«, keuchte er so laut, dass van Velden und von Schmid erschrocken zusammenfuhren und zu den drei Schatten unter ihnen herabsahen, ehe sie sich an ihn wandten. Die Wüste hörte auf, sich zu bewegen.

Balestrano zog sein Schwert, wobei er die Klinge zwischen Daumen und Zeigefinger der Linken hindurchgleiten ließ, damit sie kein verräterisches Geräusch verursachte. »Wir sind drei, und sie sind drei. Wir werden sie auch so besiegen. Necron würde es spüren, würdest du deine *Macht* gegen sie einsetzen, Bruder«, sagte er mahnend.

Van Velden sah ihn fast erschrocken an, widersprach aber nicht mehr, sondern erhob sich lautlos auf die Knie und zog wie Balestrano seine Waffe. Auch von Schmid nahm sein Schwert zur Hand und sah ihn erwartungsvoll an.

Jean Balestrano sah noch einmal zu den drei Schatten hinab. Sie hatten sich nicht gerührt, sondern saßen unverändert um das Feuer herum und unterhielten sich, aber irgendetwas störte ihn. Irgendetwas war *falsch*. Balestrano wusste nur nicht, was ...

»Jetzt!«, sagte er.

Sie sprangen auf, waren mit einem Satz über dem Hügelkamm und stürmten die jenseitige Böschung herab. Als sie die halbe Strecke hinter sich gebracht hatten, schrie einer der drei erschrocken auf, sprang auf die Füße und zerrte einen blitzenden Säbel unter seinem Gewand hervor, und auch die beiden anderen schwarz gekleideten Gestalten taten es ihm gleich.

Sie hatten keine Chance. Die drei Drachenkrieger mochten zu den besten und gefährlichsten Einzelkämpfern der Welt gehören, aber von Schmid und van Velden waren besser. Balestrano kam nicht einmal dazu, seine Waffe zu heben, da sprang der grauhaarige Herzog schon wie ein Berserker unter die drei Männer, ließ seine Klinge pfeifen, tötete den ersten mit einem gewaltigen Streich und schlug dem anderen das Schwert aus der Hand; zusammen mit drei Fingern, die er nicht schnell genug zurückgezogen hatte. Van Velden überrannte den dritten Mann kurzerhand, schlug sein instinktiv hochgerissenes Schwert mit einem spielerischen Hieb beiseite und durchbohrte ihn, als er sich wieder aufrichten wollte.

»Bruder Botho – *nicht!*«, rief Balestrano erschrocken, als von Schmid seine Waffe hob, um dem verwundeten Drachenkrieger den Gnadenstoß zu versetzen. Von Schmid erstarrte mitten in der Bewegung, das Schwert hoch erhoben, und für einen Moment glaubte Balestrano fast so etwas wie Enttäuschung auf seinen Zügen zu erkennen. Er erschrak. *Jetzt schon?*, dachte er. *Beginnt es schon jetzt? Aber es ist zu früh! Viel zu früh!*

Aber von Schmid beherrschte sich. Langsam senkte er sein Schwert, stieß es dann mit einem fast zornig klingenden Laut in den Sand und zerrte den Verwundeten am Kragen in die Höhe. Der Mann krümmte sich vor Schmerz und umklammerte seine blutende Hand. Aber nicht der mindeste Schmerzlaut drang über seine Lippen.

»Halte ihn, Bruder«, sagte Balestrano leise. »Aber tu ihm nicht mehr weh als nötig.«

Von Schmid packte den Mann, drehte seinen unverletzten Arm auf den Rücken und krallte die Linke in sein Haar, sodass sein Kopf in den Nacken gebogen wurde und er Balestrano ansehen musste. Das Gesicht des Mannes zuckte vor Schmerz und Zorn, aber noch immer gab er nicht den mindesten Laut von sich, obgleich er entsetzliche Schmerzen erleiden musste.

»Du brauchst keine Angst zu haben«, sagte Balestrano ruhig. »Dir wird nichts geschehen, wenn du tust, was man dir sagt.«

Der Mann schwieg. Aber sein Blick flammte vor Zorn.

Balestrano trat einen weiteren Schritt auf ihn zu, hob den Arm und legte die rechte Hand auf die Schulter des Schwarzgekleideten. Seine Finger suchten einen bestimmten Nervenknoten an seinem Hals und fanden ihn. Sehr sanft, aber unnachgiebig drückte er zu. »Du wirst antworten«, sagte er ganz ruhig, doch mit sonderbar veränderter, irgendwie gleichzeitig monoton wie zwingend klingender Stimme. »Du wirst mir gehorchen, Bruder. Ich bin dein Freund. Du vertraust mir.«

Der Blick des Drachenkriegers begann sich zu verschleiern. Er zitterte. Kleine, glitzernde Schweißperlen erschienen auf seiner Stirn. Balestrano spürte, wie sein Widerstand zu wanken begann.

»Du vertraust mir«, sagte er noch einmal. Gleichzeitig verstärkte er den Druck seines Fingers und verdoppelte seine Anstrengungen, den geistigen Widerstand des Kriegers zu brechen.

Aber es war, als renne er gegen eine unsichtbare Mauer an. Kein normaler Mensch hätte sich dem suggestiven Zwang seines Blickes länger als einige Sekundenbruchteile widersetzen können, aber irgendetwas war im Geist des Kriegers, etwas Dunkles und Mächtiges, das nicht aus ihm selbst kam.

»Du vertraust mir!«, sagte Balestrano zum dritten Mal. »Antworte! Wo liegt eure Burg? Wie viele seid ihr?!«

Der Mann stöhnte. Ein Ausdruck entsetzlicher Furcht glomm in seinem Blick auf. Plötzlich begann er am ganzen Leibe zu zittern.

Und dann war er tot.

Es ging unglaublich schnell. Für den Millionsten Teil einer Sekunde spürte Balestrano, wie die Mauer um seinen Geist zu wanken begann, Risse bekam und brach – und dann stieg irgendetwas Dunkles, Vernichtendes aus den Tiefen seines Geistes empor und zerstörte ihn. Der Krieger sackte in von Schmids Griff zusammen und hörte auf zu atmen.

»Großer Gott!«, keuchte van Velden. »Was ist geschehen?«

»Das, was ich befürchtet habe«, seufzte Balestrano. Er gab von Schmid ein Zeichen, den Mann loszulassen, kniete neben ihm nieder und schloss mit einer fast behutsamen Bewegung seine weit geöffneten, leeren Augen. Seine beiden Begleiter schwiegen respektvoll, als er das Kreuzzeichen über dem Toten schlug und ihn segnete.

»Ein hypnotischer Bann«, sagte Balestrano, nachdem er wieder aufgestanden war. »Necron traut nicht einmal seinen eigenen Männern. Sie sterben eher, als ihn zu verraten.« Er ballte in einem Anflug sinnlosen Zornes die Faust, wandte sich zu von Schmid um – und erstarrte.

Auf dem Dünenkamm hinter dem *Animal-Master* war ein Schatten erschienen, der Schatten eines Reiters, groß, schlank, in die Farbe der Nacht gekleidet und mit einem blitzenden Schwert in der Rechten. Balestrano war sicher, dass der Mann angegriffen hätte, hätte er ihn nicht in diesem Moment bemerkt.

Auch von Schmid, der sein Erschrecken bemerkt hatte, fuhr herum und erblickte den Reiter. Mit einem erschrockenen Ruf zog er sein Schwert und wollte loslaufen.

Der Reiter riss sein Tier herum, gab ihm die Sporen und sprengte davon, und von Schmid blieb mit einem enttäuschten Knurren stehen. »Zum Teufel!«, fauchte er. »Das hätte nicht passieren dürfen. Er wird uns verraten!«

»Ich könnte ihn aufhalten«, sagte van Velden ruhig, aber wieder hielt ihn Balestrano mit einem befehlenden Kopfschütteln zurück.

»Nein«, sagte er. »Er mag unser Hiersein verraten, aber Necron weiß nicht, wer wir sind. Noch, welche Kräfte uns zur Verfügung stehen.«

»Aber wenn er zu ihm reitet und Necron meldet, was er gesehen hat –«, protestierte van Velden.

»Dann werden wir kämpfen müssen, Bruder«, unterbrach ihn Balestrano ruhig. »Dazu sind wir schließlich hier, oder?«

Nassirs Pferd brach zusammen, als er den Fuß des Berges erreichte. Das Tier strauchelte, verlor auf dem lockeren Sand das Gleichgewicht und fiel, und sein Reiter wurde im hohen Bogen aus dem Sattel geschleudert. Nur der weiche Wüstensand bewahrte ihn vor einer wirklich schweren Verletzung. Trotzdem blieb er sekundenlang benommen liegen, ehe er wenigstens die Kraft fand, sich auf Hände und Knie hochzustemmen.

Himmel und Erde begannen sich vor seinen Augen zu drehen. Sein Herz raste. Sein Atem ging schnell und mühsam, und die Luft brannte wie Feuer in seinen Lungen. Aber er musste weiter! Er musste zurück und die Fremden melden, die dort draußen in der Wüste waren, nicht einmal eine Stunde vom Fuße des Berges entfernt.

Mit einer Kraft, von der der junge Drachenkrieger nicht einmal selbst wusste, woher er sie noch nahm, stemmte er sich auf die Füße und taumelte weiter.

Als er den schmalen, steingesäumten Weg zum Kastell fast erreicht hatte, trat eine Gestalt aus den Schatten hervor und hob die Hand.

Nassir erschrak. Instinktiv zuckte seine Hand zum Dolch, obwohl er kaum mehr die Kraft hatte, sich auf den Beinen zu halten, geschweige denn zu kämpfen.

Aber dann erkannte er die schwarze Kleidung, das gleichfarbige Gesichtstuch und den schmalen Krummsäbel, den der Mann am Gürtel trug, und statt die Waffe zu ziehen, sank er mit einem erschöpften Seufzer auf die Knie. Er war am Ziel. Selbst wenn er nicht mehr die Kraft haben sollte, die Burg zu erreichen, konnte er die anderen warnen.

Der zweite Drachenkrieger trat auf ihn zu, blieb in wenigen Schritten Abstand stehen und sah auf ihn herab. »Wer bist du?«, fragte er scharf. »Was ist mit dir? Bist du verwundet?«

Nassir schüttelte den Kopf. »Nur ... erschöpft«, stammelte er. »Warnen ... du ... musst Necron ... warnen.«

»Warnen?« Die Augen des anderen wurden schmal. »Wovor? Was ist geschehen? Rede endlich, Kerl!«

»Feinde«, keuchte Nassir. Ihm wurde übel. Sein Herz jagte immer schneller. Er war geritten wie nie zuvor in seinem Leben, und vielleicht würde er das Schicksal seines Tieres teilen und hier und jetzt sterben. Aber das war ihm gleich, solange er Necron und die anderen warnen konnte.

»Feinde«, wiederholte er. »Eine ... eine ganze Armee. Draußen in ... in der Wüste. Es sind ... hunderte.«

»Wovon redest du?«, fragte der andere. »Was für eine Armee, zum Teufel?«

»Tempel ... ritter«, stöhnte Nassir. »Geh und ... und warne Necron. Kümmere dich nicht um ... um mich.«

Der andere schwieg einen Moment. Dann seufzte er, kam näher und hob die Linke an den Gesichtsschutz, während seine andere Hand den Dolch aus dem Gürtel zog. »Ich würde dir ja gerne den Gefallen tun, mein Freund«, sagte er beinahe sanft. »Aber ich fürchte, ich muss mich um dich kümmern.«

Nassir verstand nicht, was das bedeutete. Mühsam sah er auf, kämpfte seine Übelkeit mit aller Macht nieder und versuchte auf die Füße zu kommen. Aber er führte die Bewegung nicht zu Ende, denn in diesem Moment zog der andere das schwarze Tuch von seinem Gesicht.

Nassirs Augen wurden rund vor Staunen. *»Du?!«*, keuchte er.

»Ja«, antwortete der andere. »Ich. Es tut mir leid, Nassir.«

Nassir versuchte zu schreien, aber er kam nicht mehr dazu.

Er fühlte nicht einmal mehr die Dolchklinge, die in sein Herz glitt und ihn tötete.

Draußen, vor den unverglasten, aber vergitterten Fenstern war die Sonne längst untergegangen, und bei aller Pracht, mit der die Kammer eingerichtet war, gab es keine Möglichkeit, Licht zu machen.

Trotzdem fand ich keinen Schlaf.

Unsere bizarre Unterhaltung hatte nicht mehr sehr lange gedauert. Necron hatte verkündet, dass er uns eine Nacht Bedenkzeit lassen wolle, um in Ruhe über sein Angebot nachzudenken, und uns von vier seiner Diener fortbringen lassen. Die Drachenkrieger hatten uns sehr höflich behandelt, aber es war jene Art von Höflichkeit gewesen, hinter der sich Unnachgiebigkeit verbarg. Ich hatte vergebens protestiert, als ich begriff, dass Sitting Bull, Shadow und ich die Nacht getrennt verbringen sollten; ich war hierher gebracht worden, in einen sehr behaglich eingerichteten Raum, dessen einziger Schönheitsfehler vielleicht die Tatsache war, dass seine Tür auf der Innenseite keine Klinke hatte, dafür aber einen sehr massiv aussehenden Riegel auf der anderen.

Und trotzdem war selbst der Zorn, mit dem mich der Anblick erfüllte, nicht wirklich echt gewesen.

Später, eine Stunde, vielleicht auch zwei, nachdem man mich hier heruntergebracht hatte, waren noch einmal zwei von Necrons Drachenkriegern erschienen und hatten ein Tablett mit Wein und einer sehr großzügig bemessenen Mahlzeit auf dem Tisch abgestellt.

Es stand noch immer dort, und es war noch immer unberührt. Ich hatte Hunger und Durst, und ich war müde, aber ich fühlte mich wie gelähmt; unfähig, an die profanen Bedürfnisse meines Körpers auch nur zu denken, geschweige denn, sie zu befriedigen. Hinter meiner Stirn tobte ein wahrer Vulkan von Gefühlen.

Priscylla. Sie war erwacht. Und ich hatte sie zurück. Ein Wort von mir, ein winziges, aus nur zwei Buchstaben bestehendes Wort, und sie wäre *frei!* Alles, wofür ich ein ganzes Jahr lang gekämpft hatte, würde einen Sinn bekommen. Ich könnte Priscylla mit mir nehmen und mit ihr nach Hause gehen, ein normales Leben führen und ...

Ja – und? Und was?, dachte ich bitter.

Necron gehorchen? Zu seinem Sklaven werden? Ein Diener des

Mannes, den ich wie nichts auf der Welt hasste und der mir letztendlich all dies angetan hatte? Lächerlich!

Aber sein Angebot ausschlagen und – selbst wenn er Wort halten und mich nicht töten würde (was schlichtweg undenkbar war) – ohne Priscylla fortgehen, sie in seinen Klauen zurücklassen?

Das war ebenso unmöglich.

Und was, flüsterte eine dünne, boshafte Stimme irgendwo in meinen Gedanken, wenn er Recht hatte? Was, wenn er dieses eine Mal *nicht* log? Necron war ein Ungeheuer, ein Mann, der die Bezeichnung Mensch nicht einmal mehr verdiente – aber was, wenn er nicht log, sondern die Wahrheit gesagt hatte? Vielleicht war er ja nur das kleinere von zwei Übeln, und vielleicht ... Vielleicht, vielleicht, vielleicht. Zum Teufel, es waren zu viele *Vielleichts,* und vielleicht war dies auch eine der Situationen, von denen ich gehört, die ich aber nicht wirklich für möglich gehalten hatte. Eine Lage, in der alles, was man tun konnte, falsch war. Ganz gleich, wie ich mich entschied – es war ein Fehler.

Ein leises Scharren drang in meine Gedanken.

Ich sah auf, blickte mich suchend um, konnte aber nichts Verdächtiges oder Außergewöhnliches erkennen und wollte mich schon zurückfallen lassen, als ich den Laut ein zweites Mal hörte, ein wenig deutlicher jetzt, sodass ich die Richtung auszumachen vermochte, aus der er kam; von der Tür her nämlich.

Misstrauisch setzte ich mich ganz auf, schwang die Beine vom Bett – und erstarrte mitten in der Bewegung.

Die Tür schwang lautlos auf, nur einen Spalt breit, und ein schmaler, irgendwie *fließender* Schatten huschte in mein Gefängnis. Einen Moment lang blieb er stehen, als überzeuge er sich davon, nicht bemerkt worden zu sein, dann drückte er die Tür hinter sich zu und wandte sich zu mir um. Für einen ganz kurzen Moment lag das Gesicht der Gestalt im silbernen Licht des Mondes, das durch die schmalen Fenster hereinströmte.

Ich unterdrückte im allerletzten Moment einen Schrei.

Es war *Priscylla!*

»Du?«, keuchte ich. »Aber wieso ...?«

Priscylla war mit einem Satz bei mir, legte warnend den Zeigefinger über die Lippen und machte mit der anderen Hand eine erschrockene Geste. »Nicht so laut, Robert!«, flüsterte sie. »Wenn Necron merkt, dass ich hier bin, ist alles verloren!«

Ich verstummte gehorsam – was allerdings mehr an meiner Überraschung lag als etwa daran, dass ich in diesem Moment etwa begriffen hätte, was sie sagte.

Priscylla blickte noch einmal zur Tür zurück, dann trat sie vollends auf mich zu, warf sich mit einem kleinen, nur mühsam unterdrückten Schrei an meine Brust und umklammerte mich mit den Armen; so heftig, dass mir die Luft wegblieb. Instinktiv öffnete ich den Mund, um wie ein Fisch auf dem Trockenen nach Luft zu schnappen.

Priscylla küsste mich.

Es war wie ein elektrischer Schlag.

Eine Sekunde lang stand ich starr da, wie gelähmt, dann schien irgendetwas in mir aufzuflammen wie ein Stück zundertrockenes Holz, an das man eine Fackel hält. So heftig, dass es ihr wehtun musste, presste ich Priscylla an mich, erwiderte ihren Kuss und vergrub die Hände in ihrem Haar. Der klägliche Rest, der von meinem logischen Denken bisher noch geblieben war, wurde hinweggespült. Ich dachte nicht mehr, sondern spürte nur noch ihre Nähe, roch den Duft ihres Haares, spürte die berauschende Wärme ihres Körpers, den festen, aber sehr sanften Griff ihrer Finger in meinem Nacken ...

Es dauerte lange, bis wir uns voneinander lösten, und es war Priscylla, die meinen Griff mit sanfter Gewalt sprengte und den Kopf zur Seite drehte, um wenigstens die Lippen freizubekommen. Ihr Gesicht glühte. Etwas war in ihren Augen, was ich noch niemals darin gesehen hatte und das wie ein Funken auf mich übersprang und mich abermals in Flammen setzte. Wieder wollte ich sie an mich ziehen und sie küssen, aber diesmal wehrte sie mich ab.

»Nicht, Robert«, sagte sie. »Noch nicht. Wir müssen reden.«

Gehorsam ließ ich sie los – aber nur, um sie sofort wieder an mich zu ziehen, diesmal aber sehr sanft. Plötzlich spürte ich, wie schlank und zerbrechlich ihr Körper war, und mir wurde klar, dass ich ihr mit meiner ersten stürmischen Umarmung wehgetan haben musste. Behutsam hob ich die Hand, streichelte mit nur zwei Fingern ihre Wange und zog sie an mich, um ihre Augenlider zu küssen. Ich konnte spüren, wie Priscylla unter der Berührung meiner Lippen erschauerte.

»Du bist wach«, flüsterte ich. »Mein Gott, du ... du bist wieder die Alte. Necron hat dich nicht –«

»Necron ist ein Narr«, sagte Priscylla. »Ich war vom ersten Moment an wach.« Sie lächelte. »Aber ich dachte mir, dass es vielleicht besser wäre, wenn er das nicht weiß.« Sie lachte, schob mich ein Stück weit von sich fort und öffnete mit einer raschen Geste die Spange, die ihren Mantel zusammenhielt. Darunter trug sie nichts als ein dünnes, halb durchsichtiges Gewand aus Seide, das von ihrem Körper mehr ent- als verhüllte.

Verblüfft starrte ich sie an, aber noch bevor ich irgendetwas sagen konnte, trat sie schon wieder auf mich zu, umschlang mich mit den Armen und verschloss meine Lippen mit den ihren. Ihre Hände glitten in meinen Nacken, spielten einen Moment lang mit meinem Haar und krochen tiefer. Gleichzeitig begann ihr linker Fuß an meiner Wade emporzukriechen, kitzelte einen Moment lang meine Kniekehle – und trat dann so wuchtig hinein, dass ich das Gleichgewicht verlor und nach hinten kippte. Priscylla half der Entwicklung noch ein wenig nach, indem sie sich in diesem Augenblick noch fester an mich presste. Ich fiel nach hinten, landete reichlich unsanft auf dem Bett und zog Priscylla mit mir.

Wieder vergingen sehr viele Minuten, ehe sich unsere Lippen voneinander lösten und Priscylla die Augen öffnete.

»Was ... was tust du?«, keuchte ich mühsam. Mein Herz jagte, und jeder einzelne Nerv in meinem Körper schien in Flammen zu stehen. Meine Hände, die noch immer auf Priscyllas Rücken lagen, zitterten.

Priscylla lachte leise. »Du stellst ziemlich dumme Fragen, findest du nicht?«, sagte sie – während *ihre* Hände sich ganz und gar nicht mehr auf meinem Rücken befanden ...

»Aber das ... das ist Wahnsinn«, stammelte ich. »Bitte, Pri, wir dürfen nicht ...«

»Was?«, fragte sie harmlos.

»Das, was ... was du da ... machst ...«

»Gefällt es dir nicht?«, erkundigte sich Priscylla, gab mir jedoch keine Chance zu antworten, sondern beugte sich abermals vor und küsste mich, diesmal so heftig, dass mir im wahrsten Sinne des Wortes die Luft wegblieb.

»Aber Necron!«, protestierte ich mühsam.

Priscylla richtete sich ein wenig auf, legte den Kopf auf die Seite und sah mich nachdenklich an. »Wenn es dir mit ihm mehr Spaß machen würde, rufe ich ihn dir gerne«, erklärte sie ernsthaft. »Es sei denn ...«

Sie sprach nicht weiter, sondern richtete sich mit einer plötzlichen Bewegung auf, zog auch das dünne Nichts aus Seide, das sie bisher angehabt hatte, mit einem Ruck über den Kopf und ließ sich wieder auf mich sinken. Ihre Hände machten dort weiter, wo sie vor Augenblicken aufgehört hatten.

Und ich für meinen Teil hörte auf, mich dagegen zu wehren. Nicht, dass mir das, was sie tat, direkt unangenehm gewesen wäre. Im Gegenteil. Ganz im Gegenteil ...

Der Berg und die Festung ragten wie eine zornig geballte Faust aus schwarzem Stein gegen den Nachthimmel empor. Der Wind hatte sich gelegt, aber in der Wüste war noch immer Bewegung: ein Rascheln und Schaben hier, ein Huschen dort, ein leises Schleifen da ... es war nichts Konkretes, nichts worauf man deuten oder was man auch nur in Worte fassen konnte, aber es war da: ein lautloses, aber unüberhörbares Flüstern und Wispern irgendwo dicht jenseits der Wirklichkeit.

»Du spürst es auch, nicht wahr, Bruder Jean?«

Balestrano schrak aus seinen Gedanken hoch, drehte sich herum und erkannte Bruder van Velden in der schlanken Gestalt, die sich wie ein heller Schatten vom nachtdunklen Hintergrund der Wüste abhob. Er hatte nicht gehört, wie der *Desert-Master* näher gekommen war.

»Sie lebt«, fuhr van Velden fort, ohne auf eine Antwort Balestranos zu warten. »Die meisten Menschen halten sie einfach für ein Stück nutzloser Erde, auf dem nur Sand und Steine und allenfalls ein paar giftige Spinnen und Skorpione leben, aber das stimmt nicht. Die Wüste lebt. Und sie registriert sehr genau, wer sie betritt und was er tut.«

Jean Balestrano antwortete noch immer nicht, aber er sah van Velden sehr aufmerksam an. Obwohl sie sich sehr nahe waren, konnte er das Gesicht des schlanken Flamen nicht richtig erkennen, denn die Nacht war sehr finster. Aber er spürte dafür umso deutlicher, dass der *Desert-Master* sich nur äußerlich gelassen gab. Innerlich war er bis zum Zerreißen gespannt.

Wie sie alle.

Balestrano schob den Gedanken mit Macht von sich, drehte sich wieder herum und blickte zum Schatten der Bergfestung hinauf.

Trotz ihres unheimlichen und Angst machenden Äußeren war sie nur als Schatten zu erkennen, wie ein kolossales schwarzes Loch in der Wirklichkeit. Man konnte nicht sehen, wo der natürlich gewachsene Fels aufhörte und das Mauerwerk der Drachenburg begann.

»Sie müssen jetzt bereits wissen, dass wir kommen«, murmelte van Velden, der seinen Blick bemerkt hatte. »Sie werden uns angreifen, sobald wir den Aufstieg beginnen.«

Balestrano sah ihn nachdenklich an. »Glaubst du?«

»Jedenfalls würde *ich* das tun«, sagte er. »Die Späher sind zurück. Das ist auch der Grund, aus dem ich dich gesucht habe. Was sie melden, gefällt mir nicht besonders.«

»Und was ist das, was dir nicht gefällt?«, fragte Balestrano.

»Dieser Berg.« Van Velden deutete mit einer Kopfbewegung auf den zyklopischen Schatten, der ein ganzes Drittel des Horizontes vor ihnen einnahm. »Es gibt nur einen einzigen Weg hinauf. Zehn Mann können ihn gegen eine Armee verteidigen.«

Balestrano schwieg. Van Veldens Worte überraschten ihn kein bisschen. Er wusste sehr viel besser als der *Desert-Master,* wie uneinnehmbar die Wüstenfestung Necrons war. Wären sie allein auf die Kampfkraft ihrer Krieger angewiesen, hätten sie auch mit der zehnfachen Anzahl von Männern keine Chance gehabt, sie zu stürmen.

Nach einer Weile wandte er sich schweigend um, bedeutete van Velden mit einer Kopfbewegung, ihm zu folgen, und ging zum Lager zurück, das zwischen zwei gewaltigen Sanddünen errichtet worden war. Selbst Balestrano staunte ein wenig, wie still und diszipliniert die fünfhundert Männer sich verhielten. Nicht der geringste Laut war zu vernehmen, und selbst ihre Gestalten schienen mit den Schatten der Nacht zu verschmelzen. Ein flüchtiges Gefühl von Stolz machte sich in ihm breit, als er zwischen den schweigend dahockenden Männern hindurchging. Er vertrieb es.

Von Schmid, Hayworthy und de la Croix erwarteten ihn bereits, zusammen mit zwei anderen Männern; offensichtlich den Spähern, von denen van Velden gesprochen hatte.

Balestranos Blick huschte über die Gesichter der drei *Master.* Von Schmid starrte mit steinerner Miene ins Nichts, während sich auf Bruder Andrés Zügen ein eindeutig angespannter Ausdruck breitgemacht hatte. Nur Hayworthy sah aus wie ein freundlicher grauhaariger Großvater, der gerade überlegt, welches Märchen er seinen

Enkeln vor dem Einschlafen erzählen sollte. Nichts an ihnen wirkte irgendwie verändert.

Und doch ...

Balestrano spürte *seine* Anwesenheit überdeutlich. Er war da, unsichtbar und lautlos, wie ein übler Geruch, der sich in der Wirklichkeit festgesetzt hatte, wartend, bereit. Ein Wort von ihm, ja, ein Gedanke, würde genügen, ihn zu entfesseln, die vier noch immer ahnungslosen *Master* in lebende Kampfmaschinen zu verwandeln, denen kein noch so mächtiger Gegner standhalten konnte. Aber er würde seinen Preis verlangen. Balestrano fühlte sich schuldig. Nicht wegen dem, was er bereits getan hatte, denn das hatte er tun müssen, sondern wegen dem, was er diesen vier Männern noch antun musste ...

»Wir sind bereit«, drang Bruder Andrés Stimme in seine Gedanken. Balestrano schrak beinahe schuldbewusst hoch, sah den *Storm-Master* einen Moment lang verwirrt an und rettete sich in ein Lächeln. Er hoffte, dass er und die drei anderen nichts von seiner Unsicherheit spürten. Aber selbst wenn, dann würden sie es sicher auf den bevorstehenden Kampf schieben.

Er nickte, wandte sich an einen der beiden Späher und deutete auf den Berg. »Was habt ihr herausgefunden?«

»Das, was wir erwartet haben«, antwortete Bruder Botho anstelle des Kundschafters. »Dieser Berg ist eine Festung. Eine Falle, wie sie nicht einmal perfekter sein könnte, hätten wie sie entworfen.« Er seufzte. Eine steile Falte erschien zwischen seinen Brauen. »Es wird viel Blut kosten, uns den Weg zur Burg hinauf zu erkämpfen, Bruder Jean«, sagte er. »Hätten wir noch den Vorteil der Überraschung auf unserer Seite, könnte es uns gelingen, bis zur Burg vorzustoßen, ehe sie überhaupt merken, wie ihnen geschieht. Aber so ...«

Er sprach nicht weiter, aber Balestrano hörte deutlich den Vorwurf in seiner Stimme. Letztendlich war er es gewesen, der van Velden daran gehindert hatte, den feindlichen Kundschafter mit der Macht seines Geistes aufzuhalten. Und ihn würde die Schuld am Tode jedes einzelnen Mannes treffen, der bei ihrem Aufstieg fiel. Jeder wusste es, auch wenn es niemand aussprach.

»Wie viele Krieger hast du gesehen?«, fragte er den Kundschafter.

»Keinen«, antwortete der Mann. »Nicht direkt, jedenfalls. Es gibt ein kleines Kastell auf halber Höhe, das bemannt ist. Aber auf dem Weg selbst ist niemand.«

»Das ist es ja gerade, was mir nicht gefällt«, sagte Bruder Hayworthy stirnrunzelnd.

»Du vermutest eine Falle?«

Hayworthy antwortete erst gar nicht.

»Und wenn unser Kommen noch nicht gemeldet worden ist?«, fragte van Velden plötzlich.

Von Schmid lachte leise. »Ein verlockender Gedanke«, sagte er. »Aber nicht sehr wahrscheinlich. Der Späher hat uns gesehen. Und er wird kaum die Freundlichkeit gehabt haben, an einem Herzschlag dahinzuscheiden, ehe er Necron alarmieren konnte.«

»Kaum«, gab van Velden gereizt zurück. »Aber möglich wäre es.«

»Was?«, fragte von Schmid böse. »Dass er auf einem Felsen hockt und in der Nase popelt, während er darüber nachdenkt, wie er seinem Herren die schlechte Nachricht besonders schonend beibringen kann?«

Van Velden fuhr herum. Balestrano sah, wie sich seine Hände zu Fäusten ballten, als er drohend auf den mehr als einen Kopf größeren Deutschen zutrat. Von Schmid erwiderte seinen Blick gelassen.

»Brüder!«, sagte Balestrano scharf. »Hört auf!«

Van Velden atmete hörbar ein, trat aber gehorsam zurück und wandte sich wieder um, während von Schmid ein leises, abfälliges Lachen hören ließ.

Balestrano erschrak. *Schon jetzt?*, dachte er. *Geht es schon los?*

»Möglicherweise hat Bruder Nies Recht«, sagte Hayworthy plötzlich. Von Schmid blickte überrascht auf, sagte aber nichts, und auch Balestrano wandte sich verwundert an den Schotten.

»Ich denke die ganze Zeit darüber nach«, fuhr Hayworthy fort. »Wenn ich dort oben in dieser Festung sitzen und über ein paar hundert Männer befehligen würde, wäre von unseren Kriegern jetzt schon keiner mehr am Leben. Diese Männer kennen sich hier aus, vergesst das nicht. Necron müsste ein Narr sein, einen Angreifer so dicht an sich herankommen zu lassen. Für jemanden, der die Wüste kennt, ist ein zahlenmäßig überlegener Angreifer kein Hindernis.«

»Bruder Nies allein könnte es mit tausend von ihnen aufnehmen«, sagte de la Croix ernsthaft. »Die Wüste würde sie verschlingen.«

»Aber das weiß Necron nicht«, antwortete Hayworthy ernst. »Bruder Nies hat Recht – irgendetwas stimmt hier nicht. Vielleicht weiß Necron wirklich noch nicht, dass wir kommen. Es wäre Wahnsinn, würden wir diesen Vorteil verschenken.«

»Und was schlägst du vor?«, fragte von Schmid abfällig.

»Wir sollten nur wenige Männer dort hinaufschicken«, sagte Hayworthy. »Ein kleiner Trupp. Zehn, allerhöchstens fünfzehn Männer. Genug, um das Kastell zu nehmen, aber auch nicht so viele, dass sie auffallen.«

»Fünfzehn Männer?«, Von Schmid lachte böse. »Und ich nehme an, einer davon wirst du sein.«

Hayworthy nickte. »Und du, Bruder. Dazu noch dreizehn unserer besten Krieger. Und wir müssen schnell machen. In zwei Stunden wird es Tag. Dann wird man uns sehen von der Burg aus.« Er drehte sich herum und sah fragend zu Balestrano hinüber. »Nun?«

Jean Balestrano zögerte lange. Aber schließlich nickte er.

Der Glassarg war zerborsten. Das obere Drittel des Deckels war schlichtweg verschwunden, als wäre es unter einem ungeheuren Hieb regelrecht pulverisiert worden. Breite, wild gezackte Risse zogen sich durch den Rest des kristallenen Gebildes, und auf dem blauen Samt, mit dem es ausgeschlagen gewesen war, waren hässliche braunrote Flecke.

»Er muss verwundet sein, Herr«, sagte der Drachenkrieger leise. »Auf den Kissen ist Blut. Und auch hier auf den Stufen – seht Ihr?«

Necron drehte sich langsam herum, blickte jedoch nicht in die Richtung, in die die ausgestreckte Hand des Mannes wies, sondern starrte ihm in die Augen. Der Drachenkrieger hielt seinem Blick weniger als eine Sekunde stand, dann senkte er hastig den Kopf. Obwohl sein Gesicht bis auf einen schmalen Streifen über den Augen vom schwarzen Tuch seiner Tracht verhüllt war, konnte Necron sehen, wie groß die Angst war, die er ausstand. Er hatte versagt. Und es gab nur eine einzige Strafe für einen Diener Necrons, der versagte.

»Wie konnte das geschehen?«, fragte Necron leise.

Der Mann zögerte, ehe er antwortete. Seine Stimme zitterte; ganz leicht nur, aber doch hörbar. »Ich weiß es nicht, Herr«, sagte er. »Yaccor und ich haben unseren Posten nicht verlassen.«

Necron starrte ihn an, hob die Hand und ergriff die Schulter des Drachenkriegers. Seine dürren Finger krallten sich so heftig in den schwarzen Stoff seines Gewandes, dass der Mann vor Schmerz zusammenzuckte.

»Ihr habt eure Posten nicht verlassen, so?«, schnappte er. »Und ihr habt auch nichts Verdächtiges gehört?«

»Nein, Herr«, sagte der Drachenkrieger. »Ich ... ich schwöre Euch, dass es so war! Niemand hat den Saal betreten oder verlassen!«

Necrons Gesicht verzerrte sich zu einer Grimasse. Er ließ die Schulter des Mannes los, hob den Arm und ballte die Hand zur Faust, als wolle er ihn schlagen, tat es aber dann doch nicht, sondern fuhr mit einer abgehackten Bewegung herum und starrte zornig auf den zertrümmerten Glassarg herab.

»Er lebt«, flüsterte er. »Er lebt, und er ist wach. Ich fühle es. Ich kann seine Nähe spüren.«

»Soll ich ... soll ich die Festung durchsuchen lassen?«, fragte der Krieger. »Ich bin sicher, wir fangen ihn wieder, wenn er –«

»Nein!«, unterbrach ihn Necron hart. »Er würde euch alle töten. Und es ist auch nicht nötig. Ich bin sicher, er wird zu mir kommen, wenn die Zeit reif ist.« Er schwieg einen Moment, dann fuhr er abermals herum und wies mit einer befehlenden Geste zum Ausgang. »Geh und alarmiere meine Garde«, sagte er. »Ich denke, es ist an der Zeit, unseren Gästen einen kleinen Besuch abzustatten.«

Von unten aus betrachtet hatte der Berg nicht einmal so hoch ausgesehen. Er war ein Koloss, massig und finster, aber nicht sonderlich hoch; wenigstens war es das, was Rupert Hayworthy geglaubt hatte.

Aber es stimmte nicht. Sie waren seit einer guten halben Stunde unterwegs, und der missgestaltete Schatten der Burg auf seinem Gipfel war keinen Deut näher gekommen, fast als wüchse der Berg im gleichen Maße über ihnen empor, in dem sie ihn erklommen.

Bruder Hayworthy lächelte über diesen albernen Gedanken, aber es gelang ihm nicht vollends, ihn dorthin zurückzutreiben, wo er hergekommen war. Etwas blieb zurück; eine Unsicherheit, die ihm fremd war, und ein Gefühl körperloser Bedrohung, das ihn ängstigte. Viel mehr, als er sich selbst gegenüber einzugestehen bereit war. Fast ohne dass er es selbst bemerkte, glitt seine Hand zum Gürtel, strich über den Griff seines Schwertes und zog sich wieder zurück.

»Nervös, Bruder Rupert?«, fragte von Schmid spöttisch.

Hayworthy antwortete nicht gleich, sondern drehte nur den Kopf und sah den Herzog an, der wie er im Schutze eines mächtigen Felsblockes niedergekniet war und zum Turm des kleinen Kastells hinaufblickte. In unregelmäßigen Abständen erschien ein Schatten hinter den sonderbar geformten Zinnen des bizarren Bauwerkes. Aber Hayworthy wusste, dass sie nicht in Gefahr waren, entdeckt zu werden.

Nach einer Weile nickte er. »Ein wenig«, gestand er. »Du nicht?«

Von Schmid zuckte die Achseln. »Vielleicht.« Er deutete mit einer Kopfbewegung nach oben und seufzte. »Ich würde mich wohler fühlen, wenn wir ein paar gute Gewehre hätten, statt dieser Spielzeuge hier.« Er ließ die Linke auf das Schwert klatschen, das an seinem Gürtel hing.

Hayworthy lächelte dünn. Obwohl sie so verschieden waren, wie zwei Männer nur sein konnten, war er doch einer der wenigen Templer, zu denen Herzog Botho von Schmid so etwas wie Vertrauen gefasst hatte; manchmal jedenfalls.

»Worum machst du dir Sorgen?«, fragte er. »Du bist ein ausgezeichneter Fechter.«

»Das sind die Männer dort oben mit Sicherheit auch«, grollte von Schmid. »Zum Teufel, diese Hunde können uns aufreiben, wenn sie nur mit Steinen schmeißen!«

»Wenn Bruder Jean hören könnte, wie du redest, wäre er entsetzt«, sagte Hayworthy lächelnd.

Von Schmid grinste.

»Er hört es ja nicht, oder?« Übergangslos wurde er wieder ernst. »Wir müssen dieses Kastell nehmen, Rupert, ganz gleich, wie.«

Hayworthy verstand sehr gut, was von Schmid mit diesen Worten wirklich sagen wollte, aber er ging nicht darauf ein. Er hatte Bruder Balestranos Warnung nicht vergessen.

Aber er wusste auch, dass von Schmid nur zu Recht hatte. Man musste kein Meisterstratege wie er sein, um zu erkennen, dass diese an sich winzige, halb aus dem Fels herausgemeißelte Festung allein reichte, eine ganze Armee aufzuhalten. Der Weg hier herauf war so schmal, dass zwei Männer nicht nebeneinander gehen konnten, und er verlief schnurgerade, ohne die allergeringste Deckung. Der *Animal-Master* hatte nicht übertrieben – ein einziger Mann, der hinter den Zinnen des Kastells stand, konnte eine Armee aufhalten, indem er nur mit Steinen warf.

»Wir warten noch«, sagte er schließlich.

Von Schmid schnaubte, widersprach aber nicht mehr, und für

Minuten, die sich zu Ewigkeiten zu dehnen schienen, versanken sie wieder in Schweigen. Dann, so leise, dass selbst Hayworthy, der genau wusste, worauf er zu achten hatte, sie mehr ahnte als wirklich hörte, näherten sich Schritte ihrem Versteck, und eine geduckte Gestalt erschien zwischen den Felsen. Von Schmid hob für eine halbe Sekunde die Hand hinter seiner Deckung hervor, und der Templer huschte auf sie zu.

»Nun?«, fragte Hayworthy hastig.

Der Krieger schüttelte den Kopf. »Nichts, Brüder«, sagte er. »Bruder Raimund und ich haben jeden Quadratzoll abgesucht.« Er deutete auf den schwarzen Schatten des Kastells. »Kein zweiter Eingang. Die Wände sind glatt wie Glas.«

Hayworthy seufzte. »Wachen?«

»Eine auf der anderen Seite«, bestätigte der Templer. »Und dieser dort oben. Sie scheinen sich sicher zu fühlen.«

»Ja«, grollte von Schmid. »Oder sie wollen, dass wir genau das denken.« Er schüttelte den Kopf und ballte gleich darauf zornig die Faust. »Wir müssen –«

»Wir müssen tun, was Bruder Jean befohlen hat«, unterbrach ihn Hayworthy scharf. »Nichts anderes.«

Aber diesmal gab der Herzog nicht mehr nach. In seinen Augen blitzte es zornig auf. »Zum Teufel, was sollen wir tun? Das Kastell einfach stürmen? Das ist unmöglich, und das weißt du besser als ich, Rupert!«

Hayworthy setzte zu einer neuerlichen scharfen Antwort an. Aber er sprach die Worte nicht aus, die ihm auf der Zunge lagen. Irgendetwas sagte ihm, dass es besser wäre, auf Balestranos Warnung zu hören. Wenn er von Schmid jetzt gestattete, seine besonderen Kräfte einzusetzen, dann verspielten sie vielleicht den einzigen Trumpf, den sie hatten.

Und trotzdem ...

Sein Blick wanderte wieder zum Kastell. Die schwarzen Mauern aus geglätteter Lava waren nicht einmal sonderlich hoch – zehn, allerhöchstens fünfzehn Meter, schätzte er. Und er glaubte nicht, dass die winzige Festung mehr als ein Dutzend Männer beherbergte. Aber von Schmid hatte trotzdem Recht. Der Posten, der dort oben stand, patrouillierte in unregelmäßigen Abständen, und er schien nicht sonderlich aufmerksam zu sein. Aber die Pausen zwischen seinen Rundgängen waren niemals groß genug, als dass sie ausgereicht hätten, einen der Männer die Wand ersteigen zu lassen. Und sie konnten sich nicht auf einen langen Kampf einlassen, selbst wenn sie ihn gewannen. Ein einziger Schrei, und keiner von ihnen würde die Burg auf dem Berggipfel erreichen.

»Bitte, Rupert«, sagte von Schmid. »Lass mich den Posten ausschalten. Nicht mehr. Bruder Jean wird es nicht einmal merken!«

Hayworthy hätte erschrecken müssen, denn was von Schmid vorschlug, war Ketzerei. Die Worte des obersten Tempelherren waren Gesetz.

Aber zum ersten Mal in seinem Leben war sich Sir Rupert Hayworthy nicht mehr ganz sicher, ob Jean Balestrano nicht irrte. Irgendetwas war mit ihm geschehen, etwas, das er selbst nicht verstand und das ihn erschreckte – aber er hatte sich verändert. Und es war eine Veränderung, die noch lange nicht abgeschlossen war, das spürte er.

»Gut«, sagte er schließlich. »Tu es. Aber nur diesen Mann. Niemanden sonst.«

Botho von Schmid nickte. »Niemanden sonst.« Einen Moment lang blickte er Hayworthy noch ernst an, dann wandte er sich um, blickte zum Kastell hinauf und hob die linke Hand. Ein angespannter Ausdruck erschien auf seinen Zügen ...

... während der Wächter, fünfzehn Meter über ihnen, aus dem Turm heraustrat und seine ruhelose Wanderung hinter den gerundeten Zinnen des Kastells fortsetzte. Er war nicht sehr aufmerksam. Das war nicht nötig, denn seine Wache hatte mehr symbolische Bedeutung als irgendeinen praktischen Nutzen. Sie waren sicher hier oben, sicherer als an irgendeinem anderen Ort auf der Welt, und das schon einzig aus dem Grund, weil niemand von ihrem Hiersein wusste. Und der Wahnsinnsschirm rings um den Berg würde nachhaltig dafür sorgen, dass auch niemand durch Zufall den Berg fand, der auf keiner Karte verzeichnet war.

Trotzdem erfüllte der Mann seine Aufgabe gewissenhaft, wenn auch mit mäßigem Engagement.

Aber vermutlich wäre ihm der kaum daumengroße Schatten, der hinter ihm über die Zinnen huschte und auf dürren Beinchen hinter ihm hertrippelte auch entgangen, wenn er aufmerksamer gewesen wäre.

Der Skorpion lief mit einer für seine Art vollkommen untypischen Zielsicherheit auf den hochgewachsenen Mann zu, verhielt aber dann plötzlich mitten in der Bewegung, gelenkt von einem Willen, der nicht der seine war. Seine Fühler zuckten nervös hin und her, und vielleicht begriff er auch mit seinem primi-

tiven Verstand, dass er etwas tat, wofür er überhaupt keinen Grund hatte. Aber seine Intelligenz reichte bei weitem nicht aus, sich gegen den Zwang dieses fremden Willens aufzulehnen.

Er hatte auch nicht genug Geist, sich zu wundern, als plötzlich ein zweiter und dritter Schatten neben ihm erschienen, beide kaum größer als er selbst: ein weiterer Skorpion und neben ihm, in friedlicher Eintracht, eine haarige graue Wüstentarantel, nur halb so groß wie eine Kinderfaust, aber ebenso giftig wie die beiden Skorpione.

Die Tiere warteten, während der Wächter seine Runde beendete, am jenseitigen Rand des Wehrganges einen Moment stehen blieb und sich dann umwandte, um gemächlich zurückzugehen.

Als er noch drei Schritte von den drei winzigen Killern entfernt war, gewahrte er eine Bewegung aus den Augenwinkeln.

Er blieb stehen, runzelte die Stirn und beugte sich vor, um aus zusammengepressten Augen auf die beiden Käfer herabzublicken, die neben ihm auf der Mauerkrone erschienen waren.

Es waren ausgesprochen hässliche Tiere – zehn Zentimeter lange Miniatur-Ungeheuer mit scharfen Zangen und langen, glänzenden Beinen, die sehr selten waren und in diesem Teil der Wüste im Grunde nichts verloren hatten. Der Mann wusste, dass die Tiere nicht ungefährlich waren; schon der Biss eines einzigen konnte zu schwerem Fieber und Krämpfen führen. Aber er war kein bisschen beunruhigt, sondern allerhöchstens verwundert. Und fast dankbar für die Abwechslung im monotonen Einerlei seiner Wache.

Einen Moment lang betrachtete er die beiden Käfer, dann zog er einen Dolch aus dem Gürtel und stupste eines der Tierchen behutsam mit der Spitze an.

Im gleichen Moment kroch der erste Skorpion in sein rechtes Hosenbein.

Der Mann bemerkte es nicht einmal. Ein dünnes, schadenfrohes Lächeln erschien auf seinen Lippen, während er den Käfer auf den Rücken warf und zusah, wie er hilflos mit den Beinen strampelte.

Der zweite Skorpion kroch in sein linkes Hosenbein, während die Spinne an seinem Umhang emporzuklettern begann und sich lautlos seinem Nacken näherte.

Auch das bemerkte er nicht. Er war viel zu sehr damit beschäftigt, den zweiten Käfer mit dem Dolch auf die Mauerkante zuzutreiben, wo er in die Tiefe stürzen musste.

Aber er kam niemals dazu, sein grausames Spiel zu Ende zu bringen. Ein dünner, aber sehr tief gehender Schmerz schoss plötzlich durch seine rechte Wade. Er keuchte, fuhr herum und schlug instinktiv mit der flachen Hand nach der schmerzenden Stelle.

Irgendetwas knackte; sehr leise, aber deutlich, dann rutschte ein winziges hartes Etwas an seinem Bein hinab und kollerte über den Boden.

Die Augen des Mannes weiteten sich entsetzt, als er den zermalmten Skorpion erkannte. Ein halblauter, krächzender Schrei kam über seine Lippen.

Dann stach der zweite Skorpion zu.

Der Wächter keuchte, machte einen Schritt nach vorne und fiel. Seine Beine hatten mit einem Male nicht mehr die Kraft, das Gewicht seines Körpers zu tragen. Mühsam wälzte er sich herum, versuchte sich auf Hände und Knie hochzustemmen und fiel abermals nach vorne. Die Festung und der Himmel begannen sich vor seinen Augen zu drehen. Ihm wurde übel. Hitze und Kälte rasten in rasch aufeinanderfolgenden Wogen durch seinen Körper.

Plötzlich berührte etwas seinen Nacken. Ganz leicht nur, beinahe sanft.

Aber nur für eine Sekunde. Dann schoss ein entsetzlicher Schmerz durch seinen Hals, raste bis in seinen Schädel hinauf und explodierte dort zu grausamer Agonie.

Der Mann bäumte sich auf. Er wollte schreien, aber seine Kehle war wie zugeschnürt. Dem Schmerz folgte eine Woge betäubender Lähmung. Er konnte nicht mehr atmen. Seine Muskeln verkrampften sich. In einem letzten, verzweifelten Aufbäumen warf er sich herum, griff in seinen Nacken und spürte etwas Kleines, Haariges zwischen den Fingern. Er zerquetschte es.

Aber er war tot, ehe er auch nur begriff, was ihn umgebracht hatte ...

... und Bruder von Schmid richtete sich mit einem erschöpften Seufzen auf. Schweiß bedeckte seine Stirn und als er zu Hayworthy hinübersah, verschwamm die Gestalt des grauhaarigen Schotten für einen Moment vor seinem Blick.

»Was hast du?«, fragte Hayworthy besorgt.

»Nichts«, antwortete von Schmid ausweichend. »Es war ... sehr anstrengend. Ich ... bin wohl etwas müde.«

Hayworthy antwortete nicht, aber sein Blick sagte sehr deutlich, dass er sich mit dieser Antwort alles andere als zufriedengab.

Und es war auch nicht die Wahrheit, dachte von Schmid schaudernd.

Die Wahrheit war, dass es ihm noch niemals so leichtgefallen war, Macht über den Willen eines Tieres zu erlangen wie jetzt.

Und dass er noch niemals zuvor eine solch grausame Freude am Töten verspürt hatte wie heute. Ein winziges Stückchen von ihm war im Geist der fünf Tiere gewesen, die den Drachenkrieger getötet hatten.

Und er hatte es genossen.

Gott, dachte von Schmid schaudernd. *Was geschieht mit mir?*

Aber er bekam keine Antwort.

Nur tief, sehr sehr tief in sich, glaubte er ein dunkles, böses Lachen zu hören.

Priscylla blieb länger als zwei Stunden, und wir verbrachten nur die letzten zehn oder fünfzehn Minuten dieser Zeit mit *Reden* (was aber nun ganz und gar nicht heißt, dass wir uns in der übrigen Zeit etwa gelangweilt hätten ...). Als sie sich – es musste lange nach Mitternacht sein, wenn meine innere Uhr nicht vollends durcheinandergeraten war – schließlich auf dem Bettrand aufsetzte und nach ihrem Neglige angelte, fühlte ich mich so erschöpft und ausgelaugt wie selten zuvor in meinem Leben – allerdings auf eine höchst angenehme Art und Weise. Meine Glieder – alle – schienen mit Blei gefüllt zu sein, und ich musste schon alle Willenskraft aufbieten, auch nur die Lider zu heben und zu ihr aufzusehen.

Der Anblick, der sich mir bot, entschädigte mich allerdings bei weitem für diese kleine Anstrengung, denn Priscylla war gerade damit beschäftigt, ihr Kleid über den Kopf zu streifen, wodurch sie mir noch einmal ihre phantastische Figur präsentierte, in einer so aufreizenden, aber dabei ganz und gar nicht anzüglichen Pose, dass ich für einen Moment ernsthaft überlegte, meinen inneren Schweinehund in seine Hütte zurückzuschicken und unsere Unterredung um einen weiteren Diskussionspunkt zu verlängern.

Aber dazu war ich im Grunde viel zu müde, und so beschränkte ich mich darauf, sie weiterhin anzublicken und mich mit dieser Art der Sinnesfreuden zu begnügen.

Priscylla musste meinen Blick wohl bemerkt haben, denn sie hielt plötzlich inne, blickte auf mich herab und zog in übertrieben dargestelltem Ärger die Nase kraus.

»Was starrt Er mich so an, unverschämter Lümmel?«, fragte sie in geschauspielerter Empörung. »Weiß Er nicht, was sich gehört, wenn Er einer Dame schon die Peinlichkeit nicht ersparen kann, im gleichen Raume zu sein, wenn sie sich ankleidet?«

»Und ob ich das weiß«, murmelte ich und streckte die Hand nach ihr aus. Aber Priscylla wich blitzschnell zurück, schlug mir auf die Finger und ballte drohend die Faust vor meiner Nase.

»Benimm dich, du Lustmolch!«, sagte sie drohend. »Oder ich schreie um Hilfe!«

»Das ist eine Drohung«, gab ich zurück. »Du allein hast mich ja schon fast an den Rand eines Herzanfalls gebracht.«

»Ach?«, sagte Priscylla spitz. »Ist dir etwa schon die Puste ausgegangen. Man sagt doch, aller guten Dinge sind drei?«

»Drei schon«, antwortete ich. »Aber wir haben –«

Priscylla erstickte den Rest meines Satzes, in dem sie sich auf mich warf, meine Arme mit den Knien auf das Bett nagelte und sich über mich beugte, um mich abermals zu küssen. Mühsam bekam ich eine Hand frei und wollte sie erneut umarmen, aber wieder wich sie mir aus, zwar noch immer lachend, aber auf eine Art und Weise, die mir ziemlich eindeutig sagte, dass diese Ablehnung endgültig war. Ich setzte mich auf, rutschte in eine halbwegs bequeme Lage und sah sie an. »Du erstaunst mich immer wieder, Pri«, sagte ich.

»Wieso? Ich habe niemals behauptet, eine Nonne zu sein, oder? Und schließlich habe ich länger als ein Jahr auf dich gewartet.«

»Es hat sich gelohnt, oder?«

Priscylla kicherte. »Was willst du hören, mein Held? Dass ich dich für den größten Supermann aller Zeiten halte?«

»Wieso *halte?«*, entgegnete ich beleidigt. »Ich *bin* es, oder etwa nicht?«

Diesmal lachte Priscylla nicht, und mit einem Male spürte ich, dass sie nicht nur hierhergekommen war, um mit mir zu schlafen. »Was hast du?«, fragte ich. Ich setzte mich auf, schlüpfte in meine Beinkleider und rutschte auf der Bettkante zu Priscylla hinüber. Sie zitterte, als ich die Hand um ihre Schulter legte.

»Du bist in Gefahr, Robert«, sagte sie, mit einem Male sehr leise und sehr, sehr ernst. »Und nicht nur du. Auch der Indianer, der dich begleitet, und diese ... wie hast du sie genannt?«

»El-o-hym.«

»El-o-hym ...« Priscylla wiederholte den Namen auf sonderbare Weise. »Weißt du eigentlich, was das bedeutet?«

Ich schüttelte den Kopf.

»Dann schau in der Bibel nach«, sagte Priscylla.

»Warum sagst du es mir nicht?«

Priscylla schüttelte den Kopf und löste sich aus meiner Umarmung, wich aber nicht von mir fort, sondern schmiegte sich weiter an meine Seite. Es war ein unbeschreiblich wohltuendes Gefühl, eine Wärme und Geborgenheit, die sich mit Worten nicht beschreiben ließ. Für einen Moment schoss mir ein vollkommen verrückter Gedanke durch den Kopf: Ganz gleich, was jetzt geschah – selbst wenn ich in der nächsten Minute sterben sollte –, es hatte sich gelohnt.

»Du würdest es mir ja doch nicht glauben«, fuhr Priscylla fort, meine Frage mit einiger Verspätung beantwortend. »Und ich bin auch nicht hier, um über Shadow zu sprechen. Ich glaube, du kannst ihr vertrauen. Es geht um Necron. Du ... du darfst ihm nicht glauben, Robert. Ganz gleich, was er dir bietet, glaube ihm nicht.«

Ich antwortete nicht. Alles in mir schrie danach, Priscyllas Warnung zuzustimmen, und doch ... Er hatte uns Gastfreundschaft und Sicherheit versprochen, wenn auch nur für eine Nacht, und wir hatten sie bekommen. Er hatte mir Priscylla versprochen, und ich hielt sie in den Armen ...

»Und wenn er Recht hat?«, fragte ich, einer direkten Antwort ausweichend. »Du hast gehört, was er über Hastur gesagt hat. Und ich habe mit eigenen Augen gesehen, was geschehen ist.«

»Du kennst Necron nicht!«, widersprach Priscylla heftig.

»Kennst du ihn denn?«

Priscylla zögerte einen ganz kurzen Moment, dann nickte sie. »Besser als du«, behauptete sie. »Vergiss nicht, dass ich länger als ein Jahr seine Gefangene war.« Ihre Stimme zitterte bei diesen Worten so heftig, dass ich sie instinktiv fester an mich presste. Was mochte sie erlitten haben in diesem einen Jahr? Welche unvorstellbaren Qualen musste sie ausgestanden haben, eingekerkert in ihrem eigenen Körper, nichts als ein Geist, abgeschnitten von allen äußeren Eindrücken?

Ich versuchte mir vorzustellen, wie es sein musste: blind, taub, gelähmt und unfähig, irgendetwas zu empfinden oder zu fühlen, eine Ewigkeit lang. Der Gedanke war so entsetzlich, dass sich etwas in mir dagegen sträubte, ihn auch nur zu denken.

Aber ich fragte Priscylla nicht danach, und nach einer Weile redete sie von sich aus weiter.

»Er hat mich in diesen magischen Schlaf versetzt«, begann sie. »Aber ich habe nicht immer geschlafen. Necron hat ... ich weiß nicht genau, was, aber er hat wohl versucht, so etwas wie einen geistigen Kontakt mit mir herzustellen. Vielleicht, um mehr über dich zu erfahren. Aber dabei habe ich auch eine Menge über ihn in Erfahrung gebracht, Robert. Ich ... ich weiß, wer er wirklich ist.«

»Wer er *wirklich* ist?«, wiederholte ich verwirrt. »Willst du damit sagen, dass Necron nicht Necron ist?«

»Natürlich«, antwortete Priscylla. »Er ist ein Magier, ein uralter, unglaublich mächtiger Magier, und die Gestalt, in der du ihn kennst, ist nicht seine einzige. Er ... er wechselt seinen Körper wie du dein Hemd. Er ist alt, Robert, uralt.«

»Ich weiß«, antwortete ich. Ich begriff noch immer nicht wirklich, worauf Priscylla hinauswollte. Vielleicht wollte ich es auch nicht begreifen. »Er muss an die hundert Jahre alt sein.«

»Hundert?« Priscylla lachte, aber es klang nicht sehr amüsiert. »*Hunderttausend* kommt der Sache wohl näher, Robert.«

Eine Sekunde lang starrte ich sie an, unfähig zu begreifen, was sie gerade gesagt hatte. Ich ließ ihre Schulter los, rückte ein Stück von ihr weg und sah ihr fassungslos in die Augen. »Willst du damit sagen, Necron ist ... ist unsterblich?«, keuchte ich;

»In gewissem Sinne, ja«, bestätigte Priscylla. »Sein Körper ist verwundbar und sterblich wie jeder andere auch, aber er vermag ihn zu verlassen. Necron ist Necron, wie du ihn kennst, aber er war vorher auch der Marquis de Sade, Attila, der Hunnenkönig, Nero ...« Sie breitete die Hände aus. »Die Reihe ließe sich beliebig lang fortsetzen, Robert. Necron ist das lebende Böse. Er ist eine Legende, die zum Leben erwacht ist und die weiterleben wird, selbst wenn du seinen Körper zerstörst.«

»Aber wenn ... wenn das stimmt«, stammelte ich, »dann ist er unbesiegbar. Dann ist unser Kampf sinnlos!«

»Nein«, widersprach Priscylla. »Auch er kann besiegt werden. Ich weiß nicht, wie, und ich weiß nicht, womit und wann, aber nichts, was irgendwie lebt, kann nicht auch irgendwie zerstört werden. Du darfst ihm nicht trauen, Robert. Es wäre dein Tod, meiner, der Shadows und zahlloser anderer auch.«

»Und was sollen wir tun?«, fragte ich. »Necron wird uns nicht freiwillig gehen lassen. Und ein offener Kampf gegen seine Drachenkrieger wäre Selbstmord. Wir sind hier im Zentrum seiner Macht, Priscylla. Er kann uns mit einer Handbewegung vernichten.«

»Und er würde es tun, wenn er wüsste, dass ich hier bin«, fügte Priscylla hinzu. »Aber ich habe einen Plan. Morgen früh, wenn –«

Priscylla brach erschrocken ab und blickte zur Tür, und auch ich sah auf, denn in diesem Moment wurden draußen auf dem Gang harte, polternde Schritte laut, und eine Stimme begann in einer mir fremden Sprache Befehle zu erteilten.

»Necron!«, keuchte Priscylla. »Er ... er kommt hierher, Robert!«

Wie um ihre Worte zu bestätigen, brachen die Schritte mit einem Male ab, und dann hörte ich ein dumpfes Poltern und Knirschen, als der mächtige Riegel auf der anderen Seite der Tür zurückgeschoben wurde.

»Halte ihn auf, Robert!«, flüsterte Priscylla entsetzt. »Wenn er mich hier findet, tötet er dich! Schnell!« Und damit versetzte sie mir einen Stoß, der mich in die Höhe und auf die Tür zutaumeln ließ, noch ehe ich überhaupt begriff, wie mir geschah.

Die Tür wurde aufgestoßen, noch ehe ich sie erreichte. Zwei von Necrons schwarz gekleideten Drachenkriegern stürmten in den Raum, beide mit gezückten Klingen. Der eine versetzte mir einen Stoß, der mich zur Seite und gegen die Wand prallen ließ, während der andere mit zwei, drei raschen Schritten das Zimmer durchquerte und mit gespreizten Beinen hinter mir Aufstellung nahm.

Dann trat Necron selbst ein.

Anders als am Tage zuvor trug er ein einfaches, schwarzes Gewand aus Seide, dessen einziger Schmuck eine barbarische Gürtelschließe aus Silber war. Er sah müde aus. Unter seinen Augen lagen dunkle, tief eingegrabene Ringe, und seine Haut hatte einen ungesunden grauen Schimmer. Er wirkte wie ein Mann, der unvermittelt aus dem Schlaf gerissen worden war.

Und entsprechend war auch seine Laune.

Ohne mich mehr als eines einzigen, allerdings alles andere als freundlichen Blickes zu würdigen, ging er an mir vorbei, blieb in der Mitte des Zimmers stehen und drehte sich einmal im Kreis. Mein Herz machte einen schmerzhaften Hüpfer bis direkt in meinen Hals hinauf, als ich sah, wie sein Blick auf dem zerwühlten Bett haften blieb. Von Priscylla war keine Spur zu entdecken, aber die Auswahl an Verstecken war nicht sonderlich groß – sie musste sich entweder unter der Decke verkrochen haben, die wie durch Zufall zu einem unordentlichen Haufen am Fußende des Bettes zusammengeknüllt war, oder hinter dem Vorhang stehen, der einen Teil der Wand verdeckte.

Necron wandte sich wieder an mich. Sein Blick war hart wie Stahl und das Lächeln in seinen Augen eine reine Farce. »Verzeihen Sie die Störung, Mister Craven«, sagte er kalt. »Ich hoffe, ich habe Sie nicht geweckt.«

»Nicht direkt«, antwortete ich nervös. »Was ist geschehen?«

»Schlafen Sie immer in Ihren Hosen?«, fragte Necron.

Ich nickte. »Dann und wann. Eine schlechte Angewohnheit von mir, ich gebe es zu.«

Necron lächelte ohne die geringste Spur von echtem Humor. »Jeder hat so seine Angewohnheiten«, sagte er. Wieder wanderte sein Blick zu dem zerwühlten Bett. Mein Herz raste wie ein Hammerwerk. Necron musste schon blind sein, nicht zu sehen, dass hier etwas nicht stimmte!

»Mir scheint, Sie haben auch einen sehr unruhigen Schlaf«, fuhr Necron fort. »Oder ist Ihnen das Abendessen nicht bekommen? Unsere Küche ist nicht jedermanns Sache, das gebe ich zu.« Er drehte sich um, trat ganz dicht an das Bett heran, streckte die Hand nach der Decke aus, führte die Bewegung aber nicht zu Ende, sondern sah mich über die Schulter hinweg an und lächelte dünn. »Sie gestatten, dass ich Ihr Bettzeug ein wenig ordne?«, fragte er.

Mit einem einzigen Ruck riss er die Decke herunter.

Das Bett war leer.

Während sich der Raum ganz allmählich um mich herum zu drehen begann, sah Necron einen Moment lang mit zornig zusammengepressten Lippen auf das weiße Laken herab, fuhr plötzlich herum und starrte den Vorhang an, das einzige Versteck im Zimmer, das groß genug war, mehr als einen kleinen Hund zu verbergen. Wieder sah er mich an, und wieder erschien dieses kleine, böse Lächeln auf seinen Lippen. Er drehte sich herum, ging auf den Vorhang zu und hob die Hand.

»Necron!«

Necron blieb stehen. Ich sah, wie sich seine linke Hand fast unmerklich bewegte. Hinter mir waren plötzlich ganz leise Schritte.

»Ja, Mister Craven?«, fragte er lauernd. »Wollten Sie mir etwas sagen?«

Meine Kehle war wie zugeschnürt. Nervös fuhr ich mir mit der Zungenspitze über die Lippen. Ich war mir durchaus der Tatsache bewusst, dass ich mich so auffällig benahm, wie es überhaupt nur ging. Aber wenn er diesen Vorhang herunterriss, dann *würde er Priscylla entdecken!*

»Was wollen Sie hier?«, fragte ich. »Warum kommen Sie mitten in der Nacht hierher und wecken mich auf?«

»Reine Gastfreundschaft, Mister Craven, reine Gastfreundschaft«, sagte Necron lächelnd. »Ich möchte mich nur persönlich davon überzeugen, dass Sie auch gut untergebracht sind. Sehen Sie, dieser

Vorhang hier zum Beispiel – wie leicht könnte sich irgendwelches Ungeziefer dahinter verbergen? Eine Spinne oder eine Ratte – oder gar ein Einbrecher?« Und damit zerrte er den Vorhang samt einem Teil der Messingstange, die ihn hielt, herunter.

Aber dahinter war nur die Wand. Priscylla war fort.

Es war beinahe *zu* leicht.

Bruder Hayworthy war der Erste gewesen, der die Mauer erklommen hatte, den Dolch zwischen den Zähnen und jeden Nerv bis zum Zerreißen angespannt. Aber seine Vorsicht hatte sich als überflüssig erwiesen. Der Leichnam des Drachenkriegers war das einzige Zeichen menschlichen Lebens weit und breit, und trotz des flackernden rötlichen Fackellichtes, das aus den schmalen Fenstern des Kastells drang, lag die Festungsanlage wie ausgestorben unter ihnen. Einer nach dem anderen waren auch die übrigen Krieger über die abgerundeten Zinnen der Mauer gestiegen, Bruder von Schmid als Letzter. Zwei der Männer waren davongehuscht, um sich des zweiten Postens anzunehmen, der auf der anderen Seite der Festung patrouillierte. Sie waren bisher nicht zurückgekommen, aber das besagte nichts. Rupert Hayworthy war sehr sicher, dass sie ihre Aufgabe zuverlässig erfüllen würden. Seine ganze Aufmerksamkeit galt jetzt der Festung.

Der rechteckige Innenhof des kleinen Kastells lag wie ausgestorben unter ihnen, ein schwarzes Loch, dessen Boden nicht zu erkennen war. Aus einem der schmalen Fenster sickerte rotes Licht, aber es wirkte seltsam irreal, als gehöre es nicht in diesen Teil der Welt und hätte sich nur hierher verirrt. Kein Laut war zu hören. In Gedanken korrigierte Hayworthy seine Schätzung über die Größe der Kastellbesatzung um ungefähr die Hälfte nach unten.

Botho von Schmid deutete mit einer fragenden Geste auf den Turm, aus dem der Wächter gekommen war. Hayworthy nickte. Wahrscheinlich würden sie dort eine Treppe finden, die nach unten führte. Und wenn nicht, waren sie dort drinnen zumindest vor einer zufälligen Entdeckung sicher.

Er schob den Dolch in den Gürtel zurück, zog stattdessen sein Schwert und trat als Erster durch die niedrige Tür. Dahinter lag ein kleiner, bis auf einen lehnenlosen Stuhl vollkommen leerer Raum. Ein Teller mit kaltem Fleisch und ein großer Krug mit Wasser standen auf dem Boden, und in der gegenüberliegenden Wand war ein zweiter Durchgang, hinter dem die ersten Stufen einer steil in die Tiefe führenden Treppe sichtbar waren. Rötliches Licht drang aus der Tiefe des Treppenschachtes empor, und als Hayworthy einen Moment lauschte, hörte er leise murmelnde Stimmen, dann ein kehliges Lachen.

»Sie scheinen wirklich nicht zu wissen, dass wir hier sind«, flüsterte von Schmid neben ihm. Er runzelte verwirrt die Stirn. »Aber wieso? Der Kundschafter muss uns doch gemeldet haben.«

Hayworthy überlegte einen Moment, dann zuckte er mit den Achseln. »Ich verstehe es auch nicht«, murmelte er. »Wenn es eine Falle ist, dann die raffinierteste, die ich je gesehen habe.« Aber das glaubte er nicht wirklich. Er *spürte* einfach, dass sich die Männer dort unten am Ende der Treppe sicher fühlten. Er hatte zu viele Kämpfe erlebt, um nicht einfach *zu fühlen,* ob er in eine Falle lief oder nicht. Jean Balestrano hatte ihn nicht umsonst zum *War-Master* des Ordens gemacht.

Er bedeutete von Schmid mit einer Geste, von nun an still zu sein, wechselte das Schwert von der rechten in die linke Hand und näherte sich auf Zehenspitzen der Treppe. Das Stimmengemurmel und Lachen wurde lauter. Er blieb stehen, lauschte abermals und schlich weiter, noch immer mit angehaltenem Atem und jeden Augenblick auf einen Angriff gefasst.

Aber der kam nicht. Unbehelligt erreichten Hayworthy, von Schmid und ihre Begleiter die Treppe, schlichen die ausgetretenen Stufen hinab und blieben vor der letzten Biegung der eng gewundenen Treppe stehen. Das rote Licht war heller geworden, und mit den Stimmen wehte ein Hauch angenehmer Wärme und der Duft von gebratenem Fleisch zu ihnen herüber.

Hayworthy tauschte einen raschen Blick mit von Schmid. Der deutsche Herzog nickte. Seine Hand spannte sich fester um den Schwertgriff, während seine Zunge nervös über die Lippen fuhr.

»Keine Gefangenen«, flüsterte er.

Dann stürmten sie los.

Hinter der Treppe lag ein weitläufiger, nur spärlich möblierter Raum, der den größten Teil der gesamten Festung einnehmen musste. An einem Tisch vor der rückwärtigen Wand saßen fünf Gestalten, alle auf die Hayworthy schon bekannte Art gekleidet – in schwarze, burnusartige Gewänder, die auch von ihren Gesichtern nur schmale Streifen über Augen und Nasenwurzel freiließen. Und ihre Überraschung war vollkommen.

Hayworthy zog seinen Dolch und schleuderte ihn, noch ehe der erste Drachenkrieger auch nur Zeit fand, einen überraschten Schrei auszustoßen. Die Klinge zuckte wie ein silberner Blitz durch die Luft, bohrte sich bis ans Heft in den Rücken eines der Krieger und tötete ihn auf der Stelle. Die anderen sprangen erschrocken auf und griffen nach ihren Waffen.

Sie hatten keine Chance.

Hayworthy und von Schmid fuhren lautlos unter sie und ließen ihre Klingen pfeifen.

Schon ihr erster ungestümer Angriff tötete zwei der vier Männer. Die beiden anderen versuchten sich zurückzuziehen, aber sie überlebten ihre Kameraden nur um Sekunden. Von Schmid vertrat dem einen den Weg, schlug ihm die Waffe aus der Hand und tötete ihn mit einem zornigen Hieb, während Hayworthy unter einem Schwertstreich des letzten Kriegers hindurchtauchte, blitzschnell hinter ihm war und ihm das Schwert bis ans Heft in den Rücken rammte. Der Kampf dauerte nicht einmal ganz fünf Sekunden. Keiner von Hayworthys und von Schmids Begleitern kam auch nur dazu, seine Waffe zu heben.

Aber es war noch nicht vorbei.

Hayworthy stand mit gespreizten Beinen über dem Mann, den er erstochen hatte. Seine Hände umklammerten das Schwert, und irgendetwas Finsteres, unglaublich Machtvolles umklammerte seinen Geist. Hayworthy verspürte mit einem Male das schreckliche Bedürfnis, seine Klinge zu nehmen und in den reglosen Körper vor seinen Füßen zu treiben, immer und immer wieder. Natürlich tat er es nicht, aber es kostete ihn ungeheure Anstrengung, und er spürte, wie dieses furchtbare Etwas in ihm stärker und stärker wurde. Es war wie ein Ungeheuer, das bis zu diesem Moment tief in seiner Seele geschlummert hatte und nun erwacht war, ein schreckliches, namenloses Tier, das Blut geschmeckt hatte und nach mehr schrie.

Er stöhnte. Kalter Schweiß bedeckte seine Stirn. Seine Hände begannen zu zittern. *Töte!*, wisperte eine Stimme in ihm. *Töte! Töte! Töte!*

Hayworthy sah auf. Von Schmids Gesicht schien vor ihm auf und ab zu tanzen, immer wieder zu verschwimmen, als woge ein unsichtbarer Nebel vor seinem Blick. Aber er sah trotzdem, dass es dem *Animal-Master* nicht anders erging als ihm. Auch in seinen Augen flackerte das Grauen.

»Was ... was ist ... das, Bruder Botho?«, flüsterte er. »Was geschieht mit uns?«

Von Schmid antwortete nicht, sondern stieß ebenfalls ein fast qualvolles Stöhnen aus. Blasiger Schaum erschien auf seinen Lippen und für einen Moment verzerrte sich sein Gesicht wirklich. Hayworthy begriff, dass er die gleichen Höllenqualen ausstand wie er selbst.

Und es wurde schlimmer.

Das dunkle Etwas in Hayworthys Geist wuchs, krallte sich in sein Bewusstsein und schaltete seinen Willen Stück für Stück aus. Und er war unfähig, sich dagegen zu wehren.

Plötzlich erscholl hinter ihnen ein gellender Schrei.

Hayworthy und von Schmid fuhren in einer beinahe synchronen Bewegung herum.

Auf der anderen Seite der Halle, dicht neben der Treppe, über die sie hier herabgekommen waren, war eine Tür aufgegangen, und ein weiterer Drachenkrieger hatte den Saal betreten. Einen Moment lang stand er erstarrt vor Schrecken da, als er sich statt seinen Kameraden fünfzehn weiß gekleideten Tempelrittern gegenübersah, aber die Überraschung währte nur eine halbe Sekunde. Dann zuckte seine Hand zur Waffe.

Er führte die Bewegung nie zu Ende.

Es ging unglaublich schnell, und trotzdem sah Rupert Hayworthy jede noch so winzige Einzelheit mit beinahe übernatürlicher Klarheit.

Die drei Templer, die der Tür am nächsten standen, hoben ihre Schwerter und drangen auf den Schwarzgekleideten ein, aber auch sie erreichten ihn nicht, denn in diesem Moment ließ Herzog Botho seine Waffe fallen und streckte beide Hände nach dem Drachenkrieger aus. Ein kehliger, kaum mehr menschlich klingender Schrei kam über seine Lippen. Hayworthy glaubte die destruktiven Energien wie einen Hauch der Hölle zu spüren, die der *Animal-Master* auf den Drachenkrieger schleuderte.

Der Mann explodierte.

Für den tausendstel Teil einer Sekunde schien sein Körper von innen heraus aufzuglühen, dann brach ein unglaublich gelles, gleißendes Licht aus ihm hervor und riss ihn auseinander.

Und irgendetwas in Hayworthy stieß einen gellenden Triumphschrei aus.

Mit einem entsetzten Stöhnen schloss er die Augen und wandte sich ab. Aber das Bild des explodierenden Drachenkriegers blieb vor seinem inneren Auge bestehen.

Dies – und der Ausdruck lodernden Triumphes in Botho von Schmids Augen.

»Bruder Jean«, flüsterte er entsetzt, »was hast du uns angetan?«

Aber dann wurde das dunkle Etwas in ihm noch stärker, griff nach seinem Bewusstsein und fegte auch diesen Gedanken davon.

Für immer.

Necron wechselte kein Wort mehr mit mir, bis wir seinen Thronsaal erreicht hatten, aber sein und das Benehmen seiner beiden Begleiter ließen keinen Zweifel an der Tatsache, dass ich nun wirklich sein Gefangener war. Ich hatte ein paar Mal versucht, den Grund für diesen plötzlichen Sinneswandel von ihm zu erfragen, aber ich hatte keine Antwort bekommen.

Nicht, dass ich ihn mir nicht denken konnte. Necron musste Priscyllas Verschwinden bemerkt haben. Und es gehörte sicherlich nicht allzu viel Phantasie dazu, sich auszurechnen, *wo* er sie finden konnte. Der arme Bursche musste reichlich frustriert gewesen sein, mich nicht *in flagranti* erwischt zu haben.

Warum das allerdings so war, konnte ich mir in diesem Moment wohl am Allerwenigsten erklären. Priscyllas so spurloses Verschwinden war mir schlichtweg rätselhaft. Und ich war auch nicht sehr sicher, ob ich die Erklärung dafür wirklich wissen wollte. Wenn es Priscylla gelang, binnen einer einzigen Sekunde aus einem vollkommen verschlossenen Zimmer zu verschwinden, dann musste sie in dem Jahr, in dem wir uns nicht gesehen hatten, eine Menge Dinge gelernt haben. Dinge, vor denen selbst ich mich fürchtete.

Wir erreichten den Thronsaal, wo sich uns ein weiteres halbes Dutzend schwarz vermummter Krieger anschloss, aber wir blieben nicht dort, sondern gingen weiter, bis wir die Halle erreichten, in der Necron am Nachmittag Priscylla erweckt und mir sein verrücktes Angebot gemacht hatte.

Sie war nicht leer. Mehrere Dutzend Fackeln verbreiteten rotes Licht und am Fuße der schwarzen Empore, auf der die beiden gläsernen Särge standen, hielten sich gute zwei Dutzend weiterer Drachenkrieger auf. Zusammen mit Shadow und Sitting Bull.

Auf dem Gesicht der El-o-hym erschien ein erschrockener Ausdruck, als sie mich erblickte, wie ich zwischen Necrons Männern einherstolperte, halb nackt und mehr von den schwarz vermummten Kriegern gestoßen als aus eigenem Antrieb gehend.

Necron machte eine befehlende Geste und einer seiner Männer antwortete mit einem groben Stoß zwischen meine Schulterblätter darauf, der mich haltlos nach vorne stolpern und direkt vor Shadows Füße auf Hände und Knie herabfallen ließ. Mühsam rappelte ich mich auf, warf dem Drachenkrieger einen arsengetränkten Blick zu und wandte mich an Shadow.

»Was ist geschehen, Robert?«, fragte Shadow.

»Dasselbe wollte ich dich gerade fragen«, gab ich zurück. »Wieso seid ihr hier?«

»Vielleicht kann ich diese Frage beantworten«, sagte Necron.

Ich drehte mich herum, blickte ihn an und zauberte den ärgerlichsten Ausdruck auf meine Züge, zu dem ich im Augenblick noch fähig war. »Das wäre außerordentlich zuvorkommend von Ihnen«, sagte ich böse. »Oder ist das Ihre normale Art, Gäste zu behandeln?«

Necron verzog abfällig die Lippen. »Mitnichten, mein lieber Robert. Aber normalerweise habe ich auch keine Gäste, die mich hintergehen.« Er brach ab, starrte der Reihe nach Sitting Bull, Shadow und schließlich mich an und machte eine zornige Handbewegung, als ich abermals zu einer Antwort ansetzte.

»Sparen Sie sich die Mühe, Ihre Unwissenheit zu beteuern«, sagte er wütend. »Ich habe Ihnen ein Angebot gemacht, jedem Einzelnen von Ihnen, und ich habe es ehrlich gemeint. Aber irgendeiner von euch hat mich betrogen.« Er schürzte die Lippen, trat einen Schritt auf Shadow zu und blickte sie herausfordernd an. »Wenn man nicht im Allgemeinen sagte, dass Engel niemals lügen, würde ich sofort auf Sie tippen, meine Liebe«, sagte er höhnisch. »Aber möglicherweise täusche ich mich ja.«

»Verdammt noch mal – was soll das?«, fauchte ich. Ich verstand überhaupt nichts mehr. Und genau das sagte ich ihm auch.

Necron seufzte. »Bitte. Wenn Sie belieben, Spielchen zu spielen ...« Er deutete auf die beiden gläsernen Särge über uns. »Irgendjemand hat im Laufe der Nacht diesen Raum betreten und meinen Gefangenen befreit«, sagte er.

Es dauerte einen Moment, bis ich begriff.

»Shannon?«, murmelte ich. »Er ist ...«

»Er ist wach, Robert«, sagte Shadow leise.

Necron nickte wütend. »Genau. Und ich glaube, ich täusche mich nicht, wenn ich den Verantwortlichen dafür unter Ihnen vermute.«

»Sie sind verrückt, Necron«, antwortete ich. »Wie hätten wir das wohl bewerkstelligen sollen? Wir waren eingeschlossen! Und bewacht von Ihren Prügelknaben!«

Necron seufzte. »Spielen Sie doch nicht den Narren, Craven«, sagte er. »Aber bitte – wenn es Ihnen Freude macht. Spielen wir ein Spielchen, das Sie sicher noch aus Ihrer Schulzeit kennen.« Er lächelte, aber es wirkte nicht besonders humorvoll. »Ich will wissen, wer Shannon erweckt hat. Und wo er ist. Stellt sich der Schuldige freiwillig, wird er bestraft und den anderen beiden geschieht nichts. Schweigt er, töte ich Sie alle drei. Alle vier, besser gesagt«, fügte er mit einem süffisanten Grinsen in meine Richtung hinzu. »Wir wollen Ihre geschätzte Verlobte nicht vergessen, Robert.«

»Das wagen Sie nicht!«, keuchte ich.

»Nein?«, fragte Necron harmlos. »Und was sollte mich daran hindern? Oder wer, besser gesagt? Ich glaube nicht, dass –«

Er kam nicht weiter. Draußen auf dem Gang erscholl ein lautstarkes Gebrüll, Metall klirrte, und plötzlich wurde die Tür so heftig aufgestoßen, dass Necron mitten im Wort abbrach und herumfuhr.

Ein Drachenkrieger stolperte herein, fiel zwei Schritte vor ihm auf die Knie und senkte den Kopf. Sein Atem ging so schnell, als wäre er eine Meile aus Leibeskräften gerannt.

»Was fällt dir ein, Kerl?«, fauchte Necron. »Wer hat dir erlaubt, hier einzudringen?«

»Feinde, Herr!«, keuchte der Drachenkrieger. Er sah auf. Sein Gesicht glänzte vor Schweiß, und in seinen Augen flackerte die pure Angst. »Es sind Feinde im Kastell!«

Necron erstarrte. Eine Sekunde lang starrte er den Boten ungläubig an, dann schrie er auf, packte ihn an der Schulter und riss ihn grob in die Höhe. »Was sagst du da?«, brüllte er. »Bist du von Sinnen? Das ist unmöglich!«

»Aber es ist wahr, Herr!«, wimmerte der Krieger. »Ich habe es mit eigenen Augen gesehen!«

»Was hast du gesehen?«, schrie Necron.

»Das Kastell!«, keuchte der Mann. Necron hatte ihn so fest gepackt, dass er kaum mehr atmen konnte. »Es … es ist gefallen. Sie sind alle tot. Ich wäre es auch, hätten sie mich bemerkt, aber ich konnte mich verbergen. Ihr … Ihr müsst Alarm geben, Herr. *Die Drachenburg wird angegriffen!*«

Buch der tausend Tode

Über der Wüste wurde es Tag. Und wie immer in diesem Teil der Welt, der vielleicht zu den menschenfeindlichsten und gefährlichsten überhaupt zählte, ging die Sonne mit ungeheurer Pracht auf. Der Horizont war in flammendes Rot getaucht, und die Kälte der Nacht wich bereits jetzt einem ersten warmen Hauch, der bald zu stickiger Hitze und nicht viel später zu unerträglicher Glut werden würde. Manchmal brachte der Wind Geräusche mit sich: das Rascheln des Sandes, ein leises Klirren, der schwer zu beschreibende Laut sorgsam eingefetteten Leders, das über hartes Lavagestein schleifte, Fetzen einer gemurmelten Unterhaltung. Und dann war da die Festung: ein Koloss wie eine zornig geballte Lavafaust vor dem flammendroten Himmel.

Jean Balestrano hob die linke Hand über das Gesicht, um sich vor dem Sonnenlicht zu schützen und blickte konzentriert zum schwarzen Schatten der Drachenburg hinauf. Obwohl es noch längst nicht vollends hell geworden war, konnte er jede noch so winzige Einzelheit dort oben erkennen, denn die Luft war hier über der Wüste von geradezu phantastischer Klarheit. Und der Weg war auch nicht mehr weit: keine halbe Meile mehr, die ihn und seine Begleiter von Necrons Burg trennten.

Dort oben rührte sich nichts. Balestrano wusste genau, dass misstrauische Augen jede noch so winzige Bewegung hier unten verfolgten, aber zu sehen war nichts. Nur die vier gigantischen steinernen Drachen, denen Necrons Burg ihren Namen verdankte und die mit ihren Leibern die vier Ecktürme und mit ihren wie zum Sprung geöffneten riesigen Schwingen die Mauern der Burg bildeten, schienen auf ihn herabzustarren. Balestrano wusste, wie unsinnig dieser Gedanke war – aber für einen Moment glaubte er wirklich, den Blick ihrer gigantischen, aus schwarzem Granit gemeißelten Augen zu spüren.

Er schüttelte den Gedanken ab, drehte sich herum und wollte zur Treppe gehen, die von der Mauer des kleinen Kastells hinab in seinen winzigen Innenhof führte. Aber er machte nur einen einzigen Schritt, blieb wieder stehen und blickte zu der hochgewachsenen, in strahlendes Weiß und blutfarbenes Rot gekleideten Gestalt hinüber, die im Schatten des Turmes stand.

»Bruder Botho?«, fragte er.

Der deutsche Herzog nickte. »Ja. Verzeih, wenn ich dich gestört habe.«

»Das hast du nicht«, sagte Balestrano. »Wie lange stehst du schon hier?«

»Nicht sehr lange«, antwortete von Schmid, der den unausgesprochenen Tadel in Balestranos Worten sehr wohl gehört hatte. Er trat mit zwei, drei raschen Schritten an die Mauer neben Balestrano, stützte sich schwer mit den Unterarmen darauf und blickte einen Moment zum Schatten der Drachenburg empor.

»Ich bringe eine Nachricht«, sagte er, ohne Balestrano dabei anzusehen. »Aber als ich dich hier stehen sah, wollte ich nicht stören. Vielleicht ist es das letzte Mal. Der Morgen vor der Schlacht ...« Er seufzte. »Mein Gott, warum muss er immer so *schön* sein?«

Bruder Balestrano, der Ordensherr der Templer, antwortete nicht. Was hätte er auch sagen sollen? Es *war* ein ausnehmend schöner Morgen, voller Ruhe und Frieden und einer schwer in Worte zu fassenden Sanftheit; und trotzdem hatte der Tod bereits seine hässliche Klaue nach dem kommenden Tag ausgestreckt. Er lauerte in den Schatten, verbarg sich in den leise flüsternden Stimmen, die der Wind herantrug, und wartete dort oben in den finsteren Gewölben der Burg. Vielleicht würde keiner von Ihnen den nächsten Sonnenaufgang erleben. Bruder Schmid und die drei anderen *Master* mit Sicherheit nicht. Er fragte sich, ob die vier wohl ahnen mochten, welches Schicksal ihnen bevorstand.

»Welche Nachricht?«, fragte er, als von Schmid auch nach einer geraumen Weile keinerlei Anstalten machte, von sich aus zu reden.

»Er reagiert«, antwortete der grauhaarige Herzog.

»Necron?«

Von Schmid nickte. »Die Späher melden, dass an die hundert Männer auf dem Wege hierher sind.« Er deutete zur Burg hinauf. »Es muss einen zweiten Ausgang aus diesem Rattennest geben. Sie versuchen uns in den Rücken zu fallen.« Er lachte. Es klang wie ein Schrei. »Was befiehlst du, Bruder Jean? Greifen wir sie an, oder soll sich Bruder André allein um sie kümmern?«

Jean Balestrano zögerte. »Was ... sagt Bruder Rupert?«, fragte er schließlich.

Von Schmid zuckte mit den Achseln. »Er sagt, dass es kein Problem ist, mit diesen Männern fertig zu werden. Wir sind fünf Mal so viel wie sie und jeder von uns ist fünf Mal so viel wert wie einer von ihnen. Andererseits ist Necron kein Narr. Wenn er hundert seiner Krieger praktisch opfert, wird er einen Grund haben. Und wenn Bruder André sie vernichtet ...«

»... weiß Necron, mit wem er es zu tun hat«, führte Balestrano den Satz zu Ende, als der Deutsche nicht weitersprach. »Ich verstehe.« Er seufzte. »Wie lange dauert es noch, bis die Männer uns gefährlich werden können?«

»Eine Stunde«, antwortete von Schmid nach kurzem Überlegen. »Kaum länger.«

Balestrano schwieg einen Moment, dann schüttelte er den Kopf. »Nein«, sagte er schließlich. »Wir werden es schwer genug haben, die Burg zu stürmen, selbst mit dem Vorteil der Überraschung auf unserer Seite. Gib Befehl, dass hundert der unseren hinuntergehen und diese Krieger aufhalten.«

»Nur hundert?«

Balestrano nickte. »Hast du nicht selbst gesagt, jeder wäre fünf Mal so viel wert wie einer von Necrons Kriegern? Hundert sind genug. Sie sollen sie stellen und vertreiben, aber nicht verfolgen. Es reicht, wenn sie sie in die Flucht schlagen. Und ich will kein sinnloses Blutvergießen.«

Botho von Schmid schien widersprechen zu wollen. Für einen Moment flammte Trotz in seinem Blick auf, dann purer Zorn; sein Gesicht verzerrte sich zu einer Grimasse, die Balestrano schaudern ließ. Aber dann schien er sich im allerletzten Moment zu besinnen, *wem* er gegenüberstand, und statt aufzufahren nickte er demütig, legte die Hand auf das Schwert an seiner Seite und entfernte sich mit raschen Schritten.

Jean Balestrano verzichtete darauf, ihm zu folgen. Er blieb hinter den Zinnen des kleinen Kastells stehen und blickte weiter starr zur Drachenburg hinauf. Die Sonne stieg jetzt rasch über den Horizont, und das Licht wurde heller.

Aber Necrons Burg blieb, was sie war: ein düsterer, Unheil verkündender Schatten. Wie ein Loch in der Wirklichkeit.

Jean Balestrano fror mit einem Male. Und er hatte Angst.

Entsetzliche Angst.

»Ich bin enttäuscht von Ihnen, Mister Craven. Wirklich – tief enttäuscht.« Necron legte seine Stirn in Falten, schüttelte ein paar Mal den Kopf und beugte sich auf seinem barbarischen Thron vor, wobei er die Hände unter dem Kinn faltete und den Kopf darauf stützte.

Ich spürte, dass seine Geduld erschöpft war. Dass er am Grunde seiner schwarzen Seele vor Wut kochte. Darüber vermochten auch die scheinbar gelassenen Worte nicht hinwegzutäuschen, mit denen er mich anstelle einer Begrüßung empfangen hatte. Necron hatte ganz in einem Ton gesprochen, in dem sich zwei Geschäftspartner unterhalten mochten, deren Transaktionen nicht unbedingt zur Zufriedenheit des einen abgelaufen waren.

Was nichts daran änderte, dass mich seine »Enttäuschung« gut und gerne den Kopf kosten konnte.

Ich sah zu ihm auf und versuchte in eine halbwegs erträgliche Stellung zu rutschen, aber der Griff der beiden Männer, die mich hielten, war zu fest. »Wieso enttäuscht?«, fragte ich in einer genau berechneten Mischung aus Zorn und Unverständnis. »Es ist nicht meine Schuld, dass Ihr Versteck aufgeflogen ist, Necron.«

Necron blinzelte, als verstünde er erst gar nicht, worüber ich sprach.

Dann lachte er. »Oh, Sie meinen die Narren, die dort draußen sind und glauben, mich besiegen zu können? Nicht doch, mein Lieber. Davon rede ich nicht. Diese Lapalie wird schneller erledigt sein, als Sie glauben. Nein, nein, ich meine etwas ganz anderes – und Sie wissen sehr wohl, was.« Er hob die Hand und drohte mir spielerisch mit dem Zeigefinger, als hätte er einen leicht vertrottelten Neunjährigen vor sich, statt des Mannes, der ihm den Tod geschworen hatte. »Sie hatten Besuch, mein lieber Freund«, fuhr er fort. »Heute Nacht. Obwohl Sie alle mir versprochen hatten, ihre Quartiere nicht zu verlassen. Ich schätze es nicht, wenn meine Gastfreundschaft ausgenutzt wird.«

»Dann werfen Sie uns doch raus«, gab ich patzig zurück. »Ein Wort von Ihnen genügt, und wir gehen.«

Necron kicherte. »Sie haben Humor. Das ist gut. Sie werden ihn nämlich brauchen. Sehr dringend.« Plötzlich wurde der Blick seiner Augen stechend und hart wie Stahl. »Wo ist Shannon?«, fragte er.

»Woher soll ich das wissen?«, fauchte ich. »Als ich ihn das letzte Mal sah, lag er in Ihrem Dornröschensarg und wartete auf einen hässlichen alten Mann, der ihn wachküsst.«

Necron sog so scharf die Luft ein, dass es sich fast wie das wütende Zischen einer Schlange anhörte. Aber der Wutausbruch, auf den ich wartete, kam nicht. »Es ist sonderbar, Robert«, sagte er erstaunlich ruhig. »Aber ich glaube Ihnen sogar. Aus einem Grund, den ich selbst nicht verstehe, glaube ich Ihnen. Was nichts daran ändert, dass ich Shannon wiederhaben will.«

Seine Worte riefen einen fast irrationalen Zorn in mir wach. Er wollte ihn *wiederhaben*! Herrgott, der Kerl sprach über Shannon wie über ein Spielzeug, das ihm gestohlen worden war, nicht wie über einen lebenden Menschen! Und genau das sagte ich ihm.

Necrons Antwort bestand aus einem meckernden Lachen. »Sie junger Narr«, sagte er abfällig, »Sie haben nichts gelernt, wie? Sie glauben immer noch an Worte wie Freundschaft und Treue? Sie haben ganz Recht – Shannon gehört mir. Er ist mein Geschöpf. Ich habe ihn erschaffen. Ich habe ihn zu dem gemacht, was er ist.«

»Das stimmt«, antwortete ich. »Zu Ihrem Feind.«

Necron schluckte. Diesmal schien ich ihn ernsthaft getroffen zu haben. Der Anblick erstaunte mich selbst ein wenig. Ich war mir nicht sicher gewesen, ob diese alte Vogelscheuche überhaupt so etwas wie ein Gemüt hatte, das man verletzen konnte.

»Gut, Robert«, fuhr Necron nach einer Weile fort. »Sie wollen es nicht anders. Ich wollte fair zu Ihnen sein, aber bitte – ich will wissen, wer Shannon befreit hat und wo er ist. Ich bin sehr sicher, dass es sich um die gleiche Person handelt, die heute Nacht in Ihrem Gemach war. Wer war es? Priscylla? Oder diese El-o-hym?

Ich schwieg.

Necron starrte mich eine Weile an, lehnte sich dann wieder zurück und schüttelte den Kopf. »Oh, oh, Robert, Sie enttäuschen mich immer wieder«, murmelte er. »Aber gut, ich werde Ihnen die Entscheidung ein wenig erleichtern. Sie haben zwei Stunden Zeit, sich zu überlegen, ob Sie mir nicht doch besser die Wahrheit sagen. Wenn –«

»Sparen Sie sich die Zeit«, sagte ich, aber Necron sprach unbeeindruckt weiter.

»– Sie bis dahin noch keine Vernunft angenommen haben, mein Lieber, dann lasse ich beide in Frage kommenden Damen töten. Vor Ihren Augen.« Er kicherte böse. »Sie haben die Wahl, eine von ihnen zu retten, Robert. Nutzen Sie die Chance. Bringt ihn in seine Zelle.«

Die letzten Worte galten den Männern, die mich gepackt hielten, und die beiden reagierten auf der Stelle. Ziemlich unsanft wurde ich in die Höhe gerissen und von Necrons Thron fortgeschleift. Ich versuchte mich zu wehren, erreichte damit aber nichts anderes, als dass sie mir die Arme noch mehr verdrehten. Ich stellte meinen Widerstand ein, kaum dass wir Necrons Thronsaal verlassen hatten.

Er war ohnehin nur eine Geste von allerhöchster symbolischer Bedeutung gewesen. Die beiden Männer, die mich gepackt hielten, waren Drachenkrieger, Necrons unbesiegbare Killer, die wahrscheinlich zu den gefährlichsten und am besten ausgebildeten Einzelkämpfern der Welt gehörten. Es war sicher kein Zufall, dass sie in ihrer Kleidung und der Art, sich zu bewegen, an die legendären Ninja-Krieger erinnerten, die während des siebzehnten und achtzehnten Jahrhunderts den fernen Osten unsicher gemacht hatten.

Aber selbst wenn es mir gelungen wäre, sie zu überwinden – was schwer, aber nicht *unmöglich* war, wie ich selbst schon bewiesen hatte –, hätte es nicht viel genutzt. Dies hier war nicht London, wo ich nur meine Bewacher überwinden und aus dem Kellerfenster klettern musste, um in Sicherheit zu sein, sondern Necrons Drachenburg, die an einem der gottverlassensten Punkte – vielleicht im wahrsten Sinne des Wortes – der Welt lag und wenn sie so etwas wie ein Kellerfenster überhaupt hatte, dann führte es wahrscheinlich geradewegs in die Hölle hinein.

Shadow, Sitting Bull und ich waren Necrons Gefangene, auch wenn er hartnäckig darauf bestand, uns weiterhin seine »Gäste« zu nennen. Und wenn er auch bisher mit all den Zauberkunststückchen, mit denen ich gerechnet hatte, sehr geizig umgegangen war, zweifelte ich keine Sekunde daran, dass diese ganze verdammte Burg mit magischen Fallen gespickt war wie ein Straßenköter mit Flöhen.

Meine beiden Bewacher schleiften mich durch ein Labyrinth fensterloser Gänge, eine steile Steintreppe hinab und zurück in die winzige Kerkerzelle, in der ich die zweite Hälfte der Nacht zugebracht hatte: ein stinkendes Loch, gerade groß genug, dass ich gebückt darin stehen konnte, ohne ein Fenster oder gar den Luxus von so etwas wie Stroh auf dem Boden. Aber zumindest verzichteten sie diesmal darauf, mich auch noch zu fesseln, wie sie es das erste Mal getan hatten.

Niedergeschlagen hockte ich mich in eine Ecke, lehnte den Kopf gegen den feuchtkalten, mit Schimmel überwachsenen Fels und schloss die Augen. Für einen Moment drohte mich Müdigkeit zu übermannen, trotz allem, denn die Nacht, die hinter mir lag, war sehr anstrengend gewesen, auch in den ersten Stunden, die ich zusammen mit Priscylla –

Priscylla!

Der Gedanke ließ mich so elektrisiert hochfahren, dass ich vergaß, wie niedrig mein Gefängnis war und ziemlich unsanft mit dem Schädel gegen die Decke krachte. Aber ich spürte den Schmerz kaum.

Priscylla! Herr im Himmel, was war ich doch für ein Idiot gewesen! Hatte ich nicht mit eigenen Augen gesehen, wie sie praktisch durch eine *geschlossene* Tür hindurch in mein Zimmer gekommen war, und hatte sie mir nicht selbst erzählt, dass sie eine Menge von Necron gelernt hatte, ohne dass er es wusste?

Ich hätte mich ohrfeigen können, nicht mehr daran gedacht zu haben. Vielleicht war doch noch nicht alles verloren.

Zitternd vor plötzlicher Aufregung setzte ich mich wieder, lehnte mich abermals gegen die Wand und versuchte mich zu konzentrieren. Ich hatte niemals zuvor versucht, ganz bewusst Kontakt mit dem Bewusstsein eines anderen Menschen aufzunehmen; nicht auf *diese* Weise. Diesmal musste ich es, wenn ich nicht tatenlos hier herumsitzen und darauf warten wollte, dass Necron mich holen ließ, damit ich entschied, welche der beiden Frauen, die ich liebte, leben durfte.

Und welche sterben sollte.

Es war noch immer nicht vollends hell geworden, wenigstens nicht hier, auf der sonnenabgewandten Seite des zyklopischen Berges, dessen Schatten in die Wüste hinauswies und das Sonnenlicht auffraß. Der Wind, der aus der Wüste herüberwehte und die Männer hinter Laguerre mit einem beständigen Bombardement kleiner, harter Sandkörner überschüttete, war noch kalt.

Der Fels, auf dem er lag, war warm.

Es war eine unangenehme Wärme. Nicht die gespeicherte Sonnenhitze des vorangegangenen Tages, die der Stein jetzt allmählich wieder freigab, sondern eine unangenehme, irgendwie *schmierige* Wärme, als brodele tief unter dem Fuß dieses Höllenberges ein schwarzes Feuer, dessen tödlichen Hauch sie fühlten.

Laguerre versuchte, den Gedanken abzuschütteln und sich auf seine eigentliche Aufgabe zu konzentrieren, aber es gelang ihm nur zum Teil. Die Männer, auf die sie warteten, waren irgendwo vor ihnen, und er *spürte,* dass sie nicht mehr sehr weit entfernt waren – aber er sah sie nicht. Der Fels war so schwarz wie ein Stück gefrorener Nacht. Necrons Krieger hätten fünf Schritte vor ihnen sein können, und er hätte sie nicht gesehen.

Und da war etwas, was Laguerre noch mehr verstörte.

Er konnte die gleichförmig gewellten Sanddünen der Mojave sehen, jenseits des Bergschattens, so klar, wie es nur hier in der Wüste möglich war, und er konnte den schwarzen Lavastein sehen, auf dem er lag – aber dazwischen war *nichts.*

Es schien, als existiere der Ausschnitt der Welt, in dem sich Necrons Krieger verbergen mussten, einfach nicht.

»Das ... das ist Zauberei«, murmelte eine Stimme neben ihm. Laguerre wandte den Blick und erkannte Devereaux, den rothaarigen Bretonen, der ihm bei diesem Angriff als Adjutant zugeteilt worden war. Devereaux hatte das schwarze Gewand eines Novizen erst vor wenigen Wochen gegen das weiße Hemd der Ritterschaft eingetauscht und Laguerre verstand bis jetzt nicht so recht, was der Bretone überhaupt hier suchte. Alle anderen Mitglieder dieser verzweifelten Expedition zum Ende der Welt waren Elitekämpfer, die Besten der Besten, wie auch Laguerre selbst.

Aber er sprach den scharfen Verweis, der ihm auf der Zunge lag, nicht aus. Im Grunde hatte Devereaux nur ausgesprochen, was er insgeheim dachte. Was *sie alle* insgeheim dachten. Diese Licht fressende Schwärze dort vor ihnen war nur noch mit Zauberei zu bezeichnen.

»Wahrscheinlich ist es nur ein Trick dieser Hunde«, murmelte er, ohne dass es ihm allerdings gelang, seine Stimme überzeugend klingen zu lassen. »Es wird ihnen nichts nutzen. Und jetzt still.« Er machte eine befehlende Geste, um seine Worte zu unterstreichen, lächelte Devereaux aber noch einmal flüchtig zu und wandte sich dann wieder dem Berghang und dem unheimlichen Schatten zu.

Es war *beinahe* die letzte Bewegung seines Lebens – und *tatsächlich* die letzte, die Devereaux sah.

Die Gestalt tauchte wie ein Schatten über ihnen auf; ein Dämon, den die Nacht ausgespieen hatte und der lautlos und schnell wie der Tod war. Laguerre fand gerade noch Zeit, erschrocken zusammenzufahren und nach seiner Waffe zu greifen, da blitzte es über ihm auf. Der Säbel des schwarz gekleideten Drachenkriegers beschrieb einen engen, unglaublich raschen Halbkreis, trennte Devereaux' Kopf von den Schultern und hackte noch in der gleichen Bewegung nach Laguerre. Der Templer warf sich verzweifelt herum; trotzdem zerfetzte die rasiermesserscharf geschliffene Klinge sein Wams und das Kettenhemd darunter und hinterließ eine tiefe, schmerzhafte Wunde in seiner Schulter. Der Templer brüllte vor Schmerz und Schrecken, kam endlich auf die Füße und parierte den blitzschnell nachgesetzten Hieb des Angreifers mit seiner eigenen Klinge.

Es war, als hätte er auf Stahl geschlagen. Sein eigenes Schwert, ungeschickt und viel zu schnell gehoben, wurde ihm aus der Hand geprellt, und der dumpfe Schmerz zuckte bis in seine Schultermuskeln hinauf. Aber wenigstens nahm er dem Hieb genug von seiner Kraft, sodass die Klinge ihn zwar noch traf und zu Boden schleuderte, sein Panzerhemd aber nicht mehr durchschnitt.

Laguerre reagierte, ohne zu denken, blindlings den Reflexen und Reaktionen gehorchend, die er sich selbst im Laufe endloser Jahre antrainiert hatte. Als der Angreifer herumfuhr und sein Schwert mit beiden Händen hob, um den vermeintlich hilflos vor ihm Liegenden zu töten, stieß er ihm den linken Fuß vor das Knie, vollführte mit dem anderen Bein eine blitzartige, scherenförmige Bewegung und hakte seinen Fuß hinter den des Schwarzgekleideten. Der Krieger taumelte. Seine eigene Bewegung, mit der er Schwung geholt hatte, um Laguerre endgültig zu erledigen, wurde ihm zum Verhängnis.

Er fiel. Er stürzte nicht vollends, sondern sank auf die Knie herab und fand im letzten Moment mit den Händen Halt an einem Felsen, aber der Augenblick reichte Laguerre, um auf die Füße zu kommen und mit einem Sprung hinter ihm zu sein.

Die Gedanken des Templers überstürzten sich. Er hätte sich bücken und Devereaux' Schwert aufheben können, aber seine rechte Schulter war noch immer verkrampft und halb gelähmt von der ungeheuren Wucht, die im Schwerthieb des Angreifers gesteckt hatte. Er wusste, dass er dem Mann mit *dieser* Waffe nicht gewachsen war. Wer immer sich unter dem schwarzen Mantel verbarg, musste die Körperkräfte eines Herkules haben. Aber Laguerre hatte nicht nur mit dem Schwert zu kämpfen gelernt …

So kompliziert dieser Gedankengang gewesen war, er hatte nur den Bruchteil einer Sekunde in Anspruch genommen. Noch während der Drachenkrieger mit wild rudernden Armen um sein Gleichgewicht kämpfte, schlang Laguerre den linken Arm von hinten um seinen Hals und tastete mit den Fingerspitzen nach dem Kinn, das sich unter dem schwarzen Stoff der Gesichtsmaske verbergen musste; gleichzeitig legte sich sein rechter Arm um den Schädel des Kriegers, die Armbeuge gegen die rechte, die gespreizten Finger gegen die linke Schläfe des Mannes gepresst.

Der Krieger bäumte sich auf, als er begriff, was Laguerre tat. Seine Hände ließen das Schwert fallen, tasteten nach oben, zerrten einen Moment lang vergeblich an Laguerres Handgelenken und glitten weiter, auf der Suche nach seinem Gesicht und den Augen.

Sie erreichten sie nie.

Laguerre atmete tief ein, konzentrierte sich nur auf seine Hände und stieß einen gellenden Schrei aus. Jedes bisschen Kraft, das in seinem Körper war – und es war eine Menge! – lag in dieser einen, blitzartigen Bewegung, in der er die Arme gegeneinander bewegte.

Unter dem schwarzen Stoff in seinen Händen erscholl ein Laut, als zerbreche ein trockener Ast. Der Körper in Laguerres Armen erschlaffte.

Aber nur für einen Moment ...

Oben, im Hauptturm des kleinen Wachkastells, das der Drachenburg wie ein zwergenwüchsiger Wächter vorgelagert war, bäumte sich Bruder Hayworthy plötzlich auf, als hätte er den Stich eines weiß glühenden Dolches gespürt. »Um Gottes Willen!!!«, kreischte er, mit einer Stimme, die vor Entsetzen schier überschnappte. »Ruft die Männer zurück! RUFT SIE ZURÜCK!!!«

Es war schwer; unendlich schwer.

Im ersten Moment spürte ich nichts; nichts außer Kälte und der widerlichen Feuchtigkeit der gemauerten Wand in meinem Rücken, aber beides sehr viel intensiver, als normal gewesen wäre. Dann ...

Es war, als erwache ich aus einem tiefen Schlaf und öffnete die Augen, aber wenn, dann tat ich es in einem Raum, der vollkommen finster war. Trotzdem hatte ich das Gefühl, nicht mehr in meiner Zelle zu sein, sondern ...

irgendwo
gefangen und doch frei
eingesperrt in einen kerker aus unendlichkeit

gefesselt in einem netz das aus den stricken des wahnsinns
gewoben war und
in dessen herzen die spinne einsamkeit hockte lauernd und
gierig und mit gigantischen fangen
eine spinne mit necrons gesicht

Mit einem Schrei fuhr ich hoch und krachte erneut gegen die Decke. Diesmal spürte ich den Schmerz überdeutlich und trotzdem genoss ich ihn beinahe, denn er holte mich endgültig in die Wirklichkeit zurück. Stöhnend sank ich zusammen, presste die Hand gegen meinen schmerzenden Schädel und fühlte ein wenig Blut unter den Fingern. Gleichzeitig fuhr ich mir mit der anderen Hand immer und immer wieder über das Gesicht. Ich wurde das Gefühl, mich besudelt zu haben, nicht los. Es war, als wäre das widerwärtige Netz Wirklichkeit gewesen, und ich glaubte die stinkenden, klebrigen Fäden noch immer auf meiner Haut zu spüren. Und war da nicht ein leises, aber furchtbar widerwärtiges Rascheln und Raunen, dicht neben meinem linken Ohr? Und dann die Berührung von etwas Weichem, Dünnem, Flaumigem …

Ich musste all meine Kraft aufbieten, um nicht abermals, und diesmal endgültig, dem Wahnsinn zu verfallen. Ich ballte die Fäuste, presste die Kiefer so fest aufeinander, dass meine Zähne zu schmerzen begannen, und spannte jeden einzelnen Muskel in meinem Körper an, so fest ich nur konnte.

Es half.

Ganz langsam zogen sich die grauen Spinnweben aus meinem Geist zurück. Mein Herz hörte auf, wie ein außer Kontrolle geratenes Hammerwerk zu arbeiten, und die Geräusche, die ich hörte, waren jetzt nur noch das Rauschen meines eigenen Blutes und meine eigenen, schnellen Atemzüge. Länger als zehn Minuten saß ich da, angespannt bis zum Zerreißen, aber wieder in der Wirklichkeit zurück; und je mehr sich mein aufgewühltes Inneres beruhigte, desto lauter wurde auch die dünne, gehässige Stimme in meinen Gedanken, die mir zuflüsterte, dass ich mich – nicht unbedingt zum ersten Mal, seit ich die Rolle des Hauptdarstellers in dieser verrückten Geschichte übernommen hatte – wie ein kompletter Idiot benommen hatte.

Herr im Himmel, dies hier war Necrons Hauptquartier! Das Herz seiner Macht! Und er war ein Magier, dessen Macht ich mir nicht einmal im Traume vorzustellen vermochte!

Und ich hatte mir wirklich eingebildet, ihn mit meinen bescheidenen eigenen Fähigkeiten auf diesem Gebiet übertölpeln zu können! Ich! Wo es nicht einmal Shadow gelungen war, sich mit all der Kraft einer El-o-hym, die ihr zur Verfügung stand, aus seinem Griff zu befreien! Natürlich wusste Necron um meine und Shadows Fähigkeit und ebenso natürlich hatte er Vorsorge getroffen, dass sie uns nichts nutzte. Er hatte mich ja sogar gewarnt, keinerlei Magie anzuwenden, solange ich sein »Gast« war. Wahrscheinlich, dachte ich düster, hatte ich Glück, dass ich überhaupt noch lebte.

Das Geräusch des Riegels riss mich endgültig in die Wirklichkeit zurück. Die Tür wurde geöffnet und vor dem Hintergrund des düsterrot erleuchteten Ganges erschien der schwarze Schatten eines Drachenkriegers. Ich stand auf, ehe der Mann in die Verlegenheit kam, mich aus meinem Gefängnis herauszerren zu müssen, duckte mich unter der niedrigen Tür hindurch und blickte das schwarz vermummte Gesicht vor mir fragend an. »Ist die Zeit schon vorüber?«, fragte ich.

Ich hatte nicht ernsthaft damit gerechnet, eine Antwort zu bekommen, und ich bekam auch keine, aber zumindest verzichteten meine Bewacher diesmal darauf, mich mit Gewalt zwischen sich herzuschleifen. Einer von ihnen machte eine einladende Geste den Gang hinab, während der andere die leere Zelle hinter mir sorgsam wieder verriegelte. Dann gingen wir los.

Wir erreichten die Treppe, gingen durch einen weiteren schier endlosen Gang und eine weitere, sehr steile Steintreppe hinauf, an deren oberem Ende eine Tür geöffnet wurde, als wir auf halber Höhe waren. Für einen Moment sah ich helles Kerzenlicht hinter der Öffnung, vor dem sich der Schatten eines weiteren Drachenkriegers wie ein drohender Schemen abzeichnete; dann schloss sich die Tür wieder, der Mann kam mit raschen Schritten auf uns zu und hob die Hand zum Gruß, als er zwei Stufen über uns war. Einer meiner Bewacher erwiderte die Bewegung.

Vielleicht hätte er es besser nicht getan, denn der Drachenkrieger packte seinen grüßend erhobenen Arm, verdrehte ihn mit einem ungeheuer schnellen, harten Ruck und versetzte seinem Besitzer einen Stoß, der ihn zuerst gegen die Wand und dann kopfüber die Treppe hinunterstürzen ließ. Noch bevor er ihn richtig losgelassen hatte, fuhr er herum, trat dem anderen in den Leib und riss das Knie hoch, als der Mann sich krümmte. Der Krieger keuchte, prallte rücklings gegen die Wand, verharrte jedoch nur einen Sekundenbruchteil in dieser Stellung, ehe er sich hochrappelte und mit einem zornigen Knurren auf den Angreifer stürzte.

Das hieß – wenn ich ganz ehrlich sein soll, stürzte er wohl mehr über meinen ausgestreckten Fuß.

Diesmal fiel er wirklich. Er fand zwar mit erstaunlicher Behändigkeit auf den steil abfallenden Stufen Halt, aber der Angreifer gab ihm keine zweite Chance. Blitzschnell war er neben ihm, riss seinen Kopf in den Nacken und versetzte ihm einen Schlag gegen die Kehle. Ohne einen weiteren Laut stürzte der Mann nach hinten, kollerte ein Stück weit die Treppe hinab und blieb mit ausgebreiteten Armen liegen. In seinem schwarzen Gewand sah er aus wie eine vom Himmel gefallene Fledermaus.

Langsam wandte ich mich um. Ich wusste, wen ich vor mir hatte. Es gab nur einen Mann in dieser Festung, der die Kleidung eines Drachenkriegers trug und trotzdem auf meiner Seite stand. Und trotzdem gelang es mir nur mit Mühe, einen erfreuten Schrei zu unterdrücken, als der Schwarzgekleidete die Hand hob und das Tuch fortnahm, unter dem sich sein Gesicht verbarg.

»Shannon!«, murmelte ich. »Du lebst!« Fast kam ich mir bei diesen Worten selbst albern vor – und nicht unbedingt zu Unrecht – aber es war einfach das Einzige, was ich im Moment hervorbringen konnte. Ich war beinahe gelähmt vor Freude und Erleichterung. Es war ein Gefühl, das sich nicht in Worte kleiden ließ, aber es war fast so intensiv wie das vom Tage zuvor, als ich Priscylla wiedergesehen hatte.

Und dem jungen Drachenkrieger schien es kein bisschen anders zu ergehen. Einen Moment lang blickte er mich auf seine unnachahmlich spöttische Art an, aber dann lachte er und streckte die Arme aus, und für endlose Augenblicke taten wir nichts anderes, als uns gegenseitig zu umarmen und auf die Schultern zu klopfen; zwei alte Freunde, die sich nach einer Ewigkeit wiedergesehen hatten.

Aber wie immer war Shannon derjenige von uns, der zuerst auf den Boden der Realität zurückfand. Entschlossen löste er sich aus meiner Umarmung, schob mich ein Stück weit von sich und deutete auf die beiden reglosen Gestalten am Fuße der Treppe. »Wir müssen hier weg, Robert«, sagte er. »Die beiden da waren nicht allein. Wenn Necron uns erwischt, wirst du dir wünschen, niemals geboren zu sein.«

Er drehte sich um, um die Treppe wieder hinaufzugehen, und zog mich dabei am Arm mit sich, aber ich blieb stehen und deutete in die Richtung zurück, aus der wir gekommen waren. »Die anderen, Shannon«, sagte ich. »Wir müssen zurück und Shadow, Priscylla und Sitting Bull befreien. Necron wird sich an ihnen rächen, wenn er meine Flucht bemerkt.«

Shannon blieb auch tatsächlich stehen, aber in seinem Blick war plötzlich etwas, das mir gar nicht gefiel. »Necron hat im Moment anderes zu tun«, sagte er ausweichend. »Und Priscylla ist ohnehin ... nicht dort unten.«

Das unmerkliche Zögern in seinen Worten entging mir keineswegs. Ich hatte plötzlich das sichere Gefühl, dass Shannon in Wahrheit etwas ganz anderes hatte sagen wollen.

»Was soll das heißen?«, fragte ich scharf.

Shannon sog hörbar die Luft ein. »Das soll heißen, dass sie nicht dort unten ist«, antwortete er unwillig. »Und um die anderen kümmern wir uns später. Und nun komm, zum Teufel! Ich kenne ein paar Verstecke, in denen wir sicher sind. Aber nur, wenn wir sie auch lebend erreichen.«

Diesmal widersprach ich nicht mehr.

Es war unmöglich. UN-MÖG-LICH!, hämmerten Laguerres Gedanken, immer und immer wieder. Es war *vollkommen unmöglich!* Er hatte *gehört,* wie das Genick des Mannes gebrochen war, hatte *gespürt,* wie sich sein Körper in einem letzten entsetzlichen Krampf aufbäumte und dann urplötzlich erschlaffte, als das Leben aus ihm wich. Er war tot! TOT!

Aber er bewegte sich. Langsam, mit seltsam ziellos wirkenden, umständlichen Bewegungen, stemmte er sich auf Hände und Knie hoch, taumelnd und fahrig (und tot), aber er bewegte sich.

Laguerre wich mit einem keuchenden Laut vor der entsetzlichen Erscheinung zurück, hob beide Hände wie schützend vor das Gesicht und schlug mit der Linken das Kreuzzeichen, ohne sich dessen auch nur bewusst zu werden. Seine Augen quollen vor Entsetzen fast aus den Höhlen, während er dem unglaublichen Schauspiel folgte.

Rings um ihn wich die Stille des Wüstenmorgens einem Chor überraschter Schreie und dann den Lauten eines rasch heftiger werdenden Kampfes, als plötzlich überall die Schatten lebendig zu werden begannen und Dutzende der schwarz vermummten Krieger über die überraschten Tempelherren herfielen, aber das registrierte Laguerre nur am Rand, mit einem Teil seines Bewusstseins, das wie durch ein Wunder noch zu rationalem Denken fähig, aber vollkommen machtlos über seinen Körper war. Für einen Moment spürte Laguerre den eisigen Griff des Wahnsinns in seinem Gehirn, als sich die Gestalt vor ihm vollends aufrichtete und ihr Schwert hob, noch immer mit diesen fahrigen, fürchterlichen Bewegungen.

Wie eine Marionette, deren Fäden durcheinander geraten waren, dachte Laguerre entsetzt.

Taumelnd bewegte sich die Gestalt auf ihn zu, das Schwert nur halb erhoben, der Kopf pendelnd, als hätten die Muskeln nicht die Kraft, ihn allein zu halten – und dann sah Laguerre das Gesicht!

Aus dem entsetzten Keuchen des Tempelritters wurde ein überschnappendes Kreischen, in dem nun wirklich der Wahnsinn mitschwang.

Sein Angriff hatte das schwarze Tuch heruntergerissen, hinter dem sich das Gesicht des Kriegers bisher verborgen hatte – und was Laguerre dahinter sah, war nicht das Gesicht eines lebenden Menschen, sondern die Grauen erregende Visage eines Mannes, der vielleicht schon vor Jahrzehnten gestorben war!

Dünne, wie ausgetrocknetes Pergament gerissene Haut spannte sich über den Knochen, sodass sein Gesicht viel mehr Ähnlichkeit mit einem Totenschädel hatte als mit den Zügen eines lebenden Menschen. Die Augen waren eingesunken, ausgetrocknet und zu zerknitterten, halb durchsichtigen Hautsäcken geworden, die wie trübe gewordene Glaskugeln haltlos in ihren Höhlen hin und her rollten, und aus dem Mund, der halb offen stand, hing ein zerfetzter Lappen, der einmal eine Zunge gewesen war.

Torkelnd kam die entsetzliche Kreatur näher und hob das Schwert, das sie – auch das sah Laguerre erst jetzt – mit einer fast bis auf das Skelett abgemagerten Totenhand führte. Und es war das Blitzen des tödlichen Stahles, das Laguerre wieder in die Wirklichkeit zurückriss.

Mit einem entsetzten Kreischen sprang er zurück, wich der niederpfeifenden Klinge im letzten Augenblick aus und trat nach der Waffenhand des Angreifers. Noch vor einer Minute hätte er damit sein Leben aufs Spiel gesetzt, denn der Mann *(Mann???)* hätte zweifellos die Gelegenheit genutzt, seinen Fuß zu ergreifen und ihn zu Boden zu schleudern. Aber seine Reaktionen waren langsamer geworden, als müsse er sich erst von diesem zweiten Tod erholen, und Laguerres Fuß traf, zerbrach sein Handgelenk und schleuderte die Waffe davon.

Der lebende Tote wankte. Einen Moment lang suchte er mit weit ausgebreiteten Armen nach seiner Balance, dann fiel er nach hinten, prallte gegen einen Felsen und begann sich mühsam wieder in die Höhe zu stemmen. Laguerre schleuderte ihn mit einem Fußtritt zurück und versetzte ihm rasch hintereinander drei, vier harte Hiebe.

Das Ungeheuer gab nicht einmal einen Laut von sich, sondern versuchte sofort wieder, auf die Beine zu kommen. *Wie sollte er einen Gegner töten, der längst nicht mehr lebte?*, dachte Laguerre verzweifelt.

In diesem Moment fiel sein Blick auf den Leichnam Devereaux', über den er gerade fast gestolpert wäre. Die Hand des jungen Bretonen lag noch auf dem Schwert, das zu ziehen ihm keine Zeit mehr geblieben war.

Laguerre unterdrückte den Widerwillen, den der Anblick des enthaupteten Jungen in ihm wachrief, bückte sich blitzschnell und schloss die Hand um Devereaux' Schwert.

Er kam nicht einmal mehr dazu, es vollends aus der Scheide zu ziehen. Denn in diesem Moment bewegte Devereaux den Arm und schloss die Finger um Laguerres Handgelenk!

Der Tempelherr begann zu kreischen.

Die Töne, die aus seiner Kehle kamen, hatten nichts Menschliches mehr an sich. Aber er wehrte sich nicht mehr. Er versuchte nicht einmal mehr davonzulaufen, als sich Devereaux' schrecklicher, kopfloser Torso vor ihm aufrichtete und mit der anderen Hand nach seiner Kehle tastete ...

»Das reicht«, flüsterte Shannon. »Wenn wir hier nicht sicher sind, dann nirgends.« Er drehte sich herum und sah mich einen Moment lang an – wieder mit seinem unvergleichlichen, spöttisch-freundschaftlichen Lächeln –, wurde aber sofort wieder ernst und deutete mit einer befehlenden Geste auf die niedrige Tür, durch die wir die Höhle betreten hatten. Es war eine Höhle, keine Halle, eher einem Bergwerksstollen gleich als einem gemauerten Korridor. Wäre nicht ab und zu eine Tür oder eine roh aus dem Boden geschlagene Treppe da gewesen, hätte ich kaum mehr geglaubt, dass wir uns noch im Inneren eines von Menschenhand geschaffenen Bauwerkes befanden.

Aber auch so war ich mir nicht sicher, ob wir wirklich noch im Inneren von Necrons Drachenburg waren. Der Weg, den wir während der letzten halben Stunde genommen hatten, hatte fast ununterbrochen nach unten geführt. Wir mussten uns tief – sehr tief – unter den Grundmauern von Necrons bizarrem Hauptquartier aufhalten.

»Was ist das hier?«, fragte ich. Meine Stimme zitterte vor Anstrengung. Ich war nicht unbedingt in Hochform, nach der strapaziösen Nacht, die hinter mir lag. Trotzdem registrierte ich, dass das Geräusch meiner Stimme nicht verklang, sondern als leises, lang nachhallendes Echo zurückgeworfen wurde. Jenseits der Mauer aus finsteren Schatten, die wenige Schritte hinter Shannon lag, musste der Raum noch sehr viel größer sein, als ich bisher angenommen hatte.

»Ein Teil der Anlage, von deren Existenz Necron nichts weiß«, antwortete Shannon und fügte hinzu: »Wenigstens hoffe ich es.«

Die Art, in der er das Wort *Anlage* aussprach, ließ irgendwo tief in meinem Inneren eine Alarmglocke anschlagen, aber ich war viel zu erschöpft, um den Gedanken weiter zu verfolgen. »Und wenn nicht?«, fragte ich.

»Dann ändert es auch nichts«, sagte Shannon ernst. »Er würde niemals hierherkommen.«

»Warum nicht?«

Shannon seufzte; auf jene ganz bestimmte Art, auf die man jemandem sagt, dass er einem gehörig auf die Nerven zu gehen beginnt. Aber er antwortete trotzdem, und wieder tat er es mit jenem sonderbaren Ernst, der mich schaudern ließ, ohne dass ich wusste, warum. »Weil er Angst davor hätte, Robert.« Er hob rasch die Hand, als ich eine weitere Frage stellen wollte, bewegte sich ein paar Schritte zurück und blieb wieder stehen. Erst jetzt fiel mir auf, wie abgehackt und fahrig seine Bewegungen waren: *müde*. Ja, das war es – er bewegte sich wie ein Mann, der am Ende seiner Kräfte angelangt war.

»Was ist passiert, Shannon?«, fragte ich leise. »Ich meine – bevor du mich befreit hast. Wer hat dich geweckt?«

»Geweckt?« Shannon lächelte, aber es war ein sehr bitteres Lächeln. »Niemand, Robert. Ich war die ganze Zeit wach.« Er stockte. Sein Adamsapfel bewegte sich ruckartig auf und ab. Ich spürte, dass er mit aller Macht um seine Beherrschung kämpfte, als er weitersprach. »Necron hat sich einen kleinen Scherz ausgedacht, ganz für mich persönlich. Ich war ...« Er machte eine schwer zu deutende Handbewegung »... paralysiert, würdest du es wohl nennen. Mein Körper war gelähmt. Aber ich war wach. Die ganze Zeit über.«

Seine Worte jagten mir eisige Schauer über den Rücken. »Wie lange ... war das?«, fragte ich.

Shannon zuckte mit den Achseln. »Wochen ... Monate ... ich weiß es nicht. Sehr lange. Es war ... nicht besonders angenehm. Aber ich habe dich nicht hier heruntergebracht, um dir mein Leid zu klagen, Robert. Wir haben Wichtigeres zu tun.« Er kam auf mich zu, ergriff mich am Arm und schob mich mit sanfter Gewalt zur Wand zurück, wo wir uns beide im Schneidersitz niederließen. Erneut fiel mir auf, dass er ganz kurz in die Höhle zurücksah. Er war nervös.

Irgendwo hinter der schwarzen Wand aus Schatten schien etwas zu sein, das ihm Angst machte.

»Ich habe jedes Wort gehört, Robert«, begann er. »Als du mit Necron gesprochen hast. Du hast einen Moment ernsthaft überlegt, sein Angebot anzunehmen, nicht wahr?«

Jeden anderen Mann, der mir diese Frage gestellt hätte, hätte ich in diesem Moment belogen; allenfalls gar nicht geantwortet. Bei Shannon konnte ich es nicht. Lange Sekunden starrte ich ihn an, dann senkte ich den Blick, atmete tief und hörbar aus – und nickte. »Ja«, sagte ich, so leise, dass er das Wort kaum hörte, obwohl er unmittelbar neben mir saß.

»Obwohl du weißt, dass er dich betrogen hätte.« Es war keine Frage, sondern nur eine Feststellung. Und sie war auch frei von allem Vorwurf.

Wieder nickte ich, und plötzlich hob Shannon die Hand und berührte ganz leicht meine Schulter. »Du liebst dieses Mädchen sehr, nicht wahr?«

»Mehr als alles andere«, antwortete ich. »Mehr als diese ganze verdammte Welt, Shannon.«

»Mehr als Shadow?«

Ich starrte ihn an. »Mehr als –« Ich brach ab, schüttelte einen Moment verwirrt den Kopf und wusste nicht, ob ich lachen oder weinen sollte. »Du weißt nicht, was du da sagst!«, keuchte ich schließlich. »Shadow ist ... sie ist kein Mensch, Shannon!«

Der junge Drachenkrieger machte eine Handbewegung, als wolle er meine Worte beiseitefegen. »Unsinn!«, sagte er. »Sie ist tausend Mal mehr Mensch, als du oder ich es je gewesen sind.«

»Sie ist eine El-o-hym!«, antwortete ich, mühsam um meine Fassung kämpfend.

»Und?« Shannon lächelte, aber seine Augen blieben vollkommen ernst. »Was weißt du von diesem Volk, außer dass es existiert?«

»Nichts«, gestand ich. »Aber ich weiß, dass –«

»Dass was?«, unterbrach mich Shannon. Plötzlich schien er zornig zu werden. »Was weißt du wirklich?«

»Sie ... sie ist ein Engel, Shannon«, sagte ich hilflos.

Shannon lachte meckernd. »Engel! Gut, du hast Recht. Ihr Volk ist wirklich das Vorbild der biblischen Engel. Vor undenklichen Zeiten haben die El-o-hym Seite an Seite mit den Menschen gegen ihre gemeinsamen Feinde gekämpft. Aber das macht sie nicht zu einem Fabelwesen ohne irgendwelche Gefühle. Ganz im Gegenteil, Robert. Du weißt nichts. Alles, was du weißt, ist, dass diese Frau dich liebt, Robert, und das willst du nicht wahrhaben! Wenn du auch nur ahnen würdest, *welches* Opfer sie deinetwegen gebracht hat, würdest du anders reden.«

»Opfer?« Das Wort erschreckte mich mehr, als ich zugeben wollte.

»Wer denkst du, hat mich befreit?«, fauchte Shannon.

»Shadow?«

Er nickte. »Ja. Sie wusste, welches Risiko sie dabei einging, und sie hat es trotzdem getan. Aber nicht meinetwegen, Robert. Sie hat es getan, weil sie wusste, wie wichtig es für *dich* war. Und sie hat dafür bezahlt.«

»Sie hat ... *was?*«

Shannon starrte mich an, schüttelte den Kopf und sah plötzlich weg. »Necron weiß, dass sie es war«, sagte er leise. »Und er hat sie bestraft. Auf seine ganz persönliche Art und Weise.«

»Aber ... aber woher«, stammelte ich, brach ab, suchte einen Moment vergebens nach Worten und riss Shannon schließlich grob an der Schulter herum, sodass er mich ansehen musste. »Das ist nicht wahr!«, keuchte ich. »Necron hat mich vor die Wahl gestellt, ihm zu sagen, wer –«

»Necron«, unterbrach mich Shannon, »ist ein Ungeheuer, das es liebt, grausame Spiele zu spielen. Ich dachte, du wüsstest das. Er hat es genossen, dich vor die Wahl zu stellen, eine der beiden Frauen zu retten und die andere zu vernichten. Aber als du vor seinem Thron knietest, hatte er Shadow längst ...«

Er sprach nicht weiter, aber das war vielleicht das Schlimmste.

»Was hat er ihr getan, Shannon?«, fragte ich. Meine Stimme versagte mir fast den Dienst.

»Nichts, was wir jetzt noch ändern könnten«, antwortete Shannon ausweichend.

»Was hat er getan, Shannon?«, flüsterte ich. »Hat er sie ... getötet?«

Shannon schüttelte den Kopf. »Nein. Sie lebt noch. Ich weiß nicht, ob man eine El-o-hym überhaupt töten kann, Robert. Aber es gibt Dinge, die sind schlimmer als der Tod.« Er seufzte, fuhr sich mit beiden Händen durch das Gesicht und streifte meine Hand ab. »Wir können nichts für sie tun, Robert«, fuhr er in verändertem, gezwungen kaltem Ton fort. »Aber wir können etwas anderes tun.«

»Ja«, sagte ich zornig. »Hinaufgehen und diesem Ungeheuer endlich den Hals durchschneiden.«

Shannon lächelte, aber nur für eine Sekunde, dann wurde er sofort wieder ernst. »Das würde nicht viel nutzen, Robert«, sagte er.

Diesmal war ich wirklich sprachlos.

Shannon nickte, um seine eigenen Worte zu bestätigen. »Es ist nicht Necron, gegen den wir kämpfen.«

»Nicht ... Necron?«, stammelte ich.

»Natürlich ist es Necron«, sagte Shannon. »Aber er ist nur eine Marionette, an deren Fäden ein anderer zieht.«

Ich starrte ihn an. Für eine Sekunde musste ich daran denken, dass Priscylla mir während ihres nächtlichen Besuches etwas Ähnliches erzählt hatte. Aber ich hatte es so wenig verstanden wie die geheimnisvollen Andeutungen des jungen Drachenkriegers jetzt.

»Necron zu töten, ja, selbst diese ganze Burg zu vernichten, würde nicht viel ändern, Robert«, fuhr Shannon fort. »Glaubst du wirklich, er wäre noch am Leben, wenn alles damit erledigt wäre?« Er lachte. Es klang böse. »Ich bin sein bester Schüler, Robert, vergiss das nicht. Er ist von seinen Kriegern umgeben, und diese Burg ist gespickt mit Fallen, aber wenn ich wirklich gewollt hätte, wäre ich an ihn herangekommen. Vermutlich hätte es mein eigenes Leben gekostet, aber ich hätte ihn erwischt und bei Gott, ich hätte es getan. Aber es würde nichts nutzen. Du hättest allenfalls eine Atempause gewonnen, nach der alles nur noch viel schlimmer geworden wäre. Er ist nur eine Marionette. Er weiß es vielleicht nicht einmal selbst, aber an den Fäden, an denen er hängt, zieht längst ein sehr viel Mächtigerer.«

»Und wer?«, fragte ich.

Shannon stand auf und deutete mit einer Kopfbewegung auf die Mauer aus dräuenden Schatten vor uns.

»Komm mit«, sagte er.

Der Weg war nicht sehr weit. Und die Wand aus Schwärze – von der ich nun sehr sicher war, dass es sich *nicht* nur um Dunkelheit handelte – wich im gleichen Maße vor uns zurück, in dem wir uns ihr näherten. Aber schon nach kurzer Zeit tauchte etwas anderes, viel Finstereres vor uns auf, etwas, das nicht vor uns zurückwich, sondern im Gegenteil immer größer und größer wurde, bis es sich schließlich als eine Art See entpuppte, der den allergrößten Teil der Höhle einzunehmen schien, denn seine Ufer verloren sich rechts und links in wogender Finsternis.

Zwei Schritte vor seinem Ufer blieben wir stehen. Er enthielt kein Wasser, sondern eine schwarze, zäh aussehende Substanz, die mich irgendwie an einen Sumpf erinnerte und von der ein entsetzlicher Gestank emporstieg.

Ich wollte mich weiter nähern, aber Shannon hielt mich mit einer raschen, warnenden Handbewegung zurück und schüttelte zusätzlich den Kopf.

»Was ist das?«, fragte ich verwirrt.

»Unser Feind, Robert«, antwortete Shannon leise. »Shub-Niggurath.«

»Er wacht auf.« De la Croix' Stimme zitterte vor Erregung. Der schwarzhaarige Franzose war bleich geworden, während er neben Hayworthy niedergekniet und ihn mit raschen, kundigen Bewegungen untersucht hatte. Seine Hände zitterten. Zum ersten Male, seit Balestrano ihn kannte, sah er wirkliche Angst in seinem Blick. Er hatte nicht gewusst, dass de la Croix und der kleinwüchsige Schotte sich so nahe standen. Der dünne, brennende Schmerz in seinem Herzen wurde heftiger. Rasch wandte er den Blick, kniete neben dem *War-Master* nieder und ergriff Hayworthys Hand, als dieser sich unruhig zu bewegen begann. Die Lippen des grauhaarigen Schotten formulierten Worte; sinnlose Fetzen zuerst, dann klare, aber zusammenhanglose Worte. Dann, ganz plötzlich, öffnete Hayworthy die Augen, und sein Blick war klar.

Aber Balestrano las ein Entsetzen darin, das die Grenzen dessen überstieg, was er sich bisher hatte vorstellen können.

»Sie sind tot, Bruder Jean«, flüsterte Hayworthy. »Sie … sie sind alle tot.«

»Tot?« Balestrano tauschte einen raschen Blick mit von Schmid, der auf der anderen Seite niedergekniet war, aber der Herzog zuckte nur fast unmerklich die Achseln.

»Wovon sprichst du, Bruder Rupert?«, fragte Balestrano geduldig. »Was ist geschehen?«

Hayworthy schluckte, fuhr sich mit der Zunge über die Lippen und richtete sich auf. In seinem Blick spiegelte sich ein mildes Erstaunen, als begriffe er nicht ganz, wieso er ausgestreckt auf dem Boden lag und die anderen ihn so besorgt ansahen.

»Du hast plötzlich geschrien«, sagte Balestrano, der die Frage in seinem Blick erkannte. »Und dann hast du die Besinnung verloren. Aber nicht für lange. Was hast du damit gemeint – sie sind alle tot?«

Hayworthy fuhr unter seinen Worten zusammen wie unter einem Hieb. »Die Männer«, murmelte er. »Die … die Krieger, die wir hinuntergeschickt haben. Sie sind tot.«

»Tot?« Von Schmid keuchte. »Was soll das heißen?«

»Es war eine Falle«, murmelte Hayworthy. »Ich habe es gespürt, aber es … es war zu spät.«

»Was soll das bedeuten, Bruder Rupert?«, fragte Balestrano streng. »Sprich nicht in Rätseln. Was ist dort unten geschehen?«

Hayworthy blickte ihn an. Seine Augen waren weit vor Schrecken. »Ich weiß es nicht, Bruder«, sagte er. »Ich … ich spürte, dass etwas geschah, etwas Schreckliches, aber dann … dann griff irgendetwas nach meinem Geist, und … und …« Seine Stimme versagte, als triebe ihn allein die Erinnerung an das, was er erlebt hatte, wieder an den Rand eines Zusammenbruchs. »Aber ich fühle, dass sie alle tot sind. Keiner ist entkommen«, fuhr er nach einer kurzen Atempause fort. »Irgendetwas Entsetzliches ist dort unten geschehen, Bruder Jean.«

»Wir müssen nachsehen, was er meint«, sagte van Velden plötzlich.

»Nein!« Hayworthy schrie fast. »Nicht noch mehr. Schickt niemanden mehr hinunter, ich beschwöre euch! Keiner würde zurückkommen.«

»Zum Teufel, was sollen wir tun?«, fragte von Schmid ärgerlich. »Hier sitzen und abwarten, bis uns dasselbe zustößt wie diesen Männern?«

»Geht nicht hinunter!«, stammelte Hayworthy. »Es ... es wäre Mord. Schlimmer.«

»Gut!«, sagte von Schmid entschlossen. »Dann sehe ich nach. Auf *meine* Weise.«

»Das verbiete ich«, sagte Balestrano rasch. »Wir dürfen Necron nicht verraten, über welche Möglichkeiten wir verfügen, das wisst ihr alle. Wir müssen –«

»Er weiß es längst«, sagte Hayworthy leise.

Balestrano erstarrte. »Was ... hast du gesagt?«, murmelte er.

Hayworthy blickte ihn an, nickte fast unmerklich und sagte noch einmal: »Er weiß es längst, Bruder Jean. Ich ... ich habe es gefühlt, als dieses Etwas mich streifte. Es war ... es war wie höhnisches Gelächter. Er weiß alles. Und er wartet auf uns.« Er lächelte nervös, stand vorsichtig auf und stützte sich rasch an der Tischkante ab, als seine Kräfte abermals zu versagen drohten. Er war bleich wie ein Toter. Sein Atem ging schnell. »Gebt Bruder Botho die Erlaubnis, zu tun, was er vorschlug«, sagte er leise. »Es ist die einzige Möglichkeit. Wir müssen wissen, was dort unten auf uns lauert.«

Balestrano zögerte noch immer. Er wusste, dass Hayworthy nur zu Recht hatte – sie waren der Drachenburg so nahe wie vermutlich noch kein Feind jemals zuvor, erst recht kein feindliches Heer –, aber zwischen ihnen und der Burg lagen immer noch gute anderthalb Meilen. Selbst wenn die Besatzer der Burg nicht über magische Kräfte geboten hätten, hätten sie es sich einfach nicht leisten können, eine unbekannte Gefahr im Rücken zu haben, während sie versuchten, ihre gewaltigen Mauern zu stürmen.

Aber nur ein Fehler, dachte er, ein einziger, dummer Fehler und alles war verloren.

Er hatte niemals im Ernst daran gedacht, diese Albtraumburg, die wie ein steinernes Krebsgeschwür über ihnen auf dem Gipfel des Berges hockte, nur mit Hilfe der fünfhundert Männer in seiner Begleitung erobern zu können. Dazu hätten nicht einmal *fünfhunderttausend* Männer gereicht. Seine wahre Waffe, das waren André de la Croix, Nies van Velden, Botho von Schmid und Rupert Hayworthy, die vier *Master* des Templer-Ordens. Sie und ihre übersinnlichen Kräfte – oder das, wozu er sie gemacht hatte. Wenn Necron von ihnen erfuhr, ehe sie ihre wahre Macht einsetzen konnten, dann war alles verloren, bevor es wirklich begonnen hatte.

Aber wenn sie die Burg angriffen und plötzlich hinter ihrem Rücken tausend oder zweitausend von Necrons schwarzen Mördern auftauchten, war es auch aus.

Es war zum Verzweifeln, dachte Balestrano. Was er auch tat – es war *falsch*!

»Gut«, sagte er schließlich. »Ich gebe dir die Erlaubnis, Bruder Botho. Aber ich flehe dich an – sei vorsichtig.«

Von Schmid lächelte. »Ich werde lautlos sein wie eine Fliege«, sagte er.

Im ersten Moment verstand Balestrano nicht, was von Schmid überhaupt meinte, aber dann folgte er dem Blick des deutschen Herzogs und gewahrte einen kleinen schwarzen Punkt, der dicht neben dem Fenster an der Wand klebte. Keiner von ihnen hatte das winzige Tierchen bisher auch nur bemerkt. Keiner außer von Schmid.

»Eure Hände, Brüder«, sagte von Schmid. »Bildet einen Kreis.«

Sie gehorchten. Balestrano ergriff die Hände van Veldens und Bruder Andrés, und nach kurzem Zögern reihte sich auch Hayworthy in den noch offenen Kreis ein und ergriff die gewaltige Pranke von von Schmid.

»Jetzt schließt die Augen«, sagte von Schmid leise. »Und öffnet euren Geist. Und keine Furcht.«

Balestrano schloss gehorsam die Augen.

Im ersten Moment sah er nichts als Dunkelheit, und dann – dann war das Zimmer wieder da, aber aus einem vollkommen fremden, Schwindel erregenden Blickwinkel und zu ungeheurer Größe explodiert, zersplittert in tausende und abertausende einzelner kleiner Bilder, die sich zu einem verwirrenden Kaleidoskop bizarrer Farben und Formen zusammenfügten. Er sah sich selbst und die anderen, wie sie dastanden, sich an den Händen haltend und einen Kreis bildend, zu absurder Größe aufgeblasene Ungeheuer, hässlicher als alles, was er jemals zuvor erblickt hatte, den Tisch, groß wie ein Berg und mit einer zerklüfteten Platte. Dann kippte das ganze Bild nach rechts, begann zu torkeln und auf und ab zu hüpfen und war plötzlich verschwunden, als die Welt rings um ihn herum in einem unglaublich intensiven, blauroten Licht zu erstrahlen begann.

Mit dem winzigen Rest seines Bewusstseins, das noch zu klarem Denken fähig war, begriff Balestrano, dass die Fliege, durch deren

Augen sie alle sahen, sich von ihrem Platz am Fenster gelöst und – von Schmids Willen gehorchend – hinausgeflogen war.

Das Kastell stürzte unter ihnen in die Tiefe, eine gigantische schwarze Masse, zu groß, als dass er Einzelheiten erkennen konnte. Wind ergriff die Fliege und brachte sie von ihrem eingeschlagenen Kurs ab, bedrohlich nahe an einen der gewaltigen schwarzen Türme heran. Aber von Schmids Willen lenkte das Tier sicher über das Hindernis hinweg und in einem weit geschwungenen Bogen hinab, zum Fuß des Berges und auf seine andere Seite.

Es dauerte lange, bis das winzige Insekt den Berg zur Hälfte umrundet hatte, sicherlich eine halbe Stunde, wenn nicht mehr, aber das vermochte Balestrano nicht zu beurteilen, denn auch sein Zeitgefühl war nicht mehr das eines Menschen. Überhaupt fiel es ihm immer schwerer, sich gegen die Woge dunkler, animalischer Impulse zu wehren, die aus dem geknechteten Bewusstsein des Tieres in seinen Geist fließen wollte. Es war kein wirkliches *Denken*. Das Tier hatte kein Bewusstsein wie ein Mensch oder ein höher entwickeltes Säugetier. Stattdessen war da ein düsterer Sumpf aus Instinkten und angeborenem Wissen, ein quälender, niemals ganz zu stillender Hunger und andere, Balestrano vollkommen fremde – und erschreckende! – Gefühle.

Es war nicht einmal besonders unangenehm.

Und es war verlockend. Der Wunsch, sich fallen zu lassen, alles zu vergessen und mit dem vor Energie und Lebenskraft pulsierenden Geist des Tieres ein für allemal zu verschmelzen, wurde immer stärker. Balestrano hatte plötzlich eine schwache Ahnung davon, welch ungeheure Willenskraft es von Schmid immer wieder abverlangte, dieser Verlockung zu widerstehen.

Dann waren sie um den Berg herum und was sie durch die Augen der Fliege sahen, ließ Balestrano alles andere vergessen.

Die Krieger waren da, aber sie waren nicht allein.

Und sie waren auch nicht tot.

In einer lang gezogenen, leicht schwankenden Kette bewegten sie sich am Fuße des Berges entlang, den Weg zurück, den sie gekommen waren. Und bei ihnen war eine ungefähr gleich große Anzahl von Necrons schwarz gekleideten Drachenkriegern. Und auch sie waren ganz und gar nicht tot.

Jedenfalls war es das, was Balestrano im ersten Moment dachte …

Dann kam die stumme Prozession näher, scheinbar betrunken auf und ab hüpfend durch den torkelnden Flug der Fliege, und was Balestrano und die anderen sahen, ließ ihre Herzen vor Entsetzen stocken.

Viele der Männer waren verletzt. Die weißen Kriegsgewänder der Tempelritter, in die sie gekleidet waren, waren rot von ihrem Blut. Manchen von ihnen fehlten Hände oder Arme.

Ein paar hatten keine Köpfe mehr.

Aber sie bewegten sich weiter.

Stur und unaufhaltsam, wie eine Prozession von Sarim des Laurecs grässlichen lebensgroßen Puppen, marschierten sie um den Berg herum, begleitet von einer Hundertschaft schwarz vermummter Gestalten, ebenso tot wie sie und auf ebenso entsetzliche Weise sich weiter bewegend. Es war wie eine grässliche Verhöhnung des Lebens selbst.

Balestrano öffnete mit einem Schrei die Augen und taumelte zurück.

Seine Bewegung zerbrach den Kreis. Auch die anderen torkelten auseinander, und selbst Bruder von Schmid wankte, prallte gegen die Wand und blieb einen Moment keuchend und um Atem ringend stehen. Auf seiner Stirn perlte Schweiß.

»Satan!«, stammelte Hayworthy. »Das ... das ist das Werk Satans. Die Toten erheben sich.«

»Nicht Satan, Bruder«, murmelte Balestrano. Es fiel ihm schwer zu sprechen. Obgleich er den entsetzlichen Anblick nur durch die fremden Augen der Fliege gesehen hatte, in falschen Farben und auf unbeschreibliche Weise verzerrt und entstellt, wurde er ihn nicht mehr los. Aber plötzlich war er fast dankbar, das Bild nicht auf die gewohnte Weise gesehen zu haben. Hätte er es mit eigenen Augen und in aller Klarheit erblickt, hätte es ihn vielleicht um den Verstand gebracht.

Für lange, sehr lange Zeit sagte keiner von ihnen ein Wort. Sie alle schwiegen, starrten aus weit aufgerissenen Augen vor sich hin und versuchten auf die eine oder andere Weise mit dem Entsetzlichen fertig zu werden, das sie gesehen hatten. Und schließlich war es wieder Bruder Balestrano, der das lähmende Schweigen brach.

»Sie werden uns angreifen«, murmelte er. »Wie lange werden sie brauchen, um hier zu sein?«

Die Frage galt Bruder Hayworthy, aber wie schon zuvor dauerte es Sekunden, bis der *War-Master* überhaupt begriff, dass er angesprochen wurde. »Eine Stunde«, sagte er nervös. »Vielleicht zwei. Sie ... sind nicht sehr schnell.«

»Zwei Stunden.« Balestrano seufzte. Es klang wie ein unterdrückter Schmerzlaut. »Zu wenig. Viel zu wenig.«

»Dann vernichten wir sie«, sagte van Velden hart. »Jetzt haben wir keine Wahl mehr.«

Ja, dachte Balestrano. *Und wahrscheinlich ist es ganz genau das, was Necron von uns erwartet.*

Trotzdem nickte er nach einem abermaligen kurzen Zögern.

André de la Croix und Nies van Velden wandten sich schweigend um und verließen den Raum.

»Es beginnt«, sagte das Mädchen.

Der alte Mann nickte. Im düsteren Licht der glühenden Kohlebecken sah sein Gesicht aus, als wäre es mit halb geronnenem Blut eingerieben. Die Falten darin schienen tiefe, klaffende Wunden geworden zu sein, und in seinen Augen lag ein unheimlicher, lodernder Glanz. Beinahe liebkosend strichen seine dürren Finger über die Seiten des gewaltigen Buches, das auf dem kleinen Tischchen vor ihm lag.

»Ja, mein Kind«, sagte er. »Es beginnt. Jetzt tu, was ich dir gezeigt habe. Und mache es gut. Der Einsatz ist hoch.«

»Ich weiß, Herr«, sagte Priscylla.

Ich muss wohl länger als fünf Minuten wie versteinert dagestanden haben und ich weiß bis zum heutigen Tage nicht, was ich in diesem Moment dachte – wenn ich *überhaupt* irgendetwas dachte –, denn das Nächste, woran ich mich erinnerte, war Shannons Hand, die ziemlich unsanft an meiner Schulter rüttelte, und seine Stimme, die immer wieder meinen Namen rief. So mühsam, als müsse ich gegen unsichtbare Stricke ankämpfen, wandte ich mich von der entsetzlichen schwarzen Masse vor unseren Füßen ab, setzte dazu an, etwas zu sagen, brachte aber nur einen unverständlichen Ton hervor und schüttelte ein paar Mal den Kopf.

»Alles in Ordnung?«, fragte Shannon besorgt.

Ich nickte – was eine glatte Lüge war –, atmete tief ein und spürte plötzlich Übelkeit in mir aufsteigen. *Shub-Niggurath. DAS TIER. Die schreckliche schwarze Ziege mit den tausend Jungen.* Das war alles, woran ich denken konnte. Immer und immer wieder.

»Aber es ist unmöglich«, flüsterte ich schließlich. »Ich habe ihn ... vernichtet. Er ist tot!«

»Diese Wesen kennen keinen Tod«, antwortete Shannon sehr ernst. »Was du zerstört hast, war eine seiner Inkarnationen, so, wie auch dies nur einer von zahllosen Körpern ist, deren er sich bedient. Du selbst hast sein Entstehen miterlebt, damals auf dem kleinen Friedhof von St. Aimes.

»Aber es ist doch alles nicht geschehen!«, keuchte ich. »Das Zeitparadoxon –«

Shannon brachte mich mit einem leisen, spöttischen Lachen zum Verstummen. »Du bist ein Narr, Robert«, sagte er. »Glaubst du, diese Wesen wüssten keine Wege, die Gesetze der Logik und Zeit zu umgehen?«

»Dann ist er also doch erwacht«, murmelte ich matt. Alles erschien mir plötzlich so sinnlos. Alles, was ich getan, all die Gefahren und Entbehrungen, die ich überstanden hatte, all die entsetzlichen Dinge, die ich mit angesehen und die Unschuldigen widerfahren waren, waren vollkommen sinnlos gewesen. Das Ungeheuer lebte. Und es hätte sich wahrscheinlich über meine albernen Anstrengungen schwarz gelacht – wenn es das nicht schon gewesen wäre.

Shannon ergriff mich abermals bei der Schulter und schüttelte mich. »Robert – hör mir zu!«, sagte er beschwörend. »Wir haben nicht mehr viel Zeit!«

Ich nickte, aber es war nur ein bloßer Reflex auf den Klang seiner Stimme, keine wirkliche Antwort. Trotzdem fragte ich: »Können wir es vernichten?«

»Diesen Körper? Selbstverständlich«, antwortete Shannon und fügte hinzu: »Wir könnten es beispielsweise verbrennen. Oder die Ausgänge dieser Höhle verstopfen, sodass es erstickt. Es ist lebende Materie. Es muss atmen. Aber es würde nichts nutzen.«

Seine Worte versetzten mich jäh in Zorn, der wahrscheinlich nichts als eine Schutzreaktion meines Geistes war, damit ich nicht vollends den Verstand verlor. »Wie bitte?«, keuchte ich. »Es würde nichts nutzen? So wie bei Necron? Oder –«

»Robert, bitte!«, sagte Shannon scharf. »Ich will es dir ja erklären. Hör mir zu. Hör mir nur eine Minute zu.«

Ich nickte, trat einen halben Schritt zurück und blickte wieder auf die schwarz glänzende Masse zu meinen Füßen herab. Es war ein unbeschreiblich widerwärtiger Anblick – ein glatter, matt glänzender Spiegel, der nur auf den ersten Blick leblos zu sein schien.

Sah man genauer hin, gewahrte man ein ganz sanftes Pulsieren und Beben, ein Zucken wie von einem riesigen fauligen Organ, das sich dicht unter der Oberfläche dieser Albtraummasse verbarg.

»Das hier«, begann Shannon, »ist nichts als Protoplasma. Ein Teil Shub-Nigguraths; ein wichtiger, aber doch ersetzbarer. Im Augenblick ist es nichts als eine gewaltige Masse lebender, aber gehirnloser Zellen.«

»Er hat sich geteilt«, murmelte ich.

Shannon nickte. »Ja. Er teilt sich unentwegt. Das ist Shub-Nigguraths größte Waffe. Er ist verwundbar, vielleicht als einziger der GROSSEN ALTEN, aber eine einzige Zelle reicht, daraus ein neues Wesen entstehen zu lassen. Daher hat er seinen Namen. Er wurde unzählige Male vernichtet, und er hat sich unzählige Male wieder erneuert. Wenn es Necron gelingt, die SIEBEN SIEGEL zu vereinen, dann werden aus diesem Plasmasee die Körper der GROSSEN ALTEN entstehen, in die ihr befreiter Geist fahren kann.« Er seufzte. »Aber es würde nichts nutzen, ihn zu vernichten.«

Ich sah ihn fragend an, und wieder huschte ein fast wehleidiges Lächeln über Shannons Züge. »Es ist so schwer zu verstehen«, murmelte er hilflos. »Ich weiß auch nicht viel; nicht mehr, als Necron mir verraten hat, und das war wenig genug, selbst als er mir noch vertraute. Das hier –«, sagte er und wies auf den See, »– ist nicht mehr als vergängliche Materie. Aber es gibt eine …«, er suchte nach Worten, »… eine Art Mutterzelle. Ein Stück des wirklichen Ungeheuers, das irgendwo verborgen ist.«

»Irgendwo?«

Shannon zuckte mit den Achseln. »Hier, in der Burg, in einer anderen Stadt – vielleicht am anderen Ende der Welt. Es muss hierherkommen, um die Wiedererweckung zu vollziehen, aber ich glaube nicht, dass es *jetzt* hier ist. Du hast den GROSSEN ALTEN schon zu sehr geschadet, als dass sie nicht wüssten, wie gefährlich du bist. Es wird sich verbergen, bis der entscheidende Moment gekommen ist.«

»Ich verstehe«, antwortete ich düster. »Und wenn wir das hier vernichten, dann wird es irgendwo neu entstehen.«

Shannon nickte. »Ich fürchte, ja. Deshalb wäre es nicht nur sinnlos, sondern auch gefährlich, es zu zerstören. Außerdem würde es Necron verraten, wo wir sind.«

»Warum hast du mich dann hierher gebracht?«, fragte ich zornig. »Während wir hier herumstehen, ist Necron vielleicht damit beschäftigt, Priscylla auch noch zu töten.«

»Das wird er ganz bestimmt nicht tun, Robert«, antwortete Shannon. »Und ich habe dich aus einem ganz bestimmten Grund hierher geführt. Ich möchte dir etwas zeigen.«

Etwas in seiner Stimme ließ mich alarmiert aufsehen. Etwas, das mir ganz und gar nicht gefiel. »Und was?«, fragte ich.

»Dies hier«, antwortete Shannon. Und damit ergriff er meine Hand, so schnell, dass ich keine Gelegenheit mehr fand, mich zu widersetzen.

Und ich *sah.*

Es war genau wie die Male zuvor, als ich durch Shannons Augen geblickt hatte. Die Welt kippte um, aus Weiß wurde Schwarz, aus Dunkel Helligkeit, alle Farben waren fort, aber statt ihrer vermochte ich andere Dinge zu sehen, Dinge, die dem normalen menschlichen Auge auf immer verborgen bleiben: die pulsierenden Energielinien des komplizierten Gefüges, das das Universum zusammenhält, und die düsteren, spinnwebartigen Linien magischer Ströme, an denen sich Shannon zu orientieren vermochte.

Aber diesmal war es schlimmer als je zuvor.

Die Halle war durchzogen von Strängen schwarzer, auf entsetzliche Weise pulsierender Stränge, einem irrsinnigen Spinnennetz gleich, aus tausenden und abertausenden einzelner Stränge geflochten.

Und sie alle endeten in dem gewaltigen schwarzen Protoplasmasee zu unseren Füßen.

»Sieh!«, sagte Shannon.

Gehorsam hob ich den Blick und starrte den zuckenden dünnen Energietentakel an, auf den seine ausgestreckte Hand deutete.

Es war, als würde mein Blick von ihm aufgesogen. Ich konnte mich nicht dagegen wehren. Es war wie ein Sturmwind, der mich packte und mit sich riss, in einer rasenden, unglaublich schnellen Fahrt, wie auf einer außer Kontrolle geratenen Bergwerkslore.

Die Halle sackte unter mir weg, dann war ich plötzlich wieder in einem anderen Teil der Burg, durchquerte Räume und Hallen und Gänge – und dann stand Necron unter mir.

Und neben ihm –

Der Anblick war so entsetzlich, dass ich aufschrie und mich mit aller Gewalt aus Shannons Griff losriss. Ich taumelte zurück und wäre um ein Haar in die schwarze Gallertmasse gestürzt. Shannon wollte mir aufhelfen, aber ich schlug seine Hand beiseite, schrie abermals wie unter Schmerzen auf und krümmte mich am Boden.

Das kann nicht sein!, hämmerten meine Gedanken. Es durfte nicht wahr sein! Nicht nach allem, was geschehen war.

Und trotzdem wusste ich, dass es so war. Das Bild, das ich gesehen hatte, entsprach der Realität.

Necron.

Necron, der hoch aufgerichtet in einer winzigen Kammer stand, neben einem Tisch, auf dem ein aufgeschlagenes Exemplar des NECRONOMICON lag. Necron, der neben Priscylla stand, die Hand in einer fast väterlichen Geste auf ihre Schulter gelegt.

Aber das war nicht das Entsetzlichste gewesen. Ich hätte es ertragen, wäre es nur das.

Ich hätte es auch noch ertragen, Priscylla in diesem wahnsinnig machenden Buch lesen und dabei grässliche, Stimmband verdrehende Worte flüstern zu hören, denn ich hätte mir immer noch einreden können, dass es letztlich Necrons Magie war, die ihren Willen beherrschte.

All das hätte ich ertragen können.

Aber ich hatte noch mehr gesehen.

Ein Netz normalerweise unsichtbarer schwarzer Energielinien, das aus Boden, Decke und Wänden der kleinen Kammer drang und *an einer Stelle dicht unter Priscyllas Herzen in ihren Körper eindrang!!!*

Die Spitze der entsetzlichen Kolonne lebender Toter war noch eine gute Meile entfernt, aber die klare Luft über der Wüste ließ den Eindruck entstehen, es wären nur mehr wenige Dutzend Schritte. Jetzt, als es vollends hell geworden war, war es wirklich *heiß*, und die Luft flimmerte wie durchsichtiges Wasser, was den taumelnden Gang der Untoten noch schlimmer aussehen ließ. Ein Geruch wie nach heißem Stein wehte aus der Wüste herüber, aber in van Veldens Phantasie wurde er zum Gestank verwesenden menschlichen Fleisches, so, wie das Raunen und Wispern des Windes in seinen Ohren zu schrecklichen, feuchten Schritten wurde. Es kostete ihn all seine

Kraft, die Vorstellung abzuschütteln und sich auf die bevorstehende Aufgabe zu konzentrieren.

»Irgendetwas stimmt nicht«, murmelte de la Croix neben ihm.

Van Velden riss sich mühsam von dem entsetzlichen Anblick los und blickte zu dem schwarzhaarigen *Storm-Master* des Templer-Ordens hinüber. Sie standen auf zwei dicht nebeneinander liegenden Felsbuckeln im Schatten des Berges. Wie zwei Feldherren, dachte er spöttisch, die ihre Heere beobachteten.

Aber so falsch war dieser Vergleich nicht einmal. Nur dass ihre Armeen unsichtbar waren und die Schlacht, in die sie sie schickten, nahezu lautlos.

»Was meinst du?«, fragte er mit einiger Verspätung.

De la Croix antwortete nicht sofort, sondern hob stattdessen in einer hilflosen Geste die Schultern und blickte einen Moment aus zusammengekniffenen Augen zur Burg hinauf, die wie eine hässliche Stachelkrone auf dem Berg hockte. Auch das war etwas, was keiner von ihnen verstand – ganz gleich, von wo aus, und ganz gleich, aus welchem Blickwinkel: Necrons Burg war immer zu sehen.

Aber vielleicht war es auch umgekehrt.

Vielleicht gab es nirgendwo einen Punkt, der von der Burg aus nicht zu überblicken war. Er schauderte. Trotz der erdrückenden Hitze, die der Tag gebracht hatte, fror er mit einem Male.

»Wahrscheinlich ist es nichts«, antwortete de la Croix. »Wahrscheinlich macht mich nur dieser verfluchte Berg nervös.«

Van Velden nickte. »Lass uns anfangen«, sagte er. Eine Sekunde lang blickten die beiden ungleichen Männer sich noch an, dann wandten sie sich um und sahen in die Wüste hinaus, dem allmählich näher rückenden Heer der lebenden Toten entgegen.

Ganz langsam hoben Nies van Velden und André de la Croix die Hände, bis sie in einer fast absurden Haltung dastanden, mit ausgestreckten Armen, weit gespreizten Händen, die Augen geschlossen und jeden Muskel im Körper verkrampft. Ein Ausdruck höchster Konzentration erschien auf ihren Gesichtern. Ihre Lippen begannen Worte zu murmeln, die nur sie kannten und nur sie kennen durften, und ihrer beider Geist tat Dinge dazu, die unaussprechlich waren.

Nichts geschah.

Der Wind heulte weiter, die Sonne brannte unverändert vom Himmel, und das Heer der lebendigen Toten kam näher. Vielleicht nahm der Wind ein bisschen zu, aber wenn, dann bemerkten es die Kreaturen nicht einmal, denn das, was anstelle eines Bewusstseins in ihren Schädeln war, hatte nur Platz für wenige, grausame Gedanken. Sie waren tot, und sie waren gerufen worden, um ihrerseits zu töten.

Keinem von ihnen fiel auf, dass sich das Heulen des Windes ein wenig änderte. Dass die Wüste mit einem Male auf schwer in Worte zu fassende Weise *anders* war.

Dann stolperte der Mann an der Spitze. Sein Fuß, zu einem mühsam schleppenden Schritt erhoben, senkte sich wieder auf den Sand, aber er fand plötzlich keinen Widerstand mehr, sondern sank weiter ein, versank wie in körnig geronnenem Wasser bis über die Knöchel, die Wade, schließlich bis ans Knie. Der Templer fiel nach vorne, mit beiden Händen Halt suchend, aber auch seine Arme versanken. Der Sand teilte sich unter ihm, brodelte und kochte einen Moment – und verschlang ihn.

Unbeeindruckt marschierten die hinter ihm Gehenden weiter. Ein zweiter Mann begann zu versinken, dann ein dritter, vierter. Aber sie marschierten weiter, unbeeindruckt, wie seelenlose Maschinen, stiegen über die versinkenden Körper der anderen hinweg und marschierten weiter. Und die, die bereits eingesunken waren, versuchten sich wieder auszugraben, wühlten mit rissigen Händen wie große bizarre Tiere im Sand, plumpe Schwimmbewegungen vollführend, tot, nicht mehr in der Lage, noch einmal zu sterben, immun gegen den erstickenden Sand.

Der Vormarsch der Albtraumarmee kam ein wenig ins Stocken, aber bald war die Grube mit Treibsand, die sich so jäh gebildet hatte, gefüllt und der höllische Marsch ging weiter. Die Kette aus Leibern war jetzt zerbrochen, aber das änderte nichts.

Die beiden *Master* sahen den Ungeheuern ruhig entgegen. Keiner von ihnen war überrascht von dem, was geschehen war. Sie hatten gewusst, dass es schwer werden würde; die Wesen, gegen die sie kämpften, waren keine sterblichen Gegner. Aber die Kraft der beiden Tempelherren war noch lange nicht erschöpft.

Wieder war es beinahe unmerklich; zuerst.

Eine große, auf sonderbare Weise schwerfällige Bewegung lief durch die Wüste, ein mühsames Zucken wie von einem ungeheuerlichen Körper, der sich in Krämpfen wand. Sehr weit von dem Berg und der Totenarmee entfernt rutschte eine Düne zusammen, eine andere explodierte, wie von einer lautlosen Gewalt auseinandergerissen, dann ging ein sanftes, aber lang anhaltendes Beben durch die Wüste. Sand begann zu rascheln, und zwischen den Dünen bildete sich ein Spalt, wie ein gefrorener gezackter Blitz. Zuerst war es nur eine dünne, kaum wahrnehmbare Linie, die von nachstürzendem Sand fast rascher wieder gefüllt wurde, als sie entstehen konnte.

Aber eben *nur fast.*

Ganz allmählich wurde die Linie breiter, wuchs zu einem fingerbreiten Spalt, schließlich einem klaffenden, bodenlosen Riss, der die Wüste spaltete, unendlich tief bis hinein in ihr steinernes Herz. Und der Riss wuchs auch in der Länge. Sein Ende raste in einem irrsinnigen Zickzack auf den düsteren Berg am Horizont zu, zerfetzte Dünen, verschlang Sand und Staub und Erde und wurde immer schneller und schneller.

Gleichzeitig begann der Sturm.

Binnen Sekunden wuchs der Wind zu einem heulenden Höllenchor heran, der Tonnen von Sand in die Höhe riss und die Luft über der Wüste erst braun, dann schwarz färbte. Wie ein Heer unsichtbarer apokalyptischer Reiter schloss sich der Sturmwind dem dahinrasenden Riss an, Sand und Felsbrocken wie tödliche Geschosse mit sich reißend. Es sah aus, als näherte sich eine schwarze, kochende Mauer dem Berg.

Und als sie auf ihn prallte, war es wie ein Weltuntergang.

Selbst oben, in der schwarzen Festung auf dem Gipfel des Berges, konnte man die dumpfe Erschütterung spüren, mit der der Sturm den Fuß des Lavakolosses traf.

Unten war es die Hölle.

Das heranmarschierende Heer verschwand von einer Sekunde auf die andere in einer schwarzen, kochenden Masse, die barmherzig verbarg, was in ihrem Inneren vor sich ging. Die Männer wurden in die Höhe gerissen, wie Spielzeuge, die plötzlich kein Gewicht mehr hatten. Der Sturm packte sie, schleuderte sie durch- und übereinander, riss sie hoch und schmetterte sie gegen den schwarzen Fels. Der Sand, mit der Geschwindigkeit und Wucht dieses Höllensturmes herangetragen, zerfetzte ihre Gewänder und ließ Funken aus den metallenen Teilen ihrer Waffen und Rüstungen stieben. Dann, eine Sekunde später, war der Riss heran. Der Boden erbebte ein zweites Mal, und plötzlich klaffte die Wüste auseinander. Eine gigantische, von düsterer roter Glut erfüllte Wunde tat sich im Boden auf, verschluckte Sand und Felsen und hilflos rudernde Körper. Wie von einer unsichtbaren Macht angezogen, torkelten die Untoten in diesen Riss hinein und stürzten in die Tiefe, einer nach dem anderen, bis auf den letzten Mann. Dann schloss sich das riesige steinerne Maul wieder.

Von Necrons Armee lebender Toter war nichts mehr geblieben, nichts bis auf ein paar Kleiderfetzen hier und da, Stücke von zerbrochenen Waffen und gebleichte Knochen ...

Van Velden nahm langsam die Arme herunter, öffnete die Augen und atmete hörbar ein. Er und de la Croix waren unversehrt geblieben, sicher auf zwei winzigen, ruhigen Inseln inmitten des tobenden Weltuntergangs; nicht einmal sein Haar war zerzaust. Aber er fühlte sich ausgelaugt und zum Sterben müde, wie immer, wenn er seine geheimnisvollen Kräfte vollends entfesselt hatte. Die Macht, die ihm zur Verfügung stand, forderte ihren Preis.

Aber es war noch nicht vorbei. Die Wüste war wieder zu einem Stück scheinbar lebloser Erde geworden, der gewaltige Riss, den van Velden der Erde nur Kraft seines Willens aufgezwungen hatte, so spurlos verschwunden, wie er entstanden war – aber der Sturm tobte weiter.

Er hatte sich ein Stück zurückgezogen, eine halbe Meile fort vom Berg und den zwei einsamen Männern, aber er war noch da, wie ein gewaltiges, lauerndes Tier, das Beute geschlagen hatte, aber nicht zufrieden war. Hinter der schwarzen Wand blitzte und funkelte es ununterbrochen, und van Velden spürte selbst über die große Entfernung hinweg einen Hauch glühend heißer Luft.

Mit einem keuchenden Laut fuhr er herum und starrte de la Croix an. »Bruder André!«, rief er entsetzt. »Was tust du?«

Aber André de la Croix schien seine Worte gar nicht zu hören.

Er stand da, noch immer mit wie beschwörend erhobenen Armen und das Gesicht vor Anstrengung verzerrt, aber jetzt mit weit geöffneten Augen. Helle, irrsinnig klingende Töne kamen über seine Lippen. In seinen Augen loderte ein Feuer, das van Velden frösteln ließ.

»André!«, schrie er. »Hör auf! Es ist vorbei!«

»Nein!«, kreischte de la Croix. Seine Stimme hatte kaum noch Ähnlichkeit mit dem weichen Bariton, den van Velden kannte. »Nicht vorbei!«, kicherte er. »Mehr! Ich will mehr. Ich will sie haben, Nies! Alle!«

Und dann fuhr er herum, schrie noch einmal gellend auf und deutete mit einer zornigen Geste auf die Burg hoch über ihren Köpfen.

Als van Velden begriff, was die Geste zu bedeuten hatte, war es zu spät. Sein entsetzter Aufschrei ging im Heulen des Sturmes unter, der sich wie ein brüllendes Ungeheuer den Berg hinaufzuwälzen begann ...

»Das ist die Wahrheit, Robert.«

Shannons Stimme schien von weit, weit her an mein Bewusstsein zu dringen, obgleich sein Mund nur Zentimeter neben meinem rechten Ohr war, denn er war niedergekniet und hatte den Arm um meine Schulter gelegt. Aber ich hörte sie kaum. Es *durfte* einfach nicht sein. Nicht *das*.

Mühsam sah ich auf, atmete tief die stinkende Luft der Höhle ein und blickte Shannon an. Für einen Moment schien sein Gesicht vor mir zu verschwimmen, dann begriff ich, dass es meine eigenen Tränen waren, die meinen Blick verschleierten. »Du ... du hast mir das nicht nur gezeigt, um –«

Ich sprach nicht weiter. Meine Stimme versagte mir den Dienst. Aber Shannon wusste auch so, was ich hatte sagen wollen. Beinahe unmerklich schüttelte er den Kopf.

»Ich würde meine eigene Mutter belügen, um Necron zu erledigen«, sagte er leise. »Aber dich nicht, Robert. Bitte glaube mir. Priscylla war niemals frei. Nicht eine Sekunde. Es war nichts als ein gemeiner Betrug Necrons.«

»Du lügst!«, brüllte ich. Plötzlich, wie es in Augenblicken höchster emotionaler Erregung oft geschieht, schlug mein Schmerz in rasenden Zorn um. Ich packte ihn, riss ihn in die Höhe und schlug ihm mit der flachen Hand ins Gesicht, ein Hieb, der meine eigene Hand schmerzen ließ. Shannon machte nicht einmal einen Versuch, ihn abzuwehren, sondern blickte mich nur weiter sehr ernst an.

»Du lügst!«, brüllte ich noch einmal. »Das ist nicht wahr! Priscylla gehört nicht zu ihm! Sie ... sie war bei mir, vergangene Nacht! Ich habe mit ihr gesprochen! Ich habe sie ge-«

»Das war nicht Priscylla«, sagte Shannon ruhig.

Ich schrie auf, packte ihn noch fester und holte zu einem weiteren Hieb aus. Aber ich führte die Bewegung nicht zu Ende.

»Was sagst du da?«, flüsterte ich.

»Die Wahrheit, Robert«, sagte er. »Und du weißt es. Von mir aus schlage mich. Schlag mich zusammen, wirf mich in den See, ersteche mich – es wird nichts ändern. Priscylla ist in Necrons Gewalt. Sie war es immer und wird es immer sein, solange er lebt.«

Ich ließ ihn los. Meine Hände hatten plötzlich nicht mehr die Kraft, ihn zu halten. »Aber ... aber wer ... wer war es dann, der ...«

»Die gleiche Frau, die mich befreit hat«, sagte Shannon leise. »Shadow.«

»Shadow?!« Ich schrie fast. »Du willst damit sagen, ich ... ich habe mit einem Engel –«

»Nichts ist geschehen, was nicht geschehen sollte«, unterbrach mich Shannon ruhig. »Alles war geplant, Robert. Vom ersten Moment an. Deine Fahrt zum Krakatau, deine Reise durch die Staaten, dein Zusammentreffen mit Annie und dem Indianer, dein Weg hierher.« Er lachte leise. »Ein Mann wie Necron hat mächtige Feinde, Robert. Du *solltest* hierherkommen, in Begleitung der El-o-hym, denn zusammen wäret ihr vielleicht stark genug gewesen, Necron zu vernichten. Aber jetzt ist etwas geschehen, womit niemand rechnen konnte.«

»Was?«

»Das, was ich dir gezeigt habe«, antwortete er. »Necron hat Priscylla gezwungen, die Kräfte des NECRONOMICON zu entfesseln.«

»Aber das ... das kann niemand!«, keuchte ich. »Nicht, ohne daran zu zerbrechen.«

Shannon zuckte mit den Achseln. »Glaubst du, das würde Necron stören?«, fragte er böse. »O nein. Und außerdem – *sie* kann es. Necron hat das erkannt, schon kurz, nachdem er sie hierher gebracht hat. Priscylla ist nicht das harmlose Kind, für das du sie hältst, Robert. Sie ist ... begabt. Auf ihre Weise vielleicht stärker als du und ich. Ihre geistige Kraft reicht aus, die Macht des NECRONOMICON zu entfesseln – und zu lenken. Necron hat das sofort gespürt. Er hat den größten Teil des vergangenen Jahres damit verbracht, sie zu trainieren. Jetzt benutzt er sie. Das war es, was ich dir zeigen wollte.«

»Und was ... was bedeutet das?«, flüsterte ich. »Ist sie jetzt ... vollkommen ... verloren?«

»Ich weiß es nicht«, gestand Shannon nach kurzem Überlegen. »Vielleicht ... gibt es noch eine Möglichkeit, sie zu retten, aber ich wüsste nicht, wie. Und selbst wenn – ich fürchte, uns bleibt kaum genügend Zeit. Der Angriff der Templer ändert alles.«

»Wieso?«

»Die Kräfte des NECRONOMICONS sind leichter entfesselt als gebändigt, Robert«, antwortete Shannon. »Necron hätte es niemals gewagt, sie jetzt schon zu erwecken, hätten ihm die Tempelritter nicht diese letzte Waffe praktisch aufgezwungen.« Seine Miene verdüsterte sich. »Diese Narren. Sie werden genau das herbeiführen, was zu verhindern sie eigentlich hergekommen sind. Hätten sie Necron auf andere Weise angegriffen, hätten sie ihn vielleicht sogar geschlagen. Aber so zwingen sie ihn, zum Letzten zu greifen.«

»Wovon zum Teufel redest du?«, murmelte ich. »Ich verstehe kein Wort!«

Shannon lachte. »Das kannst du auch nicht, Robert«, sagte er. »Das NECRONOMICON ist nicht einfach nur ein Zauberbuch. Es ... es lebt, wenn auch auf völlig fremde Art. Und keine Macht der Welt wird seine Kräfte bändigen können, wenn sie einmal entfesselt sind. Nicht einmal Necron.«

»Warum tut er es dann?«

»Weil ihm keine Wahl bleibt«, sagte Shannon düster. »Balestrano ist mit fünfhundert Männern draußen vor dem Berg aufmarschiert, Robert, unter ihnen die vier stärksten *Master,* die der Orden jemals hatte. Die Drachenburg ist nicht so unbezwingbar, wie Necron immer behauptet. Ohne das NECRONOMICON brauchten die Templer keine drei Stunden, sie zu erobern.«

»Erobern?«, wiederholte ich verständnislos. »Die Drachenburg? Aber was ist mit Necrons Kriegern? Deinen ...«

»Kameraden, wolltest du sagen?«, sagte Shannon, als ich nicht weitersprach. »Sie würden ihm nichts nutzen. Es sind nicht viele, Robert. Necron hat niemals mehr als ein paar Dutzend Krieger gehabt, und er hat viele Männer verloren in den letzten Monaten. Ich glaube nicht, dass alles in allem jetzt noch mehr als dreißig in der Burg sind. Nicht genug, es mit fünfhundert Templern aufzunehmen. Und die vier *Master* sind mehr als genug, Necrons Magie zu blockieren.« Er schüttelte niedergeschlagen den Kopf. »Nein, Robert – Necron ist sich seines Sieges nicht halb so sicher, wie er dir gegenüber tat. Er hat nur noch diese eine Chance – das NECRONOMICON. Und Priscylla ist sein Schlüssel dazu.«

»Dann sollten wir sie suchen, statt hier herumzustehen«, sagte ich erregt. »Vielleicht ist doch noch nicht alles zu spät.« Ich deutete wieder nach oben. »Du weißt, wo diese Kammer ist?«

»Necrons Sanktuarium?« Shannon nickte. »Ja. Aber wir kämen niemals auch nur in seine Nähe. Necron weiß genau, dass ich seine kleinen Geheimnisse kenne. Verlass dich darauf, dass dieser Raum nur so gespickt ist mit Fallen.«

Ich dachte flüchtig an meinen eigenen Versuch, auf geistigem Wege Kontakt mit Priscylla aufzunehmen, und nickte. Um ein Haar hätte ich ihn mit dem Leben bezahlt. Was mich gerettet hatte, war wahrscheinlich nur mein Mangel an magischem Talent gewesen. Hätte ich sofort Kontakt mit ihr gefunden, statt wie ein Blinder herumzutasten, hätte mich die geistige Rückkoppelung wahrscheinlich auf der Stelle getötet.

»Wir müssen anders vorgehen, wenn wir Necron schlagen wollen«, fuhr Shannon fort. »Solange er mit Priscylla zusammen ist, kommen wir nicht an ihn heran. Wenn es uns gelingt, ihn aus seinem Allerheiligsten fortzulocken ...« Er zuckte mit den Achseln. »Vielleicht haben wir dann eine Chance.« Er wandte sich um, trat einen Schritt auf den schwarzen See aus Protoplasma zu und ließ sich auf ein Knie herab.

»Vielleicht kommt er herunter, wenn wir es angreifen«, sagte ich, allerdings ohne sehr viel Überzeugung in der Stimme. Überdies hatte ich nicht die mindeste Vorstellung, *wie* wir dieser monströsen Masse aus brodelndem schwarzem Fleisch auch nur gefährlich werden wollten. Shannon hatte erwähnt, es zu verbrennen – aber wenn das wirklich möglich war, dann brauchten wir ein verdammt großes Feuerzeug dazu ...

»Die Siegel«, sagte Shannon. »Weißt du, wo er sie hat?«

Ich nickte, lächelte verlegen und schüttelte gleich darauf den Kopf. »Ich weiß, wo sie waren«, sagte ich. »Aber ich glaube nicht, dass sie noch dort sind. Du hättest sie gesehen, als Shadow dich geweckt hat.«

»Aber du kannst sie finden«, sagte Shannon.

»Ich?« Ich starrte ihn an. »Was bringt dich auf diese Idee?«

»Vielleicht der Umstand, dass du bereits drei der SIEBEN SIEGEL DER MACHT gefunden hast, die über die ganze Welt verstreut waren«, antwortete Shannon ungeduldig. »Verdammt, Robert, bist du so dumm, oder willst du es nicht wahrhaben? Du kannst sie aufspüren, ganz egal, wo sie sind. Tu es! Wenn Necron sie nicht bei sich hat, ist das vielleicht die Chance, ihn aus seinem Rattenloch herauszulocken!«

Einen Moment lang sträubte ich mich noch, Shannons Worten auch nur zu glauben – aber nur einen Moment. In Wahrheit wusste ich es ja längst. Es gab irgendeine magische Verbindung zwischen mir und den SIEBEN SIEGELN DER MACHT, etwas, das ich nicht einmal in Ansätzen verstand, das es mir aber ermöglichte, sie immer und überall aufzuspüren.

Schließlich hatte ich es drei Mal getan. Und diesmal *wusste* ich, dass drei der magischen Siegel in meiner unmittelbaren Nähe waren.

Ich seufzte, schloss die Augen – und konzentrierte mich.

Es war beinahe *zu* leicht.

Für einen ganz kurzen Augenblick spürte ich Verwirrung, gemischt mit einer dumpfen, gestaltlosen Angst, aber dann fühlte ich ihre Nähe – und kaum eine Sekunde später *sah* ich sie.

Alle drei.

Säuberlich aufgereiht auf dem kleinen Tischchen in Necrons Sanktuarium auf dem auch das NECRONOMICON lag.

Mit einem enttäuschten Seufzen öffnete ich die Augen, blickte Shannon an und schüttelte den Kopf. »Er hat sie bei sich«, sagte ich niedergeschlagen. »Ein Punkt für ihn.«

Shannon nickte düster, auf eine Art, als hätte er erwartet, genau das zu hören. »Dann bleibt mir keine Wahl mehr«, flüsterte er. »Ich hätte es gerne vermieden.«

»Was?«, fragte ich misstrauisch.

»Es gibt noch eine Möglichkeit«, sagte Shannon anstelle einer direkten Antwort. »Ich bin sicher, dass Necron ganz genau weiß, dass wir hier irgendwo auf ihn warten. Aber es gibt einen Weg, ihn trotzdem aus seinem Versteck zu locken.«

»Und welchen?«, fragte ich. Das ungute Gefühl, das seine Worte in mir geweckt hatten, wurde mit jedem Moment stärker.

Shannon seufzte, stand wieder auf und deutete mit einer nur angedeuteten Handbewegung auf meine rechte Hosentasche. »Dein Amulett, Robert«, sagte er. »Du hast es bei dir?«

»Amulett?« Im ersten Moment verstand ich nicht einmal, was er meinte. Dann griff ich in die Tasche, zog den kleinen, sternförmigen Anhänger heraus und drehte ihn fast hilflos in den Fingern. Es war Andaras Amulett, das letzte Andenken an meinen Vater. Ich hatte es verloren und wiedergefunden, und wie Shannon jetzt war auch ich dem Irrtum erlegen, dass es ein besonders mächtiger magischer

Talisman sein musste, denn schließlich hatte mein Vater es getragen.

»Ich fürchte, ich muss dich enttäuschen«, sagte ich. »Ich habe es untersucht, mehr als gründlich. Und andere auch. Das hier ist nichts als ein Stück wertlosen Metalls.« Ich lächelte resignierend und streckte die Hand aus, damit Shannon den goldenen Stern genauer in Augenschein nehmen konnte, aber etwas Seltsames geschah: Shannon stieß einen halb erschrockenen Laut aus, prallte zurück und hob abwehrend die Hände, als hielte ich eine entzündete Dynamitstange in der Hand.

»Was hast du?«, fragte ich. Ich lächelte nervös. »Es ist vollkommen harmlos!«

»Ja«, sagte Shannon säuerlich. »So harmlos, dass Necron seinen rechten Arm dafür gäbe, es zu bekommen.«

»Was soll das?«, fragte ich allmählich zornig werdend. »Necron hat mich von Kopf bis Fuß durchsuchen lassen, Shannon. Er hat mir dieses Amulett zurückgegeben.«

»Weil er nicht weiß, was es wirklich ist«, sagte Shannon. Er deutete auf den Protoplasmasee. »Wirf es hinein.«

»Ich soll – *was?«*, keuchte ich.

»Wirf es hinein«, wiederholte Shannon. Er unterstrich seine Worte mit einer einladenden Geste.

Ich rührte mich noch immer nicht. Shannon presste ungeduldig die Lippen aufeinander, streckte plötzlich doch den Arm aus und nahm das Amulett aus meiner Hand, wobei er allerdings sorgsam darauf achtete, nur die dünne goldene Kette und nicht den Anhänger selbst zu berühren. Ich sah ihm an, welche Überwindung es ihn kostete, selbst dies zu tun. Den Arm so weit ausgestreckt, als hielte er eine schlecht gelaunte Klapperschlange am Schwanz, drehte er sich herum, kniete am Rand des schwarzen Sees nieder – und tauchte das Amulett mit einer blitzartigen Bewegung in die matt glänzende Masse.

Es war, als hätte er eine Fackel in ein Pulverfass geworfen.

Dicht unter der Oberfläche des Sees flammte ein grelles Licht auf. Ein dumpfer Schlag erschütterte den Boden und ließ mich taumeln, und plötzlich schossen Flammen aus der brodelnden Masse, weiß glühende Blitze fuhren peitschend in die Luft. Der See begann zu brodeln. Dünne, gezackte Linien aus weißem Feuer zerrissen seine Oberfläche, brennende Spritzer der widerlichen Masse flogen hoch und trieben mich zurück.

Auch Shannon brachte sich mit einem raschen Sprung in Sicherheit, als der See immer stärker und stärker zu brodeln begann. Eine mannsdicke, mehr als zehn Yards hohe Feuersäule schoss in die Höhe, dort, wo er das Amulett eingetaucht hatte, überall blitzte und zischte es, und für einen Moment glaubte ich fast, der ganze gewaltige See begänne zu brennen.

Dann erlosch das Feuer wieder. Zuerst waren es die kleinen Flämmchen, die von der schwarzen Masse erstickt wurden, dann hörte das Kochen und Brodeln auf, und schließlich sank selbst die gewaltige Flammensäule ganz langsam wieder zusammen, um am Schluss ebenfalls zu verlöschen. Aber das bemerkte ich kaum.

Mein Blick hing wie gebannt an Shannons ausgestrecktem Arm und an der dünnen Kette, die er noch immer in den Fingern hielt. Das Amulett an ihrem Ende hatte sich vollkommen verändert.

Es hatte noch immer die Form eines fünfstrahligen Sterns, etwas kleiner als eine Kinderfaust und von seltsam fremdartigen Proportionen. Aber es bestand jetzt nicht mehr aus mattem Gold.

Das, was jetzt am Ende der Kette hing, durch die Berührung des schwarzen Protoplasmas aus einem vielleicht Millionen Jahre währenden Schlummer gerissen und endlich zu voller Macht erweckt, strahlte und lohte in einem grässlichen, giftgrünen Licht, als wäre es wirklich ein winziger Stern.

Und im gleichen Moment, in dem ich es sah, wusste ich auch, was es war. Das Amulett, das ich seit fast einem Jahr in der Hosentasche herumtrug, das ich für ein Stück nutzloser Erinnerung gehalten und das Necron selbst mir zurückgegeben hatte, Andaras Amulett war –

das vierte der SIEBEN SIEGEL DER MACHT!

Der Sturm traf das kleine Wachkastell wie ein Hammerschlag der Götter.

Balestrano sah ihn kommen, in einem dumpfen, rasend schnell lauter werdenden Grollen und Dröhnen wie das Hämmern von hunderttausend höllischen Reitern, die den Berg hinaufrasten: eine schwarze Wand, glitzernd wie poliertes Eisen, die den Fuß des Berges verschlang, wuchs und wuchs und plötzlich ein gutes Drittel des Himmels verdeckte, ehe sie brüllend und tobend über der kleinen Burg zusammenschlug und die Welt in ein Chaos aus Lärm und Schreien und zusammenstürzendem Mauerwerk verwandelte.

Die Männer, die oben auf dem Turm und den Zinnen Wache hielten, hatten keine Chance; ebenso wenig wie die, die im Hohlweg zurückgeblieben waren, außerhalb der Festung. Der Sturm packte sie, riss sie in die Höhe und schmetterte sie gegen die Felsen. Die Welt vor dem kleinen Fenster, durch das Balestrano hinausgesehen hatte, ehe ihn eine unsichtbare Faust traf, von den Füßen riss und gegen von Schmid schleuderte, erlosch übergangslos, als der Sturm die Sonne verdunkelte. Ein unheimliches Blitzen und Funkeln war zu sehen, wo Sand, fünfhundert Meilen schnell und scheuernd wie Schmirgelpapier, den Fels glatt schliff und Flammen aus den Waffen und Rüstungen der Männer schlagen ließ. Ein ungeheures Dröhnen und Kreischen marterte die Ohren der drei Männer, und plötzlich war überall Feuer, das über den Boden raste, knisternd an von Schmids und Hayworthys Schwertern emporlief und in Balestranos Augen stach.

Balestrano schrie vor Schmerz und Angst. Verzweifelt versuchte er sich in die Höhe zu stemmen, aber sein gebrochener Arm gab unter seinem Körpergewicht nach; er fiel erneut, schlug schwer auf dem bebenden Steinboden auf und sah von Schmids Gesicht wie eine verzerrte Grimasse vor sich auftauchen. Sein Mund formte Worte, die das Brüllen des Sturmes verschluckte, ehe sie Balestranos Ohr erreichen konnten. Aber der Ordensherr der Templer verstand auch so, was von Schmid sagen wollte. Mit aller Kraft, die ihm geblieben war, stemmte er sich hoch und versuchte auf Knien und Ellbogen auf von Schmid zuzurobben.

Es ging nicht.

Der Boden zitterte und bebte wie ein lebendes Wesen. Die gesamte Festung begann zu schwanken. Ein gewaltiger Schatten, schwärzer noch als das Schwarz des Sturmes, neigte sich draußen vor dem Fenster und verschwand, und eine Sekunde später erbebte das Kastell ein zweites Mal unter einem noch gewaltigeren Schlag, als eine seiner vier Mauern zusammenbrach und dem Sturm Einlass gewährte. Balestrano glaubte die Schreie der Männer zu hören, die jetzt dort draußen starben.

Plötzlich fühlte er sich gepackt und herumgerissen. Die Bewegung ließ einen entsetzlichen Schmerz durch seinen gebrochenen Arm pulsieren; er schrie, bäumte sich auf und schlug blindlings um sich, aber die Hände, die ihn hielten und auf von Schmid zuschleiften, ließen nicht locker. Ein schmales Gesicht tauchte vor ihm auf, Hayworthys Mund formte Worte, die der Sturm zu brüllendem Hohngelächter machte, und dann hatten sie Herzog Botho von Schmid erreicht.

Und das Toben des Sturmes erlosch.

Nach dem höllischen Lärm der letzten Augenblicke traf das plötzliche Schweigen Balestrano wie ein Hieb. Er sank kraftlos in Hayworthys Armen zusammen und presste den schmerzenden Arm an den Leib. Sein Herz raste, und für einen Moment wurde der Schmerz so übermächtig, dass er glaubte, den Verstand verlieren zu müssen. Dann tat von Schmid irgendetwas an seiner Schulter. Der Schmerz erlosch nicht, aber er sank auf ein erträgliches Maß herab.

Stöhnend öffnete Jean Balestrano die Augen und sah sich um.

Der kleine Raum bot einen Anblick der Verwüstung. Die Möbelstücke waren zermalmt worden. Der Boden stand seltsam schräg, und ein Teil der Decke war heruntergebrochen. Das Fenster glich einer gezackten Wunde, durch die der Sturm hereinfauchte, begrenzt von einer flammenden Lohe, wo Sand und Felsbrocken gegen den Stein prallten. Aber die Woge der Vernichtung endete schon nach wenigen Schritten, als gäbe es da eine unsichtbare, aber undurchdringliche gläserne Wand, die ihn und die beiden anderen schützte. Balestrano verspürte einen raschen, eisigen Schauder, als er begriff, dass von Schmid und Hayworthy ihn vom ersten Augenblick an geschützt hatten. Der Sturm, der ihn gepackt und durch den Raum geschleudert hatte, hätte ihn auf der Stelle in Stücke gerissen, wären nicht die magischen Kräfte der beiden *Master* dagewesen, ihn vor dem Allerschlimmsten zu bewahren. So, wie sie auch jetzt einen unsichtbaren Schutzwall schufen, dem selbst die Gewalt des Sturmes nichts anzuhaben vermochte.

Und das, dachte Balestrano mit mattem Erschrecken, *war etwas, was keiner von beiden können dürfte.*

Aber als er aufsah und in von Schmids Augen blickte, war ihm nichts von dem Entsetzen anzumerken, das sich in ihm breit zu machen begann.

»Ich danke dir, Bruder Botho«, sagte er leise. »Du hast mir ... das Leben gerettet.«

Von Schmid machte eine wegwerfende Handbewegung. »Unsinn. Was zur Hölle geht hier überhaupt vor?«

»André«, sagte Hayworthy zornig. »Dieser verdammte Narr! Das ist sein Werk!«

Und auch das dürftest du nicht wissen, mein Freund, dachte Balestrano. Aber er sprach es nicht aus.

Stattdessen stemmte er sich vorsichtig auf dem unverletzten Arm hoch und begann ungeschickt auf die halb zusammengebrochene Südwand des Raumes zuzukriechen. Hayworthy und von Schmid folgten ihm, mit ausgestreckten Händen den Sturm zurücktreibend. Geschützt von magischen Kräften, die nicht die der beiden *Master* waren, erreichten sie die Bresche und sahen hinaus.

Der Sturm begann jetzt rasch an Kraft zu verlieren. Er war über das Kastell hinweggetobt und hatte es zerstört, und jetzt raste er weiter, den Berg hinauf und auf die Burg auf seinem Gipfel zu. Aber seine Kraft war gebrochen. Balestrano und die beiden anderen sahen, wie die schwarze Woge über den drachenhäuptigen Türmen der Burg zusammenschlug, aber sie sahen auch, dass ihre Gewalt längst nicht mehr ausreichte, ihnen Schaden zuzufügen. Vielleicht löste sie noch ein paar lockere Steine, und vielleicht tötete oder verwundete sie die, die nicht rasch genug in Deckung gegangen waren – aber die Mauern hielten ihr stand.

Dafür waren die Verwüstungen, die die drei Männer hier unten erblickten, umso schlimmer. Balestrano konnte sich nicht entsinnen, jemals ein Bild so vollkommener Zerstörung gesehen zu haben. Das Kastell, in dem sich das Templerheer gesammelt hatte, um zum entscheidenden Sturm auf Necrons Burg anzusetzen, war verschwunden. Wo es gestanden hatte, erstreckte sich eine Landschaft aus zermalmten, glatt geschmirgeltem Stein, wirr durcheinander geworfenen Trümmern und schwarzen Lavasplittern. Nur einer der vier Türme stand noch; zu einem Drittel und schräg wie ein zerfranster Stumpf, der aus einem Berg klein gemahlenen schwarzen Steines ragte.

Und nirgends war auch nur die geringste Spur von Leben zu entdecken …

»Mein Gott!«, flüsterte Hayworthy. »Sie … sie können doch nicht … nicht alle … tot sein!« Seine Stimme versagte beinahe.

Balestrano schwieg. Sein Blick tastete über die zerstörte Felslandschaft, die noch vor Minuten der Innenhof des Kastells gewesen war, den zermalmten Turm, dessen Südflanke, die dem Sturm zugewandt gewesen war, wie ein Spiegel glänzte, weiter über die zerborstenen Reste des steinernen Innengebäudes, in dem die meisten der Krieger Unterschlupf gesucht hatten.

»Ein paar müssen doch noch leben!«, wimmerte Hayworthy. »Das … das kann doch nicht sein, Bruder Jean. Bitte, das …«

Ganz langsam stand Jean Balestrano auf. Der Schmerz in seinem gebrochenen Arm war vergessen, ja selbst das lähmende Entsetzen, das er vor Augenblicken noch verspürt hatte, war fort. Er fühlte sich nur noch leer. Sie waren tot, alle, das spürte er, jeder einzelne der fünfhundert Männer, die ihm vertraut und ihr Leben in seine Hände gelegt hatten. Aber der Gedanke erschien ihm seltsam abstrakt.

Es war zu schnell gegangen. Vor einer Minute noch waren sie ein Heer gewesen, eine stolze Armee, nur noch einen Schritt vom endgültigen Sieg entfernt, und jetzt …

Wieder tastete sein Blick über die zertrümmerte Landschaft, in die der Sturm die Festung verwandelt hatte, und wieder sträubte sich etwas in ihm mit aller Macht, das Bild, das ihm seine Augen zeigten, als wahr anzuerkennen. Sein Heer war vernichtet, restlos, bis auf den letzten Mann, in einer einzigen, entsetzlichen Minute.

Was für ein Narr war er doch gewesen, zu glauben, es mit dem Herrn der Drachenburg aufnehmen zu können! Necron hatte seine Armee zerschlagen, ohne sich auch nur anzustrengen, mit den Kräften *seiner eigenen Männer!* Es war nicht einmal zu einer Schlacht gekommen!

»Bruder André«, flüsterte von Schmid neben ihm, »dafür töte ich dich.«

»Es ist nicht seine Schuld«, sagte Balestrano müde.

Von Schmid keuchte. »Nicht seine Schuld?« Er schrie fast. »Sieh dir an, was er getan hat! Sie sind tot, Jean – alle! Es ist aus! Wir sind geschlagen, und nur, weil –«

»Es ist nicht seine Schuld«, sagte Balestrano noch einmal, ein wenig schärfer und in eindeutig befehlendem Ton. Botho von Schmid verstummte, aber sein Blick sprühte vor Zorn und Trotz, als sich Balestrano umwandte und ihn ansah.

»Glaubst du wirklich, dieser Angriff hätte *uns* gegolten?«, fragte Balestrano beinahe sanft.

»Natürlich nicht«, fauchte von Schmid. »Dieser verdammte Narr hat versucht, die Burg ganz allein zu vernichten.« Er ballte wütend die Faust. »Aber er hat uns getroffen, und es ist mir verdammt noch mal völlig egal, ob er nun einfach schlecht gezielt hat oder ob Necron den Sturm umgeleitet hat! Es ist seine Schuld! Die fünfhundert Männer, die dort draußen gestorben sind, gehen auf sein Konto.

Und ich werde ihm die Rechnung präsentieren, mein Wort darauf!« Er zog sein Schwert. »Ich töte ihn sobald er kommt!«, versprach er.

»Das verbiete ich«, sagte Balestrano streng.

Von Schmid lachte böse. »So? Und wie willst du dieses Verbot durchsetzen, alter Mann?« Plötzlich verzerrte sich sein Gesicht zur Grimasse, und wieder spürte Balestrano des Fremde, unsäglich Böse in ihm.

»Noch ist nicht alles verloren«, sagte er schnell. »Wir fünf sind noch am Leben.«

»Ja«, fiel ihm von Schmid ins Wort. »Wahrscheinlich, weil sich Necron für uns etwas ganz Besonderes einfallen lassen will. Oder warum sonst hat uns der Sturm verschont, glaubst du?«

Weil das Ding in dir uns geschützt hat, mein Freund, dachte Balestrano bitter. Aber das sprach er nicht aus. Stattdessen wiederholte er seine befehlende Geste und starrte von Schmid so lange an, bis dieser langsam sein Schwert senkte und der Hass in seinen Augen zu bloßem Trotz wurde. Dann trat so etwas wie Verwirrung in seinen Blick und schließlich Schrecken. Für diesmal hatte Balestrano das Ungeheuer in von Schmid noch besiegt. Aber er war sich nicht sicher, ob es ihm noch einmal gelingen würde.

»Wir warten«, sagte er ruhig. »Necron wird nichts unternehmen, ehe wir nicht zusammen sind.«

»Wie schön«, sagte von Schmid spöttisch. »Und wenn Nies und André zurück sind, gehen wir hinauf und laden Necron zum Abendmahl ein, wie?«

Balestrano überhörte die Gotteslästerung geflissentlich. Es war nicht von Schmid, der sprach, das spürte er. Es war dieses *Ding* in ihm, das ihn provozieren wollte.

»Wir warten«, sagte er noch einmal. Sonst nichts.

Shannon hatte das Amulett zu Boden gelegt, aber es glühte und loderte noch immer wie ein winziger gefangener Stern, und der giftgrüne Schein, den es ausstrahlte, schien eher noch zugenommen zu haben. Es war mir unmöglich, das Ding länger als wenige Sekunden anzusehen, ohne dass meine Augen zu tränen begannen, geblendet von der grellen Glut, die das SIEGEL verschleuderte.

»Jetzt brauchen wir nur noch zu warten«, sagte Shannon grimmig. »Necron wird kommen.«

»Und wenn nicht?«, fragte ich. »Was, wenn er ein Dutzend seiner Krieger schickt, um das SIEGEL zu holen?«

»Das wird er nicht tun«, antwortete Shannon, und in seiner Stimme lag ein so bestimmter, überzeugender Klang, dass ich die Frage kein zweites Mal stellte. Mir wäre auch kaum Zeit dazu geblieben, denn Shannon, der bisher so ruhig und gelassen geblieben war, als befänden wir uns auf einem Sonntagnachmittags-Ausflug, entwickelte mit einem Male eine hektische Aktivität.

»Wir müssen uns verstecken«, sagte er und ergriff mich bei der Schulter. »Necron ist kein Narr. Er weiß garantiert, dass wir ihn erwarten.«

Ich glaube, es dauerte wirklich bis zu diesem Moment, ehe ich begriff. »Du ... du meinst, du willst *nichts* tun? Nur hier unten stehen und auf ihn warten?«

»Hast du eine bessere Idee?«, fragte Shannon unwillig. »Oben in der Burg haben wir keine Chance. Es wimmelt dort oben von seinen Männern.«

»Und Priscylla?«, keuchte ich. »Und Sitting Bull und Shadow? Was ist mit denen?«

»Nichts, Robert«, antwortete Shannon ernst. »Wir können nichts für sie tun. Weder für Priscylla noch für die beiden anderen. Nicht, solange Necron lebt.«

»Das ist vielleicht deine Meinung!«, fuhr ich auf. »Ich werde hinaufgehen und –«

»Und was?«, unterbrach mich Shannon zornig. »Und dich umbringen lassen?« Er lachte, griff in seinen Gürtel und zog einen gekrümmten zweischneidigen Dolch hervor, den er mir, mit dem Griff voran, hinhielt. Verstört blickte ich die Waffe an.

»Was soll ich damit?«, fragte ich.

»Dir die Kehle durchschneiden«, antwortete Shannon in vollkommen ernstem Tonfall. »Das geht schneller und ist weitaus angenehmer als das, was dich erwartet, wenn Necron dich noch einmal in die Finger bekommt. Denkst du, er weiß mittlerweile nicht, dass du geflohen bist? Er weiß sogar, dass du hier bist!«

»Oh«, antwortete ich böse. »Das ist es also. Du hast Angst, er könnte mich fangen und foltern und ich könnte ihm verraten, was du vorhast.«

»Unsinn«, sagte Shannon ruhig. »Aber es wäre Selbstmord, dort hinaufzugehen. Du hast keine Chance, Necron allein zu besiegen.«

»Ich habe nichts dergleichen vor«, antwortete ich zornig. »Ich will Priscylla befreien, das ist alles.«

»Oh, mehr nicht?« Shannon verzog die Lippen. »Und du glaubst, er legt die Hände in den Schoß und sieht in aller Ruhe zu? Du –«

»Shannon, bitte«, unterbrach ich ihn. »Ich muss es tun. Sitting Bull und Shadow haben ihre Leben riskiert, um mir zu helfen. Ich kann sie nicht einfach sterben lassen.«

»Sitting Bull ist nicht in Gefahr«, antwortete Shannon ruhig. »Und für Shadow kannst du ohnehin nichts mehr tun.«

»Aber sie lebt?«

»Sie lebt«, bestätigte Shannon. »Aber –«

»Nichts aber.« Ich schnitt ihm mit einer wütenden Geste das Wort ab. »Es tut mir leid, Shannon. Du verstehst das vielleicht nicht, aber ich bin es ihnen einfach schuldig, es zu versuchen.«

»Auch wenn es dein Leben kostet?«

»Auch dann«, erwiderte ich, und in diesem Moment war es wirklich die Wahrheit. Ich wollte die beiden keinesfalls ihrem Schicksal überlassen. »Wenn du Recht hast«, sagte ich mit einer Geste auf das grün leuchtende Amulett am Boden, »dann wird Necron in kurzer Zeit hier herunterkommen. Auch er kann nicht gleichzeitig an zwei verschiedenen Orten sein. Vielleicht kann ich Priscylla währenddessen befreien. Es muss eine Möglichkeit geben, sie aus dem Bann dieses verfluchten Buches zu reißen.«

»Du bist völlig verrückt«, sagte Shannon ruhig. »Was du da vorhast, ist glatter Selbstmord, Robert.«

Das Schlimme war, dass ich ihm insgeheim Recht gab. Meine Aussichten, den Weg hinauf lebend zu überstehen, standen nicht sonderlich gut. Und selbst wenn es mir gelang, Necrons Killern zu entkommen und *nicht* in eine der zahllosen Fallen zu tappen, mit denen diese Burg gespickt war, standen meine Chancen, auch noch lebend wieder zurückzukommen, noch schlechter. Trotzdem schüttelte ich mit gespieltem Optimismus den Kopf.

»So wild wird es nicht kommen«, sagte ich. »Necron hat im Moment andere Sorgen, als nach mir zu suchen – hast du deine eigenen Worte vergessen?«

Shannon schwieg einen Moment. »Ich brauche dich, Robert«, sagte er schließlich sehr leise und in fast flehendem Ton.

»Ich weiß«, antwortete ich ernst. »Und ich werde zurückkommen, so schnell ich nur kann. Das verspreche ich.«

Und damit drehte ich mich um und lief so schnell davon, dass es fast wie eine Flucht aussah.

Sehr viel weniger war es auch nicht.

Ich hatte mir den Weg hier herunter nicht gemerkt – dazu war ich viel zu aufgeregt gewesen –, aber ich wandte mich einfach immer nach oben, wenn ich an eine Abzweigung oder eine Treppe kam, und nach einer Weile glaubte ich hier und da eine bekannte Stelle zu sehen, eine absonderlich geformte Tür, eine seltsam schräg anmutende Treppe oder Rampe. Die sinnverdrehende Architektur der Drachenburg kam mir nun zugute, denn es gab praktisch keinen Quadratmeter, der einem anderen glich, und vieles war so bizarr, dass man es einfach nicht vergessen *konnte.*

Ich fand den Weg hinauf in Necrons Kerker erstaunlich schnell – und wäre um ein Haar gegen einen schwarz vermummten Drachenkrieger geprallt, der mit vor der Brust verschränkten Armen vor einer verschlossenen Zellentür Wache stand.

Ich weiß nicht, wer überraschter war – er oder ich.

Und ich wusste auch hinterher nicht zu sagen, wieso ich die nächste Minute überlebte.

Vielleicht war er einfach zu überrascht, um im Ernst anzunehmen, dass ich tatsächlich die Dreistigkeit besitzen würde, ihn anzugreifen.

Aber ich hatte sie.

Ich besaß sogar die Frechheit, auf ihn zuzuspringen und ihm in den Leib zu treten, und dann brachte ich sogar noch die Unverschämtheit auf, meinen Ellbogen mit aller Wucht in seinem Nacken zu platzieren, als er sich krümmte. Ohne einen weiteren Laut stürzte er nach vorne und blieb reglos liegen. Nein, dachte ich spöttisch, die feine englische Art war das nicht gewesen. Aber eine sehr wirksame.

Ich beugte mich zu ihm herab und überzeugte mich davon, dass er für mindestens eine Stunde außer Gefecht gesetzt war. Dann nahm ich sowohl seinen Säbel als auch seinen Dolch an mich, stand wieder auf und schob den Riegel der Zelle zurück, die er bewacht hatte.

Wie ich erwartet hatte, war sie nicht leer. Eine schmale, in fransiges, helles Leder gekleidete Gestalt hockte in einer Ecke und sah mühsam auf, als ich eintrat. Trotz des trüben Lichtes in der Kerkerzelle sah ich, wie müde und ausgelaugt Sitting Bulls Gesicht aussah; nicht mehr das Gesicht eines zwar alten, aber noch immer starken Mannes, sondern das eines Greises, müde und leer und ... ja, dachte ich entsetzt: zerbrochen.

»Häuptling!« Sitting Bull bewegte den Kopf, als er meine Stimme hörte und ich neben ihm niederkniete, aber er schien mich nicht zu erkennen. Seine Hände zitterten, und seine Lippen formten Worte in seiner Muttersprache, die ich nicht verstand. Ich berührte ihn an der Schulter, zog die Hand aber sofort wieder zurück. Der Körper unter dem schmutzig gewordenen Leder zitterte. Seine Haut war heiß. Er musste hohes Fieber haben.

»Blitzhaar?«, murmelte er plötzlich. »Bist ... du das?«

Ich atmete auf, erleichtert, dass er mich wenigstens erkannte. »Ja«, antwortete ich. »Keine Angst, Häuptling. Es ist alles in Ordnung. Ich bin hier, um Sie zu befreien.« Ich griff nach seinem Arm, um ihn in die Höhe und aus der Kammer zu ziehen, aber Sitting Bull schüttelte unerwartet heftig den Kopf und streifte meine Hand ab.

»Nicht«, sagte er. »Ich wäre ... nur eine Last für sie. Ich kann nicht mehr ... kämpfen.«

Rein instinktiv wollte ich widersprechen, aber dann begegnete ich seinem Blick und nickte stattdessen. Es gab Momente, in denen selbst eine barmherzige Lüge nur schadete. Sitting Bull hatte Recht – vor mir saß ein zerbrochener, müder alter Mann, der kaum mehr in der Lage war, auf eigenen Füßen zu stehen. Hätte ich ihn mitgenommen, hätte er uns beide nur in Gefahr gebracht. Aber ich konnte ihn auch nicht hierlassen.

»Können Sie laufen, Häuptling?«, fragte ich.

Sitting Bull nickte, und ich erklärte ihm den Weg hinunter, so gut ich konnte. Ich verschob das Problem damit nur, statt es zu lösen, denn einen Ausweg aus dieser gewaltigen steinernen Falle gab es auch unten in der Höhle nicht. Aber wenigstens war Sitting Bull dort vor der unmittelbaren Gefahr, sofort wieder gefangen und womöglich umgebracht zu werden, sicher. Und wenn Necron tatsächlich hinunterkam und Shannon besiegte – nun, dann brauchten wir alle uns ohnehin um nichts mehr Sorgen zu machen.

»Wissen Sie, wo Shadow ist?«, fragte ich zum Abschluss.

Ein Schatten huschte über Sitting Bulls Gesicht. »In ... einer der Zellen«, antwortete er stockend. »Vorne, am anderen Ende des Ganges. Aber es wäre besser, du würdest ... nicht hingehen, Blitzhaar.«

»Warum?«, fragte ich.

»Du kannst ihr nicht helfen«, sagte Sitting Bull ernst. »Suche lieber das andere Mädchen. Sie ist in Gefahr, das spüre ich. In großer Gefahr. Etwas Böses geschieht.«

Ich antwortete nicht darauf, sondern blickte ihn nur schweigend an, bis er sich – ebenfalls ohne ein weiteres Wort – umwandte und den Weg zurückzuschlurfen begann, den ich selbst vor wenigen Augenblicken gekommen war. Aber ich wartete noch, bis er das Ende des Korridors erreicht hatte und hinter der Biegung verschwunden war, ehe auch ich mich herumdrehte und die Zellen eine nach der anderen zu durchsuchen begann.

Sehr viele waren es ohnehin nicht. Der Korridor bestand praktisch aus nichts anderem als dicht nebeneinander liegenden Türen, hinter denen sich Zellen verbargen, aber die meisten standen offen, sodass ich sie auslassen konnte. Die erste Zelle, deren Tür ich öffnete, war leer, ebenso die zweite und dritte. In der vierten fand ich einen Toten, mumifiziert und ausgetrocknet, sodass er eher wie ein verschrumpelter Baumstumpf aussah denn wie ein menschlicher Leichnam, dann kam wieder eine leere Zelle, in der sich nur Spinnen und Wanzen tummelten – und dann fand ich Shadow.

Irgendwie spürte ich es, noch ehe ich den schweren Riegel zurückschob und die Tür öffnete. Etwas war an dieser Tür anders; etwas wie eine spürbare Ausstrahlung von Leid, in die ich hineintrat und die meine Bewegungen lähmte. Meine Hände begannen zu zittern. Ich hatte Mühe, den Riegel überhaupt zu bewegen. Mein Herz begann zu rasen.

Und dann sah ich sie.

Im ersten Moment weigerte sich mein Verstand einfach zu begreifen. Mein Gehirn schien sich zu einem eisigen Klumpen zusammenzuziehen, als ich auf das blutige Bündel hinunterstarrte, das einmal eine El-o-hym gewesen war.

Sie lag vor mir, mit leicht gespreizten Armen und Beinen, die von eisernen Ringen am Boden gehalten wurden, und in der Wand, die der Tür gegenüberlag, brannte eine Fackel, als hätte Necron dafür sorgen wollen, dass jeder, der diese Zelle betrat, das entsetzliche Bild auch in allen Einzelheiten wahrnahm. Ihr Gewand hing in Fetzen, sodass ich die blutigen Spuren erkennen konnte, die Necrons Folterwerkzeuge an ihrem alabasterfarbenen Körper hinterlassen hatten.

Aber all das sah ich zwar, registrierte es aber eigentlich nur am

Rande. Mein Blick hing wie gebannt an der Wunde zwischen Shadows Schulterblättern, an der Stelle, an der ...

Nein, dachte ich. *Nicht das. Alles, nur das nicht ...*

Shadow bewegte sich. Mühsam hob sie den Kopf, blickte mich aus trübe gewordenen Augen an und stieß einen leisen, gepeinigten Laut aus. Ihre Hände ballten sich zu Fäusten, zerrten kraftlos an den rostigen Eisenringen und erschlafften wieder.

Und endlich erwachte ich aus meiner Erstarrung.

Mit einem keuchenden Laut war ich bei ihr, fiel neben ihr auf die Knie und zerrte und riss einen Moment lang mit verzweifelter Kraft an den eisernen Fesseln, ohne indes mehr damit zu erreichen, als mir die Fingernägel abzubrechen. Shadow begann zu stöhnen. Meine vergeblichen Befreiungsversuche mussten ihr Schmerzen bereiten. Ich fuhr hoch, sah mich mit wachsender Verzweiflung nach irgendetwas um, das ich als Hebel benutzen konnte, um die Fesseln aufzubrechen, und kam endlich auf die Idee, die eisernen Ringe genauer in Augenschein zu nehmen.

Kaum drei Sekunden später war Shadow frei, denn es gab eine simple Mechanik, die ein Kind hätte bedienen können, um die Ringe auseinanderzuklappen. Weitere zwei Sekunden später hatte ich Shadow vorsichtig herumgedreht und in meinen Schoß gebettet, wobei ich sorgsam darauf achtete, die Wunde in ihrem Rücken nicht zu berühren. Trotzdem spürte ich, wie sie wieder aufbrach und ihr Blut warm und in raschen Stößen über meine Beine lief. *Das Blut eines Engels,* dachte ich. Es war ein absurder, völlig aberwitziger Gedanke, aber ich wurde ihn nicht los. *Engelsblut. Shadows Leben, das unaufhaltsam aus ihrem Körper herausströmte. Sie starb.*

Und als hätte sie meine Gedanken gelesen, öffnete sie in diesem Moment die Augen und sah mich an. Ihr Blick war jetzt klar, aber in ihren Augen glomm ein Ausdruck so unermesslich tiefen Schmerzes, dass ich schauderte.

»Mein Liebling, was ... was hat er dir angetan?«, flüsterte ich. Ich beugte mich über sie, presste sie behutsam an mich und streichelte das Silbergespinst ihres Haares, Worte murmelnd, die mich selbst überraschten, und erfüllt von einer Mischung aus Entsetzen und einem düsteren, ganz langsam aufkeimenden Zorn. In mir war nichts als Schmerz; Schmerz und ein Gefühl der Hilflosigkeit, das fast noch schlimmer war. Sie starb. Shadow, die ihr eigenes Volk verraten hatte, um mir zu helfen, die sich von ihrem Herrn, ihrem Leben, ihrer Vergangenheit losgesagt hatte, um *mir* beizustehen, die in der vergangenen Nacht zu mir gekommen war, um mich zu warnen, sie starb in meinen Armen. Ich konnte es fühlen. Es war absurd und durch nichts zu begründen, aber ich fühlte, wie das Leben aus ihrem Körper wich, mit jedem Atemzug ein bisschen mehr, und wie etwas Dunkles nach ihrer Seele griff.

Und plötzlich begriff ich, dass ich sie liebte.

Ich hatte es vom ersten Moment an getan, und sie hatte es gewusst, sie und Shannon und vermutlich auch Sitting Bull und alle anderen – nur ich Idiot nicht. Ich hatte mich an meine Liebe zu Priscylla geklammert und mich einfach geweigert zu begreifen, dass in meinem Herzen durchaus Platz für zwei Frauen sein konnte.

Es hatte bis zu diesem Moment gedauert, dass ich die Wahrheit begriff.

Jetzt, wo es zu spät war. Wo sie in meinen Armen lag und starb, zu Tode gefoltert von einem bösen alten Mann, aus keinem anderen Grund als dem, *mich* zu bestrafen.

»Robert, du ... du musst ...«, stammelte Shadow.

»Nicht reden, Liebling«, flüsterte ich. »Du darfst dich nicht anstrengen. Ich bringe dich hier heraus.«

Shadow schüttelte den Kopf. Die Bewegung war so schwach, dass ich sie fast nur ahnte. »Keine ... Zeit ...«, flüsterte sie. Sie versuchte sich aufzurichten, sank mit einem keuchenden Laut zurück und begann am ganzen Leib zu zittern. Die Wunde in ihrem Rücken blutete immer stärker.

»Das ... Buch«, flüsterte sie. »Robert, du ... du musst ...« Ihre Stimme erstarb, sank zu einem ganz leisen, kaum mehr wahrnehmbaren Flüstern herab, sodass ich mich vorbeugen und das Ohr an ihre Lippen halten musste, um sie überhaupt noch zu verstehen. Trotzdem waren es nur noch Wortfetzen, die ich hörte.

»Das Buch«, keuchte Shadow. »Geh und ... Priscylla ... ihr ... Geist ... in Gefahr ... wir ... das Tier ... die ... die Mutterzelle ...«

Plötzlich brach sie völlig ab, und für einen kurzen, entsetzlichen Moment dachte ich bereits, sie wäre tot. Aber dann bäumte sie sich noch einmal auf, mit solcher Macht, dass ich sie mit aller Kraft an den Schultern packen und halten musste. Ihre Fingernägel gruben sich durch den Stoff meiner Jacke und rissen tiefe, blutige Kratzer in meine Haut. Und mit einem Male war ihr Blick wieder ganz klar und auch ihre Stimme wieder laut und deutlich.

»Geh zu Necron«, sagte sie. »Vernichte das Buch, ehe Priscylla seine ganze Kraft entfesselt, Robert. Zerstöre es. Sie sind in der Kammer unter der Turmspitze. Töte sie beide, wenn es sein muss, aber vernichte das Buch. Verbrenne es.«

Der kurze Ausbruch hatte ihre letzte Kraft verbraucht. Sie begann zu zittern, sank in meinen Armen zur Seite und schloss mit einem sonderbar müde klingenden Laut die Augen.

Ich schrie auf. »Nein!«, brüllte ich. »Nicht, Shadow. *Du darfst nicht sterben!«*

Und Shadow öffnete noch einmal die Augen. Ihr Blick war jetzt frei von jedem Schmerz, aber es war ein Schatten darin, der mich noch mehr erschreckte als die Qual, die ich zuvor darin gelesen hatte.

Ihre Lippen verzogen sich zu einem letzten, fast spöttischen Lächeln.

»Du Narr«, sagte sie leise. »Weißt du denn nicht, dass Engel niemals sterben?«

Und dann starb sie.

Ihre Brust hörte auf, sich in unregelmäßigen Stößen zu heben. Ihr Atem stockte. Aus der Wunde zwischen ihren Schultern floss kein Blut mehr.

Shadow, die El-o-hym, der Engel, der sich in einen sterblichen Menschen verliebt hatte, war tot.

Ich blieb sehr lange so sitzen, starr, reglos, ohne zu denken, ja, fast ohne zu atmen, ihren leblosen Körper auf dem Schoß, ruhig, völlig ohne irgendeine Empfindung. Ich spürte keine Trauer. Keinen Schmerz. Nicht einmal Hass auf Necron.

Dann, irgendwann, nach Ewigkeiten, wie es schien, legte ich Shadow behutsam zu Boden, schloss ihre Augen und faltete ihre Hände über der Brust. Dann stand ich auf, verließ die Zelle und wandte mich nach rechts.

Nach oben, der eigentlichen Burg zu.

Dem Turm.

Necron.

Van Velden und Bruder André kamen eine Stunde später. Der Sturm hatte sich gelegt, und wie immer nach einem besonders heftigen Ausbruch der Naturgewalten war eine fast unheimliche Ruhe über dem

Berg eingekehrt. Aber die Luft über dem zusammengebrochenen Kastell war noch immer voller Staub und Sand, sodass der Blick nicht sehr weit reichte und alles sonderbar schemenhaft und unwirklich aussah.

Balestrano war beinahe froh, dass es so war.

Er war nicht sicher, ob er den Anblick in allen grässlichen Einzelheiten ertragen hätte, denn die zerborstene Albtraumlandschaft, die sich unter ihm ausbreitete, war nicht nur der Rest einer total zerstörten Festung, sondern auch ein Grab. Das Grab von fünfhundert tapferen, aufrechten Männern, die ihr Leben in seine Hände gelegt hatten.

Sie hatten ihm vertraut. Und er hatte sie getötet. Botho von Schmid hätte ihm widersprochen, hätte er den Gedanken laut ausgesprochen, und de la Croix die Schuld zugeschoben, und Hayworthy hätte wahrscheinlich auf seine gewohnt sachliche Art argumentiert, dass weder ihn noch den *Storm-Master* irgendeine Schuld traf, sondern einzig Necron, dessen düstere Magie den Höllensturm auf die Angreifer umgelenkt hatte, und sie beide hätten auf ihre Art Recht gehabt.

Aber das änderte nichts daran, dass sich Jean Balestrano schuldig fühlte und dass er *wusste,* dass es so war.

Er hätte es wissen müssen. Von allen hier – selbst die vier *Master* eingeschlossen – war er der Einzige, der *wirklich* gewusst hatte, mit welcher Macht sie konfrontiert wurden. Er war mitgekommen, weil *er* als einziger Necrons ganze Verschlagenheit kannte. Weil es *seine* Aufgabe gewesen wäre, sie zu warnen.

Und er hatte versagt.

Eine Hand berührte ihn an der Schulter. Balestrano schrak aus seinen Gedanken hoch und sah direkt in das schmale, von grauem Haar eingefasste Gesicht Rupert Hayworthys.

»Bruder André und Bruder Nies sind zurück«, sagte er leise.

»Ich weiß«, antwortete Balestrano. Er hatte die beiden einsamen Gestalten, die wie Geister aus dem wirbelnden roten Sand aufgetaucht waren, schon vor Minuten bemerkt. Augenblicke, bevor sie selbst die zertrümmerte Burg gesehen hatten und wie erstarrt stehen geblieben waren. Sie standen noch immer dort, hundert Schritt entfernt, gelähmt von dem entsetzlichen Anblick, der sich ihnen bot. Von Schmid hatte ihnen entgegengehen wollen, aber Balestrano hatte es verboten und einen der anderen Männer geschickt. Nicht alle waren tot, wie er im ersten Moment geglaubt hatte – eine Hand voll Krieger hatte das Chaos überlebt, verschüttet unter gewaltigen Steinquadern, die so über ihnen zusammengebrochen waren, dass sie sie vor der schlimmsten Gewalt des Sturmes geschützt hatten; vom Sand eingeschlossen, aber unversehrt in dem stehen gebliebenen Rest des Turmes. Aber es waren so wenige. Zwei Dutzend. Sechsundzwanzig Mann, wenn er die Verwundeten mitzählte. Sechsundzwanzig von fünfhundert!

»Woran denkst du, Bruder?«, fragte Hayworthy plötzlich. Er lächelte entschuldigend. »Wenn die Frage nicht zu indiskret ist.«

Jeden anderen hätte Balestrano scharf zurechtgewiesen. Hayworthy nicht. Stattdessen lächelte er wehmütig, drehte sich wieder herum und starrte auf den mit Trümmern und Sand übersäten Hof der Burg hinab.

»Woran ich denke«, murmelte er. »Vielleicht an ... an eine Sünde.«

»Eine Sünde?« Hayworthy runzelte die Stirn.

»Ich frage mich, ob ich vielleicht Kredit habe dort oben«, fuhr Balestrano mit einer Handbewegung zum Himmel fort. »Genug Kredit, mir eine Sünde leisten zu können.«

»Wer von uns ist schon frei von Sünde?«

»O nein«, antwortete Balestrano ruhig. »Ich meine keine Kleinigkeit, Bruder Hayworthy. Ich spreche nicht von den lässlichen Gefühlen Bruder von Schmids dem weiblichen Geschlecht gegenüber oder ...«, er lächelte, »... deinen kleinen Betrügereien beim Kartenspiel, mit denen du deinen Servanten ihren sauer verdienten Sold abnimmst.« Plötzlich wurde er wieder ernst. »Ich meine eine Todsünde, Bruder. Ich frage mich, ob in dem großen Hauptbuch dort oben genug Guthaben auf meinem Konto ist, mir die Sünde des Selbstmordes zu verzeihen.«

Hayworthy erbleichte. »Das ... das darfst du nicht einmal denken«, flüsterte er.

Aber Balestrano fuhr fort, ohne auch nur auf seine Worte zu reagieren. Vermutlich hatte er sie gar nicht gehört. »Vielleicht kommt es auch schon gar nicht mehr darauf an«, sagte er leise. »Ich habe den Tod von fünfhundert guten Männern zu verantworten. Glaubst du, dass es ein Unterschied ist, Bruder? Fünfhundert oder fünfhunderteins?«

»Sprich nicht so!«, keuchte Hayworthy. »Das darfst du nicht. Dich trifft keine Schuld. Nicht die mindeste!«

»O doch, Bruder«, widersprach Balestrano. »Aber wahrscheinlich ist es längst egal, was ich denke oder tue. Ich glaube, es liegt nicht mehr in meiner Macht, irgendetwas zu ändern. Vielleicht hat es niemals darin gelegen. Alles wird so kommen, wie es kommen soll.« Er seufzte, wandte sich wieder zu Hayworthy um und wechselte abrupt das Thema. »Geh und hole Bruder Botho«, sagte er. »Und die beiden anderen. Und beeilt euch.«

Hayworthy starrte ihn noch einen Sekundenbruchteil durchdringend an und Balestrano spürte genau, dass der kleinwüchsige Schotte noch etwas sagen wollte, irgendetwas Wichtiges, ganz Bestimmtes. Aber dann tat er es nicht, sondern drehte sich mit einem Ruck um und beeilte sich, Balestranos Befehl auszuführen.

Balestrano ging mit müden, schleppenden Schritten in das halb zerstörte Gebäude zurück. Von Schmid und Hayworthy hatten aufgeräumt, was noch aufzuräumen war, und der praktisch veranlagte Schotte hatte sogar den Tisch wieder repariert, sodass er – wenn auch ein wenig schräg – wieder auf vier Beinen stand.

Auf seiner Platte lag alles, was von Balestranos Habe übrig geblieben war: das kleine Kästchen mit dem schwarzen Stein, das er aus der versiegelten Kammer tief unter dem Pariser Templerkapitel mitgebracht hatte. Es war der einzige Teil seines Gepäckes gewesen, den der Sturm nicht gepackt und davongeschleudert hatte, und es war sicherlich kein Zufall.

Balestranos Hände begannen zu zittern, als er sich über den Tisch beugte und das winzige Kästchen aufklappte. Der schwarze Stein, der darin lag, schien ihn höhnisch anzugrinsen. Mit einem Male war ihm kalt, entsetzlich kalt. Und er wusste, dass es nicht nur Einbildung war, nicht nur Angst, sondern Realität. Die Temperaturen im Zimmer sanken rapide, bis Balestranos Atem als grauer Dampf vor seinem Gesicht erschien und seine Finger klamm und steif wurden. Die Hölle war kalt. Er war vielleicht der einzige Mensch auf der Welt, der das wirklich *wusste.*

Für endlose Minuten stand Balestrano einfach so da, in fast absurder Haltung, mitten in der Bewegung erstarrt, dann erwachte er mit einem Ruck aus seiner Lähmung, nahm den schwarzen Stein aus dem Kasten und verbarg ihn in seiner rechten Faust. Er war so kalt, dass seine Haut an der Oberfläche festklebte und ihm der Schmerz die Tränen in die Augen trieb. Aber er öffnete die Hand nicht. Er hätte sie sich eher abhacken lassen, als es zu tun.

Nach einer Weile näherten sich Schritte dem Haus und kurz darauf erschienen Hayworthy, von Schmid, van Velden und Bruder André. De la Croix' Gesicht war bleich vor Entsetzen, während in van Veldens Augen der Funken beginnenden Wahnsinns zu glimmen schien. Und ihnen beiden – nein, verbesserte sich Balestrano in Gedanken: allen *vieren* - haftete etwas körperlos Düsteres, Böses an, wie ein übler Geruch.

»Bruder Jean«, begann de la Croix, »ich schöre dir, dass ich –«

»Das brauchst du nicht, André«, unterbrach ihn Balestrano, in ruhigem, beinahe sanftem Ton. Seine linke Hand begann immer stärker zu schmerzen. Der schwarze Stein, den er darin verborgen hatte, pulsierte jetzt wie ein winziges, böses Herz. »Das brauchst du nicht«, wiederholte er. »Was hier geschah, ist nicht deine Schuld. Wenn überhaupt, trifft sie mich. Ich hätte wissen müssen, was geschieht, wenn ich euch Necrons Heimtücke ausliefere.«

»Es ... es war einfach stärker als ich«, fuhr de la Croix mit zitternder Stimme fort. Seine Augen schimmerten, als hielte er mit letzter Kraft die Tränen zurück. »Ich wollte nicht. Aber dann, dann ... dann hat mich irgendetwas gezwungen, den Sturm weiterzulenken. Aber ich wollte die Drachenburg treffen, nicht euch. Ich ... ich weiß nicht, was in mich gefahren ist!«

Aber ich, Bruder, dachte Balestrano düster.

»Genug jetzt«, sagte er sanft, aber sehr bestimmt. »Was geschehen ist, ist geschehen, und wir werden später die Schuld verteilen, wenn es etwas zu verteilen gibt. Jetzt müssen wir tun, was wir noch können, wenn das Opfer unserer Brüder nicht vollends umsonst gewesen sein soll.«

»Was wir können?« Van Velden keuchte. »Es ist aus, Bruder Jean! Wir haben verloren. Unser Heer ist vernichtet, und wir haben gesehen, wie leicht –«

»Es gibt noch eine letzte Möglichkeit«, unterbrach ihn Balestrano. Er hob die Hand. Der schwarze Stein darin pulsierte jetzt so heftig, dass seine Finger zuckten und bebten, als hätte er einen Krampf. Ein unheiliges, giftgrünes Licht sickerte zwischen seinen zusammengepressten Fingern hervor. »Es gibt noch etwas. Aber ich brauche eure Hilfe. Ihr müsst mir vertrauen.« Langsam trat er an den vier *Mastern* vorbei, blieb unter der Tür stehen und blickte nach oben, hinauf zur Drachenburg.

»Ergreift meine Arme«, sagte er.

Die vier Männer gehorchten. Balestrano fühlte die Berührung ihrer Hände wie die glühenden Eisens. Seine Augen waren voller Tränen.

»Jetzt, Baphomet«, flüsterte er. »Du kannst sie haben.« Und in Gedanken fügte er hinzu: *Verzeiht mir, Brüder.*

Dann gellte ein Schrei in seinen Ohren. Ein entsetzliches Kreischen und Wimmern, so schrill und spitz und voller Qual, wie er es noch niemals zuvor gehört hatte. Das Schreien aus vier menschlichen Kehlen.

Aber nicht sehr lange.

Die Burg schien so gut wie verlassen zu sein. Ich fand den Weg hinauf ins Licht leichter, als ich gefürchtet hatte, auf die gleiche Weise, auf die ich den Weg aus Shub-Nigguraths Höhle fand – indem ich einfach nach oben ging. Aber ich traf auf dem Wege nur einen einzigen von Necrons Kriegern. Er lebte nicht lange genug, mich auch nur mit einem erschrockenen Schrei zu verraten.

Über der Burg herrschte heller Tag, als ich endlich wieder aus dem Bauch der Erde hervorkam und auf den Hof hinaustrat. Das ungewohnte Licht schmerzte in meinen Augen; im ersten Moment war ich fast blind. Ich blinzelte, blieb stehen und sah mich aus tränenden Augen um. Der Anblick hatte nichts von seiner bedrückenden Fremdartigkeit verloren, aber alle Schatten kamen mir ein wenig härter vor, die Linien noch etwas fremdartiger, der Odem des Bösen, der über dieser verfluchten Burg hing, ein wenig deutlicher.

Ich verscheuchte den Gedanken, drehte mich einmal um meine Achse und entdeckte den Turm, von dem Shadow gesprochen hatte – ein korkenzieherartig gedrehtes, vollkommen absurdes Ding, das in einer obszön geformten Spitze endete. An seinem Fuß war eine Treppe mit unterschiedlich hohen Stufen, die zu einer einladend offen stehenden Tür von der Form eines aufgerissenen Drachenmaules führte.

Als ich sie hinaufging, vertrat mir ein schwarz gekleideter Krieger den Weg. Ich warf ihn gegen die Wand, nahm seine eigene Waffe auf und tötete ihn. Es ging so rasch und mühelos, dass ich fast selbst erschrak. Nicht über die Leichtigkeit, mit der ich mit dem Drachenkrieger fertig geworden war; ich hatte nichts anderes erwartet. Aber ich befand mich in diesen Momenten in einem Zustand, der nicht mehr normal war; jene Art von kalter, berechnender Raserei, in dem die Berserker der Frühzeit mit bloßen Händen Ochsen getötet hatten oder in dem die Soldaten unserer Zeit weiterkämpften, während sie schon längst zu Tode verwundet waren. Ich hätte den Krieger auch besiegt, wenn er mir sein Schwert durch die Brust gebohrt hätte. Aber was mich erschreckte, war die Kälte, die ich dabei verspürte.

Der Turm war dunkel. Durch absurd geformte Fenster fiel zwar Licht auf die eng gewundene Treppe, die sein Inneres ausfüllte, aber irgendetwas schien die Helligkeit aufzusaugen, wie finsterer Nebel, der in der Luft hing. Trotzdem ging ich weiter, ohne auch nur im Schritt zu stocken, erreichte rasch den Treppenabsatz und trat gebückt durch eine niedrige Tür.

Eine Sekunde später sah ich mich einem zweiten Drachenkrieger gegenüber, der in der winzigen Kammer dahinter an einem Tisch saß und offensichtlich auf seinen Kameraden wartete, dem ich unten begegnet war. Bei meinem Eintreten fuhr er zusammen, griff nach seinem Schwert und versuchte aufzuspringen.

Ich half ihm ein wenig dabei, und noch bevor er zwanzig Stufen unter mir auf der Treppe aufschlug, hatte ich die Kammer bereits durchquert und nahm den nächsten Treppenabsatz in Angriff. An seinem Ende befand sich eine weitere, etwas größere Kammer – und in ihr wartete nicht nur einer, sondern gleich drei von Necrons schwarz vermummten Kreaturen.

Und sie waren nicht so überrascht wie die beiden, auf die ich unten gestoßen war. Ganz im Gegenteil.

Ich sah einen Schatten vor mir aufragen, riss instinktiv die Fäuste in die Höhe und spürte, dass ich traf. Der Mann torkelte zurück und prallte gegen den Tisch, aber fast im gleichen Moment griff eine Hand nach meinem Arm und drehte ihn auf den Rücken, eine zweite Faust krallte sich in mein Haar und riss meinen Kopf zurück. Eine halbe Sekunde später tauchte ein schwarz verhülltes Gesicht vor mir auf. Dunkle, grausame Augen musterten mich ohne eine Spur von Gefühl. Metall blitzte.

Zum ersten Mal, seit Shadow in meinen Armen gestorben war, spürte ich wieder Angst, als sich die rasiermesserscharf geschliffene Klinge meiner Kehle näherte. Panische Angst.

Plötzlich begriff ich, dass ich sterben würde.

Hier und jetzt.

Ich hatte verloren. In meiner Raserei war ich Necrons Männern direkt in die Arme gelaufen.

Ganz genau, wie Shannon es mir prophezeit hatte.

Und dann geschah ... *irgendetwas.*

Der Drachenkrieger bewegte sich unglaublich schnell. Er hatte nicht vor, lange mit mir zu spielen, sondern schien entschlossen, der Sache ein rasches Ende zu bereiten. Aber wie oft, wenn einen echte Todesangst gepackt hat, schien die Zeit plötzlich stehen zu bleiben: Aus der rasenden Bewegung des Dolches wurde ein ganz langsames Gleiten, der helle Kampfschrei des Kriegers wurde zu einem unerträglichen Gröhlen und Dröhnen in meinen Ohren –

Und irgendwo tief in mir erwachte etwas. Etwas Böses und ungeheuer *Mächtiges.*

Es war wie eine Eruption aus schwarzem Schlamm, die plötzlich irgendwo in den finsteren Tiefen meiner Seele erfolgte, eine lautlose, aber unglaublich kraftvolle Explosion pechschwarzer Energie, tausend Mal stärker als das lächerliche Etwas, das ich bisher für das magische Erbe meines Vaters gehalten hatte.

Kraft raste durch meinen Körper, eine unglaubliche, unwiderstehliche Kraft. Irgendetwas ergriff Besitz von mir, schnell und lautlos. Der Dolch raste heran, schnitt mit einem widerwärtigen Geräusch durch mein Hemd und ritzte meine Kehle, aber seine Bewegung schien mit einem Male lächerlich langsam.

Ich packte die Klinge mit bloßen Händen, zerbrach sie und tötete den Angreifer noch in der gleichen Bewegung, so schnell, dass er wohl nicht einmal begriff, was ich tat. Dann riss ich meinen Arm aus der Umklammerung des anderen los, fuhr herum und gab ihm einen Stoß, der ihn aus der Tür und rücklings die Treppe hinunterfliegen ließ.

Der dritte Drachenkrieger versuchte mich anzuspringen. Seine Bemühungen erschienen mir albern. Beinahe gemächlich trat ich aus dem Weg, schlug seine vorgestreckten Beine zur Seite und sah zu, wie er auf dem Boden aufschlug.

Dann wandte ich mich um und trat auf die Tür zu, die die drei Krieger vergebens zu bewachen versucht hatten. Mit einem einzigen Tritt sprengte ich sie auf und sah mich einer weiteren, allerdings sehr kurzen Treppe gegenüber. An ihrem oberen Ende lag eine wuchtige Tür, mit Eisen verstärkt und mit kabbalistischen Zeichen gesichert. Ich spürte den finsteren Einfluss der magischen Schutzformeln, aber sie prallten von mir ab, beiseitegefegt von dem schwarzen Etwas, das in meiner Seele brodelte und mir Kraft gab. Jeden anderen Menschen – auch mich unter normalen Umständen – hätte der bloße Anblick dieser Symbole getötet oder um den Verstand gebracht, aber in diesem Augenblick, geschützt von der ungeheuren magischen Kraft meines Erbes, nötigten sie mir nicht einmal ein Lächeln ab. Ohne auch nur im Schritt innezuhalten, stürmte ich los, auf die Tür zu. Dahinter war Necron. Ich wusste es mit solcher Gewissheit, als wäre sie aus Glas.

Die Treppe versuchte nach mir zu beißen. Aus den Stufen wurden klaffende Dämonenmäuler, gespickt mit fingerlangen Zähnen, von denen Säure troff. Ich brach die Zähne ab und trat die Mäuler zu und stürmte weiter. Eine mannsgroße Spinne materialisierte mitten in der Luft vor mir und griff mich an. Ich schleuderte sie die Treppe hinab und sah mich von einem ganzen Wald peitschender Tentakel attackiert, die ich einen nach dem anderen ausriss.

Nichts davon geschah wirklich. Was ich zu erleben glaubte in diesen wenigen endlosen Sekunden, in denen ich die Treppe hinaufstürmte, war nichts als ein simpler hypnotischer Angriff, eine letzte, teuflische Falle Necrons, aber für mich war es Realität, und hätte mich das *Ding* in meinem Inneren nicht geschützt und mir die Kraft eines tobenden Gottes gegeben, wäre ich in Stücke gerissen worden. Aber das Erbe meines Vaters schützte mich. Necrons geistige Attacke verpuffte wie ein Wassertropfen auf glühendem Eisen.

Dann hatte ich die Tür erreicht. Beinahe ohne mein Zutun begannen sich meine Hände zu bewegen, löschten die schrecklichen Bannzeichen aus und zerbrachen den Riegel. Die Tür bewegte sich noch immer nicht, aber aus meinen Fingerspitzen strömte plötzlich Glut, grell weiße, wabernde Glut, die das Metall der Tür aufflammen und in brodelnden Tropfen herablaufen ließ.

Mit einem wütenden Brüllen riss ich die sicher eine Tonne wiegende Eisentür aus den Angeln, schleuderte sie die Treppe hinab und stürmte in den dahinter liegenden Raum.

Direkt in den Wahnsinn hinein.

»Jetzt, mein Kind«, flüsterte Necron.

Priscylla nickte. Ihre Hände legten sich auf die gerissenen Seiten des Buches. Ein sanftes, böses Lächeln umspielte ihre Lippen, als sie zu lesen begann.

Der Sturz musste ziemlich hart gewesen sein, denn mein Schädel dröhnte noch eine ganze Weile weiter, obwohl ich noch Glück gehabt und der dicke Teppich meinem Fall die ärgste Wucht genommen hatte. Ich hatte Mühe, überhaupt auf die Füße zu kommen. Mein Zimmer begann sich um mich zu drehen, und als ich zu dem kleinen Teewagen neben dem Kamin ging und mir einen Drink eingoss, zitterten meine Hände so stark, dass ich ein Gutteil verschüttete. Miss Winden würde sicherlich wieder eine ihrer gefürchteten spitzen Bemerkungen von sich geben, wenn sie hereinkam und den Fleck sah, den ich auf dem teuren Berber hinterlassen hatte.

Der Gedanke an Miss Winden, die gleich kommen und auf unnachahmliche Art die Stirn krausen würde, wenn sie mich schon wieder mit einem Whiskyglas in der Hand sah, ließ mich lächeln. Ich vergaß den Sturz, den ich sicherlich nur einer Teppichfalte oder einer momentanen Unsicherheit zu verdanken hatte, auf der Stelle. Bedächtig leerte ich mein Glas, stellte es zurück und sah mich noch einmal prüfend in meinem Arbeitszimmer um. Alles war so, wie es sein sollte. Andara würde nicht einmal merken, dass ich sein Büro benutzt hatte, wenn er in einer Stunde zurückkam, von einer dieser elend langweiligen Aufsichtsratssitzungen, auf die er mich immer mitzunehmen versuchte. Wäre es nach ihm gegangen, hätte ich mein Leben sicherlich mit der Leitung seines Firmenimperiums verbracht, statt mich angenehmeren Dingen zu widmen …

Aber gottlob ging es ja nicht immer nach ihm.

Die letzten beiden Stunden zum Beispiel hatte ich mit weitaus angenehmeren Dingen verbracht als dem Wälzen von Kontobüchern und dem Aufsagen von Bilanzen. Wenn ich die Wahl hatte, zog ich Priscyllas Gesellschaft der von Andaras verknöcherten Buchhalter-Freunden vor. Leider hatte ich sie nicht immer.

Nun – heute hatte ich sie gehabt und die letzten zwei Stunden hatte ich zwar – schließlich bin ich ein gehorsamer Sohn – hier in Andaras Allerheiligstem zugebracht, aber ganz und gar nicht mit Arbeit.

Ich grinste still in mich hinein, als ich an Priscylla dachte, die vor wenigen Augenblicken durch die Tür des Umkleideraumes verschwunden war. Die Vorstellung, wie sie jetzt all die komplizierten und überflüssigen Kleidungsstücke, die Frauen nun einmal so tragen, eines nach dem anderen über den Leib streifte (ich hatte dasselbe vor nicht ganz zwei Stunden auch schon getan, wenngleich in umgekehrter Reihenfolge), erregte mich schon wieder. Rasch sah ich zur Uhr, überzeugte mich davon, dass mir noch Zeit blieb, verriegelte vorsichtshalber die Tür und ging ins Nebenzimmer.

Zu meiner Enttäuschung war Priscylla bereits wieder völlig angezogen. Sie saß an dem kleinen Tischchen vor dem Fenster, das Kinn in einer entzückenden Geste in die Hand gestützt, und blätterte in einer der alten Schwarten, die dieses Haus – und besonders Andaras Arbeitszimmer – füllten. Neben dem Buch lag ein ausgebleichter Totenkopf. Das war etwas, was mich an Priscylla störte. Sie hatte manchmal einen etwas morbiden Geschmack.

Aber dann sah sie auf und lächelte mich an, und ich vergaß den Totenschädel ebenso wie die Spinne, die auf ihrer linken Schulter hockte. »Komm her zu mir, Robert«, sagte sie.

Ich nickte, schloss die Tür hinter mir und trat auf sie zu. Priscylla streckte mir die Arme entgegen, und ich sah jetzt, warum sie so rasch angezogen gewesen war – sie hatte einfach nur ihr Kleid übergestreift, sonst nichts. Etwas, dachte ich, das sich recht schnell rückgängig machen ließ.

Aber eine Sekunde bevor ich in ihre Arme fallen konnte, hörte ich Hufschlag vor dem Haus, und statt mich auf ihren Schoß zu setzen, drehte ich mich rasch herum und trat ans Fenster. Immerhin war es möglich, dass Andara vor der Zeit zurückkehrte, und wenn er uns hier erwischte, würde es eine Szene geben. Was er gesagt hätte, wäre er vor einer halben Stunde gekommen, versuchte ich mir vorsichtshalber erst gar nicht vorzustellen. Mein Vater hatte mehr als einmal verlauten lassen, dass Priscylla und ich nun allmählich lange genug verheiratet wären, ihm einen Enkel zu schenken. Aber ich bezweifelte, dass er sehr von der Vorstellung erbaut gewesen wäre, dass wir die Bestellung gewissermaßen auf seinem Schreibtisch aufgegeben hatten.

Mit einer Mischung aus Ungeduld und Besorgnis zog ich die Gardine zurück und spähte auf die Straße hinunter. Es regnete, und der Ashton Place glänzte wie ein gewaltiger grauer Spiegel. Aber es war nicht Andara, der zurückgekommen war. Vor dem Haus galoppierte nur eine Hundertschaft Leichen auf Skelettpferden entlang, angeführt von einem geköpften Mann auf einem Kamel.

Erleichtert drehte ich mich um.

»Wer war es?«, fragte Priscylla. »Dein Vater?«

Ich verneinte. »Nur ein paar Tote«, sagte ich. »Sonst nichts. Aber er kann jeden Augenblick kommen.«

»Nun, *noch* ist er nicht da, oder?«, kicherte Priscylla. Ich kicherte zurück, rührte mich aber noch nicht vom Fenster weg, und nach einigen weiteren Sekunden stand Priscylla auf, klappte das Buch zu – ich erhaschte einen raschen Blick auf seinen Deckel, auf dem mit üppigen goldenen Lettern das Wort NECRONOMICON stand – und griff nach ihrem Rocksaum. Mit einer raschen Bewegung streifte sie das Kleid über den Kopf und warf es hinter sich. »Komm her«, verlangte sie. Ein viel versprechendes Lächeln huschte dabei über ihre Züge.

Wieder streckte ich gehorsam die Hände aus, um mich in ihre ausgebreiteten Arme fallen zu lassen, und wieder führte ich die Bewegung nicht zu Ende. Ich wusste nicht was, aber irgendetwas störte mich. Etwas fehlte.

(Ihre Flügel! O Gott, was ist mit ihren –)

»Was ist?«, fragte Priscylla. »Wenn du noch lange da herumstehst, dann wird dein Vater wirklich zurückkommen. Er wird nicht sehr erbaut sein, wenn er sieht, wie sein Söhnchen seine Schwiegertochter in seinem Kleiderschrank bumst, glaube ich.«

Wenn er sie *was*?, dachte ich. Ich wusste nicht, warum, aber es fiel mir schwer, wirklich zu glauben, dass es Priscylla gewesen war, die dieses Wort aussprach. Aber dann verscheuchte ich den Gedanken und trat einen weiteren Schritt auf sie zu. In einem Punkt hatte sie Recht – wir hatten nicht mehr viel Zeit.

Wieder glaubte ich ein rasches, weißes Flattern und Schweben hinter Priscyllas Rücken zu sehen, und wieder blieb ich stehen. Was zum Teufel ging mit mir vor?

Ich stöhnte, hob die Hand an den Kopf und fuhr mir über die Augen.

(Ihre Flügel! Mein Gott, was hatte er damit gemacht? Blut, überall Blut, nichts als Blut. Dieses Ungeheuer! Dieses widerwärtige Ungeheuer!)

»Was hast du?«, fragte Priscylla.

»Nichts«, antwortete ich schleppend. »Ich … bin gestürzt, gerade eben. Muss mir wohl den Schädel angeschlagen haben. Es geht schon wieder.«

»Das will ich hoffen«, sagte Necron, der in der Ecke stand und seinen Bart zwirbelte. »Nun macht schon! Ich will was sehen für mein Geld!«

Ich nickte – ein wenig verlegen – atmete tief ein und trat auf Priscylla zu. Ihre Hände schlossen sich um meinen Hals und glitten in mein Hemd. Sie waren eiskalt. »Küss mich!«, flüsterte Priscylla. Ihre

Lippen öffneten sich ganz leicht, gaben den Blick auf ihre kleinen, regelmäßigen weißen Zähne und die Zunge frei, die sich glitzernd dahinter bewegte. »Küss mich!«, wiederholte sie.

»Das würde ich nicht tun«, sagte eine Stimme hinter mir. Ich fuhr zusammen, drehte mich um und blickte schuldbewusst in Andaras Gesicht. Er war durch die geschlossene Tür getreten, ohne dass ich es gehört hatte.

»Wirklich, Robert, das wäre ganz und gar nicht gut«, sagte er noch einmal.

»Was zum Teufel mischen Sie sich hier ein?«, fauchte Necron. Wütend trat er auf Andara zu und begann mit den Händen zu fuchteln. Andara runzelte die Stirn, packte ihn und riss ihm den rechten Arm ab.

»Heda!«, brüllte Necron. »Das ist nicht fair!«

»Habe ich jemals behauptet, dass es in diesem Spiel *fair* zugeht?«, fragte Andara, zupfte an seinem anderen Arm und warf ihn achtlos zu Boden. Dann packte er Necron am Kragen, schraubte seinen Kopf ab und trat ihn mit einem fröhlichen Lachen durch das Fenster, das klirrend zerbarst.

»Das war aber nicht gerade nett«, sagte Priscylla. Sie kicherte, wandte sich wieder an mich und strahlte mich aus ihren leeren, blutigen Augenhöhlen an. Ihre verstümmelten Flügel zuckten. Blut spritzte an die Tapeten. »Küss mich, Robert«, verlangte sie.

»Überlege dir gut, was du tust, Robert«, sagte Andara. »Necron kann ich dir vom Hals halten, aber mit ihr musst du selbst fertig werden.«

»Hör nicht auf den alten Knacker«, flüsterte Priscylla. »Der ist doch nur neidisch, weil er's selbst nicht mehr bringt. Und jetzt küss mich, zum Teufel noch mal!«

Plötzlich riss sie mich mit erstaunlicher Kraft an sich. Ihre Lippen berührten die meinen. Andara seufzte. Sein Blick wurde vorwurfsvoll wie der unseres Dackels, wenn ihm der Koch wieder keine Wurst gab. »Ja«, flüsterte Priscylla. »Ja, so ist es gut, Robert. Jetzt gehörst –«

Ich schrie auf, sprengte ihre Umarmung und stieß sie von mir, so fest ich konnte.

Und die Welt zersplitterte.

»Jetzt, Baphomet«, sagte Balestrano. »Du hast bekommen, was du wolltest. Ich habe bezahlt. Jetzt bezahle auch du!«

Hinter ihm erscholl ein leises, meckerndes Lachen. Kein Laut, wie ihn die Kehle eines Menschen – oder irgendeines anderen Wesens – zustande bringen konnte. Balestrano drehte sich nicht herum. Sein Blick war starr auf die Drachenburg gerichtet.

Und langsam, ganz langsam begann etwas Gigantisches aus den Schatten zu kriechen und sich über der Burg zu ballen. Es sah aus wie eine sechsfingrige Kralle.

Beinahe.

»DU!«, kreischte Necron. Nur dieses eine Wort, aber in ihm war aller Hass, aller Zorn, zu dem er nur fähig war. Sein hässliches Gesicht hatte sich zu einer abstoßenden Grimasse verzerrt, einer widerlichen, sabbernden Visage, dem Wahnsinn näher als dem Normalen. Seine Augen loderten, nicht nur im übertragenen, sondern im wortwörtlichen Sinne. Kleine, grünliche Blitze magischer Energie umspielten seine Gestalt.

Er war bestürzt, als ich Priscylla von mir gestoßen hatte, denn sie war gegen ihn geprallt, hatte den Tisch mit dem Buch und den drei SIEGELN zu Boden gerissen und schließlich auch ihn. Seine linke Hand musste gebrochen sein, so, wie er sie hielt. Er war darauf gefallen.

Ich war wieder zurück in der Wirklichkeit, wenn diese Wirklichkeit auch schlimmer war als der Albtraum, aus dem ich im allerletzten Moment zurückgekommen war. Vor mir lag eine winzige, kaum drei Schritte im Quadrat messende Kammer, vollkommen leer bis auf den Tisch und ein Gitterbecken voll glühender Kohlen.

»Du!«, kreischte Necron noch einmal. »Du! Ich werde dich vernichten. Ich töte dich, Andaras Sohn. Du wirst tausend Tode sterben!«

Er sprang auf, riss die Arme in die Höhe und schleuderte einen sengenden Blitz nach mir. Wie von einem Faustschlag getroffen, taumelte ich zurück, schreiend vor Schmerz. Aber das unerträgliche Brennen und Reißen hörte fast so schnell auf, wie es begonnen hatte, und ich spürte, wie das *Ding,* das noch immer in meinem Inneren tobte, die frische Kraft gierig aufsog und zu seiner eigenen machte.

Necrons Augen weiteten sich, als er begriff, dass er mich *(mich???)* nicht getötet, sondern nur noch weiter gestärkt hatte. Er kreischte, wich einen Schritt zurück und bückte sich blitzschnell nach dem

Buch, das zu Boden gefallen war, aber das *Ding* in mir war schneller, packte ihn mit unsichtbaren Händen und schmetterte ihn mit grausamer Wucht gegen die Wand. Necron brüllte, aber diesmal vor Schmerz.

Und dann spürte ich, wie sich die unsichtbare Macht in meinem Inneren ballte, zu einer finsteren, brodelnden Faust aus Hass wurde, bereit, auf Necron herabzufahren und ihn zu zermalmen. Ich hatte ihn vor mir. Der Mann, der meine Priscylla entführt hatte, der für den Tod so vieler meiner Freunde verantwortlich war, das widerwärtige Ungeheuer, das Shadow zu Tode hatte foltern lassen – er war in meiner Gewalt. Eine Bewegung, ein *Gedanke* von mir reichte, ihn zu vernichten. Der Albtraum hätte ein Ende.

Aber ich tat es nicht. Ich konnte es nicht. Ich wollte es tun, mit jeder Faser meines Seins, aber ich konnte es nicht. Er lag vor mir, hilflos, mit gebrochenen Gliedern und die Augen voller Angst, aber ich *konnte* ihn nicht töten.

Und plötzlich sah ich ihn, wie er wirklich war – nichts als ein schmutziger alter Mann.

Voller Verachtung wandte ich mich um und kniete neben Priscylla nieder. Sie war dort liegen geblieben, wo sie gestürzt war. Ihre Augen waren geschlossen, und ihr Atem ging so gleichmäßig, wie es nur der Atem eines Bewusstlosen tut. Ihre rechte Hand lag wie durch Zufall zwischen den Seiten des NECRONOMICON.

Und im gleichen Moment, in dem ich sie berührte, spürte ich die düstere, unheilvolle Verbindung, die noch immer zwischen ihr und diesem Buch bestand. Das Bündel pulsierender Energiestränge, das ich durch Shannons Augen gesehen hatte, es existierte noch immer. Priscylla war noch immer eine Gefangene dieses entsetzlichen Buches.

Mit einem zornigen Schrei fuhr ich herum und packte Necron am Kragen. »Sprich sie los!«, schrie ich. »Löse sie von diesem Buch, oder ich töte dich!«

Necron kreischte vor Schmerz und Angst – und dann begann er zu lachen. »Den ... den Teufel werde ich tun!«, stammelte er.

Ich schlug ihn, nur mit der flachen Hand, aber sehr fest. Necron stöhnte, wand sich mit aller Kraft unter meinem Griff und stellte jeden Widerstand ein, als ich ihn ein zweites Mal schlug.

»Sprich sie frei!«, sagte ich drohend. »Oder ich erwürge dich, alter Mann!«

»Dann ... dann tu es doch!«, stieß Necron hasserfüllt hervor. »Töte mich. Bring mich um – aber sie wird nicht frei sein.« Er kicherte, richtete sich auf, so weit es mein Griff zuließ, und starrte mich aus lodernden Augen an. »Ja!«, sagte er sabbernd. »Töte mich doch, Hexer. Du hast gewonnen. Du hast mich geschlagen. Aber sie – sie wird niemals frei sein. Du –«

Er sprach nicht weiter, denn ich stieß ihn zurück und wandte mich wieder Priscylla zu, streckte die Hände aus, um sie zu berühren, und führte die Bewegung nicht zu Ende, als ich das Knistern ungeheuerlicher Energien spürte, die sich zwischen ihr und dem höllischen Buch spannten.

Necron kicherte hinter mir. »Du hast gewonnen, Hexer! Ich bin geschlagen, endgültig. Jetzt nimm dir deinen Preis. Du bist doch ihretwegen gekommen, oder etwa nicht? Nimm sie dir. Aber du kannst nur beides haben. Nur ich weiß, wie du sie retten könntest. Und ich sage es dir nicht. Der einzige andere Weg ist ihr Tod. Und du wirst es sein, der sie umbringen muss. Ist das nicht herrlich? Sag, Hexer, ist das nicht ein höllisch gutes Ende?«

Die Dämonenkralle berührte die Burg, tastete über Zinnen und Mauern, huschte über Dächer und Stein, sprühende Funken aus blauem Elmsfeuer hinterlassend, tötete fast beiläufig einen Drachenkrieger, der ihren Weg kreuzte, und glitt über das Tor zurück.

Dann senkte sie sich rasch nacheinander auf die Häupter der gigantischen steinernen Drachen hinab, die die vier Türme der Burg bildeten.

Und erlosch.

Priscylla stöhnte leise. Ihre Hände zuckten, als versuche sie, irgendetwas zu greifen, sich irgendwo festzuklammern, um nicht vollends hinabgesogen zu werden in den schwarzen Sumpf des Wahnsinns. Ihre Brust hob und senkte sich in raschen, krampfartigen Stößen. Und sie ... *verfiel.*

Der Vorgang war nicht zu sehen, aber desto deutlicher spürte ich ihn. Irgendetwas in ihr schmolz dahin, wurde schwächer und schwächer, im gleichen Maße, in dem die düstere Macht des NECRONOMICON in ihrer Seele stärker wurde, immer stärker und stärker und stärker. Es war, als verginge sie vor meinen Augen und als entstünde statt ihrer eine vollkommen gleiche, aber finstere, böse Kopie.

»Nein«, flüsterte ich. »Nicht ... nicht sie auch noch. Bitte, lass sie nicht auch noch sterben. Nicht *auch noch sie!*«

Wie zur Antwort stimmte Necron hinter mir ein höhnisches Gelächter an. »Mit wem redest du, Hexer?«, kicherte er. »Mit deinem Gott? Er wird dich nicht hören.«

Ich fuhr herum und ballte die Fäuste, und Necron hob ängstlich beide Hände über sein Gesicht. Aber ich schlug ihn nicht.

»Retten Sie sie!«, sagte ich. »Ich beschwöre Sie, Necron, retten Sie sie! Ich ... ich werde tun, was immer Sie verlangen. Lassen Sie nicht zu, dass ... dass sie stirbt.«

Necron starrte mich an. »Was höre ich?«, sagte er spöttisch. »Ist das derselbe Robert Craven, der mich noch vor Augenblicken einen widerwärtigen alten Mann genannt hat?« Er kicherte böse.

»Bitte, Necron!«, flehte ich. »Retten Sie sie! Sie ... Sie können mich haben. Töten Sie mich, aber ... aber geben Sie Priscylla frei!«

»Töten?« Necron lachte hämisch. »Aber warum sollte ich so etwas tun? Das wäre zu leicht, findest du das nicht selbst, Robert? Du wirst leben. Sehr lange leben. Schließlich«, fügte er mit einem glucksenden Lachen hinzu, »sollst du die Gesellschaft deiner entzückenden Braut lange genießen können. Du hast dich genug angestrengt, sie zurückzubekommen.«

»Bitte, Necron!«, flehte ich. »Ich –«

Ein dröhnender Schlag traf den Turm.

Ich spürte, wie das gewaltige Gebäude in seinen Grundfesten erbebte, sich in einer absurd langsamen Bewegung auf die Seite neigte und im letzten Moment wieder aufrichtete, bevor es vollends zerbrechen konnte. Ein Teil der südlichen Wand barst und verschwand, und plötzlich war die Luft voller Staub und fliegender Steintrümmer und ungeheuerlichem Lärm. Ein zweiter, noch härterer Schlag traf den Turm und riss mich von den Füßen. Ich fiel, rollte verzweifelt herum und versuchte wieder in die Höhe zu kommen – und erstarrte.

Die Drachenburg zerfiel. Rings um den Turm schien die Luft zu kochen – überall waren Staub und fliegende Steintrümmer, Teile der gewaltigen Wehrmauer waren bereits zusammengefallen, als wäre eine ungeheuerliche Granate hoch über der Burg in der Luft explodiert, und einer der riesigen Drachentürme begann sich in diesem Moment zu neigen und zu –

Aber es war gar kein Turm mehr.

Der Anblick ließ mich an meinem Verstand zweifeln.

Der Drache war lebendig.

Der gigantische, fünfzig Yards hohe Drache aus schwarzem Granit war *zum Leben erwacht!* Er bestand noch immer aus Granit – ich konnte die Fugen zwischen den einzelnen Steinen erkennen, das grauenhafte Splittern und Bersten hören, mit dem sie auseinanderbrachen –, aber trotzdem bewegte er sich, reckte den gewaltigen Schädel in die Luft und spreizte die Schwingen zu einem ungeheuerlichen Schlag, der die Burg verwüstete und sich selbst zermalmte. Das Leben des Ungeheuers währte nur wenige Sekunden. Seine gemauerten Schwingen zerbarsten, auseinandergerissen von einer Bewegung, für die sie nicht erschaffen waren – aber sie zerstörten dabei alles, was ihnen in den Weg kam.

Und so wie dieser eine waren auch die drei anderen Ungeheuer zu zerstörerischem, sich selbst verzehrendem Leben erwacht!

Hinter mir schrie Necron gellend auf – und diesmal registrierte ich die Bewegung, die dem Schrei folgte, nicht mehr schnell genug. Ich fuhr herum und griff nach ihm, aber der Magier warf sich mit einer für einen Mann seines Alters unglaublichen Behändigkeit zur Seite und entschlüpfte mir, kroch mit einer robbenden Bewegung auf Priscylla zu und umschlang sie und das Buch mit den Armen – und verschwand

Ein Ring grün glühenden Feuers bildete sich um die beiden aneinander geklammerten Körper und ich begriff beinahe zu spät, was Necron tat.

Er schuf ein *Tor!* Er schuf, mit der puren Kraft seines Willens, ein *Tor*, eine magische Brücke über das Nichts, durch das er mir wieder zu entkommen drohte.

Und Priscylla mit ihm.

Ich sah eine Bewegung aus den Augenwinkeln, fuhr herum und sah, wie eine der gigantischen steinernen Drachenschwingen wie eine Granitsense auf den Turm zugerast kam, bereits im Zerbrechen begriffen, aber schnell genug, ihn noch zu treffen und zu zerschmettern.

Wenn ich noch einen Grund gebraucht hätte, *nicht* zu zögern – jetzt hatte ich ihn.

Mit weit ausgebreiteten Armen sprang ich hinter Necron her und krallte mich an ihm fest.

Und das *Tor* verschlang die Wirklichkeit.

Dunkelheit umgab mich. Für den Bruchteil einer Sekunde hatte ich das Gefühl, schwerelos in der Luft zu hängen, dann begann ich zu stürzen, sah schwarzen Fels auf mich zurasen und schlug mit grausamer Wucht auf. Für eine Sekunde verlor ich das Bewusstsein, erwachte aber schon wieder, ehe ich vollends zum Liegen kam. Priscylla und Necron waren dicht neben mir; Priscylla noch immer ohne Bewusstsein und noch immer an das Buch geklammert und Necron mit geschwollenem, blutendem Gesicht, aber wach.

Ich versuchte mich hochzustemmen. Necron fauchte, trat nach mir und sprang hoch.

Dann erst sah ich, dass er nicht sprang, sondern in die Höhe gerissen wurde, von einem hünenhaften, schwarz gekleideten Mann. Und endlich begriff ich, wo wir waren. Das *Tor,* das Necron geschaffen hatte, hatte uns geradewegs in die Höhle des GROSSEN ALTEN geschleudert, hin zu dem SIEGEL, das Necron wohl instinktiv angepeilt hatte.

Und – zu seinem Pech – auch in Shannons Hände.

Der junge Drachenkrieger schrie vor Triumph, riss Necron nur am Hals in die Höhe und schüttelte ihn wie eine Puppe. In seiner freien Hand blitzte ein Messer.

»Nicht!«, rief ich erschrocken. »Töte ihn nicht, Shannon. Ich brauche ihn!«

Und damit sprach ich Shannons Todesurteil aus.

Mein Schrei lenkte ihn ab, nur für den Bruchteil einer Sekunde.

Aber zu lange.

Ich sah das Blitzen in Necrons Hand, aber meine Warnung kam zu spät. Necron riss den Arm hoch, schlug Shannons Hand beiseite – und stieß ihm den Dolch, den er unter seinem Gewand getragen hatte, bis ans Heft in die Brust.

Shannon keuchte. Seine Augen wurden groß und dunkel vor Schmerz. Er taumelte, ließ Necron los und versuchte vergeblich, seine eigene Waffe zu heben, um sie dem Magier ins Herz zu stoßen. Langsam, ganz langsam brach er in die Knie, schlug die Hände vor der Brust zusammen und versuchte etwas zu sagen, brachte aber nur einen gequälten, halb erstickten Laut hervor. Helles Blut glitzerte zwischen seinen Fingern. Dann kippte er nach vorne, fiel auf das Gesicht und blieb reglos liegen.

Necron keuchte, wich drei, vier Schritte zurück und blieb wieder stehen, nur noch einen halben Schritt vom Ufer des schwarzen Protoplasmasees entfernt. Er keuchte vor Anstrengung, aber sein Gesicht flammte vor Triumph.

Und irgendetwas in mir zerbrach.

Für einen Moment sah ich alles mit unnatürlicher, grausamer Klarheit. Necron, der hoch aufgerichtet am Ufer des Plasmasees stand. Shannon, der tot vor mir lag, das letzte Opfer dieses widerwärtigen Ungeheuers. Der letzte meiner Freunde, den er getötet hatte. Priscylla, die neben mir lag, zusammengekrümmt wie ein Fötus und dieses furchtbare Buch an die Brust gepresst, das ihr die Lebenskraft aussaugte wie ein Vampir seinem Opfer das Blut. Andaras Amulett, das wenige Inches neben meiner ausgestreckten Hand lag und leuchtete wie ein gefangener Stern. Und plötzlich wusste ich, was ich zu tun hatte.

Necron war meinem Blick gefolgt, und jetzt sah auch er den Anhänger. Seine Augen flammten auf. »Gib es mir!«, flüsterte er. Seine Stimme vibrierte vor Gier. Speichel rann aus seinen Mundwinkeln. Auf der Klinge des Dolches, den er noch immer in der Hand hielt, glitzerte Blut.

Shannons Blut.

»Gib es mir!«, kreischte Necron noch einmal. »Es gehört mir! Gib mir das SIEGEL!«

»Du willst es haben? Gut, ich gebe es dir, Necron!«, schrie ich. »Fang!«

Und damit warf ich das SIEGEL mit aller Gewalt, die mir der Zorn gab. Wie ein kleines, goldgrün leuchtendes Geschoss flog es auf Necron zu, prallte gegen seine Schulter und platschte in die glitzernde schwarze Masse hinab, um darin zu versinken, nur einen Schritt vom Ufer entfernt.

Necron brüllte vor Wut, fuhr herum und sprang in den schwarzen Sumpf hinein. Er versank bis über die Knie, fand aber sofort wieder festen Grund unter den Füßen und beugte sich vor, um mit den Händen in der teerartigen Masse herumzusuchen.

Und genau in diesem Moment explodierte der See.

Das Feuer war längst erloschen, aber ich hockte noch immer in der gleichen Haltung da, in der ich mich über Priscylla geworfen hatte, erstarrt und wie gelähmt. Das ungeheure Tosen und Brüllen war verstummt, und der See, in dem sich die schwarze Brut Shub-Nigguraths gesuhlt hatte, war zu einer zerborstenen Ebene aus toter Schlacke geworden. Die Luft stank unerträglich, aber sie war jetzt wenigstens nicht mehr so heiß, dass ich das Gefühl hatte, flüssiges Feuer zu atmen. Das Amulett lag neben meiner ausgestreckten Hand. Es hatte getan, wozu es bestimmt gewesen war, und war zu mir zurückgekehrt, nachdem sein Werk der Zerstörung beendet war.

Ich hatte gesiegt.

Irgendwie mogelte sich dieser Gedanke durch den Wust aus Schmerz und Entsetzen, der sich hinter meiner Stirn gebildet hatte.

Gesiegt.

Das Wort klang bitter. Wie böser Spott.

Gesiegt ...

Aber war es wirklich ein *Sieg* gewesen? Necron war tot, seine Drachenburg vernichtet, Shub-Nigguraths Körper zerstört. Priscylla war frei und das NECRONOMICON wieder in meiner Hand.

Ja, ich hatte gesiegt. Alles war vorbei, der entsetzliche Kampf ausgestanden.

Aber ich hatte einen entsetzlichen Preis dafür bezahlt. Shannon war tot. Shadow war tot. Priscyllas Geist war tiefer denn je verstrickt in die klebrigen Spinnfäden finsterer Magie, und ich – o ja, ich hatte gesiegt. Und ich hatte bezahlt.

Ich hatte gesiegt, aber ich hatte zahllose Leben gegeben, um eines zu nehmen. Ich hatte bezahlt. Nicht einmal ich – andere. So, wie fast immer andere den Preis bezahlten, der mir zugestanden hätte. Einen Preis, der zu hoch war.

Viel zu hoch.

Der Koloss von New York

Vorwort

Viele von Ihnen werden erst durch diese Sammelausgabe erste Bekanntschaft mit den Abenteuern Robert Cravens geschlossen haben; andere kennen vielleicht die dicken Hexer-Taschenbücher aus dem Bastei-Verlag, in denen jedoch nur ein Teil der Hefte enthalten ist, wieder andere mögen noch die (in Sammlerkreisen mittlerweile recht wertvollen) Originalhefte besitzen und kaufen diese Ausgabe in erster Linie, weil Bücher nun mal viel besser im Schrank aussehen.

Diese Sammelausgabe hat es sich aber auch zum Ziel gesetzt, den Hexer in möglichst originalgetreuem Zustand zu präsentieren. Das bedeutet, dass – so weit irgendwie möglich – auf die noch nicht lektorierten Originalmanuskripte zurückgegriffen wird. Leider geht das nicht immer, viele sind mittlerweile längst verschollen.

Bereits sehr frühzeitig hat Wolfgang Hohlbein begonnen, seine Romane auf einem Computer zu schreiben, doch als die ersten Hexer-Bände entstanden, steckte dieser Markt noch in den Kinderschuhen. Gespeichert wurde damals noch auf 5¼-Zoll-Disketten, die ungefähr das Format einer CD hatten, aber lediglich 360 KB an Daten aufnehmen konnten und extrem empfindlich waren. Die Prozessoren waren so langsam, dass man bequem einen Spaziergang machen konnte, bis ein Text von Romanlänge neu formatiert war. Seither hat sich viel verändert. Betriebssysteme, die damals als das Nonplusultra galten, sind längst in Vergessenheit geraten, und immer neue Texterfassungsprogramme kamen und gingen – und waren leider nur bedingt kompatibel zu ihren Vorgängern, sodass man die Texte nicht einfach ins neue Format übernehmen konnte. Zusammen mit vielen im Laufe der Jahre einfach kaputt gegangenen Disketten einer der Hauptgründe, weshalb manche Manuskripte heute nicht mehr im Original existieren.

Allzu umfangreich aber waren die damals im Lektorat vorgenommenen Änderungen ohnehin nicht. Manche Beschreibungen mussten aus Gründen des zu dieser Zeit gerade bei Heftromanen sehr strengen Jugendschutzes entfernt werden, einige Scherze, mit denen der Autor sich und seinen Helden auf die Schippe nahm, wurden gestrichen, und manche Passagen gefielen einfach dem kritischen Auge des Redakteurs nicht.

Wenn sich jemand die Mühe macht, die Originalhefte mit den Buchtexten zu vergleichen, wird er jedoch feststellen, dass manchmal die Hefte sogar geringfügig *länger* waren. Vereinzelt wurden nämlich auch Passagen beim Lektorat *hinzugefügt,* die für diese Edition wieder gestrichen wurden. So drängte einer der drei Michaels beim Start der eigenen Serie darauf, dass Robert häufiger seine Magie einsetzen sollte, schließlich wäre er ein Hexer. Das führte dazu, dass einer der anderen Michaels, nämlich Michael Schönenbröcher, der Redakteur der Serie, eine Szene im ersten Band so ausschmückte, dass der in einem sich immer mehr erhitzenden Fluss treibende Robert in bester Superhelden-Manier mit magischer Kraft eine Art Schutzschirm um sich herum errichtete und schließlich sogar über dem Fluss zu schweben begann.

Als der Roman erschien und Wolfgang die entsprechende Stelle las, war er nicht weit von einem Tobsuchtsanfall entfernt, bei dem vermutlich selbst Rowlf Schwierigkeiten gehabt hätte, ihn zu bändigen. Wenn jemandem aufgefallen sein sollte, dass die in dieser Edition abgedruckte Version von der im Heftroman abweicht, dies ist die Erklärung dafür.

Auch in diesem Buch gibt es eine Passage, für die Ähnliches gilt. Nach Kritik des Jugendschutzprüfers, der Hexer wäre zu brutal und es würden zu viele unschuldige Menschen sterben, hatte Michael die undankbare Aufgabe, daran etwas zu ändern. Als durch einen dämonischen Angriff Priscyllas Krankenschwester starb, fügte er eine Szene ein, in der Robert sie mit seiner Magie im Moment ihres Todes ins Leben zurückholt. Wenn die gute Frau in diesem Buch nun dennoch ihren verdienten Frieden findet, liegt das nicht an der Blutrünstigkeit des Bearbeiters, sondern daran, dass die »Rettung« im Originalmanuskript von Wolfgang nicht vorkam und zudem äußerst fragwürdig war. Würde Robert diese Fähigkeit besitzen, müsste man sich nämlich fragen, warum er sie nicht viel häufiger anwendet, vor allem, wenn ihm nahe stehende Menschen sterben. Warum hat er Shannon nicht auf diese Art gerettet? Warum nicht diesen und jenen? Wolfgang wusste schon, warum er Robert keine solche Macht verlieh. Die Streichung dieser Passage und einiger anderer dient also lediglich dazu, den weitaus sinnvolleren Originalzustand wiederherzustellen.

Auch in diesem Buch begegnet Robert erneut einer Person der Zeitgeschichte, nämlich dem Schriftsteller Herman Melville. Wenn dieser Howard gegenüber flachst, sein Roman »Moby Dick« würde eines Tages ja vielleicht mal zu den Klassikern der Weltliteratur gehören, so wissen wir heute, dass dies tatsächlich geschehen ist. Zu Melvilles Lebenszeiten sah das jedoch anders aus. Er wurde am 1. 8. 1819 in New York geboren. Viele Jahre fuhr er zur See, unter anderem auf Walfangschiffen. 1844 kehrte er in die USA zurück und versuchte sein Glück als freier Schriftsteller. Nach einigen anfänglichen Erfolgen ließ sein Ruhm jedoch schnell nach. Gerade sein heute so berühmtes Buch um Kapitän Ahab und dessen Jagd nach dem weißen Wal erregte kaum Aufmerksamkeit, als es 1851 erschien. Erst lange nach Melvilles Tod am 28. 9. 1891 wurde es populär. Da die Schriftstellerei nicht ausreichte, um seinen Lebensunterhalt zu bestreiten, musste er sich mit anderen Jobs über Wasser halten. So arbeitete er, wie in diesem Buch beschrieben, von 1866 bis 1885 als Zollinspektor im Hafen von New York.

Frank Rehfeld

Dieses Kapitel enthält die Hefte:

Der Hexer 31: Die Macht des NECRONOMICON
Der Hexer 32: Der Koloss von New York
Der Hexer 33: Wer die Götter erzürnt
(Wolfgang Hohlbein zusammen mit Michael Schönenbröcher)

Die Macht des NECRONOMICON

Hier oben lebte nichts mehr.

Eine Laune des Schicksals hatte die eiserne Toreinfassung stehen lassen; während die schwarzen Basaltmauern zu beiden Seiten niedergebrochen waren und die Torflügel selbst – fünf Mal so groß wie ein Mann und jeder einzelne sicherlich mehrere Tonnen wiegend – aus ihren Angeln gerissen und davongeschleudert, Dutzende von Metern weit, wo sie wie Stücke aus verbogenem dünnem Kupferblech liegen geblieben waren.

Obgleich viele Stunden vergangen waren, seit die gigantische Festung in einem einzigen, ungeheuerlichen Ausbruch finsterer magischer Energien untergegangen war, war die Luft noch immer voller Staub, der nur langsam herabsank, um sich wie ein körniges graues Leichentuch über die zerborstenen Mauern und Türme zu senken.

Es *war* ein Leichentuch, dachte Balestrano düster. Wer immer hier gewesen war, als sich die ungeheuerlichen Kräfte Baphomets in einem schwarzen Blitz Gestalt gewordenen Hasses entluden, musste tot sein; vernichtet von den brodelnden Energien des Dämons oder erschlagen von den Trümmern der zusammenbrechenden Wände und Türme. Es fiel dem weißhaarigen Ordensherren des Templerordens schwer, dieses Bild aus Chaos und Verwüstung mit der dräuenden schwarzen Zackenkrone zu assoziieren, als die sich die Drachenburg noch bei Tagesanbruch auf dem Berggipfel erhoben hatte. Diese Burg war alt gewesen, unglaublich *alt*. Vielleicht hatte sie schon hier gestanden, bevor es Menschen auf diesem Kontinent gab, möglicherweise auf der ganzen Welt. Weder die Jahrhunderttausende noch die zahllosen Feinde, die in ihrem Verlauf vor ihren Toren erschienen waren, hatten ihr etwas anhaben können.

Er hatte sie vernichtet.

Mit einem einzigen Wort.

Balestrano verscheuchte den Gedanken, stieg vorsichtig über ein zermalmtes Etwas hinweg, das aus Metall bestand, dessen ursprüngliches Aussehen er aber nicht einmal mehr zu erraten in der Lage war, und wartete, bis das halbe Dutzend Tempelritter, das ihm folgte, zu beiden Seiten ausgeschwärmt war, um ihren weiteren Weg zu sichern. Er spürte, dass keiner der Männer, die diese Burg besetzt hatten, noch am Leben war. Aber Necron war ein Magier gewesen, und nicht alle Feinde, auf die sie stoßen mochten, mussten *lebende* Wesen sein ...

Jean Balestrano verscheuchte auch diesen Gedanken, stieg umständlich über ein zyklopisches Gewirr von Stein- und Metalltrümmern hinweg und sah sich mit einer Mischung aus Furcht und Neugier um.

Es gehörte sehr viel Phantasie dazu, sich vorzustellen, wie diese Burg einmal ausgesehen hatte. Die vier Ecktürme, deren Aussehen der Burg ihren Namen gegeben hatte, waren verschwunden; nicht einmal mehr Spuren waren zurückgeblieben, denn die magischen Kräfte, die die granitenen Drachen für Augenblicke zum Leben erweckt hatten, hatten jeden einzelnen Stein regelrecht pulverisiert. Und die wenigen Sekunden, die die vier Giganten gewütet hatten, hatten ausgereicht, in der Festung im wahrsten Sinne des Wortes keinen Stein mehr auf dem anderen stehen zu lassen.

Balestrano empfand nicht die geringste Spur von Triumph beim Anblick all dieser Vernichtung. Er war hierhergekommen, um die Drachenburg zu zerstören und ihren Herren zu töten, und er hatte beides getan – und das war alles. Er hatte dafür bezahlt. Sehr viel.

Aber alles, was er empfand, war eine Art kalten, fast wissenschaftlichen Interesses – und eine noch leise, aber allmählich aufkeimende Sorge. Necron war geschlagen, seine Burg vernichtet, aber das hieß nicht, dass die Gefahr vorüber war. Es war nur eine weitere Runde in dem niemals endenden Ringen zwischen Gut und Böse gewesen, die er gefochten und zu seinen Gunsten entschieden hatte, aber das Böse war zäh, und in dieser durcheinandergewirbelten Ruine allein mochten genug Schrecken verborgen sein, es neu und vielleicht schlimmer auferstehen zu lassen. Für einen Moment hatte Balestrano eine Vision – eine Richterliche Vision: er sah Menschen – unschuldige Männer, nichts Böses ahnend – durch die Überreste dieser verfluchten Burg stolpern, fasziniert von dem, was sie entdeckt hatten, und besessen von dem Gedanken an Gold und Schätze, die sie aus den Trümmern ausgraben konnten. Und dann sah er sie, beladen mit Dingen aus Gold und edlen Steinen, in denen das Böse schlummerte wie ein unsichtbares Gift, wieder zurückgehen und das Böse in die Welt der Menschen tragend.

Nein, dachte er. So weit durfte es nicht kommen. Es stand nicht in seiner Macht, diese Burg und alles, was unter ihren Trümmern verborgen lag, vollkommen zu vernichten, aber er würde Sorge dafür tragen, dass sie bewacht wurde. Der Heilige Orden des Tempels Salomon würde einen neuen, geheimen Stützpunkt bekommen, hier, an einem der verlassensten Orte der Welt.

Aber im Moment gab es Wichtigeres zu tun.

Flüchtig dachte er an die vier Toten, die in der Ruine des Kastells eine halbe Stunde bergab lagen und darauf warteten, beigesetzt zu werden, dann verjagte er auch diesen Gedanken, hob die Hand und winkte einen seiner Männer herbei.

»Du wirst die Leute aufteilen«, sagte er. »Bildet kleine Gruppen, immer zwei oder drei Mann. Und rührt nichts an, ganz gleich, wie harmlos oder verlockend es scheint.«

Der Templer nickte. Es gelang ihm nicht ganz, seine Nervosität zu verbergen. Und seine Angst. Sie alle spürten den Atem finsterer Magie überdeutlich, der noch immer zwischen den Trümmern der Burg hing. Balestrano wusste, dass seine Warnung ganz und gar überflüssig war. Die Männer wussten ganz genau, was sie suchten.

Einen Toten. Genauer gesagt – zwei.

Den Leichnam Necrons, ohne dessen Anblick Balestrano niemals die absolute Gewissheit haben würde, den finsteren Magier wirklich getötet zu haben.

Und den eines zweiten Mannes, den Jean Balestrano beinahe ebenso sehr hasste wie Necron, wenn auch längst nicht so lange. Aber auch für ihn galt dasselbe wie für Necron. Balestrano würde nicht eher ruhen, bis seine Leiche vor ihm lag.

Der Leichnam Robert Cravens.

Der Berg erschien vor uns, als tauche er aus glasklarem, sprudelndem Wasser auf. Die Luft, die schon jetzt vor Hitze flimmerte, obwohl der Tag noch keine Stunde alt war, ließ den gigantischen Pfeiler aus schwarzgrauem Granit flimmern und hüpfen, ein Schemen, wenig realer als eine Fata Morgana, und in der klaren, heißen Luft über der Wüste in einer Entfernung, die nicht zu schätzen war: Es konnten genauso gut zwei wie zweitausend Meilen sein. Es machte keinen Unterschied mehr – ich hatte weder die Kraft, das eine noch das andere zu schaffen.

Während der vergangenen zehn oder zwölf Stunden hatten sich meine Mus-

keln zuerst in Pudding und dann in schmerzende, verkrampfte Bündel verwandelt, und jeder Schritt kostete mich mehr Anstrengung als der vorherige. Priscyllas Körper, den ich auf den Armen trug, schien Tonnen zu wiegen. Dann begann die Wüste neben mir zu brodeln; der Sand kräuselte sich, warf Blasen und sprudelte wie kochendes Wasser, und plötzlich griffen schwarze, peitschende Tentakel aus dem Gelbbraun des Bodens hervor, wickelten sich um meine Arme und Beine, zerrten mit grausamer Kraft an Priscylla. Ich schrie auf und warf mich zurück, aber der Griff der Tentakel war erbarmungslos und viel zu stark für mich. Und plötzlich teilte sich der Sand, eine flache, von brodelnder, widerwärtiger Schwärze erfüllte Grube entstand, und aus ihrer Tiefe stieg Necron empor, das Gesicht zu einem höhnischen Grinsen verzerrt und Shannons abgetrennten Kopf in der Rechten. »Du hast etwas vergessen, Robert!«, kicherte er. »Hier, das gehört doch dir, oder?« Damit warf er mir den Kopf zu, und ich schrie abermals gellend auf, taumelte nach hinten, ließ Priscylla und das Buch fallen – und erwachte. Es dauerte einen Moment, bis ich in die Wirklichkeit zurückfand. Ich war mir des Umstandes, dass ich geträumt hatte, vollends bewusst, aber es war ein Traum von der unangenehmen, hartnäckigen Sorte gewesen, der einen noch ein gutes Stück ins Wachsein verfolgt und einfach nicht kapiert, dass er dort nichts verloren hat. Ich brauchte einige Augenblicke, mich vollends von ihm zu lösen; umso mehr, als es dort, wo ich mich wiederfand, nicht sehr viel weniger heiß war als in der Albtraumwelt meines Traumes und mein Durst kaum weniger groß.

Ich versuchte zu sprechen, aber meine Kehle war wie ausgedörrt und ich brachte nur ein mühsames Krächzen zustande. Aber irgendwer in meiner Nähe reagierte darauf, und wenige Augenblicke später wurde mein Kopf sanft angehoben, und eine Schale mit kühlem Wasser berührte meine Lippen. Ich leerte sie bis zur Neige, mit so tiefen, gierigen Schlucken, dass mir fast sofort übel wurde und ich all meine Kraft zusammennehmen musste, um mich nicht zu übergeben und die kostbare Flüssigkeit gleich wieder zu erbrechen.

»Immer mit der Ruhe, Robert«, sagte eine Stimme irgendwo hinter mir. »Es ist genug Wasser da. Du bist außer Gefahr.«

Ich kannte diese Stimme, aber ich wusste nicht, woher. Ein Gesicht erschien vor mir, als ich aufsah, schmal, kräftig, mit sehr markanten Zügen, eingerahmt von schulterlangem lockigem Haar; und etwas sagte mir, dass ich auch dieses Gesicht sehr gut kennen musste. Aber irgendetwas stimmte nicht mit meinen Erinnerungen. Hinter meiner Stirn führten die Gedanken einen irren Veitstanz auf: Bilder,

Namen, Erinnerungen und Fetzen von Gesprächen wirbelten wie verrückt durcheinander, gemischt mit Szenen aus dem Albtraum, dem ich gerade entkommen war. Und immer wieder glaubte ich Shannons Gesicht zu erkennen, starr und tot und mit weit geöffneten Augen, die absurderweise noch zu leben schienen, denn es war ein Vorwurf darin, der ...

Stöhnend schloss ich die Augen, ließ mich wieder zurücksinken und versuchte mich mit Gewalt zur Ruhe zu zwingen – natürlich erreichte ich so ungefähr das Gegenteil damit. Mein Herz begann vollkommen unmotiviert zu rasen, als hätte ich einen Fünfzig-Meilen-Dauerlauf hinter mir, und plötzlich war mir heiß und kalt zugleich. Nur ganz langsam beruhigte sich mein rasender Puls.

Als ich die Augen – nach einer Ewigkeit, wie es mir schien – wieder öffnete, war Bill Codys Gesicht noch immer über mir, und diesmal erinnerte ich mich auch an seinen Namen.

Woran ich mich nicht erinnerte, war, wie ich hierhergekommen war – wo immer dieses *hier* auch sein mochte.

Ich lag auf einer schmalen Pritsche, und das durchscheinende Weiß über meinem Kopf war zweifellos die Segeltuchbahn eines Zeltes. Aber die letzte halbwegs klare Erinnerung, die ich hatte, war die gigantische Höhle unter Necrons Drachenburg, in der – aber halt, das stimmte nicht. Da war der Traum – und je länger ich darüber nachdachte, desto weniger sicher war ich, dass es wirklich nur ein Traum gewesen war. Ich war eine Nacht und einen Teil des darauf folgenden Tages durch die Wüste getaumelt, Priscylla und dieses verfluchte Buch auf den Armen tragend und begleitet von Sitting Bull und Necron, der ...

Meine Gedanken begannen sich schon wieder zu verwirren. Ich schloss erneut die Augen, presste die Lider so fest aufeinander, dass bunte Kreise vor meinen Augen erschienen, und atmete gezwungen tief ein.

»Alles in Ordnung?«, fragte Bill, als ich die Augen wieder öffnete.

Natürlich war ganz und gar *nichts* in Ordnung. Aber ich nickte trotzdem, versuchte so etwas wie ein Lächeln auf meine Züge zu zwingen und setzte mich vorsichtig auf. Hätte mich Bill nicht blitzschnell festgehalten, wäre ich kopfüber von der Liege gestürzt, denn in meinem Kopf begann sich sofort wieder alles zu drehen.

»Nicht übertreiben«, warnte Bill. »Du bist noch ein bisschen wackelig auf den Beinen – vorsichtig ausgedrückt.«

Ich schob seine Hand beiseite, setzte mich – weitaus vorsichtiger als beim ersten Mal – auf und blickte mich um. Ich befand mich tatsächlich in einem Zelt – einem sehr kleinen Zelt, das gerade Platz genug für die schmale Pritsche und eine herumgedrehte Kiste bot, auf der sich allerlei Gerümpel drängte. Dem grellen Licht nach zu schließen, das durch die dünnen Zeltbahnen und den nur halb geschlossenen Eingang fiel, musste es Mittag sein.

»Wo zum Teufel bin ich überhaupt?«, murmelte ich.

Bill lächelte, wurde aber sofort wieder ernst. »Diese Frage hast du schon dreimal gestellt«, sagte er. »Und ich habe sie schon dreimal beantwortet.« Ein leiser, aber deutlicher Unterton von Sorge schwang in seinen Worten. Er sah mich durchdringend an.

»Dann beantworte sie ein viertes Mal«, sagte ich matt. Ich versuchte mich weiter aufzusetzen und die Beine vom Bett zu schwingen – aber wie gesagt: Ich *versuchte* es nur. Da war etwas, das genauso war wie in meinem Traum. Meine Muskeln schienen sich in Pudding verwandelt zu haben; allerdings einen, der mit Zement angerührt worden war.

Cody nickte. »Du bist seit zwei Tagen hier«, sagte er besorgt. »Keine Erinnerung?«

Ich verneinte.

»Eigentlich ist das kein Wunder«, fuhr Cody, mehr zu sich selbst als zu mir gewandt, fort. »Nach allem, was Recht ist, dürftest du gar nicht mehr leben. Sitting Bull hat mir erzählt, was passiert ist, und –«

»Sitting Bull?«, unterbrach ich ihn. »Er ist hier?«

»Hier?« Cody lachte leise. »Ohne ihn wärst du mausetot, Robert. Ich weiß nicht, was er gemacht hat – aber als du hierhergekommen bist, hattest du den gewaltigsten Sonnenstich, den ich jemals gesehen habe. Eigentlich ...« Er seufzte, brach mitten im Wort ab und sah mich auf sehr sonderbare Weise an. »Du erinnerst dich nicht?«

»Nein«, sagte ich übellaunig. »Das heißt – doch. Aber ich weiß nicht genau, was nun wirklich passiert ist und was ich geträumt habe. Wie kommt ihr überhaupt hierher?«

»Nun, wir sind bis zum Rand der Wüste geritten und haben dort auf euch gewartet, genau, wie es ... Shadow verlangt hat.« Das unmerkliche Stocken in seinen Worten, bevor er den Namen der El-o-hym aussprach, fiel mir auf. Aber ich tat so, als hätte ich nichts bemerkt. Es gab Momente, da war es einfach leichter, die Augen vor der Wahrheit zu verschließen. Manchmal konnte man die Wirklichkeit einfach verleugnen. Wenn auch nicht für lange.

»Und?«, fragte ich, als Bill nicht von sich aus weitersprach.

»Ixmals Leute und wir haben wechselweise Wache gehalten«, fuhr Cody mit einem Achselzucken fort. »Einer von seinen Indianern entdeckte Sitting Bull, Priscylla und dich vor zwei Tagen, ein paar Meilen von hier. Und mehr tot als lebendig.« Er seufzte, ließ sich auf dem Rand meiner Pritsche nieder und sah mir einen Moment lang sehr ernst in die Augen. »Du warst mehr tot als lebendig, Junge«, fuhr er fort. »Sitting Bull erzählte, dass du das Mädchen die ganze Strecke getragen hast. Mehr als dreißig Meilen.«

»Das ist unmöglich«, widersprach ich lahm.

Cody nickte. »Ich weiß. Und trotzdem hast du es getan. Du musst sie wirklich verdammt lieben.« Er lächelte, aber irgendwie wirkte es nicht sehr echt. So, wie seine Stimme jenen sonderbar befangenen Ton angenommen hatte, der verriet, dass ihm dieses Thema irgendwie unangenehm war, kaum dass er Priscylla das erste Mal erwähnt hatte.

Eine entsetzliche Angst stieg in mir auf.

»Was ist mit Priscylla?«, fragte ich. »Ist sie ...«

»Sie lebt«, unterbrach mich Cody hastig. »Keine Angst. Annie hat sich um sie gekümmert. Es geht ihr gut. Körperlich wenigstens«, fügte er rasch hinzu.

»Wo ist sie?«, fragte ich. »Ich muss zu ihr!«

»Du musst überhaupt nichts«, widersprach Bill streng. »Alles, was du musst, ist dich auszuruhen, und das für die nächsten Tage. Und –«

Ich hörte gar nicht mehr hin, sondern stemmte mich, seine Schulter als Stütze missbrauchend, in die Höhe, blieb einen Moment schwankend stehen und ging mit unsicheren Schritten auf den Zeltausgang zu. Cody fluchte, sprang wütend in die Höhe und machte Anstalten, mir den Weg zu vertreten. Aber dann tat er es doch nicht, sondern presste nur ärgerlich die Lippen aufeinander und stapfte vor mir aus dem Zelt.

Licht und Hitze trafen mich wie ein Hieb, als ich ins Freie trat. Das kleine Lager schmiegte sich in den Windschatten eines gewaltigen, von Erosion und Jahrtausenden glatt geschmirgelten Felsbrockens, aber die Sonne stand nahezu senkrecht über uns, und nirgendwo war ein Luxus wie Schatten zu gewahren. Die Luft war so heiß, dass ich das Gefühl hatte, durch unsichtbaren, klebrigen Sirup zu gehen, und in meinem Kopf machte sich fast sofort wieder ein starkes Schwindelgefühl bemerkbar.

Cody deutete stumm auf ein kleines Zelt, das nur wenige Schritte entfernt stand, ein bisschen schräg und eng an die geborstene Flanke des Felsens gepresst, ging hin und hielt die Plane vor dem Eingang zurück, damit ich hindurchtreten konnte.

Sein Inneres war ein wenig geräumiger als das, in dem ich aufgewacht war, aber daran verschwendete ich nicht einmal einen Blick. Auch nicht an Annie, die mit dem Rücken zur Tür auf einem unbequemen Hocker saß und bei meinem Eintreten aufsah, oder Lance Postlethwaithe, der mich durch seine zerkratzte Brille erfreut anblickte und ein Lächeln auf seine zerknitterten Züge zauberte. Mein Blick hing wie gebannt an der schlanken Mädchengestalt auf dem Bett zwischen den beiden.

Ich hatte gewusst, was ich sehen würde, und eigentlich war es nicht einmal so schlimm, wie ich befürchtet hatte. Trotzdem ließ mich der Anblick aufstöhnen.

Priscylla lag schlafend auf dem Bett, in einer Haltung wie ein ungeborenes Kind, auf der Seite, die Knie fest an den Körper gezogen und die linke Hand zur Faust geballt, in die sie hineingebissen hatte, die andere auf dem Einband des entsetzlichen Buches, mit dem ihr Geist untrennbar verbunden war.

Von allem war es vielleicht der Anblick des NECRONOMICON, der mich am härtesten traf. Das Buch kam mir vor wie Materie gewordener Hohn, ein letztes, böses Erbe, das Necron zurückgelassen hatte, um mich noch über seinen Tod hinaus zu quälen. Langsam trat ich an das schmale Bett heran, streckte die Hand aus, wie um Priscyllas Haar zu streicheln, und führte die Bewegung dann nicht zu Ende. Irgendetwas hielt mich davon ab, sie zu berühren, so lange sie dieses entsetzliche *Buch* bei sich hatte.

»Sie lebt«, murmelte Annie, die mein Erschrecken wohl falsch gedeutet hatte.

»Ich weiß«, antwortete ich. »Ist sie ... erwacht?«

»Ein paar Mal«, antwortete Postlethwaithe an Annies Stelle. »Aber sie war ...« Er zögerte, tauschte einen raschen, fast flehenden Blick mit Bill und rettete sich in ein verlegenes Lächeln. »Ein wenig verwirrt«, führte er den Satz schließlich zu Ende.

Ein wenig verwirrt ... Seine Worte klangen wie böser Spott hinter meiner Stirn nach. Priscylla war nicht *ein wenig verwirrt* – sie war schlichtweg nicht bei Sinnen – und genau das war es gewesen, was Lance wirklich hatte sagen wollen. Ihr Geist war in Abgründen des Wahnsinns gefangen und stand Höllenqualen aus, schlimmer als jemals zuvor. Necron hatte sich an mir gerächt. Und wie er sich gerächt hatte!

Bill Cody räusperte sich hörbar. »Wir … müssen über sie reden«, sagte er stockend.

»So?« Ich drehte mich um. »Warum?«

»Wir können nicht hierbleiben, Robert«, fuhr Bill fort. »Unsere Vorräte gehen allmählich zur Neige und Ixmal und seine Männer wollen wieder zurück zu ihrem Stamm.« Er wollte noch mehr sagen, aber in diesem Moment wurde die Zeltplane erneut zurückgeschlagen, und Sitting Bull trat gebeugt herein. Er sah müde aus und ging mit kleinen, schleppenden Schritten; zum ersten Mal sah er wirklich so alt aus, wie er sein musste, dachte ich. Aber die letzten Tage waren auch für ihn eine Tortur gewesen. Mich hatten sie fast umgebracht, und Sitting Bull war drei Mal so alt wie ich. Es war ein Wunder, dass er noch lebte.

Ich verscheuchte den Gedanken und wandte mich wieder an Bill. »Und wo liegt das Problem?«, fragte ich scharf. Ich wusste ganz genau, worauf Buffalo Bill Cody hinaus wollte. Aber ich wollte es aus seinem Munde hören.

»Es ist dieses Buch, Robert«, sagte Annie plötzlich. »Sie fängt an zu schreien, wenn wir versuchen, es ihr wegzunehmen.«

»Ich weiß«, antwortete ich, ohne sie auch nur anzusehen. »Ihr würdet sie umbringen, wenn ihr es tätet.«

»Aber wir können es nicht mitnehmen«, sagte Sitting Bull leise. Er deutete auf das Buch. »Ich spüre das Böse«, fuhr er fort. »Und die anderen auch. Es ist falsch, es mitzunehmen.«

Für Sekunden starrte ich ihn nur an, aber wie immer hielt Sitting Bull meinem Blick ruhig stand, und wie immer war ich es, der das stumme Duell schließlich verlor und den Blick senkte. Aber nur für einen Augenblick. Dann sah ich wieder auf Priscyllas bleiches, leicht verzerrtes Gesicht, ein Gesicht, in das der Wahnsinn seine Krallen geschlagen hatte und hinter dem ihr Geist einen verzweifelten – und wahrscheinlich aussichtslosen – Kampf gegen die Kräfte dieses verfluchten Buches kämpfte, und plötzlich war alles, was ich noch fühlte, Zorn. Eine rasende, ziellose Wut. Das Mädchen, dem meine ganze Liebe gehörte, das vielleicht der einzige Grund war, aus dem mein

Leben noch so etwas wie Sinn hatte, lag vor mir, verletzt und leidend und hilflos; und er verlangte von mir, dass ich sie *zurückließ* wie ein lebloses Ding, das seinen Dienst getan hatte und nicht mehr gebraucht wurde!

»Nein!«, sagte ich entschieden. »Sie kommt mit. Und wenn ich sie den ganzen Weg nach New York zurück tragen muss.«

Sitting Bull nickte. Er hatte wohl nichts anderes erwartet.

»Und das Buch?«

»Auch«, erwiderte ich zornig. Hielt mich Sitting Bull für einen kompletten Narren? Priscylla würde sterben, wenn ich sie aus der Nähe des NECRONOMICON entfernte, mindestens aber vollends den Verstand verlieren.

Cody wollte auffahren, aber Sitting Bull legte ihm rasch die Hand auf die Schulter und trat einen weiteren Schritt auf mich zu. »Ich spüre böse Dinge, die geschehen, Blitzhaar«, sagte er, sehr ernst und in fast beschwörendem Ton. »Dieses Buch muss vernichtet werden. Es stinkt nach übler Magie. Die Geister sind in Aufruhr.«

»Er hat Recht, Bob«, sagte Cody. »Sogar ich fühle mich ... unwohl, wenn ich in seiner Nähe bin. Irgendetwas stimmt nicht mit diesem verdammten Ding. Wir sollten es verbrennen. Oder vergraben, so tief, dass es nie wieder gefunden werden kann.«

»Versuche es«, sagte ich ruhig. Ich trat einen Schritt zurück, stellte mich in drohender Haltung vor Priscyllas Liege und hob die Arme vor die Brust. »Versucht es«, sagte ich noch einmal. »Aber vorher müsst ihr mich erschießen.«

Im Grunde machte ich mich mit diesen Worten nichts anderes als lächerlich – ich war kaum in der körperlichen Verfassung, Cody oder Sitting Bull oder auch nur Annie Oakley ernsthaft aufzuhalten. Aber sie schienen zu spüren, dass ich es ernst meinte. Keiner von ihnen rührte sich auch nur von der Stelle.

»Da ist noch etwas, Robert«, sagte Annie plötzlich.

»So?« Ich funkelte sie zornig an. »Und was?«

»Ixmal«, antwortete Annie. »Er und seine Männer weigern sich, weiter bei uns zu bleiben, solange wir dieses ... dieses Buch haben.«

»Dann jagt sie doch zum Teufel!«, antwortete ich wütend. Dann fuhr ich herum, stieß Cody grob beiseite und stürmte aus dem Zelt, so schnell ich konnte.

Eine Nacht und einen Tag lang hatten die vier Körper reglos dagelegen. Sie waren aufgebahrt worden, die Hände über der Brust verschränkt, das Zeremonienschwert umfassend, das sie zu Lebzeiten an den Seiten getragen hatten, und die Gesichter sorgsam mit weißen, geweihten Tüchern abgedeckt, damit niemand sah, wie entsetzlich sie sich verändert hatten.

Vier Männer, die zu den Mächtigsten gehört hatten, die jemals dem Orden der Tempelherren dienten:

Herzog Botho von Schmid, der *Animal-Master.*

Nies van Velden, *Desert-Master* des Ordens.

André de la Croix, *Storm-Master* der Templer.

Und Sir Rupert Hayworthy, der *War-Master.*

Sie alle waren tot, geopfert, um – vielleicht – die Welt zu retten und das Ungeheuer zu füttern, das Jean Balestrano beschworen hatte, Necrons Drachenburg zu zerstören.

Die Hand voll überlebender Templer, die in der Ruine des Kastells zurückgeblieben waren, wären entsetzt gewesen, hätten sie gesehen, auf welch Grauen erregende Weise sie sich verändert hatten, ehe sie starben, aber Balestrano hatte strengsten Befehl gegeben, dass niemand den kleinen Raum am westlichen Ende der Ruine betrat, ganz gleich, was geschah.

Und deshalb bemerkte auch niemand, wie sich das weiße Tuch über von Schmids Gesicht ganz sacht zu bewegen begann.

Es war wirklich nur eine ganz leise Bewegung; ein kaum wahrnehmbares Flattern, ein sanftes Heben und Senken, als spiele der Wind mit dem feinen seidenen Gewebe.

Aber es war nicht der Wind ...

Ich war ein Stück weit aus dem Lager gelaufen, wieder hinein in die Öde der Mojave, der ich gerade erst entkommen war, ehe sich mein Zorn so weit gelegt hatte, dass ich wenigstens stehen bleiben konnte. Der kleine, vernünftig gebliebene Teil meines Selbst sagte mir, dass ich auf dem besten Wege war, mich selbst umzubringen und schleunigst ins Lager und den Schutz meines Zeltes zurückkehren sollten, und in meinem Kopf machten sich schon wieder Schwindel und Übelkeit bemerkbar, untrügliche Zeichen eines beginnenden Sonnenstiches. Aber ich war viel zu aufgewühlt, um auf so etwas wie *Vernunft* zu hören. Die einzige Konzession, zu der ich überhaupt bereit war, war mir einen Felsen zu suchen und mich in seinem Schatten niederzuhocken. Ins Lager ging ich nicht zurück.

Ich weiß nicht, wie lange ich dasaß und aus brennenden Augen in die Einsamkeit der Mojave hinausstarrte – eine halbe Stunde sicherlich, vielleicht auch eine ganze. Irgendwann, nach einer Ewigkeit, während der meine Gedanken im Kreise irrten und die Verzweiflung in mir immer stärker und stärker wurde, hörte ich Schritte und ohne dass ich auch nur aufsah, wusste ich, dass es Sitting Bull war, der mir nachgekommen war, wahrscheinlich, um mir *ins Gewissen zu reden* oder irgendetwas ähnlich Schwachsinniges.

»Was willst du?«, fragte ich grob.

Der alte Sioux antwortete nicht. Stattdessen ließ er sich mit einem leisen Ächzen neben mir in den Schatten des Felsens sinken, lehnte den Kopf gegen den heißen Stein und hielt mir eine Feldflasche entgegen. »Trink«, sagte er. »Du musst durstig sein.«

Im ersten Moment hatte ich nicht übel Lust, ihm die Flasche aus der Hand zu schlagen, und wäre statt seiner Annie oder Bill Cody gekommen, hätte ich es wahrscheinlich getan. Aber dann begriff ich, dass es kein Stolz oder gar gerechter Zorn war, was ich empfand, sondern nur kindlicher Trotz. Ich nahm die Flasche, schraubte den Verschluss ab und trank einen großen Schluck. Das Wasser war warm und schal, aber es tat gut.

»Du solltest nicht hier sitzen«, sagte Sitting Bull ernst. »Du bist jung und stark, aber du bist auch noch sehr geschwächt. Du wirst dich umbringen.« Er lächelte. »Das wäre sehr schade, Blitzhaar. Ich habe mich sehr anstrengen müssen, dich zu heilen.«

»Zum Teufel, was willst du?«, fauchte ich. »Ich bin nicht in der Laune, Konversation zu machen.«

Sitting Bull lächelte noch immer, aber jetzt wirkte es irgendwie traurig. »Du liebst sie noch immer, nicht wahr?«, fragte er plötzlich.

»Sollte ich das nicht?«, entgegnete ich. »Es war nicht ihre Schuld, Sitting Bull. Necron hat sie gezwungen. Sie ist diesem Buch verfallen, aber sie ... sie kann nichts dafür, verdammt noch mal!«

»Vielleicht hast du Recht«, sagte Sitting Bull ernst. »Aber ich spüre das Böse, das in ihr ist.«

»Was du spürst, ist dieses verfluchte Buch!«, sagte ich wütend. »Es ist nicht ihre Schuld!«

»Der Kranke, der die Pest in die Stadt bringt, ist auch unschuldig«, antwortete Sitting Bull sanft. »Und trotzdem jagt man ihn davon.«

»Was willst du?«, fragte ich zornig. »Bist du hier, um mich davon zu überzeugen, dass wir Priscylla zurücklassen müssen? Du verschwendest deine Zeit.«

»Wir hätten sie niemals hierherbringen dürfen«, antwortete Sitting Bull. »Ich mache mir Vorwürfe, es zugelassen zu haben.« Er senkte den Blick, klaubte eine Hand voll Sand auf und ließ ihn durch die Finger rinnen, als er weitersprach. »Vielleicht hast du Recht, und sie ist unschuldig. Und vielleicht wäre es eine Gnade für sie, würden wir sie ... erlösen.«

»Umbringen, meinst du«, fauchte ich. »Schlag dir das aus dem Kopf, Sitting Bull. Sonst tue ich es.«

Sitting Bull lächelte nicht. »Du liebst sie«, stellte er fest. »Und jetzt glaubst du, wir würden das nicht verstehen. Aber du irrst, Blitzhaar. Auch ich habe einmal geliebt, sehr sogar. Hast du das vergessen?«

Ich antwortete nicht, und so fuhr Sitting Bull fort: »Du bist verzweifelt, Robert. Du hast einen Kampf gekämpft – und vielleicht war es der Kampf deines Lebens; und du hast ihn gewonnen, aber jetzt –«

»Gewonnen?« Ich musste an mich halten, nicht zu schreien. »O ja«, sagte ich bitter. »Und wie ich gewonnen habe. Shadow ist tot und Shannon ebenfalls, und jetzt –«

»Und jetzt verlangen wir von dir, das Letzte zurückzulassen, was dir geblieben ist«, unterbrach mich Sitting Bull. Er lächelte. »O ja, ich kann dich verstehen. Sehr gut. Du denkst, dein Leben hätte keinen Sinn mehr, wenn du dieses Mädchen verlierst. Du denkst, du hättest genug bezahlt für deinen Sieg. Du denkst –«

»Ich denke«, unterbrach ich ihn kalt, »dass du nicht weißt, worüber du redest, Häuptling. Ich habe diesen Kampf gekämpft, weil ich Priscylla befreien wollte. Ich bin hierhergekommen, weil Necron sie entführt hat, weil ich sie liebe und weil ich sie wiederhaben wollte, aus keinem anderen Grund.«

»Weil du sie liebst.« Sitting Bull nickte. Dann lächelte er. Aber seine Augen blieben ernst. Es war ein Ausdruck darin, der mir nicht gefiel. »Was liebst du, Robert?«

»Was ... was meinst du?«, antwortete ich verwirrt.

»Du liebst diese Frau, gut«, erwiderte Sitting Bull. »Aber ich frage dich, *was* du liebst. Ihren Körper? Ihr Haar? Ihr Gesicht? Ihre Lenden? Ihre Brüste? Ihr –«

»Hör auf!«, unterbrach ich ihn. Meine Stimme zitterte vor Erregung. »Sprich nicht von ihr wie ... wie von ...«

»Von einem Stück Fleisch?« Sitting Bull lachte ganz leise. »Aber mehr ist sie nicht mehr, Blitzhaar. Du liebst *sie,* das Mädchen, das sie einmal war. Aber das ist sie nicht mehr. Sie ist nur noch ein Körper. Ein Ding, das atmet und isst und trinkt und ausscheidet, aber mehr nicht. Das Mädchen, das du kennen gelernt hast, gibt es nicht mehr. In ihr ist ...« Er suchte einen Moment nach Worten. »Kälte. Ich spüre nichts als Leere und Kälte.«

»Hör auf!«, sagte ich. »Hör sofort auf, oder ich –«

»Oder was?« Sitting Bulls Blick wurde hart. »Willst du mich schlagen? Tu es, wenn es dich erleichtert. Ich werde mich nicht wehren.« Er breitete die Arme aus. »Tu es. Du wirst feststellen, dass sich die Wahrheit nicht erschlagen lässt.«

Plötzlich kam ich mir schäbig vor, diesem alten, erschöpften Mann gedroht zu haben. Ohne Sitting Bull wäre ich nicht mehr am Leben und Priscylla wahrscheinlich auch nicht mehr. Betreten senkte ich den Blick.

»Verzeih«, sagte ich. »Ich ... es tut mir leid.«

Sitting Bull lächelte. »Schon gut. Manchmal sagt jeder Dinge, die er besser nicht ausgesprochen hätte. Komm mit mir zurück ins Lager. Wir müssen reden.«

»Es gibt nichts zu reden«, antwortete ich. »Ich trenne mich nicht von Priscylla.«

»Auch nicht, wenn es dein Tod wäre?«

»Auch dann nicht«, antwortete ich. »Aber das wird nicht geschehen. Ich werde ihr helfen.«

»Und wie?«, fragte Sitting Bull milde. »Du kannst das NECRONOMICON nicht zurücklassen, ohne dass sie stirbt. Und du kannst dieses Buch nicht mitnehmen, Robert.«

»Ach?«, fragte ich böse. »Kann ich nicht?«

Sitting Bull schüttelte den Kopf. »Nein«, sagte er sehr ernst. »Ich werde es verhindern. Und Annie und Cody und die anderen auch. Wir haben darüber gesprochen, als du geschlafen hast.«

»Wie nett, dass ich wenigstens erfahre, dass ihr über meine Angelegenheiten redet, wenn ich nicht dabei bin«, fauchte ich.

»Es sind nicht *deine* Angelegenheiten«, belehrte mich Sitting Bull sanft. »Nicht, wenn das Leben zahlloser Unschuldiger auf dem Spiel steht.« Er schwieg einen Moment, um seinen Worten das gebührende Gewicht zu verleihen, dann fuhr er, noch immer sehr leise, aber in verändertem Tonfall, fort: »Ich bin gekommen, um dir einen

Vorschlag zu machen, Blitzhaar. Wir wussten, wie deine Antwort ausfallen würde, und wir haben darüber geredet. Wir werden dir helfen.«

»Helfen?«, fragte ich böse. »Wobei? Wollt ihr knobeln, wer von euch Priscylla umbringt, damit ich es nicht tun muss?«

Sitting Bull ignorierte meine Worte. »Du bist ein Mann von großer magischer Macht«, fuhr er ruhig fort. »So wie auch ich über Dinge weiß, die anderen verborgen sind, und auch Ixmal. Er und ich und du, wir werden versuchen, den Geist des Mädchens vom Einfluss dieses Buches zu trennen. Nur einmal«, fügte er rasch und mit erhobener Stimme hinzu, als ich aufblickte. »Ein Versuch, Robert, nur ein einziger Versuch. Schlägt er fehl ...«

Er sprach nicht weiter, aber das war auch nicht nötig. Wenn dieser eine Versuch fehlschlug, würde es nichts mehr geben, was zu retten ich versuchen konnte, das wusste ich, und er wusste, dass ich es wusste. Aber hatte ich eine Wahl?

»Du ... verlangst viel, Häuptling«, sagte ich stockend. »Und es könnte ... gefährlich sein. Auch für dich.«

»Ich weiß«, antwortete Sitting Bull leise. »Manchmal ist der Preis dafür hoch, einen Freund zu haben. Willst du es tun?«

»Wann?«

»Heute Nacht«, antwortete Sitting Bull. »Du wirst jetzt zurückgehen in dein Zelt, und ich werde dir einen Trank geben, der deine Kräfte zurückkehren lässt. Heute Nacht, wenn der Mond am Himmel steht und die Macht der Geister am größten ist, werden wir es versuchen.«

Die Macht der Geister, wiederholte ich in Gedanken. Und dabei hoffte ich inbrünstig, dass Sitting Bull genau wusste, von *welchen* Geistern er sprach.

Es dämmerte, als Balestrano zurückkehrte. Das schwächer werdende Licht des Tages verlieh der Burgruine etwas Gespenstisches: Alles schien genau anders herum zu sein, als es sein sollte – die Schatten waren wie finstere Mauern, hinter denen sich Dinge bewegten, die sich nicht bewegen sollten, und die Schritte der Männer neben ihm kamen ihm irgendwie irreal vor. Das Wispern des Windes hatte etwas vom Geheul schattiger großer Wölfe, und dort, wo noch Licht war, war ... irgendetwas.

Balestrano blieb stehen, blinzelte ein paar Mal, um den verwirrenden Effekt zu verscheuchen, und fuhr sich schließlich mit dem Handrücken über die Augen. Das Fremde, Beunruhigende, das sich in den Winkeln der Wirklichkeit eingenistet hatte, blieb trotzdem. Aber vielleicht war es auch nur Müdigkeit. Er war erschöpft und müde und enttäuscht, und sein gebrochener und nur hastig geschienter Arm schmerzte fast unerträglich. Sie hatten weder Necron noch Robert Craven gefunden, dafür aber eine Menge anderer Dinge, die Balestranos düstere Vorahnungen vom Morgen annähernd zur Gewissheit hatten werden lassen. Die Ruine der Drachenburg war vollgestopft mit Dingen voller übler Magie, gefährlichen Dingen, die vernichtet werden mussten, und er hatte nicht die geringste Ahnung, *wie*. Nein – er war nicht unbedingt in der Verfassung, über einen *Schatten* nachzudenken, der vermutlich nur seiner überreizten Phantasie entsprungen war.

»Fühlt Ihr Euch nicht wohl, Bruder Jean?«

Die Stimme des Kriegers riss Balestrano abrupt in die Wirklichkeit zurück. Er nahm die Hand herunter, lächelte verlegen und atmete hörbar ein. »Nein«, gestand er. »Ich bin müde, und mein Arm schmerzt. Und wir sollten nicht hier sein.«

Der Templer – ein dunkelhaariger, breitschultrig gebauter Mann, nur wenig jünger als Balestrano, aber mit den kräftigen Händen eines Kriegers – nickte. »Dieser Ort macht mir Angst«, sagte er leise. »Wie lange bleiben wir noch hier?«

»Nicht mehr lange«, erwiderte Balestrano nach kurzem Überlegen. »Wir ... wir brechen morgen auf, gleich bei Sonnenaufgang. Ich werde andere schicken, die Ruine zu bewachen. Ihr habt alles getan, was ich verlangen konnte.« Irgendwie kam er sich bei diesen Worten schäbig vor. Die meisten Kameraden des Kriegers, der vor ihm stand, hatten ihr Leben gegeben – und das war verdammt viel *mehr* gewesen, als er verlangen konnte.

Und wozu?, dachte er bitter. Nur um einen machtlüsternen alten Mann zu schlagen, der mit seinem Tun mehr Unheil heraufbeschworen hatte, als irgendeiner von ihnen jemals erfahren würde.

»Lass alles für den Abmarsch vorbereiten«, sagte er. »Wir brechen bei Sonnenaufgang auf. Die Männer sollen nur ein wenig Wasser mitnehmen, sonst nichts. Alles andere ist ersetzbar.«

Der Templer nickte. Es gelang ihm nicht ganz, seine Erleichterung zu verbergen. Keiner von ihnen fühlte sich wohl an diesem Ort.

Selbst hier, eine halbe Meile unter der Ruine der Drachenburg, war ihre verfluchte Magie noch überdeutlich zu spüren, wie ein durchdringender Gestank, der die Luft verpestete.

»Soll ich Euch begleiten, Herr?«, fragte der Krieger, als sich Balestrano umwandte und mit schleppenden Schritten auf die Turmruine zuging. Für einen Moment war Balestrano versucht, das Angebot anzunehmen. Er war so müde. So unendlich müde. Ein stützender Arm hätte gutgetan. Aber dann dachte er an das, was in den zerborstenen Überresten des Turmes auf ihn wartete, und schüttelte den Kopf. Keiner durfte sehen, was dort war. Dieses Geheimnis würde er mit in sein Grab nehmen. Und vielleicht darüber hinaus.

Balestrano war mit seinen Kräften am Ende, als er den halb niedergebrochenen Eingang des Turmes erreichte und das Gebäude betrat. Sein Herz jagte, als wolle es zerspringen, und jede noch so kleine Bewegung jagte flammende Schmerzpfeile durch seinen Arm und bis in die Schulter hinauf. Das Licht war schon schwach hier drinnen, und im ersten Moment hatten seine Augen Mühe, überhaupt etwas zu erkennen. Trotzdem hielt er den Blick fast krampfhaft von den vier weiß verhüllten Körpern abgewandt, die in einer Ecke des kleinen Raumes lagen. Er musste sie nicht ansehen, um zu wissen, dass sie da waren. Sie würden immer da sein, ganz gleich, wie lange er noch lebte und wie weit er vor ihnen floh. Heute Nacht, wenn er sicher war, dass die anderen schliefen und ihn niemand überraschen konnte, würde er sie einbalsamieren und ihre Körper so zurechtmachen, dass niemand das Entsetzliche sah, das mit ihnen geschehen war, und am nächsten Morgen, ehe sie aufbrachen, würden die vier beigesetzt werden, hier, an dem Ort, an dem sie gestorben waren. Und trotzdem würden sie ihn verfolgen, das wusste er. Er würde sie im Traum sehen. Ihre vor Entsetzen und Qual zu Grimassen gewordenen Gesichter würden ihm entgegenstarren, wenn er die Heilige Messe las und in den Becher mit Messwein blickte, ihr Grinsen würde ihn durch die Zeilen der Bibel hindurch anstarren, ihr Kichern würde aus den Schatten erklingen, das – Balestrano fuhr wie unter einem Schlag zusammen.

Das Kichern entsprang nicht seiner überreizten Phantasie.

Es war Wirklichkeit!!!

Aus vor Entsetzen schier aus den Höhlen quellenden Augen starrte Balestrano in die Dunkelheit hinein. Der Raum war finster, erfüllt von wabernden Schatten, die ihm plötzlich eine Winzigkeit *zu* dunkel vorkamen, vom flüsternden Raunen des Windes, in dem er mit einem Male düstere, höhnisch kichernde Stimmen zu hören glaubte, von raschelnder Bewegung, die nicht *nur* vom Wind aufgewirbelter Staub und Sand war ...

Und dann sah er die vier Bahren.

Ein halb erstickter, würgender Laut entrang sich Jean Balestranos Kehle. Seine Hände begannen unkontrolliert zu zucken. Seine Augen weiteten sich so sehr, dass sie schmerzten. Speichel lief aus seinem Mundwinkel, ohne dass er es auch nur bemerkte.

Sie waren leer.

Die vier Bahren waren leer!!!!

Die Toten waren nicht mehr da.

Aber aus den Schatten erklang das Kichern weiter. Lauter diesmal, meckernd und hell und unendlich *böse.*

Balestrano wollte aufspringen, schreien, davonlaufen, aber er konnte nichts von alledem. Zum ersten Mal in seinem Leben spürte er *wirklich,* was das Wort Entsetzen bedeutete. Er war gelähmt vor Grauen, unfähig, auch nur einen klaren Gedanken zu fassen oder das unkontrollierte Zucken seiner Hände zu unterdrücken. Für einen Moment war er nur noch ein zitterndes Bündel aus Angst.

Dann erscholl das Kichern wieder, und irgendwie brachte Balestrano die Kraft auf, seinen Blick von den leeren Bahren zu lösen und in die Richtung zu schauen, aus der der grässliche Ton kam.

Er sah einen Schatten. Nur einen Schemen, groß und irgendwie fransig und von den ungefähren Umrissen eines menschlichen Körpers. Er bewegte sich. Fahrig. Unsicher. Bewegungen wie die einer Spinne, dachte Balestrano entsetzt.

Mühsam, jeder Millimeter, den er seinen Körper in die Höhe zwang, eine Qual, stemmte er sich hoch, machte einen Schritt auf den Schatten zu und blieb wieder stehen, als sich dieser stärker bewegte. Etwas blitzte in der Dunkelheit wie ein Paar finsterer Augen, die das Licht reflektierten.

»Nun, Bruder?«, erscholl eine leise, unendlich verzerrte Stimme aus den Schatten. »Bist du überrascht, uns zu sehen?«

Balestrano stöhnte vor Angst, als er die Stimme hörte. Sie klang ... nicht *menschlich.* Sie klang, als spräche ihr Besitzer mit den zerfetzten Stimmbändern eines Reptils. Und trotzdem erkannte er sie.

»Bruder ... Bruder Botho?«, keuchte er.

Die Stimme antwortete mit einem meckernden Lachen. Der

Schatten trat ein wenig näher an Balestrano heran, und für einen Moment schimmerte das Weiß seiner Kleidung wie ein satanisches Irrlicht in der Dunkelheit. Darüber ein Gesicht, das zum Albtraum geworden war. Schwarz und verzerrt und mit Grauen erregenden Zügen. Nicht mehr das Gesicht eines Menschen. Dann, als hätte er beschlossen, dass Balestrano – für diesmal – genug gesehen hatte, zog er sich wieder zurück.

»Baphomet«, stammelte Balestrano. »Du ... du bist ...« Er brach ab, atmete tief und hörbar ein und raffte an Mut zusammen, was ihm geblieben war. »Weiche von mir, Satan!«, rief er mit zitternder Stimme. »Du hast bekommen, was du wolltest. Mein Wort ist gehalten. Jetzt geh. Weiche von mir in die Abgründe der Hölle, aus denen du gekommen bist.«

Aber der Schatten wich nicht. Seine einzige Reaktion auf Balestranos Worte war ein neuerliches, abgrundtief böses Lachen.

»So leicht ist es nicht, Bruder Jean«, kicherte er. »O nein, so leicht nicht.«

Eine eisige Hand schien sich um Balestranos Schädel zu legen und langsam, aber unbarmherzig zuzudrücken. All sein Mut verließ ihn. Plötzlich hatte er nur noch Angst. Ganz entsetzliche Angst. »Wer ... wer bist du?«, stammelte er.

»Nicht der, für den du mich hältst, Bruder«, kicherte der Schatten. »Nicht Baphomet. Dein kleines Geschäft mit ihm ist schon in Ordnung gegangen.« Wieder kicherte er. »O ja, das schon. Du hast ihm unsere Seelen versprochen, und er hat sie bekommen. Hörst du sie schreien? Hörst du, wie sie dich verfluchen, Bruder Jean, dich, dem sie vertraut haben? Hörst du sie?«

Balestrano krümmte sich wie unter einem Hieb. »Hör auf!«, wimmerte er. »Töte mich, wenn du willst, aber *hör auf!«*

»Töten?« Diesmal war es kein Kichern, was der Schatten hören ließ, sondern ein meckerndes, widerwärtiges Lachen. »Töten?«, wiederholte er. »Aber nicht doch. Das könnte dir so gefallen, wie? Ein sauberes Geschäft und ein paar Albträume als Zugabe; und niemand erfährt je, was du getan hast. Und vielleicht gibst du dir dann selbst noch die Absolution und bist frei, ehe du stirbst. Aber so leicht ist es nicht. Nicht diesmal.«

»Wer ... wer bist du?«, wimmerte Balestrano. »Wer bist du, wenn nicht Baphomet?«

»Aber du hast meinen Namen doch gerade selbst genannt«, sagte der Schatten mit übertrieben gespielter Verwunderung. »Ich bin dein Bruder Botho – oder das, was du aus mir gemacht hast. Ich bin tot.« Er kicherte. »Jaja, Bruder Jean. Ich bin tot, genau wie die drei anderen. Und trotzdem bin ich noch da. Ich werde immer da sein. *Wir* werden immer da sein. Solange du lebst. Wir warten auf dich. Morgen, wenn die Sonne aufgeht.«

Und damit verschwand der Schatten. Von einer Sekunde auf die andere spürte Balestrano, dass er nicht mehr da war.

Mit einem haltlosen Wimmern brach Jean Balestrano zusammen und begann zu weinen. Aber es half nichts.

Priscylla erwachte, als ich ins Lager zurückkam und das Zelt betrat. Das heißt, sie öffnete die Augen, und ihre Hände, die bisher reglos auf dem ledernen Einband des Buches gelegen hatten, begannen sich fahrig zu bewegen, ohne Ziel und abrupt und ruckartig, wie kleine, von bösartigem Eigenleben erfüllte Dinge. Ich erschrak fast selbst über diesen Gedanken, aber genau das war es, was ich in diesem Augenblick dachte, und mit einem Male glaubte ich auch zu verstehen, was es war, das Sitting Bull, Cody und die anderen meinten. Selbst mir fiel es schwer, mich Priscyllas Lager zu nähern und nicht mit einem angewiderten Laut zurückzuprallen. Mein Blick glitt über ihr Gesicht, suchte ihre Augen. Sie standen weit offen, sehr starr, ohne zu blinzeln, und es war kein Erkennen in ihrem Blick. Ihre Augen waren leer, und wenn irgendwo dahinter noch so etwas wie ein klares Bewusstsein war, dann musste es tief, unendlich tief unter etwas anderem verborgen sein, etwas das …

Ach zum Teufel, warum gab ich es nicht zu?, dachte ich wütend. Schließlich hatte mir Necron *gesagt,* was er getan hatte, und selbst wenn nicht, hätte ich schon ein kompletter Idiot sein müssen, es nicht selbst zu sehen. Das Mädchen, das da vor mir lag, war nicht mehr Priscylla. Es war genau, wie Sitting Bull behauptet hatte: Sie war nicht mehr als eine leere Hülle, ein Körper, der von etwas ganz anderem beherrscht wurde als ihrem Bewusstsein. Was sie beherrschte, war kein Dämon, nicht der Geist einer Hexe, wie schon einmal, sondern etwas viel viel Schlimmeres. Die Macht dieses satanischen Buches. Die Macht, die Necron entfesselt hatte und die nur er allein – und vielleicht nicht einmal er – wieder zu bannen imstande gewesen wäre. Aber Necron war tot, und mit ihm waren alle Hoffnungen dahin, Priscylla jemals wieder aus dem Griff des Wahnsinnes zu befreien.

Der Gedanke war so entsetzlich, dass ich fast geschrien hätte, aber in diesem Moment wünschte ich mir nichts sehnlicher, als dass Necron noch am Leben wäre. Am Leben und hier und in meiner Gewalt, sodass ich ihn zwingen konnte, Priscylla aus diesem unseligen Bann zu befreien.

»Komm jetzt, Robert«, sagte eine sanfte Stimme hinter mir. Ich drehte mich um, erkannte Annie und rang mich zu einem flüchtigen, aber ehrlich gemeinten Lächeln durch.

»Ist es so weit?«, fragte ich. »Zeit für die Henkersmahlzeit?«

Annie blieb ernst. »Ixmal und Sitting Bull sind ... bereit«, sagte sie stockend. »Ich soll dich holen.« Sie trat an meine Seite, blickte einen Moment auf Priscylla herab und konnte ein Schaudern nicht ganz unterdrücken. Ich verstand nur zu gut, was sie spürte. Sie wollte nicht, dass ich sah, welchen Widerwillen ihr dieser Anblick bereitete, und ich war ihr dankbar für diesen Versuch, auch wenn er kläglich misslang. Aber ich nahm ihr ihre Gefühle nicht übel. »Was ihr vorhabt ist ... gefährlich«, sagte sie nach einer Weile, ohne mich dabei anzusehen.

Ich nickte. »Es ist möglich. Vielleicht. Vielleicht ist es auch ganz einfach. Und vielleicht geht es auch gar nicht.«

»Und vielleicht sterbt ihr auch alle«, fügte Annie düster hinzu. »Oder werdet wie ... wie sie.«

Ja, dachte ich. *Und vielleicht war dann alles vorbei.* Der Gedanke schreckte mich nicht mehr; ganz im Gegenteil. Beinahe sehnte ich mich danach, endlich die Augen schließen zu können, für immer. Sitting Bulls Worte klangen hinter meinen Schläfen nach, so deutlich, als spräche er sie unmittelbar neben mir noch einmal aus. Ich hatte den Kampf meines Lebens gekämpft, und ich hatte ihn gewonnen. Und langsam, ganz langsam begann die Erkenntnis in mir aufzukeimen, dass der Sieg zu teuer erkauft gewesen war.

Aber ich sprach nichts von alledem aus, sondern wandte mich ohne ein weiteres Wort um und verließ das Zelt. Sitting Bull und Ixmal erwarteten mich bereits, wie Annie es gesagt hatte. Ixmal blickte mich nicht an und als ich auf ihn zuging, fiel mir auf, dass er sich fast krampfhaft bemühte, nicht in die Richtung des Zeltes zu sehen, in dem Priscylla lag. Auch auf Sitting Bulls Zügen hatte sich ein sonderbarer, nicht zu deutender Ausdruck breitgemacht. Von Cody oder Lance Postlethwaite war keine Spur zu sehen.

Der Sioux-Häuptling hielt mir eine flache hölzerne Schale entgegen, als ich vor ihm stehen blieb. »Trink.«

Ich gehorchte. In der Schale war eine farblose Flüssigkeit, die nicht sonderlich gut schmeckte, aber ich leerte sie tapfer bis zur Neige, reichte Sitting Bull das Gefäß mit einem dankbaren Nicken zurück und trat in mein Zelt. Obgleich erst wenige Augenblicke vergangen waren, seit ich Sitting Bulls Trank getrunken hatte, glaubte ich mich bereits schläfrig zu fühlen. Matt ließ ich mich auf die Pritsche sinken, verschränkte die Hände hinter dem Kopf und starrte die durchscheinende Zeltbahn über mir an.

Irgendwann schlief ich ein.

Das Feuer brannte sehr hoch, und trotz der Kälte, die die Wüstennacht gebracht hatte, war seine Wärme schon fast unangenehm. Die Flammen schlugen dreifach mannshoch gegen den Himmel, und Funken stoben wie Schwärme kleiner, brennender Käfer weit in die Nacht hinaus, ehe sie erloschen oder sich auf die Trümmerlandschaft herabsenkten.

Trotzdem warf Redirant immer wieder Holz nach. Die Hitze trieb ihm den Schweiß auf die Stirn, und seine Hände und sein Gesicht brannten, aber er wurde nicht müde, mehr und mehr Holz auf den brennenden Stapel zu werfen und das Feuer zu immer höherer Glut zu entfachen. Und keiner der beiden anderen, die mit ihm auf Wache waren, protestierte auch nur mit einem Wort gegen sein scheinbar sinnloses Tun, obgleich ihnen die Hitze so unangenehm sein musste wie ihm. Aber sie schienen wie er zu spüren, dass irgendetwas mit dieser Nacht nicht stimmte, und wie er drängelten sie sich Schutz suchend in den Kreis schattenloser blendender Helligkeit hinein, den das Feuer in die Nacht stanzte. Dahinter lastete Schwärze. Eine Finsternis von solch absoluter Allumfassenheit, wie sie keiner der drei Tempelherren jemals zuvor erlebt hatte. Und ... ja, und noch etwas.

André Redirant verscheuchte den Gedanken, warf ein weiteres Scheit auf die prasselnde Glut und wischte sich gleichzeitig den Schweiß fort, den ihm die erbarmungslose Hitze auf die Stirn trieb.

Seine Augen tränten und schmerzten von der gnadenlosen Helligkeit, die das Feuer verbreitete; trotzdem sah er nicht weg, denn den Blick vom Feuer zu wenden hätte bedeutet, in diese grauenhafte Dunkelheit zu starren, die dahinter lauerte.

Für einen Moment musste der Tempelritter mit aller Macht gegen die Vorstellung ankämpfen, dass diese Dunkelheit mehr war als die Abwesenheit von Licht, sondern etwas Großes, Finsteres, das mit unsichtbaren Zähnen an der schwankenden Front nagte, die ihm das Licht entgegenwarf.

Mit aller Macht schüttelte er den Gedanken ab. Aber es gelang ihm nicht ganz. Etwas blieb. Irgendetwas *war* in dieser Dunkelheit, das wusste er einfach.

Nervös blickte er auf, sah zu den beiden anderen hinüber und bückte sich dann, um die halb geleerte Feldflasche mit seinem Wasser aufzuheben.

Er zögerte einen ganz kurzen Moment, ehe er trank. Die Nacht war noch nicht zu einem Drittel vorüber, und sein Wasservorrat würde nicht reichen. Es gab zwar einen Brunnen, der wie durch ein Wunder nicht verschüttet worden war, als das Kastell zusammenbrach, aber er lag auf der anderen Seite des Hofes, hinter der Wand aus Finsternis und Angst, und er wusste, dass er nicht dorthin gehen konnte. Nicht um alles in der Welt. Aber dann trank er doch, verschloss die Flasche sorgsam wieder und ging zu den beiden anderen Kriegern hinüber.

Keiner von ihnen sprach, als er neben ihnen in die Hocke ging, aber das war auch nicht nötig. Sie spürten dasselbe wie er, das bewies allein ihr Hiersein. Sie hätten es nicht gedurft, so wenig, wie sie dieses gewaltige Feuer überhaupt hätten entzünden dürfen. Balestrano hatte sie bestimmt, über seinen und den Schlaf des knappen Dutzends anderer Überlebender zu wachen, die von ihrer so stolzen Armee übrig geblieben waren, und hätten sie sich nach seinem Befehl gerichtet, hätten sie an drei verschiedenen Punkten der Ruinenfestung stehen und in die Nacht hinauslauschen müssen, statt hier zu hocken und sich zitternd um das Feuer zu scharen. Zum ersten Mal, solange sich Redirant zurückerinnern konnte, missachtete er einen Befehl. Er konnte nicht anders. Am Morgen, wenn die anderen erwachten und sie aufbrachen, würde er zu Balestrano gehen und seine Verfehlung melden, und er würde die Strafe dafür demütig tragen. Jetzt hätte er sich eher beide Hände abhacken lassen, als in die Dunkelheit hinauszugehen.

Wie zur Antwort auf seine düsteren Gedanken erscholl irgendwo auf der anderen Seite des Feuers ein helles, trockenes Knacken. Redirant und die beiden anderen fuhren zusammen. In einer einzigen, blitzschnellen Bewegung legten sich ihre Hände auf die Schwerter, die sie an den Seiten trugen.

»Was war das?«, flüsterte Redirant. Seine eigene Stimme kam ihm fremd vor, so sehr zitterte sie vor Furcht und nur mühsam unterdrücktem Entsetzen. Keiner der beiden anderen antwortete, aber für endlose Sekunden starrten sie wie er gebannt und aus weit aufgerissenen, schreckgeweiteten Augen in die Nacht hinaus und versuchten vergeblich, die Schwärze jenseits des Feuers mit Blicken zu durchdringen.

Dann wiederholte sich das Geräusch, und es war sehr viel lauter diesmal: ein helles Knacken, wie das Brechen eines trockenen Zweiges unter einem Fuß. Und eine Sekunde später glaubte Redirant einen Schatten zu sehen.

»Wer ist da?«, rief er. »Melde dich!«

Der Schatten antwortete nicht, aber er blieb stehen: ein großer, finsterer Umriss, gerade an der Grenze des Sichtbaren. Der Umriss eines Menschen.

Redirant stand auf, zog sein Schwert aus dem Gürtel und begann das Feuer zu umkreisen, so eng, dass die Flammen fast seine rechte Seite berührten. Einer der anderen begann auf der gegenüberliegenden Seite auf den Schatten zuzugehen, während der dritte stehen blieb, die Waffe halb erhoben.

»Wer ist da?«, fragte Redirant noch einmal, sehr viel schärfer diesmal und mit einer Kraft in der Stimme, die ihm die Angst gab. Er hob das Schwert, machte einen Schritt auf die schattenhafte Gestalt zu und blieb wieder stehen. »Ich befehle dir ...«, begann er. Aber dann sprach er nicht weiter, denn in diesem Moment löste sich der Schatten aus seiner unheimlichen Starre und trat seinerseits einen Schritt auf Redirant und das Feuer zu. Seine Gestalt erschien im hellen Lichtschein der Flammen, und Redirant atmete hörbar erleichtert auf, als er sah, dass es keines der Ungeheuer war, die ihm seine zum Zerreißen gespannten Nerven vorgegaukelt hatten, und auch keiner der in schwarze Seide gekleideten Drachenkrieger Necrons, der von den Toten auferstanden war, um den Tod seiner Kameraden zu rächen, sondern einer seiner eigenen Kameraden. Das flackernde Weißorange des Feuers beschien ein zerfetztes weißes Zeremoniengewand, brach sich auf den silbernen Ringen des Kettenhemdes darunter und ließ das blutrote Kreuz auf der Brust des Mannes in unheimlichem Widerschein aufglühen.

Dann fiel Redirants Blick auf die Hände des Mannes, und aus seinem erleichterten Aufatmen wurde ein ersticktes Keuchen.

Die Hände des Mannes waren schwarz.

Nicht dunkel von Schmutz oder geronnenem Blut, sondern *schwarz,* von einer Farbe, die das Licht aufzufressen schien, und es waren auch nicht die Hände eines Menschen ...

Was Redirant sah, waren Krallen, raubvogelartig gekrümmte, lederhäutige Krallen, die in zolllangen, rasiermesserscharfen Nägeln endeten, viel zu oft geknickt, als hätten sie ein paar Gelenke zu viel, und von nässenden Warzen und Pusteln übersät. Und *sie bewegten sich*! Der Mann hielt die Hände vollkommen still, aber sie bewegten sich trotzdem, die Haut zuckte und bebte, zog sich zusammen und zitterte, als liefe eine Armee widerlicher kleiner Insekten darunter entlang.

Dann machte der Mann in der Templeruniform einen weiteren Schritt, und nun lag auch sein Gesicht im hellen Lichtschein des Feuers. Redirant sah ihn an.

Er schrie.

Nur ein einziges Mal und nicht sehr lange oder sehr laut, aber in seinem Schrei lag alles Entsetzen der Welt; und noch ein bisschen mehr.

Das Gesicht des Mannes war ...

Redirants Verstand weigerte sich, den Anblick als wahr zu akzeptieren. Etwas in ihm zerbrach mit einem hörbaren, schmerzenden Laut. Von einer Sekunde auf die andere überschritt sein Geist die Schwelle zum Wahnsinn, verkroch sich wie ein zitterndes Tier hinter den Barrieren der Verrücktheit. Aus André Redirant, dem Tempelritter, der teit seines Lebens keine Gegner gefürchtet hatte, wurde ein sabbernder Idiot, innerhalb eines einzigen Augenblickes. Hinter ihm begannen die beiden anderen wie von Sinnen zu kreischen, und aus den Augenwinkeln sah er, wie weitere Schatten aus der Nacht emporwuchsen, aber er registrierte es nur, unfähig, in irgendeiner Weise darauf zu reagieren.

Wie gelähmt starrte er das unmögliche *Ding* vor sich an. Aber irgendetwas in ihm, vielleicht der Instinkt, der Tiere dazu treibt, sich selbst zu verstümmeln, um aus einer Falle zu entkommen, irgendetwas wehrte sich noch. Der Mann mit dem Albtraumgesicht trat mit einem höhnischen Kichern auf Redirant zu und streckte seine schrecklichen Hände aus. Redirant schrie auf, prallte einen halben Schritt zurück und trat in die Flammen. Unter seinen Stiefeln zerbrach brennendes Holz. Flammen und Funken hüllten ihn ein, und sein Wams begann fast augenblicklich zu brennen, aber er spürte den Schmerz nicht einmal. Blind vor Angst und von dem puren Willen erfüllt, einfach nur zu überleben, hob er sein Schwert und schlug nach dem entsetzlichen Wesen. Seine Klinge zerfetzte das Wams des Angreifers, biss tief in seine Seite und brachte ihn aus dem Gleichgewicht. Der Mann fiel, versuchte mit wild rudernden Armen sein Gleichgewicht wiederzufinden und stürzte endgültig, als Redirant ihm einen Tritt versetzte.

Ohne einen einzigen Laut fiel er nach vorne, die Arme weit vorgestreckt, um den Sturz abzufangen – direkt in die lodernden Flammen hinein. Sein Körper verschwand bis zum Gürtel in der flammenden Hölle aus Feuer und Glut. Zerborstenes Holz und Funken stoben wie in einer lautlosen Explosion in die Höhe und senkten sich auf Redirant herab.

Aber er spürte auch diesen neuerlichen Schmerz nicht, denn sein Blick war noch immer wie hypnotisiert auf den Angreifer gerichtet.

Er blieb nicht liegen.

Die Temperaturen dort, im Herzen des gigantischen Scheiterhaufens, mussten hoch genug sein, Eisen zu schmelzen, aber der Mann mit dem Albtraumgesicht *blieb nicht liegen!*

Er bewegte sich, stemmte sich hoch und herum und stand wieder auf.

Das Vorderteil seines Gewandes und sein Haar waren fort, binnen Sekunden zu Asche zerfallen.

Das dünne Gewebe aus Eisenringen, das sein Kettenhemd bildete, glühte hier und da in düsterem Rot.

Grauer Dampf stieg von der entsetzlichen Gestalt hoch.

Ihre Hände brannten.

Redirants Schreie steigerten sich zu einem Stimmband zerreißenden Crescendo, als die Gestalt ein meckerndes Kichern hören ließ und mit ihren furchtbaren brennenden Händen nach ihm griff.

Aber nicht sehr lange.

Ixmal weckte mich lange nach Einbruch der Dunkelheit. Ich erwachte übergangslos, und das Erste, was ich fühlte, war ein Strom neuer, pulsierender Kraft, der durch meine Glieder floss. Ich spürte, dass ich nicht sehr lange geschlafen hatte, aber ich spürte auch, dass es ein sehr tiefer, ruhiger Schlaf gewesen war, der mir eine Menge der verloren gegangenen Kraft zurückgebracht hatte. Mit einem Ruck setzte ich mich auf, angelte nach Hemd und Hose und wollte Ixmal dankend zunicken, aber der junge Flötenmann hatte sich bereits herumgedreht und mein Zelt wieder verlassen. Ich konnte es ihm nicht einmal verdenken. Nach allem, was ich gehört und selbst gesehen hatte, war es schon fast ein Wunder, dass es Sitting Bull überhaupt gelungen war, ihn zur Teilnahme an dieser – nun, was auch immer – zu überreden.

Rasch zog ich mich fertig an, nahm nach kurzem Zögern auch meinen Stockdegen und Andaras Amulett an mich und verließ das Zelt.

Die gute Laune, die sich meiner bemächtigt hatte, zerplatzte wie eine Seifenblase, als ich ins Lager hinaustrat.

Was noch am Tage ein ganz normales, eher ein bisschen zu klein geratenes Zeltlager gewesen war, hatte sich in etwas verwandelt, was zu beschreiben mir im ersten Moment die Worte fehlten.

Mein Zelt war das einzige, das stehen geblieben war; offensichtlich aus Rücksicht auf meinen Schlaf und die Ruhe, die ich dringend benötigte. Alle anderen Zelte waren abgebaut und ein gutes Stück weiter westlich neu aufgeschlagen worden, sodass am Fuße der Felsgruppe ein ovaler, leerer Platz entstanden war, hufeisenförmig eingefasst von zerborstenem grauem Stein und sorgsam freigeräumt. In einem der beiden Brennpunkte der auf diese Weise gebildeten Ellipse brannte ein Feuer, mehr als mannshoch und mit Flammen, die einen sonderbaren grünlichen Schein verbreiteten. In dem anderen befand sich Priscylla.

Sie lag noch immer auf der Pritsche, aber sie war jetzt darauf festgebunden worden, und das improvisierte Möbel stand auch nicht mehr auf seinen vier Beinen, sondern war mit Hilfe einiger Felsbrocken fast senkrecht aufgestellt worden, sodass es im ersten Augenblick aussah, als stünde Priscylla vor mir, lässig gegen die Liege gelehnt und das Buch mit beiden Armen an sich gepresst. Aber als ich näher kam, sah ich, wie fest die dünnen Lederriemen angezogen waren, die sie hielten. Sie hatte immer noch nicht die Kraft – vielleicht auch nur nicht den Willen –, von selbst zu stehen. Nur das Buch hielt sie mit verzweifelter Kraft fest. Ihr Gesicht war ausdruckslos wie immer, aber in ihren weit geöffneten Augen schimmerte der Beginn einer vagen, noch nicht ganz formulierten Angst.

Instinktiv wollte ich auf sie zugehen, aber Sitting Bull – der vor dem Zelt auf mich gewartet hatte, ohne dass ich ihn indes bisher überhaupt bemerkt hätte – vertrat mir rasch den Weg und schüttelte den Kopf. »Nicht«, sagte er. »Du wirst all deine Kraft brauchen, für das, was wir tun werden.«

Ich blieb stehen. Der Anblick Pris, die gefesselt und hilflos wie an einem barbarischen Marterpfahl vor mir stand, brach mir fast das Herz, aber ich wusste, dass der alte Sioux Recht hatte. Wenn wir überhaupt eine Chance hatten, etwas für Priscylla zu tun, dann nur, wenn wir es *schnell* taten.

Erst jetzt bemerkte ich, dass auch Ixmals Indianer herangekommen waren. Wie durch Zufall schlossen sie den begonnenen Halbkreis, den die Felsen um Priscylla und das Feuer bildeten. Ihre nackten Oberkörper reflektierten das Licht der Flammen, als wären sie mit Öl oder Fett eingerieben, und auf ihren Gesichtern prangte eine barbarische, rotgrün gemusterte Bemalung. Sie waren bewaffnet, wie ich mit einem raschen, unangenehmen Anflug von Furcht registrierte.

Beinahe Hilfe suchend sah ich mich nach Bill, Annie und Postlethwaithe um und entdeckte sie schließlich auch – auf der anderen Seite des Platzes und ein gutes Stück von Ixmals Kriegern entfernt. Codys Gesicht war ausdruckslos wie eine Maske aus Stein, und er sah mich nicht an, während Annies Züge eindeutig Angst zeigten. Nur Postlethwaithe schien völlig in seinem Element zu sein: Er hüpfte unruhig von einem Bein auf das andere und rückte ununterbrochen seine Brille auf der Nase zurecht, wobei er immer wieder ein leises »Faszinierend!« hören ließ.

»Komm.« Sitting Bull ergriff mich am Arm und führte mich wie ein Kind in den Kreis aus Felsen und Indianern hinein. Ixmals Krieger schlossen sich hinter uns enger zusammen und nach einer Sekunde trat auch Ixmal selbst neben mich und den Häuptling. Als einziger Indianer trug er keine Waffe. Dafür glänzte in seiner zur Faust geschlossenen Rechten etwas Kleines, Weißes, das ich nach einer Sekunde als die Knochenflöte erkannte, mit der er den Drachen gerufen hatte. Das dumpfe Gefühl von Furcht in mir steigerte sich zu jähem Entsetzen. Nur noch mit Mühe konnte ich mich beherrschen, nicht loszuspringen, Priscyllas Fesseln zu zerschneiden und dem ganzen barbarischen Zirkus ein Ende zu bereiten.

Aber natürlich tat ich es nicht.

Zwei Schritte vor Priscylla blieben wir stehen. Sitting Bull ergriff meine und Ixmals Hände, tauschte einen schweigenden Blick mit Ixmal, woraufhin der junge Indianer seine Flöte an die Lippen hob, die Augen schloss und einen einzigen, hellen Ton blies.

Ein eisiger Windstoß fuhr durch das Lager, ließ Staub wirbeln und die Flammen für einen Moment höher prasseln. Ich fuhr zusammen und ließ um ein Haar Sitting Bulls Hand los. Mein Herz begann schneller zu pochen. Irgendetwas geschah. Ich begann zu begreifen, dass nichts von dem, was ich hier sah, Zufall war. Sitting Bull und die anderen mussten mit der Beschwörung begonnen haben, als ich noch schlief. Wahrscheinlich hatten sie ganz bewusst bis zum letzten Moment gewartet, ehe sie mich weckten. Die Luft war geladen mit unsichtbarer, knisternder magischer Energie.

Abermals blies Ixmal in seine Flöte. Ein sonderbar dünner, klagender Ton erscholl, schwang sich zu fast schmerzhaften Höhen auf und verklang. Aber etwas blieb zurück. Vielleicht, dachte ich schaudernd, war ein Drache nicht das Einzige, was Ixmal mit seiner Flöte herbeirufen konnte. Und vielleicht war er noch das Harmloseste …

Dann begann das Trommeln.

Ich war sicher, bei keinem der Indianer, die hinter uns standen, eine Trommel oder irgendein anderes Musikinstrument gesehen zu haben, aber die Nacht war plötzlich erfüllt von dumpfem, unheimlichem Trommelschlag, einem rhythmischen, unangenehmen Dröhnen, das an- und abschwoll, lauter und leiser wurde, schneller und langsamer, und mich ganz allmählich in seinen Bann zu ziehen begann. Ich spürte, wie mein Herz in den hämmernden Takt der unsichtbaren Trommel verfiel, mein Atem plötzlich im gleichen Auf und Ab erfolgte, ja, selbst meine Gedanken plötzlich wie in einem bizarren Versmaß dem Rhythmus der Trommeln gehorchten.

Sitting Bull begann zu summen. Gleichzeitig bewegten sich seine Beine und Arme im Takt der Pauken, und auch meine eigenen Glieder begannen, ohne und fast schon gegen meinen Willen, rhythmische, stampfende Bewegungen auszuführen. Langsam, uns immer noch an den Händen haltend und dumpfe, fremdartige Töne im Takt der barbarischen Musik summend, begannen wir Priscylla zu umkreisen, und nach und nach schlossen sich uns auch die anderen Indianer an, bis wir einen weit auseinandergezogenen, summenden, stampfenden Kreis bildeten, in dessen Mitte Priscylla war.

Wieder fauchte der kalte Wind über das Lager, und diesmal schossen die Flammen zehn, zwölf Yards weit in die Höhe, ehe sie, wie gegen eine unsichtbare Wand geprallt, auseinanderfächerten und ein brodelndes Pilzdach aus Flammen über dem ovalen Platz bildeten. Funken regneten auf uns herab, und ein paar senkten sich auf meine Kleider, mein Haar, selbst mein Gesicht, aber ich empfand keinen Schmerz.

Sitting Bull begann zu singen, und obgleich es Worte in einer Sprache waren, die ich noch nie zuvor gehört hatte, stimmte ich – wie alle anderen – nach wenigen Augenblicken in diesen Gesang ein. Für einen ganz kurzen Moment blitzte der Gedanke in mir auf, dass ich einen reichlich idiotischen Anblick bieten musste, wie ich so inmitten eines Kreises heulender Indianer wechselweise auf einem und dem anderen Bein auf und ab hüpfte und Worte aus einer uralten Indianersprache grölte, aber ich war unfähig, irgendwie auf diesen Gedanken zu reagieren. Der Rhythmus der Trommeln, der Gesang und das schwermütige Klingen von Ixmals Pfeife hatten mich vollends in ihren Bann geschlagen.

Zum dritten Mal fauchte der eisige Wind über den Platz, und diesmal spürte ich, wie *irgendetwas* mit ihm kam, etwas entsetzlich Großes und Kaltes und Körperloses, das auf den Flügeln des Sturmes aus den Dimensionen des Wahnsinns in unsere Welt hinübertobte und aus unsichtbaren Flammenaugen auf uns herabstarrte.

In diesem Moment ließ Sitting Bull meine Hand los. Ich stolperte, vom Schwung meiner eigenen Bewegung nach vorne getragen, fand im letzten Moment mein Gleichgewicht wieder und torkelte einen Schritt auf Priscylla zu, begleitet von Sitting Bull und Ixmal, der noch immer seine Flöte blies. Hinter uns schloss sich der Kreis der tanzenden Indianer wieder. Ihr Gesang wurde lauter, der stampfende Rhythmus ihrer Schritte schneller, und auch die Töne, die Ixmals Flöte in die Nacht schleuderte, klangen plötzlich anders, irgendwie gereizt, aggressiv. Auf der anderen Seite des Platzes loderte das Feuer zu wabernder Weißglut auf, bis das fünfzehn Schritte messende Oval wie im grellen Licht eines ganzen Scheinwerferbündels dalag. Es gab keine Schatten.

Direkt zwischen Priscyllas Füßen entstand eine Flamme. Sie war klein und weiß und von einem Kranz giftgrüner Helligkeit eingefasst, und obwohl ich noch weit von ihr entfernt war, spürte ich einfach, dass sie keine Hitze verströmte, sondern irgendetwas anderes, etwas unfasslich Fremdes und Böses. Eine zweite Flamme erschien aus dem Nichts, nur ein Stück von der ersten entfernt, dann eine dritte, vierte, fünfte, bis Priscylla gänzlich von einem Kranz handspannengroßer giftgrüner Feuerkinder eingekreist war.

Dann begann das Buch zu glühen. Das rissige Schwarzbraun seines Einbandes erstrahlte wie unter einem unheimlichen, inneren Licht, und mit einem Male brach Helligkeit zwischen den pergamentenen Seiten hervor, die gleiche giftig grüne Helligkeit, wie sie auch die Flammen verstrahlten; ein Licht, das sich konzentrierte, sich ausbreiten wollte und von irgendetwas Unsichtbarem zurückgeworfen wurde – und zu einem Band dünner, peitschender Tentakel aus Licht wurde, das dicht unterhalb von Priscyllas Herzen in ihrem Körper endete!

Ich schrie auf, riss die Arme hoch und wollte auf Priscylla zuspringen, aber Sitting Bull riss mich mit erstaunlicher Kraft zurück und schlug mir die flache Hand ins Gesicht. »Nicht!«, schrie er. »Du verdirbst alles!«

Sein Hieb brachte mich in die Wirklichkeit zurück. Ich begriff, dass das grausame Licht nichts anderes war als das, was ich auch durch Shannons Augen gesehen hatte, der magische Nervenstrang, der den Geist des NECRONOMICONS mit dem meiner geliebten Priscylla verband. Sitting Bulls Zauber musste dem Shannons sehr ähnlich sein. Und jetzt sah ich auch, dass nicht alle Energiefäden in Priscyllas Brust endeten. Vier dünne, peitschende Ranken aus Licht strebten von ihr fort, in östlicher Richtung, um in der Nacht zu verschwinden.

Hinter uns steigerte sich der Gesang der Indianer zu einem grässlichen Röhren und Brüllen, wie der Todesschrei eines großen finsteren Tieres, und Ixmal blies immer stärker in seine Flöte, mit der er jetzt quietschende, jaulende Töne produzierte.

Und wieder spürte ich die Anwesenheit uralter indianischer Magie, das Dasein von irgendetwas unglaublich Großem, Kaltem. Es war *Macht,* pure, destruktive *Macht,* die keines Körpers mehr bedurfte, und es war eine böse, alles vernichtende Macht, deren einziger Daseinszweck Zerstören war.

Und trotzdem war sie uns nicht feindlich gesonnen. Sie war nicht unser Freund, weil sie prinzipiell niemandes Freund war, aber sie war auch nicht gegen uns – und irgendwie spürte ich plötzlich, wie ein Teil dieser Macht in mich floss und sich mit meinen eigenen bescheidenen Kräften vereinigte.

»Jetzt!«, schrie Sitting Bull.

Im gleichen Moment ergriffen er und Ixmal mich wieder bei den Händen, und im gleichen Moment spürte ich, wie die Springflut magischer Energie auch ihre Geister überflutete, sich mit etwas darin vereinigte und zu einem tobenden Orkan wurde.

Ein elektrischer Schlag von hundert Millionen Volt schien meinen Körper zu treffen. Jeder einzelne Nerv in meinem Inneren flammte auf. Ich schrie, krümmte mich und riss instinktiv die Hände in die Höhe, die Finger gespreizt und in einer fast beschwörenden Geste gegen Priscylla und das Buch gerichtet. Rechts und links von mir vollführten Ixmal und Sitting Bull die gleichen, absurden Bewegungen.

Und langsam, ganz ganz langsam gelang es mir, die fürchterlichen Ströme tödlicher Macht, die mich verbrennen wollten, zu leiten, sie zu kanalisieren und mich ihrer zu bedienen.

Ich schleuderte sie gegen das Buch.

Es war ein Moment absoluten Entsetzens. Ich war Teil dieser grässlichen Energien und ich spürte, wie sie in das NECRONOMICON eindrangen und auf irgendetwas trafen, etwas Finsteres und auf entsetzliche Weise *Lebendiges*, das darin lauerte, eine schleimige graue Spinne in einem Netz aus Dunkelheit. Etwas, das ebenso stark oder vielleicht stärker war als die Macht, derer wir uns bedienten.

Der Kampf war völlig lautlos. Für die anderen musste es so aussehen, als wären Ixmal, Sitting Bull und ich mitten in der Bewegung erstarrt, als stünden wir einfach nur da und starrten das Buch an, aber in Wahrheit war es eine Schlacht, ein ungeheuerliches Kräftemessen auf einer Ebene, die dem normalen Begreifen und Empfinden entzogen war. Ich war dabei. Ich ritt an der Spitze eines Heeres apokalyptischer Reiter, die auf ein Schlachtfeld aus Flammen preschten, spürte das Krachen von Thors Hammer, der gegen die Grundfesten der Welt prallte, fühlte die tödliche Umarmung des Sonnengottes, der die Nacht verschlang. *GEH!*, hämmerten meine Gedanken. *GEH! LASS SIE IN FRIEDEN!*, und *GEH!*, hämmerten Ixmals und Sitting Bulls Gedanken, immer und immer und immer wieder.

Und langsam, ganz langsam, begann der Wall zu brechen. Ich spürte, wie die ungeheure Macht des NECRONOMICON zu wanken begann, erschüttert von einer Gewalt, die finsterer und zorniger und älter war als sie. Der erste leuchtende Energiefaden, nur für mich und die beiden anderen sichtbar, zerriss mit einem peitschenden

Knall, pendelte einen Moment wie ein abgerissenes Insektenbein hin und her und erlosch, dann ein zweiter, dritter, vierter.

Aber noch war die Macht dieses höllischen Buches nicht gebrochen. Noch einmal bäumte sich sein unseliger Geist auf, und wieder krümmten wir uns vor Schmerz. Aber wieder war das *Etwas,* das Sitting Bull herbeigerufen hatte, stärker. Langsam, aber unbarmherzig, wurde das NECRONOMICON zurückgedrängt. Weitere Lichttentakel zerrissen, und in die Wut und den Zorn, den ich spürte, mischte sich Pein.

Und plötzlich erscholl vor mir ein unendlich tiefes, qualvolles Stöhnen. Ich sah auf und blickte Priscylla an – *aber es war nicht mehr Priscylla*!

An der wie ein Marterpfahl aufgerichteten Bahre stand ein junger, blondhaariger Mann in einem schwarzen Burnus. Ein dunkler, feucht glänzender Fleck verunzierte sein Gewand an einer Stelle dicht unter dem Herzen und in seinen Augen, sehr klaren, hellblauen Augen, die mich mit tiefem Vorwurf anblickten, glomm ein furchtbarer Schmerz.

»Willst du das wirklich tun?«, fragte Shannon.

Ich schrie auf. Neben mir fuhr Sitting Bull zusammen und starrte mich aus schreckgeweiteten Augen an. Er sagte etwas, etwas, das beschwörend und verzweifelt und voller panischer Angst war, aber ich verstand seine Worte nicht. Mein Blick hing wie gebannt an Shannons Gesicht. Aus seinen Augenwinkeln liefen blutige Tränen.

»Du hast mich schon einmal umgebracht, Robert«, sagte Shannon. »Hier – siehst du?« Und damit hob er seinen Burnus an, sodass ich den kleinen Dolch sehen konnte, der oberhalb seines Herzens aus seinem Leib ragte. »Tu es nicht noch einmal, ich bitte dich.«

»Nein!«, kreischte Sitting Bull mit überschnappender Stimme. »Nicht, Robert!«

Aber es war zu spät. Die brodelnden Energien, die mich noch immer durchpulsten, fanden kein Ziel mehr. Aber sie waren da. Und sie entluden sich.

Es dauerte nur eine einzige, furchtbare Sekunde, und doch war es, als ginge die Welt unter.

Ein ungeheures Donnern und Krachen erscholl. Die Erde hob sich wie ein bockendes Pferd, bebte und sank wieder zurück. Ein handbreiter, gezackter Riss erschien direkt vor meinen Füßen im Boden, und noch während ich stürzte, zerriss ein neuerlicher, peitschender Donnerschlag die Nacht. Ein Gewitter dünner, peitschender Blitze brach aus dem Buch in Priscyllas Armen, brannte lodernde Furchen in den Boden und ließ Erdreich und trockenes Geäst aufflammen. Zwei der grausam hellen dünnen Blitze trafen zwei von Ixmals Indianern und töteten sie auf der Stelle.

Ich fiel, rollte mich herum und schlug instinktiv die Hände über dem Kopf zusammen, auf weiteres Unheil gefasst.

Aber es war vorbei.

Ich spürte es im gleichen Moment, in dem ich die Augen aufschlug. Hinter mir loderte das Feuer höher denn je, der Platz hallte wider von entsetzten Schreien und den hastigen Schritten flüchtender Menschen, aber das Ringen der Urgewalten war vorüber. Die beiden unsichtbaren Giganten waren nicht mehr da.

Aber das, *was* ich sah, war noch schlimm genug.

Priscylla hing schlaff in den Fesseln, die sie hielten. Ihre Augen waren noch immer geöffnet, aber ihr Blick war leer, und ihre Finger krallten sich so fest um das Buch, dass Blut unter ihren Nägeln hervorkam. Das riesige Feuer, das Ixmals Krieger entzündet hatten, war auseinandergefallen, als wäre eine Riesenfaust in den Holzstapel gefahren und hätte ihn zertrümmert. Brennende Äste waren in weitem Umkreis verstreut, und hier und da glühte die Erde. Aus dem Riss, der eine Handspanne neben mir verlief, stoben Funken und heiße, übel riechende Luft. Einer von Ixmals Männern krümmte sich auf dem Boden, presste beide Hände gegen den Leib und stieß unentwegt kleine, wimmernde Laute aus, während Annie und Bill vergeblich versuchten, nach seinen Wunden zu sehen. Zwei weitere Indianer rührten sich gar nicht mehr.

Von jähem Schrecken erfüllt, fuhr ich herum und sah Sitting Bull neben mir knien, bei Bewusstsein, aber grau vor Schrecken und Schmerz im Gesicht. Seine Lippen bebten. Aus einer kleinen Wunde über seiner linken Braue lief Blut und verwandelte sein Gesicht in eine dämonische Grimasse.

Ich wollte die Hände nach ihm ausstrecken, aber ich kam nicht dazu, die Bewegung zu Ende zu führen.

Irgendwo über mir, auf den Felsen, die die Hälfte unseres Lagers einfassten, blitzte es auf, und eine halbe Sekunde hörte ich das harte, drohende Peitschen eines Gewehrschusses. Eine Handspanne vor mir stob der Staub auf. Ich spürte einen Luftzug wie die Berührung einer unsichtbaren glühenden Hand, als die Kugel abprallte und wenige Inches an meiner Wange vorbeizischte.

Plötzlich ging alles unglaublich schnell. Ich sah, wie Annie und Cody herumfuhren, wie Bill nach seiner Waffe griff und mitten in der Bewegung erstarrte, als weitere Schüsse krachten und rechts und links von seinen Füßen der Boden aufspritzte, dann erfolgte eine ganze Salve krachender Schüsse, und mit einem Male waren wir von mehr als einem Dutzend Männern eingekreist, Männer in dunkelblauen, in der Nacht schwarz erscheinenden Uniformen, gelben Streifen an den Hosen und Gewehren in den Händen, deren Läufe sich drohend auf uns richteten.

Mühsam stemmte ich mich hoch. Ich wollte mich ganz aufsetzen, aber einer der so plötzlich aufgetauchten Angreifer trat auf mich zu und machte eine drohende Bewegung mit seiner Winchester, die mich abermals mitten in der Bewegung erstarren ließ.

»Keine Bewegung!«, sagte er drohend. »Wenn ich Sie wäre, Mister, würde ich nicht einmal zu heftig atmen.«

»Was ... was soll das?«, stammelte ich verwirrt. »Wer sind Sie überhaupt, und –«

»Mein Name ist Slaugther«, antwortete der Mann. »Captain James Slaugther von der elften US-Kavallerie, um genau zu sein. Und wenn Sie oder einer Ihrer roten Brüder auch nur falsch niesen, Mister, gebe ich Ihnen mein Ehrenwort, dass dieser Name das Letzte ist, was Sie in Ihrem Leben hören.«

Die Schreie hatten ihn geweckt, aus einem Schlaf, der ohnehin nur sehr oberflächlich und von immer wechselnden Albträumen und Visionen geplagt gewesen war. Jean Balestrano fuhr hoch, blinzelte einen Moment verstört in die Dunkelheit hinein, die ihn wie eine lastende schwarze Decke einhüllte, und setzte sich vollends auf.

Der Schrei wiederholte sich, länger anhaltend und in einer Stimmlage, die schlichtweg unmöglich war. Balestrano sprang auf, stolperte durch den mit Unrat und Trümmern übersäten Raum und fiel auf die Knie, als sich sein Fuß an einem Hindernis verhakte, das in der Dunkelheit lauerte. Mit einem Schmerzlaut sprang er wieder auf, stolperte die letzten Schritte bis zur Tür – und blieb stehen, als wäre er vor ein unsichtbares Hindernis geprallt.

Vor ihm breitete sich ein Bild des Chaos aus. Nicht sehr weit entfernt von ihm brannte ein Feuer, dessen Schein ihn jede noch so kleine Einzelheit mit fast gespenstischer Deutlichkeit erkennen ließ.

Jeder einzelne Mann aus seiner so grausam zusammengeschmolzenen Armee war auf den Beinen, das Kastell hallte wider von durcheinanderschreienden Stimmen und Schritten und dem Klirren von Metall. Krieger rannten hin und her, Schwerter und Schilde in den Händen, die Flammen stoben hoch auf, und ein entsetzlicher Brandgeruch wehte zu Balestrano herüber. Trotzdem konnte er nicht erkennen, was wirklich geschah.

Stockend, den verletzten Arm, der wieder zu schmerzen begonnen hatte, eng an den Körper gepresst, trat Balestrano aus dem Haus und winkte den nächstbesten Krieger zu sich heran. »Was ist geschehen?«, fragte er. »Werden wir angegriffen?«

»Die Wache, Bruder«, stammelte der Templer. »Jemand hat die Wache ... mein Gott, es ... es ist schrecklich. Wir sind alle verloren!«

Balestrano starrte den Mann noch einen Moment lang durchdringend an, dann fuhr er herum und ging mit weit ausgreifenden Schritten auf das lodernde Feuer zu. Obgleich auf dem Hof noch immer ein heilloses Chaos herrschte und niemand wirklich zu wissen schien, wohin er lief und warum, begannen sich die Krieger doch allmählich dort zu versammeln und irgendetwas war an ihnen, das ...

Balestrano spürte ihren Schrecken, ehe er zwischen ihnen hindurchtrat und sah, was neben dem auseinandergerissenen Holzstapel lag. Der Anblick schnürte ihm die Kehle zu. Ihm wurde übel. Bittere Galle sammelte sich unter seiner Zunge.

»Was ... was ist hier passiert?«, murmelte er.

»Das weiß niemand, Bruder«, antwortete der Mann zu seiner Rechten. Er sah Balestrano nicht an. Seine Augen waren weit und starr vor Schreck, aber er schien unfähig, seinen Blick von den dunklen, an verkohltes Holz erinnernden Dingen zu lösen, die halb in, halb neben dem Feuer lagen. Neben einem davon lag ein Schwert. Die Klinge glühte rot.

»Wir hörten die Schreie, und ... und dann ... dann fanden wir sie«, fuhr der Templer fort. Seine Stimme versagte fast. »Sie ... sie müssen das Feuer angezündet haben, um ... gütiger Gott, jemand hat sie ...«

»Es sind nur zwei«, unterbrach ihn Balestrano. Es fiel ihm unendlich schwer, seiner Stimme wenigstens den Anschein von Festigkeit zu verleihen. »Ich hatte drei Männer zur Wache eingeteilt. Wo ist der dritte?«

Niemand antwortete, aber Balestrano spürte, wie sich aller Blicke auf ihn konzentrierten. Und im gleichen Moment wusste er, was sie von ihm verlangten. Das, was er schon vor Stunden hätte tun sollen. Vielleicht schon vor einem Tag.

»Wir brechen auf«, sagte er laut. »Holt eure Mäntel und füllt eure Wasserschläuche. Alles andere bleibt hier. Wir gehen. Sofort!«

»Es sind fast dreißig Meilen, Bruder«, wandte einer der Krieger ein. »Wir werden kaum die Hälfte schaffen, bis es Tag wird.«

»Mit Gottes Hilfe erreichen wir den Berg!« Balestrano wischte den Einwand mit einer Handbewegung fort. Wie billig diese Worte plötzlich in seinen Ohren klangen. Mit Gottes Hilfe? Um ein Haar hätte er gelacht. Es war schwer vorstellbar, dass das, was hier geschehen war, wirklich Gottes Wille gewesen sein sollte. Vielleicht hatte er den Kredit, den das Schicksal ihm eingeräumt hatte, längst verspielt.

Trotzdem wiederholte er seine Handbewegung, fuhr herum und lief selbst zur Turmruine zurück, um seinen Mantel und die Wasserflasche zu holen. Eine kleine, böse Stimme in seinem Kopf wollte ihm zuflüstern, dass es längst zu spät war, noch zu fliehen, aber er ignorierte sie. Vielleicht war es für ihn zu spät, aber wenn er auch nur das Leben eines einzigen dieser Männer retten konnte, musste er alles tun, was in seiner Kraft stand.

Mit bebenden Fingern zerrte er seinen Mantel hervor, tastete im Halbdunkel nach der Wasserflasche und fand sie.

Als er sich aufrichtete, hörte er das Kichern.

Balestrano erstarrte. Er konnte ihn *spüren*. Er war hinter ihm, so dicht, dass er sich nur herumzudrehen und den Arm auszustrecken brauchte, um ihn zu berühren. Es war wie eine Woge knisternder unsichtbarer Hitze, die seinen Rücken berührte. Mit einem Male war der Raum von erstickendem, heißem Brandgeruch erfüllt.

»Wohin so eilig?«, kicherte das *Ding*. Balestrano drehte sich nicht herum. Er hatte Angst, den Verstand zu verlieren, wenn er es täte. Aber das Wesen sprach weiter, mit einer Stimme, die aus den tiefsten Abgründen der Hölle zu erschallen schien.

»Oh, ich verstehe, Bruder Jean«, kicherte es. »Du willst weglaufen, wie? Fliehe den Ort deiner Schmach, Sünder!« Wieder kicherte der Dämon. »Das ist nicht nett, Bruder Jean, mich und die drei anderen einfach zurücklassen zu wollen. Oder hast du uns einfach nur vergessen?«

Das *Ding* bewegte sich. Obwohl Balestrano es noch immer nicht ansah, konnte er spüren, wie es näher kam, seine schleifenden Schritte hören. Der Brandgeruch wurde stärker und nahm ihm fast den Atem.

»Aber geh ruhig«, fuhr der Entsetzliche höhnisch fort. »Du hast ja Recht, Bruder. Dies ist ein ungemütlicher Ort. Lauf ruhig davon. Wer weiß, vielleicht erreichst du sogar den Berg und dein *Tor.* Vielleicht kommst du sogar zurück nach Paris.«

»Was willst du?«, wimmerte Balestrano.

Der Unheimliche schwieg einen Moment. Als er antwortete, troff seine Stimme von grausamem Spott. »Stimmt ja, Bruder, stimmt ja«, sagte er meckernd. »Ich bin ja nicht grundlos gekommen. Hier – ich habe etwas für dich.«

Und damit packte er Balestrano und riss ihn grob an seinem verletzten Arm herum.

Balestrano kreischte vor Schmerz.

Im ersten Moment.

Dann sah er, was der Schreckliche auf seinen ausgestreckten Armen trug, und seine Stimme versagte. Seine Augen quollen vor Entsetzen fast aus den Höhlen, als er auf das geschwärzte, qualmende Etwas herabblickte, das *Ding,* das dunkel geworden war und spröde wie verkohltes Holz.

Balestranos Sinne schwanden endgültig, als Botho von Schmid ihm den Leichnam André Redirants vor die Füße warf und in die Schatten zurücktrat.

»Sie missverstehen die Situation«, sagte Lance ruhig. »Wenn Sie sich die Mühe machen würden, uns erklären zu lassen und einen Moment zuzuhören, würden Sie begreifen, wie gründlich Sie sich geirrt haben, Mister Slaugther.«

»*Captain* Slaugther«, korrigierte ihn Slaugther ruhig. »Oder einfach Slaugther, wie Sie wollen. Den Mister können Sie sich für komische Vögel wie Sie oder Ihre Freunde aufheben.« Er grinste böse. »Und was kann man da missverstehen?« Er schüttelte den Kopf, trat einen Schritt zurück und machte eine Bewegung mit dem Gewehrlauf, die den ganzen Platz einschloss. Am Ende dieses Dreiviertelkreises richtete sich die Mündung der Waffe wieder auf mich. So, wie die Mündung der großkalibrigen Waffe die ganze Zeit über auf mich gedeutet hatte. Was mich daran so nervös machte, war die Tatsache, dass die Winchester entsichert und durchgeladen war. Und dass Slaugthers Zeigefinger nervös am Abzug herumspielte.

Immerhin hatte Slaugther mir erlaubt aufzustehen, nachdem seine Männer – es waren an die zwei Dutzend, wie ich schätzte – Ixmals Krieger vor den Felsen zusammengetrieben und entwaffnet hatten. Zwei von ihnen hatten Priscylla losgeschnitten und in mein Zelt getragen, und auch Sitting Bull, Ixmal, Annie, Cody, Postlethwaithe und ich waren zusammengescheucht worden, von einem halben Dutzend grimmig dreinschauender Soldaten, die jetzt hinter uns standen und nur auf eine Gelegenheit warteten, uns mit Kugeln zu spicken.

»So, wie ich die Sache sehe, sind meine Leute und ich wohl gerade noch rechtzeitig gekommen, um dieser jungen Lady das Leben zu retten«, fuhr Slaugther nach einer Pause fort. Er deutete auf das Zelt, in dem Priscylla verschwunden war. »Schätze, sie ist nicht der Meinung, dass ich irgendetwas *missverstehe«*, fügte er mit einem bösen Grinsen hinzu.

Postlethwaithe keuchte vor Unglauben, als er endlich begriff, und auch Annie starrte den dunkelhaarigen Captain aus runden Augen an. Einzig Cody und ich zeigten keine Anzeichen von Überraschung.

Warum auch? Für Slaugther sah die Sache wohl eindeutig genug aus: Er hatte eine Bande kreischender, axtschwingender Indianer vorgefunden, die ein hübsches junges Mädchen an einen improvisierten Marterpfahl gebunden hatten und sie umtanzten, dazu einen offenbar geistesgestörten jungen Mann mit gefärbtem Haar, ein paar tote Indianer und drei komische Vögel, die dem Ganzen seelenruhig zusahen. Wahrscheinlich konnten wir von Glück sagen, dass er seinen Leuten nicht gleich Befehl gegeben hatte, uns zusammenzuschießen. Aber was noch nicht war, konnte ja durchaus noch kommen ...

»Sie ... Sie glauben doch nicht etwa, dass wir ... dass wir der jungen Dame auch nur ein Haar krümmen wollten?!«, keuchte Lance, meinen warnenden Blick missachtend.

Slaugther grinste. »Aber nein doch! Das war sicherlich nur eine Liebeserklärung auf indianisch, wie?«

»Idiot«, sagte Cody ruhig.

Slaugthers Grinsen gefror. Ganz langsam drehte er sich herum, blickte Cody an – und rammte ihm warnungslos den Lauf seiner Winchester in den Leib. Bill keuchte, brach in die Knie und verkrampfte die Hände über dem Magen. Seine rechte Hand rutschte in die Nähe seines Pistolengürtels.

»Zieh ruhig«, sagte Slaugther herausfordernd. »Komm – gib mir einen Vorwand!« Drohend hob er das Gewehr. Die Mündung der Winchester war keine zwei Zentimeter mehr von Bills Stirn entfernt.

»Hören Sie auf, Captain«, sagte ich, so ruhig ich konnte. »Sie missverstehen die Situation wirklich. Ich kann alles erklären.«

»Schnauze!«, sagte Slaugther, ohne mich auch nur anzusehen.

»Aber ich kann –«

Weiter kam ich nicht. Slaugther stieß das Gewehr zurück, rammte mir den Kolben in den Leib und lachte böse, als ich mit einem würgenden Laut zusammenbrach.

»Sie sind ein ungehobelter Klotz, Captain Slaugther«, sagte Annie wütend. »Ist das Ihre Art, mit Leuten umzugehen, deren Tun Sie nicht verstehen?«

In Slaugthers Augen blitzte es auf. »Ich denke, ich verstehe genug«, sagte er gefährlich leise. »Und was meine Art angeht, mit Verbrechern umzugehen, geht dich das einen feuchten Dreck an, Süße.«

»Für Sie immer noch Miss Oakley«, antwortete Annie kalt.

»Oakley?« Slaugther riss die Augen auf. »Etwa –«

»Annie Oakley, um genau zu sein«, bestätigte Annie. »Und das da –« sie deutete auf Bill, der mit schmerzverzerrtem Gesicht auf die Füße zu kommen versuchte, »– ist Bill Cody. Besser bekannt als Buffalo Bill. Und jetzt fordern Sie uns doch noch einmal auf, unsere Waffen zu ziehen.«

Slaugther erbleichte. Aber die Unsicherheit hielt nur einen ganz kleinen Moment an, dann blitzte wieder Zorn in seinen Augen auf. Er fuhr herum, packte mich unsanft an der Schulter und riss mich grob in die Höhe. »Stimmt das?«, fauchte er.

Ich nickte, bekam aber nur ein unverständliches Krächzen hervor, denn meine Lungen weigerten sich noch immer, richtig zu atmen. Dabei hatte Slaugther nicht einmal mit voller Kraft zugeschlagen. Ich beschloss, in Zukunft nichts mehr zu glauben, was ich über Leute las, die nach einem Kolbenhieb aufstanden und weiterkämpften, als wäre nichts geschehen.

»Es stimmt«, mischte sich Lance ein. »Und der Herr, den sie da so gröblich behandeln, ist Mister Robert Craven, einer der –«

»Nie gehört«, brummte Slaugther – was mich in meiner Annahme bestätigte, dass er ein Analphabet sein musste.

»– einflussreichsten und vermögendsten Männer dieses Landes«, fuhr Lance ungerührt fort.

»So?«, brummte Slaugther und starrte mich an. Dann wandte er sich an Lance. »Und wer sind Sie?«

Lance warf sich in die Brust.

»Mein Name ist Postlethwaithe«, erklärte er. »Lancelot Postlethwaithe, ordentlicher Professor an der Universität von –«

»Postel*was?«* unterbrach ihn Slaugther.

»Postlethwaithe«, erklärte Lance ungeduldig. »Ich zeige Ihnen meine Papiere, warten Sie!«

Slaugther winkte ab, als Lance unter seinen Rock greifen wollte. »Schon gut«, maulte er. »Ich glaube dir. Der Name muss echt sein. Und die Papiere interessieren mich nicht. Ebenso wenig wie die der anderen. Ihr könnt sie dem Richter zeigen, in Fort Harris.«

»Zum Teufel, was werfen Sie uns eigentlich vor?«, fragte ich wütend. Ich bekam allmählich wieder Luft, und der grausame Schmerz in meinen Eingeweiden trug nicht unbedingt dazu bei, meine Laune zu heben. »Wir haben nichts getan, was verboten wäre!«

»Nein?« Slaugther grinste. »Da habe ich aber einen anderen Eindruck, Mister Raven.«

»Craven«, korrigierte ich ihn. »Raven ist aus einer anderen Serie.«

»Ich sehe zwei Tote Rothäute«, fuhr Slaugther ungerührt fort. »Und als ich hierherkam, habe ich ein Mädchen gesehen, das ganz offensichtlich gegen seinen Willen angebunden war und von einer Horde Verrückter gerade zu Tode gefoltert werden sollte. Ich denke doch, dass das verboten ist.«

»Verdammt noch mal, wir wollten Priscylla doch nichts antun!«, fuhr ich auf. »Dieses Mädchen ist meine Braut, sie Betonschädel! Ixmal und seine Männer wollten ihr *helfen!«*

»Helfen?« Slaugther hatte offensichtlich alle Mühe, nicht lauthals loszulachen. »Wobei denn, wenn ich fragen darf?«

»Sie ist ... krank«, antwortete ich ausweichend. »Schwer krank.«

»O ja, und Sie wollten gerade einen Zauberspruch aufsagen, um sie zu heilen, was?«, fragte Slaugther höhnisch.

»So ungefähr«, gestand ich. »Ich weiß, dass es sonderbar klingt, aber –«

»Das tut es nicht«, unterbrach mich Slaugther. »Es klingt wie die bescheuertste Ausrede, die mir je untergekommen ist.«

»Und trotzdem ist es die Wahrheit«, sagte Annie.

Slaugther zog die linke Augenbraue hoch, setzte dazu an, etwas zu sagen, begann aber dann stattdessen zu grinsen. »Nun, wenn das so ist, warum fragen wir sie dann nicht einfach?«, sagte er.

»Das hätte wenig Sinn«, sagte ich. »Sie ist ... nicht bei sich. Ich glaube nicht, dass sie Ihnen antworten würde.«

Slaugthers Augen wurden zu dünnen, misstrauisch zusammengepressten Schlitzen. »Lassen wir es auf einen Versuch ankommen«, schlug er vor. »Vielleicht entlastet sie Sie ja. Oder haben Sie Angst vor dem, was sie sagen könnte?« Er wartete meine Antwort nicht ab, sondern stocherte mit dem Gewehrlauf in meine Richtung und machte gleichzeitig eine Handbewegung zum Zelt hin.

Ich widersprach nicht mehr. Slaugthers plötzliche Zugänglichkeit täuschte mich keine Sekunde. Ich hätte mit Engelszungen reden und ihm alle Beweise der Welt vorlegen können – er hätte uns nicht geglaubt. Und dabei hatte ich das sichere Gefühl, dass das nicht nur an der vermeintlichen Opferung lag, deren Zeuge er geworden war. Slaugther und seine Männer waren sicher nicht zufällig hier aufgekreuzt. Ohne ein weiteres Wort folgten Annie, Bill und Lance und ich ihm zu dem Zelt, in das seine Leute Priscylla gebracht hatten.

Priscylla lag auf meinem Bett, als wir eintraten. Ihre Augen waren noch immer offen, ihr Blick war noch immer leer, und ihre Hände umklammerten noch immer das Buch, das sie mit aller Kraft an sich presste. Sie war nicht allein. Ein junger Mann im blauen Uniformrock der US-Kavallerie saß auf dem Rand ihrer Pritsche, und ein zweiter Soldat stand, das Gewehr mit beiden Händen vor der Brust haltend, im Hintergrund und beäugte Bill und mich misstrauisch.

»Nun, Pedersen?«, wandte sich Slaugther an den jungen Soldaten, der neben Pri saß. »Wie geht es ihr?«

Pedersen zuckte hilflos mit den Achseln. Ich glaubte nicht, dass er Arzt war, obgleich er eine schwarze Tasche neben sich stehen und eine Art primitives Stetoskop in der Hand hatte. Aber auf seinen Zügen lag ein Ausdruck solcher Anteilnahme und solchen Kummers, wie ihn sich ein wirklicher Arzt kaum leisten konnte, wollte er nicht an seiner Arbeit verzweifeln. Sanitätsoffizier, schätzte ich. Und wenn Arzt, dann frisch von der Uni.

»Körperlich scheint sie gesund zu sein«, antwortete Pedersen nach einem spürbaren Zögern. »Bis auf ein paar Kratzer – und eine vollkommene Erschöpfung. Aber sonst ...«

»Was sonst?«, schnappte Slaugther.

»Sie antwortet nicht«, sagte Pedersen ausweichend. »Sie ist wach und reagiert, wenn man sie anfasst, aber sie ...« Er brach ab, blickte erst mich, dann Slaugther sehr unglücklich an und zuckte abermals mit den Achseln. »Sie muss einen furchtbaren Schock erlitten haben«, sagte er schließlich.

»Das glaube ich auch.« Slaugther warf mir einen bösen Blick zu, beugte sich über Pedersens Schulter und runzelte demonstrativ die Stirn, als er auf das NECRONOMICON herabblickte. »Was soll der Unsinn?«, fauchte er. »Wieso nehmen Sie ihr dieses Ding nicht ab? Es muss einen Zentner wiegen!«

»Ich habe es versucht«, sagte Pedersen schnell. »Aber sie wehrt sich. Sie beginnt zu schreien, wenn man es nur anfasst.«

»Humbug!«, behauptete Slaugther. »Weg mit diesem blöden Ding! Die arme Kleine kriegt ja gar keine Luft mehr!« Und damit beugte er sich weiter vor und wollte das Buch mit beiden Händen fassen.

Aber Priscylla war schneller. Sie schrie auf, schlug nach Slaugthers Händen und presste das Buch mit aller Macht an sich. Ihr Gesicht verzerrte sich zu einer Grimasse der Angst.

»Sie bringen sie um, wenn Sie ihr das Buch wegnehmen, Captain«, sagte Annie ernst. »Bitte glauben Sie mir.«

Slaugther glaubte ihr ganz offensichtlich nicht. Aber er versuchte auch nicht noch einmal, Priscylla das Buch mit Gewalt zu entreißen, sondern tat etwas, von dem ich bisher nicht einmal angenommen hatte, dass er es konnte: Er lächelte. Fast wie ein richtiger Mensch.

»Hören Sie, Miss«, sagte er. »Ich will Ihnen nichts tun. Ich will Ihnen auch das Buch nicht wegnehmen. Ich lege es nur neben Ihr Bett, damit Sie das Gewicht nicht so stört, okay? Direkt neben Sie. Niemand wird es anfassen, das schwöre ich.«

Und tatsächlich nahm Priscylla ganz langsam die Hände herunter. Slaugther lachte triumphierend, griff nach dem NECRONOMICON und runzelte verblüfft die Stirn, als er spürte, wie schwer es war. »Also, ich lege es nur neben das Bett«, sagte er noch einmal. »Wir sind Ihre Freunde, Priscylla. Niemand will Ihnen Böses. Glauben Sie mir?«

»Nein«, sagte Priscylla, hob blitzschnell die Hand, hielt Slaugthers Kinn damit fest und riss ihm mit der anderen das rechte Ohr ab.

Die Nacht musste fast vorüber sein, aber am Horizont zeigte sich noch kein Licht. Auch der Mond war noch nicht untergegangen, ja, scheinbar nicht einmal weiter auf seiner Bahn gewandert und auch die Sterne hatten sich nicht merklich bewegt, wenngleich sich Balestrano in diesem Punkt nicht sicher war; er hatte sich niemals um Sternbilder und ihre Wanderung das Firmament entlang gekümmert. Aber die Nacht *musste* einfach vorüber sein, denn der Berg lag vor ihnen und das war etwas, was beinahe unmöglich war.

Aber eben nur beinahe, dachte Balestrano müde. Irgendwann nach Mitternacht waren sie aufgebrochen, und sie waren in sehr scharfem Tempo marschiert, wobei er als Schwächster zwar die Geschwindigkeit bestimmte, trotz seines Alters und der immer stärker werdenden Schmerzen in seinem gebrochenen Arm aber kräftig ausgeschritten war, denn die Angst gab ihm zusätzliche Kraft. Jetzt hatten sie den Berg erreicht. Nur noch wenige hundert Schritte und dann ein Aufstieg, der ihnen vermutlich auch noch das letzte bisschen Kraft rauben würde, aber zu schaffen war. Und dann das *Tor*. Die Rettung. Wenigstens für die anderen.

Balestrano war vollkommen sicher, dass es der richtige Berg war, obgleich ihm der logische Teil seines Denkens sagte, dass das nicht möglich sei. Auf dem Weg zur Drachenburg hatten sie eine ganze Nacht und den guten Teil eines Tages gebraucht – und da waren sie ausgeruht und im Vollbesitz ihrer Kräfte gewesen, jetzt waren sie alle erschöpft und die meisten von ihnen verletzt; und sie hatten kaum ein Drittel der Zeit gehabt. Und trotzdem: Selbst in der Nacht war die spitze Nadel aus Lava unverkennbar; ein Dorn, der den tief hängenden schwarzen Himmel aufzuspießen schien und im Dunkel der Nacht verschwamm, ehe er seinen Gipfel wirklich sehen konnte. Vielleicht, dachte Balestrano matt, war es Necrons Zauber gewesen, der den Weg hin zu seiner verfluchten Burg länger und Kräfte zehrender hatte werden lassen als zurück. Vielleicht war auch ein Wunder geschehen und Gott hatte beschlossen, wenn schon nicht ihn, dann wenigstens das Häufchen zu Tode erschöpfter Männer zu retten, das ihm folgte.

Er vertrieb den Gedanken, raffte noch einmal alle Kraft zusammen und ging ein wenig schneller, um an die Spitze der kleinen Kolonne zu gelangen. Die Männer machten ihm respektvoll Platz, aber Balestrano bemerkte auch die ängstlichen Blicke, mit denen sie ihn maßen, wenn sie glaubten, er merke es nicht. Noch vor Tagesfrist wäre er überzeugt gewesen, dass es Sorge war, was er in den Augen der Männer las. Jetzt war er sich dessen nicht mehr so sicher. Vielleicht war es schlichtweg Angst. Vielleicht sah man ihm seine Schuld auch deutlich an, und er war der einzige Narr, der das bisher noch nicht bemerkt hatte.

Seine Gedanken begannen sich zu verwirren, und er spürte, wie die Erschöpfung ihre knochige Hand nun auch nach seinem Geist ausstreckte. Für einen Moment war er versucht, der stummen Verlockung nachzugeben und sich einfach in den Sand sinken zu lassen und zu sterben. Aber solche Gedanken waren lästerlich, und er bekämpfte sie mit dem bisschen Energie, das ihm noch geblieben war. Sein Leben gehörte längst nicht mehr ihm. Er hatte es verspielt, schon vor Tagen, und es war ihm nur noch geliehen worden, von den Männern mit den schwarzen Schreckensgesichtern. Balestrano wusste nur nicht, wozu. Und er war nicht sehr sicher, ob er die Antwort überhaupt wissen *wollte.*

Als sie den Berg erreicht hatten, blieb er stehen. Einen Moment lang machte sich echte Panik in ihm breit, als er den Pfad nicht fand, denn die Nacht schien mit einem Male noch dunkler zu werden und der Koloss aus Lava ragte wie ein Stück geronnener Schwärze vor ihm auf. Aber dann brach sich ein Lichtstrahl auf poliertem schwarzem Stein, und als er genauer hinsah, entdeckte er den schmalen Pfad, der in engen Serpentinen den Berg hinauf und zu der kleinen Höhle auf halber Höhe führte.

Und er sah den Schatten.

Es war wie ein noch dunklerer Fleck auf dem Schwarz des Berges, nur für ihn sichtbar, und nur für ihn voller Entsetzen. Für eine endlose Sekunde glaubte er Brandgeruch zu spüren, das Glitzern von Licht auf kleinen bösen Knopfaugen zu sehen.

Sie waren da!

Sie warteten auf ihn, dort oben, einen Schritt vor dem Höhleneingang!

»Bruder?«

Balestrano fuhr wie unter einem Hieb zusammen, wirbelte herum und riss schützend die Arme vor das Gesicht.

Aber es war nur einer seiner Begleiter, der herangekommen war und die Hand erhoben hatte, wie um ihn an der Schulter zu berühren. Balestranos scheinbar sinnlose Reaktion ließ ihn innehalten. Auf seinem Gesicht lieferten sich Sorge und stärker werdende Furcht ein stummes Duell.

Verlegen nahm Balestrano die Hände herunter, umklammerte seinen schmerzenden Arm mit der Hand und versuchte zu lächeln.

»Verzeih«, sagte er leise. »Ich ... muss wohl in Gedanken gewesen sein. Ich bin müde.«

Der Templer nickte verständnisvoll. »Wir sind alle erschöpft«, sagte er. »Macht dir der Arm zu schaffen?«

Balestrano nickte. Es war das Einfachste, es dabei zu belassen. Es gab Momente, in denen die Lüge der Wahrheit vorzuziehen war. »Ja«, sagte er. »Aber es ist bald überstanden. Was ... willst du?«

Der Templer zögerte einen Moment, fast, als müsse er erst überlegen, aus welchem Grund er überhaupt gekommen war. Dann hob er die Hand und deutete nach rechts, um den Berg herum. »Ein Lager«, sagte er. »Bruder Simon hat ein Lager entdeckt, auf der anderen Seite des Berges. Man sieht den Feuerschein ganz deutlich. Und Stimmen.«

Balestrano schwieg sekundenlang. Er wusste, was der Mann von ihm hören wollte – trotz allem, was hinter ihnen lag, mussten die Männer halb wahnsinnig vor Furcht sein, das entsetzliche *Tor* noch einmal zu betreten, denn es verkörperte alles, was sie in ihrem Leben fürchten und hassen gelernt hatten. Und auf der anderen Seite des Berges waren Menschen. Menschen und Wärme und Schutz.

Aber vielleicht war es ja gerade das, was sie denken *sollten.*

Balestrano war der Verzweiflung nahe. Er wusste einfach nicht mehr, was richtig war, welche Entscheidung nun den Tod und welche die Rettung brächte; wenn überhaupt. Er war hilflos. Hilflos und allein wie niemals zuvor in seinem Leben. Um wie viele Züge waren ihm seine schrecklichen Gegenspieler voraus? Wie oft musste er das Gegenteil dessen tun, was eigentlich richtig schien, um wirklich das Richtige zu tun? Und was, wenn er einen Schritt *zu weit* dachte?

Balestrano drehte sich wieder herum, ballte in hilflosem Zorn die Faust und blickte wieder zu dem nur für ihn sichtbaren Schatten vor dem Höhleneingang hinauf.

Komm, flüsterte eine Stimme hinter seiner Stirn. *Komm, Bruder. Wir warten auf dich!*

Unsichtbar in der Nacht öffneten sich schreckliche Klauenhände. Ein dünner, geschlitzter Mund mit rasiermesserscharfen Knochenleisten anstelle von Zähnen verzog sich zu einem höhnischen Grinsen. In schwarzen Knopfaugen flammte die Mordlust.

»Nein!«, sagte Balestrano laut. Der Krieger sah ihn verwundert an, schwieg aber. »Nein!«, sagte Balestrano noch einmal. »Ich werde nicht kommen. Diesmal nicht, Brüder.«

Der Mann neben ihm runzelte die Stirn. Balestrano atmete hörbar ein, drehte sich auf dem Absatz herum und machte eine Kopfbewegung in die Richtung, in die der Mann zuvor gedeutet hatte. »Bruder Simon soll das Lager erkunden«, sagte er bestimmt. »Aber vorsichtig. Wir folgen ihm. Wenn es keine ...« Er brach ab, zögerte einen Moment und sprach mit deutlich veränderter Betonung weiter: »Wenn ihm die Menschen, die dort lagern, freundlich gesinnt erscheinen, werden wir zu ihnen gehen und uns ihnen anschließen.«

Die Erleichterung auf den Zügen des Templers war nicht zu übersehen. Er nickte, fuhr auf der Stelle herum und verschwand in der Dunkelheit, um Balestranos Befehl auszurichten.

Hoch über ihm, nur für Jean Balestrano hörbar, aber überdeutlich, erscholl ein enttäuschtes Fauchen. Wie das Zischen einer Schlange. Nur böser.

Pedersen trat gebückt durch den Eingang, schloss die Plane sorgfältig wieder hinter sich und setzte sich auf die Kante von Priscyllas Liege. Er sah erschöpft aus, und obwohl es draußen sehr kalt geworden war, klebte seine Uniformjacke an seinem Leib; er roch durchdringend nach Schweiß.

»Alles in Ordnung«, sagte er matt. »Er hat sich ein bisschen beruhigt.«

»Was heißt das im Klartext?«, fragte Cody.

»Er schläft. Ich habe ihm etwas gegen seine Schmerzen gegeben. Möglicherweise war die Dosis ein wenig hoch.« Pedersen grinste, wurde aber sofort wieder ernst. »Morgen früh wird er mir dafür vermutlich die Zähne einschlagen, aber es war die einzige Möglichkeit. Ich habe einfach keine Lust, heute Abend noch ein paar Leute zu verarzten.« Er seufzte, fuhr sich mit beiden Händen durch das Gesicht und musterte Bill und mich abwechselnd. »Wissen Sie eigentlich«, fuhr er nach einer Pause fort, diesmal an mich gewandt, »dass Sie jetzt genauso gut hängen könnten, Mister Craven?«

»Und warum?«

Pedersen grinste schief. »Slaugther ist ein sehr jähzorniger Mann. Er ist der Meinung, Sie hätten gewusst, dass das Mädchen gemeingefährlich ist. Ich fürchte, er denkt, Sie hätten ihn absichtlich so nahe an sie herankommen lassen, damit sie ihm die Augen auskratzt oder so etwas.«

Ich zog es vor, überhaupt nicht darauf zu antworten, sondern ging – mit den trippelnden, kleinen Schritten, zu denen mich die Ketten zwangen, die sich um meine Fußknöchel schmiegten – auf ihn zu, ließ mich auf das andere Ende der Pritsche sinken und betrachtete abwechselnd ihn und Priscyllas im Schlaf entspanntes Gesicht. Nachdem sie Slaugther auf so dramatische Weise davon überzeugt hatte, dass er *wirklich* nicht mit ihr reden konnte, war sie fast sofort eingeschlafen. Ich wusste nicht, ob ich froh darüber sein sollte. Die Geschehnisse begannen sich allmählich zu einem beunruhigenden Ganzen zu formen. War es wirklich Zufall, dass Priscylla ausgerechnet jetzt das erste Mal wirklich ruhig schlief? Oder war nur irgendetwas in ihr zufrieden gestellt worden, etwas, das Blut haben wollte und es bekommen hatte?

Ich vertrieb den Gedanken und wandte mich an Pedersen.

»Sie mögen Slaugther nicht, wie?«

Pedersen lächelte gequält; ungefähr auf die Art, als hätte ich ihn gefragt, ob er Zahnschmerzen möge.

»Niemand mag Slaugther«, sagte er schließlich. »Er ist ein Schwein, Mister Craven. Aber ein verdammt guter Soldat.«

Das überraschte mich nicht. Ich kannte Typen wie Slaugther zur Genüge. Man traf sie oft in Positionen dicht unter der Spitze der Machtpyramide. Sie mussten gut sein, weil sie sonst untergingen. Ein Mann, der keine Freunde hat, dafür aber ein herausragendes Talent darin, sich Feinde zu machen, musste in seinem Fach einfach gut sein, um zu überleben. Aber das beantwortete nicht die Frage, die mir und den anderen schon auf der Zunge brannte, seit Slaugther und seine Männer hier aufgetaucht waren.

»Warum sind Sie hier, Pedersen?«, fragte ich. »Sie sind doch nicht durch Zufall ausgerechnet hier aufgekreuzt, oder?«

Der junge Arzt – er war wirklich Doktor der Medizin, aber, wie ich vermutet hatte, gerade erst vor zwei Monaten von der Universität gekommen – sah mich einen Moment lang ernst an, als überlege er, ob er mir mit der Antwort auf meine Frage nun ein Staatsgeheimnis verriete oder nicht. Dann schüttelte er den Kopf. »Nein«, sagte er. »Niemand kommt durch Zufall hierher, Mister Craven. Wir wurden geschickt.«

»Von wem?«, fragte Annie.

»Vom Kommandanten von Fort Harris«, antwortete Pedersen. »Wir hörten ... Gerüchte.«

»Gerüchte?«

Pedersen nickte. »Ja. Normalerweise gibt Slaugther einen Dreck auf Gerüchte, aber es waren ein bisschen viele. Leute, die hier vorbeikamen, erzählten von sonderbaren Dingen, die vorgehen sollten. Seltsame Lichterscheinungen während der Nacht, unheimliche Laute, Spuren und vor allem Indianer, die sich hier herumtreiben sollten.«

»Oh, und da ist Ihr famoser Captain Slaugther natürlich sofort losgestürmt, um ein paar Skalps zu erbeuten, wie?«, fragte Cody böse.

Seltsamerweise reagierte Pedersen ganz anders, als ich erwartet hatte. Er schien nicht einmal verärgert zu sein, sondern blickte Bill nur einen Moment lang stirnrunzelnd an, ehe er den Kopf schüttelte. »Jetzt tun Sie Slaugther Unrecht, Mister Cody«, sagte er sanft.

Bill schnaubte, hob wütend die Arme und rasselte mit den Ketten, mit denen er wie wir alle gebunden war. »Ich merke es schon«, sagte er.

Pedersen blieb ernst. »Man kann eine Menge gegen Captain Slaugther sagen«, fuhr er fort. »Aber ein Indianerhasser ist er nicht. Wäre er das, hätte er Sie und Ihre Begleiter ohne Warnung niederschießen lassen. Und noch etwas«, fügte er mit leicht erhobener Stimme hinzu, als Cody abermals auffahren wollte. »Der alte Indianer, der bei Ihnen ist – sein Name ist Sitting Bull, nicht wahr?«

Cody zögerte einen ganz kurzen Moment zu antworten; gerade lange genug, Pedersen zu sagen, dass er mit seiner Vermutung ins Schwarze getroffen hatte. »Wie kommen Sie darauf?«, fragte er.

Pedersen lächelte. »Sie sind ein bekannter Mann, Mister Cody«, sagte er. »Ebenso wie die Leute, die in Ihrer Begleitung reisen. Sitting Bull gehört auch dazu. Habe ich Recht?«

»Und wenn?«, fragte Bill anstelle einer direkten Antwort.

»Es war sehr klug von ihnen, seinen Namen nicht zu nennen«, sagte Pedersen. »Ein paar der Jungs in unserer Kompanie waren damals dabei, als die Sioux Custer und seine Leute ausgelöscht haben. Ich glaube nicht, dass Sitting Bull noch am Leben wäre, wenn hier alle wüssten, wer er ist. Slaugther hat ihn sofort erkannt. Aber er hat nichts gesagt.«

»Wie großzügig«, sagte Cody wütend. »Wahrscheinlich hatte er Angst, uns nicht mehr unbeschädigt in sein verdammtes Fort bringen zu können.«

»Wo liegt dieses Fort Harris überhaupt?«, fragte ich rasch, ehe Bill endgültig Gelegenheit fand, einen Streit vom Zaune zu brechen.

»Nicht weit von hier«, antwortete Pedersen. »Zwei Tagesritte westlich.«

»Im Westen?« Cody runzelte die Stirn und klirrte zornig mit seinen Ketten. »Das ist die Gott verdammt entgegengesetzte Richtung, in die wir wollen. Ich muss nach New York. Das Schiff wartet nicht auf mich.«

»Nur keine Sorge, mein lieber Freund«, ertönte eine Stimme vom Eingang her. »Ein toter Mann braucht kein Schiff. Und die Galgen in Fort Harris sind mindestens genauso gut wie die in New York.«

Ich sah, wie Pedersen zusammenfuhr und ein bisschen bleicher wurde, als er ohnehin schon war, als er Slaugthers Stimme hörte. Keiner von uns hatte bemerkt, dass er hereingekommen war. Wahrscheinlich fragte sich der arme Kerl jetzt, wie viel von seinen Worten der Captain wohl gehört haben mochte.

Betont langsam drehte ich mich herum und blickte Slaugther an.

Wäre die Situation etwas weniger unangenehm gewesen, hätte er einen durchaus komischen Anblick geboten. Sein Gesicht war geschwollen und zur Hälfte rot angelaufen und über seinem rechten Ohr lag ein dicker Verband, der mit einem Knoten unter seinem Kinn gehalten wurde. Er sah aus wie die typische Witzfigur im Wartezimmer eines Dentisten. Übrigens war er auch genau so übler Laune.

»Sie ... Sie sollten eigentlich schlafen, Sir«, stotterte Pedersen ängstlich. »Sie haben eine Menge Blut verloren.«

Slaugther brachte ihn mit einem einzigen, eisigen Blick zum Verstummen. Pedersen schien ein Stück in sich zusammenzuschrumpfen und drehte sich hastig um, um sich über die schlafende Priscylla zu beugen.

»Der Posten meldet eine verdächtige Bewegung draußen in der Wüste«, sagte Slaugther plötzlich. Er starrte mich an. »Das sind nicht zufällig noch ein paar von Ihren rotärschigen Freunden, die gerade darüber nachdenken, wie sie uns am besten erledigen könnten, Mister Craven? Das wäre nämlich äußerst peinlich für Sie.« Er grinste schief. »Ich gebe Ihnen mein Wort, dass Sie der Erste sind, der in die ewigen Jagdgründe humpelt.«

»Dort draußen ist niemand von uns«, antwortete Cody an meiner Stelle. »Und wenn es so wäre, hätten Sie nichts von ihm zu befürchten.«

»Keiner von Ihren Freunden?«, vergewisserte sich Slaugther. Cody schüttelte den Kopf. »Ich rate Ihnen, die Wahrheit zu sagen«, fuhr Slaugther fort. »Es könnte –«

Ich sprang auf. »Zum Teufel, Captain«, unterbrach ich ihn. »Was müssen wir noch tun, um Ihnen zu beweisen, dass wir weder Verbrecher noch verrückt sind? Das Ganze ist ein einziges großes Missverständnis.«

»Ich weiß, ich weiß«, seufzte Slaugther. »Die Gefängnisfriedhöfe sind voll von Missverständnissen, Craven.«

Ich seufzte, schluckte die wütende Antwort, die mir auf der Zunge lag, herunter und widerstand im letzten Moment der Versuchung, dem bösen Spiel ein Ende zu bereiten und ihn schlichtweg zu hypnotisieren. Über kurz oder lang würde mir wohl keine andere Wahl mehr bleiben, als dies zu tun, aber noch schreckte ich vor dieser letzten Möglichkeit zurück. Ich habe es immer gehasst, einen Menschen seines freien Willens zu berauben. Es hat etwas Entwürdigendes.

Und davon ganz abgesehen war ich nicht einmal sicher, ob es mir gelingen würde, diesen Betonschädel geistig zu beeinflussen.

»Okay, Captain«, sagte ich. »Versuchen wir es noch einmal.« Ich deutete auf Priscylla. »Sie haben selbst erlebt, dass sie krank ist, oder? Ixmal und Si ... und der andere Medizinmann haben versucht, ihr zu helfen. Auf eine Weise, die Ihnen vielleicht seltsam vorkommt, das gebe ich zu. Aber sie war niemals in Gefahr.«

»So«, machte Slaugther. Sein Blick wurde durchdringend. »Draußen liegen zwei tote Indianer, Mister Craven. Gehört das vielleicht zu ihrer Art von Hilfe?«

»Das war ein Unfall«, mischte sich Lance ein. »Ich kann es bezeugen.«

Slaugther sah ihn nicht einmal an. Stattdessen schüttelte er abermals den Kopf, sah mich mit einer Mischung aus Neugier und Zorn an und seufzte hörbar: »Wissen Sie, Mister Craven«, fuhr er fort, »das Ganze ist mir zu kompliziert. Ich bin hierher geschickt worden, weil es hier nicht mit rechten Dingen zugehen soll, und was ich finde, scheint diese Tatsache zu bestätigen. Sollen sich andere die Köpfe darüber zerbrechen. Ich für meinen Teil werde tun, was mir befohlen wurde, und Sie und diese ganze Bande sicher nach Fort Harris bringen.«

»Zum Teufel mit ihrem Fort Harris!«, fauchte Cody. »Wir müssen auf dem schnellsten Wege nach New York. Und das Mädchen da muss zu einem Arzt.«

»Pedersen kümmert sich um sie«, sagte Slaugther lächelnd. »Er ist zwar noch ein bisschen jung und redet vielleicht ein wenig zu viel –« Bei diesen Worten sah er Pedersen durchdringend an, und der junge

Doktor schrumpfte ein weiteres Stück in sich zusammen, »– aber er ist ein verdammt guter Arzt, glauben Sie mir. Und jetzt kein Wort mehr.«

Cody schnaubte. In seinen Augen blitzte es kampflustig auf. Er trat einen Schritt auf Slaugther zu. Und wahrscheinlich wäre es jetzt wirklich zum Streit zwischen den beiden ungleichen Männern gekommen, wäre nicht in diesem Moment die Zeltplane ein weiteres Mal zurückgeschlagen worden. Ein hektisch gerötetes Gesicht unter einem blauen Käppi lugte herein, und Slaugther drehte sich mit einem unheilschwangeren Stirnrunzeln herum.

»Was ist los?«, fauchte er. »Ich hatte Befehl gegeben, mich nicht zu stören.«

»Ver ... zeihung, Sir«, stotterte der Soldat. »Aber Harris und Stone sind zurück. Sie haben einen Mann aufgegriffen, der vor dem Lager herumschlich.« Er lächelte verunglückt. »Sie ... sollten ihn sich ansehen«, fügte er hinzu.

Slaugthers Stirnrunzeln vertiefte sich. Aber er sagte kein Wort mehr, sondern fuhr mit einer zackigen Bewegung auf dem Absatz herum, scheuchte den Mann beiseite und trat aus dem Zelt. Neugierig folgte ich ihm und blieb erst stehen, als sich der Gewehrlauf des Soldaten in meinen Magen bohrte. Aber zumindest scheuchte er mich nicht ins Zelt zurück, sodass ich mitansehen konnte, was draußen geschah.

Die beiden Soldaten, von denen der Mann gesprochen hatte, waren dicht vor dem Feuer stehengeblieben, wie um Sorge zu tragen, dass sie auch ja gut beleuchtet wurden. Zwischen ihnen stand eine gebeugte, heruntergekommene Gestalt.

Und als ich sie sah, wusste ich auch, was der ungläubige Ton in der Stimme des Soldaten zu bedeuten hatte.

Der Mann war etwas kleiner als ich, aber wesentlich breitschultriger. Unter dem zerrissenen Kettengewebe seiner seltsamen Kopfbedeckung quoll lockiges schwarzes Haar hervor, und sein Gesicht war gezeichnet von einer Anstrengung, die ihn bis an die Grenzen seiner Kräfte erschöpft haben musste. An seiner Seite hing ein gut meterlanges, beidseitig geschliffenes Schwert. An seinem linken Arm prangte ein dreieckiger Schild, weiß und schartig und mit einem gleichschenkeligen roten Kreuz mit gespaltenen Enden bemalt. Das gleiche Symbol wiederholte sich auf der Brust seines zerfetzten weißen Rockes, unter dem das Silber eines Kettenhemdes blitzte.

Vor uns stand ein Tempelritter.

Captain Slaugther schien von dem unglaublichen Anblick noch um einiges mehr überrascht zu sein als ich, denn er blieb eine volle Minute wie vom Donner gerührt stehen und starrte den Templer an. Dann trat er, noch immer stockend und sichtlich um seine Fassung kämpfend, auf den Mann zu und blieb abermals stehen. Er versuchte sogar zu salutieren, aber das Ergebnis seiner Bemühungen war einigermaßen kläglich.

»Guten ... Abend«, stammelte er. »Ich bin ... Captain Slaugther von der elften US-Kavallerie. Und ... mit wem habe ich ... das äh ... Vergnügen?«

Der Templer sah auf. Sein Blick war leer, und ich sah, dass er vor Erschöpfung schwankte. Aber seine Stimme war überraschend klar, als er antwortete: »Ich bin Bruder Simon«, sagte er. »Und ich danke Gott dafür, dass wir Sie und Ihre Leute gefunden haben, Captain. Wir sind in großer Gefahr. Die Schergen des Teufels sind auf unserer Spur.«

Captain Slaugther machte: »Oh?«, – was mir in Anbetracht der Situation ein äußerst geistreicher Kommentar zu sein schien – und trat einen weiteren Schritt auf Bruder Simon zu.

Genauer gesagt – er wollte es.

Denn in diesem Moment hob der Tempelritter den Blick, sah zu mir hinüber – und erkannte mich.

Seine Augen weiteten sich. Für den tausendsten Teil einer Sekunde blitzte Unglauben in seinem Blick auf. Dann überschlug sich alles.

Der Templer bewegte sich mit einem Male so schnell, dass das Auge seinen Bewegungen kaum mehr zu folgen vermochte. Mit einem einzigen, unglaublich raschen Ruck riss er sich aus dem Griff der beiden Soldaten zu seinen Seiten los, stieß Slaugther zu Boden und zog einen Dolch aus dem Gürtel.

Er warf die Waffe mit aller Kraft.

Der Dolch schien sich in einen silbernen Blitz zu verwandeln. Ich sah ihn heranfliegen und ich wusste, dass der Wurf mir galt und die Waffe mich töten würde, aber meine Reaktion kam zu spät; meine Bewegungen erschienen mir lächerlich langsam im Vergleich mit dem heranrasenden Dolch.

Das Messer verfehlte mich.

Aber es traf Pedersen, der hinter mich getreten war, und tötete ihn auf der Stelle.

Er hatte die Schüsse gehört: zuerst einen, dann einen zweiten, dann eine ganze Salve peitschender Gewehrschüsse, die so schnell aufeinanderfolgten, dass sie fast wie eine einzige, nicht endende Explosion klangen. Und er wusste ganz genau, was sie bedeuteten. Trotzdem fuhr er wie unter einem Peitschenhieb zusammen, als er die Schritte hörte und die Stimme, die mit einer Mischung aus Verzweiflung und Zorn schrie, dass sie Bruder Simon getötet hatten.

Balestrano wandte sich mit einem Ruck um, schlug die Hand vor die Augen und presste die Zähne so fest zusammen, dass kleine feurige Pfeile durch seinen Kiefer schossen. Aber es half nichts. Der körperliche Schmerz vermochte den anderen, tiefer gehenden nicht zu vertreiben.

Wieder einer, dachte er verzweifelt. Sollte er denn gar keine Chance haben? War denn alles, was er tat, *falsch*?

Herr im Himmel!, schrie er in Gedanken. *Wenn du meine Stimme noch hörst, dann hilf ihnen!*

Aber alles, was er zur Antwort bekam, war ein lautloses meckerndes Lachen in seinen Gedanken, und es kam ganz und gar nicht aus dem Himmel.

Hinter ihm ertönten Schritte, und als er sich herumdrehte, sah er einen Krieger auf sich zulaufen, taumelnd und so schwach vor Erschöpfung, dass er drei Schritte vor ihm auf die Knie fiel und sekundenlang würgend nach Luft rang, ehe er überhaupt sprechen konnte.

»Tot«, stammelte er. »Sie ... sie haben ihn ... erschossen, Bruder. Sie haben ... Simon ermordet.«

»Was ist geschehen, Bruder?«, fragte Balestrano mit erzwungener Ruhe. »Sprich.«

Der Templer keuchte, versuchte sich hochzustemmen und sank wieder in den Sand zurück, als seine Beine unter seinem Gewicht nachgaben. Die Adern an seinem Hals pochten so heftig, als wollten sie zerreißen.

»Ich bin Bruder Simon gefolgt«, begann er schwer atmend. »Wie du befohlen hast. Er ... er wurde von zwei Männern aufgegriffen, aber zuerst schienen sie freundlich. Trotzdem hielt ich mich noch weiter verborgen.«

»Das war richtig.« Balestrano nickte. »Weiter?«

»Sie brachten ihn ins Lager«, fuhr der Templer fort. »Ich sah, wie ... wie er mit einem von ihnen sprach. Einem Mann in Uniform, vielleicht ihr Anführer, dachte ich.«

»Dachtest du?« Balestrano war die Wortwahl des Kriegers nicht entgangen.

Der Mann nickte. In seinem Gesicht zuckte ein Nerv. »Er ist bei ihnen, Bruder«, stammelte er. »Necrons Verbündeter. Der Mann mit der weißen Strähne.«

Balestrano keuchte. Sein Herz machte einen schmerzhaften Sprung. »Craven?«, fragte er ungläubig. »Bist du sicher?«

»Ganz sicher!«, antwortete der Templer. »Ich habe ihn erkannt. Ganz genau. Bruder Simon sah ihn auch und versuchte ihn zu töten, aber sie waren schneller. Sie ... sie haben ihn erschossen. Er hatte keine Chance.«

»Craven?«, murmelte Balestrano, als hätte er die letzten Worte des Mannes gar nicht gehört. »Robert Craven? Er *lebt?* Und er ist hier?«

Der Mann nickte. Er sagte nichts mehr und auch Balestrano verfiel für lange Minuten in Schweigen. Hinter ihm bewegten sich Schatten. Die Dunkelheit grinste höhnisch. Aber das sah niemand.

Und selbst wenn Balestrano es gesehen hätte – jetzt wäre es ihm gleich gewesen.

»Ruf die anderen zusammen«, sagte er nach einer Weile. »Erzähle ihnen, was geschehen ist. Und dann haltet euch bereit.« Plötzlich war alle Schwäche aus seiner Stimme gewichen. »Wir greifen das Lager an, noch ehe die Sonne aufgeht.«

»Nichts mehr zu machen.« Annie seufzte, richtete sich mit einer sonderbar hilflos wirkenden Bewegung auf und warf einen raschen, fast hilfesuchenden Blick auf Sitting Bull. Aber auch der alte Sioux-Häuptling schüttelte nur den Kopf.

Er hatte Pedersen als Erster untersucht, aber selbst seine geschickten Hände waren zu spät gekommen! Der junge Arzt musste auf der Stelle tot gewesen sein.

»Es tut mir leid«, sagte Annie, diesmal an Slaugther gewandt, der mit steinernem Gesicht und vor der Brust verschränkten Arme vor dem Zeltausgang stand. Seit dem uns allen unerklärlichen Amoklauf des Tempelritters waren kaum fünf Minuten vergangen, und draußen im Lager herrschte noch immer helle Aufregung. Durch die dünnen Zeltbahnen drangen aufgeregte Stimmen, Schritte und Schreie, dann und wann das Wiehern eines Pferdes oder Hufschlags. Slaugther war vor wenigen Augenblicken wieder zu uns hereingekommen, nachdem er den Toten flüchtig untersucht und seine Männer auf die Felsen über dem Lager gescheucht hatte, wo Sie mit entsicherten Gewehren Wache standen. Seltsamerweise hatte er kein Wort gesagt; bisher.

Jetzt aber blitzte es in seinen Augen auf. »Leid?«, wiederholte er Annies Worte. Seine Stimme hatte einen beißenden Klang. »So, es tut Ihnen also *leid,* Miss Oakley.« Er schürzte die Lippen, atmete hörbar ein und blickte einen Moment auf Pedersen herab, ehe er fortfuhr, viel leiser und mit völlig veränderter Betonung: »Es ist schön, wenn es Ihnen *leid* tut, Miss Oakley. Vor allem, wenn man bedenkt, wie erfüllt Pedersens Leben bisher gewesen ist. Und lang.« Er sah auf, blickte aber mich an, nicht Annie, als spüre er instinktiv, wer der Hauptverantwortliche für all das hier war. »Diese Mission hier war sein erster Befehl, wissen Sie das, Craven?«

»Bitte, Captain«, sagte ich. »Sie müssen uns glauben, dass es uns leid tut. Niemand wollte das.«

»Natürlich nicht, Craven«, antwortete Slaugther. »Dieser Irre wollte nicht Pedersen treffen, nicht wahr, sondern Sie? Der Dolch galt Ihnen.«

Ich nickte. Es wäre wohl ziemlich albern gewesen, das Offensichtliche abzustreiten.

»Warum?«, fragte Slaugther ruhig.

»Ich habe keine Ahnung«, antwortete ich. »Ich weiß nicht einmal –«

Slaugther schlug warnungslos zu.

Ich sah seine Faust kommen, aber meine Reaktion war viel zu langsam. Slaugthers Hieb ließ mich zurücktaumeln und stürzen. Einen Moment lang blieb ich benommen liegen, dann öffnete ich stöhnend die Augen, hob die aneinandergebundenen Hände und betastete meine Unterlippe. Sie war aufgeplatzt und blutete stark. Mein ganzer Kiefer war taub.

»Fühlen Sie sich jetzt besser?«, fragte ich leise.

Slaugther starrte auf mich herab, kam näher und blieb breitbeinig über mir stehen. Seine Hände waren noch immer zu Fäusten geballt.

»Sie werden mir jetzt endlich sagen, was hier vorgeht, Craven«, sagte er ganz ruhig, aber in einem so drohenden Ton, dass ich einen eisigen Schauder verspürte. Ich wollte antworten, aber Slaugther sprach mit der gleichen, eisigen Betonung weiter: »Ich will kein *ich weiß es nicht* und *das verstehen Sie ja doch nicht* mehr hören, Craven, ist das klar? Es ist mir scheißegal, ob ich das Recht dazu haben oder nicht, aber ich werde die Wahrheit aus Ihnen herausprügeln, wenn es sein muss. Ich will wissen, was dieser Mumpitz zu bedeuten hat! Zuerst treffe ich auf eine Bande verrückter Rothäute, dann auf eine übergeschnappte Kannibalentochter und dann dieser Kerl im Affenkostüm, der herkommt und einen meiner Leute umlegt! Zum Teufel, ich will jetzt eine Antwort, oder ich hänge Sie höchstpersönlich auf, Craven!«

Ich wagte es nicht mehr, ihm zu widersprechen. Nicht einmal so sehr aus Angst, sondern viel mehr, weil ich ihn im Grunde verstehen konnte. Für jemanden, der die Vorgeschichte nicht kannte, musste dies alles wie die Uraufführung eines Laienspielstückes aus dem Irrenhaus aussehen. Allerdings aus der geschlossenen Abteilung.

Mühsam setzte ich mich auf, wischte mir mit dem Handrücken das Blut vom Kinn und sah zu Slaugther hoch. »Glauben Sie mir, wenn ich sage, dass ich wirklich nicht weiß, warum der Templer versucht hat, mich zu töten?«, fragte ich.

»Templer?«

»Der Mann im Affenkostüm, wie Sie ihn nannten, Captain«, mischte sich Lance ein. »Das, was Sie als Affenkostüm bezeichneten, ist die traditionelle Tracht der Rit –«

Lance verstummte, als sich Slaugther halb herumdrehte und ihn anstarrte. Er wurde blass. Aber Slaugthers erwarteter Wutausbruch kam nicht. »Ich weiß, was ein Tempelritter ist, Professor«, sagte er ruhig. »Genauer gesagt, was sie *waren*. Dieser Orden ist vor fünfhundert Jahren aufgelöst worden. Denken Sie sich etwas Intelligenteres aus, wenn Sie mich für dumm verkaufen wollen.«

»Der Professor sagt die Wahrheit«, sagte ich. »Der Templerorden wurde offiziell ausgelöscht, aber in Wahrheit existierte er weiter. Es gibt ihn noch heute. Verdammt noch mal, Sie haben es doch mit eigenen Augen gesehen!«

Slaugther starrte auf mich herab und schwieg.

»Sie laufen natürlich nicht mehr in ihren historischen Gewändern herum«, fuhr ich fort, ein wenig unsicher geworden. »Eigentlich tragen sie sie nur noch, wenn sie sich im Geheimen treffen.« *Oder wenn sie in den Kampf ziehen,* fügte ich in Gedanken hinzu. Aber das sprach ich vorsichtshalber nicht aus. Hätte ich auch noch versucht, Slaugther von Necron und der Drachenburg und allem anderem zu erzählen, hätte er mir wahrscheinlich schlichtweg einen Knebel verpasst und mich ins nächste Irrenhaus geschleift. Oder auf der Stelle erschossen.

»Und?«, sagte Slaugther, als ich nicht schnell genug weitersprach.

»Das *und* verstehe ich selbst nicht«, gestand ich. »Ich kenne diese Männer; recht gut sogar. Aber bis vor ein paar Minuten war ich der Meinung, dass wir ... nun, zumindest Verbündete sind, wenn schon keine Freunde.«

Aber noch während ich diese Worte aussprach, musste ich an eine Szene denken, die erst wenige Tage zurücklag: Der Mann, der Pedersen getötet hatte, war nicht der erste Templer gewesen, der versuchte, mich umzubringen. Reynaud de Mezieres hatte das gleiche versucht. Aber damals war einfach zu viel geschehen, als dass ich Zeit gefunden hätte, darüber nachzudenken. Was zum Teufel war in Paris geschehen, dass die Templer mit einem Male versuchten, mich umzubringen?

»Das ist also alles«, vergewisserte sich Slaugther.

Ich nickte. »Alles, was ich Ihnen im Moment erklären kann, Captain«, sagte ich. »Ich weiß nicht, wie dieser Mann hierherkommt. Und ich weiß noch viel weniger, warum er mich töten wollte. Das ist die Wahrheit.«

Ich sah ihn durchdringend an, und ich tat noch ein kleines bisschen mehr: Ich griff ganz behutsam nach seinem Geist. Nicht, dass ich ihn wirklich hypnotisierte oder ihm seinen freien Willen nahm; nein – aber ich gab ihm einen ganz kleinen Schubs in die richtige Richtung. Als ich den Blick senkte, war er deutlich mehr geneigt, mir zu glauben.

Was nicht etwa hieß, dass er auch nur einen Deut freundlicher geworden wäre.

»In Ordnung, Craven«, sagte er hart. »Für jetzt belassen wir es dabei. Ich finde auch ohne Ihre Hilfe heraus, was es mit diesen Verrückten auf sich hat, glauben Sie mir.«

»Was meinen Sie damit?«, fragte Cody.

Slaugther schnaubte. »Ich werde ein paar meiner Männer losschicken«, sagte er. »Möglicherweise schleichen ja draußen noch mehr von diesen ... *ausgestorbenen* Tempelrittern herum. Dieser Wahnsinnige sprach in der Mehrzahl, haben Sie das vergessen?«

»Eine Patrouille?« Ich erschrak. »Um Gottes willen, tun Sie das nicht, Captain.«

Slaugthers Augen wurden zu engen, misstrauisch zusammengepressten Schlitzen. »Und warum nicht, wenn ich fragen darf, Mister Craven?«

»Weil Sie keinen Ihrer Männer wiedersehen würden, Captain«, antwortete ich. »Glauben Sie mir – wenn dort draußen wirklich noch mehr Tempelritter sind, reiten Ihre Leute in den sicheren Tod.«

»So?«, fragte Slaugther. »Das klingt überzeugend. Allerdings gibt es noch eine andere Möglichkeit – nämlich die, dass Sie Angst um Ihre Freunde haben, Craven. Wer weiß, vielleicht könnte einer von ihnen etwas erzählen, was Ihnen nicht in den Kram passt.«

»Captain, ich meine es ernst!«, sagte ich. »Ihre Leute haben keine Chance!«

»Gegen einen Haufen Verrückter in bunten Kleidern und mit langen Messern?« Slaugther lachte böse. »Dies hier ist die US-Kavallerie, Craven. Kein Kindergarten!«

Aber wieder war es Lance, der mir beisprang. Und diesmal ignorierte er sogar Slaugthers drohende Blicke. »Sie sollten diese Warnung ernst nehmen, Captain«, sagte er ruhig. »Nach allem, was ich über die Tempelritter gehört und gelesen habe, sollen sie so gut wie unbesiegbar gewesen sein.«

Slaugther machte ein obszönes Geräusch. »Scheiße, Professor. Gehen Sie raus. Vor dem Zelt liegt einer ihrer *unbesiegbaren* Tempelritter. Und er ist ziemlich tot.«

»Das war etwas ganz anderes«, sagte ich. »Er kam freiwillig hierher und ihre Leute hatten die Waffen auf ihn angelegt. Dort draußen in der Dunkelheit haben sie keine Chance. Die Wüste ist ihr Element!«

Slaugther antwortete gar nicht mehr. Ohne ein weiteres Wort drehte er sich herum und stampfte aus dem Zelt.

»Dieser Narr«, flüsterte Postlethwaithe. »Wenn das dort draußen wirklich Tempelherren sind, wird er ein Gemetzel erleben, gegen das Alamo ein Spaziergang war.«

Ich sagte nichts darauf. Aber irgendwo in meinen Gedanken war eine kleine gehässige Stimme, die mir zuflüsterte, dass Lance wohl eher untertrieben hatte.

Es musste eine gute halbe Stunde vergangen sein, seit Slaugther uns allein gelassen hatte – nicht allerdings, ohne eine gleich vierfache

Wache draußen vor dem Zelt zurückzulassen. Ihre Umrisse waren deutlich durch den dünnen Zeltstoff hindurch zu erkennen, und manchmal drang das leise Klirren von Metall herein, wenn sie an ihren Waffen spielten. Ich glaubte ihre Nervosität beinahe riechen zu können.

Die Aufregung draußen im Lager indes hatte sich allmählich gelegt, wie ich durch den schmalen Spalt im Eingang erkennen konnte, und auch hier drinnen im Zelt war es sehr still geworden. Wir hatten kaum ein Wort gewechselt, seit Slaugthers dramatischem Abgang. Annie und Bill hockten in einer Ecke, gegeneinander gelehnt und Annie mit geschlossenen Augen, den Kopf an Codys Schulter geschmiegt. Für einen Moment spürte ich einen Anflug absurder Eifersucht. Aber wirklich nur für einen Moment.

Mit einem resignierenden Seufzer drehte ich mich herum und blickte wieder auf Priscylla herab. Sie schlief noch immer, und auf ihren Zügen lag noch immer dieser mir Angst machende, seltsam *zufriedene* Ausdruck. Ich spürte einen eisigen Schauer. Ich hatte mich lange gegen den Gedanken gewehrt, aber es war so: Ganz langsam, aber unaufhaltsam, begann ich *Angst* vor Priscylla zu empfinden. Nicht vor ihr natürlich, aber vor dem, in was sie sich verwandelt hatte. Ihr Geist war tiefer denn je im Banne finsterer Magie. Und ich bezweifelte, dass es mir jemals gelingen würde, ihn jemals wieder ganz daraus zu lösen.

Mein Blick fiel auf das NECRONOMICON, diese in schwarzes Leder gebundene Monstrosität, die auf ihrer Brust lag, und fast ohne mein Zutun hob ich die Hand und streckte sie nach dem Buch aus.

Aber ich führte die Bewegung nicht zu Ende. Möglicherweise würde es mir sogar gelingen, dieses Buch zu nehmen und aufzuschlagen, und möglicherweise war es mir sogar möglich, das zu tun, was mir ein kleiner lästerlicher Kobold hinter meiner Stirn seit geraumer Weile zuflüsterte und darin zu lesen, um einen Bannspruch zu finden, der Priscylla befreite. Ja, ich war in diesem Moment sogar *sicher*, dass ich es gekonnt hätte.

Aber ich war auch genauso sicher, dass es nicht helfen würde. Vielleicht würde ich Priscyllas Geist befreien, aber was immer geschah, es würde nur noch schlimmer werden. Man konnte das Böse nicht mit dem Bösen bekämpfen, ohne mehr Böses zu zeugen.

»Glaubst du, dass du ihr helfen kannst?«, fragte eine Stimme hinter mir. Ich sah auf, zog die Hand beinahe erschrocken zurück und blickte in Postlethwaithes Gesicht. Er stand hinter mir und hatte die Brille abgenommen, um in Gedanken damit zu spielen. Er sah sehr alt aus. Müde.

»Helfen?« Ich zuckte mit den Achseln.

»Wenn das alles hier vorbei ist, meine ich«, sagte Lance. Er setzte sich mir gegenüber auf die Bettkante, strich Priscylla mit spitzen Fingern eine Haarlocke aus der Stirn und musterte das Buch, als sehe er es zum ersten Mal. Aber er ging mit keinem Wort darauf ein.

»Wenn wir das alles hier überleben, vielleicht«, antwortete ich nach einer Weile. »Wenn. Aber ich bin nicht sicher, dass es so kommt.«

»Das da draußen sind wirklich Tempelritter, nicht?«, fragte Lance plötzlich, und mir wurde klar, dass ihm diese Frage schon die ganze Zeit auf der Seele gelegen hatte. »Ich meine, *echte* Templer, kein Haufen Verrückter, der sich in historische Kostüme gekleidet hat, wie Slaugther glaubt.«

Ich schüttelte den Kopf. »Sie sind echt, Lance. Ich fürchte, nur zu echt.«

»Wenn das stimmt, schickt Slaugther seine Patrouille in den Tod«, sagte Lance bestimmt. »Dieser Idiot!«

»Er kann nichts dafür«, sagte ich schwach. »Er ist bestimmt kein Mann, den ich zum Freund haben möchte, aber du kannst nicht verlangen, dass er wirklich *begreift,* was hier geschieht. Ich an seiner Stelle würde nicht anders reagieren.« Plötzlich lachte ich leise. »Der arme Kerl tut mir fast leid. Ich glaube, wenn jetzt auch noch Howard in Begleitung Kapitän Nemos auftauchen würde, würde er völlig durchdrehen.«

»Nemo?« Lance runzelte die Stirn. »Du meinst *den* Nemo? Den Kapitän der NAUTILUS? Es ... es gibt ihn wirklich?«

Ich nickte.

»Und das Schiff auch?«

»Ich bin darauf gefahren«, antwortete ich.

Lance starrte mich einen Moment ausdruckslos an, dann nickte er, zog sein Taschentuch aus der Jacke und begann mit kleinen nervösen Bewegungen seine Brille zu polieren. »Natürlich«, murmelte er. »Warum frage ich eigentlich? Ich habe einen leibhaftigen Dinosaurier gesehen, bin lebenden Steinfiguren begegnet und ein paar Gespenstern und ich habe mich mit einem Engel unterhalten, der ...« Er brach ab, schluckte nervös und sah mich betroffen an.

»Verzeih«, murmelte er. »Ich ... ich wollte nicht ... ich wollte dich nicht daran erinnern.«

»Schon gut.« Ich lächelte, obwohl es mir schwerfiel. »Es ist ... nicht schlimm. Vielleicht muss ich irgendwann einmal darüber reden.«

»Du hast sie geliebt, nicht wahr?«

»Shadow?«

Lance nickte. »Shadow. Uriel.«

Diesmal fiel es mir schwer, meine Fassung zu wahren. Selbst Cody blickte auf und sah Lance einen Moment lang erschrocken an.

»Du ... du weißt, wer ...« Ich brach ab. Ich selbst hatte erst in Necrons Burg – und auch nur durch einen vielleicht nicht ganz unbeabsichtigten Versprecher Necrons – erfahren, wie Shadows wirklicher Name war. Und ich hatte es bisher einfach nicht wahrhaben wollen.

»Sie hat es mir nicht gesagt«, sagte Lance. »Wenn es das ist, was dich so erschreckt. Aber ich kann lesen. Und denken.« Er lächelte. »Es gibt nur vier, Bob. Und wie ein Michael oder ein Luzifer sah sie nicht gerade aus. Wie ein Gabriel übrigens auch nicht.« Er versuchte zu lächeln, aber es gelang ihm nicht ganz.

Ich war dankbar, dass in diesem Moment draußen vor dem Zelt Schritte laut wurden und Slaugther zurückkam. Er wirkte aufgeregt. Der Verband über seinem Ohr war dunkel geworden und durchgeblutet, aber das schien er nicht einmal zu bemerken.

»Kommen Sie, meine Herren«, sagte er aufgeregt. »Ich denke, das dort draußen wird sie interessieren.«

»Was ist passiert?«, fragte ich.

»Die Patrouille kommt zurück«, erklärte Slaugther triumphierend. »Unversehrt. Und mit einem ihrer *unbesiegbaren* Tempelheinis als Gefangenen!« Er trat vom Eingang zurück und fuchtelte ungeduldig mit den Händen, als wir nicht schnell genug aus dem Zelt kamen.

Ich teilte seinen Optimismus allerdings nicht zur Gänze. Wenn sich dort draußen in der Wüste wirklich eine Abteilung von Jean Balestranos Tempelrittern aufhielt, war es schwer vorstellbar, dass sie sich von ein paar Kavalleriesoldaten überrumpeln ließen.

Andererseits hatten die Soldaten den Vorteil der Überraschung auf ihrer Seite. Der Templer, der Pedersen getötet hatte, hatte sichtlich nicht damit gerechnet, *mich* bei den Soldaten anzutreffen, und den Vereinigten Staaten von Amerika hatten die Tempelherren meines Wissens nach den Krieg noch nicht erklärt. Möglicherweise waren es auch nur zwei oder drei Mann gewesen. Ich hatte den Untergang der Drachenburg mit eigenen Augen mitangesehen. Wenn ihn einige der Angreifer überlebt hatten, mussten sie am Ende ihrer Kräfte sein.

Aber all diese Fragen waren reine Zeilenschinderei. Ich würde die Antworten in wenigen Minuten bekommen.

Slaugthers ganze Truppe war am westlichen Ende des Lagers zusammengelaufen, ausgenommen die Männer, die Ixmals Indianer bewachten – aber selbst sie blickten neugierig in die Richtung, aus der sich der Hufschlag der Patrouille näherte. Einzig die drei Soldaten, die auf den Felsen oberhalb des Lagers Aufstellung genommen hatten und mit schussbereiten Gewehren in die Nacht hinausstarrten, rührten sich nicht.

Unvermittelt blieb ich stehen und blickte noch einmal zu den drei nur als bloße Schatten erkennbaren Männern auf den Felsen hinauf. Der Hufschlag war jetzt schon sehr nahe gekommen und beinahe glaubte ich in der Dunkelheit jenseits des Feuers schon die Gestalten der vier Reiter zu erkennen – aber die Männer dort oben *bewegten sich nicht.*

»Slaugther!«, rief ich.

Slaugther reagierte nicht.

»Slaugther!«, rief ich noch einmal und jetzt so laut, dass sich ein paar der Kavalleriesoldaten herumdrehten und stirnrunzelnd in meine Richtung blickten. »Irgendetwas stimmt hier nicht.«

Aber es war schon zu spät, selbst wenn Slaugther auf meine Warnung gehört hätte – was er nicht tat.

Die Reiter waren heran. Sie ritten nicht im Galopp, aber doch sehr schnell, sodass der Gefangene, der zwischen ihnen ging, aus Leibeskräften rennen musste, um nicht von dem Lasso, mit dem er gefesselt war, zu Boden gerissen und mitgeschleift zu werden. Sie nahmen ihr Tempo auch nicht zurück, als sie näher kamen, sodass Slaugthers Soldaten, die zusammengelaufen waren, instinktiv zurückzuweichen begannen.

Und in diesem Moment bewegten sich die Soldaten oben auf den Felsen.

Was danach kam, ging so schnell, dass ich nicht einmal mehr Gelegenheit zu einem erschrockenen Ruf fand.

Der Gefangene, der mit weit ausgreifenden Schritten zwischen den vier Reitern einherlief, stolperte plötzlich, schlug lang hin und wurde ein Stück weit mitgeschleift.

Dann ließ er das Seil los.

Und im gleichen Moment eröffneten seine vier Bewacher das Feuer auf Slaugthers Männer.

Die Überraschung war vollkommen. Die vier Gewehrschüsse krachten unglaublich rasch hintereinander, und jeder einzelne traf sein Ziel. Vier von Slaugthers völlig überrumpelten Soldaten sanken getroffen zu Boden, aber schon peitschte die nächste Gewehrsalve und wieder brachen zwei der Blauröcke in die Knie. Die anderen spritzen in heller Panik auseinander, als die vier Reiter ihren Tieren die Sporen in die Seiten trieben und rücksichtslos auf sie zusprengten, unterstützt von dem fünften Mann, der jetzt kein Lasso, sondern ein scharf geschliffenes Schwert in den Händen hielt. Und auch in den Händen der Reiter blitzten plötzlich tödliche Klingen, die sie mit erbarmungsloser Wucht auf die flüchtenden Soldaten heruntersausen ließen.

Abermals krachten Schüsse, aber es dauerte einen Moment, bis mir klar wurde, dass es nicht die vier Angreifer waren, die jetzt auf die Soldaten feuerten – sondern die Wächter oben auf den Felsen! Genau genommen dauerte es bis zu dem Moment, in dem eine Gewehrkugel wie eine bösartige Bleihornisse an meinem Ohr vorbeisummte und neben mir in den Boden fuhr.

Instinktiv ließ ich mich fallen, rollte über die Schulter ab und landete unsanft auf der Nase, als ich die Bewegung beenden und aufspringen wollte, von meinen Fußfesseln aber nachhaltig daran gehindert wurde.

Mein Missgeschick rettete mir das Leben, denn der nächste Schuss war besser gezielt gewesen: Die Kugel pfiff genau dort entlang, wo sich mein Kopf befunden hätte, wäre ich aufgestanden. Hastig fuhr ich herum, kroch auf Händen und Füßen ein Stück zur Seite und richtete mich erst wieder auf, als ich im Sichtschutz des Zeltes angelangt war.

Was ich sah, ließ mich vor Entsetzen abermals erstarren. Seit dem heimtückischen Überfall war noch keine halbe Minute vergangen, aber das Lager glich einem Schlachtfeld. Die vier Templer waren aus den Sätteln gesprungen und feuerten jetzt nicht mehr aus ihren Gewehren, aber sie hatten ihre Schwerter gezogen und wüteten damit fürchterlich unter Slaugthers Männern. Es war ein bizarrer

Anblick: Die Soldaten waren bis an die Zähne bewaffnet und alles andere als Schwächlinge oder feige – und doch schienen sie keine Chance gegen die rasenden Templer zu haben. Wer jemals die Behauptung aufgestellt hat, dass Schusswaffen einem Schwert überlegen seien, der hat nie gesehen, was eine solche Waffe in der Hand eines Mannes anrichten konnte, der wirklich damit umzugehen verstand. Hinzu kam die Überraschung, die wirklich vollkommen gewesen war.

Und die Tatsache, dass es ein Selbstmordkommando war.

Die Templer mussten wissen, dass sie keine Chance hatten, den Angriff zu überleben. Aber es war ihnen sichtlich egal. Ich sah, wie einer von Slaugthers Männern endlich auf die Idee kam, seinen Revolver zu ziehen und auf einen der Angreifer anzulegen, aber der Templer machte nicht einmal den Versuch, auszuweichen, sondern drang mit hoch erhobenem Schwert auf ihn ein.

Der Soldat drückte ab, traf, und der Templer stürmte weiter, rannte dem unglückseligen Kavalleristen sterbend das Schwert in den Leib und brach über seinem Opfer zusammen.

Wieder krachte eine ganze Salve dumpfer Gewehrschüsse. Zwei, drei von Slaugthers Leuten brachen getroffen zusammen, und irgendetwas fuhr mit einem hörbaren »Flopp!« dicht neben meiner Schulter durch die Zeltbahn und wühlte den Boden auf.

»Annie!«, schrie ich. »Die Wächter! Es sind Templer!«

Annie Oakley reagierte so, wie ich gehofft hatte. Sie hatte sich zu Boden geworfen wie ich, als das Schießen begann, aber jetzt sprang sie auf, lief – durch die Fußfesseln behindert, aber trotzdem sehr schnell – auf einen gefallenen Soldaten zu und warf sich auf ihn. Noch im Fallen riss sie seine Waffe aus dem Holster, rollte herum und gab kurz hintereinander drei Schüsse ab. Danach war niemand mehr da, der uns von den Felsen herab unter Feuer nehmen konnte.

Und auch der Kampf vor uns war zu Ende. Slaugthers Soldaten, die sich endlich von ihrem Schrecken erholt hatten, hatten die fünf Tempelritter überwältigt.

Aber welchen Preis hatten sie dafür bezahlt!

Ich sah auf Anhieb mindestens sechs Tote; und eine weitaus größere Anzahl mehr oder weniger schwer Verwundeter. Auch Slaugther selbst war nicht ganz ungeschoren davongekommen: ein langer, wenn auch nicht sehr tief gehender Schnitt zierte seine rechte

Wange, als er wutschnaubend vor mir auftauchte. Seine Augen flammten vor Zorn wie kleine, lodernde Kohlen. Wie ein leibhaftiger Racheengel stapfte er auf mich zu, stieß Sitting Bull, der sich ihm in den Weg stellen wollte, einfach beiseite und grabschte mit einer seiner nicht gerade kleinen Hände nach mir. Ich versuchte beiseitezuspringen, war aber nicht schnell genug, sodass er mich zu fassen bekam und wie eine Strohpuppe schüttelte.

»Sind Sie jetzt zufrieden, Craven?«, brüllte er. »Sehen Sie sich um – das alles ist Ihr Werk!« Damit versetzte er mir einen Stoß, der mich nach vorne und auf die Knie taumeln ließ, riss mich aber sofort wieder hoch und holte mit der freien Hand aus, als wolle er mich schlagen. Aber er führte die Bewegung nicht zu Ende und irgendetwas in seinem Blick schien zu erlöschen; statt der brodelnden Wut, die ich noch einen Sekundenbruchteil zuvor darin gesehen hatte, machten sich Erschrecken und dann ein dumpfer Schmerz in seinen Augen breit.

»Verzeihen Sie«, murmelte er. »Ich habe einfach die Beherrschung verloren.«

»Das macht nichts«, log ich. Meine Knie schmerzten, so wuchtig hatte er mich zu Boden gestoßen. Trotzdem fiel es mir schwer, Slaugther wirklich böse zu sein. Ich glaube nicht, dass ich den Schock, den die Ereignisse für ihn bedeuteten, wirklich in vollem Umfang verstehen konnte. Beinahe tat er mir sogar leid.

Slaugther trat unruhig von einem Bein auf das andere, zog seinen Colt aus dem Holster und steckte ihn wieder zurück. Seine Finger spielten nervös am Griff der Waffe. Sein Blick huschte über das Lager, das sich unversehens in ein Schlachtfeld verwandelt hatte, dann über die Felsen, auf denen die Wächter gestanden hatten, und blieb schließlich an der Waffe in Annies Händen haften.

Annie Oakley hielt ihm den Revolver hin, wobei sie die Waffe am Lauf ergriff. Slaugther machte Anstalten, sie zu nehmen, aber dann schüttelte er den Kopf. »Behalten Sie das Ding«, murmelte er. »Sieht so aus, als könnten Sie besser damit umgehen als ich.«

Annie schob den Colt nachlässig unter ihren Gürtel und musterte Slaugther stirnrunzelnd. »Sie haben nicht zufällig das Bedürfnis, sich bei mir zu bedanken, Captain?«, fragte sie spitz.

Slaugther schluckte und verlor noch ein kleines bisschen mehr an Farbe. Aber er sagte kein Wort, sondern fuhr mit einem Ruck herum und deutete mit dem Zeigefinger auf Cody. »Sie«, sagte er. »Gehen

Sie zu meinem Adjutanten und lassen Sie sich von ihm ein Gewehr geben. Und Sie –«, damit wandte er sich wieder an mich, »– werden mir jetzt endlich sagen, was hier gespielt wird.«

Sein abermaliger Stimmungsumschwung verwirrte mich ein wenig. Ich hatte nicht erwartet, dass er mir um den Hals fallen und Blutsbrüderschaft mit mir schließen würde, aber was jetzt geschah, ließ mich schaudern. Slaugthers Wut war einem kalten, vielleicht noch schlimmeren Zorn gewichen. Für einen Moment hatte ich wirklich Angst vor ihm.

»Ich weiß es nicht, Captain«, gestand ich.

»Aber wir haben sie gewarnt«, fügte Lance hinzu.

Slaugther schenkte ihm einen bösen Blick und wandte sich wieder an mich. Seine Augen wurden schmal. »Dann erzählen Sie mir doch einfach alles, was sie *nicht* wissen«, sagte er lauernd. »Nur zu, Craven. Ich bin ganz Ohr.«

Zum Teufel, was sollte ich ihm erzählen? Ich wusste doch selbst nicht, was hier vorging. Die Templer waren zweifellos Überlebende der Streitmacht, die Necrons Burg geschleift hatte – aber wenn, dann waren sie zumindest potenziell unsere Verbündeten. Warum sie uns angriffen, war mir ein Rätsel. Und genau das sagte ich Slaugther. Diesmal unterbrach er mich nicht, sondern hörte schweigend zu, während ich versuchte, ihm so wenig wie möglich von der Wahrheit zu verraten, ohne direkt lügen zu müssen.

»Sie sagen, dieser … Geheimbund und Sie wären Verbündete?«, sagte er schließlich, als ich zu Ende gekommen war.

»Nicht direkt«, schränkte ich ein. »Aber wir sind auch alles andere als Feinde.«

»Den Eindruck hatte ich nicht«, grollte Slaugther. »Ein halbes Dutzend von meinen Männern ist tot, Craven. Irgendjemand wird dafür bezahlen, das schwöre ich Ihnen. Ich möchte nur wissen, wohin ich die Rechnung zu schicken habe.«

»Sie werden nichts mehr irgendwohin schicken, wenn sie wiederkommen, Slaugther«, sagte Annie ruhig. »Oder glauben Sie wirklich, das war alles?« Sie deutete auf die toten Templer und verzog die Lippen zu dem humorlosesten Lächeln, das ich jemals gesehen hatte. Wenigstens bis dahin. Eine Sekunde später blickte ich in Slaugthers Gesicht und erkannte ein Grinsen darin, das selbst Vlad Dracula persönlich einen Schauder über den Rücken gejagt hätte.

»Natürlich nicht«, sagte er kalt. »Aber das nächste Mal sind wir vorbereitet. Ich werde ihren maskierten Freunden einen Empfang bereiten, mit dem sie bestimmt nicht rechnen.«

Lance seufzte, schüttelte den Kopf und griff sich an die Nase, um seine Brille zurechtzurücken. »Sie begreifen es immer noch nicht, wie?«, seufzte er.

»Was?«, schnappte Slaugther. »Dass Sie und Ihre Freunde nicht die harmlose Reisegesellschaft sind, für die Sie sich ausgegeben haben?«

»Dass unsere *maskierten Freunde,* wie Sie sie bezeichnen, alles andere als harmlose Verrückte sind«, korrigierte ihn Lance ungerührt. »Sie und Ihre Männer in Ehren, Captain, aber sie stehen der besten Armee der Welt gegenüber. Den am besten ausgebildeten Soldaten, die es jemals gegeben hat.«

»Im Moment stehe ich nur ein paar Toten gegenüber«, antwortete Slaugther abfällig. »Sie haben uns überrascht. Das nächste Mal werden sie sich blutige Köpfe holen, verlassen Sie sich darauf.«

Lance sagte gar nichts mehr. Aber sein Blick wurde plötzlich sehr besorgt.

»Alle deine Männer werden sterben«, sagte das *Ding.* Balestrano war allein mit ihm und der Nacht. Vor einer halben Stunde waren die Schüsse auf der anderen Seite des Berges verklungen, und keiner der acht Krieger, die er losgeschickt hatte, war zurückgekommen. Es würde auch keiner mehr kommen. Er hatte einen Fehler begangen, einen entsetzlichen, nicht wieder gutzumachenden Fehler. Zorn und Hass hatten sein Urteilsvermögen getrübt, nur für einen Augenblick, aber lange genug, eine Entscheidung zu treffen, die acht der elf Krieger, die ihm geblieben waren, das Leben kostete. Er hatte Robert Craven unterschätzt. Wieder einmal.

»Nun?«, kicherte das *Ding,* das einmal André de la Croix gewesen war. »Bist du zufrieden, Bruder Jean? Deine Aufgabe ist fast erfüllt. Nur noch drei sind übrig. Gib ihnen Befehl, das Lager anzugreifen, und auch sie werden sterben.« Es lachte, ein böser, schaudernd machender Laut, der einen Moment lang im Wind mitschwang und dann verklang.

»Warum ... tust du das?«, stöhnte Balestrano. Er drehte sich um, starrte aus weit aufgerissenen Augen auf die nur schattenhaft erkennbare Gestalt und versuchte die Dunkelheit hinter ihr mit Blicken zu durchdringen. Er war sich nicht sicher, aber irgendetwas war darin, etwas Großes, Kantiges, das sich mit eckigen Bewegungen wie ein absurdes menschengroßes Insekt vor dem Hintergrund des Berges abhob. »Warum quälst du mich so?«

»Das ist eine äußerst dumme Frage für einen Mann deiner Intelligenz, Bruder«, kicherte das Ungeheuer.

»Ich weiß«, stöhnte Balestrano. »Aber warum tötet ihr mich nicht, wenn es das ist, was ihr wollt?«

Der Unheimliche lachte leise; ein Laut, der sich wie das Echo fernen Donners an der unsichtbaren Flanke des Berges brach und sonderbar verzerrt zurückhallte. »Weil *du* es nicht willst, Bruder«, zischelte er. »Du glaubst, du wärest bereit, aber es ist nur Feigheit. Oh, du würdest dich mit Freuden in dein eigenes Schwert stürzen, verlangte ich es, aber es wäre nicht ehrlich. Du hast uns verraten. Du hast unsere Seelen an den Teufel verschachert, aber du bist nicht bereit, dafür zu bezahlen. Du willst sterben, aber nicht, um zu büßen, sondern aus Feigheit. Sterben ist ja so leicht, nicht?« Er kam näher, hob seine zu einer entsetzlichen Klaue gewordene Hand und berührte Balestrano flüchtig damit an der Wange. Der Templer fuhr schaudernd zurück. Die Haut des Ungeheuers war hart und heiß wie glühendes Sandpapier. »Der Tod ist der Ausweg der Feiglinge«, fuhr die Bestie fort. »Ein kurzer Schmerz, und alles ist vorbei, nicht? Aber so leicht kommst du uns nicht davon. Wir werden dich holen, aber erst, wenn du bereit bist.«

»Ihr wollt, dass andere für mich büßen«, murmelte Balestrano. Das *Ding* antwortete nicht, aber gerade sein Schweigen war Antwort genug. »Ihr tötet meine Männer, damit ich leide.«

»Wir?«, kicherte das *Ding*. «Du warst es, der sie in den Tod geschickt hat. So wie uns. Aber es sind noch drei übrig. Was ist, Bruder? Worauf wartest du? Warum befiehlst du ihnen nicht hinzugehen und die Soldaten anzugreifen?«

Balestrano schwieg. Seine Gedanken drehten sich wild im Kreis. Er wusste, dass das entsetzliche Wesen Recht hatte, tausend Mal Recht, mit jedem Wort, das es sprach. *Ist mein Hass wirklich so groß?*, dachte er schaudernd. War sein Wille, Robert Craven zu vernichten, wirklich so übermächtig, dass er nun auch noch die wenigen verbliebenen Männer, die ihm ihr Leben anvertraut hatten, in einen sinnlosen Tod schicken würde. Drei ... Drei von fünfhundert.

Plötzlich kam das entsetzliche Wesen abermals näher. Ein Funke von Misstrauen glomm in seinen matten Knopfaugen auf. »Ich weiß, was du jetzt denkst, Bruder«, sagte es hart. »Aber das werden wir nicht zulassen.« Eine schwarze Klauenhand deutete in die Nacht und zum Gipfel des Berges hinauf, zu der Höhle, in der das magische *Tor* lag. »Du denkst, du könntest sie zurückschicken, damit sie überleben und du dir auf diese Weise auch noch dein Seelenheil erkauft hast, wie? Balestrano, der Märtyrer.« Es machte ein ordinäres Geräusch. »So leicht kommst du uns nicht davon. Sie werden sterben, einer nach dem anderen, und du wirst es sein, der für ihren Tod verantwortlich ist. Es wird genau so sein, als hättest du selbst sie umgebracht.«

»Warum?«, stöhnte Balestrano. »Warum diese Grausamkeit, André? Nur aus Rache?«

»Weil wir Leben brauchen«, zischelte das Wesen. »Der Tod anderer erhält uns am Leben, Bruder. Worüber beschwerst du dich? Du warst es, der uns zu dem gemacht hat, was wir jetzt sind.«

»Leben?« Balestrano starrte ins Leere. Großer Gott, dachte er, ich bin hierhergekommen, um das Böse aus der Welt zu verbannen, und nun bin ich selbst zu seinem Werkzeug geworden.

»Aber ich mache dir einen Vorschlag«, fuhr der Unheimliche fort, wieder mit diesem leisen, satanischen Kichern in der Stimme. »Von den fünfhundert, die du mitgebracht hast, leben noch drei. Drei Narren, die dir trotz allem noch immer vertrauen. Du kannst sie haben. Schick sie zurück, wenn du dafür bezahlst.«

»Bezahlen? Aber womit denn?«, stöhnte Balestrano.

»Mit anderen Leben«, kicherte das *Ding.* «Mit denen der unschuldigen Soldaten dort. Der Indianer. Robert Cravens und seiner Freunde. Du kennst doch diese Art von Geschäften, nicht wahr? Unser Leben gegen die Vernichtung der Drachenburg. Jetzt biete ich dir einen Handel an. Die Leben deiner drei letzten Männer gegen die deiner Feinde. Drei Leben gegen dreißig. Erlaube uns sie anzugreifen – und deine Männer dürfen gehen.«

»Erlauben?«, wiederholte Balestrano verstört. »Aber wie könnte ich es euch verbieten?«

»Gar nicht«, antwortete das Wesen hart. »Aber es ist nicht die Frage, ob du es *kannst,* Bruder. Es ist die Frage, ob du es *willst.*«

Und endlich begriff Balestrano.

Trotz allem hatte er die Bosheit des Ungeheuers unterschätzt, in das sich de la Croix verwandelt hatte. Es stand in seiner Macht, ihn und die drei anderen und die Männer auf der anderen Seite des Berges zu vernichten, so leicht, wie ein Mensch ein Insekt zertrat. Aber es wollte ihn quälen. Es wollte, dass er die Entscheidung traf, seine Männer oder die zehnfache Zahl von Unschuldigen zu opfern. Es wollte ihn zwingen, die *Schuld* an diesem entsetzlichen Gemetzel zu tragen.

»Nun?«, fragte de la Croix, als Balestrano auch nach einer geraumen Weile noch nicht antwortete. »Wie ist es, Bruder? Einer deiner Freunde gegen zehn deiner Feinde. Ist das ein Angebot?«

»Du Teufel«, murmelte Balestrano.

Das *Ding* kicherte. »Zu viel der Ehre, Bruder. Und keine Antwort. Also?«

Balestrano antwortete nicht. Aber das war auch nicht nötig. Das *Ding* vor ihm las seine Gedanken zu mühelos, wie ein aufgeschlagenes Buch. Nach einer Weile verschwand es ohne ein weiteres Wort. Und nach einer weiteren Weile – in der Balestrano starr und wie gelähmt dagestanden hatte, ohne sich zu rühren, ohne auch nur mit der Wimper zu zucken und ohne zu denken – glomm hoch über ihm dicht unter der Spitze des Berges ein mattgrünes Licht auf.

Dreimal.

Etwas fehlte. Ein Teil in dem gewaltigen Puzzle, dessen Auflösung Tod hieß und in dem auch wir nur kleine Bruchstücke waren, war noch nicht an seinem Platz. Und irgendwie hatte ich das Gefühl, dass es lebenswichtig für uns war, es zu finden, ehe es einer unserer Feinde tat. Dabei hatte ich die Lösung praktisch schon in Händen gehabt, das spürte ich. Ich hatte sie nur nicht erkannt.

Ohne dass ich mir der Bewegung auch nur bewusst gewesen wäre, hob ich die Hand und berührte Priscyllas Finger. Ihre Haut fühlte sich eiskalt an und irgendwie zu glatt für die Haut einer Lebenden; und ihr Puls ging so schnell, dass ich sein hektisches Rasen bis in ihre Fingerspitzen fühlen konnte. Sie hatte sich nicht geregt, seit wir das Zelt wieder betreten hatten, sondern lag noch immer starr da, mit geöffneten Augen, aber leerem Blick. Auf ihren Zügen lag noch immer dieser entsetzlich zufriedene Ausdruck, der mich schaudern ließ.

Und ihre Linke umklammerte noch immer dieses fürchterliche Buch; wie einen Schatz, von dem ihr Leben abhing.

Vielleicht mehr.

Sitting Bull kam hinter mir beinahe lautlos ins Zelt und trat an meine Seite. Anders als uns hatte Slaugther ihm und den anderen Indianern keine Waffen zugestanden, obgleich Lance und ich ihn beschworen hatten, es zu tun. Aber der Soldat war hart geblieben. Vermutlich hatte er vor Ixmal und seinen Kriegern mindestens ebenso großen Respekt wie vor den Templern, die irgendwo draußen in der Dunkelheit noch lauern mochten.

»Wie sieht es aus?«, fragte Annie.

Statt einer Antwort schüttelte Sitting Bull nur stumm den Kopf. Slaugther hatte sich so gut auf den zu erwartenden Angriff vorbereitet, wie er es zu können glaubte – die Feuer waren bis auf eines dicht an der Felswand gelöscht worden, und seine und Ixmals Männer hatten sich aus dem Lichtkreis zurückgezogen, um keine Ziele mehr zu bieten. Oben auf den Felsen stand jetzt einer von Ixmals Indianern und hielt Wache; zumindest in diesem Punkt hatte ich Slaugther überreden können, den Eingeborenen zu trauen. Und Slaugthers Männer waren bereit.

Nur dass all diese Vorsichtsmaßnahmen nichts nutzen würden, glaubte mir Slaugther einfach nicht. Ich hatte auch keinen triftigen Grund für meine Überzeugung angeben können, aber ich spürte einfach, dass der Angriff, mit dem jeder von uns rechnete, völlig anderer Art sein würde, als der Captain glaubte. Es war nur eine Ahnung, aber wenn ich nicht schon vor Jahren gelernt hätte, auf meine Ahnungen zu hören, hätte ich die gleichen Jahre nicht mehr erlebt.

»Wie spät ist es?«, fragte ich müde.

Lancelot Postlethwaithe kramte umständlich seine Taschenuhr unter der Jacke hervor, klappte den Deckel auf und warf einen Blick auf das Ziffernblatt. »Fünf«, sagte er. »Nicht ganz.«

»Bald geht die Sonne auf«, murmelte Cody. »Wenn wir Glück haben und sie …«

Er sprach nicht weiter, sondern brach mitten im Wort ab, als er meinem Blick begegnete. Wir würden ganz bestimmt *kein* Glück haben. Die Templer dort draußen müssten schon mehr als komplette Narren sein, wenn sie den Vorteil, den ihnen die Dunkelheit bot, nicht ausnutzten. Bei hellem Tageslicht hatten sie keine Chance gegen Slaugthers Soldaten mit ihren modernen, weit reichenden Waffen. Und das wussten sie verdammt gut.

»Wie geht es dem Mädchen?«, fragte Sitting Bull plötzlich.

Ich fuhr zusammen, blickte kurz zu ihm auf und dann wieder auf Priscyllas bleiches, eingefallenes Gesicht herab. »Unverändert«, murmelte ich. »Sie reagiert nicht.« Ich beugte mich vor, um meine Worte zu demonstrieren, hob die Hand über Priscyllas Gesicht und bewegte sie dich vor ihren Augen. »Siehst du?«

Sitting Bull nickte. Sorge spiegelte sich auf seinem alten, faltenzerfurchten Gesicht. »Die Mächte des Schicksals sind gegen uns«, murmelte er, auf eine Art, als wären die Worte gar nicht für uns bestimmt. »Wäre der weiße Mann mit seinen Kriegern nur einen Augenblick später gekommen ...«

Verwirrt sah ich auf. »Wie meinst du das?«

Sitting Bull seufzte. »Das Buch«, sagte er schließlich. »Es sind seine Mächte, Robert.«

»Das ... NECRONOMICON?«, wiederholte ich verstört. Ich begriff, worauf der alte Sioux hinauswollte, aber es fiel mir schwer, seinen Gedanken zu folgen. »Du meinst, das alles hier hätte ... hätte mit ihm zu tun?«

»Wir waren nahe daran, Blitzhaar«, sagte Sitting Bull nickend. »Deine und Ixmals und meine eigenen Kräfte haben ihm wehgetan. Vielleicht hätten wir es besiegt.«

»Aber das ... das ist Unsinn!«, widersprach ich, wenn auch eher aus Hilflosigkeit als echter Überzeugung. »Was hat das Auftauchen der Templer ...«

Aber ich sprach nicht weiter, denn plötzlich wusste ich es. Von einer Sekunde auf die andere war der fehlende Mosaikstein da.

Für einen winzigen Augenblick glaubte ich die entsetzliche Szene noch einmal zu sehen: Priscylla, die hilflos an den bizarren Marterpfahl gefesselt war, das kalte, alles verzehrende Feuer, das aus dem Buch brach, die gleißenden, nur für mich sichtbaren Linien magischer Energie, die aus dem Buch züngelten ...

Nicht alle hatten in Priscyllas Herz geendet. Vier der dünnen, peitschenden Fühler aus purer Energie waren in der Nacht verschwunden, irgendwo in dem lauernden Dunkel, das das Lager umgab ...

Ich sprang so heftig auf, dass Sitting Bull instinktiv einen halben Schritt zurückwich und Annie und Lance erschrocken aufblickten. Großer Gott, was für ein Narr war ich gewesen! Ich hatte die Lösung praktisch die ganze Zeit über in Händen gehalten und war einfach zu dumm gewesen, sie zu erkennen! Dabei war es so einfach!

Unsere vereinigten Kräfte hatten das Buch bedroht und vielleicht, wenn wir Zeit zu einem zweiten Versuch gehabt hätten, hätten wir die finstere Macht des NECRONOMICON sogar gebrochen. Und es hatte nicht anders reagiert, als auch ein lebendes Wesen an seiner Stelle reagiert hätte – es hatte sich gewehrt. Seine unsichtbaren Fühler, die ich für einen winzigen Moment gesehen hatte, hatten hinausgegriffen in die Wüste und schlichtweg Hilfe herbeigerufen! Aber es hatte erst eines uralten Indianerhäuptlings bedurft, mir die Augen zu öffnen!

»Du weißt, was du da sagst, Sitting Bull?«

»Es ist das Buch, Blitzhaar«, sagte Sitting Bull sehr ernst. »Es lebt noch immer. Und es wird uns alle töten, wenn wir es nicht zerstören.«

Ich starrte ihn an. Zerstören ... Ja, vielleicht war es sogar möglich, das NECRONOMICON zu zerstören, denn obgleich es ein Born unendlich mächtiger finsterer Magie war, war es verwundbar.

Aber das Buch zu zerstören, würde nichts anderes als Priscyllas Tod bedeuten. Vielleicht nicht ihren *körperlichen* Tod, aber der Unterschied war nur akademischer Natur. Der lebende, atmende und noch immer wunderschöne Körper, der vor mir auf der einfachen Pritsche lag, war nicht die Priscylla, die ich liebte. Es war nichts. Nur ein Stück lebendes Fleisch. Trennte ich die Verbindung zwischen ihr und dem Buch gewaltsam, würde er das bleiben, für alle Zeiten.

»Wir haben keine Wahl, Robert«, sagte Sitting Bull leise. Und plötzlich begriff ich, dass er ganz genau wusste, was ich dachte. Er hatte *gewollt,* dass ich diesen Gedanken dachte.

»Nein«, sagte ich.

Sitting Bull lächelte traurig. »Ich verstehe dich«, sagte er sanft. »Aber es steht mehr auf dem Spiel als ihr Leben.« Er deutete auf Priscylla, dann auf sich selbst. »Oder meines oder das deine«, fuhr er fort. »Slaugthers Soldaten, Ixmal und seine Krieger, wir alle hier – niemand wird die Nacht überleben, wenn wir dem Bösen nicht Einhalt gebieten. Und vielleicht werden noch sehr viel mehr Menschen sterben, wenn sich das Böse ausbreitet, Robert.«

Er hatte Recht. Es änderte nichts an meiner Liebe zu Priscylla und meinem verzweifelten Entschluss, ihr Leben zu verteidigen, aber er hatte Recht. Die Mächte des NECRONOMICON, entfesselt und ungelenkt, die über eine ahnungslose Welt hereinbrachen – der Gedanke war unvorstellbar.

»Ich kann es nicht«, flüsterte ich. »Nicht um alles in der Welt, Sitting Bull.«

»Ich weiß«, sagte der alte Indianer. »Wenn es dein Wunsch ist, dann ... werde ich es tun.«

Jeden anderen hätte ich wahrscheinlich allein um dieser Worte willen umgebracht. Aber ich spürte, dass Sitting Bull es ehrlich meinte.

»Es ... würde deinen Tod bedeuten«, sagte ich stockend. Obwohl ich mich mit aller Macht dagegen wehrte, füllten Tränen meine Augen. Meine Stimme begann zu zittern, so heftig, dass ich meine eigenen Worte kaum mehr verstand.

»Ich weiß«, antwortete Sitting Bull ruhig. »Deshalb bin ich es, der dir diesen Vorschlag macht.« Er lächelte milde. »Ich bin ein alter Mann, mein Freund. Die Spanne, die ich noch zu leben habe, ist nicht mehr sehr lang. Der Tod schreckt mich nicht. Und ich rette das Leben sehr vieler anderer damit.«

»Vielleicht«, antwortete ich, noch immer verzweifelt nach Ausflüchten und Gründen suchend, die Sitting Bulls Vorhaben unmöglich machen würden. »Es ... es könnte sinnlos sein. Was, wenn ... wenn es dich umbringt, ohne dass du ihm schaden kannst?«

»Das wirst du verhindern«, antwortete er. Das Schlimme war, dachte ich entsetzt, dass er es nicht *verlangte.* Ich war sicher, dass Sitting Bull, Annie und Buffalo Bill mich mit Leichtigkeit überwältigen und festhalten konnten, um das Buch auch gegen meinen Willen zu vernichten. Aber sie überließen mir die Wahl. Sie stellten mich vor die grausame Alternative, das Leben von dreißig oder vierzig Unschuldigen gegen das Priscyllas aufzuwiegen.

»Nun?«, fragte Sitting Bull nach einer Weile.

Ich antwortete nicht, sondern drehte mich mit einem Ruck um und starrte an Annie vorbei gegen die Zeltwand. Tränen rannen über mein Gesicht, aber diesmal versuchte ich nicht einmal mehr sie zurückzuhalten. In meiner Brust begann sich ein tiefer, unglaublich *kalter* Schmerz auszubreiten. *Verzeih mir, Priscylla,* dachte ich, immer und immer wieder. Und nach einer Weile hörte ich, wie Sitting Bull hinter mir mit monotoner Stimme uralte Beschwörungsformeln zu flüstern begann ...

In einer halben Stunde würde die Sonne aufgehen, und obwohl sie die Wüste binnen Minuten in einen gigantischen Backofen verwandeln würde, war es jetzt noch so kalt, dass mein Atem vor meinem Gesicht sichtbar wurde. Meine Hände zitterten, und ich musste mich zu jedem einzelnen Schritt zwingen. Unsichtbare Zentnerlasten zerrten an meinen Beinen, und in mir war eine lautlose Stimme, die immer und immer wieder schrie, dass ich herumfahren und Priscylla mit mir nehmen solle, um zu rennen, so weit ich nur konnte.

Stattdessen ging ich weiter auf das prasselnde Feuer zu. Priscylla lag schlaff in meinen Armen, schlafend, aber mit offenen Augen. Sie kam mir sonderbar leicht vor. Das glückliche Lächeln auf ihren Zügen war eine böse Verhöhnung der Gefühle, die in mir tobten.

Wie Sitting Bull von Slaugther die Erlaubnis für eine zweite Beschwörung erlangt hatte, wird mir wohl auf immer ein Rätsel bleiben. Vielleicht hatte er ihn schlichtweg hypnotisiert – etwas, das ich dem alten Sioux ohne weiteres zutraute. Aber gleichwie, es war alles bereit: Das Feuer loderte wieder so hoch wie beim ersten Mal, und Ixmals Indianer bildeten einen weiten Halbkreis um den lodernden Holzstapel. Slaugthers Soldaten waren beinahe unsichtbare Schatten in der Dunkelheit ringsum. Alles schien wie beim ersten Mal.

Nur, dass es diesmal kein Rettungsversuch, sondern eine Hinrichtung sein würde.

Sitting Bull blieb stehen und deutete mit einer Kopfbewegung zu Boden. Behutsam ließ ich mich auf die Knie sinken, bettete Priscylla vorsichtig vor mir auf den harten Sand und blieb einen Moment reglos so hocken. Dann richtete ich sie wieder auf, lehnte ihren Oberkörper gegen meine Hüfte und hielt sie fest. So fest ich konnte.

Ixmals Indianer begannen zu summen: nicht das monotone, einlullende Lied vom ersten Mal, sondern eine düstere, aggressive Melodie, die mein Herz zum Rasen brachte. Die Dunkelheit jenseits des Feuers zog sich zusammen wie ein riesiges, körperloses Tier, das Schmerzen litt. Die Flammen überzogen die Felswand mit Blut.

Sitting Bull ging mit langsamen, gemessenen Schritten um mich herum, blieb einen Moment reglos stehen und beugte sich dann zu Priscylla herab. Seine Lippen flüsterten noch immer unhörbare Worte aus einer längst vergessenen Sprache. Er wirkte wie in Trance und war es vermutlich auch.

Und dann ging alles blitzschnell.

Mit einer ungeheuer raschen Bewegung riss Sitting Bull Priscylla das Buch aus der Hand, richtete sich auf und fuhr herum. Priscylla schrie auf, sprengte meinen Griff mit unmenschlicher Kraft und sprang in einer schlichtweg unmöglichen Bewegung auf und hinter Sitting Bull her. Sie verfehlte ihn, aber noch während sie fiel, klammerte sich ihre rechte Hand um Sitting Bulls Bein und riss es zurück. Der alte Sioux taumelte, fiel schwer auf die Seite und stieß einen keuchenden Schmerzlaut aus. Das Buch entglitt seinen Händen, schlitterte ein Stück weit auf das Feuer zu und blieb eine Hand breit davor liegen.

Priscylla kreischte immer noch wie von Sinnen. Abermals sprang sie auf, warf sich auf Sitting Bull und begann ihn mit Fäusten und Fingernägeln zu bearbeiten. Annie und ich versuchten sie zurückzureißen, aber dieses kleingewachsene, zarte Mädchen entwickelte die Kräfte einer Tobsüchtigen. Ich sah, wie Annie von einem fast beiläufigen Hieb getroffen und meterweit davongeschleudert wurde, dann traf mich selbst ein mittelgroßer Vorschlaghammer unter dem Kinn und ließ mich steif wie ein Brett zurückfallen.

Etwas, das härter als der Sand, aber nicht ganz so hart wie Stein war, dämpfte meinen Aufprall. Eine glühende Hand strich über mein Gesicht und versengte mein Haar und meine Brauen.

Instinktiv griff ich zu und spürte steinhartes Leder unter meinen Fingern, dazwischen uraltes Pergament, das wie ein lebendes Wesen pulsierte und bebte. Das NECRONOMICON!

Und im gleichen Moment, in dem sich meine Finger um das uralte Buch des Bösen schlossen, hörte Priscylla auf, aus Sitting Bulls Gesicht Mus zu machen.

Für einen Moment erstarrte sie. Langsam, wie eine Bewegung, die gegen ihren Willen geschah, wandte sie den Kopf und blickte mich an.

Ihr Gesicht war das einer Wahnsinnigen, eine verzerrte Grimasse, in dem die Augen wie kleine, brennende Seen loderten. Ihre Lippen bebten. Speichel lief über ihr Kinn. »Robert«, flüsterte sie.

Und vielleicht war es gerade das, was den letzten Anstoß gab.

Sie sprach mit Priscyllas Stimme, jenem sanften, seidenweichen Flüstern, das ich vor so langer Zeit zum letzten Mal gehört hatte. Und plötzlich war Angst in ihren Augen, nackte, panische Angst.

»Robert, tu es nicht«, flehte sie. »Du tötest mich.«

Ich schrie auf, warf mich herum – und schleuderte das NECRONOMICON mit aller Macht in die Flammen.

Priscylla kreischte, fiel von Sitting Bulls Brust herunter und krümmte sich wie unter Schmerzen.

Und etwas anderes, sehr Großes, fiel von den Felsen über dem Lager und landete krachend im Feuer.

Der Anblick war so unglaublich, dass ich für einen Moment allen Ernstes an meinem Verstand zweifelte.

Inmitten der prasselnden Flammen stand ein *Mann!* Sein Aufprall hatte das Feuer auseinandergerissen und brennende Scheite und Funken in alle Richtungen spritzen lassen. Die Felsen waren zehn Meter hoch, und im Inneren des lodernden Scheiterhaufens mussten Temperaturen herrschen, die Eisen zum Schmelzen brachten – aber er lebte! Er lebte und richtete sich mühsam auf. Torkelnd, wie benommen von dem harten Aufprall, stemmte er sich auf die Füße, blieb einen endlosen Augenblick lang regungslos stehen und *bückte sich dann nach dem NECRONOMICON!* Seine Kleider und seine Hände brannten, aber das Buch war unversehrt, als er es aus den Flammen hob.

Dann trat er mit einem einzigen, raschen Schritt aus dem Feuer heraus und blieb dicht vor mir stehen.

Mein Herz wollte es ihm gleich tun, als ich sein Gesicht sah.

Ich konnte die Hitze spüren, die die unmögliche Gestalt ausstrahlte. Das Kettenhemd, das unter den verschmorten Resten seines Templergewandes sichtbar war, glühte. Dünne, graue Rauchfäden kräuselten sich von seinen Schultern. Sein Gesicht und seine Hände waren schwarz.

Aber sie waren nicht verbrannt.

Das *Ding*, das vor mir stand, war kein Mensch.

Es war eine Kreatur, die wie die böse Karikatur eines Menschen aussah.

Alles an ihm war schwarz, ein Schwarz von einer Tiefe, wie ich es noch nie zuvor gesehen hatte. Seine Hände waren Klauen, schrecklich verkrümmte schwarze Krallen aus Horn, und sein Gesicht eine Maske des Entsetzens, schmal, grausam, mit kleinen, matten Knopfaugen wie Kugeln aus Stahl, die in eine Maske aus dem gleichen Material eingelassen waren. Der Mund ein Schlitz, aus dem ein fürchterliches, zischendes Lachen kam.

Hinter mir krachte ein Schuss. Ich sah, wie die Kugel gegen seine Stirn schlug, so präzise zwischen seine Augen platziert, dass an der Identität des Schützen kein Zweifel mehr blieb, und als Querschläger davonheulte. Die Horrorgestalt wankte nicht einmal.

Plötzlich krachten irgendwo in der Dunkelheit hinter uns mehr Schüsse. Menschen schrien, ein Pferd kreischte in irrsinnigem Schmerz, von einer fehlgeleiteten Kugel getroffen, dann krachte eine ganze Gewehrsalve. Etwas Dunkles, Unmenschliches huschte dicht am Rande meines Gesichtfeldes vorbei und tötete einen von Ixmals Männern.

Und endlich erwachte ich aus meiner Erstarrung. Mit einem verspäteten Schreckensschrei prallte ich zurück, stolperte über Sitting Bull und schlug rücklings auf den Boden. Die Templer-Karikatur vor mir kicherte böse, folgte mir und blieb abermals stehen. Eine ihrer schrecklichen Klauen streckte sich aus und half Priscylla auf die Füße; die andere, noch immer schwelend, umklammerte das Buch. Es war nicht einmal beschädigt.

Mühsam richtete ich mich auf, kämpfte die Mischung aus Entsetzen und ohnmächtigem Zorn nieder, die sich meiner bemächtigt hatte, und versuchte den Blick des Unheimlichen zu fixieren. Mit aller Macht konzentrierte ich mich.

»Lass es fallen«, sagte ich. »Wirf es ins Feuer!«

Die Gestalt zögerte. Irgendetwas änderte sich im Blick ihrer entsetzlichen Augen, aber ich konnte nicht erkennen, was es war: Furcht oder Spott.

»Wirf es ins Feuer!«, sagte ich noch einmal. Ich unterstrich meine Worte mit aller suggestiven Macht, die ich aufbringen konnte.

»Du verschwendest deine Kräfte, Robert Craven«, sagte eine Stimme hinter mir. Eine Stimme, die ich kannte.

Ich fuhr herum, sprang halbwegs auf die Füße und erstarrte mitten in der Bewegung.

Das Lager hatte sich in ein Chaos verwandelt, einen Hexenkessel aus Schreien und Schüssen und rennenden Gestalten, aber von alledem sah ich kaum etwas. Mein Blick hing wie gebannt auf der schmalschultrigen, weißhaarigen Gestalt im Zeremoniengewand eines Templers, die, begleitet von einem zweiten Monster-Mann, wenige Schritte hinter mir aufgetaucht war.

»Balestrano?«, flüsterte ich. »Sie?«

»Ich.« In Jean Balestranos Stimme war eine Härte, die mich schaudern ließ. *Hass,* dachte ich. Das war Hass, den ich hörte. Hass auf *mich?* Aber warum? »Überrascht, mich zu sehen?«

Wieder krachten Schüsse, eine ganze Salve diesmal, die den Boden dicht neben Balestrano und seinem schrecklichen Begleiter aufspritzen ließen. Balestrano zuckte nicht einmal mit der Wimper. Sein Blick war starr auf mich gerichtet. Seine Augen brannten vor Hass.

»Jetzt bezahlst du, Robert Craven«, sagte er. »Für alles.«

»Bezahlen? Was ...« Plötzlich begriff ich. »Das war Ihr Werk«, flüsterte ich entsetzt. »Sie haben diese ... diese Kreaturen gerufen.«

»Ja!«, schrie Balestrano. »Um dich zu vernichten, Craven! Ich habe es geschworen, und ich werde es tun! *Jetzt!*«

Und dann geschah etwas Sonderbares. Die Schatten hinter ihm hörten auf, miteinander zu kämpfen, und zwei weitere der schwarzen Albtraumgestalten erschienen neben Balestrano. Vereinzelt krachten noch Schüsse, und ich hörte hastige, trappelnde Schritte. Aber der Kampf war so rasch vorbei, wie er begonnen hatte. Ich begriff, dass es nur diese drei Ungeheuer gewesen waren, die Slaugther und seine Soldaten angegriffen hatten.

Wie um meinen Gedanken zu bestätigen, tauchte in diesem Moment Captain Slaugther selbst hinter Balestrano auf, eine Winchester in der Hand, deren noch rauchende Mündung auf den Rücken des alten Mannes zielte. Er schien instinktiv erkannte zu haben, dass Balestrano der Anführer der Angreifer war.

»Nicht, Captain«, sagte ich hastig. »Es wäre Ihr Tod. Das hier«, fügte ich etwas leiser hinzu, »geht nur mich und Bruder Balestrano etwas an.«

Slaugther zögerte tatsächlich. Unsicher irrte sein Blick zwischen mir und Balestrano hin und her. Seine Hände krampften sich um das Gewehr.

»Du täuschst dich, Craven«, sagte Balestrano hart. »Sie werden sterben.«

»Ja, ja«, kicherte die Schreckensgestalt neben ihm. »Einer nach dem anderen, nicht wahr, Bruder?«

»Was bedeutete das?«, fragte ich hilflos. »Wer ... wer sind diese Wesen, Balestrano? Warum greifen Sie uns an! Um Gottes willen, wir sind doch Verbündete!«

Balestranos Reaktion war ganz anders, als ich geglaubt hatte. Er schrie auf, sprang auf mich zu und schlug mir so hart mit der flachen Hand über den Mund, dass ich abermals auf die Knie fiel.

»Sprich dieses Wort nicht aus, du Verräter!«, kreischte er mit überschnappender Stimme. »Schau sie dir an! Schau dir diese Männer an, Craven! Sie waren meine Freunde! Meine Brüder, die mir vertraut haben. Durch deine Schuld sind sie zu dem geworden, was sie jetzt sind! Durch deine Schuld sind fünfhundert ihrer Kameraden draußen in der Wüste verblutet! Durch deinen Verrat –«

»Sie sind ja verrückt«, unterbrach ich ihn stöhnend. Meine Lippe war aufgeplatzt und blutete, so stark hatte er zugeschlagen. »Wir stehen auf der gleichen Seite! Ich war ebenso Necrons Feind wie Sie!«

Balestrano schlug mich ein zweites Mal. »Lügner!«, kreischte er. »Verdammter Lügner!«

»Aber er sagt die Wahrheit, Bruder«, kicherte das entsetzliche Wesen hinter mir.

Balestrano erstarrte. Von einer Sekunde zur anderen wich alles Blut aus seinem Gesicht. Seine Augen quollen aus den Höhlen, als er den schwarzgesichtigen Dämon anstarrte. »Was ... hast ... du ... gesagt?«, stammelte er.

»Dass er die Wahrheit spricht«, antwortete das Ungeheuer. Seine Stimme klang eindeutig *fröhlich.* »Er war immer dein Verbündeter. Dein treuester Verbündeter übrigens.«

»Aber das ... das kann nicht sein!«, keuchte Balestrano. »Er ... er hat ... der Überfall und ... und die Toten ...«

»Wovon sprechen Sie, Balestrano?«, fragte ich alarmiert.

»Paris!«, stammelte Balestrano. »Der ... der Überfall auf die Katakomben. Sie ... Sie waren doch dabei. Ich habe Sie doch *gesehen!«*

»Paris?« Ich schüttelte den Kopf, wischte mir das Blut vom Mund und stand auf. »Ich schwöre Ihnen, dass ich nicht weiß, wovon Sie reden, Balestrano«, sagte ich. »Ich war in meinem ganzen Leben nur ein einziges Mal in Paris, und das war, als wir gemeinsam gegen Ihren übergeschnappten Bruder gekämpft haben.«

»Aber das ist nicht wahr!«, kreischte Balestrano. »Ich habe Sie erkannt. Sie haben Bruder Sarim befreit und –«

»Das hat er nicht«, sagte das Wesen hinter mir. Es kicherte. »Du hast dich täuschen lassen, Bruder. Es ist alles so, wie er behauptet. Übrigens – falls es dich interessiert – es war Robert Craven, der Necron getötet hat.«

Balestrano stöhnte wie unter Schmerzen. Er wankte, taumelte einen Schritt zurück und sank mit einem wimmernden Laut auf die Knie.

»Du hast dich geirrt, Bruder«, fuhr das entsetzliche Wesen hinter mir fort. Die drei anderen stimmten mit einem hämischen Lachen zu. »Es war alles umsonst. Deine Brüder sind um eines Irrtums willen abgeschlachtet worden. Ist das nicht ein entzückender Gedanke?«

»Ich habe versagt«, stöhnte Balestrano. Er krümmte sich, schlug die Hände vor das Gesicht und ließ ein trockenes, gequältes Schluchzen hören. »Mein Gott, was habe ich getan?« Plötzlich blickte er auf, starrte einen Moment lang Priscylla und dann das Buch in der Hand des schwarzgesichtigen Ungeheuers an.

»Das haben Sie nicht, Balestrano«, sagte ich so ruhig ich konnte. »Sie ... wurden getäuscht. Sie haben getan, was Ihnen richtig erschien.«

»Das habe ich nicht!«, brüllte Balestrano. Er schien nun wirklich den Verstand zu verlieren. Sein Blick begann zu flackern. »Sie verstehen nicht! Sie alle werden sterben! Diese vier werden sie töten!«

»Das stimmt«, sagte einer der Dämonen fröhlich. »Wir haben ein kleines Geschäft abgeschlossen, Bruder Balestrano und ich und meine Brüder. Euer Leben gegen das von drei seiner Brüder. So ähnlich wie du – nur umgekehrt.«

»Was bedeutet das?«, fragte Balestrano. Wieder machte sich Schrecken auf seinen Zügen breit.

Ich erklärte es ihm.

Balestrano schwieg sehr, sehr lange, als ich ihm erzählt hatte, was der Preis für unser aller Überleben sein sollte. Als er endlich sprach, klang seine Stimme wie die eines Toten.

»Ihr habt das gewusst, nicht?«, flüsterte er. Die Worte galten den vier Schreckensgestalten, aber er sah sie nicht an. Er sah überhaupt nichts an. Sein Blick ging ins Leere. »Ihr habt alles gewusst. Ihr habt gewusst, wie er sich entscheiden würde. Das Leben des einzigen Menschen, den er liebt, gegen das von dreißig Unschuldigen.« Er stöhnte. »Die gleiche Wahl, vor die ihr mich gestellt habt.«

»Aber er hat anders entschieden, Bruder«, kicherte der Unheimliche hinter mir. »Seine Wahl war richtig. Er hat sich für den Schmerz entschieden. Du für die Schuld.«

Balestrano atmete hörbar ein. »Tötet ... ihn nicht«, flüsterte er. »Ich flehe euch an, verschont ihn und die anderen. Sie sind unschuldig.«

»Das ist ja gerade das Lustige«, kicherte der Dämon. »Nein, nein, das Geschäft gilt. Es sei denn, du bietest uns etwas.«

Balestrano nickte. Sein Gesicht war starr. »Der Schmerz oder die Schuld«, wiederholte er die Worte des entsetzlichen Wesens. »O mein Gott, was habe ich getan?« Er stand auf, blickte einen Moment auf Priscylla und mich herab und atmete abermals hörbar ein. »Ich habe mich entschieden«, sagte er dann. »Verschont ihre Leben.«

»Und was bietest du uns dafür, Bruder?«, fragte das grauenhafte Wesen. Seine Hände bewegten sich gierig.

»Mich«, sagte Balestrano mit fester Stimme. »Ihr habt erreicht, was ihr wolltet, Brüder. Ich ... ich bin bereit. Nehmt mich.«

Und sie nahmen ihn.

Der Koloss von New York

Es war sehr dunkel. O'Connellys Karbidlampe warf einen schwankenden Kreis blasser Helligkeit auf das Kopfsteinpflaster, aber alles, was jenseits der flackernden Grenze lag, die im gleichen Tempo vorrückte wie der fast siebzigjährige Ire, schien dafür doppelt dunkel. Dabei, dachte O'Connelly missmutig, hätte es eigentlich recht hell sein müssen, denn wenn er dem Kalender – und dem Nörgeln seiner Frau, die in Vollmondnächten noch empfindlicher und grantiger wurde, als sie ohnehin schon war – glauben konnte, dann war Vollmond; und O'Connelly hatte keinen einzigen vernünftigen Grund, an einem von beiden zu zweifeln.

Was nichts daran änderte, dass es stockfinster war. Und das, obgleich sich am Himmel nicht die kleinste Wolke zeigte.

O'Connelly blieb stehen, setzte die Karbidlampe vorsichtig auf einen Mauervorsprung, rieb die Hände dicht vor dem Gesicht aneinander und blies hinein. Es war kalt, der Jahreszeit zum Trotz, und seine Finger waren klamm und taten ein wenig weh; aber das taten sie in letzter Zeit eigentlich immer. Die Gicht hatte ihn nach siebzig Jahren nun doch eingeholt und gönnte ihm schon jetzt einen kleinen Vorgeschmack auf das, was er in den letzten Jahren seines Lebens zu erwarten hatte.

Irgendwo auf der anderen Seite der massigen Reihe geduckter schwarzer Schatten, zu denen die Lagerschuppen in der Nacht zusammengeschmolzen waren, erscholl der klagende Ruf eines Nebelhorns, kurz darauf antwortete ein gleichartiger, aber sehr viel leiserer Laut vom offenen Meer her auf das Geräusch, und noch bevor es verklang, begann irgendwo in der Stadt eine Glocke zu schlagen. Eins ... zwei ... drei ... O'Connelly zählte die Schläge aufmerksam mit, obwohl er erst vor einer halben Stunde auf seine Taschenuhr geblickt hatte und auch ohne sie ziemlich genau gewusst hätte, wie spät es war. Zwölf. Mitternacht. Der beinahe kahlköpfige Ire lächelte flüchtig in sich hinein und fügte in Gedanken das Wort *Geisterstunde* hinzu. Gleichzeitig huschte der Blick seiner trübe gewordenen Augen über die finsteren Silhouetten der Lagerschuppen, die sich auf der anderen Seite der Straße erhoben wie die Wehrmauer einer bizarren mittelalterlichen Burg.

Dahinter, nur noch als Schemen vor der Farbe der Nacht zu erahnen, reckten sich die Skelette der modernen Krananlagen in den Himmel, die die Docks in den letzten Jahren zu überwuchern begonnen hatten und unaufhörlich weiterwuchsen. Manche von ihnen sahen aus wie drohend erhobene Knochenhände. Ja, dachte O'Connelly spöttisch. Für jemanden, der romantisch – oder ängstlich – veranlagt war, mochte dieses Wort gerade in einer Umgebung wie dieser alles andere als beruhigend wirken. Und dazu kamen noch die Gerüchte, die sich in den letzten Monaten hartnäckig hielten und ihren Ursprung irgendwo in diesem Viertel hatten. Ja, man konnte schon anfangen, an Geister und ähnlichen Humbug zu glauben, hier an den Docks, wenn man das Mitternachtsschlagen hörte.

Was O'Connelly anging, hielt er nicht sehr viel von solcherlei Gerede – genau genommen gar nichts. Ganz genau genommen hielt er alle, die auch nur einen Furz auf Gerede von Geistern und sonderbaren Lauten gaben, für leicht bescheuert. Sicher – in den letzten Wochen hatten sich sonderbare Dinge hier getan, und auch O'Connelly hatte die Laute gehört, manchmal sogar eine Bewegung gesehen, ein Huschen in der Nacht, das immer gerade dann verschwand, wenn er genauer hinzusehen versuchte. Aber die sieben Jahrzehnte, die er jetzt auf dem Buckel hatte, hatten vielleicht seine Augen trübe und seine Schultern krumm werden lassen, und ihm die Gicht und Hämorrhoiden und noch einige andere Zipperlein beschert – sein gewohnt logisches Denken hatten sie nicht beeinträchtigt. O'Connelly maßte sich nicht an, eine Erklärung für all die sonderbaren Dinge zu finden, die in letzter Zeit hier vor sich gingen – aber das bedeutete nicht, dass es nicht eine gab. Ratten, zum Beispiel, oder eine der zahllosen Banden, die sich seit Bestehen des Hafens schon fast traditionell hier herumtrieben ... es gab tausend mögliche Erklärungen, und jede einzelne davon war logischer als Geister.

Im Grunde war O'Connelly sogar ein wenig froh über diese Gerüchte, denn sie hatten es ihm ermöglicht, seinen Job zu behalten. Melville hatte ihn noch nie leiden können, und sie waren erst vor knapp drei Monaten derart aneinandergerasselt, dass Melville zum Schluss wutschnaubend gedroht hatte, ihn zu feuern und einen Jüngeren auf seinen Platz zu setzen. Aber dann waren die Gerüchte aufgekommen, und plötzlich waren keine jüngeren Männer mehr da gewesen, die sich für den Job als Nachtwächter interessierten. Für O'Connellys Dafürhalten waren sie alle beknackt – gottlob. Er hätte nicht gewusst, was er ohne die paar Dollars anfangen sollte, die er sich auf diese Weise dazuverdiente.

Nein, die einzigen Geister, vor denen sich O'Connelly fürchtete, waren verwahrloste Jugendliche und Strauchdiebe, die nachts in die Docks kamen, um zu schlafen oder ahnungslose Fremde auszurauben. Und für solcherlei Fälle trug er einen mit Sand gefüllten Lederbeutel in der Rocktasche. Der Letzte, der sich von seiner gebeugten Gestalt und seinem schütter gewordenen Haar hatte täuschen lassen, hatte seine Zähne vom Straßenpflaster aufgehoben, ehe er davongekrochen war. O'Connelly war eindeutig alt, aber er gehörte zu jener kleinen Gruppe von Alten, zu denen zum Beispiel gereizte alte Elefantenbullen gehörten; oder übellaunige Grizzlybären.

Er nahm seine Lampe wieder an sich, vergrub die linke Hand in der Tasche seiner groben, schwarzen Arbeitsjacke und schlurfte los. Genau drei Schritte weit. Dann blieb er wieder stehen, hob die Lampe ein wenig höher und lenkte den zittrigen Schein in die Schatten auf der gegenüberliegenden Straßenseite. Das kalkweiße Licht brannte einen Halbkreis in die Nacht, aber er sah nichts als schmutzigen, feucht glänzenden Stein, Unrat, der sich in Ecken und Winkeln angesammelt hatte, ein wenig Schimmel, Schatten, die hastig vor dem Licht flohen und kleine, zornige Pfiffe hören ließen ...

Trotzdem blieb O'Connelly weiter reglos stehen, gebannt lauschend und die Augen zu schmalen Schlitzen zusammengepresst. Verdammt, er war sicher, etwas gehört zu haben; ein Geräusch, das nicht der Wind und nicht die Ratten verursacht haben konnten.

Aber sonderbarerweise war er auch sicher, dass es kein Mensch gewesen war ...

O'Connelly wollte die Lampe gerade wieder senken und seinen Rundgang fortsetzen, als er den Laut erneut hörte. Und diesmal so deutlich, dass er erstens sicher war, sich nicht getäuscht zu haben, und zweitens auch die Richtung identifizieren konnte, aus der er kam. Seine freie Hand kroch in die Tasche und schloss sich um den improvisierten Totschläger darin.

Als er die Straße zur Hälfte überquert hatte, sah er die offen stehende Tür. Es war nur ein schmaler Spalt und jedem anderen wäre er wahrscheinlich gar nicht aufgefallen. Aber O'Connelly kannte jeden Fußbreit Boden, jeden Schatten und jeden Schmutzfleck auf diesen

Wänden seit zwanzig Jahren. Für ihn war die angelehnte Tür wie ein Hinweisschild aus Leuchtfarbe.

Einen Moment lang zögerte der greise Nachtwächter doch, seinen Weg fortzusetzen. Er verspürte nicht direkt Angst, aber die offen stehende Tür – und vor allem das Wissen, dass sie bei seiner letzten Runde verschlossen gewesen war – ließ auch den letzten Gedanken an Gespenster und ähnlichen Firlefanz erlöschen. Gespenster pflegen keine Türen aufzubrechen, um in einen Lagerschuppen einzudringen.

Aber was sollte er tun? Zurückgehen und die Polizei rufen?

O'Connelly verwarf den Gedanken fast so schnell, wie er ihm gekommen war. Er würde eine halbe Stunde brauchen, das Büro der Hafenmeisterei zu erreichen, und noch einmal die gleiche Zeit, um zurückzukommen. Bis dahin waren die Vögel garantiert fort – und wahrscheinlich der Inhalt des Lagerhauses auch. Melville würde ihm mit Freuden die Hölle heiß machen, wenn während seiner Schicht auch nur das Geringste geschah. Und andererseits, dachte O'Connelly listig – er musste sich ja nicht mit den Burschen anlegen, die dort drinnen gerade ihre langen und vermutlich schmutzigen Finger ausstreckten. Es reichte, wenn er sie beobachtete und einem frustriert dreinblickenden Melville am nächsten Morgen eine genaue Beschreibung oder gleich die Täter präsentierte. In seiner Zeit als Nachtwächter hatte O'Connelly so ziemlich jeden Galgenvogel kennen gelernt, den es in diesem Teil New Yorks gab.

Behutsam setzte er seine Lampe auf den Boden, drehte das Licht herunter, bis nur noch ein blasser Schimmer übrig war, den drinnen im Schuppen garantiert niemand mehr sehen würde, und näherte sich auf Zehenspitzen der Tür. Wieder blieb er einen Moment stehen und lauschte gebannt, aber er hörte nichts, und so schob er die Tür vorsichtig auf, huschte in den Schuppen und mit einer für einen Mann seines Alters erstaunlichen Behändigkeit in die Deckung eines Kistenstapels.

Der Stapel war nicht der einzige. Der Schuppen hatte von außen klein ausgesehen, aber sein Inneres offenbarte sich als gigantischer Dom aus Holz, der schier bis zum Bersten mit Kisten und Ballen und Fässern vollgestopft war; in zwanzig Jahren war es O'Connelly nicht gelungen, eine zufrieden stellende Erklärung dafür zu finden, wie um alles in der Welt die Männer, die hier arbeiteten, die Übersicht in diesem Chaos behielten. Im Moment interessierte ihn diese Frage aber auch nicht sonderlich.

Seine ganze Aufmerksamkeit galt der Gestalt, die sich als verwaschener Schemen vor dem Hintergrund eines gewaltigen Segeltuchballens abzeichnete. Sie war nicht einmal sehr weit entfernt – zwanzig, fünfundzwanzig Schritte vielleicht, der halbe Durchmesser des Schuppens –, aber es war so dunkel hier drinnen, dass er sie eigentlich nur an ihren Bewegungen erkannte.

Und etwas an diesen Bewegungen *war falsch.*

O'Connelly konnte das Gefühl nicht in Worte kleiden, aber ganz plötzlich spürte er eine sonderbare Art von Beunruhigung, beinahe schon Furcht, die er noch nie zuvor im Leben kennen gelernt hatte. Einfach, weil die Bewegungen der Gestalt nicht stimmten. Sie waren sehr schnell, dabei aber unglaublich ruckhaft und auf schwer zu bestimmende Weise hart; fast ... ja, dachte O'Connelly schaudernd, fast wie die eines menschengroßen Insektes.

Er verscheuchte den Gedanken, richtete sich vorsichtig hinter seiner improvisierten Deckung auf und versuchte die Dunkelheit mit Blicken zu durchdringen. Seine Augen gewöhnten sich langsam an das sehr schwache Licht, das nur durch ein paar Ritzen im Dach und zwei staubverkrustete Fenster in der gegenüberliegenden Wand hereinfiel. Soweit er erkennen konnte, war die Gestalt dort vorne allein.

Sie bewegte sich, wie sich ein Mensch – oder eben *kein* Mensch – bewegen mochte, der unruhig auf der Stelle trat und vielleicht auf jemanden wartete. Möglicherweise, flüsterte eine leise, böse Stimme in O'Connellys Gedanken, auf jemanden, der gleich durch die Tür kommen musste und ihm eins überbriet. Oder auf eine ganze Menge Jemander ...

Auch diesen Gedanken dachte O'Connelly vorsichtshalber nicht zu Ende. Aber er begriff immerhin, dass er nicht mehr viel Zeit hatte, irgendetwas zu unternehmen.

O'Connelly zog seinen Totschläger aus der Tasche, versuchte sich die Stelle einzuprägen, an der die sonderbare Nicht-Gestalt stand, und huschte in seitlicher Richtung davon. Das Chaos, das in dem Lagerhaus herrschte, war nur ein scheinbares. Zwischen den Warenstapeln gab es zahllose Gänge und Wege, die tagsüber die Arbeiter hier benutzten. Jetzt dienten sie O'Connelly dazu, den Eindringling in weitem Bogen zu umgehen und sich ihm aus einer Richtung zu nähern, aus der er sicherlich keinen Besuch erwartete.

O'Connelly pirschte sich nahezu lautlos an die Gestalt heran. Sein

Herz begann vor Aufregung zu rasen, als er den Schatten wieder vor sich sah, sehr viel näher diesmal, aber sonderbarerweise noch immer so undeutlich wie bisher, obwohl ihn nur noch wenige Schritte von ihm trennten. Aber er war jetzt eindeutig zu weit gegangen, um noch einen Rückzieher machen zu können. So tat er so ziemlich das Dümmste, was ein siebzigjähriger Mann mit Gicht und einem schwachen Herzen in dieser Situation überhaupt tun konnte – er hob seinen Lederbeutel, sprang mit einem Satz aus seiner Deckung und rief ein lautschallendes: »Halt!«

Die Gestalt reagierte ganz anders, als er erwartet hatte. Sie schrak nicht zusammen, fuhr nicht herum oder zauberte gar eine Waffe hervor – mit alledem hätte O'Connelly gerechnet, und auf all dies hätte er ausgezeichnet reagiert, wenn auch immer auf die gleiche Art: mit einem deftigen Hieb seines Totschlägers. Aber statt zu erschrecken, drehte sich die Gestalt ganz gemächlich herum, blickte einen Moment aus unsichtbaren Augen in O'Connellys Richtung und trat dann auf ihn zu; allerdings sehr langsam.

»Stehen bleiben!«, befahl O'Connelly noch einmal. »Zum Teufel, Bursche, wenn du noch einen Schritt machst, schlag ich dir die Nase bis an den Hinterkopf!«

Tatsächlich blieb die Gestalt stehen, und ihr Zögern gab O'Connelly ein bisschen von seinem verlorenen Mut zurück. Er streckte kampflustig das Kinn vor, wedelte drohend mit seinem Sandsack und trat seinerseits einen Schritt auf den Einbrecher zu.

Eine Sekunde später entrang sich ein keuchender, halb erstickter Laut seiner Brust, und eine weitere Sekunde später begann O'Connelly ernsthaft an seinem Verstand zu zweifeln.

Es war kein Einbrecher, sondern allerhöchstens eine *Einbrecherin,* denn die Gestalt war eine Frau. Eine zwei Meter große, in eine Art hellgrüne Toga gekleidete Frau, auf deren Kopf der lächerlichste Hut saß, den O'Connelly jemals gesehen hatte – ein Kranz aus dreieckigen Spitzen, wie ein höchst albern symbolisierter Strahlenkranz. In der rechten Hand trug sie etwas, das eine Fackel darstellen mochte – einen kurzen Stiel, darüber gewundene Flammen, die aber bestimmt nicht brannten, denn sie waren aus Kupfer.

Genau wie das Kleid der Frau.

Oder ihr seltsamer Hut.

Und sie selbst.

O'Connelly keuchte. In das lähmende Entsetzen, das sich in ihm breit gemacht hatte, mischte sich Angst, dann alles verdrängende Panik, als er begriff, was er da sah. Er stand einer Frau aus Metall gegenüber!

Und die bewegte sich …

O'Connelly erwachte endgültig aus seiner Erstarrung, mit einem gellenden, in der Kehle schmerzenden Schrei. Er fuhr herum, hieb noch in der Drehung mit seinem Sandsack nach der kupfernen Frau und registrierte mit dem kleinen, klar gebliebenen Teil seines Denkens, dass der Sack platzte und sein Inhalt in alle Richtungen davonspritzte. Gleichzeitig versuchte er mit einem verzweifelten Satz von der Schreckensgestalt davonzuspringen.

Es blieb bei dem Versuch.

Eine unmenschlich starke Hand aus hellgrün angelaufenem Kupfer griff nach seiner Schulter und hielt sie fest. O'Connelly kreischte, viel mehr vor Schrecken und Angst als vor Schmerz, obwohl er spürte, dass der Griff der Metallhand sein Schlüsselbein brach. Er wurde herumgewirbelt, prallte gegen einen Kistenstapel und stürzte schwer zu Boden. Seine rechte Schulter war gelähmt, der Arm taub und nutzlos. Verzweifelt versuchte er vor dem entsetzlichen *Ding* davonzukriechen, aber selbst wenn die Kisten nicht hinter ihm gewesen wären, wäre er nicht schnell genug gewesen.

Die Metallfrau beugte sich über ihn, zog ihn ohne spürbare Anstrengung auf die Füße. O'Connelly begann mit seiner unverletzten Hand auf das Gesicht der unmöglichen Gestalt einzuschlagen, erreichte aber damit nur, dass seine Knöchel aufplatzten. Das Blut auf dem bleichen Gesicht der Frau war sein eigenes. Und sie reagierte auch nicht auf seine Hiebe, sondern starrte ihn aus ihren kalten, kupfernen Augen an. O'Connelly sah keine Spur von Bosheit oder Hass in ihrem Blick, aber er sah auch kein anderes Gefühl darin. Die Metallfrau betrachtete ihn mit einer Art kühlem, wissenschaftlichem Interesse. So wie ein Mensch einen interessanten Käfer betrachten mochte.

Und in ihrem Blick war auch nicht die mindeste Regung zu erkennen, als sie die Fackel hob, die sie in der anderen Hand trug, und sie O'Connellys Gesicht näherte.

Und plötzlich begriff O'Connelly, dass er sich zumindest in einem Punkt geirrt hatte: als er glaubte, die Flamme aus Kupfer könne nicht brennen …

Zurück in der Wirklichkeit, kam sie mir beinahe unwirklicher vor als der Albtraum, der die letzten Wochen und Monate meines Lebens bestimmt hatte. Ich fühlte mich verloren, wie ein hilfloser Gefangener in einer Welt, die zu bunt und zu laut, zu hektisch und zu schillernd war, um wirklich real sein zu können, zwischen Menschen gepfercht, die das rechte Maß der Dinge verloren hatten und dabei waren, sich in einem pulsierenden, überschäumenden Leben selbst aufzuzehren.

Vom Fenster meiner Hotelsuite aus konnte ich die Straße aus großer Höhe überblicken: Die Menschen waren nicht mehr als winzige Ameisen, die mit ruckhaften Bewegungen auf den Gehsteigen und zwischen den Droschken und Fuhrwerken hin und her eilten. Was unten auf der Straße den Anschein von geregeltem Verkehr erwecken mochte, war aus der Höhe des fünfzehnten Stockwerkes betrachtet ein einziges Chaos. Die Hochhäuser, die das Stadtbild New Yorks in diesem Viertel bestimmten, erschienen mir wie finstere, ins Absurde vergrößerte Grabsteine, in denen das Leben erstarren musste.

Nein, dachte ich, ich befand mich nicht unbedingt in einer sonderlich frohen Gemütsverfassung – was auch nicht unbedingt verwunderlich war. Nach allem, was ich erlebt und durchgemacht hatte, hatte sich mein Bewusstsein eine kleine Depression verdient. Auch der Geist braucht manchmal Phasen, in denen er ausspannen kann. Vielleicht war die Mischung aus Niedergeschlagenheit und Aggressivität, mit der ich meine Umwelt seit gut anderthalb Wochen ungewollt terrorisierte, nichts anderes als ein seelischer Muskelkater.

Wir schrieben den 24. Juni 1886 und ich hielt mich somit schon annähernd zwei Wochen in New York auf, aber ich war mir, als ich vor dreizehn Tagen aus dem Zug stieg, nicht unbedingt wie der Sieger vorgekommen, der ich war. Sicher – ich hatte eine Schlacht gewonnen und meinen Erzfeind vernichtet – *einen* meiner Erzfeinde, um genau zu sein, denn an Menschen, die mir die Pest an den Hals wünschten, hatte ich wahrlich keinen Mangel –, aber der Preis, den ich dafür bezahlt hatte, war einfach zu hoch. Nein, ich hatte wahrlich keinen Grund zu triumphieren.

Der einzige Lichtblick in der finsteren Nacht aus Beinahe Katastrophen und Soeben-noch-mal-gut-gegangen-Seufzern war die kleine Karte, die mir der Page vor Stundenfrist auf einem Silbertablett gebracht hatte. Sie enthielt nur vier Worte: *Erwarte mich um drei!,* und eine Unterschrift, die noch unleserlicher war als gewohnt – aber ich wusste trotzdem sofort, wer der Absender war. Der Gestank von verbranntem Virginia-Tabak, der der Karte angehaftet hatte, war einfach unverkennbar. Der Schreiber konnte kein anderer sein als Howard.

Nicht, dass mich die Karte überrascht hätte – letztendlich war ich hierhergekommen, um ihn zu treffen. Aber ich hatte in den letzten vierzehn Tagen vergeblich nach ihm gesucht, und die Hoffnung, ihn und seinen poltrigen Leibdienerfreundkochkutscherrausschmeißer Rowlf noch einmal wiederzusehen, war mit jedem Tag, der verging, weiter gesunken. Genau genommen hätte es mich nicht einmal mehr sonderlich überrascht, wenn ich Howard niemals wiedergesehen hätte. Trotz meines scheinbaren Sieges hatte ich in den letzten Wochen und Monaten das Pech gepachtet. Und jeder, der irgendwie mit mir zu tun hatte, auch.

Ich schüttelte die finsteren Gedanken mit Macht ab, trat endlich vom Fenster zurück und blickte noch einmal auf die Standuhr, die eine Ecke meiner Suite zierte. Ich hatte noch Zeit, eine gute halbe Stunde, aber wenn ich noch länger hier in diesem Zimmer blieb, würde mir die Decke auf den Kopf fallen. So beschloss ich, hinunter in die Halle zu gehen und dort auf Howard und Rowlf zu warten; jedoch nicht, ohne vorher noch einmal einen Blick ins Nebenzimmer zu werfen.

Was ich sah, war dasselbe, was ich immer gesehen hatte, wenn ich in den letzten dreizehn Tagen diese Tür geöffnet und in den abgedunkelten Raum geblickt hatte – den schwachen Schimmer einer abgedeckten Gaslampe, ein sehr breites, mit kostbaren Seidendecken bezogenes Bett und darin ein sehr schmales, grau und krank aussehendes Mädchengesicht.

Priscylla schlief. Sie schlief jetzt fast immer. Mit unserem Eintreffen in New York schienen ihre Kräfte endgültig erschöpft zu sein. Sie lag da und schlief, öffnete nur manchmal die Augen – ohne jedoch irgendetwas von ihrer Umgebung wahrzunehmen oder wenigstens darauf zu reagieren – und das war alles. Das Buch lag neben ihr. Trotz aller Anstrengung war es mir nicht gelungen, das unheilige Band zu durchtrennen, das ihren Geist mit den Mächten dieses verfluchten Buches verband. Aber zumindest war sie nicht mehr gefährlich.

Wenigstens redete ich mir das ein …

Mrs. Peddigrew, die Krankenschwester, die ich engagiert hatte, blickte kurz von der Lektüre ihres Buches auf und lächelte pflichtschuldig, als sie mich erkannte. »Alles in Ordnung, Mr. Craven«, sagte sie im Flüsterton. »Sie schläft.«

Welch originelle Feststellung, dachte ich ärgerlich. Trotzdem rang ich mir ein flüchtiges Nicken ab. »Gut. Ich ... bin für ein paar Stunden unten in der Halle zu erreichen. Schicken Sie einen Pagen, wenn sich irgendetwas verändert.«

Mrs. Peddigrews Gesichtsausdruck sagte mir sehr deutlich, was um alles in der Welt sich wohl bei einer vollkommen Geistesgestörten ändern sollte, die seit zwei Wochen in ihrem Bett lag und gefüttert und sauber gehalten werden musste wie ein kleines Kind. Aber sie sagte trotzdem: »Selbstverständlich, Mr. Craven. Ich werde aufpassen.« Bei dem Gehalt, das ich ihr für ihre Dienste zahlte, hatte ich ihr das auch geraten. Und bei dem kleinen Vermögen, das ich noch draufgelegt hatte, um auch ihr Stillschweigen zu erkaufen, erst recht.

Leise schloss ich die Tür, durchquerte mein Zimmer und trat auf den Flur hinaus. Die vornehme Ruhe teurer Hotels nahm mich in Empfang, als ich mich der Treppe näherte, und ein livrierter Diener huschte in eine Wandnische und versuchte, unsichtbar zu werden. Ich nickte ihm freundlich zu und bekam ein verlegenes Grinsen zur Antwort. Der Mann stand wie Mrs. Peddigrew weitaus mehr in meinen Diensten als in denen des Hotels. Wenn man es genau bedachte, hatte ich ohnehin so ungefähr das halbe Hotel gekauft. Die Summe, die ich ausgegeben hatte, um Leute zu bestechen und mir ihr Stillschweigen zu erkaufen, war schon nicht mehr lustig. Aber ich wollte verhindern, dass man anfing, sich in der Stadt Gedanken über einen sonderbaren jungen Mann mit einer noch sonderbareren weißen Haarsträhne zu machen, der zusammen mit einem geistesgestörten Mädchen in einem der teuersten Hotels der Stadt wohnte. So hatte ich kurzerhand die ganze Etage gemietet und jedem, der mich auch nur fragend ansah, das Maul gestopft. Mit Geld. Wenigstens bemühte ich mich, mir einzureden, dass es mir gelungen war.

Ich versuchte an erfreulichere Dinge zu denken und lief die Treppe hinunter, so schnell es gerade noch ging, ohne Aufsehen zu erregen. Ich war halbwegs außer Atem, als ich im Foyer anlangte; trotzdem fuhr ich, nachdem ich mich einen Moment lang vergeblich umgesehen hatte, noch einmal herum, lief ein paar Schritte die Treppe hinauf und hielt von dieser erhöhten Position aus Ausschau nach Howard und Rowlf.

Keine Spur – natürlich nicht. Es waren noch gute zwanzig Minuten bis zum vereinbarten Zeitpunkt und H.P. war einer der pünktlichsten Menschen, die ich kannte. Wenigstens war er es bis zu diesem Zeitpunkt gewesen. Denn ich hatte den Gedanken noch nicht ganz zu Ende gedacht, da wurde die Eingangstür unsanft aufgestoßen und ein als Mensch verkleideter Grizzlybär mit rotem Haar polterte herein, einen völlig konsternierten Türsteher am Kragen gepackt und vor sich hertragend. »Watt heiß hier, so kommsste nich rein, Freundchn?«, grölte eine mir wohl bekannte Stimme. »Wir sind verabredet mit einem von euren piekfeinen Gästen, wa! Und du wirst mir nich erzählen, dasse –«

»Rowlf!« Mein Schrei war so laut, dass für eine Sekunde jedermann in der Halle die Luft anzuhalten schien. Dutzende von Augen richteten sich auf mich, und mehr als eine Stirn legte sich missbilligend in Falten, dass ich es gewagt hatte, die heilige Ruhe dieser Hallen zu stören. Soviel zum Thema Unauffälligkeit.

Aber das war mir egal, im Moment zumindest, und eine Sekunde später richtete sich die allgemeine Aufmerksamkeit auch wieder auf Rowlf, der meinen Schrei mit einem mindestens drei Mal so lauten »Bob! Ich werd nich mehr!« beantwortete und mit Riesenschritten auf mich zuzulaufen begann.

Den unglückseligen Portier schien er dabei völlig vergessen zu haben, denn er schleifte ihn einfach mit sich, seine keuchenden Protestlaute ignorierend. Erst als er den Fuß der Treppe erreicht hatte, ließ er ihn los – er landete prompt auf dem Hinterteil und blieb vollkommen verwirrt sitzen. Eine Sekunde später lagen Rowlf und ich uns in den Armen, drückten und quetschten uns und schlugen uns lachend vor Freude auf die Schultern. Rowlf war gnädig genug, mir dabei nicht mehr als drei Rippen zu prellen.

»Mein Gott Rowlf, dass du da bist«, keuchte ich atemlos vor Freude, als er mich endlich wieder losließ. »Ich ... ich hatte schon kaum mehr damit gerechnet, dich noch einmal zu sehen!«

Rowlf brabbelte eine Antwort, die ich in meiner Aufregung gar nicht verstand. Aber er schien mindestens ebenso erfreut zu sein wie ich, denn er schlug mir abermals auf die Schultern, dass ich in die Knie ging, und machte schon wieder Anstalten, mich zu umarmen. Diesmal wich ich seinem Griff aus. »Wo ist Howard?«, fragte ich aufgeregt. »Warum kommt er nicht herein? Wo ...«

Ich sprach nicht weiter. Plötzlich war etwas in Rowlfs Blick, das meine Freude so abrupt abkühlte wie ein Eimer Eiswasser. Er lächelte noch immer, aber in seinen Augen stand ein dumpfer Schmerz, den er nicht vollends unterdrücken konnte.

»Was ... ist geschehen?«, murmelte ich. »Wo ist Howard, Rowlf? Ist er hier? Lebt er? Ist er gesund?« Und plötzlich fiel mir noch mehr auf – ich hatte Rowlf eigentlich niemals gut oder gar elegant gekleidet erlebt, sodass es mir im ersten Moment nicht einmal aufgefallen war, aber jetzt konnte ich den Portier beinahe verstehen, der ihm den Eintritt verwehrt hatte.

Zu sagen, dass er in Lumpen gekleidet war, wäre geschmeichelt gewesen. Die Kleider, die er trug, waren nur noch Fetzen, und sie starrten vor Schmutz. Sein Gesicht war noch immer das breite, gutmütige Bulldoggengesicht Rowlfs, aber er schien um zehn Jahre gealtert, und unter seinen Augen lagen schwarze Tränensäcke. Seine Hände waren rissig geworden. Ein schmuddeliger Verband zog sich um sein linkes Handgelenk.

»Was ist passiert?«, fragte ich noch einmal.

Rowlf versuchte zu grinsen. »Siehste doch«, antwortete er. »'s geht uns nich besonders gut im Moment.« Er lachte, aber jetzt wirkte es eindeutig bitter. »Deine feinen Pinkel wollten uns ja nich'ma in ihr sauberes Hotel lassen.«

Ich wollte antworten, aber ich kam nicht dazu, denn in diesem Moment zupfte mich jemand sanft am Ärmel, und hinter mir erscholl jenes unnachahmliche Räuspern, zu dem nur Oberkellner in besonders teuren Restaurants oder Hotelangestellte der höheren Preisklasse fähig waren.

Im Moment war es der Direktor des Hilton-Hotels selbst, der hinter mir Aufstellung genommen hatte und mich eindeutig missbilligend ansah. Die Blicke, mit denen er Rowlf maß, wollte ich zu seinen Gunsten lieber nicht deuten.

»Sir«, sagte er. »Gehört dieses –« Er blickte zu Rowlf hoch und sträubte kampflustig seinen Schnauzbart, »– dieses Individuum zu Ihren Bekannten?«

»Äh?«, fragte Rowlf.

»Er ist ein Freund von mir, ja«, sagte ich hastig, um mein Budget nicht auch noch mit den Kosten für einen Schönheitschirurgen belasten zu müssen. »Ich bitte Sie, stören Sie sich nicht an seinem etwas sonderbaren Aussehen. Er –«

»Mister Craven«, unterbrach mich der Hoteldirektor. »Ich möchte Ihnen nicht zu nahe treten, aber es gibt Grenzen.«

»Ach?«, fragte ich böse. »Wie hoch sind sie?«

Ich hatte einen Fehler begangen, aber das bemerkte ich erst, als es in den Augen des schnauzbärtigen Zwerges wütend aufblitzte. »Zu hoch«, sagte er zornig. »Selbst für Sie, fürchte ich.« Er stieß einen dürren Zeigefinger wie einen Dolch in Rowlfs Richtung. »Dieser Mensch wird mein Hotel nicht betreten. Nicht, solange ich hier die Direktion vertrete.«

Für einen Moment hatte ich allen Ernstes Lust, das Hotel zu kaufen, nur um den Kerl rausschmeißen zu können. Aber nur für einen Moment. Dann sah ich ein, dass ich nur noch mehr Aufsehen erregen würde, wenn ich den Streit fortsetzte, und nickte mit gespielter Zerknirschung. »Natürlich«, sagte ich. »Es ... tut mir leid. Verzeihen Sie.« Dann wandte ich mich an Rowlf. »Bring mich zu Howard. Wir können draußen reden.«

Rowlf nickte. Auch er war sichtlich erleichtert, den Streit nicht fortsetzen zu müssen – etwas, das so gar nicht zu dem Rowlf passte, den ich kannte.

So schnell wir konnten, verließen wir das Hotel und traten auf die Straße hinaus. Ich hatte erwartet, Howard irgendwo auf dem Trottoir vor dem Eingang anzutreffen, aber Rowlf deutete auf eine schmale Gasse auf der anderen Seite der Straße und eilte vor mir her, ohne auf den dichten Verkehr zu achten. Ich folgte ihm – wobei ich fast von einem Pferdefuhrwerk überrollt wurde – und hetzte hinter Rowlf in die Gasse.

Im ersten Moment erkannte ich nur einen Schatten. Dann trat er auf mich zu, und sein Gesicht kam ins Sonnenlicht, und ich erkannte Howard. Und mein erfreuter Ausruf blieb mir im wahrsten Sinne des Wortes im Halse stecken.

Es war Howard, obgleich ich im allerersten Moment selbst daran zweifelte – aber wie hatte er sich verändert!

Howard war schon immer sehr schlank gewesen, ein asketisch wirkender Mann, der jedoch pedantisch auf sein Äußeres achtgab. Jetzt wirkte er wie eine um zweihundert Pfund leichtere Version Rowlfs.

Sein Gesicht war so eingefallen, dass es einem Totenschädel glich. Die Augen darin blickten mich mit müdem Schmerz an, und seine Haut hatte einen krankhaften, wächsernen Schimmer. Er hatte Fieber, das war unübersehbar. Seine Hände, auf die er immer besonders geachtet hatte, waren blutig von schwerer Arbeit und dunkel von

Schmutz, der sich zu tief hineingegraben hatte, um sich noch herunterwaschen zu lassen. Seine Kleider bestanden aus Fetzen.

»Mein Gott, Howard, was ... was ist geschehen?«, stammelte ich.

Howard lächelte. »Hat Rowlf dir das nicht erzählt?«

Ich schüttelte den Kopf und blickte hilflos von Rowlf zu Howard und wieder zurück.

»Das ist eine lange Geschichte«, sagte Howard mit einem traurigen, sehr schwach klingenden Seufzer. »Ich erzähle sie dir gerne. Aber vorher ...« Er stockte. Plötzlich wirkte sein Lächeln verlegen. »Ich hätte eine Bitte.«

»Welche?«

»Wäre es dir möglich, Rowlf und mich zu einer heißen Suppe einzuladen?«, fragte er. Und noch während ich ihn mit offenem Mund anstarrte, klaubte er einen zerknautschten Zigarrenstummel aus dem Hemd, der seinem Aussehen nach mindestens schon ein dutzend Mal angeraucht und immer wieder säuberlich gelöscht worden war, und lächelte noch ein wenig breiter. »Und vielleicht zu einer Zigarre?«, fügte er schüchtern hinzu.

Nebel war aufgekommen, obwohl gar nicht für die Jahreszeit üblich, und es war viel zu kalt. Die beiden Sturmlaternen, die Straub vorsichtshalber an Bug und Heck des kleinen Hafenkutters aufgehängt hatte, waren nur noch als verschwommenes gelbes Blinzeln in unbestimmbarer Entfernung zu erkennen, und die grauen Schwaden, die sich beharrlich über das niedrige Deck des Bootes wälzten, tränkten alles mit kalter, klammer Feuchtigkeit.

Straub schauderte, zog den Kragen seiner Jacke enger zusammen und nippte an seinem Tee. Nicht einmal das beinahe noch kochende Getränk vermochte die Kälte wirklich aus seinem Inneren zu vertreiben. Und die Nervosität schon gar nicht.

Das Schlimme war, dass Straub nicht einmal wusste, warum er nervös war. Es gab keinen Grund dazu. Solange der Nebel nicht aufriss, lag das Boot sicher vertäut am Kai, und die beiden Lampen dienten nur seiner eigenen Beruhigung – keines der großen Schiffe würde sich bei derartig schlechten Sichtverhältnissen auch nur einen Inch von der Stelle rühren. Eigentlich hätte er allen Grund gehabt, sich auf eine zwar langweilige, aber nichtsdestotrotz geruhsame und vor allem bezahlte Freischicht zu freuen.

Aber irgendetwas beunruhigte ihn; ein sonderbares Kribbeln, wie die Ahnung von etwas Kommendem.

Straub runzelte die Stirn, verwirrt und gleichzeitig ein bisschen erschrocken über seine eigenen, abwegigen Gedanken, nippte abermals an seinem Tee und kippte nach kurzem Zögern einen kräftigen Schuss geschmuggelten Whisky in die Tasse. Danach schmeckte das Getränk schon weitaus besser. Wenn es auch seine Nervosität nicht merklich dämpfte.

Draußen auf dem Schiff polterte etwas.

Straub blickte misstrauisch auf, stellte sich auf die Zehenspitzen, um das Vorderdeck von seiner Position hinter dem festgestellten Ruder besser übersehen zu können, und versuchte die grauen Schwaden mit Blicken zu durchdringen. Aber er sah nichts außer Nebel und dem Licht der Lampe und noch mehr Nebel, der ihm Bewegung vorgaukelte, wo keine war.

Das Poltern wiederholte sich.

Behutsam stellte Straub die Tasse mit dem brühheißen Getränk ab, zog die Schultern zusammen und trat schaudernd in die Kälte hinaus, die auf dem ungeschützten Vorderdeck des kleinen Schiffes herrschte. Nebel hüllte ihn ein wie Millionen körperloser grauer Hände, und die Kälte begann sofort durch seine Kleider zu kriechen. Er spürte erst jetzt, wie warm es trotz allem noch im Ruderhaus gewesen und wie kalt es hier war.

Und das Geräusch wiederholte sich nicht. Eigentlich mehr als Grund genug, überlegte Straub, in sein Ruderhaus zurückzukehren und dort den Rest der Nacht dem Nebel und einigen Tassen heißem Whisky mit Tee zu überlassen – in genau diesem Verhältnis.

So wandte er sich wieder um und ging zum Ruderhaus zurück, blieb aber noch einmal stehen, als eine Windböe das brackige Wasser des New Yorker Hafens kräuselte und die Nebelfetzen auseinandertrieb. Für einen Moment konnte er einen gigantischen, in der Nacht schwarz erscheinenden Umriss vor dem Meer erkennen, einen Koloss von so ungeheuerlicher Größe, dass selbst Straub, der jede Phase seiner Errichtung in allen Einzelheiten mitverfolgt hatte und sogar ein paar Mal drüben auf Liberty Island gewesen war, von seinen Dimensionen noch immer beeindruckt war. Die Freiheitsstatue … Ja, dachte er, dieser Name war passend. Irgendwie erschien ihm die titanische kupferne Frau als das passendste Symbol für das Wort Freiheit, was man sich nur denken konnte.

Hinter ihm polterte etwas auf das Deck, und es war ein Geräusch, das so laut und hart und sonderbar metallisch war, dass Straub trotz des eisigen Schreckens, der ihn durchfuhr, eine Sekunde lang wie gelähmt stehen blieb, ehe er überhaupt den Mut aufbrachte, sich herumzudrehen.

Und als er es dann tat, wünschte er sich sehnlichst es nicht getan zu haben.

Hinter ihm stand die Freiheitsstatue.

Es war völlig unmöglich, und wahrscheinlich träumte er oder hatte zu viel Whisky getrunken oder eins über den Schädel gekriegt und lag im Hospital oder im Irrenhaus und phantasierte vor sich hin, dachte er mit mehr als nur beginnender Hysterie – aber hinter ihm stand die Freiheitsstatue!

Sie war nur zwei Meter groß, und ihr Körper glänzte in einem unheimlichen, mattgrünen Licht, aber es war eine perfekte Kopie der gigantischen Metallfrau auf Liberty Island.

Und sie bewegte sich!!!

Straub wich mit einem krächzenden Schrei zurück, als die Gestalt einen Arm ausstreckte und auf ihn zutrat. Die Planken ächzten unter ihrem Gewicht, und in den bisher ausdruckslosen Augen der kupfernen Lady glomm ein düsteres, böses Feuer auf. Straub spürte die Berührung eiskalter, metallener Finger, sprang instinktiv erneut zurück und fiel rücklings auf die kurze Treppe, die zum Ruderhaus hinaufführte.

Der Sturz rettete ihm das Leben.

Wenigstens für einen Moment.

Die Pranke des eisernen Monsters schloss sich mit einem hörbaren Knirschen dort, wo sein Kopf gewesen wäre, wäre er nicht gestürzt. Straub kreischte, kroch blind vor Angst rückwärts die Treppe hinauf und trat nach der Gestalt.

Ebenso gut hätte er versuchen können, die wirkliche Freiheitsstatue mit einem Tritt aus dem Gleichgewicht zu bringen. Ein dumpfer, hallender Schlag erklang, und eine Sekunde später schoss ein entsetzlicher Schmerz durch seinen Knöchel. Straub wimmerte vor Angst, kroch weiter und kam irgendwie ins Ruderhaus und auf die Füße. Die Angst lähmte sein Denken, aber er handelte rein instinktiv, warf die Tür zu und stemmte sich mit der Schulter dagegen.

Einen Augenblick später zerbarst die Tür dicht neben seinem Kopf. Eine grün leuchtende Klaue griff herein und suchte blind nach ihrem

Opfer. Straub torkelte zurück, prallte gegen das Ruder und sah aus ungläubig aufgerissenen Augen, wie die Tür von einer fast spielerischen Bewegung des Metallarmes vollends zermalmt und aus den Angeln gerissen wurde. Ein grotesker, mattgrüner Umriss erschien unter der Öffnung. Grausame Augen starrten auf Straub herab. Langsam trat die entsetzliche Gestalt in das Ruderhaus, streckte die Hand nach ihm aus und zögerte noch einmal, ihn zu packen, so als wüsste sie noch nicht so recht, was sie mit ihm anfangen sollte. Dann senkte sich die geöffnete Klaue wieder und stattdessen hob die lebende Statue die andere Hand, in der sie eine metallene Fackel hielt; ganz wie ihr großes Vorbild. Aber mit einem Male war sie nicht mehr aus Kupfer, sondern ganz real. Und sie brannte auch ganz real. Die feuchte Kälte wich von einer Sekunde auf die andere stickiger Wärme und dem Zucken blutig roter Lichtreflexe. Ein Teil des Ruders, neben dem die Kupferfrau stand, begann zu brennen. Kleine, weiß glühende Funken sprühten von der Fackel auf den Boden und setzten auch ihn in Brand.

Straub wich vor der entsetzlichen Gestalt zurück, so weit er konnte. Seine Hände tasteten blind umher und bekamen die Whiskyflasche zu fassen. Eine Sekunde lang überlegte er, sie der Gestalt über den Schädel zu schmettern, dann fuhr er herum und schleuderte sie stattdessen durch das Fenster. Die Scheibe zerbarst klirrend. Kälte und Nebel und Feuchtigkeit fauchten herein, bliesen die Flammen zu höherer Glut an und ließen die Fackel in der Hand der Statue zischen.

Straub sprang. Glassplitter schnitten schmerzhaft durch seine Jacke und in die Hände, die er schützend vor das Gesicht gehoben hatte, und seine Rippen prallten unsanft gegen den Fensterrahmen. Er fiel, rollte ungeschickt auf dem Deck ab und prallte so heftig mit dem Schädel auf, dass er für einen Moment benommen liegen blieb.

Aber der Schrecken hatte noch kein Ende. Wie durch einen seidenen Vorhang hindurch beobachtete Straub, wie das Ruderhaus hinter ihm zu brennen begann, viel schneller, als normal gewesen wäre, dann wurde das zerborstene Fenster mit einem schmetternden Schlag vollends nach außen gedrückt; ein Teil des brennenden Ruders krachte dicht neben Straub zu Boden und rollte wie ein Feuerrad davon, brennende Holztrümmer regneten auf die Planken, und eine entsetzliche, grün leuchtende Gestalt trat aus dem Chaos hervor, ihre Fackel schwenkend und die andere Hand gierig nach ihm ausgestreckt.

Straub sprang kreischend hoch, stolperte abermals und hechtete noch im Fallen nach der Reling. Der Sturz war zu kurz; er prallte mit Brust und Oberkörper gegen das harte Holz, sank halb betäubt zurück und rollte rein instinktiv herum. Eine metallene, zur Faust geballte Hand fuhr krachend neben ihm durch die Planken, dann stieß etwas Glühendes, unglaublich Heißes nach seinem Gesicht, verfehlte es und hinterließ eine brennende Spur aus Schmerz auf seiner Wange. Straub sprang, wie von Sinnen schreiend und um sich schlagend, auf die Füße, taumelte rücklings gegen die Reling und spürte, wie sich eine kalte Hand um seine Schulter schloss.

Das Entsetzen gab ihm übermenschliche Kräfte. Blindlings hieb er mit den Fäusten auf das Eisengesicht vor sich ein, warf sich abermals zurück und kam tatsächlich frei.

Aber sein eigener Schwung hatte ihn zu weit nach hinten getragen. Die Reling traf ihn mit der Wucht eines Hammerschlages in die Nieren; Straub keuchte vor Schmerz, kippte mit rudernden Armen nach hinten und fiel über Bord. Aber noch bevor er auf dem Wasser aufschlug und versank, sah er, wie auch seine unheimliche Verfolgerin, durch die abrupte Bewegung offenbar ebenso aus dem Gleichgewicht gebracht, nach vorne kippte, gegen die Reling fiel und sie mit ihrem Körpergewicht zerschmetterte.

Die lebende Doppelgängerin der Freiheitsstatue klatschte wie ein vom Himmel stürzender Felsen dicht neben Straub ins Wasser.

Und sank auch ebenso rasch.

»Das hat gutgetan!« Rowlf schlug sich mit beiden Händen auf den Magen, grinste zufrieden und ließ einen Rülpser hören, der einem Grizzly die Schamesröte ins Gesicht getrieben hätte. Den Ober, der steif wie ein Brett drei Schritte hinter unserem Tisch stand und seit mehr als zwei Stunden vergeblich versuchte, seine Fassung zu bewahren, trieb er etwas ganz anderes in die Augen – nämlich die Tränen –, und ich warf Rowlf einen mahnenden Blick zu, den er allerdings nur mit einem neuerlichen Grinsen quittierte.

Unter normalen Umständen hätte es mir wahrscheinlich sogar Spaß gemacht, dem Spielchen zuzusehen, aber wir erregten auch so schon mehr als genug Aufsehen – das Lokal, in das ich Howard und

Rowlf geführt hatte, gehörte entschieden nicht zu der Preisklasse meines Hotels, aber auch ebenso entschieden nicht zu der, in der Männer von Rowlfs und Howards gegenwärtigem Aussehen zu speisen pflegten. Die missbilligenden Blicke, mit denen uns das Personal und ein kleines, schnauzbärtiges Wiesel, das wohl der Geschäftsführer sein musste, maßen, sprachen Bände.

Ich entschuldigte mich bei dem geplagten Oberkellner mit einem Lächeln, das das Versprechen auf ein großes Trinkgeld enthielt, wandte mich wieder an Howard und Rowlf und griff nach meinem Glas, trank aber nicht. Wir saßen seit gut zwei Stunden hier, und der Sherry, der in dem Glas in meiner Hand glitzerte, war der siebente oder achte. Ich war nicht betrunken, aber meine Zunge begann bereits schwer zu werden und meine Gedanken liefen nicht mehr ganz so schnell wie gewohnt. Ich musste vorsichtig sein. So stellte ich den Sherry zurück und beauftragte den Ober stattdessen, mir ein Glas Orangeade zu bringen. Howard und Rowlf hatten die Zeit größtenteils damit zugebracht, einen Gang nach dem anderen in sich hineinzustopfen, und ich hatte währenddessen beinahe ununterbrochen geredet, denn Howard hatte sehr deutlich gemacht, dass zuerst ich über meine Abenteuer zu berichten hätte. Und so hatte ich ihm alles erzählt, was in den vergangenen zehn Bänden geschehen war, bis hin zu unserem Abschied von Sitting Bull, der sich entschlossen hatte, Cody doch nicht auf der Europatour zu begleiten, sondern zu seinem Stamm zurückzukehren und mit seinen Göttern eins zu werden – was immer er darunter verstand –, und Buffalo Bills, Annies, Priscyllas und meiner Rückreise mit der Bahn hierher.

Bei der Erwähnung des Namens Cody sah Howard neugierig auf. »Bill Cody?«, vergewisserte er sich. »Der berühmte Buffalo Bill ist hier in New York?«

Ich nickte voller Entdeckerstolz. »Willst du ihn kennen lernen?«, fragte ich. »Ich bringe dich zu ihm. Aber erst«, fügte ich mit einem missbilligenden Blick auf seine und Rowlfs Kleidung hinzu, »besuchen wir einen anständigen Schneider.«

Howard lächelte gequält, sog tief an seiner Zigarre und blickte an sich herab. »Unsere Kleidung entspricht in der Tat nicht unbedingt dem Standard, den ich gewohnt bin und schätze«, erklärte er umständlich. Und damit waren wir beim Thema. Howard hatte es bisher geschafft, alle meine diesbezüglichen Fragen mit fast unglaublichem Geschick abzublocken, aber jetzt würde ich mich nicht mehr mit Ausflüchten zufriedengeben.

»Was ist passiert, Howard?«, fragte ich. »Wo wart ihr die ganzen Wochen und wieso ... seht ihr so aus?«

Howard lächelte unglücklich, tauschte einen raschen Blick mit Rowlf und blies eine Wolke blaugrauen Qualms in meine Richtung. Ich hustete demonstrativ, was er ebenso demonstrativ überhörte. »Ich musste mich für eine Welle zurückziehen, um meine ... Kräfte zu regenerieren«, erklärte er geheimnisvoll. »Und jetzt frag mich bitte nicht, wohin und wozu – ich dürfte es dir nicht einmal sagen, wenn ich es wollte.«

»Aber du willst es auch nicht.«

Howard lächelte. »Nein«, erklärte er. »Ganz davon abgesehen, dass ich es nicht kann. Aber es war nötig. Ich wäre gestorben, hätte ich es nicht getan«, fügte er mit großem Ernst hinzu und dann, noch leiser: »Und auch so beinahe.«

»Und dann?«, fragte ich nach einer Weile. »Was ist geschehen?«

Howard druckste herum, sog wieder an seiner Zigarre und versteckte sich hinter Qualmwolken. »Wir hatten ... Pech«, erklärte er zögernd. »Nach unserer Rückkehr von jenem Ort, über den ich zu schweigen geschworen habe, hat etwas nicht so geklappt, wie ich hoffte.«

»Das sieht man«, sagte ich. »Was?«

»Wir sind pleite«, erklärte Rowlf gerade heraus.

Howard lächelte. »Ich hätte es etwas anders ausgedrückt«, sagte er, »aber es trifft den Kern der Sache ziemlich gut, fürchte ich. Wir erreichten New York, wie ich es geplant habe, aber wir fanden uns leider vollkommen mittellos.«

»Wenn das alles ist«, sagte ich, beinahe erleichtert. »Ich helfe dir gerne mit ein paar Pfund aus.«

Howard seufzte. »Das ist leider nicht alles«, gestand er. »Geld wäre das kleinere Problem, mein Junge. Wir können arbeiten und Rowlf mit seinen Bärenkräften und ich mit meiner nicht unbedingt geringen Intelligenz hätten wohl innerhalb weniger Wochen die nötige Barschaft zusammengehabt, die nötigen Schritte zu unternehmen. Aber das größere Problem sind unsere Papiere.«

Diesmal verstand ich nicht ganz.

»Wir kamen nicht nur ohne Geld hier an«, erklärte Howard, »sondern gewissermaßen ohne alles. Unter anderem sind wir auch unserer gesamten persönlichen Papiere verlustig gegangen.«

»Seid ihr unter die Straßenräuber gefallen?«, fragte ich in einem schwachen Versuch, einen Scherz zu machen.

»Man könnte es wohl eher eine temporal-materiell differierende Materialisations-Dissonanz nennen«, antwortete Howard. »Aber ... gut, es waren eine Art Räuber.«

Ich starrte ihn an.

»Auf jeen Fall simmer pleite«, grummelte Rowlf. »Un Arbeit is nich ohne Papiere, Jungchen. Außer als Tagelöhner Kohle schaufeln un so'n Kram. Un immer auffer Flucht vor'n Cops.«

»Papiere«, murmelte ich, noch immer darum bemüht, den Knoten aus meinen Gehirnwindungen zu bekommen, den ich mir eingehandelt hatte, als ich versuchte, Howards Erklärung zu verstehen. »Das ist ein Problem«, gestand ich schließlich. »Aber kein unlösbares. Gebt mir ein paar Tage Zeit, und ich besorge euch Pässe.«

Howard blieb skeptisch. »Hast du Verbindungen zu den hiesigen Behörden?«, fragte er zweifelnd.

»Eher im Gegenteil«, erwiderte ich feixend. »Aber ich beschaffe euch Papiere, die so falsch sind, dass sie schon wieder echt sind.«

Rowlf kicherte, aber Howards Stirnrunzeln vertiefte sich eher noch. »Das gefällt mir nicht«, sagte er. »Ich habe selbst mit dem Gedanken gespielt, aber es ist riskant, mit Kriminellen Geschäfte zu machen.«

»Vor allm, wemma se nich bezahln kann«, stimmte Rowlf zu.

»Für mich nicht«, behauptete ich. »Hast du vergessen, wo ich aufgewachsen bin, Howard? Eine ganze Menge meiner alten Freunde müssen noch hier sein. Gib mir ein paar Tage. In der Zwischenzeit wohnt ihr bei mir im Hotel.«

»Wenn du Platz hast ...«

»Ich habe eine ganze Etage gemietet«, erklärte ich und fügte, durch Howards vorwurfsvollen Blick sofort wieder in die Defensive gedrängt, hinzu: »Nicht aus Angeberei, Howard: Priscylla ist bei mir. Ich wollte neugierige Fragen vermeiden.«

»Indem du mit Geld um dich wirfst?« Howard schüttelte den Kopf. »Damit erreichst du eher das Gegenteil.«

»Und wenn«, sagte ich gereizt. »Unser Schiff geht in einer Woche. Danach können sie sich das Maul zerreißen, so viel sie wollen. Wenn Priscylla und ich erst einmal in England sind, stört es mich herzlich wenig, was man in New York von mir denkt.«

»Wie geht es ihr überhaupt?«, fragte Howard.

»Priscylla?« Ich seufzte, zuckte mit den Achseln und gewann einige weitere kostbare Sekunden damit, meine Orangeade zu leeren und nach der Rechnung zu verlangen. »Nicht besonders gut, fürchte ich«, gestand ich schließlich ... »Eigentlich unverändert.«

»Aber du willst sie trotzdem mit dir nehmen.« Der leise Vorwurf in Howards Stimme war nicht zu überhören. Er schüttelte den Kopf.

»Warum nicht?«, fragte ich zornig. »Necron ist tot, und mit diesem verdammten Buch werde ich auch noch fertig. Wenn ich Zeit und Ruhe habe, wird es mir schon irgendwie gelingen, Priscyllas Geist von dem des NECRONOMICON zu trennen.«

Howard sog hörbar die Luft ein, starrte mich aus hervorquellenden Augen an und wurde hinter seiner Rauchwolke bleich. »Sag ... sag das noch einmal«, keuchte er.

»Was?« Ich verstand nicht gleich, was er meinte.

»Du ... du willst doch nicht etwa sagen, dass es hier ist?«, stammelte Howard. »Das ist doch ein Irrtum. Sag mir, dass ich dich falsch verstanden habe! Du hast es nicht wirklich hierher gebracht?!« Die letzten Worte schrie er fast.

»Das habe ich dir doch erzählt.«

»Du hast mir gar nichts erzählt!«, brüllte Howard, fuhr schuldbewusst zusammen, als sich dieses Mal nicht nur der Ober, sondern das halbe Lokal zu uns herumdrehte und strafende Blicke auf uns abschoss, und fuhr, etwas leiser, aber noch immer in sehr erregtem Tonfall fort: »Du hast mir erzählt, was mit Balestrano geschah und dass dieses Mädchen seither harmlos ist, aber mehr nicht. Zum Teufel, ich dachte natürlich, dass du das Buch verbrannt hättest oder wenigstens zwanzig Yards tief vergraben!«

»Verbrannt? Aber das hätte Priscyllas Tod bedeutet!«

»Du hast es hierher gebracht?«, keuchte Howard. »Du hast dieses Buch hierher gebracht, Robert? Hierher nach New York? Wo ist es jetzt?« Seine Augen wurden weit vor ... vor Furcht?, dachte ich verwirrt. »Wo ist es?«, wiederholte er.

»Im Hotel«, antwortete ich automatisch. »Bei Priscylla. Wo denn sonst?«

Howard starrte mich noch eine Sekunde lang entgeistert an, dann sprang er auf, stampfte seine erst halb gerauchte Zigarre so heftig in den Aschenbecher, dass die Glut über den halben Tisch spritzte, und fuhr herum. »Bring mich dorthin«, befahl er. »Sofort!«

Ich wagte es nicht, ihm zu widersprechen.

Diesmal war *ich* es, der den Türsteher des Hilton so grob beiseitestieß, dass er um ein Haar zum zweiten Male an diesem Tag unsanft zu Boden gegangen wäre. Im Sturmschritt lief ich durch die Halle, gefolgt von einem mehr als nur nervösen Howard und von Rowlf, der sich bemühte, ein möglichst finsteres Gesicht zu machen, um jeden Versuch, uns aufzuhalten, gleich im Keime zu ersticken. Wir erreichten auch tatsächlich unbehelligt die Treppe und die erste Etage, ehe hinter uns ein erboster, halb erstickter Schrei aufklang und der Hotelmanager erschien, drei Stufen auf einmal nehmend und mit kampflustig gesträubtem Schnauzbart.

»Mister Craven!«, kreischte er. »Ich muss doch bitten! Das geht entschieden zu weit. Sie können nicht –«

Er sprach nicht weiter, denn Rowlf war blitzschnell herumgefahren, hatte ihn am Kragen in die Höhe gelupft und schüttelte eine Faust vor seinem Gesicht, die nur wenig kleiner als sein ganzer Kopf war. »Wat kömma nich?«, fauchte er.

»Rowlf!« In Howards Stimme war eine ungewohnte Schärfe. »Lass den Unsinn.« Er wartete, bis Rowlf den blass gewordenen Manager behutsam wieder auf die Füße gestellt hatte, trat auf ihn zu und lächelte entschuldigend.

»Ich bitte Sie, verzeihen Sie meinem unglückseligen Faktotum diesen Ausrutscher«, sagte er freundlich. »Manchmal ist er wie ein Kind, wissen Sie? Es wird nicht wieder vorkommen.« Dann drehte er sich wieder zu mir um. »Du bringst das in Ordnung, ja?«

Ich nickte, und wir stürmten weiter. Ich schickte ein Stoßgebet zum Himmel, dass sich der Manager meiner bisherigen Großzügigkeit erinnern und nicht etwa die Polizei rufen würde.

Völlig außer Atem erreichten wir den fünfzehnten Stock und steuerten meine Suite an. Nach dem Chaos unten in der Halle kam mir die Stille hier oben doppelt tief vor. Nicht einmal der Page war zu sehen, der sonst Tag und Nacht in seiner Wandnische stand und darauf wartete, dass ich irgendeinen Wunsch hatte.

Und die Tür zu meiner Suite stand offen.

Das allein hätte vielleicht nicht ausgereicht, mich mitten im Schritt stocken zu lassen. Auch das Personal eines so sündhaft teuren Hotels konnte schließlich einmal etwas vergessen.

Es war vielmehr der Umstand, dass das Schloss fehlte. Zusammen mit einem halben Quadratmeter des zollstarken Türholzes, in das es eingelassen gewesen war.

Ich wollte weitergehen, aber Rowlf legte mir eine seiner gewaltigen Pranken auf die Schulter, schob mich kurzerhand beiseite und stieß die Tür mit dem Fuß auf.

Was wir sahen, war ein Bild vollkommener Zerstörung. Die Suite war zertrümmert, so gründlich, als wären Dschingis Khans Horden hindurchgeritten; mindestens fünfundzwanzigmal. Kein einziges Möbelstück war heil geblieben, die meisten so zertrümmert, dass sie nicht einmal mehr zu identifizieren waren. Die kostbaren Kristalllüster waren von der Decke gerissen und die Splitter wie glitzerndes Eis über das ganze Zimmer verteilt, die Teppiche waren zerrissen, und in den Fußböden gähnten gewaltige, ausgefranste Löcher.

»Großer Gott«, stammelte Howard. »Was ist hier passiert?«

Aber ich hörte seine Worte kaum. Mein Blick hing wie gebannt an der Tür zu Priscyllas Schlafzimmer.

Genauer gesagt, an dem gezackten Loch darin, das ungefähr die Größe und Umrisse eines menschlichen Körpers hatte. Wer immer hier eingedrungen war, hatte sich nicht einmal die Mühe gemacht die Tür zu öffnen, sondern war einfach hindurchgelaufen.

Zitternd, wie gegen einen inneren Widerstand ankämpfend, näherte ich mich der Tür, duckte mich durch das gewaltige Loch hindurch und unterdrückte nur noch mit letzter Kraft einen Schrei, als ich sah, dass der Raum ebenso verwüstet war wie das Nebenzimmer. Schlimmer noch – hier war sogar die Wand eingerissen. Der unbekannte Eindringling war nicht auf dem gleichen Wege zurückgegangen, auf dem er gekommen war, sondern in gerader Linie weiter – durch die Wand hindurch.

Und Priscylla war verschwunden.

Neben dem, was von ihrem Bett übrig geblieben war, lag eine verkrümmte Gestalt, in die Fetzen einer ehemals weißen Schwesterntracht gehüllt. Ihre Haube war nach vorne gerutscht und verbarg gnädig den Anblick ihres Gesichtes.

Behutsam kniete ich neben der Toten nieder, streckte die Hand nach ihr aus und fuhr wie elektrisiert zurück, als ein leises, gequältes Stöhnen aus ihrer Brust drang. »Sie lebt!«, entfuhr es mir.

»Ja«, antwortete Howard leise. »Aber sie wird sterben.«

Ich fürchtete, dass er Recht hatte. Der Teppich unter dem Körper der Krankenschwester war dunkel von Blut. Niemand konnte die Verletzungen überstehen, die sie davongetragen hatte. Es war ein Wunder, dass sie überhaupt noch am Leben war.

»Mein Gott«, flüsterte ich. »Was ist hier geschehen?«

Howard kniete neben mir nieder, drehte die Sterbende wenig sanft auf den Rücken und berührte ihr Gesicht. In seinen Augen stand eine Frage geschrieben, die den Schrecken in mir noch vertiefte.

»Nein!«, sagte ich.

»Du musst«, erwiderte Howard sehr leise, aber auch sehr ernst. »Wir müssen wissen, was hier passiert ist. Und zwar schnell.«

Einen Moment lang sträubte ich mich noch dagegen, aber in Wahrheit hatte ich längst eingesehen, dass er Recht hatte. Mrs. Peddigrew war die einzige Zeugin, die uns sagen konnte, wer für diese Verwüstung verantwortlich war; und – was noch wichtiger war! – was mit Priscylla geschehen war. So nickte ich schließlich widerstrebend, streckte die Hand nach ihr aus und berührte mit gespreizten Fingern ihre Augen und ihre Stirn. Dann konzentrierte ich mich.

Es war leichter, als ich erwartet hatte, denn ihr Geist glitt bereits hinüber in die dunklen Sphären des Nichts und wehrte sich nicht mehr gegen meine Beeinflussung, wie es das Bewusstsein eines gesunden Menschen ganz instinktiv getan hätte.

Und es war schlimmer, als ich gefürchtet hatte.

Zuerst fühlte ich nichts als einen tiefen, kalten Schmerz, eine Pein sonderbar körperloser Art, dann einen fast unwiderstehlichen Sog. Etwas Schwarzes, ungeheuer Starkes wollte sich meines Bewusstseins bemächtigen. Eine grässliche Kälte machte sich in mir breit.

Hastig zog ich mich zurück, blockte den Einfluss des finsteren Strudels ab und griff noch einmal nach dem Geist der Sterbenden. Diesmal sah ich Bilder, aber es war wie in einem wahnsinnigen, sich unglaublich rasch drehenden Kaleidoskop: Momentaufnahmen aus ihrer Jugend, banale Augenblicke ihres Lebens, ihr erster Schultag, ihre erste Liebesnacht, eine Enttäuschung, die so groß gewesen war, dass sie ihr ganzes nachfolgendes Leben veränderte. Binnen weniger Augenblicke raste das ganze Leben der sterbenden Frau an mir vorüber, nicht in chronologischer Reihenfolge, sondern als irrer Veitstanz auf unbeschreibliche Weise gleichzeitig auf mich einstürmender Eindrücke. Es war das Entsetzlichste, was ich bis zu diesem Moment erlebt hatte – ich nahm am Sterben eines Menschen teil.

Mit aller Gewalt versuchte ich Furcht und Angst und den immer machtvoller werdenden Griff des großen, kalten Bruders des Schlafes aus meinem Geist zu verdrängen und konzentrierte mich auf die letzten Augenblicke, die in diesem erlöschenden Gedächtnis verzeichnet waren. Zuerst spürte ich nur Schmerz, eine unbestimmte Spanne nicht enden wollenden Leidens, in dem sie hier gelegen und auf das Ende gewartet hatte. Der Angriff musste erfolgt sein, kurz nachdem ich das Hotel verlassen hatte, dachte ich schaudernd. Vielleicht hatte er gar mir gegolten, und diese arme Frau und der unschuldige Page draußen waren an meiner Stelle gestorben.

Ich verscheuchte den Gedanken und zwang das immer schwächer werdende Bewusstsein Mrs. Peddigrews noch einmal, sich an das Entsetzliche zu erinnern. Ganz gelang es ihr nicht – es war nur eine Flut von Bildern und scheinbar zusammenhanglosen Eindrücken, gepaart mit einer solchen Angst, dass ich selbst vor Entsetzen aufstöhnte. Sie war an Priscyllas Bett eingeschlafen, kurz nachdem ich die Suite verlassen hatte, und war durch Lärm geweckt worden, der aus dem Nebenzimmer drang. Ein halb erstickter Schrei, dann das Krachen zerberstender Möbel und dann war etwas Gigantisches, Grünes durch die Tür gebrochen, eine Gestalt, die so absurd war, dass Mrs. Peddigrew vor Unglauben schlichtweg gelähmt gewesen war und nicht einmal hatte schreien können.

Was danach kam, waren nur noch unzusammenhängende Fetzen, aus denen ich mir nur mit Mühe ein Bild machen konnte. Die Albtraumgestalt hatte Mrs. Peddigrew niedergeschlagen und sie hatte dagelegen und hilflos mit angesehen, wie die grüne Gestalt wie in irrsinniger Raserei das Zimmer verwüstet hatte. Schließlich hatte sie Priscylla vom Bett gehoben und war mit ihr verschwunden. Durch die massive Wand hindurch.

An dieser Stelle ihrer Erinnerung angekommen, löste ich die geistige Verbindung zwischen uns. Mrs. Peddigrew bäumte sich noch einmal auf, gab einen leisen, sonderbar erleichtert anmutenden Seufzer von sich und erschlaffte in meinen Armen. Plötzlich begriff ich, dass es nur noch der Einfluss meiner geistigen Kräfte gewesen war, der sie am Leben erhalten hatte.

»Jemand kommt«, sagte Rowlf von der Tür aus. »Beeilt euch lieba.«

Howard nickte. »Halte ihn auf«, sagte er, ohne zu Rowlf hinüberzusehen. »Also, Bob – was ist hier geschehen?« Er machte eine weit ausholende, flatternde Handbewegung. »Wer war das?«

»Eine ... Frau«, antwortete ich stockend. »Aber auch wieder nicht. Es war ...« Ich brach ab, suchte nach den richtigen Worten und fand sie, aber meine Zunge weigerte sich, das Unmögliche auszusprechen.

»Was soll das heißen, Robert?«, fauchte Howard. »War es nun eine Frau, oder war es keine?«

»Es war eine Frau«, sagte ich leise. »Aber sie war ... aus Eisen.«

Howard starrte mich an. »Was?«

»Völlig aus Eisen«, bestätigte ich hilflos. »Wie ... wie eine Statue, weißt du? Ihr Kleid, ihr ... ihr Haar, ihre Haut, ihr Gesicht ... es war alles aus Eisen. Aber sie hat sich bewegt. Sie ... sie lebte. Und sie sah ... sonderbar aus.« Ich sprach sehr schleppend, und es fiel mir schwer, meine Gedanken in die richtigen Bahnen zu leiten. Das düstere Etwas, auf das ich im Geiste der Sterbenden getroffen war, ließ mich noch immer schaudern. Wenn das der Tod gewesen war, dann war an ihm nichts Warmes und Freundliches, dachte ich entsetzt.

»Was soll das heißen, sie sah sonderbar aus?«, fragte Howard. »Beschreibe sie.«

»Sie war ... groß«, antwortete ich zögernd. »Zwei Meter, schätze ich. Und blattgrün. Sie trug eine ... eine Art Toga. Und in der rechten Hand eine Fackel aus Eisen. Und eine sehr sonderbare Kopfbedeckung.«

Howards Augen wurden rund. »Eine Art Strahlenkranz?«, fragte er zögernd. »Dreieckige Zacken, die das Sonnenlicht symbolisieren?«

Verblüfft nickte ich. »Genau. Woher weißt du das?«

Es dauerte einen Moment, bis Howard antwortete. »Weißt du, was du da gerade beschrieben hast, Robert?«, fragte er.

Und im gleichen Moment wusste ich es.

Es gab eine Menge Dinge in New York, die mir in den Jahren meiner Abwesenheit fremd geworden waren. Aber es gab auch ein *Ding*, das jeder, der auch nur einen Fuß über die New Yorker Stadtgrenze gesetzt hatte, kannte. Ich nickte. Ein eisiger Schauer lief über meinen Rücken. Plötzlich konnte ich nur noch mit letzter Kraft ein hysterisches Kichern unterdrücken.

»Die Freiheitsstatue«, antwortete ich.

Nick Landers schnippte seine siebente Zigarette ins brackige Wasser der Mole, klappte zum ungefähr dreißigsten Male innerhalb der letzten halben Stunde den Deckel seiner Taschenuhr auf und fluchte gepresst. Was dachte sich dieser Idiot von Braydowski, ihn länger als eine halbe Stunde warten zu lassen? Schließlich war es sein Vorschlag gewesen, sich hier mit ihm zu treffen, und schließlich war er es, der von dem Geschäft am meisten profitieren würde.

Der kahlköpfige Pole, der offiziell ein nicht besonders gut gehendes Pfandleihhaus am Rand des Hafenbezirkes betrieb, war in Wirklichkeit einer der größten Hehler New Yorks, und wie immer würde er den Löwenanteil des Gewinnes machen, während Nick und die anderen sich mit bescheidenen vier-, fünfhundert Dollar pro Nase zufriedengeben mussten – für das Risiko, erwischt und für mindestens zehn Jahre eingesperrt zu werden. Die New Yorker Gerichte verstanden verflucht wenig Spaß, wenn es um Einbruch ging. Und das Risiko, mit einer Tasche voller Diebesgut erwischt zu werden, war auch nicht zu verachten. So verlassen und einsam der Hafen um diese Zeit des Tages wirken mochte, wusste die Polizei doch ganz gut, dass Zeit und Ort als Treffpunkt für so ziemlich jeden dienten, der seine Geschäfte nicht unbedingt in aller Öffentlichkeit abwickeln wollte.

Landers fluchte erneut, griff nach einer weiteren Zigarette und stellte enttäuscht fest, dass die Packung leer war – was seinen Groll nur noch mehr steigerte. Ärgerlich drehte er sich um, blickte zu Boden und fand nach einem Moment, was er suchte – einen Stummel, den irgendjemand davongeschnippt hatte und der sicher noch für zwei, drei Züge gut war. Mit zitternden Fingern hob er ihn auf, riss ein Streichholz an und drehte sich wieder zum Wasser um. Es begann zu dämmern, und draußen über dem Meer hatte sich bereits die Nacht breitgemacht. Davor hoben sich schwarz und finster die Umrisse der Schiffe ab. Mächtige Drei- und Viermaster, die in Landers Gedanken an fremde Länder mit prachtvollen Städten und noch prachtvoller gefüllten Brieftaschen wachriefen. Eines Tages, dachte er, würde er an Bord eines solchen Schiffes gehen und die Welt kennen lernen. Sobald er genug zusammengestohlen hatte, um die Schiffspassage zu bezahlen.

Der Gedanke erinnerte ihn wieder an den eigentlichen Grund seines Hierseins; gleichzeitig hatte er die Zigarette so weit herabgeraucht, dass die Glut seine Lippen zu versengen drohte. Wütend beugte er sich über den Rand der Mole, spie sie ins Wasser – und erstarrte.

Unter ihm trieb Braydowski.

Genauer gesagt, seine Leiche.

Jemand hatte dem kahlköpfigen Polen den Schädel eingeschlagen. Er blutete aus einer schrecklichen Wunde an der Schläfe, und er konnte noch nicht sehr lange tot sein, denn das Wasser rings um ihn herum färbte sich immer stärker rosa; die Wunde hatte noch nicht einmal aufgehört zu bluten.

Landers erster Impuls war, einfach herumzufahren und zu verschwinden, ehe ihn womöglich noch jemand in der Nähe der Leiche sah und die falschen Schlüsse daraus zog. Aber er machte nur zwei Schritte, dann blieb er wieder stehen, stellte den Beutel mit seinem Diebesgut ab und ging zum Rand der Mole zurück. Vorsichtig kniete er nieder, stützte sich mit der linken Hand auf dem feuchten Holz ab und angelte mit der anderen nach Braydowskis Arm und bekam ihn zu fassen.

Im gleichen Moment sah er den Schatten. Er erschien hinter ihm, mächtig und schwarz und auf schwer zu fassende Weise drohend, schob er sich über seinen eigenen Schatten, und irgendetwas an ihm *war falsch.*

Nick reagierte, ohne zu denken. Blitzschnell ließ er sich zur Seite kippen. Er glitt auf dem feuchten Holz aus, fiel mit einem halb erstickten Schrei über den Rand der Mole, und irgendwie drang, noch bevor er anderthalb Meter tiefer im Wasser aufschlug, der Gedanke an sein Bewusstsein, dass ihm dieses Missgeschick das Leben gerettet hatte, denn irgendetwas fuhr mit ungeheuerlicher Kraft in das armdicke Holz und zermalmte es genau dort, wo er gelegen hätte, wäre er nicht gestürzt.

Landers ging unter, schlug mit dem Schädel gegen einen Holzpfeiler und kam prustend und Wasser spuckend wieder an die Oberfläche. Das Wasser war an dieser Stelle nicht sehr tief; er spürte Morast und Klumpen von Tang unter sich und an seinen Beinen, und der Sog der Ebbe machte sich sofort bemerkbar und wollte ihn ins offene Wasser hinausziehen. Fluchend stemmte er sich gegen die Kraft des Wassers, fand auf dem glitschigen Boden Halt und blickte auf.

Im nächsten Augenblick wäre er um ein Haar doch ins Meer hinausgetrieben worden – und wahrscheinlich ertrunken, denn Nick Landers hatte niemals schwimmen gelernt –, denn was er sah, war so unglaublich, dass er selbst seine lebensgefährliche Lage vergaß.

Über ihm stand eine zwei Meter große, perfekte Kopie der Freiheitsstatue. Sie bestand genau wie ihr großes Vorbild aus Kupferplatten, die sich über einem Stahlskelett spannten, und das Einzige, was an ihr überhaupt lebte, waren die Augen, die mit fast neugierigem Interesse auf Landers hinabblickten. Die eiserne Fackel in ihrer rechten Hand strahlte in kalter, giftgrüner Glut.

Während Nick Landers noch vollauf damit beschäftigt war, an seinem Verstand zu zweifeln, beugte sich die Gestalt langsam vor. Nick glaubte das Knirschen ihrer eisernen Gelenke zu hören, dann begriff er, dass es das armdicke Holz der Mole war, das unter dem Gewicht der metallenen Frau ächzte. Eine Hand griff nach ihm. Nick prallte keuchend zurück, verlor auf dem morastigen Untergrund den Halt und geriet abermals unter Wasser. Instinktiv griff er um sich, bekam etwas Weiches, Schweres zu fassen und klammerte sich daran fest.

Erst als er den Kopf wieder über Wasser hatte, sah er, dass es die Leiche des Polen war, an der er Halt gefunden hatte.

Dann bewegte sich der Schatten über ihm erneut, und eine halbe Sekunde später wurde Nick losgerissen und wuchtig unter Wasser gedrückt, als etwas vom Gewicht eines mittleren Hochhauses von der Mole fiel und neben ihm ins Wasser klatschte.

Nick schrie – wenigstens wollte er es, aber da er noch immer unter Wasser war, fiel das Ergebnis entsprechend aus –, griff blindlings um sich und bekam einen der mächtigen Stützbalken zu fassen, die die Bohle hielten. Mit letzter Kraft zog er sich daran in die Höhe, fand wieder festen Grund unter den Füßen und sah etwas Riesiges, mattgrün Leuchtendes auf sich zurasen. Instinktiv zog er den Kopf ein, ließ seinen Halt los und warf sich nach hinten.

Die Fackel der Kupferfrau fraß sich zischend in das nasse Holz, genau dort, wo sein Gesicht gewesen war.

Landers dachte nicht mehr, sondern watete blindlings los. Er hatte Glück im Unglück gehabt – die Welle hatte ihn weiter unter die Mole gedrückt, und der Strand stieg hier allmählich an, sodass er wenigstens nicht mehr in Gefahr war zu ertrinken. Aber das Wasser reichte ihm noch immer bis fast zur Brust und hinderte ihn daran, schnell zu laufen, während seine Verfolgerin über übermenschliche Kräfte zu verfügen schien und solche Schwierigkeiten ganz offensichtlich nicht kannte, denn sie kam rasch näher.

Immer wieder klatschte ihre Fackel ins Wasser. Sprudelnde Blasen und Dampf stiegen auf, wo die Höllenglut das Wasser zum Kochen brachte. Und selbst ohne diese Glut wäre die Fackel noch eine tödliche Keule gewesen.

Nick versuchte schneller zu laufen, aber der Abstand zwischen ihm und seiner unheimlichen Verfolgerin schmolz immer mehr zusammen. Dazu kam, dass es unter der Mole schon fast stockfinster war und er sich in dem Gewirr aus Stützpfeilern zu verfangen drohte.

Dann geschah das Unvermeidliche: Nick warf sich zur Seite, um einem weiteren Schlag der Fackel auszuweichen, glitt auf dem knöcheltiefen Schlamm aus und fiel mit hilflos rudernden Armen zur Seite.

Als er sich diesmal hochstemmen wollte, konnte er es nicht.

Eine Hand aus Kupfer krallte sich zwischen seinen Schulterblättern in seine Jacke und drückte ihn unter Wasser. Nick versuchte zu schreien und vergeudete dabei den kostbaren Rest Luft, den er noch in seinen Lungen hatte. Verzweifelt trat er um sich, traf etwas Hartes und entsetzlich Kaltes und spürte, wie seine Kräfte zu schwinden begannen. Ein dumpfer, quälender Schmerz machte sich in seinen Lungen breit, während die Metallhand ihn tiefer und tiefer unter Wasser drückte, bis er Schlamm unter Gesicht und Händen spürte.

Und etwas Hartes und Schweres.

Landers verschwendete keine Sekunde an den Gedanken, was er da gefunden hatte – es war aus Eisen, und es war hart und sehr schwer, das war alles, was zählte. Mit der Kraft, die ihm die Todesangst gab, packte er das Eisenstück, drehte sich im Griff der entsetzlichen Hand herum und schlug zu. Das Wasser raubte seinem Schlag eine Menge von seiner Kraft, aber die Keule war auch sehr schwer; er hörte einen dröhnenden, sonderbar nachhallenden Schlag, spürte einen entsetzlichen Schmerz in den Handgelenken und brachte irgendwie das Kunststück fertig, seine Keule trotzdem nicht loszulassen.

Und der Druck auf seine Schultern verschwand.

Nick stemmte sich hoch, brach mit dem Kopf durch die Wasseroberfläche, rang keuchend nach Atem und drehte sich herum. Schwäche und Dunkelheit vernebelten seinen Blick, aber er sah zumindest, dass die Kupferfrau ebenfalls zurückgetaumelt war. Blindlings schwang er seine Keule.

Ein ungeheures Dröhnen klang auf, als die Eisenstange auf den Schädel der Unheimlichen traf. Ein helles Knirschen erklang, und einer der dreieckigen Sonnenstrahlen, die ihren Schädel wie ein bizarrer Hut umgaben, brach ab. Die Gestalt taumelte zurück. Gleichzeitig griff ihre Hand erneut nach Landers Schulter und verkrallte sich in den Stoff seiner Jacke.

Er schlug blindlings zu. Abermals erklang dieses helle Knirschen, dann war die Hand plötzlich verschwunden, und plötzlich kippte die ganze Gestalt nach hinten und verschwand im schäumenden Wasser.

Nick Landers fuhr herum, schleuderte seine Keule in hohem Bogen davon und watete los, ohne sich auch nur noch einmal nach der metallenen Frau umzusehen. Nach wenigen Minuten wurde das Wasser flacher, und die Unterseite der Mole begann sich auf ihn herabzusenken. Aber Landers rannte weiter, auch als er trockenes Land erreicht hatte. Es dauerte sehr, sehr lange, bis er zu laufen aufhörte.

Ich fand in dieser Nacht keinen Schlaf mehr. Obwohl ich meine ganze Überredungskunst (und ein bisschen Hypnose) zur Anwendung brachte, gelang es mir nicht, den Hotelmanager davon abzubringen, die Polizei zu rufen, kaum dass er sich von dem Schreikrampf erholt hatte, der ihn befiel, als er wutschnaubend in mein Appartement stürzte.

Was danach kam, war etwas, das ich nur zu gut kannte. Drei freundliche, aber sehr entschiedene Herren in schwarzen Uniformen der New Yorker City-Police erschienen, und ich verbrachte wieder einmal viele lange Stunden auf der falschen Seite des Schreibtisches, in denen mir mein Gegenüber in Gedanken bereits eine Schlinge um den Hals gelegt und den Knoten schon fest zugezogen hatte.

Einzig der Umstand, dass es keinerlei konkrete Beweise gegen mich gab und ich die unverschämten Schadensersatzansprüche des Hotelmanagers auf der Stelle befriedigte, bewahrten mich davor herauszufinden, ob sich die New Yorker Gefängnisse in den letzten vier Jahren entscheidend verändert hatten. Aber auch so war es lange nach Mitternacht, als wir endlich die Wache verließen, und ich hatte mit mehr als nur Engelszungen reden müssen, damit man auch Howard und Rowlf wenigstens vorläufig auf freien Fuß setzte.

Gottlob erwies sich die New Yorker Polizei meiner suggestiven Beeinflussung gegenüber als nicht so widerstandsfähig wie der Haushysteriker des Hilton. Es ist wohl unnötig zu erwähnen, dass ich vier unordentlich gepackte Koffer mit meinem Gepäck vorfand, als ich das Verhörzimmer verließ und die Wache durchquerte.

»Sieht so aus, als müsstest du heute Nacht bei uns schlafen, statt umgekehrt«, sagte Howard mit einem müden Lächeln, als ich schnaubend einen der Koffer aufnahm und zusah, wie sich Rowlf die drei anderen Gepäckstücke ohne sonderliche Anstrengung unter die Arme klemmte. Ich setzte zu einer scharfen Erwiderung an, sagte aber dann kein Wort, sondern drehte mich stattdessen stirnrunzelnd herum.

Die Wache war nicht leer. Trotz der vorgerückten Stunde befand sich ein gutes Dutzend Leute in dem kleinen, überheizten Raum – eine dickleibige Frau, die mit schriller Stimme einen Polizisten anschrie und ihren Schirm wie eine Keule schüttelte, zwei Betrunkene, die wohl keinen Platz mehr in der Ausnüchterungszelle gefunden hatten, zwei grell geschminkte Dirnen, die in Begleitung eines geschniegelten Burschen gekommen waren, dem man den Zuhälter schon auf eine Meile ansah, und eine Reihe ganz normal aussehender Bürger.

Und die Stimme von einem von ihnen hatte einen vertrauten Klang.

»Worauf wartest du?«, fragte Howard ungeduldig.

Ich machte eine ungeduldige Kopfbewegung, setzte meinen Koffer wieder ab und trat auf den leicht untersetzten Mann zu, dessen voluminöser Bart und wilder Schopf mir nur allzu bekannt vorkamen. Er war gerade dabei, ein Protokoll zu unterschreiben, während ein Polizeibeamter auf der anderen Seite der Theke mit leiser, nicht sehr freundlich klingender Stimme auf ihn einsprach. Der Bärtige grunzte eine Antwort, schraubte seinen Füllhalter zu und stieß ihn mit einer überaus heftigen Bewegung in die Brusttasche seines groben Arbeitsjacketts.

Als er sich herumdrehte, um aus der Wache zu stampfen, vertrat ich ihm den Weg. Und im gleichen Moment wusste ich, dass ich mich nicht getäuscht hatte.

Er jedoch erkannte mich offensichtlich nicht, denn seine einzige Reaktion bestand aus einem unwilligen Stirnrunzeln und dem Versuch, mir mit einem raschen Schritt seitwärts auszuweichen.

»Nun, Mel«, sagte ich lächelnd. »Ärger mit der Polizei?«

Er blieb stehen, blinzelte, maß mich mit einem sehr langen, aber nicht sehr geduldigen Blick und runzelte abermals die Stirn. Für einen Moment glaubte ich fast, so etwas wie Erkennen in seinen Augen aufblitzen zu sehen. Aber dann verfinsterte sich sein Gesichtsausdruck eher noch. »Wer sind Sie?«, fragte er.

»Nun sag bloß noch, du erkennst mich nicht«, sagte ich grinsend. »So lange ist es doch noch gar nicht her. Oder wirst du allmählich alt?«

Melville starrte mich an. Einen Herzschlag lang blieb sein Blick an der weißen Strähne in meinem Haar und an meinem Bart haften (natürlich; ich hatte ihn mir erst nach meiner Abreise aus New York wachsen lassen!), dann klappte sein Unterkiefer herunter, und seine Augen wurden rund. »Robert?«, murmelte er. »Bist . . . du das?«

»Wenn ich keinen Zwillingsbruder habe, von dem ich selbst nichts weiß, ja«, erwiderte ich feixend.

Melville schwieg einen Moment, und der verblüffte Ausdruck auf seinen Zügen nahm noch zu. Dann schüttelte er den Kopf, hob die Hand, wie um mich an der Schulter zu ergreifen, wie er es früher oft getan hatte, führte die Bewegung aber nicht zu Ende, sondern schüttelte nur abermals den Kopf. »Ist verdammt lange her«, sagte er. »Du hast dich verändert.« Er lächelte. »Hast es zu was gebracht, wie?«

»Wie kommst du darauf?«

Mel deutete mit einer Kopfbewegung auf meinen Anzug. »Das Ding kostet einen Monatslohn für unsereins«, sagte er. »Wo bist du gewesen? Wir haben alle gedacht, es hätte dich irgendwie erwischt. Oder du wärst im Knast.«

»Viel hat auch nicht gefehlt«, bekannte ich. »Aber das ist eine lange Geschichte. Ich erzähle sie dir später. Komm mit, jetzt stelle ich dich erst einmal meinen Freunden vor.« Damit packte ich ihn kurzerhand am Arm, zog ihn herum und deutete zuerst auf Howard, dann auf Rowlf. »Darf ich vorstellen? Mister Howard Philipps Lovecraft und sein Freund und Leibdiener Rowlf. Und das«, fügte ich mit einer Geste auf Mel hinzu, »ist Herman Melville. Ein guter alter Freund von mir. Die Prügel, die ich von ihm bezogen habe, kann ich schon gar nicht mehr zählen.«

»Diener?« Mel gab sich keine sonderliche Mühe, das Grinsen aus seinem Gesicht zu verbannen, mit dem er zuerst Rowlf, dann Howard maß.

»Lass dich nicht von Äußerlichkeiten täuschen«, sagte ich hastig. »Howard ist nicht das, was er scheint. Das gehört zu der Geschichte, die ich dir erzählen muss«, fügte ich hinzu,

Mel nickte. »Schon gut. Du hast schon immer eine blühende Phantasie gehabt, Bob. Wie ist es – darf ich dich und deine Freunde auf ein Bier einladen? Das Wiedersehen muss gefeiert werden. Aber nicht hier«, fügte er säuerlich hinzu.

Keiner von uns hatte etwas dagegen einzuwenden die Polizeiwache zu verlassen, und eine knappe Viertelstunde später saßen wir gemeinsam in einem Lokal, das Mel so geschickt ausgesucht hatte, dass weder Howard noch er auf der einen oder ich auf der anderen Seite zu großes Aufsehen erregt hätten. Rowlf schon. Aber Rowlf erregte prinzipiell überall Aufsehen.

»Also«, begann ich die Unterhaltung, nachdem wir uns gesetzt und unsere Bestellung aufgegeben hatten. »Was macht ein Mann wie du auf der Wache, Mel? Ärger?«

Melville zog eine Grimasse. »Nicht direkt«, sagte er. »Vor ein paar Tagen hat es einen Brand unten am Hafen gegeben. Eine üble Geschichte. Einer meiner Wachmänner ist ums Leben gekommen.«

»Und du –«

»Ich hab nichts damit zu tun«, versicherte er hastig. »Aber Tatsache ist, dass O'Connelly und ich nicht gerade das waren, was man dicke Freunde nennt. Und die Cops sind nervös. In letzter Zeit sind eine Menge komischer Sachen passiert, gerade unten am Hafen.« Er seufzte, unterbrach sich, als der Kellner unser Bier brachte, und nutzte die Zwangspause, Howard und Rowlf eingehend zu mustern.

»Du arbeitest noch immer im Hafen«, stellte ich fest, als wir wieder allein waren.

Mel grinste säuerlich, trank einen Schluck Bier und seufzte übertrieben. »Was bleibt mir übrig?«, fragte er. »Die Welt besteht aus Banausen, Junge: Ich warte darauf, dass mindestens drei Millionen Leser begreifen, was für ein Genie ich bin.«

»Leser?« Howard sah auf. »Sie schreiben, mein Bester?«

»Dann und wann«, bestätigte Mel. »Den Großteil meiner Zeit verbringe ich allerdings damit, im Hafen zu arbeiten, um meine Miete bezahlen zu können.« Er sah Howard fast herausfordernd an. »Warum fragen Sie, Mister Lovecraft?«

»Nun ...« Howard lächelte fast verlegen. »Auch ich bringe dann und wann etwas zu Papier. Wenn auch bisher ohne Erfolg, wie ich gestehen muss.« Ich blickte ihn fragend an, denn dieses Eingeständnis war mir neu, aber Howard ignorierte meinen Blick. »Was verfassen Sie?«, fuhr er fort, an Mel gewandt. »Gedichte?«

»Auch«, sagte Mel amüsiert. »Dann und wann einen Roman, aber, wie gesagt, es reicht nicht, davon zu leben. Vielleicht«, fügte er grinsend hinzu, »werde ich erst nach meinem Tode berühmt und Moby Dick gehört eines Tages zu den Klassikern.«

»Moby Dick?«

»Der Titel meines Romanes«, erklärte Mel.

Howard runzelte die Stirn. »Ich muss gestehen, dass ich noch nichts davon gehört habe«, sagte er ein wenig verlegen.

Mel lächelte. »Das macht nichts. Es gibt etliche Millionen Amerikaner, die noch nichts davon gehört haben.« Er trank wieder von seinem Bier, stellte das Glas mit einer übertrieben heftigen Bewegung auf den Tisch zurück und sah mich auf eine Weise an, die deutlich machte, dass er das Thema damit für erledigt hielt. »Aber jetzt bist du erst einmal dran, zu erzählen«, sagte er. »Wo zum Teufel bist du die ganze Zeit gewesen? Und wie ist es dir ergangen?«

Und ich erzählte. Im Nachhinein muss ich gestehen, dass ich eine ganze Menge Phantasie und Improvisationstalent entwickelte, Mel mein Leben in den letzten vier Jahren zu schildern, ohne auch nur ein einziges Wort Wahrheit in die Geschichte einfließen zu lassen. Aber es gelang mir tatsächlich, ihm die Story vom männlichen Aschenputtel aufzubinden und offensichtlich so überzeugend, dass er mir glaubte. Vielleicht war es auch einfach meine äußere Erscheinung, die ihn mehr überzeugte als meine Worte. Aber gleichwie – ich redete fast eine Stunde, in der Mels Blick immer anerkennender wurde. Schließlich erhob er sich, entschuldigte sich für einen Moment und machte sich schwankend auf den Weg zur Toilette. Die sieben oder acht Bier, die er im Verlauf der letzten Stunde in sich hineingegossen hatte, zeigten Wirkung.

»Was soll das eigentlich?«, fragte Howard, kaum dass Melville außer Hörweite war. »Deine Wiedersehensfreude in allen Ehren, Junge, aber wir haben anderes zu tun, als uns mit einem Möchtegern-Schreiberling zu betrinken.«

»Mel ist alles andere als ein Möchtegern-Schreiberling, du verkanntes Genie«, erklärte ich lächelnd. »Und ich habe einen sehr triftigen Grund mit ihm zu reden, Howard.«

»Und welchen?«

»Er arbeitet am Hafen«, erklärte ich.

»Das tun etliche tausend andere Männer auch«, sagte Howard grob.

»Aber sie heißen nicht Herman Melville«, sagte ich. »Ich kannte ihn verdammt gut, als ich noch in New York gelebt habe, Howard. Wenn er auch nur die Hälfte seiner guten Verbindungen behalten hat, kann er eine wertvolle Hilfe für uns sein.«

»Du willst ihn einweihen?«, fragte Howard zweifelnd. »Das halte ich nicht unbedingt für eine gute Idee.«

»Wer spricht von einweihen?«, gab ich zurück. »Aber es gibt niemanden unten im Hafen, den Mel nicht auf die eine oder andere Weise kennt. Ich glaube nicht«, fügte ich sarkastisch hinzu, »dass die New Yorker Behörden uns eine Genehmigung verschaffen werden, nach Liberty Island zu fahren und in der Freiheitsstatue herumzuschnüffeln.«

»Und er kann es?«, fragte Howard ungläubig.

Ich zuckte mit den Achseln, ersparte mir aber die Antwort, denn in diesem Moment kam Mel zurück, ein Tablett mit vier frisch gefüllten Biergläsern in der Hand balancierend und schon verdächtig schwankend. Der gute Mel war niemals sehr trinkfest gewesen. Ich wartete, bis wir angestoßen hatten, dann kam ich übergangslos zur Sache.

»Ich möchte dich um einen Gefallen bitten, Mel«, sagte ich. »Genauer gesagt, zwei.«

»Nur zu«, antwortete Mel. »Was brauchst du?«

Ich zögerte einen Moment, dann entschied ich mich, dass es wenig Sinn hatte, lange um den heißen Brei herumzureden. »Falsche Papiere«, sagte ich geradeheraus. »Für Howard und Rowlf.«

Howard ächzte hörbar, während Mel mich nur mit neu erwachendem Misstrauen anstarrte. »Also doch«, sagte er schließlich.

»Also doch … was?«

Mel lächelte, aber er wirkte auf schwer zu formulierende Weise enttäuscht. »Deine Geschichte war einfach zu schön, um wahr zu sein«, sagte er. »Ich würde mich nicht trauen, sie in einem Buch zu bringen. Der verlorene Sohn, der seinen Vater wiedertrifft und ein Millionenvermögen erbt. Pah! Ich beginne zu ahnen, woher dein Geld stammt Robert.«

»Du täuschst dich«, sagte ich – und sorgte auf meine ganz persönliche Weise dafür, dass er es auch glaubte. Ich kam mir dabei ziemlich schäbig vor; einen Menschen seines freien Willens zu berauben, hat mir noch nie Freude bereitet. Es ist entwürdigend; auch für mich. Aber wir hatten keine Zeit, lange zu diskutieren. Und ich hatte ihn ja nicht einmal belogen.

»Sie … dürfen das nicht falsch verstehen, Mister Melville«, sagte Howard verlegen. »Wir sind in der etwas prekären Situation, unserer Papiere verlustig gegangen zu sein. Und uns bleibt nicht die Zeit, sie uns auf legalem Wege wieder zu besorgen.«

Mel schnaubte abfällig. »Sparen Sie sich Ihre Ausreden, Mister wie-immer-Sie-heißen-mögen. Sie täuschen sich und Ihr junger Freund auch. Ich hatte niemals mit solchen Dingen zu tun, und ich will auch jetzt nichts damit zu schaffen haben.«

»Niemand verlangt, dass du etwas Ungesetzliches tust, Mel«, sagte ich hastig. »Ich weiß, dass du eine ehrliche Haut bist. Ich brauche nur eine Adresse. Nun komm schon – du kennst doch Gott und die Welt. Was ist mit unserer alten Bande? Existiert sie noch?«

»Wenn du *deine* alte Bande meinst«, antwortete Mel betont und jetzt eindeutig feindselig, »zum Teil. Ein paar sitzen, ein paar hat es erwischt, und ein oder zwei von ihnen haben ein ganz normales Leben angefangen. Aber die meisten treiben es schlimmer denn je.« Er wurde mit einem Male sehr ernst. »Früher wart ihr eine Jugendbande, Robert, aber täusche dich nicht. Aus einigen deiner alten Freunde sind handfeste Verbrecher geworden. Es wäre besser, du würdest dich von ihnen fernhalten.«

»In ein paar Tagen geht mein Schiff«, antwortete ich ebenso ernst. »Ich denke, ich bin in England fern genug von ihnen. Aber ich möchte Howard und Rowlf mit mir nehmen. Ich bitte dich, Mel – es ist nicht so, wie du glaubst. Wir haben einfach keine Zeit, den offiziellen Weg zu nehmen.«

Mel schwieg, hob sein Bierglas und starrte mich über seinen Rand hinweg an, trank aber nicht. »Und der zweite Gefallen?«, fragte er.

»Das wird etwas leichter«, sagte Howard.« Robert und wir möchten gerne die Freiheitsstatue sehen. Können Sie uns hinbringen?«

»Völlig unmöglich!«, erwiderte Mel heftig. »Ich kann Ihnen eine Adresse geben, an die Sie sich wegen der Papiere wenden können – aber in die Freiheitsstatue? Unmöglich!«, sagte er noch einmal und schüttelte zusätzlich den Kopf, um seine Worte zu bekräftigen. »Die Baustelle wird Tag und Nacht bewacht. Seit dem Diebstahl kommt nicht einmal eine Maus nach Liberty Island.«

»Welcher Diebstahl?«, fragte ich. »Was gibt es denn dort zu stehlen, außer ein paar Hämmern und Leitern?«

»Die Freiheitsstatue«, erklärte Mel ernst.

»Wie bitte?«, keuchte Howard. »Sie machen Witze!«

»Mitnichten«, behauptete Mel. »Sie haben nichts davon gehört? Es stand in allen Zeitungen.«

»Ich bin nicht zum Zeitunglesen gekommen«, erwiderte ich ungeduldig. »Also, was ist gestohlen worden?«

»Es war vor ungefähr zwei Wochen«, erklärte Mel. »Die halbe Stadt stand kopf. Was glaubst du wohl, warum die Cops so nervös sind?« Er leerte sein Bierglas und bestellte mit einer automatischen Bewegung ein neues. »Natürlich ist nicht die richtige Freiheitsstatue verschwunden. Sie hatten ein Arbeitsmodell der eisernen Lady, zwei Meter groß und ungefähr anderthalb Tonnen schwer. Tja, und die hat sich jemand unter den Nagel gerissen.«

Fast dreißig Sekunden lang starrte ich ihn einfach nur an.

Und abermals dreißig Sekunden später befanden wir uns auf dem Weg zum Hafen.

Landers war am Ende seiner Kräfte. Er hatte jeden Haken geschlagen, sich in jedem Versteck verkrochen und jeden um Hilfe gebeten, den er kannte, aber er hatte die anderen nicht abschütteln können. Wie sollte er auch einen Verfolger loswerden, der sich im Labyrinth des Hafens so gut auskannte wie er, wenn nicht besser? Jetzt hatten sie ihn in die Enge getrieben. Die schmale Gasse, in die er geschlüpft war, hatte zwar einen zweiten Ausgang, aber der war so mit Müll und Unrat vollgestopft, dass genauso gut eine massive Mauer hätte da sein können. Nick hätte vielleicht über dieses Hindernis hinwegsteigen können, aber er hatte keine Zeit mehr. Die drei Schatten am anderen Ende der Gasse hatten ihn gesehen. Und selbst wenn nicht, würden sie ihn finden, denn sie durchsuchten jeden Quadratmeter des Hafens.

Langsam wich Nick zurück, bis er den feuchten Stein der Mauer in seinem Rücken fühlte, griff in die Rocktasche und zog sein Springmesser heraus. Er hielt die Klinge mit der linken Hand zurück, als er sie aufschnappen ließ; trotzdem ertönte ein deutlich hörbares Klick, und einer der Schatten hob den Kopf und starrte in seine Richtung. Einen Augenblick später wiederholte sich das Klicken, zweimal, und in den Händen von zweien der Burschen blitzte Metall. Sekunden später hörte Nick das Rasseln einer Kette.

Er raffte allen Mut zusammen, trat aus dem Schatten der Mauer hervor und blickte den drei Burschen mit gespielter Ruhe entgegen. Aber das Messer in seiner Hand zitterte ganz leicht, und seine verletzte Schulter schmerzte.

Er hatte keine Chance. Jeder der beiden war mit dem Messer so gut wie er; Leroy mit seiner Kette ein wahrer Meister, der ihn allein fertig machen konnte. Nick hatte Angst.

»Seid ... seid doch vernünftig, Jungs«, sagte er unsicher. »Wir ... wir können doch über alles reden.«

Die drei blieben auch tatsächlich stehen, aber nur für einen Moment. »Klar können wir reden«, sagte Leroy. Seine Kette klirrte leise. »Hast du das Geld?«

»Nein«, stöhnte Landers. »Ich habe euch doch gesagt –«

»Dann wüsste ich nicht, was es zu bereden gibt«, unterbrach ihn Leroy kalt. Abermals kam das Trio näher.

»Aber Jungs«, stöhnte Nick, »Wir ... wir sind doch Freunde! Macht doch keinen Scheiß!«

»Freunde?« Leroy lachte böse. »Bis gestern dachte ich das auch. Aber du hast uns beklaut. So was tut man nicht, Nicki.«

»Aber Jungs, die ... die paar Dollars. Ich flehe euch an, gebt mir ein paar Tage Zeit. Ich besorge das Geld.«

»Darum geht es nicht, Nick«, sagte Leroy böse. »Wir schätzen es nicht, wenn man versucht, uns aufs Kreuz zu legen, weißt du?«

Nick antwortete diesmal nicht mehr. Er wusste, dass die drei ihn umbringen würden; nicht einmal wegen der lumpigen paar hundert Dollar, um die er sie – ihrer Meinung nach – geprellt hatte. Aber es war genau so, wie Leroy gesagt hatte: Die Tatsache allein, dass er seine Kumpane bestohlen hatte, zählte. Die Höhe der Beute war unwichtig. Die drei hätten ihn auch wegen zehn Dollar bis ans Ende der Welt verfolgt. Nun gut – zumindest bis ans Ende von New York. Landers wusste, dass Fortlaufen keinen Sinn mehr hatte.

Aber wenn es schon sein musste, dachte er trotzig, dann würde er sein Leben wenigstens so teuer wie möglich verkaufen.

Entschlossen sprang er vor und riss sein Messer hoch.

Schon Leroys erster Hieb prellte ihm die Waffe aus der Hand.

Selbst in einer Stadt wie New York ist es nahezu unmöglich, um drei Uhr morgens einen Wagen zu bekommen; zumal einen, der einen in die Hafengegend fährt, und zumal, wenn es sich um eine so bunt zusammengewürfelte und für einen Fremden sicherlich nicht unbedingt vertrauenerweckend erscheinende Gruppe wie die unsere handelt. Das Hotel war kein Problem gewesen – Mel hatte uns eine Unterkunft besorgt, in der man nicht viele Fragen stellte und sich damit zufriedengab, dass ich im Voraus bezahlte, aber als ich den Portier nach einem Mietwagen fragte, glotzte er mich nur blöde an, und als wir schließlich, nach einer fast halbstündigen Suche, endlich eine freie Droschke fanden, ließ der Kutscher seine Peitsche knallen und stob davon, kaum dass er uns richtig gesehen hatte.

So machten wir uns schweren Herzens zu Fuß auf den Weg, der gottlob nicht besonders weit war und den ich noch zur Genüge kannte; wenngleich ich früher in diesen Teil der Stadt allerhöchstens gekommen war, ein paar reiche Fatzkes um ihre Brieftasche zu erleichtern. Amüsiert führte ich mir die Tatsache vor Augen, dass ich heute genau zu der Klasse gehörte, die ich früher kurzerhand ausgeraubt hatte. Und etwas weniger amüsiert, dass es auch heute noch eine ganze Menge junger Männer geben musste, die ganz genau so dachten wie ich damals.

Aber wir erreichten unbehelligt den Hafen, was sicherlich nicht zuletzt an Mels Führung lag, und nach einer Weile begann ich wieder den altvertrauten, mit Worten unmöglich zu beschreibenden Geruch wahrzunehmen, der mich durch einen großen Teil meiner Jugend hindurch begleitet hatte.

Und dann hörte ich etwas, was mir leider Gottes ebenfalls nur zu vertraut war: Aus einer Gasse, nur wenige Schritte vor uns, drangen gedämpfte Schreie, ein ersticktes, gurgelndes Keuchen und das dumpfe Klatschen von Fäusten, die auf Fleisch trafen. Abrupt blieb ich stehen.

»Was 'n los?«, brummte Rowlf.

Statt einer Antwort löste ich die Verriegelung meines Stockdegens und deutete mit einer Kopfbewegung nach vorne. »Dort wird gekämpft«, sagte ich.

»Misch dich nicht ein, Junge«, sagte Mel. »Besser, wir gehen zurück. Es gibt noch einen anderen Weg zur Mole.«

Aber ich hörte gar nicht hin. Mit einer Geste gab ich Howard und ihm zu verstehen, dass sie zurückbleiben sollten, nickte Rowlf aufmunternd zu und legte die Hand auf den Knauf meines Stockes, während wir weitergingen. Der geschliffene Kristall bewegte sich leicht. Ein nur sanfter Zug – und der harmlos aussehende Spazierstock würde sich in eine tödliche Waffe verwandeln. Nicht, dass ich vorhatte, jemanden umzubringen oder auch nur zu verletzen. Aber ich war in dieser Gegend aufgewachsen und kannte sie nur zu gut.

Als wir die Gasse betraten, sah ich im ersten Moment nichts als eine Mauer aus Schatten. Aber die Schläge und das Stöhnen waren lauter geworden – und dann bewegten sich die Schatten und ich erkannte zwei, schließlich drei Burschen, die einen vierten gepackt hatten und offensichtlich gerade dabei waren, ihn zusammenzuschlagen.

»Aufhören!«, sagte ich scharf.

Die drei Kerle fuhren zusammen und drehten sich in einer einzigen, sehr schnellen Bewegung herum. Eine Sekunde lang starrten sie uns nur an, und ich begann schon zu hoffen, dass allein unser Auftauchen ihnen einen solchen Schrecken eingejagt hätte, dass sie die Flucht ergriffen.

Sie taten es nicht.

Stattdessen ließen sie von ihrem Opfer ab und kamen langsam auf Rowlf und mich zu. Metall blitzte in der Dunkelheit. Etwas rasselte. Ich sah, dass einer der Burschen eine kurze, silberfarbige Kette schwang.

»Was wollt ihr?«, fragte eine Stimme aus der Dunkelheit. »Verschwindet bloß, und mischt euch nicht ein. Das hier geht euch nichts an.«

Ich deutete auf den zusammengesunkenen Körper hinter den dreien. »Wenn mich nicht alles täuscht«, sagte ich ruhig, »waren Sie gerade dabei, zu dritt einen Wehrlosen zu misshandeln. Ich denke, das geht mich doch etwas an.«

»Findest du?«, fragte der Bursche mit der Kette. Trotz der Dunkelheit glaubte ich das höhnische Grinsen zu erkennen, das über seine Züge huschte. Sein Gesicht kam mir vage bekannt vor. »Na, dann werden wir dich mal so behandeln, als ginge es dich was an.«

»Lass den Unsinn, Leroy«, sagte ich ruhig.

Der hochgewachsene, schwarzhaarige Bursche blinzelte verwirrt. Wie Mel erkannte auch er mich nicht wieder, zumal es in der Gasse dunkel war. Aber wie zuvor hielt seine Überraschung nur eine Sekunde an.

»Macht den Ochsen fertig, Jungs!«, brüllte er. »Der Blödmann mit dem gefärbten Haar gehört mir!«

Und damit riss er seine Kette hoch, ließ sie über dem Kopf pfeifen und sprang auf mich zu, während die beiden anderen mit gezückten Messern auf Rowlf losgingen. Rowlf brüllte wie ein gereizter Stier, dann hörte ich ein dumpfes, zweifaches Klatschen, gefolgt von einem Schmerzensschrei, und dann war Leroy mit seiner Kette heran, und ich hatte keine Zeit mehr, nach Rowlf zu sehen.

Ich machte keinen Versuch, meine eigene Waffe zu ziehen. Ich wollte Leroy nicht umbringen, und mein zierlicher Degen wäre zersplittert, hätte er ihn mit seiner Kette getroffen, sodass ich mir lange Spielereien nicht leisten konnte. Und ich wusste, dass Leroy ein wahrer Meister im Umgang mit dieser Waffe war. Ich hatte sie schließlich oft genug zu spüren bekommen.

So wartete ich, bis er ganz dicht heran war, tat so, als wolle ich mich unter der Kette hindurchducken – das tun die meisten Menschen ganz instinktiv, wenn sie sich dieser ganz besonders gemeinen Waffe gegenübersehen, und es ist so ziemlich das Dümmste, was man in einer solchen Situation tun kann – griff aber stattdessen blitzschnell nach oben und in das pfeifende Rad aus eisernen Ösen hinein. Die Kette wickelte sich um meine Hand, aber ich ignorierte den Schmerz, trat einen Schritt zurück und riss kräftig an der Kette. Das Ergebnis war ganz genau so, wie ich gehofft hatte.

Leroy keuchte vor Überraschung, ließ seine Waffe aber nicht los, sondern stolperte einen Schritt nach vorne – genau über meinen vorgestreckten Fuß. Er fiel, ließ seine Kette aber immer noch nicht los, sondern zerrte mit aller Macht daran und versuchte wieder auf die Füße zu kommen. »Lass los, du Mistkerl!«, brüllte er.

Ich tat ihm den Gefallen, und Leroy, seines einzigen Haltes beraubt, knallte zum zweiten Mal reichlich unsanft auf das Straßenpflaster.

Als er die Augen wieder öffnete, berührte die Spitze meines Degens die seiner Nase. Leroy erstarrte.

»Nun, Leroy?«, fragte ich ruhig. »Immer noch der Meinung, dass mich das alles nichts anginge? Lass die Kette los!«

Diesmal gehorchte er.

»Und jetzt steh auf!«, befahl ich. Leroy nickte, rappelte sich umständlich auf und versuchte rücklings vor mir davonzuweichen, gab dieses Ansinnen aber sofort auf, als ich ihm mit dem Degen in die Nase piekste. Vorsichtig, ihn keinen Sekundenbruchteil aus den Augen lassend, trat ich seine Kette davon, wich einen Schritt zurück und schob den Degen in seine Umhüllung zurück. Leroys Augen wurden groß vor Unglauben. Dann verzerrte ein triumphierendes Lächeln seine Lippen. Bedachte man, dass er beinahe so groß wie Rowlf war, wenn auch nicht so breitschultrig, und kräftig genug, mich in der Mitte durchzubrechen, war dieses Grinsen vielleicht nicht einmal unberechtigt.

»Komm«, sagte ich.

Leroy ließ es sich nicht zwei Mal sagen. Mit einem triumphierenden Brüllen stürmte er vor.

Als er sich das nächste Mal auf Hände und Füße hochkämpfte, war der Triumph in seinem Blick einem tiefen, ungläubigen Erstaunen gewichen.

Beim darauf folgenden Male glaubte ich fast so etwas wie Furcht in seinem Blick zu sehen. Und diesmal verzichtete er darauf, sich sofort wieder auf mich zu werfen und in meine Knie oder Fäuste zu laufen, sondern starrte mich hasserfüllt an, während er mit dem Handrücken das Blut von seinem Kinn wischte.

»Wer ... wer bist du?«, fragte er, während er schwankend aufstand.

»Erkennst du mich wirklich nicht? Denk dir den Bart weg.«

Leroys Augen wurden schmal. Dann ganz plötzlich so groß, dass ich Angst hatte, sie würden ihm aus den Höhlen fallen. »Craven?«, keuchte er. »Du?«

»Ganz recht«, antwortete ich lächelnd. »Ich war zufällig in der Gegend, weißt du, und da dachte ich, schau doch mal bei deinem alten Freund Leroy vorbei und sieh nach, ob er immer noch so ein Miststück ist wie früher. Ich sehe«, fügte ich mit einem herzlichen Lächeln hinzu, »du hast dich nicht verändert.«

»Du auch nicht«, grollte Leroy, der seinen Schrecken mit einer Schnelligkeit überwand, die in direkter mathematischer Potenz zur Kleinheit seines Gehirnes stand. »Du bist noch so blöd wie früher. Aber diesmal mach ich dich alle, das schwör ich!«

Um ein Haar hätte er seine Ankündigung tatsächlich in die Tat umgesetzt, denn obwohl ich damit gerechnet hatte, kam sein Angriff so schnell, dass ich nur noch im allerletzten Moment zurückweichen konnte. In seiner Hand blitzte plötzlich ein Messer.

Mit einem erschrockenen Keuchen federte ich zur Seite, versuchte ihm ein Bein zu stellen und ging stattdessen selbst zu Boden, als er den Trick durchschaute und stattdessen mir die Beine unter dem Leib wegtrat. Er schrie triumphierend, warf sich mit weit ausgebreiteten Armen auf mich und stieß mit dem Messer zu.

Die Klinge brach auf dem Pflaster ab, als ich mich blitzschnell zur Seite warf und die Knie hochriss. Leroy pfiff wie eine leckgeschlagene Dampflokomotive, ließ die nutzlos gewordene Waffe fallen und schlug stattdessen die Hände über dem Magen zusammen.

Trotzdem kam er fast so schnell wieder auf die Beine wie ich.

»Hast dazugelernt, Craven, wie?«, keuchte er. »Aber ich auch. Pass nur auf.«

Aber diesmal war ich gewarnt. Als er heranstürmte, empfing ich ihn mit einer Schlagkombination, die er wahrscheinlich noch niemals zuvor in seinem Leben gesehen hatte – und höchstwahrscheinlich auch niemals mehr vergessen würde. Er taumelte, prallte schwer gegen die Wand und sackte in die Knie, stemmte sich aber noch einmal hoch.

Ich boxte ihm das letzte bisschen Luft aus dem Magen, packte ihn am Kragen und dachte an all die Dinge, die er mir angetan hatte, und eine Sekunde später flog Leroy wie eine lebende Kanonenkugel durch die Luft und landete drei Yards entfernt vor der gegenüberliegenden Wand. Jeder normale Mensch wäre liegen geblieben, selbst wenn er noch die Kraft gehabt hätte aufzustehen.

Leroy nicht. Keuchend stemmte er sich hoch, ballte mit letzter Kraft die Fäuste und fiel steif wie ein Brett nach hinten, als ich ihm die Maulschelle verpasste, auf die ich mich zehn Jahre lang vergebens gefreut hatte. Leroy seufzte, hob noch einmal den Kopf und erschlaffte endgültig.

Trotzdem beugte ich mich über ihn und überzeugte mich davon, dass er für die nächsten Stunden nicht aufwachen würde, ehe ich mich umwandte und zu Howard, Rowlf und Mel hinüberging, die mittlerweile herangekommen waren und sich um den Mann kümmerten, den das feine Trio zusammengeschlagen hatte.

»Wie sieht es aus?«, fragte ich.

Howard, der über dem Verletzten kniete, blickte kurz auf. »Schlimm«, sagte er. »Ich fürchte, er stirbt. Die Burschen haben ganze Arbeit geleistet.« Eine scharfe Falte erschien zwischen seinen Brauen. Er deutete mit einer Kopfbewegung auf den Müllhaufen, auf dem ich Leroy zurückgelassen hatte. »Was war da los?«, fragte er. »Wieso hast du dem Kerl so übel mitgespielt?«

»Übel mitgespielt?«, fragte ich, perfekt den unschuldig Angegriffenen mimend. »Der Mann hat mich angegriffen, Howard. Ich musste mich wehren.«

»Red keinen Unsinn«, fauchte Howard. »Du bist in der Lage, eine Witzfigur wie diese in zehn Sekunden kampfunfähig zu machen. Wieso hast du ihn so verdroschen? Macht es dir neuerdings Spaß, Leute zu verprügeln?«

»Er war es ihm schuldig«, sagte Mel an meiner Stelle.

»Oh.« Howard nickte. »Ein guter Freund aus alten Zeiten, wie?«

»So ungefähr«, bestätigte ich. Dann kniete ich neben Howard nieder und beugte mich über den Mann, den er halbwegs in seinen Schoß gehoben hatte.

»Nick!«, murmelte ich erstaunt. »Das ist doch Nick!«

Mel nickte. »Ja. Aber wenn wir eine Minute zu spät gekommen wären, hättest du ihn wahrscheinlich nie wiedererkannt.« Er runzelte die Stirn. »Ich verstehe das nicht. Leroy und er sind seit Jahren zusammen. Wieso versucht er jetzt mit einem Mal ihn umzubringen?«

Ich zuckte mit den Achseln, beugte mich noch ein wenig weiter vor und berührte den halb Bewusstlosen an der Schulter. Nick begann zu stöhnen, als ich ihn sanft schüttelte, öffnete die Augen aber nicht. Seine Lippen bewegten sich, ohne dass ein klarer Laut darüber gekommen wäre.

»Wir sollten ihn zu einem Arzt bringen«, murmelte Mel. »Vielleicht kann man noch etwas für ihn tun.« Aber die Art, in der er sprach, sagte mir sehr deutlich, dass er Nicks Zustand realistisch einschätzte. Wir waren ein paar Augenblicke zu spät gekommen. »Das ist sinnlos«, sagte ich. »Und wir haben keine Zeit.« Abermals rüttelte ich an Nicks Schulter, und diesmal öffnete er wirklich die Augen, erkannte mich aber sichtlich nicht. Dafür begann er zu stammeln.

Und das, was er sagte, ließ einen eisigen Schauer über meinen Rücken laufen. »Frau ...«, stammelte er. »Die grüne Frau! Nein ... nicht ... nicht das Feuer ...«

Howard fuhr sichtbar zusammen, und auch ich unterdrückte nur im letzten Moment ein überraschtes Keuchen.

»Die Eisenfrau«, stöhnte Nick. »Sie ... sie kommt. Verbrennen ... sie wird ... nicht das ... das Feuer. Nicht die Fackel!«

»Eisenfrau?«, murmelte Howard. »Was ... was meint er?«

»Er meint überhaupt nichts«, sagte Mel unwillig. »Sehen Sie denn nicht, dass er phantasiert?«

»Ich fürchte, das tut er ganz und gar nicht«, murmelte ich. Mel starrte mich verwirrt an, aber ich sprach nicht weiter, sondern beugte mich abermals über Nick und berührte ihn sanft an den Schläfen.

»Ganz ruhig, Junge«, flüsterte ich. »Du bist in Sicherheit. Ich bin's, dein alter Freund Robert. Du bist sicher.« Gleichzeitig sandte ich beruhigende Impulse in sein Bewusstsein; eine Art von Hilfe, die er später bitter bereuen würde, denn ich tat nichts anderes, als die verborgenen Kraftreserven seines Körpers anzuzapfen. Später würde der Zusammenbruch dafür umso schlimmer sein. Aber er würde es überleben. Hoffte ich.

»Was meinst du mit der Eisenfrau?«, fragte ich eindringlich. »Bitte, erzähle es uns. Du *musst* dich erinnern!«

Nick öffnete die Augen. Sein Blick war leer. Aber als er sprach, war seine Stimme ganz ruhig. Ich begriff, dass ich ihn unabsichtlich hypnotisiert hatte, entweder, weil er schwächer war, als ich annahm, oder mir in meiner Erregung das rechte Maß gefehlt hatte.

»Die Eisenfrau«, sagte er schleppend. »Die grüne Frau. Sie hat Braydowski ermordet. Alle denken, dass ich es war, aber das stimmt nicht. Sie war plötzlich da, und ich bin vor ihr geflohen. Sie hat mich verfolgt, aber ich hab' ihr eins übergezogen und bin weg.« Plötzlich, begannen seine Hände zu zittern. »Leroy denkt, ich will ihn um die Beute betrügen, aber das stimmt nicht. Ich musste doch weg. Sie hätte mich glatt umgebracht. Hatte mich schon gepackt.« Er bäumte sich auf, ergriff mich mit erstaunlicher Kraft bei den Rockaufschlägen und atmete schnell und erregt. »Du musst es ihnen sagen, Robert«, stammelte er. »Ich kann nichts dafür. Ich bestehle keine Kameraden. Aber Leroy glaubt mir nicht.«

»Schon gut, Junge«, sagte ich sanft. »Ich glaube dir. Und Leroy wird dir nichts mehr tun.« Vorsichtig löste ich seine Hände von meinem Rock, drückte ihn mit sanfter Gewalt zurück und fragte: »Wo war das, Nick? Wo hast du die Eisenfrau getroffen?«

»An der Mole«, flüsterte Nick. »Wo ich mich immer mit dem Polen treffe. Sie war plötzlich da. Aber Leroy glaubt mir nicht. Du musst es ihm sagen, Robert! Du musst!«

»Ich sage es ihnen«, versprach ich. »Allen.«

Aber das hörte Nick schon gar nicht mehr. Er war tot.

Behutsam beugte ich mich zum letzten Mal zu ihm herab und schloss seine Augen. Dann richtete ich mich auf und deutete mit einer Kopfbewegung auf Leroy und die beiden Messerstecher, die Rowlf angegriffen hatten. »Fessele sie, Rowlf«, bat ich. »Aber gut. Ich möchte, dass die nächste Polizeistreife sie findet.«

»Wieso Streife?«, fragte Mel misstrauisch. »Wir sollten selbst hingehen und –«

»Und uns noch mehr Ärger einhandeln?«, unterbrach ihn Howard. »Das macht diesen bedauernswerten Jungen nicht wieder lebendig.«

»Außerdem möchte ich mir die Stelle ansehen, von der er gesprochen hat«, fügte ich hinzu. »Bringst du uns hin?«

Mel nickte, schüttelte gleich darauf den Kopf und ließ einen sonderbaren Laut hören. »Du ... glaubst doch nicht etwa, was er erzählt hat?«, stammelte er. »Er hat phantasiert, Junge.«

»Da bin ich nicht so sicher«, antwortete Howard.

Mel machte eine zornige Handbewegung. »Humbug. Was er erzählt, ist haargenau die gleiche verrückte Geschichte, die diesen Straub ins Irrenhaus gebracht hat. Er hat sie aufgeschnappt und einfach nachgeplappert. Zum Teufel, Sterbende reden oft Unsinn!«

Es dauerte einen Moment, bis ich wirklich begriff, was er meinte. »Willst du damit sagen, dass es nicht das erste Mal ist, dass jemand diese Eisenfrau sieht?«, fragte ich.

Mel nickte kampflustig. »Seit zwei Wochen behauptet sie wer zu sehen. Alles Humbug!«

»Was war das mit diesem ... wie hieß er doch?«, fragte Howard.

»Straub«, antwortete Mel. »Der Mann wurde vor drei Tagen aus dem Wasser gefischt, halb ertrunken und ganz bescheuert. Das Boot, auf dem er Wache hatte, ist abgebrannt.« Er lachte, aber es klang nicht ganz echt. »Er hat behauptet, von einer lebenden Ausgabe der Freiheitsstatue angegriffen worden zu sein. Angeblich hat sie sein Boot in Brand gesetzt. Wenn ihr mich fragt, ist er eingeschlafen oder war betrunken und hat mit einer Lampe herumgespielt. Wäre nicht das erste Mal. Diese alten Kähne brennen wie Zunder.«

Ich wollte antworten, aber in diesem Moment stieß Howard hinter mir ein erstauntes Keuchen aus, und stattdessen drehte ich mich zu ihm herum.

Howard hatte – warum auch immer – die Taschen des Toten durchsucht und etwas zu Tage gefördert, was auch mir einen erstaunten Laut abrang, als ich es erkannte.

Es war ein Finger.

Er war ein wenig größer als ein normaler menschlicher Finger, aber er war auch ganz und gar nicht normal.

Er war grün, und er war hohl.

Und er bestand aus Kupfer.

Jetzt, als alle Arbeiter fort waren und die Hektik und der Lärm des Tages der Stille und Dunkelheit der Nacht gewichen waren, wirkte die Insel wie ein gigantischer Friedhof. Die Dunkelheit hatte sich wie eine Glocke über die riesige Statue gestülpt, und vom Meer her krochen eisige Kälte und dünne, graue Nebelfetzen auf den Fuß der Titanin zu. Das Lichtermeer der Stadt war hinter einer grauen, wattigen Mauer verschwunden.

Rosenberg sog an seiner Zigarette und genoss das leise Schwindelgefühl, das sich hinter seiner Stirn ausbreitete. Er war kein geübter Raucher, und normalerweise bekam er einen Hustenanfall, wenn er einen so tiefen Zug nahm wie jetzt. Und außerdem war er sich darüber im Klaren, dass es ziemlich dumm war, in seinem Alter noch das Rauchen anzufangen.

Er konnte sich den Spaß eigentlich nicht leisten. Tabak war teuer.

Aber er brauchte einfach etwas, um seine Hände zu beschäftigen. Und etwas, das ihm wenigstens die Illusion gab, sich beruhigen zu können. Die Insel und die gewaltige metallene Statue machten ihm Angst.

Das Schlimmste war vielleicht, dass er nicht einmal wusste, warum er Angst hatte, geschweige denn, wovor.

Vor zwei Wochen, als er diesen Job als Aushilfswächter bekommen hatte, hatte er seine Frau und seine beiden Söhne voller Stolz mitgenommen und ihnen die gigantische Statue gezeigt, die er nachts bewachte. Aber das war tagsüber gewesen, und außer ihm waren noch ungefähr zweihundert andere Männer und Frauen hier gewesen, die die noch nicht ganz fertig gestellte Figur betrachteten.

Jetzt war es Nacht, er war allein auf Liberty Island, und er hatte ganz erbärmliche Angst.

Nun gut, dachte er, noch zwei Stunden, und seine Schicht war zu Ende. Liberty Island würde sich wieder mit Menschen und Lärm füllen und in eine Großbaustelle verwandeln, und auf den Gerüsten, die die Statue jetzt wie sonderbar eckige Spinnweben umgaben, würden Männer sein, die sich wahrscheinlich einen Ast lachten, wenn sie von seinen nächtlichen Ängsten hörten. Rosenberg schnippte seine Zigarette in den Nebel und setzte seine Runde fort.

Eine Viertelstunde später war seine Angst kein bisschen schwächer geworden, aber der Nebel war näher gekommen und jetzt bis fast an den Fuß der Statue herangekrochen. Rosenberg überlegte, ob er nicht einfach den Schlüssel an seinem Gürtel benutzen und in die Statue hineingehen sollte – was zwar verboten, aber eindeutig bequemer und wärmer wäre, als hier draußen herumzustehen. *Und was sollte schon geschehen?*, dachte er. Schließlich würde niemand kommen und die Freiheitsstatue stehlen.

Der Gedanke begann ihm zu gefallen. Er war mehr als einmal drinnen gewesen in dem gigantischen, die Hälfte der gesamten Statuenhöhe ausmachenden Sockel der Figur, und er wusste, dass es dort eine Menge geschützter Ecken gab, in denen er die letzten beiden Stunden seines Dienstes weitaus behaglicher zubringen konnte als hier draußen. Und außerdem machte ihm der Nebel Angst.

Rosenberg beschloss, angesichts des Nebels und der Kälte ausnahmsweise einmal fünf gerade sein zu lassen und genau so zu verfahren, bog mit deutlich beschleunigten Schritten um die letzte Ecke – und erstarrte.

Eine Seite des riesigen Doppeltores im Sockel stand offen. Ein sanftes, sonderbar grün gefärbtes Licht, das nicht sein durfte, erstrahlte im Inneren des gewaltigen Steinbaues, und davor zeichnete sich der Umriss einer schlanken Frauengestalt ab.

Sie stand völlig reglos und mit halb geschlossenen Augen da und schien auf das Meer hinauszublicken, wenngleich vor ihr nichts anderes als grauer, unheimlicher Nebel war, und sie sah nicht in Rosenbergs Richtung, sodass sie ihn zumindest im Moment noch nicht bemerkt hatte. Einen Moment lang sinnierte Rosenberg, ob er seine Pflicht tun und die Unbekannte anrufen sollte, überlegte es sich dann aber anders und wich stattdessen ein paar Schritte zurück, bis ihn der Nebel verbarg. Das Tor und die Frau konnte er noch immer sehen, denn das grünliche Licht war zwar sehr milde, aber trotzdem von großer Kraft.

Rosenbergs Gedanken überschlugen sich. Es war nur ein Mädchen, das er sah, und vermutlich war die Erklärung furchtbar banal – ein Liebespaar, das die vermeintliche Ungestörtheit dieser Insel nutzen wollte, oder irgendein dummes kindisches Ding, das ein Abenteuer suchte. Und trotzdem ... Irgendetwas ließ Rosenberg schaudern. Plötzlich fiel ihm auf, wie unheimlich der Nebel aussah, der auf die junge Frau zukroch. Nicht so wie hier, wo er stand, sondern irgendwie ... fester. Wie eine graue, schleimige Masse, brodelnd und von unheimlichem Leben erfüllt, die kleine, klumpige Hände den Strand hinaufschickte, die einsame Gestalt unter der Tür aber niemals wirklich berührte.

Dann sah er einen Schatten. Im ersten Moment war er nicht sicher, ob es nicht einfach ein Nebelfetzen war, der das Licht anders reflektierte, aber das *Ding* bewegte sich, kam näher, glitt wieder ein Stück von der Küste zurück und kam abermals näher.

Rosenberg unterdrückte im letzten Moment einen Schrei, als sich die wogenden grauen Schwaden teilten und er erkannte, was sich dem schmalen Strand von Liberty Island näherte.

Er hatte niemals zuvor etwas Ähnliches gesehen; vermutlich hatte das niemand, denn das *Ding,* das da aus dem Wasser kroch und mit sonderbaren, pumpenden Bewegungen den Strand hinaufzukriechen versuchte, war einfach unmöglich. Es konnte nicht existieren.

Ein Wal wäre ein Zwerg gewesen gegen die schwarz glitzernde Scheußlichkeit. Sein gigantischer, mit Pusteln und Geschwüren übersäter Balg bewegte sich wie ein riesiges schlagendes Herz. Schwarze Tentakel peitschten Wasser und Sand, jeder einzelne dicker als ein Menschenkörper und absurd lang, versehen mit tellergroßen, schnappenden Saugnäpfen. Riesige Augen, jedes so groß wie ein Rad und in unheimlichem Gelb leuchtend, vervollständigten das Bild eines zum Leben erwachten Albtraumes.

Rosenberg stand einfach da, erstarrt, gelähmt und unfähig, sich zu rühren.

Wahrscheinlich war es das, was ihm das Leben rettete.

Der schwarze Koloss schleppte sich schnaubend den Strand hinauf, bis sein unförmiger Schädel nur noch wenige Meter von dem offen stehenden Tor und dem Mädchen darin entfernt war. Sein gewaltiger Körper zitterte wie unter Krämpfen. Rosenberg konnte seinen rasselnden, mühsamen Atem hören, ein sonderbar blubberndes, unglaublich schreckliches Geräusch. Seine Tentakel peitschten und rissen gewaltige Gräben in den feuchten Sand.

Aber die junge Frau zeigte nicht die geringste Spur von Furcht; nicht einmal Schrecken. Ganz im Gegenteil.

Langsam trat sie auf das Ungeheuer zu, hob beide Arme und legte den Kopf in den Nacken. Ihre Lippen formten Worte, die Rosenberg nicht verstand. Nein – keine Worte, es waren Laute, entsetzliche, schrecklich anzuhörende Laute, wie sie eine menschliche Kehle einfach nicht hervorbringen konnte.

Und das *Ding* antwortete.

Ein schrecklicher Papageienschnabel erschien in der schleimigen schwarzen Masse seines Körpers, und plötzlich stieß das Ungeheuer die gleichen entsetzlichen Nicht-Laute aus wie das junge Mädchen.

Dann begriff Rosenberg, dass es mit dem Koloss sprach.

Die Laute waren Worte, wenn auch Worte einer Sprache, deren Herkunft er sich nicht einmal vorzustellen wagte, und das gewaltige schwarze *Ding*, das eher wie ein sich bewegendes Krebsgeschwür denn ein lebendes Wesen aussah, antwortete im gleichen Dialekt – was bedeutete, dass es alles andere als ein vernunftloses Tier war …

Eine Weile ging es so weiter – das Mädchen stieß die fürchterlichen Laute aus und bekam Antwort von dem schwarz glänzenden Koloss, oder einer seiner Arme zuckte, während sich sein aufgedunsener Leib zu absurder Größe aufblies und dann wieder zusammensackte wie ein Ballon, in den eine Nadel gestoßen worden war. Dann, nach einer Ewigkeit, die in Wahrheit wohl nur Minuten gedauert hatte, begann die schwarz glitzernde Scheußlichkeit ins Meer zurückzukriechen, so mühsam und schwerfällig, wie sie erschienen war. Der Nebel begann sich hinter ihr zu schließen wie ein grauer, von einer unheimlichen Macht gelenkter Vorhang. Aber das Mädchen blieb noch eine ganze Weile unter der Tür stehen, selbst als der Koloss schon längst verschwunden war. Erst dann wandte es sich ganz langsam um, machte einen Schritt – und blieb abermals stehen. Ganz langsam drehte es den Kopf, blickte in Rosenbergs Richtung und hob die rechte Hand.

»Komm her«, sagte die junge Frau.

Es war wie ein Hieb. Rosenberg spürte, wie die Angst, die ihn bisher gelähmt hatte, etwas Stärkerem, Fürchterlichem wich, für das er keine Worte hatte. Er wollte schreien, herumfahren und seine Lampe davonschleudern und zum Strand hinunterrennen, um sich kopfüber ins Wasser zu werfen und davonzuschwimmen, ungeachtet des schwarzen Kolosses, der irgendwo dort draußen im Nebel lauerte, und ungeachtet der Tatsache, dass die Entfernung zum Ufer zum Schwimmen viel zu weit war. Aber selbst der sichere Tod schien ihm noch besser, als dem Klang dieser entsetzlichen Stimme zu gehorchen.

Aber er tat nichts von alledem.

Stattdessen ließ er seine Lampe fallen, trat mit einem unsicheren Schritt aus dem Nebel heraus und begann auf die junge Frau zuzugehen. Plötzlich begriff er, dass sie die ganze Zeit über gewusst haben musste, dass er da war.

Und dass er vom ersten Moment an keine Chance gehabt hatte.

Irgendetwas Entsetzliches würde geschehen, wenn er das Mädchen erreichte. Etwas, das schlimmer, viel, viel schlimmer als der Tod war. Und trotzdem war es ihm unmöglich, stehen zu bleiben. Mit ruhigen, gemessenen Schritten ging er weiter, bis er nur noch zwei Schritte von der Frau entfernt war.

»Komm«, sagte sie noch einmal. Sie lächelte.

Dann wandte sie sich um und trat in das grüne Leuchten hinein, das das Innere der Statue ausfüllte.

Rosenberg folgte ihr.

Es war sonderbar – hinter uns lag die Stadt, die selbst um diese nächtliche Stunde noch ein Lichtermeer war, und der Mond stand zwar nicht voll, aber doch deutlich sichtbar an einem wolkenlosen Himmel. Aber über dem Strand lag eine schon fast unheimliche Finsternis; eine Schwärze, die allein mit der Nacht und dem leisen Hauch von Nebel, der auf dem Wasser lag, kaum mehr zu erklären war. Außerdem war es kalt. Ganz ekelhaft kalt.

Nun, was das anging, mochte es durchaus sein, dass mich nur mein Körper auf diese Weise daran erinnerte, dass es mittlerweile deutlich auf fünf Uhr morgens zuging und ich einen reichlich strapaziösen Tag hinter mir hatte. Und die scheinbar so unnatürliche Finsternis mochte nichts anderes sein als eine kleine Bosheit meines Unterbewusstseins, mit der es die Furcht ausdrückte, die sich darin eingenistet hatte.

Oder es war tatsächlich einfach kalt und dunkel, und ich hatte mich in den letzten Monaten so daran gewöhnt, um mindestens drei Ecken zu denken, dass ich schon gar nicht mehr anders konnte, als in alles und jedes finstere Geheimnisse hineinzudeuten. Was die wahrscheinlichste Erklärung war.

Ich verscheuchte den Gedanken und schritt kräftiger aus, um zu Mel aufzuschließen, der ein Stück vorausgegangen war und immer wieder in der Dunkelheit zu verschwinden drohte. Obwohl er das Knirschen meiner Schritte auf dem groben Sandstrand deutlich hören musste, tat er so, als bemerkte er es nicht. Selbst als ich neben ihm angelangt war, starrte er weiter stur geradeaus.

»Einen Penny für deine Gedanken, Mel«, sagte ich lächelnd.

Er bequemte sich jetzt doch, mich anzusehen, blieb aber vollkommen ernst. Seit wir die Gasse, in der Nick gestorben war, verlassen hatten, hatte er kein Wort mehr geredet; weder mit mir noch mit Howard und Rowlf, die jetzt drei Schritte hinter uns gingen. Ich konnte es ihm nicht einmal verübeln, denn selbst nach dem Wenigen, was ich ihm notgedrungen hatte anvertrauen müssen, gab es für einen Mann wie ihn wohl nur zwei Möglichkeiten – die eine war, dass er sich von Howard und mir gehörig auf den Arm genommen fühlte, und die andere, dass sein gesamtes Weltbild zusammenzubrechen begann. Keine dieser beiden Alternativen konnte ein sehr angenehmes Gefühl sein. Das hieß – es gab noch eine dritte Möglichkeit: nämlich die, dass er Howard, Rowlf und mich für total meschugge hielt.

»Spielt es eine Rolle, was ich denke?«, fragte er schließlich, als ich schon gar nicht mehr mit einer Antwort rechnete. »Ich tue, was du willst. Wir sind gleich da.«

Unwillkürlich sah ich auf, erkannte aber nicht mehr als einen flachen, im blassen Licht der Nacht weiß aussehenden Sandstrand, auf den Nebel hinaufgekrochen war, sodass der Blick nur wenige Dutzend Schritte weit reichte.

»Es ist mir wichtig, dass du mir glaubst, Mel«, sagte ich.

»Und wenn ich es tue?« Mel schnaubte. »Wer sagt dir, dass ich es will, Bob? Wer sagt dir, dass ich wirklich wissen will, ob es diese Dinge gibt, von denen du erzählt hast – Zauberei und schwarze Magie und ... und lebende Statuen.«

Seine Worte verwirrten mich, aber nur für einen Moment. Ich hatte Mel als einen Mann kennen gelernt, der für alles Ungewöhnliche aufgeschlossen war. Aber vielleicht stimmte das nicht. Ich hatte am eigenen Leibe erfahren, dass eine rege Phantasie auch ein Fluch sein konnte.

»Du musst es auch nicht wissen«, sagte ich ernst. »Wenn du uns zur Insel hinübergebracht hast, kannst du nach Hause fahren. Ich schwöre dir, dass du mich niemals wiedersehen wirst.«

»Zu gütig!«, schnaubte Mel. »Aber ich will nicht –«

»Ich will nicht«, unterbrach ich ihn mit deutlich erhobener Stimme, »dass du in Gefahr gerätst, Mel.«

»Danke«, knurrte Mel. »Ich kann ganz gut selbst auf mich aufpassen, denke ich.«

»Du verstehst mich nicht«, behauptete ich. »Es geht eigentlich nicht um dich. Ich ... ich will nicht, dass noch mehr Unschuldige verletzt oder getötet werden. Ich ertrage es einfach nicht mehr.«

Plötzlich wurde Mel sehr nachdenklich. Der Blick, mit dem er mich maß, war mit einem Male mehr mitfühlend als zornig. »Ist es so schlimm?«, fragte er.

Ich nickte. »Schlimmer«, sagte ich ernst. »Schlimmer, als du dir vorstellen kannst, Mel. Manchmal ... manchmal glaube ich fast, dass es ein Fluch ist. Vielleicht ist das der Preis, den ich für meine Macht bezahlen muss.« Ich lachte, aber es gelang mir nicht ganz, den bitteren Klang aus meiner Stimme zu vertreiben. »Ich bringe Unglück, Mel. Jeder, dem ich begegne, geht früher oder später zugrunde.«

»Du übertreibst«, behauptete Mel.

»Möglich«, gestand ich. »Aber nicht sehr. Denk nur an Nick.«

»Nick?« Mel schnaubte. »Okay, er hat ein Ende wie dieses nicht verdient, wie niemand einen solchen Tod verdient hat, aber er war nichts als eine kleine, diebische Ratte, die es früher oder später erwischen musste.«

»Und trotzdem wäre er noch am Leben, wenn ich nicht nach New York gekommen wäre«, behauptete ich. »Ich bin –«

»Ungekrönter Weltmeister im Selbstmitleid«, unterbrach mich eine Stimme. Zornig fuhr ich herum und erkannte Howard, der unbemerkt zu uns aufgeholt hatte und mich nun strafend anblickte.

»Glauben Sie ihm nicht, Mister Melville. Unser lieber Robert macht sich manchmal einfach zu viele Gedanken.«

»Du weißt ganz gut, dass es nicht so ist!«, fuhr ich auf, provozierte dadurch aber nur ein noch mitleidigeres Lächeln Howards – was seinerseits meinen Zorn noch mehr anstachelte. »Zum Teufel, du selbst hast mir die Augen geöffnet!«, sagte ich. »Schon vergessen, Howard? Du selbst bist fast in Ohnmacht gefallen, als du gehört hast, dass ich das NECRONOMICON hierher gebracht habe.«

»Asche auf dein Haupt«, sagte Howard spöttisch. »Soll ich dir ein paar Geißeln bringen? Oder begnügst du dich damit, auf den Knien bis nach Canossa zu rutschen?«

»Dein Freund hat Recht, Bob«, sagte Mel sanft. »Ich verstehe nicht die Hälfte von dem, was du mir erzählt hast, aber wenn es sich bei diesem Buch wirklich um etwas so Mächtiges handelt, wie du glaubst, trifft dich keine Schuld.«

»Wieso?«, fragte ich verwirrt.

»Weil der Geist des NECRONOMICON unter Garantie dafür gesorgt hat, dass du gar nicht erst auf den Gedanken kommst, es zurückzulassen, du Narr«, sagte Howard ruhig. »Wenn hier überhaupt jemanden die Schuld trifft, dann höchstens mich. Ich hätte dich niemals allein gegen Necron antreten lassen dürfen.«

Ich starrte ihn an, und als ich seinem Blick begegnete, wusste ich, was er wirklich gemeint hatte: nämlich, dass er es niemals zugelassen hätte, dass ich Priscylla mitnahm.

»Hört auf, euch zu streiten«, sagte Mel. »Wir sind da. Dort vorne ist der Steg. Und ganz in der Nähe liegt ein Boot. Ihr könnt dort oben auf mich warten, während ich es hole.«

Tatsächlich erkannte ich in der Richtung, in die sein ausgestreckter Arm wies, jetzt einen verwaschenen finsteren Umriss im Nebel. Aber Mel wartete nicht, bis wir ihn erreichten, sondern stürmte plötzlich in weitaus schärferem Tempo los, sodass er binnen weniger Augenblicke in den grauen Schwaden verschwunden war, während Howard, Rowlf und ich uns dem Landungssteg näherten. Jetzt, fast am tiefsten Stand der Ebbe und von den geisterhaften grauen Fingern des Nebels eingehüllt, wirkte er gleichermaßen unheimlich wie grotesk – ein waagerechter, sehr langer Steg, der sich gute hundert Fuß weit dahinzog und auf einem Gewirr massiger schwarzer Pfähle ruhte, zwischen denen sich Wasser in kleinen schimmernden Pfützen gesammelt hatte. Das feuchte Holz knirschte unter unseren Füßen, als wir ihn betraten und bis zu seinem Ende gingen, um auf Mel und das Boot zu warten.

Schaudernd sah ich mich um. Obgleich es nicht einmal hundert Fuß bis zu seinem anderen Ende waren, war der Strand schon kaum mehr zu erkennen. Der Nebel, der – bedachte man die Jahreszeit – eigentlich gar nicht hätte da sein dürfen, hatte den Strand und die Stadt verschlungen. Es sah aus, als stünden wir auf einer kleinen, von allen Seiten eingeschlossenen Insel inmitten eines gewaltigen Universums aus brodelndem Grau. Abermals fiel mir die Kälte auf.

»Hier war es also«, murmelte ich. »Sonderbar. Es ... es sieht ganz normal aus.«

Howard runzelte die Stirn, sah mich sehr sonderbar an und seufzte. »Was erwartest du?«, fragte er lächelnd. »Ein Schild mit der Aufschrift: *Liberty was here*?«

Ich vermochte seinem Humor nicht ganz zu folgen, aber ich verspürte auch keine sonderliche Lust näher darauf einzugehen, und so drehte ich mich herum, rammte die Hände in die Rocktaschen und ging zum äußersten Ende des Steges. Der Nebel war hier so nahe, dass ich das Gefühl hatte, nur die Hand ausstrecken zu müssen, um ihn berühren zu können. Und meine überreizten Nerven füllten ihn mit gestaltlosen, finsteren Schrecken.

Ich hörte, wie Howard neben mich trat, sah aber nicht auf. Wir wären ohnehin nur wieder aneinandergeraten, und in der Verfassung, in der ich mich befand, hätte ich vielleicht Dinge gesagt, die mir im Nachhinein leidtäten.

»Wir sollten darüber reden«, sagte Howard plötzlich.

»Worüber?«

»Das weißt du ganz genau. Über Priscylla. Und dieses Buch.«

»Jetzt?«

»Jetzt«, bestätigte Howard. »Später kann es zu spät sein.« Er deutete in die Richtung, in der sich hinter den grauen Schwaden die Freiheitsstatue verbergen musste. »Ich weiß nicht, ob wir sie dort drüben treffen. Aber wenn – was wirst du tun?«

»Tun? Sie ...« Ich sprach nicht weiter, denn plötzlich wurde mir mit schmerzhafter Wucht klar, dass ich nicht eine einzige Sekunde über diese Frage nachgedacht hatte. Ja – was zum Teufel würde ich tun? Was konnte ich tun? »Ich weiß es nicht«, gestand ich.

Howard nickte, als hätte er nichts anderes erwartet. »Du wirst versuchen, sie zu befreien, nicht wahr?«, fragte er. »Du wirst versuchen, ihren Geist von dem Bann dieses verfluchten Buches zu lösen.«

»Und wenn?«, fragte ich – obwohl ich ganz genau wusste, worauf er hinauswollte. Aber ich wollte es hören, aus seinem Munde.

»Und wenn es dir nicht gelingt?«, fragte er anstelle einer Antwort.

»Es wird mir gelingen«, behauptete ich. »Irgendwie.«

»Und wenn nicht?«, beharrte Howard. »Es gibt zwei Möglichkeiten, Robert – die eine – und sehr wahrscheinliche – ist, dass wir allesamt bei dem Versuch sterben. Ich habe keine große Lust dazu.«

»Ich kann dieses Buch bannen!«, behauptete ich. »Ich habe es schon einmal getan!«

»Und wenn?«, fuhr Howard auf. »Was zum Teufel willst du dann tun? Sie mit nach England nehmen, sie und dieses Buch? Mit nach London? Damit alles von vorne beginnt? Willst du wirklich einen vielleicht millionenfachen Tod mit dir nehmen?«

»Ich verstehe«, murmelte ich. »Deine zweite Möglichkeit, wie? Du willst sie umbringen.«

»Wenn es sein muss, ja«, sagte Howard hart. »Ich sage es dir vorher, Junge, weil du Rodericks Sohn bist und weil ich glaube, dass ich es dir schuldig bin: Ich werde nicht zulassen, dass dieses Buch nach England gebracht wird. Oder irgendwo anders hin. Ich werde es vernichten. Wenn es dort drüben ist, werde ich es zerstören. Ich werde dir helfen, und ich gebe dir mein Wort, alles in meiner Macht Stehende zu tun, Priscylla zu retten. Aber ich werde nicht zulassen, dass das NECRONOMICON noch mehr Unheil anrichtet. In einem Punkt«, fügte er hinzu, »hattest du Recht mit dem, was du zu Melville gesagt hast: Es ist zu viel Unheil angerichtet worden.«

Ich starrte ihn an, unfähig, irgendetwas zu sagen. Ich hätte zornig sein müssen, verzweifelt, wütend – ich weiß nicht, was. Aber ich spürte nichts als einen tiefen, entsetzlich schmerzenden Schrecken.

Weil ich wusste, dass er Recht hatte.

Diese Erkenntnis änderte nichts an meinen Gefühlen Priscylla gegenüber, aber sie war nun einmal da, und ich konnte sie nicht mehr wegleugnen. Möglicherweise war es wirklich so, dass das NECRONOMICON selbst mich blind für die entsetzliche Gefahr gemacht hatte, in die ich diese Stadt und all ihre Einwohner brachte, indem ich es mit hierher nahm. Aber jetzt galt dieses Argument nicht mehr. Ob ich Priscylla liebte oder nicht, ob es mein Leben kostete oder nicht – ich hatte einfach nicht das Recht, dieses Buch weiter existieren zu lassen. Wieso zum Teufel maßte ich mir an, das Schicksal zahlloser anderer Menschen aufs Spiel zu setzen, nur weil ich um mein eigenes Leben fürchtete?

Aber ich sprach nichts von alledem aus, sondern wandte mich mit einem Ruck wieder um und starrte in den Nebel hinaus.

Nach einer Weile drehte sich Howard herum und ging.

Es dauerte lange, bis Mel kam. Das Boot musste wohl doch etwas weiter entfernt gewesen sein, als er gesagt hatte, denn wir warteten eine gute Viertelstunde, bis das Geräusch schwerer Ruderschläge aus dem Nebel zu uns herüberdrang. Wenige Augenblicke später tauchte ein schlankes, sehr hochwandiges Boot in den wabernden Nebelfetzen auf und steuerte auf das Ende des Steges zu.

Mel ruderte sehr langsam, und ich sah, wie sich sein Gesicht vor Anstrengung verzerrte, während er die Blätter ungleichmäßig ins Wasser tauchte, um das Boot mit der Längsseite vor den Steg zu bekommen.

Rowlf ging neben mir in die Hocke, stützte sich mit der linken Hand ab und angelte mit der anderen nach dem Boot, um ihm zu helfen. Mel grunzte dankbar, hob die Riemen aus dem Wasser – und schrie gellend auf!

Seine Augen weiteten sich vor Schrecken. Instinktiv fuhr ich herum und griff nach meiner Waffe. Aber der Steg war leer. Hinter uns war nichts als die Nacht und graue Nebelfetzen.

Erst als ich mich abermals zu Mel herumdrehte, sah ich, dass er auf einen Punkt unter dem Steg starrte.

Ein ungeheurer Schlag traf die morschen Balken, und noch während ich ebenso wie Howard und Rowlf zu Boden ging, zersplitterte der Steg unmittelbar unter unseren Füßen, wie von einem Hammerschlag getroffen. Und aus dem zerborstenen Holz griff eine kupferne, in sanftem grünem Licht leuchtende Klaue heraus!

Einen Moment lang tastete sie blind umher, dann zog sie sich zurück, das massive Holz dabei wie trockenes Pergament zerfetzend, und einen kurzen Moment später erschien ein grotesker, von einem Kranz rasiermesserscharfer Dreiecke gekrönter Schädel, wie die Hand zuvor aus Kupfer und von dem gleichen, unwirklichen grünen Leuchten erfüllt.

Der Anblick war so unglaublich, dass ich einfach liegen blieb und nicht einmal auf die Idee kam zu fliehen. Nicht einmal, als die Gestalt mit umständlich wirkenden Bewegungen aus dem Loch im Steg herauszuklettern begann und mich dabei aus ihren entsetzlichen, metallenen Augen musterte.

Rowlf gottlob nicht. Auch er war einen Moment lang erstarrt, als er die unmögliche Erscheinung sah – aber dann reagierte er ganz so, wie ich es von ihm gewohnt war, nämlich sehr direkt.

Blitzschnell sprang er auf die Füße, zerrte mich mit nur einer Hand aus der Reichweite der lebenden Statue und warf sich mit einem ungeheuren Brüllen nach vorne. Sein Fuß kam hoch und traf das Metallungeheuer vor die Brust; und er legte die ganze Kraft seiner mehr als zwei Zentner in diesen Tritt.

Selbst der Koloss wurde erschüttert. Beinahe gemächlich, aber mit absurd langsam rudernden Armen kippte er nach hinten, schlug auf dem Steg auf und blieb einen Moment wie benommen liegen.

Aber wirklich nur einen Moment.

Dann wälzte er sich herum, richtete sich schwerfällig wieder auf und trat mit weit ausgebreiteten Armen auf Rowlf zu. Die Fackel in der rechten Hand der kupfernen Frau begann in kaltem, giftig grünem Licht zu erstrahlen.

Und endlich kam auch ich auf die Idee, mich zu bewegen.

Im gleichen Moment, in dem sich das Monstrum vollends aufrichtete und mit einer Bewegung, die nur schwerfällig wirkte, es aber ganz und gar nicht war, auf Rowlf zustampfte, sprang ich hoch, federte auf die grüne Unmöglichkeit zu und rammte ihr beide Fülle in die Kniekehlen.

Genauer gesagt, in die massiven Kupferplatten an der Stelle, an der bei einem Menschen die Kniekehlen gewesen wären ...

Das Ungeheuer wankte nicht einmal, während ich mit einem Schmerzensschrei zu Boden ging und meine Beine umklammerte, die von einer Sekunde auf die andere gelähmt zu sein schienen. Wie durch einen Schleier sah ich, wie sich Rowlf dem Ungeheuer entgegenwarf, der niedersausenden Fackel mit einer blitzartigen Bewegung auswich und den Koloss mit den Armen umklammerte. Sein Gesicht verzerrte sich vor Anstrengung, während seine Arme immer fester und fester zudrückten und er gleichzeitig mit gespreizten Beinen nach festem Halt suchte.

Seine bizarre Gegnerin wankte; aber nur einen winzigen Augenblick. Dann schlossen sich ihre Arme ihrerseits zu einer tödlichen Umarmung um Rowlfs Leib! Rowlf keuchte. Sein Gesicht lief dunkelrot an, und plötzlich schienen seine Augen ein Stück aus den Höhlen zu quellen. Sein Mund öffnete sich zu einem Schrei, aber ich hörte nur ein ersticktes Seufzen, während sich die Umklammerung der lebenden Statue mehr und mehr zusammenzog. Rowlfs Rippen knackten hörbar.

Mit einem verzweifelten Schrei stemmte ich mich hoch, warf mich auf die Statue und zerrte mit aller Kraft an ihren Armen, und auch Howard stürzte sich in den bizarren Kampf und versuchte die Umklammerung der Metallhände zu sprengen.

Es gelang uns nicht. Die Statue stand wie der sprichwörtliche Fels. Es gelang uns nicht einmal, einen ihrer Finger zurückzubiegen.

Aber dafür geschah etwas anderes.

Der Steg brach zusammen.

Es ging ganz schnell. Ein dumpfes, mahlendes Knirschen erscholl, dann begann der hölzerne Boden unter unseren Füßen zu beben, und eine halbe Sekunde später fanden wir uns im Wasser wieder, bombardiert von nachstürzenden Holzsplittern. Ich tauchte unter, spürte weichen Schlamm unter Händen und Knien und stemmte mich instinktiv hoch. Etwas Grünes, Gewaltiges tobte neben mir in den schlammigen Fluten, und kaum hatte ich den Kopf über Wasser, tauchte auch Howard neben mir auf, hustend und Wasser spuckend und mit angstverzerrtem Gesicht.

»Rowlf!«, brüllte er. »Wo ist Rowlf?«

Wie zur Antwort flog die Wasseroberfläche neben ihm in einer schaumigen Explosion auseinander, und eine halbe Sekunde später tauchte der rothaarige Riese auf.

Sein Gesicht war eine Maske der Qual. Er taumelte, fiel nach hinten und versank abermals. Howard fuhr herum, tauchte unter und zog ihn mit einer Kraft, die ihm nur die Angst verliehen haben konnte, wieder in die Höhe, hatte aber ganz augenscheinlich nicht die Kraft, das Gewicht seines hünenhaften Dieners allein zu tragen.

Einen Augenblick später war ich bei ihm und half ihm, wenigstens Rowlfs Gesicht über Wasser zu halten, damit er nicht in unseren Armen ertrank.

Rowlf war bei Bewusstsein, aber er schien gar nicht zu registrieren, was mit ihm geschah. Blut lief aus seinem Mund. Seine Augen blickten fiebrig, und er stieß kleine, schreckliche Laute aus.

Aber wo war die Statue?

Voller Angst sah ich mich um, jederzeit darauf gefasst, das grüne Ungeheuer aus dem Wasser brechen zu sehen. Aber es war verschwunden.

»Weg hier!«, keuchte Howard. »Wir müssen ihn ... an Land bringen.«

Ich nickte, verlagerte behutsam Rowlfs Körpergewicht in meinen Armen und versuchte ihn mit jenem Griff zu halten, den Rettungsschwimmer anwenden, wenn sie jemanden aus dem Wasser holen. Es gelang mir, aber ich kam kaum von der Stelle, denn der Bereich unter dem zusammengebrochenen Steg war ein Gewirr von Holztrümmern und Balken, die wie ein versteinerter Wald rings um mich wuchsen und ein Schwimmen unmöglich machten.

Ich versuchte durch das mehr als brusthohe Wasser zu waten, versank aber schon beim ersten Schritt bis über die Waden im Grundschlamm und gab die Idee so schnell wieder auf, wie sie mir gekommen war.

»Zum Boot!« Mels Stimme schien aus einer Million Meilen Entfernung zu uns zu dringen. »Kommt hierher. Sie kann nicht schwimmen!«

Ich verschwendete keine Sekunde damit, über den Wahrheitsgehalt seiner Behauptung nachzudenken, sondern warf mich auf der Stelle herum, knallte prompt mit dem Schädel gegen einen Balken und sah für die nächsten drei Sekunden nichts als bunte Kreise.

Aber die Angst um Rowlf gab mir zusätzliche Kraft. Ich schüttelte die Benommenheit ab, warf mich nach hinten und ruderte mit den Beinen los, während Howard mit ungeschickten Schwimmbewegungen neben mir herkraulte und dabei langsamer war als ich, der schließlich Rowlfs Gewicht mitschleppte.

Wir hatten die halbe Strecke zum Boot hinter uns gebracht, als das Wasser unweit der zusammengebrochenen Stelle zu brodeln begann.

Ein unheimliches grünes Licht glomm dicht unter seiner Oberfläche auf, dann durchbrach ein metallener Arm die schäumenden Fluten, dann ein Kopf, dann der zweite, die Fackel schwenkende Arm. Howard kreischte vor Schrecken, als die Statue nur ein paar Yards hinter uns auftauchte, grün und in kaltem Licht lodernd und über und über mit Schlamm bedeckt.

Für einen Moment kam sie mir vor wie ein schreckliches Urzeittier, das durch einen bösen Zauber aus dem Pfuhl vergangener Millennien auferstanden war. Dann zerplatzte die Illusion, und ich sah sie als das, was sie wirklich war: ein seelenloses Stück Metall, das von einer Macht, die ich mir nicht einmal vorzustellen wagte, dazu bestimmt worden war, uns zu töten.

Und als wäre dieser Gedanke eine Art Auslöser gewesen, begann das stählerne Monstrum hinter uns her zu stapfen, nicht besonders schnell, aber unaufhaltsam. Rings um seinen grün leuchtenden Leib brodelte das Wasser. Und obwohl es scheinbar langsam war, schmolz der Abstand zwischen uns unaufhörlich!

Verzweifelt blickte ich mich zu Mel um. Sein Boot befand sich nur mehr wenige Yards hinter mir, aber ich wusste, dass ich es nicht schaffen würde. Wir würden Zeit brauchen, Rowlfs reglosen Körper an Bord des winzigen Schiffchens zu hieven, sehr viel mehr Zeit, als uns das Ungeheuer lassen würde!

Dann fiel mir etwas auf.

Obwohl die Statue noch ein gutes Stück größer als selbst Rowlf war, kam sie mir plötzlich kleiner als ich vor. Ein gutes Stück kleiner sogar. Nur ihr Kopf mit dem absurden Strahlenkranz und der Hals ragten über das schäumende Wasser, als wäre sie plötzlich auf Kindesgröße zusammengeschrumpft.

Und endlich begriff ich – selbst ich mit meinen nicht einmal hundertsiebzig Pfund war ja bis an die Waden in den weichen Grundschlamm eingesunken – wie tief musste dann erst das tonnenschwere Ungeheuer versinken!

Ich verdoppelte meine Anstrengungen, und mit einem Male waren Mels Hände da, die nach mir griffen und mir halfen; eine Sekunde später erreichte auch Howard das Boot, klammerte sich mit einer Hand an seinem Rand fest und versuchte mit der anderen, Rowlfs Schulter zu ergreifen.

Ich wartete, bis seine Finger sich in Rowlfs Jacke verkrallt hatten, dann ließ ich den halb Bewusstlosen los, atmete noch einmal tief ein – und tauchte. In direkter Linie auf das Ungeheuer zu. Drei Yards vor ihm tauchte ich wieder auf, warf den Kopf zurück und verbrauchte mein letztes bisschen Luft mit dem Schrei: »Rudert weg! Ich halte sie auf!«

Howards Antwort bekam ich nicht mit, denn plötzlich hatte ich genug damit zu tun, am Leben zu bleiben.

Ein grüner Schatten raste auf mich herab. Ich warf mich herum, schluckte einen halben Liter Wasser und spürte, wie die linke Hand des Kolosses an meiner Seite entlangschrammte. So schnell ich konnte, schwamm ich ein paar Yards davon, hielt aber sofort wieder an und drehte mich Wasser tretend auf der Stelle.

Genau wie ich es gehofft hatte, änderte die lebende Statue ihre Richtung und stampfte mit gierig ausgestreckten Krallen auf mich zu. Ich wartete, bis sie fast heran war, dann warf ich mich zurück, paddelte wieder ein paar Yards davon und hielt abermals an.

Und meine Rechnung ging auf – die Statue zögerte nicht, mich abermals zu verfolgen. Und in ihrem aus Kupfer gegossenen Verstand war kein Platz für die Erkenntnis, dass ich sie auf diese Weise ganz langsam in immer tieferes Wasser lockte ...

Währenddessen versuchten Mel und Howard ebenso verbissen wie vergeblich, Rowlf an Bord des Bootes zu hieven, aber er sank immer wieder zurück, wobei sein Gesicht mit schöner Regelmäßigkeit unter Wasser geriet. Die beiden Narren waren drauf und dran, ihn zu ertränken!

»Zum Teufel – rudert endlich los!«, brüllte ich. »Zieht ihn einfach mit!«

Howard sah auf, blickte mich eine Sekunde irritiert an, dann schrie er eine Antwort, die ich nicht verstand, und packte Rowlfs Schultern mit beiden Händen, während Mel endlich auf die Idee kam, mit beiden Händen nach den Rudern zu greifen und das Boot in tieferes Wasser zu bugsieren.

Währenddessen war Lady Eisenhand wieder bedrohlich nahe

gekommen. Ich schwamm drei, vier Yards weiter ins offene Hafenwasser hinaus, tauchte probehalber unter und fühlte plötzlich keinen Grund mehr unter den Füßen.

Hastig tauchte ich wieder auf, näherte mich der heranstampfenden Metallfrau ein kleines Stück und tauchte dicht unter ihrer herabsausenden Faust weg. Und genau wie ich gehofft hatte, folgte sie mir weiter.

Für genau drei Schritte.

Dann war sie verschwunden.

Das Wasser spritzte auf und für den Bruchteil eines Augenblickes glaubte ich einen grünen Schemen zu erkennen, der rasend schnell in der Tiefe verschwand, dann glättete sich das Wasser, und von der kupfernen Lady war keine Spur mehr zu sehen.

Trotzdem blieb ich noch einen Moment, Wasser tretend, auf der Stelle stehen, ehe ich mich herumdrehte und mit mühsamen Zügen auf das Boot zusteuerte, das bereits ein gutes Stück weit fort war.

Mit einem Male schienen meine Arme und Beine mit Blei gefüllt, und die wenigen Yards, die ich normalerweise mit zwei, drei kräftigen Schwimmstößen überwunden hätte, schienen kein Ende zu nehmen. Als ich das Boot schließlich erreichte, fehlte mir selbst die Kraft, mich an Bord zu ziehen. Mel ließ seine Ruder fahren, packte mich unter den Achseln und fiel um ein Haar selbst aus dem Boot bei dem Versuch, mich zu sich hereinzuziehen.

Irgendwie gelang es mir schließlich doch, zu ihm und Howard ins Boot zu kommen. Einen Moment blieb ich liegen, rang mühsam nach Atem und wartete, dass der Hafen und der nächtliche Himmel aufhörten, sich wie wild um mich zu drehen. Dann richtete ich mich auf, beugte mich über den Rand des Bootes und spuckte einen Teil des Hektoliters Hafenwasser, den ich geschluckt hatte, dorthin zurück, wo er hergekommen war.

Erst dann fühlte ich mich kräftig genug, mich zusammen mit Howard und Mel um Rowlf zu kümmern.

Selbst zu dritt schafften wir es kaum, ihn in die winzige Nussschale zu ziehen. Unser Boot kippte um ein Haar um, und Howard fiel nicht um ein Haar, sondern ganz konkret ins Wasser und kämpfte sich fluchenderweise wieder heraus, ehe wir Rowlf endlich in Sicherheit bringen konnten.

Er lebte, hatte das Bewusstsein jetzt vollends verloren und atmete sehr unregelmäßig, aber tief. Howard untersuchte ihn, so gut er konnte, antwortete auf meinen fragenden Blick aber nur mit einem besorgten Schulterzucken. »Ich kann nicht feststellen, was ihm fehlt«, sagte er leise. »Möglicherweise ist er nur erschöpft.«

»Oder er hat schwere innere Verletzungen«, antwortete ich. »Dieser lebende Schraubstock kann ihm sämtliche Rippen gebrochen haben.« Ich deutete mit einer heftigen Kopfbewegung auf das Ufer. »Rudere uns zurück, Mel. Wir müssen Rowlf zu einem Arzt bringen.«

Mel griff auch gehorsam nach den Riemen, führte die Bewegung aber nicht zu Ende, denn Howard legte ihm mit einer überhastet wirkenden Geste die Hand auf den Unterarm und drückte kurz zu. »Nein«, sagte er.

»Nein?« Mel wirkte mehr als irritiert.

»Was soll das heißen?«, fragte ich.

»Das soll heißen, dass wir keine Zeit dafür haben«, sagte Howard hart. »Wir müssen hinüber nach Liberty Island. Und zwar sofort. Wir brauchen Stunden, wenn wir jetzt zurückrudern, ganz davon abgesehen, dass man uns auf der Stelle verhaften wird. Bis dahin kann es zu spät sein.«

»Zu spät wofür?«, fragte ich scharf. »Zu spät, Rowlfs Leben zu retten?«

Meine Worte taten mir im gleichen Moment bereits wieder leid, denn ich sah, wie sehr sie Howard trafen. »Irgendetwas Schreckliches wird geschehen«, sagte er. »Ich weiß nicht, was, aber ich fühle es. Du nicht auch?«

Natürlich spürte ich es. Es gehörte wohl kein besonderes magisches Talent dazu, den Atem des Bösen zu spüren, der wie eine Pestwolke über der Stadt lag. Vermutlich hatten in dieser Nacht sehr viele New Yorker schlechte Träume.

Und wenn wir es nicht verhinderten, flüsterte eine böse Stimme in meinen Gedanken, dann würden eine Menge von ihnen nicht mehr daraus aufwachen …

Eine Zeit lang – nur ein paar Sekunden, die mir aber wie Ewigkeiten vorkamen – blickte ich auf Rowlfs blasses Gesicht herab. Dann sah ich auf, blickte Mel an und deutete in den Nebel, dorthin, wo Liberty Island und die Statue liegen mochten.

»Kannst du uns hinrudern, Mel?«, fragte ich. »Trotz des Nebels?«

Mel antwortete nicht.

Aber einen Moment später griff er mit beiden Händen nach den Rudern und begann zu pullen.

Es war sehr kalt hier oben. Der Wind, der unten auf dem Wasser nur unangenehm gewesen wäre, war hier schneidend, und der Nebel, der bis auf den Strand hinaufgekrochen war, umspielte unheimlich den Rocksaum der gigantischen Statue aus Kupfer und Stahl. Es sah aus, als wären der Hafen und die Stadt verschwunden, als stünde die Statue auf einer Wolke, dicht unter dem Himmelsgewölbe, zu dem sie den rechten Arm emporreckte. Dann und wann bewegte sich etwas in diesem Nebel; etwas, das ganz und gar nicht dorthinein gehörte und das fester und materieller wurde mit jedem Moment, der verging.

Das Mädchen wusste, was es war, denn es hatte es gerufen. Noch war es nicht ganz soweit; noch fehlten wenige kurze Stunden, bis das Ding dort unten im Nebel, von dem der schwarze Riesenkrake nur ein kleiner Teil gewesen war, Wirklichkeit werden würde.

Das hieß – wirklich würde es niemals werden. Es war kein Wesen, das einen Körper gehabt hätte, sondern pures Sein. Es war nicht das absolut Böse an sich, denn das gab es nicht, so wenig, wie es das absolut Gute gab, zumindest auf dieser Welt. Aber es kam der Definition dieses Begriffes doch so nahe, dass der Unterschied lächerlich klein wurde.

So, wie der schwarze Riesenkrake aus den lichtlosen Tiefen des Meeres hervorgestiegen war, um ihm seinen Körper zu leihen, war es nun auf der Suche nach einem anderen Leib, einem sehr viel mächtigeren Körper, den es übernehmen und zu dem einzigen Zweck gebrauchen konnte, zu dem ein Körper dieser Größe nutzbar war.

Zerstören.

Ganz egal, was. Und ganz egal, warum.

Denn die Zerstörung war sein Element.

Das namenlose Es, das sich unter den brodelnden Nebelschwaden zu materialisieren begann, war das Chaos.

Der Nebel war endlos, und wir ruderten seit einer Million Jahren durch ihn hindurch. Die grauen Schwaden hatten die Welt ausgelöscht, Himmel und Erde verschluckt und Zukunft und Vergangenheit zusammengeschmolzen. Selbst das Wasser, über das das Boot glitt, war kein Wasser, sondern verflüssigter Nebel, von dem graue Schwaden aufstiegen, die wie dürre Geisterfinger nach den Ruderblättern griffen, am Holz des winzigen Schiffchens nagten und sich als klebriger, kalter Film auf unsere Haut legten.

In Wahrheit ruderten wir natürlich erst seit weniger als zwanzig

Minuten – und der Nebel war nichts als Nebel. Außerdem war es – vorsichtig ausgedrückt – saukalt. Aber genau das war es, was ich empfand, während uns Mel durch die graue Suppe steuerte. Außerdem betete ich insgeheim, dass er wirklich wusste, wohin wir fuhren, und der Bug unseres Bootes nicht in Wahrheit auf Smolensk ausgerichtet war …

Ein leises Stöhnen drang in meine Gedanken. Ich fuhr auf, sah mich einen Moment erschrocken um und bemerkte erst, dass es Rowlf gewesen war, als sich Howard hastig vorbeugte.

Der rothaarige Riese versuchte sich zu bewegen, aber allein der Versuch schien ihm Schmerzen zu bereiten, denn sein Gesicht verzerrte sich sofort wieder zu einer Grimasse. Aber wenigstens war sein Blick nicht mehr leer. Er versuchte sogar zu grinsen, als er mich ansah.

»Bleib ganz ruhig liegen, Rowlf«, sagte Howard hastig. »Du darfst dich nicht bewegen.«

Natürlich versuchte es Rowlf doch. Mit dem Ergebnis, das sich seine Lippen sofort wieder vor Schmerz verzogen. Aber Rowlf wäre nicht Rowlf gewesen, hätte er so leicht aufgegeben. Keuchend stemmte er sich hoch, klammerte sich mit der rechten Hand an der Bordwand fest und presste die andere auf seine Rippen.

»'s geht schon«, sagte er gepresst. »Au verdammt, diesmal war's knapp, wa?«

Howard nickte, während ich versuchte die Situation durch ein Lächeln zu entspannen. Rowlf blickte mich einen Moment lang an, dann drehte er den Kopf nach rechts und links, starrte einen Moment lang konzentriert in den Nebel hinein und runzelte demonstrativ die Stirn.

»Sieht aus, wie wenn ich 'n Moment weggetreten gewesen war«, sagte er. »Wo simmer?«

»Noch im Hafen«, sagte Howard. »Auf dem Weg nach Liberty Island. Wenigstens«, fügte er mit einem besorgten Stirnrunzeln in Mels Richtung hinzu, »hoffe ich das.«

Mel ignorierte ihn kurzerhand. Aber ich glaubte auch auf seinem Gesicht einen Ausdruck von Sorge zu erkennen, wenngleich dies weiß Gott genug andere Gründe haben konnte. Es war mir ohnehin kaum verständlich, dass Mel bisher so gelassen auf alles reagiert hatte. Aber vielleicht ging es ihm wie vielen, die jäh mit dem Unvorstellbaren konfrontiert werden: Der Schrecken war so groß, dass der

Verstand im ersten Moment einfach nicht in der gebührenden Weise darauf reagieren konnte.

»Scheißnebel«, murrte Rowlf. »Gefällt mir nich. Hoffentlich verirren wir uns nich!«

Ich nickte. »Du hast Recht«, sagte ich. »Mir gefällt dieser Nebel ebenso wenig.« Aber das entsprach nicht ganz der Wahrheit – ich hatte viel weniger Bedenken, dass wir uns verirren könnten, als mehr ... ja, dachte ich schaudernd, es war etwas in diesem Nebel, das mir Angst machte. Irgendetwas verbarg sich hinter diesen treibenden grauen Schwaden ...

»Wir sind gleich da«, sagte Mel in diesem Moment. »Noch ein paar Minuten.«

Es war mir ein Rätsel, woher er das wissen wollte, denn der Nebel lag wie eine undurchdringliche graue Wand dicht vor dem Bug unseres Schiffchens, aber ich widersprach nicht, und tatsächlich tauchte schon Augenblicke später ein heller Streifen feinen weißen Sandstrandes vor uns auf. Mel griff noch einmal kräftig in die Riemen, und das Boot schoss ein gutes Stück auf den Strand hinauf, kippte leicht nach rechts und kam knirschend zur Ruhe. Von der Statue oder irgendetwas anderem als weißem Sand und schmutziggrauem Nebel war allerdings nichts zu sehen.

»Sind Sie sicher, dass wir richtig sind?«, fragte Howard zweifelnd.

Mel schürzte beleidigt die Lippen. »Sehr sicher«, antwortete er. »So viele Inseln gibt es hier nicht, wissen Sie?« Er stand auf, stieg aus dem Boot und deutete mit einer Kopfbewegung nach vorne. »Seien Sie vorsichtig. Seit dem Diebstahl haben sie einen Zaun errichtet. Es ist nicht sehr angenehm, in einen Stacheldrahtverhau hineinzurennen.«

»Wachen?«, fragte Howard knapp.

»Nur eine, so viel ich weiß«, antwortete Mel nach kurzem Überlegen. »Und die wird sich bei diesem Sauwetter kaum blicken lassen. Aber es ist trotzdem besser, wenn wir leise sind.«

Vorsichtig stiegen auch Howard und ich aus dem schräg daliegenden Boot, und auch Rowlf erhob sich und machte einen schwankenden Schritt auf den Strand hinaus, ehe er sich umdrehte und das Boot – mit schmerzverzerrtem Gesicht, aber ohne sichtliche Anstrengung – völlig aus dem Wasser zog, damit es nicht von einer vorwitzigen Welle ins Meer hinaus entführt werden konnte.

Howard sah ihm stirnrunzelnd dabei zu. »Es wäre besser, wenn du hierbliebest«, sagte er schließlich. »Du bist verletzt.«

»Wattdenn, wattdenn?«, fauchte Rowlf beleidigt. »Der Kratzer? Wenn mir die Tante nochma übern Weg läuft, dreh ich ihr 'n neues Gewinde innen Hals. Abba verkehrt rum!«

Howard grinste, aber nur ganz kurz. »Ich meine es ernst, Rowlf«, sagte er. »Und jemand muss schließlich hierbleiben und auf das Boot aufpassen.«

»Lass doch den Kurzen hier!« Rowlf deutete mit einer Kopfbewegung auf Mel, der ihn verständnislos anblinzelte. »Ich komm mit, basta. Wenma euch 'ne Minute allein lässt, habt ihr doch nix Bessers zu tun, als euch umbringen zu lassen.«

Howard gab auf, zuckte noch einmal mit den Achseln und drehte sich um, und auch ich versuchte nicht noch einmal, Rowlf zum Zurückbleiben zu überreden. Obgleich ich Howards Sorge verstand und teilte, fühlte ich mich einfach sicherer, diesen gutmütigen, aber ungeheuer starken Riesen neben mir zu wissen.

Angeführt von Mel gingen wir den leicht ansteigenden Sandstrand hinauf. Der Nebel bewegte sich hier stärker als draußen auf dem Meer, und ab und zu glaubte ich ein körperliches Huschen und Wogen zu sehen, wie etwas Finsteres und unglaublich Großes, das sich in den spinnwebfeinen Schwaden bewegte. Aber es verschwand stets, wenn ich versuchte, es genauer zu erkennen. Trotzdem hatte ich das intensive Gefühl, von etwas Lebendem umgeben zu sein.

Kurz danach erreichten wir den Stacheldrahtverhau. Es war eine roh zusammengezimmerte, aber mehr als mannshohe Barriere, die von rostigen Spitzen und Widerhaken nur so strotzte. Rowlf versuchte probehalber die Drähte weit genug auseinanderzuziehen, dass wir der Reihe nach darunter hindurchkriechen konnten, aber selbst seine Riesenkräfte versagten bei den straff gespannten und ineinander verwickelten Drähten. Und an ein Hinüberklettern war nicht zu denken. Ebenso gut hätte man versuchen können, einen Wüstenkaktus zu besteigen.

»Suchen wir das Tor«, sagte Mel achselzuckend. »Vielleicht kommen wir dorthinein.«

Wir wandten uns nach links und gingen los. In der grauen Unendlichkeit, die uns umgab, war es schwer, irgendeine Entfernung zu schätzen, aber wir konnten noch nicht sehr weit gegangen sein, als Mel plötzlich stehen blieb und mit einem überraschten Laut nach vorne wies.

Eine Sekunde später erkannte ich den Grund für seinen Schrecken.

Nicht sehr weit vor uns war der Zaun niedergebrochen. Die armdicken Balken waren zerborsten wie dünne Streichhölzer, der Stacheldraht zerrissen. Eine mindestens fünfzehn Yards breite, tief aufgewühlte Schleifspur führte vom Meer kommend durch die Lücke und verschwand im Nebel.

»Großer Gott«, murmelte Mel, »was war das?«

Howard und ich tauschten einen raschen Blick, zogen es aber vor zu schweigen. Weder er noch ich wussten, was hier aus dem Meer gekommen war und den Zaun niedergewalzt hatte, aber wir hatten eine ungefähre Ahnung, was es sein konnte, und das allein reichte mir schon.

Vorsichtig, um uns nicht an einer Spitze der wirr umherliegenden Drahtfetzen zu verwunden, gingen wir durch die Lücke im Zaun und folgten der Spur, wobei ich so angestrengt in den Nebel starrte, dass meine Augen zu schmerzen begannen. Ich verspürte nicht die geringste Lust, dem *was-auch-immer* zu begegnen, das diese Spur hinterlassen hatte.

Aber es war nicht mehr da und statt der tentakelschwingenden Scheußlichkeit, auf die ich halbwegs gefasst war, tauchte nach wenigen Schritten ein kolossaler schwarzer Schatten vor uns auf.

Mel blieb stehen. »Da ist sie«, murmelte er.

Auch ich verhielt unwillkürlich im Schritt. Von der Freiheitsstatue war nicht viel zu erkennen; sie war wenig mehr als ein verschwimmender Schemen, der sich auf dem gigantischen rechteckigen Block vor uns erhob, aber allein die Ahnung ihrer Größe ließ mich schaudern.

Aber da war noch etwas.

Es war das gleiche Gefühl, mit dem mich der Nebel erfüllt hatte, das Empfinden, von etwas Lebendem und unglaublich Bösem umgeben zu sein.

Und als ich mich umwandte und in Howards Gesicht blickte, begriff ich, dass auch er es spürte.

»Da ist das Tor.« Mel deutete auf einen gewaltigen Durchgang, fast genau am Ende der Schleifspur. »Sonderbar – es steht offen. Dabei weiß ich genau, dass sie es sorgsam abschließen.« Er schüttelte den Kopf und wollte weitergehen, aber Howard streckte rasch die Hand aus und hielt ihn zurück. »Es ist besser, wenn Sie jetzt nicht weiter mit uns kommen, Mister Melville«, sagte er.

Mel wollte auffahren, aber Howard ließ ihn gar nicht zu Wort kommen. »Sie haben uns hierher gebracht und dafür sind wir Ihnen sehr dankbar, Mister Melville«, fuhr er fort. »Aber was jetzt kommt, ist zu gefährlich für Sie. Sie könnten Schaden nehmen.«

»Das ist wohl mein Problem, oder?«, schnappte Mel zornig. »Ich komme mit und damit basta. Denken Sie, ich habe all das auf mich genommen, um jetzt die Hände in die Taschen zu stecken und nach Hause zu gehen? Ich bleibe bei euch!«

»Nein, Mel«, sagte ich ruhig. »Das wirst du nicht. Howard hat Recht. Möglicherweise ist dort vorne gar nichts, aber möglicherweise könntest du auch zu Schaden kommen. Du könntest umgebracht werden. Geh zurück und pass auf, dass unser Boot nicht davonläuft.«

Mel starrte mich an, und für einen Moment blitzte kalte Wut in seinen Augen auf. Ich verstärkte meinen hypnotischen Druck ein wenig, und mit einem Male lächelte er.

»Du hast völlig Recht, Bob«, sagte er. »Jemand muss auf das Boot Acht geben.«

»Eben. Du gehst, und wenn du irgendetwas Ungewöhnliches siehst oder hörst, dann machst du, dass du wegkommst, so schnell du nur kannst. Wenn wir ...« Ich zögerte einen ganz kurzen Moment. »... in zwei Stunden nicht zurück sind, dann fährst du zur Stadt zurück und schwingst dich in den ersten Zug, den du erreichen kannst.«

»Und wohin soll ich fahren?«, erkundigte sich Mel mit einem freundlichen Lächeln, das mir fast das Herz brach. Ich kam mir schäbig und gemein vor, ihn seines freien Willens zu berauben.

»Das ist gleich«, antwortete ich. »Nur fort. Ziemlich weit.«

»In Ordnung«, sagte Mel, nickte noch einmal und wandte sich um, um mit ruhigen, gleichmäßigen Schritten im Nebel zu verschwinden.

»Gut gemacht«, sagte Howard.

Ich starrte ihn an, antwortete aber nicht, sondern wandte mich mit einer schon übertrieben heftigen Bewegung dem Tor zu und ging darauf los.

Dass irgendetwas mit dieser Statue ganz und gar nicht stimmte, wurde uns schon klar, noch bevor wir das Tor erreichten. Durch den handbreiten Spalt in den nur angelehnten Flügeln drang ein sanftes, hellgrünes Leuchten; giftiges Licht, das auf schwer zu fassende Weise unangenehm war. Ein sonderbarer hoher Ton lag in der Luft, pulsierend im gleichen Rhythmus wie das Leuchten; ein Summen, aber gleichzeitig auch ganz, ganz anders.

Rowlf gebot mir mit einer Geste zurückzubleiben, näherte sich vorsichtig dem Tor und legte die gespreizten Finger der rechten Hand darauf. Ganz instinktiv wartete ich auf ein unheimliches Knarren und Quietschen, aber stattdessen schwang das Tor vollkommen lautlos auf und gewährte uns einen Blick ins Innere des Gebäudes.

Viel gab es allerdings nicht zu sehen.

Das grüne Licht war hier viel intensiver, aber es war ein Licht, in dem man sehr wenig erkennen konnte, das die Unterschiede zwischen Helligkeit und Schatten auf unheimliche Weise verwischte und die Konturen aller Dinge fremd und feindselig erschienen ließ.

Zumindest konnten wir genug erkennen, um zu sehen, dass die Halle leer war. Und dass der Quell des grünen Lichtes weit im Inneren der Statue liegen musste, denn es gab eine Treppe am jenseitigen Ende der Halle, deren obere Stufen sich in gleißender Helligkeit aufzulösen schienen.

»Keinen Laut mehr jetzt«, sagte Howard überflüssigerweise, während wir uns der Treppe näherten, angeführt von Rowlf, der mit kampflustig geballten Fäusten einen Schritt vorausging. Ich versuchte mehr Einzelheiten unserer Umgebung zu erkennen, aber es gelang mir nicht. Von außen hatte das Gebäude einen vollkommen intakten Eindruck gemacht, hier innen aber war deutlich zu sehen, dass vieles noch im Bau und erst halb fertig war. Und zusätzlich ließ das grüne Licht alles verschwimmen.

Ich griff nervös nach meinem Stockdegen und konzentrierte mich auf die Treppe. Sie bestand aus Metall und war, wie fast alles hier drinnen, noch nicht zur Gänze fertig – es gab kein Geländer, und die Stufen, die sich schneckenhausartig um einen armdicken metallenen Pfeiler drehten, erinnerten mich an das Skelett eines bizarren Urzeittieres. Sonderbarerweise schien das grüne Licht vor uns zurückzuweichen, im gleichen Tempo, in dem wir uns ihm näherten. Waren die Stufen zu Anfang nicht mehr als Schemen gewesen, die sich in grüner Säure aus Helligkeit auflösten, so waren sie jetzt deutlich zu erkennen, der Quell des unheimlichen Leuchtens sehr viel weiter zum oberen Ende der Treppe zurückgewichen.

Es war die offensichtlichste Falle, die ich jemals gesehen hatte.

Ich konnte nicht der Einzige sein, dem solcherlei Gedanken durch den Kopf gingen, denn Howard blieb mit einem Mal stehen und deutete mit einer fahrigen Geste nach oben.

»Das gefällt mir nicht«, sagte er. »Wenn sie wirklich dort oben ist, weiß sie, dass wir kommen.«

Ich starrte ihn an, zuckte mit den Schultern und ging weiter. »Dann bleib doch hier«, sagte ich grob, ging auch an Rowlf – der ebenfalls stehen geblieben war – vorbei und begann die Treppe zu erklimmen, rascher, als es angesichts des nicht vorhandenen Geländers vielleicht ratsam gewesen wäre. Die geriffelten Metallstufen begannen unter meinem Gewicht zu zittern, aber ich lief eher noch schneller und sah nicht einmal zurück, um mich davon zu überzeugen, dass Howard und Rowlf mir folgten.

Natürlich taten sie es. Nach etwa zwei Dutzend Stufen erreichte ich einen Absatz, blieb stehen und wartete, bis die beiden zu mir aufgeschlossen hatten, erst dann ging ich weiter.

Die Treppe schien kein Ende zu nehmen. Wir mussten uns längst im Inneren der eigentlichen Statue befinden, aber von unserer Umgebung war nicht viel zu erkennen: Das grüne Leuchten hüllte uns ein, und alles, was weiter als einen halben Schritt entfernt war, war einfach in pulsierendem grünem Licht verschwunden – mit Ausnahme der Stufen, die wir hinaufgelockt wurden. Meine Hand spielte immer nervöser am Kristallknauf des Stockdegens. Ich wusste einfach, dass Priscylla dort oben am Ende der Treppe auf mich wartete – aber ich wusste weder, was dieses *dort oben* sein mochte, noch was geschehen würde.

Aber was immer es sein mochte – es würde etwas Entsetzliches sein.

Es war sehr kalt hier oben. Der Wind schnitt wie mit dünnen Messerchen durch meine Kleidung, und der Nebel hatte jetzt nicht nur den Hafen, sondern die ganze Welt verschlungen; eine vom Himmel gestürzte Wolke, aus der sich die gigantische eiserne Statue wie ein grässliches Fanal der Zerstörung erhob. Zu meiner Rechten wuchs eine absurde Masse aus grünlichem Kupfer empor, und auf der linken Seite des kaum anderthalb Yards breiten Steges erhob sich ein metallenes Geländer.

Wir hatten den höchsten begehbaren Punkt der Statue erreicht, den schmalen Steg, der die emporgereckte Eisenfackel umgab.

Und vor mir stand Priscylla.

Aber wie hatte sie sich verändert!

Von dem schmalgesichtigen, bleichen Mädchen, das teilnahmslos alles mit sich geschehen ließ und nicht einmal den Willen hatte, aus eigener Kraft die notwendigsten Verrichtungen des täglichen Lebens zu tun, war nichts mehr geblieben.

Sie stand vor mir mit stolz erhobenem Haupt, ruhig und gelassen und mit einem siegesbewussten Glitzern in den Augen. Vor ihr lag das Buch, in der Mitte aufgeschlagen und umgeben von einem Kranz aus unglaublich intensivem, giftig grünem Licht. Die verwirrenden, für einen Außenstehenden vollkommen sinnlos erscheinenden Zeichen und Runen, die die uralten Seiten bedeckten, schienen von innen heraus zu glühen wie kleine lodernde Feuerwürmchen, die über das Papier krochen. Ich war mir nicht ganz sicher – aber sie schienen sich tatsächlich zu bewegen.

Und zwischen ihr und dem Buch lagen die SIEGEL.

Die drei ersten der SIEBEN SIEGEL DER MACHT, die Necron in seine Gewalt gebracht hatte und die, zusammen mit den vier übrigen, noch verschollenen Gegenstücken, die GROSSEN ALTEN zu entsetzlichem neuem Leben erwecken würden. Ich hatte sie zerstört geglaubt, zusammen mit Necrons Drachenburg in einem unglaublichen Ausbruch magischer Energien vergangen, aber das stimmte nicht.

Sie waren hier.

Priscylla hatte sie mitgebracht, wie, wusste ich nicht, aber sie hatte sie aus den Trümmern der Wahnsinnsburg gerettet. Nichts, dachte ich entsetzt, absolut nichts hatte sich geändert. Necron war tot, aber der Wahnsinn ging weiter – und jetzt war es Priscylla, die im Bann dieses fürchterlichen Buches und seiner Macht stand. Es war im Gegenteil schlimmer geworden, denn ich hatte den Wahnsinn aus seinem Versteck am Ende der Welt hierher gebracht, nach New York, in eine Stadt mit Millionen von Menschen, über die jetzt vielleicht der Tod hereinbrechen würde. Oder Schlimmeres.

Hinter mir stieß Rowlf einen kehligen Schrei aus, schob mich zur Seite und stürmte auf Priscylla los.

Er kam nicht einmal dazu, einen Schritt zu machen. Irgendetwas kroch aus dem Buch, traf ihn wie eine körperlose Faust aus Stahl und schmetterte ihn zurück. Er schrie auf, prallte gegen die eiserne Fackel und sank wimmernd in sich zusammen. Priscylla lächelte sanft.

»Priscylla«, murmelte ich. »Was tust du?«

Sie lächelte, aber es war ein bloßes Verziehen der Lippen, das mich schaudern ließ. Der Wind spielte mit ihrem Haar, und für einen Moment hatte ich das Gefühl, etwas Düsteres, körperlos Finsteres wie eine schwarze Aura um ihre Gestalt huschen zu sehen.

Dann blickte ich in ihre Augen.

Und im gleichen Moment begriff ich, dass es nicht Priscylla war, der ich gegenüberstand.

Ihr Körper, sicher. Aber das, was den Menschen in ihr ausmachte, das Mädchen, das ich liebte, war fort. Sie war das, was sie vom ersten Augenblick an gewesen war, in dem ich sie aus Necrons Gefangenschaft befreit hatte – nichts als eine Hülle aus Fleisch und Blut, in die etwas anderes, Böses geschlüpft war.

Ich hatte mich täuschen lassen, auf grausame, zynische Weise, und ich war zu verbohrt und stur gewesen, es zu sehen, obgleich man es mir mehr als einmal gesagt hatte. Ich dachte an Sitting Bull und seine Worte, an Shadow und Howard und all die anderen – sie alle hatten es erkannt, und sie alle hatten versucht mich zu warnen.

Nur ich, ich war blind gewesen.

Das Mädchen, das vor meinen Augen aus Necrons Glassarg aufgestanden war, war niemals Priscylla gewesen. Sie war vom ersten Moment an das gewesen, als was sie nun vor mir stand – eine leere Hülle, ein Werkzeug, dessen sich die finsteren Mächte des NECRONOMICON bedienten, um hierher zu gelangen, in die Welt der Lebenden, die sie zu vernichten trachteten.

»Du bist nicht Priscylla«, sagte ich.

Das Ungeheuer mit Priscyllas Gesicht lächelte. »Bin ich nicht?«, fragte es. Herrgott – es sprach sogar mit ihrer Stimme! »Vielleicht hast du Recht. Vielleicht auch nicht. Es spielt keine Rolle mehr.«

Plötzlich erlosch das Lächeln in ihren Augen. Ihr Blick wurde hart. Sie trat einen halben Schritt vor und streckte fordernd die Hand aus. »Das SIEGEL, Robert«, verlangte sie. »Gib es mir!«

Ich zögerte, griff dann aber in die Tasche, zog Andaras Amulett hervor und hielt es ihr hin. Als sie den Arm noch weiter ausstreckte, um es entgegenzunehmen, ergriff ich blitzschnell ihre Hand und hielt sie fest.

»Warum?«, fragte ich. »Wer immer du bist – sag mir, warum.«

Priscylla blickte mich mit einer Mischung aus Zorn und herablassender Verachtung an. Dann riss sie ihre Hand los, so spielerisch, als wäre ich ein kraftloses Kind. Sorgsam legte sie Andaras Sternenamulett zu den drei anderen SIEGELN, strich fast liebkosend mit den Fingerspitzen über die Seiten des aufgeschlagenen NECRONOMICON und blickte erst mich, dann Rowlf und Howard und dann wieder mich an.

»Weil es getan werden muss«, flüsterte sie. »Necron war ein Narr, dem es niemals gelungen wäre, die SIEBEN SIEGEL DER MACHT zu vereinen. Mir wird es gelingen. Die wahren Herren werden auferstehen und euch vom Antlitz dieses Planeten tilgen!«

»Die wahren Herren?« Ich musste mich nicht einmal anstrengen, um meiner Stimme einen bitteren Klang zu verleihen. »Blutrünstige Ungeheuer meinst du. Priscylla – du bist ein Mensch. Du gehörst zu uns, nicht zu ihnen!«

»Zu euch?« Priscylla kicherte. Ein irrsinniges Funkeln entstand in ihren Augen. »Was könnt ihr mir schon bieten? Sie bieten mir Macht, Robert. Schau!«

Sie deutete mit einer bewusst dramatischen Geste in den Nebel hinaus und im gleichen Moment ...

Es war nichts, was irgendwie sichtbar gewesen wäre. Nichts geschah wirklich, und trotzdem spürte ich das entsetzliche Geschehen überdeutlich.

Irgendetwas löste sich aus dem Nebel, huschte einem unsichtbaren Schatten gleich aus den wogenden grauen Schwaden hervor und drang in die gigantische Statue zu unseren Füßen ein.

Und ich spürte, wie sie sich veränderte.

Aus unbelebter Materie wurde belebte.

Aus Stahl wurde Fleisch.

Die Statue begann sich zu verwandeln!

Sie *erwachte*!

»Nein!«, kreischte Howard und plötzlich lag eine Waffe in seiner Hand, ein kleiner, zweischüssiger Damenrevolver, der direkt auf Priscyllas Stirn zielte.

Die Zeit schien stehen zu bleiben. Wie in einem Traum, in dem alles hundertfach langsamer, dafür aber mit fast übernatürlicher Klarheit ablief, sah ich, wie der doppelte Lauf der Waffe ein wenig nach unten glitt, bis die Mündung direkt auf die Stelle zwischen Priscyllas Brauen deutete, wie sich Howards Gesicht wie in Agonie verzerrte und sein Daumen den Hahn der zierlichen Waffe spannte, wie sich sein Zeigefinger um die beiden zusammengenieteten Abzüge zusammenzog ...

Mein Stockdegen sprang wie von selbst aus der Hülle. Die Waffe zischte herum, glitt beinahe sanft über Howards Handrücken und hinterließ einen fingerlangen Schnitt in seiner Haut. Howard schrie auf, prallte mit schmerzverzerrtem Gesicht gegen die eiserne Fackel und ließ die Waffe fallen. Blitzschnell sprang ich vor, kickte sie mit einem Tritt über den Rand der Plattform und in die Tiefe und hob drohend den Degen.

»Versuch das nicht noch einmal!«, warnte ich. »Hörst du, Howard! Wenn du auch nur die Hand gegen sie hebst, töte ich dich!«

Howard starrte mich ungläubig an. Er stand in verkrampfter Haltung da, die Linke auf seine zerschnittene Hand gepresst; Blut tropfte zwischen seinen Fingern hervor, aber er schien es nicht einmal zu bemerken. In seinen Augen stand ein Ausdruck tiefen, ungläubigen Entsetzens. »Robert«, flüsterte er. »Was ... was tust du?«

»Was ich von Anfang an hätte tun sollen«, antwortete ich hart. »Ich werde nicht zulassen, dass du ihr etwas antust, Howard, hörst du? Niemand wird ihr etwas tun. Sie gehört mir!«

Für einen Moment trat ein sonderbares Flackern in seinen Blick. Verstand er? Ich hoffte es; nein – ich flehte darum, dass er es tat. Wenn nicht, war alles verloren.

Noch einmal hob ich drohend den Degen, dann wandte ich mich um; trat mit einem großen Schritt über das aufgeschlagen daliegende NECRONOMICON hinweg und blieb dicht vor Priscylla stehen.

In ihrem Blick lag eine sonderbare Mischung aus Misstrauen und Verwirrung, als sie mich ansah. »Warum hast du das getan?«, fragte sie.

»Weil ... weil ich zu dir gehöre«, murmelte ich. »Ich könnte nicht mehr leben ohne dich. Das weißt du doch.«

Priscylla schwieg. Aber ihr Misstrauen war erschüttert. Vorsichtig näherte ich mich ihr einen weiteren Schritt, schob die Degenklinge in den Stock zurück und ließ die Waffe achtlos zu Boden fallen. Es gab einen sonderbaren, ganz und gar nicht mehr metallischen Klang. Ich schauderte.

»Dann bist du nicht mehr mein Feind?«, fragte Priscylla.

»Das war ich nie«, antwortete ich. »Soll doch die ganze Welt zum Teufel gehen! Ich will dich und nichts sonst. Du und ich, Pri, wir gehören zusammen, Komm – küss mich.«

Und damit nahm ich sie in die Arme.

Vielleicht begriff sie im allerletzten Moment noch, was ich vorhatte, denn sie versteifte sich plötzlich. Aber wenn, dann war es zu spät.

Mit aller Gewalt presste ich sie an mich, fuhr herum und schwang das linke Bein über das Geländer. Gleichzeitig riss ich sie in die Höhe, verlagerte mein Körpergewicht und hakte mich mit dem rechten Fuß fest.

Ein scharfer Schmerz schoss durch meinen Knöchel, als ich zur Seite kippte und mein und Priscyllas ganzes Gewicht plötzlich nur von meinem rechten Bein gehalten wurde, Meine Muskeln schienen zerreißen zu wollen. Ich spürte, dass ich diese Haltung nur wenige Sekunden durchhalten würde.

Priscylla begann zu schreien, schlug mit beiden Fäusten nach meinem Gesicht und stellte ihren Angriff unverzüglich wieder ein, als ich durch die abrupte Bewegung vollends den Halt zu verlieren drohte. Unter uns war nichts mehr als ein hundert Yards tiefer Abgrund.

»Was tust du?!«, kreischte sie.

»Das Letzte, was ich noch für dich tun kann«, antwortete ich. »Ich kann nicht ohne dich leben, Priscylla, aber ich kann auch nicht zulassen, dass du lebst. Nicht so!«

Und gleichzeitig schlug ich mit aller geistigen Macht zu. Irgendetwas in ihr schrie auf, sammelte Kraft zu einem Gegenangriff – und zog sich erschrocken zurück, als es begriff, dass sein Sieg seinen Tod bedeuten würde.

Meine Kräfte begannen immer rascher nachzulassen. Eine winzige Unaufmerksamkeit, eine nur Sekundenbruchteile währende Schwäche – und Priscylla und ich würden wie ein Stein in die Tiefe stürzen. Und das Etwas, das von ihr Besitz ergriffen hatte, wusste, dass es mit ihr sterben würde.

»Ruf es zurück!«, sagte ich keuchend. »Befiehl es zurück, Pri, oder ich springe!«

Eine einzige, endlose Sekunde spürte ich die ganze ungeheuerliche Kraft des NECRONOMICON wie eine unsichtbare Faust über mir schweben, eine geballte Macht von solchem Ausmaß, dass mir schwindelte. Sie konnte mich zermalmen, schneller als ich den Angriff registrieren könnte.

Aber es würde ihr eigenes Ende bedeuten, denn solange sie Besitz von Priscyllas Körper hatte, war es so verwundbar wie sie.

Und sie zog sich zurück.

Ein tiefes, sonderbares Ächzen drang aus dem gigantischen Stahlkoloss unter uns, ein Laut wie ein schmerzerfüllter Seufzer, aber unendlich fremd und Furcht einflößend. Und im gleichen Moment spürte ich, wie das körperlose Etwas, das dem Ruf des NECRONOMICON gefolgt und in die Statue geschlüpft war, wieder wich, sich erneut in die Dimensionen des Wahnsinns zurückzog, aus denen es gekommen war.

»Verzeih mir, Liebling«, flüsterte ich.

Und im gleichen Moment ließ ich los. Mit fast absurder Langsamkeit kippte ich nach links, verlor endgültig den Halt und neigte mich, Priscylla noch immer wie ein Kind in den Armen haltend, über den Abgrund. Priscylla schrie gellend auf, warf den Kopf zurück – und irgendetwas löste sich von ihr.

Es schien endlos zu dauern und doch vergingen nur Tausendstel einer einzigen Sekunde.

Es war wie eine klebrige, finstere Aura, die sich von ihrem Körper löste, einen zeitlosen Moment über uns schwebte und mit einer sonderbar flatternden Bewegung im Inneren des Buches verschwand, das hinter uns lag. Dann kippte die Statue nach rechts weg, Himmel und Erde begannen sich zu drehen und Priscylla in meinen Armen schrie und schrie – und eine gigantische Pranke griff nach meinem Gürtel, krallte sich hinein und riss mich mit ungeheuerlicher Kraft zurück.

Ich schrie vor Schmerzen, als ich gegen das eiserne Geländer geschmettert wurde und Rowlf mich rücksichtslos weiterzerrte. Mit dem letzten bisschen Kraft, das mir geblieben war, presste ich Priscylla an mich, selbst als wir schon längst wieder auf sicherem Boden waren und keine Gefahr mehr bestand. Rowlf musste meinen Griff beinahe mit Gewalt lösen.

Ich hatte nicht einmal mehr die Kraft für ein Stöhnen als ich zusammensank. Priscylla erschlaffte in meinen Armen, aber auch das bemerkte ich kaum. Ich konnte nicht mehr denken. Alles drehte sich um mich und alles war unwichtig. Verzweifelt presste ich Priscylla an mich, sinnlose Laute stammelnd. Ich sah, wie Howard sich über das Buch beugte, es hochriss und mit aller Gewalt von sich schleuderte, hinaus über das Geländer und die Tiefe, sah, wie es einem bizarren Riesenvogel gleich einen Moment mit sonderbar flatternden Seiten scheinbar schwerelos in der Luft hängen blieb und dann wie ein Stein zu stürzen begann, und ich glaubte sogar, es im Meer aufschlagen und versinken zu hören, obgleich das schlechterdings unmöglich war.

Und dann geschah etwas, was mich noch einmal – wenn auch nur für Augenblicke – meine Schwäche vergessen ließ, denn Priscylla bewegte sich in meinen Armen, öffnete die Augen und sah mich an.

Und zum ersten Mal seit beinahe zwei Jahren, seit dieser Albtraum begonnen hatte, war es die wirkliche Priscylla, deren Blick ich begegnete.

»Robert?«, flüsterte sie verstört. »Was ... was ist geschehen? Wo sind wir und wo ... wo ist Mrs. Winden?« Sie setzte sich auf, sah verstört um sich und fuhr sich mit dem Handrücken über die Augen. »Das ... das ist doch nicht ... London?«, murmelte sie.

Und in diesem Moment wusste ich, dass sie wirklich frei war.

Nach einer Reise, die mich um die ganze Welt geführt hatte, hatte ich mein Ziel erreicht. Sie war frei. *Frei!*

Vielleicht ist es albern und romantisch – aber ich dachte ganz genau diesen Satz: *Am Schluss hat unsere Liebe doch gesiegt!*

Wie gesagt – ich dachte es.

Ich Narr.

Wer die Götter erzürnt

In dem uralten, verfallenen Keller konnten sich nicht einmal die Ratten und Kakerlaken wohl fühlen. An den feucht glänzenden Wänden wucherte graugrüner Schimmelpilz, und am Boden sammelten sich stinkende Pfützen einer undefinierbaren, schillernden Brühe. Aus zerborstenen, verdrehten Leitungsrohren, im Todeskampf erstarrten Schlangen gleich, tropfte eine ölige Flüssigkeit zu Boden.

Und doch hatte sich Ungeziefer in diesem verkommenen Kellerloch breitgemacht. Zwischen deckenhohen Transformatoren huschten die Ratten; die Reagenzgläser in den Regalen waren von dichten Spinnweben überzogen. Und trotz der allgegenwärtigen Feuchtigkeit schmeckte die Luft verbraucht und so trocken, dass das Atmen zu einer Qual wurde.

Eine einzelne rußende Petroleumlampe nur schaukelte an einem Draht von der Decke; trotzdem war die erschreckende Szenerie taghell erleuchtet. Zwischen kugelförmigen Polen zuckten grelle Blitze, tanzten irrlichternd über den Stahl und verbanden gewaltige Transformatoren durch ein Netz aus reiner Energie. Ein Knistern und Summen erfüllte den Raum wie das Wispern eines zürnenden Donnergottes.

Die gesamte Einrichtung des Kellers und auch der große, fleckige Seziertisch waren an einer der geborstenen Wände aufgestapelt worden, um einem übermannsgroßen, metallenen Zylinder Platz zu machen, der nun wie ein künstlicher Dämon aus Eisen und Glas im Zentrum des Raumes hockte, Blitze schleudernd und dräuend und auf morbide Art fast schön in seiner sterilen Hässlichkeit. Dutzende von fingerdicken Kabeln wanden sich von den verstaubten Apparaturen bis zu seinem zolldicken Mantel. Dünne Glasröhren verbanden ihn mit Behältern unter der niedrigen Decke: Röhren, in denen graue, kochende Flüssigkeit pulsierte.

Bis auf einige Messinstrumente und ein von Rost zerfressenes Schwungrad war die Haut des Zylinders glatt und eben. Nur auf seinem oberen Ende gab es ein kleines Sichtfenster wie ein dämonisch glotzendes Auge.

Und darüber gebeugt, in einen vor Schmutz starrenden, blutbefleckten Kittel gehüllt, das fettige graue Haar streng zurückgekämmt, stand eine Frau. Durch das dicke Glas der Hornbrille wirkten ihre Augen übergroß und kalt wie die eines Fisches.

Augen, in denen ein gieriges Funkeln aufblitzte, während sie sich noch weiter vorbeugte und mit dem Ärmel ihres Kittels das Sichtfenster blank zu wischen versuchte; mit dem einzigen Erfolg, dass der Schmutz noch weiter verschmierte und danach fast noch weniger zu sehen war.

»Mehr Elektrizität, Maximilian«, flüsterte die dürre Frau heiser. Ihre freie linke Hand vollführte kleine flatternde Bewegungen, um den Befehl zu unterstreichen. Als sie keine Antwort erhielt, blickte sie unwirsch auf, rückte mit einer fahrigen Bewegung ihre Brille zurecht und stemmte die Arme in die Seiten. Fast hätte sie dabei die Balance verloren; im letzten Moment erst krampfte sie ihre dürren Finger wieder um die oberste Sprosse der Leiter, auf der sie stand.

»Maximilian!«, keifte sie mit schriller, unangenehmer Stimme. »Elender Träumer!«

Der junge Mann, der die Leiter hielt, zuckte sichtlich zusammen und löste seinen Blick von den Instrumenten. »Frau Professor?« Seine Augen wirkten trüb, als wäre er unversehens aus einem Traum gerissen worden und hätte den Weg zurück in die Wirklichkeit noch nicht ganz gefunden.

»Mehr Elektrizität! Elektrischer Strom, unfähiger Idiot!«, keifte die Alte. »Und so was will Medizin studiert haben – dass ich nicht lache! Ich hätte wohl besser doch meine Nichte, diese Träumerin Mary Shelley, zu Hilfe holen sollen! Willst du mein Lebenswerk sabotieren?«

»Es ist unser Werk, Frau Professor –«, wollte Maximilian einwenden, doch die Alte schnitt ihm mit einer übertrieben theatralischen Geste das Wort ab. »Papperlapapp! Dein einziger Beitrag ist dieser unnütze Säurekessel da oben« – sie deutete auf den großen Behälter, der genau über dem Stahlzylinder mit der Decke verankert war – »und den werden wir nicht einmal brauchen. Es geht alles genau nach Plan. Wie ich es berechnet habe! Deine lächerliche Angst, irgendetwas könnte schiefgehen ... Nein, er wird leben, Maximilian. *Leben!*«

Der junge Mann ballte die Fäuste und schluckte die scharfe Erwiderung, die ihm auf der Zunge lag, im letzten Moment herunter.

»Jawohl, Frau Professor. Mehr Elektrizität, Frau Professor.« Und leise fügte er hinzu: »Wirst schon sehen, was du davon hast, du alte Matrone.«

Dann trat er an einen der Transformatoren. Seine Haare stellten sich auf und wurden von einem unsichtbaren Sog in Richtung der großen, mit Kupferdraht umwickelten Spulen gezogen. Die Spannung war schon sehr groß; fast zu groß! Fünfhundert Volt konnte er noch verantworten, mehr nicht. Die Alte erkannte in ihrem Wahn schon nicht mehr die Gefahr, in der sie beide schwebten. Er aber, Maximilian, war noch sehr gut bei Verstand; vielleicht besser, als es der Alten Recht sein konnte. Sie würde es noch merken – früh genug.

Behutsam schlossen sich seine kräftigen Hände um die Drehregler, steigerten durch eine einzige Umdrehung der Stahlräder das Zucken und Wüten der Blitze zu einem Inferno aus Licht und entfesselten Gewalten. Die Kupferspulen begannen zu glühen, und die plötzliche Hitze trieb Maximilian zwei Schritte zurück. Der Transformator war jetzt hoffnungslos überlastet. Wenn das Experiment glücken sollte, musste es rasch geschehen.

Hinter seinem Rücken erscholl ein Schrei des Entzückens. Maximilian fuhr herum. Frau Professor Anna Sibelius hatte ihr faltiges Gesicht dicht an das kleine Sichtfenster gepresst und klatschte mit beiden Händen begeistert gegen die Metallwandung des Zylinders. Dann ruckte ihr Kopf wieder hoch.

»Die Muskeln reagieren!«, schrie sie mit überschnappender Stimme. »Mehr Strom, Maximilian, mehr Strom!«

»Unmöglich! Wollen Sie, dass hier alles in die Luft fliegt?« Maximilian trat entschlossen an die Leiter heran. Nein, diesmal würde er nicht klein beigeben; nicht um diesen Preis.

Anna Sibelius war für einen Moment verwirrt. Widerworte von diesem ... Dilletanten? Aber dann sah sie in seine Augen, und ihr Größenwahn erhielt einen kräftigen Dämpfer. Maximilians Blick war eiskalt – und er schien zu allem entschlossen.

»Dann eben ...« Sekundenlang suchte sie nach einem Ausweg. »Das Glyzerin! Bring mir das Glyzerin; schnell doch! Auf dem Regal, das mittlere Fach.«

Der Blick ihrer Fischaugen huschte unruhig über die Instrumente, während sich Maximilian umwandte und mit schnellen Schritten das Labor durchquerte. Ihre Lippen formten flüsternd Worte, ohne dass es ihr bewusst wurde: »Hundertzwanzig Grad ... Höher darf die Temperatur nicht steigen ... Das Ventil; ich muss es kurz öffnen ...«

Ein helles Klirren drang an ihr Ohr und ließ sie herumfahren. Als sie sah, dass ihr Assistent sich nach den Scherben einer bauchigen Flasche bückte, die ihm offenbar zu Boden gefallen war, durchzuckte sie ein eisiger Schrecken. »Das Glyzerin! Du Trottel hast es –«

»Nein, nicht das Glyzerin«, unterbrach er sie. »Die Flasche daneben.«

Anna Sibelius erbleichte. Für Sekunden bebten ihre Lippen nur, ohne dass sie ein einziges Wort herausbringen konnte. »Er?«, stieß sie endlich tonlos hervor. Ihr Adamsapfel fuhr nervös auf und ab. »Du ... du hast *Ihn* freigelassen? Du hast ...«

Maximilian erstarrte. Hastig bückte er sich nach der Scherbe mit dem Etikett, bemerkte nicht einmal, dass das scharfe Glas seine Finger ritzte und Blut zu Boden tropfte. Dann stieß er hörbar die Luft aus und schüttelte den Kopf. »Kaliumlauge«, ächzte er. »Es ist nur Kaliumlauge.«

Frau Professor Sibelius wischte sich mit dem fettigen Ärmel den Schweiß aus der Stirn. Ihre Knie zitterten so heftig, dass sie sich kaum mehr auf der Leiter halten konnte.

»Nur die Lauge.« Auch ihre Stimme bebte. Sie musste ein paar Mal schlucken, bis sie ihre alte Überheblichkeit zurückgewonnen hatte. »Verdammter Idiot!«, fuhr sie dann auf. »Um ein Haar hättest du alles verdorben. *Er* hätte alles verdorben! Jetzt her mit dem Glyzerin; rasch!«

Als er nun nach dem richtigen Behälter griff, fiel Maximilians Blick auf die Flasche aus trübem, grünem Glas, die ihnen fast zum Verhängnis geworden wäre. Auf dem Etikett mit dem grinsenden Totenschädel stand nur ein einziges, in alten, verwischten Lettern geschriebenes Wort: KOBOLD.

Zuerst war da nur Schmerz. Ein dumpfer Schmerz, auf keine bestimmte Stelle des Körpers konzentriert, sondern allgegenwärtig, nagend und in unstetem Rhythmus pulsierend. Und doch war er die erste Regung seiner Existenz, das erste Empfinden, das ihn über tote Materie wie Erde und Stein erhob.

Dann kam das Licht. Ein grelles, zuckendes Licht, das durch seine geschlossenen Lider drang und die Netzhäute peinigte. Das den dumpfen Schmerz zu rasender Qual steigerte –

Und schließlich ... Gefühl. Das Empfinden, einen Körper zu besitzen und einige Teile davon bewegen zu können. Doch war es nur ein Gefühl, das jeder Amöbe, diesen primitivsten unter allen Lebensformen, eigen ist. Denn das Wichtigste fehlte ihm: die Intelligenz.

Noch war er nicht vollends erwacht, aber sein zerfressenes, totes Gehirn schickte bereits schwache Impulse aus, von einem Instinkt geleitet, der jeder Kreatur innewohnt. Seine Muskeln, oftmals nur mit geschickten Nadelstichen verbunden, spannten sich wie in einem Krampf, aber die Bewegungen waren ungelenk und fahrig. Der Wille, der sie leiten sollte, war noch nicht aufgestiegen aus dem Reich ewiger Finsternis, dem Leib und Geist bereits entrissen waren.

Ein schmerzhafter Schlag ging durch seinen massigen Körper, als die Blitze um ihn herum plötzlich an Intensität gewannen, als seine Muskeln sich wie in einem Schlage spannten und zu reißen drohten.

Und dann – ein Herzschlag. Zaghaft nur und von einer kaum enden wollenden Pause gefolgt. Dann ein zweiter ... ein dritter ...

Seine Lunge, brüchig vom Alkohol, in dem sie tagelang geruht hatte, blähte sich in einem ersten, schmerzhaften Atemzug. Und langsam begann das Gemisch aus Blut und verbotenen Essenzen in seinen Adern zu pulsieren, rann wie glühende Lava durch seinen Leib, erfüllte die toten Organe mit neuem, furchtbarem Leben.

Endlose Minuten sammelte das erweckte Hirn neue Kraft. Dann schickte es einen neuen, mühsamen Befehl aus.

Und endlich – öffneten sich seine Augenlider!

»Er lebt!« Der Schrei übertönte das Lärmen der Transformatoren und hallte verzerrt von den Wänden des Kellers wider. Frau Professor Sibelius starrte aus glühenden Augen ins Innere des Stahlzylinders, während ihre dürren Finger voller Hast an den rostigen Verschlüssen rund um das Sichtfenster zerrten. »Er lebt, Maximilian! Ich habe es bewiesen! Tote Materie ist erwacht!« Sie rang keuchend nach Luft. »Ich hatte Recht! Er lebt!«

Das zolldicke Glas des Fensters beschlug; Glyzerin stieg in dichten Dampfwolken hoch und bildete kleine, glitzernde Tropfen an seiner Innenseite. Anna Sibelius öffnete mit bebenden Händen den letzten Verschluss und klappte das Glas nach oben. Zischend entwich die brühend heiße Luft aus dem Kessel und raubte ihr für Sekunden den Atem. Gleichzeitig durchzog ein beißender Gestank nach Salpeter und verbranntem Schwefel den kleinen Raum. Hustend und würgend wandte Anna Sibelius sich ab und fächerte mit der Rechten die dicken Schwaden auseinander. Sie wartete nicht ab, bis sich die Wolke vollends verzogen hatte, sondern hielt den Atem an und beugte sich ungeduldig wieder vor.

Da stand er.

Muskulös, von edler, fast schöner Gestalt, beinahe zweieinhalb Meter groß und mit bleicher, feucht glänzender Haut, die an zahlreichen Stellen nur durch kunstvoll ausgeführte Nadelstiche zusammengehalten wurde.

Ihr Lebenswerk. Der Golem.

Zaghaft noch, aber regelmäßig, hob und senkte sich seine breite, dicht behaarte Brust. Unter der Haut gewahrte Frau Professor Sibelius das kraftvolle Spiel der Muskeln, konnte beobachten, wie sich seine großen Hände langsam öffneten und wieder schlossen.

Und sein Blick war klar. Die stahlblauen Augen in dem scharf geschnittenen Gesicht waren weit geöffnet, die Augäpfel zuckten unruhig hin und her.

Er lebte! Er lebte!

Nur mühsam konnte Anna Sibelius den Blick von ihm wenden. Mit glänzenden Augen blinzelte sie durch das Glas der beschlagenen Hornbrille zu ihrem Assistenten hinunter, der die Stromzufuhr des Transformators herabgeregelt hatte und wieder am Fuße der Leiter stand. »Er atmet, Maximilian«, flüsterte sie ergriffen. »Ich habe es vollbracht!«

»*Ich* habe es vollbracht, Frau Professor«, stellte Maximilian richtig. »Sie werden wohl kaum noch Ihre Freude an ihm haben.«

Seine Stimme klang jetzt kalt wie klirrender Frost. Langsam näherte sich seine linke Hand der Tasche seines Kittels.

»Was ... was willst du damit sagen?« Anna Sibelius erwachte wie aus einem Rausch. Es dauerte ein paar Sekunden, bis sie die Ungeheuerlichkeit dieser Antwort verdaut hatte. Was war nur in Maximilian gefahren? »Wenn du hirnloser Idiot glaubst, den Ruhm –«

»Halt das Maul, altes Gespenst!«, fuhr Maximilian sie an. »Wenn du verkalkte Matrone es immer noch nicht begriffen haben solltest« – seine Hand verschwand in der Tasche – »ich habe gar nicht die Absicht, den Ruhm mit dir zu teilen.«

Mit diesen Worten zog er die Hand wieder hervor. Der blank polierte Lauf eines Derringers warf blitzende Reflexe auf den Mantel des Stahlzylinders. Gelassen betrachtete Maximilian die kleine Waffe für einen Moment, dann richtete er sie auf die Alte.

»Jahrelang habe ich den Narren gespielt, habe mich geduckt unter deinen Launen«, zischte er. »Hast du wirklich geglaubt, ich hätte das alles umsonst getan, all die Demütigungen, all die Erniedrigungen, die ich ertragen habe?«

Anna Sibelius erbleichte. Die Selbstsicherheit war aus ihrer Stimme verschwunden, hatte dem Timbre nackter Angst Platz gemacht. »Maximilian, ich ... ich beschwöre dich ...«

»*Rien ne va plus,* Frau Professor. Nichts geht mehr. Sterben Sie wohl.«

Sein Finger krümmte sich um den Abzug der Waffe. Für einen ganz kurzen Moment zitterte der Derringer in seiner Hand. Dann drückte er ab. Krachend entlud sich die erste Kammer der doppelläufigen Pistole.

Doch sein kurzes Zögern hatte Anna Sibelius gereicht.

Ihr rechter Fuß traf Maximilians Handgelenk. Der Schuss ging fehl und schlug mit einem metallischen Geräusch über ihr ein.

Maximilian schrie auf, mehr aus Überraschung denn vor Schmerz, und taumelte haltlos zurück. Er kam nicht mehr dazu, den zweiten Schuss abzufeuern. Mit einem gellenden Kreischen stürzte sich die Alte von der Leiter herab auf Maximilian und riss ihn mit sich zu Boden.

Schmerz! Heißer, pulsierender Schmerz, der seinen Körper verbrannte!

Eben noch hatte sanfte Kühle die allgegenwärtige Hitze vertrieben, hatten sich seine Augen an die Helligkeit gewöhnt, hatte er begonnen, eine andere, schönere Welt zu entdecken, die jenseits des Schmerzes lag.

Jetzt war die Pein zurückgekehrt, schrecklicher und verzehrender als zuvor.

Verzweifelt versuchte sein gerade erwachtes Bewusstsein, das Brennen abzuwehren –vergebens. Seine Arme kamen hoch, schlugen gegen die stählernen Wände seines Kerkers. Sein Mund öffnete sich zu einem ersten Schrei und blieb doch stumm. Die Lippen, eben noch zu gleichmäßigen, ruhigen Atemzügen geöffnet, versagten den Dienst, jegliches Gefühl war aus ihnen gewichen.

Am Kopf hatte der Schmerz begonnen; nun rann er, einer zähen Flüssigkeit gleich, den wohlgeformten, großen Körper herab, über Brust, Bauch und Hüften und die Beine hinunter.

Noch immer trommelten die Fäuste gegen zolldicken Stahl, doch die Bewe-

gungen wurden zusehends schwächer. Noch arbeitete das Herz, aber die Muskeln erhielten keine klaren Befehle mehr. Das komplizierte Gefüge, das die Einheit Mensch ausmachte, brach in Sekundenschnelle in sich zusammen.

Noch einmal – ein letztes Mal – bäumte sich der massige Körper auf, wehrte sich das wiedererweckte Hirn gegen die ewige Nacht des Todes, die es zu verschlingen drohte.

Dann war es vorbei. Der Golem brach zusammen.

Und der elektrische Strom pulste weiter durch seine erschlafften Glieder …

Keuchend stand Frau Professor Sibelius da. Die Arme hingen nutzlos an ihrem dürren Körper herab, ihr Atem ging rasselnd und schwer; schmerzhaft füllten sich die Lungen mit stickiger, heißer Luft.

Zu ihren Füßen lag Maximilian, die gebrochenen Augen in ungläubigem Staunen weit aufgerissen. Sein weißer Kittel färbte sich langsam rot.

Das zerbrochene Reagenzglas entglitt ihrer kraftlos gewordenen Hand und klirrte zu Boden. Blut glitzerte an den scharfen Bruchstellen.

Nur mühsam konnte die Alte den Kopf heben. Das verzweifelte Aufbäumen im Angesicht des Todes hatte ihre letzten Kraftreserven verbraucht. Langsam und mit unendlich müde wirkenden Bewegungen wandte sie sich um.

Ein Messer schien sich in ihr müdes Hirn zu bohren, als ihr Blick auf den Stahlzylinder fiel, und ein entsetzter Schrei brach über ihre Lippen.

Äußerlich hatte sich nichts verändert. Noch immer stand der Koloss da, mit dem leise summenden Transformator verbunden, die Leiter an seiner Seite, von unheimlich flackernden, blauweißen Blitzen umzuckt. Von oben jedoch, aus dem großen Behälter über dem Zylinder, stürzte ein dünnes Rinnsal auf ihn herab und verschwand in der geöffneten Luke des Sichtfensters.

Die Säure!

Maximilians letzter Ausweg, falls der Versuch missglücken sollte, falls sie mit dem Experiment eine tödliche Gefahr heraufbeschworen! Der Pistolenschuss musste den Kessel getroffen und leck geschlagen haben!

Mit einem stummen Schrei stürzte Anna Sibelius vor, stolperte auf den Stahlzylinder zu und prallte gegen seine Wandung. »Nein, nur das nicht … Bitte nicht das …«, flüsterte sie mit bebender Stimme, während sie ungeschickt und viel zu hastig versuchte, das Schwungrad zu drehen und den Behälter zu öffnen. Sie bemerkte nicht einmal, wie ihre Fingernägel abbrachen, wie ihre Haut aufriss und Blut das Metall schlüpfrig machte.

Der Rost knirschte. Fast schien es, als weigere sich der Gigant, seine Beute freizugeben; wie eine gewaltige Bärenfalle, die einmal zugeschnappt war. Dann endlich, nach Ewigkeiten, wie es Anna Sibelius schien, bewegte sich das Rad und drehte sich mit schrillem Quietschen in seinem Lager.

Tränen rannen Anna Sibelius über die hohlen Wangen. In ihrem Blick stand ein unstetes Flackern. Nach all den Jahren der Forschung, nach *diesem* Erfolg – alles vergebens?

Endlich schlug das Rad an. In fliegender Hast zerrte Frau Professor Sibelius den schweren Riegel zur Seite – die Tür schwang auf. Ätzender Dampf schlug ihr entgegen und raubte ihr die Sicht. Mit einer unwilligen Bewegung fegte sie die beschlagene Brille zu Boden und blinzelte in die Schwaden.

Der Golem – lebte er noch?

Das war ihr letzter Gedanke.

Sie sah nicht einmal mehr die schwammige Hand, die ihren Kopf traf und sie zur Seite schleuderte. Sie war tot, noch bevor sie auf den staubigen Fliesen aufschlug.

Das gurgelnde Keuchen, das aus dem Zylinder drang und unheimlich von den Wänden des Kellerlochs widerhallte, hatte nichts Menschliches.

Durch die grauen Schwaden tastete die verunstaltete Pranke nach der Stahlwandung. Als sie sich um das Metall schloss, klang ein scharfes Zischen auf. Der Stahl warf Blasen, verbog sich wie roher Kautschuk. Schwere, metallene Tropfen fielen zu Boden, wie Tränen aus Quecksilber.

Eine zweite Hand drang durch den Nebel, fand mit unsicheren Bewegungen Halt und klammerte sich fest. Gemeinsam zogen sie den Körper des Golems aus dem Zylinder.

Doch wie hatte er sich verändert!

Nichts war geblieben von der schönen, muskulösen Gestalt. Wo bleiche Haut das tote Fleisch umspannt hatte, klebte nun pockiges, zerfressenes Gewebe auf blanken Knochen, warf noch immer Blasen und setzte stechende Dämpfe frei.

Die linke Seite des Kopfes war verschwunden, hatte sich aufgelöst und war an der Schulter herabgeflossen. Auf dem halb zerstörten Mund stand ein dümmliches Grinsen.

Mit unkontrollierten Bewegungen schleppte sich der Golem in den Raum. Seine Füße – das, was einmal seine Füße gewesen waren – hinterließen schleimig glänzende Spuren auf dem Stein. Minutenlang blieb er stehen, schwankend wie ein Blatt im Wind und mit hilflos herabhängenden Armen. Dann ließ er sich einfach rücklings zu Boden fallen.

Er versuchte sein rechtes Auge zu öffnen, doch es hatten sich schwammige Hautschichten darüber gelegt. Er hob die Hand und wischte sie beiseite. Sein Auge war noch immer blau, doch die Iris war zu einem bizarren, zerfaserten Fleck zerlaufen. Trotzdem schien er seine Umgebung wahrzunehmen, denn jetzt wandte er langsam den Kopf und starrte auf den reglosen Körper nieder, der neben ihm lag.

Maximilian.

Beim Anblick des Leichnams, dieses glatten, unversehrten Körpers, stieg blinde Wut in der Kreatur auf. Mit einem dumpfen Grollen wälzte sie sich auf den Toten zu und fegte ihn mit einem einzigen, unglaublich kräftigen Schlag zur Seite. Die brodelnde Masse, die den unförmigen Körper bedeckte, schien stärker zu kochen.

Mühsam erhob sich der Golem auf die Beine. Sekundenlang kämpfte er um sein Gleichgewicht, dann taumelte er vorwärts.

Ein Lufthauch führte ihn auf das Kellerfenster zu, das einen Spalt offen stand. Dort, hinter den blinden Scheiben, waren Dunkelheit und Kühle. Dort würden die quälenden Schmerzen nachlassen, dort würde er nicht mehr diese ekelhaften, glatten Körper sehen müssen.

Und wenn es dort draußen vielleicht noch andere von ihnen gab, so würde er dafür sorgen, dass sie verschwanden.

Für immer!

Kein Zweifel – sie hatte sich verlaufen. Seit einer knappen halben Stunde schon irrte Veronique Rochelle durch die dunklen, nur hier und da vom schwachen Licht einer Gaslaterne erleuchteten Straßen dieses Londoner Vorortes.

Vorgestern erst war sie als Aushilfe bei einer vornehmen Familie in Paddington untergekommen. Es war reines Glück gewesen; sie war ohne größere Vorbereitungen losgefahren und hatte Paris nur mit einem schweren Koffer und zwei Hutschachteln bepackt verlassen, war mit der Eisenbahn bis Calais und von dort mit der regelmäßig verkehrenden Fähre nach Dover gereist. Bei der Bahnfahrt nach London schließlich hatte sie ihre letzten Ersparnisse eingebüßt.

Ihr war durchaus klar, dass solche Abenteuerlust eher dem männlichen Geschlecht vorbehalten war als einem Mädchen von kaum zwanzig Jahren. Sie hatte einfach auf Tante Janette gesetzt, die Schwester ihrer Mutter, die schon seit Jahren hier in London lebte, und darauf, dass sie sie wohl nicht abweisen würde, wenn sie unvermittelt an ihre Tür klopfte.

Ihren Eltern hatte sie gleich nach ihrer Ankunft ein Telegramm geschickt; die Antwort darauf stand noch aus. Veronique dachte mit recht gemischten Gefühlen daran, wie sie wohl ausfallen würde.

Tante Janette (die im Übrigen auch nicht gerade erbaut gewesen war von dieser Exkursion) hatte ihr tatsächlich helfen können; sie wusste von einem befreundeten Ehepaar, das schon seit Wochen nach einem vertrauenswürdigen Kindermädchen suchte. Dank ihrer Empfehlung hatte Veronique gleich am nächsten Tag die Stellung antreten können.

Doch London – ungleich größer und hektischer als Paris – war fremd und neu für sie, und die Idee, nach dem Abendessen auf einen kleinen Spaziergang das Haus zu verlassen, erschien ihr im Nachhinein ziemlich dumm und unüberlegt.

Sie war durch die helle Sommernacht gestreift, den Kopf voll wehmütiger Gedanken. Auch wenn sie es sich nicht eingestehen wollte, so quälte sie doch jetzt schon das Heimweh. Und ehe sie sich versah, hatte Veronique die Orientierung verloren. Hier sahen alle Straßen irgendwie gleich aus und die Straßenschilder verwirrten sie mehr, als dass sie ihr weiterhalfen. Und wie um das Missgeschick noch zu verstärken, war auch der Vollmond hinter dunklen Wolken verschwunden und hatte sie des letzten helfenden Lichtes beraubt.

Außerdem war es kühler geworden. Fröstelnd zog Veronique den leichten Schal enger um ihre Schultern.

Plötzlich fielen ihr all die Gräuelgeschichten wieder ein, die sie am helllichten Tage immer belächelt hatte: Geschichten von dunklen Gestalten, die von einsamen, verirrten Mädchen mehr verlangten als nur ihren Schmuck und den Inhalt ihrer Geldbörse. Geschichten von Jack the Ripper, der hinter finsteren Straßenecken lauerte, das lange, scharfe Messer in der Hand.

Veronique versuchte die albernen Gedanken zu verdrängen, doch es gelang ihr nur zum Teil. Ein schwacher, düsterer Abglanz der Furcht nistete sich in ihrem Unterbewusstsein ein und wartete nur darauf, ihren Geist mit neuem Schrecken zu überschwemmen. Irgendwo tief in ihr verborgen flüsterte eine leise, boshafte Stimme von schwarzen Schatten, in denen sich etwas bewegte, von schleichenden Schritten, die ihr folgten.

Langsam und ohne dass es ihr recht bewusst wurde, wandelte sich die Angst zu Panik. Ihre Schritte wurden schneller und das klackende Echo der Schuhe auf dem groben Straßenpflaster wurde von düsteren Häuserwänden und hohen, von Eisenranken gekrönten Mauern unheimlich verstärkt zurückgeworfen. Veronique achtete nicht mehr auf Wegweiser und die Richtung, in die sie ihre Schritte lenkte.

Irgendwo in der Dunkelheit schlug eine Uhr – Big Ben! Mit bebenden Lippen zählte Veronique die dumpfen Glockenschläge: »... neun ... zehn ... elf.«

Elf Uhr! Die Michaelsons würden sich gewiss schon die größten Sorgen machen. Herr im Himmel, hätte sie doch nur nicht das Haus verlassen!

Keine Menschenseele war ihr bisher begegnet, und die Häuser, an denen sie vorbeilief, sahen immer verfallener und schäbiger aus. Dies war ohne Zweifel einer der heruntergekommenen Vororte Londons, in denen wilde Banden ...

Nein! Sie durfte das nicht denken!

Und trotzdem ist es so, kleine Veronique, wisperte eine Stimme in ihr. *Sie beobachten dich schon lange – da vorn, zwischen den Akazien, und dort, hinter der eingestürzten Mauer ...*

»Ob ich einfach an eine der Türen klopfe?« Sie begann, zu sich selbst zu sprechen, nur, um das drückende Gefühl der Einsamkeit zu vertreiben, das sich wie ein schwarzes Tuch über ihre Seele gelegt hatte und sich langsam zusammenzuziehen begann. »Aber um diese Zeit und noch dazu in solcher Gegend? Wenn mir nun ein betrunkener Kerl öffnet? Nein. Nein, ich muss zurückfinden, irgendwie. Wenn ich doch nur einen Gendarm treffen würde ... Aber selbst die scheinen diese Gegend zu meiden. Bestimmt sind hier –«

Erschrocken hielt sie inne, doch ihre Gedanken machten sich wieder selbstständig:

Brutale Räuberbanden, kleine Veronique, die auch vor einem Mord nicht zurückschrecken. Vorher aber werden sie noch etwas anderes mit dir anstellen. Du bist hübsch – und kleine hübsche Mädchen leben gefährlich ...

PLATSCH!

Veronique blieb abrupt stehen. Was war das gewesen? Ein Geräusch wie von leisen Schritten; als ob jemand über einen vom Regen aufgeweichten Weg ging.

PLATSCH!

Das waren Schritte! Aber sie klangen so seltsam, so ... nass. Es hatte doch gar nicht geregnet, seit Tagen nicht. Und die Schritte kamen näher. Immer näher!

PLATSCH!

Mit einem spitzen Schrei fuhr Veronique herum und rannte los, blindlings in die Dunkelheit hinein. Die Straße unter ihren Schuhen war rau und zerklüftet. Immer wieder knickte sie ein und konnte sich erst im letzten Moment wieder fangen. Die furchtbaren Schritte aber waren immer noch hinter ihr, kamen näher und näher!

Da verfing sich ihr rechter Absatz in einer Lücke zwischen zwei Pflastersteinen. Veronique verlor das Gleichgewicht und stürzte zu Boden.

Benommen blieb sie ein paar Sekunden liegen. Ihre Knie waren aufgeschürft und bluteten leicht, und der stechende Schmerz ließ heiße Tränen die geröteten Wangen hinunterlaufen und auf die helle Seidenbluse tropfen.

Veronique schluckte den Kloß, der plötzlich in ihrer Kehle saß und das Atmen zur Qual machte, mühsam herunter. Sie musste weiter, durfte hier nicht einfach liegen bleiben. Sie drehte sich halb herum und wollte sich hochstemmen. Da fiel ihr Blick auf die Straße zurück, die sie entlanggerannt war.

Veronique erstarrte. Ihre Kehle war mit einem Male wie zugeschnürt; sie brachte keinen Ton hervor.

Wie gebannt hing ihr Blick an dem riesigen Schatten, der durch die Dunkelheit auf sie zukam. Er sah fast wie die Silhouette eines Menschen aus, nur viel größer und massiger. Und der Kopf war seltsam schmal, fast, als wäre er nur zur Hälfte vorhanden.

Und aus dem Schatten lösten sich dunkle, schwere Tropfen und fielen dampfend und schäumend zu Boden.

PLATSCH. PLATSCH. PLATSCH ...

Es war spät geworden. Ich warf einen Blick auf meine Taschenuhr, als ich das Lokal verließ; kurz vor zehn – und dabei hatte ich vorgehabt, nicht mehr als ein, zwei Bier zu trinken und dann eine Kutsche nach Hause zu nehmen.

Doch das Verlangen, endlich wieder einmal unter normale Menschen zu kommen und sich über alles Mögliche zu unterhalten außer über tentakelbewehrte Wesen, lebende Statuen und uralte Götter, die mich mit ihrem Hass verfolgten, war übermächtig gewesen.

Nun, mit den Gesprächen hatte ich wenig Glück gehabt, es schien fast so, als würde meine pure Anwesenheit die Leute auf Distanz halten. An der Theke, an der ich gestanden hatte, waren die beiden Plätze links und rechts von mir den ganzen Abend über leer geblieben, obwohl das Lokal ansonsten recht gut besucht war. Doch das war etwas, woran ich mich im Laufe der letzten Jahre beinahe gewöhnt hatte; wenigstens versuchte ich mir das einzureden.

Trotzdem hatte ich mich ausgiebig der Kurzweil hingeben können. Eine französische Chansonette war heute die Attraktion gewesen; ihre sanften, melancholischen Lieder hatten mich gefangen genommen und den ganzen Abend über nicht mehr aus ihrem Bann entlassen. Schließlich, die meisten Gäste waren schon vor Stunden gegangen, beendete die junge Frau ihr Gastspiel.

Und ich hatte an die zehn Humpen Bier und drei oder vier klare Schnäpse getrunken. Mein Gang war nicht mehr ganz sicher, als ich mich von meinem Barhocker erhob.

Ich trank ansonsten eigentlich sehr selten. Wenn man in permanenter Gefahr schwebt, von Tentakeln erwürgt zu werden oder durch die Hand eines schwarz verhüllen Meuchelmörders ums Leben zu kommen, vergeht einem die Lust darauf, seine Sinne für kurze Zeit zu betäuben. Ich wusste selbst nicht, warum ich heute mit diesem Grundsatz gebrochen hatte. Vielleicht war der seelische Druck nach der Rückkehr aus New York, seit Priscylla wieder bei mir weilte, einfach zu stark geworden. Denn obwohl ich sie endlich gefunden hatte, sie wieder berühren und umsorgen konnte, war sie doch unendlich weit von mir entfernt. Für kurze Zeit hatte ich mich der Illusion hingegeben, nach ihrer Trennung von dem unseligen Einfluss des NECRONOMICON wäre sie endlich wieder ein normaler Mensch, doch das hatte sich als Täuschung herausgestellt. Zwar war sie nicht länger ein Werkzeug des Bösen, aber die Zeit, die sie mit dem schrecklichen Buch verbunden gewesen war, hatte Spuren hinterlassen. Priscyllas Geist war gefangen in einer Welt jenseits der unseren; in Dimensionen, in die nur die Wahnsinnigen je vorstoßen konnten.

Ich schüttelte die schmerzhaften Gedanken ab – diesmal machte es mir der Alkohol beinahe leicht – und schwankte durch den verrauchten Schankraum ins Freie.

Die Nacht war kühl geworden, und die frische Luft ließ mich für einen Moment schwindeln. Ich umkrampfte mit beiden Händen den schlanken Stockdegen, der jetzt natürlich in seiner hölzernen Ummantelung steckte und mir als Spazierstock diente.

»Zu Diensten, Sir.«

Die plötzliche Stimme ließ mich erschrocken aufschauen. Die Droschke, die aus einer versteckten Seitenstraße gerollt war und nun vor mir auf der Straße hielt, hatte ich gar nicht bemerkt. Vom Kutschbock her blinzelten mich wache, gutmütige Augen an.

»Ah – ja. Bitte.« Ich rückte den Kragen meines Umhanges zurecht und löste mich aus dem Schatten des Gebäudes. Der Kutscher schwang sich mit einer eleganten Bewegung vom Bock herab und landete neben mir auf dem Trottoir. Er riss den Wagenschlag auf und vollführte mit der Linken eine übertrieben einladende Geste.

»Bitte sehr, zu Ihrer Verfügung. Wohin darf ich Sie bringen, Verehrtester?«

»Nummer 9, Ashton Place, bitte.«

Seine eher legere Art fiel von ihm ab wie ein hastig geöffneter Mantel. Er straffte sich und wirkte in diesem Moment so lächerlich steif und gespielt vornehm, dass ich unwillkürlich grinsen musste.

»Entschuldigen Sie, Sir«, beeilte sich der Droschkenkutscher zu sagen, »ich wusste nicht, dass der gnädige Herr –«

»Schon gut«, unterbrach ich ihn und winkte unwillig ab. »Vergessen Sie die Förmlichkeiten. Fahren Sie mich einfach, okay?«

»Jawohl, Sir!« Obwohl ich ihm mit dem letzten Wort bewusst meine amerikanische Herkunft angedeutet hatte (ein wahrer Brite würde sich lieber die Zunge abbeißen, als ein »Okay« auszusprechen), konnte der gute Mann wohl doch nicht gegen seine Natur. Er verbeugte sich ein paar Mal und half mir in die Kutsche.

Ich ließ mich schwer auf die Samtbezüge sinken und atmete kräftig durch. Langsam wurde mein Kopf wieder klar. Ich hörte, wie der Kutscher zurück auf seinen Bock kletterte. Die schwankende Bewegung, in die er die Droschke damit versetzte, weckte unangenehme

Gefühle in meiner Magengegend. Dann ließ er die Peitsche knallen. Das Gefährt ruckte an und holperte über grobes Backsteinpflaster. Meine Eingeweide begannen im gleichen Takt zu schwingen.

Ich hatte mit voller Absicht ein Lokal etwas außerhalb der Londoner City gewählt; hier verkehrten nicht die feinen Pinkel wie in den vornehmen Clubs der Innenstadt, sondern jener Menschenschlag, den ich während meiner Jugendzeit in New York kennengelernt hatte: die arbeitende Klasse, herzliche Männer mit derbem Humor und immer für eine Überraschung gut. Wenn auch nicht immer für eine angenehme ...

Fast wünschte ich mir, die letzten Jahre einfach ablegen zu können und wieder zu ihnen zu zählen. Doch diese Sehnsucht war nur eine Reaktion auf die Schrecken, die ich seitdem erlebt hatte. Im Hafen von New York wäre mein Leben auch nur in zwei möglichen Bahnen weiterverlaufen: entweder hinter schwedischen Gardinen oder als Mitglied einer Straßengang. Das bleibt kaum aus, wenn man seinen Lebensunterhalt mit Gaunereien und kleinen Überfällen verdient. Und früher oder später hätte ich es mit einer Kugel im Rücken oder am Galgen beendet ...

Ein Schrei riss mich aus meinen Gedanken!

Obwohl er in weiter Entfernung erklang und durch das Rumpeln der Kutsche fast übertönt wurde, durchfuhr er mich heiß und kalt. Oftmals schon hatte ich Schreie dieser Art hören müssen. So schrien Menschen in Todesangst!

Ich sprang auf und schlug mit der Faust kräftig gegen die Holzverkleidung zum Kutschbock. Von draußen erklang ein unwilliges Brummen, dann wurde ein kleines Schiebefenster zur Seite gerückt. Das Gesicht des Kutschers erschien in der Öffnung. »Sir?«

»Halten Sie – schnell!«, fuhr ich ihn an; heftiger, als nötig.

Das Gesicht verzog sich fragend und verschwand wieder. »Brrr! Hoo, Lizzy, hoo!« Die Kutsche kam langsam zum Stillstand. Ich riss den Schlag auf und sprang mit einem Satz ins Freie. Mein Rausch war wie fortgeblasen; der Schrei hatte mich von einem Moment auf den nächsten ernüchtert.

Der Kutscher sah mich dümmlich an. »Ist irgendetwas nicht in Ordnung, Sir?«, fragte er.

»Haben Sie den Schrei nicht gehört?«

»Einen Schrei?«, entgegnete er. »Wissen Sie, Sir, meine Ohren sind nicht mehr so –«

»Still!«, unterbrach ich ihn. »Hören Sie!«

Da war er wieder, der Schrei aus der Ferne. Jetzt konnte ich sogar die Richtung bestimmen. Ohne länger zu zögern, schwang ich mich auf den Kutschbock hinauf, ignorierte die hilflosen Gesten meines Fahrers, der offensichtlich glaubte, ich läge im Delirium, und deutete mit dem Arm in die Richtung, aus der der Schrei erklungen war. »Schnell, Mann, machen Sie schon! Da ist eine Frau in Gefahr! In Lebensgefahr!«

Endlich begriff er und lenkte seinen Gaul herum. Die lange, dünne Peitsche fuhr auf den Rücken des Tieres nieder.

Trotzdem war er noch nicht vollends überzeugt. »Wird wohl ein Ehekrach gewesen sein, Sir«, warf er ein. »Kommt in dieser Gegend des Öfteren vor. Bestimmt ist es nichts Ernstes.«

Ich hörte ihm kaum zu, sondern starrte angestrengt nach vorn, versuchte die Dunkelheit mit Blicken zu durchdringen. Die Schreie waren verstummt. Verdammt! Kam meine Hilfe zu spät?

Die Kutsche holperte über immer schlechter werdende Straßen. Auch die Gebäude zu beiden Seiten machten einen immer verfalleneren Eindruck, je weiter wir kamen. Die Gaslaternen am Straßenrand wurden seltener und blieben schließlich ganz aus. Und immer noch war nichts zu sehen oder zu hören.

Fast wollte ich schon aufgeben, als sich plötzlich ein massiger Schatten vor uns aus der Dunkelheit schälte. Gleichzeitig begann das Pferd des Kutschers zu scheuen und wieherte schrill auf.

Das Tier hatte Angst, panische Angst! Was immer da vor uns auf der Straße hockte, es musste so gefährlich sein, dass es die Instinkte des Kutschengaules weckte. Ein Raubtier vielleicht? Hier, in London?

»Halten Sie. Ich sehe mir die Sache aus der Nähe an«, sagte ich und wollte mich vom Bock schwingen, aber der Kutscher hielt mich am Rockaufschlag zurück.

»Sir! Bleiben Sie hier! Ich werde gehen.« Mit diesen Worten klappte er die schmale Fußbank zurück und griff hinein. Als seine Hand wieder zum Vorschein kam, umschloss sie den Lauf eines Trommelrevolvers.

Der gute Mann mochte wohl denken, ich sei ein übermütiger adliger Geck, der sich der Gefahr nicht bewusst war, doch mir fehlte die Zeit, ihn vom Gegenteil zu überzeugen. Ich riss die Waffe aus seinen Fingern, schlug die Hand beiseite, die noch immer meinen Kragen hielt, und ließ mich zur Seite fallen.

Ich kam mehr schlecht als recht auf dem Straßenpflaster auf, kämpfte einen Moment um mein Gleichgewicht und blickte mich nach allen Seiten um. Doch der massige Schatten, den ich eben noch kaum zehn Schritt entfernt gesehen hatte, war verschwunden!

Nein, nicht verschwunden, ich sah ihn gerade noch um eine Straßenecke biegen. Er floh!

Ohne lange zu überlegen, sprintete ich los – und stolperte fast über die zierliche Gestalt, die reglos ein paar Schritte weiter am Boden lag.

Es war ein Mädchen, nicht älter als zwanzig Jahre. Sekundenlang wusste ich nicht, was ich tun sollte: den Kerl verfolgen, der das Mädchen offensichtlich überfallen und vielleicht gar missbraucht hatte, oder mich um die Kleine kümmern. Ich beugte mich rasch über sie und tastete nach ihrem Puls. Gott sei Dank, sie lebte!

Hastig sprang ich wieder auf und wandte mich nach der Kutsche um. Der Droschkenfahrer kam bereits mit eiligen Schritten auf mich zu. Jetzt stand mein Entschluss fest.

»Kümmern Sie sich um das Mädchen hier!«, rief ich ihm zu. »Ich werde versuchen, ob ich den Kerl noch erwische!«

Und rannte los ...

Die enge Gasse war stockfinster, noch schwärzer als die Nacht selbst. Das bleiche Licht des Mondes, das ab und zu durch die schweren, tief hängenden Wolken gebrochen war und die Konturen der baufälligen Gebäude schemenhaft nachgezeichnet hatte, wurde von hohen, dicht beisammen stehenden Wänden vollkommen ausgesperrt. Ich konnte nicht einmal mehr die sprichwörtliche Hand vor Augen sehen.

Trotzdem stolperte ich in die Dunkelheit hinein, den kühlen Schaft der Pistole fest umklammert. Doch die Sicherheit, die mir die Waffe gab, erschien mir schal und mehr als fragwürdig, wenn ich nur an die Größe des Schattens dachte, den ich über das Mädchen gebeugt gesehen hatte. Das war kein Mensch gewesen, wurde mir jetzt klar. Im ersten Moment hatte ich unwillkürlich an den irren Dirnenmörder gedacht, der schon seit Monaten sein Unwesen in den abgelegenen Bezirken Londons trieb und den man Jack the Ripper nannte.

Aber nein, das war unmöglich. Ich konnte die unheimliche Präsenz, die der … *Fleischberg* ausgestrahlt hatte, fast körperlich spüren. Mein magischer Sinn hatte Alarm geschlagen, im ersten Moment, als ich ihm gegenüberstand.

Ich strauchelte über Unrat und stinkende, moderige Abfälle, verlor das Gleichgewicht und prallte mit der Schulter schwer gegen eine der Häuserwände. Mein Mantel verfing sich an irgendeinem vorstehenden Haken oder Nagel und riss der Länge nach entzwei. Ich fluchte leise und streifte ihn ganz ab. Für einen Moment musste ich stehen bleiben, um mich zu orientieren.

Und da durchzuckte mich ein eisiger Schreck.

Ich hörte seine Schritte nicht mehr!

Er konnte unmöglich schon das Ende der Gasse erreicht haben und zwischen den engen Wänden war jeder Schritt überdeutlich zu hören gewesen!

Ich lauschte angestrengt – nichts! Er war stehen geblieben und wartete auf mich!

Aber wo? War er etwa schon dicht vor mir und lauerte nur darauf, dass ich den nächsten Schritt machte, um mich zu packen? Unwillkürlich wich ich zurück und hob die Pistole.

Jedenfalls wollte ich es.

Der Trommelrevolver war verschwunden! Ich musste ihn verloren haben, als ich mit der Wand Bekanntschaft gemacht hatte. Ich ließ mich langsam, unendlich langsam in die Knie sinken und tastete mit fliegenden Fingern über den Boden, zog die Hand angewidert zurück, als ich etwas Schwammiges, Weiches berührte, überwand meine Abscheu und suchte weiter nach der Waffe.

Meine Finger glitten über Dinge, von denen ich nicht wissen wollte, wie sie wohl bei Tageslicht aussahen, und einmal glaubte ich, das Fell einer toten Ratte zu berühren.

Aber ich hatte mich getäuscht. Sie war ganz und gar nicht tot, sondern raste plötzlich meinen Ärmel hoch und verschwand über meine Schulter.

Die Pistole fand ich nicht.

Schließlich gab ich es auf, wischte meine Hand am Mantel sauber, der hinter mir auf dem Unrat lag, und richtete mich vorsichtig wieder auf.

Ein kühler, schwacher Wind kam auf, wehte durch die Häuserschlucht und trug einen merkwürdigen, stechenden Geruch heran. Fast wie … Salpetersäure! Und eine Spur von verbranntem Fleisch.

Ich schauderte. Der Gestank musste von diesem Kerl ausgehen! Für einen Moment spielte ich ernsthaft mit dem Gedanken umzukehren.

Aber auch nur für einen Moment. Nein – was immer da durch die Nacht schlich und Menschen anfiel, es musste unschädlich gemacht werden. Und ich hatte die Chance dazu, hier und jetzt.

Der Geruch nach Säure wurde mit jeder Sekunde stärker! Und dann vernahm ich schwere, tropfende Geräusche aus der Finsternis vor mir.

PLATSCH. PLATSCH. PLATSCH ...

Er kam näher!

Einen Herzschlag lang drohte mich wilde, nackte Panik zu überrollen. Ich bin weiß Gott kein ängstlicher Mensch, aber das Gefühl, völlig hilflos wie eine Maus vor einer sprungbereiten Katze zu sitzen, wurde für einen Moment übermächtig in mir. Meine Augen hatten sich mittlerweile halbwegs an die Dunkelheit gewöhnt, und ich vermochte erste Schemen zu erkennen.

Und einer dieser Schatten bewegte sich!

Mit einem Ruck sprang ich vollends auf die Füße und riss meinen Stockdegen aus seiner Umhüllung.

Ich kam nicht einmal mehr dazu, ihn gegen den massigen Schatten vor mir zu richten. Plötzlich war er heran. Beißender Nebel raubte mir mit einem Mal den Atem. Etwas raste auf meinen Kopf zu!

Im letzten Moment ließ ich mich nach hinten fallen. Die unförmige Klaue, die mein Gesicht treffen sollte, wischte um Haaresbreite an mir vorbei. Schwere Tropfen irgendeiner Flüssigkeit fielen auf meinen Kragen und Schal. Die Kreatur stieß ein dumpfes, kehliges Knurren aus.

Was um alles in der Welt war das?

Etwas Hartes, Spitzes bohrte sich in meinen Rücken, als ich auf dem Boden aufschlug. Farbige Sterne tanzten vor meinen Augen und fast hätte ich das Bewusstsein verloren. Ich versuchte den Schmerz zu ignorieren und kroch hastig auf Händen und Füßen von der Gestalt fort. Hinter mir schlug etwas mit einem schlammigen Geräusch auf die Steine.

Die Luft um mich herum schien zu kochen.

Plötzlich fühlte ich einen metallenen, kühlen Gegenstand unter der rechten Hand. Der Revolver!

Über mir wuchs ein unförmiger Schemen auf. Mir blieb kaum der

Bruchteil einer Sekunde – ich ließ mich ganz auf den Rücken fallen und riss die Waffe hoch. Mit einem Knall, der mir die Trommelfelle zu zerreißen schien, löste sich der erste Schuss. Der grelle Mündungsblitz erhellte für die Dauer eines Herzschlages die Gasse. Ich werde den Anblick wohl mein ganzes Leben lang nicht mehr vergessen können. Eine amorphe, konturlose Masse brodelnden Fleisches erhob sich über mir. Der ganze Körper des schrecklichen, entfernt humanoiden Wesens schien zu kochen und schleimige Blasen zu werfen. Und sein Kopf ... mein Gott ...

Ich schoss weiter, immer und immer wieder, bis der Schlagbolzen klickend auf leere Kammern niederfuhr. Und selbst das bemerkte ich erst nach einigen Sekunden.

Der Schatten war verschwunden. Ich blinzelte, ließ die nutzlos gewordene Pistole fallen und stemmte mich hoch.

Aber da war nichts! Kein sterbendes Monstrum auf dem Schutt. Keine brodelnde Masse, die langsam zwischen den Steinen versickerte. Das Wesen war fort – geflohen. Es musste also durchaus verwundbar sein; hätte es sonst die Flucht ergriffen?

Keuchend wischte ich mir das schweißnasse Haar aus der Stirn und nahm den Stockdegen wieder an mich. Es konnte noch nicht weit gekommen sein. Ein gewaltiger Schatten zeichnete sich für einen Moment gegen das mondbeschienene Ende der Gasse ab, krümmte sich wie im Schmerz und taumelte dann nach links aus meinem Blickfeld.

Es war verletzt; kein Zweifel. Aber es hatte einen beträchtlichen Vorsprung. Ich rannte los, so schnell mich meine Füße trugen ...

Geblendet wankte er zurück. Beiläufig nur registrierte sein zerstörtes Gehirn, dass kleine runde Metallkugeln irgendwo in den massigen Körper einschlugen, ihn durchdrangen und, ihrer Wucht beraubt, hinter ihm zu Boden fielen.

Ein Schmerz, ähnlich dem, den er in seinem stählernen Kerker verspürt hatte, stach wie mit Messern in sein verbliebenes Auge und trieb ihn zurück.

Licht! Grelles, schmerzhaftes Licht!

Seinem Auge fehlte das Lid, es zu verschließen und die Helligkeit zu mildern, und so hob er die Arme und schlug sie vor sein Gesicht.

Doch es schien, als könne nichts diese schrecklichen Blitze aufhalten, die immer und immer wieder aufzuckten. Schließlich fand sein primitiver Verstand eine Lösung: Flucht.

Schwerfällig wandte sich der Golem um und begann zu laufen. Die Blitze blieben hinter ihm zurück, doch allein die Erinnerung daran weckte etwas wie Angst in ihm. Er musste zurückfinden, dorthin, woher er gekommen, wo er erwacht war.

Allmählich verschwanden die grellen Trugbilder vor seinem Auge und er konnte die Gasse, die er entlangeilte, wieder deutlich vor sich sehen. Jetzt hatte er ihr Ende erreicht und bog in eine breitere Straße ein.

Am Nachthimmel, hoch über ihm, brach der Vollmond durch die Wolken und überschüttete ihn mit gnadenloser Helligkeit. Erschrocken fuhr er herum und starrte zu der gleißenden, runden Scheibe hinauf, krümmte sich ob der Schmerzen, die das Licht mit sich brachte. Rasch wandte er sich wieder ab und flüchtete in den Schatten der hohen Mauern, die seinen Weg säumten.

Fast hatte er sein Versteck am Ende der Straße erreicht, als ein klopfendes, schnelles Geräusch an sein Ohr drang. Mit einem unwilligen Knurren blieb er stehen und blickte zurück. Und was er sah, erfüllte ihn mit einer seltsamen Mischung aus Angst und wilder, unbändiger Wut.

Er folgte ihm; der Mensch, der die furchtbaren Blitze geschleudert hatte. Sekundenlang schwankte sein animalischer Verstand zwischen Angriff und Flucht. Dann wandte er sich wieder um, eilte auf das zerbrochene Kellerfenster zu. Mit einer fließenden Bewegung ließ er seinen schwammigen, aufgedunsenen Körper hineingleiten. Sollte er nur kommen! Das hier war sein dunkles Reich. Der Ort seiner Geburt.

Der Einstieg sah nicht gerade einladend aus; eher wie das Maul eines gierigen Riesen (mit Mundgeruch, denn der bestialische Gestank, der aus dem schwarzen Loch wehte, raubte mir schier den Atem). Ich musste mich flach auf den Boden legen, um hineinblicken zu können. Natürlich sah ich nichts. Aber ein hohes Summen wie von Maschinen drang an mein Ohr.

Dort drinnen wartete das Biest auf mich; ich hatte deutlich gesehen, wie es durch den Schacht verschwunden war. Vielleicht war es bereits tot, seinen Verletzungen erlegen. Vielleicht lag es bewusstlos am Boden. Ich lauschte gespannt.

Nichts.

Endlich raffte ich mich auf, packte den Stockdegen fester und ließ mich durch die Öffnung gleiten. Einen Herzschlag lang hing ich, an den zersplitterten Fensterrahmen geklammert, in der Luft, dann ließ ich mich fallen, kam federnd auf und wich sofort zur Seite.

Der Raum war stockfinster. Zu meiner Rechten ertönte das summende Geräusch, und von der gegenüberliegenden Wand kam ein helles Plätschern, als tropfe ein stetiges Rinnsal von der Decke in flache Pfützen.

Und irgendwo, ohne dass ich die Quelle des Geräusches ausmachen konnte, brodelte etwas, zerplatzten kleine fette Blasen in der Dunkelheit.

Ich tastete mit der freien Linken über den rauen Stein und schob mich noch weiter zur Seite. Den Stockdegen hielt ich weit von mir gestreckt in den Raum gerichtet.

Und noch immer kein Lebenszeichen von meinem Gegner.

Langsam und darauf bedacht, keinen Laut zu verursachen, tastete ich mit der linken Hand nach der Brusttasche meines Jacketts. Deutlich konnte ich das flache Zündholzbriefchen fühlen. Ich zog es hervor und klappte es auf.

Für einige Sekunden musste ich meine rechte Hand zu Hilfe nehmen, um eines der Hölzchen anzureißen. In einer grellen, flackernden Stichflamme entzündete sich der Schwefel und riss einen kleinen Kreis unsteten Lichtes aus der Dunkelheit.

Ich schrie gellend auf und warf mich zur Seite. Das Zündholz fiel zu Boden und erlosch.

Direkt vor mir, keine zwei Fuß entfernt, hatte ich für den Bruchteil einer Sekunde das schreckliche Wesen gesehen, die schwammigen Arme nach mir ausgestreckt, das zerfallene Gesicht in einem dümmlichen Grinsen verzerrt.

Jetzt fiel es mit einem klatschenden Geräusch gegen die Wand; genau an der Stelle, wo ich gerade noch gestanden hatte. Ein kehliges, enttäuschtes Brüllen zerriss die Stille.

Ich rollte mich über die Schulter ab und kam in einer fließenden Bewegung wieder auf die Beine. Der Stockdegen beschrieb einen weiten, waagerecht geführten Bogen und traf in weiche, schwammige Masse. Ein helles Zischen ertönte. Die wütenden Schreie steigerten sich zu einem ohrenbetäubenden Crescendo, und irgendetwas klatschte zu Boden. Ich schlug noch einmal in die Richtung, doch diesmal spürte ich keinen Widerstand mehr.

Ich stolperte zurück und riss ein zweites Schwefelholz an. Und wieder konnte ich mich nur im letzten Moment durch einen raschen Sprung retten. Dieses Monstrum schien in der Dunkelheit so gut zu sehen wie ich am helllichten Tage! Seine Klauen verfehlten mich nur knapp.

Aber bevor das zweite Hölzchen erlosch, fiel mein Blick auf eine Fackel, die in einem verrosteten Wandhalter steckte, nur wenige Schritte von mir entfernt. Mit einer schnellen Bewegung warf ich mich herum, schlug noch einmal blind in die Dunkelheit und riss die Fackel aus der Halterung. Ich klemmte sie mir unter den Arm und entzündete ein weiteres Zündholz.

Es zischte, als ich die Flamme gegen das von Pech getränkte Leinen hielt, und das Schwefelholz erlosch.

Die Fackel war feucht! Nass und wertlos! Wütend schleuderte ich sie in die Richtung, in der ich das Monster vermutete.

Ein unglaublich kräftiger Schlag, der fast meine Rippen brach, traf mich in die Seite und schleuderte mich durch den Raum. Mein Degen wirbelte davon und prallte mit einem metallischen Klirren gegen die Wand.

Ich selbst schlug nur einen Herzschlag später auf. Ein berstendes Geräusch drang noch an mein Bewusstsein, dann stürzte die Welt um mich herum ein. Massive Holzbretter regneten auf mich herab und schwere, mit stinkenden Flüssigkeiten gefüllte Flaschen klirrten zu Boden und zersprangen in tausend Scherben.

Eine der bauchigen Flaschen fiel mir direkt in die Arme. Ein letztes Mal sammelte ich alle Kräfte und zog mich hoch. Die Dunkelheit schien sich in einem feurigen Reigen um mich zu drehen, und ich fühlte Übelkeit in mir aufsteigen. Meine Knie wurden weich und knickten ein. Die Flasche, die ich gegen das Monstrum hatte werfen wollen, entglitt meinen kraftlos gewordenen Händen und zerbarst.

An das, was dann geschah, habe ich nur noch eine vage, verzerrte Erinnerung. Eine gleißende Feuersäule fuhr in die Höhe, im gleichen Moment, als die Flasche vor meinen Füßen zerbrach, und ich glaubte ein irres, schrilles Lachen zu hören. Wie durch einen Schleier sah ich das gewaltige, unförmige Wesen zurücktaumeln, die Arme vor das Gesicht gerissen. Die Feuersäule wuchs hoch empor, schlug bis an die Decke des Kellerraumes – und hüllte mich ein!

Und dann ... nichts mehr. Eine schwarze Ohnmacht riss mich aus dem Chaos heraus und ließ mich in unendliche Tiefen stürzen ...

»Und du bist sicher, dass es sich lohnt?« Jack »The Fox« Mulligan ließ Spaten und Spitzhacke auf den frischen Erdwall fallen und wischte sich mit dem Handrücken über die Nase.

»Klar doch, Jack, klar doch«, antwortete sein Kumpan und sah sich gehetzt um. »Die haben die Alte mitsamt ihren Brillanten verscharrt. Hab' ich aus ganz sicherer Quelle.«

Die beiden Männer hatten ihre Stimmen zu einem Flüstern gesenkt, obwohl sie hier gewiss niemand hören konnte. Höchstens die Ratten, die zwischen den Gräbern auf Beutejagd waren. Der *Saint John Cemetery* lag still und einsam da; totenstill, gewissermaßen. Vor einer halben Stunde hatte der Friedhofswärter seine Runde gemacht – für die nächsten drei Stunden hatten sie Ruhe vor dem alten Archie. Vielleicht sogar länger; das kam ganz darauf an, wie lange sein Vorrat an billigem Fusel vorhielt, mit dem er sich die Zeit und Sorgen in seinem baufälligen Bretterverschlag vertrieb.

Die Nacht war kühl und feucht, und der Vollmond gab so viel Licht, dass die beiden auf die mitgebrachte Laterne verzichten konnten. Smiley Johnson reckte seine rattenköpfige Visage in die Nachtluft und schnupperte. Er war lang und dürr, und seinen Rücken zierte ein ansehnlicher Buckel. Er sah tatsächlich einer Ratte ähnlicher als einem Menschen. Das hatte mit den Jahren wohl auch auf seinen Charakter abgefärbt.

»Okay, die Luft ist rein. Ans Werk, Jack, ans Werk.« Er rieb sich die sehnigen Hände und kicherte. »Die Steinchen werden uns ganz hübsch was einbringen, sag ich dir. Old Fitz meint, dass –«

»Quatsch hier keine Opern«, zischte Jack Mulligan ärgerlich. »Wenn Fitzgerald dir einen Bären aufgebunden hat, kann er seine Knochen von der Straße auflesen. Und die deinen gleich mit«, fügte er grinsend hinzu.

Smiley fuhr zusammen. »Nein, nein, Jack«, beeilte er sich zu sagen, »Old Fitz belügt seinen alten Kumpel Smiley doch nicht, nein, das tut Old Fitz nicht. Ich sage dir, da unten warten mindestens fünfhundert Pfund auf uns! Mindestens!«

»Dann wollen wir sie mal nicht allzu lange warten lassen.« Jack spuckte in die Hände und griff zum Spaten. In seinen riesigen Pranken sah er fast wie ein Spielzeug aus. »Räum das Grünzeug weg!«

Smiley Johnson wieselte um das Grab herum und zerrte die Kränze herunter. Dann zog er das Holzkreuz aus der noch lockeren Erde. »Baroness Elizabeth of Wollcram«, las er mit höhnischer Stimme. »1805 bis 1886 – Der Herr gibt, der Herr nimmt ... Da sollten wir uns doch glatt ein Beispiel dran nehmen, was, Jack?« Er kicherte blöde, klaubte eine weiße Rose aus einem der Gebinde und steckte sie sich ans Revers.

Jack »The Fox« Mulligan antwortete nicht. Er trieb das Blatt des Spatens in das Erdreich und fegte die ersten Krumen zur Seite. Seine Zunge huschte gierig über die fetten Lippen. Die Sache hier war ein Kinderspiel. Und sie würde eine Menge Moneten einbringen – achtzig Prozent für ihn, zwanzig für Smiley. Die Ratte hatte zwar noch keine Ahnung davon, aber Jack Mulligan besaß überzeugende Argumente. Und schlagkräftige.

Von Westen her wehten die Glockenschläge des Big Ben herüber. Smiley lauschte. »Zwei Uhr, Jack. Ich mache mal 'ne Runde. Lass dich nicht stören.«

»Fauler Hund«, knurrte Mulligan und wischte sich den Schweiß von der Stirn. Im Geiste erhöhte er seinen Anteil auf fünfundachtzig Prozent. »In fünf Minuten bist du wieder hier und löst mich ab«, knurrte er. »Ist das klar?«

»'türlich, Jack. Fünf Minuten.« Smiley tippte sich mit zwei Fingern an den Rand seiner Schiebermütze und schlug den Mantelkragen hoch. Dann verschwand er in der Dunkelheit zwischen den Gräbern.

Kaum war er außer Sichtweite, kramte er in seinen Taschen herum und zog einen Zigarettenstummel und ein Zündholz hervor. Er ratschte es über einen Grabstein und schirmte die Flamme mit beiden Händen ab, als er die Kippe entzündete. Gierig sog er den Rauch in seine Lungen.

»Scheiß-Job«, fluchte er leise. »Dieser Mulligan ist 'n krummer Hund. Der bringt's glatt fertig und haut mich übers Ohr. Muss höllisch aufpassen. Scheiß-Job, das.« Er warf das Zündholz zu Boden und trat es aus. Dann setzte er sich wieder in Bewegung.

Der Friedhof lag still und tot vor ihm. Nur die verkrüppelten Trauerweiden wiegten sich im Nachtwind und sangen ihr ewiges Lied. In der Ferne schrie ein Nachtvogel. Von den nahen Docks klang das Nebelhorn eines Kutters auf. Verdammter Nebel, verdammter! Ratten mögen keinen Nebel. Smiley blieb einen Moment stehen und sah sich um. Unheimliche Schatten tanzten zwischen den Gräbern und niedrigen Büschen; Schatten, in denen Laub raschelte und die mit dürren Spinnenfingern nach ihm zu greifen schienen.

»Was soll der Blödsinn?« Smiley stieß ärgerlich eine Rauchwolke aus. »Hast du etwa Schiss vor'n paar toten Leichen?« Er schüttelte grinsend den Kopf. Schon mehr als einmal hatte er die Nacht in irgendeiner aufgebrochenen Gruft verbracht, in Ermangelung eines Pennys für das Obdachlosenasyl. Was war heute nur los mit ihm?

Klar, die Aufregung. Wenn die Greifer sie hier erwischten, hatten sie eine Unterkunft; für die nächsten fünf Jahre sogar. Allerdings reichlich eng und ohne besonderen Service.

Smiley ließ sich auf eine Grabumfassung sinken und streckte die Beine von sich. Die Kippe war verbraucht; wenn er jetzt noch einen Zug tat, verbrannte er sich nur die Lippen. Er warf sie in hohem Bogen über die Schulter.

Ein leises, fast unhörbares Geräusch klang hinter ihm auf. Ein Rascheln, das nicht von dem Stummel herrühren konnte, der in trockenes Laub fiel!

Smiley fuhr herum.

Aber da war nichts. Verdammt, spielte er jetzt schon verrückt? Sein Blick streifte den verwitterten Grabstein. »Donald Ashley Robinson, 1734 bis 1765«, las er. »Hast du mich erschreckt, alter Knabe?« Ein Grinsen huschte über sein schmales, spitzes Gesicht.

Das Grab war verrottet und ungepflegt. Wenn es noch Angehörige der Robinsonsippe gab, so scherten sie sich nicht sonderlich um ihren Ahnherrn. Wildes Unkraut und Löwenzahn überwucherten den eingefallenen Erdhügel. Und – Smiley erstarrte. Hatte sich da nicht eben etwas bewegt? Da – schon wieder! In der Mitte des Hügels lösten sich einige Erdkrumen und rollten auf Smiley zu.

Mit einem unterdrückten Schrei fuhr der Rattengesichtige in die Höhe und starrte fassungslos auf einen kreisförmigen Trichter, der sich auf dem Grab gebildet hatte und in dem weitere Erdklumpen verschwanden. Etwas, das wie ein fetter weißer Wurm aussah, krümmte sich aus der Öffnung. Dann folgte ein zweiter, ein dritter ...

Das war eine Hand! Knochenfinger!

Smiley taumelte zurück. Das Entsetzen schnürte ihm die Kehle zu.

Ein zweiter Trichter entstand, wurde größer und größer und auch hier tastete sich eine bleiche Knochenhand ins Freie. Schließlich brach der ganze Erdhügel ein und gab den Blick auf fleckige, von Moder überzogene Rippen frei. Ein grinsender Totenschädel richtete sich auf und stierte Smiley aus leeren Augenhöhlen an.

Smiley Johnson wirbelte herum. In seinem Gehirn war nur noch

Platz für wilde, unbändige Panik. Er handelte rein instinktiv, ohne einen klaren Gedanken fassen zu können. *Ratten sind feige, Smiley. Ratten rennen, wenn es an ihr Leben geht. Weg von hier, nur weg!*

Er stolperte über eine Grabeinfassung und schlug schwer zu Boden, mit dem Oberkörper auf das Bett eines weiteren Grabes. Vor seinen Augen wuchs eine verzerrte Klaue aus dem Erdreich. Eine Hand, an der noch Hautfetzen klebten!

Smiley walzte sich mit einem irren Schrei zur Seite. Etwas in ihm schien zu zerbrechen; er begann schrill zu lachen und kroch auf allen vieren weiter, spürte nicht einmal, wie der Stoff seiner Leinenhose aufriss und die blanken Knie über den groben Kiesweg schürften. Endlich kam er wieder auf die Beine und wankte den Pfad entlang. Ein einzelnes Wort brach über seine Lippen: »J-a-c-k ... *JACK!!!*«

Dann erreichte er das Grab, an dem sein Kumpan gearbeitet hatte. Jack war noch dort. Er hatte den Sarg freigelegt und den schweren Eichendeckel geöffnet. Seine gebrochenen Augen starrten zu Smiley hinauf. Ein Ausdruck von Wahnsinn und Entsetzen stand in seinen erstarrten Zügen.

Und um seinen Hals gekrampft lagen die Hände der toten Baroness. Ein böses Lächeln kerbte sich um ihre Mundwinkel, als sie Smiley Johnson erblickte, wie er den Kopf auf die Seite legte und ängstlich fiepste. Langsam ließ sie Jack zur Seite fallen, erhob sich aus ihrem Sarg und streckte die Arme nach Smiley aus ...

Ich lag bäuchlings auf dem Boden ausgestreckt, als ich wieder zu mir kam. Das Atmen fiel mir schwer, und mein Gesicht schmerzte, als hätte ich mit einem Pferdehuf Bekanntschaft gemacht. Mit jedem Atemzug wallte Staub auf und stach mir in die Augen.

Aber ich lebte.

Langsam nur kehrten die Erinnerungen zurück, tauchten aus dem Dunkel auf, in das sich mein Geist geflüchtet hatte. Die Verfolgungsjagd durch die finsteren Gassen, das stickige Kellerloch ... die Flammen!

Mit einem Schrei fuhr ich hoch und tastete über meine Kleidung. Alles war unversehrt. Aber das war doch unmöglich! Ich erinnerte mich ganz genau an die Feuerwand, die vor mir hochgeschossen war und mich eingehüllt hatte wie ein schrecklicher, alles verzehrender Mantel. Sollte ich mir das alles nur eingebildet haben?

Und wo war das Monstrum? Warum hatte es mich nicht getötet, als ich ohnmächtig und wehrlos am Boden lag? (Nicht, dass ich besonders enttäuscht über diese Tatsache gewesen wäre.)

Ein stechender Schmerz durchzuckte mein rechtes Bein, als ich mich aufrichtete. Ich hatte es mir wohl bei dem Sturz geprellt. Außerdem blutete meine Nase; ich konnte den süßlichen Geschmack auf meinen Lippen spüren. Ich presste ein Taschentuch darunter und tastete mit der freien Hand in die Dunkelheit vor mir.

Jetzt konnte ich vage Konturen erkennen; durch das Kellerfenster drang das erste Grau der Morgendämmerung herein und verwandelte den Staub in eine tanzende Wolke feinen Nebels.

Ich musste über fünf Stunden bewusstlos gewesen sein! Und das Monstrum war natürlich längst über alle Berge.

Ich machte einen Schritt auf das Fenster zu – und trat auf ein am Boden liegendes Reagenzglas. Mit wild rudernden Armen setzte ich mich auf meine Kehrseite. Mein Fluch hätte jedem irischen Seemann zur Ehre gereicht. Ich kämpfte mich ächzend wieder auf die Beine und setzte meinen Weg fort – diesmal sogar ganze vier Yards. Dann trat ich in einen Blecheimer, blieb mit dem Fuß darin stecken und humpelte noch ein paar Schritte weiter, bevor ich vornüber kippte.

Aus der Dunkelheit hinter mir glaubte ich ein leises, höhnisches Kichern zu vernehmen. Erschrocken fuhr ich herum und blickte wild um mich, doch bei diesen Lichtverhältnissen konnte ich natürlich nichts erkennen. Ich lauschte ein paar Sekunden lang, aber alles blieb still. Hatten mir meine Sinne einfach einen Streich gespielt?

Schließlich richtete ich mich wieder auf, zerrte den Eimer von meinem Fuß und trat an das Kellerfenster. Als ich mich hochzog, schnitt mir eine vorstehende Glasscherbe fast den Mittelfinger ab. Mit einem unterdrückten Schmerzensschrei schwang ich mich ins Freie und steckte den Finger in den Mund. Dann wickelte ich das Taschentuch darum, was natürlich zur Folge hatte, dass nun das Blut aus meiner Nase schoss und meine Weste besudelte.

Über den Dächern ging gerade die Sonne auf und vertrieb die letzten Nebelschwaden, die sich in dunklen Ecken und Nischen eingenistet hatten. Ihre goldenen Strahlen enthüllten erbarmungslos, was die Nacht gnädig mit ihrem Mantel bedeckt hatte: Die Häuser, die mich umgaben, waren allesamt abbruchreif; verkommene, leer stehende Mietskasernen mit zum Teil abgedeckten Dächern und durchbrochenen Etagen, zwischen denen das Ungeziefer hauste, Mauern, auf denen Unkraut und wilder Brombeer wucherte, von Abfall überzogene Straßen.

War dies hier wirklich noch London?

Ich hatte geglaubt, die Stadt zu kennen; schließlich war sie zu meiner zweiten Heimat geworden. Aber offensichtlich war ich nie über die Innenstadt und die sie umgebenden Bezirke hinausgelangt. Dies hier war eine tote Welt; ein vergessener Trabant.

Und irgendwo in diesen Ruinen lauerte ein Wesen der Hölle darauf, sein Versteck zu verlassen und nach Beute zu suchen, nach ahnungslosen Landstreichern und kleinen Ganoven, die in den verfallenen Baracken ein Nachtlager zu finden hofften.

Doch um alle Häuser, alle Zimmer zu durchsuchen, hätte ich Tage, wenn nicht Wochen gebraucht. Und selbst dann wäre der Erfolg noch ungewiss. Das Monster war nicht verletzt gewesen; im Gegenteil: Meine Schüsse hatten es nur gereizt. Jetzt erst wurde mir bewusst, dass es allein das Mündungsfeuer gewesen sein musste, das mich gerettet hatte. Deutlich sah ich das Wesen vor mir, wie es vor der Feuersäule im Keller zurückgewichen war, die Arme vor das Gesicht gerissen. Licht! Das war es! Es konnte die Helligkeit nicht vertragen!

Also musste, wenn meine Theorie stimmte, dieses Monstrum am Tage hilflos sein, sich in irgendeinem finsteren Loch verkriechen und auf die Abenddämmerung warten. *Wenn* sie stimmte ...

Ich musste zurück zu meinem Haus am Ashton Place, um mich mit Howard zu beraten und zusammen mit ihm unser weiteres Vorgehen zu besprechen. Noch etwas benommen humpelte ich los.

Als ich in die Straße einbog, wo ich mich von meinem Kutscher getrennt hatte, blieb ich überrascht stehen. Natürlich hatte ich nicht damit gerechnet, ihn noch hier anzutreffen; mir war klar, dass er das Mädchen sofort in das nächstgelegene Hospital gefahren haben musste.

Nein, was mich erstaunt im Schritt verharren ließ, war die Dutzendschaft Polizisten, die überall umhereilten, hier etwas vom Boden aufnahmen, dort einen Mauerrest eingehend untersuchten. Die Stelle, an der das Mädchen gelegen hatte, war abgesperrt worden; grobe Kreidestriche zeichneten die Umrisse ihres Körpers nach.

Ich klopfte mir die Kleidung so gut es ging sauber, ignorierte den Schmerz in meinem Knöchel und trat zu einem der Bobbys. Er hatte gerade etwas mit einer Zange vom Pflaster aufgenommen und in eine dünne Glasphiole gefüllt. Im Näherkommen erkannte ich, dass es ein Hautfetzen des Wesens sein musste, grau und schwammig aufgedunsen.

Ich räusperte mich. »Guten Morgen, Officer«, begrüßte ich den Polizisten. Er fuhr, wie von der Tarantel gebissen, herum und musterte mich mit misstrauischem Blick. Sein Urteil fiel anscheinend zu meinen Ungunsten aus.

»Morgen«, brummte er unwillig. »Früh auf den Beinen, wie?« Sein Blick blieb an dem Blut auf meiner Weste hängen. »Was ist denn mit Ihnen geschehen?«, fragte er. Seine Stimme nahm einen lauernden Ton an.

Ich zauberte ein gequältes Lächeln auf mein zerschundenes Gesicht. »Ich bin auf die Nase gefallen und das auch noch im wahrsten Sinne des Wortes«, gab ich zur Antwort. »Kein Wunder bei den schlechten Straßen hier.«

Ich konnte förmlich spüren, wie sein Denkapparat zu arbeiten begann. Gleich würde er mich fragen, was ich in dieser gottverlassenen Gegend zu suchen hatte. Ich kam ihm zuvor.

»Und das alles nur, weil Rex sich losgerissen hat. Haben Sie einen Hund, Officer?« Gleichzeitig drang ich behutsam in seine Gedanken vor und lenkte sie in mir wohlgesonnene Bahnen.

»Nein«, brummte er. »Kann Hunde nicht ausstehen.« Seine Stirnfalten glätteten sich wieder. Ich atmete innerlich auf.

»Was ist denn hier passiert?«, brachte ich das Gespräch auf einen interessanteren Punkt.

»Schlimme Sache, Sir«, gab er zuvorkommend Auskunft. »Ein Mädchen ist gestern Nacht an dieser Stelle überfallen worden. Schrecklich.« Er schüttelte sich. »Muss irgendein Perverser gewesen sein. Das arme Ding.«

»Wie geht es ihr?«, fragte ich wie beiläufig. Ich würde sie im Krankenhaus besuchen und, falls nötig, die Operation finanzieren. Das war das Mindeste, was ich für sie tun konnte.

»Wie es ihr geht?« Die Miene des Beamten verfinsterte sich. Er senkte den Blick. »Sie ist vor zwei Stunden gestorben, Sir. Wir suchen einen Mörder …«

Howard setzte die Laterne ab und zündete sich in aller Gemütsruhe eine seiner unvermeidlichen Zigarren an. Während ich vor Ungeduld von einem Fuß auf den anderen trat, paffte er ein paar blaue Rauchwolken in die Luft und klopfte dann mit dem Fingerknöchel gegen den großen Metallzylinder.

»Ich will verdammt sein ...«, murmelte er zwischen zusammengebissenen Zähnen. »Robert, das sieht schlecht aus, verflucht schlecht.«

»*Was* sieht schlecht aus?«, fragte ich ärgerlich. Seine krankhafte Hinhaltetechnik, die er nicht abgelegt hatte, seit ich ihn vor nunmehr drei Jahren kennen lernte, ging mir gehörig auf die Nerven. Eines aber konnte ich bereits aus seinen Worten herauslesen: Wenn Howard Phillips Lovecraft zu fluchen begann, war die Lage mehr als ernst. »Hast du eine Idee, was das hier darstellen könnte?«, fügte ich hinzu, als er noch immer nicht antwortete.

»Ich hoffe, dass ich mich irre«, bequemte er sich endlich zu sagen. Seine Stimme gefiel mir nicht; da war ein leises Beben, das ich bislang selten bei ihm gehört hatte – es klang irgendwie nach Weltuntergang. »Das alles hier sieht mir nach einem Versuchsaufbau aus, der im *Mystericum Humanumi,* beschrieben wurde ... ein Buch deines Vaters«, fügte er überflüssigerweise hinzu. »Und wenn der Versuch tatsächlich geglückt ist, dann ...«

Ich seufzte übertrieben laut. »Was dann, Howard? Bitte!«

»Der Golem«, sagte er nur.

Mir war, als hätte eine eiskalte Hand meine Seele berührt. Für Sekunden war ich fassungslos. »Aber Howard«, warf ich dann ein, »der ... der Golem ist eine Legende. Ein jüdisches Märchen. Ein reines Hirngespinst!«

»Meinen Glückwunsch!«, entgegnete er sarkastisch und ließ seine schwarze Zigarre in den anderen Mundwinkel rollen. »Dann bist du gestern Nacht einem Hirngespinst begegnet.« Er ging langsam um den Zylinder herum, eine dichte Rauchwolke hinter sich zurücklassend, bückte sich kurz, um die bizarr anmutenden Messinstrumente einer kurzen Überprüfung zu unterziehen und wandte sich schließlich einer deckenhohen Apparatur an einer der Wände zu.

»Ein Transformator«, quetschte er hervor und legte sein Ohr an den matt glänzenden Stahl. »Ich frage mich, wie sie es geschafft haben, eine derart hohe Spannung zu erzeugen. Na ja, die hat dieser Roman auch dringend nötig ...« Er ignorierte meinen verdutzten

Gesichtsausdruck und ließ sich neben einer der Leichen auf die Knie herabsinken. Es war der junge Mann mit dem zerbrochenen Glaskranz über dem Herzen.

»Der hier geht jedenfalls nicht auf das Konto des Golems«, sagte er an mich gewandt. »Nach allem, was du uns über den Kerl erzählt hast, ist er ein wandelnder Säurekessel. So etwas hinterlässt Spuren.«

In diesem Punkt konnte ich ihm nur beipflichten. Ich hatte meine Jacke eingehend untersucht, nachdem ich zu Hause angelangt war. Die Seite, an der mich der Golem getroffen hatte, bestand nur noch aus einigen Gewebefäden. Ich hatte trotz allem ein unglaubliches Glück gehabt, dass der Stoff die Säure ausgehalten hatte. Meine Haut war nur leicht gerötet und juckte unangenehm.

Ich trat näher an Howard heran und beugte mich über seine Schulter – als mich plötzlich irgendetwas von hinten anstieß! Ich verlor das Gleichgewicht, prallte gegen Howard und riss ihn mit mir zu Boden. Noch im Fallen ruckte mein Kopf herum. Hinter mir war nichts!

»Bist du verrückt geworden?«, fuhr Howard auf. »So pass doch auf, wohin du trittst!«

»Aber ich –«

»Du benimmst dich überhaupt sehr ungeschickt heute Morgen«, fiel er mir ins Wort. »Mir scheint, dies alles hier« – er vollführte eine Bewegung mit dem Arm, die den ganzen Raum einschloss – »hat dich doch mehr mitgenommen, als du es dir eingestehen willst.«

Ich nickte automatisch und sah mich weiter um. Es war mir selbst ein Rätsel. Dies hier war nicht das erste Missgeschick, das mir widerfahren war, seit ich dieses Kellerloch im Morgengrauen verlassen hatte. Erst einmal hatte ich vergeblich versucht eine Droschke anzuhalten; die Kutscher hatten mich schlichtweg übersehen! So hatte ich den ganzen Weg zu Fuß – noch dazu mit einem verstauchten Bein – zurücklegen müssen. Und dabei hatte ich mehr Pech gehabt als im ganzen vergangenen Jahr zusammen.

Ich mochte gar nicht an alle Zwischenfälle zurückdenken. Dass ich gegen mindestens drei Laternenpfähle gelaufen war und mich mit dem Fuß in einem Kanaldeckel verfangen hatte, waren noch die harmlosesten Übel.

Und dabei hatte ich stets das Gefühl gehabt, als wäre irgendetwas dicht auf meinen Fersen. Ich hatte es auf die verständliche Verwirrung nach dem Erlebnis der letzten Nacht zurückgeführt und mit einem Achselzucken beiseite geschoben, aber allmählich geschah des Schlechten zu viel. Und jetzt dieser Zwischenfall ...

»Aber ich bin mir sicher, dass ... *mich jemand von hinten angestoßen hat«,* wollte ich sagen.

Wollte!

Stattdessen kamen ganz andere Worte über meine Lippen: »... dass wir hier nichts mehr finden werden. Wir sollten gehen.«

Was geschah mit mir?!

Howard stemmte sich ächzend in die Höhe und klopfte sich den Staub von der Hose. »Ich glaube, du hast wohl Recht«, sagte er. »Ich werde mir das Buch vornehmen; vielleicht kann ich einen Hinweis finden, wie der Golem aufzuspüren und zu vernichten ist.«

Ich lächelte zuversichtlich.

Ich wollte ihn entsetzt anstarren, aber ich lächelte!

»Gut«, sagte mein Mund. »Machen wir, dass wir aus diesem stinkenden Loch herauskommen.«

Dann war der Spuk vorüber. Als sich Howard dem Fenster zuwandte, fielen meine Mundwinkel herab, und ich fühlte, wie der unheimliche Bann sich von mir löste. Rasch kletterte ich hinter Howard ins Freie.

»Howard, ich –.« Wieder überschwemmte eine unglaublich mächtige Woge mein Gehirn und spülte hinweg, was ich eben noch hatte sagen wollen.

»Ja?«

»Ach, schon gut. Es war nichts«, sagte meine Stimme leichthin. Meine Hand deutete zur Kutsche. »Rowlf wartet.«

Als wir die einspännige Droschke erreichten, beugte sich Howards hünenhafter Leibdiener vom Bock zu uns herab. »Na, wat gefunden?«, fragte er mit leiser Stimme.

»Allerdings«, gab Howard ebenso leise zurück. »Ich erzähle dir später alles. Lass uns erst einmal von hier verschwinden.«

Wir stiegen ein, und ich zog die Tür hinter mir ins Schloss. Erneut war der Bann aus meinem Geist gewichen – und doch wusste ich, dass er aufs Neue über mich herfallen würde, sobald ich versuchen sollte, irgendetwas über ihn zu sagen.

Rowlf ließ die Peitsche knallen, die Kutsche ruckte an und setzte sich schwankend in Bewegung. Howard blies eine dichte Rauchwolke zu mir herüber und lehnte sich mit sorgenvollem Gesicht in die weichen Polster zurück.

Und ich saß stumm da und versuchte vergeblich, Ordnung in meine wirbelnden Gedanken zu bekommen …

»Hier ist es.« Howard zog ein dickes, in uraltes, brüchiges Schweinsleder gebundenes Buch aus dem Regal und ließ es unsanft auf den Tisch fallen. »Das *Mystericum Humanum.*«

Wir befanden uns in der Bibliothek meines Hauses am Ashton Place, in den unteren Räumen, die ein Besucher niemals zu Gesicht bekam. Hier stapelten sich in deckenhohen Regalen all die Schätze, die mein Vater im Laufe seines Lebens zusammengetragen hatte. Schätze aus Papier, Leder und Tinte. Ich konnte dem Raum keine rechte Begeisterung mehr abgewinnen; zu viele Monate hatte ich beim Schein einer Karbonlampe hier unten gesessen und die alten Folianten studiert. Diejenigen zumindest, deren Schrift ich entziffern konnte. Die meisten waren – zu meinem Bedauern – in Arabisch oder Latein verfasst.

Ich hatte gedankenverloren in mein Glas Rotwein gestarrt, das Rowlf mir vor fünf Minuten gebracht hatte, und schrak auf, als Howard den schweren Folianten auf die Tischplatte knallte. Fast hätte ich den Wein verschüttet.

Howard ließ sich neben mir auf einen Stuhl sinken und blätterte in dem Buch herum. Natürlich war es in lateinischer Schrift …

Trotzdem folgte ich mit Blicken neugierig Howards Fingern, die suchend über die alten Buchstaben fuhren.

»Gnom, Gnostische Gemme, Goldenes Kalb … ah, hier: *Golem.*«

Ich beugte mich weiter vor und betrachtete die Illustrationen, während Howard sich in den Text vertiefte. Minutenlang sagte er kein Wort; seine Lippen bewegten sich stumm und mehr als einmal nahm er ein kleines Wörterbuch zur Hilfe. Dann löste er seinen Blick von den Zeilen und sah mich an.

Ich erschrak. Sein Gesicht hatte alle Farbe verloren, und in seinen Augen stand ein unstetes Flackern. Ich war zu verblüfft, um irgendetwas zu sagen. Endlose Sekunden starrte er mich nur an und rang sichtlich nach Fassung. Als er endlich zu sprechen anhob, klang seine Stimme dünn und brüchig.

»Es ist schlimmer, Robert«, flüsterte er. »Wenn dieses Buch nicht irrt – und das schließe ich aus – dann wird nicht nur der Golem … dann werden …«

Er stockte und holte tief Luft. »Ich lese dir am besten die entsprechende Passage vor«, sagte er dann, blätterte eine Seite zurück und konzentrierte sich.

»So ist der Golem nicht etwa zu vergleichen mit magisch erweckten Toten, sondern ist gleichsam Symbol für das Mysterium des Lebens selbst. Wer es ergründet, der hat die Macht über den Tod, über die Zeit. Vergangene Materie wird er erwecken und das Fleisch dem Verfall entreißen. Doch hüte dich, Menschengeschlecht! Es ist verboten seit undenklichen Zeiten, sich an der Schöpfung zu versuchen. Triumph wird sich wandeln in unendliche Pein und das Weltengefüge wird erbeben zum Jüngsten Gericht. Ist das eherne Gesetz der Götter gebrochen, werden die Pforten Nirwanas sich öffnen und die Toten werden Rache nehmen an den Lebenden. Und nur der Tod des Toten kann die Götter besänftigen und die Armeen des Bösen zurückwerfen in die ewige Verdammnis ...«

Eine seltsame Leere hielt mein Hirn umfangen. Minutenlang war ich wie gelähmt, konnte keinen klaren Gedanken fassen oder auf Howards Worte antworten. Nur langsam begriff ich die schreckliche Konsequenz dessen, was geschrieben stand, und mit jeder Sekunde offenbarte sich mir neuer Schrecken.

Meine Kehle war ausgetrocknet, als hätte ich tagelang nichts mehr getrunken, und die Zunge lag wie ein aufgedunsener Schwamm in meinem Mund.

Mit einer fahrigen Bewegung griff ich nach dem Weinglas und leerte es in einem Zug. Danach fühlte ich mich – körperlich zumindest – etwas besser.

»Mein Gott«, krächzte ich schließlich. »Soll das heißen, dass ...«

»Dass die Gräber sich öffnen werden und die Toten freigeben, ja«, bestätigte Howard meine schlimmsten Ahnungen.

»Aber das ist doch Theorie«, wandte ich in einem lächerlichen Versuch, mich gegen fest stehende Tatsachen aufzulehnen, ein. »Ich meine, was da beschrieben wird, ist nie geschehen. Das Buch kann sich irren!« Meine Worte kamen viel zu hastig, um noch überzeugend zu klingen.

Howard antwortete nicht. Stattdessen stand er auf, ging zum Tisch mit der Leselampe hinüber und nahm einen Bogen Papier, faltete ihn auseinander und legte ihn vor mich hin. Es war ein Extrablatt der *London Times* vom heutigen Tag; dem 9. Juli 1886. Die Schlagzeile brannte wie mit feurigen Lettern in meinen Augen:

MYSTERIÖSER LEICHENRAUB IN SAINT JOHN

»Das kam heute in der Früh«, sagte Howard hinter mir. Seine Stimme klang verzerrt und falsch in meinen Ohren. »Rowlf hat ein Exemplar geholt, während du dich umgezogen hast. Aber da konnte ich die Zusammenhänge noch nicht erkennen.«

Mit fliegenden Fingern riss ich das Blatt an mich und überflog die Meldung. Über zwanzig Gräber waren geöffnet worden, die Leichen verschwunden. Drei Männer hatte man tot auf dem Gelände des Leichenackers aufgefunden; zwei Figuren der Londoner Unterwelt und den Friedhofswärter. Die Polizei tappte völlig im Dunkeln. Nicht allein die Sinnlosigkeit des Verbrechens stellte Scotland Yard vor ein Rätsel, zudem hatte man keinerlei Spuren wie Schaufeln oder Fußabdrücke finden können. Die Bande schien sich geradewegs in Luft aufgelöst zu haben. Und mit ihr die Toten.

Ich sah zu Howard auf. Ein Hoffnungsschimmer war an meinem Horizont der Verzweiflung aufgetaucht. »Wenn das hier wirklich mit dem Golem und der Prophezeiung zusammenhängt«, fragte ich, »warum greifen sie nicht an? Warum nehmen sie keine Rache, wie es geschrieben steht?«

Howard zog eine seiner schwarzen Zigarren aus der Westentasche und zündete sie an. Tiefe Falten entstanden auf seiner Stirn, während er nachdenklich einige Züge tat. »Ich kann nur vermuten, dass sie sich erst sammeln«, sagte er schließlich. »Irgendwo außerhalb Londons, wo niemand sie aufspürt. Sie sammeln ihre Armeen, Robert. Erst wenn sie stark genug sind, werden sie gegen London ziehen. Und dann wird sie niemand mehr aufhalten können. Es sei denn ...«

»Was?«

»Und nur der Tod des Toten kann die Götter besänftigen und die Armeen des Bösen zurückwerfen in die ewige Verdammnis«, zitierte er aus dem Buch. »Wir müssen den Golem vernichten, Robert. Und das schnell, sonst sind wir alle verloren.«

Ich ballte die Fäuste und starrte auf die lateinischen Lettern. »Wie viel Zeit bleibt uns, Howard? Und wie können wir ihn unschädlich machen?«

»Zeit?« Seine Stimme klang seltsam abwesend; fast, als hätte er meine Worte gar nicht gehört. Als ich mich umwandte, sah ich, dass er wieder auf das Buch starrte. »Ich weiß es nicht«, fuhr er fort. »Vielleicht bleibt uns nur diese Nacht.«

»Und wie können wir ihn töten?«, wiederholte ich meine zweite Frage. »Gibt es einen Hinweis darauf in dem Buch?«

Er drückte die erst halb gerauchte Zigarre im Aschenbecher aus und ließ sich wieder auf den Stuhl sinken. »Ich habe dir die Passage noch nicht vollständig übersetzt«, sagte er dann mit leiser Stimme. Ich ahnte seine nächsten Worte schon voraus, noch ehe er sie aussprach.

»Doch wie soll Tod aus Tod entstehen? Was nie gelebt, kann niemals sterben. Ist der Golem erst geschaffen, so kann nur eine Macht ihn noch bezwingen, die stärker ist als die des Körpers ...«

Er klappte das Buch zu und sah mich an.

»Dein magisches Erbe, Robert«, sagte er. »Du allein kannst ihn vernichten.«

Als ich die Treppe zu meinen Zimmern hochstieg, um mich dort noch einige Stunden auszuruhen – es war jetzt elf Uhr, und wir würden am späten Nachmittag aufbrechen –, fühlte ich Wut und Hilflosigkeit in mir. Damals hatte ich mir geschworen, die gewaltigen magischen Kräfte, die einer schlafenden Bestie gleich tief in mir lauerten und anderen Menschen nur Unglück und Leid brachten, aus meinem Geist zu verbannen, doch schien es, als wolle das Schicksal mich immer und immer wieder daran erinnern, dass ich ein Hexer war, der Sohn Roderick Andaras, des Magiers von Salem. Dass ich anders war, auf ewig mit dem Fluch belegt, niemals Ruhe zu finden vor den bösen Mächten, die mich verfolgten und meine Geschichte bestimmten.

Wieder sollte ich die Macht aus meiner Seele heraufbeschwören, um Menschenleben zu retten, und wieder wusste ich nicht, ob ich damit nicht gerade das Gegenteil bewirken und Menschen ins Verderben stürzen würde.

Ich war so in Gedanken versunken, dass ich nicht bemerkte, wie die Stangen, die den Teppich auf der Treppe hielten, sich lösten. Nicht eine allein, sondern die ganze Reihe bis hinauf zur obersten Stufe!

Als ich den Halt verlor, war es bereits zu spät, um noch zu reagieren. Ich verlor den Boden unter den Füßen, schlug mit dem Oberkörper auf die Stufen, konnte den Sturz gerade noch mit den Händen mildern und rutschte in grotesken Bewegungen die Treppe in ihrer gesamten Länge wieder hinunter.

Als ich fluchend an ihrem Ende anlangte, wurde eine Tür neben mir aufgerissen, und Howard stürzte aus der Bibliothek.

»Was ist – « Er blieb überrascht stehen; ein rasches Grinsen huschte über sein Gesicht. Dann trat er mit einem raschen Schritt auf mich zu und half mir wieder auf die Beine. »Wie hast du das fertig gebracht?«, fragte er und deutete auf den Teppich, der die Treppe nun straff überspannte und fast wie eine Rutsche vom Erdgeschoss herabführte.

Ich versuchte es noch einmal. »Howard, irgendetwas will mir nicht aus dem Kopf gehen: Warum habe ich heute nur so viel Pech?« Es war hoffnungslos. Ich konnte nicht über den geheimnisvollen Bann sprechen, der mich auch jetzt wieder überfallen und aus meiner Warnung eine Farce gemacht hatte.

»Du bist wahrscheinlich übermüdet«, gab Howard zurück und klopfte mir väterlich auf die Schulter. »Nun lege dich erst einmal für ein paar Stunden aufs Ohr. Heute Abend muss deine Pechsträhne zu Ende sein, sonst ...«

Er ließ die letzten Worte offen, aber mich durchzuckte allein bei dem Gedanken an die Folgen ein eisiger Schrecken. Die *Pechsträhne,* wie Howard es genannt hatte, würde heute Abend nicht zu Ende sein, das fühlte ich mit jeder Faser meines Körpers. Ganz im Gegenteil!

»Bestimmt hast du Recht«, hörte ich meine Stimme sagen. Meine Füße setzten sich gegen meinen Willen in Bewegung und stiegen auf einem der schmalen Treppenstücke, die beiderseits des Teppichs freigelassen worden waren, die Stufen wieder hinauf. Und kaum war Howard in der Bibliothek verschwunden, fiel der unheimliche Bann von mir ab.

Für einen Moment blieb ich stehen und suchte zum tausendsten Male nach einem Ausweg aus meiner misslichen Lage. Es gab keinen. So ballte ich nur die Fäuste in ohnmächtiger Wut und ging weiter.

Ich schlug die Tür meines Schlafgemachs mit lautem Knall ins Schloss und ließ mich auf das Bett sinken. Viel hätte ich dafür gegeben, jetzt sofort einschlafen zu können, aber die Geschehnisse der letzten Nacht standen noch zu deutlich vor meinem inneren Auge. Wann hatte es begonnen, dass ich das Pech anzog wie ein Magnet? Alles war glatt gegangen – mehr oder weniger –, bis ich in dieses dunkle Kellerloch herabgestiegen war. Und von da ab begann sich meine Erinnerung zu verwischen, legte sich ein trüber, undurchdringlicher Nebel über meine Gedanken. Was war geschehen? Wie hatte dieser fremde, böse Geist Gewalt über mich erlangt?

»Fremder, böser Geist – pah!«, sagte eine Stimme.

Ich fuhr, zu Tode erschrocken, hoch und herum. Das Zimmer war leer!

»Immer dasselbe mit euch Menschen«, fuhr die Stimme fort. Sie klang rau und hoch, aber nicht unangenehm. Fast wie die einer uralten Frau. »Kaum geht was schief, schon sind die bösen Geister an allem schuld!«

Ich ließ mich auf die Knie fallen und sah unter Bett und Schränke. Nichts.

»Suchst du was Bestimmtes?«, fragte die Stimme. »Wenn du mir verrätst, was es ist, helfe ich dir gern suchen.«

Langsam erhob ich mich wieder und drehte mich zweimal im Kreis. »Ich suche ... dich«, sagte ich zögernd. Die ganze Situation war so irreal und aberwitzig, dass ich Mühe hatte, die Worte überhaupt auszusprechen und damit eine Stimme zu akzeptieren, die eigentlich nur meinem verwirrten Geist entsprungen sein konnte.

Ein helles, abgehacktes Lachen erklang. »Oh, ich würde dir wirklich gern weiterhelfen«, kicherte die Stimme, »aber leider weiß ich im Moment selbst nicht so genau, wo ich bin. Warte mal – züchtest du Riesenorchideen?«

Riesenorchideen? Das konnte ich doch nur träumen! Ich ging ein paar Schritte durch den Raum, in die Richtung, aus der ich die Stimme zu hören glaubte.

Dann fiel mein Blick in den großen Wandspiegel.

Und ich fiel aus allen Wolken.

Im ersten Moment glaubte ich tatsächlich, meinen Verstand verloren zu haben. Mein Spiegelbild war verschwunden und hatte einem anderen Platz gemacht! Unter dem Glas wippte eine riesenhafte blaue, mit winzigen Stacheln gespickte Pflanze wie in einer leichten Brise hin und her. Ihre Blütenblätter wanden sich in kreisenden Bewegungen, tasteten, lebenden Wesen gleich, nach der Oberfläche des Spiegels, ohne sie jedoch zu durchdringen.

Und inmitten ihrer schwarz glänzenden Blütenpollen hockte ein Wesen, das nur einem Fiebertraum entsprungen sein konnte. Handtellergroße gelbe Augen funkelten mich listig an, gewaltige Ohren winkten mir zu. Die Haut des unglaublichen Wesens war von dunklem Braun und ähnelte einer zerklüfteten Kraterlandschaft, so sehr war sie von Falten und Runzeln übersät.

Durch die Nase – vielmehr eine rot schimmernde Kartoffel, die ein launischer Gott anstelle einer Nase in das quadratische Gesicht gepflanzt hatte – zog sich ein metallener Ring. Auf dem Kopf der Kreatur wucherten meterlange weiße Haare, die – wie von einem unsichtbaren Wirbel erfasst – wild umherflatterten.

Trotz des unglaublichen Anblicks floh ich nicht laut schreiend aus dem Zimmer. So fremdartig das Wesen auch aussah, böse wirkte es nicht. Eher auf eine schwer zu beschreibende Weise komisch.

Eine türkisblaue Zunge huschte über wulstige, volle Lippen, während das *Ding* Schwung nahm und den Blütenkelch wie eine Schaukel auf mich zupendeln ließ. »Du bist auch nicht gerade eine Schönheit«, brummelte es und musterte mich von oben bis unten. »Viel zu kleine Ohren, und deine Nase ist ja kaum zu sehen ... Die weiße Strähne in deinem Haar ist ganz nett«, fügte es hinzu.

Es kann meine Gedanken lesen!, durchfuhr es mich.

»Klar doch. Eine meiner leichtesten Übungen.« Es lachte wieder, so laut und hell, dass die Oberfläche des Spiegels in leichte Schwingungen versetzt wurde. »Du heißt Craven, Robert Craven, stimmt's? Freut mich, dich kennen zu lernen, Robert.«

Langsam gewann ich meine Fassung zurück. Und allmählich wurde mir auch klar, dass ich nicht etwa auf meinem Bett lag, in einem wilden Traum gefangen. Dieses Wesen war echt! Und es war verantwortlich für all die Missgeschicke, die mir heute widerfahren waren! »Wer ... wer bist du?«, fragte ich vorsichtig.

»Oh, entschuldige, ich habe mich ja noch gar nicht vorgestellt.« Das Wesen versuchte in seinem Blütenkelch aufzustehen, verlor die Balance und plumpste mit einem Keuchen zurück zwischen die Blätter. »Jumpel!«, quetschte es zwischen zusammengebissenen, schiefen Zähnen hervor und gewann langsam wieder eine stabile Lage. Dann räusperte es sich und reckte die unförmige Nase hoch in die Luft.

»Mein Name wird seit Äonen in allen elf Dimensionen voller Achtung und Ehrfurcht ausgesprochen, Sterblicher«, sinnierte es mit erhobener Stimme und schwang die haarigen Ärmchen theatralisch hin und her. »In allen Wurzelhöhlen des Diesseits und Jenseits spricht man von den unvergleichlichen Heldentaten des großen Abn el Gurk Ben Amar Chat Ibn Lot Fuddel des Dritten. Du kannst mich Gurk nennen.«

Für einen Moment wusste ich nicht, ob ich lachen oder weinen sollte. Da bedrohten ein Golem und eine Armee Untoter das Leben von Millionen Menschen, mir stand ein Kampf bevor, von dem ich nicht einmal wusste, ob ich ihn lebend überstehen konnte, und dann tauchte dieser ... dieser Gurk auf und brachte mir nichts als Unglück. Ein kleiner, größenwahnsinniger Kobold, der nur Schabernack im Sinn hatte und seine skurrilen Launen offenbar allein an mir auslassen konnte.

Ich musste ihn loswerden, noch vor heute Abend.

»Du enttäuschst mich«, knurrte Gurk aus seinem Spiegel heraus. »Will mich loswerden! Ha! Stell dir das mal nicht zu leicht vor! Den alten Abn el Gurk Ben Amar Chat Ibn Lot Fuddel den Dritten legt man nicht so schnell herein. Jetzt, wo die Flasche zerbrochen ist –«

Die Flasche! Natürlich, das war es! Die Flasche, die mir in dem unseligen Labor in die Hände gefallen war und die ich vor meinen Füßen hatte zerspringen lassen! Deshalb also hatte die Flamme mich nicht verbrannt. Es war ein kaltes, magisches Feuer gewesen, der gefangene Geist dieses Kobolds. Und ich hatte ihn frei gelassen ...

»Schnelldenker.« Gurk betrachtete versonnen seine sorgsam manikürten Fingernägel, dann kratzte er sich den fetten Wanst damit. »Bist ein helles Köpfchen. Nun aber zu wichtigeren Themen.« Er blickte mich aus seinen runden Eulenaugen treuherzig an, »Was unternehmen wir heute Abend? Ich muss mich mal so richtig austoben. Zweihundert Jahre in einer stinkenden Salmiakflasche zu verbringen ist nicht gerade das Gelbe vom Ei, weißt du?« Er beugte sich vornüber, wartete, bis die Blüte die Oberfläche des Spiegels erreicht hatte – und sprang mit einem Satz geradewegs durch ihn hindurch und vor meine Füße. Wenn Howard oder Rowlf jetzt doch nur ins Zimmer gekommen wären!

»Und selbst wenn«, sagte Gurk fast mitleidig und sah zu mir hoch. Er reichte mir gerade bis zum Knie. Sein weißes Haar zuckte in meine Richtung und wickelte sich schlangengleich um meine Beine. »Die können mich ohnehin nicht sehen«, fuhr er fort. »Dieses Privileg ist allein dir vorbehalten, Robert. Ich bin sozusagen dein ... äh – persönlicher Gnom. Und so was hat nicht jeder«, fügte er stolz hinzu. »Schätze dich glücklich.«

Resignierend ließ ich mich auf mein Bett zurücksinken. Dieser Gurk brachte es gewiss noch fertig, mich in den Wahnsinn zu treiben ...

»Keine Vorschusslorbeeren bitte«, tönte er und warf sich in die Brust. »Das ist mir erst bei acht Leuten gelungen. Mal sehen – wenn du kooperativ bist, lässt sich da bestimmt was machen ...«

Mein Mut sank mit jedem seiner Worte. »Hast du noch mehr Überraschungen auf Lager?«, fragte ich seufzend. Im gleichen Moment wurde mir klar, dass die Frage höchst überflüssig war. Er hatte welche, und gewiss keine angenehmen.

»Lass dich einfach überraschen, mein großer Freund«, kicherte Gurk in wilder Vorfreude. Und während das Bett unter mir zusammenbrach, verschwand er, löste sich langsam in Luft auf, bis nur noch seine Eulenaugen im Raum schwebten. Er zwinkerte mir noch einmal verschwörerisch zu, dann war ich allein im Zimmer.

Ich machte mir nicht die Mühe, die Trümmer meines Bettes wieder zusammenzubauen; wer weiß, was mir dabei noch alles widerfahren wäre. So blieb ich einfach liegen und schloss die Augen.

Die Erschöpfung forderte ihren Tribut. Nach wenigen Atemzügen schon war ich eingeschlafen. Und träumte von einem hässlichen, braunhäutigen Zwerg, der mir auf dem Kopf herumtanzte, während Abertausende von Leichen durch die Straßen Londons quollen ...

»Nein, mein Kleiner, wir bleiben zusammen«, brummte der Alte und klopfte sanft das Fell seines vierbeinigen Freundes. »Und wenn die Kerle vom Asyl keine Hunde reinlassen wollen, suchen wir uns eben hier draußen irgendwo ein gemütliches Plätzchen, wo wir übernachten können.«

Die kleine Promenadenmischung, die um seine zerschlissenen Hosenbeine herumhüpfte, sah ihn fast verstehend an und bellte einmal hell und spitz. Dann raste der Hund wieder voraus und sprang über Baumstümpfe und den dünnen Bachlauf, der sich schlangengleich durch die abgeholzte Schonung wand.

Der Alte folgte ihm gemächlich und sah sich um. Es war ein herrlicher Sommertag. Die Sonne stand noch sehr hoch, obwohl es schon an die drei Uhr sein musste, und brannte aus einem wolkenlosen Himmel auf die Erde nieder. Aus dem nahen Wäldchen erklang das Konzert der Vögel, und das spitze Bellen seines kleinen Freundes warf lustige Disharmonien in ihren Gesang.

Der Alte lächelte und nahm das Bündel und die aus unzähligen Flicken zusammengesetzte Jacke auf die andere Schulter. Vor einer halben Stunde hatten sie die letzten Häuser der Stadt hinter sich gelassen. Wenn die Wärter in den Londoner Obdachlosenasylen so herzlos waren, von ihm zu verlangen, *Hund* draußen in der Dunkelheit zurückzulassen, während er sich in einem Bett ausstreckte, so sollten sie auch auf seinen Penny verzichten. Die Nacht würde warm und sternenklar werden, und hier draußen fand er gewiss einen Platz, wo ihn kein Bobby aufstöbern und verjagen konnte.

Für einen Moment hatte er *Hund* aus den Augen verloren. Als er aufblickte, war sein kleiner Begleiter nirgends mehr zu sehen. Er blieb stehen und fuhr sich mit der Hand über den wilden Bart. Dann schob er den gewaltigen Schlapphut in die Stirn und sah sich suchend um.

»Hund!«, rief er. »Wo steckst du denn, Kleiner? Komm her!«

Von rechts, aus dem Wäldchen, kam aufgeregtes Bellen. Der Alte grinste und schritt weit aus. Auf *Hund* war Verlass. Gewiss hatte er einen guten Platz gefunden, wo sie beide den Kanten Brot essen konnten, den er an einer Haustür erbettelt hatte, und die Flasche Wein trinken, die er auf dem Markt hatte stibitzen können. Er fegte ein paar tief hängende Zweige zur Seite und tauchte in den Schatten der hohen Bäume ein. Hier war es beinahe dunkel; nur vereinzelt fielen dünne Sonnenstrahlen durch das dichte Laubwerk und spielten mit dem Staub, den der Alte aufwirbelte. Der Boden war weich, und seine Füße sanken fast vollständig in feuchtem Moos und Fichtennadeln ein.

Dann sah er *Hund.* Der kleine Mischling saß vor dem Eingang einer natürlichen Höhle und wedelte aufgeregt mit dem Schwanz. Über seinem Kopf tanzten ganze Schwärme von Mücken.

Der Alte schüttelte lächelnd den Kopf. »Aber nicht doch, Freund«, sagte er sanft. »Bei diesem Wetter brauchen wir keinen Unterschlupf, da reicht uns ein weiches Lager im Freien. Außerdem«, er scheuchte das Ungeziefer beiseite, das sich aus dem Unterholz auf seine nackten Arme und sein Gesicht stürzte, »gibt es hier zu viele Mücken.«

Hund blickte ihn mit schiefem Kopf an und jaulte leise. Der Alte merkte auf. Das tat sein Begleiter nur, wenn er Beute gewittert hatte. Er beugte sich, neugierig geworden, vor und versuchte das Dunkel der Höhle mit Blicken zu durchdringen. Vielleicht, wenn sie Glück hatten, konnten sie das Brot und den Wein mit einem saftigen Kaninchenbraten aufrunden.

Als er weitersprach, hatte sich seine Stimme auf ein leises Flüstern gesenkt. »Wie immer, Freund. Du bleibst hier und passt auf. Ich gehe rein und scheuche das Vieh heraus.« Er tätschelte den Kopf seines Hundes. »Ich hoffe, du bist in Form heute, Kleiner.«

Damit wandte er sich wieder dem dunklen Loch zu, legte Mantel und Bündel sorgfältig zu Boden und schlich näher an den Höhleneingang heran. Er war größer, als es auf den ersten Blick ausgesehen hatte; der Alte brauchte sich kaum zu bücken, als er in die nachtschwarze Dunkelheit eindrang. Er ging ein paar Schritte und blieb verblüfft wieder stehen. Die Decke der Höhle wurde nicht niedriger, wie er vermutet hatte, im Gegenteil. Er konnte sie mit ausgestrecktem Arm kaum noch erreichen!

Jetzt kramte er doch den Kerzenstummel, den er für solcherlei Gelegenheiten stets bei sich trug, aus der Tasche, hantierte einen Moment lang ungeschickt mit seinen Zündhölzern herum und entflammte schließlich den Docht.

»Heiliger Strohsack, Schutzpatron der Vagabunden!«, entfuhr es ihm. »Das hatte ich nun wirklich nicht erwartet!«

Im flackernden Schein der Kerze eröffnete sich ihm eine gewaltige Höhle, so groß, dass das Licht nicht einmal mehr die gegenüberliegende Wand erreichte. Auch die Decke war nur als unwirklicher Schatten zu erkennen. Aus der Dunkelheit kam ein helles Plätschern; sogar fließend Wasser gab es hier!

Der Alte kratzte sich den Bart. Das war ein idealer Unterschlupf bei Regentagen! Schade nur, dass er eigentlich nicht vorhatte, länger in London zu bleiben. Morgen schon wollte er weiterziehen. Auf jeden Fall würde er die Stelle markieren, falls es ihn noch einmal, vielleicht im Winter, hierher verschlug.

Nach Minuten andächtigen Schweigens erst fiel ihm wieder ein, warum er eigentlich hergekommen war. Irgendwo dort in der Dunkelheit wartete ein saftiger Braten auf ihn und *Hund*. Er ging ein paar Schritte weiter in die Höhle hinein und streckte die Kerze hoch über seinen Kopf.

»Heda, mein kleines Abendessen!«, rief er laut, um das Tier aufzuschrecken. Seine Stimme brach sich in den Tiefen der Höhle und kam als verzerrtes Echo zurück. Himmel, wie groß war sie denn noch? Von außen hatte der Erdwall gar nicht so riesig ausgesehen.

Neugierig geworden, drang er tiefer in die Finsternis vor. Dann spürte er, dass der Boden abfiel, erst unmerklich, dann immer stärker. Das also war das Geheimnis: Die Höhle setzte sich unterirdisch fort.

Gleichzeitig mit dieser Erkenntnis wurde ihm klar, dass es keinen Sinn hatte, das Kaninchen – falls es überhaupt eines war und nicht nur eine Ratte – zum Ausgang zu treiben. Eher würde es wohl den Weg in die Höhle hinein wählen, und er hatte weiß Gott keine Lust, dem Tier hinterherzujagen.

Der Alte wandte sich um – und erschrak. Er hatte erwartet, den hellen Fleck des Einstiegs vor sich zu sehen, doch da war nur Dunkelheit. Ohne dass es ihm recht bewusst geworden war, schien er tiefer in die Höhle eingedrungen zu sein, als er beabsichtigt hatte.

Für einen Moment überkam ihn eine dumpfe, ungewisse Furcht, dann schüttelte er energisch den Kopf. »Unsinn!«, sagte er zu sich selbst. »Natürlich finde ich wieder heraus. Ist doch ganz einfach, bin ja um keine Ecken gebogen. Einfach geradeaus und schon bin ich draußen …«

Irgendwo vor ihm löste sich ein Stein aus der Wand und polterte zu Boden. Ein leises, schabendes Geräusch erklang.

Der Alte schluckte schwer. Ein dicker Kloß bildete sich in seinem Hals und ein rascher Schauer strich ihm wie mit Eisfingern den Rücken herab.

»Ist da wer?« Seine Stimme klang plötzlich gepresst und ängstlich. Wie zur Antwort schlug ein zweiter Stein zu Boden. Das Geräusch hallte aus der Tiefe der Höhle wider. Und irgendwo in der Dunkelheit glommen zwei kleine, gelbe Lichter auf.

Der Alte wischte sich mit dem Handrücken den Schweiß von der Stirn und atmete schwer aus.

»Eine Katze! Nur eine Katze!«, ächzte er und ging erleichtert weiter. »Ist ja kein Wunder, dass *Hund* –«

Er verstummte wieder. Die Lichter kamen auf ihn zu, in der Höhe seines Kopfes. Im ersten Moment hatte er gedacht, die Katze hocke auf einem Felsvorsprung, aber nun …

Er hob die Kerze höher.

Ein Schrei brach sich über seine Lippen. Er taumelte zurück, stolperte über Geröll und stürzte schwer zu Boden. Heißes Wachs spritzte in sein Gesicht, doch er spürte den Schmerz nicht einmal. Die Flamme loderte heller auf und riss die furchtbare Albtraumgestalt, die auf den Alten zuwankte, aus dem Dunkel.

Blanke Knochen, an denen noch die Fetzen eines Totenhemdes

klebten. Dürre, vom Moder überzogene Finger, die sich ihm entgegenstreckten. Tote Augenhöhlen, in denen ein verzehrendes, unheiliges Feuer loderte.

Und hinter der Gestalt tauchten weitere aus der Finsternis auf, humpelten auf verkrüppelten, zerborstenen Knochen auf den Alten zu, ihre Klauen vorgestreckt.

Fleischlose Münder krümmten sich zu einem schrecklichen, bösen Grinsen, gebrochene Augen starrten ihm gierig entgegen ...

»Nein! NEIN!« Der alte Mann kroch zurück, so schnell er auf dem unebenen Boden vorankam, und wusste doch, dass er dem Grauen nicht entrinnen konnte. Dann loderte plötzlich ein stechender Schmerz in seiner Brust auf, lähmte seine Bewegungen und machte das Atmen zur Qual.

Sein Herz war der Belastung nicht länger gewachsen. Ein gnädiges Schicksal riss ihn in den Tod, noch bevor die Boten des Schreckens ihn erreichen konnten.

Und draußen bellte *Hund* seine hilflose Wut in das Dunkel der Höhle hinein ...

»Haben wir alles?«, fragte ich und schob den Stockdegen in meinen Gürtel.

»Das Wichtigste ist, dass du okay bist, mein Junge«, entgegnete Howard besorgt. »Hast du dich erholt?«

»Alles in Ordnung.«

Wenn ich ehrlich sein sollte, so ahnte ich doch, dass gar nichts in Ordnung war. Seit ich erwacht war, hatte ich in mich gehorcht und nach der Stimme eines kleinen, runzligen Kobolds namens Gurk gesucht. Aber er schien verschwunden zu sein. Ich war noch kein einziges Mal gestolpert und sogar die Treppe heil heruntergekommen.

Aber es war zu früh, um sich zu freuen. Er war noch da, das spürte ich. Vielleicht schlief er oder er dachte sich neue bösartige Späße für mich aus.

»Wie viele Fackeln hast du auftreiben können?«, wandte ich mich an Rowlf. Ich war ganz froh darüber, dass er uns begleitete. Gegen den Golem konnte auch er nichts ausrichten, das war mir klar, doch allein die Gegenwart eines Zwei-Meter-Hünen wie Rowlf konnte schon beruhigend wirken.

Er kramte in dem groben Leinenbeutel, den er um die Schulter trug, herum und zog eine der Magnesiumfackeln hervor. »Neun Stück«, brummte er. »Die Dinger sind unheimlich schwer zu kriegen.«

Howard nahm die Fackel und wog sie in der Hand. »Das wird reichen, um ihn in die Enge zu treiben«, sagte er. Wie so oft verschwand sein Gesicht hinter einer stinkenden Rauchwolke, während er sprach. »Die Schwierigkeit ist, ihn zu finden.«

Wir hatten uns geeinigt, in dem Abbruchviertel mit der Suche zu beginnen. Er war in das Labor geflohen, als ich auf ihn geschossen hatte, an den Ort seiner *Geburt*. Also nahmen wir an, dass er sich nicht allzu weit davon entfernt aufhielt. Am Tage konnte er sich nicht ins Freie wagen; folglich war er noch dort.

Als wir durch die Halle gingen und uns der Eingangstür näherten, hörte ich ein Poltern und Platschen hinter uns. Ich fuhr herum, von bösen Ahnungen erfüllt.

»Was ist los?«, fragte Howard und wandte sich ebenfalls um. Spätestens jetzt war ich davon überzeugt, dass er Gurk tatsächlich nicht sehen konnte. Der kleine Kobold kugelte lachend die Treppe herab und hüpfte mit grotesken Sprüngen auf uns zu. »Wirst du wohl auf mich warten?«, rief er mit lauter Stimme.

Mein letzter Funken Hoffnung schwand dahin. Die anderen konnten ihn auch nicht hören.

»Nichts. Ich habe mich ... geirrt«, beantwortete ich Howards Frage. Was hätte ich auch sonst machen sollen? Ich konnte niemanden auf den anhänglichen Gnom aufmerksam machen.

»He – du lernst schnell«, spottete Gurk. »Ich sehe schon – wir kommen prächtig miteinander aus.« Er wieselte heran und an uns vorbei. Als ich aus der Tür trat, passierte es. Der Fußabstreifer warf Wellen. Mein Fuß stieß dagegen und ich landete in Rowlfs Armen, der mich gedankenschnell aufgefangen hatte.

»Wohl noch nicht richtig aufm Damm?«, fragte er. »Oder träumste mit offenen Augen?«

»Ich bin gestolpert, sonst nichts«, antwortete ich gereizt und starrte wütend auf Gurk, der sich auf dem Straßenpflaster vor Lachen kugelte. Rowlf stellte mich wieder auf die Füße und schwang sich auf den Kutschbock.

Howard und ich stiegen ein. Hinter mir hüpfte Gurk in den Wagen, noch bevor ich die Tür schließen konnte. Er nahm auf dem Sitz mir gegenüber Platz und bohrte ausgiebig in seiner dicken Kartoffelnase. Neben ihm paffte Howard seelenruhig seine Zigarre und bemerkte nichts von seiner Anwesenheit, obwohl Gurk einen deutlichen Abdruck im Kissen hinterließ. Aber vielleicht sah ich auch das als Einziger.

Draußen ging langsam die Sonne unter. Noch hatte sie den Horizont nicht erreicht und tauchte die vornehmen Häuser des Ashton Place, an denen wir vorbeifuhren, in goldenes Licht.

Es war ein wundervoller Abend. Ein Abend, um mit seinem Mädchen im Park spazieren zu gehen und ihr zärtliche Worte ins Ohr zu flüstern. Ein Abend, um am Ufer der Themse zu sitzen und die Angelschnur auszuwerfen.

Bestimmt kein Abend, um einem Säuremonster entgegenzutreten.

Aber diese Gedanken waren mehr als müßig. Wenn es uns nicht gelang, den Golem zu vernichten, war London verloren, vielleicht schon morgen. Wie viele Tote würden in dieser Nacht aus den Gräbern kommen? Wann war die Armee des Bösen bereit?

Es schien, als hätte Howard meine Gedanken erraten. Er straffte sich und sah mir in die Augen. »Wir schaffen es, Robert«, sagte er eindringlich, doch seinen Worten fehlte die nötige Überzeugungskraft.

Ich nickte schwach. »Wenn Gott will«, fügte ich hinzu.

»Was für eine öde Unterhaltung«, murrte Gurk von seinem Sitz herab. »Lasst den Leichen doch ihre Freude. Ihr hängt alle viel zu sehr an eurem armseligen Leben.« Damit stand er auf und streckte seinen Knollenkörper. Sein Gähnen hätte einem Nilpferd zur Ehre gereicht. »Ich verziehe mich eben mal«, sagte er dann und zwinkerte mir zu. »Ich bin aber rechtzeitig wieder da. Wehe dir, du stolperst bis dahin ohne meine Schuld.« Dann hüpfte er auf den Boden der Kutsche und sickerte durch ihn hindurch. Offenbar pflegte er eine Vorliebe für effektvolle Abgänge.

Ich wandte mich wieder dem Fenster zu. Von Westen trieben schwere Gewitterwolken heran und verdunkelten die Sonne. Von einer Minute auf die andere hatte sich der laue, sonnige Abend in eine düstere Vorahnung von Unheil und Gefahr gewandelt. Es ging gespenstisch schnell, fast, als wolle mich das Schicksal warnen, die Fahrt fortzusetzen ...

Ich versuchte die bösen Gedanken aus meinem Kopf zu vertreiben, doch es gelang mir nicht ganz. Irgendwo tief in mir flüsterte eine Stimme, dass meine Magie nicht ausreichen würde, den Golem zu vernichten, dass ich versagen und dafür mit meinem Leben bezahlen würde. Und mit dem Leben von Millionen Unschuldigen.

Auch Howard hatte das nahe Sommergewitter bemerkt. Er öffnete eines der Schiebefenster und warf seinen Zigarrenstummel hinaus.

»Auch das noch«, sagte er und deutete auf die schweren Wolken in der Ferne. »Aber wer weiß – vielleicht schadet Regen dem Golem. Das Magnesium wird er jedenfalls nicht löschen können, wenn die Fackeln erst einmal brennen.«

Ich glaubte ein dumpfes, rollendes Donnern zu hören, weit, sehr weit entfernt. Noch einmal brach die Sonne durch, dann war sie hinter den Wolken verschwunden. Die Dämmerung senkte sich wie ein graues Leichentuch über London.

Wir hatten das Zentrum der Stadt umfahren und durchquerten Paddington. Ich sah, wie überall in den Häusern die Fenster geschlossen und die Stühle und Sonnenschirme von den Balkonen und Verandas geholt wurden. Es würde nicht mehr lange dauern, bis die ersten Tropfen fielen.

Das Verbindungsfenster zum Kutschbock glitt zur Seite, und Rowlf schaute herein. Sein Bulldoggengesicht verzog sich zu einer leidenden Grimasse.

»Ich hätt besser meinen Hut mitgenommen!«, rief er durch das Rumpeln der Kutsche, die nun über immer schlechter werdende Straßen holperte. »Das sieht nach 'nem ausgewachsenen Gewitter aus!«

Howard wandte sich zu ihm um. »Wann kommen wir an?«

Rowlfs Gesicht verschwand für einen Moment, und wir sahen eine Kutsche auf der Gegenbahn vorbeihuschen. Dann beugte er sich wieder zu uns herab. »Schätze, wir sin gleich da. 'n paar Minuten noch.«

Ich spürte förmlich, wie Howard nervös wurde. Seine Finger spielten unbewusst an den Mantelknöpfen herum, und er sah immer wieder auf die Straße hinaus. Das Gewitter machte uns einen Strich durch die Rechnung. Eigentlich hätte es noch mindestens für eine Stunde hell sein müssen; eine Stunde, in der wir uns hätten orientieren können. Nun war die Galgenfrist dahin; es wurde von Sekunde zu Sekunde dunkler.

Und der Golem konnte jeden Moment sein Versteck verlassen. Auch ich saß wie auf glühenden Kohlen.

Als wir in die Straße einbogen, in der das verfallene Haus mit dem Labor lag, fielen die ersten schweren Tropfen. Es war der erste Regen seit über zwei Wochen, und der Staub auf der Straße verband sich mit ihm zu einer schmierigen, glitschigen Schicht. Ein fauliger Geruch kam auf und stach unangenehm in meine Nase.

Ich schlug den Kragen meines leichten Mantels hoch, als ich mit Howard aus der Kutsche stieg. Es war merklich kühler geworden, und der Donner schien einen leichten Wind von Westen heranzutragen. Ich fröstelte.

Rowlf lenkte die Kutsche unter einem Torbogen hindurch in einen überdachten Innenhof. Dort ließ er Pferd und Kutsche stehen und kam mit schnellem Schritt zu uns zurück.

Howard öffnete den Leinensack und zog drei der kurzstieligen Fackeln hervor. »Also, wie abgesprochen. Wir trennen uns und sehen uns erst einmal in den Kellerräumen der umliegenden Häuser um«, sagte er und gab die Fackeln an Rowlf weiter. »Sobald einer von uns auch nur auf die Spur des Golems stößt, ruft er die anderen. Und beim geringsten Anzeichen von Gefahr entzündet er die Fackel. Das Licht wird den Kerl abschrecken. Noch Fragen?«

Rowlf schüttelte stumm den Kopf. Seine Finger krampften sich so fest um die Metallgriffe der Fackeln, dass die Knöchel weiß hervortraten. Selbst er, der sonst weder Tod noch Teufel fürchtete, wirkte nervös, fast ängstlich.

Ich nahm meine drei Fackeln von Howard entgegen und steckte sie unter meinem Mantel in den Gürtel. Die Regentropfen fielen nun dichter und regelmäßig, und ich wollte das Risiko nicht eingehen, dass das Magnesium feucht wurde.

Howard legte mir die Hand auf die Schulter. »Ich kann dir nicht wünschen, dass du als Erster auf den Golem triffst«, sagte er leise, »aber du allein kannst ihn vernichten. Viel Glück, Robert.«

Ich versuchte zu lächeln, aber es misslang mir kläglich.

Als wir uns trennten, kam es mir vor, als sehe ich die Freunde zum letzten Mal ...

Dunkelheit umgab ihn, als er aus dem Halbschlaf schreckte. Finsternis, die keines Menschen Blick durchdringen konnte, erfüllt von schäumenden, monotonen Geräuschen, die von den Wänden widerhallten.

Und doch sah er, war zum Sehen verdammt, denn es war ihm nicht möglich, seine Augen zu schließen.

Vor Ewigkeiten war er geflohen vor einem grellen, furchtbaren Ball, der langsam in der Ferne aufgestiegen war und ihn mit seinem Licht gequält hatte. Schließlich, mehr durch Zufall als durch planvolles Suchen, hatte er diesen Ort gefunden. Hier war es dunkel, hier konnte er sich verbergen, bis der Lichtball wieder verschwunden war.

Unbändige, heiße Wut stieg in ihm hoch, wenn er nur an das Licht dachte. Mit einem dumpfen Grollen richtete er sich auf und schwang die unförmigen Füße in das trübe, stinkende Nass, das durch diesen Ort floss.

Es zischte, und dichte Dampfwolken stiegen hoch, als seine Haut mit Wasser in Berührung kam. Es begann in Sekundenschnelle zu kochen. Ölige Blasen zerplatzten an seiner Oberfläche.

Minutenlang blieb der Golem stehen, ohne einen Muskel zu rühren. Sein zerstörtes Gehirn versuchte sich zu erinnern, wie er hierher gelangt war, doch bevor der Gedanke greifbar werden konnte, zog etwas anderes seine Aufmerksamkeit auf sich. Ein kleiner, huschender Schatten, der den Mauervorsprung entlangrannte.

Er kannte diese Wesen; ein paar von ihnen hatten sich schon an ihn herangewagt. Und sein primitiver Instinkt verriet ihm, wie er sich verhalten musste.

Langsam verlagerte er sein Gewicht auf den linken Fuß, hob in einer kaum wahrnehmbaren Bewegung den Arm. Seine Muskeln spannten sich.

Die Ratte verharrte in ihrem Lauf. Ihre feinen Sinne warnten sie vor einer Gefahr. Sie hob die spitze Schnauze und schnupperte. Irgendetwas Fremdes war hier; kein Mensch und auch keine Katze. Etwas, das sie noch nie gewittert hatte . . . Aber es war gefährlich, entschied ihr Instinkt. Sie fuhr herum und huschte den Weg zurück, den sie gekommen war.

Ihre Reaktion kam für den Bruchteil einer Sekunde zu spät. Etwas Massiges, Schweres traf ihren Rücken. Die Ratte schrie noch in wilder, animalischer Panik auf, dann umschlossen schwammige Finger ihren pelzigen Körper und pressten das Leben aus ihr heraus.

Der Golem stillte seinen Hunger an ihr. Es war nicht die Gier nach Fleisch und Blut; es war der unstillbare Hunger nach dem Leben selbst, der sich in seine schwarze, tote Seele gefressen hatte. Eine Seele, die aus Verderben geschaffen war und die Gesetze der Götter verhöhnte.

Schließlich ließ er die Ratte sinken und schleuderte ihren Kadaver zu den anderen Leibern, die tot und verkrümmt in einer Mauernische lagen.

Aber die Kraft, die ihm das kleine Tier gegeben hatte, war nicht mehr als ein kurzes Aufflackern gewesen. Er brauchte größere Opfer. Menschen wie dieses Geschöpf mit dem hellen, widerlichen Haar, das er fast hatte töten können. Bis . . . ja, bis dieser Mensch aufgetaucht war, der das Licht gebracht hatte. Das Licht und den Schmerz.

Der Golem brüllte auf und schlug mit seinen unförmigen Klauen auf die Wände seines Versteckes ein. Der Stein zersplitterte, und Säure rann brodelnd in die Risse.

Es dauerte lange, bis seine Wut abgeklungen war und er die Arme wieder sinken ließ. Hunger nagte an seinen Gedärmen; der Hunger nach Leben. Langsam wandte er sich um und blickte den Gang entlang. Er schien zu lauschen, reglos, wie zu einem Standbild des Grauens erstarrt.

Dann setzte er sich in Bewegung, zaghaft erst, dann immer schneller werdend. Dumpf erinnerte er sich daran, wie er hierhergekommen war …

Er war gerannt, halb blind und ohne Ziel. Der Feuerball hinter ihm hatte alles in unerträglich grelles Licht gehüllt und ihn vorangetrieben. Dann plötzlich hatten seine Füße den Halt verloren. Er war gestürzt, nicht tief, und in brackiges Wasser eingetaucht. Und plötzlich war Dunkelheit um ihn herum gewesen, und je weiter er den schmalen Tunnel entlang lief, desto schwärzer wurde die Nacht. Schließlich hatte er sich einfach auf nackten Fels fallen lassen und war in einen Dämmerzustand zwischen Wachen und Tod gesunken …

Sein künstlich erschaffener Verstand reichte aus, ihn nach oben blicken zu lassen, auf der Suche nach der Öffnung, durch die er gestürzt war. Die Gier trieb ihn zur Eile an, und er achtete nicht mehr auf die kleinen, pelzigen Körper, die vor ihm flohen, helle, fiepende Schreie ausstoßend.

Endlich fand er, was er gesucht hatte; ein großes, kreisrundes Loch in der Dunkelheit, durch das noch eine Spur von Helligkeit sickerte. Doch das Licht war nur unangenehm in seinem Auge, und der Hunger vertrieb den Ekel, den er beim Anblick der hellen Öffnung über sich empfand.

Er streckte seine Klauen nach den Rändern des Kreises aus, doch dieser war zu hoch, um ihn zu erreichen.

Dann entdeckte er die Sprossen. Es waren rostzerfressene Metallstreben, und sie führten die Mauer hinauf und auf das Loch zu.

Der Stahl begann zu kochen, als sich seine Pranken um ihn schlossen. Metallene Tropfen lösten sich und fielen zischend in trübes Wasser, während der Golem seinen aufgedunsenen Körper nach oben zog, der Öffnung entgegen, dem Leben …

Ich drehte mich langsam im Kreis, die Hand fest um den Griff des Stockdegens geklammert.

Howard war in eines der Häuser eingedrungen, und Rowlf bog gerade um eine entfernte Ecke und verschwand aus meinem Blickfeld. Der Regen hatte in den letzten Minuten zugenommen, und über den Dächern von London zuckten die ersten Blitze auf. Unwillkürlich zählte ich bis zum Rollen des Donners. Vier Sekunden. Das Gewitter kam direkt auf uns zu!

Ich blieb stehen und lauschte, aber durch das Prasseln des Regens war kein anderes Geräusch mehr zu vernehmen. So entschied ich mich, die Suche in einem der Häuser fortzusetzen.

Das Gebäude, das ich mir ausgesucht hatte, war früher wohl ein stabiles, dreistöckiges Mietshaus gewesen. Jetzt war es eine Ruine; das Dach war schon vor langer Zeit eingefallen, und einige der Mauern waren zusammengebrochen oder eingerissen worden. An den Wänden konnte ich noch die Fetzen verblichener Tapeten erkennen, von Pilz und Moder überwuchert. Irgendwo schlug ein morscher Fensterrahmen im Wind. Es klang, als poche ein gewaltiges Herz; mal zaghaft und wie im Todeskampf, dann wieder stark und laut.

Die Treppe zum ersten Stock hinauf sah brüchig und verfallen aus. Ich setzte vorsichtig meinen Fuß auf die erste Stufe und sprang hastig zurück, als das Holz nachgab und die halbe Treppe polternd in sich zusammenfiel.

Diesen Weg konnte der Golem also nicht genommen haben. Blieb der Keller. Als ich die ausgetretenen Steinstufen hinabschritt, schlug mein sechster Sinn Alarm.

Abrupt blieb ich stehen. Hier unten war irgendetwas, das konnte ich deutlich fühlen! Sekundenlang überlegte ich, ob ich Howard und Rowlf herbeirufen sollte, verwarf den Gedanken aber rasch wieder. Hier konnte sich alles mögliche vor dem Gewitter verkrochen haben; ein Straßenköter vielleicht oder eine streunende Katze. Oder ein ahnungsloser Landstreicher, der hier Quartier bezogen hatte. Ich musste mir erst Klarheit verschaffen.

Vorsichtig ging ich weiter, darauf bedacht, keinen Laut zu verursachen. Meine Nerven waren zum Zerreißen gespannt, als ich in die dunklen Schatten am Ende der Treppe eintauchte.

Wieder blieb ich stehen und lauschte. Meine Sinne gaukelten mir Bewegung vor, wo keine war, ließen finstere Schemen über die Wände tanzen und leise Stimmen aus Nischen und verborgenen Winkeln flüstern.

Von oben drang das Grollen des Donners zu mir herab. Es hörte sich seltsam fremd an, wie durch eine dichte Watteschicht hindurch. Ein Blitz zuckte auf und tauchte einen kleinen Teil des Kellers für den Bruchteil einer Sekunde in grelles Licht.

Ich schrie vor Schreck auf und riss den Stockdegen hoch.

War da nicht etwas gewesen? Eine sehnige Gestalt, dicht an die Wand gelehnt? Hastig wich ich zwei Stufen zurück und tastete nach meinen Fackeln. Sollte ich es riskieren, eine davon zu entzünden? Ich musste sparsam damit umgehen, und war das Magnesium erst entflammt, konnte es nicht mehr gelöscht werden.

»Halt, Robert! Ich bin's!«

Ich fuhr zusammen und hätte im ersten Reflex fast einen Streich mit dem Degen geführt.

»Howard!«, sagte ich scharf und eine Spur zu laut. »Bist du denn wahnsinnig geworden, mich so zu erschrecken?«

Der Schatten löste sich von der Wand und kam auf mich zu. »Tut mir leid«, sagte er. »Ich habe dich auch gerade erst erkannt. Ich dachte schon, es wäre der Golem.«

Erleichtert ließ ich die Luft aus meinen Lungen entweichen und fuhr mir über die schweißnasse Stirn. Wieder flammte ein Blitz auf und riss Howard aus der Dunkelheit.

Er war kein bisschen nervös; im Gegenteil, er lächelte!

Ich sprang die letzten Stufen hinunter und schlug ihm die Hand auf die Schulter. »Howard, ich ahnte doch, dass du keine Nerven besitzt.«

Er lachte kurz und trocken. »Sonst alles in Ordnung?«

»Natürlich. Ich ...«

Da kam mir ein Gedanke. Gurk! Ich hatte ihn nicht mehr in meiner Nähe gespürt, seit er sich aus der Kutsche verzogen hatte. Vielleicht gelang es mir diesmal ...

»Howard, ich habe dir etwas Wichtiges zu sagen!« Es funktionierte! »Bitte unterbrich mich nicht und höre nur zu ...«

In knappen Sätzen berichtete ich von dem kleinen Kobold, den ich durch mein Missgeschick aus der Flasche befreit hatte und der mir seitdem nichts als Unglück gebracht hatte. Und kein Bann stoppte meinen Redefluss, nichts hielt mich auf, bis ich Howard alles erzählt hatte!

»... und jetzt verstehst du auch, warum ich mir berechtigte Sorgen mache, ich könnte gegen den Golem versagen«, schloss ich erleichtert. Mir fiel ein Stein vom Herzen. Jetzt, da Howard alles wusste, konnte er mir beistehen. Vielleicht gelang es uns sogar, den Gnom zu vertreiben.

»Hm«, machte Howard. »Und du bist sicher, dass du das alles nicht nur geträumt hast?«

»Herr im Himmel, ich sage dir doch –«

»Schon gut«, unterbrach er mich, »war nur eine Frage. Das Ganze klingt ein wenig ... skurril, das musst du zugeben.«

Ich seufzte. »Gibt es eine Lösung?«, fragte ich drängend. Wer konnte sagen, wie lange ich noch frei zu reden imstande war? Wenn Gurk den »Verrat« bemerkte, konnte er mich schon im nächsten Moment das genaue Gegenteil behaupten lassen.

Howard nickte. Ich konnte die Bewegung in der Dunkelheit nur ahnen. »Es gibt eine Lösung«, sagte er nach kurzem Überlegen. »Aber ich wäre reichlich bescheuert, wenn ich sie dir verraten würde.«

Der Inhalt seiner Worte erreichte mein Bewusstsein gar nicht mehr. Ich starrte nur wie gebannt auf seinen Kopf, hinter dem plötzlich längliche, sich windende Schatten auftauchten. Wie ... Tentakel!

Mit einem Schrei riss ich Howard heran und stieß ihn an mir vorbei zur Treppe. Meine Phantasie malte die krakenhaften, bizarren Umrisse eines *Shoggoten* in die Dunkelheit des Kellers, und mein Herz schlug mir bis zum Hals.

Ich hörte Howard die Stufen hinauflaufen – und auf halbem Wege stehen bleiben. Fassungslos fuhr ich herum.

»So lauf doch, Howard! Das ist ein *Shog* ...«

Die Worte blieben mir im Halse stecken, als ich Howards Silhouette gegen das Dämmerlicht sah, das durch die offene Kellertür hereinfiel. Der Schatten sich windender Tentakel war nicht hinter ihm entstanden, sondern ... auf seinem Kopf!

Und wieder dauerte es einige Sekunden, bis ich erkannte, was die *Tentakel* wirklich waren. Jetzt drangen auch seine seltsamen Worte endlich in mein Bewusstsein.

»Es gibt eine Lösung. Aber ich wäre reichlich bescheuert, wenn ich sie dir verraten würde ...«

Howards Körper fiel wie ein Ballon, aus dem die heiße Luft entweicht, in sich zusammen. Lange, weiße Haare wehten mit einem Male auf seinem Kopf, und seine Nase schwoll zu einer rot glänzenden Kartoffel an.

»Gurk!«

Der kleine Kobold krümmte sich vor Lachen und kugelte an mir vorbei auf den Boden des Kellers. Er hielt sich den fetten Wanst und streckte die haarigen Klumpfüße weit von sich. Schließlich trommelte er mit den Fäusten auf den harten Stein und versuchte glucksend Luft zu holen.

Und ich stand da und wäre am liebsten im Erdboden versunken; gleich hier, zwischen den Scherben meiner Hoffnung. Alles war umsonst gewesen! Ich konnte diesen verfluchten kleinen Kerl nicht täuschen.

Endlich hatte sich Gurk wieder so weit in der Gewalt, dass er sich aufsetzen konnte. In seinen gelben Telleraugen standen Tränen. Bestimmt keine der Trauer.

»Köstlich!«, krächzte er mühsam und wurde von einem neuerlichen Lachkrampf befallen. Ich wartete geduldig, bis er sich davon erholt hatte.

»Und das Beste kommt erst noch«, fügte er hinzu. »Du großer Schlonz – wenn du wüsstest ...« Er japste nach Luft.

»Wenn du elender –«, begann ich, wurde aber schon nach wenigen Worten von Gurk unterbrochen.

»Jetzt wird's lustig!«, brüllte er und deutete an mir vorbei zur Spitze der Treppe.

Ich fuhr herum.

Unter der Tür war ein gewaltiger, monströser Schatten erschienen. Gegen das Licht sah ich, dass seine Oberfläche in ständiger Bewegung war, sich verformte, Blasen warf. Ein Geruch von Salpetersäure stach in meine Lungen.

Und dann kam er die Treppe herab ...

Für zart besaitete Gemüter war der Nachtdienst im *British Museum* gewiss kein leichter Job – noch dazu bei solch einem Wetter –, aber Hank O'Keefe konnte einfach nichts aus der Ruhe bringen. Er war seit 1853 in dieser Stellung und der Gang durch die hohen Säle, in denen jeder Schritt zehnfach verstärkt von den Wänden widerhallte, war ihm in den dreiunddreißig Jahren längst zur Routine geworden.

Draußen tobte ein Gewitter, wie London es selten erlebt hatte; fast ununterbrochen zuckten die Blitze über den wolkenverhangenen Himmel, und das Donnern war zu einem nicht enden wollenden, dumpfen Grollen angewachsen.

Fast hätte O'Keefe auf die Laterne verzichten können – durch die hochliegenden, schmalen Fenster drang das Licht der grellen Entladungen und überschüttete die Glasvitrinen und Regale mit einem unwirklichen, bläulichweißen Schein. Die Sarkophage in der Mitte des Raumes warfen scharf abgegrenzte Schatten, und die verkrümmten Leiber der Mumien darin zuckten im Licht hin und her, als würden sie leben.

Bei jedem Donnerschlag bebten die gläsernen Schiebetüren der Vitrinen, warfen klirrende Geräusche in die Dunkelheit, die dem Blitz folgte.

O'Keefe gähnte. Sein Kollege hatte ihn nicht zum Schichtwechsel wecken müssen. Bei diesem Lärm hätte er ohnehin kein Auge schließen können. Er war müde, und allmählich begann sich zudem noch Kopfschmerz hinter seiner Stirn zu regen.

Eine schlechte Zeit für einen Nachtwächter, besonders, wenn er so wetterfühlig war wie Hank O'Keefe.

Zur Zeit führte ihn sein Kontrollgang durch die altägyptische Abteilung des Museums. Danach waren die *Urviecher* an der Reihe, wie er die Abteilung für prähistorische Fossilien und Urweltechsen liebevoll nannte.

Eigentlich hatte er den ganzen Weg zweimal zu gehen, aber heute kümmerten ihn die Vorschriften herzlich wenig. Bei solch einem Sauwetter war ohnehin kein Dieb unterwegs, der seiner Verlobten einen Unterschenkelknochen des Tyrannosaurus Rex zum Geschenk machen wollte.

Ächzend ließ sich Hank O'Keefe auf eine der Besucherbänke sinken und stellte die Laterne neben sich. Dann zog er gemächlich seine Pfeife aus der Uniformjacke und den Tabaksbeutel aus der Hosentasche. Gelangweilt ließ er seinen Blick über die uralten Totenkästen schweifen, während er die Pfeife stopfte. Täglich kamen Hunderte von Besuchern her, um die alten Ägypter zu bestaunen, als gäbe es nichts Lebendiges mehr auf der Welt. Für ihn hatten die Sensationen aus grauer Vorzeit längst ihren Reiz verloren. Auch die Einlieferung des gewaltigen Mammuts, das vor wenigen Wochen vollkommen erhalten im ewigen Eis Grönlands gefunden worden war und das nun in den Kühlräumen des Museums auf seine Präparierung wartete, hatte ihm wenig mehr als beiläufiges Interesse entlockt.

Hank O'Keefe paffte ein paar blaue Rauchkringel in die Luft und tastete nach seiner Stirn. Der Kopfschmerz wurde schlimmer, begann in seinem Schädel zu pochen und machte ihn nervös und unruhig.

Schließlich hielt er es auf der Bank nicht mehr aus. Sollte William ruhig meckern, wenn er eine halbe Stunde vor der Zeit ins Wachzimmer zurückkehrte, wo sie abwechselnd schliefen. Er musste jetzt ein Schmerzpulver einnehmen, oder er würde verrückt werden.

Dieses verdammte Unwetter! Und dabei hatte der sonnige Tag einen verträumten, warmen Abend versprochen ...

Der Wachmann durchquerte den Raum mit schnellen Schritten, vorbei an den Vitrinen und Sarkophagen. Eher zufällig warf er einen Blick in eine der geöffneten Kisten.

Mit einem Schrei prallte er zurück.

Die Mumie – sie starrte ihn an! Der schmale, bandagenlose Kopf hatte sich ihm zugewandt und begegnete seinem entsetzten Blick aus dunklen, leeren Augenhöhlen!

Unsinn, Hank!, schalt er sich selbst einen Narren. *Das bildest du dir doch nur ein. Das Gewitter hat dich nervös gemacht.*

Und doch ... er hätte schwören können, dass dieser Leichnam zuvor in einer anderen Stellung in seiner Kiste gelegen hatte ...

Er trat noch einen Schritt zurück und bückte sich zu dem polierten Messingschild hinunter, das an dem Sarkophag befestigt war.

Mumifizierter Grabwächter, um 1325 v. Chr. Fundort: Bibán el Mulúk, 1866, Leihgabe des Metropolitan Museum, New York

Kein Zweifel; er hatte diese Mumie schon mehr als einmal im Vorbeigehen betrachtet – und ihre Lage hatte sich verändert! Hank O'Keefe war keine ängstliche Natur, im Gegenteil, aber nun rann ihm doch ein eisiger Schauer über den Rücken. Er drehte den Docht seiner Lampe weiter heraus und betrachtete im aufflackernden Licht den Leichnam noch einmal genauer.

In diesem Moment schlug der Blitz ganz in der Nähe ein. Ohrenbetäubender Donner ließ O'Keefe zusammenzucken. Eines der schmalen Fenster zerbarst mit einem lauten Knall und der Sturm warf die Scherben weit in den Raum hinein.

O'Keefe fuhr herum. Sein Herz setzte einen Schlag aus und im grellen Licht des nächsten Blitzes sah man, dass sein Gesicht alle Farbe verloren hatte.

Sein Blick war starr auf das zersplitterte Fenster gerichtet, durch das nun Laub und schwere Tropfen hineinregneten. Der Wind erfasste seine Wärterkappe und wirbelte sie davon, in den dunklen Raum hinein. Er merkte es nicht einmal.

Und dann hörte er hinter sich Glas zerplatzen.

Abermals wirbelte er herum.

Die Laterne entglitt seinen Fingern und fiel zu Boden. Petroleum strömte aus, entzündete sich an dem blakenden Docht. In Sekundenschnelle loderten Flammen hoch und tauchten den Saal in flackerndes, tanzendes Licht.

O'Keefe taumelte zurück, den Mund zu einem stummen Schrei geöffnet, doch kein Laut kam über seine Lippen.

Das Glasgehäuse, das den Sarkophag vor allzu neugierigen Besuchern schützte, war zusammengebrochen, zerschmettert von einer sehnigen, mit fleckiger, pergamentener Haut überspannten Hand.

Dürre Finger streckten sich O'Keefe entgegen, und der Mund der Mumie klaffte auf wie zu einem höhnischen Gelächter. Langsam richtete sich der Leichnam auf und fegte die letzten Bruchstücke des Kastens beiseite. In seinen Augenhöhlen flackerte ein unheiliges Feuer, und der schreckliche Blick bannte den alten Nachtwächter mit fast hypnotischer Kraft auf die Stelle.

Mit unbeholfenen, doch ungeheuer kraftvollen Bewegungen stieg die mumifizierte Leiche aus ihrem Grab, in dem sie über drei Jahrtausende geruht hatte, und kam mit schweren, steifen Schritten auf Hank O'Keefe zu.

Und noch immer war der alte Wächter wie versteinert. In seinen weit aufgerissenen Augen flackerte nackte Panik, doch er konnte sich nicht rühren. Reglos stand er da und starrte auf den erwachten Toten, der langsam auf ihn zukam, immer näher und näher, die verkrümmten, dürren Arme nach ihm ausgestreckt. In seinen Ohren rauschte das Blut, und grelle Lichtblitze begannen vor seinen Augen zu tanzen. Er hörte nicht die polternden Schritte, die sich vom Ausgang her näherten, sah nicht, wie William in den Saal stürmte.

»Hank, bist du hier? Was ist denn –«

William Barry verstummte. Er blieb abrupt stehen, als wäre er gegen eine unsichtbare Wand geprallt, und starrte fassungslos auf die unglaubliche Szene. Seine restlichen Worte wurden zu einem sinnlosen Gestammel.

Der Kopf der Mumie ruckte herum.

Im gleichen Moment fiel der Bann von Hank O'Keefe ab. Er wankte zurück. Ein unmenschlicher Schrei entrang sich seiner Kehle. In seinem Kopf rasten die Gedanken.

»Weg hier, Will!«, brüllte er und stolperte auf den Ausgang zu. »Schnell raus hier! Lauf!«

Dann war er bei seinem Kollegen und zerrte den fassungslosen Mann einfach mit sich. William stammelte noch immer sinnlos vor sich hin und schien kaum wahrzunehmen, was um ihn herum geschah.

Hinter den beiden Männern zersprang ein zweiter Glaskasten, dann ein dritter. Ein dumpfes, singendes Heulen übertönte den Donner, und tappende Schritte hallten von den Wänden wider.

Williams Blick klärte sich. Er blieb stehen und starrte Hank an. »Der Tag des Jüngsten Gerichtes«, flüsterte er heiser. »Die Toten erwachen!«

»Komm weiter! Verdammt, Will, wir müssen raus hier, oder wir sind verloren!«, brüllte O'Keefe und packte den Freund bei den Rockaufschlägen. »Lauf doch, verflucht noch mal. *Lauf!*«

Sein Blick fiel über Williams Schulter. Unter dem großen Rundbogen zum Ägyptischen Saal waren drei dürre, gebückte Gestalten erschienen. Ihre ausgestreckten Arme deuteten wie anklagend auf die beiden Männer. Aus ihren offenen Mündern wehte das furchtbare Singen heran, dieser dumpfe, an- und abschwellende Ton, der Hank das Blut in den Adern gefrieren ließ.

»Wir sind verloren ... alle sind verloren«, stammelte William und sein Blick ging durch Hank hindurch in unendliche Fernen. »Wir können nicht fliehen, Hank. Wir können nicht ...« Seine Stimme schlug um, und ein irres Kichern brach über seine Lippen.

O'Keefe wankte von ihm fort. Blut rann über seine zerbissenen Lippen und tropfte auf die Uniformjacke. Er spürte den Schmerz kaum. Immer weiter wich er zurück, den Blick starr auf die mumifizierten Leichen gerichtet.

Sie kamen heran. Sie erreichten William, der noch immer an derselben Stelle stand. Hank sah, wie sein Freund plötzlich nach vorn kippte und hart auf das Parkett aufschlug.

Dann hatte er das Hauptportal erreicht.

Seine Finger tasteten in blinder Hast über das schwere, spröde Holz, suchten die Klinke.

Und die Gestalten kamen näher ... näher ...

Die Haut über den Knöcheln riss auf, als er in Panik gegen die Eichenbohlen schlug. Seine Hände huschten hin und her, suchten – und er konnte den Blick nicht von den Leichen wenden, die nur noch zehn Yards entfernt waren ... neun ... acht ...

Endlich stießen seine Finger gegen kühles Metall. Er fuhr mit einem verzweifelten Schrei herum und drückte die Klinke nieder.

Die Pforte war verschlossen!

Der Golem!

Obwohl ich doch auf den grauenhaften Anblick vorbereitet sein musste, erschrak ich bis ins Mark.

Da stand er: ein Gigant der Hölle, von Säure durchpulst, mit brodelnder, Blasen werfender Haut.

Ein Fleisch gewordener Albtraum, ein Wesen, das nicht leben durfte – und das doch die Treppe herab und auf mich zu wankte. Hinter ihm blieb eine schleimige Spur zurück, noch immer kochend und dampfend, die sich selbst in den massiven Stein zu fressen schien. Ölig schimmernde Tropfen lösten sich von seinem Körper und platschten zu Boden, und der Gestank nach Salpeter wurde unerträglich.

Unendlich langsam hob er die Arme und öffnete seinen Mund! Ein einziges, kehliges Wort kam über die siedenden Lippen des Monstrums.

»Duuuu ...«

Eine eiskalte Hand packte mein Herz und presste es zusammen. Irgendetwas in mir bäumte sich auf, und Tränen schossen in meine Augen.

In diesem einen Wort hatte so viel Leid, so viel Schmerz gelegen ... und gleichzeitig solch eine unbändige Wut, dass mein Gehirn sich einfach weigerte, das Wort aufzunehmen.

Mit einem Schrei riss ich die Hände vor die Ohren und stolperte blindlings zurück. Der Stockdegen fiel mit einem metallischen Geräusch zu Boden, aber dessen wurde ich mir gar nicht bewusst. Das Wort, dieser furchtbare, alles übertönende Laut, hallte tausendfach in mir wider und ließ feurige Kreise vor meinen Augen tanzen.

Zum ersten Mal begriff ich wirklich, was der Golem war. Nicht einfach ein künstlich erschaffenes Wesen, nein. Er war ein Luzifer, ein gefallener Engel. Das bizarre Gegenstück allen Daseins, allen Lebens. Eine Kreatur des Unmöglichen ... eine Versuchung der Götter!

Und gleichzeitig wurde mir klar, wie klein und unbedeutend ich dagegen war. Ein Nichts, dessen magische Kräfte versagen mussten angesichts dieses schwarzen Gottes.

Tief in meinem Inneren erwachte eine lodernde Flamme und riss mich in die Wirklichkeit zurück. Das waren doch nicht meine Gedanken!

Du hast Recht, Robert, flüsterte eine Stimme in meinem Gehirn, leise und unendlich weit entfernt. Ich erkannte sie trotzdem. Immer würde ich sie erkennen, wo sie mich auch ansprach und aus welchem Mund sie auch erklang.

Es war die Stimme meines Vaters!

Die Stimme Roderick Andaras.

Es ist der Golem, wisperte sie. Es ist die Stimme seiner Existenz. *Die Macht, die ihm das Leben gibt. Wehre dich gegen sie, oder sie wird dich verderben!*

»Vater!« Ich schluchzte auf und wand mich in körperlosen Schmerzen. Das Wort hallte noch immer in mir wider, stärker noch als zuvor. Und ich konnte mich nicht dagegen wehren. Mein Widerstand war so nichtig, so vermessen …

Nein, Robert, wehte die leise Stimme heran und zerfaserte, noch bevor ich danach greifen konnte. *Du allein hast die Kraft ihm zu widerstehen! Du bist stark, Robert! Benutze das Erbe! Setze es ein, oder du bist verloren!*

Ich schwamm in einem Meer der Stille. Alles um mich herum war Frieden. Keine Gefahr. Keine Gefahr …

Robert! Diesmal war die Stimme ein Brüllen, so laut und nah, dass ich herausgerissen wurde aus den trügerischen Visionen und zurückgeschleudert in die Wirklichkeit. Für einen winzigen Moment stand das Bild meines Vaters so deutlich vor meinem geistigen Auge und brannte sich in meinen Geist, dass ich mit einem Schrei hochfuhr und die Augen aufriss.

Dann verstummte sie und verschwand in den Tiefen der Unendlichkeit.

Aber der Bann war gebrochen. Die hypnotische Kraft, die von dem Golem ausging, hatte keine Gewalt mehr über mich. Ich ahnte, dass mein Vater all seine Kräfte für diesen einen Schrei verbraucht hatte. Für diesen Ruf, der mich gerettet hatte.

Und keine Sekunde zu spät! Aus den Augenwinkeln sah ich die massige Gestalt des Golems neben mir aufwachsen, die Klauen hoch erhoben. Stinkender, ätzender Atem wehte mir ins Gesicht und brannte auf meiner Haut.

Ich ließ mich gedankenschnell zur Seite fallen. Die Mauer erbebte, als die Fäuste des Golems den Stein trafen; genau an der Stelle, an der sich gerade noch mein Kopf befunden hatte. Ich rollte mich ab, kam wieder auf die Füße und zerrte eine der Magnesiumfackeln unter meinem Rock hervor.

Im ersten Moment bemerkte ich gar nicht, dass sie sich seltsam ... weich anfühlte und unter meinem Griff nachgab. Erst als ich ein Streichholz anriss und die Fackel entzünden wollte, sah ich, was ich da in der Hand hielt.

Der Anblick war so skurril und irreal, dass ich Sekunden brauchte, um das Bild überhaupt zu akzeptieren.

Es war eine Wurst! Eine von diesen unterarmlangen, mit Garn umwickelten Dauerwürsten, die auf jedem Markt zu finden sind.

Hinter mir tönte helles, schrilles Lachen auf. »Los, schlag ihm das Ding über den Schädel, Bob«, krähte eine Stimme. »Oder willst du ihn zum Picknick einladen?«

Dieser verdammte, hirnrissige Kobold!

»Ich bringe dich um, Gurk!«, brüllte ich meine Wut heraus. »Ich drehe dir deinen hässlichen, unnützen Hals herum!«

»Aber, aber«, tadelte Gurk und kugelte auf den Rücken. Seine gelben Eulenaugen leuchteten in der Dunkelheit. »Ich versuche doch nur, die Sache etwas spannender zu machen. Sei so lieb und pass auf; da kommt jemand mit einer Beschwerde.«

Ich wirbelte wieder herum und duckte mich unter einem tödlichen Hieb hindurch. Der Golem knurrte dumpf und holte zu einem neuen Schlag aus.

Ich warf ihm die lächerliche Wurst entgegen und hechtete zur Seite. Der Keller war recht geräumig, und wenn ich ihn nahe genug an eine der Wände heranlocken konnte, war auf der anderen Seite genügend Platz, ihn zu umgehen.

Mein Fuß stieg gegen etwas Großes, Hartes. Ich bückte mich und ertastete einen massiven Mauerstein, der irgendwann aus der Decke gebrochen sein musste. Jetzt konnte er mir als Waffe dienen! Ich stemmte ihn hoch, wartete, bis der Koloss auf zwei Yards herangekommen war und warf den Quader mit aller Kraft.

Ein dumpfes, schwammiges Geräusch ertönte, und mit dem Stein platschte kochendes, totes Gewebe zu Boden. Der Golem schlug wie rasend um sich und wankte vorwärts, aber ich war längst zur Seite ausgewichen und warf mich durch die Lücke zwischen ihm und der Wand.

»Wehe dir, Gurk!«, keuchte ich und zog die zweite Fackel aus meinem Gürtelbund.

Eine Rhabarberstange ...

Okay, das Licht konnte ich vergessen. Blieb mir mein Degen.

Erst jetzt kam mir richtig zu Bewusstsein, dass ich ihn eben verloren hatte. Aber wo?

Der Golem war noch damit beschäftigt, sich schwerfällig herumzudrehen. Ich hatte für ein paar Sekunden Luft.

Ich ließ mich einfach auf die Knie fallen und tastete mit fliegenden Fingern über den Boden.

Und endlich hatte ich einmal Glück! Schon nach kurzer Suche stießen meine Finger auf die schmale, silberne Klinge der mächtigen Waffe, die mein Vater mir vererbt hatte, schlossen sich um den kristallenen Knauf und schwangen den Degen hoch.

Der Golem war fast heran, als ich wieder auf die Füße sprang. Ich führte einen schnellen, halbkreisförmigen Schlag und federte einen Schritt zur Seite.

Die Klinge schnitt in weiches, aufgedunsenes Fleisch, fuhr hindurch, ohne dass ich einen Widerstand spürte. Der Golem brüllte auf und taumelte zurück. Ein unheiliges Feuer flackerte in seinem Auge auf.

Für einen Moment dachte ich wirklich, ihn verletzt zu haben, doch es war wohl mehr die Überraschung gewesen, die ihn zurückweichen ließ, als dass er echten Schmerz verspürt hatte.

»Wie unfair!«, tönte Gurk aus seiner Ecke. »Mit einer Waffe gegen ein wehrloses Monster vorzugehen, pfui! Das ist nicht gerade die feine englische Art.«

Ich konnte förmlich spüren, wie seine Magie nach der Klinge des Degens griff. Das Metall verbog sich, wurde weich und elastisch. Und gleichzeitig glühte der Kristall in meiner Hand auf! Der sternförmige *Shoggotenstern* darin wurde heiß und begann zu pulsieren wie ein lebendes Herz.

Der Degen wehrte sich gegen die Magie des Kobolds! Wieder erwachten die unheimlichen Kräfte, die der Waffe innewohnten. Und wieder hatte ich den Eindruck, als würde sie leben!

Die schmale Klinge begann in einem blauen, unglaublich grellen Licht zu glühen. Ein Licht, das den gesamten Keller erfüllte und scharfe Schatten aus der Finsternis schnitt.

Der Golem schrie gequält auf und schlug die Arme vor sein

Gesicht. Seine Haut begann stärker zu kochen, als er in Panik vor dem glühenden Degen zurückwich.

Endlich konnte ich mich auf ihn konzentrieren! Bisher war ich zu sehr damit beschäftigt gewesen, seine wütenden Angriffe abzuwehren, als dass ich meine magischen Kräfte hätte einsetzen können. Jetzt hatte sich das Blatt gewendet!

Ich hob den Degen hoch über meinen Kopf, und sein verzehrendes Feuer sandte glühende Lanzen in jeden Winkel des Baumes. Der Golem duckte sich wie unter mächtigen Schlägen. Sein verunstalteter Kopf ruckte hin und her, doch es gab kein Versteck vor dem Licht.

Ich schloss die Augen und versank in Trance, konzentrierte mich auf die Magie, die tief in mir schlummerte. Das Erbe meines Vaters.

Und dann geschah das Unfassbare.

Staub wallte von der Decke nieder, kleine Steine regneten herab. Ich schreckte aus dem Dämmerzustand, in den ich versunken war, hoch und starrte nach oben.

Die Decke begann einzustürzen!

Dichte Schwaden von Kalk und Mörtel nahmen mir die Sicht, dämpften das grelle Licht des Degens. Ein knisterndes, reißendes Geräusch drang in mein Bewusstsein. Durch den Nebel hörte ich den Golem aufbrüllen. Erste Bruchstücke lösten sich aus der Decke und krachten zu Boden. Stahlträger brachen mit ohrenbetäubender Gewalt.

Dann versank die Welt um mich herum. Etwas Schweres traf mit schmerzhafter Wucht meinen Nacken und ließ mich nach vorn taumeln.

Der Degen wirbelte davon und erlosch.

Und ich stürzte geradewegs zwischen die niederprasselnden Trümmer …

Tiefe Dunkelheit herrschte, als ich erwachte; eine Finsternis, die sich wie ein Mantel um meinen Körper und meine Erinnerungen hüllte. Langsam nur klärten sich die Nebel um meinen Geist, und dann – der Keller! Die einstürzende Decke! Ich fuhr hoch und tastete um mich. Meine Finger berührten weiche, nachgiebige Substanz, und für ein paar Sekunden war ich ratlos. Was war das?

Dann ertönte ein scharfes, ratschendes Geräusch aus der Dunkelheit, und grelles Licht stach plötzlich in meinen Augen.

Howard strich den schweren Vorhang glatt und wandte sich zu mir um. Helles Sonnenlicht fiel durch das hohe Fenster meines Schlafzimmers in den Raum und blendete mich. Ich wollte die Hand vor die Augen nehmen und sog scharf die Luft ein, als ein wütender Schmerz meinen Arm durchzuckte.

Howard kam mit raschen Schritten heran. »Endlich«, sagte er. Seine Stimme klang besorgt. »Wie geht es dir, mein Junge?«

Langsam und mit schmerzverzerrtem Gesicht ließ ich mich zurücksinken. Ich lag in meinem frisch bezogenen Bett im Andara-House am Ashton Place. Weiße Mullbinden bedeckten meinen rechten Arm, und auch auf meiner Stirn konnte ich den leichten Stoff eines Verbandes spüren.

»In Ordnung. Es geht mir gut«, sagte ich vorschnell und wurde sofort Lügen gestraft, als ich meine Beine leicht an den Körper ziehen wollte. Ein glühender Dolch stocherte plötzlich in meinem Rücken herum und ließ mich aufschreien.

»Ganz ruhig, Robert«, sagte Howard schnell und drückte meine Knie wieder auf die Matratze zurück. »Mit dem Bäumeausreißen wird es wohl einige Zeit vorbei sein. Danke Gott, dass du noch lebst.«

»Was … was ist passiert?«, fragte ich mit zusammengebissenen Zähnen. Mein ganzer Körper war ein einziger dumpfer Schmerz; ich fühlte mich wie durch einen Fleischwolf gedreht.

Howard zog einen seiner schwarzen Lungentorpedos hervor, steckte ihn sich in den Mundwinkel und griff nach den Streichhölzern. Im letzten Moment hielt er inne, blickte fast schuldbewusst zu mir auf und ließ die Zigarre schnell wieder in seiner Jacke verschwinden. »Wir haben dich unter einem Trümmerhaufen hervorgezogen, Rowlf und ich«, sagte er leise. »Der Keller, in dem du warst, ist vollständig eingestürzt.« Er zögerte unmerklich, bevor er weitersprach. »Wenn du mich fragst – es ist ein Wunder, dass du noch am Leben bist. Du hattest unglaubliches Glück.«

Ich schluckte den Kloß, der sich in meinem Hals gebildet hatte, herunter. »Bin ich … okay?«, fragte ich unsicher, und eine eiskalte Hand strich mir den Rücken herab, als ich an den Schmerz in meinen Beinen dachte. »Ich meine, habe ich …«

Howards Lächeln nahm mir meine Angst. »Alles heil geblieben, Robert. Keine Brüche, keine inneren Verletzungen. Nur ein paar Abschürfungen, einige Prellungen und eine kleine Platzwunde auf der Stirn. Du bist okay.«

Ich atmete tief durch. Für einen Moment hellte sich meine düstere Stimmung auf. Dann schlich sich ein anderer Gedanke in meine Gedanken und ließ mich zusammenfahren.

»Der Golem, Howard! Ist er ...«

»Der Golem?« Howard runzelte die Stirn. »Er war ... dort?«

»Natürlich! Ich hatte ihn gestellt, dort unten in diesem Kellerloch. Er muss von den Trümmern verschüttet worden sein!«

Howard schüttelte stumm den Kopf. Auf seiner Stirn waren tiefe Falten entstanden. Er sah mich vorwurfsvoll an.

Ich erriet seine Gedanken. »Ich konnte euch nicht zu Hilfe rufen«, verteidigte ich mich. »Alles ging so unheimlich schnell. Aber ich hatte ihn fast soweit! Noch ein paar Sekunden, und er wäre ...« Ich stockte einen Moment, und vor meinem geistigen Auge erschien das Bild eines kleinen, runzligen Kobolds. »Und dann ist diese verfluchte Decke eingestürzt. Ich hatte ... *Pech.*«

Natürlich fiel Howard nicht auf, warum ich das letzte Wort so deutlich betont hatte. Er schlug den Blick nieder und setzte sich auf die Bettkante. »Entschuldige«, sagte er. »Ich wollte dir keine Vorwürfe machen. Er ist entkommen. Wir haben den ganzen Keller abgesucht, bevor wir dich fanden. Wenn er noch dort gewesen wäre, hätten wir ihn gesehen.«

Ich schloss die Augen und sandte ein stummes Gebet zum Himmel. »Und die Armee der Toten?«, fragte ich dann. Ich konnte ein leises Zittern in meiner Stimme nicht verbergen.

»Moment.« Howard kramte in der Innentasche seiner Weste herum und zog schließlich ein zusammengefaltetes Papier hervor. Wortlos schlug er es auf und hielt es mir vor die Augen.

WEITERE MYSTERIÖSE LEICHENRAUBE schrie es mir in dicken Lettern entgegen. SCOTLAND YARD VOR EINEM RÄTSEL.

Ich riss ihm das Extrablatt aus den Fingern und richtete mich wieder in eine halb sitzende Position auf. Den stechenden Schmerz, der durch meine Arme und Beine pulste, bemerkte ich in diesem Augenblick kaum noch. In fliegender Hast studierte ich den Artikel.

Von sechs verschiedenen Friedhöfen der Stadt waren wieder Leichen verschwunden. Und erneut gab es keine Spuren, die auf die Täter hinweisen konnten. Am liebsten hätte die Polizei das Ganze auf einen geisteskranken Kleptomanen abgeschoben, aber ein einzelner Mann konnte wohl unmöglich in einer Nacht siebzig Leichen von bis zu sieben Meilen voneinander entfernt liegenden Orten ausgegraben und fortgeschafft haben. Und da keine Nachricht vorlag, dass aus einer nahe liegenden Nervenklinik gleich die gesamte Belegschaft entflohen war, musste Methode hinter den unsinnigen Aktionen stecken.

Und wir waren die einzigen Menschen in London, die den wahren Grund der unheimlichen »Verbrechen« kannten.

»Also sammeln sie sich noch«, versuchte ich der Nachricht wenigstens eine gute Seite abzuringen. »Das bedeutet, dass wir noch den ganzen Tag Zeit haben, die Spur des Golems wiederzufinden.«

»Das bedeutet«, stellte Howard richtig, »dass wir noch knapp zwei Stunden Zeit haben, bevor die Sonne untergeht. Du warst über achtzehn Stunden bewusstlos, Robert.«

»Was?« Ich fuhr auf und wollte die Beine aus dem Bett schwingen.

»Bist du verrückt?«, fuhr Howard mich an. »Willst du dich nachträglich noch umbringen? Du kannst nicht aufstehen!«

Ich spürte am eigenen Körper, wie ernst er es meinte. Ein Reißen ging durch mein Rückgrat bis hinauf ins Gehirn. In meinem Nacken explodierte ein greller Schmerz. Für einen Herzschlag drohte ich das Bewusstsein zu verlieren.

»Du hast dir einen Halswirbel verstaucht«, erklärte Howard. »Versuch erst gar nicht, den Kopf zu drehen. Dr. Gray war hier und hat dich gründlich untersucht. In dieser Verfassung kannst du dem Golem nicht gegenübertreten.«

»Was redest du?«, gab ich wütend zurück. »Wenn ich ihn nicht vernichte, dann –«

»Rowlf und ich werden gehen«, unterbrach er mich. »Wir werden es versuchen, ihn –«

»Unsinn! Ihr hättet keine Chance. Nicht den Hauch einer Chance, Howard. Ich habe ihm gegenübergestanden und seine Macht gespürt! Er würde euch einfach ... zur Seite wischen!«

Ich fühlte, wie seine Selbstsicherheit bröckelte. Sekundenlang suchte er nach einer Antwort, holte schließlich seine Zigarre hervor, drehte sie einen Moment in den Händen und entzündete sie dann doch.

»Aber du kannst unmöglich ... in deiner Verfassung ...«, begann er, bevor er die Unsinnigkeit seiner eigenen Worte einsehen musste.

»Ob ich kann, steht nicht zur Debatte, Howard«, sagte ich mit aller Eindringlichkeit, die ich aufbringen konnte. »Ich *muss* es tun!«

Er nickte, blies mir gedankenverloren eine stinkende Qualmwolke ins Gesicht und schrak auf, als ich zu husten begann. Bei jeder Bewegung stach eine boshafte, feurige Nadel in meinen Nacken.

»Ich werde dir ein starkes Schmerzmittel besorgen«, verkündete er dann. »Hoffentlich hältst du es durch, Robert.«

»Sicher«, versuchte ich ihn zu beruhigen, doch meine Stimme klang eine Spur zu schrill, um überzeugend zu klingen. Howard erhob sich von der Bettkante und begann wie ein gefangenes Tier im Zimmer auf und ab zu gehen.

»Der Golem dürfte noch in derselben Gegend sein«, sagte er mehr zu sich selbst. »Er ist in sein Versteck zurückgekehrt, nachdem er satt war –«

»Satt?«, unterbrach ich ihn. »Warum satt?«

»Ach ja.« Er blieb stehen. »Du kannst ja nicht wissen ... Wir mussten dich bis Paddington tragen und dort eine Kutsche anhalten, um dich hierher zu bringen. Während wir im Keller nach dir suchten, hat der Golem ... nun, Lucky ist tot.«

Das Pferd, das unsere Kutsche gezogen hatte! Ich musste schlucken. Rowlf hatte das sanfte, gehorsame Tier sehr gemocht, und auch mir war es in den fast drei Jahren, seit ich hier eingezogen war, ans Herz gewachsen. Meine Wut auf dieses von Gott verfluchte Monstrum wuchs noch an. Ich ballte die Fäuste und starrte zur Decke. Eine Zeitlang sagten wir nichts.

»Ich gehe also und besorge das Mittel für dich«, brach Howard endlich das Schweigen. »Ruh dich noch ein wenig aus. Und trink einen Schluck Cognac; wird dir gut tun.« Er nahm eine gefüllte Karaffe von der Kommode, goss mir ein Viertel Glas ein und stellte es neben mir auf den Nachttisch. Ich streckte mich wieder auf dem weißen Laken aus und blickte ihm nach, wie er mit schnellen Schritten den Raum durchmaß und die Tür lautlos hinter sich verschloss.

Kaum war er verschwunden, da klang eine wohl vertraute Stimme über und hinter mir auf.

»Hartnäckig bist du, das muss ich dir lassen. Willst du dich nicht bedanken? Schließlich hab' ich dir das Leben gerettet!«

Ich bog den Kopf zurück, so weit es mir möglich war. Auf der Rückenlehne meines Bettes turnte ein kleiner, dicker Kobold herum und blinzelte mir aus gelben Eulenaugen zu.

Fast hätte ich aufgelacht. »Das Leben gerettet?«, fragte ich höhnisch. »Wem habe ich mein Pech denn zu verdanken?«

»Och, das …« Gurk kratzte verlegen an seiner dicken Nase herum. »Weißt du«, begann er dann, »es ist nicht etwa so, dass ich dir aus reiner Bosheit Unglück bringe, Robert. Es ist vielmehr …« Er zögerte einen Moment und suchte offenbar nach passenden Worten. »Ein Fluch. Mein Schicksal. Du kannst es nennen, wie du willst. Ich kann eben nicht heraus aus meiner Haut. Und ich muss mein Soll erfüllen.«

»Dein Soll? Was um alles in der Welt … Willst du mir weismachen, du bekommst für jedes Missgeschick, das du mir zufügst, einen … einen Punkt?«, fragte ich ungläubig. Natürlich, dieser unnütze Gnom wollte mich wieder verschaukeln.

»Aber nein!« Er war wirklich entrüstet. »Wofür hältst du mich – warte, denk es lieber nicht!«

Unwillkürlich musste ich grinsen. Das konnte nur einer seiner skurrilen Scherze sein! Ich drehte mich ein wenig zur Seite und streckte die Hand nach dem Cognacschwenker auf dem Nachttisch aus. Vom Reden war mein Mund trocken geworden.

Aber ich führte die Bewegung nicht zu Ende. Das Glas war leer!

»Ein seltsames Wasser«, meldete sich Gurk über mir und schleckte sich die Lippen. »So was hab' ich noch nie gekostet. Schmeckt aber gar nicht mal so schlecht.«

Ich versuchte mit aller Macht, die Idee, die mir gerade kam, aus meinen Gedanken zu verbannen. Mit einem Stöhnen schwang ich die Beine aus dem Bett, beugte mich zu der Karaffe hinüber und füllte das Glas bis zum Rand.

»Du musst durstig sein«, sagte ich mit meinem sonnigsten Lächeln auf den Lippen. »Nach zweihundert Jahren Salmiak muss ein Glas Wasser ja wie Nektar schmecken, was?« Ich versuchte zu lachen, aber der stechende Schmerz in meinem Nacken machte ein gequältes Ächzen daraus.

Gurk schwang sich mit der Grazie eines Kartoffelsacks zu Boden und kugelte näher. Ich reichte ihm das Glas. Er leerte es in einem Zug. Ein seliges Funkeln trat in seinen Blick.

»Gut, was?«, fragte ich und schenkte wieder nach.

»Auschgezeischnet!«, tönte er und kippte den scharfen Alkohol in bekannter Manier. Als ich das Glas erneut gefüllt hatte, war die Karaffe fast leer. Ich ließ mich auf das Bett zurücksinken und betrachtete den kleinen Kobold aus den Augenwinkeln.

Eine Zeitlang versuchte er sich den Cognac in die Nase zu schütten, bevor er seinen Mund fand. Dann rülpste er lautstark und hüpfte mit einem Jauchzen auf das Fußende meines Bettes.

»Ein … ein tolles Wäscherschen«, lallte er und ließ sich lachend zurückfallen. »Du bischt ein – hups – ein wahrer Freund!«

»Und einem wahren Freund kann man doch vertrauen, was, Gurk«, versuchte ich mein Glück. »Du brauchst doch keine Geheimnisse vor mir zu haben, alter Kumpel.«

»Da hatter Recht!«, brüllte Gurk und schlug mir die Faust freundschaftlich in die Magengrube. »Was willste wissen, Kumpel?«

Ich konnte ein Grinsen kaum unterdrücken. Endlich hatte ich diesen Quälgeist da, wo ich ihn haben wollte. Nun musste ich mich beeilen, alles aus ihm herauszuquetschen, bevor er wieder klar denken konnte. Ich wusste nicht, wie sein Körper auf den Alkohol reagierte; vielleicht würde er sich schneller davon erholen, als mir lieb sein konnte. Oder schlichtweg einschlafen.

»Wo kommst du her, Gurk?«, begann ich. »Und was hat dieses *Soll* zu bedeuten? Warum musst du mir Unglück bringen?«

»'ne Menge Fragen«, tönte er. »Aber ich will versuchen, dir alles zu erklären. Obwohl ich kaum glaube, dass du's verstehst«, fügte er mit einem breiten Grinsen hinzu. Er lehnte sich gegen das Holz und blinzelte mich mit glasigen Augen an.

»Wie alle Kobolde wurde auch ich auf Ho-Tjar geboren«, fuhr er schließlich fort. »Das liegt in der elften Dimension, du weißt doch, dass die Existenz elf Dimensionen hat, oder?«

Bevor ich antworten konnte, sprach er schon mit leicht schwankender Stimme weiter. In seine gelben Eulenaugen war ein träumerischer Glanz getreten; gewiss weilte er im Geiste nun auf seiner Heimatwelt.

»Die Einwohner dort, die El-o-hym, sind schrecklich perfekt. Alles, was die anfangen, würde widerlich glattgehen, wenn wir Kobolde nicht wären! Darum gibt es uns. Wir sorgen für das Gleichgewicht des Universums, indem wir ihnen ins Handwerk pfuschen. Leider müssen auch wir uns an gewisse … Spielregeln halten.«

Ich horchte auf. Wenn er mir seine ureigensten Gesetze verriet, wusste ich endlich, wie ich ihm beikommen konnte. Und ich hatte tatsächlich Glück!

»Erst einmal darf niemand durch unsere Späße sterben«, fuhr er fort. »Nur darum lebst du jetzt noch, mein Freund. Die Decke hätte dich glatt zerquetscht, wenn ich sie nicht aufgehalten hätte … Dann dürfen wir einen einmal geleisteten Schwur nicht brechen. Wenn wir leichtsinnigerweise ein Versprechen gegeben haben, müssen wir es auch halten.« Er schüttelte sich. »Sonst werden wir auf eine tiefere Dimensionsstufe geworfen.«

»Moment mal«, unterbrach ich ihn. »Heißt das, du bist nur hier, weil du einen Eid gebrochen hast?«

»Einen?« Er lachte schrill und laut und hielt sich den fetten Bauch. »Junge, weißt du überhaupt, auf was für einer mickrigen Ebene ihr haust? Auf der sechsten! Ja, ich bin tief gesunken! Und alles nur, weil ich mein loses Mundwerk nicht halten kann! Ich weiß noch, wie ich dem Barmann von Yark el Hlark versprochen habe, seinen Konkurrenten ein wenig zu erschrecken. Und dann ist dieser Mistkerl einfach verunglückt, noch bevor ich ihm auf die Pelle rücken konnte! Und *plumps* – Ebene sieben. Es ist ein Kreuz!« Er stöhnte mit leidgeprüfter Stimme und rollte die Augen.

»Und dieses Soll?«, hakte ich nach. Ich konnte förmlich spüren, wie er wieder nüchtern wurde. Seine Stimme hatte in der letzten Minute an Sicherheit gewonnen; mir blieb nur noch kurze Zeit.

»Das ist so 'ne Art Konto«, erklärte er. »Wenn ich genug Unheil in einer der Dimensionsebenen angerichtet habe, ohne Mist zu bauen, kann ich wieder um eine Stufe zurück.« Er seufzte schwer. »Aber bis dahin ist es noch ein ziemliches Stück Arbeit. Und außerdem hab' ich zweihundert lange Jahre in einer dämlichen Salmiakflasche vertrödelt.« Er zwinkerte mir zu. »Aber mit dir könnte ich es schaffen. Wird 'ne harte Zeit für dich, aber unter Freunden hilft man sich doch gern, was?«

Ich konnte keine Sekunde länger warten!

»Klar, Gurk«, sagte ich wie beiläufig. »Ich stehe ganz zu deiner Verfügung. Sobald ich mit dem Golem fertig geworden bin. Da fällt mir ein ... könntest du nicht mit deinem Schabernack aufhören und mir dabei helfen, ihn zu vernichten?«

»Aber klar doch! Ist versproch ...«

Er verschluckte sich fast an dem Wort, aber es war zu spät. Zu spät für ihn!

»So unter Freunden«, fügte ich grinsend hinzu.

Seine gesunde braune Hautfarbe wechselte in ein blasses Rot. Sekundenlang rang er um Luft und seine langen weißen Haare standen starr vom Kopf ab.

Dann fluchte er los. Ich kann seine Worte hier nicht wiederholen;

zum einen kamen sie größtenteils in einer fremden, seltsam kehligen Sprache über seine Lippen, und über den Rest, den ich verstand, möchte ich den Mantel der Diskretion decken.

»Du hast mich reingelegt!«, schloss er seinen Wutausbruch. »Ich sollte mir meinen vorlauten Mund zunähen lassen! Und dich könnte ich –«

»Vorsicht«, unterbrach ich ihn schnell. »Ebene fünf wartet! Keine weiteren Späße auf meine Kosten.«

Wieder musste ich mir eine Litanei des Grauens anhören. Jeder mexikanische Eselstreiber wäre vor Neid erblasst. Schließlich aber hatte er sich so weit wieder erholt, dass ich halbwegs vernünftig mit ihm reden konnte. »Erst einmal dieser verstauchte Halswirbel. Ich wette ...«

»Sei verdammt«, knurrte er und schnippte mit dem Finger. Augenblicklich verschwand der Schmerz. Ich atmete auf und schwang mich aus dem Bett.

Howard hatte mir frische Sachen auf einem Stuhl bereitlegen lassen. Ich warf Gurk einen strengen Blick zu, bis er sich umwandte, dann streifte ich den Pyjama ab und zog mich hastig an.

»Nur um sicher zu gehen«, fragte ich unterdessen weiter, »du kannst also jede beliebige Gestalt annehmen, alter Freund?« Aus Gurks Richtung kam ein unwilliges Brummen.

»Ja«, sagte er dann knapp. »Bis zu einer bestimmten Größe jedenfalls.«

»Prächtig.« Ich zog den Gürtel zusammen und schlüpfte in meine schwarzen Lackschuhe. »Dann hör jetzt gut zu, Gurk. Ich habe einen Plan ...«

Hund merkte auf und begann leise zu winseln. Immer noch saß er vor dem dunklen Eingang der Höhle, in der sein Herr vor langer Zeit verschwunden war.

In der letzten Nacht waren andere Menschen gekommen und in den Tiefen des Felsens verschwunden, aber sie hatten eine böse Witterung gehabt und *Hund* nicht beachtet. Er hatte sich tiefer in den Wald zurückgezogen und war erst wieder auf seinen Posten zurückgekehrt, als der Aasgeruch der seltsamen Zweibeiner nicht mehr an seine empfindliche Nase gedrungen war.

Einen Tag und eine Nacht und wieder einen Tag hatte *Hund* treu gewartet. Immer wieder hatte er versucht, seinem Herrn in das Dunkel zu folgen, aber dort drinnen war Gefahr; Gefahr und Tod. Er war nie weiter als ein paar Schritte in die Höhle eingedrungen und mit eingekniffenem Schwanz wieder ans Licht geflohen.

Jetzt tauchte die Dämmerung des zweiten Tages den dichten Wald in Zwielicht und ließ die Schatten länger und dunkler werden; und endlich nahm *Hund* eine Witterung auf, die er kannte und die ihn mit Freude und Ungeduld erfüllte. Er lief vor dem Höhlenloch auf und ab und begann zu wedeln.

Plötzlich jedoch wurde seine Freude durch einen neuen Duft gestört, der ihm aus der Finsternis entgegenwehte. Er blieb stehen und hob die spitze Schnauze prüfend in die Luft. Natürlich, da war noch immer die vertraute Witterung, aber zusammen mit ihr kam der Gestank von Tod und Verwesung!

Hund knurrte leise. Sein Instinkt warnte ihn, doch er missachtete die Warnung. Er würde warten ...

Endlich schälten sich dunkle, verschwommene Umrisse aus den tiefen Schatten. Die Umrisse eines Menschen. *Hund* bellte freudig auf und rannte auf die Gestalt zu.

Sein Herr war zurückgekehrt! *Hund* tanzte um ihn herum und sprang an dem bärtigen Alten hoch.

Der Mann blieb stehen. Fast schien es, als bemerkte er seinen alten Freund gar nicht, doch dann beugte er sich zu *Hund* herab und fuhr ihm mit der Hand über das braune Fell.

Hund blieb stehen und blinzelte aus glänzenden Knopfaugen zu seinem Herrn hinauf. Es war gut, die freundliche Hand zu fühlen, wie sie ihn streichelte, den Nacken kraulte ...

Hund spürte kaum, wie der Alte ihn hochhob, ihn einen Moment lang aus kalten, gebrochenen Augen anstarrte und ihm mit einem einzigen Ruck das Genick brach.

Und hinter dem toten Vagabunden tauchten andere Schatten aus der Dunkelheit auf; Schemen des Schreckens, bleiche Knochen, verfallenes Fleisch. Körper, die dem Tod entkommen waren und seine Botschaft in die Welt trugen.

Immer mehr und mehr der schrecklichen Gestalten verließen das Dunkel der Höhle, die sie vor den Blicken der Lebenden verborgen hatte, traten hinaus in die graue Dämmerung, die sich wie ein Leichentuch über den Frieden des Waldes senkte und die Stimmen der Tiere verstummen ließ.

Schweigend folgte das Heer dem lautlosen Ruf der Götter, die Rache forderten für den Bruch ihrer ewigen Gesetze. Blinde Augen sahen die unsichtbare Spur, und brüchige, von Moder bedeckte Knochenfüße schritten den unsichtbaren Pfad entlang.

London entgegen …

»Lydia, wo bist du? Wo hast du dich versteckt?«

Der junge, braungebrannte Mann, der diese Worte in die Stille der Dämmerung rief, war groß und muskulös. Ein dunkler, prächtiger Schnurrbart verlieh seinem noch jugendlichen Gesicht männliche Härte, und unter seinen dichten, zusammengewachsenen Brauen blinzelten helle, wachsame Augen. Er trug nur eine grobe, zerschlissene Hose aus braunem Segeltuch und eine Weste aus Schafsfell. Mit nackten Füßen kletterte er gewandt auf einen der großen Felsbrocken und hielt Ausschau.

»Lydia!«, rief er wieder, und aus dem nahen Waldstück kam seine Stimme als verzerrtes Echo zurück. »Sei nicht albern! Ich finde dich doch!«

Die Worte klangen fremd; deutlich war ein ungarischer Einschlag herauszuhören, vermischt mit den Bruchstücken vieler anderer Sprachen. Es war Romani, der Dialekt der Zigeuner.

In der Ferne, etwa eine halbe Meile entfernt, erhellte der Widerschein der Lagerfeuer die anbrechende Nacht. Von den Wagen her klangen leise Stimmen und Gesang heran, von einem lauen Wind getragen. Das Rasseln einer Schelle, das Jauchzen der übermütigen jungen Mädchen beim Tanz um das Feuer,

Aber darauf achtete Petrosch kaum. Angestrengt lauschte er in die Dämmerung und versuchte irgendeine Bewegung auszumachen. Schließlich hob er die Schultern, ließ sich auf den Felsen niedersinken und zupfte Grasbüschel aus den Ritzen und Kerben des Steines.

»Nun gut!«, rief er mit betont lässiger Stimme. »Wenn du dich nicht zeigen willst, haben wir den Weg eben umsonst gemacht. Du musst wissen, was du tust!«

Als hinter ihm nun ein leises, raschelndes Geräusch aufklang, verzog sich sein Mund zu einem breiten Grinsen. Als hätte er nichts gehört, widmete er seine Aufmerksamkeit weiter dem Felsen. Das Rascheln kam näher und verklang. Jetzt konnte er sogar schon die verhaltenen Atemzüge des Mädchens hören …

Mit einem Fauchen wirbelte er herum und riss die Arme in die Luft. Lydia stieß einen spitzen, hellen Schrei aus und verschwand rücklings im hohen Gras.

Petrosch konnte nicht länger an sich halten: er sprang vom Felsen herab und hielt sich den Bauch vor Lachen, als er das Mädchen so am Boden sitzen und nach Luft schnappen sah.

Lydia war kaum achtzehn Jahre alt und eine wahre Schönheit. Der helle Stoff ihres Kleides leuchtete in der Dunkelheit und ließ ihre weiblichen Formen selbst jetzt noch erkennen. Ihr ebenmäßiges Gesicht mit den leicht schräg stehenden Augen verzog sich zu einer ärgerlichen Miene. Sie strich das lange schwarze Haar, das ihr in die Stirn gefallen war, mit einer energischen Bewegung zur Seite und blinzelte Petrosch aus funkelnden Augen an.

»Na warte, du Held! Mich so zu erschrecken!«, schimpfte sie los, aber ihre Stimme klang alles andere als wütend, und schließlich musste auch sie lachen. Sie wollte sich hochstemmen, doch der junge Roma ließ sich neben ihr in die Knie sinken und hielt sie mit sanfter Gewalt zurück. Sie sträubte sich nicht. Schließlich hatten sie sich aus gutem Grund von der Sippe entfernt und die Stille und Einsamkeit gesucht. Heute Nacht sollte es geschehen; auch gegen den Willen der Väter.

»Einen schönen Platz hast du für uns ausgesucht«, flüsterte Petrosch mit sanfter Stimme und legte sich neben ihr ins Gras. Er strich ihr über Haar und Schultern.

Als er seinen Kopf zu ihr hinüberbeugte, trafen sich ihrer beider Blicke. Es war der Blick der Liebenden, und er machte jedes weitere Wort überflüssig. Wie von selbst fanden sich die Lippen zum Kuss. Zaghaft erst, dann immer drängender und wilder. Petrosch legte seine starken Arme um ihren Rücken und zog ihren heißen, bebenden Körper dicht an sich heran.

»Au!« Petrosch zuckte zurück und verzog schmerzhaft das Gesicht. »Was soll das? Warum hast du mich gebissen?«

Lydia kicherte und rollte sich herum. »Das war nur für den Schrecken von vorhin«, lachte ihre helle Stimme. »Nun sind wir quitt, mein starker Held!«

Der leise Spott in ihrer Stimme reizte und erregte ihn gleichermaßen. Er war mit einem Sprung bei ihr und gab ihr einen leichten Klaps auf die Kehrseite. Lydia drehte sich schnell wieder auf den Rücken und räkelte ihren Körper im hohen Gras.

Petroschs Hand berührte wie zufällig ihre Brust und begann die Bänder der hellen Seidenbluse zu lösen.

»Du bist wunderschön«, flüsterte er mit heiserer Stimme. »Ich mache dich vom Mädchen zur Frau – und ich werde dich heiraten, auch wenn es meinem Vater nicht gefallen mag. Das verspreche ich dir bei meiner Ehre, Lydia.«

Sie stöhnte leise auf, als seine kräftige Hand unter den Stoff der Bluse glitt. Die helle Haut leuchtete im Licht des Vollmondes, der über dem östlichen Horizont aufgetaucht war und die Landschaft mit seinem sanften, geheimnisvollen Schein verzauberte.

Petrosch streifte ihr die Bluse ab und bedeckte Hals und Brüste mit kleinen, sanften Küssen. Lydias Körper wand sich unter dem seinen, und ihr Atem ging heftig und stoßweise.

Die Erregung machte sie beide blind. Blind und taub. Sie hörten nicht, wie sich leise tappende Schritte vom Wald her näherten. Sie sahen nicht die tückischen gelben Lichter, die wie kleine Flammen in der Dunkelheit tanzten, immer zwei und zwei zusammen und immer näher kommend.

Plötzlich löste sich Lydia von ihrem jungen, ungestümen Liebhaber und hob den Kopf. Petrosch blickte ihr überrascht in die Augen. »Was ist denn?«, fragte er verwirrt.

Sie sog die Nachtluft tief in ihre Lungen. »Dieser Gestank. Riechst du denn nichts? Es riecht nach ... Schimmel. Und nach verdorbenem Fleisch ...«

Jetzt schnupperte auch Petrosch und verzog angeekelt das Gesicht. »Hier muss irgendwo ein Tier verendet sein«, sagte er nach kurzem Überlegen. »Vielleicht ein Hase oder –«

»Lass uns gehen«, drängte Lydia. »Nur ein paar Schritte. Da hinten am Waldrand habe ich vorhin eine gute Stelle gesehen.«

Sie hatte sich auf die Knie erhoben und deutete mit der Rechten zu den hohen Tannen hinüber, deren Silhouette sich vor dem tief blauen Nachthimmel abhob.

Petrosch folgte ihrem Arm – und erstarrte.

»Was um alles in der Welt ist das?«, fragte er und sprang auf die Füße. »Das können doch unmöglich Leuchtkäfer sein. Noch dazu in solchen Mengen.«

Lydia kam neben ihm hoch und legte den Arm um seine Hüften. Der lose Rock rutschte an ihren Beinen herab und legte sich um ihre Füße. Doch Petrosch hatte keinen Blick mehr für ihre makellose

Figur. Sein Misstrauen war geweckt, und aus den Tiefen seines Unterbewusstseins flüsterte eine leise Stimme von Gefahr. Er löste sich von Lydia und schlüpfte in seine groben Leinenhosen. Dann bückte er sich und tastete nach dem Messer, das er stetes im Gürtel trug.

»Warte hier«, raunte er leise, ohne sich nach ihr umzudrehen. »Ich sehe mir die Sache einmal an.«

Lydia klammerte sich an seinem Arm fest und hielt ihn zurück. »Der Mulo«, flüsterte sie ängstlich. Ihre Stimme bebte vor Angst. »Es ist der Mulo!«

Nun wandte sich Petrosch doch zu ihr um. »Der Totengeist?« Seine Stimme klang nicht mehr so sicher wie noch vor wenigen Sekunden. Dann schüttelte er den Kopf und packte das Messer fester. Die blanke Klinge warf zuckende Reflexe auf sein Gesicht, und Lydia sah, dass Schweiß auf seiner Stirne stand. »Unsinn. Was sollte der Mulo von uns wollen? Nein, Lydia, es gibt eine andere Erklärung dafür. Eine harmlose«, fügte er schnell hinzu. »Ich muss ihr auf den Grund gehen.«

Er konnte sich gar nicht anders verhalten. Wie alle Zigeuner war auch er von einem tief verwurzelten Stolz erfüllt, und dies hier war die Rolle des Beschützers. Er fühlte sich stark genug, es notfalls mit einer ganzen Bande von Strauchdieben aufzunehmen. Er musste es tun.

Er streifte Lydias Hand ab und schlich geduckt auf die seltsam leuchtenden Punkte zu, das Messer halb erhoben und die gebogene Klinge nach oben gerichtet.

Der Gestank wurde stärker. Erst jetzt kam ihm zum Bewusstsein, dass er mit den Lichtern zusammenhängen könnte. Unbewusst verlangsamte er seine Schritte. Das Gefühl von Gefahr wuchs an und ließ sein Herz schneller schlagen. Schließlich, er war nur noch einen Steinwurf von den Lichtern entfernt, blieb Petrosch stehen und duckte sich ins Gras.

Jetzt sah er auch, dass die Kette der Leuchtpunkte viel größer war, als er angenommen hatte; sie erstreckte sich fast über den gesamten Waldrand und kam schnell näher.

Petrosch hielt den Atem an und lauschte. Aus der Dunkelheit drangen seltsame Geräusche an sein Ohr: ein verzerrtes, qualvolles Stöhnen, ein Knirschen wie von dünnen Holzstäben, die aneinandergerieben wurden, ein Geifern und Schmatzen.

Lauf!, schrie ihm sein Instinkt zu. *Rette dich und Lydia!*

Bleib!, schrie sein Stolz. *Finde heraus, was da auf das Lager zukommt. Du bist es der Sippe schuldig!*

Unschlüssig blieb er hocken und blickte sich um. In einiger Entfernung hinter sich konnte er Lydias hellen, schlanken Körper ausmachen. Und vor ihm schälten sich nun die ersten Umrisse aus der Dunkelheit.

Es sind Augen!, durchzuckte es den jungen Mann. Die Lichter waren Augen!

Gleichzeitig traf ihn der Schreck wie ein Keulenschlag und ließ ihn zurücktaumeln. Der Mond brach durch die Wolken und bot ihm ein Schauspiel des Grauens. Bleiche Gerippe, nur noch von unheiligen Kräften gehalten, tote Körper, zerfetzte Leichenhemden, die um dürre, von pergamentener Haut umspannte Gelenke wehten ...

Panik erstickte seinen Schrei, als Petrosch herumfuhr und wie von Sinnen zu laufen begann. Zweimal stolperte er über Wurzeln und Geröll, und wenn er sich hastig wieder aufrappelte, vermeinte er schon den nach Verwesung stinkenden Atem der lebenden Leichen in seinem Nacken zu spüren.

Lydia stand noch so da, wie er sie verlassen hatte: halb nackt, das helle Kleid um ihre Füße. Als sie Petrosch kommen sah, lief sie ihm entgegen – und erstarrte, als sie das Grauen in seinen Augen las.

Er versuchte erst gar nicht, ihr zu erklären, was er gesehen hatte. »Weg!«, keuchte er nur. »Lauf um dein Leben!«

Als sie nicht sofort reagierte, zerrte er sie einfach mit sich. Sie schrie auf, als sich seine Hände brutal um ihre Arme schlossen, doch er achtete nicht darauf. »Zu den Wagen!«, brüllte er mit überschnappender Stimme. »Wir müssen die Sippe warnen, sonst sind wir alle verloren!«

Und hinter ihnen erscholl ein Summen aus Hunderten von toten Kehlen – ein auf- und abschwellender Laut, der ihnen das Blut in den Adern gefrieren ließ. Die Untoten hatten Leben gewittert. Und niemand konnte sie aufhalten.

Unwillkürlich wurde ich an den Vorabend erinnert, als wir das verlassene Viertel erreichten und Rowlf die Kutsche zum Halten brachte. Wieder hatten Howard und ich während der Fahrt nur wenige Worte gewechselt und mehr unseren Gedanken an das Bevorstehende nachgehangen.

Und doch gab es einen Unterschied zum gestrigen Tag. Nicht nur, dass der Himmel nun klar und der Sommerabend warm und freundlich war; auch fühlte ich Hoffnung und Zuversicht in mir. Ich hatte einen Verbündeten, der wie ich die Magie beherrschte, und ich konnte sicher sein, dass er mir bei dem Kampf zur Seite stand. Und ich hatte die Lösung für ein weiteres Problem gefunden …

Aber daran konnte ich in seiner Anwesenheit nicht denken, wollte ich nicht alles zunichte machen.

Gurk saß mir gegenüber und schmollte. Er zupfte an seinen langen weißen Haaren herum, warf mir dann und wann einen missmutigen Blick zu und gab keinen Ton von sich. Ich konnte verstehen, dass ihm mein Plan nicht gefiel. Aber es war die einzige Möglichkeit, den Golem in die Falle zu locken.

Howard öffnete den Wagenschlag und warf den Stummel der Zigarre hinaus, mit der er unsere Fahrt in gewohnter Weise verseucht hatte, dann kletterte er hinterher, drehte sich um und wollte mir beim Aussteigen behilflich sein.

»Danke, ich komme sehr gut selbst zurecht«, sagte ich und musste unwillkürlich grinsen. Den Ausdruck auf seinem Gesicht, als er mit einer Spritze und einer Ampulle Analgetika in mein Zimmer zurückkehrte und mich angekleidet und abfahrbereit vorfand, würde ich kaum vergessen können.

Ich hatte ihn überzeugen können, dass sich der Nackenwirbel wohl von selbst wieder eingerenkt hatte, aber noch jetzt starrte er mich an wie einen bunten Hund.

»Bist du wirklich in Ordnung?«, fragte er, und seine Stimme klang mehr skeptisch als besorgt.

»Ja doch«, antwortete ich heftiger als beabsichtigt und sprang vom Trittbrett auf die von Unrat und Schutt übersäte Straße hinab. »Mach dir bitte keine Sorgen um mich«, fügte ich versöhnlicher hinzu und sah mich um.

Die Sonne war vor ein paar Minuten erst am Horizont verschwunden und hatte ein Meer von Farben am westlichen Firmament zurückgelassen. Ihre letzten Strahlen hüllten die obersten Stockwerke der verlassenen Mietskasernen in ein weiches, goldenes Licht, doch die Schatten wanderten schnell, und bald schon würde die Nacht zwischen den Straßenschluchten Einzug halten.

Teil eins meines Planes trat in Kraft; fast schon der schwierigste des ganzen Unternehmens. Ich wandte mich zu Howard und Rowlf um, der eben vom Kutschbock herunterkletterte, und holte tief Luft.

»Also«, begann ich und versuchte meiner Stimme einen festen Klang zu verleihen der keinen Widerspruch duldete. Ich merkte selbst, dass es mir nicht ganz gelang. »Du und Rowlf, ihr werdet jetzt zurückfahren. Ich kümmere mich allein um –«

»Was?«, fuhr Howard dazwischen und starrte mich an, als hätte ich ihm soeben eine Ohrfeige verabreicht. »Bist du noch bei Sinnen, Junge?«

»Allerdings«, gab ich energisch zurück. »Ich weiß sehr gut, was ich tue. Howard, ich bitte dich, vertrau mir einfach. Ich werde es dir erklären, später. Ich muss allein sein, wenn ich dem Golem gegenübertrete.«

Eine halbe Minute lang schwieg Howard und blickte mir prüfend in die Augen. Dann wandte er sich zu Rowlf um und nickte ihm kurz zu.

»Ich halt' nich viel davon«, knurrte der Hüne und kratzte sich den bulligen Nacken. »Wenns schiefgeht, isser erledigt.«

»Ich glaube, er weiß genau, was er tut«, erklärte Howard, und mir fiel ein Stein vom Herzen. »Lass uns von hier verschwinden.« Er legte mir die Hand auf die Schulter und drückte sie kurz. Fast, als würde er Abschied nehmen. Ein kalter Schauer rieselte über meinen Rücken, aber ich zwang mich zu einem Lächeln.

»Danke«, sagte ich nur. »Wir sehen uns wieder.«

Als die Kutsche hinter der nächsten Straßenecke verschwand und auch das Klappern der Pferdehufe auf dem Kopfsteinpflaster immer leiser wurde und schließlich verhallte, fühlte ich mich so einsam wie selten zuvor.

Dass ich es ganz und gar nicht war, wurde mir schon eine Sekunde später auf wenig einfühlsame Weise deutlich gemacht.

»He, Griesgram«, tönte eine Stimme hinter mir auf. »Was ist, willst du hier Wurzeln schlagen oder dich endlich von dem wabbeligen Kerl umbringen lassen?«

Ich wandte mich mit einem Kopfschütteln um. Gurk hatte auf einem Schotterstein Platz genommen und sah mich aus leidgeprüften Augen an. Es musste ihm schier körperliche Qualen bereiten, dass ich in der letzten Stunde kein einziges Mal gestolpert oder eine Treppe heruntergefallen war. Ich konnte seinen Seelenschmerz nicht ganz teilen.

»Okay.« Ich straffte mich und legte die Hand auf den Kristallknauf meines Stockdegens, den ich im Gürtel trug. »Erst einmal müssen wir ihn finden. Kannst du feststellen, wo er sich aufhält?«

Gurk legte den Kopf zur Seite, schloss die Augen und schien zu lauschen. Ich ahnte, dass er seine magischen Geistfühler ausstreckte und durch den ganzen Bezirk wandern ließ.

»Ich habe ihn«, murmelte er nach einer Weile. »Er ist ganz in der Nähe. Und er kommt auf uns zu!«

Ich fühlte leise Furcht in mir aufsteigen, als ich mich hastig umsah und die finsteren Schatten zwischen den Häusern und Baracken zu unheimlichem Leben erwachten.

Deine Phantasie geht mit dir durch!, schalt ich mich selbst einen Narren. *Ruhig Blut jetzt!*

Gurk saß noch immer regungslos da und horchte angestrengt in die Stille der Dämmerung. Ich ging vor ihm in die Hocke.

»Wie weit ist er noch entfernt?«, fragte ich leise. »Hat er uns bemerkt?«

Gurk löste sich aus der Starre und kugelte von seinem Stein herunter. »Ich weiß es nicht genau«, beantwortete er gleich beide Fragen zu meiner vollsten Unzufriedenheit. »Wird wohl gleich auftauchen.«

»Dann schnell«, sagte ich und stemmte mich wieder in die Höhe, zog die Zeitungsnotiz, die ich der *Times* entnommen hatte, aus meiner Westentasche und warf einen kurzen Blick darauf. In der oberen Hälfte des Blattes prangte die schon bekannte Meldung von den mysteriösen Leichenrauben. Darunter, etwas kleiner, fand ich die Schlagzeile, die momentan größere Bedeutung für mich hatte.

SCHRECKLICHER MORD AN JUNGER FRANZÖSIN, las ich. TÄTER OFFENBAR EIN GEISTESKRANKER!

Neben dem Text enthielt der Artikel die Reproduktion einer Fotografie; ein Bild der ermordeten Veronique Rochelle. Ich reichte dem Kobold das Blatt und deutete auf das Foto. »Das ist sie«, sagte ich. »Etwa ein Meter sechzig groß, dunkelbraunes Haar. Ich glaube, sie trug ein ... ja, ein weißes, leichtes Sommerkleid. Und einen Seidenschal«, fiel mir wieder ein. Ich hatte das verletzte Mädchen nur für wenige Sekunden gesehen, doch das Bild hatte sich unauslöschlich in mein Gedächtnis gebrannt.

»Knifflig!« Gurk kratzte sich seine Knollennase und drehte das Zeitungsblatt vor seinen Augen hin und her. »Aber nicht unmöglich für Abn el Gurk Ben Amar Chat Ibn Lot Fuddel den Dritten. Mal sehen ...«

Seine Gestalt verschwamm vor meinen Augen. Sein braunes, runzliges Fleisch schien zu einer glatten, klumpigen Masse zu verlaufen, wogte hin und her wie ein prall gefüllter Wasserschlauch. Dann wuchs die unförmige Blase in die Höhe, zog sich an einigen Stellen zusammen und gewann erste Konturen. Ein wellenförmiges Zittern lief durch den unfertigen Körper, dann teilten sich schlauchartige Stränge ab und bildeten Arme und Beine.

Vier Arme und drei Beine! Und der Kopf verlief zu einem bananenförmigen Etwas mit Segelohren und einer spitzen Schnauze, die in gebogenen Hauern endete ...

»Auch nicht schlecht, was?« kicherte Gurk. »Ein Centopod von Ebene acht.«

»Lass den Unsinn!«, drängte ich und schlug im Geiste die Hände über dem Kopf zusammen. »Der Golem kann jeden Moment auftauchen, und du –«

»Schon gut«, trompetete die zahnbewehrte Schnauze ärgerlich und begann sich erneut zu verformen. Und diesmal schälten sich sanfte weibliche Gesichtszüge aus der braunen Masse. Zwei der Arme wurden zu feinem Gewebe, das sich um einen schlanken, wohlgeformten Körper legte und zu Seidenstoff erstarrte. Das dritte Bein wand sich einem Tentakel gleich um die Hüften und stülpte sich mit einem schmatzenden Geräusch trichterförmig um. In der nächsten Sekunde war es zu einem weißen, knielangen Rock geworden.

»Nun, gefalle ich dir?«, fragte eine sanfte, melodiöse Stimme, und große braune Augen blickten mir scheu entgegen. Kein Zweifel: Vor mir stand Veronique Rochelle, von einem hässlichen, kleinen Kobold zu neuem Leben erweckt, zu neuer Schönheit. Sie lächelte mir charmant zu und strich sich eine Strähne des langen, seidig glänzenden Haares aus der Stirn. Fast hätte mich ihre Schönheit verzaubert und vergessen lassen, was sie wirklich war.

Ein Trugbild. Die Imitation einer Toten. Und der Köder für ein Wesen, das tausendfaches Verderben über die Menschen bringen würde, wenn es mir nicht gelang, es in dieser Nacht zu vernichten.

Die aufgeregten Schreie hatten die Sippe bereits alarmiert, noch bevor Petrosch und Lydia die im Halbkreis zusammenstehenden Wagen erreicht hatten. Nur das laut prasselnde Feuer erfüllte noch die Stille der Nacht.

Etwa dreißig Männer, Frauen und Kinder waren aufgesprungen

oder hatten in ihrem Tanz innegehalten und starrten dem jungen, schwarzhaarigen Mann entgegen, der nun durch eine Lücke zwischen den hölzernen Wohnwagen in ihrer Mitte stürmte und ein halb nacktes Mädchen eben hinter sich her zerrte.

»Lydia!« Ein grobschlächtiger, an die zwei Meter großer Hüne stellte mit Wucht einen Weinkrug auf den hölzernen Tisch zurück und eilte mit schweren Schritten auf die beiden zu. »Was um alles in der Welt soll das bedeuten?«

Lydia zuckte zusammen. Sie hatte sich Petroschs Felljacke über die Schultern gehängt, doch es war wohl unverkennbar, was sie dort draußen getrieben hatten.

Petrosch rang noch um Atem. »Sie ... sie kommen ... auf uns –«

Der Hüne hatte ihn und Lydia erreicht und fasste den jungen Zigeuner hart bei den Schultern. »Was hast du mit meiner Tochter gemacht, du – du Taugenichts!«, brüllte er und schüttelte Petrosch wütend hin und her. Sein Gesicht war rot angelaufen, und sein wilder Blick hätte Petrosch bei jeder anderen Gelegenheit in den Boden versinken lassen.

Doch nicht jetzt. Es blieben nur noch Minuten, dann ...

»Hört mich doch an!«, schrie er mit überschnappender Stimme. »Dort draußen –«

Wieder wurde er unterbrochen, diesmal von einer Stimme, die er nur zu gut kannte und von der er wusste, dass sie keinen Widerspruch duldete.

»Petrosch!« Ein zweiter Riese, vollbärtig und mit einem schlanken Hirtenstab bewaffnet, schob Lydias Vater beiseite und versetzte Petrosch eine schallende Ohrfeige. »Du wagst es, Schande über unsere Familie zu bringen? Warte, ich werde dich ...« Er sprach die Drohung nicht aus, doch der hoch erhobene Stab sprach eine allzu deutliche Sprache.

Petrosch handelte. Er schlug zurück.

Mehr aus Überraschung denn vor Schmerz taumelte der Bärtige zurück und hielt sich den Bauch, wo Petroschs Faust ihn getroffen hatte. In seinen Augen stand Unglaube, und für ein paar Sekunden war er – entgegen seiner Natur – sprachlos.

Petrosch nutzte seine Chance. Zumindest wollte er sie nutzen. Doch es war zu spät. Neben sich hörte er eine der Frauen panisch aufschreien und in Richtung der Wagen deuten. Er fuhr herum.

Sie kamen. Schreckliche Gestalten schälten sich aus dem Dunkel der Nacht, Wesen, deren Anblick die Zigeuner so unvorbereitet traf, dass sie nur stehen blieben und aus offenen Mündern dem Grauen entgegenblickten, unfähig, sich zu rühren.

Ein halbes Dutzend der lebenden Toten war bereits in die Wagenburg eingedrungen, als Bewegung in die Reihen der Menschen kam. Petrosch war der erste, der an einen der Wagen sprang und eine Mistforke aus ihrer Verankerung zerrte.

»Die Frauen und Kinder zurück!«, brüllte er aus voller Kehle und stieß die provisorische Waffe in die Luft. »Ihr anderen, mir nach!«

Er stürmte vor, an den Männern vorbei und auf die Geschöpfe der Nacht zu. Hinter ihm erscholl ein Schrei aus dreizehn rauen Kehlen, als auch die übrigen Zigeuner zu Knüppeln, Spaten und alten Gewehren griffen.

Dann war Petrosch heran und führte seine Waffe gegen den ersten der Untoten, einen jungen Kerl, kaum älter als er selbst. Er trug einen langen weißen Kittel und von der Höhe seines Herzens verlief ein Streifen eingetrockneten Blutes bis hinab zum Bund. Glassplitter glitzerten, wo die Spur begann, und seine Augen starrten Petrosch leer und tot an.

Der junge Zigeuner zögerte fast, die Forke gegen den Angreifer einzusetzen, doch dann überwand er seine Zweifel und Ängste und stach mit aller Kraft zu.

Der Mann fiel nicht. Er taumelte nicht einmal zurück.

Ein reißendes, metallisches Geräusch, erklang. Petrosch, von seinem eigenen Schwung nach vorn getragen, stürzte zur Seite, als die Gabel brach. Schwer schlug er zu Boden, rollte herum und versuchte wieder auf die Beine zu kommen.

Ein Schatten tauchte über ihm auf. Gekrümmte Klauen griffen nach seinem Kopf, dämonische Augen funkelten ihn an. Um Haaresbreite nur entkam er den bleichen Knochenfingern, rollte sich noch ein paar Mal um die eigene Achse und sprang dann auf.

Hinter ihm krachten nun die ersten Schüsse. Doch an den fassungslosen Schreien der Männer konnte er nur allzu deutlich die Hoffnungslosigkeit ihres Kampfes erkennen.

Man konnte die Geschöpfe des Mulo nicht töten. So wenig wie man gegen das vorbestimmte Schicksal bestehen konnte. Schritt für Schritt wich Petrosch zurück. Der Holzstab in seiner Hand war nutzlos gegen diese Mächte des Bösen. Nur eines konnte sie jetzt noch retten …

»Flieht!«, schrie er den Männern entgegen. »Es ist vergebens! Wir müssen fliehen!«

Doch seine Worte gingen im Lärm des Kampfes unter. Immer wieder krachten Schüsse auf und verhallten nutzlos. Einer der Männer, der sich mit einer Keule an die Meute der Hölle herangewagt hatte, brach in die Knie. Zwei, drei der schrecklichen Gestalten stürzten sich auf ihn und begruben ihn unter ihren verwesten Leibern.

Für Sekunden drang noch sein Schrei an die Ohren der Sippe, dann brach er ab.

Die Männer erstarrten; der Angriff kam ins Stocken. Langsam aber unerbittlich wurden sie zurückgedrängt.

Und dann fuhr das nackte, körperlose Grauen in ihre Seelen. Unter den Leibern der Untoten am Boden regte sich etwas, kroch hervor und starrte die Zigeuner aus gebrochenen Augen an.

»Raffael!«

Für einen schrecklichen, ewigen Moment stand der Schrei reglos in der Luft, bohrte sich in ihre Herzen und Hirne. Dann ließen die meisten der Männer ihre Waffen fallen und fuhren herum, um ihr Heil in der Flucht zu suchen. Einige blieben wie erstarrt stehen, bis die Reihe der Untoten sie erreichte.

Petroschs Vater war einer von ihnen. Sein Bruder Raffael, der eben noch unter den Hieben der Höllengeschöpfe gefallen war, brachte ihm den Tod ...

»Ich könnte wetten, er ist ganz nah«, flüsterte Veronique und drehte sich langsam im Kreis. »Ich kann ihn deutlich fühlen, aber ...«

Ich nickte. Die Straße war noch immer leer. Entweder versagte die Magie des Kobolds, oder ... ja, was eigentlich?

Konnte Gurk sich derart irren? Ich war ziemlich ratlos. Aber es war auf alle Fälle angebracht, von diesem Präsentierteller zu verschwinden. »Also gut«, flüsterte ich Veronique zu. »Er wird wohl bald hier auftauchen. Du lockst ihn zum Treffpunkt; eine Kleinigkeit, wenn er dich als das Mädchen wiedererkennt, das er schon einmal töten wollte.«

Veronique verdrehte ihre hübschen braunen Augen und sah mich missmutig an.

»Nun quatsch hier keine Opern«, sagte ihre sanfte Stimme. »Hältst du mich für bescheuert, dass du mir noch mal alles vorkaust?«

Ich seufzte. Ihr Aussehen mochte wohl jeden täuschen, mich eingeschlossen, doch was ihre Aussprache anging ...

»Oh, Robert«, flüsterte sie mit angstbebender Stimme. »Bitte beschütze mich, ich flehe dich an!«

»Lass den Unsinn, Gurk«, wies ich ihn zurecht. Er hatte wieder einmal in meinen Gedanken gelesen. Aber er hatte mir auch bewiesen, dass er sich sehr wohl auf den Körper, in dem er gewissermaßen zu Gast war, einstellen konnte. Er würde keine Mühe haben, auch den Golem zu täuschen.

»Ich laufe dann voraus«, fügte ich hinzu, »und warte im Labor auf dich. Du musst ihn in den Stahlzylinder locken. Und bevor er dir gefährlich werden kann, verflüchtigst du dich durch das obere Sichtfenster. Ich schließe den Käfig und« – ich schlug die Hände zusammen – »Klapp, steckt er in der Falle.«

»Bist du endlich fertig?«, meckerte Veronique. »Beeil dich lieber. Der Kerl ist ganz nah. Entweder hat er sich unsichtbar gemacht, oder –«

Der Kanaldeckel neben uns explodierte unter einem unglaublich kraftvollen Schlag, flog zwei, drei Meter hoch in die Luft und prallte auf das grobe Pflaster zurück.

Ich warf mich instinktiv zur Seite, als eine Blasen werfende, zerfressene Klaue aus der Dunkelheit auftauchte und tastend über den Rand des Loches langte.

Auch Gurk sprang zur Seite und stieß einen Schrei aus – einen hellen, kreischenden Schrei, wie der eines zu Tode erschrockenen Mädchens.

Als der Kopf des Golems hochkam, war ich bereits ein gutes Stück von Veronique entfernt, und ich wusste, dass er nur auf sie achten würde.

Als ich die Seitenstraße erreichte, die zum Labor führte, drehte ich mich noch einmal um und sah zurück.

Gurk machte seine Sache gut; ein wenig zu theatralisch vielleicht, aber doch sehr effektiv. Immer wieder sah ich das Mädchen taumeln und stürzen, kleine, erschreckte Schreie ausstoßend. Doch noch bevor das Monstrum sie erreichen konnte, raffte sie sich wieder auf und wich weiter zurück.

Wenn ich nicht gewusst hätte, dass für Gurk keine Gefahr bestand, ich wäre dem hilflosen Mädchen zu Hilfe geeilt. So aber konnte ich nur hoffen, dass mein Plan funktionierte.

Unwillkürlich musste ich grinsen. Wenn der Plan aufging, so war ich zwei Probleme auf einen Streich los. Den Golem – und Gurk!

Obwohl ich mir sicher war, dass Gurk zurzeit wohl kaum die Muße besaß, meine Gedanken zu überwachen, zuckte ich doch zusammen und verdrängte die Idee. Wenn dieser kleine, unnütze Kobold dahinterkam, würde er sein Versprechen Versprechen sein lassen und lieber die fünfte Dimension in Kauf nehmen, als mir hier zu helfen.

Ich erreichte das Kellerloch und ließ mich hineingleiten. Die Luft hier unten roch muffig, feucht und abgestanden. Ich schauderte, wenn ich an die Schrecken zurückdachte, die mir in diesem Labor begegnet waren.

Aber ich hatte keine Zeit Erinnerungen nachzuhängen. Vorbereitungen mussten getroffen werden, bevor Veronique und der Golem den Keller erreichten. Ich holte die Hand voll Kerzen, die ich mir eingesteckt hatte, aus der Manteltasche, platzierte sie an verschiedenen Punkten des Raumes und zündete schließlich die letzte an.

In ihrem gelben, flackernden Schein schritt ich die Regale ab – und fand schließlich, wonach ich suchte: eine bauchige, grüne Flasche mit weitem Hals.

Eine trübe Flüssigkeit dümpelte darin hin und her, als ich sie hochnahm und das Etikett studierte.

KALIUMLAUGE stand in großen, schrägen Lettern darauf. Nun, immer noch besser als Salmiak. Ich löste den Korken und ließ das Gebräu in den Ausguss eines kleinen, zersprungenen Waschbeckens laufen. Als ich mich wieder umwandte, drangen von draußen Geräusche an mein Ohr. Schwere, tappende Schritte, leise Schreie. Sie kamen! Zu früh!

In hilflosem Entsetzen wichen die Männer zurück. Vier von ihnen hatten schon ihr Leben lassen müssen. Und waren doch wieder aufgestanden, um mit ihren neuen Brüdern blutige Beute zu machen.

Petrosch wankte unter dem unerträglichen Anblick, der sich ihm bot. Immer wieder schüttelte er ungläubig den Kopf und flüsterte Worte, die keiner der Männer, die ihn mit sich schleppten, verstand.

Sein Vater kam an der Spitze der Höllenarmee auf ihn zu, den Arm erhoben. Er winkte Petrosch zu. »Komm her, mein Sohn!«, wehte seine höhnische Stimme heran. »Komm und lass dich umarmen. Ich vergebe dir! Komm her!«

Fast schien es, als wolle Petrosch dem Ruf gehorchen, doch seine Brüder und Freunde hielten ihn mit eisernem Griff und zogen ihn mit sich, nur weg von den schrecklichen Gestalten; nur weg …

Hinter ihnen wurden verzweifelte Stimmen laut. Lydia eilte heran und klammerte sich schluchzend an Petrosch.

»Seid ihr toll?«, brüllte einer der Männer, als auch die anderen Frauen und Kinder auf die kleine Gruppe zukamen. »Bringt euch in Sicherheit! Warum …«

Er brach ab. Seine Augen weiteten sich in ungläubigem Entsetzen. Die anderen blieben stehen und fuhren herum.

Ein an- und abschwellendes Heulen drang wie ein Chor des Wahnsinns hinter ihnen aus der Dunkelheit. Ein Ton, der überall war, der ihren Geist vollends ins Grauen stürzte und jeden Gedanken an Gegenwehr erstickte.

Und dann schälten sich auch jenseits der großen Feuer Gestalten aus der Nacht. Tote Körper, die mit hoch erhobenen Armen auf die geduckten, wehrlosen Menschen zukamen. Wesen, die das Leben fraßen und Tod hinterließen.

Sie waren eingekreist.

Mir blieben nur Sekunden. Mit drei Schritten hatte ich den Stahlzylinder erreicht, sprang mit einem Satz die Hälfte der Holzleiter hinauf und ließ den Flaschenhals in die Sichtluke gleiten.

Vom Fenster her kam ein erschöpftes Keuchen. Ich fuhr herum und sah Veronique rücklings durch die Öffnung klettern. Noch drehte sie mir den Rücken zu, und ihr Blick hing wie gebannt an der schrecklichen Klaue, die über ihr durch das zerbrochene Fenster langte und ihr Haar zu fassen versuchte.

Sie ließ sich das letzte Stück zu Boden fallen; im gleichen Moment, als ich von der Leiter sprang und mich hinter den Zylinder warf.

Mit klopfendem Herzen blieb ich stehen, dicht an die kühle Metallwandung gelehnt, und horchte auf die Geräusche, die unheimlich von den Kellerwänden widerhallten.

»Nein! Bitte nicht!«, keuchte Veroniques angsterfüllte Stimme. Sie kroch über die staubigen Fliesen auf den Stahlzylinder zu.

Dann klang ein widerliches, nasses Geräusch auf, als fiele rohes Fleisch zu Boden. Ein böses Knurren entrang sich der Kehle des Golems, kam näher und näher.

Ich spannte meine Muskeln und durchdachte noch einmal alle Phasen der folgenden Bewegungen. Es musste blitzschnell gehen; ein kurzes Zögern, ein ratloses Verharren – und alles war verloren.

Veronique hatte den Zylinder erreicht und klopfte leise mit dem Knöchel dagegen. Ich hörte, wie sie sich mühsam aufrichtete. Ihr Atem ging unregelmäßig und schwer. Ein verzweifeltes Schluchzen kam über ihre Lippen.

Der Golem brüllte siegessicher auf, als das Mädchen rückwärts in die Metallhülle stolperte. Er warf seinen massigen, amorphen Körper vor.

Jetzt!

Ich handelte fast automatisch, so sehr hatte ich mir jede Bewegung eingeprägt. Als ich um den Zylinder herumsprang, sah ich den Golem in seinem Inneren verschwinden. Die schwere Stahltür schließen und das Schwungrad drehen war eins. Noch bevor es anschlug, war ich wieder auf der Leiter und kletterte nach oben.

Die Flasche hatte sich mit dichtem braunen Rauch gefüllt. Ein Nebel, der sich wild im Kreise drehte und immer wieder gegen die Wandung des Gefäßes zu schlagen schien. Für einen kurzen Moment glaubte ich wütende Schreie zu hören, derbe Flüche und Verwünschungen.

Schnell riss ich die Flasche aus der Sichtluke, schlug den Korken auf ihren Hals und warf das Fenster mit dem Ellbogen zu.

Mit einem Satz war ich auf dem Boden, stellte die Flasche vorsichtig ab und wandte mich wieder dem Zylinder zu. Die ganze Aktion hatte nur wenige Sekunden in Anspruch genommen, und erst jetzt begriff das primitive Gehirn des Golems, was geschehen war. Der Zylinder erbebte unter seinen wütenden Schlägen, und ein wildes, infernalisches Brüllen durchdrang die Wandung und dröhnte in meinen Ohren.

Auch jetzt kam es auf Sekunden an; der Stahl war mindestens einen Zoll dick, doch wusste ich nicht zu sagen, wie lange er dem Ansturm des Monstrums standzuhalten vermochte.

Mit fliegenden Fingern zerrte ich das Zündholzbriefchen aus meiner Brusttasche und entzündete die Kerzen, die ich rund um den Zylinder aufgestellt hatte.

Die Lichter flackerten unter einem eisigen Luftzug, doch sie würden reichen, die Kreatur zu blenden, falls es ihr gelingen sollte ...

Ich verdrängte den Gedanken rasch wieder. Die Kerzen waren

eine reine Vorsichtsmaßnahme und würden hoffentlich nie vonnöten sein.

Ich musste mich konzentrieren, musste alles um mich herum vergessen und die magischen Kräfte erwecken, die tief in meinem Inneren schlummerten.

Ich schloss die Augen und fühlte, wie die Welt um mich langsam versank. Irgendwo in den unergründlichen Tiefen meiner Seele begann ein greller Stern zu leuchten, wuchs an und – ein berstendes Geräusch riss mich aus meiner Trance. Im flackernden Licht der Kerzen sah ich, wie sich die Stahlwandung ausbeulte, glänzende metallene Blasen warf – und unter dem ungeheuren Druck zu reißen begann! Das Metall kochte, von Säure zerfressen. Breite Ströme liefen an dem Zylinder herab und erstarrten wieder, noch bevor sie den Boden erreichten. Das stählerne Gefängnis erbebte. Und dann drangen die Finger des Golems durch die Wand, krümmten sich und rissen ein kopfgroßes Bruchstück nach innen.

Wütende Schreie drangen durch die entstandene Öffnung und ließen mir das Blut in den Adern gefrieren. Unwillkürlich wich ich zwei Schritte zurück.

Du schaffst es nicht!, hämmerte eine Stimme in mir. *Du bist verloren!*

Obwohl ich wusste, dass es die Aura war, die den Golem umgab und die mich zu täuschen versuchte, war ich unfähig, auch nur einen klaren Gedanken zu fassen. Ich starrte wie gebannt auf den breiten, senkrechten Riss, der sich in der Wandung des Zylinders gebildet hatte. Ein Sprung, der sich rasch verbreiterte, und hinter dem wogendes Fleisch zu erkennen war.

Und dann explodierte der Stahl vollends und gab die verfluchte Kreatur frei …

»Zu den Feuern, schnell!«

Petrosch zerrte Lydia mit sich und folgte dem Ruf. Der Kreis des Grauens zog sich immer enger um sie zusammen. Schon konnten die Zigeuner den Aasgeruch der Höllengeschöpfe wahrnehmen, den Gestank des Todes.

Die Männer zerrten Fackeln aus der Glut und wandten sich in einem letzten, verzweifelten Aufbäumen gegen den Wall aus toten Leibern. Für einen Moment schien das Feuer sie aufzuhalten, doch dann setzten die schrecklichen Gestalten ihren Weg unbeirrt fort.

Einer der Männer sprang vor und führte einen feurigen Schlag gegen einen der Untoten, einen mumifizierten, dürren Körper. Die ausgetrocknete Haut nahm die Flamme gierig auf, loderte auf und hüllte die Mumie in eine grelle Feuersäule.

Doch die Gestalt fiel nicht. Schritt für Schritt setzte sie ihren Weg fort, und als die Flamme keine Nahrung mehr fand und erlosch, hob ein vom Ruß geschwärztes Skelett die Knochenarme und packte den Mann, der das Feuer gebracht hatte. Er ließ es geschehen. Seine eben noch von verzweifeltem Lebenswillen erfüllten Augen starrten apathisch und trüb.

Der Rest der Sippe, kaum mehr achtzehn Überlebende, wich weiter zurück, bis die Flammen an ihren Kleidern leckten und die Hitze ihrer Flucht ein Ende machte.

Dann war das Heer der Untoten heran.

Lydia sank ohnmächtig zu Boden. Petrosch versuchte sie mit seinem Körper vor den schrecklichen Klauen zu schützen, die gierig nach ihrem jungen Leben griffen.

Dann spürte auch er stinkende, knochige Finger um den Hals. Feurige Kreise tanzten vor seinen Augen, als die Klaue sich schloss …

»Nein!«

Ich hörte den Schrei und merkte nicht einmal, dass ich selbst ihn ausgestoßen hatte. Ein furchtbarer Schmerz durchzuckte mein Gehirn. Ich riss die Hände an die Schläfen und taumelte zurück. Ein blauweißer, unglaublich heller Blitz fuhr aus meinem Unterbewusstsein hinauf ans Licht meines bewussten Denkens, explodierte in einem Funken sprühenden Orkan.

Für Sekunden war ich blind und taub und konnte doch alles, was um mich herum geschah, überdeutlich erkennen.

Der Golem hatte mich fast erreicht, als das verzehrende Feuer all meine Ängste und Zweifel beiseitefegte und irgendetwas tief in meinem Inneren erwachen ließ.

Das Erbe meines Vaters. Die Quelle meiner magischen Macht.

Ich sah den Golem zurückprallen und zu Boden stürzen. Wieder erweckte ich den Fluch, den mein Vater auf mich geladen hatte. Wieder stieg das fremde Feuer aus meiner Seele wie ein Phoenix aus der Asche; die Kraft, die ich nur hassen konnte und die doch mein Schicksal bestimmte.

Meine Lippen murmelten Worte, die mein Gehirn nicht zu verstehen vermochte, Worte in einer Sprache, die die Zeiten überdauert hatte und nicht für menschliche Ohren bestimmt war. Worte, die mächtig genug waren, Leben zu vernichten und den Tag zur Nacht zu wandeln.

Längst waren meine Augen nicht mehr den Gesetzen der Natur unterworfen. Ich sah meine Umgebung jetzt in einem grellen Schwarzweiß-Bild mit überscharfen Konturen. Blitze, die auf den Golem niederprasselten und ihn wie ein feines Netzwerk umschlossen, hoben sich als schwarze Linien vor einem hellen Hintergrund ab. Dort, wo sie die graue Haut des Golems berührten, färbte diese sich schwarz.

Die Kreatur zu meinen Füßen regte sich, kämpfte gegen das Netz aus Energie an, das ihren Körper umfing – *und erhob sich!*

Für die Dauer eines Herzschlages nur trafen sich unsere Blicke. Ich brüllte auf und versuchte meine Augen zu schließen, doch ich hatte keine Kontrolle mehr über meine Muskeln.

Unendlich langsam hob der Golem den rechten Arm, tastete nach meinem Gesicht.

Hatte ich mich bis jetzt noch unbewusst gegen die Kräfte gewehrt, die aus meinem Inneren an die Oberfläche gebrochen waren, so gab ich nun den letzten Widerstand auf.

Das Letzte, was ich bewusst wahrnahm, war etwas wie eine gigantische schwarze Woge, die aus mir herausbrach und auf den Golem zuraste, dann wurde es Nacht um mich herum ...

Der stählerne Griff lockerte sich, die Knochenfinger lösten sich von seinem Hals. Frische, köstliche Luft kühlte die gepeinigte Kehle und ließ das Leben in seinen Körper zurückströmen.

Erst begriff Petrosch gar nicht, was geschehen war, sog nur gierig Luft in seine Lungen und starrte aus tränenden Augen in die Nacht.

Dann kam die Erinnerung zurück. Mit einem Schrei fuhr der junge Zigeuner hoch und schlug mit kraftlosen, fahrigen Bewegungen um sich. Doch seine Fäuste trafen auf keinen Widerstand. Nur langsam klärte sich sein Blick und ließ ihn fassungslos verharren.

Die Höllenwesen waren verschwunden, hatten sich in Luft aufgelöst; von einer Sekunde auf die andere. Nein, nicht in Luft, verbesserte er sich, als seine Hand zum Hals fuhr und über feinen grauen Staub tastete. Die Körper der Untoten waren zerfallen!

Er machte sich nicht die Mühe, über das *Warum* nachzudenken. Seine erste Sorge galt Lydia, die regungslos zu seinen Füßen lag. Hastig drehte er sie auf den Rücken und tastete nach ihrer Halsschlagader.

Sie lebte! Dem Himmel sei Dank!

Die Erschöpfung forderte auch von Petrosch ihren Tribut. Er sank auf die Knie und schmiegte sich dicht an Lydias warmen Körper.

Sie waren gerettet. Und nur das zählte ...

Ich erwachte von kleinen, dumpfen Schmerzen, die mein Gesicht peinigten. Mit einem Stöhnen schlug ich die Augen auf und sah eine gewaltige Pranke heranrasen. Und wusste, dass ich ihr nicht mehr ausweichen konnte.

Rowlfs Hand traf mit Wucht meine rechte Wange, verschwand aus meinem Blickfeld und kehrte gleich darauf zurück, um auch die linke mit einer schallenden Ohrfeige zu versorgen. Dann sah er wohl, dass ich zu Bewusstsein gekommen war, denn plötzlich hielt er inne und grinste über das ganze Gesicht.

»Na, biste wieder wach?«, fragte er mit dröhnender Stimme, die in meinen Ohren schmerzte.

»Allerdings«, antwortete ich krächzend. »Willst du mich nachträglich umbringen?«

Rowlf lachte laut und misstönend. Dann wandte er sich um. »Der Kleene is in Ordnung, H.P.!«, rief er.

Howards hochgewachsene Gestalt tauchte hinter ihm auf und betrachtete mich eine Weile schweigend.

»Scheint wohl zur Gewohnheit zu werden, dass wir dich bewusstlos am Boden finden, was?«, fragte er dann scherzhaft und blies eine dichte blaue Rauchwolke von sich.

Ich versuchte mich in eine sitzende Position aufzurichten. Es wäre mir kaum gelungen, wenn Rowlf mich nicht gestützt hätte. »Der Golem –«, begann ich.

»Ist in die ewigen Jagdgründe eingekehrt«, nickte Howard und deutete auf einen schwarzen, dampfenden Schlackehaufen zwischen uns. »Das Ding da ist alles, was von ihm geblieben ist. Und das ist so tot wie ein Ziegelstein«, fügte er lächelnd hinzu. »Ich habe es gründlich untersucht.«

Ich atmete auf und ließ mich wieder zurücksinken. »Was macht ihr hier?«, fragte ich matt.

»Wir ham dich gesucht«, antwortete Rowlf. »Meinste, wir würdn uns keine Sorgen nich machen, wenn du nich zum Frühstück kommst?«

»Frühstück?« Langsam dämmerte es mir. »Du meinst, ich war wieder –«

»Stundenlang bewusstlos«, bestätigte Howard meine Vermutung. Auch darin bekommst du langsam Routine.« Er schlug die Hände zusammen und streckte sich. »Aber nun sollten wir uns auf den Heimweg machen. Ich schätze, du hast uns viel zu erzählen, Robert.«

Rowlf half mir hoch. Sekundenlang wurde mir schwarz vor Augen. Als sich mein Blick klärte, schrak ich zusammen. Howard hatte eine bauchige Flasche vom Boden aufgenommen und zerrte an ihrem Korken. »Und was ist das hier?«, fragte er in jungfräulicher Ahnungslosigkeit.

»Nimm die Finger weg!«, sagte ich mühsam beherrscht, um ihn nicht zu erschrecken. Wenn er die Flasche fallen ließ ... »Ganz vorsichtig abstellen, Howard. Bitte!«

Er sah mich ziemlich fassungslos an und setzte das Gefäß wieder zu Boden. »Kannst du mir erklären, warum –«

»Alles zu seiner Zeit«, unterbrach ich ihn und wischte mir den Schweiß von der Stirn. »Das ist eine verdammt lange Geschichte ...«

Stirb, Hexer!

Vorwort

Manchmal gelingt es einzelnen Personen aus Romanen oder Filmen, solche Bekanntheit zu erlangen, dass sie zum Inbegriff einer ganzen Gattung werden und dieser ihren Stempel aufdrücken. Lange Zeit war beispielsweise Mr. Spock der mit Abstand berühmteste Außerirdische, bei einem abenteuerlustigen Archäologen kommt einem automatisch Indiana Jones in den Sinn, bei einem Vampir denkt man sofort an Dracula – und wer verbindet den Begriff des Detektivs nicht unwillkürlich mit dem wohl berühmtesten Vertreter seiner Gattung, dem von Sir Arthur Conan Doyle geschaffenen Meisterdetektiv Sherlock Holmes?

Noch heute besitzt Holmes weltweit eine riesige Anhängerschaft, und viele glauben, dass ihr Idol wirklich gelebt hat. An seine Adresse, die Baker Street 221b in London, werden sogar noch immer zahlreiche Briefe geschrieben, in denen Menschen ihn um Rat und Hilfe bitten.

In diesem Buch trifft auch Robert Craven auf den Meisterdetektiv und hilft diesem, den Kriminalfall um den Hund von Baskerville zu lösen – ein klein wenig anders, als es Conan Doyle in seinem bekannten Buch beschrieben hat. Grund genug, sowohl Holmes wie auch seinen Schöpfer kurz vorzustellen.

Doyle wurde am 22. Mai 1859 in Edinburgh geboren. In jungen Jahren schlug er die Laufbahn des Mediziners ein, widmete sich dann aber ab 1891 ausschließlich der Schriftstellerei. Außerdem war er sogar einmal Boxmeister von England und ein erfolgreicher Amateur-Kriminologe, der viele Fälle unschuldig Verurteilter wieder aufgriff und den Betroffenen zu ihrem späten Recht verhalf. Die Polizei verdankt Doyle etliche moderne Untersuchungsmethoden, zum Beispiel das Ausgießen von Fußabdrücken mit Gips. Die Geschichten um Sherlock Holmes waren sein mit Abstand größter Erfolg, doch schrieb er auch andere Romane und Storys, von denen vor allem »Die vergessene Welt« eine gewisse Popularität erlangte. Sir Arthur Conan Doyle verstarb am 7. Juli 1930 in Crowborough.

Seiner literarischen Schöpfung dichtete er jedoch ein beinahe biblisches Alter an. Laut Doyle wurde Holmes am 6. Januar 1854 in Nord-Yorkshire geboren und starb erst am 6. Januar 1957 – nach 103 Jahren. Beinahe hätte es ihn jedoch schon früher erwischt: Seiner Figur allmählich überdrüssig, ließ Doyle den Detektiv am 4. Mai 1891 zusammen mit seinem Erzfeind, dem verbrecherischen Professor Moriarty, in die reißenden Fluten der Reichenbachfälle im schweizerischen Bergdorf Meieringen stürzen.

Das Echo der Leserschaft war unbeschreiblich: Demonstrationen vor Doyles Haus und dem Verlag, böse Briefe und Drohungen und immer wieder die Forderung: »Gib uns Sherlock Holmes zurück!« Sogar seine eigene Mutter schrieb an Doyle: »Du Bestie, wie konntest du das tun?« Schließlich gab Doyle nach, Holmes tauchte wieder aus den Fluten auf, und der Siegeszug des Meisterdetektivs fand seinen Fortgang.

Unverkennbare Kennzeichen Holmes' waren seine Deerstalker-Mütze und die Shag-Pfeife; den langen, karierten Mantel trug er hingegen lediglich auf Landpartien. Er spielte mit Leidenschaft Violine und schnupfte und spritzte aus Langeweile zwischen seinen Fällen Kokain.

Begleitet wurde er von seinem Freund und Assistenten Dr. John H. Watson. Dieser schlug – wie Doyle selbst – die Laufbahn des Mediziners ein, war als Militärarzt in Afghanistan und zog sich dort eine schwere Verletzung zu. Nachdem er sich in späteren Jahren von Holmes getrennt hatte, führte er eine eigene Arztpraxis in London. Er war zweimal verheiratet, während Holmes sein Leben lang ledig blieb.

Frank Rehfeld

Dieses Kapitel enthält die Hefte:

Der Hexer 34: »Stirb, Hexer!«
Der Hexer 35: Die seelenlosen Killer
Der Hexer 36: Das Hirn von London
(Wolfgang Hohlbein zusammen mit Hans Wolf Sommer)

»Stirb, Hexer!«

Das Gesicht war in der Mitte gespalten. Ein klaffender Riss zog sich von seiner Kinnspitze bis zum Mund, spaltete Unter- und Oberlippe, zerteilte die Nase in zwei säuberlich getrennte Hälften und erweiterte sich über der Stirn zu einem fast handbreiten Dreieck, durch das man geradewegs in den Schädel des Mannes hineinblicken konnte. Aber darin war kein Gehirn. Keine mit Blut gefüllten Arterien und Venen, kein lebendes Fleisch. Im Kopf des Mannes war nichts als ein kompliziertes Sammelsurium aus Drähten, kleinen, vielfach durchbrochenen Scheiben und sich surrend drehenden Zahnrädchen. Langsam kam die Albtraumgestalt näher. Ihre Bewegungen waren eckig und sahen schwerfällig aus, und unter ihren Schritten ächzte der Boden. Ich starrte sie an, gelähmt vor Schrecken – aber nicht nur allein *deshalb.* Da war noch etwas anderes; etwas, das ich mir im ersten Moment nicht erklären konnte, das mich aber nachhaltig daran hinderte, auch nur einen Finger zu rühren.

Der Unheimliche kam unerbittlich näher, erreichte mein Bett und blieb stehen. Langsam, ganz langsam drehte sich sein Kopf, wobei ein leises, surrendes Geräusch zu hören war, dann blickte sein gespaltenes Gesicht auf mich herab, und in den kunstvoll bemalten Glasaugen glomm ein düsteres rotes Feuer auf.

Und im gleichen Moment erkannte ich ihn.

Der Mann vor mir war Howard!

Oder wenigstens etwas, das wie Howard aussah …

Sein Gesicht, das nicht aus Fleisch, sondern aus *irgendetwas* bestand, war bis ins letzte Detail das seine – und doch war es nicht Howard, nicht einmal ein Mensch, ja, nicht einmal ein lebendes Wesen, sondern eine Maschine, eine menschengroße, perfekt nachgebaute Puppe, die gekommen war, um mich zu töten!

Das Entsetzen gab mir zusätzliche Kraft. Verzweifelt bäumte ich mich in meinem Bett auf. Ich kam nicht frei, aber mein verzweifeltes Strampeln ließ die Decke ein Stück von mir herunterrutschen, sodass ich zumindest sehen konnte, warum ich nicht in der Lage war, mich zu bewegen.

Ich war gefesselt. Ein dünnes, tausendfach ineinander gedrehtes Gespinst aus haardünnen silbernen Drähten war aus dem Bettbezug *hervorgewachsen* und hatte sich wie eine zweite Haut über mein Nachthemd gelegt, so eng, dass hier und da dunkles Blut auf der weißen Seide sichtbar wurde. Seltsamerweise spürte ich nicht den mindesten Schmerz.

Dafür schrie ich vor Entsetzen auf, als die grässliche Howard-Karikatur sich über mich beugte und ich ihre Hände sah.

Es waren nicht die Hände eines Menschen, sondern ein stählernes, mit Krallen versehenes Skelett, bei dem jemand vergessen hatte, das Fleisch darauf zu tun.

Und sie kamen näher, gierig gespreizt und voller unmenschlicher Stärke. Näher und näher *und näher und* – und ich erwachte mit einem Schrei, fuhr hoch und riss instinktiv die Hände vor das Gesicht, um mich vor dem Entsetzlichen zu schützen, das irgendwie den Weg in die Realität gefunden zu haben schien, denn die Angst wühlte weiter in mir. Ein Teil von mir begriff, dass alles nichts weiter als ein entsetzlicher Traum gewesen war, aber ein anderer, im Augenblick viel stärkerer, behauptete das Gegenteil. Alles war so unglaublich *real* gewesen. Nur mit äußerster Anstrengung gelang es mir, mich wenigstens äußerlich zur Ruhe zu zwingen.

Mein Herz raste zum Zerspringen, als ich die Arme herunternahm. Mein Nachthemd klebte in großen, dunklen Flecken an meiner Haut, und mein Bett war schweißnass. Die Decke lag irgendwo auf dem Boden. Ich musste wie ein Kind gestrampelt und um mich getreten haben.

»Nur ruhig, alter Junge«, murmelte ich. Es war nur ein Traum. Kein Grund, nervös zu werden.« Nicht, dass es irgendwie geholfen hätte. Die Angst war noch immer da, und als ich mich vollends aufsetzte und die Beine vom Bett schwang, zitterten meine Hände so stark, dass ich kaum die Kraft hatte, mich in die Höhe zu stemmen. Misstrauisch sah ich mich in dem nachtdunklen Zimmer um. Alles schien normal, so, wie es immer gewesen war, vom ersten Tag an, den ich in diesem Haus lebte. Und doch ...

Vielleicht war es nur eine Nachwirkung des Albtraumes, aber für einen Moment kam mir alles auf unmöglich in Worte zu fassende Weise *falsch* vor. Jedes Möbelstück stand an seinem Platz, jeder kleinste Fleck auf den Tapeten war so, wie ich ihn in Erinnerung hatte, und trotzdem – irgendetwas stimmte hier nicht. Es war, als wäre die Wirklichkeit um ein winziges Stückchen in die Richtung verschoben, in der die Albträume und der Wahnsinn nisteten. Es war nichts, was wirklich zu sehen oder zu erkennen gewesen wäre, aber ich spürte es. Überdeutlich.

Die Tür wurde mit einem Ruck aufgestoßen, und eine sehr blasse Mrs. Winden erschien in meinem Zimmer, eine Gaslampe in der Rechten. »Was ist geschehen?«, fragte sie aufgeregt.

»Geschehen?« Ich verstand nicht gleich.

»Sie haben geschrien, Robert«, erklärte Mary. »Ich war gerade auf dem Weg in die Küche, um mir ein Glas Milch zu holen, und da habe ich Sie schreien hören.« Ihr Blick irrte unstet durch den Raum, als fürchte sie, aus den Schatten könnten irgendwelche Dinge hervorspringen.

»Es ist nichts«, sagte ich. »Ich ... habe geträumt. Ein schrecklicher Albtraum. Aber jetzt ist es vorbei.«

In meiner Stimme war ein Ton, der deutlich sagte, dass ganz und gar *nichts* vorbei war, und Mrs. Winden wäre nicht Mrs. Winden gewesen, wenn sie ihn nicht gehört hätte. Ihr Blick richtete sich wieder auf mich, und das Misstrauen darin war zwar nun von gänzlich anderer Art, aber kaum weniger tief. »Nur ein Traum?«, wiederholte sie.

Ich nickte, wurde mir plötzlich des Umstandes bewusst, dass ich im Hemd vor ihr stand, und bückte mich rasch nach meinem Hausmantel. Mary beobachtete mich scharf. Ich spürte ihre Blicke selbst noch, als ich mich herumdrehte und den Gürtel zuknotete.

»Fühlen Sie sich wohl, Robert?«, fragte sie.

Ich nickte, schüttelte gleich darauf den Kopf und zuckte mit den Schultern. »So genau weiß ich das selbst noch nicht«, gestand ich. »Aber ich glaube schon. Es war ja nur ein Traum. Wenn auch ein sehr realistischer«, fügte ich mit einem gequälten Lächeln hinzu.

»Möchten Sie ihn mir erzählen?«, fragte Mary. »Manchmal tut es gut.«

»Nein«, sagte ich. »Das möchte ich ganz und gar nicht.« Meine Worte waren ein wenig schärfer ausgefallen, als ich selbst gewollt hatte, und so lächelte ich entschuldigend. »Tut mir leid, Mary. Ich bin ...«

»Nervös, ich weiß.« Mary nickte. »Es ist nicht das erste Mal, dass Sie träumen in den letzten Tagen.«

»Natürlich nicht«, antwortete ich. »Jeder Mensch träumt, in jeder Nacht.«

»Unsinn!« Mary machte eine unwillige Handbewegung, setzte ihre Lampe auf der Kommode ab und trat dicht an mich heran. Sie reichte mir gerade bis zum Kinn, als sie so vor mir stand, aber sie brachte es fertig, dass ich mir klein und hilflos ihr gegenüber vorkam. »Sie wissen ganz genau, dass ich das nicht meine, Robert«, sagte sie streng. »Was ist los? Macht Ihnen noch immer dieses tote Mädchen Sorgen, diese Veronique Rochelle?«

Ich schwieg einen Moment, dann gab ich auf, lächelte ein flehendes Kapitulationslächeln und breitete die Hände aus. »Ich weiß es nicht«, gestand ich. »Aber seit ein paar Tagen wird es immer schlimmer. Vielleicht werde ich krank.«

»Vielleicht *sind* Sie es, Robert«, sagte Mary ernst. Sie schüttelte den Kopf, sah mich an, als wäre ich ein uneinsichtiges Kind, und seufzte hörbar. »Sie bringen sich um, Junge«, sagte sie. »Zum Teufel, Sie sollten einen guten Arzt aufsuchen und sich für ein paar Wochen in ein Sanatorium begeben.«

»Heda!«, protestierte ich. »Ich bin noch nicht –«

»Sie sind ein verdammt zäher Bursche, Robert«, unterbrach sie mich. »Aber auch bester Schwedenstahl nutzt sich ab, wissen Sie? Sie sind gerade erst von einer Weltreise zurückgekommen, auf der Sie weiß Gott was erlebt haben, und Sie gönnen sich nicht einmal ein paar Tage, um sich zu erholen, sondern stürzen sich gleich kopfüber ins nächste Abenteuer. Was haben Sie vor? Ist das Ihre Weise, Selbstmord zu begehen?«

Ich widersprach nicht mehr. Mary Winden war eine der sehr wenigen nicht unmittelbar beteiligten Personen, die wussten, dass ich mehr war als ein reicher, leicht beknackter Müßiggänger – ein Image, das ich mir für die Öffentlichkeit sehr mühsam aufgebaut hatte und sorgsam pflegte. Und auch, wenn sie es nicht *gewusst* hätte, hätte sie es mit Sicherheit gespürt.

»Ich fürchte, es ist ein wenig komplizierter, Mary«, sagte ich resignierend. »Ich würde Ihrem Rat von Herzen gerne folgen, aber es ist wohl eher so, dass ich pausenlos von einer Bredouille in die andere *gestoßen* werde, statt mich hineinzustürzen.«

Mary seufzte. In ihren Augen blitzte es kampflustig. Aber sie seufzte nur. Und plötzlich lächelte sie. »Wie ist es, Robert?«, fragte sie. »Ich habe rein zufällig Kaffee gemacht – mögen Sie eine Tasse? Oder ziehen Sie es vor, wieder schlafen zu gehen?«

Einen Moment lang blickte ich auf mein Bett herab. Der Gedanke, mich wieder hineinzulegen und unter Umständen den abgebrochenen Traum zu Ende zu führen, erschien mir alles andere als verlockend. »Wie spät ist es?«, fragte ich.

»Gleich drei«, antwortete Mary.

»Drei?« Ich seufzte. Dann fiel mir etwas auf. Misstrauisch drehte ich mich zu Mary herum und sah sie scharf an. »Wie zum Teufel kommt es, dass Sie zu dieser nachtschlafenden Zeit Kaffee aufgebrüht haben?«

Mary sah plötzlich aus, als hätte ich sie beim Zuckerstehlen erwischt. »Ich ... konnte nicht schlafen«, sagte sie zögernd.

»Und warum nicht?«

Mary lächelte unsicher. »Ich hatte einen Albtraum«, gestand sie verlegen.

Der Tag hatte schon schlecht begonnen. Angus Peabody hatte alles andere als gut geschlafen, sich beim Frühstück an zu heißem Kaffee die Zunge verbrüht und sich vor Schrecken das frische Hemd, das er angezogen hatte, mit Kaffee bespritzt – mit dem Ergebnis, dass er sich im letzten Moment hatte umziehen müssen, was seinen normalerweise auf die Minute geplanten Zeitablauf gründlich durcheinandergebracht hatte.

Was wiederum zur Folge hatte, dass er zu spät aus dem Haus kam, die Tramway verpasste und dem von vier Pferden gezogenen Wagen ganze drei Haltestellen weit hinterherlaufen musste – durch den strömenden Regen, der schon an sein Schlafzimmerfenster geklopft hatte, als er die Augen aufschlug.

Und das wiederum hatte zur Folge, dass er nicht nur völlig außer Atem, sondern auch noch bis auf die Wäsche durchnässt und frierend und mit dem Kratzen einer bevorstehenden Erkältung im Hals an seinem Arbeitsplatz im Yard angekommen war; was ihm – quasi als letztes Glied der Kette, die mit einem zu heißen Schluck Kaffee begonnen hatte – nun auch noch den Spott seiner Kollegen eintrug.

Nein, dachte Angus Peabody übellaunig, während er die Lichtreflexe betrachtete, die die Flammen des Kaminfeuers in dem Glas in seiner Hand hervorriefen, *gut* hatte dieser Tag ganz gewiss nicht angefangen. Ganz gewiss nicht. Was nicht etwa bedeutete, dass er in irgendeiner Form *besser* weitergegangen wäre. Ganz im Gegenteil ...

Es hatte am Morgen bei der täglichen Besprechung seinen Fortgang genommen, eine reine Routineangelegenheit – eigentlich –, die schon fast zum Zeremoniell erstarrt war und bei der sie alle nichts anderes taten, als im Halbkreis auf unbequemen Stühlen vor Inspektor Cohens Schreibtisch zu sitzen und einer nach dem anderen aufzustehen, um ihm im Telegrammstil die Ereignisse des vergangenen Tages zu berichten – die er ohnehin schon wusste. Aber etwas war anders gewesen an diesem Morgen: Nachdem sie ihren Frührapport beendet hatten, hatte Cohen sie fortgeschickt, wie immer – das hieß, die anderen, ihn nicht.

Peabody schloss die Hand so fest um das Glas, dass das geschliffene Kristall hörbar knirschte, und für einen Moment erfreute er sich an der albernen Vorstellung, es wäre Cohens Hals, den er da genüsslich zusammendrücken würde. Er glaubte seine Stimme direkt zu hören und vor allem den hämischen Unterton darin, als er ihm ohne Umschweife erklärt hatte, dass *gewisse höhere Dienststellen* eine Weiterführung seiner Untersuchungen gegen eine *gewisse Gruppe* nicht gutheißen würden. Außerdem würde man im Ministerium eine *Beförderung* Peabodys erwägen, die allerdings eine Versetzung nach Aberdeen in Schottland nach sich ziehen würde.

Cohen hatte sich gar nicht deutlicher ausdrücken müssen. Angus wusste auch so, dass er bei seinen Nachforschungen einigen hohen Tieren etwas zu heftig auf die Zehen getreten war.

Zuerst hatte er ja auch geglaubt, es ginge bei seinen Ermittlungen nur um einen kaum ernst zu nehmenden okkultreligiösen Geheimbund, der sich durch Geld und Drohungen Einfluss und Macht verschaffen wollte: ein Vorhaben, an dem schon Legionen von Spinnern und Fanatikern gescheitert waren. Jetzt sah es aus, als müsse er diese Meinung gründlich revidieren. Dieser seltsame Orden hatte sich bereits genug Einfluss verschafft, um selbst die britische Polizei ausschalten zu können. Zumindest den Teil der britischen Polizei, der auf den Namen Angus Peabody hörte …

»Sie müssen sich nicht sofort entscheiden, Peabody«, hatte Cohen gesagt, mit einem Lächeln, das sehr deutlich machte, dass die Entscheidung in Wahrheit längst gefallen war und es ohnehin niemanden mehr interessierte, was *er* von dieser *Beförderung* hielt. »Aber spätestens in einer Woche müssten Sie Ihr Versetzungsgesuch einreichen. Es sei denn, Ihnen liegt etwas an einer weiten Reise.« Er hatte abermals gelächelt, aber auf eine Art, die sagte: *Zum Beispiel nach Kal-*

kutta, mein lieber Angus. Der Posten des dortigen Amtsschreibers wäre noch frei.

Verdammtes Arschloch, dachte Peabody zornig. Er hatte längst selbst begriffen, dass er nicht das Zeug zu einem wirklichen Spitzenpolizisten hatte und sein Leben wohl immer nur als nützliches, aber austauschbares Rädchen im gewaltigen Getriebe Scotland Yards verbringen würde. Aber es war einfach unfair! Zum allerersten Mal in seiner tristen Karriere war er einer wirklich großen Sache auf der Spur gewesen, er ganz allein.

Und Cohen dankte es ihm, indem er ihn schlichtweg in die Wüste schickte.

»Schauen Sie mich nicht so an, Peabody«, war er fortgefahren. »Mir tut die ganze Sache ebenso leid wie Ihnen. Sie waren ein verdammt guter Assistent. Ich werde Sie sehr vermissen. Kopf hoch, Junge! Reißen Sie sich am Riemen. Schottland liegt nicht am Ende der Welt, und es soll durchaus seine Reize haben. Jetzt räumen Sie Ihren Schreibtisch auf, und dann gehen Sie nach Hause und ruhen sich von dem Schock aus. Sie sind bis zum Dienstantritt auf Ihrem neuen Posten beurlaubt!«

Für Angus war es wie ein Blitz aus heiterem Himmel gewesen. Gestern erst war es ihm endlich gelungen, sich auf die Spur eines Franzosen zu setzen, der zu den hochrangigsten Mitgliedern dieses seltsamen Geheimbundes zu zählen schien. Er hatte schon geglaubt, durch eine geschickte Überwachung de Laurecs tiefer in die Verbindung und Geheimnisse dieses Ordens eindringen und möglicherweise sogar etliche sonderbare Ereignisse der letzten Jahre erklären zu können, die ihm mit einem Male in einem ganz anderen Licht erschienen waren. Angus war sich sicher, diesen Templern, wie sie sich nannten, bei entsprechenden Nachforschungen mehr als ein paar kleine Vergehen nachweisen zu können.

Doch damit war es jetzt vorbei.

Aus, dachte er, fuhr sich mit der Hand über die Augen und kippte sein Glas in einem Zug hinunter, nur, um sich von einem Clubdiener sofort ein neues bringen zu lassen. Beiläufig grüßte er einen flüchtigen Bekannten, der den Club betrat, und wandte sich dann seinem Exemplar der *Times* zu, um den anderen zu zeigen, dass er in Ruhe gelassen werden wollte. Während sein Blick über die dicht bedruckten Zeilen glitt, ohne dass er in Wirklichkeit auch nur einen einzigen Buchstaben las, schweiften seine Gedanken wieder ab. Er war der

Lösung so nahe gewesen. *So verdammt nahe!*, dachte er bitter. Nein, es war einfach nicht fair.

Als Angus Peabody an diesem Punkt seiner Überlegungen angekommen war, spürte er, dass ihn jemand beobachtete. Er sah von seiner Zeitung auf, nippte gedankenverloren an seinem Glas und musterte die Männer im Club mit geübtem Blick. Die meisten gehörten wie er zu den Polizeioffizieren des Scotland Yard, wenngleich die meisten höheren Chargen entstammten, denn ein Mann wie er konnte sich einen Aufenthalt hier im Club nicht jeden Tag leisten. Allenfalls einmal im Monat. Oder wenn er gerade gefeuert worden war, fügte er bitter hinzu.

Trotzdem fuhr er – rein gewohnheitsmäßig – mit seiner Beobachtung fort. Ein paar Rechtsanwälte waren da, ein Richter des Old Bailey und mehrere Männer, die als Schöffen bei den Schwurgerichtsverhandlungen fungierten, wenn er sich richtig erinnerte. Angus kannte sie fast alle, seit er selbst Mitglied des Oldson-Clubs geworden war. Aber nur die allerwenigsten kannten ihn. Und keiner war darunter, der auch nur in seine Richtung blickte.

Trotzdem wurde das Gefühl, angestarrt zu werden, immer heftiger in Angus. Und es war ein sehr unangenehmes Gefühl.

So wie er jetzt, dachte er nervös, mussten sich wohl viele gefühlt haben, die er in Erfüllung seines Dienstes beschattet hatte. Damals hatte er über die oft hektischen Reaktionen der Leute gelächelt. Ja, er hatte sie sogar vorherberechnen können und in seine Planung einbezogen. Es war ihm niemals in den Sinn gekommen, dass er selbst einmal die gleichen Gefühle haben würde. Seine Handflächen wurden feucht. Unsicher faltete er die Zeitung zusammen, legte sie auf das kleine Kamintischchen neben sich und wischte sich die Hände an seinem Taschentuch ab.

Ein schlanker Mann in einem dunklen Prince-Albert-Rock betrat jetzt den Club und sah sich kurz um. Seine ohnehin gut gelaunte Miene hellte sich noch mehr auf, als er Angus allein an seinem Tisch sitzen sah. Er reichte einem Diener seinen Hut und den Schirm und steuerte zielstrebig auf Angus zu.

»He, Peabody, willst du deinen letzten Tag im Rausch verbringen, oder feierst du eine Ein-Mann-Abschiedsparty?«, fragte er. Seine Stimme war von geradezu aufreizender Fröhlichkeit. In seinen Augen blitzte es spöttisch.

Peabody schluckte im letzten Moment einen Fluch herunter und versuchte wenigstens, ein halbwegs freundliches Gesicht zu machen.

Es blieb bei einem Versuch. Albert Edward Tailworthern, der zweite Assistent Cohens, der jetzt wohl seinen Posten erhalten würde, war nicht gerade der Mann, nach dessen Gesellschaft er sich sehnte. Zumal Tailwortherns Benehmen überdeutlich zeigte, dass er über das Gespräch am Morgen informiert war.

Angus hatte das Gefühl, in der rauchgeschwängerten Luft hier drinnen zu ersticken – und am liebsten hätte er Tailworthern die Faust zum Abschied mitten in das grinsende Gesicht geschlagen. Er sprang so abrupt hoch, dass er dabei den Stuhl umstieß, drängte sich mit einer gemurmelten Entschuldigung an Tailworthern vorbei und stürzte zur Tür hinaus. Erst als er vor dem Eingangsportal des Clubs stand, hatte er sich wieder so weit in der Gewalt, dass er stehen bleiben konnte, ohne sich auf den nächsten Passanten zu stürzen und ihn grün und blau zu schlagen.

Angus war sich der Tatsache bewusst, dass er im Moment wohl ganz zu der Gruppe gehörte, die er normalerweise zu verhaften pflegte: Menschen, die entweder zu viel getrunken oder zu viel erlebt hatten, um noch ganz zurechnungsfähig zu sein, und dann Dinge taten, an die sie normalerweise nicht einmal *denken* würden. Bei ihm traf beides zu – und er wusste es. Aber dieses Wissen nutzte nicht besonders viel.

Er lehnte sich an die Hauswand, sog die feuchtwarme Luft tief in die Lungen und schloss für einen Moment die Augen. Dichte Nebelschwaden zogen die Straße hinauf und dämpften das Licht der Gaslaterne neben dem Club zu einem düsteren, gelben Schimmer, der kaum bis zum Boden reichte. Es war kalt. Sein Herz jagte.

Plötzlich glaubte Angus jemand neben sich zu sehen, stieß sich von der Wand ab und schnellte erschrocken herum. Doch der Gehsteig vor ihm war leer. Nur ein Stück zerfetztes Papier lag vor seinen Füßen. Angus bückte sich danach – eigentlich ohne selbst zu wissen, warum – und hob es auf. Es war ein Teil einer alten Zeitung, den irgendjemand abgerissen hatte, um etwas darauf zu notieren. Neugierig geworden, trat Angus damit weiter unter die Lampe und überflog die hastig dahingekritzelte Zeile.

»Peabody, wenn du dies liest, bist du schon tot!«, stand dort. »Du hast es bloß noch nicht gemerkt.«

Angus Peabody fuhr sich verstört mit der Linken über die Augen, hielt das Blatt höher ins Licht und starrte aus ungläubig geweiteten Augen auf die Worte. Aber sie blieben.

Einen Moment lang zweifelte Angus Peabody einfach an seinem Verstand. Den nächsten Moment überlegte er ernsthaft, ob er vielleicht mehr getrunken hatte als gut war.

Und dann wusste er es.

»Tailworthern«, murmelte er. Natürlich. Dahinter steckte dieser infantile Idiot Tailworthern – und wahrscheinlich stand er jetzt in irgendeinem Schatten und lachte sich einen Ast, während er ihn belauerte.

Angus knüllte das Blatt wütend zusammen, ließ es fallen und kickte es mit dem Fuß davon. Von brodelndem Zorn erfüllt, sah er sich um. Sein Blick bohrte sich in die wattigen Nebelschwaden, die die Straße entlangtrieben. Im ersten Moment sah die Straße so aus wie immer. Und doch ... er vermisste die Passanten, die sonst um diese Zeit die Gehsteige bevölkerten. Keine einzige Kutsche ratterte über das Kopfsteinpflaster, nicht einmal eine streunende Katze war zu sehen. Außerdem herrschte eine Friedhofsstille, die von keinem einzigen Geräusch durchbrochen wurde.

Für einen Moment wich sein Zorn auf Tailworthern eisiger Furcht. Eine unsichtbare, kalte Hand schien seinen Rücken zu streifen. Unsicher drehte er sich zum Clubhaus um. Die Fenster des mächtigen, im frühviktorianischen Stil erbauten Hauses waren hell erleuchtet, aber es war unheimlich still. Kein Laut drang aus seinem Inneren auf die Straße. Und wenn doch, so schien ihn der Nebel zu verschlucken.

Verwirrt drehte sich Angus noch einmal im Kreise und trat auf das Portal zu. Doch seine Hand führte die Bewegung zum Türklopfer nicht zu Ende, als er daran dachte, wie Tailworthern über ihn lachen würde, wenn er jetzt in den Club zurückkommen würde. Außerdem war ein Nebel wie dieser für London gar nichts Besonderes, und es war auch nicht selten, dass der Nebel die Geräusche dämpfte.

Wenigstens versuchte er sich das einzureden.

Trotzdem beschloss er, sich an der nächsten Kreuzung eine Droschke zu nehmen. Doch als er sie erreichte, nach Minuten, die ihm wie Ewigkeiten vorgekommen waren, war weit und breit kein Wagen zu sehen. Zuerst wollte Angus schlichtweg warten, bis eine Droschke kam. Doch dann hörte er etwas, was ihn diesen Gedanken sehr schnell vergessen ließ – das harte, abgehackte Stapfen schwerer

Schritte, aus dem seine überreizten Nerven und der Alkohol dumpfen Trommelschlag werden ließen. Angus spürte, wie sich die feinen Haare in seinem Nacken und auf seinem Handrücken vor Furcht aufstellten. Seine Kehle wurde trocken. Er schluckte mehrmals, um den widerlichen Geschmack der Angst fortzubekommen, der sich plötzlich in seinem Mund breitmachte.

Es sind nur Schritte!, dachte er hysterisch. *Nichts als Schritte. Kein Grund, sich aufzuregen!*

Aber es waren eben nicht *nur Schritte.*

Angus spürte mit den über lange Jahre sensibilisierten Sinnen eines Polizisten, dass da kein harmloser Passant auf die Kreuzung zukam, sondern ...

Er wusste es nicht.

Aber er hatte auch keine sonderliche Lust, es herauszufinden.

Alles, was er hatte, war erbärmliche Angst.

Er blickte hastig in die Nebenstraße, ob von dort nicht endlich eine Kutsche kam. Doch als auch dort alles gespenstisch ruhig blieb, ging er, von immer stärker werdender Angst getrieben, die er vergeblich mit dem harmloseren Wort *Unruhe* zu kaschieren versuchte, los.

Zuerst versuchte er sogar noch, gemächlich die Straße entlangzuschlendern, schon Tailwortherns wegen, der vielleicht hinter der nächsten Ecke stand und sich ausschüttete vor Lachen. Doch fast gegen seinen Willen wurde er von Schritt zu Schritt schneller. Er hörte, wie der Fremde hinter ihm die Kreuzung erreichte, kurz stehen blieb und dann hinter ihm herkam. Angus beschleunigte seine Schritte abermals, doch der Abstand zu dem anderen blieb gleich. Er ging langsamer. Auch der andere ging langsamer. Jetzt war Angus sicher, dass es kein Zufall war.

Und fast wäre er froh gewesen, hätte er wirklich Tailworthern hinter sich gewusst. Aber irgendwie war er sicher, dass es *nicht* Tailworthern war.

Angus blieb stehen – auch die Schritte seines unheimlichen Verfolgers brachen ab –, blickte konzentriert in die grauen Schwaden hinter sich, ohne indes mehr als einen verschwimmenden Schatten zu gewahren, und lief nach kurzem Zögern auf das nächstbeste Haus zu. Doch als er den Türöffner anschlug, blieb alles still. Nur die Schritte des Fremden drangen durch die Nacht. Und sie kamen immer näher.

Angus schlug mit beiden Fäusten gegen das raue Holz der Tür, doch das Einzige, was er erreichte, war, dass er sich die Knöchel blutig schrammte. Voller jäh aufflammender Angst rannte er zu einem Fenster, rüttelte daran und versuchte kurzerhand die Scheibe einzuschlagen. Er hätte ebenso gut gegen die Wand treten können. Das Glas schien härter als Stahl.

Der Fremde war keine zwanzig Yards mehr hinter ihm, als Angus endlich von dem Haus abließ, das sich ihm auf so unheimliche Weise verschlossen hatte, und wie von Furien gehetzt die Straße hinunterrannte. Für einen winzigen Augenblick schöpfte er Hoffnung, den Fremden im Nebel abschütteln zu können.

Aber nur für einen Moment.

Dann hörte er die Schritte wieder hinter sich. Und Augenblicke später glaubte er den Atem des anderen im Nacken zu spüren.

Die Uhr unten in der Halle schlug sieben, aber Mary und ich saßen noch immer in der Küche beieinander. Die Wärme in meinen Handflächen stammte von der mittlerweile sechsten Tasse von Marys höllisch starkem Kaffee, mit dem ich mein Herz malträtierte, und in meinem Kopf hatte sich jener dumpfe Druck ausgebreitet, der von zu wenig Schlaf und zu viel Koffein kündete.

Und trotzdem fühlte ich mich wohl wie seit langem nicht mehr. Mary und ich hatten geredet, die ganze Zeit über – das hieß, *ich* hatte geredet und Mary hatte auf ihre unnachahmlich sanftmütige Art zugehört und mich mit frischem Kaffee versorgt. Wir hatten nichts Weltbewegendes diskutiert, sondern einfach über dies und jenes gesprochen, kleine Dinge des täglichen Lebens, die im Grunde völlig unwichtig waren. Aber manchmal tat es unbeschreiblich wohl, einmal *nicht* über den Untergang der Welt oder das Ende der menschlichen Rasse reden zu können.

»Noch einen Kaffee?«, fragte Mary, als ich die Tasse geleert hatte. Ich nickte, und sie stand auf, um zum Ofen zu gehen. In diesem Moment drang der dumpfe Hall des Türklopfers aus dem Haus zu uns. Mary blieb stehen, runzelte demonstrativ die Stirn und sah auf die Uhr. Natürlich wäre es nicht ungewöhnlich, wenn um diese Zeit Lieferanten oder Dienstboten gekommen wären – London begann jetzt mit Macht zu erwachen, und die Straßen hatten sich sicher schon mit Leben gefüllt. Aber es war eindeutig ungewöhnlich, dass jemand durch die Vordertür Einlass begehrte, denn wer immer dieser *Jemand* war, er musste wohl zu mir wollen – und es gab unter denen, die mich auch nur halbwegs kannten, absolut niemanden, der nicht gewusst hätte, wofür ich Besuche vor der Mittagsstunde hielt: für vorsätzliche Körperverletzung.

Verwirrt stand ich auf. »Ich gehe zur Tür«, sagte ich. »Harvey wird sicher noch schlafen.« Harvey Davidson war nun schon mein dritter Butler am Ashton Place, nach Henrys tragischem Tod und Charles' Abschiebung ob der Geschehnisse um die Killer-Motten.

Mary war wie fast immer schneller. Sie schüttelte nur stumm den Kopf, stellte die Glaskanne mit dem frisch gebrühten Kaffee vor mir auf den Tisch und rauschte aus der Tür, ehe ich auch nur Zeit fand zu widersprechen.

Augenblicke später hörte ich sie oben die Haustür öffnen, und in der nächsten Sekunde erkannte ich die Stimme meines alten Freundes Dr. Gray. Entspannt ließ ich mich wieder zurücksinken, schenkte mir einen neuen Kaffee ein und freute mich auf Grays Gesicht, wenn Mary ihn hereinführen würde.

Meine Erwartungen wurden erfüllt. Gray erstarrte mitten im Schritt, als er mich am Küchentisch sitzen sah. Sein Unterkiefer klappte herunter, und für einen Moment sah er ganz so aus wie jemand, der nichts ahnend um eine Ecke gebogen war und ein leibhaftiges Gespenst erblickt hatte. Aber er fing sich rasch wieder.

»Robert?«, fragte er. »Sind Sie schon auf – oder noch?«

»Beides«, gestand ich, deutete mit einer Kopfbewegung auf einen freien Stuhl und gab Mary gleichzeitig zu verstehen, eine weitere Tasse zu bringen. »Ich konnte nicht wieder einschlafen, und Marys Kaffee hat mir geholfen, den Rest der Nacht zu überstehen. Was führt Sie mitten in der Nacht zu mir, Doktor?«

Gray verbiss sich die Antwort, die ihm sichtlich auf der Zunge lag, nippte stattdessen an seinem Kaffee und klappte seinen Aktenkoffer auf, um einen Moment darin herumzukramen. »Ich hoffe, du hast dich mittlerweile wieder in London eingewöhnt, Robert«, sagte er, allerdings ohne mich anzusehen oder den Blick auch nur von dem Notizzettel zu nehmen, den er seinem Koffer entnommen hatte. »Es geht doch nichts über ein gemütliches Zuhause, oder?«

Seine Worte brachten mich auf etwas, das ich beinahe vergessen hätte – und das zu erwähnen ich eigentlich keine Lust hatte. Der Morgen war trotz allem zu angenehm, um ihn mit Unangenehmem zu verderben. Aber wenn er schon einmal da war …

»Nun ja, *gemütlich* ist es nicht unbedingt«, sagte ich. Gray blickte mich über den Rand seines Zettels hinweg prüfend an, besaß aber nicht den Anstand, mir ein Stichwort zu geben, sodass ich gezwungen war weiterzureden. »Wenn mich nicht alles täuscht, mein lieber Doktor, habe ich Ihnen doch aus den Staaten gekabelt, dass Sie das Haus renovieren lassen sollen, bevor ich nach London zurückkomme, oder? Aber wenn ich mich so umsehe, hätte ich mir das Telegramm auch sparen können. Das Haus ist um keinen Deut besser eingerichtet als bei meiner Abreise. Ich habe eher im Gegenteil das Gefühl, dass während meiner Abwesenheit alles noch mehr verfallen ist. Haben Sie mein Telegramm nicht bekommen?«

Gray legte sein Gesicht in kummervolle Falten und sah mich unglücklich an. »Doch«, sagte er.

»Und?«

Gray seufzte, ließ seinen Zettel vollends sinken und rückte seine Brille zurecht. »Robert, du weißt doch, dass ich jeden deiner Aufträge so schnell wie möglich ausführe«, sagte er vorwurfsvoll. »Natürlich habe ich auf dein Telegramm aus. New York sofort reagiert. Du hättest das Haus vor vier Wochen sehen sollen – die reinste Großbaustelle.« Er warf einen Beifall heischenden Blick in Marys Richtung, die auch gehorsam nickte.

»Und?« Allmählich begann ich wirklich ärgerlich zu werden. Gestern hatten der alte Harvey und Mrs. Winden ebenso herumgedruckst, als ich sie auf die nicht erfolgte Renovierung angesprochen hatte. Und jetzt schien Dr. Gray ebenfalls Gefallen daran zu finden, sich als faltige Sibylle zu produzieren.

»Jetzt sagen Sie klipp und klar, warum mein Haus nicht renoviert wurde«, verlangte ich. »Ist nicht mehr genug Geld auf meinem Konto?«

»Unsinn«, sagte Gray. Er beugte sich vor, gewann ein paar Sekunden damit, einen Schluck Kaffee zu schlürfen, und musterte mich weiterhin mit unglücklichem Blick. »Wir haben es ja versucht«, erklärte er. »Aber es ging nicht. Du weißt ja selbst, dass ich stets dafür war, Ashton Place 9 in einen Zustand zu bringen, der einem Haus wie diesem gebührt. Nicht, dass es verfallen aussieht. Wenigstens von außen nicht«, fügte er mit einem eindeutig unbehaglichen Blick in die Runde hinzu. »Tatsache ist, dass das Haus es nicht *zuließ,* dass etwas an seiner Bausubstanz geändert wurde.«

Ich starrte ihn an, suchte nach einer einigermaßen intelligenten Antwort und fand sie: »Hä?«

Gray nickte betrübt. »Wir haben es erst bemerkt, als die Handwerker schon im Haus waren. Zuerst fielen nur die neuen Tapeten während der Nacht wieder von der Wand, aber dabei hat sich keiner etwas gedacht. Ein paar arme Gesellen und Lehrburschen haben Prügel von ihren Meistern bezogen, das war alles. Dann sprang die neue Vertäfelung der Bibliothek aus der Wand, kaum dass der letzte Nagel eingeschlagen war. Später nahmen die Wände schließlich nicht einmal die Farben an, die daraufgepinselt wurden. Als dann auch noch während der Arbeit die Leitern umfielen und sich ein Mann das Bein brach, kam es zu einem kleinen Aufstand. Die Leute zogen wutschnaubend ab.« Er seufzte. »Es hat mich – genauer gesagt, dich – eine schöne Stange Geld gekostet, die ganze Sache zu vertuschen.«

Ich hätte meine Fähigkeit, Wahrheit und Lüge auseinanderzuhalten, nicht gebraucht, um zu erkennen, dass Gray meinte, was er sagte. Sein Gesicht war verknittert und zeigte einen unbestreitbaren Ausdruck von Enttäuschung – und Zorn. Jetzt erinnerte ich mich auch wieder, wie oft er mich gedrängt hatte, das zwar repräsentative, aber irgendwie düster wirkende Haus instand setzen zu lassen. Jetzt hatte ich es endlich eingesehen – und er musste begreifen, dass er mir einen schlechten Rat gegeben hatte. Und das ist wohl das Schlimmste, was einem Anwalt passieren kann. Ganz besonders, wenn er Dr. Gray hieß und nichts so wenig vertrug wie Kritik.

Trotz meines Ärgers verspürte ich fast Mitleid mit ihm. Er hatte das Beste gewollt.

»Dann versuchen wir es noch einmal«, sagte ich. »Beauftragen Sie einfach andere Handwerker. Männer von außerhalb meinetwegen. Sie wissen ja, warum ich darauf drängte, das Haus umzubauen. Ich will es Priscylla ersparen, in diese düstere Umgebung zurückzukehren, in der sie so viel Schlimmes erlebt hat.«

»Sie wollen sie wirklich wieder ins Haus nehmen?«, fragte Gray zögernd.

»Warum nicht? Sie ist nicht mehr wirklich krank«, antwortete ich. »Und in der Klinik, in der sie jetzt ist, kann sie auch nicht besser versorgt werden als hier. Mary wird sich um sie kümmern. Aber vorher muss dieses Haus in Ordnung gebracht werden. Möglicherweise hilft ihr eine heitere Umgebung, die entsetzlichen Ereignisse zu vergessen und wieder zu sich selbst zu finden.«

»Ich tue mein Möglichstes«, sagte Gray achselzuckend. »Aber ich übernehme keine Garantie. Weiß der Teufel, was mit diesem Haus los ist.«

»Vielleicht sollte ich es aufgeben«, murmelte ich.

Gray starrte mich an. »Andara-House *aufgeben?«*, wiederholte er ungläubig. »Robert, das kannst du nicht wirklich denken. Gerade jetzt, wo du die Chance hast, in die höchsten Kreise der Gesellschaft aufzurücken.«

Ich sah ihn fragend an. »Ich war fleißig während deiner Abwesenheit«, erklärte Gray zufrieden. »Ich habe dein Image kräftig aufpoliert, Robert. Du musst dich natürlich in Zukunft aus den magischen Zirkeln der Stadt heraushalten, aber das wird dir sicher nicht so schwerfallen. Seit der verunglückten Seance mit Lady McPhaerson haben die okkulten Spinner Angst davor, mit dir in Verbindung zu treten. Stell dir doch vor, was Andara-House für einen prächtigen Rahmen für Abendgesellschaften und Partys abgäbe.«

»Wissen Sie, was mich Ihre sogenannten besseren Kreise können, Doktor?«, fragte ich zornig. »Dr. Gray, Sie träumen. Ich bin nicht der Mann, der sich in diesen Kreisen wohlfühlen würde, und das wissen Sie. Ich will nur, dass Pri wieder gesund wird. Dazu ist mir jedes Opfer recht. Und dieses Haus hier zu verlassen, dürfte wohl das geringste Opfer sein. Außerdem glaube ich sowieso, dass es für mich besser ist, London die nächste Zeit zu meiden. Ich habe genug Aufsehen erregt. Mehr, als mir lieb sein kann.«

Seltsamerweise schienen meine Worte Gray eher zu erfreuen. Der Anflug eines Lächelns trat auf sein Gesicht.

»Was ist daran so komisch, Doc?«, fragte ich. »Immerhin stehe ich unter Mordverdacht – wenn auch nicht offiziell.«

»Stehst du nicht«, behauptete Gray und klappte seinen Koffer wieder auf. »Das ist der Grund, aus dem ich überhaupt komme – hier.« Er reichte mir ein eng beschriebenes, sehr amtlich aussehendes Stück Papier über den Tisch. »Ich habe gestern Abend mit dem Lordoberrichter von London gesprochen: Lord Darender. Dieser unsinnige Verdacht bezüglich des Mädchens ist vollständig aus der Welt geschafft. Du brauchst dir keine Sorgen mehr zu machen! Du bist rehabilitiert. Die Untersuchung wurde eingestellt.«

Der Nebel trieb auseinander, und für einen Moment erhaschte Angus einen Blick auf die gegenüberliegende Straßenseite – und die schmale Lücke zwischen den beiden Häusern, wo ein Stück Boden unbebaut geblieben war, zu schmal für eine Gasse, aber zu breit, um ihn mit Mauerwerk auszufüllen.

Und vielleicht die Rettung.

Ohne auch nur zu überlegen, fuhr er herum, überquerte im Laufschritt die Straße und zwängte sich in die schmutzige, nach abgestandenem Wasser und Abfällen riechende Passage, die so schmal war, dass seine Schultern rechts und links an den feuchten Wänden entlangscheuerten. Es war so dunkel, dass er kaum die berühmte Hand vor Augen sehen konnte. Nur der Nebel war da, denn die grauen Schwaden waren ihm auch hierher vorausgeeilt, wie ein Rudel spöttischer kleiner Tiere, das ihn bereits erwartete.

Angus verscheuchte die Vorstellung, lief weiter und fand sich plötzlich in einem kleinen, auf allen Seiten von hohen, feucht glitzernden Mauern umschlossenen Hinterhof wieder, auf dem sich Müll und Unrat türmten. Auf einem Mauervorsprung hockte eine dürre Katze und blickte Angus aus funkelnden gelben Augen an. Als er ihr zu nahe kam, sprang sie mit einem drohenden Fauchen hoch, ließ warnend die Krallen aufblitzen und verschwand in der Dunkelheit.

Es war das erste Zeichen von Leben, das Angus außer den harten Schritten seines Verfolgers registrierte, und obwohl es ein äußerst unfreundliches Zeichen gewesen war, spürte er nichts als Erleichterung. Der Nebel und die unheimlichen Schritte, die stets abbrachen, wenn er stehen blieb und nach seinem Verfolger Ausschau hielt, hatten ihn mit einer Angst erfüllt, die weit über die Grenzen des Erklärbaren hinausging. Für Momente hatte er wirklich an seinem Verstand gezweifelt. Und da war dieses Haus gewesen, dessen Fenster so hart wie Eisen gewesen waren und dessen Wände seine verzweifelten Schläge und Hilferufe verschluckt hatten …

Unsicher blickte er in die Richtung, aus der die Schritte kommen mussten. War er jetzt endlich diesem menschlichen Bluthund entkommen? Er wurde langsamer, blieb einen Moment stehen und lauschte mit geschlossenen Augen. Nichts. Alles blieb still. Er hörte nur das Rauschen seines eigenen Blutes in den Ohren, und er spürte den dumpfen Schlag seines Herzens bis in die Fingerspitzen. Keuchend und vollkommen erschöpft taumelte er gegen eine der Wände und lehnte sich dagegen. Der Gestank, der von den Abfällen hochstieg, verursachte ihm Übelkeit, und die Dunkelheit schloss sich wie eine erstickende Decke um ihn. Er war so schnell gerannt, dass die Atemzüge wie scharfe Messer in seine Kehle schnitten, und ein unbeschreiblich widerlicher Geschmack breitete sich auf der Zunge aus. Trotzdem hätte er diesen Ort gegen keinen anderen auf der Welt eingetauscht.

Bis zu dem Moment wenigstens, in dem er allmählich begriff, dass er keine Ahnung hatte, wo er sich überhaupt befand.

Es war beinahe lächerlich – aber Angus Peabody hatte sich verirrt. Er, der sich in London so gut auszukennen rühmte wie kein zweiter, Inspektor Cohen hatte ihn ja schon halb im Scherz einen lebenden Stadtplan genannt.

Doch an die Gasse, in der er sich jetzt befand, konnte er sich beim besten Willen nicht erinnern. Er wusste nur, dass sie in diesem halbwegs wohlhabenden Viertel ziemlich fehl am Platze wirkte. Allein dieser Gestank ...

Angus zog seine Taschenuhr unter der Weste hervor, klappte den Deckel auf und versuchte im fahlen Licht der Mondsichel die Zeit abzulesen. Wenn das, was er auf dem Zifferblatt erkannte, stimmte, hatte er den Club erst vor einer knappen Viertelstunde verlassen. Das war viel zu wenig Zeit, um in eine so elende Gegend wie diese hier zu kommen, selbst wenn er aus Leibeskräften gerannt war.

Und doch sah er die heruntergekommenen Häuser mit eigenen Augen. Und selbst wenn der Augenschein getrogen hätte, der *Gestank* war echt. Der Nebel mochte seine Augen narren – seine Nase und seinen Magen, der sich allmählich zu einem hornigen Klumpen zusammenzuziehen begann, nicht. Angus war so verwirrt, dass er im ersten Moment selbst den Grund seiner überhasteten Flucht vergaß.

Allerdings nur bis zu dem Augenblick, in dem sich der Klang schwerer Schritte in das Wispern des Nebels mischte

Peabody erstarrte, ließ vor Schrecken seine Uhr fallen und fuhr herum, um seine Flucht fortzusetzen.

Nur dass es nichts gab, wohin er hätte laufen können.

Der Hinterhof war an allen Seiten von zehn Yards hohen, fensterlosen Mauern umschlossen. Er saß in der Falle!

»Bleib stehen, Angus!«, sagte eine Stimme hinter ihm.

Um ein Haar hätte zumindest Angus' Herz diesem Befehl Folge geleistet. Er schrie auf, wirbelte mit einem keuchenden Laut herum und prallte gegen die Wand. Seine Fingernägel scharrten über den feuchten Stein, als wollten sie sich einen Weg durch die massive Mauer graben, als er die schattenhafte Gestalt erkannte, die am Ende der Gasse aufgetaucht war, durch die er selbst hierhergekommen war. Der Nebel umgab sie wie ein wogender Mantel aus grauer, aus sich selbst heraus leuchtender Nacht, und er konnte sie noch immer nicht viel deutlicher als zuvor erkennen.

Zumindest sah er, dass es ein Mann war; ein sehr großer Mann, mit Hut und Mantel bekleidet, der einen schlanken Stab in der Rechten trug; vielleicht einen Spazierstock. *Vielleicht auch einen Degen,* flüsterte eine hysterische Stimme in Angus' Gedanken.

»Was ... was wollen Sie von mir?«, flüsterte er. Seine Stimme war ein tonloses Krächzen, das seine Angst mehr als alles andere verriet. Er zitterte.

»Dich, mein Freund«, antwortete der Mann. Er sprach ganz ruhig, und Angus erkannte deutlich den starken französischen Akzent. »Hast du unsere Nachricht nicht bekommen?«

»Wir ... wir können doch über alles reden«, stammelte Peabody. »Ich ... ich bin keine Gefahr mehr für euch. Man hat mir den Fall weggenommen. Ich werde die Stadt verlassen, gleich morgen, das schwöre ich!« Er versuchte sich an der Wand entlang zu schieben, fort von der entsetzlichen Schattengestalt, die sich nicht gerührt hatte. Aber es gab kein Entkommen. Unter seinen Fingern war nur kalter, eisenharter Stein. Er saß in der Falle. In einer Falle, in die er sich selbst hineinmanövriert hatte.

»O ja, mein Freund«, antwortete der Mann mit dem französischen Akzent ruhig. »Du wirst die Stadt verlassen. Noch heute Abend. Für immer.«

»Ihr wollt mich umbringen!«, keuchte Angus. Ein kaltes, lähmendes Entsetzen machte sich in ihm breit. Die Drohung, die von dem Fremden im Nebel ausging, war nicht körperlicher Natur, das spürte er einfach. »Nein, nicht«, flehte er. »Hör mich doch an. Du ... du gehörst zu den Templern, nicht wahr? Es stört euch, dass ich euch in der letzten Zeit nachspioniert habe. Damit ist es vorbei. Die Ermittlungen sind eingestellt worden. Außerdem hat man mich versetzt. Ich kann euch gar nicht mehr gefährlich werden. Wenn ihr wollt, fahre ich schon morgen nach Aberdeen. Gleich ... gleich heute Abend. Du kannst mich zum Bahnhof begleiten, wenn du willst. Ich gehe nicht einmal mehr nach Hause.«

Der Templer lachte leise. »Ausgerechnet so ein Feigling wie du wollte uns Steine in den Weg legen? Wäre es nicht so entsetzlich dumm, würde ich darüber lachen. Andere würden an deiner Stelle bis zum letzten Blutstropfen kämpfen. Doch du winselst um Gnade wie ein getretener Hund!«

Angus presste sich panikerfüllt gegen die Wand, als der Mann näher kam. Der Nebel schien ihm zu folgen, verhüllte seine Gestalt noch immer wie ein rauchiger Mantel. Langsam hob er den Spazierstock, den er in der Rechten trug.

Angus schrie auf, stieß sich mit aller Kraft von der Wand ab und warf sich auf den Angreifer. Die Verzweiflung gab ihm zusätzliche Kraft. Für einen Moment gelang es ihm sogar, den anderen aus dem Gleichgewicht zu bringen, sodass er rücklings stolperte und fiel.

Aber seine Hand zuckte hoch und legte sich wie eine stählerne Klammer um Angus' Fußknöchel. Peabody kreischte voller Panik, fiel auf die Knie herab und trat blindlings zu. Er traf, aber die einzige Wirkung war ein stechender Schmerz, der bis in sein Knie hinaufschoss und ihn abermals aufschreien ließ. Dem Wahnsinn nahe, warf er sich herum und hob die Fäuste, um auf das Gesicht des anderen einzuschlagen.

Aber er tat es nicht, denn in diesem Moment war er dem Unheimlichen so nahe, dass er zum ersten Male dessen Gesicht erkennen konnte.

Es war nicht das Gesicht eines jungen Mannes.

Es war nicht einmal das Gesicht eines Menschen.

Angus Peabody begann zu schreien.

Aber nicht sehr lange.

Howard kam gegen neun; eine halbe Stunde, nachdem Gray gegangen war. Und er sah so aus, wie ich mich fühlte: reichlich zerknittert und ziemlich müde. Er war allein, aber ich erkundigte mich erst gar nicht nach Rowlfs Verbleib, sondern überfiel ihn schon auf der Treppe mit der Frage, die mir auf der Zunge brannte: »Hast du Antwort aus Paris?«

Howard grunzte etwas, das wahrscheinlich ein »Nein«, bedeuten sollte, stürmte an mir vorbei und stieß die Tür zur Bibliothek mit dem Fuß auf, während er mit zitternden Fingern eine Zigarre aus der Rocktasche klaubte und anzündete. Als ich hinter ihm das Zimmer betrat, war er schon in eine blaugraue, stinkende Qualmwolke gehüllt.

Behutsam schloss ich die Tür, lehnte mich mit vor der Brust verschränkten Armen dagegen und seufzte tief. »Also nichts.«

Howard schüttelte wütend den Kopf, schnippte seine Asche auf den Teppich und nahm einen Aschenbecher zur Hand – in dieser Reihenfolge. »Nein«, fauchte er. »Nichts. Ich habe alles versucht, jede Adresse, die ich nur kenne. Sie reagieren nicht.«

»Nach Balestranos Tod wird der Orden in Aufruhr sein«, vermutete ich. »Vielleicht sollte ich selbst nach Paris fahren.«

»Und dich umbringen lassen?« Howard schüttelte den Kopf. »Sei kein Narr, Junge. Wenn auch nur die Hälfte von dem stimmt, was du mir erzählt hast, dann hat dich Balestrano für einen Verräter und Mörder gehalten. Und er hatte keine Gelegenheit mehr, seine Brüder über diesen Irrtum aufzuklären.« Er sog an seiner Zigarre, blies eine stinkende blaue Wolke in meine Richtung und sah mich mit einer Mischung aus Sorge und Zorn an. »Es könnte sein, dass du eine Menge Ärger bekommst, Robert«, sagte er ernst. »Du kennst meine ehemaligen Brüder nicht. Ich schon. Ich habe zehn Jahre lang auf ihrer Todesliste gestanden.«

»Und?« Ich lachte, aber ich merkte selbst, dass es nicht sehr überzeugend wirkte. »Du lebst noch, oder?«

Howard verzichtete vorsichtshalber auf eine Antwort und begann wie ein gefangenes Tier im Zimmer auf und ab zu laufen. »Möglicherweise passiert gar nichts«, murmelte er. »Balestranos Tod ist ein schwerer Schlag für den Orden – und in der Schlacht sind verdammt viele Männer gefallen. Sie werden Zeit brauchen, sich zu reorganisieren. Vielleicht gelingt es ihnen nicht einmal. Wenn du Glück hast, vergessen sie dich einfach. Aber es kann genauso gut sein, dass in diesem Moment schon ein paar freundliche Herren auf dem Wege hierher sind, um dir die Grüße von Balestranos Nachfolger zu überbringen.«

»Wer wird das sein?«, fragte ich, den letzten Teil seiner Prophezeiung ganz bewusst ignorierend.

Howard hörte endlich auf, im Kreis zu laufen, zuckte mit den Achseln und paffte nervös an seiner Zigarre. »Ich weiß es nicht«, gestand er. »Fast die gesamte Führung des Ordens ist tot. Von den Männern, die ich gekannt habe, lebt nur noch eine Hand voll – vielleicht. Ich fürchte, wir werden es mit Männern zu tun bekommen, über die ich rein gar nichts weiß.«

»Wenn der Orden jemals wieder zu dem wird, was er war«; sagte ich. »All seine *Master* sind tot, vergiss das nicht.«

»Ich bin nicht sicher, dass es wirklich so ist«, entgegnete Howard. »Sie haben verdammt viele Leute mit außergewöhnlichen Begabungen. Nur die wenigsten werden jemals zum *Master* ernannt, aber das besagt nichts.« Er schüttelte den Kopf, um seine Worte zu bekräftigen, trat ans Fenster und brannte mit seiner Zigarre ein Loch in die Gardine, ohne es überhaupt zu merken. »Wir müssen vorsichtig sein. Ich werde ein paar Männer engagieren, die dich abschirmen.«

»Das wirst du schön bleiben lassen«, sagte ich. »Ich kann auf mich selbst aufpassen.«

»Ach?«, sagte Howard spöttisch. »Kannst du das?«

Ich wusste genau, wie diese Worte gemeint waren, zog es aber vor, nicht darauf zu antworten. Ich hatte keine Lust mit Howard zu streiten. Es mochte ja durchaus sein, dass er Recht hatte. Aber ich hatte zum Teufel noch mal genug Probleme am Hals und brauchte nicht auch noch ein paar religiöse Fanatiker, die mich für den Antichristen oder Schlimmeres hielten.

Ich fand es an der Zeit, zur Abwechslung einmal über etwas Angenehmes zu sprechen und erzählte Howard von Grays Bericht und den erfreulichen Neuigkeiten, die er gebracht hatte. Howard wirkte nicht sonderlich erleichtert – aber ich hatte ihn ohnehin im Verdacht, in Wirklichkeit zu jenem perfiden Menschenschlag zu gehören, der nur Freude an *schlechten* Nachrichten hat. Seine einzige Reaktion bestand aus einem angedeuteten Nicken.

»Du siehst schlecht aus«, sagte er unvermittelt. »Bist du krank?«

»Nur müde.« Ich lächelte gequält. »Ich hatte einen miserablen Traum und konnte hinterher nicht mehr schlafen.«

»Was für einen Traum?«

»Einen Albtraum«, knurrt ich gereizt. »Du spieltest die Hauptrolle.«

»Wie interessant«, sagte Howard ungerührt. »Erzähle davon.«

Ich hatte keine sonderliche Lust dazu, und ich sagte es ihm, aber Howard blieb beharrlich. »Es ist nicht der erste schlechte Traum, den du hast, seit du zurück bist, sagst du?«

»Nein. In letzter Zeit träume ich öfters schlecht. Aber bisher noch nie von dir. *So* schlimm war es noch nie.«

Howard überging die Spitze. »Vielleicht solltest du das Haus verlassen«, murmelte er. »Oder das da wegschaffen.« Er deutete mit einer Kopfbewegung auf das kitschige Ölgemälde über dem Kamin. Nicht, dass es so schlimm gewesen wäre, dass darin die Ursache für meine Träume gelegen hätte. Aber hinter dem Bild verbarg sich ein geheimer Wandsafe. Und darin war *das da,* das Howard gemeint hatte; genauer gesagt, vier *das da:* die vier SIEGEL DER MACHT, die ich mit zurück nach London gebracht und in meinem Safe eingeschlossen hatte.

»Nein«, sagte ich ruhig.

Howard seufzte, zog geistesabwesend sein Zigarrenetui aus der Tasche und steckte sich einen neuen Stinkstängel zwischen die Lippen. Offenbar hatte er die erst halb aufgerauchte Zigarre, die noch im Aschenbecher glomm, ganz vergessen. Ich tröstete mich mit dem Gedanken, dass ich das Haus ohnehin renovieren lassen wollte.

»Du solltest es dir überlegen«, sagte Howard zwischen zwei Zügen. »Diese Dinger sind keine harmlosen Souvenirs. Sie sind gefährlich. Möglicherweise sind sie der Grund für deine Träume.«

»Sie bleiben hier«, sagte ich bestimmt. »So lange, bis ich einen Weg gefunden habe, sie zu vernichten. Basta.«

Howard nickte, als hätte er nichts anderes erwartet. Er hatte es wohl auch nicht, denn es war weiß Gott nicht das erste Mal, dass sich unser Gespräch um dieses Thema drehte, seit ich zurück in London war. »Dann sehe ich nur noch eine Möglichkeit«, sagte er nach einer Weile. »Du musst dieses Haus verlassen. Bis du eine Lösung für dein ...« Er stockte einen winzigen Moment und blickte bezeichnend auf die in üppigen Farben gemalten Sonnenblumen über dem Kamin. »... dein Problem gefunden hast, solltest du in einem Hotel bleiben.«

Diesmal musste ich über die Antwort gar nicht nachdenken. Allein die Vorstellung, das Haus für längere Zeit verlassen zu sollen, erfüllte mich mit Entsetzen.

»Nein!«, sagte ich.

Howard starrte mich an, und erst in diesem Moment wurde mir selbst klar, dass ich das Wort nicht *gesagt,* sondern mit vollem Stimmaufwand geschrien hatte. So laut, als hätte er von mir verlangt, Selbstmord zu begehen.

Und – der Gedanke ließ mich schaudern, aber es war so – ganz genau so fühlte ich mich auch in diesem Moment.

»Mein Gott, Howard«, murmelte ich. »Was geschieht hier?«

Das Geräusch der Kutsche trieb den Mann in den Schatten der Toreinfahrt zurück. Obwohl sein dunkler Umhang völlig mit seiner Umgebung verschmolz und er wusste, dass er von der Straße aus vollkommen unsichtbar war, zog er ganz instinktiv die Kapuze tiefer in die Stirn und drehte sich zur Seite, während der Zweispänner näher kam und schließlich auf der anderen Seite des Platzes vor einem hochherrschaftlichen Gebäude stehen blieb.

Der Schlag des Wagens sprang auf und ein Mann stieg heraus. Er reichte dem Kutscher den Fahrlohn, verabschiedete sich mit einem flüchtigen Kopfnicken und ging die Treppe zum Haupteingang des großen Hauses hinauf. Er wirkte dabei äußerlich gelassen, doch der unsichtbare Beobachter spürte die Erregung, als wären es seine eigenen Gefühle.

Obwohl der Mann ihm den Rücken zukehrte, glaubte er sein Gesicht zu sehen; so deutlich, als stünde er vor ihm. Der Beobachter presste die Lider zusammen, aber das Bild blieb – zehn Jahre jünger und um zehn Jahre energiegeladener – aber trotzdem das Gesicht des Mannes, den der Fremde wie keinen zweiten hasste, ausgenommen vielleicht den einen, den sie den »Hexer« nannten – Robert Craven. Den Mann, der in dem prachtvollen Haus auf der anderen Straßenseite wohnte und dem er seine größte Niederlage zu verdanken hatte.

Und seinen größten Sieg.

Der heimliche Beobachter hob die Hand und berührte seine Schläfe. Seine Finger ertasteten frisches, noch warmes Blut, das aus der winzigen Schnittwunde gedrungen war. Er wischte es weg, obgleich er wusste, dass es sinnlos war. Die Wunde blutete seit einem Jahr, und sie würde nicht aufhören. Nie. Schon um ihretwillen hatte er dem Mann in dem Haus dort drüben den Tod geschworen. Ihm – und dem anderen, der jetzt gerade im hell erleuchteten Rechteck der Tür verschwand. »Du wirst für deinen Verrat bezahlen, Bruder Howard«, murmelte er. »Bezahlen wie noch keiner vor dir.« Der Hass erstickte beinahe seine Worte. Er merkte nicht einmal, wie die Kutsche wieder anfuhr und nach wenigen Augenblicken verschwand.

Erst nach einer Weile gelang es ihm, seiner Gefühle Herr zu werden und sich wieder auf das Haus auf der anderen Seite des Platzes zu konzentrieren. Er rieb sich nachdenklich über die Stirn, wischte einen neuen Blutstropfen ab, der ein bizarres Muster auf seine Schläfe gemalt hatte und gerade in seinem Kragen verschwinden wollte, und überprüfte kurz seinen Plan nach irgendwelchen Schwachstellen. Er fand keine. Seine Vorbereitungen waren alle nach bestem Wissen getroffen und diesmal, das wusste er, würde er gewinnen. Bei seiner ersten Begegnung mit Craven hatte er einfach nicht gewusst, wem er gegenüberstand. Andaras Sohn verstand es perfekt, den Trottel zu spielen; so perfekt, dass selbst er darauf hereingefallen war. Diesmal würde er ihn nicht noch einmal unterschätzen.

Nein, dachte er überzeugt: Diesmal *konnte* einfach nichts schiefgehen. Und das durfte es auch nicht, wenn sich die Hoffnungen und Erwartungen, die er im Geheimen hegte, erfüllen sollten.

Es stand ein wenig mehr auf dem Spiel als nur sein *Leben*.

Sehr viel mehr.

Inspektor Cohen starrte missmutig auf das Mundstück seiner Pfeife, das er in seiner Erregung zerkaut hatte. Dann schob er mit einem Seufzer den Stuhl zurück und zog die Schublade seines Schreibtisches auf. Er fand einige Notizzettel, die längst veraltet waren, eine Dose Tabak, eine Schachtel Schwefelhölzer und einige Bleistifte, deren Enden so zerkaut waren wie das Mundstück seiner Pfeife. Dazu noch jede Menge anderen Krempel – darunter die Einzelteile seines Dienstrevolvers, den er irgendwann einmal auseinandergenommen hatte, ohne ihn jemals wieder zusammenzubekommen. Nur die Ersatzpfeife, die er suchte, war nicht da.

»Mist!«, knurrte er, musterte die ruinierte Pfeife einen Moment lang feindselig und warf sie schließlich zu dem übrigen Gerümpel in die Schublade. Wütend ließ er sich in seinen Sessel zurücksinken, griff wahllos nach dem nächstbesten Aktendeckel auf seinem Schreibtisch und schlug ihn auf, um sich abzulenken. Doch seine Gedanken führten ein Eigenleben, das er nicht kontrollieren konnte. Die ruinierte Pfeife war nur der berühmte Tropfen, der das Fass endgültig zum Überlaufen brachte.

In letzter Zeit lief wirklich alles schief, was nur schiefgehen konnte. Nicht nur, dass die Ermittlungen in mehreren bedeutenden Fällen stockten, jetzt hatte man ihm in einem anderen Fall alle weiteren Ermittlungen untersagt und dazu auch noch seinen Assistenten Peabody ans Ende der Welt versetzt. Und die Ersatzpfeife nicht da! Cohen überlegte kurz, ob er sein Büro verlassen und sich im Laden an der Ecke eine andere Pfeife kaufen sollte. Doch dann ließ er es sein und wandte sich wieder der Akte auf seinem Schreibtisch zu.

Cohen hasste den Schreibkram wie die Pest. Er war ein Mann der Tat, der weitaus lieber die Fäuste als den Federhalter benutzte, und er zog eine Razzia in einem verrufenen Viertel dem Ausfüllen eines Berichtes allemal vor. Früher hatte ihm Peabody den größten Teil davon abgenommen, doch sein neuer Assistent Edward Tailworthern war auf diesem Gebiet eine Null. Ein *Minus,* verbesserte sich Cohen, als er an den Bericht dachte, den er Tailworthern gestern zum Schreiben gegeben hatte. Das krause Zeug, das dabei herausgekommen war, konnte er Staatsanwalt Ruthel unmöglich zumuten. Es blieb also an ihm, den Bericht neu zu verfassen.

Cohen nahm missmutig ein Blatt Papier aus der Ablage und zückte den Federhalter. Die Tinte war so dickflüssig, dass er sie zuerst mit etwas Wasser verdünnen musste, denn er benutzte sie allenfalls, um während eines Verhöres kleine Strichmännchen zu zeichnen, die an kleinen Strichgalgen hingen. Meistens ließ er die Blätter dann so liegen, dass der Delinquent auf der anderen Seite seines Schreibtisches wie durch Zufall sehen konnte, was er gemalt hatte. Die Wirkung war meist verblüffend.

Die Worte *Galgen* und *Delinquent* ließen ihn wieder an Tailworthern denken und somit an den Bericht, den er zu schreiben hatte. »Der Teufel soll diese verdammten Schreibstubenhengste holen!«, knurrte er.

»Wie bitte?«, fragte eine Stimme von der Tür her. Cohen zuckte zusammen und drückte dabei den Federhalter so heftig gegen das Papier, dass die Tinte auslief und einen großen, hässlichen Fleck darauf hinterließ. Dann umwölkte sich seine Stirn. »Tailworthern«, sagte er zornig. »Sie sind der größte Trottel, der mir je untergekommen ist.« Cohen setzte sich auf, starrte wütend auf das ruinierte Blatt hinab und warf den unbrauchbar gewordenen Federhalter auf den Tisch, dass die restliche Tinte auch noch seinen Schreibtisch bespritzte.

Tailworthern versuchte zu lächeln, aber es wirkte etwas verunglückt. »Das tut mir außerordentlich leid, Inspektor«, stotterte er, zog ein Taschentuch aus der Jacke und versuchte einen Tintenfleck auf seinem weißen Rüschenhemd fortzuwischen.

»Davon wird der Bericht, den Sie gestern vermasselt haben, auch nicht fertig«, fauchte Cohen. »Stören Sie mich nicht, sonst schicke ich Ihr Geschmiere doch noch dem Staatsanwalt.« Cohen knüllte das missglückte Schreiben zusammen und zielte damit auf den Papierkorb an der Ecke. Wie meistens traf er nicht, doch Tailworthern huschte wie ein Wiesel zum Papierkorb und legte den Papierball hinein. Cohen begann inzwischen seinen zweiten Versuch, den Bericht zu schreiben. Doch schon nach der ersten Zeile blickte er auf und musterte seinen Assistenten ungnädig.

»Was ist los?«, fauchte er. »Warum sind Sie noch hier, Tailworthern? Haben Sie nichts zu tun? Das kann sich ändern.«

»Ein ... ein Bote hat ... hat einen Brief für Sie gebracht, Sir«, sagte Tailworthern hastig.

»Warum haben Sie mir das nicht gleich gesagt?«, schnaubte Cohen. Er fuhr aus seinem Stuhl auf, beugte sich über den Tisch und riss Tailworthern das Schreiben ungeduldig aus der Hand.

Sein Gesicht verdüsterte sich, als er Peabodys charakteristische Schrift erkannte. Rasch überflog er die Einleitung, bis er zu einer Stelle kam, die ihn aufmerksam werden ließ.

... habe ich meine Ermittlungen in der bewussten Sache auf eigene Faust weitergeführt und bin jetzt dem Schuldigen auf der Spur. Als Hintermann dieser verbrecherischen Gruppierung und damit für alle ihre Taten verantwortlich habe ich einen gewissen Robert Craven entlarvt, der sich in der letzten Zeit schon mehrmals nur durch durchtriebene Manipulationen seiner Entlarvung entziehen konnte. Diesmal sind die Verdachtsmomente jedoch so erdrückend, dass er uns nicht mehr entkommen kann. Ich bin mir sicher, den Fall innerhalb eines Tages lösen zu können. Ich beende jetzt diesen Brief, dann breche ich auf, um den letzten, aber entscheidenden Beweis gegen Craven zu holen.

Ihr Angus Peabody.

Cohen saß auf seinem Stuhl, als hätte ihn der Schlag gerührt. Tailworthern starrte ihn besorgt an und überlegte, ob er seinem Vorgesetzten schnell ein Glas Wasser holen sollte, oder ob es vielleicht klüger wäre, möglichst unauffällig den Raum zu verlassen. Doch gerade, als er sich zur Tür umwenden wollte, wurde diese mit einem Ruck aufgestoßen, und ein schmieriger Typ in abgetragener Kleidung kam herein; einer der zahlreichen Spitzel, die im Auftrag des Yard die Unterwelt von London überwachten – oder umgekehrt. Das Gesicht des Mannes war schreckensbleich.

»Inspektor«, keuchte er. »Peabody ist tot!«

Cohen richtete sich kerzengerade in seinem Sessel auf, starrte den Mann einen Herzschlag lang aus ungläubig geweiteten Augen an und suchte vergeblich nach Worten. »Tot?«, stammelte er. Sein Blick irrte zwischen dem Brief in seiner Hand und dem schreckensbleichen Gesicht des Spitzels hin und her. »Tot?«, wiederholte er ungläubig.

»Ermordet, Inspektor«, bestätigte der Mann. »Und ich habe es gesehen.«

Ich hatte auch in dieser Nacht nicht gut geschlafen. Diesmal waren es keine Albträume gewesen, die mich plagten, sondern ein dumpfer, gestaltloser Druck, der mich ein paar Mal aufwachen und mit klopfendem Herzen in die Runde blicken ließ; eine Furcht vor etwas, das nicht greifbar war, aber vielleicht gerade deshalb um so schlimmer.

Infolgedessen war ich an *diesem* Morgen alles andere als guter Laune, obgleich Howard und Rowlf gegen elf eigens vorbeigekommen waren, um mir beim Frühstück Gesellschaft zu leisten und alles Notwendige für Priscyllas bevorstehende Rückkehr mit mir zu besprechen. Das Vorhaben, das Haus eigens zu diesem Anlass von Grund auf renovieren zu wollen, hatte ich wieder aufgegeben, nachdem ich mich mit eigenen Augen – genauer gesagt, mit dem eigenen Daumen, der jetzt in allen Farben des Regenbogens schimmerte – davon überzeugt hatte, wie wenig sinnvoll es war, einen Nagel in eine Wand treiben zu wollen, die entschieden dagegen war …

»Hast du über meinen Vorschlag nachgedacht, das Haus zu verlassen?«, fragte Howard, während er sich die dritte Zigarre anzündete. »Wenigstens für eine Weile, bis … diese sonderbaren Vorfälle geklärt sind?«

»Watten für Vorfälle?«, fragte Rowlf.

»Nichts«, sagte ich hastig. »Ich hatte ein paar Albträume in letzter Zeit, das ist alles.«

»Alles?« Howard lachte, aber es klang nicht sehr lustig. »Mein lieber Junge«, begann er, während sein Gesicht allmählich hinter einer immer dichter werdenden graublauen Rauchwolke verschwand, in der das glühende Ende seiner Zigarre wie ein rotes Auge zwinkerte. »Jedermann in diesem Haus hat Albträume, und das ist lange nicht alles. Ich weiß nicht, was Gray dir erzählt hat, aber wenn ich dich so reden höre, war es nicht die Hälfte von dem, was wirklich passiert ist. Dieses Haus ist ...«

»Ja?«, fragte ich, als Howard ins Stocken geriet. »Sprich doch weiter – ich bin sicher, es hört dir gespannt zu.«

Howard starrte mich an, und sein Blick sagte mir, dass er meine Worte ganz und gar nicht komisch fand.

»Entschuldige«, murmelte ich.

Howard runzelte die Stirn, stieß seine Zigarre in den Aschenbecher und zündete sich mit der gleichen Handbewegung eine neue an. »Nein«, sagte er zornig. »Ich entschuldige nicht, Robert. Ich fürchte nämlich, dass du Recht hast. Mit diesem Haus stimmt irgendetwas nicht.«

»Vielleicht will es nur nicht renoviert werden«, schlug ich mit einem etwas verunglückten Lächeln vor.

Howard blieb weiterhin ernst.

»Vielleicht will es auch nicht, dass wir weiter hier bleiben«, sagte er. »Oder es hat etwas gegen die Anwesenheit der SIEGEL.«

Ich seufzte. Wir hatten nicht weiter über die vier SIEGEL DER MACHT gesprochen, die sicher verwahrt in meinem Wandsafe lagen, aber Howard wäre nicht Howard gewesen, wenn er es so einfach dabei belassen hätte.

»Möglicherweise ist das, was in den letzten Tagen hier geschehen ist, nichts als eine Warnung«, fuhr er fort. Allmählich schien er Gefallen an seinem eigenen Gedanken zu finden. Und so gerne ich es getan hätte – ich konnte ihm nicht widersprechen. Schließlich wusste ich am Besten, dass dieses Haus alles andere als ein *normales* Haus war. Was immer mein Vater damit gemacht hatte, es verfügte über eine Art ... Eigenleben. Ich war sicher, dass diese Bezeichnung ziemlich falsch war, aber sie kam der Wahrheit so nahe, wie ich es nur konnte. Dieses Haus war nicht tot, sondern von einer düsteren, vielleicht nicht einmal freundlichen Macht beseelt, die jedermann, der es zum ersten Male betrat, sofort spürte – obgleich sich dieses Spüren bei Fremden meist nur in einem allgemeinen Unwohlsein ausdrückte; und einer spürbaren Erleichterung, sobald er Andara-House wieder verlassen konnte. Howard und mich selbst – und unsere engsten Freunde eingeschlossen – duldete es.

Wenigstens hatte es uns *bisher* geduldet.

»Du bist ja verrückt«, murmelte ich.

Howard lachte. »Ach ja? Dann erklär mir, was hier vorgeht. Zum Teufel, Robert, als ich vorhin hergekommen bin, hatte ich das Gefühl, in eine riesige Falle zu tappen, und ich habe es noch.«

»Warum bist du dann noch hier?«, fauchte ich.

Howard erbleichte, und auch ich erschrak zutiefst, als ich meine eigenen Worte hörte. Verwirrt stand ich auf, ging zum Kamin und schenkte mir einen Sherry aus der Karaffe ein, die auf dem Sims stand. Für einen Moment zog ich tatsächlich die Möglichkeit in Betracht, dass Gurk sich aus der Flasche in der Bibliothek befreit hatte und mich wieder beeinflusste. Aber das war natürlich Unsinn – erstens waren die »Scherze« des kleinen Kobolds anderer Natur und zweitens hätte ich es *gespürt,* wenn Gurk die Flucht gelungen wäre. Im wahrsten Sinne des Wortes.

»Entschuldige«, murmelte ich etwas verspätet. »Das ... das wollte ich nicht sagen.«

»Ich weiß«, antwortete Howard.

»So?« Ich lächelte unsicher, nippte an meinem Glas und lehnte mich gegen den Kaminsims.

Howard nickte ernsthaft. »Du selbst hast es vielleicht noch nicht gemerkt, aber du wirst immer aggressiver, sobald man dich auf das Haus anspricht. Was ist los mit dir?«

Ich wollte antworten, aber irgendwie spürte ich, dass es wieder einen Streit gegeben hätte, hätte ich das ausgesprochen, was ich bei seinen Worten empfand. Zum Teufel – er hatte Recht! Unsicher trank ich einen weiteren Schluck aus meinem Glas. Der Sherry schmeckte nicht besonders. Er war zu dickflüssig und zu süß und schmeckte eigentlich eher wie ...

Ich schrie auf, spie den vermeintlichen Sherry in hohem Bogen auf den Teppich und schleuderte das Glas davon. Ein Gefühl unbeschreiblichen Ekels krampfte meinen Magen zusammen. Keuchend und würgende Laute ausstoßend, prallte ich gegen den Kaminsims, krümmte mich wie unter einem Hieb und spie immer und immer wieder aus, während meine Hände wie wild und ohne mein Zutun über meinen Mund fuhren.

»Robert – um Gottes willen, was ist los?« Howard war mit einem Sprung bei mir und versuchte mich auf die Füße zu zerren.

Aber ich war wie von Sinnen vor Ekel und Entsetzen. Ich stieß ihn fort, so heftig, dass er gestürzt wäre, hätte Rowlf ihn nicht blitzschnell gepackt und aufgehalten, sprang mit einem Satz zum Tisch zurück und kippte den Rest kalten Kaffees aus Howards Tasse in mich hinein. Aber ich bekam den Ekel erregenden Geschmack nicht von der Zunge.

»Verdammt noch mal – was ist denn los?«, brüllte Howard.

»Blut!«, wimmerte ich. »In der Flasche war ... war Blut, Howard!«

Trotz allem hätte sich Sarim de Laurec um ein Haar von seiner Wut hinreißen lassen, als das Portal des Hauses geöffnet wurde und Howard und Craven heraustraten. Für einen kurzen Moment wurde sein Hass übermächtig, und für einen noch kürzeren Moment war er nahe daran, sich den nächsten unbelebten Gegenstand zu unterwerfen und gegen die beiden Männer zu verwenden. Er hätte seine rechte Hand darum gegeben, mit ansehen zu können, wie Howard von einem Gartenzaun aufgespießt wurde, der plötzlich lebendig wurde, oder von einem Kanaldeckel geköpft, der wie von Geisterhand bewegt aus seiner Starre erwachte. Dies alles – und noch eine ganze Menge mehr – konnte de Laurec, seit er die *neue Macht* in sich fühlte. Doch ein Rest von Vernunft sagte ihm, dass es sinnlos wäre, im Affekt loszuschlagen. Es wäre zu schnell gegangen. Und er hatte seine Pläne nicht so exakt wie möglich durchdacht, um sie jetzt in einem Wutanfall über den Haufen zu werfen. Bei diesem Gedanken entspannte sich sein verzerrtes Gesicht ein wenig. Nein – er wollte den Tod dieser beiden, aber nicht so. Nicht, ohne dass sie auch nur begriffen, wer für ihr Schicksal verantwortlich war. Der *Puppet-Master* zwang seinen Blick zu Boden, atmete so tief ein, dass es fast wehtat, und schloss die Hände zu Fäusten, so heftig, dass die Fingernägel ins Fleisch schnitten. Er wusste, dass er warten musste. Es ging nicht nur um Howards und Cravens Tod – wenn dies auch der einzige Teil des Planes war, der ihn wirklich interessierte.

Allmählich begann seine klare Überlegung wieder die Oberhand zu gewinnen. Sein Atem beruhigte sich, und er konnte die beiden Männer jetzt wieder ansehen, ohne vor Hass halb wahnsinnig zu werden. Trotzdem war Sarim de Laurec froh, als Howard eine Droschke heranwinkte und zusammen mit Craven hineinstieg.

Er blickte der Kutsche nach, bis sie verschwunden war. Dann drehte er sich abrupt um und schritt auf das große Gebäude auf der anderen Seite des Platzes zu. Er nutzte dabei so geschickt den Schatten der Häuser, dass niemand von ihm Notiz nahm.

Als er den Gehsteig vor dem Haus mit der Nummer 9 betrat, wuchs ein Schatten neben ihm aus dem Boden. Obwohl der *Puppet-Master* darauf vorbereitet gewesen war, fuhr er unwillkürlich zusammen und ballte wütend die Faust. Aber es war eher eine Wut auf sich selbst. Obwohl er sich am liebsten mit unbelebten Dingen umgab, die seinem Willen bedingungslos gehorchten, musste er sich wieder mehr daran gewöhnen, normale Menschen um sich zu haben. So grüßte er den anderen mit scheinbarer Freundlichkeit. »Ist alles bereit?«

»Wie du befohlen hast, Bruder.« Selbst die Stimme des anderen klang wie die eines Schattens.

De Laurec nickte anerkennend. »Ich sehe, du hast deinen Auftrag gut erfüllt, Bruder Allisdale. Ich werde es im Gedächtnis behalten. Du weißt, was du als Nächstes zu tun hast?«

»Ja, Meister. Alles ist bereit.«

»Gut«, murmelte de Laurec. »Doch dies ist erst die leichteste Aufgabe von allen. Noch heute müsst ihr den zweiten Auftrag erfüllen. Es ist wichtig, dass er vollständig ausgeführt wird, und vor allem, dass er geheim bleibt. Niemand darf auch nur das Geringste bemerken. Und jetzt geh. Was ihr später tun sollt, werdet ihr früh genug erfahren.«

Ohne Allisdale auch nur eines weiteren Blickes zu würdigen, ging Sarim weiter, bis er den Zaun erreichte, der das zum Haus gehörende Grundstück umschloss. Jetzt erst streifte Sarim seinen weiten Umhang ab und verstaute ihn in einer Tasche. Dann überzeugte er sich, dass seine Handschuhe fest saßen, warf einen letzten prüfenden Blick in die Runde und stieg schnell den Zaun hoch. Er war froh, nicht länger mit Allisdale sprechen zu müssen. Der junge Templer war ein treuer Untergebener, der mit Freuden sein Leben für ihn geopfert hätte – irgendwann würde Sarim ihm Gelegenheit geben, diese Behauptung unter Beweis zu stellen –, aber seine Gegenwart machte ihn einfach nervös. Und nicht nur seine. Sarim de Laurec mied die Nähe von Menschen, wo er nur konnte. Sie waren so unzuverlässig, so verwundbar und fehlerhaft. Wenn es etwas gab, was er überhaupt liebte, dann war es Perfektion. Manchmal bedauerte er ehrlich, dass er selbst niemals so perfekt werden würde wie seine Geschöpfe, denn auch er war nur ein Wesen aus Fleisch und Blut.

Mit einer für einen Mann seines Alters erstaunlichen Behändigkeit überstieg er den Zaun, schwang vorsichtig erst das rechte, dann das linke Bein über die rostigen Eisenspitzen und ließ sich auf der anderen Seite herunterfallen. Er federte den Aufprall geschickt ab und nahm sofort eine kauernde Stellung ein, die ihn mit den Schatten der Büsche verschmelzen ließ. Auf dem Grundstück blieb alles ruhig. Auf dem Gehsteig konnte Sarim nur die schemenhafte Silhouette Allisdales sehen, der mit weit aufgerissenen Augen durch den Zaun starrte. Der junge Templer benahm sich für Sarims Geschmack etwas zu auffällig. Doch so wie Allisdale waren diese jungen Templer fast alle. Voll guten Willens und bemüht, die Aufträge, die man ihnen erteilte, nach bestem Wissen zu erfüllen. Doch sie neigten dabei sehr leicht zum Übereifer und waren so für die Feinde des Ordens leicht auszumachen. Es fiel de Laurec schwer zu glauben, dass sie der gleichen Schule entstammen sollten wie er oder Bruder Balestrano – oder Howard.

Wieder spürte er eine Woge heißen Zornes in sich aufsteigen und wieder unterdrückte er ihn.

Lautlos wandte er sich um und huschte weiter.

Sehr spät in der Nacht kamen wir zurück. Howard und Rowlf mussten mich mehr aus der Kutsche tragen, als dass ich aus eigener Kraft ging. Es war eine der sehr seltenen Gelegenheiten gewesen, dass ich zu viel getrunken hatte – und zwar mit voller Absicht. Howard hatte mich quer durch die Londoner Pubs geschleift.

Keiner von uns hatte noch ein Wort über die Geschehnisse vom Tage verloren. Es war auch nicht nötig. Aber ich glaube, Howard und sein hünenhafter Freund fühlten sich ebenso unwohl in ihrer Haut wie ich, als wir – ich in der Mitte und bedenklich schwankend – auf das Portal von Andara-House zuschritten und ich in den Taschen meiner Jacke nach dem Schlüssel suchte.

Howard sah mir eine Weile stirnrunzelnd dabei zu, wie ich versuchte, mit drei Händen drei Schlüssel in drei Schlüssellöcher zu bekommen, dann schüttelte er den Kopf, nahm mir das eiserne Trio aus der Hand – wie durch ein Wunder vereinigte es sich zu einem einzigen Schlüssel, kaum dass er es berührt hatte –, schob es ins Schlüsselloch und wäre um ein Haar auf die Nase gefallen, weil die Tür in diesem Moment schwungvoll aufgerissen wurde und Harveys zerknautschtes Butlergesicht zu uns hinauslugte.

»Ich habe Sie kommen hören, Sir«, erklärte er steif. »Bitte, treten Sie ein.«

Ich kicherte, schwankte an Howard vorbei und ließ mich schwer gegen die Wand sinken. Für einen Moment drehte sich alles in meinem Kopf. Ich war betrunken, ziemlich stark sogar, und trotzdem arbeitete ein Teil meines Verstandes mit fast unangenehmer Klarheit – nämlich genau der Teil, den ich mit dem Alkohol zu betäuben versucht hatte.

Harvey wartete mit steinernem Gesicht, bis Howard und Rowlf ebenfalls das Haus betreten hatten, dann schloss er die Tür, drehte sich aufreizend langsam zu uns herum und fragte: »Wünschen die Herren hier zu übernachten?«

»Daschwünscheschie«, lallte ich mit schwerer Zunge.

»Ja«, pflichtete Howard bei. »Aber zuallererst wünschen wir einen starken Kaffee für Mister Craven. Einen, in dem der Löffel stehen bleibt. Der Junge braucht eine Ausnüchterung.«

»Sehr wohl, Sir«, antwortete Harvey, deutete ein Nicken an und ging so steif, als hätte er einen Besen verschluckt, in Richtung Küche davon. Ich wollte ihm folgen, aber Rowlf ergriff mich kurzerhand beim Kragen, drehte mich herum und schleifte mich hinter sich her in den Salon. Während Howard die Gaslampen entzündete, ließ ich mich in einen Sessel fallen und schloss die Augen, riss sie aber sofort wieder auf, denn kaum hatte ich es getan, begann sich abermals alles in meinem Kopf zu drehen. Außerdem wurde mir übel.

»Oscheische«, lallte ich. »Ischschwöredaschischniewiederwaschtrinke.«

»Wat?«, fragte Rowlf.

Howard sagte mir etwas, das ich nicht verstand, aber ich schenkte ihm quasi auf Verdacht einen giftigen Blick, beugte mich vor, um nach der Karaffe auf dem Tisch zu greifen, und fuhr abrupt wieder zurück, als ich sah, dass sie Sherry enthielt. Ich würde mir ein anderes Lieblingsgetränk zulegen müssen.

Unten in der Halle wurde gegen die Tür geklopft. Ich setzte mich auf, tauschte einen fragenden Blick mit Howard – er zuckte mit den Achseln, während er sich eine Zigarre anzündete – und versuchte aufzustehen, beließ es aber bei einem Versuch, als das ganze Zimmer nach links kippte.

»Werimmerdaschisch, Harvey, schmeischen Schie ihn – hupps – rausch!«, brüllte ich.

Harvey musste meine Worte gehört haben, denn einen Augenblick später hörte ich die Tür sich knarrend öffnen, dann seine Stimme: »Sie haben Mister Craven gehört, Sir. Es tut mir sehr leid, aber der gnädige Herr ist zurzeit etwas unpässlich. Also kommen Sie bitte später wieder.«

»Braver Harvey«, sagte ich. »Isch schwar schon leischt schenil, aber gehorscht aufsch Wort.«

Die ungebetenen Besucher hingegen schienen sich einer weniger guten Erziehung zu erfreuen. Harvey versuchte tapfer sie abzuwimmeln, aber der Lärm nahm nur noch zu. Etwas polterte, und dann hörte ich schwere Schritte die Treppe hochkommen. Ein paar Sekunden später füllten drei mir wohl bekannte Gesichter die drei Türrahmen des Salons aus.

»Sie?«, entfuhr es Howard.

»Der schon wieda?«, pflichtete Rowlf ihm bei, und auch ich richtete mich abermals in meinem Sessel auf und steuerte ein »Cohen, altesch Hausch. Kommen Schie rein!« bei.

Inspektor Cohen trat ein. Aber er war nicht allein. Die beiden Doppelgänger, die ich dem Alkohol zugeschrieben hatte, waren durch und durch real, und sie waren derart unauffällig gekleidet, dass es schon kaum mehr auffälliger ging. Aber noch während ich versuchte, den Alkoholsumpf in meinem Kopf zu so etwas wie logischem Überlegen zu zwingen, packte mich einer der drei und zog mich auf die Füße, während der zweite mit etwas Metallischem, Blitzendem vor meiner Nase herumfummelte. Etwas klickte – und zwischen meinen Gelenken spannte sich die silberne Acht schwerer eiserner Handschellen.

»Hehehe!«, protestierte ich. »Wascholldasch?«

»Was das soll, kann ich Ihnen gerne erklären«, sagte Cohen steif. »Sie sind verhaftet, Mister Craven. Hier ist der Haftbefehl.« Er griff in die Tasche, zog ein säuberlich zusammengefaltetes, sehr amtlich aussehendes Stück Papier hervor, hielt es mir hin und reichte es dann mit einem Seufzen an Howard, der fassungslos zwischen ihm und mir hin und her blickte. »Im Moment können Sie wohl mehr damit anfangen, Lovecraft«, sagte er.

Howard griff gehorsam nach dem Haftbefehl, überflog ihn rasch und starrte Cohen abermals vollkommen fassungslos an. Dann verdunkelte Wut seinen Blick.

»Sie begehen einen Fehler, Inspektor«, sagte er. »Möglicherweise ...«

»Möglicherweise den größten Fehler meiner Karriere«, unterbrach ihn Cohen. Er seufzte auf eine Art, die deutlich machte, wie oft er Derartiges schon zu Ohren bekommen hatte.

»Möglicherweise den letzten, Cohen«, antwortete Howard kalt. »Das Verfahren gegen Robert wurde eingestellt – hat man vergessen, Ihnen das zu sagen?«

Cohen lächelte verzeihend. »Keineswegs, Mister Lovecraft. Diese Verhaftung hier hat nichts mit dem Fall Veronique Rochelle zu tun.«

»Was soll das dann?«, fauchte Howard.

Cohen bedachte ihn mit einem fast mitleidigen Blick. »Ich bin Ihnen keine Auskunft schuldig, Mister Lovecraft«, sagte er kalt. »Sie sind weder ein naher Anverwandter noch der Rechtsbeistand Mister Cravens. Also halten Sie sich raus, oder ich lasse Sie gleich mit abführen. Ein Grund wird sich schon finden.«

Howard erbleichte. Seine Lippen zitterten. Aber er sprach nichts von dem aus, was ihm sichtlich auf der Zunge lag, sondern wandte sich mit einem Ruck zu Rowlf um. »Hol Doktor Gray«, sagte er knapp. »Sofort. Bring ihn im Nachthemd her, wenn es sein muss.«

Rowlf nickte, ballte kampflustig die Fäuste und rannte fast einen von Cohens Assistenten über den Haufen, als er aus dem Zimmer stapfte.

Cohen lachte leise. »Ich fürchte, Ihr Mister Gray wird Craven jetzt auch nicht mehr helfen können, Mister Lovecraft«, sagte er. »Und Sie sollten sich ebenfalls vorsehen. Ich bin sicher, dass auch Sie an Cravens Verbrechen beteiligt waren. Irgendwann werde ich es Ihnen auch beweisen können.«

Howard starrte ihn mit unverhohlenem Hass an, aber er sagte nichts mehr, und nach einem weiteren Augenblick gab auch Cohen das stumme Duell auf, überzeugte sich mit einem ganz und gar unnötigen Blick davon, dass meine Handschellen gut saßen, und begann – in der Art eines Mannes, der gerade nichts Besseres zu tun hat – im Zimmer auf und ab zu wandern.

»Was haben wir denn da?«, sagte er, während er vor meinem Schreibtisch stehen blieb und die Papiere in die Hand nahm, die in chaotischer Unordnung die Platte bedeckten. »Pässe, Schecks, Kreditbriefe ... genau die Papiere, die man für eine schnelle Reise braucht, nicht wahr? Da sind wir wohl gerade noch rechtzeitig gekommen, wie?« Er grinste dämlich, sah mich an und stopfte meinen

Pass und eine Anzahl anderer Papiere in seine Rocktasche, während er mir spielerisch mit dem Zeigefinger drohte. »Sie sind ein sehr unartiger Junge, Robert.«

»Was soll das Ganze?«, fragte ich scharf. Hinter meiner Stirn drehte sich noch immer alles, aber ich war nicht mehr betrunken. Ganz und gar nicht. Es hatte einen Moment gedauert, aber jetzt war ich quasi schlagartig nüchtern geworden. Ich wusste nicht, ob ich mich sehr darüber freuen sollte.

»Maul halten«, fauchte der Mann, der mir die Handschellen angelegt hatte. »Du redest gefälligst nur dann, wenn der Inspektor dich etwas fragt!« Er bekräftigte seine Worte mit einem derben Stoß, der mich genau auf die Nieren traf. Während ich mich vor Schmerzen krümmte und gegen die aufsteigende Übelkeit ankämpfte, blieb Cohen auf den Fußsohlen wippend vor Howard stehen.

»Und nun zu Ihnen, Mister Lovecraft. Ich habe Ihnen mitzuteilen, dass Sie London nicht verlassen dürfen, bevor die Untersuchungen in diesem Fall beendet sind. Außerdem haben Sie sich jeden zweiten Tag bei mir im Yard zu melden. Sollten Sie jedoch der Ansicht sein, diese Bedingungen nicht erfüllen zu müssen, leisten Sie Craven in seiner Zelle Gesellschaft. Ist das klar?«

»Ja«, antwortete Howard ruhig. »Aber Sie können sicher sein, dass ich alle Hebel in Bewegung setzen werde, damit Sie endlich den Dämpfer erhalten, der Ihnen gebührt.«

»So?« Cohens Stimme klang beinahe amüsiert. »Werden Sie das?«

»Howard – nicht!«, sagte ich.

Aber Howard schien meine Worte gar nicht zu hören. Drohend trat er auf Cohen zu, ballte die Fäuste und blickte kampflustig auf den einen Kopf kleineren Scotland-Yard-Beamten herab.

Aber Cohen wirkte ganz und gar nicht eingeschüchtert. »Nur zu, Mister Lovecraft«, sagte er. »Glauben Sie mir – Sie würden mir damit einen großen Gefallen erweisen.« Howards Gesicht nahm allmählich den Farbton einer überreifen Tomate an. Doch dann ließ er – wenn auch mit sichtlicher Überwindung – die Fäuste sinken und lehnte sich mit einem resignierenden Seufzer gegen die Wand.

Cohen seufzte enttäuscht, dann wandte er Howard demonstrativ den Rücken zu. »Tailworthern, Sie sind für den Gefangenen verantwortlich. Lassen Sie ihn ja nicht aus den Augen, verstanden. Der Kerl ist mit allen Wassern gewaschen.«

Ein großer, schlaksig wirkender junger Mann wieselte herbei und baute sich demonstrativ hinter mir auf. »Keine Sorge, Inspektor. Cravens Tricks verfangen bei mir nicht«, erklärte er überzeugt.

»Gut.« Cohen wippte wieder auf den Absätzen hin und her und zog dabei ein weiteres Schreiben aus der Brusttasche seines Jacketts, um es mir vor das Gesicht zu halten und so schnell wieder wegzustecken, dass ich nicht einmal die Chance hatte, das Datum zu entziffern; geschweige denn seinen Inhalt.

»Damit alles seine Richtigkeit hat«, sagte er. »Dies hier ist der amtliche Durchsuchungsbefehl für Ihr Haus. Wollen Sie vorausgehen?«

So groß und beeindruckend das Haus von außen auch wirkte, so verwildert und ungepflegt war der Garten. Der kleinere, zur Straße hin gelegene Teil der parkähnlichen Anlage war vielleicht noch halbwegs ansehnlich – für die Augen eines Mannes, dem Grünzeug nichts bedeutete und der mit einem Achselzucken den Park zubetoniert und grün angestrichen hätte. Für *englische* Augen war schon der Vorgarten ein Sakrileg. Der hinter dem Haus verborgene, größere Teil des Parkes grenzte an Majestätsbeleidigung. Der Rasen war ungepflegt und halb von Unkraut und wild wuchernden Blumen okkupiert, die Büsche darauf wild verwachsen und die Blumenrabatten verwildert.

Sarim kam der bemitleidenswerte Zustand des Gartens nur zugute, denn er erleichterte sein Vorhaben, ungesehen ins Haus zu gelangen. Er war sicher, dass sich seit Tagen niemand mehr im Garten aufgehalten hatte, wenn man von der kleinen Ecke absah, in der sich das Kräuterbeet der Köchin befand; ein fast rührender – aber vollkommen vergeblicher – Versuch, dem Anwesen so etwas wie Stil zu verleihen. De Laurec hingegen war das kleine Gemüsebeet eher ein Dorn im Auge, bedeutete es doch, dass seine Besitzerin unter Umständen hinauskommen und ihn überraschen konnte – oder, was schlimmer wäre, seine Leute, die in kurzer Zeit hier auftauchen mussten.

Aber er verschwendete nur einen flüchtigen Gedanken an diese Möglichkeit. Er wusste, dass das Haus sehr wenig Personal hatte; erbärmlich wenig, im Vergleich zu seiner Größe. Und sollte das Unwahrscheinliche doch geschehen und er entdeckt werden – nun, auf einen Toten mehr oder weniger kam es nicht mehr an.

Lautlos, mehr einem Schatten als einem lebenden Wesen gleich, huschte der ehemalige *Puppet-Master* des Pariser Templerkapitels durch den verwilderten Garten, erreichte die Rückseite des Hauses und blieb vor dem Dienstboteneingang stehen, um sich ein letztes Mal umzusehen.

Er suchte mit der linken Hand das Schlüsselloch, steckte etwas hinein, das bei flüchtigem Hinsehen vielleicht wie ein Schlüssel ausgesehen hätte, und drehte ihn vorsichtig herum. Seine ganze Konzentration war jetzt auf das Werkzeug gerichtet. Lautlos befahl er den beweglichen Segmenten an seiner Spitze die Stellung einzunehmen, die nötig war, den Mechanismus des Schlosses aufzusperren.

Es ging fast *zu* leicht. Der Mechanismus des Türschlosses war so alt und simpel, dass ihn jeder Dieb mit einer umgebogenen Haarklammer hätte knacken können. Für einen Augenblick wurde Sarim de Laurec unsicher. Das war weniger eine Abwehr gegen einen möglichen Eindringling, sondern eher eine *Einladung.*

Und vielleicht eine Falle ...

Für einen Moment musste der *Puppet-Master* mit aller Macht gegen das immer stärker werdende Gefühl ankämpfen, beobachtet zu werden. Dabei war er vollkommen sicher, allein zu sein.

Für einen Moment – einen winzigen Moment nur – glaubte Sarim ganz deutlich zu spüren, dass es das Haus selbst war, das ihn beobachtete: auf eine boshafte, ungeheuer finstere Art und Weise, die nicht einmal er ganz verstand, der doch wusste, wie unbelebte Dinge mit dem Leben zu versehen waren.

Er vertrieb den Gedanken. Craven war mächtig, aber nicht so mächtig. Wahrscheinlich war er nur nervös.

Wütend über sich selbst stieß Sarim die Tür auf und trat in den dahinterliegenden Raum. Er war nicht sehr überrascht, sich in einer Art Gerümpelkammer zu finden. Er musste sehr vorsichtig sein und mit weit vorgestreckten Händen gehen, um nicht im Dunkeln gegen ein Hindernis zu stoßen und damit das halbe Haus zu alarmieren, als er den Raum durchquerte. Prüfend rüttelte er an der Klinke der gegenüberliegenden Tür. Sie bewegte sich lautlos, aber die Tür rührte sich nicht.

Sarim brauchte nicht einmal fünf Sekunden, auch dieses Schloss zu öffnen.

Und wieder hatte er dabei das Gefühl, beobachtet zu werden. Auf eine Art und Weise, wie eine Katze die blinde Maus beobachten würde, die schnurstracks auf ihr aufgerissenes Maul zumarschiert.

Sarim fror plötzlich. Sein Blick bohrte sich in die schattenerfüllte Schwärze, die die Kammer ausfüllte. Irgendwo hinter diesem Vorhang aus Dunkelheit – dessen war er sich jetzt ganz sicher – war etwas. Möglicherweise war dieses Haus doch nicht ganz so schutzlos, wie er bisher angenommen hatte.

Mit erzwungener Ruhe konzentrierte er sich wieder auf das, was auf der anderen Seite der Tür lag. Wenige Schritte vor ihm lag eine schmale, ausgetretene Treppe, die ihn geradezu dazu aufzufordern schien, sich ihr anzuvertrauen. Doch sein Ziel lag in der entgegengesetzten Richtung, unter der Erde, wo sich die ausgedehnten Kellerräume des Hauses befanden. Dort würde er das Versteck finden, das er für sein Vorhaben brauchte.

Sarim durchquerte einen langen, muffigen Gang und erreichte schließlich eine düstere Treppe aus brüchigen Steinen, deren Geländer abgebrochen war. Rasch und ohne sich auch nur noch einmal umzusehen, stieg er sie hinab, blieb auf der untersten Stufe stehen und sah sich um. Seine Augen gewöhnten sich rasch an das blassgraue Dämmerlicht, das den Raum erfüllte. Außerdem wusste er, wonach er zu suchen hatte: nach einer kleinen, staubverkrusteten Tür in einer der Seitenwände, deren Angeln sich in wuchernde Rostpflanzen verwandelt hatten und deren Ritzen von betonhartem Staub erfüllt waren, denn sie war seit einem Menschenalter nicht mehr geöffnet worden.

Er entdeckte sie nach kurzem Suchen. Jemandem, der den Grundriss des Hauses im Kopf gehabt hätte, wäre vielleicht aufgefallen, dass die Tür geradewegs in eine der Grundmauern eingelassen war und dass dort, wohin sie führte, eigentlich nichts mehr sein konnte. Aber das fiel Sarim de Laurec ebenso wenig auf wie die Tatsache, dass es überall im Keller Schuhabdrücke gab – nur vor der Tür nicht.

Mit einem triumphierenden Lächeln näherte er sich der Tür, streckte die Hand nach der blind gewordenen Messingklinke aus – und zog sie wieder zurück.

Was wollte er überhaupt hier? Hinter dieser Tür war nichts von Belang, nur ein weiterer Keller, der mit Gerümpel und Müll vollgestopft war. Mit einem resignierenden Lächeln drehte er sich um, ließ sein Einbruchswerkzeug in der Tasche verschwinden und entfernte sich ein paar Schritte.

Aber nur, um abermals stehen zu bleiben.

Ein betroffener, ja fast entsetzter Ausdruck breitete sich auf seinen

Zügen aus. Verwirrt blickte er um sich, starrte dann wieder die Tür an.

Für einen Moment hatte er das absurde Gefühl, so etwas wie ein höhnisches Grinsen zu *spüren,* obgleich das schlichtweg unmöglich war.

Immer nervöser werdend, näherte er sich der Tür ein zweites Mal.

Mit dem gleichen Ergebnis.

Nur dass er diesmal für einen ganz kurzen Moment spürte, wie etwas nach seinen Gedanken griff und sie so lange verknotete, bis er überzeugt davon war, hinter dieser Tür absolut nichts als Staub und Gerümpel zu finden.

Sarims Hände begannen zu zittern. Für einen Augenblick hatte er nichts als Angst, eine panische, fast unwiderstehliche Angst, die ihn zwingen wollte, auf der Stelle herumzufahren und das Haus zu verlassen, so schnell er nur konnte. Ein dumpfer, pochender Schmerz breitete sich in seinem Schädel aus.

Die winzige Wunde an seiner Schläfe blutete stärker. Aber dann gelang es ihm, den feindlichen Einfluss abzublocken; mit einer Kraft, die nicht seine eigene war.

Zitternd richtete er sich auf, trat steifbeinig auf die Tür zu und streckte die Hand nach der Klinke aus.

Seine Glieder wollten ihm nicht gehorchen. Es war, als klebe ein unsichtbarer, zäher Sirup an seinen Fingern. Schweiß bedeckte Sarim de Laurecs Stirn. Aber die *neue Macht* in seinem Schädel war stärker. Millimeter für Millimeter näherten sich seine Finger der Klinke, berührten schließlich das matte Metall und drückten es herunter.

Die Tür war nicht verschlossen.

Etwas Sonderbares geschah. Es ging so schnell, dass sich de Laurec hinterher nicht einmal sicher war, ob es nun wirklich geschehen oder bloße Einbildung gewesen war, vielleicht ein neuer, böser Scherz, den ihm dieses Haus und seine Schutzgeister – oder was immer es war – spielten. Aber für einen ganz kurzen Moment hatte er das Gefühl, einen Ruck in der Wirklichkeit zu spüren. Es war, als würde er aus seiner Welt herausgerissen und im Bruchteil einer Sekunde in eine andere, *fast* –aber eben nur fast – identische versetzt. Alles war genau wie zuvor.

Und doch …

Die Erkenntnis, dass irgendetwas ganz und gar nicht so war, wie es sein sollte, kam um einen Sekundenbruchteil zu spät.

Sarim stolperte nach vorne, verlor durch den unerwarteten Ruck das Gleichgewicht und fiel der Länge nach hin. Der Aufprall war so hart, dass er für die Dauer eines Herzschlages halb benommen liegen blieb.

Und als er aufblickte, sah er ganz und gar nicht das, was er hätte sehen sollen. Vor ihm war kein Keller. Keine Treppe. Keine staubefüllten Gewölbe. Es war auch nicht mehr Nacht.

Es war heller Vormittag, und Sarim de Laurec lag mit ausgestreckten Armen und Beinen auf einem kostbaren Berberteppich, mitten in einem holzgetäfelten, sehr weitläufigen Salon. In dem Aschenbecher, der auf einem kleinen Tisch stand, lag eine glimmende Zigarre und durch die nur angelehnte Tür drangen Stimmen, ohne dass er die Worte verstand.

Dafür verstand er etwas anderes. Nämlich, dass jeden Moment die Tür des Salons aufgehen und jemand hereinkommen konnte.

Während Cohen und seine Leute das Haus durchsuchten, begann ich ganz allmählich den ersten Schock über meine Verhaftung zu verwinden. Und je nüchterner ich wurde, desto weniger wohl fühlte ich mich in meiner Haut. Es war nicht der Umstand allein, dass ich verhaftet war – so etwas war mir nicht zum ersten Mal passiert; ich hatte gewissermaßen Übung darin, unter falscher Anklage zu stehen. Aber Cohens Verhalten irritierte mich mehr und mehr. Ich kannte den alten Griesgram gut genug, um ihn weiß Gott nicht für einen liebenswerten Menschen zu halten – ganz im Gegenteil. Aber was immer man ihm nachsagen mochte, er war ein durch und durch *gesetzestreuer* Mann. Und er hatte nicht mit der Wimper gezuckt, als mich einer seiner Männer brutal geschlagen hatte.

Trotzdem war ich im Grunde recht zuversichtlich. Rowlf musste nun bald zurückkehren, und der gute alte Gray würde die Sache schon hinbiegen. Wozu war er einer der besten Rechtsanwälte, die das britische Empire jemals hervorgebracht hatte?

Auch Howard hatte sich wieder so weit beruhigt, dass er Pläne bezüglich meiner möglichst raschen Freilassung schmiedete; nur manchmal abschweifend, um düstere Andeutungen bezüglich der Karriere eines gewissen Scotland-Yard-Beamten zu machen oder sich eine Zigarre anzuzünden. Ich konnte seinen Groll verstehen.

Er kannte ebenso wie ich das »Gästequartier« unter dem Yard

und wusste, dass ich wenig Lust hatte, es so schnell wieder zu beziehen.

Cohen kam nach weniger als einer halben Stunde zurück – eine Zeit, die nicht einmal gereicht hätte, auch nur das Erdgeschoss des Hauses gründlich zu durchsuchen, geschweige denn alle drei Etagen einschließlich des Dachgeschosses und des gewaltigen Kellerlabyrinths. Trotzdem machte er auf mich ganz den Eindruck eines Mannes, der sehr zufrieden mit dem war, was er erreicht hatte.

»Nun«, sagte ich spitz. »Haben Sie alles gefunden, Inspektor? Die Leichen im Keller und die zweiundzwanzig erwürgten Mädchen auf dem Dachboden?«

Cohen sah mich kalt an. »Das Lachen wird Ihnen bald vergehen, Craven«, sagte er ruhig. »Haben Sie etwas dagegen, wenn wir uns noch den Garten ansehen?«

»Meinetwegen graben Sie ein Loch und legen sich rein«, knurrte ich, stand aber gehorsam auf und ging zur Tür, ehe Tailworthern etwa auf die Idee kommen konnte, dem Wunsch seines Chefs mit ein paar Hieben in meinen Nacken Nachdruck zu verleihen. Cohen schluckte die Beleidigung, ohne mit der Wimper zu zucken, trat beiseite, um mich vorbeizulassen, und forderte auch Howard auf, mit uns zu kommen.

Das Haus wimmelte von Polizei, als ich aus dem Salon trat. Allein in der Halle lungerten ungefähr ein Dutzend Beamte herum, und aus den angrenzenden Räumen hörte ich die typischen Geräusche einer Hausdurchsuchung, die sehr gründlich, aber nicht sehr vorsichtig durchgeführt wurde.

»Ihr kleiner Scherz wird den Yard eine hübsche Stange Geld kosten, Cohen«, sagte Howard wütend, aber Cohen schwieg auch darauf verbissen.

Allmählich machte mich seine bewusst zur Schau gestellte Siegesgewissheit wirklich nervös. Nervöser, als ich mir eingestehen wollte. Zum Teufel – ich kannte Cohen gut genug, um zu wissen, dass er niemals ein solches Aufhebens getrieben hätte, wenn er seiner Sache nicht verdammt sicher gewesen wäre.

Als wir das Haus verließen, hielt eine Kutsche vor dem Grundstück, und über die Köpfe der Beamten hinweg, die das Tor bewachten, erkannte ich Rowlf und Gray, die aus dem Wagen stiegen und sofort von Cohens Männern aufgehalten wurden.

»Lasst sie durch!«, schrie Cohen. Die Männer traten gehorsam beiseite, und Rowlf und der Anwalt stürmten über den Kiesweg auf uns zu. Ich sah, dass Gray unter seinem hastig übergeworfenen Mantel wirklich noch das Nachthemd trug. Rowlf hatte Howards Befehl überaus genau genommen.

»Robert – was ist hier los?« Gray trug noch Ringe des Schlafes unter den Augen, wirkte aber gleichzeitig sehr wach. Unter seinem rechten Arm klemmte eine abgewetzte Aktenmappe. »Was bedeutet das alles?«

»Das werden Sie gleich sehen, Doktor Gray«, sagte Cohen an meiner Stelle. »Wenn Sie mir noch wenige Augenblicke zugestehen, dann –«

»Ich gestehe Ihnen zu«, unterbrach ihn Gray kalt, »gefälligst den Mund zu halten und mich mit meinem Klienten reden zu lassen, wie es das Gesetz vorschreibt.« Er bedachte Cohen mit der Art von Blick, die man normalerweise einem ekeligen Insekt zukommen lässt. Cohen presste wütend die Lippen aufeinander, war aber klug genug, sich nicht auf ein Wortgefecht mit Gray einzulassen, sondern trat stattdessen einen halben Schritt zurück.

»Also«, sagte Gray noch einmal, »was zum Teufel geht hier vor?«

»Das hier.« Howard zog den Haftbefehl aus der Tasche und reichte ihn Gray. Der Anwalt überflog das Schreiben, zog die Augenbrauen zusammen und starrte erst mich, dann Cohen ungläubig an. »Das ist ein Scherz«, murmelte er. »Aber ein verdammt schlechter.«

»Sie haben Robert geschlagen«, sagte Howard ruhig. »Ohne dass er Ihnen Grund dazu gegeben hätte. Ich bin bereit, das zu beeiden.«

»Immer mit der Ruhe, Howard.« Gray faltete den Haftbefehl sorgsam in der Mitte zusammen, ließ ihn in einer Tasche seines Mantels verschwinden und wandte sich an Cohen. »Also, Inspektor: Was ist hier los? Und keine Ausflüchte mehr, wenn ich bitten darf!«

Cohen gab ein abfälliges Geräusch von sich. »Sie können doch lesen, oder?«

»Humbug!«, fauchte Gray. »Mord – Quatsch. Wo sind Ihre Beweise, Cohen?«

»Beweise?« Cohen lächelte humorlos. »Folgen Sie mir, Doktor, dann bekommen Sie Ihre *Beweise.* Na los!«, fügte er hinzu, als Gray und ich zögerten.

Begleitet von einem ganzen Rudel Polizeibeamter gingen wir um das Haus herum und in den Garten, und spätestens in diesem Moment wurde mir klar, dass seine Frage, ob ich etwas *dagegen* hätte, mir noch den Garten anzusehen, eine reine Phrase gewesen war.

Unweit der ersten Büsche war die Erde aufgewühlt. Ein gut zwei Yard langes und halb so breites Loch, das mich auf erschreckende Weise an ein frisch aufgeworfenes Grab erinnerte, gähnte im Rasen. Cohen marschierte zielstrebig darauf zu, sprang mit einem federnden Satz in das knietiefe Loch hinein und beugte sich nieder. Er hob einen Gegenstand vom Boden auf und betrachtete ihn mit gerunzelter Stirn. »Tailworthern«, fragte er, »für was würden Sie das halten?«

Ich verstand nicht gleich. Was Cohen in der Hand hielt, war ein kleiner, goldener Manschettenknopf. Und?

»Der Manschettenknopf gehört Peabody, Inspektor«, antwortete Tailworthern.

»Sind Sie sicher?«

»Vollkommen. Er hat mir das Paar gezeigt, als er sie gekauft hat.«

Cohen bedachte mich mit einem Blick, der einer Klapperschlange zur Ehre gereicht hätte. Dann schlug er den Manschettenknopf vorsichtig in ein weißes Tuch ein und steckte ihn in die Tasche.

»Was soll das, Inspektor?«, fragte Gray scharf. »Für einen Mord ist das doch wohl sicher kein Beweis, oder?«

Cohen ignorierte ihn schlichtweg. Schnaufend kletterte er aus dem Loch hervor, blickte mich mit einer Mischung aus Verachtung und mühsam unterdrücktem Triumph an und klatschte in die Hände, woraufhin zwei Männer mit Hacken und Schaufeln in das Loch hinabsprangen und mit Graben fortfuhren.

Für die nächsten Minuten hörten wir die Geräusche, mit denen die Spaten in die Erde stachen, und das Keuchen der beiden Männer.

Nach einiger Zeit hielt der eine inne und wies mit der Spatenspitze auf ein Stück Stoff, das aus der Erde ragte. »Das ist die Jacke, die Peabody gestern anhatte«, murmelte Tailworthern.

»Genau die Jacke, die er anhatte, als er Ihnen auf der Spur war«, erklärte Cohen mit steinernem Gesicht. Er wies die Polizisten an, weiterzugraben. Ich wunderte mich nicht mehr, als kurze Zeit später eine bleiche, im Tode verkrampfte Hand und danach der ganze Körper eines Mannes freigelegt wurden.

»Nun, Craven?«, fragte Cohen. »Was sagen Sie jetzt?«

»Gar nichts«, antwortete Gray hastig. »Mein Klient wird nichts mehr sagen, Inspektor. Wenn Sie Fragen haben, stellen Sie sie mir.«

Cohen zuckte mit den Achseln. »Wie Sie wollen. Dann eben Sie, Doktor Gray: Was sagen Sie jetzt?«

»Interessant«, antwortete Gray kalt. »Ein toter Mann, den jemand hier im Garten vergraben hat. Und?«

»Dieser *tote Mann«,* antwortete Cohen mit nur noch mühsam beherrschter Stimme, »war mein Assistent Angus Peabody. Und er ist nicht von *jemandem* hier vergraben worden, sondern von ... von Ihrem Klienten.«

»Das sagen Sie«, sagte Gray kalt. »Wenn Ihre Beweise nur aus einer Leiche und einem Manschettenknopf bestehen, Inspektor, dann lassen Sie sich Ihr Lehrgeld wiedergeben.«

Cohens Augen flammten vor Zorn. Aber der Wutausbruch, auf den ich wartete, blieb aus. »Sie wollen also Beweise?«, fragte er.

Gray nickte zornig. »Die will ich in der Tat, Inspektor. Und zwar verdammt gute!«

Cohen lächelte. »Wäre Ihnen die Aussage eines Augenzeugen Beweis genug?«, fragte er ruhig.

Sarim de Laurec reagierte blitzschnell. Mit einem einzigen Satz war er auf den Füßen und bei der Tür, drückte sie ins Schloss und drehte den Schlüssel herum. Fast im gleichen Moment drückte jemand von außen auf die Klinke, rüttelte kräftig daran und verlangte mit barscher Stimme den Schlüssel, als sich die Tür nicht öffnen ließ.

Sarim wagte kaum zu atmen. Er fürchtete zwar die Leute vor der Tür nicht, doch würde seine vorzeitige Entdeckung seine Pläne empfindlich stören und eventuell sogar das fein gesponnene Netz zerreißen, in dem sich sein Feind verfangen sollte. Insgeheim schimpfte er sich einen Narren, dass er der Versuchung, hierherzukommen, um Cravens Niederlage mit eigenen Augen zu sehen, nicht hatte widerstehen können. Aber für Reue war es ein wenig zu spät.

Während draußen jemand immer heftiger an der Klinke zu rütteln begann, um sich Einlass zu verschaffen, sah sich Sarim de Laurec gehetzt um. Den Gedanken, aus dem Fenster zu steigen, verwarf er so schnell wieder, wie er ihm gekommen war. Draußen war heller Tag, und selbst in einer so relativ ruhigen Gegend wie Ashton Place wäre ein Mann aufgefallen, der aus dem ersten Stock eines Hauses kletterte. Ganz davon abgesehen, dass de Laurec nicht sicher war, es zu schaffen – er war alles andere als sportlich, und Dinge wie Fassadenklettern überließ er normalerweise anderen. Aber er musste hier heraus!

Wie zur Antwort erscholl in diesem Moment hinter ihm ein leises, metallisches Klicken. De Laurec fuhr herum. Seine Hand zuckte unter den Mantel und kam mit einer kleinen, doppelläufigen Pistole wieder zum Vorschein.

Aber hinter ihm war niemand, und das Klicken, das er gehört hatte, war das Geräusch gewesen, mit dem sich ein Teil der Wandvertäfelung gelöst und wie eine Tür ein Stück nach außen geschwungen war.

Es *war* eine Tür. Eine Geheimtür, genauer gesagt, so perfekt eingepasst, dass normalerweise nicht einmal ein haardünner Spalt zu sehen gewesen wäre. Jetzt stand sie einladend offen. Beinahe ein wenig *zu* einladend für Sarim de Laurecs Geschmack.

Aber welche Wahl hatte er schon? Er musste hier heraus, ganz gleich wie, und die Tür, durch die er gekommen war, war verschwunden. Nicht, dass es dem ehemaligen Templer in diesem Moment aufgefallen wäre. Er hatte die Tür im gleichen Moment vergessen, in dem er hindurchgestolpert war. Aber er hatte selbst vergessen, dass er etwas vergessen hatte, und so war dieser geheime Ausgang für ihn im Moment der einzige Fluchtweg.

Vorsichtig öffnete er die Tür weiter, zog die beiden Hähne der kleinen Pistole zurück und spähte in die Dunkelheit, die dahinter lauerte. Staubtrockene Luft wehte ihm entgegen und reizte ihn zum Niesen, und ein Gefühl unbeschreiblichen *Alters* empfing ihn. Sarim hielt die Luft an, doch der Juckreiz war so stark, dass ihm Tränen in die Augen schossen. Halbblind stolperte er nach vorne, ertastete rauen, mürbe gewordenen Stein in der Dunkelheit und konnte die Geheimtür gerade noch hinter sich ins Schloss ziehen, als er auch schon schallend niesen musste. In dem winzigen Raum klang das Geräusch wie ein Kanonenschlag.

Sarim blieb wie versteinert stehen und lauschte. Doch es blieb still. Nicht der mindeste Laut drang von draußen in den schmalen Treppenraum herein, in dem er stand. Es war still wie in einem dunklen, vollkommen geschlossenen Grab.

Sarim kämpfte die Panik nieder, die sich seiner bemächtigen wollte, steckte seine Waffe wieder ein und presste das Ohr gegen die Geheimtür. Da sie nur aus einer dünnen Bretterwand bestand, hätte er es sogar hören müssen, wenn jemand auf dem Korridor *vor* dem Nebenraum gesprochen hätte. Doch er hörte buchstäblich nichts.

Nach einer Weile gab Sarim auf und tröstete sich mit dem Gedanken, dass die Leute ein anderes Zimmer betreten hatten. Nicht zum ersten Male, seit er in dieses Haus eingedrungen war, schalt er sich in Gedanken einen Idioten. Er presste beide Hände gegen die Geheimtür und suchte im Dunkeln nach dem Öffnungsmechanismus. Doch trotz seiner magischen Fähigkeiten fand er keine Spur mehr von dem Schloss. Nicht einmal ...

Eine eisige Hand schien über sein Rückgrat zu streichen. Sarim spürte, wie sich die Haare in seinem Nacken und auf seinen Unterarmen aufrichteten wie Katzenfell, als er begriff, dass es keine Tür *gab.* Es war, als hätte sie nie existiert.

Sarim begann plötzlich zu frieren, obwohl es verdammt warm in dem engen Schacht war. Nervös versuchte er sich über seine Lage klar zu werden. Tausend Gedanken schossen ihm durch den Kopf. Tausend Erklärungen für das Unerklärliche – und eine unbefriedigender als die andere.

Er wusste nur eines mit Sicherheit: dass er sich wie ein Idiot benommen hatte. Er hatte die Macht, die dieses Haus beschützte, sträflich unterschätzt. Wenn sein Zeitgefühl nicht ebenfalls genarrt worden war und sein Plan erfolgreich ablief, dann waren die Beamten des Yard gerade dabei, Craven zu verhaften.

Wenn ... dachte er finster.

Wenn es nicht genau anders gekommen war und er sich längst in einer Falle befand, aus der es kein Entrinnen mehr gab.

Sarim konnte es kaum glauben, doch er hatte fast eine ganze Nacht und den halben Vormittag gebraucht, um eine einzige Treppe zu überwinden – und dabei war er sehr sicher, dass er erst wenige Minuten zuvor das Haus betreten hatte. Und zu allem Überfluss war er statt in den Keller in den ersten Stock geraten. Auch die Treppe, auf der er jetzt stand, führte nach oben. Vor ein paar Sekunden war sie noch nicht da gewesen, aber das fiel Sarim de Laurec ebenso wenig auf wie der Umstand, dass er gerade in zwei aufeinander folgenden Gedanken das Gegenteil des jeweils anderen gedacht hatte.

Er wusste nur, dass ihm die Zeit davonlief. Wenn er Craven – und damit auch Howard – vollständig vernichten wollte, dann musste er sich sputen, um ein Versteck zu finden, in dem er seine magischen Kräfte ungehindert entfalten konnte.

Und es gab nur einen einzigen Weg, der ihm offenstand – nach oben.

Vorsichtig begann er die morschen Stufen hinaufzugehen.

Und so wenig wie alles andere zuvor bemerkte Sarim de Laurec, dass die Treppe hinter ihm verschwand, kaum dass er den Fuß von dem morschen Holz gelöst hatte ...

Die kahlen Mauern meiner Zelle waren nicht einmal das Schlimmste. An solche und ähnliche Widrigkeiten hatte ich mich Zeit meines Lebens gewöhnen müssen. Viel schlimmer war das Gefühl von Endgültigkeit, das ich verspürte. Es war nicht das erste Mal, dass ich in einer scheinbar ausweglosen Situation steckte – aber irgendetwas sagte mir, dass es diesmal schlimmer war als je zuvor. Es gibt sehr wenige Dinge, bei denen die englische Polizei weniger Spaß versteht als den Mord an einem Kollegen. Tailworthern selbst hatte den Riegel vorgeschoben und die Tür zugeschlossen, so sorgfältig, als hielte er mich für eine Art Wundertier, das nach Belieben durch feste Mauern und stabile Türen spazieren konnte.

Ich hätte im Moment auch viel dafür gegeben, es zu können.

Gray und Howard hatten mich in der Kutsche begleitet, die mich zum Yard brachte, und Gray hatte versichert, noch in dieser Nacht alles zu tun, was in seiner Macht stand, mir hier heraus zu helfen.

Das war es, was er *gesagt* hatte.

Aber ich hatte seinen Blick dabei sehr wohl registriert. Seine Worte entsprachen nicht unbedingt dem, was er dachte. Gray hatte mich schon etliche Male aus Schwierigkeiten mit den Behörden herausgepaukt, doch diesmal stand mir das Wasser bis zum Hals – und ein wenig darüber hinaus. Und Cohen würde sich ein besonderes Vergnügen daraus machen, möglichst hohe Wellen zu schlagen.

Das Schlimme war, dass ich keine Ahnung hatte, wer mir diese Leiche in den Garten praktiziert hatte. Nicht, dass ich einen Mangel an Feinden gehabt hätte, auch nicht an solchen, die zu einer *solchen* Intrige bereit und auch fähig gewesen wären. Aber *wer,* zum Teufel noch mal? Es musste jemand hinter dem Ganzen stecken, der mich mit allen Mitteln vernichten wollte – und dem mit meinem Tod allein nicht gedient war.

Es müssen wohl zwei Stunden oder mehr gewesen sein, die ich mit offenen Augen auf der harten Pritsche lag und grübelte, ehe ich ein

Geräusch von der Tür her hörte und aus meinen fruchtlosen Gedanken hochschreckte. Ich setzte mich auf, fuhr mir mit den Händen durch das Gesicht und sah zur Tür, darauf hoffend, Dr. Gray zu sehen, der mit der Nachricht kam, dass sich alles als Irrtum herausgestellt hatte.

Doch es war Tailworthern, der mit Handschellen auf mich zukam. Hinter ihm standen vier kräftige Burschen in Uniform und mit Gummiknüppeln in der Hand. Dem Ausdruck auf ihren Gesichtern nach zu schließen warteten sie geradezu darauf, dass ich mich zu wehren versuchte. Einen Moment lang überlegte ich ernsthaft, ihnen den Gefallen zu tun, verwarf die Idee aber sofort wieder. Selbst wenn ich hier herausgekommen wäre – was nicht sehr wahrscheinlich war –, ein besseres Geständnis hätte sich Cohen gar nicht wünschen können. Ich ließ mir die Handschellen widerstandslos anlegen. Doch als ich aufstehen wollte, zitterten meine Knie so stark, dass ich um ein Haar gefallen wäre.

Tailworthern lachte böse. »Nun, Mister Craven? Sind wir nur müde, oder haben wir Angst vor dem Strick?«, fragte er hämisch.

»Ich will meinen Anwalt sprechen«, sagte ich.

Tailworthern lächelte ein *Den-Spruch-kenne-ich-mein-Freund*-Lächeln. «Den werden Sie noch früh genug sehen«, sagte er. »Jetzt geht es erst einmal zur Vernehmung. Wenn der Inspektor zurückkommt, will er ein volles Geständnis sehen, ist das klar?«

»Von wem?«, fragte ich.

Tailworthern presste die Lippen aufeinander, hob die Hand, als wolle er mich schlagen – und schüttelte den Kopf. »Nein, den Gefallen tue ich dir nicht«, sagte er. »Spiel ruhig den Dummkopf, Craven.« Er versetzte mir einen Stoß, der mich aus der Zelle in die Arme eines der vier Gorillas taumeln ließ.

»Oh, Verzeihung«, meinte er fröhlich.

»Ich will meinen Anwalt sprechen«, sagte ich nur.

Zuerst hatte er noch geglaubt, die Treppe würde vom ersten Stock direkt bis zum Dachboden führen; ein geheimer Fluchtweg, den die Architekten dieses Hauses in seine mächtigen Grundmauern hineingebaut hatten.

Aber sie nahm kein Ende.

Er hatte versucht, die Stufen zu zählen, sich aber jedes Mal verhaspelt, kaum dass er bei zwanzig oder fünfundzwanzig angelangt war, und es schließlich aufgegeben, mehr frustriert als wirklich beunruhigt. Es war einfach *unmöglich!* Was nichts daran änderte, dass es so war.

Sarim verzog das Gesicht zu einer Grimasse und starrte nicht zum ersten Mal konzentriert nach oben. Es war unmöglich, dass diese Treppe so weit nach oben führte, nicht in einem Haus wie diesem – es war einfach nicht groß genug dazu. Er dachte kurz an die seltsame Treppe im Erdgeschoss, die ihn in das erste Stockwerk anstatt in den Keller gebracht hatte, aber der Gedanke bereitete ihm eher Kopfschmerzen, als Klarheit in dieses Rätsel zu bringen, und so ging er einfach weiter. Irgendwann *musste* diese Wahnsinnstreppe ja ein Ende nehmen!

Ein ganz leises, boshaftes Lachen erscholl.

Sarim blieb stehen. Seine Augen weiteten sich, während er dem unheimlichen Echo lauschte und vergeblich die Richtung zu bestimmen versuchte, aus der es kam.

Es ging nicht.

Das Lachen hielt an, und es war irgendwie körperlos; eigentlich gar kein Laut, sondern etwas, das er eher spürte, als es zu hören. Und obwohl es ein Lachen war, war es ein Laut so voller Drohung und böser Vorfreude, dass sich etwas in Sarim zusammenzog wie unter einem Peitschenhieb.

Zitternd vor Furcht stieg er über das Gerümpel, das in unordentlichen Haufen auf dem Dachboden herumlag, und blieb vor einer alten Couch stehen, die nur noch drei Beine hatte. Mit einem Zipfel seines Mantels wischte er den Staub ab, der fingerdick auf dem Couchbezug lag, und setzte sich.

Couch?

Sarim de Laurec hatte das Gefühl, von einer eisigen Hand berührt zu werden.

Gerümpel?

Sarim de Laurec schrie auf, fuhr so schnell hoch, als hätte er sich auf eine glühende Herdplatte gesetzt statt auf das altersschwache Möbel und starrte aus hervorquellenden Augen auf das Tohuwabohu, das den Dachboden ausfüllte. Die Treppe war verschwunden; statt der knarrenden Stufen, die sich gerade noch in schier endloser Folge unter seinen Füßen abgewechselt hatten, stand er auf den durchgebogenen Holzbohlen einer sehr großen Dachkammer, die seit Menschengedenken leer stehen musste und als Aufbewahrungsort für all den Krempel diente, der eigentlich auf die Müllkippe gehörte, von dem sich die Besitzer des Hauses aber nicht hatten trennen können.

Nur, dachte Sarim de Laurec hysterisch – *dass es in diesem Haus keinen Dachboden gab!!!*

Er hatte die Pläne lange genug studiert – das gesamte Dachgeschoss des Hauses war umgebaut worden, vor weniger als zwei Jahren, um Platz für die Privatklinik zu schaffen, in der Craven seine geistesgestörte Verlobte untergebracht hatte! Er stand in einem Raum, den es seit zwei Jahren nicht mehr gab!

»Ich habe Ihren Kollegen nicht umgebracht!«, sagte ich verzweifelt zum wahrscheinlich achtzigsten Male, seit Tailworthern mich hier heraufgebracht hatte; mindestens. Es war Tag geworden, schon vor Stunden. Draußen vor den schmalen, mit schmuddeligen Gardinen verhängten Fenstern schien die Sonne, und vor einer Weile war der Duft von frisch aufgebrühtem Tee durch die Türritzen gedrungen. Ich vermutete, dass es annähernd Mittag war. Aber genau vermochte ich das nicht zu sagen. Mein Zeitgefühl war ebenso unter Tailworthens beharrlichen Fragen zerbröckelt wie mein Widerstand.

Es war wirklich nicht das erste Mal, dass ich unter falscher Anklage stand, aber ich hatte nie ein Verhör wie dieses erlebt. Meine vorschnell gefasste Meinung über Cohens Assistenten hatte ich revidieren müssen – ich hielt ihn mehr denn je für einen Idioten, aber ich hatte rasch begriffen, dass er trotzdem ein Spezialist in seinem Fach war.

Niemals zuvor war ich so ausdauernd und auf so unbeschreiblich zermürbende Art verhört worden. Tailworthern ignorierte meine Antworten schlichtweg, solange sie nicht das enthielten, was er hören wollte; aber er schnappte zu wie eine ausgehungerte Kobra, wenn ich auch nur an der falschen Stelle zögerte oder mich verbesserte. Und dabei wirkte er noch immer so frisch und ausgeruht wie in der vergangenen Nacht, als das Marathonverhör begonnen hatte. Und so, wie er auf seinem Stuhl hockte, verkehrt herum, sodass er die Arme auf der Rückenlehne aufstützen und das Kinn drauflegen konnte, sah er ganz so aus, als würde er das Spielchen auch weitere vierundzwanzig Stunden durchhalten. Mindestens.

»Glauben Sie mir doch, Tailworthern«, murmelte ich. »Ich weiß nicht, wer hinter dieser ganzen Intrige steckt. Ich bin so unschuldig wie –«

»Wie jeder, der auf diesem Stuhl sitzt«, sagte Tailworthern ruhig. »Ich weiß, Mister Craven, ich weiß.«

»Zum Teufel, Sie wissen *nichts!*«, brüllte ich. »Sie sind ein Arschloch, Tailworthern, das jeden, der hier hereingeschleift wird, von vornherein für schuldig hält!«

Tailworthern reagierte nur mit einem flüchtigen Lächeln auf die Beleidigung, und ich begriff, dass ich ihm nur einen Gefallen getan hatte. Ganz gleich, was ich ihm an den Kopf warf – jeder Wutausbruch meinerseits zeigte ihm, dass mein Widerstand zu zerbröckeln begann.

»Entschuldigung«, murmelte ich.

»Schon gut«, grinste Tailworthern. »Ich bin Schlimmeres gewöhnt.« Er stand auf, gähnte hinter vorgehaltener Hand und sah aus rot unterlaufenen Augen auf mich herab. »Ich schlage vor, wir legen eine kleine Pause ein und Sie beruhigen sich. Wenn Sie wollen, können Sie in der Zwischenzeit mit Ihrem Anwalt reden.«

»Gray ist hier?«, entfuhr es mir.

»Seit vier Stunden«, antwortete Tailworthern ungerührt. »Vielleicht auch seit fünf, so genau weiß ich das nicht.« Er gab einem der beiden Gorillas, die wie lebende Statuen in der Ecke standen, einen Wink. »Bring Craven ins Anwaltszimmer, Prox. Und gib Acht, dass er keinen Blödsinn anstellt.«

Die letzte Bemerkung war absolut überflüssig. Ich wäre nicht einmal mehr in der Lage gewesen, einen Fluchtversuch zu wagen, wenn mir Tailworthern den Schlüssel in die Hand gedrückt hätte.

Prox gebot mir mit einer ungeduldigen Geste aufzustehen, und ich leistete dem Befehl trotz meiner Müdigkeit sehr schnell Folge, um nicht erneut Bekanntschaft mit seinem Gummiknüppel zu machen.

Gray erwartete mich in einem übel riechenden, fensterlosen Kabuff, der wohl das »Anwaltszimmer« sein musste, von dem Tailworthern gesprochen hatte. Er saß, mit leicht hängenden Schultern und auf den Knauf seines Stockes gestützt, so reglos da, dass ich im ersten Moment glaubte, er würde schlafen, fuhr aber bei meinem Eintreten hoch und sah mich an. Ich lächelte erleichtert, aber Gray ignorierte mich und wandte sich sofort an Prox.

»Lassen Sie mich mit meinem Klienten allein«, sagte er.

»Soweit kommt's noch«, fauchte Prox und versetzte mir einen Stoß, der mich auf den harten Stuhl warf. »Sie haben eine halbe Stunde, mit ihm zu sprechen. Und«, fügte er mit einem kalten, sehr bösen Lächeln hinzu, »Sie haben nicht das Recht, *allein* mit ihm zu sprechen.«

»Das mag sein«, antwortete Gray ungerührt. In seiner Stimme schwang eine Kälte mit, die selbst mich überrascht aufsehen ließ. »So wenig, wie Sie das Recht haben, mich geschlagene vier Stunden hier warten zu lassen. Oder meinen Klienten –«, er hob seinen Stock und stocherte damit in meine Richtung, als wolle er mich aufspießen, »– überhaupt zu verhören, solange ich nicht dabei bin.«

Prox' Gesichtsausdruck war eher gelangweilt als beeindruckt. »Dann beschweren Sie sich doch bei Cohen«, sagte er. »Oder bei Angus Peabodys Witwe.«

»Das werde ich tun«, sagte Gray kalt. »Aber wohl besser bei Lordoberrichter Darender selbst. Und was Cohen angeht, junger Mann: Ich möchte nicht in Ihrer Haut stecken, wenn mein Klient wegen eines Verfahrensfehlers freigesprochen werden muss und er Ihnen die Schuld daran gibt. Ich fürchte, dass Sie sich dann als Verkehrspolizist am Himalaja wiederfinden.«

Prox atmete hörbar ein, setzte dazu an, etwas zu sagen, und starrte mich stattdessen einen Moment lang sehr böse an. Dann nickte er. »Gut«, fauchte er. »Zehn Minuten. Und die Tür bleibt offen, ist das klar?«

»Ich habe nichts dagegen«, sagte Gray ruhig. »Mister Craven und ich haben nichts zu verbergen.«

Prox verzichtete auf die Antwort, die ihm sichtlich auf der Zunge lag, fuhr auf dem Absatz herum und stieß die Tür so wuchtig auf, dass sie draußen gegen die Wand prallte. Im Sturmschritt marschierte er durch den Gang und blieb in Sicht-, aber nicht in Hörweite stehen.

»Dem haben Sie's gegeben, Doktor«, sagte ich müde. »Wenn Sie sich in der Verhandlung ebenso gut schlagen, sehe ich der Zukunft gelassen entgegen.«

Grays Blick blieb ausdruckslos. »Ich fürchte, ich muss dich enttäuschen, Junge«, sagte er.

Ich erschrak. »Wie ... wie meinen Sie das?«

»Wie ich es sage«, antwortete Gray. »Einen kleinen Polizeibeamten einzuschüchtern, ist eine Sache. Aber ich war nicht untätig, während sie dich durch die Mangel gedreht haben. Es sieht übel aus.«

»Was?«, fragte ich alarmiert.

Gray zögerte, aber nur eine Sekunde. Dann seufzte er, lehnte sich zurück und begann mit seinem Stock zu spielen. Der Stuhl, auf dem er saß, ächzte hörbar unter seinem Gewicht, obgleich Gray keine hundert Pfund wog. Wie alles hier war er alt und starrte vor Schmutz.

»Auch ich habe gewisse ... Freunde im Yard und anderswo«, begann er zögernd. »Ich habe eine Menge erfahren, und wenig davon gefällt mir. Cohen hat mittlerweile ein halbes Dutzend Zeugen aufgetan, die Stein und Bein schwören, dich in der Gegend beobachtet zu haben, in der dieser Peabody ermordet worden sein soll. Darunter einige respektable Bürger, die kaum lügen werden. Und es kommt noch schlimmer. Er –«

»Verdammt noch mal, ich war es nicht!«, fuhr ich auf.

»Ich weiß«, sagte Gray mit geradezu aufreizender Ruhe. »Aber die Richter wissen es nicht.« Er seufzte. »Tut mir leid, Robert, aber ich halte nichts davon, dir falsche Hoffnungen zu machen.«

»Was soll das heißen?«, fragte ich. »Sie ...«

»Du hast keine große Chance«, sagte Gray kühl. Sein Blick war wie aus Eisen. Jedes bisschen Wärme und Väterlichkeit, das jemals darin gewesen war, war verschwunden. »Um ehrlich zu sein – wenn es sich nicht um *dich* handeln würde, würde ich die Verteidigung in diesem Falle glattweg ablehnen.«

»Das klingt ja so, als wäre ich bereits verurteilt!«

»So ungefähr ist es auch«, sagte Gray düster. »Cohen und Staatsanwalt Ruthel werden schwerstes Geschütz auffahren, und sie werden alles aufbieten, was sie haben. Solange wir deine Unschuld nicht konkret beweisen können ...« Er seufzte erneut. »Aber soviel Zeit bleibt uns nicht. Gib mir ein Vierteljahr, und ich zerpflücke die Anklageschrift in der Luft. Aber so ...« Er spielte weiter mit seinem Spazierstock, mit dem Ergebnis, dass er ihm aus den Händen glitt und zu Boden fiel. Automatisch bückte ich mich danach, ebenso wie er. Um ein Haar wären wir mit den Köpfen zusammengestoßen.

»Verschwinde, Robert«, flüsterte Gray, als wir uns für einen Moment ganz nahe waren. »Deine einzige Chance ist die Flucht, glaube mir. Ich habe alles vorbereitet. Rowlf wartet mit einer Kutsche hinter dem nächsten Block, Geld und Papiere liegen bereit.«

»Das ist nicht Ihr Ernst«, keuchte ich. »Sie –«

»Ich meine es bitter ernst«, antwortete Gray gehetzt. »Tauch für ein paar Monate unter. Wenn du fort bist, werden Howard und ich die Sache schon irgendwie hinbiegen.«

»Heda!«, brüllte Prox. »Was gibt's da zu tuscheln?« Wütend kam er in die Zelle gestürmt, versetzte mir einen Knuff, der mich um ein Haar vom Stuhl hätte fallen lassen, und riss Gray an den Jackenaufschlägen in die Höhe.

Wenigstens wollte er es.

Was dann geschah, ging so schnell, dass ich nicht einmal mehr Zeit hatte, richtig zu erschrecken, ehe es auch schon zu spät war.

Gray machte eine ganz instinktive Abwehrbewegung, und da er seinen Spazierstock wieder in den Händen hielt, machte dieser die ruckhafte Bewegung mit.

Und prallte mit voller Wucht gegen Prox' Adamsapfel.

Der Polizeibeamte stieß einen würgenden Laut aus, ließ Gray los und schlug stattdessen beide Hände gegen den Hals. Er taumelte zurück, prallte gegen die Wand und sackte ganz langsam in die Knie. Sein Mund war weit aufgerissen.

Er starb, noch ehe ich bei ihm war.

Lordoberrichter James Darender wischte sich mit seinem Taschentuch den Schweiß von der Stirn und verfluchte zum x-ten Mal den Architekten, der den Schwurgerichtssaal im Old Bailey geplant hatte. Im Winter wurde es hier so kalt, dass kein Ofen den Saal heizen konnte. Dafür schwitzte man sich im Sommer schier zu Tode. Außerdem war die Luft zum Schneiden dick, und der Fall, der jetzt kurz vor dem Ende angelangt war, so langweilig wie schon lange keiner mehr. Nun gut, letzteres war nicht unbedingt Schuld des Architekten – aber es hob seine Laune auch nicht gerade.

Darender war froh, als ihm der Gerichtsdiener die Mappe mit dem Urteilsspruch der Schöffen reichte und er das Urteil verlesen konnte. Wenig später führte der Gerichtsdiener den Verurteilten hinaus, einen Mann, der im Vollrausch seine Frau schwer verletzt hatte. Darender klappte erleichtert die Mappe zu und erhob sich von seinem Stuhl.

»So, das war es wohl für heute, meine Herren. Ich glaube, Sie sind genauso froh wie ich, jetzt Ihre Ruhe zu haben.« Er lächelte den

Schöffen jovial zu, deutete ein Nicken an und wollte den Raum verlassen, war aber noch nicht ganz von seiner Richterbank heruntergestiegen, als ihm jemand den Weg vertrat. Darender erkannte besagten *jemand* als Inspektor Cohen und seine Laune sank um weitere Grade. Er mochte Cohen nicht. Niemand mochte Cohen, aber Darender mochte ihn *ganz besonders* nicht.

»Sir«, begann Cohen, »verzeihen Sie bitte die Störung. Ich muss Sie dringend sprechen.«

Darender erfreute sich einen Moment an dem Gedanken, was wohl geschehen würde, wenn er Cohen mitteilte, dass er die Störung *nicht* verzieh. Aber so etwas gehörte leider ins Reich der Wunschvorstellungen. Letztendlich war Cohen nicht nur ein Ekel, sondern auch ein sehr wichtiger Mann beim Yard. So blieb der Lordoberrichter ergeben stehen und sah Cohen fragend an.

»Inspektor. Egal was Sie wollen, die Sitzung ist geschlossen. Sollten Sie länger brauchen, dann kommen Sie morgen wieder. Ich werde gleich nach Hause fahren.« Es war Darenders Stimme anzumerken, dass er Cohen zum Kuckuck wünschte. Doch der Inspektor war viel zu aufgeregt, um es zu bemerken. Oder zu dreist, aber das blieb sich gleich.

»Wir haben Craven verhaftet!«, erklärte er aufgeregt.

»Welchen Craven?« Darender überlegte einen Moment, dann nickte er. »Diesen komischen Okkultisten, den Sie beschuldigen, reihenweise kleine Mädchen umzubringen.« Er seufzte, trat unruhig von einem Fuß auf den anderen und bedachte Cohen mit einem unwilligen Stirnrunzeln. »Schreiben Sie Ihren Bericht nieder, und reichen Sie ihn an die Staatsanwaltschaft weiter. Die wird schon wissen, was sie damit machen kann. Auf Wiedersehen, Inspektor!«

Cohen starrte den Lordoberrichter verwirrt an. »Aber Sir! Mir wurde gesagt, dass Sie sofort informiert zu werden wünschen, wenn wir dieses verbrecherische Subjekt dingfest gemacht haben«, stammelte er.

»So, hat man Ihnen das erzählt?« Darender grinste. »Dann sollten sie sich Ihre Informanten das nächste Mal genauer anschauen«, antwortete er spitz, drehte sich auf dem Absatz herum und ließ den konsternierten Cohen einfach im Saal stehen. Ein eifriger Gerichtsdiener riss die Tür auf, die zu Darenders Umkleideraum führte, und stellte sich demonstrativ davor, als Cohen dem Richter folgen wollte.

James Darender ärgerte sich noch immer so über den Inspektor, der ihn aufgehalten hatte, dass er seine Robe mit einem heftigen Ruck auszog und über einen Stuhl warf. Dann riss er die Tür zu seinem Kleiderschrank auf, um seine Zivilkleidung anzuziehen.

Vielleicht wäre alles anders gekommen, hätte er den Schrank mit den bedächtigen Bewegungen geöffnet, die ihm normalerweise zu eigen waren.

Aber wahrscheinlich hätte es nichts geändert.

Das *Ding,* das im Schrank auf Lordoberrichter James Darender wartete, war auf jede nur denkbare Reaktion vorbereitet.

Darender kam nicht einmal mehr dazu, einen Schrei auszustoßen. Eine gepanzerte Hand schoss zwischen den sorgsam aufgereihten Anzügen hervor und presste sich auf seinen Mund, und eine zweite, ebenso starke Hand glitt blitzschnell in seinen Nacken.

Lordoberrichter Darenders letzter Gedanke war, was für ein absurdes Gefühl es doch war, sich plötzlich selbst ins Gesicht zu sehen.

Dann dachte er gar nichts mehr.

»Er ist tot, Gray.« Meine Stimme zitterte. Ein kaltes, ungläubiges Entsetzen hatte sich meiner bemächtigt, ein Schrecken von solchem Ausmaß, dass ich im Moment noch gar nicht richtig begriff. Fassungslos starrte ich auf Prox herunter, der mit weit aufgerissenem Mund und vor Entsetzen verzerrtem Gesicht dalag, halb gegen die Wand gelehnt und die Hände noch immer um den Hals gekrampft. »Mein Gott, der Mann ist tot!«

»Aber das ist doch nicht möglich«, flüsterte Gray. »Ich habe doch nur ... ich ... ich meine ... ich wollte doch nicht ...«

»Es war ein Unfall«, sagte ich.

»Den mir niemand glauben wird«, fügte Gray düster hinzu. Trotz der schlechten Beleuchtung konnte ich erkennen, wie blass er geworden war.

»Natürlich wird man Ihnen glauben«, antwortete ich unwillig. »Sehen Sie sich Prox doch an – ein Kerl wie ein Baum, gegen Sie! Niemand wird im Ernst annehmen, Sie könnten einen solchen Koloss absichtlich umbringen!«

»Du redest Unsinn, Junge, und du weißt es«, sagte Gray ruhig. »Außerdem ...« Er zögerte, sah mich einen Herzschlag lang an und blickte dann wieder auf den Toten herab. »Außerdem fürchte ich, dass etwas ganz anderes geschieht«, fuhr er fort. »Du hast Recht – niemand wird glauben, dass *ich* Prox angegriffen hätte. Sie werden denken, dass *du* es warst.«

Seine Worte trafen mich wie eine Ohrfeige, aber ich begriff im gleichen Moment, dass er Recht hatte. Selbst, wenn er zugeben würde, was geschehen war – Cohen würde ihn mitleidig anblicken und dann mit dem Finger auf *mich* deuten.

»Ein Grund mehr für dich zu verschwinden«, fuhr Gray fort. »Jetzt hast du keine Wahl mehr. Komm.«

Unverzüglich wollte er sich herumdrehen und aus der Zelle stürmen, aber ich hielt ihn am Arm zurück. »Und Sie?«, fragte ich.

Gray lächelte schwach. »Mach dir um mich keine Sorgen. Ich lasse dir Bescheid geben, wenn sich alles aufgeklärt hat. Wenn es dich beruhigt, kannst du mir ja einen Kinnhaken verpassen, damit ich aus dem Schneider bin.«

»Das wird Ihnen auch nichts mehr nutzen, Doktor Gray«, sagte eine Stimme hinter mir.

Gray und ich fuhren gleichzeitig herum – und blickten in das Gesicht eines sehr blassen Tailworthern, der wie aus dem Boden gewachsen hinter uns erschienen war. Seine Lippen bebten vor Wut.

»Diesmal sind Sie geliefert, Craven«, sagte er. »Auch Ihr Rechtsverdreher wird Ihnen nicht mehr helfen!«

Ich reagierte rein instinktiv – ohne zu überlegen, ob das, was ich tat, nun richtig oder falsch war.

»Das Ganze ist ein schrecklicher Irrtum, Tailworthern«, sagte ich – und legte alles, was von meinen hypnotischen Fähigkeiten übriggeblieben war, in diesen einen Satz hinein.

»Ich bin unschuldig! Verstehen Sie. Ich weiß nicht, weshalb man mich hierher gebracht hat! Prox ist gestolpert und hat sich zu Tode gestürzt. Sie haben es doch gesehen!«

»Sie sind unschuldig und wissen nicht, warum Sie hier sind«, wiederholte Tailworthern mit ausdrucksloser Miene. »Es war ein schrecklicher Unfall. Ich habe es selbst gesehen.« Schweiß perlte in feinen, glitzernden Tröpfchen von seiner Stirn. Ich spürte, wie sich irgendetwas in ihm mit aller Macht gegen meinen geistigen Würgegriff wehrte.

Aber er war nicht stark genug.

»Sie wissen ebenfalls, dass ich unschuldig bin, und bedauern, dass ich hier festgehalten werde«, setzte ich mein Spiel fort. Tailworthern nickte abgehackt.

»Sie müssen mich freilassen«, sagte ich eindringlich. »Und dann müssen Sie das Protokoll aufnehmen und diesen schrecklichen Unfall hier erklären.«

»Ich muss Sie freilassen«, sagte er mit tonloser Stimme, grinste dümmlich und drehte sich herum, um mit steifen Schritten aus dem Raum zu gehen. Gray und ich folgten ihm sofort, obwohl meine Beine zu zittern begannen und ich mich mit den Händen an der Wand abstützen musste, um nicht vollends die Balance zu verlieren.

Über das, was ich nach meiner Freilassung anfangen wollte, machte ich mir noch keine Gedanken. Auch nicht darüber, dass mir eine Stunde später die gesamte Polizei des Empire auf den Fersen sein würde.

Zu Cohens Verwunderung trug der Richter noch immer seine Robe, als er aus dem Zimmer zurückkehrte. Er winkte energisch einen Gerichtsdiener zu sich und trug ihm auf, dafür zu sorgen, dass der Staatsanwalt und die Schöffen sofort in den Saal zurückkamen. Dann wandte er sich an Cohen.

»Inspektor, haben Sie Ihr Material über diesen Craven zusammengestellt?« Die Stimme des Richters klang härter als zuvor; irgendwie ... *metallisch,* dachte Cohen. Als hätte er Stimmbänder aus Stahl. Trotzdem nickte er ganz instinktiv.

»Selbstverständlich, Sir. Wenn ich bitten darf!« Cohen reichte dem Richter die hastig geschriebene Akte. Darender klappte sie auf und ließ die Blätter rasch durch die Finger gleiten. Es war beinahe unmöglich, dachte Cohen verstört, dass er in dieser Geschwindigkeit *lesen* konnte. Aber auf seinen Zügen machte sich eine tiefe Bestürzung breit, während die eng beschriebenen Blätter vor seinen Augen vorbeihuschten.

»Das ist ja erschreckend«, sagte er, klappte die Mappe zu und sah Cohen kopfschüttelnd an. »Dieser Mann stellt eine Gefahr für die Allgemeinheit dar. Man kann beinahe schon sagen, dass seine Verbrechen die Grundsäulen des Empire bedrohen. Er muss so schnell wie möglich seiner gerechten Strafe zugeführt werden.«

»Dieser ... dieser Ansicht bin ich auch, Sir«, sagte Cohen. Aber er antwortete ganz automatisch, beinahe nur als Reflex, weil man einem Lordoberrichter eben nicht widersprach. Für einen Moment fühlte er sich sehr hilflos. Was war nur mit Darender geschehen? Der Mann, der vor ihm stand, schien ein ganz anderer geworden zu sein.

»Und dieser Tote ...« In Darenders Augen blitzte es misstrauisch, und Cohen wurde sich schmerzhaft des Umstandes bewusst, dass seine Gedanken wohl ziemlich deutlich auf seinen Zügen geschrieben stehen mussten.

»Angus Peabody, Sir«, antwortete er hastig. »Einer meiner fähigsten Mitarbeiter, der in Ausübung seines Dienstes von Craven ermordet wurde. Aber vorher hat er ihn als Oberhaupt einer kriminellen Gruppe entlarvt. Die Beweise sind erdrückend, Sir. Leider«, fügte er hinzu, »kann ich Ihnen nicht verhehlen, dass diese Gruppe bereits bedeutenden Einfluss auf entscheidende Kreise des Empire zu haben scheint. Wenn wir zu lange zögern, besteht Gefahr, dass diese Gruppe versucht, Craven der irdischen Gerechtigkeit zu entziehen.«

»Das soll ihnen nicht gelingen«, antwortete der Richter pathetisch. »Sie haben gute Arbeit geleistet, Cohen. Wir brauchen Männer wie Sie.« Er nickte. Um seine Worte zu bekräftigen, schlug er Cohen anerkennend auf die Schultern und wandte sich dann einem kleinen, untersetzten Mann zu, der so aussah, als hätte er seine Staatsanwaltsrobe in großer Hast übergestreift. »Gut, dass Sie noch im Old Bailey anzutreffen waren, Mister Ruthel. Wir müssen noch heute einen Fall von staatstragender Wichtigkeit verhandeln.«

»Heute noch?« Ruthel runzelte die Stirn, während er mit seiner widerspenstigen Robe kämpfte. »Das kommt aber überraschend, Sir. Um was handelt es sich?«

»Um Mord, Aufbau einer staatsfeindlichen Geheimgesellschaft und Verschiedenes mehr. Jedes Verbrechen würde für sich allein ausreichen, um den Mann an den Galgen zu bringen.«

»Ein Hoffnungsloser also.« Ruthel seufzte erneut und bedachte Cohen mit einem Blick, der sehr deutlich machte, wie wenig erfreut er von dieser Störung seines sorgsam vorgeplanten Tagesablaufes war. »Na, hoffentlich pfuscht mir der Verteidiger nicht allzu sehr ins Konzept. Es wäre fatal, wenn der die Königin dazu bringen könnte, die Hinrichtung auszusetzen. Wir bezahlen den Henker doch nicht fürs Nichtstun.« Er ließ sich von Darender die Akte geben und blätterte sie desinteressiert durch.

Henker?, dachte Cohen verstört. *Hinrichtung?* Was zum Teufel ging hier vor? Die beiden Männer unterhielten sich, als wäre die Verhandlung bereits vorüber!

»Craven?« Ruthel seufzte erneut. »Den Namen kenne ich doch …« Er klappte die Akte zu und starrte einen Moment zu Boden, als hoffe er dort die Antwort zu finden. »Ach ja, da war doch die Sache mit Lady McPhaersons Verschwinden, bei dem Craven angeblich seine Hände im Spiel gehabt haben soll, nicht wahr? Und da war doch die Sache mit diesem jungen Mädchen … wie hieß sie gleich?«

»Veronique Rochelle«, half Darender ihm auf die Sprünge. »Ein Säuremord. Geisteskrank scheint dieser Craven überdies zu sein.«

Ruthel nickte zufrieden. »Wenn ich mich recht erinnere, ist der Fall auch noch nicht restlos aufgeklärt.« Das Gesicht des Staatsanwaltes erinnerte Cohen an einen vollgefressenen, zufriedenen Kater, der vor einer Schüssel Milch sitzt. Er blätterte Cohens Bericht kurz durch und brachte ein eng beschriebenes Stück Papier zum Vorschein. »Ah, und hier haben wir die Aussage eines Augenzeugen, der den Mord an diesem Polizisten beobachten konnte! Dieses Blatt bricht Craven ja schon allein den Hals. Der Verteidiger, der diesen Fall auszufechten bereit ist, kann einem direkt leid tun. Wer ist es übrigens?« Ruthel sah den Richter fragend an. Doch dieser gab die Frage Cohen weiter.

»Cravens Interessen werden von Dr. Gray wahrgenommen«, antwortete Cohen. »Er wird ihn sicher auch vor Gericht verteidigen.«

Ruthel nickte, sah aber trotzdem nicht sehr beeindruckt aus. »Dr. Gray ist als guter Anwalt bekannt. Außerdem hat er verdammt gute Verbindungen nach oben. Ich schätze, da kommen wir über eine Einweisung in eine geschlossene Anstalt nicht hinaus«, brummte er. »Es sei denn, wir beeilen uns. So ein Gutachten kann Wochen andauern. Bis dahin kann die ganze Sache erledigt sein.« Er grinste, hob die Linke an den Hals und machte mit dem Zeigefinger eine bezeichnende Geste an seine Kehle, die Cohen mehr erschreckte als alles andere. *Was geht hier vor?*, dachte er entsetzt.

Der Richter maß Cohen und den Staatsanwalt mit einem kühlen Blick. Cohens Verwirrung schien ihm nicht entgangen zu sein. »Immer der Reihe nach, Ruthel«, sagte er. »Zuerst einmal müssen wir ihn verurteilen, nicht? *Wenn* er schuldig ist.«

Cohen wusste keinen Grund dafür zu nennen – aber er hatte selten etwas gehört, das *so falsch* klang wie diese Worte.

»Lassen Sie den Gefangenen schnellstens hierherbringen, Inspektor«, fuhr Darender fort. »Und Sie, Ruthel, sorgen dafür, dass Dr. Gray informiert wird. Lassen Sie ihm ausrichten, dass sein Erscheinen von eminenter Bedeutung sei. Das Gericht der Königin kann keinen Mann hängen lassen, der nicht den Gesetzen gemäß verteidigt wurde!«

Tailworthern suchte umständlich den Schlüssel und sperrte geradezu entnervend langsam die Tür auf. Ich wagte es jedoch nicht, ihn anzutreiben, da ich Angst hatte, damit den hypnotischen Bann zu brechen, mit dem ich ihn unter Kontrolle hielt. Es fiel mir ohnehin immer schwerer, genügend Konzentration aufzubringen. Hinter meiner Stirn führten die Gedanken einen irren Veitstanz auf. Endlich knackte das Schloss, und die Tür schwang auf.

Ich schob mich an Tailworthern vorbei und hastete die Treppe hinab, dicht gefolgt von Gray, der trotz allem das Kunststück fertig brachte, äußerlich vollkommen gelassen auszusehen.

Wir hatten Glück. Der in seiner Loge sitzende Pförtner schenkte seiner Zeitung mehr Beachtung als der Eingangstür, sodass ich ungesehen die schwere Klinke niederdrücken konnte. Das wuchtige Portal des Yard aufzuziehen, ging jedoch beinahe über meine Kräfte. Wieder war es Gray, der *mir* helfen musste, und nicht umgekehrt.

Ich atmete erleichtert die frische Luft, die sich angenehm von dem Mief in Tailwortherns Büro unterschied, und wollte mich gerade zu Gray herumdrehen, als ich den Mann erkannte, der im Sturmschritt die Treppe hinaufgerannt kam und mich ungläubig anstarrte.

Es war niemand anders als Inspektor Cohen. Vielleicht hätte ich in dieser Situation immer noch entkommen können, wenn ich bei Kräften gewesen wäre. Cohen war nämlich so überrascht, dass er wie zur Salzsäule erstarrt stehen blieb und mich aus weit aufgerissenen Augen anglotzte.

Ich versuchte es auch – aber es blieb bei einem Versuch.

Ich war noch nicht einmal ganz auf gleicher Höhe mit ihm, als er aus seiner Starre erwachte und mit verblüffender Schnelligkeit reagierte. Er sprang mich wie eine wütende Dogge an und riss mich zu Boden. Noch im Fallen knallte er mir einen gut gezielten Haken unter den Rippenbogen, dass mir die Luft wegblieb.

Als ich wieder atmen konnte, blickte ich in die Mündung eines Revolvers, die ungefähr einen halben Inch vor meinem rechten Auge schwebte.

»Versuchen Sie es, Craven«, sagte Cohen leise. »Versuchen Sie einen Ihrer Zaubertricks – los. Ich bin gespannt, ob Sie schnell genug sind.«

Ich versuchte es nicht. Selbst wenn ich im Vollbesitz meiner Kräfte gewesen wäre, hätte ich es nicht gewagt, denn Cohens Zeigefinger hatte den Abzug der Waffe schon halb durchgezogen. Den Bruchteil eines Millimeters mehr ...

»Ich gebe auf«, sagte ich.

Cohen schwieg, aber das Blitzen in seinen Augen verriet mir, dass er fast bedauerte, so leichtes Spiel zu haben. Und da war noch etwas. Enttäuschung?

»Aufstehen«, befahl er. »Ganz langsam.«

Ich hätte auch nicht schneller aufstehen können, wenn ich es gewollt hätte, denn sein Hieb war sehr kräftig gewesen. Ich hatte noch immer Mühe zu atmen, und meine Rippen pochten, als hätte mich ein Pferd getreten.

»Sie sind ein verdammter Narr, Craven«, sagte Cohen zornig. »Und ich auch – ich hätte wissen müssen, dass Sie Tailworthern übertölpeln.« Er seufzte. »Und ich hatte gerade angefangen, Ihnen zu glauben.«

»Sie täten gut daran, damit weiterzumachen«, sagte Gray kalt.

Cohen lachte. »Ja, das sehe ich, Doktor. Es scheint, als hätten Sie Ihren Klienten nicht besonders gut beraten. Andererseits haben Sie mich vielleicht vor einem gewaltigen Fehler bewahrt.« Er stieß mir den Lauf seiner Pistole in den Rücken. »Vorwärts. Und diesmal sorge ich persönlich dafür, dass Sie keinen Fluchtversuch mehr unternehmen.«

Sarim de Laurec beobachtete interessiert eine Fliege, die sich im Netz einer Spinne verfangen hatte und sich zappelnd zu befreien versuchte. Doch gegen die klebrigen Fäden des Spinnennetzes kam sie nicht an; im Gegenteil. All ihr Strampeln und Bewegen verstrickte sie nur immer tiefer in das feine Gespinst, während die Spinne selbst in einiger Entfernung dahockte und in aller Ruhe wartete, bis ihr Opfer erschöpft genug war, es mit einem schnellen Biss zu erledigen.

Sarim lächelte. Er nahm es als gutes Omen für seine Pläne. So wie diese Fliegen im Netz der Spinne würden sich auch Craven und Howard nur immer tiefer in dem Netz fangen, das *er* ausgelegt hatte. Und das weit komplizierter und raffinierter war als das der Spinne.

Der ehemalige *Puppet-Master (ehemalig?,* dachte er amüsiert) hatte sich wieder in der Gewalt. Er verstand noch immer nicht, was in diesem Haus überhaupt vorging, welche Kräfte es waren, die ihn zu narren versuchten. Aber es war ihm auch gleich. Mochte der Schutzzauber Cravens seine Sinne narren; gefährlich konnte er ihm nicht werden. Die *neue Macht* schützte ihn.

Mit einem Ruck richtete er sich auf und sah sich aufmerksam in dem mit Gerümpel und Möbeln vollgestopften Dachboden um. Es wurde Zeit, dass er fortfuhr, an seinem eigenen Netz zu weben. Noch war es nicht fertig.

Er setzte sich wieder auf die Couch, konzentrierte sich und versuchte telepathisch Kontakt mit seinen Assistenten aufzunehmen. Und er war beinahe überrascht, als es auf Anhieb gelang. Diesmal versuchte nichts ihn zu behindern.

»Meister, endlich meldet Ihr euch. Wir waren schon in Sorge!« Allisdales gedankliche Stimme verriet, dass das, was er mit *Sorge* bezeichnete, in Wahrheit pure Angst war. Und er konnte die Erleichterung des anderen spüren, ebenso die unausgesprochene Frage, weshalb er erst so spät von sich hören ließ. Doch Sarim de Laurec dachte nicht im Entferntesten daran, einem einfachen Mitglied des Ordens Rede und Antwort zu stehen. Alles, was er für Allisdale empfand, war Verachtung.

»Sind die Vorbereitungen getroffen?«, fragte er knapp.

»Natürlich, Meister. Wir haben –«

»Mich interessieren keine unwichtigen Details! Ich will wissen, ob ich meine Pläne wie besprochen durchführen kann.«

»Es ist alles so geschehen, wie Ihr es befohlen habt«, erklärte Allisdale. Sarim nickte, obwohl er wusste, dass es der andere nicht sehen konnte, und löste ohne ein weiteres Wort die Verbindung zu ihm. Allisdale und seine Leute wussten, was sie zu tun hatten. Und vielleicht war es ganz gut, wenn sie ein bisschen Angst ausstanden.

Sarim atmete tief ein und berührte die winzige Wunde an seiner Schläfe mit den Fingerspitzen. Er fühlte warmes Blut, aber auch noch etwas anderes, ein dumpfes Pulsieren wie das Schlagen eines großen, unsäglich bösen Herzens.

Tastenden Fingern gleich suchten und fanden seine neu gewonnenen magischen Kräfte die reglosen Werkzeuge seiner Rache, die er selbst geschaffen hatte. Seine Gedanken verbanden sich mit kaltem Metall, Leder und Kautschuk und erfüllten sie mit Leben.

Sarim zitterte vor Erregung, als sich die Puppen ruckhaft zu bewegen begannen.

Die Fahrt zum Old Bailey wird immer ein Albtraum für mich bleiben; so wie alles, was danach geschah. Cohen hatte mich mit einem halben Dutzend Polizisten in eine Kutsche gezwängt, sodass keiner mehr als eine Hand breit zum Sitzen hatte. Ich war mit zwei Handschellen an Jenkins und Tailworthern gefesselt, der mich mit ständig größer werdender Nervosität ansah. Cohen selbst beobachtete mich durch eine Klappe und hielt mir dabei seinen Revolver vor das Gesicht. Immer wenn die Kutsche in ein Schlagloch fuhr, schwankte der Revolver so stark hin und her, dass die Polizisten neben mir es sichtlich mit der Angst zu tun bekamen.

Und nicht nur sie.

Schließlich bog die Kutsche in eine finstere Toreinfahrt ein und hielt in einem versteckten Hinterhof. Ein gutes Dutzend Polizisten erwartete uns. Ein paar von ihnen spannten die Pferde aus und führten sie weg, während die übrigen mit ihren Pistolen durch das Kutschenfenster auf mich zielten. Erst als man die Pferde weggebracht hatte, stieg Cohen vom Kutschbock und sperrte das Schloss an der Tür auf.

»Keine Tricks, Craven«, sagte er. »Sonst sind Sie schneller ein toter Mann, als *Sie piep* sagen können!« Er unterstrich seine Worte mit einer drohenden Bewegung seiner Pistole. Die neben mir sitzenden Polizisten stiegen bis auf die zwei, an die ich gefesselt war, aus der Kutsche und bildeten mit gezückten Waffen eine Gasse.

Jetzt stiegen auch Jenkins und Tailworthern aus dem Wagen. Sie achteten dabei sorgfältig darauf, nicht in die Schusslinie zu geraten. Dann stand ich auf dem unebenen Pflaster und versuchte durch die nebelige Dämmerung den Ort zu erkennen, an den man mich gebracht hatte. Da ich nur die Rückfront sah, hätte ich überall in London sein können. Die Uniformen der beiden Männer jedoch, die uns die Türen öffneten, waren so charakteristisch, dass ich einen Augenblick stehen blieb und sie anstarrte.

Was zum Teufel hatten wir zu dieser späten Stunde im Old Bailey zu suchen? Wenn mich ein Richter oder Staatsanwalt verhören wollte, so hätte es weitaus weniger Umstände bereitet, wenn er in den Yard gekommen wäre. Außerdem hatte ich nicht die Absicht, auch nur ein Wort zu sagen, solange Gray nicht bei mir war.

»Vorwärts!«, knurrte Tailworthern. Rücksichtslos wurde ich weitergezerrt. Ich hatte das Gefühl, in eine belagerte Festung zu kommen. Überall wimmelte es von Pistolen und Gummiknüppel schwingenden Polizisten, die alle nichts anderes zu tun hatten, als mich mit möglichst finsteren Mienen anzustarren. Wäre es mir besser gegangen, hätte ich mir trotz der Lage, in der ich mich befand, das Lachen nicht verkneifen können. Eigentlich kam mir in diesem Moment erst richtig zu Bewusstsein, was hier geschah. Ich wurde nicht nur wie der berühmte Staatsfeind Nummer eins behandelt – in den Augen dieser Männer *war* ich es.

Cohen selbst öffnete die letzte Tür und wenige Sekunden später stand ich im bedeutendsten Gerichtssaal des Empire. Jenkins und Tailworthern zogen mich weiter, drückten mich auf die Anklagebank und setzten sich zu meinen Seiten nieder. Die begleitenden Polizisten nahmen im Zuschauertrakt Platz, ohne ihre Waffen aus der Hand zu legen, während Cohen auf die Empore zutrat, auf der Richter, Staatsanwalt und Schöffen thronten. Alles kam mir mehr und mehr wie ein böser Albtraum vor.

Aber es war kein Traum. Es war unmöglich und widersprach mindestens einem Dutzend Gesetzen und Erlassen, aber es war alles zum Prozess bereit.

Der Richter blätterte in seinen Akten und stellte Cohen einige leise Fragen, während sich ein paar Schöffen flüsternd miteinander unterhielten. Die meisten wirkten verwirrt und wussten anscheinend genauso wenig wie ich, was wir hier alle sollten.

Der Richter beendete sein Gespräch mit Cohen und schlug mit einem Hammer dreimal auf den Tisch. »Können wir die Verhandlung eröffnen?«, fragte er. Seine Stimme klang seltsam – als hätte er Drähte anstelle von Stimmbändern im Hals.

Dr. Gray stürmte förmlich durch die Tür, warf einem Gerichtsdiener Mantel und Schirm, einem anderen den Bowler zu und eilte nach vorne zur Empore.

»Ich bitte Sie, meine Verspätung zu verzeihen, Euer Lordschaft. Aber ich wurde über diese grässliche Sache erst informiert, als ich in meine Kanzlei zurückkam«, sagte er.

Lordoberrichter James Darender nickte gelangweilt. »Ich nehme Ihre Entschuldigung an, Dr. Gray. Doch ich muss Sie jetzt bitten, sich umzuziehen, damit die Verhandlung beginnen kann.«

»Selbstverständlich, Euer Lordschaft. Doch dürfte ich vorher noch kurz mit meinem Mandanten sprechen? Ich wurde von dem Fall so überrascht, dass ich keine Zeit fand, mich darauf vorzubereiten.«

Der Richter nickte. Gray kam zur Anklagebank und beugte sich zu mir herab. »Kein Wort über den Zwischenfall im Yard«, zischte er. »Ich glaube, ich kann alles vertuschen. Du sagst nichts ohne mein Einverständnis, klar?«

Ich nickte ganz automatisch. Nicht, dass ich auch nur noch ein Wort *verstanden* hätte. *Was zum Teufel ging hier vor?!*

»Kopf hoch, Robert«, fuhr Gray fort. »Irgendwie werden wir uns da schon herausarbeiten. Ich ziehe mich jetzt nur schnell um, und dann zerrupfe ich diese sogenannte Anklageschrift in kleine Fetzchen. Vor Ruthels Augen!« Er lächelte aufmunternd, wandte sich um und folgte dem Gerichtsdiener, der ihm die Tür zu Darenders Zimmer aufhielt, wo er sich umziehen sollte.

Während wir auf Gray warteten, begann ich mich immer unbehaglicher zu fühlen. Irgendetwas *stimmte* hier nicht. Alles um mich herum war einfach *falsch,* ohne dass ich zu sagen wusste, warum. Es begann mit Darender selbst – er war im Gegensatz zu den meisten Schöffen und dem Staatsanwalt in keiner Weise von dem Geschehen beeindruckt, sondern wirkte kalt und irgendwie fremd. Auch als Gray zurückkam, konnte ich mich des Eindrucks nicht erwehren, eine leblose Puppe vor mir zu sehen. Das Gesicht des Lordoberrichters wirkte wie aus glattem, grauem Stein gehauen, und seine Augen überblickten uninteressiert und gläsern die Szene.

Gray setzte sich, ohne mich anzuschauen, auf den für ihn reservierten Platz und ließ sich von einem Gerichtsdiener die Akten reichen.

Der Richter stimmte unterdessen den üblichen Sermon an, der im Namen der Königin Gerechtigkeit versprach. Ich übersah ganz, dass sich die Anwesenden erhoben hatten, und wurde von Jenkins und Tailworthern rüde hochgezerrt. Langsam begann ich die beiden zu hassen – und alle anderen dazu. Das hier war keine Gerichtsverhandlung – es war ein Witz. Aber kein sehr guter.

»Du solltest deine Lage durch provokante Missachtung des Gerichtes nicht noch schlimmer machen«, raunte mir Gray zu. Seine Stimme hörte sich jetzt ebenfalls so seltsam metallisch an, dass sich meine Haare aufstellten. *Was war hier los?*, dachte ich entsetzt. Warum tat Gray, als wäre diese Farce das Normalste der Welt? »Doktor«, stammelte ich, »was –«

»Angeklagter, Ruhe!«, herrschte mich der Richter an. Abermals schlug er mit seinem Hammer kräftig auf den Tisch. Die Schläge hallten dumpf in meinem Schädel wider. Für einen Moment verlor ich vollends die Beziehung zur Wirklichkeit, und für einen noch kürzeren, hysterischen Augenblick war ich hundertprozentig davon überzeugt, gleich die Augen aufzuschlagen und festzustellen, dass dies alles nichts als ein weiterer Albtraum war.

Aber wenn es so war, wachte ich nicht auf.

Als ich wieder soweit war, dass ich die auf der Richterbank gesprochenen Worte verstehen konnte, war der Staatsanwalt bereits dabei, seine Anklage zu verlesen.

Aber eigentlich war es keine Anklageschrift, sondern ein Pamphlet, das lächerlich gewirkt hätte, wäre der Name Robert Craven darin nicht so oft vorgekommen. Ruthel stellte mich als einen derartigen Unhold hin, dass selbst eine Kreatur wie Necron lauteres Gold dagegen gewesen wäre.

Ich hatte selten einen größeren Unsinn gehört.

Das Dumme war nur, dass ich der Einzige zu sein schien, der ihn nicht glaubte.

Außer Cohen, heißt das. Von allen hier – Gray eingeschlossen – war er der Einzige, auf dessen Gesicht sich die gleiche Mischung aus Unglauben und Verwirrung spiegelte, wie auch ich sie spürte. Immer öfter blickte er den Richter und Ruthel an, und jedes Mal wurde sein Stirnrunzeln ein wenig tiefer. Aber er schwieg beharrlich.

Ebenso wie mein Anwalt. Ich hätte es Gray nach allem, was geschehen war, nicht verübelt, wenn er erst gar nicht erschienen wäre; aber die Kälte, die er nun an den Tag legte, verstand ich nicht mehr. Er verfolgte die Tiraden des Staatsanwaltes, ohne sich auch nur ein einziges Mal die Mühe zu machen, dem Wortschwall ein Ende zu bereiten, sondern lehnte sich nur gemächlich in seinen Sitz zurück und brachte einige Notizen zu Papier. Seine Miene wirkte dabei etwa so engagiert wie die eines Katzenzüchters, den es auf die Jahresversammlung des britischen Doggenzuchtvereines verschlagen hat.

Der Richter sah im Übrigen genauso aus. Auch bei einigen Schöffen glaubte ich diese Interesselosigkeit zu sehen, musste mich allerdings korrigieren, als einer der von mir beobachteten Schöffen einen Zwischenruf einbrachte.

»Warum wurde der Angeklagte nicht in Haft genommen, als er das Mädchen ermordete? Ein vielversprechender Beamter unserer Polizei könnte noch leben, wenn die Staatsanwaltschaft den Angeklagten damals nicht mit Samthandschuhen angefasst hätte!«

Ich korrigierte mein vielleicht vorschnell gefasstes Urteil abermals. Die Männer waren bei weitem nicht so interesselos, wie ich geglaubt hatte. Ihr Desinteresse beschränkte sich nur auf die Teile der Anklage, die nicht zu deutlich *gegen* mich sprachen ...

Im Gegenteil, sie gaben sich alle Mühe, mich an den Galgen zu reden.

Der Staatsanwalt hatte leichtes Spiel, seine Anklage vorzubringen. Seine Beweispunkte waren teilweise so hanebüchen, dass sie ein Kind hätte widerlegen können.

Leider war Gray kein Kind mehr ...

Als sich der Staatsanwalt setzte, konnte ich mein Urteil in den Gesichtern der Schöffen bereits ablesen. Gray hätte ein Wundermann sein müssen, um noch eine Wendung zu meinen Gunsten herbeizuführen. Und ganz allmählich begann ich daran zu zweifeln, ob er es überhaupt *wollte.*

Gray stand etwas schwerfällig auf und blätterte nachdenklich in seinen Akten. Sein Gesicht war wie aus Stein. »Hohes Gericht«, begann er. »Ich will dem Staatsanwalt nicht Unwahrheit vorwerfen, doch erscheint mir seine Anklage ... ein wenig seltsam. Ich kenne meinen Mandanten seit mehreren Jahren und vertrat davor schon die Geschäfte seines Vaters. Robert Craven ist mir immer als wohlerzogener junger Mann erschienen, der Recht und Ordnung ohne jede Einschränkung akzeptiert, ja, im Gegenteil ein vehementer Verfechter dieser beiden Grundpfeiler unserer Gesellschaftsordnung ist. Ich halte ihn gar nicht für fähig, einen Mord zu begehen. In diesem Lande wird kein Bürger allein deswegen schuldig gesprochen, weil er einem jungen Mädchen helfen will, das von einem Unhold angegriffen wird, oder weil missliebige Leute eine fremde Leiche in seinem Garten vergraben. Das kann jedem von uns passieren, sogar dem Staatsanwalt.«

Gray setzte bei dieser Bemerkung ein Lächeln auf, das humorvoll wirken sollte. Mir jagte es jedoch einen Schauer über den Rücken. Obwohl er eigentlich recht gut begonnen hatte, zog ich unwillkürlich die Schulter ein und wartete auf den Schlag, der mich unweigerlich treffen würde.

Doch vorerst zerpflückte Gray die Argumente des Staatsanwaltes in einer Weise, dass dieser rot anlief. Wenn auch nicht vor Wut, sondern allerhöchstens vor Scham über seinen Kollegen. War Gray verrückt geworden?

»Ein einziger Mann wird von der Anklage als Zeuge vorgebracht«, fuhr er fort. »Er soll meinen Mandanten bei dem Mord beobachtet haben. Sehen Sie sich doch dieses Individuum an. Inspektor Cohen nennt ihn einen freien Mitarbeiter Scotland Yards. Ich bezeichne so etwas als einen Polizeispitzel übelster Sorte, bereit, jeden zu verraten, wenn er nur gut bezahlt wird. Ich stelle in den Raum, dass dieser Mann eine ungesetzliche Tat vollführte und dabei von dem jungen Beamten ertappt wurde. Ist es nicht möglich, dass er Peabody ermordet hat und nun die Schuld meinem Mandanten in die Schuhe schieben will?«

»Das ist ja lächerlich«, sagte Cohen.

»Genau«, fügte der Richter hinzu.

»Ebendies«, bemerkte Ruthel.

»Vielleicht war es Cohen auch selbst«, schlug Gray vor. »Es ist bekannt, dass Peabody und er nicht zum ersten Male gewisse Differenzen hatten. Und Inspektor Cohen ist als gewalttätiger Mensch aktenkundig. Mein Mandant wurde von seinen Mitarbeitern während der Verhaftung misshandelt.«

Im Saal entstand ein Tumult, der Gray daran hinderte, weiterzusprechen. Der Richter trommelte mit seinem Hammer auf den Tisch und schrie, dass Gray gefälligst sachliche Argumente vorbringen solle, anstatt einen unbescholtenen Bürger schlimmster Verbrechen zu beschuldigen.

Cohen sagte gar nichts, sondern starrte Gray nur mit offenem Mund an.

»Doktor Gray, ich flehe Sie an – hören Sie auf!«, stammelte ich.

Gray lächelte, wandte sich wieder an den Richter und fuhr unbeeindruckt fort: »Gut. Gestehen wir dem Informanten des Inspektors zu, dass er Peabody nicht ermordet hat, und unterstellen wir auch Cohen, dass er es nicht war. Dies ist jedoch noch lange kein Beweis dafür, dass mein Mandant der Mörder sein muss. Ich weiß zum Beispiel, dass der Inspektor ein persönlicher Feind meines Mandanten ist. Trotzdem will ich ihm nicht vorwerfen, in dieser Situation billige

Rache zu suchen. Doch ich bin der festen Überzeugung, dass die Polizei – und hier vor allem Inspektor Cohen – meinen Mandanten als Täter sehen will!«

Diesmal war selbst der Richter nicht imstande, den entstehenden Tumult zu unterbinden. Die zuschauenden Polizisten stießen gellende Pfiffe aus, manche auch unfeinere Dinge; und mehr als eine Faust wurde gegen Gray geschüttelt. Selbst unter den Schöffen trat erhebliche Unruhe ein, und als der Hammer des Richters zuletzt doch den Lärm zu übertönen begann, tuschelten die meisten Männer noch eifrig miteinander.

»Hohes Gericht, Eure Lordschaft. Der Vorwurf des Verteidigers ist derart schwerwiegend, dass ich mich gezwungen sehe, selbst darauf zu antworten«, rief Cohen plötzlich. Sein Gesicht war kalkweiß geworden, aber seine Augen sprühten vor Wut, als er nach vorne kam und Gray mit äußerstem Abscheu musterte.

»Bitte, Inspektor«, sagte Darender.

Cohen nickte wütend, stapfte in den Zeugenstand und begann, ohne sich zu setzen. »Es stimmt, ich bin kein Freund des Angeklagten, Hohes Gericht. Doch dies hat keine privaten, sondern dienstliche Gründe: Schon mehrmals geriet der Angeklagte unter den konkreten Verdacht, Verbrechen begangen zu haben. So ist zum Beispiel vor nicht ganz zwei Jahren eine junge Frau spurlos verschwunden, nachdem sie eine Stelle im Haus des Angeklagten angetreten hatte. Damals konnten wir Craven nichts beweisen. Doch für den Mord an dem jungen Mädchen, der vor ein paar Tagen stattgefunden hat, haben wir einen Zeugen.« Die Wut in seinem Blick verwandelte sich in Triumph, als er Gray und dann mich ansah. »Den Kutscher, der Craven gefahren hat!«

»Tatsächlich?«, erkundigte sich Darender.

Cohen nickte grimmig. »Meine Leute sind dabei, ihn hierher zu bringen, Eure Lordschaft. In wenigen Minuten –«

Darender gähnte. »Aber das ist doch gar nicht nötig«, sagte er. »Wir alle glauben Ihnen, Inspektor.« Er gähnte erneut, hob seinen Hammer und schlug dreimal auf den Tisch. »Wenn das so ist, verurteile ich den Angeklagten hiermit zum Tode durch den Strang. Hat jemand was dagegen? Sie vielleicht, Doktor Gray?«

Gray stand auf, blickte mich traurig an und schüttelte den Kopf. »Anhand der schwer wiegenden Umstände verzichte ich im Namen meines Mandanten darauf, in die Berufung zu gehen.«

Für einen Augenblick war ich wie erstarrt. Das war doch unmöglich! Das war nicht einmal mehr eine Farce – das war schlimmstes Schmierentheater!

»Das ... das kann nicht Ihr Ernst sein, Gray«, stammelte ich. »Sie ...«

»Angeklagter, Ruhe«, blaffte Darender. Dann seufzte er, warf seinen Hammer in hohem Bogen hinter sich und setzte ein sehr amtliches Gesicht auf.

»Ich danke der Staatsanwaltschaft und dem Verteidiger für ihre Bemühungen«, erklärte er gelangweilt. »Um jede Möglichkeit auszuschalten, den Angeklagten der irdischen Gerechtigkeit zu entziehen, werde ich persönlich dafür sorgen, dass die Königin das Urteil noch heute Abend unterzeichnet. Die Exekution findet morgen früh im Hof des Gefängnisses von Newgate statt!«

Darender schlug in Ermangelung eines Hammers dreimal mit der Faust auf den Tisch und verließ den Saal. Und eine halbe Sekunde später fühlte auch ich mich gepackt und hinausgeschleift. Ich hatte noch nicht einmal richtig begriffen, was überhaupt los war.

Das Letzte, was ich sah, war Cohens fassungsloses Gesicht, der sich wie vom Donner gerührt in den Stuhl im Zeugenstand fallen ließ und ganz offensichtlich an seinem Verstand zu zweifeln begann.

Es dauerte lange, bis Cohen in die Wirklichkeit zurückfand. Tailworthern hatte Craven längst fortgeschafft, und auch die meisten Schöffen waren bereits fort, aber der Inspektor saß noch immer da, als erwache er gerade aus einem tiefen, albtraumhaften Schlaf. Er fühlte sich auch genau so. Wie in Trance stand er auf, trat aus dem Zeugenstand heraus, sah hilflos in die Runde und steuerte schließlich auf Gray zu, der in aller Seelenruhe seine Papiere ordnete.

»Das darf doch alles nicht wahr sein, Doktor«, murmelte er. »Was ... was soll das bedeuten?«

Gray sah auf, schob seine Brille zurecht und musterte Cohen mit einem *Was-zum-Teufel-will-der-Kerl-von-mir-Blick.* Trotzdem antwortete er. »Das kann ich Ihnen sagen, Cohen: Craven wird baumeln. Gleich morgen früh. Das wollten Sie doch, oder?«

»Aber das ... das war doch keine ... keine Gerichtsverhandlung!«, krächzte Cohen.

»Doch, doch«, antwortete Gray. »Ich muss das wissen. Ich bin Anwalt.« Er gähnte, klappte seine Aktenmappe zu und stand mit einem

Lächeln auf. »Sind Sie vielleicht der Meinung, dass hier irgendetwas nicht seine Ordnung hatte?«, fragte er. »Sie waren es doch, der Craven verhaftet hat, oder?«

»Aber ich ... das ... das ...« Cohen brach verstört ab. Das alles musste ein Albtraum sein! »Aber Sie können das doch nicht so hinnehmen!«, begann er neu. »Das war doch keine Verhandlung! Das war –«

»Ja?«, fragte Gray lauernd.

Cohen ballte in stummer Verzweiflung die Fäuste. »Zum Teufel, ich wollte, dass Craven hängt – wenn er schuldig gesprochen wird!«

»Ist er doch«, sagte Gray ruhig. »Oder?« Er runzelte in plötzlichem Ärger die Stirn. »Gehen Sie zum Richter, wenn Ihnen was nicht passt«, fuhr er Cohen an. »Ich habe Ärger genug. Ich verliere einen meiner zahlungskräftigsten Kunden, wissen Sie? Und nun, gute Nacht!«

Und damit ließ er einen vollkommen fassungslosen Inspektor Cohen einfach stehen und trollte sich.

Cohen blickte ihm nach, bis er den Gerichtssaal verlassen hatte. Er war allein; nur ein Gerichtsdiener stand noch unter der Tür und wartete sichtlich darauf, dass Cohen endlich ging und er Feierabend machen konnte.

Stattdessen drehte sich Cohen auf dem Absatz herum, durchquerte mit weit ausgreifenden Schritten den Saal und stürmte, ohne sich auch nur die Mühe zu machen anzuklopfen, ins Richterzimmer.

Lordoberrichter James Darender war nicht sehr überrascht, ihn zu sehen. Ganz im Gegenteil – er lächelte, als hätte er auf ihn gewartet.

»Mein lieber Cohen«, sagte er. »Ich dachte mir, dass Sie kommen würden. Nun, wo Craven endlich hängen wird –«

»Aber das ist Wahnsinn!«, unterbrach ihn Cohen. »Bei allem Respekt, Eure Lordschaft, aber das war keine Gerechtigkeit.«

»Natürlich nicht«, antwortete Darender gelassen.

Cohen ächzte. »Na ...«

» ...türlich nicht«, sagte Darender noch einmal. »Was haben Sie erwartet? Wir wollten Craven hängen, und das wird uns gelingen. Alles andere zählt doch nicht, oder? Ich muss Sie nicht daran erinnern, dass Sie es waren, der Craven verhaftet hat.«

»Aber das war ... doch etwas anderes!«, stöhnte Cohen. »Eure Lordschaft, ich flehe Sie an, Sie können nicht –«

Darender unterbrach ihn mit einem neuerlichen Seufzen. »Ich

sehe schon«, sagte er enttäuscht, »Sie machen uns Schwierigkeiten. Sie sind ein sehr unartiger Junge, Inspektor, wissen Sie das? Ich fürchte, dagegen müssen wir etwas unternehmen.«

Und damit stand er auf, ging zu seinem Kleiderschrank und öffnete die Tür. Ein Mann trat heraus.

Und Inspektor Cohen von Scotland Yard stand sich selbst gegenüber.

Das Gefühl war wieder da, schlimmer als vorher.

Jemand beobachtete ihn.

Sarim de Laurecs Blick irrte unstet durch die stauberfüllte Halbdämmerung des Dachbodens. Es war zum Wahnsinnigwerden – nichts hatte sich verändert, seit er hier heraufgekommen war, und doch kam ihm seine Umgebung von Sekunde zu Sekunde fremder und Furcht einflößender vor. Irgendetwas war da, etwas, das ihn belauerte, wartete, etwas Gieriges und unglaublich Mächtiges. Etwas, das –

Sarim schrie auf, als er seine Drehung beendete und sein Blick dorthin fiel, wo vor Augenblicken nur nacktes Mauerwerk gewesen war.

Ein Mann stand vor der Wand und blickte auf ihn herab. Sein schmales Gesicht wirkte ernst, ja fast streng. Die mageren Hände umklammerten einen Spazierstock, in dessen Kristallknauf ein funkelnder Stern eingegossen war, dessen Licht nicht von dieser Welt stammen konnte. Das gleiche Licht funkelte auch in den dunklen Augen des Mannes und zeugte von einem Wissen und einer Macht, denen Sarim de Laurec nichts Gleichwertiges entgegenzusetzen vermochte.

»Craven!« Sarim schrie abermals auf, prallte zurück und zerrte in einer Reflexbewegung die Waffe unter dem Mantel hervor.

Aber er drückte nicht ab.

Der Mann hatte sich nicht gerührt, und plötzlich begriff de Laurec, dass er sich auch nicht rühren würde, selbst wenn er auf ihn schoss.

Was er für einen Menschen gehalten hatte, war nur ein Bild.

Ein gewaltiges, lebensgroßes Portrait, das nicht Robert Craven, sondern seinen Vater zeigte, Roderick Andara, dem dieses Haus einmal gehört hatte.

Mit einem erleichterten Seufzen ließ Sarim de Laurec die Waffe wieder unter seinem Mantel verschwinden, wischte sich den Schweiß von der Stirn und schalt sich in Gedanken einen Narren, sich von einem Bild erschrecken zu lassen, das seit einem Jahrzehnt oder länger hier verstaubte.

Aber noch während er diesen Gedanken dachte, glaubte er ein tiefes, sehr, sehr böses Lachen zu hören, und im gleichen Moment war es, als sähe er ein spöttisches Lächeln über die schmalen Lippen des gemalten Gesichtes auf dem Bild huschen – was natürlich Unsinn war.

Dann erlosch dieser Eindruck wieder, und Sarim sah das Bild so, wie es wirklich war: alt und von Rissen durchzogen. An mehreren Stellen war die Farbe bereits verblichen, und in einer Ecke hatte eine Spinne ihr Netz so gewoben, dass es auch einen Teil von Roderick Andaras Gesicht bedeckte.

Nur ein Bild, hämmerte er sich ein. Nur ein Bild, nicht mehr.

Aber ganz sicher war er nicht.

Es war wie das Erwachen aus einem entsetzlichen Albtraum, dem ein anderer, noch schlimmerer folgte, der *Wirklichkeit* hieß.

Der Henker von London trug kein wallendes rotes Gewand und keine Kapuze, sondern eine etwas schäbige dunkle Hose und eine dunkelgraue Jacke mit Lederflicken auf den Ärmeln. Sein Gesicht war teigig und nichtssagend; eigentlich sah er nicht aus wie ein Henker, sondern eher wie ein biederer Handwerker, der sich gerade daran machte, ein paar Schuhe zu besohlen oder eine Kupferkanne zu löten. Nicht wie jemand, der vorhatte, einen Menschen nach allen Regeln der Kunst vom Leben zum Tode zu befördern.

Wahnsinn, dachte ich. *Das alles ist Wahnsinn!* Nicht einmal die Berührung an meiner Schulter schien mir real, als der Henker mit geübtem Blick Maß nahm und seinem Gehilfen zurief, den Strick kürzer zu nehmen. »Muss alles seine Ordnung haben«, sagte er fachmännisch gelassen.

»Hören Sie mit dem Unsinn auf, Walters!«, sagte Cohen streng. »Bringen wir es endlich hinter uns, damit ich zu meinem Frühstück komme.« Der Henker runzelte die Stirn, ohne übermäßig schuldbewusst auszusehen, sagte jedoch kein Wort mehr, sondern konzentrierte sich ganz darauf, eine Schlinge auf die passende Größe zurechtzuziehen.

Allmählich begann der kleine Raum vor meinen Augen zu verschwimmen. Ich fühlte mich ...

Es ist unmöglich zu beschreiben, *was* ich in diesem Moment wirklich empfand. Ich hatte keine Angst, sondern spürte im Gegenteil eine hysterische, immer stärker werdende Heiterkeit. Alles wirbelte in meinem Kopf durcheinander: die Verhandlung, die folgende Nacht, die ich in Ketten in einer winzigen feuchten Zelle verbracht hatte, der Morgen, die Henkersmahlzeit, der Besuch des Geistlichen ... Ich war überzeugt davon, dass alles nur ein Albtraum sein konnte. Gleich würde ich aufwachen, oder die Tür würde aufgehen und Howard und Rowlf hereinkommen und mir erklären, dass alles nur ein böser Streich gewesen war, oder ...

Eine Hand legte sich schwer auf meine Schulter. Ich schrak hoch und starrte in das nichtssagende Gesicht des Henkers. »Kommen Sie«, sagte er. »Es ist soweit.« Meine Beine setzten sich wie von selbst in Bewegung und trugen mich die Treppe zum Galgen empor. Die Stufen vibrierten unter meinen Füßen. Das monotone *klack-klack* meiner Schritte hallte wie dumpfe Trommelschläge in meinen Ohren wider. Meine Augen waren gebannt auf die leicht im Wind schwingende Schlinge gerichtet.

Ich werde sterben!, dachte ich hysterisch. *Jetzt!*

Der Henker drehte mich herum und warf mir das Seil um den Hals. Er kontrollierte den Sitz der Schlinge mit pedantischer Genauigkeit und zog den Knoten zurecht, während ich wie betäubt auf Cohen und das halbe Dutzend Zeugen herabstarrte, die am Fuße des Galgens standen.

»Es ist soweit, Mister Craven«, sagte Cohen kalt. »Haben Sie noch einen letzten Wunsch?«

Ich wollte etwas sagen – ganz gleich was, nur *irgendetwas,* um noch ein paar Sekunden zu gewinnen, noch einige kostbare Augenblicke länger *am Leben* zu bleiben, aber meine Stimmbänder versagten mir den Dienst, und so schüttelte ich nur den Kopf.

Cohen nickte, als hätte er nichts anderes erwartet.

»Dann möge Gott Ihrer Seele gnädig sein, Mister Craven«, sagte er ruhig. Und fügte hinzu: »Henker von London, tu deine Pflicht.«

Seine Worte drangen wie aus weiter Ferne an mein Bewusstsein. Ich sah nach oben und starrte gegen die fleckige Decke, und absurderweise verspürte ich nichts als ein tiefes Bedauern, nicht darum gebeten zu haben, den Sonnenaufgang noch einmal sehen zu dürfen. Jetzt war es zu spät.

Ich fühlte mich plötzlich so leicht wie eine Feder; fast schwerelos.

Alle meine Gedanken wirbelten um Howard und Priscylla und um das Haus am Ashton Place. Als der Henker den Hebel ergriff und mit einem kräftigen Ruck daran zog, war es für mich nicht mehr als die Bewegung eines undeutlichen Schattens. Ich spürte nicht einmal, wie der Boden unter meinen Füßen wegsackte, nur einen kurzen Moment wirklicher Schwerelosigkeit – und dann für einen noch kürzeren Moment den absurden Gedanken, dass ich irgendwo einmal gelesen hatte, hängen solle ein sehr angenehmer Tod sein.

Aber das stimmte nicht.

Die seelenlosen Killer

»Er ist tot, Howard. Sie haben ihn umgebracht!« Die Augen des großen, rothaarigen Mannes waren verquollen von Tränen, sein Gesicht rot und verzerrt und zu einer Grimasse geworden, über die er längst jede Kontrolle verloren hatte. »Er ist tot.« Immer und immer wieder stammelte er diese Worte, begleitet von einem ruckhaften, schmerzerfüllten Schluchzen, das seinen Körper wie eine Folge schrecklicher Krämpfe schüttelte. »Robert ist tot!«

Howard reichte Rowlf mit zitternden Händen das siebente oder achte Glas Cognac – vielleicht waren es auch schon weit mehr, er hatte gar nicht erst versucht, sie zu zählen –, aber der rothaarige Riese schüttete auch diesmal den Alkohol wie Tee in sich hinein, ohne auch nur mit der Wimper zu zucken. Die Wirkung, auf die Howard gehofft hatte, blieb ebenso aus wie bei den Gläsern zuvor. Ganz im Gegenteil schien sie – wenn überhaupt möglich – Rowlfs Verzweiflung nur noch zu verschlimmern. Seit drei Stunden, seit Gray mit der Nachricht von Robert Cravens bei Sonnenaufgang erfolgter Exekution gekommen war, weinte der sieben Fuß große Gigant wie ein kleines Kind. Zum ersten Mal, seit Howard ihn vor so langer Zeit kennen und schätzen gelernt hatte, war er es, der Rowlf zu beruhigen versuchte und einen klareren Kopf behielt, und nicht umgekehrt.

Auch wenn dies vielleicht nur äußerlich war. Ihn selbst hatte die Nachricht von Roberts Tod – obgleich nicht unvorbereitet – möglicherweise noch härter getroffen. Aber es war ein Schmerz ganz anderer Art, den er verspürte, etwas, das sehr viel tiefer ging und Zeit brauchen würde, um zu wirken. Die Ruhe, die er im Moment verspürte, erschreckte ihn beinahe selbst. Aber es war wohl eher Betäubung als Ruhe, eher Lähmung als Gelassenheit. Der wirkliche Schmerz würde später kommen und er würde entsetzlich sein. Fast beneidete er Rowlf darum, weinen zu können.

»Du musst dich zusammenreißen, Rowlf«, sagte Gray ruhig. Er saß noch immer auf dem Stuhl unter dem Fenster, auf dem er sich vor drei Stunden niedergelassen hatte, und die fünf Worte waren die ersten überhaupt, die er seither hören ließ. Auch Gray schien eine Art von Betäubung zu spüren, dachte Howard. Er wusste, dass der greise Rechtsanwalt und Notar Robert auf seine Art ebenfalls geliebt hatte. Es war seltsam – zu Lebzeiten schien Robert Craven ein Mann ohne Freunde gewesen zu sein, aber jetzt, da er tot war, fiel Howard erst auf, wie viele Menschen ihn gemocht, ja mehr noch, wie einen Bruder oder Sohn geliebt hatten.

»Zusamm'reiß'n?« Rowlf zog geräuschvoll die Nase hoch, schenkte sich selbst einen weiteren Cognac ein und starrte Gray mit unverhohlener Feindseligkeit an. »Un was nutzt dem Kleinen das jetz' noch?«, fauchte er. »Wenn Sie'n bisschen bessere Arbeit geleistet hätt'n –«

»Rowlf!«, sagte Howard scharf.

Rowlf verstummte schuldbewusst, aber Gray winkte nur ab und schüttelte betrübt den Kopf. »Lass ihn, Howard. Er hat ja Recht. Ich mache mir schwere Vorwürfe. Ich habe versagt.«

»Unsinn!«, sagte Howard ärgerlich. »Das Ganze war ein abgekartetes Spiel. Sie hatten keine Chance. Cohens so genannte Beweise –«

»Waren nicht den Atem wert, den er brauchte, sie vorzutragen«, unterbrach ihn Gray. »Ich hätte sie in der Luft zerreißen müssen. Ich hätte zumindest das Todesurteil in eine lebenslange Haftstrafe umwandeln müssen, verdammt. Dann hätten wir Zeit gehabt, die wahren Schuldigen zu finden. Aber es ging alles so schnell.«

»Außerdem war's gesetzesverboten!«, fauchte Rowlf. »Ne Hinrichtung gleich am anderen Morg'n! Das tuts doch gar nich' geb'n!«

Gray nickte. »Ich weiß. Vermutlich könnte ich Darender und Ruthel daraus einen schönen Strick drehen.« Er lachte, aber es klang eher wie ein Schrei. »Ich denke, ich werde es tun«, fuhr er nach einer Pause fort. »Die beiden Herrschaften werden wohl frühzeitig ihren Abschied einreichen müssen.«

»Das macht Robert auch nicht wieder lebendig«, sagte Howard düster. »Rache hat noch niemandem genutzt.«

»Ich weiß«, antwortete Gray. »Aber sie tut verdammt gut.« Er stand auf, ging zum Fenster und zog die Gardinen ein Stück zur Seite, um auf die Straße hinauszublicken. »Sie sind noch immer da.«

»Cohens Männer?«

Gray nickte. »Ja. Sie geben sich nicht einmal Mühe, unauffällig zu sein. Du solltest auf meinen Rat hören und die Stadt verlassen. Besser noch das Land.« Er drehte sich herum, verschränkte die Arme vor der Brust und lehnte sich in lässiger Haltung gegen die Wand. »Es wäre wirklich besser. Ich traue diesem Cohen nicht. Jetzt, nachdem er Robert erledigt hat, wird er alle Hebel in Bewegung setzen, dich auch noch zu kriegen.«

»Ich geh' runter un' schlag' ihn den Schädel ein!«, verkündete Rowlf. »Denen werd ich's zeigen, uns –«

»Nichts wirst du ihnen zeigen, Rowlf«, sagte Howard ruhig. »Darauf wartet Cohen doch nur. Du wirst etwas anderes tun.«

»Un' was?«

Howard zögerte. Für einen Moment zerbrach die Maske der Beherrschung, die auf seinem Gesicht lag, und für die Dauer von zwei, drei Atemzügen war der innerliche Kampf, den er durchstand, deutlich auf seinen Zügen abzulesen. Dann gab er sich einen Ruck, ging zum Schreibtisch und kritzelte eine Adresse auf einen von Roberts Briefbögen. Rowlf kam näher und versuchte über Howards Schulter hinweg einen Blick auf das Papier zu werfen, aber Howard faltete das Blatt schnell zusammen, drehte sich herum und reichte es Rowlf. »Du gehst zu dieser Adresse«, sagte er. »Und dort fragst du nach Viktor.«

»Viktor wer?«

»Nur Viktor«, beharrte Howard. »Sag ihm, dass ich seine Hilfe brauche.«

»Sonst nix?«

»Sonst gar nichts«, antwortete Howard betont. »Sag ihm nicht, was hier geschehen ist, hörst du? *Howard braucht Ihre Hilfe,* das ist alles, was er wissen muss. Und«, fügte er nach sekundenlangem Zögern hinzu, »pass auf, dass dir niemand folgt. Wenn Cohens Männer sich an deine Fersen heften, schüttele sie ab – irgendwie. Aber bitte keine Gewalt.«

Rowlf wirkte ein bisschen enttäuscht, griff aber gehorsam nach dem Blatt und verstaute es in seiner Jackentasche, während er sich mit der anderen Hand die Tränen aus dem Gesicht wischte. Ohne ein weiteres Wort verließ er den Salon. Wenige Augenblicke später hörten die beiden Männer unten die Haustür ins Schloss fallen.

»Viktor?«, wiederholte Gray fragend, als sie allein waren. »Wer soll das sein?«

»Ein alter Freund von mir«, antwortete Howard ausweichend. »Eigentlich kein Freund, sondern eher ein guter Bekannter. Er schuldet mir einen Gefallen.«

»Aber du willst mir nicht sagen, welchen«, vermutete Gray. Er klang ein ganz kleines bisschen beleidigt.

»Ganz recht, Doktor«, sagte Howard. »Je weniger Sie wissen, desto besser. Es ist nichts Ungesetzliches, wenn es das ist, was Sie befürchten.«

»Genau das ist es, Howard«, sagte Gray ernst. »Ich fühle mich für dich und Rowlf verantwortlich. Im Augenblick seid ihr vor lauter Kummer nicht mehr ganz zurechnungsfähig, weiß du? Ich fürchte, dass du Dinge anstellst, die du hinterher bereuen würdest. Cohen wartet nur darauf, dass du ihm einen Vorwand gibst, dich in den Tower zu werfen und den Schlüssel wegzuschmeißen.«

Howard lächelte flüchtig, wurde aber sofort wieder ernst.

»Nur keine Sorge, Doktor«, sagte er. »Ich werde in den nächsten Tagen und Wochen ein wahrer Musterbürger sein. Ich werde nicht einmal auf den Gehsteig spucken, ohne Inspektor Cohen vorher um Erlaubnis gefragt zu haben.«

»Das hoffe ich, Howard«, sagte Gray. »Das hoffe ich sehr.« Er seufzte, klaubte seinen Spazierstock vom Stuhl auf und deutete mit einer Kopfbewegung auf die Tür. »Wenn du mich nicht mehr brauchst ...«

»Gehen Sie ruhig, Doktor«, sagte Howard. »Im Moment können wir ja doch nichts tun.«

Gray sah ihn noch einmal sehr zweifelnd an, dann aber wandte er sich ohne ein weiteres Wort um und ging, während sich Howard umwandte und zum Fenster treten wollte.

Aber er führte die Bewegung nicht zu Ende, sondern blieb plötzlich mitten im Schritt stehen und starrte dorthin, wo Gray zuvor gestanden hatte.

Es war sonderbar, und Howard fand absolut keine zufrieden stellende Erklärung dafür, so sehr er sich auch anstrengte, aber Doktor Gray, der – wenn es hoch kam – hundert Pfund auf die Waage bringen mochte – hatte zwei deutliche Fußabdrücke im Parkettboden hinterlassen.

Irgendetwas war nicht so glatt verlaufen, wie er es geplant hatte. Sarim wusste nicht, woher dieses Wissen kam, und er hatte nicht einmal irgendeinen konkreten Anhaltspunkt dafür, dass auch nur eine Kleinigkeit schiefgelaufen wäre, aber er wusste es einfach.

Müde stemmte er sich von der staubüberzogenen Couch hoch, auf der er geschlafen hatte, fuhr sich mit der linken Hand über die Augen und wischte dabei ganz automatisch das Blut fort, das seine Schläfe bedeckte. Sofort quoll ein neuer, glitzernd-roter Tropfen aus dem winzigen Schnitt in seiner Haut. Sarim de Laurec beachtete ihn gar nicht mehr. Während der ersten Tage und Wochen hatte er ernsthaft gefürchtet, an dieser Wunde zu verbluten, denn so klein sie auch war, sie schloss sich nicht, und der rote Strom, der aus seinem Körper floss, war dünn, aber beständig. Trotzdem hielt ihn die gleiche Macht, die sie daran hinderte zu heilen, auch am Leben. Und sie tat noch weitaus mehr ...

Sarim de Laurec verscheuchte den Gedanken, gähnte noch einmal und konzentrierte sich wieder auf nahe liegendere Probleme.

Zum Beispiel das, wie er jemals wieder aus diesem verhexten Haus herauskommen wollte ...

Nicht, dass er sich ernsthafte Sorgen darum machte. Der geheimnisvolle Schutzmechanismus, mit dem Robert Craven sein Haus in eine magische Falle verwandelt hatte, hatte ihn genarrt und in die Irre geführt, aber das schien auch alles zu sein, wozu er fähig war. Wenn Sarim seine ganze Macht einsetzte, würden die Illusionen zerplatzen wie Seifenblasen. Hinzu kam, dass der Zauber jetzt wohl bald erlöschen würde, nach Cravens Tod. Nein – Sarim de Laurec, *Puppet-Master a. D.* des Templerordens und Diener einer neuen, ungleich gewaltigeren Macht, machte sich keine ernsthaften Sorgen um sein Schicksal. Was ihm viel mehr Kopfzerbrechen bereitete, war die an Gewissheit grenzende Ahnung, dass irgendetwas seine Pläne störte – und er wusste, zum Teufel noch mal, nicht was!

Er überlegte, ob es vielleicht damit zusammenhing, dass er sich so ausgebrannt fühlte wie noch nie nach dem Einsatz seiner Fähigkeiten. Es war, als sauge ihn irgendetwas in diesem Haus aus, eine Art magischer Vampir, der immer nur dann zuschlug, wenn er seine spezielle Begabung benutzte. Es konnte allerdings auch damit zu tun haben, dass etliche seiner Geschöpfe wie ganz spezielle Menschen aussehen und handeln mussten. Trotz aller Konzentration hatte Sarim mehrmals nur um Haaresbreite eine Entlarvung seiner Geschöpfe vermeiden können. Es war ein gewaltiger Unterschied, eine seiner Puppen nur menschenähnlich zu gestalten, oder sie wiederum so zu lenken, dass selbst die engsten Freunde ihrer Vorbilder den Unterschied nicht bemerkten. Sehr lange, das wusste er, würde er die Anspannung nicht mehr ertragen.

Aber das war auch gar nicht mehr nötig.

Doch der erste Teil seines Plans war gelungen. Jetzt musste er den zweiten Teil vorbereiten, der zwar weit komplizierter, aber nicht halb so anstrengend war.

Doch als er sich aufrichtete, fühlte er sich gar nicht danach, etwas zu tun. Selbst die kleine Anstrengung des Aufstehens war ihm zu viel, und für einen Moment wurde ihm schwindelig. Seine Knie zitterten, und als er einen Schritt gehen wollte, war er so schwach, dass er stürzte. Nur mit Mühe schleppte er sich zur Couch zurück und legte sich darauf. Sein Herz raste, als wolle es jeden Augenblick zerspringen, und vor seinen Augen vollführten dunkle Schatten einen gespenstischen Tanz.

Seltsamerweise bildeten sie so etwas wie ein Gesicht. Ein schmales, von einem schwarzen, sorgsam gestutzten Vollbart eingefasstes Gesicht, dessen dunkle Augen ihm mit einer Mischung aus Hass und Verachtung anstarrten.

Es dauerte einen Moment, bis Sarim begriff, dass es kein Trugbild war, was er sah, sondern das lebensgroße Ölgemälde Roderick Andaras, das an der gegenüberliegenden Wand lehnte. Für einen Moment hatten ihm Schwäche und Übelkeit die Illusion vorgegaukelt, es lebe wirklich.

Zornig auf sich selbst, stemmte sich Sarim in die Höhe, schüttelte die Benommenheit ab und presste beide Fäuste gegen die Schläfen. Ein leiser, pochender Schmerz machte sich hinter seiner Stirn breit, aber das Schwindelgefühl und die Schwäche vergingen sofort, und kurz darauf arbeiteten seine Gedanken wieder mit jener fast unheimlichen Klarheit, die sie immer hatten, wenn er sich der *neuen Macht* in seinem Schädel bediente. Mit einem Male war alles ganz einfach und klar.

Sarim de Laurec lächelte, lehnte sich zurück und schloss abermals die Augen. Kurz darauf erschlafften seine angespannten Züge. Aber diesmal war es nicht Schwäche, sondern pure Konzentration.

Während sein Atem immer flacher und langsamer ging, griff ein Teil von Sarim de Laurecs Geist hinaus in die Welt jenseits dieser verzauberten Mauern und nahm Kontakt mit seinen Dienern auf.

Hätte er auch nur eine einzige Sekunde länger gewartet, wäre ihm vielleicht aufgefallen, dass der Blick des gemalten Gesichtes auf der anderen Seite des Dachbodens plötzlich gar nicht mehr verächtlich wirkte.

In den dunklen Augen Roderick Andaras – oder war er es gar nicht? – stand jetzt Schmerz geschrieben. Und noch etwas anderes …

»Nein!« Viktor schlug mit der flachen Hand auf den Tisch, dass Tassen und Gläser klirrten, um seine Worte zu bekräftigen. »Nein, nein und nochmals nein, Howard«, sagte er. Sein Augen blitzten. »Ich habe geschworen, es niemals wieder zu tun, und auch Sie werden mich nicht dazu bringen, diesen Schwur zu brechen, Howard. Das letzte Mal war eine Katastrophe, bei der nur durch ein schieres Wunder nicht mehr Menschen zu Schaden gekommen sind, und –«

»Das letzte Mal«, unterbrach ihn Howard zornig, »war etwas ganz anderes, und das wissen Sie, Viktor! Sie haben Fehler gemacht, die Sie jetzt nicht mehr begehen würden. Sie haben genommen, was sie bekamen, zum Großteil untaugliches Material. Das Gehirn eines Verbrechers, der wahrscheinlich schon zu Lebzeiten geisteskrank gewesen ist! Glieder von Menschen, die seit Tagen, wenn nicht Wochen tot waren! Sie hatten eine unzureichende Ausrüstung, Sie –«

»Ich tue es nicht«, sagte Viktor hart. »Es tut mir leid, Howard. Ich vermute, dass Ihnen dieser Robert Craven sehr viel bedeutet hat, aber ganz gleich, es bleibt bei meinem ›Nein‹. Sie müssen das verstehen.« Er seufzte, nippte an seinem Kaffee und wich Howards Blick aus.

»Gut«, sagte Howard. »Wie Sie wollen, Viktor. Dann bitte ich Sie nicht mehr – ich verlange es. Sie sind es mir schuldig.«

Der vielleicht vierzigjährige, hellblonde Mann mit den gepflegten Händen eines Arztes und dem sanften Blick eines Poeten wurde bleich. Einen Moment lang suchte er sichtlich nach Worten, dann seufzte er abermals tief, schüttelte noch einmal den Kopf und stellte die Kaffeetasse ab, dass es klirrte. »Verstehen Sie mich doch, Howard«, sagte er. »Denken Sie denn, ich hätte mir meine Entscheidung nicht tausend Mal überlegt? Glauben Sie denn wirklich, ich hätte mich aus purer Willkür entschlossen, meine Erfindung mit ins Grab zu nehmen? Die möglicherweise größte Entdeckung, die jemals ein Mensch gemacht hat? Das Wunder des Lebens?«

»Sie sind nicht der Einzige«, sagte Howard grob. »Erst vor wenigen Wochen –«

»Ich habe von der Geschichte mit dem Golem gehört«, unterbrach ihn Viktor. »Ein Grund mehr, bei meiner Haltung zu bleiben.«

»Woher?«, fragte Howard alarmiert. »Niemand wusste …«

Ein dünnes, nicht sehr humorvolles Lächeln erschien auf den Lippen Viktors. »Ich habe meine Verbindungen«, sagte er. »Vor allem, was solcherlei Dinge angeht. Aber keine Sorge – ich werde mit niemandem darüber reden. Und wir kommen vom Thema ab. Ich wollte Ihnen erklären –«

»Es gibt nichts zu erklären«, unterbrach ihn Howard. »Ich will nicht mehr mit Ihnen diskutieren, Viktor. Sie werden tun, was ich von Ihnen verlange. Noch heute Nacht. Sie sind es mir schuldig.«

Viktor seufzte. Für einen Moment flammte Wut in seinem Blick auf, aber nur, um sofort einem Ausdruck unbestimmter Trauer Platz zu machen. »Wer war er?«, fragte er plötzlich.

»Robert?«

Viktor nickte. »Sie scheinen ihn geliebt zu haben wie einen Bruder.«

»Mehr«, antwortete Howard nach einem hörbaren Zögern. Plötzlich war aller Zorn und alle Entschlossenheit aus seiner Stimme gewichen. Wie er so vor Viktor saß, war er nichts weiter mehr als ein zerbrochener, leidender Mann, der am Ende seiner Kraft angelangt war.

»Er war … der Sohn meines besten Freundes«, erklärte er mit stockender Stimme. »Der Sohn meines einzigen Freundes. Aber er war … er war mehr. Ich kann es nicht erklären, Viktor, aber er … Sehen Sie, als sein Vater damals starb, da war es, als stürbe auch ein Teil von mir. Als Robert mit der Nachricht von Andaras Tod zu mir kam, da war ich der Verzweiflung nahe. Ich glaube, ich hätte es nicht verwunden, wäre Robert nicht dagewesen. Wenn er jetzt auch noch sterben sollte …« Er schüttelte den Kopf, ballte kurz und heftig die Fäuste und starrte an Viktor vorbei ins Leere. »Ich würde es nicht ertragen. Nicht er auch noch.«

»Aber er ist tot, Howard«, sagte Viktor ganz leise. »Begreifen Sie es doch. Er ist vor mehr als zwölf Stunden gestorben. Keine Macht der Welt kann ihn wieder lebendig machen.«

»Sie können es!«, behauptete Howard.

»Ich kann es nicht«, sagte Viktor ruhig. »Ich habe es einmal versucht, und statt Leben zu erschaffen, habe ich viele unschuldige Leben genommen. Und selbst wenn – ich glaube nicht, dass ich es dürfte.« Er beugte sich vor, legte beide Hände flach nebeneinander auf den Tisch und sah Howard mit einer Mischung aus Schmerz und Entschlossenheit an. »Wie sollte ich mich verhalten, wenn morgen eine Mutter mit dem Leichnam ihres Babys zu mir käme? Sollte ich sie wegschicken? Sollte ich anfangen, die auszuwählen, die leben dürfen, und jene, die nicht? Wissen Sie, was Sie da von mir verlangen, Howard?«

»Ich verlange, dass Sie Ihre Schulden bezahlen, Viktor«, sagte Howard hart. »Ich habe Ihnen das Leben gerettet! Ohne mich wären sie damals von der Meute gelyncht worden – muss ich Sie daran erinnern?«

»Nein, zum Teufel, das müssen Sie nicht!«, brüllte Viktor. Er fuhr halb aus seinem Stuhl auf, verharrte plötzlich mitten in der Bewegung und ließ sich wieder zurückfallen. Sein Gesicht verriet, wie mühsam er sich jetzt noch beherrschte. Trotzdem klang seine Stimme eher flehend als zornig, als er fortfuhr: »Sie verlangen von mir, Gott zu spielen, Howard.«

»So sehen Sie es«, antwortete Howard kalt. »Ich nicht. Robert wurde ermordet, und die, die dafür verantwortlich sind, werden vielleicht noch andere töten. Möglicherweise auch mich. Aber das spielt jetzt keine Rolle. Robert muss leben, aus Gründen, die ich Ihnen nicht erklären kann. Sie werden es tun.«

»Nein.«

»Dann zwingen Sie mich zu einem Schritt, den ich nicht wollte«, fuhr Howard fort. »Wenn Sie bei Ihrem ›Nein‹ bleiben, Doktor, liefere ich Sie noch heute den Behörden aus. Darüber hinaus –«

»Sie können mir nicht drohen«, sagte Viktor. »Nicht damit. Glauben Sie wirklich, ich würde mich erpressen lassen?«

»Darüber hinaus«, fuhr Howard ungerührt fort, »werde ich die Abschrift Ihrer Aufzeichnungen, die sich in meinem Besitz befinden, vervielfältigen lassen und an die hundert bekanntesten medizinischen Fakultäten der Welt schicken, desgleichen an eine Anzahl ausgewählter medizinischer Fachblätter – und der Boulevardpresse, nicht zu vergessen.«

Viktor starrte ihn an. Sein Gesicht verlor alle Farbe. »Das ... das meinen Sie nicht ernst«, sagte er. »Es gibt keine Abschrift. Ich habe alles vernichtet. Ich bin –«

»Sind Sie sicher, Doktor?« Howard lächelte, griff in die Brusttasche seiner Jacke und förderte ein eng beschriebenes, augenscheinlich sehr altes Blatt Papier zutage, das er Viktor über den Tisch reichte. Die Augen des Arztes wurden rund vor Schrecken, als er es auseinanderfaltete und überflog.

»Woher haben Sie das?«, keuchte er.

»Das spielt doch wohl keine Rolle, oder?«, sagte Howard kalt. »Sie können es behalten – ich bin in der Lage, beliebig viele Kopien davon anzufertigen. Nun?«

Eine Zeit lang wurde es sehr, sehr still im Salon des Hauses 9, Ashton Place. Howard starrte sein Gegenüber an, während sich hinter Viktors Stirn die Gedanken jagten. Sein Gesicht zuckte. Seine Hände spielten nervös an der Tischkante, ohne dass er es überhaupt bemerkte.

»Es geht nicht«, sagte er schließlich. »Selbst, wenn ich wollte – ich habe nicht die technischen Gerätschaften, die notwendig wären.«

»Die besorge ich.«

Viktor lachte. »So etwas ist nicht so einfach zu besorgen, Howard. Es kostet ein Vermögen.«

Howard griff in die Jacke. »Ich stelle Ihnen einen Scheck aus«, sagte er ungerührt. »Wären eine Million Pfund Sterling genug? Oder lieber zwei?«

Viktors Augen wurden rund. »Das ist –«

»Nur ein Bruchteil dessen, was ich aufbringen kann, wenn es sein muss«, sagte Howard ungerührt. »Roderick Andara war ein vermögender Mann, Viktor. Und nach dem Tod seines Sohnes bin ich sein Universalerbe. In diesem Zusammenhang möchte ich erwähnen, dass ich Ihnen nach erfolgreicher Beendigung ihres Auftrages eine größere Summe zur Verfügung stellen möchte, damit Sie Ihre Forschungen weiter betreiben können.«

»Behalten Sie Ihr verdammtes Geld«, fauchte Viktor. »Alles, was ich wirklich will, ist endlich meine Ruhe haben.«

»Sie können damit machen, was Sie wollen«, antwortete Howard ungerührt. »Meinetwegen verschenken Sie es an die Armen. Jetzt stellen Sie bitte eine Liste der Dinge zusammen, die Sie benötigen. Rowlf wird alles besorgen. Währenddessen werden wir zum Friedhof hinausgehen und Roberts Leichnam bergen.«

»Und wie?«, fragte Viktor zornig. »Denken Sie, wir könnten einfach hingehen und ein Grab ausräumen, ohne dass es jemand merkt?«

»Oh, da überlasse ich mich ganz Ihrer Führung, Doktor«, sagte Howard lächelnd. »In solcherlei Dingen haben Sie doch Erfahrung. Nicht war, Doktor Frankenstein?«

Ich.

Nur dieses eine Wort – nein, nicht Wort, denn ein Wort setzt Sprache voraus, Kommunikation, eine komplexe Welt voller Dinge, die da sind und begriffen und beschrieben werden wollen. Nur dieser eine Begriff.

Ich.

Ein Satz, den ich einmal in der Schule gehört und danach mehrmals gelesen hatte, ohne seinen Sinn wirklich zu erfassen: *cogito, ergo sum.*

Ich denke, also bin ich.

War ich?

Erinnerungsfetzen:

Szenen aus meiner Jugend, die ich längst vergessen zu haben glaubte. Bilder aus meiner Schulzeit, aus den Jahren danach in den New Yorker Slums, Tante Maudes sanftes, verständnisvolles Lächeln, ihr Stirnrunzeln, wenn ich etwas getan hatte, das ihr nicht gefiel, meine erste Begegnung mit Howard, mit Priscylla und Shadow, Grays bedauerndes Achselzucken während der Verhandlung, der Blick des Henkers, in dem kein Bedauern, nicht einmal geschauspielertes Mitleid lag – alles wirbelt durcheinander, kommt in falscher Reihenfolge, manchmal gleichzeitig. Dann, mit der Wucht eines Hammerschlages:

»Henker von London, tu deine Pflicht«, und der entsetzliche Schmerz, als ich in die Tiefe stürze und das Gewicht meines eigenen Körpers mein Genick bricht.

Ich bin tot.

Und doch ...

Cogito, ergo sum.

Ich denke.

Ich BIN.

Aber wieso ...?

Vor wenigen Minuten hatte Big Ben Mitternacht geschlagen, und obwohl sie Meilen um Meilen von Londons altehrwürdigem Zentrum entfernt waren, war der dumpfe Klang der Glocke fast überlaut an Howards Ohr gedrungen. Selbst jetzt, wo er schon längst verklungen war und die einzigen Geräusche seine, Rowlfs und Viktors knirschende Schritte auf dem Kiesweg waren, glaubte er das vibrierende Dröhnen noch immer zu hören.

Er lächelte nervös. Mitternacht auf einem Friedhof, dachte er. Selbst für einen Mann wie ihn, der mit dem Übernatürlichen so viel Erfahrung hatte, hatte der Gedanke etwas Bedrückendes.

Und er war nicht der Einzige, der mit solcherlei Gefühlen zu kämpfen schien. Auch Frankenstein war immer stiller geworden, und selbst Rowlf, den normalerweise nichts, was deutlich unter der Größe eines wütenden Elefantenbullen lag, aus der Ruhe zu bringen vermochte, blickte immer öfter nach rechts und links, wo sich die Schatten der kleinen, meist verwahrlosten Grabsteine als bizarre Umrisse in der Dunkelheit abzeichneten.

Howard war mehr als nur erleichtert, als sie endlich ihr Ziel erreichten, und der frisch aufgeschüttete Grabhügel vor ihnen lag. Mit einer Kopfbewegung gebot er den beiden anderen zurückzubleiben, ging vor dem einfachen Holzkreuz in die Hocke und schnippte sein Sturmfeuerzeug an. Die winzige, flackernde gelbe Flamme verbreitete gerade genug Licht, die Inschrift auf dem Kreuz zu lesen: *Robert Craven.*

Weiter nichts. Kein Datum, keine Widmung – sie hatten ihn verscharrt wie einen Hund, dachte er zornig. Nein – wie einen gemeinen Mörder, der er ja in den Augen der Öffentlichkeit auch war.

Er verscheuchte den Gedanken, richtete sich wieder auf und streckte die Hand nach der Schaufel aus, die Rowlf ihm hinhielt. Ohne ein weiteres Wort begannen sie zu graben, während Frankenstein mit ständig wachsender Nervosität in zwei Schritten Entfernung dastand und abwechselnd sie und die näher kriechende Dunkelheit des Friedhofes betrachtete.

»Verdammt steinig hier«, murrte Rowlf, stieß aber nichtsdestotrotz das Schaufelblatt nur umso wuchtiger in den Boden und warf eine Ladung Erde hinter sich, dass Frankenstein sich nur noch mit einem fast komisch anmutenden Hüpfer in Sicherheit bringen konnte.

Howard runzelte missbilligend die Stirn. »Lass das«, sagte er. »Wir müssen hinterher wieder alles zuschaufeln. Wenn jemand merkt, dass Roberts Lei … dass Robert nicht mehr da ist, verhaftet uns Cohen sofort.«

»Wahnsinn«, murmelte Frankenstein. »Das Ganze ist Wahnsinn. Es kann nicht gut gehen.«

Howard ignorierte ihn. Für die nächste Viertelstunde sprach keiner von ihnen ein Wort. Schweigend und ausdauernd schaufelten sie die frisch aufgeworfene Erde aus dem Grab, bis Rowlfs Spaten mit einem dumpfen Laut auf Holz stieß.

Howards Herz begann zum Zerreißen zu hämmern, während sie das Grab rings um den Sarg freilegten und die bereitliegenden Seile darunter durchzogen.

»Sie können ruhig mit zufassen«, sagte Howard, an Frankenstein gewandt. Der Arzt gehorchte, wenngleich sein Gesichtsausdruck dabei alles andere als begeistert war, und nach weiteren – diesmal sehr anstrengenden – Minuten hatten sie den einfachen Fichtensarg keuchend aus dem Grab gehoben und neben der Grube abgesetzt. Er stand ein wenig schräg, und trotz des sehr schlechten Lichtes kam Howard schmerzhaft zu Bewusstsein, wie schäbig er war – im Grunde nicht mehr als eine Kiste, auf die man sich nicht einmal die Mühe gemacht hatte, ein Kreuz einzubrennen. Der Deckel war lieblos daraufgenagelt worden. Einer der Nägel war krumm.

»Mach ... ihn auf«, sagte Howard stockend. Seine Hände zitterten so heftig, dass er nicht einmal mehr die Kraft hatte, den Strick zu halten.

Rowlf nickte, bückte sich nach dem Brecheisen und schob das gebogene Ende unter die dünnen Bretter. Sie brachen wie Sperrholz.

Howard starrte den Sarg an, als wolle er ihn mit Blicken durchdringen. Obwohl Rowlf sich beeilte und den Deckel rücksichtslos zerfetzte, dauerte es ihm viel zu lange, bis er sich schließlich hob. Ungeduldig schob Howard seinen Diener zur Seite, beugte sich nach vorne, um besser sehen zu können – und fuhr mit einem überraschten Schrei zurück.

Der Sarg war leer. Auf dem billigen weißen Leinen lag nichts als eine Schütte Stroh, die in den Kleidern steckte, mit denen man Robert begraben hatte.

»Was ist das?«, fragte Frankenstein verstört. Er war auf die andere Seite des Sarges getreten und starrte nun mit kreidebleichem Gesicht auf das Stroh herab. »Wenn ... das ein Scherz sein soll«, sagte er unsicher, »dann war es kein guter, Howard.« Sein Blick flackerte, während er abwechselnd den aufgebrochenen Sarg und Howard ansah.

»Das ... das ist ...« Howard sprach nicht weiter. Seine Stimme versagte ihm den Dienst. Plötzlich begann sich alles in seinem Kopf zu drehen. Cohen, Robert, die Gerichtsverhandlung, sein Streit mit

Viktor – alles wirbelte durcheinander. Der Boden unter seinen Füßen schien zu schwanken.

»Das ist doch ... das ist doch nicht möglich«, stammelte er.

»Ich fürchte, ich muss Sie enttäuschen, Mister Lovecraft«, sagte eine Stimme hinter ihm. »Es ist sehr wohl möglich, wie Sie sehen.«

Howard erstarrte für einen Moment, dann fuhr er mit einem Schrei herum und prallte zum zweiten Male zurück.

Hinter ihm stand Inspektor Cohen. Aber das war es nicht, was ihn so überraschte – dessen Stimme hatte er erkannt, im gleichen Moment, in dem er die Worte gehört hatte.

Aber der Mann, der neben Cohen stand, war ungefähr der letzte Mensch auf der Welt, den er in diesem Moment und an diesem Ort zu sehen erwartet hätte.

»Gray?« keuchte er. »Sie?!«

Dr. Gray nickte. Auf seinem Gesicht erschien ein Ausdruck tiefer Trauer. »Ich fürchte, ja«, sagte er. »Es tut mir außerordentlich leid, mein lieber Howard, aber Sie wissen, ich bin ein Mann des Gesetzes, und was Sie hier tun, ist durch und durch ungesetzlich.«

Howard starrte ihn an. Er suchte vergeblich nach Worten, während er in Grays kalte, ausdruckslose Augen blickte.

Und dann endlich begriff er.

»Sie sind nicht Gray«, sagte er und fügte an Cohen gewandt hinzu: »Und Sie sind auch nicht Cohen.«

»Wie kommen Sie darauf, Howard?«, fragte Cohen freundlich.

»Wat soll'n dat heiß'n?«, erkundigte sich Rowlf, der bisher kein Wort gesagt hatte – stattdessen hatte er die Schaufel aufgehoben, um sie wie eine Keule zu halten.

»Das soll heißen, dass die beiden nicht die sind, für die wir sie bisher gehalten haben«, sagte Howard ruhig. »Sie sind nicht einmal Menschen, Rowlf.«

»Wie Recht Sie doch haben«, erklärte Gray fröhlich. »Nur fürchte ich, würde Ihnen niemand glauben – vorausgesetzt, Sie hätten Gelegenheit, Ihre Anschuldigungen irgendwo vorzubringen.«

»Die Sie nicht haben werden«, pflichtete ihm Cohen bei, griff unter seine Jacke und trat einen Schritt auf Howard zu.

Dann geschah alles unglaublich schnell. Howard schrie auf und warf sich mit weit ausgebreiteten Armen auf den vermeintlichen Gray, während Rowlf mit einem ungeheuren Brüllen seine Schaufel schwang und Cohen das Blatt ins Gesicht schlug.

Ein heller, peitschender Ton erklang. Das Schaufelblatt verbog sich wie dünnes Blech, und noch während Rowlf mit einem halb überraschten, halb schmerzhaften Keuchen zurücktaumelte, packte Cohen die Schaufel mit nur einer Hand und brach sie entzwei. Rowlf brüllte abermals, tauchte unter seiner zupackenden anderen Hand hindurch und versuchte Howard zu Hilfe zu eilen, der mit aller Kraft an Grays Händen zerrte, die sich wie stählerne Klammern – und nichts anderes waren sie ja auch – um seinen Hals gelegt hatten und zudrückten.

Aber nicht einmal Rowlfs Riesenkräften gelang es, den Griff des Maschinenmenschen zu lockern. Und plötzlich fühlte auch er sich gepackt und zurückgezerrt. Ohne die geringste sichtliche Anstrengung hob die Cohen-Puppe ihn in die Höhe, nahm Schwung und schleuderte ihn in hohem Bogen von sich.

Wäre Rowlf gegen einen Grabstein oder auch nur gegen einen Baum geprallt, wäre es um ihn geschehen gewesen, denn der Wurf war mit der Kraft von Muskeln ausgeführt, die aus Stahl und Draht geschaffen waren. Doch obwohl der frisch ausgehobene Erdhügel seinen Sturz dämpfte, war der Aufprall hart genug. Rowlf schrammte über Schotter und steinharte Erde und spürte ein Knacken im Rücken, das mit einem stechenden Schmerz verbunden war.

Als er wieder sehen konnte, stand Cohen über ihm, die Hände weit geöffnet, wie um ihn zu packen, aber reglos.

»Gib auf!«, schnarrte er, mit einer Stimme, die absolut nichts Menschliches mehr hatte. »Ich will dich nicht töten, aber du zwingst mich dazu!«

Rowlf stieß einen erstickten Schrei aus, denn sein ganzer Körper schien eine einzige Wunde zu sein, in der die Schmerzen rasten. Blut rann ihm warm die Stirn herab und verklebte seine Augen. Mühsam hob er die Hand und fuhr sich durch das Gesicht. Cohens Gestalt schien vor ihm zu verschwimmen. Alles war hinter einem blutroten Nebel verborgen. Aber vielleicht war es gerade das, was ihm noch einmal Kraft gab – der Anblick von Cohens gespaltenem Gesicht, hinter dem blinkendes Metall und dünne silbrige Drähte sichtbar waren.

Und Howards keuchender Schrei.

Mit einer Bewegung, die in ihrer Behändigkeit selbst Cohen überraschte, schnellte er hoch und packte mit weit vorgestreckten Armen den vermeintlichen Inspektor.

Und brachte ihn aus dem Gleichgewicht!

Einen Moment lang stand die menschliche Puppe mit wild rudernden Armen da, fast grotesk nach vorn und zur Seite gebeugt und in schlichtweg unmöglichem Winkel. Dann kippte sie rücklings über Rowlf hinweg in das geöffnete Grab hinein. Ein dumpfer, irgendwie klirrender Laut kündete von einem nicht sehr sanften Aufprall.

Rowlf verschwendete nicht einmal einen Blick an Cohen, sondern eilte Howard zu Hilfe. Gray hatte ihn mittlerweile zu Boden gerungen und seinen Griff gelockert; augenscheinlich war auch ihm nicht daran gelegen, seinen Gegner zu töten, sondern nur, ihn kampfunfähig zu machen. Rowlf packte Grays Kopf mit beiden Händen und legte alle Kraft in einen einzigen, unglaublich harten Ruck.

Ein heller, peitschender Laut erklang. Grays Gesicht drehte sich mit einem Male um hundertachtzig Grad nach hinten und grinste Rowlf an, während seine Hände noch immer um Howards Hals lagen und zudrückten. Rowlf schrie auf, packte Grays Hände und versuchte seinen Griff zu sprengen, aber es gelang ihm nicht einmal, einen einzigen Finger zurückzubiegen!

»Weg!«, keuchte Howard. »Lauf ... weg, Rowlf!«

Rowlf hätte nicht darauf gehört, hätte Frankenstein nicht in diesem Moment hinter ihm ebenfalls gellend aufgeschrien. Über dem Rand des offenen Grabes war eine schmutzige Hand erschienen; einer der Finger war fleischlos und blitzte wie Silber.

»Lauf ... weg!«, keuchte Howard noch einmal.

Und endlich reagierte Rowlf. Blitzschnell war er beim Grab, holte aus und trat mit aller Gewalt zu, als Cohens gerissenes Gummigesicht über dem Rand der Grube erschien. Ein entsetzlicher Schmerz schoss durch sein Bein bis in seinen ohnehin schmerzenden Rücken hinauf. Rowlf krümmte sich und fiel auf die Knie, aber der Tritt schleuderte das Ungeheuer abermals in die Grube zurück.

Hinter ihm erscholl ein Laut, wie ihn keine menschliche Kehle jemals hervorbringen konnte. Rowlf fuhr herum und sah, dass Gray von seinem Opfer abgelassen hatte und mit gierig vorgestreckten Händen auf ihn zugeeilt kam. Sein Kopf pendelte dabei wild hin und her, denn Rowlfs erster Angriff hatte ihn seines Haltes beraubt.

Was das stählerne Ungeheuer um keinen Deut ungefährlicher machte!

Aber es erreichte Rowlf nicht. Mit ungeheurer Willensanstrengung stemmte sich Howard noch einmal hoch, griff mit beiden Händen nach Grays Beinen und klammerte sich daran fest. Genauso gut hätte er versuchen können, eine Lokomotive mit bloßen Händen aufzuhalten – er wurde einfach mitgeschleift. Aber sein Angriff verschaffte Rowlf die Sekundenbruchteile, die er brauchte, sich vor den zupackenden Klauen der Bestie zur Seite zu werfen und aufzuspringen.

»Hau endlich ab!«, brüllte Howard mit letzter Kraft.

Und diesmal gehorchte Rowlf. Als die Gray-Puppe herumfuhr, um ihn endgültig zu packen, steppte er zur Seite, griff ganz instinktiv nach Frankensteins Arm und zerrte den völlig gelähmt Dastehenden einfach mit sich. Abermals erscholl dieser wütende, sonderbar metallisch klingende Laut und Rowlf war kaum ein paar Yards davongestolpert, als Cohens Kunstgesicht schon wieder über dem Grabesrand auftauchte. Aber er hatte einige Sekunden gewonnen und zumindest Gray versuchte nicht, ihm zu folgen, sondern beschränkte sich darauf, Howard festzuhalten.

Wie von Sinnen rannte Rowlf weiter, Frankenstein einfach mit sich zerrend. Die Dunkelheit des Friedhofes nahm sie auf, und nach einigen weiteren Augenblicken waren die beiden Ungeheuer wie ein Spuk hinter ihnen verschwunden. Trotzdem rannte Rowlf weiter, so schnell er konnte.

Sie schafften es genau bis zum Zaun. Dann war Rowlf so fertig, dass er nicht einmal mehr auf einen Stuhl hätte klettern können. Keuchend lehnte er sich gegen die Eisenstäbe, ließ endlich Viktor Frankensteins Hand los und starrte so wütend an dem Zaun hoch, als könnte allein sein Blick das Hindernis beseitigen. Doch es half nichts; er musste darüber hinweg. Obwohl sich allmählich alles um ihn zu drehen begann, griff er mit beiden Händen zu und begann mit zusammengebissenen Zähnen zu klettern.

Er kam genau einen halben Meter hoch, dann gab seine linke Hand nach, und er klatschte hart auf den Rasen. Der Aufprall presste ihm einen Schrei aus der Kehle, der auf dem ganzen Friedhof zu hören sein musste. Mit einem erschrockenen Laut kniete Frankenstein neben ihm nieder und streckte die Hand nach ihm aus.

Rowlf schlug sie beiseite, kämpfte sich mit schier übermenschlicher Energie noch einmal auf die Beine und taumelte verzweifelt am Zaun entlang. Nach einigen Metern tauchte eine eiserne Pforte vor ihm auf. Das Schloss sah sehr altertümlich, aber auch sehr massiv aus.

Rowlf wusste, dass er die Tür selbst in seinen besten Tagen nicht aufgebrochen hätte. Jetzt konnte ihm nur noch ein Wunder helfen.

»Jetz isses ... aus«, stöhnte er. »Alles vorbei.«

»Was ist vorbei?« Frankenstein sah ihn verwirrt an, drückte die eiserne Klinke herunter – und das Wunder geschah. Mit einem leisen Kreischen schwang das Eisengitter nach außen. »Was zum Teufel ist hier überhaupt los?«, fuhr Frankenstein fort. Sein Atem ging so schnell wie Rowlfs, aber der Ausdruck in seinen Augen war mehr Verwirrung als Angst. Er schien nicht einmal richtig begriffen zu haben, in welcher Gefahr sie noch immer schwebten.

Rowlf beantwortete seine Frage allerdings auch jetzt nicht.

Stattdessen packte er ihn grob bei der Schulter und begann die Straße hinabzuhumpeln, so schnell er nur konnte.

Zuerst spürte er nichts als Kälte, jene besonders unangenehme, feuchte Art von Kälte, die sich beharrlich durch jegliche Kleidung wühlt und sich wie ein klammer Film auf die Haut legt. Dann einen pochenden Schmerz in beiden Schläfen und schließlich Atemnot, verbunden mit der Erinnerung an dürre, stählerne Hände, die sich um seine Kehle legten und zudrückten ...

Howard fuhr mit einem Schrei hoch – und mit einem zweiten wieder zurück, als er mit der Stirn gegen harten Stein prallte. Im ersten Moment sah er nichts als feurige Kreise. Aber auch, als der neue Schmerz hinter seiner Stirn allmählich verebbte, sah er nicht viel mehr, denn statt der flimmernden Kreise gewahrte er nun Dunkelheit, in der sich formlose Schatten bewegten und die voller Geräusche war, mehr aber auch nicht.

Sehr viel vorsichtiger als beim ersten Mal setzte er sich auf, griff mit der Hand nach oben und fühlte rauen Stein, zwischen dem der Mörtel schon herausgebröckelt war. Etwas Kaltes, Hartes schmiegte sich schmerzhaft fest um sein rechtes Fußgelenk, und als er sich weiter aufsetzte und danach griff, spürte er, dass es ein stählerner Ring war, an dem eine Kette befestigt war, die wiederum zu einem zweiten, sehr viel massiveren Eisenring führte, der im Boden eingelassen worden war. Eine einfache, aber höchst effiziente Methode, ihn da festzuhalten, wo er war. Wütend zerrte Howard ein paar Mal an seiner Fessel, erreichte damit aber nicht mehr, als dass der Ring noch heftiger in seine ohnehin wundgescheuerte Haut biss.

»Das nutzt überhaupt nichts«, sagte einer der Schatten neben ihm.

Howard fuhr zusammen, presste die Augen zu schmalen Schlitzen und begriff erst jetzt, dass er nicht allein war. Der Raum – den vielfach widerhallenden Echos nach zu schließen musste er sehr groß sein – war zwar in fast vollkommene Dunkelheit getaucht, aber er glaubte trotzdem mindestens drei weitere Mitgefangene zu erkennen.

»Wir haben es alle schon versucht«, fuhr die Stimme fort, die Howard allmählich bekannt vorzukommen begann. »Aber es hilft nichts. Die Ketten sind fest genug, einen Bullen zu halten.«

»Gray?«, murmelte Howard verstört. »Sind ... sind Sie das?«

Der Schatten machte eine Bewegung, die mit viel Phantasie als Nicken zu erkennen war. »Ich fürchte, ja, mein Freund«, antwortete der greise Anwalt. »Ich kann nicht unbedingt sagen, dass es mich freut, Sie wiederzusehen. Nicht hier. Ich hatte gehofft, dass zumindest Sie ihnen entkommen würden.«

»Ihnen? Wer soll das sein?«

»Die Antwort auf diese Frage hatte ich mir eigentlich von Ihnen erhofft«, antwortete eine andere Stimme aus dem Dunkel. Diesmal erkannte Howard sie sofort.

»Cohen!«, keuchte er. »Sie sind auch hier?!«

Der Inspektor lachte, aber es klang nicht sonderlich belustigt. »Aber natürlich, Lovecraft«, sagte er. »Sie befinden sich in illustrer Gesellschaft, obgleich unser Quartier zu wünschen übrig lässt. Unsere Gastgeber haben einen ausgezeichneten Geschmack bei der Zusammenstellung ihrer kleinen Party walten lassen.«

Der Schatten, der Cohen sein musste, hob die Hand und deutete auf einen weiteren, unförmig zusammengesunkenen Umriss. »Ich habe die Ehre, neben niemand anderem als James Darender zu sitzen, dem Lordoberrichter von London. Zu meiner Linken befindet sich Sir Frederik Ruthel, Generalstaatsanwalt ...« Cohen gab einen Laut von sich, der wohl ein Seufzen darstellen sollte. »Sie waren zwar nicht dabei, aber ich kann Ihnen versichern, dass praktisch das gesamte Gericht hier versammelt ist.«

»Dann ... dann sind Sie alle ...«

»Entführt worden, ja«, bestätigte Cohen. »Und zumindest in meinem und Dr. Grays Fall gegen perfekte Doppelgänger ausgetauscht. Und ich fürchte, nicht nur in unserem.«

»Deshalb also ist alles so schnell gegangen«, murmelte Howard. Er fühlte sich noch immer benommen, und es fiel ihm schwer, Cohens Worten zu folgen. Aber plötzlich ergab alles einen Sinn.

»Wie lange sind Sie schon hier?«, fragte er.

Cohen schnaubte. »Seit dieser sogenannten Farce von Verhandlung«, sagte er zornig. »Ich habe nicht einmal gemerkt, dass außer mir nur noch Ihr Freund Craven er selbst war. Wie geht es ihm überhaupt?«

Howard starrte fassungslos in die Richtung, aus der Cohens Stimme kam. »Sie ... Sie wissen ... es nicht?«, keuchte er.

»Zum Teufel, was soll ich wissen?«, fauchte Cohen. »Falls Sie es immer noch nicht verstanden haben – wir alle sitzen seit Tagen hier unten und wissen absolut nichts, außer der Tatsache, dass wir eben nichts wissen. Ich bin nach der Urteilsverkündung in Lord Darenders Zimmer gegangen und hier unten wieder aufgewacht. Wie lange sind wir hier? Was ist geschehen, seit ich entführt wurde?«

Howard antwortete nicht. Im ersten Moment, als er Cohens Stimme gehört hatte, hatte er nichts als Zorn verspürt, später Bestürzung – und jetzt plötzlich einen eisigen, unglaublich tief gehenden Schrecken.

»Zum Teufel, was ist los?«, fauchte Cohen, als Howard auch nach einer Weile noch nicht antwortete, sondern nur weiter aus weit aufgerissenen Augen in die Dunkelheit hineinstarrte. »Haben Sie mit Craven gesprochen?«

»Robert ist tot«, sagte Howard leise.

»Tot?!« Cohen keuchte. Sein Schatten bewegte sich. Die Kette, mit der er wie Howard an den Boden gefesselt war, spannte sich mit einem Klirren. »Tot?«, wiederholte er ungläubig. »Das ist unmöglich!«

»Er wurde heute Morgen gehenkt«, sagte Howard leise. »Bei Sonnenaufgang.«

»Das ist vollkommen ausgeschlossen«, mischte sich eine dritte, Howard unbekannte Stimme ein. »Ganz egal, was er getan hat, ein Todesurteil kann nicht sofort vollstreckt werden. Es gibt Gesetze, die –«

»Es ist aber so!« Howard hatte plötzlich Mühe, nicht zu schreien. »Ich habe versucht, ihn im Gefängnis zu besuchen, aber man hat mich nicht einmal zu ihm gelassen. Das nächste, was ich hörte, war die Nachricht von seinem Tod.«

»Aber das widerspricht jedem Gesetz!«, protestierte der Unbekannte. »Dem Verurteilten muss auf jeden Fall Zeit für ein Gnadengesuch gegeben werden. Selbst wenn es aussichtslos ist.«

»Das mag sein, Lord Darender«, mischte sich Cohen ein. »Aber ich glaube Lovecraft. Ich war bei dieser sogenannten Verhandlung dabei. Und glauben Sie mir – nichts, aber auch gar nichts daran entsprach auch nur irgendeinem Gesetz.«

»Aber Robert ... tot?« Grays Stimme zitterte hörbar. »Ich ... ich kann es nicht glauben.«

»Es ist aber so«, sagte Howard niedergeschlagen. »Und ich fürchte, uns steht ein ähnliches Schicksal bevor, jetzt, wo wir ungefähr vollzählig sind.«

Niemand lachte, nur ein paar der anderen Schatten bewegten sich unruhig.

»Es ... es tut mir aufrichtig leid, Lovecraft«, sagte Cohen nach einer Weile. »Ich weiß, dass Sie mir wahrscheinlich die Schuld geben, und ich kann es Ihnen nicht einmal verübeln. Aber ich habe nur getan, was ich tun musste. Die Beweise waren eindeutig. Jedenfalls ...«, fügte er mit einem unmerklichen Stocken hinzu, »dachte ich, dass sie es wären.«

Howard hörte das unausgesprochene Flehen in seiner Stimme, die Bitte, seine Entschuldigung zu akzeptieren, nur ein einziges Wort zu sagen, um die Schuld von seiner Seele zu nehmen. Für einen Mann wie Cohen musste der Gedanke, einen Fehler begangen zu haben, der einem Unschuldigen das Leben gekostet hatte, sicher unerträglich sein.

Aber er tat so, als hätte er es nicht gehört. Er begriff wohl, dass Cohen so schuldlos war wie er, nur ein weiteres Opfer, das in das raffinierte Netz gegangen war, das ihre Feinde ausgelegt hatten, aber verdammt noch mal, auch er war ein Mensch mit Gefühlen und Empfindungen, und er war verletzt und zornig; und manchmal erleichterte es einfach, einem anderen wehzutun, wenn man selbst Schmerz empfand.

»Wo sind wir hier überhaupt?«, fragte er schließlich.

Cohen atmete hörbar aus. »Das weiß ich so wenig wie Sie«, antwortete er. Seine Stimme klang plötzlich bitter. »Irgendein Keller, vermutlich. Aber fragen Sie mich nicht, wo – oder wie wir hierhergekommen sind. Alle paar Stunden kommen einige maskierte Kerle in Faschingskostümen herein und bringen uns zu Essen –«

»Kerle in Faschingskostümen?« Howard wurde hellhörig. »Wie meinen Sie das?«

»Templer«, antwortete Gray an Cohens Stelle. »Es sind Templer, Howard. Es sieht so aus, als wären eure alten Freunde wieder aktiv geworden.«

»Sie kennen diese Burschen?«, fragte Lord Darender.

Howard nickte, obgleich das keiner der anderen in der herrschenden Dunkelheit sehen konnte. Er war nicht einmal sonderlich überrascht – im Grunde genommen hatte er es gewusst, seit er Cohens und Grays Doppelgängern auf dem Friedhof begegnet war, und befürchtet hatte er es schon seit sehr viel längerer Zeit.

Aber es war unmöglich!

Er hatte Sarim de Laurecs Ende doch mit eigenen Augen gesehen!

Und trotzdem – wenn er erst einmal bereit war, die Tatsachen als gegeben und wahr zu akzeptieren, passte alles perfekt ins Bild: Roberts Bericht von der plötzlichen Feindseligkeit der Templer, die doch eigentlich ihre Verbündeten gewesen waren, die lebenden Puppen, die zu erschaffen nur ein einziger Mensch auf der Welt fähig war, die ganze Heimtücke dieses ungeheuerlichen Planes, das tödliche Schweigen, das ihm aus Paris entgegengeschlagen war, als einzige Antwort auf seine beharrlichen Versuche, Kontakt mit dem dortigen Templerkapitel aufzunehmen …

Die Erklärung war so einfach wie entsetzlich: Sarim de Laurec.

Irgendwie war es dem wahnsinnig gewordenen *Puppet-Master* gelungen, nach seiner Flucht nicht nur am Leben zu bleiben, sondern einen Teil seiner Macht zu behalten und sich sogar der Hilfe einiger anderer Templer zu versichern.

Und jetzt war er hier, um sich an den beiden Männern zu rächen, die für seine Niederlage verantwortlich waren: an Robert und ihm.

»Verdammt, warum antworten Sie nicht?«, fauchte Cohen zornig. »Lord Darender hat Ihnen eine Frage gestellt, und auch ich hätte die Antwort darauf gerne gehört.«

Howard nickte abermals. »Ich kenne diese Männer«, gestand er. »Vielleicht nicht die, die uns hier gefangen halten, aber zumindest den, der hinter dem Ganzen steckt. Aber das wird uns nicht helfen, hier herauszukommen. Ganz im Gegenteil.«

»Es wäre trotzdem überaus reizend, wenn Sie uns erzählen würden, was Sie wissen«, sagte Cohen böse. »Und sei es nur, um uns die

Zeit zu vertreiben. Zum Bridge-Spielen haben wir nämlich alle keine Lust, wissen Sie?«

Howard überging den beißenden Spott in Cohens Stimme. »Wie Sie wollen«, sagte er. »Diese Männer sind Templer. Ritter des Militärischen Ordens vom Tempel Salomons, um genau zu sein.«

»Das ist doch Unsinn«, sagte Darender. »Dieser Orden wurde vor fünfhundert Jahren aufgelöst.«

»Offiziell vielleicht«, sagte Howard. »Das ist es, was alle glauben sollen. In Wahrheit existierte er weiter bis auf den heutigen Tag. Und er ist so mächtig wie eh und je.«

»So eine Art Loge?«, vermutete Cohen.

»Ungefähr«, sagte Howard. »Nur, dass er weit gefährlicher ist als die meisten Geheimlogen. Viele seiner Mitglieder verfügen über gewisse ... besondere Fähigkeiten.«

»Ach, so eine Art Zauberer, wie?«, fragte Cohen spöttisch.

»So eine Art«, bestätigte Howard. »Zum Beispiel mit der Fähigkeit, perfekte Doppelgänger jeder beliebigen Person zu schaffen.«

Diesmal widersprach Cohen nicht mehr. Selbst sein Schweigen wirkte eindeutig betroffen.

Wieder wusste er nicht, wie viel Zeit vergangen war. Er hatte geschlafen – er schlief jetzt sehr viel, denn selbst einem Mann wie ihn strengte es an, über so große Entfernung in geistigem Kontakt mit seinen Kreaturen und seinen Männern zu bleiben – und als er erwachte, schien die Sonne unverändert durch die Ritzen des Daches. Es mochte aber ebenso gut die Sonne eines neuen Tages sein, denn in seinem Mund war der schlechte Geschmack und auf seinen Augenlidern der dumpfe Druck von sehr, sehr langem Schlaf.

Sarim de Laurec setzte sich auf, fuhr sich mit beiden Händen durch das Gesicht und spürte klebrige Feuchtigkeit auf der Wange. Er erschrak, griff noch einmal hin und erschrak noch tiefer. Hastig stand er auf, stolperte durch das Halbdunkel des Dachbodens und fand schließlich, was er gesucht hatte: eine staubige, von Sprüngen durchzogene Spiegelscherbe, groß genug, dass er sein Gesicht darin erkennen konnte.

Eine Sekunde später wünschte er sich, es nicht getan zu haben, denn was er sah, ließ ihn beinahe aufschreien. Die Hälfte seines Gesichtes war von halb geronnenem Blut bedeckt wie von einer schrecklichen roten Maske – was nichts anderes bedeutete, als dass die Wunde in seiner Schläfe sehr viel heftiger blutete als normal oder dass er sehr viel länger geschlafen haben musste, als er bisher angenommen hatte.

Sarim wusste nicht, welcher Möglichkeit er den Vorzug geben sollte. Jede auf ihre Weise war gleich beunruhigend.

Unsicher ließ er die Spiegelscherbe sinken, hob sie aber dann wieder auf und fuhr mit einem Zipfel seines Mantels darüber, um den Staub herunterzuwischen.

Das Bild blieb: Der graue Schimmer auf seiner Haut war nicht im Spiegel, sondern Wirklichkeit. Und nicht nur das.

Er war ... alt.

Nein – das stimmte nicht. Das Gesicht, das ihm aus dem blind gewordenen Spiegel entgegengrinste wie das eines Toten, war das seine, das schmale, fast aristokratisch zu nennende Gesicht eines Mannes Ende Fünfzig, der sich sein Leben lang in Form gehalten und stets auf seine Gesundheit geachtet hatte.

Keinen Tag älter, als es wirklich war. Aber es war ... verfallen. Es sah so müde und schwach und kraftlos aus, wie er sich fühlte. Es war, als würde er innerlich ausgesaugt, als zehre etwas von seiner Lebenskraft, ohne dass er es direkt spürte, geschweige denn sich irgendwie zur Wehr setzen konnte.

Seine Hände zitterten plötzlich so stark, dass er die Spiegelscherbe fallen ließ, sodass sie klirrend zerbrach.

Das Geräusch explodierte in der Stille des Dachbodens wie ein Kanonenschuss. Und es hörte nicht auf, sondern hallte tausendfach gebrochen und verstärkt von den Wänden und den Dachschindeln wider, kam zurück und nahm immer mehr und mehr an Lautstärke zu, bis de Laurec mit einem gellenden Schrei zurücktaumelte und die Hände gegen die Ohren presste. Erst dann verstummte es und machte einem spöttischen, irgendwie lauernden Schweigen Platz.

Zitternd richtete sich Sarim de Laurec auf. Seine Augen waren weit vor Furcht, und sein Herz pochte so schnell, dass es wehtat. Er war in Schweiß gebadet. Und er hatte das Gefühl, ganz kurz vor dem Punkt zu stehen, an dem er den Verstand verlieren würde.

Seltsamerweise war es genau dieser Gedanke, der ihn in die Wirklichkeit zurückbrachte.

Plötzlich begriff er, dass er keiner Halluzination erlag und auch nicht verrückt wurde – was er spürte, war nichts als ein heimtückischer Angriff auf rein geistiger Ebene, eine Attacke dieses Hauses ... oder was immer es war, das Craven hier hinterlassen hatte.

Der Gedanke gab ihm neue Kraft. Eine Gefahr, die er kannte, konnte er bekämpfen – und Sarim de Laurec konnte sich nicht viele Gefahren vorstellen, mit denen er nicht fertig werden konnte mit Hilfe der *neuen Macht* in seinem Kopf.

Mit einem Male wieder ganz ruhig, richtete er sich auf, strich sich glättend über den Mantel und sah sich um. Der Dachboden lag da wie immer: vollgestopft mit Gerümpel und ausrangierten Möbeln, über denen sich Staub wie eine flockige graue Decke ausgebreitet hatte. Die Luft roch schlecht, und durch die zahllosen Ritzen und Spalten im Dach schien Sonnenlicht in stauberfüllten Streifen herein.

Und es gab keine Tür.

Es dauerte einen Moment, bis de Laurec es überhaupt merkte – aber nirgends in diesem gewaltigen, von frei stehenden Balken durchzogenen und mit Gerümpel vollgestopften Dachraum gab es einen Ausgang.

Sekundenlang drohte er abermals in Panik zu geraten. Diesmal kostete es ihn erhebliche Anstrengung, einen klaren Kopf zu behalten. Mühsam versuchte er sich zu erinnern, wo die Tür verborgen lag, durch die er hereingekommen war.

Aber auch sie war nicht mehr da.

Es war, als hätte es niemals eine Tür gegeben.

Und dann ...

Es ging so unmerklich und langsam, dass Sarim mehr als eine Minute brauchte, es überhaupt zu sehen.

Aber als er es begriff, steigerte sich seine Furcht endgültig zur Panik.

Der Raum wurde kleiner.

Das Gefühl, sich zu bewegen, obwohl man keinen Körper hat.

Das Empfinden, zu stürzen, obwohl kein Raum da ist, durch den man stürzen kann.

Das Spüren, sich in einem irrsinnig schnell drehenden Karussell zu befinden, obgleich es kein Oben und Unten oder Rechts und Links gibt, durch das es sich drehen könnte.

Dann …

Eine Art Tunnel. Vielleicht ein Schlauch. Ein Schacht, gigantisch und auf unmögliche Weise in sich gewunden und verdreht, unendlich lang, von einem Ende der Ewigkeit zum anderen reichend, mit schwarzen Wänden aus erstarrter Zeit, durch den ich hindurchstürze, rasend schnell, millionen und abermillionen Mal schneller als das Licht, schneller als ein Gedanke. Trotzdem dauert der Sturz Ewigkeiten. Und schließlich, an seinem Ende, ein Licht, ein Schein, der so strahlend hell und von einer solchen Farbe ist, dass Worte nicht ausreichen, ihn zu beschreiben. Plötzlich ist das Wissen da, dass hinter diesem Licht etwas liegt, etwas Wunderschönes und Entsetzliches zugleich, etwas, das das Ziel jeglicher menschlichen Existenz sein muss und in das wir alle eines Tages eintauchen.

Aber ich erreiche es nicht.

Plötzlich ist ein Gesicht da, gigantisch und sonderbar vertraut – mein eigenes Gesicht. Und doch nicht. Älter. Weiser? Auf jeden Fall erfahrener. Härter auch. Und eine Stimme, die zu mir spricht, ohne zu sprechen. Dann greift irgendetwas nach mir, etwas Starkes und Düsteres, zerrt mich herum und wieder hinein in den finsteren Tunnel, den Weg zurück, den ich gekommen bin. Ich versuche mich zu wehren, denn ich will nichts mehr, als dieses wunderschöne Licht berühren, der Verlockung nachgeben, die sich hinter ihm verbirgt, aber ich habe keinen Körper, um mich zu schlagen, keine Stimme, um zu schreien.

Mit ungeheurer Kraft werde ich zurückgerissen, fort von der himmlischen Helligkeit und hinab in – ja, wohin eigentlich?

Was ist das Gegenteil des Himmels?

Obwohl Mitternacht längst vorüber war und die Nacht dem nächsten Morgen näher als dem vorangegangenen Abend, war die Stadt noch voller Leben. Rowlf und sein unfreiwilliger Kampfgefährte waren länger als eine Stunde ziellos durch die Stadt geirrt, die Menschen, die hier im Zentrum trotz der späten Stunde noch unterwegs waren, als Deckung nutzend.

Frankenstein hatte wenig gesprochen, und Rowlf spürte, wie schockiert er noch immer war. Niemand hatte es gewagt, sie anzusprechen – was wohl weniger an ihrem verdreckten und abgerissenen Aussehen als an Rowlfs zurzeit überaus schlecht gelaunten zweihundertsiebzig Pfund Lebendgewicht lag, mit denen er für sich und Frankenstein freie Bahn schuf.

Schließlich waren es Müdigkeit und die immer stärker werdenden Schmerzen in seinem Rücken, die ihn zwangen, eine Pause einzulegen.

Sie hatten die City durchquert und Zuflucht in einem kleinen, an drei Seiten von hohen Mauern umschlossenen Hinterhof gesucht, wo sich Rowlf mit einem unterdrückten Stöhnen auf einen Mauervorsprung sinken ließ.

»Ich kann nich' mehr«, murmelte er. »Ich brauch' ... 'ne Pause. Nur'n Moment.«

»Sie brauchen etwas ganz anderes, mein Lieber«, sagte Frankenstein kopfschüttelnd. »Ziehen Sie die Jacke aus. Ich will mir Ihren Rücken ansehen.«

Er streckte die Hände nach Rowlf aus, aber der rothaarige Riese schlug seinen Arm mit einer zornigen Bewegung zur Seite.

»Mir fehlt nix!«, fauchte er. »Ich brauch' nur 'n bisschen Ruhe.«

Frankenstein seufzte, hob ganz langsam die Hand und berührte beinahe flüchtig Rowlfs Rücken.

Rowlf brüllte vor Schmerz.

»Ihnen fehlt also nichts, wie?« Frankenstein schüttelte den Kopf. »Mein lieber Freund, ich habe Ihre Rückenwirbel über eine Distanz von fünf Yards knacken hören. Von Rechts wegen sollten Sie eigentlich tot sein. Und jetzt ziehen Sie endlich die Jacke aus.«

Rowlf zögerte. Unsicher setzte er dazu an, Frankensteins Befehl nachzukommen, hielt dann aber mitten in der Bewegung inne.

»Versteh'n Se denn was davon?«, fragte er misstrauisch.

Viktor Frankenstein runzelte verärgert die Stirn. »Ich bin zufällig Arzt«, sagte er.

»Aber ich hab' gedacht, Sie schnippeln nur an Toten rum.«

Gegen seinen Willen musste Frankenstein lachen. Aber er wurde sofort wieder ernst. »Möglicherweise werde ich das auch bald, wenn Sie nicht vernünftig sind, Rowlf«, sagte er. »Sie sind der stärkste Mensch, den ich jemals gesehen habe, aber auch Sie bestehen nur aus Fleisch und Blut.« Er seufzte. »Ganz im Gegensatz zu den beiden Männern, die Howard entführt haben«, fügte er hinzu, während er neben Rowlf in die Hocke ging. »Was waren das für sonderbare Wesen? Doch keine Menschen, oder?«

Rowlf sog hörbar die Luft ein, als Frankensteins Finger mit kundigen, aber alles andere als sanften Bewegungen über seinen Rücken fuhren.

»Ihre andern Patienten sin' wohl nich' so zimperlich, wa?«, fragte er.

Frankenstein lachte leise. »Kaum«, gestand er. »Aber Sie haben meine Frage nicht beantwortet. Wer waren diese beiden Männer? Mein Gott. Sie haben dem einen das Schaufelblatt direkt ins Gesicht geschlagen und sein Hals ... er hat nicht einmal geschrien!«

»Kanner auch nicht«, sagte Rowlf mit zusammengebissenen Zähnen. »Das war nich' Gray. Der sah nur so aus. Das war 'ne verdammte Puppe.«

»Eine ... Puppe?« Frankenstein sah verwirrt auf.

»Weiß nicht, wie se wirklich heiß'n tun«, antwortete Rowlf achselzuckend. »H.P. hatse imma so genannt. Ich hatt schoma mit som Blechkopp zu tun. Aber ich hab' gedacht, es gibt se gar nich' mehr. Au verdammt, tut das weh!«

»Das ist kein Wunder«, sagte Frankenstein nickend. »Gebrochen scheint nichts zu sein, aber Sie haben sich eine prachtvolle Prellung zugezogen. Die nächsten Tage sollten Sie sehr vorsichtig sein, wenn Sie sich bewegen. Das Beste wäre, Sie blieben im Bett.«

Rowlf blickte ihn nur finster an und streifte seine Jacke wieder über. »Aber das werden Sie nicht tun, wie?«, vermutete Frankenstein.

Rowlf nickte. »Nee. Ich werd' diesen nachgemachten Cohen suchen un' ihm jede Schraube einzeln rausschlagen, bis er mir verrät, wo Howard is. Un' der Kurze.«

»Wer?«

»Robert«, murrte Rowlf.

»Sie denken, er wäre noch immer am Leben?«, fragte Frankenstein zweifelnd.

»Im Sarg war er jenfalls nich', oda?«, fragte Rowlf unwillig. »Ach Scheiße, wenn ich wenigstens wüsste, wo die Biester mit eimal wieder herkomm'n tun. Wir ham gedacht, sie wär'n erledigt.«

»Sie hatten schon einmal mit ihnen zu tun?«

»Ja.« Rowlf stand auf, machte einen Schritt und verzog schmerzhaft das Gesicht. »Voriges Jahr in Paris. Aber ich versteh' das nich'. H.P. und der Junge haben den Lausdreck doch erledigt!«

»Wen?«, fragte Frankenstein.

»Sarim de Lausdreck«, erklärte Rowlf. »Der Kerl, der die Dinger bau'n tut. Hat sich selbst Puppenmacher genannt. Aber ich dachte, der wäre hin.«

»Ganz offensichtlich ist er nicht ... hin«, sagte Frankenstein. »Er scheint mir im Gegenteil höchst aktiv zu sein.« Er seufzte. »Es ist ... unglaublich. Wenn ich es nicht mit eigenen Augen gesehen hätte ... Maschinen, die wie Menschen aussehen. Ich kann es immer noch nicht glauben.«

»War aba besser, sie tätens tun, Doktor«, antwortete Rowlf ernst. »Wir wern dem Mistkerl nämlich auf den Hals rücken, mein Wort darauf.«

»Wir?« Frankenstein blinzelte. »Wie meinen Sie das?«

»Wie ichs sage«, grollte Rowlf und schüttelte wie durch Zufall eine gewaltige Faust unter Viktor Frankensteins Nase. »Oda hamse gedacht, ich lass' den H. P. und den Kleinen in dem Lausdreck seinen Fängen?«

»Aber wir ... was sollen wir denn allein gegen diese Ungeheuer ausrichten?«, stotterte Frankenstein. »Sie haben doch selbst erlebt, wie gefährlich sie sind. Und wir wissen nicht einmal, wo wir suchen sollen!«

»Ich find' ihn, Doktorchen«, versprach Rowlf. »Un' wenn ich die ganze Stadt auseinander nehm' muss.«

»Sie sind ja verrückt!«, keuchte Frankenstein. »Ich habe Besseres zu tun, als mich mit lebenden Maschinen anzulegen. Wir müssen zur Polizei! Die Behörden müssen benachrichtigt werden!«

»Aber klar«, sagte Rowlf. »Dat Beste wird sein, sie gehn gleich zum Yard und wenden sich an Cohen. Der wird sich echt freu'n, Sie wiederzusehen.«

Frankenstein sagte vorsichtshalber nichts mehr, bis sie den Hof verlassen und wieder die Straße erreicht hatten.

Rowlf winkte einer Droschke, die auch prompt an den Straßenrand gerollt kam. Aber noch bevor Rowlf die Hand nach der Tür ausstreckte, ließ der Fahrer seine Peitsche knallen und jagte davon.

Rowlf blickte ihm mit finsterer Miene nach, versuchte aber nicht noch einmal, einen Wagen heranzuwinken. Das nächste Mal war es Frankenstein, der die Hand nach einer Droschke hob, während sich Rowlf lange genug im Schatten hielt, um nicht gesehen zu werden.

»Wohin?«, fragte Frankenstein, als sie einander gegenüber auf den gepolsterten Sitzen des geschlossenen Wagens Platz genommen hatten.

Rowlf schwieg einen Moment. Bei aller Kampfeslust hatte er bisher nicht ernsthaft über die Frage nachgedacht, wo sie mit ihrer Suche anfangen sollten. London war groß – und Sarim de Laurec konnte buchstäblich überall sein. Rowlf wusste nur zu gut, dass er nicht darauf angewiesen war, sich in unmittelbarer Nähe seiner Geschöpfe aufzuhalten.

Der Kutscher – durch den Anblick des zusätzlichen Fahrgastes, der im letzten Moment in den Wagen gesprungen war, ohnehin nicht gerade bester Laune – bewegte sich unruhig auf seinem Bock, und Frankenstein fragte noch einmal: »Wohin, Rowlf?«

»Zu ... zu Robert sein Haus«, sagte Rowlf schließlich – und ganz offensichtlich allein aus dem Grund heraus, dass ihm nichts anderes einfiel. Aber Frankenstein widersprach nicht mehr, sondern gab die Adresse halblaut an den Kutscher weiter und zog die Gardinen vor, während der Wagen anrollte.

Sie waren sehr schweigsam, während sie London ein zweites Mal und in entgegengesetzter Richtung durchquerten und sich dem Ashton Place näherten. Erst als sie mehr als zwei Drittel der Strecke hinter sich gebracht hatten und die Häuser, die die Straßen säumten, allmählich vornehmer – oder zumindest teurer – zu werden begannen, brach Frankenstein das Schweigen wieder.

»Wie wollen Sie vorgehen, Rowlf?«, fragte er.

Rowlf zog eine Grimasse. »Ehrlich, ich hab' keine Ahnung nich'«, gestand er. »Aba irgendwie krieg' ich den Lausdreck schon am Wickel, mein Wort darauf, Doktor Fran –«

»Viktor«, fiel ihm Frankenstein rasch ins Wort. Er lächelte. »Nennen Sie mich Viktor. Ich ... ziehe es vor, nicht unbedingt unter meinem alten Namen aufzutreten.«

Rowlf nickte. »Vielleicht finden wir im Haus irgend'ne Spur«, fuhr er fort. »Würd' mich gar nich' wundern tun, wenn der Lausdreck da früher oder später auftauchen täte.«

»Jetzt, wo er Robert und Howard hat«, fügte Frankenstein mit einem Nicken hinzu, »sind Sie der Letzte, nicht?«

Rowlf blinzelte. »Sie schalten schnell, Doktor«, sagte er. Frankenstein fiel auf, dass sein schauderhafter Dialekt mit einem Male wie weggeblasen war. Aber nur für eine Sekunde, denn Rowlf fuhr fort: »Kann schon sein, dasser mich nu auch noch ham will. Aber dem feinen Herrn werd' ich die Fresse polieren, wenn ich'n inne Finger kriege. Mindestens.«

Frankenstein lächelte, wurde aber sofort wieder ernst. »Warum spielen Sie den Idioten, Rowlf?«, fragte er plötzlich.

Rowlf blinzelte abermals. »Äh?«, machte er. »Ich spiel' nich. Hab nie Glück im Spiel gehabt. Ich spar' mein Geld lieber.«

Frankenstein setzte dazu an, etwas zu sagen, beließ es aber dann bei einem neuerlichen Seufzen und konzentrierte sich für den Rest der Fahrt darauf, durch einen Spalt in den Gardinen nach draußen zu sehen.

Es dauerte ohnehin nicht mehr lange. Kaum zehn Minuten später hielt der zweispännige Wagen auf der dem Andara-House gegenüberliegenden Seite des Ashton Place, und sie stiegen aus. Frankenstein entlohnte den Fahrer, und sie warteten, bis der Wagen in der Nacht verschwunden war.

Es war sehr still. In keinem der wenigen, gepflegten Häuser, die den großen Platz säumten, brannte noch Licht. Der Mond schien von einem wolkenlosen Himmel, und die in regelmäßigen Abständen auf dem Trottoir stehenden Gaslaternen spendeten mildes, gelbes Licht. Trotzdem herrschte eine fast unheimliche Dunkelheit. Und es war, wie Frankenstein schaudernd bemerkte, eine ganz andere Art von Dunkelheit, als er sie jemals erlebt hatte. Es war …

Ja, dachte er, und diesmal verspürte er mehr als nur einen Anflug von Entsetzen, es war, als wäre es nicht nur die Abwesenheit von Licht, sondern das Dasein von etwas anderem, etwas, das nicht in Worte zu fassen war, aber das er spürte, überdeutlich.

Und es war … böse.

So unendlich und abgrundtief böse, dass Frankenstein seine ganze Willenskraft aufbieten musste, um nicht auf der Stelle herumzufahren und zu laufen, so schnell er nur konnte, sondern stattdessen an Rowlfs Seite zu treten und ihm zu dem dunkel daliegenden Haus mit der Nummer 9 zu folgen.

Sarim schrie.

Panik hatte ihn überwältigt, nicht für einen kurzen Moment, sondern vollkommen. Eine Woge nackter, ungeheuer starker Angst spülte sein logisches Denken hinweg. Er schrie, schlug wie von Sinnen um sich und stolperte blindlings nach hinten. Sein Fuß verfing sich in einem Hindernis, er fiel, prallte schmerzhaft auf dem Boden auf und sah einen Schatten auf sich zurasen.

Blindlings riss er die Hände hoch, schlug nach dem vermeintlichen Angreifer und merkte zu spät, dass es nur ein Stuhl war, den er mit seinem Sturz aus dem Gleichgewicht gebracht hatte. Seine Faust traf das harte Holz und zerschmetterte es, aber auch seine Haut platzte auf, und ein neuer Schmerz zuckte durch seinen Arm. Noch immer schreiend sprang er wieder hoch, rannte blindlings weiter und prallte nach wenigen Schritten abermals gegen ein Hindernis.

Diesmal war der Schlag so heftig, dass er ihn fast betäubte. Sarim fiel, blieb einen Moment benommen liegen und fühlte Blut aus einer neuen, heftig schmerzenden Wunde auf seiner Stirn über sein Gesicht laufen.

Aber das dumpfe Dröhnen in seinem Schädel betäubte auch die Panik, und für einen Moment vermochte er seine Umgebung wieder halbwegs klar zu erkennen. Müde hob er den Kopf, wischte sich das Blut aus den Augen und fuhr abermals zusammen, als er das Hindernis erkannte, gegen das er gerannt war.

Es war eine Mauer.

Eine massive Wand aus braunroten Brandziegeln, die mindestens fünf Yards weiter entfernt gestanden hatte, als er sie das letzte Mal gesehen hatte.

Wieder drohte ihn Panik zu übermannen, als ihm die wahre Bedeutung seiner Beobachtung klar wurde.

Es war keine Illusion – der Raum schrumpfte wirklich!

Mit einem Keuchen sprang de Laurec hoch, sah sich gehetzt um und erkannte, dass auch die gegenüberliegende Wand um die gleiche Distanz näher gekommen war. Und hatte sich nicht auch das Dach gesenkt? Waren die morschen Sparren nicht vorher ein gutes Stück höher gewesen?

Dann hörte er das Geräusch – einen dumpfen, irgendwie stöhnenden Laut, der aus dem Boden, den Wänden und dem Dach zugleich zu kommen schien, als stöhne das Haus selbst wie unter Schmerzen.

Sein Blick irrte unstet hierhin und dorthin, suchte verzweifelt nach einem Ausgang, einer Lücke im Mauerwerk oder im Dach – und fand keine. Voller Verzweiflung fuhr er herum, schlug einen Moment sinnlos mit den Fäusten auf die Ziegelmauer hinter sich ein und hieb sogar nach den Dachschindeln, allerdings mit dem einzigen Ergebnis, sich die Fäuste blutig zu schlagen.

Wimmernd sank Sarim de Laurec in sich zusammen, presste die

Fäuste gegen die Schläfen und versuchte mit aller Macht, die Panik niederzukämpfen.

Es gelang ihm nicht.

So, wie die unheimliche Macht, die stärker als seine eigenen Kräfte war, ihm all dieses Schreckliche vorgaukelte, hinderte sie ihn auch daran, sich zu konzentrieren.

»Hilf mir!«, wimmerte er. »So hilf mir doch!!«

Aber auch die Stimme in seinem Schädel, die ihm bisher immer so zuverlässig gesagt hatte, was er tun musste, schwieg. Die *neue Macht* war verstummt, als hätte es sie niemals gegeben.

Der Stuhl, neben dem er gelegen hatte, stürzte polternd um. Sarim fuhr hoch und erkannte entsetzt, dass sich die Wand ein weiteres Stück auf ihn zubewegt hatte, wobei sie Möbel und Gerümpel vor sich herschob. Und auch auf der anderen Seite des Dachbodens wurde jetzt das helle Splittern und Krachen berstenden Holzes laut!

Und dann …

Ein entsetzlicher Schmerz schoss durch Sarim de Laurecs Schädel. Der *Puppet-Master* schrie auf, brach wie vom Blitz getroffen zusammen und krümmte sich. Sein Schädel schien zu zerspringen. Jeder einzelne Nervenstrang in seinem Kopf musste sich in weiß glühende Lava verwandelt haben.

Und dann sah er das Licht, einen grünen, unheimlichen Schimmer, sehr mild, aber trotzdem so hell, dass er selbst durch seine geschlossenen Lider drang und ihn jede winzige Einzelheit in seiner Umgebung mit phantastischer Klarheit erkennen ließ. Träge wie leuchtendes Wasser breitete sich der Schein in Schwaden im Raum aus, bildete Schlieren und vergängliche Formen, wuchs und dehnte sich in einem sonderbar pulsierenden, unheimlichen Rhythmus aus, bis er jeden Quadratzoll des Dachbodens auszufüllen schien.

Für einen Moment hatte Sarim de Laurec das Gefühl, dem Ringen zweier gleich starker, ungeheuerlicher Kräfte beizuwohnen, einem Kampf, der vollkommen lautlos, aber mit unbarmherziger Kraft geführt wurde.

Und was immer es war, das ihm half, es gewann.

Das Licht erlosch, zusammen mit dem Schmerz, und als er die Augen öffnete, war der Speicher wieder normal, die Wände dort, wo sie sein sollten, und auch die Höhe der Decke stimmte wieder. Mit einem erleichterten Seufzen schloss Sarim erneut die Augen, ließ sich zurücksinken und atmete gezwungen tief und ruhig ein und aus. Irgendetwas in ihm regte sich; ein Gefühl, als würde ein großes finsteres Tier in seine Höhle zurückkriechen und sich – erschöpft, aber zufrieden – zusammenrollen.

Und plötzlich begriff er. Seine Hilferufe waren erhört worden. Es war das *Ding* in seinem Kopf gewesen, die *neue Macht,* die ihm geholfen hatte, den Schutzzauber dieses verfluchten Hauses zu überwinden. Ein Gefühl tiefer Dankbarkeit durchströmte ihn.

Als er sich nach einer Weile wieder erhob, war das Zittern seiner Hände verschwunden. Sein Gesicht war noch bedeckt mit eingetrocknetem Blut, aber er war wieder ruhig und gefasst, und sein Atem ging regelmäßig.

Trotzdem hatte er noch lange nicht seine alten Kräfte zurückgewonnen. Er fühlte sich müde und ausgebrannt; jede noch so kleine Bewegung bedeutete eine Anstrengung. Doch Sarim war trotzdem so erleichtert wie noch nie zuvor in seinem Leben. Er hatte seinen Feind vernichtet und fühlte sich jetzt stark genug, auch den zweiten Teil seines Planes in die Tat umzusetzen.

Aufmerksam sah er sich in der Dachkammer um. Die Tatsache, dass er keinen Ausgang entdecken konnte, irritierte ihn noch immer, aber sie beunruhigte ihn nicht wirklich. Er war in diese Kammer hereingekommen, irgendwie, und er würde wieder herauskommen, irgendwie.

Sein Blick blieb auf dem Gemälde Roderick Andaras hängen, das er zuvor schon einmal bemerkt hatte. Er wollte sich schon wieder umwenden und in seiner Inspektion fortfahren, aber irgendetwas bewegte ihn dann doch, noch einmal und etwas genauer hinzusehen.

Das Bild war ...

Sarim de Laurec fand keine passenden Worte, um den sanften Schauder zu beschreiben, der ihn beim Anblick des Bildes überfiel. Zu Anfang hatte er es für ein möglicherweise künstlerisch gelungenes, seinem Vorbild jedoch nicht sonderlich ähnliches Gemälde gehalten. Jetzt ...

Ja, dachte er schaudernd – jetzt wirkte es so lebensecht, als wolle Roderick Andara jeden Augenblick aus seinem Rahmen heraustreten ...

Schon der Garten war ein Albtraum gewesen. Rowlf hatte gar nicht erst versucht, das Haus durch den Vordereingang zu betreten, sondern Frankenstein mit Gesten zu verstehen gegeben, es ihm gleich zu tun und den Zaun zu übersteigen, um sich dem Haus von der Rückseite her zu nähern. Insgesamt hatten sie sicher nicht mehr als fünf Minuten gebraucht, den parkähnlichen, aber vollkommen verwilderten Garten zu durchqueren und die kleine Hintertür zu erreichen – aber es waren fünf Minuten gewesen, die Frankenstein hinterher wie eine Ewigkeit vorgekommen waren.

Der Garten schien ... lebendig.

Es war absurd, durch nichts zu belegen und vollkommen unlogisch – aber bei jedem Schritt hatte Viktor Frankenstein das immer heftiger werdende Gefühl verspürt, beobachtet zu werden, belauert von Augen, die unsichtbar, aber sehr wach waren und denen keine noch so kleine Bewegung entging, die er machte. Genau so, dachte er hinterher, musste sich ein Kaninchen fühlen, das unter dem Blick der Schlange erstarrte. Nein – schlimmer noch. Das Kaninchen konnte seinen Feind wenigstens sehen, während die ... *Dinge,* die ihn und Rowlf belauerten, unsichtbar blieben.

Zu Rowlfs Überraschung – die er nach Kräften zu verbergen suchte, was ihm freilich nicht gelang – fanden sie die Tür unverschlossen. Und das unheimliche Gefühl, sich in der Nähe von etwas Unsichtbarem, aber nichtsdestotrotz höchst Tödlichem zu befinden, nahm in Frankenstein noch zu. Das Haus bot nicht den Schutz, den es versprach. Ganz im Gegenteil. Frankenstein begann sich allmählich wie eine Fliege zu fühlen, die dem Netz der Spinne zu entkommen trachtete und sich in Wahrheit nur immer weiter darauf zu bewegte.

Das Haus war sehr still. In der großen Halle im Erdgeschoss, die sie erreichten, nachdem sie ein wahres Labyrinth von Kammern und Räumen und Treppenfluchten durchquert hatten, brannte Licht, aber nicht der mindeste Laut war zu hören. Frankenstein hatte niemals ein Haus betreten, das so still war.

»Wo ist das Personal?«, fragte er.

Rowlf gebot ihm mit einer unwilligen Geste zu schweigen, schob die Tür hinter sich ins Schloss und sah sich um. Seinem Gesichtsausdruck nach zu schließen, schien er ebenso ratlos wie Frankenstein zu sein.

»Gehma nach oben«, sagte er schließlich. »Da wird sich scho –«

Hinter ihnen erklang ein dumpfes Poltern. Rowlf verstummte mitten im Wort, sah sich erschrocken um – und sprang mit einem Satz in die Tür zurück, Frankenstein so rüde mit sich zerrend, dass der nicht einmal dazu kam, ein erschrockenes Schnauben auszustoßen.

Das Poltern wiederholte sich, dann wurde eine Tür unter der Treppe aufgestoßen, die Frankenstein bisher nicht einmal bemerkt hatte, und ein Mann trat in die Halle hinaus.

Hatte er bisher vielleicht noch insgeheim an alledem gezweifelt, was Howard und Rowlf ihm erzählt hatten, jetzt tat er es nicht mehr. Der Anblick, der sich ihm bot, hätte ihn wahrscheinlich auch wieder an den Weihnachtsmann glauben lassen, hätte Rowlf hinterher behauptet, es gäbe ihn.

Aus der Tür, die offensichtlich aus den Kellergeschossen des Hauses heraufführte, trat ein zweiter Mann, dann ein dritter. Er und der erste, der Frankenstein und Rowlf um ein Haar überrascht hätte, boten einen höchst sonderbaren Anblick – sie trugen dunkle, bis auf die Knöchel fallende Wettermäntel, darunter allerdings keine dazu passende Kleidung, sondern weiße, mit einem gleichschenkeligen roten Balkenkreuz bestickte Hemden und Hosen aus Kettengeflecht, als wären sie geradewegs aus einem romantischen Ritterroman entsprungen.

Aber ihr Anblick war nichts gegen den dritten Mann, der zwischen ihnen ging.

Genauer gesagt, das *Ding,* das Frankenstein im ersten Moment für einen Mann gehalten hatte …

Soweit Frankenstein dies erkennen konnte, bestand es ganz und gar aus Eisen und sah ein bisschen aus wie ein wandelndes Skelett, denn es hatte keinen wirklichen Leib, sondern eine Art grobmaschigen Gitterkorb, aus dem die Glieder und der Hals herausragten und in dem sich allerlei mechanische Dinge drehten und bewegten. Mit sonderbar abgehackten, mechanischen Bewegungen stolzierte es zwischen den beiden Männern einher. Sein Kopf drehte sich unentwegt von rechts nach links und wieder zurück mit kleinen, vogelartigen Rucken. In den Augenhöhlen seines metallenen Totenschädels blinkten zwei winzige rote Lämpchen.

Atemlos vor Schrecken sah Frankenstein zu, wie die beiden Männer und ihr bizarrer Begleiter wenige Schritte an ihrem Versteck vorüber und die Treppe hinauf gingen, um in einem Zimmer im oberen Stockwerk zu verschwinden. Aber selbst als alles wieder still geworden war, verharrte er noch lange reglos auf der Stelle und starrte die Treppe an.

»Was ... was war das?«, stammelte er schließlich.

»Eine von dem Lausdreck sein' Puppen«, antwortete Rowlf düster. Seine gewaltigen Pranken öffneten und schlossen sich unentwegt, als hielte er sich nur noch mit Mühe davon ab, den beiden Männern und der bizarren Kreatur nachzustürmen und über sie herzufallen. »War bloß noch nich' ganz fertig.«

»Dann ... dann sind sie ... hier?«, stammelte Frankenstein. Das letzte Wort klang beinahe hysterisch.

Rowlf grinste. »Sieht so aus, Doktorchen. Wo diese Hampelmänner in ihren Affenkostümen auftauchen, da ist auch der Lausdreck nich' weit, darauf könnse Gift nehm'. Und jetz' ...« Sein Grinsen wurde noch breiter, verlor dabei aber merklich an Humor, »... kauf ich mir die Halunken.«

Es dauerte einen Moment, bis Frankenstein begriff. »Sie ... Sie wollen doch nicht etwa dorthinunter?«, stammelte er mit einer Geste auf die nur halb geschlossene Kellertür.

»Aba sicher doch«, grinste Rowlf. »Sie könn' ja hierbleim, wennse woll'n.« Sprach's, stieß die Tür auf und stürmte mit kampflustig gesenktem Kopf durch die Halle.

»Hier ... bleiben?«, flüsterte Frankenstein. Hier? Er sollte allein in diesem Haus zurückbleiben?!

Rowlf lief nicht gerade langsam die Kellertreppe hinunter. Trotzdem hatte Frankenstein ihn eingeholt, noch ehe er die Hälfte davon zurückgelegt hatte.

Es dauerte lange, bis das entsetzliche Gefühl des Fallens aufhörte, aber auch danach umgab mich weiterhin Dunkelheit; eine solch erstickende Schwärze, wie ich sie niemals zuvor erlebt hatte.

Und dann ...

Es ist schwer, Empfindungen in Worte zu fassen, für die es keine Worte gibt. Nach dem endlos dauernden Sturz durch die Dimensionen des Wahnsinns kam ich irgendwo an, hatte mit einem Male wieder das Gefühl, einen Körper zu haben.

Trotzdem war dieses Gefühl sonderbar falsch.

Ein Körper.

Mein Körper.

Und trotzdem ein anderer.

Und ich war nicht allein.

Jemand – etwas? – war bei mir, um mich, in mir, überall und nirgends. Für einen Moment hatte ich das Gefühl, von einer großen, unendlich sanften, aber auch unendlich starken Hand berührt zu werden, einer Hand, die mir freundlich gesinnt war, die aber auch töten und vernichten konnte.

Ein sonderbares, nicht unbedingt angenehmes Empfinden von Tasten und Sondieren, ein Gefühl, als griffe etwas in meine Gedanken und suche darin herum, bis es etwas Bestimmtes gefunden hatte.

Dann – jäh und so heftig, dass ich vor Schrecken aufgeschrien hätte, hätte ich einen Körper gehabt – Zorn. Ein Zorn von einer Intensität, wie ich ihn nie zuvor erlebt hatte.

Dann nichts mehr.

Nur das Gefühl, einen Körper zu haben, wurde stärker.

Aber es war nicht mein Körper ...

Der Keller war so groß und düster und voller Staub und Gerümpel, wie Frankenstein es bei einem Haus wie diesem erwartet hatte.

Und er war von der gleichen Art düster lauernden Lebens erfüllt, das er befürchtet hatte: das gleiche, nicht greifbare, aber entsetzliche Gefühl, das ihn draußen im Garten überfallen hatte, nur dass es hier sehr viel stärker war. Er glaubte die Augen beinahe zu sehen, die ihn aus der Dunkelheit heraus anstarrten.

Aber eben nur beinahe.

Rowlf legte mahnend den Zeigefinger auf die Lippen, als Frankenstein etwas sagen wollte, deutete nach links und machte gleichzeitig mit der anderen Hand eine Geste, deren Bedeutung Frankenstein unklar blieb. Vorsichtshalber beschloss er, Rowlf zu folgen, als der rothaarige Riese geduckt durch den Keller zu schleichen begann.

Nach einer Weile hörten sie Stimmen: sehr leise und zu undeutlich, als dass sie die Worte verstehen konnten. Rowlf machte abermals eine Handbewegung, vorsichtig zu sein, brach quasi im Vorübergehen – und zu Frankensteins Erstaunen so gut wie lautlos – ein Bein eines herumstehenden Stuhles ab, schwang seine improvisierte Keule probehalber ein paar Mal und bewegte sich noch vorsichtiger weiter.

Die Stimmen kamen näher. Sie wurden lauter, sonderbarerweise aber nicht deutlicher – und bald hörten sie auch andere Geräusche – ein leises, raues Lachen, das helle Klappern von Würfeln, mit denen die Männer sich die Zeit zu vertreiben schienen, dann Schritte, die sich ihrem Versteck aber nicht näherten.

Schließlich erreichten sie die Quelle der Geräusche: eine niedrige, mit einem wuchtigen, halb verrosteten Schloss versehene Tür in der südlichen Wand des Kellers. Wenn ihn sein Orientierungssinn nicht vollends im Stich gelassen hatte, dachte Frankenstein verwirrt, dann mussten sie den Keller mittlerweile zur Gänze durchquert haben, was nichts anderes hieß, als dass sich die Kellergeschosse dieses Hauses auch noch unter den Garten beziehungsweise die Straße erstreckten.

Nicht, dass ihn bei diesem Haus auch nur noch irgendetwas gewundert hätte ...

Rowlf packte seine improvisierte Keule fester, sah noch einmal sichernd nach rechts und links und näherte sich der Tür auf Zehenspitzen. Auf seinem Gesicht lag ein entschlossener, beinahe schon verbissener Ausdruck, als er die Hand nach der Klinke ausstreckte.

Trotz ihres verwahrlosten Äußeren schwang die Tür vollkommen lautlos auf. Ja, mehr noch – für einen Moment hätte Frankenstein schwören können, dass sie sich Rowlfs Hand entgegenbewegte, als könne sie es kaum mehr erwarten, endlich geöffnet zu werden.

Aber das musste eine Täuschung sein. In den letzten Stunden hatte er so viel Unmögliches und Unglaubliches erlebt, dass er wohl schon anfing, Gespenster zu sehen.

Ein heller Streifen flackernden gelben Lichtes wie das einer Petroleumlampe fiel ihnen entgegen, als sie die Tür öffneten, und die Stimmen wurden abermals lauter, waren aber noch immer nicht deutlicher zu verstehen – was nun allerdings eindeutig daran lag, dass sie sich nicht der englischen Sprache bedienten, sondern eines Idiomes, das Frankenstein zwar vage bekannt vorkam, das er aber nicht verstand. Ein kurzer, steil in die Tiefe führender Treppenschacht nahm sie auf. An seinem Ende befand sich eine zweite, offen stehende Tür.

Frankensteins Herz begann schnell und fast schmerzhaft hart zu schlagen, während er hinter Rowlf die ausgetretenen Stufen hinunterschlich. Seine ganze Situation kam ihm mit jeder Minute lächerlicher vor – was zum Teufel tat er hier eigentlich? Er war drauf und dran, sich nicht nur in ein Abenteuer – gegen das er im Prinzip nichts einzuwenden gehabt hätte – zu stürzen, sondern in einen höchst unerfreulichen Tod, denn wenn in dem Raum dort unten noch mehr der bizarren Maschinenmenschen warteten, dann würden ihnen auch Rowlfs Riesenkräfte nicht mehr weiterhelfen. Und Frankenstein hatte das sichere Gefühl, dass sie ihr Glück zu sehr strapaziert hatten, um auf ein abermaliges Entkommen rechnen zu können.

Aber es war zu spät für solcherlei Überlegungen, denn in diesem Moment, fast als hätte er seine Gedanken gelesen, sprang Rowlf mit einem gellenden Schrei durch die Tür.

Bruder Carlsen und er hatten die Maschine in den Salon im oberen Stockwerk geschafft, wie Sarim de Laurec es ihnen befohlen hatte, und vor einer Stunde waren die anderen gekommen.

Seither warteten sie.

Es war sehr still in diesem großen, unheimlichen Haus. Nicht der mindeste Laut drang von der Straße herein, und die einzigen Geräusche, die Bruder Allisdale seit einer geraumen Weile hörte, waren das regelmäßige Klicken und Summen der Maschine und das Ticken der bizarren Standuhr, die wie ein ganz bewusst hässliches Monstrum in einer Ecke des großen Raumes hockte.

Allisdale wusste nicht, welches der beiden Dinge ihm mehr Angst einjagte: dieses Ungeheuer von Uhr mit seinem großen und den drei kleinen Ziffernblättern, die alles Mögliche anzeigen mochten, nur nicht die Zeit, oder die Maschine, die reglos in einem Sessel hockte wie eine perfide Verhöhnung der menschlichen Form, die ihr Vorbild gewesen war. Nicht zum ersten Mal, seit er in Sarim de Laurecs Dienste getreten – nun ja, im Grunde getreten worden – war, fragte er sich, ob ihr aller Tun wirklich richtig war. Konnte etwas so Gotteslästerliches wie eine Mensch-Maschine wirklich dem wahren Zweck dienen?

Und nicht zum ersten Mal, seit er Gedanken solcher Art dachte, schien irgendetwas Unsichtbares, Böses durch sein Bewusstsein zu fahren und jede Spur von Zweifel hinwegzufegen. Von einer Sekunde auf die andere konzentrierte er sich wieder auf die Dinge, um derentwillen er hergekommen war.

»Die Zeit ist längst überschritten, Brüder«, sagte er. »Wir können nicht länger warten. Der Meister muss in Gefahr sein, sonst hätte er uns längst eine Nachricht zukommen lassen.«

Im ersten Moment antwortete keiner der anderen, obgleich Allisdale wohl nur ausgesprochen hatte, was sie alle dachten. Dann, nach einer Weile, stand der Däne Carlsen auf und rückte mit einer demonstrativen Bewegung sein Schwert zurecht. »Du hast Recht, Bruder Allisdale. Wir sind gekommen, um diese Stätte des Teufels zu vernichten. Also lass uns nach oben gehen und nachsehen, was den Meister davon abgehalten –«

»Möglicherweise«, unterbrach ihn Bruder Jackson ruhig, »wird den Meister absolut nichts mehr davon abhalten, dir die Zähne in den Hals zu schlagen, Carlsen.« Er grinste, erhob sich ebenfalls und machte erst eine Kopfbewegung auf die Maschine, dann zur Decke. »Unser Auftrag lautet, auf dieses *Ding* da aufzupassen und Sarim de Laurec nicht zu stören, nicht wahr? Allenfalls noch, ihn vor allzu neugierigen Fremden zu schützen, die vielleicht hierherkommen. Von Hinaufgehen hat er nichts gesagt. Jedenfalls mir nicht.«

Allisdale blickte den Yankee zornig an. Er konnte Jackson nicht leiden, und er hatte nie einen Hehl daraus gemacht. Umso mehr ärgerte es ihn, dass er so augenscheinlich Recht hatte ...

»Was fällt dir ein, in einem solchen Ton über den Meister zu reden?«, fauchte er.

Jackson grinste. »Warum nicht? Er hört es doch nicht, oder?«

Allisdale setzte zu einer wütenden Entgegnung an, presste aber dann nur die Kiefer aufeinander und wandte sich mit einem Ruck ab. Jackson wollte eine Konfrontation mit ihm provozieren, das war klar. Aber er würde sich nicht provozieren lassen – jetzt noch nicht. Wenn Jackson einen Kampf haben wollte, konnte er ihn bekommen, aber zu seinen Bedingungen.

»Ihr habt beide Recht«, sagte Carlsen plötzlich. »Zwei von uns sollten hierbleiben und die Maschine bewachen. Die anderen können hinaufgehen und Bruder Sarim suchen.« Er starrte Jackson herausfordernd an. »Du siehst, Bruder, du kannst getrost hierbleiben.«

Jackson schluckte die Herausforderung wortlos herunter, aber sein Gesicht verlor deutlich an Farbe. »Ich komme mit«, sagte er wütend.

»Bruder Frederik, Bruder Horst und ich auch.« Allisdale stand auf und starrte den Yankee mit einer Mischung aus Zorn und Triumph an. »Irgendjemand muss schließlich die Verantwortung übernehmen, oder?«, fügte er hinzu.

Jackson schluckte auch diese neuerliche Provokation ohne Widerspruch. Er musste wohl einsehen, dass der Moment schlecht gewählt war, seinen persönlichen Zwist mit Allisdale auszutragen. Aber seine Hand klatschte in einer Bewegung, die ganz und gar nicht so zufällig war, wie sie aussah, auf den langläufigen Colt, den er dort im Gürtel trug, wo seine Brüder ihre geweihten Schwerter trugen.

Es sah ziemlich albern aus, fand Allisdale. Außerdem verachtete er moderne Waffen; nicht nur bei Jackson. Ein Revolver machte für Allisdales Gefühl viel zu viel Lärm und war zudem keine geweihte Waffe. Er richtete zu viel Schaden an, ohne wirklich präzise zu töten. Und – und das war das Schlimmste – jeder Idiot konnte ihn abfeuern und damit Unsinn anstellen. Die wuchtigen Langschwerter, die er und seine Brüder zu ihrer Uniform zu tragen pflegten, waren viel präzisere Waffen. Jemand, der nicht damit umzugehen verstand, würde sich höchstens selbst einen Fuß oder einen Finger abschneiden. Aber in geübter Hand war ihre Wirkung verheerend.

Doch er sprach nichts von alledem aus, sondern trat stumm auf die Tür zu und machte eine auffordernde Kopfbewegung. »Geh voraus, Bruder Jackson.«

Jackson starrte ihn noch einen Moment lang zornig an, dann fuhr er auf dem Absatz herum und riss die Tür auf. Carlsen schüttelte den Kopf, als er an ihm vorüberstürmte.

»Irgendwann wird er sich selbst in den Fuß schießen mit diesem Ding«, murrte er, wohlweislich aber so leise, dass Jackson die Worte nicht verstehen konnte. »Ich weiß nicht, was sich der Meister dabei dachte, als er ihm erlaubte, diese Waffe zu tragen. Unter Balestrano hätte es das nicht gegeben«, setzte er giftig hinzu, als Allisdale nicht reagierte. »Wir –«

»Still jetzt«, sagte Allisdale scharf. »Du hast Recht, Bruder, aber jetzt ist nicht der Moment, darüber zu streiten. Später.«

Carlsen blickte ihn einen Moment betroffen an, schwieg aber befehlsgemäß. Nebeneinander traten sie auf den Gang hinaus, wo Jackson bereits mit leicht gespreizten Beinen und angeschlagenem Colt Aufstellung genommen hatte, als gelte es, den Angriff einer ganzen Indianerhorde abzuwehren. Allisdale blickte ihn kopfschüttelnd an, gebot ihm mit einer Geste weiterzugehen und zog ebenfalls seine Waffe. Er fühlte sich einfach sicherer mit dem Gewicht des Schwertes in der Hand.

Jackson erreichte die kleine Tür am Ende des Ganges, die Sarim de Laurec ihnen beschrieben hatte, und untersuchte das Schloss. Mit einem zufriedenen Grinsen fingerte er in seiner Tasche herum und kramte einen Dietrich heraus. Doch bevor er ihn ins Schloss stecken konnte, schlug Allisdale mit seiner gepanzerten Rechten zu. Die Tür sprang krachend auf und gab den Weg frei.

Allisdale übernahm die Führung. Mit gezogenem Schwert drang er in den Korridor ein. Carlsen und die anderen folgten ihm sofort. Jackson schlug leise fluchend die Tür zu und bedachte Allisdale mit einem wütenden Blick. Dann setzte auch er sich zögernd in Bewegung.

Wenigstens versuchte er es.

Wo vor dem Bruchteil einer Sekunde noch der Rücken von Bruder Frederik gewesen war, versperrte ihm plötzlich eine massive Wand den Weg; eine Wand, die seinen Vormarsch sehr abrupt – und alles andere als sanft – aufhielt.

Für Sekunden tanzten Sterne vor seinen Augen. Jackson taumelte zurück, presste die Linke gegen die Nase und spürte warmes, klebriges Blut zwischen den Fingern. Erst dann – mit gehöriger Verspätung – sickerte die Erkenntnis dessen, was überhaupt geschehen war, in sein Bewusstsein durch.

Was nun nicht etwa bedeutete, dass er es verstand.

»Das ... das ist doch nicht möglich ...«, murmelte er. »Das gibt es doch einfach nicht!«

Wie zur Antwort erscholl in diesem Moment ein Lachen in seinen Ohren; ein Laut, der so bösartig klang, dass Jackson abermals vor Schrecken zusammenfuhr. Eine eisige Hand schien sich um sein Herz zu legen und zuzudrücken.

»Ruhig«, murmelte er. »Nur ruhig, alter Junge. Jetzt nicht die Nerven verlieren.« Er lachte, sehr nervös und einzig aus dem Grund, sich selbst zu beruhigen, wechselte seinen Colt von der rechten in die linke Hand und tastete mit klopfendem Herzen die Wand vor sich ab. Sie bestand aus glattem Ziegelmauerwerk, das ohne Fugen zusammengefügt war. Jackson klopfte mit dem Kolben des Colts gegen die Mauer.

Diesmal erfolgte eine Reaktion, wenn sie auch gänzlich anderer Art war, als Jackson erwartet hatte.

»Ruhe, verdammt noch mal. Willst du das ganze Haus zusammentrommeln?«, pfiff Allisdale ihn an. Seine Stimme war so klar, als stünde er direkt vor Jackson.

»Allisdale, Carlsen. Wo … wo seid ihr?«, stammelte Jackson. »Könnt ihr mich sehen?«

Alles blieb still. Eine Stille, die fürchterlich war. Jackson hörte … nichts. Nicht einmal das Klopfen seines eigenen Herzens. Selbst das entsetzliche Lachen, das vor Augenblicken in seinen Ohren geklungen hatte, wäre ihm in diesem Moment wie eine Erlösung vorgekommen.

Aber alles blieb still. Nervös klopfte er noch einmal gegen die Wand. Das Geräusch war so leise, dass er es kaum hören konnte.

»Bist du übergeschnappt, Jackson? Hör endlich auf, mit deiner Kanone auf die Wände einzuschlagen, und komm endlich her. Oder glaubst du, wir wollen hier unser Lager aufschlagen?« Allisdales Stimme klang jetzt gereizt.

Jackson drehte sich wie ein Kreisel um seine eigene Achse – und schrie entsetzt auf. Korridor und Tür waren ebenso spurlos verschwunden wie seine Gefährten. Dafür existierten plötzlich vier Wände, die ihn vollständig einschlossen. Sie waren so weit auseinander, dass er sie mit den Spitzen seiner ausgebreiteten Arme gerade noch erreichen konnte.

Seine Angst schlug in jähe Panik um. »Allisdale, Carlsen, Frederik, wo seid ihr? Hört ihr mich denn nicht?«, schrie er so laut er konnte.

»Allisdale, Carlsen, Frederik, wo seid ihr?«, hallte das Echo höhnisch von den Mauer zurück. »Wo seid ihr? Wo seid ihr? Wo seid ihr? Woseidihrseidihrseidihr?!« Und dann dieses Lachen, dieses entsetzliche, grässliche Lachen!

Jackson schlug die Hände gegen die Ohren und taumelte rücklings gegen die Mauer.

Sie gab wie noch nicht erstarrter Kautschuk nach. Gleichzeitig wuchsen Tentakel aus ihr heraus und schlangen sich um Jacksons Beine und seinen linken Arm.

Jackson versuchte sich loszureißen, doch je stärker er dagegen ankämpfte, umso fester schlossen sich die Tentakel um ihn. Nur seine rechte Hand blieb frei. Er schlug mit dem Coltgriff gegen die Fesseln, doch diese pressten sich so zusammen, dass er zu schreien begann. Dann schlang sich einer der dünnen, widerlich weichen Arme um seinen Hals.

»Hilfe!«, kreischte er. »Helft mir doch, Brüder. Die Wand bringt mich um!« Doch um ihn war Schweigen. Nur dieses tiefe, grollende Lachen klang wieder auf; gleichzeitig fassten neue Tentakel nach ihm. Ein weiterer, dünner Strang schlang sich um seine Kehle und zog sich zu.

Blind vor Panik riss er den Colt hoch und zog den Stecker durch. Der peitschende, in der Enge des Ganges vielfach widerhallende Knall zerriss ihm fast das Trommelfell.

Und dann geschah etwas Entsetzliches:

Vor seinen Augen lösten sich die Wände auf, wurden zu grauem Rauch, zu Schemen, dann zu nichts. Von einer Sekunde auf die andere waren sie verschwunden, so spurlos, als hätten sie niemals existiert. Ebenso wie die würgenden Tentakel, die ihn vor einem Augenblick noch gehalten hatten.

Dafür sah er seine Gefährten wenige Meter vor sich stehen. Carlsen griff sich mit einem erstickten Laut an die Brust, blickte einen Sekundenbruchteil aus hervorquellenden Augen auf das frische, rote Blut, das plötzlich auf seinen Fingern war – und kippte wie ein gefällter Baum zur Seite.

Allisdale war mit einem Sprung bei ihm, fiel auf die Knie herab und beugte sich über den Reglosen. Als er wieder aufstand, war sein Gesicht aschgrau.

»Jackson, du Narr. Du hast Carlsen erschossen«, flüsterte er mit tonloser Stimme.

»Aber das ... das ist ... großer Gott!« Jackson taumelte einen Schritt auf Carlsen zu, blieb wieder stehen, starrte auf den Revolver in seiner Hand und dann auf den Toten. »Die Wände«, flüsterte er. »Wo ... wo sind ...« Seine Stimme versagte. Ein hohes, fast hysterisches Wimmern kam aus seiner Kehle. »Das wollte ich nicht«, stammelte er. »Bitte, Allisdale, du musst mir glauben. Da waren plötzlich die Wände und ... und die Arme. Ich ...« Er brach hilflos ab und stolperte einen weiteren Schritt auf Allisdale zu. Dieser fuhr wie von einer Tarantel gestochen herum und riss sein Schwert hoch. Die Klinge funkelte wie ein gefangener Blitz in seiner Hand.

»Du verdammter Mörder«, zischte er. »Du ...«

»Allisdale – nein!«, wimmerte Jackson. »Ich wollte es nicht. Ich –«

Aber Allisdale hörte nicht mehr zu.

Er hob sein Schwert und schlug zu.

Rowlf schnellte wie eine gespannte Stahlfeder in den Raum hinein, brüllend, mit weit ausgebreiteten Armen; ein Sprung, der ihn quer durch die kleine Kammer fliegen und zwei der drei Männer von den Füßen reißen ließ.

Den dritten begrub er unter sich.

Der Kampf dauerte alles in allem keine halbe Minute – aber Frankenstein konnte sich nicht erinnern, jemals ein solches Wüten gesehen zu haben wie das des rothaarigen Riesen.

Rowlf war so schnell wieder auf den Beinen, dass die drei Templer nicht einmal Gelegenheit fanden, überhaupt zu begreifen, was ihnen geschah. Mit einer blitzartigen Bewegung fuhr er hoch und herum, packte zwei der drei Burschen an den Kragen und schlug ihre Köpfe zusammen, dass Sie bewusstlos hintenüber kippten. Der dritte – größte – Tempelritter beging den Fehler, nach seiner Waffe greifen zu wollen. Rowlf packte sein Handgelenk, verdrehte ihm den Arm und versetzte ihm einen Kinnhaken, der ihn gegen die Wand taumeln und zusammensinken ließ. Einen Moment lang blieb er noch stehen, geduckt, leicht nach vorne gebeugt und mit kampflustig geballten Fäusten, ehe er sich entspannte und zu Frankenstein umdrehte.

»Na, Doktorchen?«, griente er. »War das nu so schlimm?« Nicht einmal sein Atem ging schneller.

Frankenstein klappte verwirrt den Mund wieder zu, trat steifbeinig über einen der bewusstlos daliegenden Templer hinweg und sah sich um. Die Kammer war leer bis auf einen kleinen Tisch und fünf lehnenlose Hocker, von denen zwei während des Kampfes umgestürzt waren. In der jenseitigen Wand gab es eine weitere, mit wuchtigen eisernen Riemen beschlagene Tür.

»Wir ... sollten sie binden«, schlug Frankenstein schüchtern vor, als Rowlf die Hand nach der Tür ausstreckte und daran rüttelte. Sie war verschlossen.

Rowlf schüttelte den Kopf. »Wozu?«, fragte er. »Die nächsten drei oder vier Stunden steh'n die Heinis bestimmt nich mehr auf. Un' wenn, wer'nse 'nen schönen Brummschädel ham.« Er betrachtete missmutig das schwere, rostige Vorhängeschloss, mit dem die Tür verriegelt war, nuschelte etwas in seinen Bart – und brach es mit einer fast gelangweilten Bewegung auseinander. Frankensteins Unterkiefer klappte mehrmals herab.

Die Tür führte auf eine neuerliche, wiederum ein gutes Stück in die Tiefe führende Treppe hinab. Wie weit, dachte Frankenstein verstört, mochten sich die Eingeweide von Andara-House noch in den

Leib der Erde hinab erstrecken? Sie waren schon in einem Keller unter dem Keller, und nun ging es noch einmal weiter hinab ...

Aber Rowlf gab ihm auch jetzt keine Gelegenheit, irgendwelche Zweifel oder Einwände zu äußern, sondern packte ihn kurzerhand am Arm und zerrte ihn mit sich. Eine weitere verschlossene Tür – die Rowlf auf die gleiche unkomplizierte Art öffnete wie die obere – erwartete sie am Ende der Treppe, und dahinter ...

Dahinter lag ein Wirklichkeit gewordener Albtraum.

Frankenstein unterdrückte mit letzter Kraft einen Schrei, als er hinter Rowlf in den gewölbten Kellerraum trat und sah, was sie erwartete.

Längs der beiden Seitenwände hingen an massiven daumendicken Fleischerhaken fast ein Dutzend menschlicher Körper. Der Anblick war so entsetzlich, dass Frankensteins Atem für einen Moment stockte.

Dann sah er, was es wirklich war.

Die vermeintlichen Toten hatten niemals gelebt.

Es waren keine Menschen, sondern lebensgroße, ihren Vorbildern perfekt nachgebildete Maschinen ...

»Großer Gott«, stammelte Frankenstein. »Was ... was ist das?«

»Dem Lausdreck sein Gruselkabinett«, antwortete Rowlf zornig. »Sin' alle da – seh'nse?« Er deutete der Reihe nach mit der Hand auf die schlaff dahängenden, nackten Gestalten. »Gray, Cohen, Lord Darender ... die ganze Saubande.«

Frankenstein erkannte voller Schrecken, dass Rowlf Recht hatte. Mehr als eines der jetzt erschlafften Gesichter erkannte er – und zwei davon hatte er ja erst im Laufe der vergangenen Nacht gesehen, unter höchst unerfreulichen Umständen.

Von einer Mischung aus Grauen und morbider Faszination erfüllt, näherte er sich der Cohen-Puppe und sah ihr ins Gesicht. Die Haut, die den metallenen Schädel bedeckte, war gerissen; blitzendes Eisen und dünne, zum Teil zerrissene kupferne Drähtchen und Leitungen waren darunter sichtbar. Frankensteins Hände begannen zu zittern.

»Wir müssen ... sie zerstören«, murmelte er. »Das ist ... das ist Gotteslästerung, Rowlf.«

»Das is' vor allem 'ne Riesensauerei«, stimmte Rowlf zu. »Aba jetz' suchen wer ersmal H.P. un' die andern. Danach könn'se die Blechheinis meinetwegen eigenhändig zu Klump hau'n, Doktorchen.«

Er grinste, drehte sich herum und streckte die Hand nach der Türklinke aus.

Aber er führte die Bewegung nicht zu Ende. Denn in diesem Moment schrie Viktor Frankenstein gellend auf.

Er hatte auch allen Grund dazu. Die Hand der Cohen-Puppe, neben deren schlaff aufgehängtem Körper er stand, hatte sich blitzartig um seinen Arm gekrallt und zugedrückt.

Sarim de Laurec erstarrte mitten in der Bewegung. Das Bild, das er gerade noch so gebannt angestarrt hatte, verschwamm vor seinen Augen, wurde unwichtig, ebenso wie alles andere.

Seine Geschöpfe waren in Gefahr!

Er wusste nicht, woher dieses Wissen kam, aber es war da, urplötzlich und mit unerschütterlicher Gewissheit. Für einen kurzen, sehr klaren Moment glaubte er zwei Gestalten zu sehen, die eine hünenhaft und breitschultrig, die andere klein, beinahe zierlich, und beide von einer spürbaren Aura des Feindlichen umgeben.

Sie hatten das Versteck gefunden!

Sarim fluchte ungehemmt, fuhr auf der Stelle herum und ließ sich wieder auf die Couch sinken, auf der er die Nacht verbracht hatte. Zitternd vor Aufregung schloss er die Augen, faltete die Hände auf der Brust und versuchte sich mit Gewalt zur Ruhe zu zwingen. Er brauchte all seine Konzentration, um seine Geschöpfe über die große Entfernung hinweg zum Leben zu erwecken.

Ohne die *neue Macht* in seinem Schädel wäre ihm dies sicherlich nicht gelungen. Aber wie schon so oft zuvor meldete sich auch jetzt das finstere Tier in seinem Bewusstsein, stellte ihm seine Kraft und Energie zur Verfügung, und Sarim de Laurecs geistige Fühler griffen hinaus ans andere Ende der Stadt und berührten das geheimnisvolle Etwas in den Metallschädeln seiner Geschöpfe, das aus seelenlosem Eisen und Kupfer lebende, denkende Kreaturen werden ließ. Dann …

Sarim de Laurec spürte es, ehe es wirklich geschah.

Irgendetwas, das sich seinem Begreifen entzog, griff nach seinem Gehirn und tat irgendetwas mit jenem geheimnisvollen Teil, der für seine übersinnlichen Kräfte verantwortlich war. Aus den Strömen pulsierender, Leben erschaffender Energie wurde …

Sarim schrie auf und versuchte die Verbindung zu unterbrechen.

Aber es war zu spät.

Frankenstein warf sich zurück, verlor auf dem schlüpfrigen Boden den Halt und stürzte. Aber er fiel nicht, denn die stählerne Hand der Cohen-Puppe hielt ihn noch immer fest und presste seinen Arm mit erbarmungsloser Gewalt zusammen. In den Augen des Maschinenmenschen war ein düsteres, unheimliches Lohen erschienen. Sein gespaltenes Gesicht verzerrte sich zu einer Grimasse der Wut.

Und er war nicht der Einzige, der zum Leben erwachte!

Eine nach der anderen begannen sich sämtliche Puppen zu regen. Hände hoben sich, noch zitternd und ungelenk, Beine begannen zu strampeln, in gläsernen Augen glomm ein satanisches Feuer auf. Eine der Kreaturen griff nach oben, klammerte sich mit beiden Händen an den Haken, an dem sie baumelte, und hängte sich selbst ab.

»Halt aus, Viktor!«, brüllte Rowlf. »Ich komme!«

Aber er erreichte Frankenstein nicht. Der nachgemachte Lord Darender, an dem er vorüberstürmte, griff blitzschnell mit beiden Händen zu, packte Rowlfs Kopf und hielt ihn fest. Rowlf stieß einen sonderbar keuchenden Laut aus, verlor die Balance und wäre fast gestürzt. Mit aller Kraft begann er sich zu wehren und auf den Maschinenmenschen einzuschlagen, aber ebenso gut hätte er versuchen können, Big Ben mit bloßen Händen einzureißen.

Was folgte, war der reine Irrsinn.

Die beiden Maschinen, die Rowlf und Frankenstein hielten, regten sich nicht – aber die anderen begannen der Reihe nach von ihren Haken herunterzusteigen und sich den beiden hilflosen Männern zu nähern. Eiserne Hände streckten sich nach Frankenstein aus; kalte, mit dünnem Kautschuk überzogene stählerne Finger tasteten nach seinem Gesicht, glitten über seinen Körper ...

Und dann ertönte ein heller, peitschender Knall. Ein grellweißer Blitz blendete Frankenstein. Die Luft stank plötzlich nach verschmortem Gummi und heiß gewordenem Metall, und mit einem Mal war der entsetzliche Druck auf seinem Arm verschwunden. Frankenstein taumelte, fiel hilflos zu Boden und sah, wie Rowlf ebenfalls zur Seite wankte und stürzte, als die Hände, die ihn gehalten hatten, mit einem Male erschlafften.

Wie durch einen Schleier hindurch sah Frankenstein eine der entsetzlichen Maschinenkreaturen auf sich zutaumeln, die Hände gierig nach ihm ausgestreckt, ein mörderisches Glühen in den Augen.

Aber ihre Bewegungen waren seltsam ungelenk, beinahe ziellos. Und plötzlich nahm das Glühen in ihren Augen zu, wurde zu einem grellweißen Feuer, das lodernd aus ihren geschwärzten Augenhöhlen hervorbrach, Finger aus Glut über den Schädel schickte, Metall und Gummi und falsches Haar in Brand setzte und sich weiterfraß, bis Kopf und Oberkörper des schrecklichen Geschöpfes zu einem Flammen speienden Vulkan zu werden schienen.

Und nicht nur diese eine Puppe brannte!

Die Vernichtung raste wie eine unsichtbare Sense durch den Raum. Eine nach der anderen begannen Sarim de Laurecs Puppen zu wanken. Grelles Feuer brach aus ihren metallenen Schädeln, erfüllte den Raum mit gleißendem Licht und schier unerträglicher Hitze. Frankenstein stöhnte, wälzte sich instinktiv auf den Bauch und verbarg das Gesicht in der Armbeuge, während die Maschinenmenschen in einer rasenden Orgie aus Glut und Hitze und Licht und peitschenden Explosionen vergingen.

Und dann war es vorbei. Das Krachen und Zischen verstummte, und als Frankenstein nach einigen weiteren Sekunden vorsichtig den Kopf hob, erblickte er nur noch ein Dutzend ausgeglühter, sonderbar verrenkt daliegender Gestalten, die nur mehr entfernt an menschliche Körper erinnerten. Die Hitze war noch immer unerträglich. Sein Gesicht brannte, als hätte eine glühende Hand seine Haut berührt.

Aber die Gefahr schien vorüber.

Eine Hand berührte ihn. Er schrak zusammen, fuhr hoch und blickte in Rowlfs hektisch gerötetes Gesicht.

»Alles klar?«, fragte der rothaarige Riese.

Frankenstein lächelte schief. »Sicher doch«, sagte er. »Was soll schon sein? Abgesehen von der Tatsache, dass ich wahrscheinlich in der geschlossenen Abteilung eines Irrenhauses sitze und mir das alles hier nur zusammenphantasiere, fehlt mir gar nichts.«

Rowlf grinste, lupfte ihn mit einer reichlich unsanften Bewegung in die Höhe und stieß eine in dunklem Rot glühende, skelettierte Metallhand mit dem Fuß zur Seite. »Sehnse, Doktorchen«, sagte er. »Ihre Konkurrenz hat auch mit gewissen Schwierigkeiten zu kämpfen. Geht eben nix über die gute alte Methode, Menschen herzustellen, wa?«

Frankenstein fand Rowlfs Humor reichlich unpassend, zog es aber vor zu schweigen. Mühsam richtete er sich ganz auf, fuhr sich mit der Hand über die tränenden Augen und sah Rowlf fragend an. »Und jetzt?«

Die Antwort auf diese Frage wurde Rowlf abgenommen, denn in diesem Augenblick flog die Tür auf, und ein wuchtiger, dunkler Schatten fiel in den Raum. Rowlf zuckte zusammen und hob ganz automatisch die Fäuste.

Wenigstens zur Hälfte. Dann öffnete er den Mund und starrte den kahlköpfigen Riesen in der Uniform der Tempelherren an, der unter der Tür erschienen war.

Frankenstein konnte Rowlfs Verblüffung nur zu gut verstehen. Vermutlich war es das erste Mal, dass sich Rowlf einem Mann gegenübersah, der noch größer war als er. Und ein gutes Stück massiger.

»Was geht hier vor?«, fauchte der Templer. »Wer seid ihr?«

Mit einem Satz war der Mann bei Rowlf, packte ihn bei der Brust und drängte ihn gegen die Wand. Rowlf riss instinktiv die Arme hoch, doch der rechte Haken des Templers fegte seine Deckung beiseite und knallte sehr präzise gegen seine Kinnspitze.

Rowlfs Augen wurden glasig. Dem nächsten Hieb entging er nur, weil ihm die Knie weich wurden und er ein Stück in sich zusammensank. Die kinderkopfgroße Faust des Templers krachte unsanft gegen die Wand. Er schien es nicht einmal zu bemerken.

Als Rowlf wieder halbwegs klar denken konnte, lag er am Boden und sah den Tempelritter wie einen Baum über sich hochragen.

»Das war nich' fair«, knurrte Rowlf, stemmte sich halb hoch und spuckte den ausgeschlagenen Backenzahn aus.

»Zum Teufel, ich habe gefragt, wer ihr seid?!«, brüllte der Templer, versetzte Rowlf eine schallende Ohrfeige und holte gleichzeitig mit dem Fuß aus, um ihn zu treten.

Rowlf rollte sich blitzschnell zur Seite. Es war sein Glück. So bekam er nur einen Wischer über dem linken Ohr ab. Trotzdem reichte es, um ihn Sterne sehen zu lassen. Der Templer nützte seinen Vorteil eiskalt aus und deckte Rowlf mit einer Serie von Haken ein, die diesen abermals bunte Sterne sehen ließen.

Verzweifelt versuchte Rowlf dem anderen Paroli zu bieten. Doch der Templer war um mindestens fünfzig Pfund schwerer als er – und dabei war kein Gramm Fett. Außerdem kaute Rowlf immer noch am ersten Haken herum. Trotzdem landete er einige Treffer auf dem breitflächigen Gesicht des anderen, die für den Templer wohl nicht mehr als Mückenstiche waren, die ihn höchstens noch wütender machten. Rowlfs Bewegungen wurden immer unkontrollierter und fahriger.

»Äh, Verzeihung, Sir«, sagte Frankenstein. »Wenn ich vielleicht auch –«

Der Templer erstarrte, fuhr mit einer schnellen Bewegung herum und grabschte mit seinen gewaltigen Pranken nach Frankenstein. »Was willst du, Zwerg?«, brüllte er.

Seine Bewegung war vielleicht etwas zu schnell. Frankenstein versuchte nicht etwa ihr auszuweichen, sondern trat dem Giganten im Gegenteil einen Schritt entgegen, duckte sich fast beiläufig unter seinen zupackenden Händen hindurch – und traf ihn mit dem Zeigefinger recht unsanft ins linke Auge.

Der Templer brüllte vor Schmerz und Wut, sprang zurück und schlug die Hand vor das schmerzende Auge.

Die kurze Ablenkung reichte Rowlf.

Mit einem zornigen Knurren stieß er sich von der Wand ab, setzte seine zur Faust geballte Hand auf das andere Auge des Templers – und schickte noch eine Serie kurzer, harter Hiebe hinterher, die den Bullen aus dem Gleichgewicht brachten. Stöhnend taumelte er gegen die Wand, versuchte vergeblich seinen Gegner auszumachen und ging gleich darauf vollends zu Boden.

Aber so hart der Schlag gewesen sein mochte, seine Kraft war noch nicht gebrochen. Plötzlich sprang der Riese wieder hoch, aber diesmal griff er weder Rowlf noch Frankenstein an, sondern stürmte mit gesenktem Schädel durch die nach oben führende Tür. Seine Schritte verklangen polternd auf der Treppe.

Frankenstein blickte ihm kopfschüttelnd nach. »Es ist immer dasselbe mit diesen großen, starken Männern«, sagte er. »Jede Menge Muskeln, aber nichts im Kopf.«

Rowlf warf ihm einen giftigen Blick zu, ging aber nicht weiter auf seine Bemerkung ein, sondern arbeitete sich fluchend in die Höhe und wischte sich das Blut aus dem Gesicht. »Den Kerl kauf ich mir«, grollte er. »Sie bleim hier, Doktorchen. Schaunse nach, wo H.P. un' die andern sin'. Ich komm' zurück, sobald ich dem Ochsen das Gebiss grade gerückt hab'.« Damit fuhr er herum und stürmte hinter dem flüchtenden Tempelritter her.

»Rowlf!«, kreischte Frankenstein. »Nein! Ich flehe Sie an, bleiben Sie hier! Sie ... Sie können mich doch hier nicht allein lassen!«

Aber Rowlf konnte.

»Bist du wirklich sicher, dass dies der richtige Weg ist, Bruder Allisdale?« Frederik blieb stehen und starrte missmutig die Treppe hinauf, deren Stufen sich weit über ihnen im Nichts zu verlieren schienen. Seine Stimme klang sonderbar hohl, als befänden sie sich in Wahrheit in einer gewaltigen Höhle, nicht in einem engen, muffig riechenden Treppenschacht.

Allisdale antwortete nicht gleich. Es fiel ihm schwer, sich auf Bruder Frederiks Frage zu konzentrieren. Der Schock über Carlsens Tod saß ihm noch in den Knochen. Es war so ... so sinnlos gewesen.

Und er verstand es nicht. Bruder Jackson war alles andere als sein oder Carlsens Freund gewesen. Aber dieser kaltblütige Mord ...

»Bruder de Laurec hat mir seine Pläne bezüglich dieses Hauses nicht gänzlich enthüllt«, sagte er schließlich ausweichend. »Doch ich weiß genau, dass er das Dachgeschoss aufsuchen wollte, um von dort aus seine Aktionen durchzuführen. Außerdem fühle ich, dass dieser Weg zu ihm führt«, fügte Allisdale ungehalten hinzu. »Geht weiter.«

Frederik starrte ihn an, auf diese ganz bestimmte Weise, die Allisdale sagte, dass er mit seinen Worten alles andere als einverstanden war. Er rührte sich nicht.

»Ich habe dir einen Befehl gegeben«, sagte Allisdale scharf.

»Ich weiß«, antwortete Frederik. Seine Lippen verzogen sich zu einem dünnen, nervösen Lächeln. Seine Hand spielte am Griff des Schwertes. »Wir sollten hier verschwinden«, sagte er unvermittelt. »Dieses ... dieses Haus macht mir Angst, Bruder Allisdale. Etwas Schreckliches wird geschehen, wenn wir weitergehen. Ich fühle es.« Seine Stimme klang beinahe flehend, und für einen kurzen Moment spürte auch Allisdale die unsichtbare Bedrohung, die von den grauen Wänden und dieser auf so sonderbare Weise ins Nichts führenden Treppe auszugehen schien.

Dann straffte er sich mit einem sichtlichen Ruck, fuhr herum und lief, immer zwei Stufen auf einmal nehmend, die Treppe hinauf. Er würde diesen Feiglingen zeigen, dass Sarim de Laurec ihn nicht von ungefähr zum Anführer der Gruppe ernannt hatte.

Aber keiner der beiden anderen folgte ihm.

Und mit einem Male war er allein.

Plötzlich war nur noch die Treppe da, der enge Schacht, der sich erstickend um ihn schloss, die muffig riechende Luft, die Stufen, die im Nichts endeten, und das immer stärker werdende Gefühl von Bedrohung.

Abrupt blieb er stehen, fuhr herum, starrte nach unten, dann wieder nach oben und versuchte vergeblich, der Angst Herr zu werden, die mit grauen Spinnenfingern nach seinem Verstand zu greifen begann.

Wo waren die anderen? Er war durch keine Tür gegangen, um keine Biegung – aber sie waren fort. In diesem Treppenschacht war niemand mehr außer ihm. Und die Stufen erstreckten sich weiter nach oben, als er sehen konnte.

»Heda!«, rief er. »Frederik, de Granville – wo seid ihr? Antwortet doch!«, schrie Allisdale.

Aber die einzige Antwort, die er bekam, war das Echo seiner eigenen Stimme, verzerrt und tausendfach gebrochen, sodass es eher wie höhnisches Gelächter in seinen Ohren klang.

Wie ...?, dachte er schaudernd.

Nein, nicht wie. Es war ein Lachen, ein tiefes, grollendes Lachen, das höhnisch auf seine Rufe antwortete. Allisdales Rechte umklammerte den Schwertgriff in seinem Gürtel. Mit aller Macht kämpfte er die aufsteigende Panik zurück und begann die steinernen Wände des Treppenganges zu untersuchen. Er konnte nirgendwo Anzeichen einer Geheimtür entdecken.

Um einiges unruhiger geworden, überprüfte er nacheinander die Stufen der Treppe, und als er auch da nichts fand, was auf einen verborgenen Gang hinwies, sah er zur Decke hoch.

Es war keine Decke mehr.

Der Gang schien auf den Kopf gestellt zu sein. Als wäre die Schwerkraft aufgehoben, erstreckten sich nun auch dort oben schmale, ausgetretene Holzstufen, wie in einem bizarren Spiegelbild, und auf ihnen ... Frederik und de Granville.

Oder das, was sie einmal gewesen waren.

Sie waren versteinert.

Erstarrt in dem Stein, der sich um sie geschlossen hatte. Nur einzelne Gliedmaßen, nun selbst zu Stein geworden, ragten noch aus der Decke heraus. Auf de Granvilles Gesicht war ein Ausdruck des Entsetzens erstarrt, das Bruder Frederiks war gnädig abgewandt, zum Teil mit der Wand verwachsen, gegen das es gepresst war. Seine Hand streckte sich noch im Tod Allisdale entgegen.

Allisdale schrie vor Schreck auf und trat unwillkürlich einen Schritt zurück. Sofort verlor er den Halt, prallte hilflos gegen die Wand und stürzte rücklings die Treppe hinab. Er überschlug sich mehrmals, schlug hart mit dem Hinterkopf gegen eine Stufe und verlor für Sekundenbruchteile das Bewusstsein, gewann die Besinnung jedoch zurück, noch ehe sein rasender Sturz zu Ende war. Doch dann reagierte sein kampfgestählter Körper fast von selbst.

Allisdale lenkte seinen Fall so, dass er mit dem Rücken gegen die Wand prallte. Der Stoß presste ihm die Luft aus den Lungen; bunte Kreise tanzten vor seinen Augen. Der wahnsinnige Treppenschacht kippte vor ihm zur Seite, schien sich für einen entsetzlichen Moment zu drehen und zu biegen wie ein zu grässlichem Leben erwachter Schlauch. Wieder hörte er dieses böse Lachen, ein Laut, der ihm schier das Blut in den Adern gerinnen ließ. Er hatte nur noch Angst.

Irgendwie gelang es ihm, den Sturz mit den Armen abzufangen und sich an einer Stufe festzuhalten. Stöhnend wälzte er sich auf den Rücken und setzte sich auf. Sein Blick streifte die Decke. Seine toten Gefährten waren wieder genau über ihm.

Frederiks Gesicht war ihm jetzt direkt zugewandt.

Und der Ausdruck des Entsetzens darin hatte sich in ein boshaftes, durch und durch zynisches Lächeln gewandelt.

Er...

Er lebte noch!!!

Allisdale brüllte auf, sprang hoch und begann die Treppe hinaufzurennen, wie von Furien gehetzt und blind vor Entsetzen.

Frankenstein hatte noch wenige Augenblicke verstört dagestanden und die Tür angestarrt, durch die Rowlf verschwunden war, aber schließlich war das Entsetzen, mit dem ihn dieser mit ausgeglühten metallenen Teilen übersäte Raum erfüllt hatte, stärker gewesen als seine Furcht; er hatte ein armlanges Eisenstück aufgenommen und sich der Tür genähert, durch die der Riese aufgetaucht war.

Dahinter erstreckte sich ein kurzer, von einer brennenden Fackel erhellter Gang, in dessen Stirnwand eine Tür aus niedrigen Eisenbohlen eingelassen war, zu Frankensteins Erleichterung jedoch nur mit einem wuchtigen Riegel verschlossen.

Er hatte eine sehr bestimmte Ahnung von dem, was er hinter dieser Tür finden würde. Trotzdem begann sein Herz vor Aufregung zu jagen, als er seine improvisierte Keule von der rechten in die linke Hand wechselte und den Riegel zurückzog.

Im ersten Moment sah er nichts außer Schwärze. Unsicher trat er zurück, löste die Fackel aus ihrer Halterung und trat geduckt durch die niedrige Tür.

Der flackernde rote Lichtschein des brennenden Holzes ließ die zusammengekauerten Gestalten von fast einem Dutzend Menschen aus der Dunkelheit treten. Die meisten von ihnen schienen zu schlafen oder starrten mit leerem Blick vor sich hin, aber einer von ihnen hob den Kopf, als Frankenstein eintrat.

»Howard!«, rief er. »Gottlob, du lebst!«

Howard starrte ihn an, öffnete den Mund, um etwas zu sagen, brachte aber keinen Laut hervor. Als er die Hände zu heben versuchte, sah Frankenstein, dass sie mit einer Kette zusammengehalten und zusätzlich mit einem eisernen Ring im Boden verbunden waren. Rasch kniete er neben Howard nieder, zerrte einen Moment ebenso sinnlos wie vergeblich an den rostigen eisernen Gliedern und kam endlich auf die Idee, seinen Eisenstab als Hebel zu benutzen, um Howard zu befreien.

»Viktor«, murmelte Howard. »Wie ... wie kommst du hierher?«

»Das ist eine lange Geschichte«, antwortete Frankenstein ausweichend. »Bedank dich bei deinem Freund Rowlf. Ohne ihn hätte ich euch niemals gefunden.« Er hatte das erste Glied der Kette aufgebogen, ließ keuchend die Arme sinken und sah zu, wie Howard sich selbst befreite. »Alles in Ordnung?«

»Ich ... denke schon«, antwortete Howard ausweichend. »Was ist mit –«

»Immer der Reihe nach«, unterbrach ihn Frankenstein. »Hilf mir, die anderen zu befreien.«

Howard gehorchte. Mit Frankensteins improvisiertem Hebel gelang es ihnen innerhalb kurzer Zeit, das knappe Dutzend Gefangener zu befreien. Frankenstein war nicht besonders überrascht, nicht nur Dr. Gray und Lordoberrichter Darender, sondern auch alle anderen Gesichter wiederzuerkennen, die er draußen – aus Stahl und Gummi nachgeahmt – vorgefunden hatte. Einige der Männer befanden sich in einem bemitleidenswerten Zustand. Wie Howard ihm erklärte, waren sie zum Teil seit Tagen hier unten gefangen.

Wenn er erwartet hatte, sofort mit Fragen bestürmt zu werden, so sah er sich getäuscht. Die meisten Männer schienen schlichtweg froh zu sein, endlich aus ihrem lichtlosen Gefängnis herauszukommen, und fragten nicht viel nach dem *Wieso* und *Woher* ihres so unerwartet aufgetauchten Retters. Zudem befanden sich zumindest drei von ihnen in einem körperlichen Zustand, der – vorsichtig ausgedrückt – als kritisch zu bezeichnen war.

Erst als die drei Männer halbwegs versorgt waren, nahm Howard Frankenstein beiseite und begann ihn auszufragen.

»Das Beste wird sein, ich zeige es euch«, sagte Frankenstein. Er wandte sich zu Darender um. »Fühlen Sie sich kräftig genug, mitzukommen, Sir?«

Darender stemmte sich schnaubend hoch und schloss sich ihm und Howard an, ebenso wie Cohen, der bisher kein Wort gesprochen hatte, sondern Frankenstein nur finster anstarrte, als wäre er der allein Schuldige an ihrer ganzen Misere.

Der Zorn auf seinen Zügen schlug in jähe Betroffenheit um, als sie den Gang durchquerten und in die Maschinenkammer gelangten. Auch Lord Darenders Augen wurden rund vor Unglauben und Entsetzen – vor allem, als er niederkniete und in einem der halb zerschmolzenen Kunstgesichter sein eigenes Konterfei erblickte.

»Großer Gott«, flüsterte er. »Was ist das?«

»Wie Rowlf es ausdrückte – de Lausdrecks Gruselkabinett«, antwortete Frankenstein.

»Wessen?«, fragte Howard.

»Sarim de Lausdreck. Er sagte, du würdest ihn kennen.«

Howards Mundwinkel zuckten, aber er nickte bloß, ließ sich auf ein Knie sinken und drehte eine der bizarr zusammengeschmolzenen Metallskulpturen auf den Rücken.

»Was ist hier geschehen?«, fragte er. »Wart ihr das?«

Frankenstein lachte humorlos. »Nicht unbedingt«, sagte er. »Ich muss gestehen, dass ich keine Ahnung habe, was überhaupt passiert ist. Rowlf und ich sind in den Keller gegangen –«

»In welchen Keller?«, unterbrach ihn Cohen. »Woher wussten Sie überhaupt, dass wir hier sind?«

»Wir wussten es nicht«, antwortete Frankenstein etwas schärfer, als er eigentlich beabsichtigt hatte. »Nachdem wir von Ihrem und Dr. Grays Doppelgänger um ein Haar ermordet worden wären, sind wir zu Mr. Cravens Haus zurückgekehrt. Wir fanden es von Tempelrittern besetzt. Rowlf und ich folgten ihrer Spur und gelangten hierher. Das war alles. Sie sehen«, fügt er spitz hinzu, »es ist kein Verrat und keine Heimtücke im Spiel, mein lieber Inspektor.«

»Cravens Haus?«, wiederholte Cohen ungläubig. »Das hier ist der Keller von Andara-House?«

»Genau«, bestätigte Frankenstein.

»Das ist der Gipfel der Unverschämtheit«, grollte Cohen. »Erzählen Sie weiter.«

»Es gibt nicht mehr viel zu erzählen«, sagte Frankenstein. »Wie gesagt, wir kamen hierher und entdeckten diese Puppen. Kaum hatten wir den Raum betreten, griffen sie uns an. Was dann geschehen ist, weiß ich einfach nicht. Auf jeden Fall ist eine nach der anderen regelrecht explodiert. Zu unserem Glück. Eine Minute später ...«

»Und Rowlf?«, fragte Howard besorgt.

Frankenstein deutete mit einer Kopfbewegung nach oben. »Er verfolgt einen ihrer speziellen Freunde, Howard. Ich denke, er wird ihn erwischt haben. Wäre es anders, wären wir bisher wohl kaum unbehelligt geblieben.«

»Aber wieso –«, begann Cohen, wurde aber sofort wieder von Howard unterbrochen.

»Später Inspektor. Jetzt lassen Sie uns einmal die Verletzten hier herausbringen. Um Sarim de Laurec und seine Anhänger kümmern wir uns danach.«

Er lächelte matt. »Sarims größte Waffe ist die Heimtücke. Und jetzt, wo wir alle wissen, was gespielt wird, werden wir auch mit ihm fertig.« Er wandte sich an Frankenstein. »Wie viele Templer sind im Haus?«

»Woher soll ich das wissen?«, fragte Frankenstein. »Ich sah zwei in die Bibliothek hinaufgehen. Drei, die wir überwältigen konnten. Dazu den einen, den Rowlf verfolgt ... Aber es können genauso gut zwei Dutzend sein. Ich würde vorschlagen, wir machen einen kleinen Umweg über Scotland Yard und lassen uns eine Hundertschaft Polizeibeamter mitgeben.

»Warum nicht gleich die Royal Navy?«, fragte Cohen spitz. Er zog eine Grimasse. »Nur keine Sorge. Mit diesen Blechidioten werden wir auch so fertig.« Er ballte kampflustig die Fäuste. »Gehen wir.«

Sie verließen den Keller. Cohen, Frankenstein und Howard stützten die drei Verwundeten, die kaum mehr die Kraft hatten, auf eigenen Füßen zu stehen, während Lord Darender und Gray, der trotz seines Alters eine erstaunliche Zähigkeit an den Tag legte, vorauseilten. Sie durchquerten den zweiten Raum, in dem die drei Templer lagen, die Rowlf ausgeschaltet hatte, nahmen die Treppe in Angriff und standen wenige Augenblicke später vor der Tür, die in den oberen Keller von Andara-House hinaufführte.

Genauer gesagt, hinaufgeführt hatte.

Frankenstein prallte überrascht zurück, als Lord Darender die Tür aufstieß und statt des erwarteten Gerümpelkellers das samtene Blau des Nachthimmels über ihnen lag.

»Andara-House?«, murmelte Cohen misstrauisch.

Frankenstein sagte vorsichtshalber gar nichts. Mit einem Satz war er bei der Tür, drängte Gray unsanft beiseite und erstarrte mitten im Schritt.

Die Wand, in der die Tür eingelassen war, gehörte zu einem baufälligen Lagerschuppen, der in einer schier endlosen Reihe gleichförmiger Gebäude stand. Vor ihnen, nur einen Steinwurf entfernt, schimmerte das Wasser der Themse. Ein finsterer Schatten glitt in einiger Entfernung vorüber.

Es war völlig unmöglich, dachte Frankenstein entsetzt – aber sie befanden sich nicht in Robert Cravens Haus, sondern in unmittelbarer Nähe des Hafens. Am anderen Ende der Stadt.

Allisdale rannte wie von Furien gehetzt die Treppe hinauf. Es war ihm egal, wohin sie führte. Er wollte nur endlich aus dem Treppengang heraus. Immer wieder sah er im Laufen nach oben, aber die versteinerten Körper seiner Gefährten blieben immer auf gleicher Höhe mit ihm, als bewegte er sich in Wahrheit gar nicht von der Stelle oder als folgten sie ihm. Das Lächeln auf Bruder Frederiks Zügen war zu einer höhnischen Teufelsfratze geworden. Sein Mund formte Worte, nein – Laute, wie sie keine menschliche Kehle jemals hervorbringen konnte, während sich seine Stein gewordenen Hände langsam aus der Wand lösten, dünne, klebrig glitzernde Fäden hinter sich herziehend, und seine Hand sich Allisdales Gesicht entgegenstreckte.

Allisdale kreischte vor Angst, kam aus dem Tritt und stolperte über eine Stufe. Er fiel, prallte gegen die Wand und zerrte in einer reflexhaften Bewegung das Schwert aus dem Gürtel. Fast, als gehorche sie einem eigenen, schrecklichen Willen, bewegte sich die Klinge nach oben, beschrieb einen perfekten Halbkreis und prallte gegen die gierig ausgestreckte Steinklaue, die nach seinem Gesicht greifen wollte.

Der Laut von Stahl, der auf Stein trifft, blieb aus. Blut tropfte herab. Und Allisdale begann zu begreifen, dass er einer grässlichen

Täuschung erlegen war. Aber seine Arme bewegten sich weiter, wie von eigenem, mörderischem Willen beseelt, packten das Schwert fester und ließen die Klinge wirbeln.

Dann war es vorbei.

Die Treppe war wieder eine Treppe, der entsetzliche Schacht nichts als ein von Staub verhangenes Treppenhaus, und Allisdale sah sich den Körpern seiner beiden Kameraden gegenüber: de Granville tot, Bruder Frederik dem Tode nahe.

Allisdales Magen schien sich zu einem festen, harten Klumpen zusammenzuziehen, als er endgültig begriff, was er getan hatte. Was geschehen war.

Bruder Frederik starrte ihn an. Seine Augen waren groß und dunkel vor Schmerz, und eine Düsternis war darin, die mit jedem Herzschlag zunahm. »Du ... du hast uns ... du hast uns umgebracht, Bruder«, flüsterte er.

Allisdale ließ das Schwert sinken, fiel vor Frederik auf die Knie und streckte die Hände aus, als wolle er ihn berühren. »Gott«, stammelte er. »Was ... was habe ich getan? Das ... das wollte ich nicht.« Plötzlich kam ihm zu Bewusstsein, dass dies fast genau die gleichen Worte waren, die Jackson benutzt hatte. Und er begann zu ahnen, was dem Amerikaner widerfahren war ...

»Es tut mir leid, Brüder«, murmelte er. »Das wollte ich nicht. Vergebt mir.«

Aber er bekam keine Antwort mehr. Die beiden Templer waren tot. Und nach einer Weile stand er auf, drehte sich herum und begann, mit schleppenden Schritten die Treppe weiter emporzusteigen.

Irgendwann hörte er hölzerne Stufen unter seinen Füßen knacken. Er blieb überrascht stehen und fand sich auf einer schwankenden Stiege wieder, die auf eine halb geöffnete Tür zuführte. Allisdales Blick wanderte unwillkürlich zur Decke. Die schrecklichen Visionen waren ebenso verschwunden wie die steinernen Stufen, die scheinbar endlos in die Höhe geführt hatten.

Aber welcher neue Schrecken, dachte er matt, mochte hinter dieser Tür lauern?

Und irgendwie wusste er, dass es der Tod war.

Wenn er Glück hatte.

Sehen.

Nach einer Endlosigkeit, die ich durch Finsternis gestürzt war, konnte ich wieder sehen – graue, flache Schemen zuerst, ein Bild, das unscharf war und ohne Farbe, wie eine nicht sonderlich gelungene fotografische Aufnahme, dann mehr und mehr Einzelheiten, die jedoch alle flach und ohne die dritte Dimension blieben, die den Dingen erst Leben verleiht, dann, ganz allmählich, blasse Farben.

Ich hatte noch immer das sehr intensive Gefühl, endlich wieder einen Körper zu haben – und noch immer das ebenso intensive Empfinden, dass es alles andere als *mein* Körper war. Ich versuchte mich zu besinnen, was geschehen war, wie ich hierherkam und wo dieses *Hier* überhaupt sein mochte, aber die Gedanken wirbelten wild und unkontrolliert hinter meiner Stirn durcheinander. Ganz instinktiv versuchte ich die Hand zu heben.

Es ging nicht.

Ich erschrak, versuchte es noch einmal und sah endlich ein, dass ich mich nicht bewegen konnte. Ich konnte auch nicht atmen, ja, nicht einmal blinzeln. Ich brauchte es auch nicht.

Wo zum Teufel war ich?!

Für einen Moment übermannte mich schiere Panik. Hätte ich es gekonnt, ich hätte geschrien und um mich geschlagen, aber das Was-immer-es-sein-mochte, in dem ich gefangen war, war selbst der allerkleinsten Bewegung unfähig.

Irgendwo am Rande meines Gesichtsfeldes bewegte sich etwas, wurde deutlicher, wuchs zu einer Gestalt heran und –

Abermals hatte ich das Bedürfnis, aufzuschreien, als ich erkannte, wen ich da vor mir hatte.

Ich starrte Sarim de Laurec an, ohne zu begreifen, was mit mir geschehen war. Etwas in mir beharrte darauf, dass ich noch lebte. Dabei spürte ich noch immer den Druck des sich zusammenziehenden Strickes um meinen Hals und in meinen Ohren hallte noch das Echo meines eigenen geistigen Todesschreies wider. Für einen ganz kurzen, dem Wahnsinn sehr nahen Augenblick war ich davon überzeugt, in der Hölle zu sein, zusammen mit Sarim de Laurec, dem wahnsinnig gewordenen *Puppet-Master* des Templerordens. Dann, sehr viel später, gewann mein klarer Verstand wieder die Oberhand, und ich begriff, dass ich weder tot noch in Luzifers Gefilden war.

Aber ich lebte auch nicht.

Mir wurde flau im Magen – oder dem, was ich an dessen Stelle hatte. Ich war tot und war es doch nicht. Mein Körper mochte zerstört sein, doch mein Geist existierte weiter. Und es war eine grauenhafte Existenz, denn ich war gefangen in etwas, das ich nicht sehen konnte, das mich aber wie mit eisernen Ketten hielt.

Gefangen.

Auf ewig gefangen. Vielleicht gab es die biblische Hölle nicht wirklich, und dies war die ewige Verdammnis, von der alle Religionen in der einen oder anderen Art berichteten.

Konnte es etwas Schlimmeres geben, als für alle Zeiten zu sehen, zu hören und zu denken – und sonst nichts?!

Sarim de Laurec bewegte sich unstet auf und ab. Sein Hasten erinnerte mich an die Bewegungen eines gefangenen Tigers, der in seinem Käfig hin und her lief, und jetzt, als er mir – was immer ich sein mochte – näher kam, erkannte ich auch, dass er sich verändert hatte.

Ich hatte Sarim de Laurec als asketischen, aber durchaus gesunden und sportlichen Mann kennen gelernt. Die Jammergestalt, die jetzt vor mir auf und ab ging, hatte nichts mehr mit dem Franko-Araber gemein, den ich in Paris getroffen hatte.

Er war so ausgemergelt, dass er fast wie ein Skelett wirkte. Sein Gesicht war eingefallen und grau, ein grinsender Totenschädel, in dem die Augen wie dunkle Löcher wirkten. Blut lief aus einer kaum fingernagelgroßen Wunde in seiner Schläfe und versickerte in seinem Kragen, aber er schien es nicht einmal zu bemerken. Seine Bewegungen waren ruckhaft und irgendwie mühsam; sie erinnerten eher an die Bewegungen eines seiner Maschinengeschöpfe als an die eines lebenden Menschen.

Dann kam er näher, und als ich in seine Augen blickte, vergaß ich sein bizarres Aussehen sofort.

Denn in seinen dunklen Pupillen war nicht nur die Angst – sondern auch ein winziges Spiegelbild meiner selbst.

Des entsetzlichen *Dinges,* in dem ich gefangen war.

Ein lebensgroßes, farbiges Portrait, in einen goldbesetzten Rahmen gefasst und achtlos gegen die Wand gelehnt.

Und im gleichen Moment überflutete mich Wissen wie eine feurige Woge.

Plötzlich war alles so klar: All die geheimnisvollen Dinge, die ich mit und in diesem Haus schon erlebt hatte. Howards sinistre Andeutungen, dass Andara-House alles andere als ein lebloses Gebilde aus

Stein und Mörtel war. Das Bildnis meines Vaters, das ich bei meinem ersten Eintreffen unten in der Halle bemerkt hatte und das mich mit solch sanftem Spott zu betrachten schien. Die gigantische, unsichtbare Hand, die mich während meines Umherirrens im Raum zwischen Tod und Leben berührt und zurückgezogen hatte – es war nichts anderes als dieses Haus.

Der Geist dieses Hauses, das letzte, finale Erbe meines Vaters, ein gewaltiges, vielleicht nicht einmal unbedingt freundlich gesonnenes Etwas, das dieses Haus erfüllte – nein: beseelte! – und es beinahe zu einem lebenden Wesen werden ließ. Einem Wesen, das nicht nur Sarim de Laurecs Männern heftigen Widerstand entgegensetzte, sondern mich gleichsam beschützt, meinen entfliehenden Geist zurückgezerrt und in diesem Bild materialisiert hatte.

Eine zweite Chance.

Und im gleichen Moment, in dem ich diesen Gedanken dachte, spürte ich, wie das Leben endgültig in meinen Körper zurückfloss.

Rowlf war so sehr außer Atem, dass er mehr aus der Tür stolperte, als dass er ging. Für Sekunden begann sich der finstere Keller um ihn zu drehen, der scharfe Geschmack, der eine bevorstehende Übelkeit ankündigte, breitete sich in seinem Mund aus, und er glaubte jeden einzelnen Hieb des Templers noch immer mit der gleichen Wucht wie im ersten Moment zu spüren.

Was seinen Kampfeswillen nun keineswegs dämpfte.

Ganz im Gegenteil.

Für die Dauer von drei, vier mühsamen Atemzügen blieb er stehen, wartete, bis das Schwindelgefühl hinter seiner Stirn nachließ, und sah sich wild um. Von dem Templer war keine Spur mehr zu sehen, aber Rowlf hörte seine schweren, tappenden Schritte.

Schritte, die näher kamen!

»Zum Teufel noch mal, wo bist du Feigling?«, brüllte er. »Komm raus und zeig dich!«

Er hatte kaum damit gerechnet, dass der Mann seiner Aufforderung wirklich folgen würde – aber er tat es.

Ein gewaltiger Schatten wuchs zwischen den Kistenstapeln vor Rowlf auf, größer als er selbst, ein tödliches Blitzen in der rechten Hand.

»Es war ziemlich dumm von Ihnen, mir zu folgen«, sagte der Templer ruhig. »Ich muss Sie töten, das ist Ihnen hoffentlich klar.«

Rowlf schürzte abfällig die Lippen. »Versuchs doch, Männeken«, sagte er. »Mit dem Käsemesser da würd' ich auch 'ne dicke Lippe riskieren.«

Ein kurzes, amüsiertes Lächeln huschte über die Lippen des Riesen. Aber er steckte seine Waffe nicht ein, wie Rowlf insgeheim gehofft hatte, sondern packte das Schwert im Gegenteil mit beiden Händen und spreizte leicht die Beine, um einen festen Stand zu haben.

»Es tut mir leid«, sagte er. »Ein Kampf zwischen uns wäre sicherlich eine interessante Erfahrung – aber leider bleibt mir keine Zeit, fair zu sein.«

Und damit schlug er zu.

Rowlf hatte mit dem Hieb gerechnet, ja, die Klinge keinen Sekundenbruchteil aus den Augen gelassen. Trotzdem entging er dem Schlag nur um Haaresbreite und mit einem Hüpfer, der ihn aus dem Gleichgewicht brachte und rücklings zu Boden stürzen ließ.

Der Templer brüllte triumphierend, vollführte eine unglaublich schnelle Pirouette und ließ sein Schwert niedersausen. Rowlf rollte sich zur Seite, versuchte gleichzeitig eine Beinschere anzusetzen und trat ins Leere, als der Templer mit einer eleganten Bewegung beiseitesteppte. Dann sauste das Schwert zum dritten Male nieder – und diesmal sah Rowlf schon im Ansatz, dass der Hieb treffen würde. Er war zu schnell und zu präzise, als dass ein Ausweichen noch möglich gewesen wäre.

Aber der Schmerz kam nicht.

Der Templer strauchelte. Einer der Steine, auf denen er stand, gab urplötzlich unter seinem Körpergewicht nach. Der Hieb verfehlte sein Ziel, aber der Mann stolperte, vom Schwung seiner eigenen Bewegung vorwärtsgerissen, fiel schwerfällig auf die Knie und brüllte gleich darauf ein zweites Mal und jetzt vor Schmerz, als Rowlf blitzschnell herumfuhr und ihn auf den Bizeps schlug.

Die Wirkung war genau die, die Rowlf erhofft hatte: selbst ein Schlag wie dieser vermochte den Giganten nicht wirklich zu erschüttern, aber sein rechter Arm war plötzlich gelähmt, und der Hand fehlte die Kraft, das Schwert zu halten.

Noch während der Riese versuchte seinen Arm zu heben, sprang Rowlf auf ihn zu und versetzte ihm einen Handkantenschlag, der den Giganten haltlos zurücktaumeln ließ.

Direkt in die offen stehende Tür hinein.

Sie fiel zu.

Ganz von selbst und mit solch ungeheurer Wucht, dass sie den Mann wie ein titanischer Faustschlag treffen und kopfüber die Treppe hinunterkatapultieren musste.

Aber das dumpfe Poltern, auf das Rowlf wartete, kam nicht. Stattdessen erscholl auf der anderen Seite der Tür ein Knirschen und Mahlen, ein fürchterlicher, feuchter Laut, dem eine halbe Sekunde später ein ersticktes Keuchen folgte.

Dann war Stille.

Langsam, die rechte Hand zum Schlag erhoben, näherte sich Rowlf der Tür und streckte die Linke nach dem Schloss aus.

Die Tür schwang wie von Geisterhand auf, noch ehe seine Finger die rostige Klinke berührten. Und was er sah, ließ ihm das Blut in den Adern erstarren.

Da war keine Treppe mehr. Kein Gang. Keine Fortsetzung des Kellergewölbes. Stattdessen stand er vor einer massiven, mit Moos und schmierigem grauem Schimmel bewachsenen Wand.

Eine Wand, aus der gerade noch eine Hand des Templers geragt hatte – bis sie mit einem saugenden Geräusch im Stein verschwand ...

Sarim de Laurec starrte das Bild an. Er wusste nicht, warum, aber irgendetwas schien ihn magisch daran anzuziehen, etwas, das es ihm unmöglich machte, sich auf andere, viel wichtigere Dinge zu konzentrieren. Er spürte, dass seine Pläne im Scheitern begriffen waren. Jemand – etwas – hatte seine eigenen Kräfte genutzt, um seine Geschöpfe zu vernichten. Zudem hatte er den Tod seiner Männer miterlebt, mit den gleichen, ihm selbst unverständlichen Kräften, mit denen er solche Gewalt über sie gehabt hatte.

Und trotzdem schien all dies unwichtig geworden zu sein. Seine ganze Aufmerksamkeit galt diesem Bild.

Es war unmöglich und vollkommen verrückt, aber er war einfach sicher, dass es sich bewegt hatte. Irgendetwas hatte sich geändert, etwas, das er nicht in Worte fassen konnte, aber umso deutlicher spürte. Das Lächeln in Roderick Andaras Augen war ... böse.

Ja, das war es, dachte er schaudernd. Das gemalte Gesicht starrte ihn voll bösem Triumph an, und es war eine Sicherheit in diesem Triumph, die ihn abermals erschauern ließ.

Er hob die Hand, wie um das Bild zu berühren – und konnte es nicht. So sehr er sich auch bemühte – es ging nicht. Irgendetwas, das stärker war als sein freier Wille, hinderte ihn nachdrücklich daran, sich dem Gemälde Roderick Andaras weiter als auf einen halben Yard zu nähern.

Roderick Andaras ...?

Sarim de Laurec betrachtete das Gemälde genauer.

Das ... das war nicht Roderick Andara. Der Mann mit dem scharf geschnittenen Gesicht und der weißen Strähne im Haar war ...

Robert Craven!!!

Und dann begann sich das Bild zu bewegen.

Sarim de Laurec schrie.

Es dauerte lange, bis Rowlf sich von dem schrecklichen Anblick losreißen konnte. Wie war das möglich? Die Mauer hatte den Tempelritter verschlungen, hatte ihn wie ein durstiger Schwamm in sich aufgenommen.

Mit weit ausgestrecktem Arm griff Rowlf nach der Tür, warf sie ins Schloss und fuhr mit einem Ruck herum. Aber das Bild verfolgte ihn noch lange, auch, als er sich endlich aus seiner Starre löste und den Keller über die nach oben führende Treppe verließ.

Er erreichte die Halle, blieb einen Moment stehen und lauschte, aber der einzige Laut, den er überhaupt hörte, war das dumpfe Hämmern seines eigenen Herzens; ein Geräusch, das ihm so laut schien, als müsse man es in jedem Winkel des Hauses hören.

Auf Zehenspitzen ging er die Treppe hinauf, blieb auf dem obersten Absatz stehen und sah aufmerksam nach rechts und links. Nichts. Das Haus schien wie ausgestorben. Aber schließlich hatte er die beiden Tempelritter gesehen, die aus dem Keller gekommen waren. Und das Ding, das sie mitgebracht hatten.

Vorsichtig ging er weiter, erreichte die Bibliothek und presste für einen Moment das Ohr gegen die Tür. Er hörte noch immer nichts, aber irgendwie war er sicher, dass sie da waren – die beiden Templer und die Puppe.

Sein Herz begann wie rasend zu schlagen, als er die Hand auf die Klinke legte und sie Millimeter für Millimeter herunterdrückte. Ein schmaler, gelbweißer Lichtstreifen fiel auf den Gang hinaus, wurde zu einem hell erleuchteten Dreieck und wuchs weiter, als Rowlf die Tür vollends aufstieß.

Die beiden Templer waren da. Aber sie stellten keine Gefahr mehr dar. Sie waren tot.

Der eine lag vor der Tür, als hätte er im letzten Moment noch versucht, sie zu erreichen, und auf seinen erloschenen Zügen war das gleiche ungläubige Entsetzen zu lesen wie auf denen des Templers unten im Keller. Um seinen Hals lag die Kante eines großformatigen Berberteppichs, zu einem Strang gedreht.

Rowlf trat behutsam über den Toten hinweg, drückte die Tür wieder ins Schloss und näherte sich dem zweiten Templer, der in sonderbar verrenkter Haltung vor dem Kamin lag. An dem steinernen Sims über ihm klebte eingetrocknetes Blut.

Rowlf wusste für den Moment nicht, welches Gefühl stärker in ihm war, seine Erleichterung oder das prickelnde Entsetzen, das ihn beim Anblick der beiden Toten überfiel. Es war, dachte er entsetzt, als kämpfe dieses Haus selbst gegen die Eindringlinge. Aber das war unmöglich.

Er verscheuchte den Gedanken, richtete sich wieder auf und hielt nach der Puppe Ausschau.

Sie war nicht mehr da. Er durchsuchte jeden Schrank im Zimmer und blickte selbst in den Kamin hinauf, aber die Puppe war verschwunden.

Mit einem Gefühl immer stärker werdender Beunruhigung verließ Rowlf die Bibliothek, blieb einen Moment unschlüssig stehen und machte sich dann daran, das Haus Zimmer für Zimmer zu durchsuchen.

Es dauerte fast eine halbe Stunde, bis er die Treppe zum Dachgeschoss hinaufstieg.

Es war ein verzweifelter Wettlauf mit der Zeit. Und ich wusste, dass ich ihn verlieren würde.

Ich spürte, wie das Leben immer stärker in meinen Körper zurückkehrte. Schon konnte ich die Finger ein wenig bewegen, atmen, blinzeln; mein rechter Fuß hatte sich schon ganz aus dem Bild gelöst. Trotzdem war es ein erbarmungsloser Kampf mit der Zeit. Sarim de Laurec, der bisher wie erstarrt vor dem Bild gestanden hatte, begann sich wieder zu regen. Wenn er seine Überraschung erst überwunden hatte, würde mir auch das Haus nicht mehr helfen können, das wusste ich.

Mit aller Kraft stemmte ich mich gegen den Sog, der mich im Bild festhalten wollte. Es war grauenhaft. Ich hatte das Gefühl, in Stücke gerissen zu werden, nein, schlimmer noch, mich selbst in Stücke zu reißen. Tränen stiegen mir in die Augen und rannen an meinen Wangen herab. Immer wieder verschwamm der Raum vor mir, und immer wieder geriet ich in Gefahr, wieder in den schwarzen Strudeln zu versinken. Der Tod verlangte sein Recht.

Sarim erhob sich taumelnd und glotzte mich mit blödem Ausdruck an. Dann verzog sich sein Gesicht zu einer Grimasse tödlichen Hasses. Er machte einen Schritt in meine Richtung, hob die Hand, und plötzlich erkannte ich die Mündung einer kleinen, aber mit Sicherheit tödlichen Derringer-Pistole zwischen seinen Fingern.

»Du lebst also noch, du verdammter Hund!«, knurrte er mit einer Stimme, die nichts Menschliches mehr an sich hatte. »Aber diesmal schützt dich dein Zauber nicht mehr!«

Die Dielenbretter unter seinen Füßen knackten hörbar. Sarim keuchte, kämpfte einen Moment lang mit wild rudernden Armen um sein Gleichgewicht – und brach mit dem rechten Fuß ein.

Und ich erhielt einen heftigen Stoß in den Rücken, der mich förmlich aus dem Bild hinausfegte. Mit dem linken Arm wehrte ich Sarims Schusswaffe ab, versetzte ihm mit der anderen Hand eine schallende Ohrfeige und rammte ihm gleichzeitig das rechte Knie in den Leib. Sarim klappte zusammen und stürzte röchelnd zu Boden. Ich trat ihm die Pistole vollends aus der Hand und blieb über ihm stehen.

»Geben Sie auf, de Laurec«, sagte ich. »Es ist aus. Sie haben verloren!«

»Das glaubst du!«, keuchte er und stieß mit dem Fuß nach mir. Ich sprang beiseite und besann mich plötzlich auf die Tatsache, dass ich zwar auf wunderbare Weise wiedergeboren war, aber nicht etwa nackt wie einst Adam.

Die Klinge des Stockdegens glitt wie von selbst aus ihrer Hülle und verharrte einen halben Inch vor Sarim de Laurecs Kehle.

»Geben Sie auf, de Laurec«, sagte ich noch einmal. »Oder ich schwöre Ihnen bei Gott, dass ich Sie töten werde.«

Meine Drohung schien Sarim de Laurec nicht sonderlich zu beeindrucken. Ganz im Gegenteil. Statt vor Furcht zu erstarren, wie es sich gehört hätte, verzog er sein Gesicht plötzlich zu einem hässliches Grinsen. Seine Augen funkelten mich tückisch an.

»Töte ihn nicht, Allisdale«, sagte er. »Ich will ihn lebend.«

Ich lächelte geringschätzig. »Dieser Trick ist ein wenig zu alt, Sarim«, sagte ich. Im gleichen Augenblick sah ich einen Schatten aus den Augenwinkeln und wirbelte herum.

Ich sah in das verzerrte Gesicht des Templers und erkannte mit entsetzlicher Klarheit, dass es zu spät war. Verzweifelt versuchte ich meinen Degen zu heben, aber die Bewegung war zu langsam. Allisdale holte aus dem Handgelenk aus und knallte mir die Breitseite seines Schwertes vor den Schädel, dass ich für Sekunden nur noch Sterne sah.

Ich taumelte, fiel auf die Knie und drängte die aufkommende Bewusstlosigkeit mit aller Macht zurück. Trotzdem konnte ich nicht richtig sehen. Die Gestalten Sarim de Laurecs und des so jäh aus dem Nichts aufgetauchten Tempelritters verschwammen immer wieder vor meinen Augen. Ein heftiger Schmerz tobte in meinem Schädel. Sie werden mich töten, dachte ich matt. Ich war von den Toten zurückgekehrt, aber nur, um gleich noch einmal – und diesmal endgültig – umgebracht zu werden.

Aber der tödliche Streich kam nicht. Noch nicht.

Sarim de Laurec starrte mich einen Herzschlag lang hasserfüllt an, stand umständlich auf und gebot Allisdale mit einer herrischen Geste zurückzutreten.

»Du lebst«, zischte er. »Ich weiß nicht, wie, aber du lebst, Craven. Gut.« Er ballte seine dürre Hand zur Faust. »Ich könnte dich töten, gleich hier und jetzt. Aber es wäre zu ehrenvoll, durch eine heilige Klinge zu sterben. Du hast das Anrecht auf einen langsamen, qualvollen Tod, Robert Craven. Wir sehen uns wieder, mein Wort darauf. Vielleicht eher, als du es dir träumen lässt. Und dann werde ich dich zertreten wie eine Natter.«

Und damit wandte er sich um und ließ mich zurück, so verblüfft und erleichtert wie wohl noch nie zuvor in meinem Leben.

Was danach geschah, vermag ich beim besten Willen nicht mehr genau zu sagen. Irgendwie gelang es mir wohl, auf die Füße zu kommen und den Dachboden zu verlassen, und irgendwie schaffte ich sogar die Hälfte der Treppe, ohne mir den Hals zu brechen.

Dann tauchte ein rothaariger Hüne unter mir auf, stieß einen ungläubigen Schrei aus und fing mich auf, als mir endgültig die Sinne schwanden.

Als ich wieder zu mir kam, lag ich auf der Couch in meinem Arbeitszimmer. Howard massierte meine Schläfen, während Rowlf gerade damit beschäftigt war, etwas Dunkles, verdächtig Menschenähnliches aus dem Raum zu schleifen. Ich sah lieber nicht genau hin, sondern schloss für einen Moment die Augen, stöhnte leise und öffnete sie sehr behutsam wieder. Nein, es war keine Halluzination – das Gesicht über mir gehörte tatsächlich meinem alten Freund Howard Phillips Lovecraft.

»Wo . . . wo kommst du her?«, murmelte ich verstört.

Howard runzelte die Stirn, hörte auf, meine Schläfen zu massieren, und sah mich beinahe strafend an. »Das ist eine lange Geschichte«, sagte er. »Aber findest du nicht, dass du uns erst einmal die gleiche Frage beantworten solltest?«

Wen meinte er mit *uns?* Verwirrt setzte ich mich auf, schwang die Beine von der Couch und wäre fast hinterhergefallen, weil mir prompt schwindelig wurde. Howard stützte mich.

Howard und Rowlf waren nicht allein. Außer ihnen befanden sich noch Dr. Gray, der Lordoberrichter Darender, mein ganz spezieller Freund Cohen und ein etwa vierzigjähriger, sehr blasser Mann im Raum, der mir vollkommen fremd war.

»Also, Craven – wo zum Teufel sind Sie gewesen?«, fauchte Cohen.

Ich starrte ihn an, grinste schief und sagte: »Ganz in seiner Nähe, mein lieber Freund.«

Cohens Gesicht verfinsterte sich. »Was soll das heißen?«, fauchte er. »Wie wäre es mit einer klaren Antwort auf eine klare Frage?«

»Lassen Sie ihn, Cohen«, mischte sich Lord Darender ein. »Sie sehen doch, dass er noch nicht vollends bei Sinnen ist.«

»Oh«, murmelte ich, »wenn es das nur wäre. Ich fürchte, das Schlimme ist gerade, dass ich wach bin.«

Lord Darenders Gesicht verwandelte sich in ein Fleisch gewordenes Fragezeichen. »Was soll das heißen?«

»Sie haben doch selbst meine Hinrichtung angeordnet, oder?«, fragte ich. »Nun, ich wurde hingerichtet.«

»Aber das ist –«

»Es ist mir egal, was Sie davon halten«, unterbrach ich ihn ungeduldig. »Nehmen Sie zur Kenntnis, dass ich noch lebe. Und dass ich beabsichtige, diesen Zustand noch mindestens fünfzig Jahre beizubehalten«, fügte ich mit einem finsteren Blick in Cohens Richtung hinzu.

Howard erstickte den drohenden Streit im Keim, indem er eine herrische Handbewegung machte und auf Rowlf deutete. »Rowlf hat uns erzählt, was hier geschehen ist – soweit er es wusste, heißt das. Aber sein Bericht weist gewisse Lücken auf. Was ist wirklich passiert?«

»Verdammt, ich weiß es nicht!«, fauchte ich. »Glaub es, oder glaub es nicht, aber ich war tot!«

»Interessant«, sagte der vierte, mir unbekannte Mann. »Und Sie erinnern sich an diesen – äh ... Zustand?«

Ich warf ihm einen schrägen Blick zu und überging seine Frage.

»Später, Viktor«, sagte Howard rasch. »Ich bin sicher, Robert wird dir später zur Verfügung stehen. Im Moment sollten wir ihm vielleicht ein wenig Ruhe gönnen. Uns allen«, fügte er mit einem hörbaren Seufzen hinzu. Er lächelte. »Ich habe mir erlaubt, bei Miss Winden eine Kanne ihres berühmten Kaffees zu bestellen. Danach können wir in aller Ruhe reden.«

Wie auf ein Stichwort hin klopfte es in diesem Moment an der Tür. »Das wird sie sein«, sagte Howard, wandte sich um und drückte die Klinke herunter.

Vor der Tür stand nicht Miss Winden.

Vor der Tür stand *ich.*

Eine Sekunde lang starrte Howard Robert Craven II aus hervorquellenden Augen an, dann stieß er einen komischen Laut aus, taumelte zurück – und ging keuchend zu Boden, als ihm der nachgemachte Hexer in den Leib boxte.

Und dann brach die Hölle los.

Cohen brüllte wie ein verwundeter Stier, riss eine Pistole aus der Rocktasche und feuerte vier-, fünf-, sechsmal hintereinander, bis das Magazin erschöpft war und der Hammer klickend ins Leere schlug. Jeder einzelne Schuss traf. Ich sah, wie die Haut meines Doppelgängers weggerissen wurde. Aber darunter kamen kein Blut und Fleisch zum Vorschein, sondern blinkendes Metall.

Ungerührt marschierte die Puppe weiter, schlug quasi im Vorübergehen Lord Darender und Viktor nieder und näherte sich mir.

Cohen brüllte vor Wut, schleuderte ihr seine leergeschossene Waffe entgegen und riss einen Stuhl hoch.

Sarim de Laurecs Schreckenskreatur machte sich nicht einmal die Mühe, den Hieb abzuwehren. Cohen zerschmetterte den Sessel auf ihrem Schädel und ging gleich darauf zu Boden, als das Ungeheuer ihn mit einer fast flüchtigen Geste an der Schläfe berührte.

Und endlich erwachte auch ich aus meiner Lähmung.

Ich sprang hoch, tauchte unter einer zupackenden Stahlklaue hindurch und warf mich mit einem verzweifelten Satz auf die Tür zu.

Und um ein Haar in die Spitze des Schwertes, das mir Bruder Allisdale entgegenstreckte.

Im letzten Moment korrigierte ich meinen Sprung, landete reichlich unsanft an der Wand und sank halb benommen zu Boden.

Das Erste, was ich sah, als die bunten Kreise vor meinen Augen erloschen, war Sarim de Laurecs ausgemergeltes Totenkopfgesicht, das zu einem höhnischen Grinsen verzogen war.

»Nun, Craven?«, kicherte er. »Habe ich dir nicht gesagt, dass wir uns wiedersehen werden? Ich muss mich für die Verzögerung entschuldigen. Aber ich wollte warten, bis wir vollzählig sind. Wie ich sehe, hat es sich gelohnt.« Er kicherte irre, versetzte mir einen rüden Stoß vor die Brust und trat an Bruder Allisdale vorbei ins Zimmer. Sein Blick glitt über die Gestalten der anderen, die sich – mit Ausnahme Cohens, der das Bewusstsein verloren hatte – nur mühsam vom Boden hochrappelten.

»Es tut mir leid, dass ich Ihnen solche Unbill bereiten muss, meine Herren«, sagte er höhnisch. »Aber ihre unqualifizierte Einmischung hat meine Pläne ein wenig durcheinandergebracht, sodass ich mich gezwungen sah zu improvisieren.«

»Du Wahnsinniger!«, keuchte Howard. »Hast du noch immer nicht genug Schaden angerichtet?«

Sarims Lächeln wurde eisig. »Ah, Bruder Howard«, sagte er in einem Ton, als sähe er Howard jetzt tatsächlich zum ersten Mal. »Immer noch der Alte, wie? Aber ich fürchte, diese Runde gewinne ich.« Er deutete auf den Maschinenmenschen mit meinem Gesicht. »Wie schade, dass du nicht mehr erleben wirst, wie perfekt mein zuverlässiger Freund hier die Rolle Robert Cravens spielen wird. Wer weiß – vielleicht ist es ganz gut, dass er noch lebt. Ein lebender Craven mag nützlicher sein als ein toter. Zumal, wenn ich mir seiner Loyalität so sicher sein kann wie in diesem Fall.«

»Damit kommst du nicht durch!«, sagte Howard ruhig. »Der Orden –«

»Der Orden«, unterbrach ihn Sarim de Laurec eisig, »existiert nicht mehr. Dank dem Eingreifen deines idiotischen Freundes ist er seiner gesamten Führungsspitze beraubt worden. Es wird ein paar

Jahre dauern, bis er sich reorganisiert hat.« Er kicherte. »Und ich habe das Gefühl, ich kenne den Namen des neuen Großmeisters.«

»Du bist ja wahnsinnig«, murmelte Howard. »Größenwahnsinnig!«

»Das mag sein«, sagte Sarim kichernd. »Aber besser wahnsinnig als tot, meinst du nicht?« Sein Lächeln erlosch. »Und nun –«

Von der Tür her erscholl ein dumpfer Schlag. Sarim fuhr herum und sah gerade noch, wie Bruder Allisdale mit verdrehten Augen in die Knie brach und gleich darauf zur Seite kippte.

»Un' nu«, führte Rowlf den angefangenen Satz zu Ende, »isses endgültig genug, Lausdreck.« Er ballte die Fäuste. »Ich hab' die Schnauze voll von dir un' deinen blöden Puppen.«

Sarim de Laurec starrte ihn an, wohl eher betäubt vor Unglauben über eine solche Dreistigkeit denn vor Furcht, schien etwas sagen zu wollen, brachte aber nur einen keuchenden Laut hervor.

»Ich hab' endgültig die Schnauze voll von dir, du Heini!«, brüllte Rowlf. Mit wütend geballten Fäusten stapfte er auf Sarim de Laurec zu und hob die Hand, um ihn zu schlagen.

Sarim wich im allerletzten Moment zur Seite, wirbelte herum und starrte meinen mechanischen Doppelgänger an. Sein ausgestreckter Arm wies auf Rowlf. »Töte!«, befahl er.

Die Puppe setzte sich nahezu lautlos in Bewegung, die Hände gehoben und zu Krallen geformt.

»Um Gottes willen!«, schrie ich. »Rowlf, tu es nicht!«

Aber Rowlf schien blind für die tödliche Gefahr, in der er schwebte.

Es war wie eine getreuliche Wiederholung der Szene, die ich vor etwas mehr als einem Jahr in Paris erlebt hatte. Auch damals hatte Rowlf den Fehler begangen, eine dieser entsetzlichen Kreaturen mit bloßen Händen angreifen zu wollen.

Und ganz genau wie einst holte Rowlf zu einem Schwinger aus, in dem die ganze ungeheuerliche Kraft seiner Muskeln lag. Damals in Paris hatte er sich die Hand gebrochen.

Ein dumpfer, knirschender Laut erscholl. Ich sah, wie Rowlfs Körper unter der Wucht des Hiebes erbebte, wie sich sein Gesicht zu einer Grimasse der Qual verzerrte.

Aber auch die Puppe wankte.

Ein langer, gezackter Riss erschien in ihrem Gummigesicht. Ein helles Zischen erklang, dann sprühten winzige weißblaue Funken aus ihren Augen. Die bizarre Kreatur wankte, streckte wie in einem blinden Reflex noch einmal die Arme nach Rowlf aus – und stürzte wie ein gefällter Baum zu Boden. Ihr Kopf zerbarst vollends, als sie aufschlug.

»Was ...«, keuchte Sarim de Laurec. Aus hervorquellenden Augen starrte er sein zerstörtes Geschöpf an, sichtlich unfähig zu begreifen, was überhaupt geschehen war.

Aber auch ich rang mühsam um meine Beherrschung und blickte fassungslos immer wieder von Rowlf zu der gestürzten Puppe und zurück. »Wie in Dreiteufelsnamen hast du das gemacht?«, flüsterte ich.

»Blöde Frage«, nuschelte Rowlf. »Ich kenn' die Blechköppe inzwischen, oda?« Er warf Viktor einen wütenden Blick zu, dessen Sinn ich zwar nicht verstand, unter dem dieser aber sichtlich in sich zusammenzuschrumpfen schien. »Von wegen nur Muskeln und kein Gehirn. Auf die Typen fall' ich bloß einma' rein«, nuschelte er – und ließ das Hufeisen fallen, das er sich über die rechte Faust gestreift hatte ...

Das Hirn von London

Das Heulen des Windes klang wie das Wehklagen verfluchter Seelen, für immer den schrecklichen Qualen des Höllenfeuers ausgesetzt. Der Sand, vom Sturm hochgewirbelt und tanzend wie ein Schwarm aufgeschreckter Insekten, legte sich einem Schleier gleich vor das rote Auge der sinkenden Sonne und ließ die Wüste grau und düster erscheinen.

Dennoch war es nicht dunkel genug, um die Verfolger von ihrer Spur abzubringen. Im Gegenteil: Näher und näher kamen sie heran, unbeugsame Entschlossenheit in den harten Gesichtern und den Tod im Blick ...

Während er sein Pferd antrieb, wandte Henry Baskerville immer wieder den Kopf und versuchte den Abstand abzuschätzen, der ihn und seinen arabischen Diener Chalef noch von den Dharan trennte. Es war nicht eigentlich Furcht oder gar Todesangst, die ihn erfüllten, wohl aber doch mehr als einfaches Unbehagen. Mit diesen Söhnen der Wüste war nicht zu spaßen, und sofern er Chalef glauben durfte, war sein Leben ernsthaft in Gefahr, wenn er den Beduinen in die Hände fiel.

Und warum? Wäre die Situation nicht so ernst gewesen, hätte er gelacht, wenn er an das »Verbrechen«, dachte, das er begangen hatte. Getrieben von nichts anderem als der neugierigen Wissbegierde eines Forschungsreisenden, hatte er im Nomadenlager der Beduinen ein Frauenzelt betreten, um die Schönen des Stammes einmal in unverschleiertem Zustand betrachten und studieren zu können. Dass dieses für ihn als aufgeklärten Europäer des ausgehenden neunzehnten Jahrhunderts völlig harmlose Tun in den Augen der Araber einer gar schändlichen und unverzeihlichen Untat entsprach, war ihm erst in dem Augenblick bewusst geworden, in dem mehrere Beduinenkrieger mit unverblümter Mordlust im Blick auf ihn losgingen. Nur die überstürzte Flucht aus dem Nomadenlager hatte ihn davor bewahrt, gleich an Ort und Stelle umgebracht zu werden.

Aber mit der Flucht allein war die Angelegenheit leider nicht aus der Welt geschafft – ganz und gar nicht. Der halbe Stamm war hinter ihm her.

Mindestens.

»Wenn ... uns ... werden sie ... töten!«

Die Worte Chalefs, der mit verbissenem, von Furcht geprägtem Gesicht an seiner Seite ritt, wurden halb vom Heulen des Windes verschluckt, ließen jedoch an Deutlichkeit nichts zu wünschen übrig. Und langsam fing Henry Baskerville an, die Unkenrufe seines Dieners ernst zu nehmen. Als Einheimischer kannte sich Chalef mit den Sitten und Gebräuchen des Landes aus. Er wusste wohl, was er sagte. Und die Hartnäckigkeit der Dharan, die trotz des immer heftiger werdenden Sandsturmes offenbar nicht im Traum daran dachten, die Verfolgung aufzugeben, sprach für sich.

Henry Baskerville stieß einen Fluch aus und griff nach dem Gewehr, das im Sattelholster seines Pferdes steckte. Er entsicherte die Waffe, wandte abermals den Blick und feuerte dicht hintereinander mehrere Schüsse ab. Natürlich bestand nicht die geringste Chance, einen der Verfolger zu treffen, aber das war auch gar nicht seine Absicht. Er wollte die Beduinenkrieger erschrecken, nicht verletzen oder gar töten.

Aber seine schwache Hoffnung, die Dharan einschüchtern zu können, erfüllte sich nicht. Im Gegenteil. Die Schüsse schienen die Beduinen nur noch zorniger zu machen. Fernes Wutgebrüll, so laut, dass es selbst das Heulen des Windes übertönte, erscholl als Antwort auf seine Salve. Und die verschwommenen Silhouetten der Beduinen schienen wieder ein bisschen größer zu werden. Baskerville steckte die Waffe ins Holster zurück und konzentrierte sich darauf, sein Pferd zu noch schnellerem Galopp anzutreiben. Chalef hatte Mühe, nicht den Anschluss an seinen Herrn zu verlieren.

Trotz allen Bemühens jedoch, trotz des wütenden Sturms, trotz des dunkler und dunkler werdenden Himmels, schmolz sein Abstand zu den Verfolgern zusehends. Inzwischen waren sie so nahe herangekommen, dass eine Gewehrkugel jetzt vielleicht doch Aussichten gehabt hätte, ihr Ziel zu treffen. Dennoch machte Henry Baskerville keine Anstalten, abermals nach dem Gewehr zu greifen. Auch wenn er möglicherweise sein Leben aufs Spiel setzte, widerstrebte es ihm zutiefst, auf Männer zu schießen, die letzten Endes nur den Gesetzen ihrer Kultur gehorchten.

Die Dharan machten allerdings ebenfalls keinen Gebrauch von

ihren Feuerwaffen. Ein gutes Zeichen? *Wohl eher ein böses,* dachte Baskerville düster. Offenbar wollten ihn die Beduinen lebend in die Hände bekommen. Und was sie dann mit ihm anstellen würden ...

Er beugte sich tief über den Hals seines Reittiers, um dem Wind möglichst wenig Widerstand entgegenzusetzen und das Fortkommen zu verbessern.

Aber es war aussichtslos. Die Wüstensöhne hatten anscheinend die besseren Pferde und waren fraglos auch die besseren Reiter. Dichter und dichter schlossen sie auf. Schon war deutlich ihr heiseres Triumphgeschrei zu vernehmen. Sie wähnten sich ihres Opfers völlig sicher.

Noch zehn Pferdelängen, acht, sechs, vier ...

Henry Baskerville war schon im Begriff, sein Reittier zu zügeln und schlichtweg aufzugeben, als es geschah.

Plötzlich zuckte ein gleißender Blitz nieder, begleitet von einem krachenden Donnerschlag, der den Männern fast die Trommelfelle platzen ließ, und schlug genau in der Mitte zwischen Verfolgern und Verfolgten in den Wüstensand ein. Doch es war kein Blitz, wie er bei einem normalen Gewitter vorkam – ein solches hatte den Sandsturm auch gar nicht begleitet. Es war ein Blitz, wie er weder Henry Baskerville und Chalef noch den Beduinen jemals vor Augen gekommen war. Grell zwar und schmerzhaft für die Netzhaut des menschlichen Auges, aber nicht lichtweiß, sondern von einem krankhaft leuchtenden Rot, das unwillkürlich an ... Blut denken ließ. Und er ließ in seiner gleißenden Säule scharf umrissene Konturen erkennen!

Die Gestalt eines tanzenden Derwischs, eines Dschinns oder eines rächenden Engels.

Sekundenlang hing der geheimnisvolle Blitz wie zu Eis erstarrt zwischen Himmel und Erde. Die Pferde der Beduinenkrieger bäumten sich auf, als seien sie gegen eine Wand geprallt, und mehr als eines warf seinen Reiter ab und ging schlichtweg durch. Die Dharan, nicht weniger erschrocken als ihre Reittiere, zerrten heftig an den Zügeln, rissen die Pferde herum und jagten in wilder Flucht in die Richtung zurück, aus der sie gekommen waren. Sie schienen Baskerville und seinen Diener völlig vergessen zu haben.

Die grellroten Linien des Blitzes verblassten. Und fast so, als ob das Verschwinden der Leuchterscheinung ein geheimes Zeichen an die Natur gewesen wäre, kam auch der Sturm zum Erliegen. Die hochgepeitschten Sandkörner sanken zu Boden, mit einem Male ihrer Kraft beraubt, das Heulen des Winds wurde zu einem Säuseln, der Schleier vor der untergehenden Sonne zerriss. Plötzlich lag eine friedvolle Wüste im sanften Abendrot vor Henry Baskerville und seinem Diener.

Die beiden brauchten eine ganze Weile, um sich von dem Schock zu erholen. Chalef war der Erste, der wieder Worte fand.

»Allah hat uns gerettet«, sagte er und deutete zum Himmel hinauf. »Er hat uns einen Dschinn gesandt, um die Dharan zu vertreiben.«

»Einen Dschinn?«, wiederholte Baskerville verwirrt. »Nun, ich würde eher sagen, dass es ein guter Engel war.« Dann erst kam ihm richtig zu Bewusstsein, was er da von sich gegeben hatte, und er lachte laut auf.

Dschinns?

Engel?

Er glaubte weder an das eine noch an das andere. Er war ein nüchterner, aufgeklärter Mensch, der mit beiden Füßen fest auf dem Boden der Tatsachen stand. Für übernatürliche Dinge war in seinem Denken kein Platz. Sie gehörten in den Bereich von Ammenmärchen, Aberglauben und krankhafter Einbildung.

»Alles Unsinn«, sagte er. »Es war ein Blitz, sonst gar nichts!«

Chalef schüttelte heftig den Kopf. »Kein Blitz! Die riesenhafte Gestalt, die wir gesehen haben ...«

»Eine Luftspiegelung«, erklärte Baskerville überzeugt. »So etwas wie eine Fata Morgana. Schließlich befinden wir uns in der Wüste, nicht wahr?«

»Das war keine Fata Morgana«, widersprach Chalef. »Ich habe schon mehr als eine gesehen. Und wie ist es zu erklären, dass der Sturm so plötzlich abbrach? Eine höhere Macht hat ihm Einhalt geboten!«

»Jeder Sturm geht einmal zu Ende.«

»Aber nicht von einem Augenblick zum anderen«, beharrte Chalef im Brustton der Überzeugung. »Nur eine höhere Macht ...«

»Allah!« Baskerville grinste.

Chalef erwiderte das Grinsen nicht. Im Gegenteil; er wurde noch ernster und nickte nur bekräftigend.

Henry Baskerville verspürte keine Neigung, die fruchtlose Diskussion fortzusetzen. Er kannte seinen Diener gut genug, um zu wissen, dass er den braven Burschen doch nicht überzeugen konnte. Chalef war so abergläubisch wie eine irische Waschfrau.

»In Ordnung«, sagte er deshalb. »Danken wir also Allah für unsere wundersame Rettung vor dem heiligen und gerechten Zorn der Wüstenkrieger.«

Und vor diesem Zorn waren sie in der Tat jetzt sicher. Die Dharan hatten sich in ihrer Panik so schnell davongemacht, dass sie längst am Horizont verschwunden waren. Nichts sprach dafür, dass sie ihren Sinn noch ändern und zurückkommen würden.

Erst jetzt wurde sich Henry Baskerville bewusst, dass ihn die wilde Hetzjagd viel von seiner Kraft gekostet hatte. Auch die Pferde ließen erschöpft die Köpfe hängen, flockiger Schaum stand vor ihren Nüstern. Ihnen allen konnte eine Rast nur guttun. Außerdem würde es jetzt sehr schnell dunkel werden. Und mit der Dunkelheit kam die Kälte, die in der Wüste auf sehr unangenehme Grade fallen konnte. Henry Baskerville richtete sich kurz im Sattel auf und ließ seinen Blick über die endlose Weite schweifen.

»Wie weit ist es bis zum nächsten Wasserloch?«, fragte er seinen Diener.

»Mehrere Stunden«, antwortete Chalef sofort. Baskerville sah ihn kritisch an; die Antwort kam ihm etwas zu schnell. Aber er hatte keinen Grund, ihm nicht zu glauben. Chalef kannte sich in der Arabischen Wüste bestens aus, das hatte er schon des Öfteren bewiesen.

»Schön«, sagte Baskerville. »Weiterreiten hat also keinen Sinn. Bleiben wir gleich an Ort und Stelle und suchen uns einen Platz für das Nachtlager.«

Er war nicht einmal undankbar dafür, dass die nächste Wasserstelle außer Reichweite lag. Man konnte nie wissen, welches Gesindel sich nachts an diesen Lebensadern der Wüste einfand und wonach ihm der Sinn stand. Da sie jedoch ihre Wasservorräte im Zeltdorf der Dharan aufgefüllt hatten, würden sie in dieser Beziehung keinen Mangel leiden müssen.

Chalef erhob keine Einwände gegen Baskervilles Vorschlag. Auch er war davon überzeugt, dass von Seiten der Beduinen keine Gefahr mehr drohte. Mit erhobener Hand deutete er zu einer Düne hinüber, die kaum hundert Yards entfernt lag.

Wenig später hatten die beiden Männer den Fuß der Düne erreicht und stiegen aus den Sätteln. Während Baskerville daran ging, die Pferde aus einem der mitgeführten Wasserschläuche zu tränken, begann Chalef das Zelt aufzubauen. Der arabische Diener hatte noch nicht die zweite Zeltstange in den Wüstensand gerammt, als er einen kurzen, Angst erfüllten Schrei ausstieß.

Baskerville hob den Kopf und blickte zu ihm hinüber. Chalef stand da wie zur Salzsäule erstarrt. Mit weit aufgerissenen Augen und einem Gesichtsausdruck, in dem sich alle Schrecken dieser Welt widerspiegelten, starrte er auf den Boden zu seinen Füßen.

»Was ist passiert?«, fragte Baskerville.

Chalefs Mund bewegte sich, aber es kamen nur unartikulierte Töne hervor, Laute eines Entsetzens, das sich nicht in Worte kleiden ließ.

Aufs Höchste alarmiert, wandte sich Henry Baskerville von den beiden Pferden ab und trat an die Seite seines arabischen Dieners. Weitere Fragen waren überflüssig. Er sah mit eigenen Augen, was Chalef so entsetzt hatte Und er musste zugeben, dass auch ihn selbst ein eiskalter Schauder überlief.

Vor ihm lag, halb vom Wüstensand begraben, ein Mensch. Er war tot, schon seit langer, langer Zeit. Ganz offensichtlich hatte er all die Jahre über völlig vom Sand bedeckt dagelegen und war erst jetzt durch den Sturm wieder ans Tageslicht gebracht worden. Die Sandschichten hatten seinen Körper völlig mumifiziert, sodass er aussah wie gegerbtes Leder oder Pergament. Dennoch ließ sein verschrumpeltes Gesicht auch jetzt noch einen Ausdruck erkennen, der dem Chalefs auf erschreckende Weise ähnlich sah: Entsetzen, Schrecken und Todesangst hatten sich in seine vertrockneten Züge gegraben.

Der Mann war ermordet worden. Ein Pfeil hatte seinen Hals durchbohrt und seinem Leben ein Ende gesetzt.

Henry Baskerville kratzte sich nachdenklich am Kinn, als er auf den Toten hinabblickte. Der Mann war kein Araber gewesen, sondern ganz eindeutig ein Europäer, doch seine Kleidung war so bizarr, dass Baskerville sich zu dieser Schlussfolgerung nur mühsam durchringen konnte. Er trug einen weißen, weit geschnittenen Umhang, auf dessen Brustteil ein rotes, gleichschenkliges Balkenkreuz prangte. Auf dem Kopf trug er einen metallenen Helm und in einer Scheide an seiner Seite steckte ein Schwert. Baskerville war ein gebildeter und belesener Mensch, und nach den ersten Sekunden der Verwirrung dämmerte es ihm, wen er hier vor sich hatte.

Der Tote war ein Templer. Ein Angehöriger jenes sagenumwobenen geistlichen Ritterordens, den die Kreuzfahrer Anfang des zwölften Jahrhunderts gegründet hatten.

Eine gewisse Ehrfurcht überkam Henry Baskerville, als er sich bewusst wurde, dass der ehemalige Tempelherr wahrscheinlich seit mehr als achthundert Jahren hier lag, in seinem sandigen Grab gefangen …

Er sah auf und wandte sich wieder an Chalef, der den Toten nach wie vor mit starrem Blick und offenkundigem Entsetzen betrachtete. Fast so, fuhr es Baskerville durch den Sinn, als befürchte er, der Templer könne jeden Augenblick von den Toten auferstehen und ihm an die Gurgel fahren.

»Du brauchst keine Angst zu haben«, sagte er. »Der Mann ist seit vielen Jahrhunderten tot.«

»Seit vielen Jahrhunderten?«, wiederholte Chalef fast tonlos. Dann schüttelte er bedächtig den Kopf. »Nein, er ist vielleicht erst vor wenigen Tagen oder …« Er brach ab und blickte sich gehetzt nach allen Seiten um, wobei sich der angstvolle Ausdruck in seinen Zügen noch verstärkte.

Henry Baskerville lachte. Erst jetzt wurde ihm klar, dass sein Diener keine Furcht vor dem Toten hatte, sondern vor demjenigen, der den Templer einst ermordet hatte. Dass dieser Mörder ebenfalls schon vor Jahrhunderten das Zeitliche gesegnet haben musste, begriff er in seiner Einfalt gar nicht.

»Ja, pass nur gut auf«, spottete Baskerville, noch immer lachend. »Vielleicht sitzt der Killer … da oben?« Er deutete zum Gipfel der Düne empor, die gut dreißig Yards in die Höhe ragte.

Chalef folgte dem Blick seines ausgestreckten Zeigefingers. Offenbar hielt er es tatsächlich für möglich, dass dort oben jemand lauerte, der seinen Pfeil schon auf die Bogensehne gelegt hatte und bereit war, ihn jeden Augenblick losschnellen zu lassen.

Baskerville achtete nicht weiter auf seinen Diener. Der Tempelherr interessierte ihn im Augenblick ungleich mehr. Er ging in die Knie und beugte sich zu dem mumifizierten Gesicht des Toten herab. Natürlich war kein Leichengeruch wahrzunehmen, was er nach achthundert Jahren wohl auch kaum erwarten konnte. Er wagte nicht, den Leichnam zu berühren. Nicht etwa, weil er Ekel oder gar Angst davor verspürt hätte. Nein, seine Bedenken waren rein wissenschaftlicher Natur. Er konnte nicht ausschließen, dass der Mumifizierte bei einer Berührung zu Staub zerfiel. Und das wäre ihm wie ein Sakrileg erschienen. Seit unvorstellbar langer Zeit hatte der Tempelritter körperlich nahezu unversehrt hier im Wüstensand geruht und Baskerville wollte nicht die Ursache dafür sein, dass dieser Zustand ein so abruptes Ende fand. Dennoch drängte es ihn danach, irgendetwas von dem Toten in seinen Besitz zu bringen, diesmal allerdings nicht so sehr aus wissenschaftlicher Neugier, sondern mehr aus dem Wunsch heraus, ein Souvenir zu bekommen, das ihn nach der Rückkehr in sein Heimatland England an diese ungewöhnliche Begegnung erinnern würde.

Von den furchtsamen Blicken Chalefs begleitet, streckte er die rechte Hand aus, um nach dem Schwert des Templers zu greifen. Wenn es ihm gelang, die Klinge ganz vorsichtig aus der Scheide zu ziehen ...

Schnell merkte er, dass das Schwert festsaß. Er würde Gewalt anwenden müssen, um es aus der Scheide zu lösen, und den Toten dabei letzten Endes wohl doch in ein Häufchen Staub verwandeln. Er ließ von der Waffe ab und überlegte noch, ob er das Risiko eingehen sollte, als sein Blick auf einen kleinen, eigenartig geformten Gegenstand fiel, der halb unter dem Umhang des Tempelherren verborgen lag. Ohne zu zögern griff Baskerville nach dem *Ding* und zog es unter dem brüchigen Stoff hervor.

Es war eine ... Rose! Eine Rose aus Sand!

Verblüfft zog Henry Baskerville die Augenbrauen hoch. Was für eine seltsame Laune der Natur war dies? Wie hielt die Rose zusammen? Als er sie in die Hand nahm, hätte sie zwischen seinen Fingern zerbröckeln müssen. Aber davon konnte keine Rede sein. Obgleich er keinen Moment daran zweifelte, dass sie tatsächlich aus purem Wüstensand bestand, war ihre Struktur so fest gefügt, als würde es sich bei dem Material um soliden Fels handeln. Und als Baskerville die Rose mit aller Kraft zusammenpressen wollte, stöhnte er vor ungläubiger Überraschung auf. Die Form des Objekts veränderte sich nicht um den Bruchteil eines Zolls! Allenfalls seine Finger schmerzten – ganz so, als habe ihn die Rose gestochen.

Baskerville wandte sich seinem Diener zu. »Chalef, hast du eine Ahnung, was es mit diesem *Ding* hier auf sich hat?« Er hielt dem Araber die Sandrose hin.

Chalef zuckte zurück, als würde ihm eine hochgiftige Viper entgegenzüngeln. Die Angst in seinen Zügen schien sich noch zu steigern. Er murmelte etwas Unverständliches vor sich hin und machte mit der Hand eine Gebärde, die wohl sinngemäß dem Kreuzzeichen eines Christen entsprach.

»Was?«, fragte Henry Baskerville leicht gereizt. Die völlig unbegründete Furcht seines Dieners ging ihm langsam aber sicher auf die Nerven.

»Sill el Mot«, flüsterte Chalef.

»Sill el ... was?«

»Sill el Mot«, wiederholte Chalef nur. Er schien sich nicht weiter über dieses Thema auslassen zu wollen.

Die Arabischkenntnisse Baskervilles waren ziemlich unterentwickelt. Nicht zuletzt aus diesem Grund hatte er ja auf die Dienste eines einheimischen Dieners zurückgreifen müssen. Mit dem Begriff »Sill el Mot« konnte er nicht das Geringste anfangen.

»Wer oder was soll das sein?«, erkundigte er sich.

Wieder murmelte Chalef etwas vor sich hin, das unverständlich blieb. Und Henry Baskerville war eigentlich auch gar nicht mehr interessiert daran, was sein Diener da zum Besten gab. Die Angst Chalefs, die nur von albernem Aberglauben genährt werden konnte, ärgerte ihn über alle Maßen.

»Bau das Zelt weiter auf«, wies er den Araber mit scharfer Stimme an, steckte die geheimnisvolle Sandrose in die Tasche und ging dann wieder zu den Pferden hinüber, um sie weiter zu tränken.

Eine gute halbe Stunde später hatten die beiden Männer ihr Abendessen verzehrt und sich im Zelt zum Schlafen niedergelegt. Was nicht etwa bedeutete dass sie wirklich hätten einschlafen können. Baskerville hörte, wie sich Chalef unruhig auf seiner Decke hin und her warf, glaubte ein paar Mal sogar ein Zähneklappern seines Dieners wahrnehmen zu können. Doch auch er, das musste er sich selbst widerwillig eingestehen, fühlte sich mittlerweile unbehaglich. Immer wieder kreisten seine Gedanken um den toten Tempelritter draußen vor dem Zelt. Und um den geheimnisvollen roten Blitz. Wenn er recht darüber nachdachte, musste er zwangsläufig zu der Erkenntnis gelangen, dass er und Chalef ohne diesen Blitz niemals auf den mumifizierten Leichnam gestoßen wären. So albern er auch war – der Gedanke, dass vielleicht doch eine höhere Macht am Werk gewesen war, wurde für Henry Baskerville zur fixen Idee.

Schließlich, nach Stunden unruhigen Wachens, glitt er doch noch in die dunklen Gefilde des Schlafes hinab. Aber auch noch im Halbschlaf wurde er die Vorstellung nicht los, dass ihn die toten

Augen des Templers durch die Zeltwände hindurch drohend anstarrten.

London machte seinem schlechten Ruf wieder einmal alle Ehre. Der Himmel hatte all seine Schleusen geöffnet. Es goss zwar nicht in Strömen, wohl aber in Form jenes penetranten Nieselregens, der einem das ständige Gefühl gab, unversehens in ein klebriges, kühles Dampfbad geraten zu sein. Nebelschwaden trieben durch die Straßen und ließen Passanten und Pferdekutschen zu huschenden grauen Schemen werden. Düstere Wolken verbannten den Gedanken, dass es so etwas wie eine Sonne überhaupt gab, ins Reich der Legende.

Warum es mich ausgerechnet an diesem unfreundlichen Tag aus meinem Haus am Ashton Place getrieben hatte, wusste ich selbst nicht. Wahrscheinlich hatten die Geschehnisse der letzten Woche nicht gerade dazu beigetragen, Andara-House in mein Herz zu schließen. Obgleich das Haus mir das Leben gerettet hatte, war ich von dem Gedanken beseelt, seine düsteren Mauern für einige Zeit zu verlassen und durch die Straßen zu wandern.

London ist eine riesige Stadt. Ich lebte noch nicht lange genug hier, um jederzeit auf Anhieb sagen zu können, in welchem Teil der Millionenstadt ich mich befand. Ich hatte mich allein vom Zufall und meinen Füßen leiten lassen und ging jetzt eine Straße entlang, in der ich noch nie gewesen war.

Es war eine Häuserschlucht irgendwo in der City, trotz des Regens voll von pulsierendem Leben. Die Menschen drängten sich auf dem nassen Trottoir, in den Pubs, Gasthäusern und Geschäften.

Eine seltsame Unruhe erfüllte mich. Es war um die frühe Mittagsstunde; ich hatte gerade ausgiebig gefrühstückt und meinen Butler angewiesen, den Lunch heute ausfallen zu lassen. Ich hatte also genügend Zeit, zumal während der letzten Tage niemand mehr versucht hatte, mir einen Mord in die Schuhe zu schieben oder mich gegen einen mechanischen Doppelgänger auszutauschen. Dennoch hastete ich, ohne es eigentlich bewusst zu wollen, die Straße entlang, wie jemand, der befürchten musste, einen überaus wichtigen Termin zu versäumen. Gewaltsam zügelte ich meine hektische Ungeduld und zwang mich dazu, die Füße so gemessen voreinanderzusetzen, wie es sich für einen Gentleman geziemte. Aus Gründen, für die ich keine Erklärung fand, fiel mir dies ausgesprochen schwer. Und nach wenigen Schritten schon fiel ich erneut in eine schnelle Gangart zurück. Ich wollte mich zur Besinnung rufen ... aber es ging nicht mehr! Meine Füße schienen sich förmlich zu verselbstständigen.

Nach etwa zweihundert Yards passierte ich ein Gasthaus. Das heißt, ich wollte es passieren ... und blieb, wie von einer unsichtbaren Hand gestoppt, vor der Eingangstür stehen. Und ehe ich mich versah, hatte ich bereits die Schwelle erreicht und die Klinke heruntergedrückt.

Zwischen Tür und Angel kam ich endlich zu Bewusstsein. Was, zum Teufel, machte ich da? Dieses Gasthaus – *Harvey's* stand auf einem hölzernen Schild über dem Eingang – war mir völlig unbekannt. Und da ich weder Hunger noch Durst verspürte, lag nicht der geringste Grund vor, es zu betreten. Dennoch war ich im Begriff, eben dies zu tun.

Ich biss die Zähne zusammen, riss mich geradezu von der Tür los und trat wieder auf die Straße. Mühsam Fuß vor Fuß setzend, entfernte ich mich vom *Harvey's*.

Ich war vielleicht zehn Schritte gegangen, als mir Übelkeit aus meinem Magen die Kehle hinaufkroch. Kalter Schweiß trat mir auf die Stirn, und ich merkte, dass ich schwankte wie jemand, der zu tief ins Whiskyglas geschaut hat. Dabei hatte ich heute noch keinen einzigen Schluck Alkohol zu mir genommen.

Alle Kraft zusammennehmend, ging ich weiter. Einige der Passanten warfen mir verwunderte Blicke zu – offenbar sah ich auch so aus, wie ich mich fühlte. Ein junger Mann sprach mich sogar an und fragte, ob er mir irgendwie helfen könnte. Ich schüttelte nur stumm den Kopf und setzte meinen Weg fort.

Aber ich kam nicht weit. Eine Art Magnet schien an mir zu zerren, schien mich zurückreißen zu wollen.

Zurück zum *Harvey's!*

Augenblicke lang kämpfte ich noch gegen das unerklärliche Geschehen an. Dann jedoch, als die Übelkeit immer stärker wurde, gab ich den Kampf auf.

Und kaum hatte ich den Widerstand gegen mich selbst eingestellt, als ich mich auch schon auf dem Absatz umdrehte und den Weg zurückging, den ich gerade gekommen war. Schnurstracks steuerte ich auf die Eingangstür des *Harvey's* zu und betrat das Gasthaus, diesmal, ohne auch nur eine einzige Sekunde zu zögern.

Auf Anhieb erkannte ich, dass es sich um ein ausgesprochen nobles Restaurant handelte. Ein dicker, dunkelroter Berberteppich bedeckte den Boden, schwere Ölgemälde hingen an den holzgetäfelten Wänden. Das Mobiliar war von feinster Machart und hätte dem Speisezimmer eines vornehmen Schlosses zur Ehre gereicht. Gäste hatten sich wenige eingefunden. Die meisten der weiß gedeckten Tische waren unbesetzt.

Wie es sich für ein erstklassiges Haus gehörte, eilte sofort ein Kellner auf mich zu, um mir aus den regennassen Kleidern zu helfen. Ich übergab dem Bediensteten Hut und Mantel, schüttelte jedoch den Kopf, als er auch nach meinem Spazierstock greifen wollte. Nur wenn es sich gar nicht vermeiden ließ, trennte ich mich von meinem Stockdegen und dem im Knauf eingeschmolzenen *Shoggotenstern.*

Die Entscheidung, mir einen Tisch auszusuchen, wurde mir von meinen Füßen abgenommen. Ohne dass ich es wollte, schienen sie wieder zu unheimlichem Eigenleben zu erwachen und trugen mich zu einem Tisch hinüber, der bereits von einem einzelnen Herrn besetzt war. Er trug Kleidung, der man auf den ersten Blick ansah, dass sie von einem sehr teuren Schneider stammte. Altersmäßig war er nur schwer einzuschätzen, aber ich täuschte mich wohl nicht, wenn ich ihn für ungefähr dreißig hielt. Er war nicht sehr groß, aber von kräftiger Statur. Das auffälligste Merkmal seines ansprechenden Gesichtes bildeten buschige, schwarze Augenbrauen. Seine Hautfarbe war ungewöhnlich stark gebräunt, was bestimmt nicht von der englischen Sonne herrührte. Instinktiv spürte ich, dass dieser Mann schon viel herumgekommen war und mehr erlebt hatte als die meisten Menschen seines doch noch recht jugendlichen Alters.

»Ja?« Er blickte von der Zeitung, in der er gelesen hatte, hoch, und während er die einsilbige Frage hervorstieß, bildete sich auf seiner Stirn eine scharfe Falte offenkundiger Missbilligung.

Mir wurde bewusst, dass ich ihn fast eine Minute lang angestarrt haben musste. Das gehörte bestimmt nicht zu den Gepflogenheiten eines Gentleman's, wie man sie in einem solchen Restaurant erwarten durfte, und musste nahezu zwangsläufig Befremden hervorrufen.

Ich räusperte mich und brachte eine leichte, aber durchaus höfliche Verbeugung zuwege.

»Craven«, sagte ich. »Robert Craven.«

Wenn ich gedacht hatte, dass sich der Fremde nun ebenfalls vorstellen würde, sah ich mich getäuscht. Er bedachte mich nur weiterhin mit missbilligenden Blicken.

»Ja?«, fragte er abermals.

Ich kam mir selbst ziemlich albern vor, so dazustehen wie bestellt und nicht abgeholt. Am liebsten hätte ich mich umgedreht und wäre eiligen Schrittes davongegangen. Doch irgendetwas in mir zwang mich dazu, diesen Gedanken nicht einmal ernsthaft in Erwägung zu ziehen.

»Darf ich ... darf ich mich zu Ihnen setzen?«, fragte ich stattdessen.

»Warum?« Die steile Falte auf der Stirn des Mannes wurde noch steiler.

Warum? Das war eine gute Frage. Eine Frage noch dazu, auf die ich selbst keine Antwort wusste.

»Nun?«, drängte der Fremde, gereizt und alles andere als freundlich, was ich ihm nach Lage der Dinge nicht einmal sonderlich verübeln konnte.

»Weil ... weil ich gerne in Gesellschaft speise«, sagte ich schließlich und fühlte mich dabei genauso einfältig, wie ich vermutlich auch wirkte.

»Nun«, erwiderte der Fremde und verzog mit einem leichten Anzeichen von Arroganz das Gesicht, »ich ziehe es vor, allein zu speisen, Mister.«

Damit war das Thema für ihn erledigt. Er wandte den Blick von mir ab und widmete sich wieder der *Times,* die aufgeschlagen auf seinem Tisch lag.

Erneut hatte ich einen schweren Kampf mit mir auszutragen.

Ein tief sitzender, unbegreiflicher Trieb wollte mich dazu veranlassen, trotz der unmissverständlichen Abfuhr an seinem Tisch Platz zu nehmen. Mein Verstand sagte mir allerdings, dass der Fremde daraufhin vermutlich die Bediensteten des Gasthauses rufen würde, um mich hinauswerfen zu lassen. Eine solch entwürdigende Behandlung wollte ich mir nun wirklich ersparen, und es gelang mir dann auch, mich gegen mein Innerstes durchzusetzen. Aber es war nur ein halber Sieg, denn statt das Restaurant einfach zu verlassen und meiner Wege zu gehen, schritt ich zum freien Nebentisch hinüber und ließ mich daran nieder; und zwar so, dass ich den Mann mit den buschigen Augenbrauen jederzeit im Blickfeld hatte.

Ein Kellner huschte dienstbeflissen herbei, und ich gab geistesabwesend irgendeine Bestellung auf, die ich Sekunden später bereits wieder vergessen hatte. Meine ungeteilte Aufmerksamkeit galt dem Fremden.

Natürlich war sich der Mann meiner unaufhörlichen Beobachtung wohl bewusst, obwohl er sich den Anschein gab, als würde ich für ihn gar nicht existieren. Eine Weile später bekam er sein Menü. Er begann die Lammkeule mit Pilzen und Rahmsauce zu zerteilen, hatte aber offensichtlich keinen großen Genuss daran. Zweifellos war er irritiert, was ich durchaus verstehen konnte. Auch ich wäre irritiert gewesen, hätte ich fortwährend die Gewissheit gehabt, dass mir jemand Löcher in den Hinterkopf starrte.

Schließlich reichte es ihm. Er ließ Messer und Gabel fallen und wandte sich mit einer ungestümen Drehung zu mir um.

»Was bezwecken Sie damit, Mister?«, fuhr er mich an.

Ich schluckte, um mich des Kloßes zu entledigen, der mit einem Male in meiner Kehle saß.

»Ich weiß nicht, was Sie meinen«, gab ich zur Antwort.

»Sie wissen verdammt genau, was ich meine«, knurrte er. »Sie glotzen mich an, als hätte ich Ihnen die Brieftasche gestohlen!«

»Davon ... kann keine Rede sein«, presste ich hervor.

»Natürlich nicht. Also, warum glotzen Sie mich an?«

»Ich ...«

Zum Glück wurde ich einer Antwort enthoben, denn in diesem Augenblick brachte der Kellner mein eigenes Essen. Ich murmelte irgendetwas und zwang mich dann, meine Aufmerksamkeit auf das Menü zu richten. Es handelte sich um flambierte Nieren in irgendeiner undefinierbaren, bunten Soße. Der Teufel musste mich geritten haben, so etwas zu bestellen. Dennoch machte ich mich sogleich darüber her, teils, um mich selbst abzulenken, teils, um den wütenden Blicken meines Tischnachbarn zu entkommen.

Auch der Fremde nahm schließlich Messer und Gabel wieder hoch und aß weiter. Was meine Nieren anging, vermochte ich nicht einmal zu sagen, ob sie schmeckten oder nicht. Zu sehr war ich damit beschäftigt, gegen den verrückten inneren Drang anzugehen, der mich zwingen wollte, wieder zu dem Mann am Nebentisch ... *hinüberzuglotzen,* wie er sich ausgedrückt hatte.

Obgleich ich mich normalerweise durchaus rühmen kann, einen starken Charakter und einen festen Willen zu haben, bereitete ich mir in dieser Hinsicht diesmal eine bittere Enttäuschung. Lange hielt ich meine Enthaltsamkeit nicht durch. Ich kam gegen den unheimlichen Zwang, der sich in mir festgesetzt hatte, nicht mehr an, hörte auf zu essen und nahm meinen Tischnachbarn wieder fest ins optische Visier. Dass ich dabei nicht aufstand und ihm ganz dicht auf die Pelle rückte, musste ich mir bereits als Erfolg anrechnen.

Erwartungsgemäß merkte mein Opfer sehr schnell, dass ich wieder angefangen hatte, ihn zu fixieren wie die Schlange das Kaninchen. Ruckartig fuhr er abermals herum.

»Sagen Sie mal, Mister«, schnauzte er. »Sind Sie vielleicht ... anders herum?«

»Ob ich ...«

»... auf Männer stehe!«, sagte er drastisch. »Ja, genau das war meine Frage.«

»Ich ... bin verlobt«, stammelte ich. »Mit einem überaus reizenden Mädchen«, fügte ich dann noch hinzu, ganz so, als müsste ich jedes Missverständnis ausschließen.

»Na, die Schnepfe möchte ich sehen«, knurrte er und wandte sich wieder ab.

Zorn wallte in mir hoch. Hatte ich es nötig, Priscylla auf diese Weise beleidigen zu lassen? Der Fremde war zwar kräftig und überragte mich noch um gut eine Hand breit, aber ich zweifelte nicht im Mindesten daran, dass ich es jederzeit mit ihm aufnehmen konnte. Nur die Erkenntnis, dass seine rüde Verhaltensweise wohl von mir provoziert worden war, ließ mich davon Abstand nehmen, handgreiflich zu werden.

In jedem Fall war dem Fremden der Appetit jetzt endgültig vergangen. Er stieß wütend seinen Teller zurück und rief lautstark nach dem Kellner. Er zahlte, ließ sich seinen Mantel bringen, bedachte mich noch mit einem wutsprühenden Blick und verließ dann das Gasthaus.

Ich stand vor einer schweren Bewährungsprobe. Alles in mir drängte mich, unverzüglich aufzuspringen und dem Mann zu folgen. Krampfhaft klammerte ich mich an der Tischplatte wie an einem Rettungsanker fest. Ich spürte, wie mir der Schweiß aus allen Poren brach, wie in meinem Kopf ein Schwindel erregendes Gefühl der Leere entstand, wie das Blut in meinen Adern raste und pochte. Entzugserscheinungen wie bei einem Opiumsüchtigen, schoss es mir durch den Kopf.

Diesmal jedoch hielt ich durch. Und langsam, wohl mit jedem Schritt, den sich der Fremde vom Restaurant entfernte, besserte sich mein Befinden wieder. Zumindest die rein körperlichen Symptome verflüchtigten sich. Was blieb, war die seelische Empfindung, einen ungeheuren Verlust erlitten zu haben, einen Verlust, den ich wahrscheinlich nicht ertragen konnte, ohne dabei dem hellen Wahnsinn anheimzufallen.

Meinem Kellner war nicht entgangen, dass mit mir irgendetwas nicht in Ordnung war. Er trat an den Tisch und blickte mich mit echter Besorgnis an.

»Kann ich etwas für Sie tun?«, fragte er.

Ich nickte. »Verraten Sie mir den Namen des Mannes, der hier am Nebentisch gesessen hat.«

Und so erfuhr ich, dass der Fremde der mich auf so mysteriöse Weise in seinen Bann geschlagen hatte, ein Sir Henry Baskerville aus Devonshire war.

Nachdem Frederic Murphy die Häupter seiner Lieben gezählt hatte, stieß er einen gotteslästerlichen Fluch aus.

»Bruce!«, brüllte er.

Er bekam keine Antwort, obwohl kaum ein Zweifel daran bestehen konnte, dass sein Sohn ihn gehört haben musste.

»Bruce!«

Diesmal hatte sein Rufen Erfolg. Der Junge trat aus dem Stall und kam zum Pferch herüber, mit zögernden, unsicheren Schritten. Sein sommersprossiges Gesicht war betont ausdruckslos, aber in seinen Augen flackerte das leibhaftige schlechte Gewissen. Nur zu gut wusste er, warum er gerufen worden war.

»Ja, Daddy?«

Frederic Murphy deutete auf die Schafskoppel. »Kannst du zählen, Bruce?«, fragte er mit falscher Freundlichkeit.

Sein Sohn wandte sich dem Gattergeviert zu, in dem sich blökend der ganze Besitz der Familie Murphy drängte, hob die rechte Hand und fing tatsächlich an, die Schafe abzuzählen.

»Eins, zwei, drei ...«

»Hör auf!«, unterbrach ihn Frederic Murphy mit kaum gebändigtem Zorn. »Du weißt so gut wie ich, dass es nicht siebenundzwanzig, sondern nur sechsundzwanzig sind.«

»Nur sechsundzwanzig?« Bruce gab sich nach wie vor den Anschein der vollkommenen Unschuld. Erneut hob er seine Rechte und zählte weiter.

»Vier, fünf, sechs ...«

Frederic Murphy setzte dem Spiel ein Ende, indem er dem Jungen eine schallende Ohrfeige versetzte, die diesen beinahe zu Boden torkeln ließ.

»Das soll dich lehren, deinen Vater für dumm zu verkaufen!«

Jetzt endlich gab sich Bruce geschlagen. Er fuhr sich über die schmerzende Wange, schniefte und verdrängte mühevoll die Tränen, die sich in seinen Augen zu sammeln begannen.

»Es ... es war nicht meine Schuld«, sagte er weinerlich. »Ich habe aufgepasst wie immer, aber trotzdem –«

»– ist dir eins der Schafe weggelaufen!«

»Es ist nicht weggelaufen. Es war auf einmal ganz einfach ... verschwunden.«

Frederic Murphy blickte zum Himmel empor, an dem die Sonne längst untergegangen war. Die Dämmerung hatte bereits ein Stadium erreicht, in dem sie jetzt sehr schnell der Nacht weichen würde. Und wenn es erst einmal völlig dunkel geworden war, ließ sich gar nichts mehr machen.

»Komm«, sagte er zu seinem Sohn. »Wir suchen das Tier.«

»Wir werden es nicht finden!«

»Wenn wir hier rumstehen, ganz bestimmt nicht. Also komm.« Frederic Murphy wandte sich zum Gehen.

Der Junge zögerte. »Jetzt ins Moor? In ein paar Minuten ist es stockfinster!«

Frederic Murphy wusste, wo er seinen Sohn packen konnte. »Du hast doch nicht etwa Angst?«, fragte er mit gespielter Geringschätzung.

»Ich habe nie Angst«, antwortete Bruce bestimmt.

»Worauf wartest du dann noch?«

Augenblicke später waren Vater und Sohn unterwegs. Ihre kleine Schaffarm lag am Rand des Grimpener Sumpfs, eines ausgedehnten Moorgebietes in der Grafschaft Devonshire. Die Landschaft war trostlos, öde und dünn besiedelt und ermöglichte ihren Bewohnern – Torfstechern, Moorbauern, Schafzüchtern – nur ein kärgliches Auskommen, das sie sich im Schweiße ihres Angesichts verdienen mussten. Frederic Murphy konnte ein trauriges Liedchen davon singen. Um den Schafen Weideplätze bieten zu können, die ihre gewiss nicht sonderlich anspruchsvollen Bedürfnisse zu befriedigen vermochten, war es erforderlich, mitunter tief ins Moor einzudringen. Dies brachte Gefahren mit sich, denn das Moor war tückisch und lag ständig auf der Lauer nach Ahnungslosen und Unvorsichtigen. Aber die Murphys kannten sich aus im Sumpf und wussten sehr wohl, welche Stellen sie meiden mussten, um ihr Leben nicht aufs Spiel zu setzen. Das galt für Vater und Sohn gleichermaßen, und Frederic Murphy war sich darum auch völlig im Klaren darüber, dass Bruce keine Angst vor dem Moor selbst hatte. Was sein Sohn fürchtete, war vielmehr das, was seit einigen Wochen wieder im Moor umgehen sollte – das unheimliche Etwas, das ...

Frederic Murphy verdrängte ärgerlich die unsinnigen Gedanken. Er glaubte nicht an die Manifestation des leibhaftigen Bösen. Den größten Teil seines Lebens hatte er in dieser Gegend verbracht, und in all der Zeit hatte es sich niemals gezeigt. Dass es nun nach so vielen Jahren sein höllisches Haupt wieder in die Höhe recken sollte, war nicht mehr als eine der vielen Legenden, die in den Köpfen der Alten wurzelten. Gewiss, auch er hatte in den Nächten der jüngsten Vergangenheit die grauenhaften Laute gehört, die aus den Tiefen des Sumpfes zum Haus herübergedrungen waren. Aber das Moor gebar viele Geräusche, für die sich fast immer eine natürliche Erklärung fand.

Dennoch musste Murphy im Stillen zugeben, dass er sich nicht ganz wohl in seiner Haut fühlte. Während er mit seinem Sohn den Trampelpfad entlangschritt, der zur Südweide führte, waren seine Nerven gespannt wie selten. Man konnte nur noch wenige Meter weit sehen. Das Kieferngestrüpp rechts und links des Weges ragte wie die Gestalten von verkrüppelten Zwergen aus dem jetzt aufkommenden Bodennebel; unheimliche Gnome, die zahllose spinnengleiche Arme ausstreckten. Der Nebel quoll aus dem feuchten Erdreich hervor und legte einen grauen, löchrigen Teppich über das Land. Abgefallene Nadeln und Blätter machten den an sich noch festen Untergrund schlüpfrig und glitschig. Das Zirpen und Quaken ganzer Armeen von Moorgetier erweckte den Eindruck, als würden wahnsinnige Musiker eine misstönende Sinfonie intonieren. Aber all dies war alltäglich und normal. Was dagegen ganz und gar nicht alltäglich und normal war ...

Abrupt blieb Frederic Murphy stehen, so abrupt, dass sein Sohn, der in wenigen Schritten Abstand folgte, gegen ihn prallte.

»Hörst du das, Bruce?«

Der Vierzehnjährige, von seinem Naturell her wirklich kein Angsthase, griff nach der Hand seines Vaters und umklammerte sie krampfhaft.

»Ja, ich höre es«, flüsterte er.

Jenseits der Kakophonie der Frösche und Grillen ertönten andere Laute; furchtbare Töne, die das Blut in den Adern der beiden einsamen Wanderer gefrieren ließen. Es war ein Heulen, lang gezogen und erschreckend laut, obwohl es aus weiter Ferne zu kommen schien, gleichzeitig qualvoll, wild und drohend.

»Der ... der Höllenhund!«, hauchte Bruce und drückte die Hand seines Vaters noch fester. »Der Höllenhund von Baskerville!«

Die schrecklichen Töne verhallten, hingen nur noch als schauerliches Echo in der Luft. Minutenlang blieben die Murphys wie erstarrt stehen und warteten. Aber das markerschütternde Heulen klang nicht wieder auf. Die Nacht gehörte wieder dem Kleingetier der Moorlandschaft.

»Komm«, sagte Frederic Murphy schließlich und fuhr seinem Sohn beruhigend durchs Haar.

»Nach Hause?«, fragte der Junge hoffnungsvoll.

»Noch nicht. Was es auch war – es ist vorbei. Und außerdem kam es aus einer ganz anderen Richtung, nicht wahr?«

Widerstrebend nickte Bruce. Langsam wurde er seiner Angst Herr und ließ die Hand seines Vaters los. Die Murphys setzten ihren Weg zur Südweide fort und erreichten sie schließlich, ohne dass sie unterwegs noch irgendetwas Ungewöhnliches wahrgenommen hatten.

Die Weide war eine mit Riedgras bewachsene Wiese, etwa sechzig Meter lang und vierzig Meter breit, und lag unmittelbar am Rand einer tückischen Morastmulde. Zum Sumpf hin wurde sie leicht abschüssig, wie um auf die Gefahr hinzudeuten, die dort lauerte. Henry Murphy war sich dieser Gefahr bewusst und ging mit der gebotenen Achtsamkeit zu Werke. Vorsichtig näherte er sich dem Rand des Moorlochs, immer langsam einen Fuß vor den anderen setzend und sich vergewissernd dass er noch festen Stand besaß. Der Boden wurde nachgiebig und schlammig. Schwarzes, nach Moder riechendes Wasser umspielte schwappend seine Füße und ließ diese bei jedem Schritt bis zu den Knöcheln einsinken. Wenn Murphy sie wieder aus dem Schlamm hob, klang ein hässliches Geräusch auf, das ihn auf unangenehme Weise an das Schlachten eines Schafes erinnerte: als wenn rohes Fleisch in einen Steintrog fiele.

Das Riedgras, von der Feuchtigkeit begünstigt, wuchs hier viel höher als im weiter oben gelegenen Teil der Wiese und erreichte an manchen Stellen eine Höhe von mehr als einem Meter. Murphy hielt es durchaus für möglich, dass das verloren gegangene Schaf in diesem Grasdschungel steckte. Normalerweise mied die Herde diesen morastigen Grenzstreifen wie die Pest, aber es kam doch vor, dass sich ein einzelnes Tier von den anderen absonderte, in den modrigen Schlamm geriet und sich dann nicht mehr vor oder zurück traute. Schafe gehörten nun einmal nicht zu den intelligentesten Vertretern der Tierwelt.

Während er sich durch Morast und Ried kämpfte, gab Frederic Murphy leise Lockrufe von sich, in der Hoffnung, das verirrte Schaf auf sich aufmerksam zu machen. Erfolg hatte er damit allerdings nicht. Und da es inzwischen zu dunkel geworden war, um mehr als verschwommene Konturen zu erkennen, konnte er das Tier, wenn es denn überhaupt da war, natürlich auch nicht sehen.

Sein Verstand sagte ihm schon bald, dass er sich auf ein ziemlich sinnloses Unterfangen eingelassen hatte, aber da er ein sehr gewissenhafter Mensch war und wohl auch ein bisschen zur Sturheit neigte, setzte er die Suche fort. Dabei wurde ihm zunächst gar nicht so recht bewusst, dass er dem gefährlichen Sumpfloch mittlerweile bedrohlich nahe gekommen war. Als er merkte, dass seine Beine schon fast bis zu den Knien einsanken und es immer anstrengender wurde, sie wieder aus dem Morast zu befreien, erschrak er beinahe. Nun war es wirklich an der Zeit, die Suche abzubrechen.

»Bruce?«, rief er.

»Ja, Daddy?« Die Stimme seines Sohns, der oben auf der Weide wartete, klang unglücklich und besorgt.

»Ich komme zurück; in zwei, drei Minuten bin ich wieder bei dir.« Bruce stieß einen Laut der Erleichterung aus, dem man deutlich anmerken konnte, wie sehr er sich danach sehnte, endlich nach Hause gehen zu können.

Frederic Murphy wollte eben eine Kehrtwendung machen, als er plötzlich unmittelbar vor sich ein eigenartiges Geräusch wahrnahm. Es war ein Glucksen, ein Schmatzen, das sich anhörte, als ob sich etwas Großes, Schweres aus dem Sumpf lösen würde.

Frederic Murphy verhielt den Schritt, blieb bewegungslos stehen, um sich besser konzentrieren zu können. Er spürte, wie sich sein Pulsschlag beschleunigte, wie sein Herz unruhig zu hämmern begann. Sein Instinkt, durch sein Leben in der freien Natur besonders geschärft, sagte ihm, dass irgendetwas nicht so war, wie es sein sollte. Dass da irgendwo vor ihm etwas Lebendiges war.

Da war das Geräusch wieder, gurgelnd, blubbernd. Und dann war da auf einmal ein Geruch in der Luft – nein, kein Geruch, vielmehr ein Gestank, der so bestialisch war, dass Murphy krampfhaft gegen ein schier überwältigendes Gefühl des Ekels ankämpfen musste. Er keuchte, versuchte die Luft anzuhalten, konnte den entsetzlichen Gestank, der wie eine unsichtbare Wolke der Pestilenz auf ihn eindrang, jedoch nicht fernhalten. Übelkeit übermannte ihn, lähmte ihn förmlich.

»Daddy?«, hörte er die besorgte Stimme seines Sohnes. »Daddy, wo ... wo bist du?«

Murphy wollte antworten, aber als er den Mund öffnete, kam nur ein heiseres, ersticktes Krächzen hervor. Jetzt hörte und roch er nicht nur etwas, nein, er sah auch etwas. Eine gigantische Masse hatte sich aus dem Sumpf erhoben, ein amorphes Etwas, so abgrundtief schwarz, dass er es nur wahrnehmen konnte, weil die Dunkelheit der Nacht, die es einhüllte, im Kontrast dazu geradezu hell wirkte. Die furchtbare Schwärze wuchs vor ihm auf wie eine bis zum Himmel reichende, fugenlose Mauer. Und eine Kälte, wie sie nur in den toten Schluchten zwischen den Sternen denkbar erschien, griff nach Frederic Murphy, lähmte seine Sinne vollends und ließ ihn in eine gnädige Bewusstlosigkeit sinken.

Das quälende, grauenvolle Heulen, das in diesem Augenblick wieder in der nebelverhangenen Ferne hörbar wurde, drang nicht einmal mehr in sein Bewusstsein,

Es war eine Art Verrücktheit, die Besitz von mir ergriffen hatte. Wo ich auch ging, was ich auch tat, fortwährend erschien ein großer, schlanker, sonnengebräunter Mann vor meinem geistigen Auge.

Sir Henry Baskerville!

Ich tat alles Mögliche, um sein Bild aus meinem Bewusstsein zu verbannen, vertiefte mich bis zur geistigen Erschöpfung in die geschäftlichen Unterlagen, die Aufschluss über meinen erstaunlich großen Aktienbesitz gaben, suchte sogar Kontakt zu dem mir eigentlich verhassten Londoner Gesellschaftsleben. Aber es half alles nichts: Henry Baskerville war immer dabei.

Tagelang hatte ich gegen die Versuchung angekämpft, nähere Informationen über meinen Plagegeist einzuholen – und sah mich letzten Endes doch veranlasst, der Versuchung nachzugeben. Und so wusste ich mittlerweile einiges über diesen Mann, der aus völlig unerfindlichen Gründen für mich der wichtigste Mensch der ganzen Welt geworden zu sein schien.

Henry Baskerville war erst vor wenigen Wochen nach England gekommen, nachdem er den größten Teil seines Lebens zunächst in Kanada und dann als privater Forschungsreisender vor allem in den Ländern des Orients zugebracht hatte. Der Grund für seine Rückkehr ins Vaterland lag darin, dass sein Onkel, Sir Charles Baskerville, verstorben war und ihm neben einem beträchtlichen Barvermögen auch den Familienbesitz in Devonshire vererbt hatte. Wie schon von mir geschätzt, betrug Henry Baskervilles Alter tatsächlich dreißig Jahre. Er war unverheiratet, erfreute sich eines ausgezeichneten Rufs und schien nichts, aber auch gar nichts an sich zu haben, was mein rätselhaftes Interesse an seiner werten Person erklären konnte. Und doch brannte dieser Wissensdurst so lodernd in mir, dass ich ernsthaft um meine geistige Gesundheit bangte.

Und so tat ich schließlich das, was ich tun musste, wenn ich mich auch nach wie vor verstandesmäßig dagegen sträubte: Ich kaufte mir eine Fahrkarte nach Devonshire.

»Ich kann Ihnen gar nicht sagen, wie froh ich bin, dass Sie mir ein wenig Gesellschaft leisten, Doktor!« Henry Baskerville blickte seinen Gast, der ihm in der Bibliothek von Baskerville Hall bei einem Glas ausgezeichneten schottischen Whiskys gegenübersaß, dankbar an. »Hier im Schloss ist es für einen Mann wie mich, dem eine gewisse Abenteuerlust im Blut liegt, allein doch ziemlich ... nun ja, langweilig.«

»Die Freude ist ganz auf meiner Seite«, erwiderte Dr. Mortimer, der residierende Landarzt. »Es bereitet mir außerordentliches Vergnügen, ihren Erzählungen von fremden Völkern und Ländern zu lauschen. Und außerdem ...« Er stockte in seinem Redefluss und griff, beinahe etwas verlegen, nach seinem Whiskyglas.

»Und außerdem?«, wiederholte Henry Baskerville fragend. »Was wollten Sie sagen?«

»Ach, nichts«, wehrte der Doktor ab. »Vergessen Sie es bitte.«

»Kommen Sie, mein Freund«, blieb Baskerville beharrlich. »Sie wollten auf etwas ganz Bestimmtes hinaus. Also, rücken Sie schon raus damit!«

Dr. Mortimer zuckte die Achseln. »Wenn Sie unbedingt darauf bestehen ... Nun, wie Sie wissen, war ich ein guter Freund Ihres Onkels und deshalb fühle ich mich in gewisser Weise auch für Sie ... verantwortlich.«

»Verantwortlich?«

»Sie wissen schon, was ich meine, Sir Henry. Die Drohungen gegen Ihre Person, der rätselhafte Tod von Sir Charles, dieser unselige Familienfluch ...«

Der Doktor wollte noch mehr sagen, kam aber nicht dazu. Draußen auf dem Schlosshof, der im matten Glanz der spätmorgendlichen Sonne lag, war es laut geworden. Eine Stimme, offenbar die eines jungen Burschen, machte sich mit schriller Eindringlichkeit auf höchst befremdliche Art und Weise bemerkbar.

»Mörder! Verbrecher! Mörder! Verbrecher!«

Henry Baskerville runzelte die Stirn und sah sein Gegenüber an. Dr. Mortimer konnte seinen fragenden Blick jedoch nur genauso fragend erwidern.

Die beiden Männer erhoben sich, traten an eines der Fenster der Bibliothek und blickten auf den Hof hinunter. Dort stand, wie die Stimme bereits zu erkennen gegeben hatte, ein ungefähr fünfzehnjähriger Junge in abgetragenen und ziemlich schmutzigen Kleidern. Er sah an der Fassade von Baskerville Hall hoch und stieß wieder und wieder seine schrillen Rufe aus.

»Mörder! Verbrecher!«

Henry Baskerville zog die Mundwinkel nach unten. »Sehr groß scheint sein Sprachschatz nicht zu sein. Kennen Sie ihn?«

Der Doktor nickte. »Ja. Sein Name lautet Bruce Murphy. Er ist der Sohn eines Schafzüchters hier ganz in der Nähe.«

Ein schwarzbärtiger Mann kam aus dem Portal des Schlosses gestürmt. Barrymore, der Butler, der schon Henry Baskervilles Onkel treue Dienste geleistet hatte. Er packte den Jungen unsanft am Arm und versuchte ihn zum Schweigen zu bringen. Was ihm zunächst allerdings nicht gelang. Obwohl Bruce Murphy fest von seinen starken Armen umklammert wurde, fuhr er mit seinen zeternden Beschimpfungen lautstark fort.

Henry Baskerville öffnete das Fenster und lehnte sich hinaus. »Lassen Sie ihn los, Barrymore.«

Widerstrebend gab der Butler den Jungen frei.

Kaum, dass der Sohn des Schafzüchters den Schlossherrn erkannt hatte, als seine Stimme einen noch eindringlicheren, geradezu hasserfüllten Tonfall annahm.

»Mörder! Verbrecher ...«

»Ja, das kennen wir ja nun schon zur Genüge«, fiel ihm Baskerville ins Wort. »Vielleicht verrätst du uns jetzt mal, warum du hier so wild herumschreist.«

Der Junge stutzte, geriet aus dem Konzept, fing sich aber schnell wieder.

»Sie sind schuld!«, brüllte er zum Bibliotheksfenster hinauf. »Sie und Ihr ganzes gottverdammtes Baskerville-Geschlecht! Sie und Ihr mörderischer Höllenhund!«

Henry Baskerville tauschte einen schnellen Blick mit Dr. Mortimer und wandte sich dann wieder dem Jungen zu.

»Woran soll ich schuld sein, Bruce?«

»Mein Vater ist ... ist verschwunden! Ihr verfluchter Höllenhund hat ... hat ihn geholt! Mörder! Verbrecher ...«

Die Stimme des Jungen überschlug sich fast, ging dann in ein heftiges Schluchzen über. Augenblicke später weinte er haltlos. Sein magerer Körper zuckte und bot das Bild eines solchen Jammers, dass sich selbst im Inneren eines Uncle Scrooge aufrichtiges Mitleid geregt hätte.

»Warte, Junge, ich komme nach unten«, rief Henry Baskerville und eilte dann gemeinsam mit Dr. Mortimer auf den Schlosshof.

Es war nicht einfach, aus dem Sohn des Schafzüchters herauszuholen, was sich nun tatsächlich ereignet hatte. Sein ungezügelter Zorn hatte sich erschöpft und war kindlicher Verstörtheit und Hilflosigkeit gewichen. Schließlich ergab sich in etwa dieses Bild: Bruce Murphy war gestern Abend mit seinem Vater zu einer Moorweide gegangen, um ein verloren gegangenes Schaf zu suchen. Schon auf dem Weg hatten sie das Heulen des »Höllenhundes« gehört, der dann auf der Weide angeblich über den Vater hergefallen war und ihn verschleppt hatte.

Nachdem der Junge mit seinen gestammelten Erklärungen zum Ende gekommen war, gab Dr. Mortimer ein gequältes Ächzen von sich und zog ein überaus ernstes, sorgenvolles Gesicht, sehr zum Ärger des Schlossherrn.

»Sie glauben diesen ganzen Unsinn?«, fragte Henry Baskerville mit scharfer Stimme.

»Ich würde nicht von ... Unsinn sprechen, Sir Henry«, antwortete der Arzt ausweichend.

Baskerville lachte kurz auf. »Höllenhund? Familienfluch? Lieber Freund, es tut mir leid, aber Sie können doch beim besten Willen nicht verlangen, dass ich all dies ernst nehme!«

»Ich habe das Heulen des Hundes selbst schon gehört«, sagte Dr. Mortimer. »Und es gibt durchaus glaubhafte Zeugen, die ihn auch gesehen haben. Sie sollten die Angelegenheit wirklich nicht auf die leichte Schulter nehmen. Denken Sie nur an den Tod Ihres Onkels.«

»Onkel Charles war ein alter, herzkranker Mann. Ich bin der Ansicht, dass er eines ganz natürlichen Todes gestorben ist. Und wie Sie wissen, unterscheidet sich diese meine Ansicht nicht von der der Kriminalpolizei.«

»Polizisten glauben nur das, was sie mit den Händen anfassen können. Aber es gibt Dinge zwischen Himmel und Erde ...«

»Geschenkt!« Baskerville machte eine unwirsche, abwehrende Handbewegung und wandte sich dann wieder dem immer noch schluchzenden Jungen zu.

»Bruce, es tut mir leid, dass dein Vater verschwunden ist, aber ich habe nicht das Geringste damit zu tun.« Er dachte kurz nach und fuhr fort: »Ich mache dir einen Vorschlag: Wir gehen jetzt gemeinsam noch einmal zu dieser Weide und suchen nach ihm, einverstanden?«

»Wir werden ihn nicht finden«, erwiderte Bruce Murphy hoffnungslos.

»Das sehen wir ja dann. Also?«

Müde nickte der Junge. Von der zornerfüllten Energie, die er vorhin versprüht hatte, war nichts mehr übrig geblieben. Er war jetzt nur noch ein Kind, das seinen Vater verloren hatte und nicht wusste, wie es mit dieser Situation fertig werden sollte.

»Kommen Sie mit, Doktor?«, fragte Baskerville den Arzt.

Als dieser kurzentschlossen nickte, rief der Schlossherr nach seinem arabischen Diener Chalef, der mit ihm nach England gekommen war, und gab Anweisung, die Kutsche anspannen zu lassen.

Wenig später rollte das Gefährt vom Schlosshof, Chalef auf dem Kutschbock, Baskerville, Dr. Mortimer und Bruce Murphy im Fahrgastraum.

Die Fahrt bis zur Bauernkate der Murphys betrug etwa zwanzig Minuten. Von dort aus hieß es zu Fuß weiterzugehen, denn der Weg zu der Schafweide war mit der Kutsche nicht befahrbar. Als Henry Baskerville vor dem Haus ausstieg, bemerkte er eine Frau mittleren Alters, offenbar die Mutter des jungen Bruce.

Als sie ihn sah, machte sie ein Gesicht, als sei sie dem Teufel höchstpersönlich begegnet, bekreuzigte sich hastig und verschwand beinahe fluchtartig im Haus. Baskerville war sich nicht sicher, ob er über diese Reaktion ärgerlich oder betroffen sein sollte. Der Einfachheit halber beschloss er, den befremdlichen Vorfall schlicht zu ignorieren.

Der Pfad zur Weide führte geradewegs ins Moor hinein, und Henry Baskerville hatte wieder einmal Gelegenheit, dieses Land näher in Augenschein zu nehmen. Es erschien ihm karg, düster und in gewisser Weise trostlos, stieß ihn dennoch in keiner Weise ab. Dies war das Land seiner Väter, das Land, in dem auch er selbst das Licht der Welt erblickt hatte, seine Heimat. Und die Liebe zu dieser Heimat lag ihm wohl im Blut, auch wenn er ihr seit Jahrzehnten fern gewesen war.

Bruce Murphy hatte die Führung übernommen und geleitete sie zielsicher den vielfach gewundenen, von knorrigem Gehölz gesäumten Weg entlang, der nach einer ganzen Weile in eine Wiese mit Schräghanglage mündete.

»Hier war es«, sagte er fast tonlos und deutete zu dem abschüssigen Teil hinunter, der mit meterhohen Grasbüscheln und Schilfrohr bewachsen war.

»Komm, zeig uns genau die Stelle, an der du deinen Vater zuletzt gesehen hast«, forderte Baskerville ihn auf.

Der Junge schüttelte den Kopf. »Ich … ich gehe da nicht runter. Da, diesen Weg hat mein Vater genommen.« Wieder hob er die Hand und deutete ins Schilf hinab.

Achselzuckend setzte sich Henry Baskerville in Bewegung. Dr. Mortimer und Chalef schlossen sich ihm an, während Bruce Murphy am oberen Rand der Wiese stehen blieb. Unverhüllte Angst spiegelte sich in seinem schmalen, sommersprossigen Gesicht wider.

Bald schon wurde der bisher solide Untergrund schwammig und

nachgiebig. Modriges, schwärzliches Wasser schwappte unter den Füßen. Henry Baskerville dachte an seine Wildlederstiefel, die für solche Bodenverhältnisse eigentlich nicht geschaffen waren, zögerte für einen Augenblick, stampfte dann aber entschlossen weiter, zumal er glaubte, tatsächlich eine Spur gefunden zu haben. Vor ihm war das hohe Riedgras stellenweise niedergedrückt, sodass sich fast so etwas wie eine Schneise gebildet hatte. Das Gras mochte vom Wind zerzaust worden sein, vielleicht aber auch von einem Menschen, der sich hindurchgewunden hatte. Erst als ihm das Moorwasser bereits bis zum Schienbein reichte und das Fortkommen immer mühevoller und anstrengender wurde, verhielt Baskerville seinen Schritt. In einer Entfernung von etwa zwölf oder fünfzehn Metern war kaum noch Vegetation zu erkennen, sondern nur noch schmutziges, Blasen werfendes Wasser, aus dem einzelne Halme emporragten.

»Das ist ein Sumpfloch, nicht wahr?«, fragte er Dr. Mortimer. »Wer da reingerät, kommt nie wieder raus, richtig?«

»Es sieht ganz danach aus«, stimmte ihm der Arzt zu.

Baskerville schnippte mit den Fingern. »Dann dürfte ja wohl alles klar sein. Der Schäfer hat sich zu weit vorgewagt und ist ganz einfach im Morast versunken!«

Dr. Mortimer wiegte zweifelnd den Kopf hin und her. »Frederic Murphy war ein vorsichtiger Mann und kannte diese Gegend wie seine Westentasche. Ich kann mir beim besten Willen nicht vorstellen, dass er einen solchen Fehler begangen haben soll.«

»Es war finstere Nacht.«

»Trotzdem. Und außerdem geht man im Sumpf nicht so schnell unter. Es ist ein langsames, qualvolles Versinken, bei dem einem noch Zeit genug bleibt ...«

»... um nach Hilfe zu rufen?«

»Das wollte ich sagen, ja. Der Junge hat uns jedoch gesagt, dass sein Vater ganz plötzlich verschwunden war – von einem Augenblick zum anderen.«

»Hm.« Henry Baskerville kräuselte die Nase. »Eigenartiger Geruch. Ist das der Sumpf?«

Dr. Mortimer atmete ebenfalls ganz bewusst durch die Nase und zog überrascht die Stirn hoch. »Sie haben Recht, es riecht wirklich eigenartig. Ganz und gar nicht typisch für das Moor. Fast wie in einer Abdeckerei, würde ich sagen.«

»Sagte der Junge nicht, dass er einen entsetzlichen Gestank wahrgenommen hat? Ich hätte da allerdings mehr an Feuer und Schwefel gedacht!«

»Feuer und Schwefel?«, echote der Doktor, der nicht gleich verstand, was der Schlossherr meinte.

»Der Höllenhund!«, erklärte Baskerville und grinste.

Augenblicke später jedoch war ihm nicht mehr nach Grinsen zumute.

Ausgerechnet Chalef, der mit Moorlandschaften bisher überhaupt noch keine Erfahrungen gemacht hatte, war es, der das Grauenhafte als erster erblickte. Sein braunes Gesicht war grau wie Asche geworden, als er mit zitternder Hand auf einen verwachsenen Laubbaum deutete, der ein Stück weiter hügelaufwärts stand.

»Mein Gott«, flüsterte Dr. Mortimer.

Im Geäst des Baumes hing, etwa fünf oder sechs Meter über dem Erdboden, ein Mensch. Ein Mann, der ohne jeden Zweifel tot war.

Bruce Murphy, der dem Baum näher stand als die drei Männer, war jetzt ebenfalls aufmerksam geworden. Er drehte sich um, blickte zu den Ästen hinauf und stieß einen furchtbaren Schrei aus.

»Daddy!«

Es war zu viel für den Jungen. Er machte Anstalten, zu dem Baum hinüberzulaufen, hatte aber nicht die Kraft dazu. Seine Beine versagten ihm den Dienst. Er schrie laut auf und sank, von Weinkrämpfen geschüttelt, ins feuchte Gras.

Baskerville, Dr. Mortimer und Chalef drehten dem Sumpfloch den Rücken zu und wateten zur Wiese zurück. Als sie unter dem Baum ankamen, sagte zunächst keiner von ihnen ein Wort. Sie waren gestandene Männer, die in ihrem Leben schon so manches gesehen und erlebt hatten, aber dieser schreckliche Anblick raubte ihnen buchstäblich die Sprache.

Baskerville brach schließlich das lastende Schweigen. »Wie ... ist er da hinaufgekommen?«, fragte er leise.

Eine im Grunde überflüssige Frage, denn weder der Arzt noch Chalef konnten sie beantworten. Es war ganz einfach unerklärlich.

»Wir sollten ihn herunterholen«, schlug Dr. Mortimer vor.

Baskerville nickte. Er gab seinem arabischen Diener einen Wink, und Chalef kletterte geschmeidig wie eine Katze an dem verwachsenen Baumstamm in die Höhe, gefolgt von seinem Herrn. Gemeinsam bargen die beiden Männer den Toten und betteten ihn dann auf die Erde.

Bruce Murphy kam nicht zu ihnen herüber. Er hatte den Kopf in seinen Armen verborgen und schluchzte vor sich hin, unfähig, sich aus dem Gras zu erheben.

Dr. Mortimer beugte sich über den Toten, um eine erste ärztliche Untersuchung vorzunehmen. Frederic Murphy bot ein Bild des Schreckens. Seine Züge waren auf furchtbare Weise verzerrt, als hätte er im Augenblick seines Todes dem nackten Grauen ins Gesicht geblickt. Sein Körper war von Schürfwunden übersät, aus denen jedoch merkwürdigerweise kein Blut gedrungen war. Unterhalb des Kinns zeigte sich ein eigenartiger, tief dunkler Fleck. Seine Hautfarbe war, selbst für einen Leichnam, von außergewöhnlicher Blässe, während sein ganzer Körper seltsam ausgemergelt erschien – wie eine bloße Hülle.

Mit gerunzelter Stirn zog Dr. Mortimer einige ärztliche Instrumente aus der Innentasche seiner Jacke und setzte seine Untersuchung beinahe hektisch fort. Besondere Aufmerksamkeit widmete er dabei dem dunklen Fleck am Hals. Henry Baskerville bemerkte, dass seine Hände stärker zitterten, als man dies von einem erfahrenen Arzt normalerweise erwarten sollte.

Schließlich richtete sich Dr. Mortimer wieder auf. Seine Mundwinkel zuckten und in seinen Augen lag ein Ausdruck, in dem sich Ungläubigkeit und Entsetzen paarten.

»Was … haben Sie festgestellt, Doktor?«, erkundigte sich Henry Baskerville zaghaft. Plötzlich war er sich gar nicht mehr sicher, ob er es überhaupt wissen wollte.

Dr. Mortimer antwortete nicht sofort. Er fuhr sich mit der Hand über die Stirn, um den perlenden Schweiß wegzuwischen, und atmete tief und angestrengt.

»Ich kann es kaum glauben«, sagte er dann mit belegter, beinahe tonloser Stimme.

»Was?«

»Im Körper dieses Mannes ist kein einziger Tropfen Blut mehr, Sir Henry!«

Henry Baskerville glaubte sich verhört zu haben.

»Was sagen Sie?«, fragte er fassungslos. »Ich verstehe nicht ganz …«

»Ich verstehe es auch nicht«, erwiderte der Doktor. »Aber wenn mich nicht alles täuscht, dann wurde Frederic Murphy das Blut … ausgesaugt.«

Auf meiner Fahrt nach Devonshire teilte ich das Zugabteil mit zwei Männern, die offenbar zusammen reisten. Beide waren recht groß und hager, doch während der eine von ihnen recht alltäglich wirkte und zu jenen Leuten gehörte, die man sah und sofort wieder vergaß, konnte einem der andere schon in der Erinnerung haften bleiben. Er war so schlank, dass er noch größer erschien, als er ohnehin schon war. Ein kantiges, vorspringendes Kinn und eine schmale Adlernase deuteten auf Entschlossenheit und Durchsetzungsvermögen hin. Am auffälligsten waren jedoch seine Augen, die außergewöhnlich aufmerksam, ja wachsam wirkten. Allein dieser Blick ließ mich den Eindruck gewinnen, dass diesem Mann nichts, aber auch gar nichts von dem entging, was sich um ihn herum abspielte.

Während der ersten Meilen unserer gemeinsamen Fahrt beschäftigte ich mich mit einer Ausgabe der *Times*. Und ich wunderte mich nicht darüber, dass es mir schwerfiel, mich auf die Lektüre zu konzentrieren. Wie eigentlich ständig in den vergangenen Tagen, schweiften meine Gedanken wieder ab – zu Sir Henry Baskerville. Schließlich faltete ich die Zeitung zusammen, lehnte mich zurück und versuchte ein kleines Nickerchen zu machen. Aber auch das wollte mir nicht so recht gelingen. Schuld daran war diesmal allerdings nicht Baskerville, sondern mein Gegenüber, der Mann mit der Adlernase. Ich hatte das Gefühl, von ihm beobachtet zu werden. Und als ich die Augen aufschlug, fand ich meine Vermutung bestätigt. Der Mann sah mich eindringlich an, nicht penetrant starrend, wie ich es im *Harvey's* bei Baskerville getan hatte, sondern mehr so, wie man ein interessantes Studienobjekt betrachtete. Als sich unsere Blicke begegneten, setzte er sich auf.

»Entschuldigen Sie«, sagte er, »ich wollte Sie nicht noch mehr beunruhigen, als Sie es bereits sind.«

»Woher wollen Sie wissen, ob ich beunruhigt bin?«, fragte ich leicht verblüfft.

»Oh, ich weiß noch bedeutend mehr von Ihnen, mein Herr«, entgegnete er mit einem freundlichen Lächeln. Eigentlich war ich nicht zu einer belanglosen Plauderei aufgelegt, aber der Fremde hatte meine Neugierde geweckt. Außerdem war es vielleicht nicht falsch, wenn ich mich ein wenig unterhielt. So konnte ich mich wenigstens für ein Weilchen von dem unseligen Henry Baskerville ablenken.

»Schön«, erwiderte ich. »Darf ich vielleicht fragen, was Sie denn von mir zu wissen glauben?«

Er lächelte noch immer. »Auf den ersten Blick scheinen Sie ein wohlhabender und, mit Verlaub, etwas eitler Geck zu sein. Die gefärbte Strähne in ihrem Haar – eine Modetorheit. Ihr maßgeschneiderter Anzug, der Spazierstock – ein britischer Gentleman aus den Kreisen der besten Gesellschaft.«

»Haha«, machte ich. Mit seinem »Wissen« war es wohl doch nicht so weit her.

»Alles falsch, abgesehen davon, dass Sie in der Tat wohlhabend sind, nicht wahr?«, fuhr er fort. »Aber ich sagte es ja: Auf den ersten Blick erwecken Sie diesen Eindruck. Ein zweiter aufmerksamer Blick widerlegt die schnell gefasste Meinung jedoch sehr bald.«

»Was Sie nicht sagen!«

Der Mann sprach nicht sofort weiter.

Stattdessen holte er sein Rauchzeug hervor und zündete sich in aller Seelenruhe eine prächtige Pfeife an. Erst nachdem er ihr einige graublaue Rauchschwaden entlockt hatte, fuhr er mit seiner Analyse meiner Person fort.

»Zunächst einmal«, sagte er, »sind Sie gar kein Engländer, sondern Amerikaner. Sie stammen aus New York – oder haben zumindest den größten Teil ihres Lebens dort zugebracht. Sie sind oft auf Reisen, gut zu Fuß und lieben das Abenteuer. Oder vielmehr: Sie fürchten es, denn Sie haben gelernt, stets auf der Hut zu sein und drohenden Gefahren gut vorbereitet entgegenzutreten. Nicht zuletzt aus diesem Grunde tragen Sie auch eine Waffe bei sich. An Modetorheiten sind Sie gänzlich uninteressiert – die weiße Haarsträhne ist nicht das Werk eines Coiffeurs, sondern rührt vielmehr von einer Verletzung her. Sie sind ziemlich belesen, bevorzugen jedoch Bücher, auch wenn Sie sich soeben – ziemlich unkonzentriert übrigens – mit dem Wirtschaftsteil der *Times* beschäftigt haben. Sie sind Nichtraucher, befinden sich aber häufig in Gesellschaft eines Freundes, der starker Zigarrenraucher ist, was Sie zweifellos des Öfteren gegen den Ärmsten aufbringt. Habe ich noch etwas vergessen? Ach ja, Ihr Vorname ist Robert. Richtig?«

Es war ihm voll und ganz gelungen, mich in fassungsloses Erstaunen zu versetzen. Niemals zuvor war mir ein Fremder begegnet, der so viel über mich wusste. Oder war ich für ihn vielleicht gar kein Fremder? Hatte er, aus welchem Grund auch immer, Erkundigungen über mich eingezogen? War unser Zusammentreffen in diesem Zugabteil gar kein Zufall, wie ich angenommen hatte?

»Glauben Sie mir«, sagte er, »Sie waren mir bis zum heutigen Tage völlig unbekannt.«

Ich starrte ihn an. »Können Sie Gedanken lesen?«

»Leider nicht«, lächelte er. »Das könnte vieles vereinfachen. Ihre augenblicklichen Gedanken zu erraten, war allerdings nicht sonderlich schwer. Sie standen Ihnen sozusagen auf der Stirn geschrieben!«

»Und all das andere? Ich meine, wie konnten Sie –«

»Alles eine Frage der Beobachtung und der logischen Schlussfolgerung, mein Freund.« Genüsslich zog er an seiner Pfeife. »Dass Sie nicht aus England stammen können, verrät allein schon Ihr Akzent – eine eindeutig New Yorker Klangfärbung für diejenigen, die sich wie ich ein wenig mit Sprachen und Dialekten befasst haben.«

»Gut, gut«, sagte ich, »dass ein Akzent viel aussagen kann, vermag ich ja noch einzusehen. Aber woher wussten Sie zum Beispiel, dass ich oft reise? Ich könnte ja auch schon vor Jahren von New York nach London übersiedelt sein und dort ganz zurückgezogen leben.«

»Nein«, sagte er bestimmt. »Man braucht nur Ihre Schuhe zu betrachten. Sie sind noch recht neu, an den Seiten aber bereits stark in Mitleidenschaft gezogen. Sie gehen also viel zu Fuß und sind gewiss alles andere als ein Stubenhocker. Für Ihre Reiselust sprechen mehrere Indizien. Ihre gebräunte Haut etwa, die Sie bestimmt nicht im berühmt-berüchtigten Londoner Wetter gewonnen haben. Dann sehe ich weiße Flecken unter den Kuppen Ihrer Fingernägel – ohne Zweifel Vitaminmangel, ein häufiges Übel bei längeren Reisen. Ihr Bart ist nicht sauber ausrasiert. Ich vermute, Sie tragen ihn nicht, weil Sie besonders anziehend auf die Damenwelt wirken wollen, sondern der Einfachheit halber – weil er praktisch auf Reisen ist.«

Unwillkürlich fuhr ich mit der Hand durch den Bart und bestätigte meinem Gegenüber damit mehr oder weniger, dass er auch in diesem Punkt völlig Recht hatte.

»Und eitel sind Sie nun wirklich nicht«, fuhr er ohne Pause fort. »Ihr Anzug ist zwar maßgeschneidert, aber mindestens zwei Jahre alt. Ein Modenarr würde ihn schon lange nicht mehr tragen.«

»Wie sind Sie darauf gekommen, dass ich ein abenteuerliches Leben führe? Dass ich ständig vor Gefahren auf der Hut sein muss?« wollte ich wissen.

»Nun, Ihre Art sich zu bewegen, verrät fortwährende Anspannung, ja sogar eine Spur von Furcht. Mir scheint, Sie werden verfolgt und oftmals in Kämpfe verwickelt. Ihre Hände sind vernarbt, die Nägel weisen Kratzer auf. Und dann wäre da auch noch die Waffe, die Sie mit sich führen. Ihr Stock ist mehr als ein einfacher Spazierstock, habe ich Recht? Er ist alt und mit Kerben übersät, was so gar nicht zu ihrem ansonsten sehr gepflegten Erscheinungsbild passen will. Da er nicht wertvoll genug ist, um ein altehrwürdiges, kostbares Erbstück zu sein, kann er folgerichtig nur einen nützlichen Zweck erfüllen. Oben am Knauf ist das Holz des Stockes blankgescheuert – ein Merkmal, das sich auch an Ihrem Gürtel findet, genau an der Stelle, wo Sie ihn wohl des Öfteren zu tragen pflegen. Ein ungewöhnlicher Platz für einen Spazierstock, nicht jedoch für den Degen, der sich zweifellos in ihm verbirgt. Und um die Beweiskette für ihr gefährliches Leben abzuschließen, will ich noch die kleine Narbe erwähnen, die sie unmittelbar unterhalb des Haaransatzes tragen und die vermutlich auch für die weiße Strähne verantwortlich zeichnet.«

»Erstaunlich«, sagte ich. Zu mehr als diesem einen Wort reichte es nicht – ich war schlichtweg überwältigt.

Er nahm meine Äußerung als Bestätigung seiner Theorie und berechtigterweise auch als Kompliment. Sein Lächeln wirkte ausgesprochen selbstzufrieden und reizte mich, ihm zu widersprechen. Nicht, weil er etwa etwas Falsches gesagt hätte, sondern nur, um seiner Selbstgefälligkeit einen kleinen Dämpfer zu versetzen.

»Was meine Lektüre angeht, liegen Sie jedoch ziemlich daneben«, sagte ich. »Ich lese mindestens ebenso viel Zeitungen wie Bücher.«

»Das glaube ich Ihnen nicht«, entlarvte er mich sofort. »Wäre dem so, hätte die frische Druckerschwärze an allen Ihren Fingern bleibende Spuren hinterlassen. Dies ist jedoch nur bei Daumen und Zeigefinger Ihrer rechten Hand der Fall, wie Sie sich unschwer selbst überzeugen können.«

»Sie sind wirklich nur schwer hinters Licht zu führen«, musste ich widerwillig zugeben. »Wie haben Sie herausgefunden, dass ich einen Freund habe, den ich wegen seiner elenden Qualmerei wirklich manchmal in den tiefsten Schlund der Hölle wünsche?«

»Wären Sie selbst Raucher, hätte ich Nikotinspuren an Ihren Fingern und Zähnen bemerken müssen. Aber nur Ihre Kleidung hat den Geruch von Tabak angenommen – das typische Virginia-Aroma amerikanischer Zigarren. Und wenn man weiß, welche Rauchkonzentration nötig ist, um sich derart in der Kleidung festzusetzen, dann kann man ohne Zögern davon ausgehen, dass Sie sich als Nichtraucher vom übermäßigen Tabakkonsum Ihres Freundes belästigt fühlen. Sie sehen, es ist alles elementar einfach – pure Logik!«

»Und wieso ist es logisch, dass ich Robert heiße?«, sagte ich beinahe ärgerlich.

»Dann stimmt es also?« In seiner Stimme klang jetzt Freude mit. »Ich muss zugeben, dass ich mich in dieser Beziehung mehr auf Spekulationen denn auf Tatsachen gestützt habe. Ihre Krawattennadel zeigt die Initialen RC – Vor- und Nachname, wie man vermuten darf. Die geläufigsten und beliebtesten Namen, die mit einem R beginnen, waren vor rund fünfundzwanzig Jahren – abzüglich Ihres geschätzten Alters also – Richard, Rudolph und Robert. Da Sie nicht aus England stammen, scheidet Richard wohl aus – Königstreue ist keine Eigenschaft, die sich in der Neuen Welt besonderer Wertschätzung erfreut. Rudolph ist mehr ein Name, der auf dem Kontinent verwandt wird – bleibt also Robert. Genau ins Schwarze getroffen, nicht wahr?«

Er strahlte jetzt förmlich vor Selbstzufriedenheit, sonnte sich geradezu in ihrem Glanz, zumal ihn sein Gefährte, der während des ganzen Gesprächs den Mund nicht ein einziges Mal aufgemacht hatte, mit Blicken unverhohlener Bewunderung bedachte. Ich war es mir ganz einfach schuldig, ihm zu zeigen, dass er keinesfalls der intelligenteste, klügste und scharfsinnigste Mensch in der ganzen weiten Welt war.

Und so schloss ich die Augen und konzentrierte mich, konzentrierte mich mit aller Macht auf sein Bewusstsein. Er war, wie er vorhin zugegeben hatte, des Gedankenlesens nicht fähig. Ganz im Gegensatz zu mir! Und wenn ich mir auch geschworen hatte, meine magischen Kräfte nur in Notfällen einzusetzen, so musste ich nun meinen Vorsatz brechen – wenn auch nur, um am Lack seiner Großartigkeit zu kratzen.

Als ich die Augen wieder öffnete, war es an mir, ein selbstgefälliges Lächeln zur Schau zu stellen. »Soll ich Ihnen jetzt einmal ein paar Wahrheiten über Sie erzählen, mein Bester?«, fragte ich lauernd.

»Nur zu«, sagte er und verschränkte die Arme vor der Brust, während milder Spott seine Mundwinkel umspielte. »Ich glaube allerdings nicht –«

»Ihr Name ist Sherlock Holmes. Sie nennen sich Beratender Detektiv, bewohnen gemeinsam mit Ihrem Freund Dr. John H. Watson« – ich nickte seinem Nebenmann freundlich zu – »eine Drei-Zimmer-Wohnung in der Baker Street 221 B und nehmen aus Langeweile gelegentlich Kokain. Ferner sind Sie der Ansicht, dass die Welt ohne Sie vor ungefassten Verbrechern nur so überquellen würde, haben kürzlich bei der versuchten Aufklärung des Mordfalls James G. Pentecost geradezu jämmerlich versagt und können, was Ihr Violinenspiel anbelangt, dem Ihrer Ansicht nach maßlos überschätzten Niccolo Paganini nicht einmal den Geigenkasten halten!«

Mein Gegenüber sperrte buchstäblich Mund und Nase auf. »Ganz elementar«, krächzte er.

Vincent Calhoun war schlechter Laune. Als Constable von Grimpen schob er normalerweise eine ausgesprochen ruhige Kugel, so ruhig, dass ihn manchmal sogar ein Gefühl der Langeweile überkam. Aber er langweilte sich doch lieber, als den befremdlichen Aufregungen und Mühen der letzten Wochen und Tage ausgesetzt zu sein. Erst der Tod von Sir Charles Baskerville, der selbst seine Vorgesetzten aus Coombe Tracey und Exeter vor mehr Rätsel gestellt hatte, als sie wahrhaben wollten, dann die Sache mit dem angeblichen Höllenhund, von dem keiner genau wusste, ob es ihn nun wirklich gab oder ob er nur in der Einbildung einiger überängstlicher Dorfbewohner existierte, und schließlich das mysteriöse Ende Frederic Murphys, für das es überhaupt keine vernünftige Erklärung ab. Und zu allem Überfluss war nun auch noch ein wahrscheinlich geisteskranker Verbrecher und Mörder namens Seiden aus dem Zuchthaus ausgebrochen, der sich hier irgendwo im Moor versteckt haben sollte.

Und an wem blieb all dies hängen? An ihm, Vincent Lionel Calhoun, Constable von Grimpen, einem Mann, der nicht einmal genug Geld für seine unermüdliche Arbeit bekam, um sich jede Woche ein anständiges Stück Fleisch leisten zu können.

Leise vor sich hin fluchend, stapfte Calhoun durch die öde Landschaft. Er gab sich nicht die Mühe, besonders leise und unauffällig zu wirken. Zum einen glaubte er nicht daran, dass sich der entsprungene Mörder hier irgendwo in der Nähe aufhielt, und zum anderen – nun, wenn der Kerl wirklich in der Gegend herumstrolchte, hatte er nicht gerade das Bedürfnis, ihm zu begegnen. Wahnsinnigen Mördern kam es auf ein Opfer mehr oder weniger nicht an, und er wurde wahrlich nicht dafür bezahlt, eine solche Gefahr auf sich zu nehmen. Er suchte ja immerhin nach Seiden, nicht wahr? Mehr konnte nun wirklich kein Mensch – nicht einmal ein Vorgesetzter – von ihm erwarten.

Als Constable Calhoun hinter einem der Findlingssteine, die schon seit Jahrtausenden im Moor herumlagen, ein Geräusch zu hören glaubte, konnte er nur mit Mühe einen deftigen Fluch unterdrücken. Sollte er tatsächlich auf Seiden gestoßen sein? *Nur das nicht!,* flehte er im Stillen.

Doch als er den Felsen dann erreichte, stellte Calhoun zu seiner Erleichterung fest, dass es sich keineswegs um den Verbrecher handelte. Es waren lediglich zwei Sumpfenten, die träge zum nächsten Wasserloch hinüberflatterten. Gedankenverloren blickte Calhoun den Vögeln nach – und sah, wie sie plötzlich, als sie über der schwarzen Wasseroberfläche schwebten, steil in die Höhe schossen und dabei die eigenartigsten Laute von sich gaben. Augenblicke später waren sie seinen Blicken entschwunden.

Fast gleichzeitig nahm er noch etwas wahr: Spuren eines widerwärtigen Gestanks, der auf einmal die Luft schwängerte.

Er stutzte. Hatten nicht Dr. Mortimer und der neue Herr von Baskerville Hall irgendetwas von einem bestialischen Gestank erzählt, der ihnen beim Auffinden von Frederic Murphys Leichnam untergekommen war? Sollte es hier etwa einen Zusammenhang geben?

Vincent Calhoun war sich nicht sicher, ob er einer solchen Spekulation wirklich auf den Grund gehen wollte. Murphy war eines unheimlichen Todes gestorben, das stand fest, und Calhoun hatte nicht die Absicht, ein ähnliches Schicksal zu erleiden. Dennoch – wenn er auch nur ein einfacher Dorfpolizist war, so konnte er sich von einem gewissen kriminalistischen Ehrgeiz nicht freisprechen. Deshalb entschloss er sich, vorsichtig, ganz vorsichtig, näher auf das Wasserloch zuzugehen.

Ja, seine Nase hatte sich nicht getäuscht. Der Gestank, faulig und penetrant, wurde intensiver, je dichter er an das Wasser herankam. In etwa zehn Meter Entfernung – noch hatte er festen Boden unter den Füßen – blieb er stehen. Angestrengt blickte er über die Oberfläche des Sumpfes hinweg, deren normale Schwärze von der Nachmittagssonne golden gefärbt wurde.

Obgleich – abgesehen von dem Gestank – nichts Außergewöhnliches wahrzunehmen war, fröstelte es ihn plötzlich. Lag es an der unbestimmten Furcht, die er mit einem Male verspürte, oder war es auf unerklärliche Weise wirklich kälter geworden?

Wohl von beidem etwas, erkannte er mit wachsendem Schrecken, und die vagen Angstgefühle wurden stärker und stärker. *Weg hier!,* rief ihm eine innere Stimme zu. *Nichts wie weg!* Aber es war bereits zu spät. Es gab kein Entkommen mehr für Constable Vincent Calhoun.

Die Wasseroberfläche explodierte. Ein animalisches, unglaublich böses Brüllen zerriss die Stille, und aus dem Wasserloch erhob sich das Gestalt gewordene Grauen.

Während der restlichen Fahrtdauer führte ich eine insgesamt doch recht angeregte Unterhaltung mit meinen neuen Bekannten. Dr. Watson, der Freund und Helfer des Detektivs, entpuppte sich als ein Mann, der – meiner anfänglichen Befürchtung zuwider – doch des Sprechens mächtig war. Er verstand es sogar, wirklich amüsant zu plaudern und bestritt den größten Teil der Konversation. Sherlock Holmes beteiligte sich nur gelegentlich daran; ich vermute, dass er angestrengt darüber nachgrübelte, wieso ich, ein gänzlich Fremder, so gut über ihn Bescheid gewusst hatte. Weitere persönliche Dinge kamen nicht zur Sprache. Ich verspürte keinerlei Neigung, die beiden Männer mit meinen persönlichen Problemen vertraut zu machen, mochten diese nun die GROSSEN ALTEN oder Sir Henry Baskerville betreffen.

Schließlich hielt der Zug in Coombe Tracey, wo sowohl ich als auch Holmes und Watson ausstiegen. Auf dem Bahnsteig verabschiedete ich mich von den beiden und suchte sodann einen der Gasthöfe des kleinen Städtchens auf.

Nach wie vor war ich mir über die Gründe für mein merkwürdiges Interesse an Henry Baskerville vollkommen im Unklaren. Ich war nach Devonshire gekommen, um ihn auf seinem Landsitz aufzusuchen, natürlich. Nur was ich sagen sollte, wenn ich so unerwartet bei ihm auftauchte, war mir noch nicht eingefallen. Ich hatte vor, in dem Gasthaus noch nähere Informationen über Baskerville einzuholen. Die Einheimischen wussten sicherlich mehr über ihn, als in London in Erfahrung zu bringen gewesen war. Und wenn ich Glück hatte, würde ich dabei sogar eine halbwegs einleuchtende Begründung für meinen Besuch entdecken.

Es erwies sich als überraschend schwierig, mit den Einheimischen ins Gespräch zu kommen. Die Menschen in dieser Gegend waren verschlossen und eigenbrötlerisch. Fremden gegenüber legten sie ein angeborenes Misstrauen an den Tag. Und gerade ich wirkte offenbar sehr fremd auf sie – und das nicht nur wegen meines amerikanischen Akzents, den ich eigentlich recht gut zu kaschieren vermochte, auch wenn Sherlock Holmes ihn auf Anhieb identifiziert hatte.

Alle meine vorsichtig formulierten Fragen bezüglich Henry Baskerville blieben ohne das erhoffte Echo. Die Männer, die ich ansprach, wandten sich einfach ab und auch meine Versuche, sie mir durch ein Bier auf meine Rechnung gewogen zu machen, scheiterten kläglich. Letzten Endes war mir das Glück aber doch hold. Ein Mann in einfacher Kleidung trat an den Tisch, an den ich mich frustriert zurückgezogen hatte, und bedachte mich mit einem freundlichen Gruß.

»Sie interessieren sich für Sir Henry Baskerville, wie ich höre?«, sagte er und blickte mich fragend an.

»Ja«, antwortete ich. »Aber wie es scheint, betrachtet man einen von uns hier als reichlich überflüssig – entweder mich oder den guten Sir Henry!«

Der Mann lachte. »Nehmen Sie es den braven Leuten nicht übel. Sie sind nun einmal etwas ... sagen wir, zurückhaltend. Haben Sie etwas dagegen, wenn ich mich zu Ihnen setze?«

»Aber ganz im Gegenteil! Nehmen Sie doch Platz.« Ich stand sogar auf, um ihm einen Stuhl zurechtzurücken. Dieser Mann war keiner der typischen Einheimischen. Bei den Bewohnern von Devonshire handelte es sich nahezu ausschließlich um einfache Leute: arme Bauern, kleine Handwerker oder Fuhrmänner. Der Mann jedoch, der sich an meinen Tisch gesetzt hatte, war zweifellos jemand mit Bildung und guter Erziehung. Zwar trug er einen grob gewebten, grauen Anzug und einen Strohhut, aber sein glatt rasiertes, etwas hohlwangiges Gesicht und seine schlanken Hände deuteten zweifelsfrei darauf hin, dass er ein Mann des Geistes und nicht der groben körperlichen Arbeit war. Er war von dürrer Statur und mochte knapp vierzig Jahre alt sein.

»Darf ich nach dem Grund Ihres Interesses an Baskerville fragen, Mister ...«

»Robert Craven«, sagte ich rasch mit neu erwachender Hoffnung. »Und mit wem habe ich das Vergnügen?«

»Oh, verzeihen Sie meine Unhöflichkeit. Natürlich hätte ich mich gleich vorstellen sollen. Mein Name ist Stapleton, Jack Stapleton. Und meine Profession ist die eines Naturforschers. Um auf meine Frage zurückzukommen …«

»Ich bin Schriftsteller«, sagte ich schnell. »Gegenwärtig schreibe ich ein Buch über … den englischen Adel. Die Baskervilles dürfen dabei natürlich nicht fehlen.« *Hatte ich halbwegs glaubhaft geklungen?* Zu meiner Erleichterung sah es danach aus, denn mein Gegenüber verzog keine Miene.

»Natürlich nicht«, erwiderte Stapleton. »Die Baskervilles mit ihrem Jahrhunderte alten Fluch … Ein Muss für jedes Buch, das sich mit den englischen Adelsgeschlechtern beschäftigt.«

Ein Fluch? Davon war mir in London nichts bekannt geworden. Irgendwie geriet die Person Sir Henry Baskervilles dadurch in ein ganz anderes, neues Licht. »Können Sie mir etwas über diesen Fluch erzählen, Mr. Stapleton?«, fragte ich wissbegierig.

»Sie wissen nicht darüber Bescheid?«

»Doch, doch, natürlich. Mir … geht es um die Details, verstehen Sie? Wenn man ein Buch schreibt … Neue Blickwinkel, neue Facetten, das ist es, was die Leser wollen.«

»Nun, dann sind Sie ja genau zum richtigen Zeitpunkt gekommen«, sagte Stapleton.

»Ach, ja?«

Er nickte. »Der Fluch scheint sich gerade wieder zu erfüllen. Der Tod des unglücklichen Sir Charles …«

Stapleton wurde durch die Schankmaid unterbrochen, die an den Tisch getreten war und ihn fragte, was er trinken wolle. Dies gab mir Gelegenheit, ein paar schnelle Überlegungen anzustellen. Sir Charles, der Onkel Henry Baskervilles, war erst kürzlich gestorben und hatte seinem Neffen den Familienbesitz vererbt – so lauteten meine in London eingeholten Informationen. Und wenn ich Stapleton richtig verstanden hatte, dann wollte er wohl andeuten, dass dieser mysteriöse Fluch die Ursache für sein Ableben gewesen war.

»Wo waren wir?«, fragte der Naturforscher, nachdem sich das Mädchen wieder entfernt hatte.

»Sie wollten mir erzählen, wie sich der Familienfluch an Charles Baskerville erfüllt hat«, erinnerte ich ihn.

»Wollte ich das?« Stapleton blinzelte mir zu. »Tatsächlich wissen Sie von dem Fluch fast gar nichts, stimmt's?«

»Nun«, räumte ich ein, »meine Kenntnisse sind zumindest sehr … lückenhaft. Wenn Sie mir behilflich sein würden, die Lücken auszufüllen …«

»Nur für den Fall, dass Sie mir versprechen, mich in Ihrem Buch ausdrücklich als Quellenangabe zu benennen. Man hat nicht oft Gelegenheit, seinen Namen unsterblich zu machen!«

Ich merkte natürlich, dass er dies nicht ganz ernst meinte, und ging auf sein Spiel ein. »Selbstverständlich, Mr. Stapleton. Ich werde dafür sorgen, dass Ihr Name zusammen mit dem meinen auf der Titelseite aufgeführt wird. Zufrieden?«

Stapleton drückte mir augenzwinkernd seine Befriedigung aus und machte mich dann mit den Hintergründen des Baskervilleschen Familienfluchs bekannt.

Alles fing an mit Hugo Baskerville, einem gar verruchten und gottlosen Burschen, der zurzeit der englischen Revolution gelebt hatte. Besagter Hugo entbrannte eines Tages in wilder, zügelloser Leidenschaft zu der schönen, unschuldigen Tochter eines einfachen Landmannes und verschleppte sie auf sein Schloss, um ihr dort lüstern Gewalt anzutun. Während eines üblen nächtlichen Gelages jedoch, das Hugo Baskerville mit seinen wüsten Gefährten abhielt, gelang es dem Mädchen zu entfliehen. Hugo, betrunken und außer sich vor Zorn, schwor vor seinen Zechkumpanen, dass er sich mit Leib und Seele dem Bösen zu eigen geben würde, wenn es ihm nicht gelänge, das Mädchen noch in derselben Nacht zum Schloss zurückzuholen. Er ließ sein Pferd satteln, holte seine wilden Hunde aus dem Zwinger und sprengte hinter dem Mädchen her.

Als ihm seine Kumpane in gewissem Abstand folgten, sahen sie zu ihrem Entsetzen, dass ein riesenhafter Hund mit triefenden Lefzen und tellergroßen, glühenden Augen hinter dem Pferd Hugo Baskervilles herrannte. Dieses Ungeheuer konnte nur, dessen waren sie sich sicher, geradewegs aus der Hölle gekommen sein, um den Schlossherrn an seinen Schwur zu erinnern.

Und dessen Schicksal sollte sich dann auch bald erfüllen. In einem kleinen Tal stießen die Gefährten, die sich noch ein Stück weiter hatten zurückfallen lassen, auf den Leichnam des Mädchens. Die Unglückliche war vor Angst und Erschöpfung zu Tode gekommen. Und neben der Toten lag ein weiterer Körper – Hugo Baskerville, von dem Höllenhund auf die entsetzlichste und grausamste Weise zerfleischt, da er sein Versprechen nicht halten konnte. Seitdem, so sagte man, waren alle Baskervilles, die sich erkühnten, das Schloss in ihren Besitz zu nehmen, dem Höllenhund zum Opfer gefallen – der Fluch hatte sich auf die Nachkommen des unseligen Hugo übertragen, wenn sie auch unschuldig an den Verbrechen ihres Ahnherrn waren.

Jack Stapleton kippte den letzten Rest seines Bieres, das ihm das Schankmädchen in der Zwischenzeit gebracht hatte. »Nun, Mr. Craven, was halten Sie von der Geschichte?«

Ich war, offen gesagt, enttäuscht. Insgeheim hatte ich den Baskerville-Fluch mit den GROSSEN ALTEN oder ihren unmenschlichen Knechten in Verbindung gebracht, wodurch sich vielleicht auch mein geheimnisvolles Interesse an dem jetzigen Schlossherrn erklärt hätte. Aber davon konnte wohl keine Rede sein. Was Stapleton mir da erzählt hatte, ließ mehr auf typisch englische Legendenbildung schließen und hatte ganz offenbar zu den GROSSEN ALTEN keinerlei Beziehung.

»Mr. Craven?«

»Ah, ja.« Ich schreckte aus meinen Gedanken hoch. »Eine sehr hübsche Geschichte, durchaus. Nur erscheint sie mir nicht allzu glaubhaft.«

»Sie bezweifeln die Existenz des Höllenhundes?«

»Wenn Sie meine ganz ehrliche Meinung hören wollen – ja, ich bezweifele sie.«

»Aber der Hund ist schon mehrmals gesehen worden. Und nachts kann man ihn im Grimpener Moor weithin hören.«

»So?«, sagte ich, nicht sonderlich interessiert.

»Und Sir Charles ist ihm ganz eindeutig zum Opfer gefallen«, ließ Stapleton nicht locker.

Ich nippte an meinem Whisky. »In den Londoner Zeitungen stand, dass er eines natürlichen Todes gestorben ist.«

Stapleton lächelte. »Scheinbar, Mr. Craven, scheinbar. Die Wege der Hölle sind nicht für jedermann ersichtlich. Ich wünsche Ihnen noch ein schönen Abend.«

Abrupt stand er vom Tisch auf und ließ mich allein, etwas zu übereilt, wie es mir schien, und als ich ihm nachblickte, wusste ich plötzlich mit unumstößlicher Sicherheit, dass er nicht der war, für den er sich ausgab.

John Barrymore war das, was er nun tun musste, zutiefst zuwider – er hasste sich selbst dafür, lehnte sich aber nicht dagegen auf. Es gibt Augenblicke im Leben eines Menschen, in denen er nicht für sich selbst entscheiden kann, sondern den Weisungen höherer Mächte Folge leisten muss.

Seit mehr als hundert Jahren lebte Barrymores Familie schon mit den Baskervilles unter einem Dach. Ein gutes Jahrhundert treuer Dienste und unbedingter Gefolgschaft knüpfte ein festes Band und er konnte mit Fug und Recht behaupten, dass zwischen dem neuen Besitzer von Baskerville Hall und ihm schon jetzt ein Verhältnis bestand, das mehr war als die übliche distinguierte Freundschaft zwischen Herr und Butler. Aber es half alles nichts.

Er musste seinen Herrn verraten.

Als die Dämmerung anbrach, schritt Barrymore zur Tat ...

Zu meiner Überraschung musste ich feststellen, dass ich mich weitaus länger in dem Gasthaus aufgehalten hatte, als mir bewusst gewesen war. Als ich auf die Straße trat, hatte sich die Sonne bereits hinter den Horizont zurückgezogen – abendliche Dunkelheit senkte sich über Coombe Tracey.

Ich überlegte, was ich tun sollte. Trotz der vorgerückten Stunde noch nach Baskerville Hall hinausfahren? Oder mir hier in der kleinen Stadt ein Zimmer nehmen und bis zum nächsten Morgen warten? Mein Verstand sagte mir, dass Letzteres wohl das Vernünftigere sein würde. Aber meine ganze Reise nach Devonshire war nicht unter dem Aspekt kühler und klarer Überlegungen zu betrachten. Unbestimmte Gefühle und Zwänge leiteten mich, und sie gewannen auch jetzt die Oberhand. Nein, ich konnte nicht in Coombe Tracey bleiben. Ich musste zu Henry Baskerville, noch in dieser Nacht!

Wenig später hatte ich eine Kutsche gemietet und einen Kutscher dazu. Zumindest glaubte ich das. Doch als ich dem Mann mein Fahrtziel nannte, machte er einen erschrockenen Rückzieher.

»In der Dunkelheit durch das Grimpener Moor? Nicht für alles Geld der Welt!«

»Nun«, sagte ich, »alles Geld der Welt kann ich Ihnen nicht bieten. Aber wie wäre es mit fünf Pfund extra?«

»Nicht einmal für ... zehn Pfund, sagten Sie?«

»Fünf, mein Freund.«

»Kommen wir uns entgegen – sieben Pfund und zehn Shilling, einverstanden?«

»Einverstanden.«

Der Mann bestand auf Vorauszahlung – offenbar wollte er ganz sichergehen. Als ich Anstalten machte in die Kutsche zu steigen, räusperte er sich lautstark.

»Sir, würde es Ihnen etwas ausmachen, wenn Sie neben mir auf dem Kutschbock Platz nehmen?«

»Warum?«

»Vier Augen sehen mehr als zwei.«

Ich hatte zwar das Gefühl, mit meinem Entgelt Anspruch auf eine halbwegs gemütliche Sitzposition erworben zu haben, wollte andererseits jedoch die wohl berechtigten Sorgen meines Fahrers nicht leichtfertig in den Wind schlagen und setzte mich neben ihn. Er ließ die Peitsche knallen, und das Gefährt rollte an. Bald lagen das Kopfsteinpflaster und die Lichter von Coombe Tracey hinter uns. Dunkelheit und die ausgefahrene Rinne der Überlandstraße wurden zu unseren Wegbegleitern.

»Vor was haben Sie Angst?«, fragte ich den Kutscher. »Vor dem Höllenhund?«

»Ja«, gab er offen und ehrlich zu.

»Soweit ich gehört habe, droht aber doch nur den Mitgliedern der Familie Baskerville Gefahr.«

»Ich habe anderes gehört. Erst gestern soll ein friedlicher Schafzüchter der Höllenbestie zum Opfer gefallen sein. Und der hatte mit den Baskervilles außer der Luft, die er atmete, nicht das Geringste gemein.«

Das war mir neu. Zumindest hatte Jack Stapleton nichts davon berichtet.

Die ersten Meilen der Fahrt verliefen ausgesprochen eintönig. Mein Kutscher schien ein ziemlich maulfauler Bursche zu sein und gab mir auf meine Fragen meistens nur einsilbige Antworten. Vielleicht ging es ihm aber auch nur darum, sich voll auf die Umgebung konzentrieren zu können, die wir durchfuhren. Viel war allerdings nicht zu erkennen. Die Kutschenlaternen und der Mond vermochten die Dunkelheit kaum aufzuhellen. Die ganze Landschaft kam mir grau in grau vor oder, besser gesagt, schwarz in schwarz.

Wir passierten einige einsam gelegene Gehöfte und Katen und

erreichten schließlich, nach mehr als einer Stunde Fahrtzeit, ein kleines Dorf.

»Grimpen?«, erkundigte ich mich.

»Ja«, bekam ich die gewohnt kurz angebundene Antwort.

Und weiter ging die Fahrt, schneller jetzt als bisher. Der Kutscher trieb die Pferde zu größerer Eile an. Als ich ihm einen Seitenblick zuwarf, erkannte ich im Schein der Bocklaterne, dass sein Gesicht einen leicht verbissenen Ausdruck angenommen hatte. Ja, er hatte Angst, große Angst sogar. Wahrscheinlich begann er langsam zu bedauern, dass er von seinem Vorsatz, nicht in der Dunkelheit durch das Grimpener Moor zu fahren, aus purer Geldgier abgewichen war.

Ein bisschen hatte ich sogar Verständnis für ihn. Obwohl von der Szenerie ringsum meist nur schattenhafte Gebilde wahrzunehmen waren, ließ sich ihr wahres Bild doch erahnen. Die Landschaft bestand vorwiegend aus zerklüfteten Hügeln, und immer wieder tauchten die Silhouetten von Bäumen und Gesträuchgruppen auf, die mit gespenstischen Fingern nach der Kutsche zu greifen schienen. Dann und wann waren links und rechts die vom matten Mondlicht beschienenen Spiegel sich windender Wasserläufe oder kleiner Seen auszumachen, über die Nebelgespinste hinwegzogen. Mir war klar, dass sich unter den scheinbar so friedlichen Wassern heimtückische Morastmulden und Sumpflöcher verbargen, die tödlicher waren als Treibsand. Eine Aura des Geheimnisvollen, des Unheimlichen lag über allem. Und wenn man sich dann noch, wie es der Kutscher mit Sicherheit tat, ständig vorstellte, dass irgendwo in diesem verwunschenen Land eine teuflische Bestie auf der Lauer lag, die geradewegs den höllischen Gefilden entsprungen war ...

Ja, ich konnte die Furcht des Mannes, der neben mir auf dem Kutschbock saß, durchaus verstehen. Mir selbst allerdings waren derartige Anwandlungen fremd. Ich hatte schon schrecklichere Dinge gesehen und erlebt, um mich durch die düstere Atmosphäre einer Moorlandschaft bei Nacht beeindrucken zu lassen.

Kaum hatte ich diesen Gedanken zu Ende gedacht, als ich auch schon zusammenzuckte.

Grausige Töne waren in einiger Entfernung laut geworden. Es begann mit einem tiefen, lang anhaltenden Stöhnen, das aus den finstersten Abgründen der Erde zu kommen schien, ging dann in ein fürchterliches, unendlich jammervolles Seufzen über und endete schließlich in einem Nerven zerfetzenden Heulen. Danach folgte eine kurze Stille, die jedoch sehr bald durch eine neuerliche Sequenz der schauerlichen Laute durchbrochen wurde.

Ich brauchte den Kutscher gar nicht danach zu fragen, um meine Vermutung bestätigt zu finden. Er ächzte auf und hieb mit der Peitsche wie wild auf seine Pferde ein. Ich war mir aber nicht sicher, ob er sie nicht genau in die Richtung trieb, aus der das Heulen und Stöhnen kam.

Und dann sah ich ihn ...

Dort drüben, gut dreihundert Yards vor uns, stand er plötzlich auf einem Felsenvorsprung: Angst und Ehrfurcht einflößend wie ein Fürst der Unterwelt, der zur Erde emporgestiegen war.

Und in der Tat musste ich unwillkürlich an Zerberus, den Höllenhund der griechischen Sage, denken. Es war eine in grausigem Gelb aufleuchtende Erscheinung, die aus Tausenden lebender, züngelnder Flammen zu bestehen schien.

Auch mein Kutscher war auf die Feuerbestie aufmerksam geworden. Mit aller Kraft zerrte er an den Zügeln, um die Pferde zum Stehen zu bringen. Die Tiere bäumten sich schrill wiehernd auf und kamen schließlich mit zitternden, schweißnassen Flanken zur Ruhe.

Und gerade so, als ob sich der Höllenhund mit den Schreien der gequälten Tiere zufriedengeben würde, verschwand er mit einem Male von der Felsenspitze, so plötzlich, wie er erschienen war. Dann trat Stille ein; eine Stille, die fast noch schmerzhafter war als die infernalischen Laute zuvor.

Der Kutscher zitterte am ganzen Körper, sein Gesicht hatte sich zu einer Grimasse der Angst verzerrt, und in seinen Augen loderte nackte Panik.

»Steigen Sie ab, Mister«, herrschte er mich an. »Keinen einzigen Schritt fahre ich weiter.«

»Hören Sie, Freund, ich habe für diese Fahrt bezahlt«, gab ich entschieden zur Antwort. »Und außerdem ist Ihr Höllenhund längst verschwunden!«

Er schien mir gar nicht zugehört zu haben. »Los, los, machen Sie schon«, drängte er hektisch. »Oder wollen Sie, dass ich Sie hinunterwerfe?«

»Sie überschätzen sich, Freund«, sagte ich warnend.

Da streckte er die Arme aus und wollte nach mir greifen. Ohne große Mühe fing ich ihn ab und packte seine Handgelenke.

»Lassen ... lassen Sie mich los«, stöhnte er.

Ich gab ihn wieder frei. Es hatte keinen Sinn, ihn zu einer Weiterfahrt zwingen zu wollen. Er war fast irrsinnig vor Angst und das Risiko, ihn mit einer Hypnose womöglich noch in einen Herzinfarkt zu treiben, war mir zu groß.

»Wie weit ist es noch bis Baskerville Hall?«, fragte ich resigniert.

»Eine Meile vielleicht. Aber selbst wenn Sie mich totschlagen, werde ich nicht ...«

»Weiter diese Straße entlang?«

»Noch ein Stück. Dann kommt rechter Hand ein Weg, der zum Schloss führt.«

»Sie sind jeden Penny Ihres Entgelts wert«, stellte ich sarkastisch fest. »Ich werde Sie weiterempfehlen.«

Mit diesen Worten stieg ich vom Kutschbock.

Der Kutscher riss sein Gespann herum und jagte grußlos zum Dorf zurück. Und ich machte mich auf den Weg nach Baskerville Hall.

Beim ersten Versuch hatte John Barrymore keinen Erfolg gehabt. Das erhoffte und gleichzeitig von ihm verabscheute Erkennungszeichen war ausgeblieben. Vielleicht, sagte er sich, war es noch zu hell gewesen. Das Böse erwacht erst, wenn die Dunkelheit ihre Herrschaft über das Land antrat.

Er versuchte es erneut, begleitet von den flehenden Blicken seiner Frau Eliza. Die Gefahr, entdeckt zu werden, war sehr gering. Sir Henry hatte sich mit seinen Gästen in die Bibliothek zurückgezogen; die Herrn hatten wohl kaum Veranlassung, dem gemütlichen Kaminfeuer den Rücken zu kehren.

Barrymore nickte seiner Frau noch einmal zu, verließ die Küche und schritt hinauf zur Galerie. Auf leisen Sohlen schlich er den dunklen Korridor entlang, konnte jedoch nicht verhindern, dass die Dielen unter seinen Füßen knarrten. Aber die verräterischen Geräusche blieben ohne Folgen, die Bibliothek lag zu weit entfernt, als dass man ihn hätte hören können.

Barrymore erreichte die letzte Tür am Ende des Korridors. Sie war unverschlossen – niemand außer ihm betrat für gewöhnlich dieses Zimmer. Er ging hinein, schloss die Tür hinter sich und trat ans Fenster.

Er blickte hinaus. Undeutlich konnte er im schwachen Mondlicht die Wipfel der Bäume erkennen, hinter denen sich die weite Fläche des Moors erstreckte.

Und er sah noch etwas. Die hell leuchtende Gestalt eines riesigen Hundes, die in weiten Sätzen über den tückischen Sumpf eilte.

Der Höllenhund.

Das Herz John Barrymores klopfte zum Zerspringen. Wahnsinnige, mörderische Hoffnung keimte in seinem Herzen auf wie der Schössling einer giftigen Pflanze.

Ich war es gewohnt, in nächtlicher Dunkelheit meinen Weg zu finden, und so hatte ich keine große Mühe, mich zu orientieren, zumal jetzt auch der Mond des Öfteren hinter seiner Wolkendecke hervorlugte. Ohne Schwierigkeiten fand ich den breiten, befestigten Weg, der zum Schloss der Baskervilles führte.

Der Höllenhund hatte sich nicht mehr hören und blicken lassen. Obwohl er mir zuerst einen gehörigen Schrecken eingejagt hatte, fiel es mir immer schwerer, ihn als Kreatur von überirdischer Wesensart zu sehen. Fast war ich schon davon überzeugt, dass es für seine Erscheinung eine natürliche Erklärung geben musste, wenn ich auch gegenwärtig nicht zu sagen vermochte, wie eine solche aussehen sollte. Auf alle Fälle war der Fluch der Baskervilles für mich ein Problem zweiter Ordnung. Mein vordringliches Anliegen – hier und jetzt – war Sir Henry Baskerville selbst.

Wie es schien, lag Baskerville Hall in einer kleinen Talmulde, denn die Zufahrtsstraße, die ich entlangschritt, wies eine leichte Abwärtsneigung auf. Alte, teilweise verkrüppelte Eichen und Kiefern säumten den Weg, und ihre verwelkten Blätter knirschten unter meinen Füßen. Bald schon konnte ich im Mondlicht die Umrisse von zwei hohen Türmen ausmachen und stand wenig später vor dem äußeren Tor des altehrwürdigen Adelsbesitzes, das von zwei bemoosten Steinpfeilern gehalten wurde. Die Pfeiler wurden von Eberköpfen geschmückt; vermutlich die Wappentiere des Baskerville-Geschlechts. Unmittelbar neben dem Tor befand sich ein kleines Wächterhaus aus schwarzem Granitgestein, das jedoch allem Anschein nach nicht bewohnt wurde. Durch die Gitterstäbe des Tores konnte ich jenseits einer breiten Rasenfläche die eigentlichen Schlossgebäude erkennen.

Ich streckte die Hand nach der Torglocke aus, ließ den Arm dann aber auf halbem Weg wieder sinken.

Was, zum Teufel, sollte ich sagen, wenn ich einem Bediensteten gegenüberstand und nach dem Grund meines Besuches gefragt wurde? *Ich komme, um meinem guten alten Freund Henry Baskerville wieder einmal ein Essen zu vergällen?* Nicht unbedingt eine ideale Eintrittskarte.

Kurz entschlossen tat ich etwas, das ganz dem Image entsprechen musste, welches Baskerville sich von mir gebildet hatte: Ich kletterte einfach über das schmiedeeiserne Tor.

Obwohl im Schloss eine ganze Reihe von Lichtern brannten, konnte ich doch ziemlich sicher sein, dass niemand auf mich aufmerksam geworden war. Zwischen Tor und Haus erstreckte sich, die Rasenfläche durchschneidend, eine Baumallee, deren Zweige so tief hinunterreichten, dass sie den Einblick vom Schloss her verwehrten.

Immer im Sichtschutz der Bäume bleibend, arbeitete ich mich den Gebäuden entgegen. Hinter dem Stamm der zuvorderst stehenden Eiche machte ich zunächst Halt.

Das Schloss bestand aus mehreren Abteilungen – in der Mitte das wuchtige Haupthaus, mit Efeuranken bewachsen und gesäumt von den beiden schlanken Wehrtürmen, die ich bereits aus der Ferne gesehen hatte, links und rechts davon Gebäudeflügel, offenbar neueren Datums.

Meine Aufmerksamkeit konzentrierte sich auf den Mittelteil, insbesondere auf zwei Fenster im ersten Stockwerk, hinter deren Ornamentglasscheiben ich Bewegung wahrzunehmen glaubte. Ein kühner, wenn auch jeder Vernunft Hohn sprechender Gedanke kam mir. Und ganz so, als ob mein Innerstes verhindern wollte, dass die Vernunft doch noch den Sieg davontrug, setzte ich den Gedanken sogleich in die Tat um.

Ich verließ den Schutz des Baumes und huschte in gebückter Haltung zum Hauptgebäude hinüber. Das Mauerwerk wies zahlreiche Risse und Sprünge auf, die die Jahrhunderte in den Stein gegraben hatten und die geradezu für meine Zwecke gemacht zu sein schienen.

Einen Augenblick zögerte ich noch, dann machte ich mich zielstrebig an den Aufstieg. Selbst ein schlechterer Kletterer, als ich es war, wäre kaum an diesem Vorhaben gescheitert. Die geborstene Fassade bildete fast eine Treppe und brachte mich nicht ein einziges Mal in Gefahr. Ich hätte ohne weiteres bis zu den Dachluken weiterklettern können, aber mein Ziel war natürlich eines der beiden erleuchteten Fenster.

Als ich mich etwa noch einen guten Yard unterhalb des Fensters befand, wurde dieses geöffnet. Ich verharrte bewegungslos und drückte mich dicht an das Mauerwerk. Ein Schatten tauchte über mir auf.

»Kommen Sie doch herein, Mr. Craven«, sagte eine wohl bekannte Stimme. Sherlock Holmes beugte sich zu mir herab und reichte mir einladend die Hand.

Eine ganze Weile war vergangen, und John Barrymore stand noch immer am Fenster und blickte auf das nächtliche Moor hinaus. Er hatte die Zeit zwischen Hoffen und Bangen verbracht, wobei er sich nie ganz klar darüber geworden war, welcher der beiden widerstrebenden Empfindungen er den Vorzug geben sollte.

Das unheimliche Tier war längst verschwunden und nicht wieder aufgetaucht – der Höllenhund, jene fluchbeladene Bestie, an die sich all seine Hoffnungen und Befürchtungen knüpften.

Barrymore wartete so geduldig, wie er es in den letzten Tagen und Nächten schon so oft getan hatte. Er wartete, bis hinter den Baumwipfeln das flackernde Licht aufleuchtete, und als er es endlich sah, wusste er, für welche Empfindung er sich tief in seinem Herzen entschieden hatte: für die Hoffnung, die soeben grausam enttäuscht worden war.

Augenblicke später verließ er das Zimmer, seiner Bestimmung weiter zu folgen; seiner Pflicht, die er mehr hasste als alles andere.

Als ich durch das Fenster kletterte, spürte ich, wie mir das Blut ins Gesicht schoss. Ich kam mit wie ein erbärmlicher kleiner Einbrecher vor, den man auf frischer Tat ertappt hatte.

Hastig blickte ich mich um. Ich befand mich in einer geräumigen Bibliothek, in der sich neben Holmes jedoch nur noch Dr. Watson aufhielt; hatte ich auch Henry Baskerville hier vermutet, so sah ich mich nun getäuscht. Nicht, dass es mir etwas ausgemacht hätte. Die Abwesenheit des Schlossherrn verlieh mir ein gewisses Gefühl der Erleichterung.

Holmes betrachtete mich leicht spöttisch, aber nicht unfreundlich, während sein Freund eher verständnislos dreinblickte. Erst jetzt begann ich mich zu fragen, wieso Holmes eigentlich auf mich aufmerksam geworden war. Ich hielt es für ausgeschlossen, dass er mich gesehen hatte.

»Nein, gesehen habe ich Sie nicht«, bestätigte er mir, als ich ihn daraufhin ansprach. »Aber ich habe Sie gehört. Es gibt gewiss bessere Fassadenkletterer als Sie, zumindest aber solche, die mehr Wert auf Geräuschlosigkeit legen.«

Ich biss mir auf die Unterlippe. »Und wie sind Sie auf den Gedanken gekommen, dass ausgerechnet ich ...«

Holmes deutete auf meinen Stockdegen, den ich, um beim Klettern die Hände frei zu haben, unter meinen Gürtel gesteckt hatte.

»Während des Aufstiegs haben Sie Ihren hübschen Degen ständig an der Wand entlangschleifen lassen«, erklärte Holmes. »Und da ich ohnehin wusste, dass Sie hierherkommen würden ...«

»Woher, zum Teufel? Ich habe Ihnen im Zug kein Sterbenswörtchen davon erzählt.«

»Aber Sie haben sich beim Bahnhofsvorsteher von Coombe Tracey nach Baskerville Hall erkundigt.«

»Das haben Sie gehört? Sie waren doch schon ein ganzes Stück voraus, als ich mit dem Mann sprach.«

Sherlock Holmes lächelte. »Wie Sie eben feststellen konnten, verfüge ich über ein ganz ausgezeichnetes Hörvermögen. Ist Ihnen sonst noch etwas unklar, Mr. Craven?«

»Ja«, sagte ich wütend, obwohl nach Lage der Dinge dazu nun wirklich kein Anlass bestand. »Was haben Sie jetzt mit mir vor – mich bei Sir Henry und gegebenenfalls auch bei der Polizei als Einbrecher anzuschwärzen?«

»Oh, ich halte Sie nicht für einen Einbrecher.«

»Wieso nicht? Schließlich bin ich durch ein Fenster ...«

»Durch ein beleuchtetes Fenster! Einbrecher ziehen üblicherweise unbeleuchtete Fenster vor.«

»Nun, dann bin ich vielleicht ein Mörder ...«

»Auch Mörder bevorzugen die Dunkelheit. Und sie machen sich nur in den seltensten Fällen die Mühe, eine steile Hauswand emporzuklettern, wenn sie ihr Ziel ebenso gut zu ebener Erde erreichen könnten.«

»Elementar einfach – pure Logik!«, spottete ich. Ich konnte einfach nicht anders – dieser Mann brachte mich zur Weißglut. Zum

Teufel, hatte er denn die Intelligenz gepachtet? Ich kam mir wie ein grüner Schuljunge neben ihm vor.

Holmes nahm meine Bemerkung nicht als Spott. »Ganz recht, Mr. Craven«, sagte er nur.

»Nun, wenn alles so logisch für Sie ist, Mr. Holmes, dann sagen Sie mir doch, warum ich an der Fassade hochgeklettert bin. Oder noch besser: Warum bin ich überhaupt hier?«

Bedauernd zuckte Sherlock Holmes die Achseln. »Ich stütze mich auf Beobachtungen und logische Überlegungen. Ihre Fassadenkletterei entbehrt jeder Logik und ist deshalb nicht nachvollziehbar. Und was Ihr Herkommen angeht – nun, dazu müsste ich zunächst einmal wissen, in welcher Beziehung Sie zu Sir Henry und den übrigen Bewohnern von Baskerville Hall stehen.«

»Haben Sie mit Sir Henry nicht über mich gesprochen?«

»Gewiss. Aber er kennt Sie nicht. Weder mit Ihrem Namen noch mit Ihrer Personenbeschreibung konnte er etwas anfangen.«

Dass sich Henry Baskerville nicht an mich erinnern konnte, wunderte mich eigentlich nicht. Wer merkt sich schon Namen und Gesicht eines Mannes, dem er nur einmal in einem Restaurant kurz begegnet ist?

»Nun, Mr. Craven? In welcher Beziehung stehen Sie zu Sir Henry?«

Ich seufzte. »Wenn ich das nur wüsste.«

Holmes sagte nichts, wartete wohl darauf, dass ich weitersprach. Ich überlegte. Sollte ich mich dem Detektiv nicht einfach anvertrauen? Er war ein ungemein scharfsinniger Mann. Vielleicht fand er eine Erklärung dafür, warum ich Sir Henry nachstieg wie der Hahn der Henne.

Und so schenkte ich ihm reinen Wein ein. Ich sagte ihm alles, was den Schlossherrn und mich anging, angefangen bei dem mysteriösen Zwang, das Restaurant *Harvey's* zu betreten, bis hin zu meiner Kletterpartie.

»Verrückt, nicht wahr?«, kam ich zum Schluss. »Und Sie glauben mir kein einziges Wort, oder?«

»Ich glaube Ihnen jedes Wort«, erwiderte Holmes. »Niemand denkt sich eine so … unglaubwürdige Geschichte einfach aus und erzählt sie derart überzeugend, wie Sie das gerade getan haben.«

»Und, sehen Sie eine Chance …«

»Durchaus. Auch der Wahnsinn hat bekanntlich Methode. Er

folgt seiner eigenen Logik, die allerdings mit anderen als den normalen Maßstäben ergründet werden muss.«

»Mit welchen?«

»Das müssen wir herausfinden, Mr. Craven. Empfinden Sie gegenwärtig noch immer diese ... gewisse Unruhe, da sich Sir Henry nicht in Ihrer unmittelbaren Nähe befindet?«

Ich horchte in mich hinein und stellte zu meiner Überraschung fest, dass besagte Unruhe verschwunden war. Der rätselhafte Drang in mir schien vollkommen damit zufrieden zu sein, dass ich hier in Sir Henrys Bibliothek stand.

»Interessant«, meinte Holmes, als ich auf seine Frage antwortete. »Aber als Sie vorhin vor dem Haus standen ...«

»... fühlte ich mich unruhig, ja!«

»Dann könnte unter Umständen dieser Raum das eigentliche Objekt Ihrer Begierde sein«, folgerte Holmes. »Die Person Sir Henrys wäre sozusagen lediglich eine Art von ... Leitobjekt gewesen.« Er sah mich an. »Was fasziniert Sie hier ganz besonders, Mr. Craven – die Bücher?«

»Bücher faszinieren mich immer«, murmelte ich. Gleichzeitig ging mein Blick zu den langen Bücherreihen hinüber, die zwei Wände der Bibliothek einnahmen. Wie ich vielen Einbänden ansehen konnte, befanden sich darunter zahlreiche antike Kostbarkeiten, vielleicht sogar – was ich allerdings für wenig wahrscheinlich hielt – ein NECRONOMICON, ein Nachdruck der *Chthonischen Schriften* des römischen Heidenpriesters Lucius oder eins der seltenen Exemplare von Junzt's *Unaussprechlichen Kulten.* Am liebsten wäre ich gleich zu den Folianten hinübergegangen und hätte in ihnen herumgestöbert. Aber Holmes hatte anderes mit mir vor.

»Machen wir die Probe aufs Exempel«, sagte er. »Mr. Craven, verlassen Sie bitte den Raum und gehen die Treppe bis zur Halle hinunter.«

Ich schickte mich an, seiner Weisung zu folgen, blieb jedoch an der Tür wieder stehen.

»Und wenn ich Sir Henry nun begegne? Wenn er mich sieht, wird er sich gewiss an den Vorfall im *Harvey's* erinnern und mir mit Wutgebrüll an die Kehle fahren.«

»Keine Sorge«, winkte Holmes ab. »Ich habe ihn unter einem Vorwand in eines der Turmzimmer geschickt, und dort wird er noch eine Weile bleiben.«

»Warum?«

Holmes lächelte auf seine unnachahmliche Art und Weise. »Können Sie sich das nicht denken, Mr. Craven? Ich wollte zuerst mit Ihnen sprechen – ohne seine Gegenwart.«

»Aha.«

Wenn er es sagte, würde es wohl stimmen. Ich verließ die Bibliothek also, ging einen kurzen Korridor entlang und schritt dann die breite Treppe hinab. Und als ich noch auf halbem Wege war, spürte ich es. Kalter Schweiß trat mir auf die Stirn, und je weiter ich mich von der Bibliothek entfernte, desto stärker begann ich am ganzen Leibe zu zittern. Das waren ... Entzugserscheinungen!

Ich kehrte um und eilte in die Bibliothek zurück ... und fühlte im gleichen Augenblick, wie meine Erregung sich wieder legte. Als ich über die Schwelle trat, war nichts von den geheimen Ängsten der letzten Sekunden geblieben.

»Ja«, sagte ich. »Es ist dieser Raum hier, nicht Sir Henry.«

Sherlock Holmes genoss seinen Triumph sichtlich. »Nun, mein Freund, dann brauchen Sie wohl nur noch das passende Buch zu finden und alles wird sich aufklären.« Und nachdenklich fügte er hinzu: »Es muss sich um ein äußerst ungewöhnliches Buch handeln. Ein altes alchimistisches Werk vielleicht?«

»Vielleicht, ja.« Ich zuckte die Achseln. Es lag ganz bestimmt nicht in meiner Absicht, irgendeine Anspielung auf die GROSSEN ALTEN zu machen. Sherlock Holmes hatte seine Welt, ich hatte die meine. Und dabei wollte ich es auch belassen.

Holmes schickte Dr. Watson zum Turmzimmer hinauf, um Sir Henry zurückzuholen. Ich nutzte die Zeit, die noch blieb, um ihn zu fragen, was er eigentlich hier auf Schloss Baskerville tat.

Die Frage hätte ich mir eigentlich sparen können. Sir Henry hatte ihn, auf Empfehlung eines gewissen Dr. Mortimer, kommen lassen, um das Geheimnis des Höllenhundes aufzuklären.

Wenig später betraten Watson und ein hemdsärmeliger Sir Henry die Bibliothek. Als Baskerville mich sah, wurde seine Gesichtsfarbe erst bleich, dann rot vor Wut.

»*Sie* sind das?«, schrie er mich an.

Sherlock Holmes hatte einige Mühe, das zwischen dem Schlossbesitzer und mir bestehende Missverständnis aus der Welt zu schaffen. Zu meinem Glück gelang es ihm zu Baskervilles vollster Zufriedenheit. Es wurde also doch noch ein recht interessanter Abend, bei dem ich, zu Holmes' großer Freude, einiges über den Höllenhund aus erster Hand zum Besten geben konnte und in dessen Verlauf Baskerville mir zusicherte, gleich morgen früh all seine Bücher durchzugehen, um endlich die Ursache für meine mysteriöse Gier zu finden.

Die große Enttäuschung für mich folgte erst später, als wir die Runde vor dem Kaminfeuer aufhoben. Ich blieb, weil dies für meinen inneren Frieden wohl am besten war, allein in der Bibliothek zurück, doch kaum hatte Sir Henry den Raum verlassen, als mich die bekannte Unruhe wieder einem wilden Tier gleich ansprang. Die Bibliothek allein konnte meine »Entzugserscheinungen« in keiner Weise lindern. Wie es aussah, war das obskure Objekt meiner Begierde letzten Endes doch Sir Henry Baskerville persönlich ...

Ich verbrachte eine halb durchwachte Nacht, in der ich mich so unwohl fühlte wie ständig in den letzten Tagen. Erst als ich am frühen Morgen mit Sir Henry und den beiden anderen Männern am Frühstückstisch saß – für mich als notorischen Langschläfer ein wahrhaftiges Wunder –, war meine Unruhe schlagartig wie weggeblasen. Vielleicht, dachte ich frustriert, sollte ich Priscylla vergessen und stattdessen um Henry Baskervilles Hand anhalten.

Natürlich war auch Sherlock Holmes über die Wiederkehr des Status quo alles andere als glücklich. Aber er gab sich noch längst nicht geschlagen.

»Wir finden schon noch heraus, was mit Ihnen los ist, Mr. Craven«, versicherte er mir zuversichtlich.

Zunächst jedoch hatte ein anderes, weitaus dramatischeres Problem Vorrang – der Höllenhund. Die Angelegenheit erhielt eine bestürzende Aktualität, noch während wir beim Frühstück saßen: Man hatte wieder einen Toten gefunden! Ein Jäger war zufällig bei seiner morgendlichen Pirsch auf den Leichnam gestoßen.

Zusammen mit Sir Henry, Holmes, Dr. Watson und dem arabischen Leibdiener des Schlossherrn machte ich mich auf den Weg. Wir fuhren nicht mit einer Kutsche, sondern gingen zu Fuß, da das Gelände ziemlich unzugänglich war und sich die Stelle, an der das Opfer lag, ganz in der Nähe von Baskerville Hall befand.

Als wir das Ziel erreichten, eine von Felsbrocken umgebene Senke in unmittelbarer Nähe eines kleinen Sees, erschrak ich bis ins Mark und hatte große Mühe, mir mein Entsetzen nicht anmerken zu lassen. Es war der Geruch, der mich alarmierte, ein Geruch, der wie ein Fluch in der Luft hing und den ich nur allzu gut kannte.

Protoplasma!

Trotz meiner Bemühungen um äußerliche Ruhe und Gleichgültigkeit entging dem scharfäugigen Sherlock Holmes nicht, dass ich für Sekunden die Beherrschung verloren hatte. Aber er deutete sie falsch, denn als er mich anblickte, hielt er sich demonstrativ die Nase zu. Er glaubte wohl, dass mich der Gestank als solcher aus der Fassung gebracht hatte.

Wir waren nicht die Einzigen, die sich eingefunden hatten; mehrere andere Männer waren bereits zur Stelle, darunter auch ein Gesicht, das ich bereits kannte: Jack Stapleton. Leicht verwundert nahm ich zur Kenntnis, dass allerdings kein Polizist anwesend war.

Dass ich mich in diesem Punkt irrte, erfuhr ich wenig später. Bei dem Toten selbst handelte es sich nämlich um den örtlichen Constable, einen Mann namens Vincent Calhoun.

Ein älterer Herr, den ich später als Dr. Mortimer kennen lernte, hatte die Leiche bereits untersucht. Er war zu derselben Diagnose gelangt wie schon bei dem Schafzüchter, von dessen Tod vor ein paar Tagen ich gestern Abend erfahren hatte: In Calhouns Körper fand sich kein einziger Tropfen Blut mehr.

Mein schwelender Verdacht, dass hier mächtigere Kräfte wirkten als die eines Fluches, verstärkte sich. Der Gestank nach Protoplasma konnte für mich nur einen Schluss zulassen: *Shoggoten*. Die schrecklichen Kreaturen der GROSSEN ALTEN!

Holmes und Dr. Watson sahen sich den Toten ebenfalls aus nächster Nähe an. Und Holmes fand etwas heraus, was lückenlos in das Bild passte, das ich mir bereits zurechtgelegt hatte: Schürfwunden und tiefe, dunkelblau angelaufene Druckstellen kündeten davon, dass das Opfer mit unmenschlicher Kraft gepackt und weit durch die Luft geschleudert worden war.

»Der Höllenhund war es«, sagte jemand. »Kein anderer als der verfluchte Höllenhund!«

Mehrere hasserfüllte Blicke von Seiten den Einheimischen trafen Henry Baskerville. Sie machten ihn, direkt oder indirekt, für die Bluttaten verantwortlich.

Jack Stapleton trat auf den Schlossherrn zu. »Sie sollten lieber gehen, Sir Henry«, sagte er leise. »Die Leute von Grimpen sind ein bisschen engstirnig ... und unberechenbar. Sie sind mir als Nachbar ans Herz gewachsen. Es würde mir sehr leid tun, wenn Ihnen etwas zustieße.«

Er war die Freundlichkeit in Person und seine Anteilnahme klang wirklich echt. Ich aber spürte mit meinen feinen, magischen Sinnen nur zu deutlich, dass seine vorgebliche Besorgnis nicht mehr war als eine Schmierenkomödie. Innerlich jubilierte und triumphierte Stapleton wie ein altrömischer Imperator nach gewonnener Schlacht.

Sherlock Holmes hatte sich von Sir Henry einen Zweispänner zur Verfügung stellen lassen und lud mich zu einer kleinen Ausfahrt ein. Ich sollte ihm die Stelle zeigen, von der aus ich in der vergangenen Nacht den Höllenhund gesehen hatte.

»Sie verlangen viel, Mr. Holmes«, wandte ich ein. »Es war stockdunkel und ...«

»Versuchen wir es«, drängte er und wies mit einer einladenden, doch sehr nachdrücklichen Geste auf den Zweispänner.

Wir verließen Baskerville Hall, rollten den gepflegten Zufahrtsweg entlang und bogen auf die Überlandstraße ein, die nach Grimpen und dann weiter nach Coombe Tracey führte. Nachdem wir etwa eine Meile hinter uns gebracht hatten, ließ ich ihn anhalten.

»Hier?«, fragte er.

»Ich glaube schon, ja«, bestätigte ich. »Nachts sieht zwar alles anders aus, aber ...«

»Welchen Blickwinkel hatten Sie?«

Ich erinnerte mich deutlich, dass der Höllenhund von oben auf mich herabgeblickt hatte, also auf einem Hügel oder einem Felsvorsprung gestanden haben musste. Und da kam nur eine Landschaftskonfiguration in Frage: ein kleines Plateau, keine zweihundert Meter von der Straße entfernt. Die Bestie war mir also näher gewesen, als ich gedacht hatte.

Sherlock Holmes nickte befriedigt als ich ihn mit meiner Rekonstruktion der vergangenen Nacht vertraut machte. Er lenkte das Gespann an den Straßenrand, stieg vom Kutschbock und machte die Zügel der Pferde an einem Baum fest.

»Sie wollen auf das Plateau klettern?«, fragte ich.

»Genau das habe ich vor«, bestätigte er. »Kommen Sie mit?«

Ich hatte zwar wieder einmal das bösartig drängende Verlangen, auf dem schnellsten Weg zu Sir Henry zurückzukehren, setzte mich jedoch mit aller geistiger Kraft gegen den unheimlichen Zwang in meinem Inneren zur Wehr.

»Ich komme mit.«

Ein paar Minuten später standen wir genau unterhalb des Plateaus. Eine steil aufragende Felswand ließ den direkten Aufstieg nicht ratsam erscheinen, aber es war möglich, der überhängenden Gesteinsplatte von der rückwärtigen Seite aus zu Leibe zu rücken, was Holmes und ich dann auch taten. Wir brauchten eine gute Viertelstunde, um den Gipfel zu erreichen. Holmes machte sich sogleich an seine detektivische Arbeit. Am vorderen Rand des Plateaus ging er in die Knie, holte ein Vergrößerungsglas hervor und fing an, auf dem felsigen Boden herumzukriechen.

Ich strapazierte unterdessen meinen Geruchssinn, konnte in der Luft jedoch keinerlei Restspuren des verhassten *Shoggoten*-Gestankes feststellen.

Holmes schien mehr Glück – wenngleich Glück in diesem Falle ein höchst relativer Begriff war – zu haben als ich. Ich hörte, wie er einen befriedigten Grunzlaut ausstieß, sah, wie er in die Tasche griff und ein kleines Fläschchen sowie einen offenbar speziell präparierten Papierstreifen hervorholte. Er öffnete das Fläschchen und tröpfelte etwas von seinem Inhalt auf den Boden. Nachdem er ein paar Augenblicke lang gewartet hatte, tauchte er den Papierstreifen in die Flüssigkeit und betrachtete ihn dann anschließend durch seine Lupe.

»Was gefunden?«, fragte ich.

»Und ob!«, sagte er triumphierend. »Hier, wenn Sie einen Blick darauf werfen wollen ...«

Er hielt mir Glas und Papierstreifen hin. Ich studierte den Streifen und konnte ein fahles, gelbes Leuchten feststellen, das mir allerdings wenig sagte. So konnte ich nur die Achseln zucken und ihn fragend anblicken.

»Die Chemie ist eine Leidenschaft von mir«, sagte er. »Sie wird zukünftig in der Kriminalistik noch eine große Rolle spielen. Eine ganz entscheidende Rolle!«

Mich reizte beides nicht sonderlich, weder die Chemie noch die Kriminalistik. Den GROSSEN ALTEN und ihren Kreaturen war damit nicht beizukommen. Aber das sollte natürlich nicht heißen, dass ich an Holmes' Fund uninteressiert gewesen wäre.

»Was ist es?«, wollte ich wissen.

»Phosphor!«

»Phosphor?«

»Ganz ohne Zweifel«, bestätigte er. »Phosphor und Schwefel. Interessant ... höchst interessant.«

»Und was schließen Sie daraus?«, fragte ich ein wenig hilflos.

»Nun, gewiss nicht, dass dieser ominöse Hund geradewegs aus der Hölle nach Devonshire gekommen ist, wie einige Leute hier zu glauben scheinen«, gab er scherzhaft zur Antwort, dachte aber offensichtlich nicht daran, seine wahren Gedankengänge preiszugeben.

In einem Punkt gab ich ihm sogar Recht – aus der Hölle war die Bestie wohl wirklich nicht gekommen. Was nicht heißen musste, dass sie natürlichen Ursprungs war; ganz im Gegenteil. Es war nicht der Teufel, den ich fürchtete.

Doch Sherlock Holmes gab mir keine Gelegenheit, näher auf dieses Thema einzugehen. Er packte seine Utensilien wieder in die Tasche und hatte es plötzlich sehr eilig, diesen Ort zu verlassen.

»Entschuldigen Sie mich, Mr. Craven«, sagte er, »hoffentlich nehmen Sie es mir nicht übel, wenn ich Sie jetzt verlasse. Sie finden allein nach Baskerville Hall zurück, nicht wahr?« Und schon eilte er den Schräghang hinunter und war wenig später meinen Blicken entschwunden.

Ich war dankbar dafür, dass er mich allein zurückgelassen hatte. Mein Pflichtgefühl sagte mit, dass ich den Tod des Polizisten Calhoun nicht einfach auf sich beruhen lassen durfte. An der Stelle, an der er den Tod gefunden hatte, waren von mir *Shoggoten-Spuren* festgestellt worden, hier auf dem Plateau jedoch nicht. Mein Platz war also eher unten in der Senke an dem kleinen See.

So machte auch ich mich an den Abstieg. Ich hatte gewisse Schwierigkeiten, mich zu orientieren, denn die öde Landschaft war doch sehr eintönig. Ich irrte eine ganze Weile umher, bis ich den Ort der furchtbaren Tat endlich gefunden hatte.

Die von Felsbrocken gesäumte Senke war inzwischen menschenleer. Der Leichnam des unglücklichen Polizisten war weggeschafft worden, sodass nichts mehr auf das grauenhafte Geschehen hindeutete, das sich hier abgespielt hatte. Selbst der bestialische Gestank hatte sich in den letzten Stunden weitgehend verflüchtigt. Ich konnte ihn kaum noch wahrnehmen.

Über düsteren Gedanken grübelnd trat ich ans Ufer des kleinen

Sees und blickte über sein schwarzes Wasser hinweg. Sümpfe und Pfuhle, dunkle, trügerische Löcher, die mit den unheimlichen Tiefen des Erdinneren in Verbindung standen – sie waren die Welt jener grauenerregenden Kreaturen, gegen die ich kämpfte. Und dieser See, dessen absolute Stille eine unausgesprochene Drohung auszustrahlen schien, weckte eine ungewisse Furcht tief in mir.

Ich bemühte mich nach Kräften, mit Hilfe meiner magischen Fähigkeiten den gestaltlosen Schleier fortzureißen, der diesen See wie ein schützendes, klebriges Netz umhüllte, drang mit meinem Geist in den See ein und tauchte in seine Tiefe hinab. Wurde eins mit dem modrigen Wasser, mit dem zähen Morast darunter, drang tiefer und tiefer vor – aber es gelang mir nicht, einen Kontakt herzustellen. Wenn dort unten irgendetwas gewesen wäre, hätte ich es spüren müssen. Geistig und körperlich erschöpft gab ich meine Anstrengungen schließlich auf. Alles schien dafür zu sprechen, dass sich die Kreatur der GROSSEN ALTEN, was immer es auch sein mochte, zurückgezogen hatte, dass das Grimpener Moor wieder sicher war. Aber meine Ahnungen sagten mir, dass davon keine Rede sein konnte.

»John?«

John Barrymore tat so, als hätte er nicht gehört. Scheinbar tief in seine Arbeit versunken, beschäftigte er sich weiter mit der Einkaufsliste für die kommende Woche und blickte nicht davon hoch.

»John, ich bitte dich!«

Der flehende Ton in der Stimme seiner Frau machte es ihm unmöglich, sie länger zu überhören. Resigniert ließ er die Einkaufsliste sinken und fügte sich in das Unvermeidliche.

»Ja, Eliza?«

»Wirst du heute Abend noch einmal hinausgehen?«

Barrymore seufzte. »Wir waren uns doch einig geworden, dass die vorige Nacht die letzte Nacht sein sollte. Das habe ich ihm auch eindeutig gesagt.«

»Aber er ist noch immer da.«

»Ja, ich weiß.«

»Tu es für mich, John«, sagte seine Frau mit zitternder Stimme. »Noch ein einziges Mal. Ein allerletztes Mal, das verspreche ich dir. Wirst du es tun, John?«

John Barrymore wand sich wie ein getretener Wurm. Aber er

liebte seine Frau und brachte es nicht übers Herz, ihr Schmerz zuzufügen. So gab er schließlich nach. Ein allerletztes Mal …

Ich hatte den Rest des Tages damit verbracht, auch die Stelle aufzusuchen, an der der Schafzüchter Frederic Murphy ums Leben gekommen war. Abermals handelte es sich um einen Ort, der am Rand eines Sumpfs lag, ganz wie ich es erwartet hatte. Reale Anzeichen für die unmittelbare Gegenwart eines Wesens der GROSSEN ALTEN fand ich jedoch auch hier nicht.

Es gab rein gar nichts, was ich noch tun konnte, sodass ich mich schließlich auf den Rückweg machte. Zu meinem Missfallen musste ich feststellen, dass mich die Dämmerung überrascht hatte. Nebelschwaden, die wie lebende Wesen über den Boden krochen, schränkten die Sicht zusätzlich ein. Bald wurde mir bewusst, dass ich mich verlaufen hatte. Statt die Überlandstraße zu erreichen, war ich tiefer ins Moor hineingeraten. Unbehagen beschlich mich, weniger weil ich fürchtete, dem Höllenhund oder einem *Shoggoten* zu begegnen, sondern mehr aus der Überlegung heraus, dass das Sumpfgebiet für Menschen, die sich nicht darin auskannten, zu einer tödlichen Falle werden konnte. Zwar bewegte ich mich einen festen Pfad entlang, aber wie lange das noch der Fall sein würde, konnte ich nicht einmal vermuten.

Bald hatte ich die Orientierung vollkommen verloren. Dennoch gab es für mich einen Wegweiser, der fast noch zuverlässiger war als ein amtliches Hinweisschild. Mein innerer Drang, in die Nähe von Sir Henry zu gelangen, leitete mich! Ich zweifelte keinen Augenblick daran, dass ich mich in Richtung Baskerville Hall vorwärtsbewegte. Das Dumme war nur, dass mein ganz persönlicher Kompass die Unabwägbarkeiten des Geländes nicht in Betracht zog.

Dunkler und dunkler wurde es; ich konnte allenfalls noch zwei, drei Meter weit sehen. Mein Unbehagen steigerte sich. Immer wieder hörte ich links und rechts von mir glucksende Geräusche, die auf die unmittelbare Nähe von heimtückischen Morastlöchern hindeuteten. Wenn ich da hineingeriet, hatten die GROSSEN ALTEN einen Gegner weniger.

Vorsichtig setzte ich Fuß vor Fuß, stets vorher mit meinem Spazierstock die Bodenverhältnisse prüfend. Ich hätte Einiges dafür gegeben, jetzt eine Lampe oder Fackel bei mir zu tragen. Aber das war gar nicht mehr nötig, denn einen Moment später fand mein blindes Vorwärtstasten ein überraschendes Ende.

»Wohin des Wegs, Mr. Craven?«, rief mich eine Stimme aus der Dunkelheit zu meiner Rechten an.

Holmes!

Ich sparte mir die Mühe zu fragen, wie er mich erkannt hatte, obwohl man bei den herrschenden Lichtverhältnissen normalerweise nicht einmal Männlein von Weiblein unterscheiden konnte. Vermutlich hatte er aus dem Tappen meines Stockes wieder einmal die richtigen Schlüsse gezogen, was letzten Endes aber recht belanglos war. Für mich zählte einzig und allein, dass die Gefahr, im Sumpf zu versinken, gebannt war.

Augenblicke später war ich bei Sherlock Holmes und Dr. Watson angelangt, die sich ein kleines Stückchen abseits von dem Pfad auf zwei große Steine niedergelassen hatten und eine geheimnisvolle Nachtwache abzuhalten schienen.

»Um auf meine Frage zurückzukommen ...«, sagte der Detektiv. »Was wollten Sie in Merripit House?«

»Merripit House?«, wunderte ich mich. Ich hatte diesen Namen noch nie gehört. »Ich bin auf dem Weg nach Baskerville Hall.«

Dr. Watson lachte leise. »Da sind Sie aber ganz schön in die Irre gegangen, Mr. Craven. Sie haben genau die entgegengesetzte Richtung eingeschlagen!«

»Nicht unbedingt, meiner lieber Watson«, sagte Sherlock Holmes. »Vielleicht zieht es Mr. Craven gar nicht so sehr nach Baskerville Hall, sondern mehr zu Sir Henry. Richtig, Mr. Craven?«

»Richtig«, bestätigte ich.

»Nun, dann waren Sie durchaus auf dem rechten Weg. Sir Henry hält sich gegenwärtig in Merripit House auf.«

»Was ist Merripit House?«

»Der Wohnsitz eines Mannes, der sich Jack Stapleton nennt«, gab Holmes Auskunft. »Sir Henry ist von ihm eingeladen worden.«

»Stapleton«, murmelte ich. »Diesem Mann ist nicht zu trauen.«

»Sehr scharfsinnig, Mr. Craven«, lobte mich Holmes. »Wie sind Sie ihm auf die Schliche gekommen?«

Ich hielt es nicht für angebracht, ihm etwas von meinen besonderen Fähigkeiten zu offenbaren, und zuckte deshalb nur vielsagend mit den Schultern. Dann stellte ich die Frage, die mir schon die ganze Zeit über auf der Zunge lag.

»Und was tun Sie hier, meine Herren?«

»Oh«, antwortete Holmes. »Wir warten natürlich auf den Höllenhund.«

»Warum gerade hier?«, fragte ich verwundert.

»Weil ich davon ausgehe, dass er mit großer Wahrscheinlichkeit in kürzester Zeit an dieser Stelle vorbeikommen wird«, erklärte Holmes im Brustton der Überzeugung.

»Aber wieso ...«

»Still!« Der Detektiv hob gebieterisch die Hand und brachte mich zum Schweigen. »Ich glaube, er kommt.«

Schrittgeräusche klangen auf.

»Das ist ein Mann«, flüsterte ich, »und kein Hund.«

»Natürlich nicht«, gab Holmes genauso leise zurück. »Es ist Sir Henry. Der Höllenhund ... kommt später.«

Die Schritte kamen näher. Die tief hängende Wolkendecke war für den Augenblick aufgerissen, sodass das Licht des Mondes die unheimliche Szenerie beleuchtete. Sein silberner Schein fiel auf den Pfad und umfing die Silhouette eines Mannes, der jetzt fast auf einer Höhe mit uns war. Sein Gesicht konnte ich nicht sehen, aber die Gestalt ließ erkennen, dass es sich wirklich um den Herrn von Baskerville handelte.

»Sprechen Sie ihn nicht an«, wisperte Holmes. »Lassen Sie ihn einfach vorbeigehen.«

Ich hatte zwar noch immer keine klaren Vorstellungen davon, was hier eigentlich gespielt wurde, nickte aber und verhielt mich ganz still. Sir Henry schritt an unserem Versteck vorbei, ohne uns zu bemerken.

Wenig später hatte ihn die Dunkelheit verschluckt, und auch seine Schritte waren verklungen. Sherlock Holmes hatte sich vom Stein erhoben. In angespannter Haltung stand er da, leicht zusammengekrümmt, ein Raubtier auf dem Sprung.

Und dann wurden andere Geräusche laut, ein unheimliches Hecheln, ein hektisches Keuchen, schnelle, tappende Schritte, leichtfüßig und doch von geballter Kraft zeugend.

»Er kommt«, flüsterte Holmes. Im Mondlicht sah ich etwas Metallisches in seiner rechten Hand aufblitzen – eine Pistole.

Eine eigentümliche Erregung packte mich. Meine Sinne waren hochgepeitscht, meine Nerven vibrierten. Obwohl ich nicht wusste, was da auf uns zukam, und ein gewisses Gefühl der Beklommenheit nicht unterdrücken konnte, fieberte ich dem Augenblick der Wahrheit förmlich entgegen.

Eine Nebelbank hatte sich jetzt wieder über den Weg gelegt, ein dichtes, graues Spinnennetz, in dem es auf einmal, vielleicht noch etwa zehn Yards von uns entfernt, so grell aufleuchtete, als habe jemand ein Feuer darin entzündet.

»Jetzt«, schrie Sherlock Holmes und sprang mit einem weiten Satz auf den Pfad.

Und dann sah ich den Höllenhund! Wie aus einem schrecklichen Albtraum entsprungen, brach er aus dem Nebel hervor – riesengroß, schwarz wie die Nacht, von einer gespenstisch leuchtenden Feuerlohe umglost. Sein weit aufgerissener Rachen, aus dem die Reißzähne wie Messer hervorstachen, spuckte Flammen, die Augen waren glühende Kohlen, die mächtigen Tatzen schienen den Boden, über den er lief, zu versengen.

Sherlock Holmes riss die rechte Hand hoch, brachte seine Pistole in Anschlag und schoss zweimal, dreimal.

Aber die Bestie schien unverwundbar zu sein, ließ sich durch die Schüsse nicht aufhalten, fiel wie ein Berserker über den Detektiv her und riss ihn zu Boden.

Dr. Watson, der neben mir stand, stieß einen heiseren Schrei des Entsetzens aus. Erst jetzt erkannte ich, dass auch er eine Pistole in der Hand hielt. Aber er schoss nicht, aus Furcht, seinen Freund zu treffen, der sich nun, mit der Bestie zu einem unentwirrbaren Flammenknäuel verstrickt, auf dem Pfad wälzte.

Ich handelte, ohne lange zu überlegen. Im Bruchteil einer Sekunde hatte ich meinen Degen aus seiner Ummantelung gerissen und stürmte los.

Holmes befand sich in einer bedrohlichen Situation. Er war auf den Rücken gefallen und konnte sich seines satanischen Gegners kaum noch erwehren. Die Flammenzähne des Ungeheuers näherten sich seiner Kehle, würden jeden Augenblick sein Leben beenden.

Ich bog die Schulter zurück, nahm Maß und ließ den Degen nach vorne schnellen. Und ich hatte gut gezielt, die blitzende Klinge bohrte sich in den Leib der Bestie.

Der Höllenhund stieß ein gequältes Heulen aus, ließ von Holmes ab und bäumte sich auf.

Sherlock Holmes erkannte seine Chance und wälzte sich reaktionsschnell zur Seite.

Ich zog den Degen aus dem glosenden Körper des Ungeheuers hervor und nahm abermals Maß. Aber ich brauchte nicht noch einmal zuzustechen. Dr. Watson hatte jetzt freie Schussbahn und feuerte in schneller Reihenfolge das Magazin seiner Pistole leer.

Aus dem ohrenbetäubenden Heulen wurde ein jämmerliches Jaulen, und schließlich erstarb auch dieser Laut. Der Höllenhund fiel zur Seite, zuckte noch einmal und rührte sich dann nicht mehr.

Noch um Atem und Fassung ringend, beugten wir uns alle drei über das zur Strecke gebrachte Schreckenswesen, das jetzt im Tode gar nicht mehr schrecklich, sondern beinahe bemitleidenswert aussah. Es war ein außerordentlich großer, zottiger Hund, halb Bluthund, halb Dogge und überaus … irdisch. Holmes klärte uns in knappen Sätzen auf: Das schaurige, Furcht einflößende Leuchten wurde durch ein Phosphorpräparat hervorgerufen, mit dem irgendjemand das Tier eingerieben hatte.

Wieder wurden Schrittgeräusche laut, diesmal von beiden Enden des Pfades. Zwei Männer kamen auf uns zu – Sir Henry von der einen Seite, Jack Stapleton von der anderen. Sir Henry wirkte ganz gefasst – Holmes hatte ihn offensichtlich schon vorher in sein Vorhaben eingeweiht. Stapleton jedoch machte einen ausgesprochen verstörten Eindruck.

»Was … ist passiert?«, fragte er mit einer Stimme, der deutlich anzuhören war, wie er um seine Fassung rang.

»Sie wissen sehr gut, was passiert ist, Mr. Baskerville!«, sagte Sherlock Holmes scharf.

Stapleton zuckte zusammen. »Wie haben Sie mich genannt?«

»Mit Ihrem wahren Namen, Baskerville. Ihr Leugnen ist zwecklos. Ich weiß alles über Sie.«

»Wie sind Sie …«

»Oh«, sagte Sherlock Holmes beinahe gelangweilt. »Sie haben es mir nicht sehr schwer gemacht. Als ich sie heute Morgen in Ihrem Haus besuchte, fiel mir eine kleine Fotografie auf, die Sie vermutlich in einer Anwandlung von Nostalgie auf Ihren Sekretär gestellt haben. Ihr Pech war, dass ich dieselbe Fotografie schon in der Baskervilleschen Familienchronik gesehen hatte. Sie stellt Rodger Baskerville dar, einen jüngeren Bruder von Sir Charles. Und dass Sie der Sohn dieses Rodger sind, der angeblich kinderlos in Südamerika verstorben sein soll, ist bei der Ähnlichkeit zwischen Ihnen und Ihrem Vater unverkennbar.«

»Und selbst wenn dem so wäre?«, sagte der Ertappte heiser. »Ist es ein Verbrechen, ein unehelicher Nachkomme der Baskervilles zu sein?«

»Gewiss nicht«, sagte Holmes lächelnd. »Aber es ist ein Verbrechen, wenn man versucht, sich mittels mörderischer Methoden das Familienerbe zu erschleichen. Und genau das haben Sie getan. Sie haben die alberne Legende mit dem sogenannten Höllenhund, dem angeblichen Fluch der Baskervilles, wieder aufleben lassen und sich zunutze gemacht, indem Sie dieses arme Tier hier missbrauchten. Sie wussten, dass Sir Charles schwer herzkrank und auch abergläubisch war. Ihn durch den Hund zu Tode zu erschrecken, fiel Ihnen nicht schwer. Nun mussten Sie nur noch auf eine günstige Gelegenheit warten, um auch Sir Henry auszuschalten. Als Sie ihn dann heute einluden, war mir völlig klar, dass Sie auf dem Rückweg, hier im Moor, den Hund auf ihn hetzen würden.«

Stapleton alias Baskerville atmete schwer. »Sie können mir nie beweisen, dass ich den Hund –«

»O doch, das kann ich. Nachdem ich erst hinter diesen – zugegebenermaßen recht gelungenen – Phosphortrick gekommen war, brauchte ich nur noch die Chemikalienhandlung zu finden, in der Sie die Mixtur gekauft haben. Und davon gibt es in Coombe Tracey ja nicht allzu viele!«

Der Verbrecher erkannte, dass sein Spiel verloren war. Blitzschnell drehte er sich um, um zu seinem Haus zurückzulaufen. Aber Dr. Watson versperrte ihm den Weg, die Pistole im Anschlag.

»Noch einen Schritt, Freundchen ...«

Stapleton war der Verzweiflung nahe, denn was er jetzt tat, konnte nur ein Mensch wagen, der keinen Ausweg mehr wusste. Mit einem mächtigen Sprung verließ er den Pfad und stürmte ins Moor hinein.

Niemand von uns konnte schnell genug reagieren, um ihn aufzuhalten. Ich wollte ihm nach, doch Henry Baskerville ergriff meinen Arm und hielt mich zurück. »Nicht, Mr. Craven!«, rief er beschwörend. »Sie kämen keine zehn Schritte weit. Das Moor ist tückisch an dieser Stelle. Mein Cousin kennt sich hier aus, ihm zu folgen, wäre Selbstmord.« Etwa eine Minute lang waren noch Stapletons stampfende Schritte und das Brechen von Gehölz und Schilf zu hören. Dann plötzlich Stille. Und schließlich ... ein gellender Schrei!

»Guter Gott«, sagte Sir Henry. »Er ist in ein Sumpfloch geraten.«

»Genau dieses Schicksal hatte er Ihnen zugedacht«, sagte Sherlock Holmes. »Für den Fall, dass es Ihnen gelungen wäre, dem Hund zu entkommen ...«

Zum letzten, zum allerletzten Mal, das hatte er sich hoch und heilig geschworen, war John Barrymore ins Moor gegangen. Zum letzten Mal hatte er sich aufgemacht, um Seiden, dem aus dem Zuchthaus ausgebrochenen Schwerverbrecher, der unglücklicherweise der missratene jüngere Bruder seiner Frau Eliza war, Fleisch und Brot zu bringen.

Doch als Barrymore die Höhle erreichte, die sich Seiden am Rand einer Morastmulde als Unterschlupf ausgesucht hatte, erkannte er, dass sein ungeliebter Schwager keine Verpflegung mehr brauchte.

Seiden lebte nicht mehr. Ihn hatte dasselbe furchtbare Schicksal ereilt, wie schon Frederic Murphy und Constable Calhoun vor ihm ...

Ein weiterer Tag war vergangen, und wir saßen in der Bibliothek von Baskerville Hall zusammen. Und obwohl das Geheimnis um den vermeintlichen »Höllenhund« nun endlich gelüftet war, kam keine allzu gute Stimmung auf. Das war nur allzu verständlich. Nachdem die erste Erleichterung sich gelegt hatte, mussten auch die letzten unserer kleinen Gesellschaft zu dem gleichen Schluss kommen, den ich mir schon lange zurechtgelegt hatte: Die Morde – inzwischen drei an der Zahl; Sir Henrys Butler Barrymore hatte am gestrigen Abend noch gemeldet, die Leiche des Sträflings Seiden im Moor gefunden zu haben – waren nicht etwa von dem zwar Ehrfurcht gebietenden, doch gänzlich normalen Hund verübt worden. Jedenfalls war keinem von uns bisher von einem Hund zu Ohren gekommen, der seine Opfer erst erwürgte und dann bis auf den letzten Blutstropfen aussaugte. Nein, die Bestie, die die drei Menschen auf dem Gewissen hatte, lief noch immer frei umher, und ich war der Einzige, der ahnte, welche Art von Wesen dort draußen im Moor lauerte.

Aber Sherlock Holmes wäre nicht Sherlock Holmes gewesen, wenn er nicht versucht hätte, auch dieses düstere Geheimnis aufzuklären. Ich zweifelte jedoch daran, dass er auch nur in die Nähe einer Lösung kommen würde. Die GROSSEN ALTEN und ihre Kreaturen waren nicht mit den Mitteln und Methoden der Kriminalistik zu bekämpfen. Wer wusste das besser als ich?

Geistesabwesend registrierte ich, dass sich Holmes eine Landkarte der hiesigen Gegend besorgt hatte und sie eingehend studierte. Erst als er einen etwas schrillen Pfiff ausstieß, wurde ich auf sein Tun aufmerksam.

»Meine Herren«, sagte er mit schwerer Stimme, »wir müssen darauf vorbereitet sein, dass der unheimliche Mörder als Nächstes hier zuschlagen wird!«

»Was heißt *hier*?«, fragte Sir Henry. »Meinen Sie auf Baskerville Hall?«

»Ja«, bestätigte Holmes. »Wenn Sie sich einmal diese Karte ansehen würden ...«

Sir Henry, Dr. Watson und ich waren sofort bei ihm. Er hatte drei Kreuze auf die Karte gemalt und mit Verbindungslinien versehen.

»Die angekreuzten Stellen kennzeichnen die Orte, an denen die blutleeren Körper gefunden wurden«, erläuterte er. »Sie sehen, dass sie fast im gleichen Abstand voneinander und auf einer geradezu perfekt geraden Linie liegen. Wenn ich diese Linie nun weiterziehe und auch den Abstand genau einhalte ...« Er machte ein viertes Kreuz genau an der Stelle, an der auf der Karte Baskerville Hall eingezeichnet war.

»Verdammt, Sie haben Recht!«, rief Sir Henry aus und leerte sein noch gut gefülltes Whiskyglas mit einem einzigen Zug. »Was um alles in der Welt hat das zu bedeuten, Mr. Holmes?«

Der Detektiv blickte mich an. »Könnten Sie Sir Henrys Frage nicht besser beantworten als ich, Mr. Craven?«

»Wieso ... meinen Sie?«, fragte ich überrascht. Plötzlich war mir reichlich unwohl zumute.

»Ich habe telegrafisch Erkundigungen über Sie eingezogen, Mr. Craven. Sie haben einen etwas ... nun, sagen wir, *eigenartigen* Ruf. Man nennt Sie doch einen Hexer, nicht wahr?« Ich schwieg betroffen. »Nun, Hexer sind für mich Menschen, die sich mit okkulten Dingen beschäftigen«, fuhr Holmes fort. »Und da die drei Morde durchaus unter diesem Aspekt betrachtet werden können ...« Er ließ den Rest des Satzes in der Luft hängen, aber ich hatte verstanden.

Die Gefahr, die Baskerville Hall drohte, legte mir die Pflicht auf, die Anwesenden nicht länger im Unklaren zu lassen. Und so entschloss ich mich, ihnen zumindest einige unerlässliche Informationen über das Wesen der *Shoggoten* zu geben.

Langes Schweigen folgte meinen Erklärungen; ein Schweigen, das Sherlock Holmes als Erster brach.

»Es fällt mir schwer, Ihren Worten Glauben zu schenken«, sagte er nachdenklich. »Aber da ich es als ein kriminalistisches Naturgesetz ansehe, dass man das Unwahrscheinliche in Betracht ziehen muss, wenn sich für das Wahrscheinliche keine Beweise finden lassen, will ich Ihre Erklärungen nicht einfach vom Tisch wischen. Mr. Craven, halten Sie es für möglich, dass ihr rätselhafter Drang, die Nähe Sir Henrys zu suchen, mit diesen ... diesen Schogetten ...«

»Shoggoten«, berichtigte ich ihn.

»... diesen *Shoggoten* in irgendeinem Zusammenhang steht?«

»Ich weiß es nicht«, antwortete ich offen. »Ich kann die Möglichkeit nicht ausschließen, sehe den Grund jedoch eher in der Person Sir Henrys. Vielleicht wird er, ohne dass er es weiß, irgendwie von den *Shoggoten* beeinflusst.«

Der Schlossherr machte ein entrüstetes Gesicht. »Ich würde doch wohl wissen ...«

Holmes unterbrach ihn mit einer energischen Handbewegung. »Für Empfindlichkeiten bleibt uns jetzt keine Zeit, Sir Henry. Wir müssen dem Problem auf den Grund gehen. Mir ist da übrigens noch etwas in den Sinn gekommen; vielleicht hilft uns das weiter. Würden Sie die Bibliothek kurz verlassen und in die Halle hinuntergehen?«

»Wen meinen Sie?«, fragte Henry Baskerville. »Mich oder Craven?«

»Sie!«

Achselzuckend tat der Schlossherr, was der Detektiv von ihm verlangte. Als er den Raum verlassen hatte, bedachte Holmes mich mit einem prüfenden Blick.

»Haben Sie das Verlangen, Sir Henry zu folgen?«, erkundigte er sich.

Ich horchte in mich hinein und nickte.

»Gut«, sagte Holmes. »Watson, bitte geben Sie Sir Henry Bescheid, er möge wieder in die Bibliothek zurückkommen.«

Watson eilte hinaus und kam wenig später mit dem Schlossherrn wieder zurück. Holmes lächelte Henry Baskerville freundlich an. »Wenn Sie nun Ihr Jackett ausziehen und sich nochmals nach draußen begeben würden?«, bat er.

Sir Henry war anzumerken, dass er sich mittlerweile wie ein Hanswurst vorkam, doch er leistete Holmes' Anweisungen wieder Folge.

Die Frage an mich konnte der Detektiv sich sparen.

»Jetzt habe ich nicht das Verlangen, Sir Henry zu folgen«, sagte ich sofort.

»Ich hatte es gehofft«, erwiderte Holmes. »Offenbar ist es Sir Henrys Jacke, die Sie anzieht. Ich erinnere mich, dass die Jacke an dem Abend, an dem Sie auf Baskerville Hall eintrafen, hier im Zimmer hing, während Sir Henry oben im Turmzimmer war und Sie seine Gegenwart gar nicht vermissten.«

»Natürlich!«, entfuhr es mir. »Und als er später am Abend mit der Jacke die Bibliothek verließ, spürte ich wieder diese seltsame Unruhe.«

Als Sir Henry wieder im Zimmer war, bat Holmes ihn, die Taschen seines Jacketts zu entleeren. Ein Schlüsselbund kam zum Vorschein, ein Pfeifenanzünder, ein Briefumschlag, eine rote Keramikrose ...

Ich spürte, wie ich zu zittern begann. Der Drang, nach der Rose zu greifen, war so übermächtig, dass ich mich kaum beherrschen konnte.

Sherlock Holmes entging meine Reaktion nicht.

»Ist es das?«, fragte er.

Ich war unfähig zu antworten, konnte nur nicken, während sich meine Augen an der Rose, die aus Ton oder Sand zu bestehen schien, förmlich festsaugten.

»Nehmen Sie sie in die Hand«, forderte mich Holmes auf. Das brauchte er mir nicht zweimal zu sagen. Als meine Finger das Kleinod berührten, spürte ich augenblicklich, wie ein unwahrscheinliches Glücksgefühl mich durchrieselte. Mir war, als sei ich am Ziel einer unendlich langen Reise angekommen. Ich erkannte sofort, dass in dieser unscheinbaren kleinen Sandrose magische Kräfte schlummerten, die mich wie ein Magnet angezogen hatten.

»Woher haben Sie diese Rose?«, fragte ich den Schlossherrn mit vor Aufregung heiserer Stimme.

»Ein Souvenir von einer meiner Forschungsreisen in die arabische Wüste«, gab Sir Henry bereitwillig Auskunft. »Ich trage es als Talisman bei mir.«

Wenig später war ich über die Umstände im Bilde, unter denen er die Rose gefunden hatte. Als er den toten Templer erwähnte, zuckte ich unwillkürlich zusammen. Meine Erinnerungen an die Angehörigen des Ritterordens waren noch frisch und keineswegs erfreulicher

Natur. Als Sir Henry aber vor der kindischen Furcht seines Dieners Chalef erzählte und davon, dass ein gewisser Sill el Mot den Templer umgebracht haben sollte, horchte ich auf. Soviel ich auch über den Orden der Tempelherren wusste – den Namen Sill el Mot hatte ich nie zuvor vernommen. Henry Baskerville, der der arabischen Sprache mächtig war, übersetzte ihn mit »Schatten des Todes«. Sollte es denn noch andere Schicksalsgenossen geben, die mit den Templern im Krieg lagen? Ich beschloss, der Sache beizeiten auf den Grund zu gehen. Vielleicht würde ich diesen geheimnisvollen »Schatten des Todes«, der, wie Chalef seinem Herrn erzählt hatte, eine geheime Kolonie der Templer in der arabischen Wüste schon seit langer Zeit erbittert bekämpfte, eines Tages als Verbündeten gewinnen können. Es konnte nur gut sein ...

Ich kam nicht dazu, meinen Gedankengang fortzusetzen. Plötzlich wurde die Tür der Bibliothek aufgerissen, und Barrymore, ansonsten ein zurückhaltender Mann, dem Ehrerbietung über alles ging, stürmte mit einem vor Grauen verzerrten Gesicht in den Raum.

»Sir Henry, sehen Sie doch!«

Mit einem Finger, der zitterte wie Schilfrohr im Wind, deutete er auf eines der Bibliotheksfenster.

»Was ist denn, Barrymore?«, wollte Henry Baskerville wissen, aber Sherlock Holmes wartete die Antwort des völlig verstörten Mannes gar nicht ab, sondern lief gleich zum Fenster hinüber. Ich folgte ihm auf dem Fuße. Holmes öffnete das Fenster, und wir blickten auf den Schlosshof hinab, ohne jedoch erkennen zu können, was den Butler so aus der Fassung gebracht hatte.

Holmes drehte sich zu ihm um. »Sie müssen uns schon einen näheren Hinweis geben, mein Freund.«

»Der ... Brunnen!«, keuchte Barrymore

Der alte verwitterte Ziehbrunnen, den der Butler wohl meinte, lag etwas abseits vor einem der neu errichteten Seitenflügel des Hauses. Dennoch war er im hellen Mondlicht recht gut zu erkennen.

»Gütiger Himmel«, keuchte Sherlock Holmes und zum ersten Mal, seit ich ihn kennen gelernt hatte, spiegelte sich in seinem Gesicht so etwas wie Fassungslosigkeit wider.

Ich konnte es ihm nicht verdenken, spürte ich doch selbst, wie sich meine Haare sträubten.

Eine ungeheure Masse quoll aus dem Brunnen hervor, schwärzer als die tiefste Nacht und so konturlos wie ausgeschüttetes Pech. Die ganze Substanz schien durcheinanderzufließen, sich übereinanderzutürmen, sich zu trennen und im gleichen Sekundenbruchteil wieder zusammenzufügen. Hunderte von tentakelähnlichen Auswüchsen schossen aus der Masse hervor, krümmten sich in der Luft, schnellten dann wie Peitschenschnüre zurück, um wieder eins zu werden mit dem amorphen Gebilde. Ein betäubender, entsetzlicher Gestank, wie ihn keine noch so riesenhafte Leichengrube hervorbringen konnte, schwängerte die Abendluft und ließ uns den Atem stocken.

Doch es war nicht allein der schier unerträgliche Gestank, der sich bemerkbar machte. Eine erschreckende Kältewelle ging von der formlosen Masse aus, so eisig, dass sich das Gras rings um den Brunnen mit Raureif überzog. Am schlimmsten jedoch war die Aura des absolut Bösen, die auf uns eindrang und gleichermaßen auf Körper und Geist einwirkte.

Ich brauchte meine ganze Kraft, um mich von diesem unheimlichen Bann zu befreien, dem Sherlock Holmes zusehends zum Opfer fiel. Ich musste ihn mit Gewalt vom Fenster zurückreißen, um ihn wieder zur Besinnung zu bringen.

»Sehen Sie nicht hin!«, schrie ich ihn an. »Es wäre Ihr sicherer Tod!«

Dann hatte ich alle Mühe, Sir Henry und Dr. Watson, die es jetzt ebenfalls zum Fenster drängte, zurückzuhalten.

Sherlock Holmes stand da, als würde er aus einem abgrundtiefen Traum erwachen. Sein brillanter kriminalistischer Verstand jedoch arbeitete noch immer auf Hochtouren, wie er mir im nächsten Moment bewies.

»Es will nicht uns«, murmelte er fast unhörbar. »Es will diese Rose ...«

Meine Hochachtung vor Holmes stieg. Wieder einmal hatte er den Nagel auf den Kopf getroffen. Ebenso, wie ich von dem magiegeladenen Gegenstand angezogen worden war, hatte die Sandrose auch diese grauenhafte Kreatur dort unten im Hof geleitet. Und so gab es nur eines, was ich tun konnte, um das Leben der Menschen hier zu retten: Ich nahm die Rose an mich und verließ Baskerville Hall, so schnell ich nur konnte, durch die hintere Pforte.

Später konnte ich nicht einmal genau sagen, wie ich eigentlich nach Grimpen, weiter nach Coombe Tracey und schließlich zurück nach London in mein Haus am Ashton Place gekommen war. Eine fast hysterische Unruhe trieb mich voran, lähmte mein Denken und ließ nur ein Ziel vor meinem inneren Auge entstehen – die Standuhr im Salon von Andara-House.

Und das *Tor,* das sich darin verbarg.

Als ich wieder halbwegs zur Besinnung kam, lief mein Zug gerade in Victoria Station ein. Ich stürmte aus dem Bahnhofsgebäude, enterte eine der wartenden Kutschen und hetzte den armen Fahrer quer durch London bis zu meinem Haus. Dass er mich nicht kurzerhand noch während der Fahrt auf die Straße setzte, musste ich ihm hoch anrechnen; ich war wie von Sinnen und von einem Drang besessen, der von Sekunde zu Sekunde stärker zu werden schien.

Endlich angekommen, läutete ich Sturm, rempelte den alten Harvey wortlos zur Seite, noch bevor er mich begrüßen konnte, und stürmte die Treppe zum Salon hinauf. In diesen Augenblicken, da die Gier tief in meinem Inneren ihren Höhepunkt erreicht hatte, dachte ich weder an Priscylla noch an Howard oder Rowlf, die sich ebenfalls im Hause aufhalten mussten. Mein freier Wille war gänzlich ausgeschaltet; ein einziger, wie glühende Lava brennender Gedanke beherrschte mich:

Sill el Mot!

Die Sandrose noch immer fest umklammert – ich hatte sie während der gesamten Reise kein einziges Mal aus der Hand gelegt –, trat ich an die monströse Standuhr heran, griff ohne Zögern nach dem Knauf des Uhrkastens und öffnete ihn.

Vor mir lag ein Bild des Grauens – ein gewundener, blutrot und feucht glänzender Tunnel, der geradewegs in die Unendlichkeit führte. Ein Schacht, der auf furchtbare Weise lebte, der sich wand und drehte und wie mit Spinnenfingern nach meinem Geist zu greifen schien.

Aber diesmal blieb die Furcht aus, die mich bislang stets ergriffen hatte, wenn ich das *Tor* der GROSSEN ALTEN sah. Für Angst war kein Platz in meinem verwirrten Geist, der nur ein Bestreben kannte: einzutauchen in diese fremde, bizarre Welt, allen Gefahren zum Trotz, die dort auf mich lauerten. Obwohl ich nicht einmal wusste, wo die Reise durch den Wahnsinn enden würde.

Ich wurde förmlich in das *Tor* hineingezerrt. Und noch während mein Körper sich zwischen den Dimensionen verlor, während sich mein Geist endgültig verwirrte und eine gnädige Ohnmacht mich umfing, zerfiel die Rose in meiner Hand zu feinem Sand.

Sie hatte ihre Aufgabe erfüllt ...

ENDE

»Es gibt Bücher, bei denen man schon auf der ersten Seite spürt, dass sie einen in eine Welt locken, die man nie vergessen wird … Lesen!«

CORNELIA FUNKE

Garth Nix
SCHWARZER MONTAG
Roman
352 Seiten
Mit zahlreichen Illustrationen
Laminierter Pappband
ISBN 978-3-431-03712-8

Eigentlich ist Arthur Penhaligon kein Held. Genau genommen ist ihm sogar ein früher Tod vorherbestimmt. Doch dann rettet ihm ein merkwürdiger Gegenstand das Leben, ein Schlüssel, geformt wie ein Uhrzeiger. Mit dem Schlüssel kommen bizarre Wesen aus einer anderen Dimension: Finstere Boten mit blutverklebten Flügeln, eine Armee aus hundegesichtigen Schergen, angeführt von einem unheimlichen Fremden. Sie wollen den Schlüssel um jeden Preis zurück – auch wenn sie deshalb Arthur und dessen Welt vernichten müssen. In seiner Verzweiflung wagt Arthur es, ein geheimnisvolles Haus zu betreten – ein Haus, das nur er sehen kann und das in andere Dimensionen führt. Dort will er die Geheimnisse des Schlüssels lüften … und sein wahres Schicksal erkennen.

Ehrenwirth Verlag

Erster Teil des Zyklus DIE DREI WELTEN

Ian Irvine
DER SPIEGEL
DER ERINNERUNG
Roman
384 Seiten
ISBN 978-3-404-20569-1

Drei Welten, einst durch Magie miteinander verbunden
Vier Völker, die keinen Frieden kennen.
Und ein Spiegel, der alles zerstören könnte.
Die Magiebegabte Karan soll ein uraltes Relikt stehlen: den Spiegel von Aachan – einen seltsamen, trügerischen Gegenstand, der niemals vergisst, was er einmal gesehen hat. Gemeinsam mit dem brillanten Chronisten Llian begibt sie sich auf die Suche, ohne zu ahnen, welche Gefahr von dem Spiegel ausgeht. Denn er birgt ein uraltes Geheimnis, das den Völkern helfen kann zu überleben … oder das sie vernichten könnte.